〖中华诗词存稿·地域专辑〗

中华诗词学会 编

内蒙古诗词卷

卷一

内蒙古诗词学会 编

中国书籍出版社
China Book Press

图书在版编目（CIP）数据

内蒙古诗词卷 / 内蒙古诗词学会编 . -- 北京 : 中国书籍出版社 , 2019.10
（中华诗词存稿）
ISBN 978-7-5068-7425-0

Ⅰ . ①内… Ⅱ . ①内… Ⅲ . ①诗词—作品集—中国 Ⅳ . ① I22

中国版本图书馆 CIP 数据核字 (2019) 第 196536 号

内蒙古诗词卷

内蒙古诗词学会 编

责任编辑	李国永
责任印制	孙马飞　马　芝
封面设计	采薇阁
出版发行	中国书籍出版社
地　　址	北京市丰台区三路居路 97 号（邮编：100073）
电　　话	（010）52257143（总编室）（010）52257140（发行部）
电子邮箱	eo@chinabp.com.cn
经　　销	全国新华书店
印　　刷	北京虎彩文化传播有限公司
开　　本	710 毫米 ×1000 毫米 1/16
字　　数	1410 千字
印　　张	132
版　　次	2019 年 10 月第 1 版 2019 年 10 月第 1 次印刷
书　　号	ISBN 978-7-5068-7425-0
定　　价	1398.00 元（全 4 册）

《中华诗词存稿》
编委会名单

《中华诗词存稿》〈内蒙古诗词卷〉编委会名单

编委会主任：谭博文

副　主　任：耿庆汉　贾　漫　陈广斌

滑国璋　朱成德　牛　敏

委　　　员：（按姓氏笔画排列）

牛　敏　孙玉溱　朱成德

陈广斌　李文佑　李世琦

康　福　耿庆汉　贾　漫

滑国璋　谭博文

主　　　编：朱成德

常务副主编：滑国璋

副　主　编：孙玉溱　李世琦　李文佑　康　福

总　序

我们这个诗歌大国有一个很好的传统，历来注重“采诗”、搜集整理诗歌材料。作为唯一的全国性诗词组织的中华诗词学会，自1987年5月成立以来，就十分重视这项工作。学会每年的学术研讨会和历届“华夏诗词奖”，都出版论文集和获奖作品集。纪念学会成立二十年、三十年时，还专门编辑出版了《大事记》《论文选集》《诗词选集》。《中华诗词》创刊以来，每年都制作年度合订本。2007年5月，在北京天识东方文化艺术传播有限公司的资助下，以近代以来诗词创作、诗词理论、诗词运动重要文献汇编，当代名家个人作品专集等为主要内容，出版了《中华诗词文库》。经过十来年的编辑整理，已经出了近百卷。这些诗集、文集的出版，记录了近百年来尤其是改革开放四十多年来，中华诗词从起步、复苏走向复兴的砥砺前行的历程，为近、当代诗歌史的撰写准备了丰富的资料。

党的十八大以来，中华民族优秀传统文化重新受到应有的重视。习近平总书记《念奴娇•追思焦裕禄》词和《军民情》七律的相继发表，引领中华大地诗潮滚滚而来。《中共中央关于繁荣发展社会主义文艺的意见》和中办、国办《关于实施中华优秀传统文化传承发展工程的意见》，都明确提出“加强对中华诗词、音乐舞蹈、书法绘画、曲艺杂技和历史文化纪录片、动画片、出版物等的扶持。”国家教育部组织制定由中华诗词学会起草的新中国语言体系中的新韵书《中华通韵》已经通过国家语言文字工作委员会语言文字规范标准审定委员会审定，即将颁布全国试行。这些都使我们真切地感受到，中华诗词的春天真的到来了。诗人们乘着骀荡春风，正以高昂的激情，书写着中华民族伟大复兴的新时代、新史诗，国家富强、民族振兴、人民幸福的中国梦；正以与人民同呼吸、共命运的诗人之心，对人民的欢乐、人民的忧患、人民的情怀给以诗意的表达；正以“美”或“刺”的诗人之笔，对市场经济大潮中人民对幸福生活的期待，对美好未来的希望，对假丑恶的深恶痛绝，或给以方向，或给以赞美，或给以鞭挞。正如习近平总书记所指出的：“好的文艺作品就应该像蓝天上的阳光、春季里的清风一样，能够启迪思想、温润心灵、陶冶人生，能够扫除颓废萎靡之风。”

当前，传统诗词创作者和诗词爱好者队伍发展迅速，已超过三百万。每天创作的诗词作品超过唐诗、宋词、元曲的总和。诗词评论研究队伍也成长很快，诗词评论、诗词学、诗词创作理论研究成果丰硕。如何从浩如烟海的诗词作品中“淘”出优秀作品，并使之存下来、传下去，如何使诗词研究理论成果“面世”并发挥应有的指导作用，确实是摆在我们面前的无可回避的一个重要课题。中华诗词学会是一个没有国家编制，没有国家拨款的社会团体，事业的运转主要靠社会赞助和会员费支撑。俊识（北京）文化传媒有限公司总经理吕梁松、北京采薇阁总经理王强，两位一直是对中华传统文化情有独钟的热心人，慷慨解囊，愿意同中华诗词学会一起，搜集整理编辑推出《中华诗词存稿》这套书，共同为中华诗词文化的继承和发展，做成这件十分有意义的事情。

《中华诗词存稿》主要搜集整理出版三部分内容的资料：一是当代诗词名家的个人作品集；二是当代诗词评论家、诗词学者的学术著作集；三是当代诗词作品、诗词理论学术成果阶段性、专题性、地域性的集成类作品集。诗词作品强调精品意识，沙里淘金，把“有筋骨、有道德、有温度”的优秀诗词作品搜集起来。诗词评论、研究类资料强调理论性和创新性，应具有鲜明的个性特点，具有创建性的见解。集成类的资料应有一定的史料保存价值。总之，做成一套具有当代价值和历史意义的好书。在此，我们编委会人员，向提供资料、筛选编辑、版面设计、校对勘误，包括所有为这套资料付出辛勤劳动的同志们，表示真诚的谢意！

郑欣淼

二〇一九年七月于北京

前　　言

为了弘扬中华传统文化，系统整理中华诗词发展史，促进当代诗词向着更加繁荣昌盛的方向发展，中华诗词学会与中华典籍图书编著中心决定联合出版《中华诗词存稿》。这是一项利在当代、功在千秋的宏伟事业，将对中华诗词的发展起到重要的促进和推动作用。编辑出版《中华诗词存稿·内蒙古诗词卷》，也是检阅和展示内蒙古诗词发展现状和实力的一个重要窗口。

在《中华诗词存稿·内蒙古诗词卷》的编辑过程中，我们着力抓了以下三方面的工作：

第一、精心设计框架结构，认真组织编选诗作。根据中华诗词存稿编委会提出的“以当代本省籍作者作品为主，兼收历代名家”的指示精神，从内蒙古的实际情况出发，我们将《中华诗词存稿·内蒙古诗词卷》分成上编和下编两个部分：上编为现当代部分，主要收录含民国时期而以中华人民共和国成立以来为主的现当代诗家的优秀作品。这些作品中既有政界要人之佳作，也有社会各界人士之雄篇；既有诗坛名家之宏构，也有寻常百姓之华章。下编为古代部分，主要收录了汉至清末大致属今天内蒙古地域内的汉族和少数民族诗家的汉文诗词佳作，或域外诗家写的事关内蒙古地域内生活题材的诗词佳作。通过这些诗词作品不仅可以使广大读者进一步认识到内蒙古所拥有的深厚历史文化底蕴和诗词底蕴，还可以从整体上提升《中华诗词存稿·内蒙古诗词卷》的品位。上下编合起来，则可以清晰地反映出内蒙古地区诗词发展的历史脉络和整体风貌。

第二、坚持质量第一，把好质量关。在选编过程中，我们始终强调要坚持思想性和艺术性的统一，防止粗制滥造和滥竽充数。在诗体的选录上，仅限于诗词曲赋，诗则限于古风和律绝；在选诗的标准上，力求做到“情真、味厚、格高、韵远”，并符合格律的要求。遴选优秀作品，采取了先拉名单再定任务和先选作品再定名单相结合而以前者为主的办法。进入名单的作者，一是要懂格律；二是要有一定的诗词功底；三是要在正式刊物上发表过诗词作品。这些原则和措施的贯彻和落实，既保证了名家在录选作者群中的主体地位，也照顾到录选作者的社会广泛性；既坚持了质量第一的原则，也兼顾了数量方面的要求。

第三、力求体现边塞特色、草原特色和民族特色。共性寓于个性之中。有鲜活个性的东西，才有生命力。对于诗词来说，也同样如此。地处祖国北疆的内蒙古地区历来被人们认为是一块神奇的土地，它不仅拥有举世闻名的辽阔的大草原和异常丰富的地上地下物产资源，还拥有深厚的历史文化蕴含和优秀的诗歌传统。内蒙古地区的草原文化融草原特色、边塞特色、民族特色为一体，与中原汉族地区的农耕文化、商贸文化一起，成为中华民族多元文化的重要组成部分，也为我国边塞诗歌流派的形成和发展提供了取之不尽、用之不竭的丰富源泉和艺术养料。我们在编选《中华诗词存稿·内蒙古诗词卷》的过程中，特别重视选录那些具有鲜明边塞特色、草原特色和民族特色的作品。无论是辽阔旖旎的草原风光、浩瀚无边的大漠景色、如诗如画的民族风情，还是内蒙古地区的沧桑变化，特别是改革开放以来的迅速崛起，都能在我们上编选录的作品中找到真切的反映。这些诗作的思想内容和艺术风格同源远流长的历代边塞诗派是一脉相承的。

据史书记载，公元前三世纪，匈奴兴起于漠南黄河河套及阴山（今内蒙古阴山）一带。其后，东胡、乌桓、鲜卑、柔然、突厥、回鹘、契丹、蒙古等北方民族，都在这里建立过民族政权或地方性官府。内蒙古地区自古以来就是北方地区少数民族生息、活动的舞台，繁衍、成长、壮大的摇篮。生活在这块土地上的汉族和各少数民族官员或诗人以及足迹到过此地的内地官员或诗人，都曾留下了大量的汉文诗词作品。孙玉溱先生在浩如烟海的诗歌资料中，爬罗剔抉，精心筛选，编成《中华诗词存稿·内蒙古诗词卷》下编，其中的大部分诗词作品也都具有鲜明的边塞特色、草原特色和民族特色。

《中华诗词存稿·内蒙古诗词卷》的编辑工作之所以能够顺利开展和完成，一是因为有编委会的精心统筹；二是有广大同仁和诗友的大力支持；三是自治区和盟市两级编务人员共同努力的结果。由于编者水平所限，加之时间仓促，此书的错误和不足之处，在所难免，包括可能遗漏了一些优秀作者和好的作品等，均请众方家和读者予以指正。

通过编辑《中华诗词存稿·内蒙古诗词卷》，我们深切地感受到，自改革开放以来，特别是自 2004 年内蒙古诗词学会换届以来，内蒙古诗坛发生了巨大的变化。各盟市诗词学会纷纷成立，各种诗词刊物、诗词选集和诗词专集以及诗词学术论著大批涌现，诗词笔会、诗词朗诵会、诗词理论研讨会以及诗词采风活动十分活跃。纵观今日之塞外诗坛，作者之众，吟风之盛，佳作之多，都是前所未有的。许多诗作，为事而歌，为时而唱，兴观群怨，美刺适度，唱响主旋律，抒发民众的心声和感情，在社会主义精神文明建设和和谐社会建设中发挥了独特的作用，引起了越来越多的民众和各级领导的重视。内蒙古地区的诗词活动虽然起步较晚，但“知来者之可追”，令人鼓舞和感奋。

参加本书编辑工作的，除编委之外，还有冯永林、赵云东、张彪、武耀、贾来天、宋振儒等，其中有的参加了部分编选工作，有的承担了部分校对任务，在此谨致谢意。

《中华诗词存稿·内蒙古诗词卷》编委会

二〇〇八年八月八日

目　　录

上编·现当代部分

丁国文

内蒙古诗词卷·上编·现当代部分

1937 年生，辽宁省朝阳县人。毕业于辽宁大学。兴安盟首批特级教师，曾任盟教育处副处长，现为兴安盟教育学会副会长。内蒙古科普作家协会会员、内蒙古高评委及教材编审委员会成员。

浣溪沙

洮水平畴稻谷黄，接天玉米泛金光，垂垂硕果过篱墙。　　陌上载粮千户满，农家煮米一村香，相呼把酒话家常。

忆江南

江南忆，最忆九寨沟。神异清池呈五彩，百叠瀑布泻银流。何日更重游。

浣溪沙

玉露金风九月天，人流涌动逛成园，相携翁媪亦登攀。　　八骏奔腾元帜矗，图腾飞动柱廊间，华灯成庙饰仙山。

采桑子

霓虹灯下成陵美，红绿黄蓝，色彩争妍。玉宇仙山见幕天。　　游人相踵拾级上，疑入仙班。急管繁弦，群体强身舞庙前。

丁 鼎

本名云丁鼎，蒙古族，1968年出生。包头包钢集团新闻中心《包钢日报》副刊编辑、包头作家协会会员、包头诗词学会理事、内蒙古作家协会会员、内蒙古诗词学会会员、包钢作协副主席，著有《诗心寂寞》。

观景成韵

云行红日朗，雨过绿禾狂。
水净游鱼浅，花娇彩羽藏。

汇祥寺望卧佛山

缭绕梵音转法轮，顿如天籁静尘心。
云生远岫呈祥瑞，月照弥陀悟法门。
晚枕涛声晨晓雾，朝观飞鸟夜星辰。
庄严妙相天成就，万事随缘弃斧斤。

忆江南

黄河渡，登上小沙洲。两岸葵花黄烂漫，大河咆哮向东流，飞燕寄轻愁。

渔歌子

山上松涛法乐鸣，月光流水夜空听。人漫步，雨偷零，淋湿名利座孤亭。

如梦令

犹记月明眸滞，执手听凭花逝。今夜月还圆，欲付瑶琴无致，枫赤，枫赤，红叶染浓秋日。

醉太平

昨黑雨稀，花香浸衣。相思随叶频滴，正伤心怎息？　　云中雁急，翎拍彩曦。似听窗外风徐，又魂牵事迷。

荷叶杯

彩雨叩窗微冷，觉醒。弄霓裳，柳依杨恋漫滴秀，依旧。落芳香。

于汉成

河南省人，1942年6月生。曾任满洲里市人大常委会副主任。现为内蒙古书协会员、满洲里市老年书法家协会副会长兼秘书长、满洲里市诗词学会理事。

达赉湖岸

湖泛银波野泛潮，雁鸣鸥起碧空翱。
羔羊跃跃湖边缀，恍入瑶池牧九霄。

满洲里赞

桃红柳绿满衢妍，虎跃龙腾盛世天。
座座民居鳞栉起，条条道路纵横延。
翻洲越海贾商聚，筛酒迎朋脍炙鲜。
塞外边城风景好，丹青挥洒绘新篇。

于国林

内蒙古翁牛特旗人。曾任翁牛特旗招商局局长。2002年开始学习格律诗创作，并有部分作品发表。现为赤峰诗词学会会员、翁牛特旗诗词学会会长。

回乡偶成①

思乡向晚行，片月到天明。
人语晨烟里，鸡鸣曙色中。
水流池畔草，花落板桥风。
招手乡音近，村前亲友迎。

【注】
① 祖籍河北省玉田县板桥村，1991年回乡探亲作。

坝上即景

阴崖雪未融，坝上马嘶鸣。
芳草川前绿，繁花岩下生。
鸣鸠犹唤雨，紫燕欲凌风。
远岫浮苍翠，天光寄远情。

登岳阳楼

湖光楼影外，万里碧波来。
春染巴陵绿，秋高三楚白。
天连湘浦阔，浪涌锦帆回。
夜向君山看，沉浮玉镜开。

京郊偶赋

时令清和昼渐长，农家田上事耕忙。
柳烟袅袅风催暖，燕语声声雨送凉。
红杏低眉丢俏眼，青桃羞涩试新装。
春回幽燕刚三月，醉得教人不思乡。

到韶山

——纪念毛泽东主席逝世25周年作

楚天寥廓感怀深，耳畔龙吟分外亲。
虎卧石垂星宿象，舜巡乐奏凤鸾音。
功开天地几千载，亘古先贤第一人。
我辈虔心朝觐地，故园稽首泪沾襟。

咏 荷

喜见荷乡水一痕，菱香清绝远相闻。
节直不让真君子，粉面犹同少女身。
一叶莲台能蔽日，十分花气更袭人。
虽说生在淤泥里，却使诗人咏至今。

成山角观海

龙首垂空崖浪恶，断石出没势嵯峨。
翻云分水千堆雪，卷地摧风万里波。
借得山头寻旧迹，更临沧海看天河。
奈何遗恨长生梦，百岁人生有几多。

过潢水写怀①

木叶山前浊浪流，白云潢水两悠悠。
疆分辽域胡天阔，地锁契丹漠北喉。
白马青牛昌盛地，羌笛番曲太平州。
时人不问前朝事，只醉青山绿野游。

【注】

① 潢水即西拉木沦河，在内蒙古翁牛特旗与巴林右旗交界处。

丁亥抒怀

和谐音奏碧云端，回首故园喜气添。
人寿家和醉腊酒，仓盈廪满乐丰年。
一歌谱就升平曲，百韵吟成盛世篇。
相庆良宵春又是，小康德厚梦同圆。

夏日灯笼河

夏日山行野径斜，白云深处锁烟霞。
满山灵草秦王药，遍地异香汉苑花。
三岔沟青能醉客，少郎水冽可煎茶。
鸡鸣岭下连三邑，农唱樵歌有互答。

过潼关

扼险襟喉势气雄，秦关风雨入苍冥。
丘峦沉寂烽烟散，滩水凝寒荒草生。
怅望云山星汉远，愁听故垒角弓鸣。
华阴古道千军影，皆入尘埃残梦中。

放纸鸢

纸片争飞上碧空，却疑日下乱飞鸿。
乐杀娇稚小孙女，抢我长丝挽手中。

于俊学

笔名林枫，1955年生，内蒙赤峰市人。高中学历，中共党员。中华诗词学会、毛泽东诗词研究会、中国世界华人作协会员。作品主要发表在《中华诗词》《诗刊》《诗词月刊》《长白山诗词》《广州老人报》《内蒙古晨报》等。

纪念长征胜利七十周年

长征七秩忆当年，感叹三军闯险关。
血染湘江夺去路，智穿赤水巧周旋。
娄山关上西风烈，草地途中朔气寒。
多少先驱开伟业，旌旗喜有后人传。

登黄鹤楼

登高环望楚天舒，万里江山入壮图。
迭嶂西迤屏护蜀，大江东去气吞吴。
双行六道车流畅，四面八方通远途。
千古名楼逢盛世，文人骚客纵情抒。

西安怀古

列车西去入潼关，千古兴亡过眼前。
周父施仁兴渭水，唐皇无道弃长安。
阿房宫里嫔妃泪，秦殿地中游客寒。
淫逸骄奢舟自覆，官朴民富国绵延。

中秋望月

望月思亲感万千，今宵吟句寄台湾。
魂牵海角风云岛，梦绕天涯日月潭。
久怨儿孙分两地，常期母子聚一天。
何时一统同欢庆，天上人间共笑颜。

昭乌达草原观赏世界地质公园（阿斯哈图）

地处兴安最末端，野天辽阔渺无边。
牛羊好似珍珠撒，林草疑如锦毯连。
鬼斧神工真胜境，禽飞兽走叹奇观。
芳姿一展惊天下，从此五洲美誉传。

咏红山

红山遥望彩云中，一幅丹青垂碧空。
络绎游人嘘胜境，几回疑入紫霞宫。

晚秋思家

青山隐隐水茫茫，北燕南飞叶正黄。
思母登高人远眺，云天尽处是吾乡。

自 勉

扶贫济弱寄深情，企盼民殷国太平。
不羡贪官多富贵，只求无愧度人生。

望庐山瀑布

一瀑飞流天下闻，珠流玉泻带仙云。
天庭王母银簪落，划破青山露白痕。

游卢沟桥

卢沟晓月忆当年，国恨家仇怒火燃。
军国阴魂时作祟，雄狮一夜不曾眠。

菩萨蛮·暮春怀友人

小园飞絮无人扫，落红遍地春光老。芳草碧如茵，天涯怀友人。 知音何日返，愁共苍山远。何处望归舟，夕阳江上楼。

于 皆

女，内蒙古呼伦贝尔市莫力达瓦旗人，1950年11月生。呼伦贝尔市诗词协会会员、呼伦贝尔市松风诗社会员，在呼《伦贝尔风采》《松风诗刊》《健身气功》上发表过多篇作品。

西江月·兄妹喜相逢

分手青春似火，重逢鬓发皆霜。如梭岁月忆沧桑，看遍人间万象。　　兄妹相逢喜悦，童年往事桩桩。别来期盼叙衷肠，盛世团圆欢畅。

尼尔基镇新貌

一桥横跨系八方，水坝巍峨断大江。
绿草青青走银线，芳林郁郁隐机房。
纳文大道楼群起，依灿广场游客忙。
无恙山头仍耸立，寄情嫩水美家乡。

马飞高

（1945—1999），包头市人。1967年毕业于内蒙古师范学院中文系。先后任二冶党委办公室主任、二冶职教中心主任、二冶管铁公司党委书记、包钢职教中心党委书记等职。1995年有《无奈居诗钞》问世，去世后有遗作《莓墙直笔》出版。

瞻仰梅园周总理办公室旧址二首

（一）

金陵名建业，建业有元勋。
真理君先得，香烟身后薰。
凛然对匪特，信矣为人民。
天下芸芸众，谁人不识君。

（二）

板床最少眠，布衾总偷闲。
世上萦怀事，胸中漱玉泉。
文韬武略著，伟业丰功悬。
衾枕留斯世，遗泽几万年。

游长江大桥

铁带一条锁大江，金陵烟雨正迷茫。
千年宿愿通天堑，万里鹏程待宪章。
挽住狂澜宁四域，放开活水济八方。
澄江耀日金霞灿，建业城中建业忙。

游避暑山庄

避暑居然在热河，南观北景费腾挪。
采莲戏水等闲事，畋猎登山余兴多。
八庙磬钟连日月，七情欲望总婆娑。
秋光胜似春光好，禁苑游人汇大波。

青冢纪游

胡汉和亲识见高，丰碑一座立南郊。
红颜永驻芳菲径，黑水长流宛转桥。
马上琵琶惊朔漠，人间玉笛赞今朝。
云从星拱金瓯固，百族一家尽舜尧。

水调歌头·痛悼毛主席

噩耗惊天外，悲歌动重霄。江河湖海同哭，清泪作狂潮。彪炳人寰千古，辉耀赤旗世界，讵料羲和凋！纵有琼浆饮，难解我心焦。　　巨星陨，导师去，路途遥。平添新愁一段，何日免劳劳？马列自当必胜，旌旄所向披靡，赖有指航标。遗志定实现，前程更妖娆。

摸鱼儿·青城揽胜

柳烟轻花香微送，此时春满青冢。喜登临，听黑河唱，千古风流齐颂，青山应。两千载，和亲使者留倩影，悬天宝镜。任霜剑风刀，严相催迫，岿然难移动。　　寻陈迹，沉醉东风莫醒，迷离恍惚若梦。南朝烟雨浸五塔，鬼斧神工独领。友谊路，钟神秀，公园特为青山宠，红飞绿迸。百代共劬劳，改天换地，长策敲金镫。

满庭芳·夜校执教归来感赋

戴月披星，归来知倦，灯下一品香茗。耳边犹响，学子读书声。批阅华笺小字，朱红里，笑靥盈盈。钻研苦，殚精竭力，情重束修轻。 明星，曾伴我，悬梁刺骨，映雪囊萤。更十年痴梦，泪洒崇陵。且喜重光世界，兴华夏，不负华龄。平生愿，桃红李艳，装点此征程。

水龙吟·包头市徽前有感

并蹄错角腾飞，呦呦声唤河滨主。追风逐日，凌霜沐雨，边城新府。大厦摩云，通衢结网，柳飞花舞。有铁流导引，人间春驻。凯歌唱，擂金鼓。 遥忆当年荒漠，卷风沙，羸羊饥鼠。宝山空叹，浊波呜咽，生民最苦。历尽沧桑，云祥雨润，尽情吞吐。盼随仙金鹿，能成正果，宴游瑶圃。

蝶恋花·趵突泉揽胜

四面荷花三面柳，塔映湖光，齐鲁钟神秀。圣地清泉清可漱，明湖潋滟风吹皱。　　怪石参差篁竹瘦，块垒心胸，到此无尘垢。归去相思愁不够，临风把酒黄昏后。

首次乘飞机感赋

平生第一次，我在太空游。拔地十万里，须臾过九州。银城飞银燕，世界一小丘。太极宫何在？原在我心头。当初有此物，何必惹烦忧。　　不羡孙行者，科学占上游。江山谁个重？征战早该休。狗苟蝇营辈，戴屋似蜗牛。老庄确有道，恬淡度春秋。撒手人寰去，此生再无求。

马永宏

1967年7月出生，祖籍山西省右玉县杀虎口镇，出生地凉城。中共党员，大学本科。1987年8月参加工作，现在凉城县委组织部工作。爱好文学，曾于《乌兰察布诗词》等报刊上发表诗词多首。

叹九十九泉

丁亥年七月六日，随自治区诗词学会采风团到灰腾锡勒草原，看到干涸的九十九泉，不禁仰天叹息，得小诗一首，以寄情思。

黄花野草泣天涯，九九神泉迁远家。
欲渡星河闻玉帝，云深路险苦无槎。

游永兴湖见闻

群山黛影入明鉴，碧水清漪鸖雀飞。
紫燕红波骄敏捷，孤舟寻梦乐忘归。
鱼腾浪韵频繁响，牛应笛声蹒缓回。
日暖花香多妙景，安康村寨醉心扉。

登龙华三会寺观卧佛[①]

汇祥寺北树坡西，静卧佛僧千古奇。
几处野鹰旋兔影，谁家春燕剪云霓。
杏花乱放迷人眼，松柏披靡绿堰堤。
如织游人香火旺，芳菲有意入襟衣。

【注】

① 龙华寺北洞金山山势，酷像卧佛。

多纳苏村景

烟雨蒙蒙笼野寨，山泉细细石丛鸣。
人家隐在溪深处，逆水寻源春杏红。

马永峰

笔名牧野，1968 年出生于内蒙古赤峰市翁牛特旗，祖籍山东莱州。本科学历，《内蒙古晨报》东部分社副社长、赤峰市诗词学会会员、赤峰市红山诗词学会理事。

青藏铁路通车感咏

雪域高原腾巨龙，藏青天路触苍穹。
翻山越岭穿唐古，跨谷飞空撼布宫。
屋脊欢歌迎远客，拉萨乳酒献新朋。
气笛展现千年梦，欣看藏胞舒笑容。

达里湖

天遗明镜落尘寰，山映湖光耀草原。
百鸟欢歌栖水畔，一帆掠影入云端。
蓑翁静坐独垂钓，骏马轻游自在滩。
胜境牵情乐忘返，缘留美景醉神仙。

赞梅花

傲雪凌霜屹野荒，琼颜笑绽送幽香。
冰肌玉骨天生质，烂漫春光邀众芳。

咏牡丹

国色天香富贵妆，嫣红姹紫压群芳。
仙姿丽质迷游客，梦里常思到洛阳。

马延奎

女，1953年1月生，蒙古族。包头市委统战部副调研员。

春 归

野原初黛芳初映，破土泥冠两瓣擎。
翠翠柔条苞戴雨，忙忙归燕户新庭。
露盈春水闻鹅鸭，雨润蓝湖探藕菱。
春草摇风听牧曲，远山入画布农耕。

浪淘沙·花

春冷玉枝顽，藏秀苞含。幼芽多历雪霜添。老干苍痕新绿嫩，挂露垂怜。　　淑草焕庭间，秀暖丛田。娇英明翠喜争妍。常憾秋霜连岁暮，绿锁红迁。

江城子·雾

云衣接地九天霜，雾迷茫，卷穹苍。风雪沾眉，横挂遍身裳。飘絮翻腾千百丈，挥不去，任由狂。　　幽岚满目锁红黄，漫八方，鸟依窗。深浅难寻，踉跄坎坷徉，雾散云开迎旭日，春风爽，浴骄阳。

江城子·云

蒸腾缥缈起川江，气轩昂，驭苍茫。萧瑟轻云，天际任飘翔。玉宇寒凉凝渥雪，周天落，雨沧沧。　　风推云絮卷波光，漫林冈，裹花香。飞渡牵霞，云彩想衣裳。斜倚夕阳红毕彻，风伴舞，共游方。

破阵子·风

巧渡炎凉替换，往来寻影无踪。踏越沧桑驰岭壑，驾雨吹霜破土耕。好风携绿情。　　凝聚千钧劲力，赳赳浩荡雄风。横槊挥师霄汉越，猎猎旗开舞胜旌。劲风驱长空。

江城子·风筝

风筝想要逛天廊，乘风昂，自由翔。超越凡尘，矫健展颉颃。无奈此身悬一线，流风尽，意犹长。　　雪花打翼翅沾霜，盼新妆，欲轻飏。横渡九霄，何日瞰辉煌？倾向碧空推肺腑，随夕下，落苍凉。

江城子·别情

连天苍水载深情，送伊行，怅潮濛。云浪动容，望断九天重。且放长歌拂泪去，偕珍重，盼相逢。　　千思萦绕伴长更，梦惊鸿，叹无声。回想当年，笑貌与音容。暖酒坐围谈笑趣，相忆苦，黯空亭。

钗头凤·聚

梅峰险，溪盈岸，满山葱柏秋飞雁。耆翁喘，行蹒跚，怕提登涉，常愁路远。慢！慢！慢！　　薄罇浅，心潮酽，难得团聚常离散。思不断，空凭栏，别来无恙？几多苍染？叹！叹！叹！

江城子·盼回归

隔峡彼岸挂朋乡，水天沧，雾飞扬。海外孤悬，台岛可寒凉？华夏子孙期团聚，嘘冷暖，话短长。　　同胞久盼统一昌，促协商，拒割疆。十亿亲情，期待子归乡。崛起中华荣四海，同发展，共图强。

马福奎

1944年生。中共党员，农技师。1976年参加教育工作，1998年退休。现任内蒙古突泉县文联理事。学田乡“关工委”委员。有《谢邓公》等百余首诗歌在县、盟、国家级报刊上发表，2007年获中华文学、摄影大赛二等奖。

谢邓公

紫气东来满院中，文心脉脉共春融。
房前松柏棵棵绿，屋后榆梅串串红。
笙奏和谐音色美，诗吟盛世韵情浓。
沧桑历尽雄风在，民富国强谢邓公。

予 舒

蒙古族，出生于1938年12月11日，辽宁人。大学本科学历，主任编辑职称。中国作协、内蒙古作协、中华诗词学会会员，历任赤峰市文化局、广播电视局等行政单位领导职务，现任赤峰市诗词学会会长。

江城子·念台澎

馨风送暖碧空明，乐融融，满红城，漫步街头，佳节倍欣荣。难却高朋开雅宴，淑女伴，荡歌声。　推杯换盏醉朦胧，望星空，念台澎。冬去春来，何日踏归程？把酒问天天不语，天外梦，梦中情。

庐山雾

楼台碧瓦天低黯，浪涌街头不见船。
莫道游人迷路巷，悠然雾里赏奇观。

清明念兄

每到清明倍念兄，家人挚友祭仪隆。
春风早绿南山树，夏雨迟浇北地松。
旱象黄尘堪见少，甘霖碧进去葱茏。
亲友窘况全更变，国事和谐百业荣。

七十抒怀

修身养性志还宏，七秩将期似朦胧。
业绩无多堪可笑，虚荣不少奈何恭。
儿闺复问平生事，为父应答总脸红。
自比同龄相去远，老翁上马笑顽童。

成吉思汗庙

一代天骄惊五域，千秋青史颂风流。
兴安民众祠堂祭，碧野乡情天地讴。
华夏文明扬世界，蒙元人气誉全球。
和谐构想家国旺，万庶揖躬敬意稠。

东庙西陵

东庙西陵誉北疆①，蒙元历史铸沧桑。
伊金霍洛声名远，浩特乌兰洮水长②。
万代功名扬世界，千秋伟业颂无双。
民族和睦空前事，华夏新兴乐友邦。

【注】

① 成吉思汗庙在内蒙乌兰浩特，位东；成吉思汗陵在内蒙伊盟伊金霍洛旗，位西，故称。

② 乌兰浩特市河，名洮儿河。

五里泉

祥云绕市天低看，浓雾拥街客半仙。
聚友相欢诗下酒，车行几饮五里泉。

祭成吉思汗陵

聚友牌楼纵目瞻[1]，通天大道笔直宽。
出征队伍戎装阔，大汗铜雕体态憨。
祭拜成陵冥寿延，讴歌太祖祷灵安。
草原旧貌初更变，祖国新颜日向前。

【注】

① 成吉思汗陵牌楼，上书“气壮山河”。

孔庆友

1947 年 2 月生，中共党员，大学学历，中学高级教师。兴安盟诗词学会会员。从事教育工作多年，曾任校长兼党支部书记。爱好诗词，喜爱写作诗词，曾在《兴安诗词》《兴安日报》《兴安文学》《兴安广播电视》及兴安人民广播电台等发表诗词作品近百篇。

神泉圣水阿尔山

松覆群山翠，柳迎春满楼。
神泉百眼聚，圣水千年流。
因得温泉浴，不担病患忧。
仙乡多异彩，中外美名留。

菩萨蛮·赞内蒙古骑兵第一师

兴安峻岭洮河水，中间多少征夫泪。铁马斗敌酣，战刀扫寇顽。　乌云终散去，曙色揭天幕。碧血铸祥和，人间一片歌。

长相思·观牡丹江市江滨公园八女烈士石雕群像后作

血水流，泪水流，烈士江边石像留。仰瞻人未休。　　日悠悠，夜悠悠，岁月如歌志已酬。功高风雨楼。

【注】

① “风雨楼”出自李大钊诗句：“何当痛饮黄龙府，高筑神州风雨楼。”

尹　军

笔名尹君，字石在，号泉翁，山西省代县人，1942年8月出生。原任乌海市作家协会主席，现任乌海市作家协会名誉主席，乌海市诗词学会会长、中国作家协会会员，出版诗词集两部：《山亲海恋》《山水吟草》。

沁园春·贺中共十七大

万里江山，地拥花香，天挂艳阳。喜京都盛会，斯民敬仰；科学决策，润物盈肠。力举和谐，民生唯上，社会公平多乐章。宏图展，看山河齐跃，凤翥龙翔。　　前程如此辉煌，唤华夏子孙竞富强。待惩腐扬善，人心和畅；开来继往，切勿傍徨；共筑家园，文明同倡，万众一心奔小康。期明日，我中华大地，处处安详。

迎二○○八年元旦

元旦又来也，山河展俊颜。
九州抒瑞气，全会布和缘。
岁老情弥笃，诗浓梦亦甜。
小康乃大道，催马莫贪闲。

仰望人民英雄纪念碑口占

浩浩开天剑，沉沉劈地锤。
万千龙虎胆，浴血化丰碑。

秋日过六盘山抒怀

正是天高云淡时，六盘山景惹人痴。
峰巅岭举红军路，心底波翻领袖诗。
群雁高飞疑旧影，旌旗漫卷引新思。
开发西部出奇阵，又见雄兵百万师。

感受乌海

三十年华转瞬间①，山河一改旧时颜。
深情最是黄河水，录下英雄创业篇。

【注】

① 乌海市于1976年正式建市，到2006年建市整整三十年。

蝶恋花·忆旧

遥记当年初落脚，大漠飞沙，天暗风烟渺。沙枣枝头寻绿影，边城处处无芳草。　　名唤市街无坦道，路上行人，更比流云少。偶见车来声渐杳，笛音更动乡思恼。

浣溪沙·黄河情

桌子山前阔水流，浩波激荡绿云稠，重楼碧树映芳洲。　　难忘当年沙暴虐，已随浪影酿金秋，涛声唤我棹诗舟。

迎新感怀并记乌海建市三十年

三十年来又一春，城迎吉日我迎新。
街头彩浪歌时变，漠上青苗掩旧痕。
阅尽沧桑重进取，历经风雨淡浮沉。
无情岁月难消志，化作诗行一路吟！

游昭君坟有感

天姿国色世无双，贵有柔情映北疆。
出塞缘何总是怨，昭君坟上草含香。

谒成吉思汗陵

一生戎马征欧亚，碧野魂归遍地家。
绿草茵茵英雄树，白云漫漫故园花。
天骄壮志留青史，小镇新风映日华。
祭祀台前人浪涌，高原秋景美如霞。

井冈山抒怀

少怀仰慕老登攀，梦绕魂牵见此山。
云载千峰疑阵影，树排万壑壮旗烟。
听潮泪洒陵园雨，读史情钟故井泉。
辟地开天功浩浩，松青供我敬先贤。

游悬空寺

北岳奇峰入画屏，佛依绝壁寺摩星。
踏平险道须凝目，工匠无名艺自精。

过兰考缅怀焦裕禄

昨夜开封梦老包，今晨兰考雨淋浇。
车前树浪连天涌，心底沙痕似火烧。
改地换天思裕禄，丹心碧血绘春潮。
深情最是泡桐语，从此更名改姓焦。

参观开封府有感二首

（一）

两扇红门入戏台，古吟今唱久无衰。
堂前镇木撼天响，窗外怨声扑地来。

（二）

铡型三样虎龙狗，作鬼也分民与侯。
敢问断头刀下客，贪官几个肯回头？

九寨沟咏水三首

（一）

雪岭冰川万壑深，流泉飞瀑绕山林。
彩池又赠玲珑梦，撩我青春白发人。

（二）

雪峰争展纸千张，绿野成诗醉画廊。
滩瀑湖泉皆丽句，一波一曲也牵肠。

（三）

高山镜海景婆娑，鱼戏闲云鸟弄波。
伫立湖边留小照，天风水浪梦中歌。

咏　煤

碎骨粉身亿万年，沉埋挤压乱石间。
芳菲依旧雄心在，播洒春光润宇天。

觅　石

山路崎岖雾几重，河滩纵目浪云横。
踏平险恶求石趣，前世有缘今世情。

供　石

恭请石头上案台，不求美艳不求财。
心宽方感天地小，万里风情入室来。

赏　石

天工造化一奇珍，色透斑斓气韵深。
自带雄风藏万象，开颜还待有心人。

藏　石

人有斗金堪自富，我怀石趣不为贫。
寒门时映千山秀，陋室常开四季春！

巴国强

1944 年 4 月出生于内蒙古赤峰市。1967 年毕业于内蒙古师范学院中文系。中共党员，退休前任赤峰市物价局局长等职。著有诗歌集《山水远韵》，近年在全国诗词大赛中多次获奖。赤峰市诗词学会会员、《红山吟坛》顾问。

庆祝中共十七大召开

十七丰碑特色佳，航船壮启颂中华。
五年盛会精英聚，百业桢才大众夸。
激浪扬帆撄彩霁，飞流稳舵披朝霞。
和谐共创烝黎赞，慰我神州岁月遐。

贺“嫦娥一号”绕月卫星发射成功二首

（一）

嫦娥一号壮升空，锣鼓鲜花瑞气融。
华夏高科巡皓月，炎黄赤裔创奇功。
千年梦想今均现，万载幽宫已畅通。
贺我航天新纪岁，泱泱古国跃龙骢。

（二）

嫦娥一号绕蟾宫，起舞仙姬艳服迎。
居月孤单终倩笑，卫星送福得乡情。
欣聆故域歌曲美，尽供冰轮资料盈。
桂酒吴刚亲自备，三觥敬客待时呈。

咏民族团结宝鼎

为庆祝内蒙古自治区成立六十周年，中央人民政府特赠总重量十三吨、由胡锦涛主席题写鼎名的“民族团结宝鼎”。

史书夏禹望传昌，铸器煌煌耀上苍。
外敌频侵中国辱，王朝苛掠庶民伤。
红旗漫卷江山易，各族相依道路长。
宝鼎巍巍昭盛世，和谐共创巨龙翔。

庆祝内蒙古自治区成立六十周年

草木葱茏日月明，琼花玉树拂光风。
宏图壮起民生福，特色嘉谋北域兴。
奏凯歌声长调起，翩跹舞蹈故园情。
红飘翠溢人欢笑，战鼓催征万马腾。

咏红山[1]

碧野巍峨矗紫屏，文明闪烁玉龙瑛。
先民斧刃开宗社，后嗣科光照岫骍。
九首重观松浪滚，一河复满水波腾。
城乡四化春潮急，古市新街耀眼明。

【注】

① 红山位于内蒙古赤峰市，红山文化发祥地。玉龙为其代表性珍贵文物。

咏赛罕乌拉[1]

远域冰川岫谷深，烟霞锦簇物华新。
琼林蔽日晴岚罩，瀑布出冈气韵沉。
草浪花潮流馥郁，珍禽猛兽竞长呻。
奇观世界天然景，更赞无侵自在存。

【注】

① 赛罕乌拉，蒙语意谓美丽的高山，位于内蒙古巴林右旗，为国家级自然保护区。

植树节

年年植树万人忙，喜看家乡绿海洋。
白鹤归来安碛野，闲云汇聚恋青苍。
固沙沃土涵天水，除垢吸尘丽日光。
代代不已荫后世，青山永续百鸟翔。

治沙人

露宿风餐雨雪淋，安家漠海伴星辰。
株株幼树当孩育，滴滴甘泉润草新。
三载林荫铺锦地，十年稔果结黄金。
狐生鸟驻繁花艳，带起烝黎植绿云。

祝贺赤通高速公路贯通①

高速赤通挂彩虹，草原千里荡熏风。
百灵婉转讴新曲，骏马奔腾逐巨龙。
物阜源源车满贯，民丰涌涌货繁营。
弟兄各族同携手，明丽阳光照锦城。

【注】
① 赤通，即赤峰到通辽。

那达慕大会

盈盈贾客聚成街，滚滚车流汇绿芜。
猎猎红旗扬广漠，茵茵草地舞华姝。
弯弓中箭人欢跃，苦战摔跤众赞呼。
庆牧年丰抒壮志，争雄赛马上征途。

“九·一八”事变纪念日警报鸣响有感

警报长鸣醒世寰，中华七十六年前。
倭凶炮火轰东北，半壁河山染血斑。
国破流亡哀父老，军逃内战泣家园。
悲歌历史堪为鉴，毋忘罹危奋吾先。

山区杜鹃红

耆翁遥指大山中，溯忆同仇战日凶。
炮弹锹矛冲敌阵，英雄血润杜鹃红。

山村纪事三首

通　电

电灯始照小山村，一线连通四海亲。
石碾今成文物展，秧歌钹鼓遏行云。

通　车

从来负重上梁呻，特产山珍困小村。
百里康衢通闹市，车鸣喇叭喜迎亲。

媪　家

杏花雨里燕飞斜，石板桥横到媪家。
电脑开通连都市，孙男嫡女捧鲜花。

戈 夫

内蒙古土默特左旗人，1935 年 12 月出生，蒙古族。原任内蒙古党委政研室副主任、新闻出版局局长。内蒙古诗词学会名誉会长。著有《寸翰诗草》《寸翰诗草》续篇。

颂歌唱给乌兰夫五首

(一)

如磐风雨起干戈，往事如昨别梦多。
常忆阴山峰顶雪，寒流迷漫绕黑河。

(二)

共济同舟大道合，泥屋灯火共切磋。
琴心剑胆凌云志，风雨征程苦战多。

(三)

十月传来炮一声，中华赤子驾雄鹰。
苏俄取火关山度，烛照民族万里程。

(四)

血泊横流战死生，驱倭终享北疆宁。
功垂千古如经纬，航路端凭指向灯。

（五）

力挽狂澜擎大纛，民族自治启先河。
草原千里花娇艳，黑水兴安奏凯歌。

赠友人二首

（一）

小道惊传半信疑，扎公往事少人知。
草原一部“沉浮录”，遗事桩桩铸证词。

（二）

风云变幻勇擎旗，华夏文明路不迷。
《红路》一出惊大漠，光辉河岳古今齐。

浪淘沙·纪念乌老百年诞辰访土默特学校

冒雨喜重游，再上新楼。诸多往事涌心头，乌老当年隐身处，胜迹长留。　　百姓叹穷愁，农事无收！家国命运正堪忧。敢挽天河千丈水，涤荡神州。

望江南·云中召湾村三咏

托克托县（古称云中郡），县城南约30华里左右，靠黄河岸畔的召湾村，辟出100多个养鱼池，星罗棋布，置满河滩。使古老的黄河焕发出新的气象与活力，农民收入成倍增长，喜作《望江南》一组，以纪其盛。

（一）

召湾好，景色最妖娆。正待开发金土地，濒临黄水好观潮。指日看扶摇。

（二）

召湾美，村落绕云霓。多彩葡萄红绿紫，东山葱郁树梢齐。隔远望河堤。

（三）

召湾夜，今比往年殊。秋雨洗新松柏树，路灯好似夜明珠。池水育肥鱼。

满江红·访蒙古部落

采风到察哈尔草原，在一个名曰大蒙古包的蒙古部落休息时有感而作。

紫气东来，开新宇，云霞万里。炎夏季，草原花灿，百灵争戏。锡勒辉腾成霸势，风车巨臂挥长翼。驾长风，飞向碧云天，真牛气！　　男儿健，歌争起，调马性，争雄立。望中卓资县，可堪希冀。盛事百年须奋勇，每时每刻应竭力。绘宏图，绝顶我为峰，昭天地。

农家乐四首

（一）

闲来结伴喜同游，哈素海边景最幽。
摇尾锦鳞穿草底，声声乐起伴轻舟。

（二）

郊野大地横，黑土肥豆荚。
树枝多鸟鸣，花丛有飞蝶。
此行得旷幽，颇觉耳目惬。
彩云东南来，欣然与山接。

（三）

大棚蔬菜绿盈池，长势迷人瓜满枝。
只缘贪看归家晚，恰如童子放学时。

（四）

姑娘傍架摘黄瓜，小伙沿畦采菜花。
惊见大棚结硕果，小康美景进农家。

牛克俭

辽宁省营口市人，70岁，锡伯族。1961年毕业于内蒙古医学院，主任医师。于内蒙古阿里河林业医院工作。中华诗词学会会员。

雨霖铃·南飞雁

思君情切，对南飞雁，寄语如贴。千言未尽离绪，尤还唱彻，阳关三叠。更有叮咛隐语，系生死心结。空负了、半世时光，海角天涯两分别。　　云山阻断音尘绝，却匆匆、日月忙更迭。楚凫几次来去，由不得、目随神越。翘企空劳，孤独、徘徊梦路身孑。望整阵、所恨无能，入序那行列。

木兰花慢·安代舞

踏柔香小草，跳安代，舞狂欢。见热汗交飞，芳歌迭宕，痴醉如癫。新鲜。甩花手帕，任奇葩朵朵绽蓝天。明快铿锵节奏，撩人步步魂牵。　　联翩，妙语无言。观趣味，赏形涵。品流盼传神，胸襟豁达，韵出双肩。婵娟，问精彩处，恰高原底蕴话渊源。民俗粗豪健朗，激情震撼人间。

念奴娇·呼伦贝尔

呼伦贝尔，聚仁山智水，雄浑神奕。广袤兴安堪蓄锐，浩瀚两湖生息。养育天骄，魏宗元祖，铁马奔腾急。昭昭岁月，弄潮人物云集。　　纵目古老高原，尧天禹地，豪杰添飞翼。锦绣江山频指点，敢创人间奇迹。民族和谐，庶殷经济，农牧联珠璧。草原升起，一轮鲜艳红日。

水调歌头·马头琴

跟着百灵鸟，走马奔阴山。琴声迎送千里，踏韵马蹄欢。悠美融通心境，坦荡神传豪爽，浑厚唤人憨。一路唱金曲，风味最投缘。　　马头琴，鸣雁浦，响铃泉。甘纯妙涌，音流清澈溢弓弦。指下高原博大，弓上奔腾万马，弦里牧羊还。入化出神处，人到敕勒川。

满庭芳·草原

芳草无疆，细铺春色，淡抹葱绿烟岚。百灵清啭，留客览时鲜。走进晴川沃野，曾疑惑、身在青毡？欢歌处，迎宾祝酒，尽兴举杯干。　　斑斓，当此际，嘶风依旧，绝唱摇篮。牧童惯驱驰，古老征鞍。游牧原生文化，从来是、惊震中原。新天地，天骄儿女，马背筑关山。

水调歌头·巴尔虎长调

辽阔草原美，养育牧人歌。一时琴馨流韵，亦唱亦婆娑。长调千年佳酿，陶醉灵台情趣，风味沁心窝。借问五洲客，听后欲云何？　巴尔虎，金草地，载歌多。马嘶泉响，花香音节汇成河。婉转牵人入胜，雄壮催人奋进，甜润客颜酡。但愿随歌去，打马勿蹉跎。

临江仙·草原采风

古塞翼鳞王国，雄洲人杰摇篮。神奇净土碧连天。花开羊角上，月挂马蹄前。　感动纯真民俗，喜欢别致雕鞍。草原写实不思还。倾心诗句美，信手墨龙旋。

王书贵

1938年生于辽宁，毕业于内师大体育系，进修于北京体院和上海体院。曾在新疆和扎兰屯任教。退休于兴安盟教研室。中教高级教师。经多年研习，写出古诗词百余首。

游子吟·重返红城[①]故乡

廿秋游子寄他州，归去还来洮水流。
晓日东明元祖庙，西悬望月故乡楼。
樽前友辈容颜老，眼底红城披锦裘。
欲向东林觅旧迹，孩提梦幻可能收？

【注】

① 红城，蒙语乌兰浩特。

春游上海虹口公园

虹口公园上海滩，花如锦绣柳如烟。
晴空丽日莺啼啭，春暖蕊香蝶舞翩。
归雁知时临塞北，东风拂面绿江南。
徜徉幽苑芊绵径，欲觅金针好宜男[①]。

【注】

① 金针，入药为萱草。宫庭称宜男草。彼时，我患浮肿病，故欲寻草药健身。

王风阁

1934年生，内蒙古赤峰市人。曾任赤峰市松山区教育局局长，已退休。赤峰诗词学会、内蒙古诗词学会和中华诗词学会会员，赤峰诗词学会副会长。著有《鸭溪吟草》，合著《韵海催航》。

鹧鸪天·游旗甘月牙湖

莽莽沙原月一弯，白云杨柳碧波潭。男儿争胜驰龙马，靓女相邀泛画船。　　滑陡坝，步沙山。滩平草软任蹁跹。老夫自喜毡庐坐，慢饮酥茶细品弦。

枣树的风格

地角田边亦寄身，自甘寂寞不争春。
虽无杨柳婀娜态，却有松梅刚毅魂。
花淡皆因疏浪蝶，刺尖无意害良人。
结出美果遭竿打，叶落枝伤不变心。

夏日游大乌梁苏

酷日炎炎如探汤，扶筇偕友上乌梁。
百花艳艳舒香雾，万木荫荫遮烈阳。
野鹿闻声忽匿影，山鹰得意任盘翔。
坐临细瀑浴飞雨，灌顶醍醐爽意长。

读高晓天先生《松枫集》

学识博深诗道精，一章一阕味无穷。
壮如拍岸三江水，柔似催花二月风。
信手拈来入化句，潜心谱就绕梁声。
今逢盛世风光好，妙笔生花任纵横。

忆恩师

与师相处数秋春，每羡德才两冠群。
韵美胜醇醉挚友，品端如镜鉴学昆。
甘为陋巷箪瓢士，冷对望尘朝拜人。
心府如同天上月，不因风雨染微尘。

春　柳

大地复苏见雅姿，依依袅袅软于丝。
斜风细雨翩翩舞，洒满人间惬意诗。

夏　荷

铅华未染自风骚，不蔓不枝品位高。
只为疏辽浮荡子，安身水泊远尘嚣。

秋　枫

冷雨寒风秋意浓，媚春花草早凋零。
山中还有真君子，如火如荼恋晚情。

答农民诗友王忠共勉

六秩习诗信不迟，骚坛正是竞芳时。
勤从巨擘寻圭臬，勇向同侪索药石。
驴背苦吟多妙句，灞桥风雪富神思。
夕阳好景莫虚度，檀板相摇唱柳枝。

讽　蝶

原本荒莹小蛹虫，一朝得势便飞行。
弄姿卖俏寻常事，窃玉偷香胎里功。
常在人前行苟且，惯于花下扇淫风。
轻浮之物难长久，暑退凉生美梦空。

松花江畔观雾凇

赏春何必待春时，季数隆冬花满枝。
细柳娇杨吐杏蕊，古槐苍柏展樱姿。
寒凝曲水浮琼玉，风掠长堤飞素絺。
最是丽姝江岸过，分明仙女下瑶池。

喜降春雪

杨花未放絮先飘，瑟瑟淅淅暮至朝。
万里山河皆玉砌，千行杨柳镀银条。
童呼伙伴捉饥雀，翁塑弥陀逗胖娇。
瑞兆丰年农户乐，修犁选种备耕潮。

王友众

字绍东，1933年9月生，内蒙古土默特右旗人。1942年参加革命。曾任包头市人大常委会副主任。现为中华诗词学会会员、自治区诗词学会名誉会长、包头诗词学会会长，著有《友众诗钞》《友众长短句》《友众绝律选》。

水调歌头·毛主席诞辰一百一十周年祭

划破漫长夜，日出韶山冲。激扬惊世文字，人事胜天公。踏上南湖问路，唤起秋收怒吼，撼岳震长空。一点星星火，燃遍大江东。　　遵义会，受危命，险千重。孙吴难断，奇帅哀旅扫狂风。推倒魔山三座，荡涤污泥浊水，赤县万山红。纬地经天业，亿众铸心中。

渔歌子·周恩来总理百年祭

一代风流旷世才，无私无畏海为怀。疏锁雾，乱云开。鞠躬尽瘁解民哀。

天香·小平百年

崭露锋芒，烽烟八桂，晋冀挥师驱虎。逐鹿中原，长江饮马，荡涤南天陈腐。疾言风发，行百揆、沉舟破釜。虽有经纶满腹，争知几番荣辱。　　铁肩未曾释负，重千钧、万难何顾！明鉴征程特色，小康奔赴。天下如今共语，赖公计、催春降甘露。旷世英明，丰碑永铸。

国香·乌兰夫老人百年

大漠雄鹰，击空扶摇去，引吭飞腾。传薪济危星火，化雪消冰。一曲悲歌响彻，仰长天、霹雳惊鸣。沉雷唤醒了，黑水青山，愦世苍生。　　驰骋芳草地，逐狼驱虎豹，完璧肩膺。摧枯拉朽，各色融入亲情。举目晴空如洗，野茫茫、万物争荣。鸣琴善若水，北国天骄，一代贤明。

访青山故地

崎岖入目意难收，凝望峰峦百感揪。
黑水有声披甲胄，青山无语举吴钩。
英雄浴血征魑魅，壮士捐躯复碎瓯。
一代风流沙场将，今朝只见几童头。

桂枝香·再访青山故地

登高送目，看烂漫山花，分外浓馥。一带梯田如佩，翠峰腰束。“三光”遗址新居起，雪丝穿、夜燃天烛。老翁遥指，东西谷里，幼林新绿。　忆往昔狼烟接续。过村口高坪，犹存埋伏。踏上操场故地，不禁歌曲。青山处处皆凝血，想当初、触景庄肃。未曾遗忘，青山父老，默祈绥福。

卜算子·过离石①

旧地再重游，又踏行军路。四顾高原目不移，往事犹初度。　一别数旬年，古塞今非故。十里华街衬锦楼，绿满荒山处。

【注】

① 离石，吕梁市党政机关所在地。

桃源忆故人·访晋绥兵工部驻地

山村昔日兵营戍，御敌隔河相据。数载硝烟迷雾，我辈青春度。　枣林更比当年著，不见当年沟路。旧址门前环顾，战友今何处！

东风第一枝·神六游太空

极目长空，繁星闪烁，双眸顿时凝固。瞬间几缕红光，宛如凌虚起舞。欢声若爆，多少人、泪花倾注。海内外，黑发黄肤，奔走笑颜相诉。　　神舟六、超越神五；探太空、尖端起步。一船环宇飞行，万众眉舒气吐。任凭封堵，怎奈我、悠悠闲渡。也能在、天上降龙，何难地平擒虎。

扬州慢·“嫦娥”探月

寂寞姮娥，喜舒广袖，迎来故里亲缘。想横流粉泪，又起舞开颜。几千载、清灯玉兔，蟾宫冷殿，孤独难眠。自而今、飞驾虹桥，星月相连。　　吴刚捧酒，问星君、夷夏何年？食王母金丹，玉人飞去，后羿今安？请把神州遥望，乾坤易、世变非凡。可低洋游逸，外天步月悠闲。

双头莲·花甲感旧

黑白稀疏，惊锦瑟年华，暗然流逝。垂髫励志，越险阻、竟敢脱缰催骥。遍历晋土秦川，临大河泾水。行累了、奋不贪身，曾经有些猴气。　　自是梦里多情，叹天天五鼓，晓钟催起。无聊未已，怎忘却、夜里那番心事？日落又到黄昏，将陈情重继。杯子里、苦醁香浓，邀人困睡。

人月圆·携妻南游

耆年致仕方如愿，盼得携妻游。辛劳半世，何为蜜月，白发方酬。　江南品秀，东溟望眼，仙岛悠悠。双身并影，鸳鸯树下，皇叔红楼。

江城子·遥寄游子

我儿报国赴他乡，竟飘洋，路茫茫。跨海交游，异域授岐黄。月到圆时天际望，娘挂肚，父牵肠。　倚窗屈指恨天长，细思量，志争光，载誉归来，短别又何妨。七尺男儿应纳宇，天地小，列鹏行。

清平乐·送女儿下乡

金鸡破晓，我女征途早。沐雨经霜方劲草，这等风华最好。　而今攀越高峰，旅程曲折重重。但愿幼苗茁壮，参天应是青松。

鹊桥仙·晚秋

寒风萧瑟，绵绵细雨，一片蒙蒙白雾。残红枕藉朔风吹，怎敌这凉秋漫度。　黄昏落日，晚来何急，对镜容华岁暮。红颜憔悴托何人，叹半老终为零露。

一剪梅・忆植梅姑母[1]

泣咒烽烟别故乡，满目凄凉，恨度兵荒。深山出没寂惶惶。日伴风霜，夜伴星光。　　姑母躬亲抚幼郎，冷热添装，未断饥肠。冰天露宿搂身旁。不是亲娘，胜似亲娘。

【注】
① 植梅，时任绥察行署主任杨植霖之胞姐。

长生乐・孙女入党寄语

国际悲歌撼岳声，咏叹愧其鸣。一时霾尽、举目见幽灵。打个残花流水，奴隶初征。神仙何用，茅草诛锄自肩承。　　红花一朵，俏立峥嵘。传宗四代新星。途漫漫、险处不须停。若逢迷雾休顾，信仰守坚贞。

诉衷情・哭旌堂兄[1]

传来噩耗断魂惊，欲泪泣无声。年前病榻相慰，转眼梦中情。　　三十载，结为朋，敬如兄。献身师业，心底无私，画苑垂名。

【注】
① 我国著名国画家白铭教授，字旌堂。

情久长·读兆威兄书法集[1]

案头捧集，流光耀眼心花怒。黑白似、汉基秦础，唐晋琼宇。健如龙虎骨，一刹那、飞越“金沙”、“大渡”。又如个、清泉滴翠，彩彻行云，难释卷，难停顾。　　龀齿临池，法帖修无数。已白首、月弯斜挂，挥毫无阻。童心不老，创风格、今日书坛独树。做人也、行间若画，画若其人，方赢得，佳名著。

【注】

① 刘兆威，著名书法家，教授。

水龙吟·达茂草原游记

晴空一望无垠，彩云朵朵琼花缀。茫茫碧野，浑然画卷，画家难济。接地连天，穹庐笼盖，神工雕粹。任少年气盛，驾云乘雾，终难近，天涯际。　　远处轻摇白絮，细看来、子羔游戏。牧家小憩，佳醇待客，齐眉举起。笑语盈盈，歌声萦耳，催人沉醉。望归途，海蜃奇观，却是脑包灵气[1]。

【注】

① 脑包，指白云鄂博矿区。

逍遥乐·黄河夕照

黄水接天遥渺。日落长河，光映夕阳斜照。暮霭徐移，造化奇观，彩笔难描其俏。野炊烟袅。见渔家、座上佳肴，酒歌萦绕。忘却乱糟糟，市井烦恼。　　堤上相邻归鸟，远山云霞晚罩。残凌偶浮现，如画里，小舟钓。清风拂大地，春暖渐苏芳草。悠哉，这般情调，天天才好。

读易安词

觅觅寻寻何所求，凄凉满纸一江愁。
尽倾身世哀和怨，千古清词带泪收。

庚申端阳祭

屈子怀贤布荩忱，名垂青册照丹心。
明君不鉴蛾眉怨，一曲离骚喻古今。

无　题

辛未孟秋，狂风夜雨，展转不寐，欲吟无题。

昨夜风狂雨点稠，无心洒墨写金秋。
沉思更漏难成句，忽报辰钟人更愁。

1991 年 9 月，写在苏联解体时日

重访塞北分区司令部故址感作

塞北骋驰征战频，八年平寇度艰辛。
风流一代今何在，帅府门前忆故人。

沁园春·包头今昔

信步街头，满目花团，大厦毗连。见钢花绽放，映红半壁；异花夺彩，着绿争先。走遍城乡，人欢马叫，却似天天节日般。驰车去，任南回北转，何等悠然。　算来五十年前，百十里沙滩难望穿。集关东壮汉，扎根援塞；江南俊秀，离土支边。荟萃诸方，能工巧匠，建起如今锦绣园。今回首，付青春光热，加瓦添砖。

答友人

同舟渡海隔舷牵，无夜不思朋辈颜。
碌碌勤勤修正道，昏昏愣愣是非颠。
随波漂泊曾忧患，逆浪航行又恐愆，
任尔扬帆来左右，但求春到话重圆。

王 文

1950年5月1日生于内蒙古通辽市开鲁县，蒙古族。现任开鲁县诗词学会会长，通辽市诗词学会会员、理事。诗词作品散见于各级报刊、杂志。

和谐颂

仓颉造字语意深，和谐一词味耐寻。稻谷嘉禾口边立，足食丰衣远困贫。　　言论自由风气树，政治清明民主存。标准社会作纲纪，规行矩步法后昆。

百年开鲁

一九零八年，光绪圣旨颁：蒙旗捐荒野，置县为实边。拓垦三鲁域，疏浚五河源。朔漠容颜易，沙海变良田。统治施弊政，人民受饥寒；改革开放后，塔城着先鞭，六业皆兴旺，百姓有吃穿。种养结构调，收入增几番；招商又引资，经济门类全；生态环境美，地绿天也蓝。光阴瞬息逝，弹指期颐满。成就已过去，重任仍在前。同侪应努力，践行发展观，致富奔小康，共谱和谐篇。

王文君

1960 年 3 月 8 日生于包头市固阳县。中专毕业，编辑，从事过采矿、钳工、供销、志史编纂等工作。

打　场

金风爽气又回还，老幼齐围笑语喧。
后手压来前手挑，黄云一片上蓝天。

咏　剑

冰山冷月泻寒霜，一柄龙泉卧土墙。
倘若他年能出鞘，九霄云外见锋芒！

秋日抒怀

风卷残云腐气来，蓬蒿枯叶满天霾。
他年若是隆冬雪，洗净乾坤万里埃！

牧马人

清晨牧马踏篱门，跨上金鞍带上琴。
套马长杆挥舞处，群山涌动向前奔。

登秦长城感怀

驱车百里上长城，身在群山最险峰。
万马悲鸣驮历史，千波汹涌走蛟龙。
花开花落春秋里，人废人兴世事中。
嬴政今朝何处去，西风暮雨落霞红。

登黄鹤楼

黄鹤楼头黄鹤游，兴亡满目大江流。
千波淘尽英雄梦，万世常留志士忧。
风卷白龙成曲线，云浮玉带系孤舟。
如今身在青山外，杯酒难消万古愁。

王文忠

1952年生。当过教师、公务员，现在企业工作。爱好读书，偶有小作问世。

统万城

良畴自古多征战，无定河边白骨堆。
换代改朝风雨后，又听王者筑城归。

西夏王陵

一看山形是卧龙，果然西夏起枭雄。
王朝才建八方靖，朔地百年四处同。
父子阋墙成内讧，君臣疑忌见雕弓。
风云争霸昨天后，陵寝斜阳暮色中。

森林公园

一坐揽车通山顶，眼前异景看从容。
铺排绿树如苍海，迤逦高山欲化龙。
闲步原鸡嘻涧下，攀援野马站山峰。
夕阳秀色朦胧看，忘返游人兴正浓。

游沙湖

夏日驱车看去踪，一泓碧水意中逢。
湖中芦苇身先秀，岸畔修杨叶正浓。
青鲤飞翔凭踊跃，红荷灿烂靠颜容。
匆匆游客乘船去，要看黄沙对面峰。

吊古城

荒原城古还高耸，垣断堞残诉雨风。
易替旗幡犹可见，冲锋斗士尚能攻。
弯弓放箭写长卷，血雨腥风造大雄。
成败是非流水去，功名利禄转头空。

王月斑

笔名萨夫，1943 年生，包头市人。1969 年毕业于内蒙古大学历史系。现为内蒙古大学历史系教授、硕导、系主任，内蒙古诗词学会副会长。

满江红·塞上元旦感怀

红日东升，照遍了、阴山南北。谁画出，龙腾虎跃，万家春色。黑水连天传喜讯，丹云摇岫飞清笛。鞭炮里、哥俩好声声，翻新历。　寒虽在，春早发；谈改革，谁无责？绘宏图正要、八方人力。舜日尧天歌盛世，房谋杜断书金册。看而今，各族共耕耘，争朝夕。

1980 年

金缕曲·新年感怀，兼谢王叔磐先生书赠条幅奖掖后学。辛未年冬月

斗转年来切。迎春归、青山隐隐，塞天飞雪。有道东风吹暖树，岂料东君未歇！花好处、红梅竞发。节来节去谁知意？况人情易老言常讷。借古调，敢评说。　大江滚滚波声烈。想坡仙、清词狂放，念奴雄绝。豪杰虽随流水去，更著风流宏页。时不待、幺弦怨辙。老骥奋蹄桑榆美，看我公辣手《穹庐》结。敬满盏，贺新月。

满江红·寄语少年学子姪女晓军（二首选一）

负笈东吴，方逢了、金秋时节。真个是：一门荣耀，女儿巾帼。为向江南攀桂子，暂将塞上亲情隔。望前程、跃马待加鞭，多思索。　　故园好，休眷惜；精学业，轻南北。斗移星月换，六春何急！学海无涯勤破浪，书山有路常增识。待明朝、金榜更题名，翻新笛！

忆秦娥·欢度国庆三十五周年

逢佳节，欢歌激荡青城月。青城月，阡陌旗聚，万花齐发。　　宏图四化家家说，光明赤县群心悦，群心悦，四方雷动，夺关方烈。

1984 年

满江红·欢送青年教师赵伯雄、范文礼等离校，席上赠词

翻唱阳关，方逢了、金秋佳节。瓜代宴、又当茶水，送行四杰。为振中华承大志，敢游学海熬青发。当此行、满座共光辉，听侬说。　　青城好，情不竭；诸位去，心如铁。看鱼龙变化，海宽天阔。归去来兮谁个唱？莫教青冢空对月。更莫忘、今日宴瓜凉，心儿热。

忆秦娥·中秋节感怀武林太济师[1]

中秋节，苍穹又见多情月。多情月，几人愁照？又承侬说！　　坡仙恨重思天阙[2]，人间最恼长离别。长离别，浙师应健，我心常悦。

【注】

① 太济师：梁太济先生，浙江黄岩人，早年执教内大历史系，现为杭大宋史研究所教授，笔者恩师。

② 坡仙：苏东坡，他作词《水调歌头·中秋》，欲飞升天界。

与友人论评诗兼嘲谬改文字

作诗要在情意第一，亦须兼顾用体守律。谬改者不守此道，自命不凡，借掌文权胡乱涂鸦，与“一字师”毫无相涉。此理虽小，可以喻大。

说与世上老雕虫，评诗不必强拉弓：好诗亦有纷纷论，不如陶潜任天成。或言文善借改窜，况有“一字”见真功；岂知谬改如画蛇，浩气全失徒言工？此理似火人尽知，何事才子乱批红！好诗妙文仗骨气，情真意切忌虚空。不信此语举俗句：“小乔夫婿是英雄”！[1]

【注】

① 指周瑜，他文武双全：古谚云：“曲有误，周郎顾”，可见他对音律是很挑剔的。

满江红·人民英雄纪念碑前的沉思

庆祝新中国成立45周年，纪念为推翻三座大山而献身的先烈们，书在人民英雄纪念碑前。

长夜难明，星月暗，神州吞咽。叹鸿起、好男好女，长河流血[①]。大炮声频强寇笑，荒村风劲饥儿洌[②]。问谁能、救世拯中华？纷纷说[③]！　惊雷炸，凄雨绝；电闪闪，刀枪结。奋工农百万，撼摇三孽[④]。烟障铁窗红焰冷，尘飞沙场英雄诀。挽悲歌[⑤]、和泪洒江天，书芳碣！[⑥]

【注】

① 长河流血，指中国近代史上各种各样的悲壮抗争和斗争。

② 对仗句指由于帝国主义的侵略、三座大山的压榨，造成了中国广大农村和全国的赤贫。

③ 纷纷说，指近代史上各种各样的救国救民主张。

④ 三孽，指帝国主义、封建主义、官僚资本主义，即三座大山的统治。

⑤ 悲歌，指国际歌。毛泽东词《蝶恋花　从汀州向长沙》有句：“国际悲歌歌一曲，狂飙为我从天落。”

⑥ 书芳碣，竖碑，作美好的永久的志念。

百字令·纪念彭总率军血战太行

太行远眺，见长空似海，乱云飞疾。险岭铁关鏖战处，尽染北江秋色。马渡滩头，健儿穿插，号角迴峰脊，弹鸣砲吼，望中烟火交织。　　彭总立阵叉腰，伏军齐跃，还血由今夕。倭寇集兵砂谷下，鬼哭狼嚎声急。地裂天旋，横刀肉搏，笑煞魔能泣。红旗闪动，遍山杀向逃敌。

咏潮歌

出差东北，路经大连，拟渡海赴津，为风浪所阻，航道不通，淹留数日。伺连阴雨稍住，赶往星海公园看海潮：园静花芳，天低浪激，观者如堵，有感于怀，作是歌以咏潮。

雨后大连景色好，星海园边看海潮。
远眺天际一线青，平处汇作千军噪；
近观浪卷万堆雪，环海击碎高堵礁。
千岛万户听雷唱，五湖游客惊海涛。
试问海门何处开？无限风波到几消？

传奇歌

哭业师朱蓀珊先生

余60年代初从朱先生研习中国古代史，80至90年代共为中国古代史教研室同事。朝夕相处，颇感老师情深意厚，更知老师之为人学识。惊闻先生去世，悲思中作长歌以挽之。2007年11月11日。

秋菊落尽寒鸟啼，惊闻先生驾鹤西。
长歌短调难写意，心事茫茫连广宇。
昔我求学来内大，一乘华轩四师驾[①]。
先生详解秦两汉，洪荒三代细点批。
军旅漳畔渡长日，归来办报操刀笔。
套上丰州忙走马，江郎梦笔乐生花！
辞却新闻入母校，故纸堆里与师栖；
感师老辣能点化，教学科研作人梯。
访古结伴游五台，解愁共烛说四谛。
公为老牛勤耕犁，我拉系车猛作驴。
门前花红又花落，一至师退探望稀。
知公饱学有门第，观堂太师徐中师；
释文考据守家法，唯物辩证添根基；
匈汉风云收眼底，独开新面首举旗。
经史满腹善化古，求真务实人不欺。
孔门弟子三千众，老师功力学生知；
虽不曾为硕博导，只缘世事不相宜；
正副教授休比对，虚名不羡人暗佩！
杏坛讲学学何低？摘桃事业耻强为。

先生晚年几结庐，川中塞上两头居；
疑古桌上开长卷，消遣拨弄几缸鱼。
一从师母仙逝后，雪花顿浓两长眉。
亟期老师渡彭寿，不料七九竟别予。
呜呼哉！痛别离！痛别离！教人思。
人生八十长亦短，先生一去五内悲。
长夜滴漏催晓箭，倾心论世还有谁？
云弥燕北根何地？朱圪尔氏一枝系。
雾消锦城瑶境好，蒙汉合融一凤毛！
生前不吹死后吹，莫作诔语当扯皮。
长歌一曲欲结句，泪滴长衫频唏嘘！
频唏嘘，伴弦丝；香烛鲜花一路随。
名标日月德配天，魂归峨嵋会普贤。
昔为人杰今为仙，思公痛不月儿圆！
蜀地杜鹃啼暖树，阴山骏马嘶清泉。
慈容驻心长存忆，正论在耳永不遗。
哭师作歌立口碑，信有后贤续传奇！

【注】

① “四师”，1964年我在内蒙古大学读书，相继执教中国古代史的四位先生是：朱葆珊（蜀人，川大研究生毕业，徐中舒弟子，终退为副教授）、黄佩瑾（豫人，人大研究生毕业，尚钺弟子，后调苏州师院，任图书馆馆长）、陈国灿（鄂人，武大研究生毕业，唐长孺弟子，后调武大，教授、博导，敦煌学专家）、梁太济（浙人，北大毕业，邓广铭弟子，后为浙大教授、博导，宋史专家）。四人分别教授了先秦秦汉史、魏晋南北朝史、隋唐五代宋史、元明清史。

警世歌

适逢全世界人民纪念反法西斯战争胜利五十周年。日本方面，一边有政府首脑对当年受害国表示“道歉”，一边又有人死不认账，信口雌黄，美化日本当年野蛮、残酷的侵略战争。追思历史，反观现实，感慨良多，特撰此歌，以警世人。

谎言如火纸难包，纸里包火岂经烧？
日本侵华五十载，罪恶累累史难逃！
裂我神州占我土，杀我百姓盗我宝。
碉堡建处吹共荣，杀人如麻称王道。
一曲义勇共奋起，蒙难儿女杀狼鬼。
八年抗战前后继，教你禽兽难安睡。
以牙还牙驱恶魔，以枪对枪是真理。
誓将血肉筑新城，抗日烽火照天地。
关东苦斗雄魂壮，中原血战苍天低。
黄河咆哮南海怒，中华大地显神威。
敌后正面齐抗战，杀得鬼子丧底气。
屁股栽到鸡窝里，三魂飘向岛国去。
霸道谁见武运昌？耀武终被武力毙。
思抗战，牢记取：团结强国莫大意，
和平要靠众保卫，振兴中华是第一。
君不见：东邻尚有痴人在，
将黑为白说是非，军国梦里坐飞机；
又不见：政客云集俏装扮，
认祖招魂拜东条，战犯灵前时招摇；
失言大臣竟排队，翻案议员常接替；
挖空心思拍新戏，藏头露尾演闹剧；

逗词弄句逃指责，封锁真相欺良辈。
呜乎哉、哀呜乎，人间虽有公理论，
难向泼皮讨信义！

鳄鱼吟

游新马泰国，于泰国风情园观土人戏耍鳄鱼。2007年1月31日。

北京方隆腊，泰国正芳春。
花开红绿树，鸟动拂清筠。
入园观鳄鱼，此物最诱人：
出泥显甲片，入水称龙神；
闭口眼发呆，张嘴牙排椿。
土人敢做戏：穿池踩游鳞；
头手舌中出，弄技多尚真；
黑肤如涂黛，艺高颇自珍。
劝尔惜性命，野种不讲仁；
冒险为招客，图钱应爱身。

峨嵋山凝思

艳草纷百色，佛音一何期？悠哉青云心，欲采峨嵋芝。红尘多俗气，仙境洗胸时。不闻人鬼闹，法雨满山吹。

八达岭眺望

翻山越岭意若何？虎卧蛇行气象多。翘首云楼飞白絮[①]，回眸雾堠[②]隐青峨[③]。千秋瑞气凝神夏[④]，万里关山壮鬼柯[⑤]。炎裔黄孙龙种健，重光世界正挥戈！

【注】

① 云楼：山峰上的长城戍楼。

② 雾堠：雾中笼罩的颓墙废楼。

③ 青峨：小山头。

④ 神夏：华夏。

⑤ 壮鬼柯：鬼斧神工之意。

1972 年 7 月

镜湖楼呼伦阁聚宴赠赵志宏学长

丙戌初秋，志宏学长自京华归省青城，与内大诸学友聚宴桃李湖呼伦阁叙阔，有此乐事，席上赋诗，以志颂诚。临宴者有孙玉溱、朱成德、杨新民、王俊川诸君。

秋来正乃菊花期，一座豪情宴故知。
中岁分符归道别，十年移任艺坛驰。
欣闻大吏能新政，更喜封疆是布衣。
且酌三杯歌世乐，清风满阁不相疑。

2006 年 9 月 6 日

题扇·怀念母亲

吾母王秀鸾，小字二仁；其父王兴，以字行曰正昌，故籍晋中祁县，为清末民初在萨拉齐厅之文化人；母拴珍，其父名曹振宏，为旷世晋商太谷北洸曹氏漂泊萨厅者；振宏有二兄，一兄失名，一兄名振铸，其曾祖为兆字辈之曹兆全。今之“三多堂”曹氏（俗称曹家大院）为其同宗--细语留给后人。

八十余年大梦非，一生劳顿眇艰危。
持勤育子人多称，友善怜贫自奋为。
不羡豪门夸富贵，唯期儿女有真知。
高亲苦志光前古，遗爱民间世口碑。

2006年1月12日母逝三周年

五十中秋述怀

壮心如海复如潮，五十年华似昨宵。
学字城南思孟母，习拳街北忆荣苗。
半生苦乐添憔悴，千卷诗书慰寂寥。
秋雨声声今又是，一腔热血对魂招。

辛未1992年作

大窑文化遗址即颂

太古迷茫世久荒，大窑一现重名扬。
数丘突突龙含蛋，几径回回凤引凰。
陶片连田惊事远，石头成器叹时长。
自从汪老追踪后，话却南疆有北乡。

青冢即景感兴

黄土高封翠色栖，平川涌黛与星齐。
身埋黑水香边漠，名入华章颂浣溪。
芳草连天秋露冷，琼花漫地塞云低。
红颜巾帼风流事，唯有王嫱万笔题！

夜过托县云中郡古城

九曲黄河九曲流，流经大漠带云州。
秋风老尽隋唐树，野火烧平汉魏丘。
草绿川原随岁改，花红塞上为民酬。
痴情最是催归鸟，独对游人唱旅愁。

登呼郊万部华严经塔

辽皇崇佛一亡酬，徒剩浮屠吊古州。
鸟噪空楼恋旧爱，云飞白塔剪闲愁。
黄经万部随时散，力士千尊应世留。
遥想当年香绕处，晨钟暮鼓亦风流。

唐昭陵[①]晴望

陵园似扇面南开，众塚如星拱紫台。
雾卧九嵕[②]呈庆瑞，云横八骏[③]起风雷。
生前有道能来众，死后遗灵尚驭才。
对景吟哦三镜论，君王自是帝中魁。

【注】
① 昭陵：唐太宗李世民葬陵，位于关中礼泉县。
② 九嵕，山名，昭陵筑于此。
③ 八骏：李世民八匹爱马。

访伊旗凭吊成吉思汗陵

天骄陵寝静无声，殿接苍穹草木荣。
拥众山河通大漠，伏龙欧亚系长缨。
春云近逐千营动，秋马遥嘶万里征。
滴漏频频风月老，英雄事业有宏名。

谒香山墓[1]遥寄雍村[2]兄

香山墓地宜人留，翠柏森森景色幽。
石阙重修旌百代，丘园更葺继千秋。
嵩山骤雨从头过，伊水惊涛接足流。
但愿龙门常醉客，与君共扫一腔愁！

【注】

① 香山墓，白居易墓，位于洛阳龙门高地上。

② 雍村，作者挚友，亦名邓旭涛。

1984年5月带80级赴西安实习归来作

访美岱召[1]

1991年7月，内蒙古隋唐史考察研讨会在呼和浩特召开，会议期间来自全国各地的专家、学者游美岱召，余陪同，赋此诗，并赠唐史学会牛致功、牛志平、阎守诚诸先生。

青山脚下杏村迎，塞上名召喜访行。
树掩楼台悠梦远，云泥城堞冷烟横；
花香佛地思戎主，鸟语蓝天吊女英。
四百年前佳丽地，乡人个个乐升平。

【注】

① 美岱召，又名灵觉寺，位于土默特右旗大青山南麓，为明代兴建，是内蒙古著名召庙；又是一方城，是“大明金国”阿拉坦汗（1507-1581年，《明史》中称作俺答汗）家族的政治活动中心。

沉痛悼念于北辰校长仙逝

万里晴空北极明，百年流彩一豪英：
忘身救国勤勋业，爱教酬民著令名；
放论震聋时俗忌，坦言发聩鬼神惊。
蜗居斗室怀天下，亮节高风道不更！

2008 年 3 月 11 日

附联：敬悼革命家教育家于北辰校长

忠党忠民忠业，丈夫浩气贯日月。
立德立功立言，大家精神感地天。

瞻仰乌兰夫纪念馆并志校长百岁诞辰

彤云凝北域，大漠出奇人：
壮志排时难，贞心解困民；
平生胜四大①，睿智润元春②。
拔地丰碑立，传薪信有真。

【注】

① 四大：古称“大德”“大功”“大权”“大名”为“四大”。

② 元春，初春，第一个春天。全句喻指乌兰夫作为革命老前辈在缔建社会主义新中国、创建内蒙古自治区及民族理论和实践方面的杰出贡献。

大雁塔顶即景（仿律古风）

拔地凌霄汉，登阶瞰玉穹。原坦疆四绿，楼缀点千红。万巷成棋局，三街小路枫。渭波明似镜，太乙隐如龍。骊岫蒸霞蔚，周墟浴雨虹。车鸣卑乐奏，人动塔生风。目寄秦中月，心随塞下鸿。抚今思国士，吊古笑王公。春去花何在？人来景不空。塔魂常识意，报我礼苍雄。

除夕守夜

寒梅两两映窗红，爆竹声声冲太空；
满院春风今夕起，灯摇喜气报年丰。

1964 年春日

军垦漳河送贾东昇毕业调配新疆①

稻子将黄日日晴，军营惜别送东昇。
西游复是天山路，欲践山盟正好行。

【注】

① 贾东昇，大学同班生。1970 年军垦冀南漳畔，毕业时请调配新疆军马场锻炼，以与文革西游中结识的杨女士完婚。

访半坡博物馆①

半坡一睡六千春，再现人间客问频。
台地无声传古意，应夸女子转时轮。

【注】

① 率历史系81级于西安实习，上午从公交车上摔下来，行一天，到下午，腿立不便，过一宿，发现左大脚趾骨裂，呜呼，阿弥陀佛！一路有张力军、张久河、冯呼和、郭锦卫、金山等多个弟子照护、接送。

1985年5月1日游

王占山

蒙古族，1950 年 9 月生于内蒙古自治区通辽市奈曼旗大沁他拉镇双合村。采写的报告文学《一心扑在事业上》，1984 年发表于《群众文化》刊物上；1987 年撰写的电视专题片《民间工艺美术家宝石柱》由哲里木盟电视台录制，在内蒙古自治区电视台播放。创作的小说、散文、诗歌等作品发表在市、省、区的报刊上。

叫来河谣

弯弯叫来河，曲曲几湾雾。岸畔困游客，青野不见疏。侧耳欲闻音，蛙鸣声似鼓。苍穹有雨落，紧避岸边柳。　　密雨穿柳叶，新柳自含羞。客临河堤上，雨惊澜未休。清波贯古今，悠悠自长流。滋养万顷田，润肥羊马牛。

观“皮影戏”演出

三米影窗台前立，铿锵锣鼓动艺心。
手举金线翩跹舞，画影幻现耳目新。
清脆歌喉众人爱，金腔玉调字句真。
词句格律似流水，唱尽悲欢离合音。

王永久

原籍吉林长春人。1970 年毕业于东北师范大学汉语言文学系。先是在突泉县文化馆、文工团工作 12 年，1983 年起开始做《兴安文学》编辑工作。

天池四咏四首

（一）

猿攀蛇进莅巅峰，曲径通幽一鉴明。
天似穹庐树似幄，山如襁褓水如婴。

（二）

湖边绿影天庭树，池底白帆银汉云。
醉卧瑶台听万籁，人生极致是涓尘。

（三）

山巅一抹滢滢水，闻道终年不降升。
无视炎凉常故我，只缘身处最高层。

（四）

造化神奇最惊心，水如杜康山作樽。
陶然东西南北客，欢纳四面八方人。

石塘林[1]二咏

（一）

千姿百态石峥嵘，似兽如禽各不同。
马奋疾蹄奔校场，鹰开睡眼眄苍穹。

（二）

石诡花奇木亦殊，踟蹰石海辨归途。
不经昔日滔天祸，哪有今朝妙景读。

【注】

① 石塘林位于内蒙古阿尔山境内，台地内溶岩层叠，怪石嶙峋，远望波涛汹涌，近观似开水翻花。

咏偃松

玄命安身乱隙中，霜欺雪压亦葱茏。
分明都是山儿女，何以独君爬地生？

咏松叶湖

蜿绕峰缠万木围，俨如少女锁深闺。
铅华不染足风韵，缱绻湖边不欲回。

咏人工林

远望如林近似墙，横看成列竖成行。
苍铺大地云天矮，翠写丰碑日月长。

游杜鹃湖感赋

深山藏锦绣，密树掩风流。
水阔山形淡，风和花影稠。
锦鳞翔草底，翠羽唱枝头。
绕岸盘桓久，当归盼再游。

游阿尔山感赋

造化钟情阿尔山，匠心独运造奇观。
泉分冷热涌山坳，湖有浅深居岫巅。
石海惊涛天下少，莽林骇浪国中罕。
相逢不吝勤放眼，斯地果然多洞天。

松

岁寒三友位居尊，叶茂根深簇簇新。
昂首长天风雨势，横眉峭壁斧刀痕。
千秋寒暑铸铁骨，万古烟霞凝玉魂。
不为炎凉弃大志，英姿凛凛壮乾坤。

竹

草木纷菲尔更新，婀娜窈窕气尤矜。
虚心自打生荑有，圆节从来坐骨存。
一世但求直里长，半分不向曲中伸。
蓝天作纸雨为墨，椽笔千根写岫魂。

庆香港回归感赋二首

（一）

香岛回归人共欢，寄心楮墨写诗篇。
钩沉昔日沧桑事，直遣豪情上笔端。

（二）

载歌载舞唱团圆，四海齐欢国步宽。
把盏称觞应酹祖，华夏同胞共婵娟。

庆澳门回归感赋二首

（一）

沧海桑田五十年，山河不变换容颜。
一星拔地惊寰宇，两弹腾空慑霸权。
昨日方尝完璧乐，今朝又纳得珠欢。
中华儿女多奇志，十亿雄心铸大千。

（二）

每逢佳节赋诗章，血沸神驰慨以慷。
讴国歌民唱盛世，吟山咏水颂朝阳。
情倾毛颖企辞美，意现龙蛇求字香。
笑迎澳门归故里，为添国喜引壶觞。

雁荡览粹

夫妻峰

仙山雁荡有奇闻，并蒂花开两石人。
耳鬓厮磨成莫逆，风寒共御是知音。
鬟霜鬓雪情依旧，齿破头童爱更真。
来往多愁善感客，夫妻峰下自沉吟。

大龙湫

银汉汹汹水不圈，飞流直下九重天。
千寻匹练飘琼玖，万椟珍珠撒玉盘。
日照陡崖生紫气，风流幽谷起寒烟。
斑斓雁荡千秋画，旖旎龙湫万古泉。

王永发

1943年生，内蒙古扎兰屯市人。大专文化，中学高级教师。原任三合学校校长。中华诗词学会、内蒙古诗词学会、东坡赤壁诗词学会会员。其传略及部分代表作品已载入《中国当代诗词艺术家大辞典》《中国当代诗词家辞典》。

教师节抒怀

培桃育李志坚持，朽木雕龙一代师。
身教言传争示范，潜移默化授真知。
羊毫滴尽三春雨，粉笔染成两鬓丝。
甘作人梯终不悔，豪情永著杏坛诗。

游扎兰屯吊桥公园

最爱扎兰奇景观，风光绮丽几流连。
层峦叠嶂通幽境，秀水平波泛画船。
绿树亭前花弄影，吊桥堤畔柳含烟。
万千骚客寻诗境，疑是江南四月天。

鹧鸪天·离休抒怀二首

（一）

雁叫金风送晚凉，一年易度又秋光。教坛有限时光短，书海无涯日月长。　　离退岗，喜还乡，品茶谈笑话农桑。耆年挚友重相聚，志展鸿猷颂夕阳。

（二）

家宴高朋聚一堂，酡颜霜鬓话沧桑。畅情频忆昔年勇，豪气当争日月长。　　菊放彩，瑰飘香。临窗把酒醉诗肠。酒酣高唱《红霞曲》，携手诗坛迈宋唐。

水调歌头·兴安岭抒怀

久慕兴安岭，今日喜登攀。幽谷清泉红叶，秋色正斑斓。车绕盘山险境，旋见峰回路转，高树入云端。飞瀑九天落，白练耀虹旋。　　穿隧道，跨云海，履峰颠。俯瞰千岩万壑，天地顿觉宽。欲效鲲鹏展翅，要学苍松傲雪，豪气贯长天。志士须无畏，绝顶探奇观。

蝶恋花·游扎兰屯吊桥公园

塞北苏杭都说美，岸柳啼莺，帘卷喷泉水。景仰诗碑添韵味，秾桃艳李争妩媚。　　蝶乱芳丛人欲醉。稳荡兰舟，难得销魂意。曲径通幽人腾沸。茂林嘉树环城翠。

乌兰察布采风感赋

乌兰察布业辉煌，文友采风聚一堂。
词继苏辛传雅韵，诗承李杜赋华章。
江山壮丽供描绘，人物风流任品量。
文苑开花昭史册，勃兴豪咏迈三唐。

秀水山庄揽胜

扎兰风景美如诗，壮丽神奇霜染枝。
横黛远山含秀色，斜阳碧水展秋姿。
黄花吐艳游人醉，红叶迎秋墨客思。
雨霁穹峰飞紫雾，魂销胜境旷神怡。

谒昭君墓

昭君出塞雁门行，胡汉和亲息战争。
为化干戈成玉帛，甘将丽质步沙程。
怀才不遇生前恨，为国捐躯死后荣。
利在当时功在后，而今蒙汉水鱼情。

秋游扎兰屯

北国秋深绿未凋，扎兰百里又春潮。
半城流水琴音乱，四壁环山柞叶娇。
树影拂窗云淡淡，金风吹梦雨潇潇。
风光沉醉骚情涌，引我诗魂上碧霄。

鹧鸪天·春居

篱笆茅舍一架书，农家农俗乐村居。春风阵阵吹山绿，丝雨绵绵润树腴。　枝舞鸟，涧游鱼，平林野水远山虚。养心最是田园好，闹市喧哗愧不如。

鹧鸪天·游柴河花果山水帘洞二首

（一）

踏雾登临花果山，天开石窦溢甘泉。苍崖泻出千堆雪，碧涧升腾万缕烟。　虹放彩，瀑飞湍，诗潮逐浪涌心田。谁知绝妙天然景，尽在云中缥缈间。

（二）

携杖登高望远山，神工鬼斧构奇岩。幽林鹤唳闻清韵，飞瀑龙吟泻碧帘。　风袅袅，水涓涓，云端深处访僧仙。游来不见孙行者，又去降妖何日还。

鹧鸪天·春兴

闲引名花小院栽，飞红泻翠入窗来。诗心顿觉春光媚，醉眼常随逸兴开。　惊晚岁，又春回，窗前疏柳影徘徊。风柔绿意催吟兴，赋罢新诗细剪裁。

水调歌头·兴安岭赏杜鹃

俏丽兴安岭，秀冠杜鹃妍。嫣红姹紫开放，形色壮人间。宛若丹霞片片，娇似红旗猎猎，如火满山燃。融化寒冬雪，叠瀑水生烟。　邀诗友，攀绝顶，赏奇观。春山远望，无限愉悦荡心田。香蕊溢流诗韵，骄态迷了词客，忘返久流连。愿化杜鹃鸟，啼血染群山。

参观凉城贺龙革命纪念馆

一代元戎苦尽忠，三山推倒建奇功。
八年抗战驱倭寇，十载进军捣蒋凶。
纵马太行惊敌胆，横刀南北震雄风。
像前俯首怀先烈，默默深情三鞠躬。

园丁颂

鬓染寒霜夕阳红，诲人不倦志无穷。
讲台三尺传青史，粉笔千支绘彩虹。
播雨耕耘桃李艳，呕心沥血世人崇。
为何红杏妍如许，尽是春风化育功。

岱海泛舟二首

（一）

湖光山色两交融，浩渺烟波一望中。
游艇荡开云水碧，落霞吹尽晚山红。
渔歌唱落晴空鹭，帆影掠飞岱海鸿。
万壑松涛田野绿，诗情奔泻咏无穷。

（二）

疑是银河落九天，如烟似雾下尘寰。
狂涛裂岸千堆雪，怒浪横空万顷澜。
几代英雄饮战马，百年过客看风帆。
畅游岱海人陶醉，满载诗情奏凯旋。

游老虎山公园

今访英雄老虎山，红军碑塔耸云天。
松涛树海奇峰美，水秀山青峻岭妍。
半壁翠屏瀑水泻，万重白练碧霄悬。
风光览尽抒豪气，词赋篇成满载还。

边塞风情

小桥流水绕村环，稻谷飘香果满山。
八月乡村浓似酒，游人不再忆江南。

吊桥公园仰老舍诗碑二首

（一）

吊桥湖畔仰诗碑，笔走龙蛇石上飞。
气势恢宏人共赏，颜筋柳骨闪光辉。

（二）

诗碑耸立展风骚，翰墨淋漓分外娇。
一道文光冲北斗，游人赏罢尽魂销。

水调歌头·扎兰屯览胜

最爱扎兰美，结伴共秋游。环山松柏苍翠，碧水绕城流。百里田园如锦，千载江河似练，绿树隐红楼。湖面蓝天碧，红鲤戏轻鸥。　览奇景，人陶醉，意悠悠。秋山远望，万缕思绪涌心头。莫叹年华老去，珍惜余年机会，艺苑展鸿猷。情激登高唱，诗酒醉中秋。

瞻仰集宁老虎山烈士纪念碑二首

（一）

巍巍碑塔立苍穹，肃穆庄严气贯虹。
烈士芳名人敬仰，忠魂品德世尊崇。
生如翠柏凌霜雪，死若繁星耀碧空。
慷慨悲歌留正气，威仪千载仰高风。

（二）

七月熏风拂墓陵，松涛十里虎山行。
丰碑凛凛书正气，瀑水潺潺颂雅风。
骚客挥毫夸志士，游人俯首敬英雄。
登高回望流连处，束束花环隐绿丛。

采桑子·参观丰镇电厂

英雄恍若偷天火，烈焰长龙，珠洒晶莹，西电东输驾彩虹。　　醉人最是黄昏后，摘月星空，光射苍穹，天上人间彻夜红。

老虎山观瀑布

丹崖虎踞各峥嵘，大好河山列画屏。
绿水青山花吐艳，层峦叠嶂地钟灵。
瀑飞绝壁霓虹舞，雨洒青溪淅沥声。
鸟语琴音流水韵，诗人吟兴更痴情。

忆　妻

一年一度清明节，细雨潇潇洗绿苔。
春到百花能再放，黄泉人去不归来。

游柴河卧牛湖

一别柴河二十年，偶游林海翠峦间。
青山带雨藏明鉴，绿水披霞涌碧滩。
坐岸凭栏红鲤乐，临风把酒美肴鲜。
莫非亲至瑶池境，卧牛湖畔恋忘还。

再游扎兰屯吊桥公园

轻沙雾荡柳生烟，碧野柔风燕侣旋。
秀水峰巅凝紫气，吊桥径曲绕青泉。
亭前夕照飞花雨，湖畔晨曦荡绿澜。
久立画廊神往处，留连心醉不思还。

王永雄

1957 年生，鄂尔多斯市杭锦旗人。高中文化。1976 年开始诗词创作，1993 年出版诗词集《流星集》。

步康润清《内蒙古自治区六十大庆抒怀》原韵

舞欢杨柳起惊鸿，歌动星辰灿太空。
紫气红霞春历历，黄河碧树影重重。
高原来客声声叹：大漠征程处处通。
吐气扬眉多盛事①，乘风破浪有英雄。

【注】

① “吐气扬眉”原诗注为：“扬眉吐气”为羊绒、煤电、碱硝陶土、天然气等的简称，“羊煤土气”的谐音。

家　蚕

家蚕不爱弄风姿，自缚原来为自持。
不把身心交给茧，怎教桑叶变成丝？

山上作

松奇石秀土生春，鸟语花香满眼新。
顶上风光能醉客，悬崖峭壁要留神。

赠贾漫先生

春风雨露信无私，北斗泰山仰自知。
松柏精神雷隐处，凤麟踪迹月明时。
常因天意歌新曲，不负“人间要好诗”[①]。
铁干铜根香四溢，参天古木秀春枝。

【注】
① 唐·白居易诗：“天意君须会，人间要好诗。”

腊　梅

百花暗处仰风姿，冰雪精神挂满枝。
独立风霜谁解笑？最寒时是最香时。

野外行

蒿草寻常隐入春，菜花平淡显纯真。
风光本不宜修饰，越是天然越动人。

赠张嘉贞

锦绣文章贮满怀，山人特立号“黑白”。
诗追李杜摩云上，草续僧张动地来。
大漠自应呈大气，长安尤可展长才。
秋风春水观今古，铁树银花万朵开。

杨贵妃

为君起舞为君歌，奉献多时罪亦多？
花上露珠疑是泪，至今犹恨马嵬坡。

黄河壶口瀑布

惊看云旋入水深，又听雷吼破天门。
九重气势千山退，万里风涛一口吞。

卢沟桥访赵登禹墓

铁血年华慷慨多，英魂无愧好山河。
桥头狮子河中水，千古丰碑万代歌。

路　上

左右香分一路心，高低枝绽九州春。
芳姿欲待闲来赏，无奈春风不等人！

选　择

江自无穷海自宽，怕君脚踩两条船。
风波未起舟先荡，却恨人间行路难。

临江仙·望月

玉兔生涯唯捣药，嫦娥仍是新妆。清寒寂寞锁柔肠。可怜情脉脉，无奈夜茫茫。　　曼舞轻歌谁赏得？古来多少忧伤。人间天上枉思量。心声听不见，后羿在何方？

预　感

日增万辆车，月筑千条路。
可惜路纵横，都作停车处。

百　川

众声呜咽诉辛酸，忍见鱼虾枯百川？
西叹源头东叹海，变浊容易变清难。

四　时

冷风吹罢热风吹，春夏秋冬误过谁。
白草尽时青草见，暑寒天气是轮回。

玉米林

秋色赏奇观，夏风听妙响。
三千碧玉箫，十万黄金棒。

观　画

春色寻何处？酒香不用闻。
舟停桃叶渡，人入杏花村。

植　树

沙尘偶尔来，莫怪黄风烈。
春眼看山河，便成花世界。

牧羊人

解渴三杯酒，抒情一棒烟。
心中无甚事，静坐想神仙。

李　白

万里山川险？千秋日月孤？
三杯通大道，一剑走江湖。

唐　音

大漠歌残六月春，崇山吟碎九秋云。
天荒地老情犹炽，梦绕魂牵是此音。

黄鹤楼

烟波江上几人愁？黄鹤白云碧水流。
鹦鹉洲新难得夜，汉阳树暖不逢秋。
李白搁笔归何处？崔颢题诗在上头。
千古登临人不倦，满楼诗意叹悠悠。

少年，老年

细看老年人，少年觉可笑。
反身即老年，转又笑年少。

春

小院风轻梦显然，幽居听得百花还。
催春鸟立新枝上，一夜啼香十里山。

山　人

青灯黄卷一杯茶，门外自凋四季花。
林下偶听风扫叶，江边闲看浪淘沙。

过坟区

悲欢世界暑寒天，忙去忙来多少年？
黄土一堆人事尽，此间终可放心眠。

感　恩

问你当初一尺身，是谁呵护长成人？
人生万万千千事，第一应知父母恩。

登大青山望昭君墓

春风吹秀大青山，下有喷香土默川。
胡汉亲情千古续，昭君名字五洲传。

王玉庆

1969年生，扎赉特旗音德尔镇居住。高中学历，毕业于音德尔一中。1988年在乌兰浩特保安公司工作，1997年回到扎旗，现在从事出租运输工作。多年来酷爱中国古典诗词，偶而尝试一些创作。

开出租有感

车轮转昼夜，双手掌乾坤。
天地长相伴，日月久为邻。
寒来霜润面，暑至汗蒸尘。
不畏风刺骨，何惧雨倾盆。
阅尽千人相，喜送万户春。
载客虽小道，亦怀助民心。

八声甘州·父亲去世三周年纪念

恰愁云惨淡雁徐归，凄风苦雨飞。恸父亲辞世，苍天哭泣，亲友含悲。三载时光漫漫，叹物是人非。思念何由寄，痛彻心扉。　　昔日谆谆教诲，要常思己过，诸恶弗为。要忠实操守，举止不逾规。想如今，人天隔断，忆亲人、梦醒泪双垂。轩窗外，月凉如水，满目清辉。

故园柳

故园墙畔柳青青，久历风霜绿愈浓。
雀鸟嘈喧非己类，蒿莱零乱岂堪同。
贫瘠不减云天志，寒馁常思雨露情。
寂寞深心犹未解，依然摇曳醉东风。

西江月·自描

惯喜吟风弄月，时常打坐参禅。可怜心比铁石坚，哪得玲珑八面。　　行若翠竹有节，心如碧水无澜。浮生顺逆若云烟，自有风光无限。

王守仁

蒙古族，1948年12月生于内蒙古乌兰浩特市。大专毕业，中华诗词学会会员、通辽诗词学会会员、长白山诗社社友。从2000年开始从事业余写作，先后在《人民日报》《中华诗词》《中州诗词》《上海诗词》《八桂诗词》等发表诗词作品近百首，并有作品获全国诗词大赛一等奖、三等奖、佳作奖、优秀奖。

水调歌头·长白山天池览胜

长白初为客，来此忘凡尘。偕登千仞峰顶，脚下涌浮云。风拭高天玉镜，忽显波光壁影，清气满乾坤。古砚一池墨，留与百家吟。　　天池水，大峡谷，密森林。断崖飞瀑似练，万鼓破惊魂。涵养三江源脉，锦绣关东大地，红叶染秋深。山水藏灵韵，盛世唤诗人。

水调歌头·松花湖游泳

远泻天河水，到此满湖平。小舟恍若犁雪，独我踏波行。马背逍遥狂客，梦里松花钓月，今日会鱼龙。潜入三千尺，直叩水晶宫。　　山苍翠，云飘渺，碧流清。襟阔能消百虑，难得一念空。须借西窗杏雨，洒向秦关汉塞，陕陇起涛声。九域民间富，天下共繁兴。

沁园春·科尔沁怀古

山抹苍颜，溪流寒雪，碧宇浮云。醉羊群飘絮，狂歌大野；金雕衔日，牧笛招魂。思绪穿空，豪情阅古，白骨累累早化磷。抚锈箭，叹当年此地，血染征尘。　　销磨马背青春，约盟誓鸾乘迎丽人。拜皇朝国母，德威天下；抗夷虎将，卓著功臣。起义英雄，凭枪护牧，洪格敖包中弹痕。千秋梦，有几多过客，史册留馨。

水调歌头·壶口观瀑

赴运城参加第四届新田园诗歌（河东杯·旧体诗）大赛颁奖会期间，逢中秋日，与吉林翟致国、秋枫，江西胡迎建诗友，驱车经新绛、候马、曲沃、襄汾诸市县，穿越吕梁山，至黄河壶口观瀑，仅停留半小时便乘车连夜返回运城，往返耗时14小时，辛苦备尝。

三晋多名胜，壶口最牵神。诗友相邀游览，雀跃过襄汾。险路盘旋数百，喜上吕梁环顾，惊叹大河魂。飞瀑壮奇美，倾倒古今人。　　擂戎鼓，奔万马，卷旌云。涛拍两岸石壁，浊浪化氤氲。寒壑龙吟虎啸，怒扫千秋风雨，豪气荡胸襟。诗意蓄不住，随势过龙门。

鹧鸪天·打工父亲

小女辍学卖豆芽，打工老父走天涯。日背砖块汗如雨，夜宿工棚霜似花。　停饮酒，不喝茶。分分积攒寄娇娃。偶闲也作登楼望，万户千灯不是家。

贺新郎·谢刘征诗翁赠《画虎居诗词》

已把赠书阅。仰先生，诗心未老，笔锋滴血。哀系百端关世运，肝胆同忧共热。对硕鼠，怒目眦裂。莫谓万言值杯水①，试敲击，硬似铮铮铁。恶吏悚②，黎元悦。　青山踏遍诗称绝。舞灵蛇，淋漓酣畅，墨龙腾跃。曾绘丹青梅骨瘦，一树幽香欺雪③。更匕首，柔光含月④。不肯多情输年少，白头翁，醉唱相思节。播挚爱，炽心烈。

【注】

① 先生在《金缕曲二首·自寿》中有"硕鼠穿仓齿牙利"和"万言不值一杯水"句。

② 指《沁园春·从化天湖桥断落死38人》、《沁园春·克拉玛依友谊馆大火325人死难》与《金缕曲·读报有感》中所怒斥之"新三吏"。

③ 先生为《长白山诗词》2001年第四期封面绘国画"梅花"图。

④ 先生杂文不乏凌厉的锋芒，但以婉讽、谐讽为主。

沁园春·应邀于南湖赏红叶

细雨潇疏，风送轻寒，曲径微茫。看南湖景色，纷呈异彩；霜林醉叶，占尽秋光。斗紫争红，云蒸霞蔚，直叫骚人野性狂。诗难禁，借江南鸟韵，梦里花香。　　人生最美夕阳，对此景何须动感伤？喜棋枰敲趣，柳堤垂钓；浪游山水，歌舞琴房。锋角磨平，英雄气老，瘦骨嶙峋剩柔肠。吟声里，问南园菜事，心系农桑。

沁园春·金牛山古猿人遗址

石裂岩崩，乱草荒坡，沧海桑田。念刀耕火种，悠悠万世；猿啼鹿逐，短短千年。物竞天择，荣衰有律，消长循环古亦然。沉吟久，对犀牛望顶，半日无言。　　眼前如画江山，洒热血征衣未觉寒。虑地凿空洞，海升陆降；穷耕滥牧，沙进湖干。人有忧思，禽生暴症，但喜风光景未残。呼良策、赖身心清净，莫醉金钱。

西江月·去神泉未果山上坐咏

碧宇千帆浮雪，松涛十里闻雷。野花斟酒斗芳菲，我欲陶然一醉。　　襟阔平添豪兴，多情忘了娥眉。莫愁啼鸟唤人归，愿此沉酣独睡。

沁园春·游辽河口西炮台

丽日霜天，胜友驱车，河口共游。叹废垒寒墙，雄临碧海；古炮斑驳，昂首荒丘。宿草荣枯，弹痕犹在，清史悲歌辱与羞。抵倭寇，数中华儿女，血泪争流。　　泱泱故国千秋，驾铁马龙旗卷亚欧。恨百年积弱，频闻号角；一朝狮醒，吼震环球。破壁腾飞，耕云揽月，万里巡天喜放舟。握长剑，对拍天雪浪，壮志难休。

念奴娇·记杂交水稻之父袁隆平院士（步东坡赤壁怀古韵）

披风沐雨，苦辛勤、绿野痴情何物？曾梦涂高盈百尺，腹饱欢声暖壁。水稻销磨，华年壮岁，不悔头如雪。先生无愧，国家科技英杰。　　问路误认农夫，腿溅泥浆，浩气眉间发。赢得稻花香四海，增产功勋难灭。开阔胸襟，淡泊名利，折倒黄髭发。镰刀仍是，当初畦埂钩月。

宝延会长捧山花一路至通辽

翠岭苍烟浮夕阳，诗人偏是老来狂。
山花亦解痴情苦，一路幽幽散野香。

王守身

字鸿鹏，号科尔沁沙翁，1935年3月生于内蒙古通辽市科左后旗甘旗卡，已退休。现任通辽市诗词学会理事、后旗诗词学会主席。诗词作品多数刊登在通辽诗词、通辽日报、各旗县报刊杂志及国内诗刊，2000年全国首届“时代潮”杯诗书画大赛诗词《晚志心声》获三等奖。

忆江南·登青沟望火楼

登楼望，峡谷绿茵垠。郁郁葱葱林盛茂，花香鸟语蝶缤纷，游客把诗吟。

学习中华诗词学会会长孙轶青的报告有感

随笔写民风，胸怀四海情。
诗词格律好，意永韵如钟。

临江仙·颂内蒙古成立六十周年

内蒙建区花甲岁，城乡旧貌新颜。民族团结万家欢。牧民双并举，步入小康园。　　漠海茫茫云锦绣，固沙植树封山。草原无际斗芳妍。山花红烂漫，四季似春天。

清平乐·中国红军长征七十周年

长征岁月，屈指七十节。回首岷山千里雪，历尽艰辛卓越。　　神州今日腾飞，常怀革命丰碑。红色江山永保，千秋万代光辉。

游大连碧海山庄

碧海山庄实可游，两宫荟萃数名流。
封神三国西游记，水浒白蛇复红楼。
艺术纷呈精湛美，风神各异有千秋。
静观皆得游人醉，史迹如真眼底收。

晚志心声

老却弥坚尚有求，胸乏点墨应钻修。
霜来两鬓挥椽笔，颂党忧民写九州。

清平乐·感叹沙尘

狂飙怒卷，尘暴黄沙满。洒到人间都是怨，环境时遭污染。　　失调生态多灾，千秋不息除埃。绿化造林种草，贻福孙辈开怀。

采桑子·燕苑景

顺天昌北丹城苑，藤蔓遮墙，林栉群楼，翠柏青松环假丘。　　游园曲径通幽处，莲过人头，湖水浮舟，百米碑林技法熟。

上海黄浦江之夜

火树银花不夜天，江边隐约打渔船。
苍翁鹤鬓垂钩钓，倒影湖中红绿蓝。

清平乐·庆香港回归

七一党立，香港回归喜。双喜临门应庆贺，国耻百年雪洗。　　离家百载当归，普天同祝光辉。两制一国构想，炎黄同度安危。

王 旭

蒙古族，1969 年 11 月出生。大专文化。现在内蒙古科左中旗通信分公司供职。中华诗词学会会员、内蒙古诗词学会会员、通辽市诗词学会常务理事。2004 年 10 月参加了《中华诗词》编辑部举办的第二届“青春诗会”，有诗词作品被选入《中华诗词年鉴 2003 年卷》。

“五·一”长假游崂山并品茶

今春得空闲，有幸访崂山。九曲环山路，一线海连天。梧桐花正艳，蜂蝶绕其间。树随山势走，根在石中盘。绿阶人攒动，粉枝鸟语喧。沿途多商贩，悠然摆地摊。扇贝鲨鱼齿，堪称品种全。形色商贩里，不乏小儿男。树下盘膝坐，身着旧衣衫。口中含鸟笛，手里变钢环。无心听“鸟语”，举步向峰峦。忽闻巨石后，玉落水潺潺。但见溪流细，婉转复涓涓。寻声随路转，飞瀑泻龙潭。争先留倩影，美景衬欢颜。谁知天近午，顿觉口生烟。急奔山脚下，共入品茶轩。有女宣茶道，柔声细语嫣。朱唇点艳艳，玉指凝纤纤。热气腾云起，枯叶生复还。满室馨香绕，闻之已半酣。恍生云雾里，渺渺似成仙。转眼新茶就，倾壶注绿泉。莲步飘身后，瓷盘托眼前。初尝味苦涩，细品香如兰。两盏周身爽，齿间流芳荃。再饮眉心展，至此忘忧烦。

赞科左中旗西五井子草地荒滩保护

和风煦煦苇连天，生态堪当世外源。
美景引来丹顶鹤，滩头弄翅戏肥鲢。

赞保护西五井子草地荒滩的农民白百岁二首

（一）

痴心廿载见精神，改造荒滩为后人。
苇草连天藏百鸟，水清波绿少沙尘。

（二）

荒滩不见旧容颜，苇草萋萋嫩鲤鲜。
为保家乡环境美，一腔热血好儿男。

刷　马

倦鸟归林日已斜，牧民河畔懒听蛙。
舀来一桶清清水，刷出心中五彩霞。

赛　马

蹄落雷声紧，风从肋下生。
良驹多性烈，桀骜见龙形。

献哈达

巧手织云不染尘，真情捧起草原魂。
吉祥献给他乡客，幸福相随蒙古人。

乙酉年新春寄诗友

疏园雪伴早梅香，莫道痴人醉语狂。
塞北冬深添玉树，江南春近探书窗。
拙诗羞做新元礼，片羽权当旧谊藏。
别后犹思重聚日，此情遥寄祝安康。

【注】
片羽：贺年卡。

深切缅怀王再天老人

王再天老人于2006年8月5日凌晨在山东烟台市逝世，享年99岁。

戎马人生叱草原，征衣血染大青山。
驱倭伐罪名声震，剿匪挥师剑气寒。
虎穴龙潭心未惧，蒙冤受辱志尤坚。
百年功绩垂青史，革命精神世代传。

游吉林松花湖

清波百里绕群山，日暮舟横罩紫烟。
正对青芦寻妙句，一帆破浪送佳篇。

无 题

静夜独思忆旧年，清灯孤影伴无眠。
秋风瑟瑟吹残月，落叶飘飘抚断弦。
对镜轻歌情切切，余音未了泪潸潸。
心中寂寞谁人解，一首新词寄纸鸢。

马 愿

生来千里驹，落地铁骄骊。
黝黝身披墨，盈盈雪染蹄。
朝驮初日起，暮仰群星嘶。
待得骁将至，风驰云雾低。

咏 菊

朝披玉露晚含香，初染秋凉几点霜。
未借丹青飞彩墨，已招骚客舞流觞。
帆随西水邀朋至，月上东篱照淡妆。
纵使黄花变明日，笔端犹自绕芬芳。

摔 跤

凛凛威风两座山，英雄吼势震平川。
熊腰聚起千斤力，虎步腾回一石磐。
臂挽云涛生霹雳，脚翻草浪卷狂澜。
男儿自有好身手，搬倒雄峰弹指间。

乌兰浩特市

天骄铁骑踏雄关，盖世英名千古传。
碧血凝成龙虎气，铁肩化做大兴安。
新天地里施才干，老典型中学圣贤。
我自奋蹄犹未晚，浪尖风口好扬帆。

新春寄诗友

寒来暑往又经年，常引诗思对酒拈。
塞外依然风猎猎，江南可是水潺潺？
折花千里香如故，裁句八行意胜前。
但愿此情生羽翼，定随春信越关山。

南京大屠杀七十周年

1937年12月13日，日本侵华部队占领南京，随即展开为期六周的大屠杀，估计有35万中国百姓遭到惨无人道的杀戮。七十年过去了，世人对于当年南京发生了什么事，几乎一无所知或印象模糊，而如今日本政府又多次在修改教科书上做文章，企图掩饰其暴行，误导后人。

卅万平民血影寒，东洋刀下惨人寰。
离魂怒作金陵雨，兽径贻羞富士山。
已去伤痕应刻记，何堪教案任胡编。
常思己过消前罪，为逬和平共处年。

窗　花

风敲一夜玉花开，山水鱼虫入眼来。
檐角芭蕉何岁种？河边垂柳是谁栽？
雾含岭外楼千座，月伴云端鹤几排。
最数小儿身手快，唇痕印处透心裁。

西江月·游长白山天池

秋日诚邀众友，共游长白高湖。路随云转入仙途，惊散神池晓雾。　　狂吼一声天近，坐观五岳何如。登临方悔往来疏，直问人间几处。

金缕曲·闻钱明锵吟长痛失爱女

倩影随风坠。忆芳容、哀鸿无力，夜长无寐。西子湖边飘素雨，月掩疏帘含泪。分明是、天伦梦碎。只恨飙轮夺命去，失爱珠、从此心何系？想往事，梦中涕。　　侠翁诗泣西河沸，怅吟声、情追苍野，意抚丹桂。难了依依慈父愿，试问孤魂可慰？人逝去，庭花犹翠。纵使唤儿儿不复，劝钱公、身健春增岁。今笑看，夕阳醉。

选入钱明锵先生编《西河泪》集中

画堂春·晨过蛟河

蛟河水缓雾托桥，峭峰直指云霄。岸边垂柳伴风摇，似画如描。　　堤下忽闻歌细，停车回顾声娇。佳人难觅此心撩，意荡神飘。

一剪梅·春

燕语东风进万家，蝶戏繁花，雀闹枝桠。泥香暗涌小篱笆。蠢蠢新芽，缓缓犁耙。　　沃野青苗又一茬，饮露餐霞，笑挽黄沙。绵绵细雨润桑麻，乐了鸡鸭，肥了鱼虾。

鹧鸪天·呼伦贝尔感怀

林海天然好翠屏，樟松招手柳含情。呼伦湖畔全鱼宴，伊敏河边半月明。　花正惑，鸟聆听，毡包也有大歌星？当年逐草三更寂，今伴荧屏逛北京。

鹧鸪天·兴安颂

欲觅仙家戒远迁，桃源塞北数兴安。松涛万里闻雷动，岭海千叠着雾看。　花簇簇，水潺潺，红城今古美名传。当年铁骑出征处，已是新开试验田。

鹧鸪天·草原

塞外初秋喜嫩寒，羊肥牛壮马儿欢。蓝天万里云如絮，绿野无边草似毡。　披彩甲[①]，跨银鞍，那达幕上角弓弯。牧民手捧哈达献，蒙古包前醉不还。

【注】

① 彩甲：蒙语称“江嘎”，是摔跤手在比赛时套在颈上用彩条拧成的饰物。

鹧鸪天·赠戴云蒸老师

春染太行万物生，芳园处处嫩芽萌。唐槐雅韵诗风劲，大漠雏音燕羽轻。　追竹节，弃浮名，愿承正气唱新声。关山万里何须酒，寄雁传书自有情。

齐天乐·赞神舟五号首次载人成功

金秋戈壁寻天处，心随五洲震颤。星掩双眸，月失娇色，试看神舟挟电。银河浩瀚，任舒展英姿，敦煌奇幻，寄梦千年，而今顷刻即如愿①。　时空转眼昼夜，阙宫谁翘望？相思寻遍。桂下嫦娥，膝前玉兔，漫步佳期不远。人间天上，盼早日团圆，莫嫌杯浅。再叙温情，笑谈时代变。

【注】

① 敦煌壁画中有飞天神话故事，古人已有飞天之梦想逾千年了。

鹧鸪天·村姑

嫩柳抽芽诱燕来，村姑试把铁牛开。迎晖笑脸藏娇媚，透爽清眸露俏乖。　挥汗水，润桃腮，山川再造栋梁材。退耕千顷还林处，又有新枝锁尘埃。

鹧鸪天·寄赠王守仁老师

王守仁老师经常给我改诗，去年秋天王老师移居长春，与王老师分别后，每思及一起饮酒畅谈诗句，思念之情更甚，因填一阕以寄托思念之情。

结得诗词未了缘，笔书佳句意飞天。兴来情醉三杯暖，诚至心融十月寒。　　分别后，忆君前，奈何转眼到乡关。每思沽酒行吟处，感慨光阴又一年。

卜算子·咏对红

2000年春，同事将一盆对红遗弃于单位花坛中。问其故，言此花养多年始终不见花期，且娇嫩，叶易落。余见之忙买一泥盆捧土移回，置于办公室窗前，终日浇水施肥。五载已过，终于2004年春节期间开出一对艳丽的花朵，欣喜之余填词以志。

何故弃园中？叶落无人问。缘自年年久不开，尚且身娇嫩。　　掬土换泥盆，伺水根须润。五载终迎怒放期，陋室添新韵。

王考成

1947 年生，内蒙古丰镇县人。中共党员。1965 年、1986 年分别毕业于内蒙古集宁师范学校和内蒙古大学经济系干部专修科。长期在党政机关工作，2002 年退休。著有《心声集》《去日集》。

地中海观涛

拍岸惊涛天际涌，岛山远望影朦胧。
人生易老天难老，潮去潮来万古同。

读十一届三中全会《公报》喜赋

寒凝大地惊雷炸，尽扫阴霾乐万家。
十载烟云成旧史，前程已绽报春花。

午夜观澳门回归仪式

潮涌南天动五洋，欢歌处处颂濠江。
游儿洒泪投怀抱，慈母轻声抚痛伤。
督府影孤萦旧梦，新厅乐奏谱华章。
国人无睡神州醉，澳地今宵分外长。

退休逛书店得句

四溢书香扑面风，眼花纵乱乐其中。
微躯若化身千亿，一卷书前一退翁。

观晚霞感赋

姗姗日脚入昏林，剩有峥嵘天际沉。
莫为桑榆悲去日，万千夕照更迷人。

黄　山

剑斩石峰锷未残，云浮碧岛海无帆。
雾中疑似临仙境，欲咏奇观落笔难。

感　事

缠身十码似陀螺，忍看歪邪奈若何。
千古求真浑不易，灵犀自有不随波。

王志民

笔名凌竹、之敏、亦农，1934年3月生，河南省南阳市新野县人。内蒙古师范大学汉语言文学系教授，曾任该系党总支副书记、系副主任。内蒙古诗词学会会员。

扬州慢·迎新生

内蒙古师院包头分院始建于包头市万水泉附近，乃半工半读性质。1965年春已招收一届本科生。此秋季入学之迎新词也。

鲸负钢城，水环山孕，溥原沃野无穷。喜清泉万处，遍稷麦葱茏。念新序、青阳肇建，瘦田八百，屋宇空空。仗诸生、挥汗披霜，褴褛经营。　　眼前妙手，引丹青、名画初成。纵浪猛风狂，云浓雾重，新帜曈曈。继踵正途扬旆，齐昂首、迈向云程。趁三光无限，曷凭滂浩东风。

1965年

咏　春

东风楼下舞东风，满院桃花烂漫红。
最是寒流风雨后，森森松柏愈葱茏。

1969年

内蒙古自治区成立三十周年

延水流长入草原，井冈星火燃青山。
将军跃马斩豺虎，勇士横戈解恫瘝。
报晓雄鸡正引唱，知春腊梅已先瞻。
奇功英烈垂千古，自治花开久更鲜。

喜　雨

桃红柳绿菜花香，好梦悠悠似故乡。
环佩叮咚催我醒，静听风骤雨敲窗。

登龟山

草木葱茏花正香，江流滚滚过荆襄。
忽惊风浪身边起，却是思乡怕望乡。

1982 年

雨中望回雁峰

似露还藏姿态多，湘江为带舞婆娑。
半妆已令游人醉，何日全妆看笑涡。

1984 年

越秀吟兴

草自多情花自娇，千愁万虑一时消。
凌云竹影亭亭楝，岂是无心上碧霄。

1984 年

漓江抒怀

清歌越女吐芬芳，碧带青簪淡淡妆。
可奈长楸此处少，春风何似醉南阳？

【注】
余南阳人也

1984 年

草原即景

饮马泉边百丈冰，戛云鸿雁巧书空。
穹庐乳酪飘香远，琴奏驼铃天外钟。

1989 年

菜农温室

江南春意入烟蓑，此地冰封万里多。
云帐连天波浪涌，柿红韭绿舞婆娑。

1989 年

咏　怀

每读归有光《项脊轩志》，辄眶湿；今读袁子才《祭妹文》，竟泫然出涕。老而恒忆儿时，其人之常情耶？

我家曾有晓喔轩，渗漉尘泥一洞天。
传世缃牒箫管室，松萱棠棣伴童年。

根河冬咏

近来学得李生禅，挥手蓬壶五岳烟。
最是摇情幽眇处，孤峰白雪晚霞天。

兴安岭看伐木

油锯伐木，拖拉机号“爬山虎”者拖运，甚壮观也。

神斧斜倚步广寒，巧修蛾绿玉斑斓。
娟娟银汉奔雷动，槎载群材谡谡还。

车行戈壁

戈壁茫茫欲上天，行行不到玉门关。
忽惊海市原非幻，水奏笙簧树笼烟。

1989 年

吐鲁番街景

街道两旁，广植葡萄，架于上空如大棚状。棚下车马人等，往来无碍。明珠串串，清香诱人。

竞天醉墨画长廊，葡女娇娆葡叶裳。
车马纷纷裙下过，回眸尽是有情郎。

1989 年

悼李忠哮主任

洒窗灯暗雨淋淋，凄厉寒风凄厉闻。
顿首安仁空作诔，伤心宋玉夜招魂。
终生伟岸耸长岳，一世忧劳献美芹。
公已翩翩乘鹤去，千年华表泪涔涔。

江神子·内蒙古师大四十周年校庆

雪霜阆苑几曾凋？满庭骄，好妖娆。水绕山环，沃野漾兰皋。莫道谢家多宝树，椒蕙地，自琼瑶。　　桑榆晴晚落霞飘。鹤冲霄，浪涛涛。白发萧萧，肯让少年豪？馥馥萤窗学凤饮，莲炬小，醉箪瓢。

1992 年

红山远眺

良渚红山一脉连，月明曾照旧乌桓。
丛葭碧绕英金水，林鹤朋游百岔川。
七老图峰飞石燕，捕鱼儿海走云烟。
新载杨柳三千里，万朵红霞丽九天。

1992 年

阮郎归

宛天晴雨燕莺忙[①]，荷深漾《夜黄》[②]。柳丝风舞弄斜阳，犊鸣细草芳。　　乡梦断，雪敲窗。挑灯理旧章。稚孙无赖女娇狂，频频问故乡。

【注】

① 宛：故乡南阳，旧称宛。

② 夜黄：属汉乐府《清商曲辞》。

1992 年

穹庐诗社成立

兼贺第二颗“澳星”发射成功

吹葭六琯动飞灰，花努穹庐雪里梅。
大象无形鹏外道，真言不美谷中葵。
挂龙已报惊天雨，投杖旋闻震地雷。
乌鹊南飞明月夜，奔涛荡起掌中杯。

1992 年冬至

骑借来之三轮车偕老妻上街买粮

洋洋坐骑似青牛，情味飘萧白发稠。
渫汗单凭风卷叶，爽身唯赖雪当头。
开怀击壤三分地，养志吹箫五凤楼。
一路歌惊桑塔纳，管他宝马载妞妞。

1993 年

过武汉

九天瀚漫大江流，银发秋风忆旧游。
古鹤千年鸣白鹭，亦歌盛世亦歌愁。

1995 年

内蒙古自治区成立五十周年

岂凋霜雪岁寒松，叶茂枝繁插远空。
曾叹学童驼马上，旋夸硕彦馆楼中。
风高楚殿含香蕊，雅盛梁园秀泮宫。
民族花开五十载，碧琉璃界一声钟。

1997 年

授研究生《禅宗史略》毕，将赴湘潭参加学术会议有感

半个俗人半个僧，芒鞋破纳访真经。
蚌胎琥珀思松月，蓦见桃花笑一声。

1997 年

一剪梅·内蒙古师大五十周年校庆二首

（一）

五十年前旧战袍。风雨如矛，霜雪如刀。弹痕累累记勋劳。苦也英豪，痛也英豪。　　山水苍茫明月高。秦汉遥遥，大漠遥遥。寒松依旧耸云霄。学海如涛，歌海如潮。

（二）

五十年披新战袍。剑气萧萧，梅韵飘飘。杏坛菊圃写风骚。浩荡春潮，涌现新苗。　　三号“神舟”冲碧霄。科教功高，桃李多娇。登天架起彩虹桥。红了樱桃，绿了芭蕉。

2002 年

三降春雨

漾漾塞雨草青青，洗却沙原尘暴风。
私语檐间多缱绻，盐梅商略细无声。

2002 年

盛乐新校区二首

（一）

为问何时造化工，莽原草野又龙兴。
万年流水什翼犍，百转千折只向东。

（二）

黄河一曲抱山流，古郡新城绕画楼。
更有钱塘八月里，鼓鸣钟动弄潮头。

2003 年

游包头南海

由来何处最销魂，南海娟娟别有村。
载酒泛波鸥鹭影，翔鳞吹浪藻珠文。
休将苦竹黄芦怨，直把阴山绿野吟。
岂惜湿衣风落帽，苍穹绘就画中人。

2004 年

金婚感怀

何缘当日降天孙，粗粝荆钗总是春。
更喜涸泉濡沫后，沧桑鹤发蕴风神。

2007 年 5 月

王　秀

曾用名王振秀，字放之，号双榆居叟，祖籍天津蓟县，1947年出生于内蒙古开鲁县。副处级退休。著有《古今声韵词谱》一书。部分作品被《中华颂》《世界汉诗名家作品精选》《世界杰出华人诗词艺术家年鉴》等诗集收录，并获一、二等奖。通辽市诗词协会会员、陕西省毛泽东诗词研究会会员。

和仲艳朋同志《登庐山》韵

登高凭览结庐山，直上白云飘渺间。
伸手人言能揽月，抬头君道可齐天。
南瞧台海三千界，西望昆仑百万川。
四十春秋怀旧旅，何时再将险峰攀？

和王老起涛先生韵

曲艺传奇任自歌，雅集大著五盈车。
弘扬正气英模撰，鼓舞豪情烈士说。
秉笔常书国盛典，抚琴久唱世淑德。
尤言未了平生愿，正是先生好品格。

和高老和义先生韵

先生黛墨意空灵，古体七言任自行。
秉笔鸾笺说旧事，吟诗网络诉今情。
晨曦玉露桃花水，春燕黄鹂洞管声。
何道难圆心上梦，词坛漫步正从容。

特地新·古韵新声论

度曲填词，叶声步韵。将词谱、看成范本。赋豪章，展豪楮，秉毫游刃。用新声，著新作，立新风，新文似锦。　　旧韵音杂，今声严谨。入声拗，阴阳仄混。韵难听，律难叶，实难标准。辨平仄，品平文，对平章，平心而论。

超彼岸·韶山感赋

韶山圣水，育一门忠烈，导师豪杰奇伟。拯救中华，缉盗擒贼捉鬼。率工农、败倭奴，捶老美。　　中华千载谁能为！蛇蝎鬼蜮，射影含沙类。恶语妖言，却把英名污秽！汉河干，泰山崩，忠不悔！

沁园春·毛泽东颂

外寇军阀，祸殃黎庶，肆虐神州。握长缨在手，苍龙就缚；丹旌赤字，恶煞伏囚。一部宣言，雄文四卷，唤醒工农觅自由。三山倒、始八极泽润，业创千秋。　　何屈美帝苏修！反两霸、菊香帷幄筹。为江山永固，红旗永立；反贪防变，未雨绸缪。蜀狗嗥瞰，吴牛喘月，岂耐英名万古留！千百代、算明君圣主，谁可相侔。

安公子·嘎达苏牧场感赋

葱翠高原草，绿弥塞北千山坳。片片荻蒲连野陌，看草葑花俏。抬首望、如烟塞马夕阳照。凝眸处、一脉山和水。更肥羊肥马，时有角声长啸。　　蒙汉一家好，两族携手安边徼。一改旧时争战地，伴马头琴调。唱盛世、农耕牧畜辉煌耀。且将酒、一醉长歌浩。又舞绸安代，篝火融融人笑。

松梢月·题凤来仪书院

一径通幽，正双池睡翠，锦鲤闲游。白玉如带，桥下水碧环流。彩绘诗廊多情语，黛碣篆、并立汀洲。碧树青茜，连芳草、引来凤魁楼。　恍如临梦境，看圣人锦卷，书画绡绸。汉鼎辽兽，烽火历遍千秋。满目琳琅心尤惬，把玉盏、浩饮高讴。敬待居士，摘星处、壮志酬。

秋兰香·金兄玉春暨嫂夫人伴余赴二连途中

万里阴山，千秋坝上，驰行古道边疆。驱车同战友，携手看花黄。遍野陌、正蝶乱蜂忙，满山都是新装。忆昔日、乱云飞雪，立马夕阳。　踏遍危峰险隘，顾那里花红，几处芬芳。漫西风、戍塞御边狼，嘶骥踏蓬荒。环望四陲，无赖豪强。此日里、军威国盛，满目华光。

王远冰

内蒙古乌兰浩特人，1976 年 10 月生，大学本科学历。中油兴安销售公司工作。

沁园春·兴安

鸿雁冲天，碧草人间，四野郁葱。喜敖包磊耸，呼邀云彩；毡房落座，奶酒香浓。遍野缤纷，神泉秀苑，杏萼花开别样红。今朝美，畅兴安大地，不与昔同。　　潮头涌现英雄，荷重担、千钧亦从容。叹鹏翔骜骋，穿行万里；蜂飞蝶舞，独恋花丛。壮志骄阳，风雷雨电，任尔弯虹来去匆。图发展，越山溪险阻，谈笑峥嵘。

虞美人·莫菲

飘花流水芳菲尽，明月空无信。回眸漫漫路蹉跎，自笑鬓白纹皱恍如昨。　　红颜年少别离过，真爱无言唾。巧缘偶遇镜中花，仙草瑶林观罢莫如她。

忆秦娥·北国

山河壮，平原沟壑腾威浪。腾威浪，长城矫健，太行千丈。　　天山横越催鞭响，黄河飞渡歌豪放。歌豪放，骄阳高挂，炽情高亢。

王 凯

1948年生，辽宁省昌图人。1966年参加工作，先后在科右前旗糖厂、砖厂、水泥厂、乌兰浩特钢铁烧结厂历任主任、厂长、书记等职，现已退休。兴安盟书法家协会会员。

满江红·贺港澳回归

港澳回归，神州舞，中华腾沸。八方庆，山河披彩，万民欣慰。“五四”曾经风雪雨，香江半世遗民泪。旌旗动，举国共欢歌，山河醉。　　百年梦，金瓯碎，雪国耻，同胞汇。归澳门香港，功丰绩伟。今日祖国更强大，铜墙铁壁钢枪锐。共携手建设好生活，前程美。

临江仙·赋闲千山

笑忆千山闲卜命，奉承输少多赢。光阴流水去无声，笔锋抒壮志，玉液伴初更。　　五秩余年初醒梦，难书七彩人生。华山顶阁沐春风，半生多少事，方自看分明。

王叔磐

（1914—2006），湖北武汉人。内蒙古大学中文系教授，硕士研究生导师；曾兼任内蒙古穹庐诗社副社长。中华诗词学会会员，著有诗词集《青山乌海集　青山集》《薪火集·爹山稿》。

获悉周谷城、华钟彦、余冰寒诸诗家赞美同人所编《元代少数民族诗选》为赋五言长篇

谷老兴会佳，曾阅《元诗选》。称其有特性，迄今编者鲜。中州华翁评，精注工不浅。盼我多采撷，塞外春风软。白发青山叟，长篇何睍睆。盛赞民族诗，历久光未减。忆我来边疆，寸心常自勉。须为兄弟族，努力事编纂。纵观文史书，撰者胸次褊。少论汉以外，无乃过疏简？诗坛百花开，九州纷琰琰。上下两千年，各族功难掩。内容风格殊，派多源头远。交流互吸收，境界日开展。我愿求其全，神劳心无忝。钩稽遍群籍，年月殊不鲜。诠释春复冬，先使元代显。内迁诸作家，珠玑曷胜捡。诗成词曲继，明清随之衍。汉晋南北朝，唐宋并收罨。冀供文史家，重编庶丰腆。亦导诗词客，涉江瞻异巘。嗟于不自量，斜阳将晻晻。身无夸父足，扶杖强迫撵。誓当趁三余，斯任早告蒇。

鲁迅诞辰一百周年感赋

风节允为百世师，人生到此复何辞。
吴淞口外波涛激，日向英雄献赞诗。

缅怀陈望道校长

我在复旦大学中文系、内蒙古大学汉文系任教，均由先生推引。我曾于1976年到上海华东医院看望先生，由于“四人帮”禁止一般人入内探望，未能进病室。先生闻后曾垂泪，次年逝世。

学府跻身几引推，此生成就赖栽培。
南行探病帮规禁，枕上传闻有泪垂。

缅怀游国恩老教授及先师周之桢进士二首

游先生于1960年曾到内蒙古大学讲学几日，我听教甚专心。先师周之桢为清末名进士，精辞章，工书法；1928年曾执教武汉大学中文系，与游先生共事。退休后，余曾在其家作书僮，亦亲受古代文学教诲。游先生曾对我语及与周进士相处旧事。

（一）

盈座静听授楚辞，百家笺释启人思。
离骚悲愤九歌怨，永念归州屈子祠。

（二）

重提旧事卅年前，曾共先师执教鞭。
我作书僮师已老，也承薪火总拳拳。

怀念周谷城、周予同老前辈

籍籍声名仰二周，研经治史另开头。
潮掀五四波涛阔，笔削三千治乱悠。
桃李无言终有径，邦家多难每怀忧。
忆余侍侧年虽远，活水常从胸际流。

次韵夏承焘老教授来内大讲学留诗五首

（一）

北上支边瞬六年，悠悠世事化轻烟。
满园桃李明如锦，硕果欣观个个圆。

（二）

科研执教向专红，何日无私到大公？
湖海烟波千万顷，相期共望自然龙。

（三）

大青山上聚晴云，大黑河边日未曛。
胡汉和亲边塞静，千秋功绩颂昭君。

（四）

春风轻拂度边关，多族纷争史可删。
塞外明珠殊彩耀，鲜妍百卉衬阴山。

（五）

雅颂国风传二毛，治诗代有士林豪。
词坛宗主今谁属？唯见夏唐互比高。

六州歌头·咏国际足球杯初赛

寰球劲旅，会战海洋端。旗影乱，鼓声震，众腾欢。尽围观。个个英雄汉，奔如兕，飞似鸢，扑若虎，突先豹，守逾狻。斩棘披荆，在绿茵场里，不畏凶顽。后来能居上，奋起期夺元。金杯高悬，惹人馋。　　二十四队比拚搏，赛机智，禁横蛮。勇当贾，气莫泄，得可贪，失须扳。六强阿方霸，德曾王，巴迭冠，西有恃，英素稳，意非凡。胜败兵家常事，看终极，杯竟谁传。盼中华健將，勤练少偷安，快把身翻。

清华引·迎首届教师节

育才糊口两难量，阅尽沧桑。七旬犹散余热，时清国运昌。　　满庭兰芷散芬芳，入云楩楠成行。至今栽种乐，老去不忧粮。

金缕曲·读廖承志致蒋经国信

时代车轮迅。众皆知，路常曲折，终朝前进。委靡百年雄狮立，狼虎熊罴莫近。封、殖、社，应凭公论。孤岛岂宜张旧帜，可三思，其往究何趁？归一统，势难禁。　　千秋功业崇朝奋。拥和平，恩仇泯却，各输方寸。珍视炎黄绵绵脉，共创中华盛运。观大地，东风强劲。快引同胞千百万，永相亲，海峡无潮汛。长台作，国威震。

凤栖梧·咏葛洲坝建成

万里长江横一坝，浪溯巫山，神女惊还怕。东去龙王威势大，奔腾到此“谁拦驾”？　　龙怒诉天天问话：“截断洪流，毋乃淹诸夏？”“擒纵随宜催‘四化’，自然应为人谋划！”

执教五十年抒怀二首

1983年9月23日内蒙古大学党政领导特为我执教五十周年开会庆祝，并留影聚餐、颁发纪念品，感而有作。

（一）

乐育英才五十秋，此生甘作老黄牛。
宵深每感新知少，抚卷沉研未肯休。

（二）

长挥汗水洒边疆，喜见莘莘弟子行。
四化前程佳似锦，要倾余力继开荒。

游武昌东湖

明月临湖面，水天不易分。
凉飙阵阵来，微醉且披襟。

七六生辰，再游武昌黄鹤楼

吉日重登黄鹤楼，江山胜景不胜收。
西采爽气清湘汉，东望流光映斗牛。
词客每抒家国望，英雄曾寄古今愁。
承平莫作悲秋赋，鹦鹉晴川咏未休。

感　怀

我生安蹇卫，上路不须鞭。
种树三千里．传书六十年。
北来欣望岳，东逝慨临川。
到老耕犹奋，冬残未肯闲。

欣观长江改流

改造自然今竟瞻，滔滔洪水庆分澜。
石城永固滩齐没，天堑通行梦告圆。
三峡联绵昭日月，四川浩荡涌江关。
鱼龙更有腾飞处，南北绿洲千载安。

过居庸关

鏖战兴亡守与攻，群峰高耸贯西东。
断镞应是金元物，残砌仍存秦汉踪。
巩固京城成锁钥，开辟国道利交通。
百年长颂詹天佑，铜像英姿风雨中。

有　望

蜒堕峰岩慎转弯，舟经峡谷避惊湍。
蜉蝣难活遭风险，松柏不凋傲岁寒。
青史昭昭邪气降，红旗闪闪正途宽。
人生意义终何在？弱者争存强者援。

长江特大洪灾

天公肆虐老龙狂，久降霖洪势莫当。
军警奔驰争抢险，官民呼应紧加防。
大潮誓与汹潮斗，热气终压冷气张。
泛爱众心今胜昔，一方解难赖八方。

水调歌头·己卯中秋望月

清光溢寰宇，一岁冠今宵。长空万里皎洁，星隐银汉消。大地尘嚣俱静，唯见家家仰首，仙女现芳标。淡淡素妆雅，亘古示孤高。　　金蟾跃，玉兔俊，丹桂飘。扬灵物表，增神生色耀重霄。人苦灾荒未弭，世厌纷争不息，面此曷逍遥。宇宙无极限，殊辉永昭昭。

癸未新春元旦贺忱

年到九旬百事休，诗书吟咏尽神游。
三冬早敛空炉冷，五夜浑忘乏米愁。
好友贺春铭厚谊，孤居辞腊抱离忧。
此生灾难曷足忆，淡泊长甘弥妄求？

踏莎行·庚辰除夕

塞外风清，空中云淡。春回大地天方旦。同楼叩户贺千禧，远方来信劝加饭。　　年近八七，身离忧患。日长无事游书翰。一生坎坷五死难，人生如梦消宏愿。

恭迎新千年来临

韶华复旦彩云悠，斗转星回凛冽收。
万物昭苏欣气象，千年迈进颂春秋。
战争永敛安居乐，生产日增生计优。
宇宙常新科技盛，人生壮志愿多酬。

咏《礼运》大同篇

大道运行天下公，贤能信睦众和衷。
五湖四海一家聚，幼长老终壮力通。
鳏寡孤独咸获济，乱贼盗窃永绝踪。
货丰私弭灾荒少，宇宙常安颂无穷。

春初连日大雪

素裹银装弥望开，纵横驰道少尘埃。
成群冻雀寻枝集，失伴饥鸡伏栅呆。
高宦启窗长赏絮，饿去提篓细拾柴。
安能身与心俱净，与天共皓与地皑。

王学双

1968年生于内蒙古扎鲁特旗，著有《雪霜砺剑集》。

踏莎行·海滩黄昏

日欲安歇，霞犹洗澡。梳妆静待珍珠岛。秋波忙碌到黄昏，才将古镜磨一角。　　碧海归清，红尘渐渺。相逢咫尺多鸥鸟。椰风只在海中巡，沙滩脚印无人扫。

西江月·怀柔水库印象

雁赶浮山绿减，波淹落日红燃。琉璃镜里觅童年，挤碎张张笑脸。　　飘渺更新湖面，朦胧作旧渔船。南柯把盏醉神仙，欲饮星光点点。

渔家傲·望棒槌峰

逐日雄鹰夸伟岸，石棰一举群峰羡。谒罢天罡北斗面，精神焕，拧身犹向空间探。　　亿载光阴驰若电，红尘俯望孤独惯。风雨难折真铁汉，浮云散，嶙峋傲骨临危站。

登山白衬衣被山风卷走

万顷云开一抹蓝，星辰欲坠到人间。
惊风无礼怀中过，借我衣襟去补天。

天子山观御笔峰二首

（一）

山爱迷藏云爱动，花争烂漫鸟争鸣。
恍知天子无忧患，御笔时时歌太平。

（二）

万壑争收飞瀑声，青岩欲静乱云蒸。
眸中此际无天子，我自悠然驻顶峰。

金鞭溪

群山暗恋落霞红，古木依约等待冬。
独有清溪寻远梦，不因诱惑易初衷。

黄龙洞

破壁出尘世，乘云入太虚。
龙知沧海阔，不在洞中居。

踏莎行·感怀

泰岳当刀，东溟作甲，穹苍虽阔难行马。春秋一枕老林泉，高山流水弹风雅。　　垂钓非真，躬耕亦假，摇头笑对人言傻。钱塘未到起潮时，龙吟万里知音寡。

机上感怀三首

（一）

一声虎啸荡乾坤，自信囊中非肉身。
极目云涛开望眼，九天之上觅知音。

（二）

雄鹰振翼扫阴霾，我借长风天上来。
万念随云身后去，唯留日月照襟怀。

（三）

庸才此际变天才，万里白云尽入怀。
放眼乾坤谁是主，山河座次我安排。

王宝义

1956年7月1日出生于辽宁北票。扎鲁特一中高级教师。通辽诗词学会理事、《扎鲁特文学》主编。

家训一则

水傍青山山水连，同胞一奶万生缘。
兄宽弟忍人格美，互让相谦伦理然。
儿幼赤身同戏水，老来有难共关联。
黄金怎比亲情重，何为钱财苦苦缠？

登临罕山微波塔

峰拔碧野塔及天，遥望海湾起狼烟。
我借微波呼大圣，降妖除怪到人间。

虹

黄绿赤橙青紫蓝，一桥飞跨两重山。
彩桥何日架东海，大陆台湾紧紧连？

罕山采风二首

（一）

百里驱车惊雀鸟，氤氲紫气乘风来。
撩开云雾胸扉敞，笑将青山搂满怀。

（二）

横空峭壁鹰绝影，相伴松涛履溢歌。
莫道山高寒不尽，群峰与我共婆娑。

清平乐·游棋盘山[①]

山回水转，柏翠桃花艳。云霞渺渺飞舟溅，亭阁楼台忽现。　棋盘山琴斜倚，遥呼溜索辉山[②]。谢军若此擂弈，必震世界棋坛。

【注】

① 棋盘山位于沈阳东北部，距城区30公里远，属于国家4A级风景旅游区。景区山峦起伏，溪谷迂回，水域辽阔，鸟语花香。棋盘山西侧建有“天琴宫”，依山造就，形如琵琶，风格独特，为国际棋牌竞技中心。据说，谢军的老师在此打擂，未击倒俄罗斯对手，给人们留下一点儿遗憾。

② 辉山在棋盘山以东三千米处，为该区最高峰。

咏　驴

拉车曳磨性温良，蹄踏青山百草黄。
喜看机轮遍地滚，不知奉献去何方。

长相思·忙

早也忙，晚也忙，烈日田头累断肠。归来背倚床。　父也忙，母也忙，供子求学驼脊梁。抚儿喜气扬。

晨　练

小院晨风闻鸟香，扬花满地赛秋霜。
长拳一路催星落，挑战顽疾兴味长。

春花三题

杏 花

兴安山麓少春雨，布谷声声怨柳丝。
一夜西风香塞谷，游人莫笑杏花痴。

桃 花

杏花谢却桃花鲜，满目花光似火燃。
不见朝霞天上挂，由谁裁就饰芳园？

梨 花

夕时碧树晓时白，疑是悄悄凇雪来。
缟素披肩春葬也，犹存嫣紫竞相开。

王若涛

1954 年 9 月 16 日生，籍贯辽宁省西丰县。大学学历。1974 年 12 月入伍，1992 年转业。1983 年以来在《鸿雁》《百柳》发表诗歌作品。

秋日游黑水河景区①

远树澄空入目明，云接峡谷翠连峰。
登高自有新天地，响水奔流大漠东。

【注】
① 黑水河在内蒙古宁城县境地。

感事抒怀

人生半百易频年，风物长与坎坷间。
碧洗霜天千里目，丹池一系九重天。
书山叹不挖掘止，学海争游谒圣贤。
莫道桑榆斜照晚，丛菊开在怒芳前。

无 题

可怜闹市叠叠起，曼舞轻歌夜夜人。
纨绔从来孰饿死？后庭商女又翻新。
刘郎[1]昔把桃花著，始信儒冠自误身。
云雨荒台湮故垒，凭江犹忆楚《招魂》。

【注】

① 刘郎：刘禹锡。

日游巫山

巫山云雨九重天，十二仙峰戴凤鸾。
谁立高唐神女庙，至今遗梦醉痴癫。

逢铁岭同仁来访饯行留赠[1]

相逢格外亲，客是故乡人。
酒映塞边雪，梅开岭上春。
昔年光景旧，除岁月轮新。
千里遥迢路，长云共语君。

【注】

① 丁亥十二月六日，中国人寿铁岭分公司一行九人前来赤峰与我公司切磋业务，七日午宴欢送。余籍贯铁岭西丰县，别故园已整三十三年。

王金堂

1939年11月出生于内蒙古奈曼旗。曾任《通辽日报》新闻研究室主任，现为通辽市诗词学会副会长兼《通辽诗词》副主编。专著《春风集》曾获奖，部分作品被选入多种图书中。

大刀魂

纪念抗日战争胜利六十周年暨麦新烈士殉国58周年

卢沟桥头起烟云，惊怒万民讨日军。
文艺战士冲前阵，作词谱曲有麦新。
大刀进行曲激奋，唤起中华四亿人。
战歌声声振民心，大刀闪闪泣鬼神。
军民拧成一股劲，同仇敌忾大刀抡。
刀起头落砍日军，声威壮我中华魂。
金戈铁骑立战勋，马革高悬浩气存。
白山黑水风雷滚，长城内外驱乌云。
浴血八年传佳音，倭寇低头白幡伸。
日暮扶桑妖气尽，绞刑架上变亡魂。
鬼子投降六十春，侵华野心终未泯。
右翼分子头颅昏，叵测心怀示路人。
有账不认何原因，原来军国有徒孙。
歪曲历史鬼装人，颠倒黑白包祸心。
魔身本是大和魂，竟把战犯拜为神。
偷天换日欺世人，正义邪恶有区分。
历来玩火必自焚，当心大刀不认人。
若使友谊能长存，争取和平共创新。

登南山观林海

群峰起舞浪千重，色彩斑斓荡碧空。
诺敏山峰铺锦绣，克一河水唱新生，
百花争艳蜂飞舞，万木葱茏鸟竞鸣。
景色迷人观不尽，仿佛醉在此山中。

兴安岭上

岭上一天锦，松涛荡碧云。
青松当褂袄，白桦作衣裙。
花果飘香气，鹿熊伴彩禽。
天然一幅画，景色醉游人。

游莲花湖

巴彦他拉镇，莲花湖有名。
银鱼三跃叠，菱角六边形。
滴露娇花艳，平湖碧水宁。
游船穿苇荡，湖面起歌声。

月夜泛舟

舟荡莲湖上，风轻月照明。
波平花蕊绽，浪打苇丛倾。
水漾鱼腾跃，船行鸟不惊。
游人心已醉，难忘满湖情。

王　俊

1940年10月1日出生在赤峰市敖汉旗一个贫瘠的山村，1954年6月参加工作。1961年在《钢城火花》发表处女作《我的岗有人接吗？》退休后著有社科读物《战争警示录》，长篇小说《东井山庄》《西安假日》及诗集《醉梅楼诗存》等，现为中国作家协会会员、内蒙古作家协会、诗词学会会员、包头诗词学会理事。

包头写意

草原芬馥浸钢城，闹市田园独俱名。
山雀鹧鸪学百鸟，白鸽布谷舞升平。
园东园西山兔蹿[1]，舍北舍南野鹿鸣。
柳暗花明独一帜，世上难得此从容。

【注】

① 市区中心东、西两植物园有野兔生存。

咏阿尔丁植物园

花间树底鸟啁啾，榭外桥边潋滟柔。
漫步柳堤饶是趣，何须南国走杭州。

傲　梅

贤达皆赞俏梅魂，雪夜霜天勇报春。
我道梅花极倨傲，百花聚首罢登门。

九峰山林感怀

清晨入深山，翠绿蔽蓝天。
嚼过荆桃脆，又尝枣果甜。
远闻仙鹿语，近喜彩鸡喧。
心欲结茅茨，欢欣度晚年。

春　游

淑气染杨柳，梨花如雪白。
青蒿织绿毯，榆梅笑粉腮。
春游征轮动，万里无尘霾。
旷野悦胸意，韵句油然来。

王品忠

1955 年 7 月 1 日生于内蒙古赤峰市元宝山区。现任赤峰市广播电视局副局长。系赤峰市诗词学会会员，内蒙古自治区诗词学会会员，中华诗词学会会员，济南稼轩诗书画研究院特聘研究员，赤峰学院诗词教学创作研究会常务理事兼《紫塞吟坛》副主编。有百余首诗词发表在市内外报刊杂志上。

赤城吟

塞外名城踞地雄，屏南控北翊尧封。
风光旖旎三春业，经济腾飞四化功。
货运日俄疆域外，财生乡镇室家中。
洁如珠玉清如水，千里芳原数赤峰。

新城区园林景观

缀琼琢玉构思巧，鬼斧神工镌刻精。
故馆方怀辽史迹，新园又赏汉家风。
溪边草地群鹅舞，径畔幽林众鸟鸣。
紫塞开张来远客，商机诗意两亨通。

孔林游

世传教育孔家堂，向往之心欲审详。
欣览墙垣惊广大，喜观殿阁仰辉煌。
风吹杏蕾防三戒，雨沐桃葩颂五常。
竹笋诚如新后代，循循善诱永弘扬。

咏市树油松

松涛滚滚唱蓬勃，楚楚英姿好洒脱。
冠傲苍穹神荡漾，根扎大漠气磅礴。
狂风暴雨随其便，酷旱严寒奈我何？
强悍执著多劲骨，苍苍莽莽壮山河。

渔家傲·儿子首开工薪

进院忙将妈爸叫，眉飞色舞嘿嘿笑。突举一摞新钞票，工薪到，全家兴奋觉骄傲。　　计划买花瞧姥姥，老师爷奶没丢掉。反哺幼雏值赞耀，书叹号，文明国度青年俏！

南下同学来家闲侃

同窗喜又逢，欢侃旧时情。
吾赞沙中柳，彼夸海上风。
讥他人变怪，戏我室仍空。
何不南飞去？丹心献赤峰。

如梦令·过生日

今日五十辰诞，策划如何餐宴。老母已仙飞，可有豆包煎蛋？听见，听见，母喊乳名开饭。　　半百生活凉暖，时刻母亲牵眷。生日喊声娘，双泪盼您归返。瞧见，瞧见，臂展面慈出现！

毛主席诞辰110周年祭

华辰永系万民心，伟业丰功代代春。
我寄哀思情不尽，一年更比一年深。

王树青

1949年生于浙江温州。南开大学毕业。现任内蒙古自治区党委保密局局长，内蒙古作家协会、内蒙古诗词学会理事，怡斋诗书画研究会副会长。

亥年春

春风始到塞原中，白雪绕枝犹未融。
老辈增年衣转艳，新人长大运交红。
抬头喜鹊屋檐叫，低手挥毫书画工。
贺喜年年皆有喜，人生岁岁不相同。

颂民工

闹市新楼凌碧空，常思伟大是民工。
巍巍大厦九州立，墨面素餐住草棚。

消夏夜

华灯映照乘凉人，绿草清凉泉水喷。
世上悠哉缘此景，笑声闲逸话天文。

预感塞外早秋

西天一片卷鳞云，骤见高风白日曛。
阵阵雨来凉意起，岁中一叶落秋魂。

观天抒怀

云飞天上劲风长，剑舞草坪英气扬。
仰向天穹抒大志，俯临地壳觅寻常。

黑山头古城遗址

草原古堡越千年，瓦砾城垣依旧眠。
牧马戎兵风火灭，几行青史笑谈间。

忽吉拉部

草原万里染天蓝，纵马驰思千古年。
一代额吉说盛世，开朝圣母史书丹。

杜鹃湖

天宫明镜落兴安，满岸杜鹃红映天。
驻足游人观水景，火山口里梦天潭。

再游天池

夕阳残照落天池，池碧人清水写诗，
树叶斑驳林静谧，忽听天籁曲经时。

漫步原始森林

溯源峡谷溪流韵，漫步松摇风色沉，
不必急急觅风景，莽林忽见画中人。

哈拉哈河

神河峻岭隐清流，绿树奇石风景幽。
观水听松难忘处，三潭峡里溯源游。

石塘林

梦回亿载地壳间，万丈喷浆化秀岩。
石古有灵松染翠，流溪无意照流年。

尼亚加拉大瀑布

水雾升腾飞雨来，天河宣泄落瑶台。
游船如堕龙潭里，声浪欢呼满涧开。

洛杉矶行

满目高楼无处觅，平屋灯火与天齐。
沧桑古镇风情老，璀璨教堂景色稀。
世界影城多故事，环球市井尽痴迷。
大堂君见奥斯卡，飞舞群星洛杉矶！

克罗拉多大峡谷

峡谷裂崖万丈深，犹如地壳两相分。
天生伟力劈神斧，地造奇观妙绝伦。

纽约行

巡天大厦争比高，岛上女神把手招。
世贸遗坑多苦难，至今难忘九一一。

再别南京

冬至金陵作旧游，融融暖日似初秋。
陵寝孝明曾显赫，府称总统几风流。
十里秦淮灯火闪，扁舟一叶碧波幽。
喧嚣今夜终安谧，如水相思不可留！

王振华

蒙古族，辽宁阜新县人，1956年8月出生。大专文化，内蒙古通辽科左中旗国税局工作。内蒙古诗词学会会员、通辽市诗词学会会员。曾在《中华诗词》《诗词月刊》《长白山诗词》《内蒙古诗词》等诗词报刊发表作品。《通辽诗词》责任编辑。

看中国职工风采大赛在台州举行有感

远比歌星更闪光，职工风采透奇香。
寒梅朵朵台州艳，昭示人间正气扬。

千秋岁·春游

春风骀宕，杨柳婆娑样。红日照，冰河淌。情随辽水远，梦在兴安上。由马走，几行飞雁云边唱。　　失意头清爽，得道心宽畅。大世界，凭君闯。文章千古好，名利一时亮。毕竟是，星移斗转乾坤朗。

夏日草原

草原图画使天量，免去劳神废纸张。
若得星空篝火舞，千悲万苦垫朝阳。

午憩草原

腾格林水绕毡房，无染尘埃花草香[①]。
留客千杯仍恨少，马头琴伴牧歌长。

【注】

① 腾格林水，蒙语意为天上的水，这里指腾格林河。

晚　景

炊烟欲尽晚霞生，归圈牛羊觅子鸣。
挤奶村姑心最悦，乳香掺入牧歌中。

蒙古小伙

不善言谈歌调长，降服烈马气轩昂。
千杯对友何曾醉，四海全当我故乡。

杏　树

房前屋后任由栽，不怕青春伴土宅。
每到东风来访日，为君出浴敞怀开。

枣 树

曲细藏针防盗爬，互生排叶护花芽。
秋风摇果纷纷坠，尽与主人收落霞。

秋 思

又值秋枫灿北山，路遥难赴近身前。
但求鸿雁捎一叶，珍作书签伴我眠。

玻璃山

松辽耸起一孤山，天赐金驹啸碧川。
指罢三河奔海去，又将瑰宝献人间①。

【注】

① 三河，指西辽河、新开河、乌力吉牧仁河。

乌斯吐自然保护区

榆钱串串枝头满，桑葚星星叶里红。
秀草香花闻鸟语，野鸡山兔访行营。

瞻仰嘎达梅林塑像感赋

草原当是牧民心，哺育牛羊命可存。
但恨王爷贪卖地，尤怜蒙古泪牵人。
梅林义举山花慰，铁骑蹄伤幕府昏。
鸿雁闻君遭暗算，穿云问日到于今。

巴彦苏木赞

西辽河畔一金乡，巴彦他拉富地方。
田养鱼穿宜稻麦，莲开湖阔适芬芳。
村民尚显曾经朴，屋瓦尤明现在强。
指点庄妃亲故里，知君偕侣正徜徉。

西江月·九月八日游珠日河牧场

秋至时时颁爽，菊开簇簇欢迎。退休离岗往年兵，一路驱车览胜。　　纵马扬鞭腾雾，弯弓射箭飞星。手扒羊肉宴宾朋，美酒歌声如梦。

罕山留客

罕山留客用思深，纷派鲜花舞正频。
更使泥官横道路，直教巴士倒车轮。

过辽太祖墓

半是黄沙半是蒿，千年梦里马蹄遥。
夕阳早觉辽王意，辜负江山定折腰。

夜过锡林浩特

久慕锡林浩特名，今随快客夜临城。
繁星闪亮天街落，原是晶乡万户灯。

念奴娇·游兴安

兴安岭上，贯耳松涛语，野鹿飞窜。叠嶂层峦云鹤舞，圣水绕城花艳。湿地珍禽，葛根古庙，金界壕沟远。火山仙洞，洗温泉后身健。　首建区址红城，如腾骏马，客商年年惦。银色毡房斟奶酒，长调牧歌琴伴。夏夜星空，草原篝火，情重敖包恋。民风纯朴，诚心邀汝相见。

到南京

车赶时光高速飞，大桥江水未完窥。
雨花台忆捐躯者，玄武湖翻易日晖。
暮色钟山犹就寝，石城人语似言归。
可怜贪误多名仕，无碍古都依旧威。

进疆路上

车行戈壁渺人烟，风打玉门终日寒。
回望祁连千载雪，疑嘲前路火焰山。

过悬空寺

翠屏悬寺对恒峰，千载香烛何断明。
每示东来西往客，亏修善事枉匆匆。

上海一夜

夜走南京路，奋行灯海中。
商妞频劝买，街井渐添臃。
仰望明珠塔，伫听合唱声[①]。
江流犹带悦，入海理无穷。

【注】
① 入夜，爱好音乐的上海市民，在外滩举行合唱等文娱活动。

雨霁瘦西湖漫步

晨钟收雨谏湖天，茉莉花分两岸鲜。
柳挽游人慢挪步，五亭桥滤万波谦。

赞青藏铁路胜利通车

滚滚江河日夜流，长长铁路向云修。
桥涵架绝千山静，隧道抠空万谷幽。
彩带牵连西雪域，红心记挂南海楼。
天时地利人和事，当数中华多善谋。

鹰　思

憩坐山头似牧童，英雄几次负长空。
愁思野味荒原渺，怎奈家禽密架拥。
生态欹衡兴暴虐，自然虚美犯狂风。
可怜人世千般过，蘸尽江河论不穷。

水调歌头·慎权

钱币几时有，摸袋问青天。不知天上机关，今夕用何元？我欲清风两袖，又恐山南海北，无币更心寒。谁舞弄权术，无视在人间。　往高升，权欲涨，少安眠。不应有怨，权钱交易乱方圆。人有升迁潦倒，钱有生杀魔力，可谓不新鲜。但愿官清久，百姓福无边。

王继英

大学文化，47岁。现任乌兰察布市察右中旗文化广播电视局局长。热爱文学，著有诗词集《情愫集》。

参观凉城县贺龙纪念馆

血雨腥风几十年，元戎鏖战岱湖边。
燎原火种亲燃点，抗日烽烟照碧天。

读邓嵘《西风集》有感二首

（一）

一展才情诗百篇，舞文弄墨度流年。
中旗分手相思甚，煮酒何时弹别弦？

（二）

异地新岗再奋前，驱驰策马着先鞭。
西风化雨恩民众，尽职何需限月年。

王起麟

1931年生，内蒙古临河人。毕业于内蒙古师范学院中文系，本科学历。任教于乌兰浩特一中，曾被授予先进教育工作者荣誉称号，中教高级职称。退休后，受聘于兴安高中执教8年，并主管教学工作。

浪淘沙·小雪

小雪落罕山，美景奇观，道旁松柏戴银冠。恰似春风吹过处，梨朵满园。　　大汗庙堂前，鼓乐喧天，秧歌舞蹈正腾欢。风景这边美如画，锦绣河山。

忆秦娥·冬日

晨风冽，朦胧古庙罕山月。罕山月，秧歌鼓响，管弦急切。　　山道漫漫铺冰雪，攀登奋力向前越。向前越，东方似锦，朝阳如血。

西江月·晨练

西面苍山似锦，东方霞彩如金。青松翠柏喜迎宾，更有群雕八骏。　　山上丝竹入耳，林间鼓乐牵魂。清晨锻炼上山人，笑语欢歌阵阵。

西江月·除夕

花炮声声震耳，银花朵朵飞天。兴安儿女贺新年，灯火万家璀璨。　　灯彩高歌盛世，楹联赞颂丰年。家家欢聚荧屏前，喜看神州巨变。

浪淘沙·中秋

登楼倚栏杆，遥望南天，中秋明月照兴安。街巷今宵人似海，灯火斑斓。　　瓜果大还鲜，月饼酥甜，阖家老少喜团圆。歌舞升平新气象，笑洒人间。

王常君

山东龙口人，生于1940年。1961年参加工作，同年在《草原》文学月刊发表第一篇小说。1982年加入中国作家协会内蒙古分会。已发表文学作品50多万字。现任满洲里市文学评论协会副主席、满洲里市诗词学会理事。

游达赉湖二首

达赉湖，即呼伦池，是中国第五大湖，也是内蒙古自治区第一大湖。在祖国的版图上被称为“呼伦池”，而在呼伦池地区，人们则亲切地称她为达赉湖。达赉，蒙语为大海。

（一）

达赉湖光美，波涛动远天。
晚霞明篝火，红彩照渔船。
浪打石欲裂，雾飘露似沾。
何时再畅游，轻舟载诗还。

（二）

碧波万顷水连天，流光溢彩落日圆。
鸥鸟翩翩湖泛舞，船帆点点浪卷莲。
前辈渔夫含恨逝，后嗣青工放歌还。
不谓此景无情意，正道人间起巨澜。

王淑芳

女，1955 年 4 月生。中华诗词学会会员、包头诗词学会常务理事、《包头诗词》编辑。从 2003 年开始文学创作，有散文、诗歌及古体诗词散见于各类报刊杂志。

春昆山行旅吟

山城情系此生中，故地重游细雨濛。
麦浪连云云雀舞，葵花垂野野芳浓。
晓看车马披星露，夕照牛羊薄日红。
四十一年圆宿梦，难寻里陌旧顽童。

秋登贺兰山

登临绝顶见花繁，浩气氤氲此处山。
铁铸悬崖云墨色，松盈道路雨愁颜。
英雄万死忠魂烈，青史千年赤帜翻。
断戟刨出空壑底，迎风犹啸紫光寒。

凉城采风记游

远望仙人枕碧峰，边城盛日迓高朋。
诸公踏露寻芳草，素女依山采夏风。
岱海小舟惊绿浪，词人大雅唱黄钟。
鸿茅一盏酬佳客，助我诗情百丈雄。

乌兰夫赞——抚孤

建国初期，乌兰夫同志应周恩来总理的要求，接收上海三千孤儿，在草原上养大成人。此诗获包头诗词评选二等奖。

高勋谱写漫天霞，也遣深恩付落花。
沪上三千悲苦燕，毡乡无数抚孤妈。
哺雏香乳培新仔，润野青云护小芽。
朔漠春风吹浩荡，白头慈母爱无涯。

春日感怀

半世荒田一瞬秋，今将苦乐为诗谋。
依稀润色桥头树，含脉诗情月下鸥。
抱垒青枝迎社日，拥花古木瑞城头。
吟坛正报春来早，一片桃红醉眼眸。

沙尘暴即兴

频经塞上卷浊尘，簸暗天光日色昏。
不许风沙壅沃野，会植松柏布芳春。
村田且喜青波漾，巷陌居然绿雾匀。
如绣山川鸣翠鸟，儿孙莫忘遍织荫。

抒　怀

陋室孤灯夜色深，诗书如酒醉心魂。
案头笔纵花开艳，院落枝横树散芬。
几朵流云轻绕月，一帘幽梦暗随人。
秋来莫叹芳园老，读史迎来锦绣晨。

学　诗

绿野拾柴春复秋，清箫晚唱月依楼。
躬耕谁晓侬心属，金缕桑麻一阕收。

满庭芳·极目春思

雨洗残塘，风敲夜户，岸柳才染新黄。旧时双燕，曼舞戏雕梁。向晚廊檐初静，莺声碎，斜照犹凉。争知我，凭栏凝望，暮霭锁寒窗。　　荆襄，佳丽地，乱红无数，晴翠弥香。独步闲游处，江鹭争翔。寂寞鹤楼远矗，烟霞落，帆影微茫。凭谁问，闲愁几许，可否系斜阳？

浣溪沙·游园

细雨芳菲自在林，可怜清梦向园深。东君径去不留痕。　　千片碧荷羞弄水，一枝红杏笑逐人。好将心事系纤云。

离亭燕·漠上春思

敕勒春天离后，才把杏花题就。寥廓苍原微料峭，草色依依还瘦。远处望毡乡，夺锦穹隆谁绣？　　大漠残阳如豆，曾记古来时候。铁骑遗踪千百里，戍鼓仍疑催奏。久立入春思，鹿野绿肥红厚。

浣溪沙·醉春

点染春情入酒卮，蕊香花绽小闲池。纷飞紫燕唱新诗。　　倚岸爱风垂袖袂，卧轩听雨润桃枝。琐窗西望醉神思。

眼儿媚·有忆

孤云归棹去无痕，犹自忆深恩。一波烟海，数行白浪，几个晨昏。　　琐窗天晚闲门闭，小苑正愁人。一杯淡酒，满天星月，两处离魂。

咏　雪

大宇欣闻尽羽仙，开轩远眺意悠然。
千山玉树飘白练，一带河川醉野烟。
冻蕊铺成银世界，红云飞下瑞婵娟。
今宵皓月来方域，光耀边州万里天。

路遇葵花

天边赫赫万枝花，笑靥迎风灿若霞。
一派金黄盈陌上，行人眼底绽奇葩。

王鸿茂

笔名松如，山东龙口市人，1951 年 7 月生。大专学历，科右前旗物价工商局原纪检组长。曾在全国书画展赛获奖。中国书画艺术家创作中心会员，内蒙古诗词学会、兴安盟诗词学会会员。

忆秦娥·学书窍三首

（一）

习书窍，八家法典临摹妙。临摹妙，米黄苏蔡，柳欧颜赵[①]。　　挥毫泼墨应从小，弘扬国粹真需要。真需要，常书严校，笔勤防扰。

（二）

书功到，弘扬国粹真需要。真需要，仿精实用，底功牢靠。　　虽精获粹长书妙，奠基牢固回生少。回生少，愤发书好，勤书仍较。

（三）

书朋好，养年之窍实为妙。实为妙，修身养性，健身排躁。　　常书强体应知道，得精获粹须传小。须传小，延年益寿，减烦良药。

【注】

① 指米芾、黄庭坚、苏轼、蔡襄、柳公权、欧阳询、颜真卿、赵孟頫。

清平乐·贺《兴安诗坛》出刊

兴安诗派，铸就真豪迈。词曲诗章溢光彩，作者豪情澎湃。　　循规蹈矩出新，佳言妙语成吟，请赏兴安诗卷，篇篇悦目催奔。

南乡子·迎接诗词名家采风团感作

景色特别优，秀丽边城好个秋。满眼风光观不够，一流。圣水神泉尽唱酬。　　携手共同游，自治风云旧址留。红色摇篮离不舍，歌讴。文阵诗坛争上游。

王新洲

笔名古石，生于1950年8月，河北曲阳人。中国民主同盟盟员，大学文化，中国楹联学会会员、内蒙古作家协会会员、内蒙古书法家协会会员、内蒙古民间文艺家协会会员、内蒙古诗词学会会员等。现任包头市志史办副编审。有长篇纪实文学《绥远九一九》和同名电视连续剧本问世。曾出版《新洲印谱》《革命烈士联语》《塞上吟草》等诗词联语集以及《峥嵘的岁月》等。

水调歌头·黄河

一水九天落，坦荡有独钟。飞舟戏浪堆雪，啸傲走蛟龙。莫道闻达酣畅，自在容川纳壑，万里逞豪英。混沌开天地，华夏诞怀中。　凭造化，滋灵秀，润苍生。披星戴月、由尔暴雨与狂风。更把滔滔热血，化作无穷光热，“小浪”建奇功。挽我洪波练，大地舞长虹。

念奴娇·美岱召怀古

大青山下，看晴川历历、吉祥福地。钟磬悠悠召庙耸，门阙角楼云立。风洒城垣，月筛松柏，宝殿经声逸。俺答僧宦，曾谈朝政佛理。　戎马倥偬何期？三娘初嫁，互市从容起。青海湖边盟达赖，马到叛兵消匿。边塞和平，草原安乐，瑞霭三千里。泪书青史，至今清影留壁。

调笑令·资阳农家

田院，田院，湾绿丘青路转。篱边桔柚茶花，小园竹蕉翠葭。葭翠，葭翠，鹂燕娇滴泉水。

西江月·昆都仑旅游区

满载波光山色，鲜花香醉船楼。钓鱼炙烤赛珍馐，毛杏颗颗熟透。　　古道石门安在？铁桥大坝飞鸥。昆河滚滚水长流，峰上云薄亭秀。

满江红·纪念抗战胜利六十周年

残月卢沟，枪声里、长城呜咽。烧杀抢、铁蹄肆践，神州喋血。三十万躯江水塞，七三一部天光绝。忆关东、千古发冲冠，何卑劣！　　平关胜，台庄捷，民族恨，人同雪。有中流砥柱，力擎天阙。义勇军催倭寇胆，黄河曲奋中华钺。终扬眉、一洗百年羞，齐天悦。

长相思·田野纪趣

莺语轻，燕语轻，麦绿花黄流水清。撒春晨霭中。　　郎意浓，妹意浓，俚曲一声一片情。唱来五谷丰。

醉花间·宿益阳城郊

茶花媚，杏花媚，邀月新楼醉。夤夜雨霏霏，晨鸟声声脆。　　采笋觅鲜菇，抓来鱼共烩。门外水长流，屋后长流水。

王殿珍

1929年12月生，通辽市奈曼旗人。1947年3月参加工作，离休前任呼伦贝尔盟行政公署秘书长；现为内蒙古诗词学会会员、呼伦贝尔诗词学会会员。著有《铭心集》，与他人合作出书多集。

忆江南·达赉湖

达赉好，水鸟嬉戏飞。浩淼烟波开视野，鱼肥虾美莫停杯。游客不思归。

忆江南·草原美

芳草地，美景在天涯。遍地牛羊云朵朵，春来百鸟唱新家。红日映朝霞。

诉衷情·纪念第23个教师节

园丁劬力费心神，默默细耕耘。宏图雕刻成器，情在育才人。　　苗硕壮，笑吟吟，奉丹心。满园桃李，为国利民，震动乾坤。

游扎兰屯吊桥公园

四柱光洁白似玉，屹立两岸入云端。
索牵长虹悬水上，人走桥动似醉仙。
白杨葳蕤掩幽境，古榆苍劲姿万千。
溪水潺潺银波动，亭榭楼阁柳含烟。
晴空如洗千山翠，鸟雀欢歌任飞旋。
钓者垂杆多情趣，鱼翔浅底自悠然。
名宿骚客游此地，填词赋诗留佳篇。
四季分明风光好，塞外苏杭别有天①。

【注】

① 扎兰屯素有塞外苏杭美称。

观海拉尔冰雕雪景

霁光闪烁遍地银，一抹“明珠”①净无尘。冰雕群羊白云动，雪塑万马玉麒麟。雄鹰皎洁高天上，素龙戏珠上青云。玉树枝头似银烁，琼楼玉宇彩色新。玲珑剔透沿街立，栩栩如生满市春。北国风光无限好，诗画难描美呼伦②。

【注】

① 海拉尔素有草原明珠之称。

② 呼伦一词，泛指呼伦贝尔市。

纪念陈云同志诞辰一百周年

危难关头见忠贞，时时刻刻奉丹心。理财必使财源广，治党能将党纪申。工作遵循“十五”字[①]，求真务实睿智深。淡泊名利只为国，功勋卓著壮乾坤。

【注】

① 十五字，即不唯上，不唯书，只唯实。交换，比较，反复。

看两岸经贸论坛有感

高瞻远瞩看大千，全球经济紧相连。两岸都是炎黄后，交流合作理当然。台独锁岛走绝路，经贸受阻“三通”难。古今民意不可违，人民福祉重如山。国共两党再握手[①]，绿水青山展笑颜。谋取经济繁荣景，互惠双赢慰先贤。群英聚集商大计，政策措施暖心田[②]。共同建议[③]促发展，实施兑现举国欢。善用论坛巧运作，优势互補力无边。“和平发展”[④]铸大业，振兴中华耀宇寰。

【注】

① 四月十六日胡总书记接见连战及其代表团成员，实现第二次握手。

② 指惠及台湾人民的十五项政策措施。

③ 指两岸经贸论坛的共同建议。

④ 胡总书记说：和平发展是两岸关系的主题。

王福堂

1943年5月生，内蒙古丰镇市人。汉语言文学专科毕业，编辑职称。内蒙古作协会员、丰镇市剧协副主席。现任《丰川诗苑》编辑。

空蜂巢

崖头拾得旧蜂巢，泪下悲凄魂顿消。
遥想花香门若市，此时身绝叹寂寥。

晚　景

晚霞似火半红天，紫气静谧车不喧。
西畛人家会桌侃，东河场圃绕篝圆。
乐居山北住广厦，乘爽阁南游古轩。
莫谓小城无胜景，平和安逸即桃源。

小城晨景

启明东挂月钩弦，万户鸡啼唱晓天。
曙色依稀照剪影，轻云缭绕锁城寰。
薛刚山下健身舞，饮马河边心意拳。
学子读书声句朗，小城神韵复年年。

山村小景

山村绿树掩，高巘白云缠。
田野耕机悦，草滩牧马闲。
斑鸠嬉碧岸，野兔卧崖边。
旭日闻鸡舞，归羊暮霭间。

落叶杨

寒风瑟厉气凝霜，恃强高杨叹短长。
叶落枝枯身赤露，杪摇杈抖柢皮光。
前时绿伞天遮盖，此刻黄颜树泛僵。
秃树残枝何忍看，横流浊泪独悲伤。

王毓麟

1939年8月生于呼伦贝尔市海拉尔区。祖籍山东省掖县。先后就读于内蒙古大学物理系和黑龙江大学物理系。曾任呼伦贝尔无线电厂副厂长和呼伦贝尔广播电台副台长。高级工程师。1999年8月退休。现任内蒙古诗词学会会员，呼伦贝尔市诗词协会会员，松风诗社社员。

呼伦贝尔三色天堂草原

两湖[1]碧水鳞光闪，清秀蓝天多艳阳。
千里暖风铺翡翠，百花热浪送芬芳。
秋霜尽染黄金草，冬雪妆成白玉床。
更有人勤添重彩，多娇富丽胜天堂。

【注】
① 呼伦湖、贝尔湖。

祝贺我国第四个成功钻获可燃冰样品[1]

能源新秀可燃冰，隐秘潜藏深海中。
高压低温生固好，常温常压散无踪。
霸强贪占全归己，弱众只能拣剩羹。
华夏奋扬千米钻，国疆海探建奇功。

【注】
① 继日本、美国、印度之后我国排第四名。

颂“朔风”

北气频来爽意浓，丰收大地尽欢腾。
诗坛曹魏留名句[①]，文苑今朝起“朔风”。
吹遍草原涂丽色，助成雨雪润苍青。
贤杰[②]快马羌笛[③]亮，广颂人间盛世情。

【注】

① 魏曹植朔风诗：“仰彼朔风，用怀魏都。”

② 指北边豪杰之士。吕氏春秋功名：“人主贤则豪杰归之。”，“才过百人曰豪，千人曰杰。”

③ 乐器朔管，管又特指十二月在北方为朔。

草原六月

六月观原百卉娇，无蚊无雨艳阳高。
畜群翠草无边漫，鸟语花香有意飘。
林海樟涛浮嫩叶，李丁花[①]浪没山包。
两湖[②]如镜轻波涌，鹄雁群群水上漂。

【注】

① 稠李子和山丁子花。

② 呼伦湖和贝尔湖。

观中央电视台十频道讲太监李莲英感赋

困苦之童无计生，阉身六岁入清宫。
钻谋太后欢心事，带送皇臣顺水情。
各势玩衡收坐利，自身更顶换花翎。
官升二品史唯有①，献媚一生留骂名。

【注】

① 据中国历史记载，按规定太监最高为四品，破格升为二品者唯李莲英一人。

“天下第一曲水”莫日格勒河

舍身牧女斗妖魔，彩带长抛化曲河①。
弯似去回头欲碰②，圆如奔马踏蹄窝。
甘流广解人间渴，翠岸频讴欢乐歌。
富丽功归抛带女，千折万转舞婆娑。

【注】

① 巴尔虎草原上一个古老的传说，美丽善良的莫日格勒姑娘为拯救草原，舍身抛出围腰带勇斗旱魔的故事。

② 因有无数个像马蹄窝一样的形弯，所以牧民把这条河也叫碰头河。并誉为“天下第一曲水”。

自 嘲

年轻酷爱古诗篇，无志钻深空枉谈。
十载为民当保卫，卅年广电做宣传。
古稀已迈充能手，按律修辞步履跚。
未稳先颠跌又撞，涂鸦一片惹人嫌。

春

阵阵暖风冰雪消，无边翠色喜眉梢。
山川大地春光好，乐见牛羊又上膘。

秋

秋来九月舞双刀，草木枯黄百叶凋。
五畜增绒心内喜，丰衣足肉乐陶陶。

观河心岛激光音乐喷泉夜景

万嘴齐喷泉柱高，激光亮水跳云霄。
彩花空舞轻歌荡，入夜倾街拥岸桥。

草原多情“萨日娜”[1]四首

（一）

灯笼小巧枝头挂，卷瓣黄蕊火色花。
草地千芳她最艳，红鲜万点染云霞。

（二）

姑娘俊秀如花美，放牧牛羊会治家。
劳作之余原上采，卷莲朵朵手中拿。

（三）

小伙擒狼降烈马，摔跤场上众人夸。
红灯花串精心选，送给情牵心上她。

（四）

草原情爱玉无瑕，情系双心一束花。
快乐生活甜似蜜，一生相伴走天涯。

【注】

① “萨日娜”为卷莲灯笼花的蒙语译音（内蒙西部地区称山丹花）。人们视这种花为爱情之花，深受年轻人喜爱。

摊破浣溪沙·观达赉湖畔成吉思汗拴马桩感怀

近岸风吹蓼苇香。登高远眺水茫茫。细浪野禽头万点。雁鹄乡。　　雄立湖边石柱美。巍巍圣主马拴桩。一代天骄兴盛地。永留芳。

忆秦娥·呼伦贝尔寒冬

寒风烈。苍茫大地飘白雪。飘白雪。银装素裹，地坚如铁。　　迎寒战沸周身血。改天换地人心悦。人心悦。各族携手，富园兴业。

鹧鸪天·颂“嫦娥”一号卫星发射绕月成功

月里嫦娥累万愁，广寒失色九天忧。神州火箭惊天起，又见“嫦娥”向月游。　　星雁到，柬书收。慰心惊喜泪双流。恭迎乡友登临日，舞漫长空乐满楼。

呼伦贝尔草原春分

江南处处百花香，塞北犹存野雪茫。
莫怨家乡无绿草，新芽早待破春光。

游五泉山

峰巅绿树入云天，石罅坡头涌矿泉。
满甸黄花香肺腑，一湾碧水润心田。
风光无限樟林美，山体含情玉液甘。
日落星出情未尽，人间仙境不虚传。

奶茶香飘满草原

苏武昔流北海①边，新茶首创越千年。
绿茗单煮浓情水，鲜乳合参提味盐。
透饮无忧当日渴，长喝铸就万年甜。
双香四溢人人喜，冷热杯杯蒙汉缘。

【注】

① 天汉元年（公元前100年），苏武奉命出使匈奴被扣，幽禁大窖中，威武不屈。后被流放北海（今贝加尔湖）边放羊。坚持19年。始元六年，昭帝与匈奴和亲后才被放回朝。因他不惯直接喝奶，所以在奶中加入中原的茶叶，首创奶茶。今日奶茶已成为整个草原的共用饮品。

过西乌珠尔草原大雪中路遇蒙古包

远路饥寒雪漫天，毡包突现伴炊烟。
奶茶香肉真情酒，畅饮三杯美胜仙。

邓　嵘

1957年1月生。大学文化，经济师，现任内蒙古乌兰察布市统计局局长。1973年参加工作，1984年开始文学创作，先后出版诗词集《西风集》《塞上行》。为内蒙古作家协会会员、内蒙古诗词学会理事、乌兰察布诗词学会副会长。

客居塞北

阴山寒潮迫，行人苦重重。
枯蓬三五卷，雁唤一两声。
日暮苍山远，月移牧场空。
不是出塞客，谁肯迎霜风？

立春日欲返乡未果

塞上立春日，西风切肤寒。
苍原邀红日，古道枕雪山。
欲饮朋无聚，对月梦难圆。
登高凭栏望，天地满云烟。

塞上述怀

离乡七八载，每作塞上行。
夙有报国志，拳拳赤子情。
真情凝铁笔，忧劳写苍生。
愿将诗与血，为民铸桥虹。

静夜问月

独处塞上久，更堪黑水寒[1]。
向晚烟含日，静夜月盈盘。
无由空自问，拳拳心未安。
纵有汗与血，浇园何其难！

【注】

① 黑水，指大黑河，发源于卓资县，流经呼和浩特南注入黄河。

夏过阴山

壮哉大青山，连峰接云天。
风来松涛怒，雨过瀑布翻。
新道开石壁，古驿横边关。
登高惊回望，苍茫满金川[1]。

【注】

① 金川，大黑河古称金川，此处指大黑河流经呼和浩特段土默特平原。

阴山述怀

少时未识离乡苦，常慕五湖好周游。如今尽游阴山绝，惯看长风与沙洲。　　每闻霜雁涕泪下，一到清秋便生愁。即使有景何足道，纵得好诗与谁谋？

再别旗地与农口诸同志留言

旗地一晃已三年，又是冰封雪绵延。新朋初交或未熟，老马无由又卸鞍。　　草木有意随风语，白云不言应留连。留得满目深情客，带去一片是信笺。

诗酒入梦

年届天命功半垂，惟将新词吟与谁？黑水着意漫作序，西风入篇任剪裁。　　雾雨霜雪和烈酒，酒酣梦转佳句来。此诗若无常人识，酿作琼浆奉瀛台！

夏游岱海

一湖清澄一湖梦，梦系轻舟逐云踪。云影随着桨声碎，舟绕云间带香风。　　戏水鹅鸭四五对，隐约渔歌两三声。欲借此景沽村酒，近岸试问垂钓翁。

写在青藏铁路通车日

巨龙蜿蜒进高原，汉藏文明一路连。山雪层云间新绿，牦牛藏羚任悠闲。　　汽笛惊破昆仑梦，隧桥相接入云天。千年雪域可作证，世界屋脊谱新篇。

从景星

1927年2月出生，内蒙古宁城县人。1949年参加工作，1987年离休。曾任昭盟盟委办公室副主任。中华诗词学会会员，出版个人诗集《晚芳诗声》1—4卷。

金秋颂

丁亥金秋展画图，西畴南亩滚珍珠。
山枫染赤园中茑，瓮菊熏香案畔书。
雁阵云端迎奥运，龙庭会上选中枢。
荧屏屡送新消息，探月嫦娥步坦途。

世界地质公园白头翁

洪荒降世白头翁，阅尽沧桑不改容。
暮露银光明夜月，晨昭玉色照河冰。
鬓堆麓畔珍珠雪，发映湖边翡翠瑛。
仰面高歌逢盛世，旅游大业跨鹏程。

丙戌雅集

琼楼书室向阳开，雅集诗朋任剪裁。
牛奶烹茶生瑞气，电炉煮酒脱尘胎。
高谈探月嫦娥舞，阔论通天铁辇来。
扶助三农康富路，同声歌唱跨春台。

大明怀古

涂河沃野大辽乡，秦汉长城万里疆。
飞将平明观羽箭，大师夜半理琴纲[1]。
曹瞒射鹿三泉涌，古镇酿醇八里香。
铁马金戈流水逝，只留塔铎韵悠扬。

【注】

① 明朱权（宁王）镇守中京时，著有古琴谱。所以辽中京有古琴之乡之称。

咏况钟

三任苏州百姓留，廉明清正解民忧。
锄强抑霸歪风止，查卷阅宗冤案勾。
筹建赈仓防岁歉，每凭合簿判工优。
勤劳过度归天去，吏庶捐资筑德楼。

观看电视连续剧《红楼梦》感赋

权门恃宠梦红楼，铸就人间痛苦愁。
婢女难承羞共辱，家奴类似马和牛。
池中漫洒尤姑泪，园里深埋冤鬼仇。
一代富豪随史去，林王贾薛葬荒丘。

咏牡丹

洛阳展示牡丹装，富贵不奢骚客扬。
花蕊超凡多艺采，雍容脱俗著文章。
淫威不惧离皇苑，君命难违赴塞疆[①]。
满蒙和谐千古韵，中京三百永留芳。

【注】

① 清康熙将御花园中的一株郡主平时喜爱的牡丹作为陪嫁礼品，随其妹妹下嫁到宁城。至今已有300多年，仍是花繁叶茂，清香宜人，颇具国色天香之姿。

郑州揽胜

唐诗宋律溢浓香，包、寇廉风韵味长。
林塔雄姿昭夏禹，嵩山神态壮轩皇。
金铺一线康庄路，玉筑三桥富庶梁。
书院名园迷醉眼，中州文化永辉煌。

咏海瑞

古今称颂海青天，责令徐阶退土田。
巧戏贪官除乱政，治安奏策改奇冤。
无情濡笔除时弊，舍命沽棺犯帝颜。
两次为民曾入狱，均徭减赋一条鞭。

沁园春·喜庆十七大

盛会隆开，荟萃群龙，喜事一桩。望冰城雪域，旌旗灿烂；天山渤海，锣鼓铿锵。牧野农村，工场学府，嘹亮歌声响四方。金秋日，看钢镰添彩，铁斧增光。　　与时俱进中央，把科学内涵列党章。建和谐社会，盈余共享；三先代表，理论昭彰。创造尖端，嫦娥探月，三里程碑国运昌。反分裂，愿金瓯一统，发奋图强。

何满子·嫦娥探月

遥望西昌鼎沸，嫦娥驾箭长征。电掣雷鸣云让路，展眸四顾晴空。织女牛郎迎接，五洲四海扬名。　　肩负光荣使命，绘图月貌壤形。遍观有无冰水迹，探测发电核能。原素天然分布，未来可否人生。

破阵子·应昌考古

塞北名城多座，应昌独具风流。七百年前陈万户，疏奏朝廷建府州。渐成大漠喉。　　位据鹅湖要地，亭楼寺庙全优。街道纵横分主次，普纳桑哥又重修。抗明二十秋。

何满子·白江风采

黑水缘何不利？白江得以成名[①]。五代胡峤全记载，宋朝沈括详铭[②]。西藏班禅祈祷，吉祥幸福兴隆。　　皇帝陵隆北岸[③]，牟尼宝塔玲珑。水库灌区滋上下，村庄富裕粱丰。更有池塘多座，鹅鱼满篓盈笼。

【注】

① 白江发源于右旗乌兰达坝南麓，原名黑水，班禅额尔德尼为巴林王祈福，认为黑水不吉利，故改为白江。

② 胡峤、沈括对白江流域地理均有详细记载。

③ 白江上游有辽代庆陵，庆陵由东、西、中陵组成，包括三个皇帝，四个皇后。

踏莎行·上京怀古

宏伟都城，独骄漠国。佳宾信使来朝贺。汉耶豪杰集临潢，须眉宫里文彦博。　　东结朝鲜，西联鹘纥。南攻赵宋交兵革。堪怜手足祸萧墙，完颜点起烽烟火。

一剪梅·千年古都辽中京

虎踞龙蟠扼要冲。南障津京，北拱辽城。汴梁布局设三层。回字方形，内筑皇宫。　　三塔高低气势宏。风铎琴声，菩萨莲蓬。宁王坐镇拥精兵。元帝潜踪，朱棣争雄。

最高楼·重访中华第一村

银河域，文物布阶台。琢蚌把裙裁。八千岁月先民史，全村门户向阳开。穴人猪，奇习俗，费思猜。　　琮玉器，精雕光洁白。人像石，图龙民族脉。房百座，序安排。环壕特设沟门寨，许多基址土里埋。正中央，高建筑，是权斋。

乐　人

本名毕从义，内蒙古翁牛特旗人。出版有长篇小说《买官记》、中篇系列小说《悬崖泪》等。近年来因爱好格律诗词创作，在有关刊物上发表诗词若干首。

咏其甘[①]

平沙紫气荡驼峰，游子留连忘返踪。
碧绕银沙云渺渺，烟环绿水雨濛濛。
采菊折柳吟佳句，载酒邀宾醉雅风。
蒙古包中歌一曲，倩谁妙笔绘苍穹？

【注】

① 其甘：地名，蒙古语，汉译为清澈透明，现已开发成集沙漠、草原、湖泊、山林、古迹为一体的旅游景点。

鸭鸡山

登高久有凌云志，今日鸭鸡绝顶攀。
翠岭苍崖拔大地，青峰霞壁贯长天。
驰风千仞迎金凤，骋目八极呼彩鸾。
更上虹桥心浩荡，紫微光电耀尘寰。

松树山

奇峰凝翠势巍峨，古木森森云雾遮。
削壁千寻迎日月，断崖百尺探江河。
龙吟微细嗤霜雪，鹤梦清幽讥旱魔。
凛凛节操观世道，竹梅不见感伤何？

山里人家

莫笑荒村难喻衙，弃车步履探芳华。
山回水抱七八里，路曲林深四五家。
花落白云眠晦榻，鸟啼清涧醉烟霞。
几时烦恼皆涤尽？抛却浮名话酒茶。

海　棠

风姿妙丽呈高雅，灿若云霞显俏身。
敢向牡丹争上下，不同芍药让厘分。
放翁留咏寓西蜀，子美无诗讳母亲①。
红泪断肠烧蜡看，夜夤恐有亵花人。

【注】

① 杜甫之母名棠，为避讳，故没写过关于海棠的诗。

咏荷二首

（一）

大段池塘有碧莲[①]，四围烟绿水接天。
盈盈玉貌绝俗艳，冉冉香风沁宇寰。
翡翠飞来羞掩目，红蝶飘下愧遮颜。
莫非仙子临凡世？夺月娇姿出自然。

（二）

轻荡兰舟摇碧水，亭亭玉立醉芬芳。
粉荷垂露杨妃貌，翠叶洇烟西子妆。
秀色娟娟夺月魄，丰姿袅袅泛霞光。
临风遐想结连理？物外超然走八荒。

【注】

① 大段：大兴古称。1930 年因热河省主席汤大帅（玉麟）在此种水稻，地分段，此地取名大段，1949 年更名大兴。

咏太白山

久闻秦岭有仙山，太乙神祠星宿间。
北控渭川千载泻，南襟汉水九龙盘。
凤凰泉奏松�曲[①]，冰斗湖翻岁月篇。
紫气东来思老子，青牛洞里吐霞烟。

【注】

① 凤凰泉，即汤峪泉。

芙　蓉①

勇斗黑蛟巨浪中，拼将一死救苍生。
丹心化作花千朵，碧血浇出红万重。
常伴黄英凌残雪，不亏菡萏敢同名。
群芳飘落高情在，可叹瑶台拒艳容。

【注】

① 芙蓉本是个勤劳善良、花容月貌的姑娘，经常到锦江边淘米。有黑蛟作祟，五月五日策划发洪水，降灾成都。即日，姑娘持剑跃入水中，大战黑蛟而死。鲜血沿江漂流，化作朵朵绚丽红花，人们为纪念她，把这种花叫芙蓉花，成都叫芙蓉城。

杜鹃花①

拯民水害纳真贤，禅位宾天化杜鹃。
啼叫声声溅碧血，悲号阵阵染红斑。
芙蓉失色羞舒展，芍药惊疑掩赧颜。
历代君王皆做土，惟有望帝久名传。

【注】

① 杜鹃花：一名“山石榴”，一名“映山红”，蜀望帝救民水火，让贤禅位死后，化为杜鹃鸟，为万山红遍而飞而忙而叫，直到口滴鲜血洒在花木上。人们怀念他，给这种花取名杜鹃花。

冯永林

1956年生于内蒙古呼和浩特市。1981年内蒙古大学历史系毕业，1984年取得河北大学历史学硕士学位。现任内蒙古自治区政府调研室副主任。著有《心籁集》。

鹧鸪天·蒙古高原

蒙古高原景色奇，幕天席地远尘泥。珍珠乱撒翠绒毯[①]，琥珀平分碧水池[②]。　　风冽冽，草萋萋，牧人驰骤任东西。牛羊近午横斜卧，飞过苍鹰云脚低。

【注】

① 指羊群食草。

② 指马群饮水。

赴笔会与书画家饮酒

对酒陶然酌，同怀翰墨情。
毫端风雨骤，纸上大千凝。
昨日忘轩冕，今朝会俊英。
山林共所好，谈笑掌杯轻。

思古兴叹二首

(一)

管鲍相知荐射钩，卒成霸业合诸侯。
景公挥泪罚三爵，吴起争功逊一筹。
蔺相使秦骄主谢，屈原去国大王羞。
为政之先在得士，明君粪马甲兵收。

(二)

买臣鬻薪怀书帙，庄子忍饥笑烈侯。
学富五车终受益，家徒四壁不知忧。
人因舔痔夸结驷，士宁割席绝旧游。
鱼目混珠骞作骥，江河日下汉宫秋。

蟋　蟀

饮露食精居地宫，修眉鳌齿隐芳丛。
每因夜色谈风月，独与秋光誓海盟。
争斗常怀贲育勇①，歌吟远胜寒蝉工。
曾陪思妇愁无寐，聊慰闺中帷幄空。

【注】
① 贲、育，古代传说中的两位勇士。

楼上读书

静坐临窗读古书，怡然如对老醇儒。
楼高隔绝青蝇迹，室雅精装花鸟图。
鹦鹉能言徒噪耳①，猢狲惯弄只溜须②。
满城烟雨催诗兴，不与诸生辩有无。

【注】
① 宋·罗大经《鹤林玉露》甲编卷八“能言鹦鹉”条：上蔡先生云：“透得名利关，方是小歇处，今之士大夫何足道，真能言之‘鹦鹉也’。”
② 唐·罗隐《威弄猴人赐朱绂》：十二三年就试期，五湖烟月奈相违。何如学取孙供奉，一笑君王便著绯。

临秋咏怀

秋气驱慵懒，飒然凉意多。
霜凝沧海月，木下洞庭波。
白酒不吾吝，青丝奈雪何。
夜游当秉烛，光景易消磨。

辽上京遗址

辽水汤汤饮马牛，松林漠漠战云稠。
坐收绢帛三十万，拾取燕云十六州。
城下结盟情可悯，阵前换将事堪忧。
上京宫阙今何在，空见石碑立晚秋。

写　怀

虫吟衰草雁南飞，游客轻装带笑归。
检索行程诗百首，消磨岁月酒千杯。
人中选秀知才短，醉里参禅觉法微。
莫负南山红叶好，登高饮到玉山颓。

鹧鸪天·感秋

昨夜西风草半黄，山寒水瘦正凄凉。青春最苦逢摇落，白发无如在醉乡。　吹律管，奏清商，逍遥何处不风光。今宵痛饮狂歌后，一任明朝满地霜。

阿拉善暮秋晚景

幽禽鸣皂树，人影散斜阳。
近日云生色，当风草被霜。
黄沙沉月亮，瀚海老胡杨。
原始蛮荒域，水晶玛瑙乡。

抒　怀

愁到多时不复愁，为沽村酒卖貂裘。
仲尼穷困悲天命，李广蹭蹬愧列侯。
千古文章称太史，六朝风物忆青楼。
老来看得红尘破，独钓烟江对雪鸥。

清晨踏雪

一天风雾更无尘，日色昏昏晕墨痕。
谁撒鹅绒铺野径，我留履迹到柴门。
双双噪鹊园林静，点点飞花气象新。
旋取粉团烹翠叶，挥毫作赋写精神。

蝶恋花

席上高谈学宋玉，晕满香腮，疑似桃花坞。对酒当歌嗟日暮，千金谁买相如赋？　顾盼生姿真态度，萍水相逢，咫尺天涯路。心事茫茫无写处，平生却被儒冠误。

鹧鸪天·伤离

报李投桃弃木瓜[①]，春来芳草遍天涯。魂归大漠悲青冢，日出扶桑蔚紫霞。　　肠已断，事堪嗟，几回江口听琵琶[②]。晓风残月杯中酒[③]，枯坐庭前数落花。

【注】

① 《诗经》“投我以木瓜，报之以琼琚，……投我以木桃，报之以琼瑶。……投我以木李，报之以琼玖，匪报也，永以为好也。”后人概括为成语“投桃报李”，而“木瓜”一句，渐被人遗忘，此处以木瓜自喻。

② 白居易《琵琶行》。

③ 柳永《雨霖铃》皆离别之词。

满庭芳·步秦少游韵

过雨流云，杯盘草草，归来独掩房门。杜郎沉醉，犹自恋芳尊。多少离愁别恨，凭谁揾珠泪纷纷。斜阳外，炊烟又起，鸦噪暮山村。　　销魂，当此夜，星稀月落，梦醒时分。怨花谢，东风不解温存。虚掷青春岁月，双鬓上，点点霜痕。空追忆，徘徊小径，日永盼黄昏。

答友人

曲水流觞忆古贤，竹林醉卧不知年。
弹琴啸傲松阴下①，散虑逍遥樽俎前②。
唯有真才惜雪月，肯将富贵换清闲。
江湖魏阙两无涉③，酒渍墨痕一布衫④。

【注】

① 流水句典出《兰亭序》：“引以为流觞曲水，列坐其次……”，竹林句，指西晋时的竹林七贤。弹琴句，指稽康、阮籍。

② 散虑逍遥，语出《千字文》。

③ 《庄子·让王》：“中山公子牟谓瞻子曰：‘身在江湖之上，心居乎魏阙之下，奈何？’。”

④ 陆游诗：“衣上征尘杂酒痕，远游无处不消魂。”

草原盛典

农历五月十三，蒙古族祭敖包之日。

草原盛典祭敖包，骏马风旗蒙古袍。
阵阵高歌随酒散，熊熊篝火照天烧。
人求雨露花千里，树绾吉祥绢万条。
天意悠悠凭燕语，早驱烈日作潇潇。

论道说禅

世界如来指掌中，黄沙漫漫水流东。
百年光景离弦箭，万代功名过耳风。
翠鸟归巢还自静，白云出岫总成空。
问余谁共听天籁，一架藤床一壑松。

乌素图农家杏园二首

（一）

夹道白杨阴矮檐，驱车直上翠微间。
余暇取静观山色，盛夏乘凉访杏园。
万亩芳林尘不到，一方幽境鸟宜喧。
佳实累累枝头满，饱啖甘熟载笑还。

（二）

绿映柴门柳带烟，隔墙红杏压枝繁。
农家好客开前圃，小女欢呼入后园。
犬惯足音合眼睡，鸟知话语对人喧。
风吹熟果纷纷落，犹向高柯舞竹竿。

写睡莲

碧池开睑笑熏风，入夜含羞卷小红。
却恨丹青难尽态，几人真个识娇容。

游伪满洲国皇宫溥仪旧址

革命风潮决旧堤，龙袍委地日沉西。
宫烟散尽檐铃响，御辇声销树影低。
卖国求荣名已辱，引狼入室罪当殛。
煤山不效崇祯死，傀儡甘心事岛夷。

登阴山记游二首

(一)

阴山自古雄，峦壑斗峥嵘。
磊磊玄岩出，潺潺泉水通。
春来岭上雪，夏至塞边风。
最是深秋好，夕阳桦叶红。

(二)

四望绣成堆，驱轮上翠微。
孤鹰逐兔下，众鹊绕林飞。
晴日无炎暑，荒村有野炊。
宛如尘世外，欢饮竟忘归。

昭河豪饮

野旷天低云可掇，敖包远望小枝柯。
车行沙路黄尘起，风送花香灵雀歌。
客至酒浆须碗饮，席开羊肉用刀割。
酣然红粉青丝乱，醉据雕鞍上草坡。

晚秋吟

碧海云天八月秋，莺莺燕燕一时休。
山清木落恣游赏，水净鱼肥宜钓钩。
蝉泣寒枝朝露重，蛰鸣草衰晚烟浮。
长空孤鹤辽东去[①]，不管人间万种愁。

【注】

① 辽东人丁令威在灵虚山学道成仙，化鹤归辽。事见陶渊明《搜神后记》卷一。

居延怀古

亘古荒凉绝鸟飞，流沙戈壁朔风吹。
千年不死胡杨木，百战难寻枯骨堆。
瀚海游驼鸣白草，黄云落日散余晖。
居延古戍残垣在，谁见征人匹马归？

冯国仁

1927年生。作家，中国作家协会会员、国家一级文学创作员。原呼伦贝尔盟文联副主席党组书记、名誉主席，现任呼伦贝尔市诗词协会主席。著有长篇小说《草原上有座小屋》、《遥远的车帮》，诗词集《盈雪楼诗笺》等。

再游达赉湖感赋

达赉风涛千古韵，波推浪逐论英雄。
鲜卑泽畔陈兵马，蒙古海天射大鹏。
放牧中原燕代并，兴师欧亚世界惊。
大潮我辈显身手，环宇商机掌握中。

看冰上捕鱼

冰天雪地寻奇趣，达赉海上看捕渔。
网围六面三公里，纲缆一提万尾鱼。
出水鲫白鳍翅展，带霜鲤赤挺身超。
报说零下四十度，含笑渔工气不嘘。

莫尔格勒河

九曲十折玉佩钩，依依恋意向西流。
毡房琴响回头望，牛舍歌飞几撒眸。
孤松山前寻迷径，断崖侧畔问花洲。
只缘绿衣歌惊梦，惜草怜芳处处留。

乌兰泡观鸟

绿色无边芦苇荡，万千水鸟组群栖。
天鹅鸿雁雍容落，仙鹤湖鸥悦耳啼。
重筑新巢孵子嗣，换脱旧羽翥云霓。
秋翎常遇运危地，今日生态保护区。

题西山名人峰

名人峰顶凭高处，烟树层楼瞰市容。
文宿比肩留雅迹①，元勋连袂驻芳踪②。
泛观大野说成败③，遍访湖山话世雄④。
宏论清吟成史卷，精析谜样万年情。

【注】

① 指1960年翦伯赞等历史学家和叶圣陶、老舍等文人来访。
② 指六十年代叶剑英、朱德、董必武等国家元老先后来访。
③ 指朱德诗句。
④ 指翦老等史学家对呼伦贝尔作幽静后院“民族摇篮”定论。

登秀水三老亭

山翠似屏围三面，柳碧如海浪千重。
圣陶老舍凭高际，联珠妙语左右惊。
翦老登临赏秋叶，赞叹霜柞红胜枫。
诗句勒石人去了，此处留有三老亭。
河水悠悠向南去，列车隆隆往复行。
三老一去不复回，游人追昔百感生。

登莫旗民族园敖包山

挟伊勒呼里千年风雨，披兴安万重霞烟。驾激流险浪奔来，势吞松嫩广阔平原。盛世自有缚龙手，大坝高筑老山头。千古云雨拦腰断，永解哈齐万民忧。晴天惊雷景物殊，素练齐喷跳雪珠。银线飞虹输紫电，南走铁塔北平湖。巨坝高横一鉴开，天光云影共徘徊。舳舻相连渔唱晚，白帆水鸟任去来。纳文湖气薄云天，西北新辟民族园。廿四山头皆秀出，凭高最数敖包山。南望金垒宛如龙，青苍起伏西北行。昔日金元鏖战苦，折矛断镞土花红。西望木堡牙克萨，孤军抗俄卫国家。六十四屯血洗恨，旧事重提泪如麻。隔山可觅郭尼村，抗联精魂今尚存。拯救危亡三浴血，强敌似虎不顾身。入门即见图腾柱，神往苍茫逾太古。仰视青鹰翔云表，梦驭高车操鼓舞。发展理论翻然悟，拥日抱月振臂呼。山鸣谷应回风旋，心与时进江天舒。

大汗山前忆大汗

河东天骄植物园，微缩地貌作景观。遍植芳草绿野样，广栽佳木状兴安。疏浚河网效额嫩，深凿泊沼双湖潋。呼伦贝尔毓灵秀，英杰辈出称摇篮。若点塞上英雄谱，功业盖世岂等闲。君不见，大汗山，成祖故地气万千。少年按刀顾八极，广结猛士揭狼旗①。际遇北国风云会，手挽天河草原涤。转败为胜，击退十三翼，以少胜多。九部联盟再溃师，奏罢铁骑破阵曲，摘星加冕，号称成吉思。塞上猛士爱冰雪，也羡南国荷花与桂子②。汗主天外舞蛟龙，金宋柔梦情正浓。一朝斡尔朵③轮向转，狂飙早已逾长城。破夏交河饮战马，灭金大元基业隆。旄纛遥遥指欧亚，世界一日三惊诧。黄花伤晚瘗故原，英气长留壮中华。

【注】

① “狼旗”：蒙古图腾。

② “荷花桂子”：周邦彦词，“十里荷花，三秋桂子”。

③ 斡尔朵：成吉思汗牛车拉的大帐。

临江仙·读《论说集》[1]戏赠沈西、盛荣夫妇

学就曹郎人满志，携得小范妆成。锦笈白马赴蒙东。芳林连碧野，一鞭辔鞍轻。　　灯下精心磨血刃，空悬壁上闲评。卅年白发替青青。诗坛拾笔再，湖海有声名。

【注】

① 曹沈西著有《论说集》政论集一部，曾被评为“思路超前”。

天香·鲜卑石室

千古云封，常年藓盖，更有神说遮掩[1]。捕风捉影，鲜卑族考，史稗多依讹撰。洞窟七探，烦米氏[2]细察详辨。苔下勒文陡显，迷离史象烟散。　　森林角逐野豜。矫拓跋、射牲蕃衍。游牧跻身马背，砺兵湖畔。席卷云燕代雁。洛都定、封疆又加冕。壮也前台[3]，幽哉后院。

【注】

① 神说遮掩：嘎仙传说。

② 米氏：考古学家米文平、程道宏等人几次去嘎仙洞考察。

③ 壮也前台等句：史学家翦伯赞对呼伦贝尔历史的评语。

望海潮·贺三峡水坝蓄水

西陵回望，雄崖壁立，峡湖固锁云端。悬瀑雪崩，雷霆震地，长途送电机旋。游艇跃崖颠。见舳舻千里，驳趸联舷。滟滪波平，早妆神女镜开奁。　　福泽楚地吴天。看闸辖九派，菽稻毅涟。江水畅流，人人鹊跃，千年夙愿今圆。逢世盛人贤，鼎力集财智，蹈海移山。世界奇工孰最？屈指我独先。

八声甘州·邓公小平诞辰百周年纪念

是山河乱后待收拾，耆宿储贤能[①]。有中国特色，分清泾渭，迷径人醒。开放才识胆略，两制看襟胸。良策扶民富，国势蒸蒸。　　战火炼成铁脊，大浪磨心志，睿智充盈。幸沉浮多次，无损巨星明。品德高、珠峰西望；勋泽深、东海起龙。金瓯补、未能亲莅，憾煞英雄。

【注】

① 耆宿储贤能：在老一辈革命家中保存有治国能手。

莺啼序·游云岗石窟

追踪拓跋旧事，下兴安西去。燕云代，锦锈成堆，尽湮千载余迹。武州峪，云崖岗畔，窟穴栉比蜂窠密。有梵珍可鉴，偿我俗梦痴觅。　洞敞千门，瑞香缥缈，看万佛齐聚。雍容立，阖目跏趺，拈花微笑迭趾。髻螺青、绿裙拖地，背焰烈，顶光如霁。更寻得、丰貌金身，北朝王气。　山堂虎啸，水殿龙吟，天籁启睿智。琵琶亢，帝王鼎盛，哽咽箫管，低诉沙门，横遭血洗①。长舒绸带，裙裾广曳，踏云和乐蹁跹舞，绘满墙，塑尽赏心事。豪华梵阙，隐蔽故魏宫帷，几多恩怨幸秘。　礼佛挖洞，释史先河，溯鲜卑石室②。耀师智：兴佛消难，求永图存，佛帝一身，异梦成制③。严威武帝④，沉冤皇子⑤，功高太后也享祀⑥，费猜思，天上人间戏。姑请南望龙门，西看敦煌，脉承系继。

【注】

① 北魏太武曾一度灭佛。

② 拓跋石室在大兴安岭鄂伦春境内。

③ 指昙耀和尚争取文帝复佛。假托灵僧梦文帝是佛转世，遂有佛帝一身说。

④ 太武帝拓跋焘灭佛。

⑤ 拓跋晃护佛冤死。

⑥ 冯太后拥立孝文帝，提倡汉化。

满江红·奠抗联烈士冯治纲将军[1]

东北沦亡，铁蹄下，横飞血肉。男儿吼：国既破碎，家焉存有[2]，忍泪抛家别老幼，从容赴难驱倭寇。战丛林、转战嫩江原，惊群丑。　西征路、风雨骤。奇谋设，重围透。叹侦敌遭袭，舍身援友。血染青山英气在，长眠水畔留芳久。勒石处、春已满人间，呈祺酒。

【注】

① 冯治纲：曾任抗联六军参谋长，第三路军北部指挥。西征路上在大兴安岭林区三岔河处与敌遭遇，激战后牺牲。

② 冯将军一句名言："国已不在，那还有家！"

玉楼春·收获月[1]

绿野停车毡帐谒。恰遇主人收获月。点燃篝火肉飘香，奏响弦琴心喜悦。　二岁马驹臀烙铁[2]。三月羊羔系耳镍[3]。狂歌豪饮到天明，套马捉羊神采烈。

【注】

① 收获月：蒙语，伊姆额。牧业收获在春末夏初，点数造册。

② 臀烙铁打马印。

③ 系耳镍：挂号牌。

沁园春·达赉湖成吉思汗拴马石前怀古

猎火星驰，月野微明，马奔犬嗥。看网撒百里，合围泽畔[1]，鸡雉争窜，狐兔惊逃。号角哀鸣，镞矛雨下，血染熊犴鹿中镖。纷纷拜，颂成吉思主，神箭金雕。　　汗国初受天祧[2]。举狼帜、八荒驰骁骠。击退十三翼[3]，败中取胜；迎击九部[4]，劲旅抽刀。智胜王罕[5]，老巢直捣。旄纛轻挥敌垒消。将何往、更扬鞭直指，金夏南朝。

【注】

① 达赉湖：古称大泽。

② 铁木真：公元1206年称汗。成吉思汗有译天赐之意。

③ 第一次与扎木合战争。

④ 最后击溃九部联盟，统一呼伦贝尔。

⑤ 王罕：克烈惕部首领。

满庭芳·剪毛站小景[1]

驾驶摩托，草尖飞转，举杆驱赶羊群。绿丘流雪，更紫寨屯云[2]。小憩停车放眼：裁云片、剪下纷纷。红衫女、求援修剪，狂饮作无闻。　　佯嗔。当此际，纱巾暗解，抛打伊人。逗群女哗然，笑似泉喷。电剪如歌唱起，半羞怯、飞吻频频。托声吼，携同雁侣，碧野逞飙轮。

【注】

① 剪毛站：剪毛多在春末夏初，现在多用电剪。

② 紫寨屯云：临时搭的栅栏，圈待剪羊群。

六州歌头·乌兰夫同志百年诞辰纪念

雄舒劲膂，擎起朔方天。掬圣火，阴山煊，照兴安。遍高原。秉义红城胜[①]，三边靖，连畛域，民族事，区域治，著先鞭[②]。更遣铁骑，声誉松辽战，领土默川。况东林苍莽，西铁似霞妍。水乳无间。卅族繁。　　敢横流渡，披肝胆，施“三不”[③]，牧歌甜。人畜旺，弦琴弹，舞蹁跹。牧群蕃。永续求长绿，怜芳野，闭耕田[④]。阴霾至，真金灿。岂听谗。看罢柏林墙后[⑤]，凭高境，痛驳谰言。践民族大法[⑥]，圭臬鉴人间，隽永留传。

【注】

① 1947年5月1日乌兰浩特大会胜利。

② 内蒙古自治区是全国第一个民族自治区。

③ 指不分、不斗、不划阶级牧区政策。

④ 反对在草原开荒。

⑤ 1964年10月在呼和浩特召开的反右上纲会上乌兰夫访德归来后的一次报告。

⑥ 实践民族区域自治法是他一生最大功勋。

金缕曲·听长调歌会，致歌后宝音德力格尔[①]

长调流心底。向高空、传情唤爱，越河飞去。寂寞荒原天籁坠，牧手答歌喜泣。靓牧女、华沙一曲[②]。万种风情，行云遏、更声惊四座人称异。夺后冠、载隆誉。　　四十年后音容易。痛摧腰、雪欺双鬓，玉喉难止。抛洒歌心滋绿野，润育天桃艳李。千百乘、歌台涌聚[③]。远近不辞听长调，现追踪、歌后新芳趾。歌震宇、酒狂递。

【注】

① 歌后宝音德力格尔：长调歌后，曾获世界五届青年联合会金奖。后半生从事长调教育。

② 该会在波兰华沙召开，唱一蒙古语长调《辽阔草原》，音色高亢甜美。

③ 呼伦贝尔学院赵红柔教授办的长调歌会。

金缕曲·观雁舞，寄舞蹈大师贾作光[1]

金管催铜鼓。最难禁、雷迅电速，雨倾如注。飘落双鸿从天下，哀管惊弦伤楚。雄翅挫，雌啼彻腑。水畔芦丛狐鼬恶，更冰封、雪盖食无处。临九死、少生路。　　和鸣展翅云天顾。向芦梢、腾挪旋转，碎肩柔步。生死相随云中客，祸去缘为爱笃。练翅劲、期归云翥。禽鸟尚知情如许，叹人间、儿女轻离负，且看此、雁双舞。

【注】

① 雁是巴尔虎人崇尚的鸟类，雁舞是贾大师绝技，可谓炉火纯青。

金缕曲·琴恋

风送声凄楚。日西斜、遥观绿野，水中青渚。犊狗漫游穹庐下，忽有哀弦怨怒。似巨野、天风狂舞；若落清流倾慕诉。又男儿、有泪弹无处。奏返复、醉心腑。　　马头琴手邀来晤。美虬髯，马群放牧，艺承叔祖。昔伴女师歌一曲，竟也珠和璧睦。精演技、翻删旧谱。别去芳容难再会，觅金喉、访遍京津沪。琴可引、玉一吐。

冯春光

女，笔名如蓝。现供职于内蒙古敖汉旗纪委监察局，工作之余爱好文学创作，诗词（歌）作品，散见于《中华当代边塞诗歌精选》《中华诗歌精品选》等诗词书刊。

秋菊吟二首

（一）

冰姿玉影自芬芳，露冷霜寒带笑尝。
姹紫鹅黄真本色，高风亮节送幽香。

（二）

秋风有意染花枝，雪绽霞堆淡淡诗。
妙笔丹青多秀色，妖娆尽在盛开时。

秋之章十首

蝶恋花·秋早

绿退红残花渐小，雁过长天，落叶拥衰草。枝上黄莺飞又少，残阳醉染枫林老。　往事如云风散了，旧梦新辞，感叹霜来早。仰问苍天天不晓，低头把酒驱烦恼。

秋　闲

秋风拂面夜朦胧，扫落青黄数点红。
最是闲情无处寄，轻描淡月挂苍穹。

秋　思

秋雨绵绵夜渐凉，拥书独坐意由缰。
佳词丽句无心赏，却念娇儿换厚装。

秋　忆

一缕秋风漫小楼，冰轮皎皎断清愁。
温馨最是中秋夜，款款亲情暖九州。

秋　深

木槿花残几度秋？青枝玉叶去难留。
嫦娥月上轻轻语，看罢凋零满目幽。

秋　梦

清风阵阵桂花香，玉镜柔柔照小窗。
写罢秋词身倦怠，悠悠一梦过重阳。

秋 叹

待到中秋月不明，千番思绪绕心萦。
阴晴本是寻常事，却惹东皇诉别情。

秋 诉

多情吟客写秋辞，把酒倾谈下笔迟。
待到翔云遮晓月，夜光杯里诉秋思。

秋 问

谁言秋意是荒凉，落尽芳菲秀色藏？
看罢枫林红似火，回头再咏菊花黄。

侃 秋

你送秋花岭上开，秋光秋色我安排。
一怀秋绪秋中遣，一首秋诗入梦来。

临江仙·寒秋

寒锁高楼人寂静，凭窗眺望秋空。雁儿飞去已朦胧，白云飞片片，款款断清风。　晓月一弯天上挂，晶莹剔透柔融，欲言心事话难通，孤独人伫立，凄婉对残红。

浪淘沙·一度秋风今又是

落叶坠幽窗，菊正金黄，蝉鸣阵阵对斜阳。一度秋风今又是，岁若流光。　莫道暖风凉，吹瘦群芳。残红落处亦含香。秀丽神州披彩锦，醉了东皇。

浪淘沙·霜寒露冷自悠然

楼外雨潺潺，独立窗前，秋风过处透清寒。一片繁花经洗礼，退了红妍。　小草绿池间，伴着鸣蝉，霜寒露冷自悠然。细玉芳心昭日月，笑待明天。

冯瑞武

1944年生于赤峰翁牛特旗乌丹镇长汉布村。中专文化。曾任旗广播电视局局长、旗文化局党总支书记等职，现退休。

大兴农场秋行

水田漠漠树阴阴，篱栅低墙几处村。
耕野农夫歌盛世，离离禾黍垄铺金。

寄　友

分袂阳关数十春，青山游侣散纷纷。
红梅芳草年来梦，携手寻春又见君。

灯笼河古树

影凌千尺撼青云，啸雨吟风五百春。
岁月如波事如梦，竟留苍翠待何人？

读王公《江城子》戏题以赠

月有圆缺我自知，春花秋月不同时。
愁思不尽游芳苑，一树胭红一首诗。

吉祥法增寺

双双塔影印重廊，铜鼎犹存昨日香。
殿锁金环僧不见，碑文细览阅兴亡。

永州遗址怀古

铁马霜戈属大辽，契丹盛世久沉消。
沧桑千载余荒草，洒酒凌空吊俊豪。

丙戌七夕

银河耿耿夜幽幽，一见隔年涕泪流。
莫若人间凡竖子，年节相守胜牵牛。

读诗集《原上草》

卅载赢得两鬓萧，只缘诗句费推敲。
篇什捡取成一帙，鸿爪留泥慰寂寥。

过大石门

淡烟隐隐锁石门，削壁危崖鬼斧痕。
俯仰山花迎客到，驱车来访武陵春。

北山杏花

万朵浓芳倚树斜，千枝裁锦卷明霞。
娇姿满目穹庐醉，回首香飘觅酒家。

暮秋游乌丹南山

南山莽莽远嚣杂，满地秋风扫落花。
俯仰蓬蒿遮乱径，蛩鸣雁唳似悲笳。

仲秋赏北山红叶

骚客逢秋叹寂寥，谁知秋韵似醇醪。
北山不见枫林茂，杏叶经霜分外娇。

北山红叶

秋树含烟护紫城，蛩声匝地雁横空。
满坡霜染丛林醉，杏叶胜于枫叶红。

包国卿

曾用名孛•太贴穆尔，蒙古族。中国文艺家协会会员、内蒙作协会员，现任科左后旗文联主席。在区内外出版发表报告文学《中国马王》、散文《父亲的铜酒壶》、诗歌《黄山连心锁》等数百篇。

响沙湾

甚嚣尘上卷狼烟，吐雾吞云天地间。
人岂不知苦作乐，破题巧借响沙湾。

大青山

天公设下大青山，不巧代作幔丝帘。
天然一个大屏障，受用子孙万千年。

致守陵的达尔扈特人

先主英逝百千年，辗转西部与高原。几经倭寇围追堵，代代承演护陵篇。　　而今成陵天下仰，吾辈默守寒舍间。一句诺言惊天地，达尔扈特天下传。

卢海忠

笔名海幽，1954 年出生于海南岛，毕业于内蒙古民族大学中文系。现系通辽市文学创作中心顾问、通辽市影视创作中心作家、通辽市诗词学会理事、奈曼旗作家协会常务副主席、诗词学会常务副会长、《奈曼文艺》主编。部分诗作入选《中华经典诗篇》《中华诗词精品博览》等大型诗集。

党魂赋

长江黄河浪飞涌，泱泱古国山万重。只闻一朝传浩歌，石破天惊东方红。铁血戎马灭顽凶，怒驱阴霾见晴空。敢上九天揽寒月，敢入深海缚蛟龙。　　东西南北天下统，力舞巨毫书彩虹。铸就广厦奠伟业，挥师西部建奇功。铁骨铮铮长青松，造福盛世情愈浓。叱咤风云越世纪，空前绝后大英雄。

南山飞雪

空山绵亘寂无声，月遁星消知几更？
子夜沉沉方入梦，倾天梨蕊落群峰。

野泊垂钓

清泉泻玉自成泊，碧水苍天野趣多。
蚯蚓半条抛下水，一只老鳖不得脱。

青山行

泉温碧野润幽兰，雾绕林枝翠绿间。
峭壁青岚叠万仞，苍松鹤影戏千岩。
高峰落瀑珠玑碎，低谷攀阶夜径寒。
最美泰山晨望日，奇观览尽乃神仙。

史春华

女，1968 年 7 月出生于奈曼旗。1989 年加入奈曼旗青年文学协会，现工作于奈曼工业园区。通辽诗词学会会员、通辽市摄影家协会会员、《通辽日报》社特邀通讯员，曾在《通辽日报》多次发表过诗歌、散文；在《哲里木艺术》发表诗歌《科尔沁畅想》。

柽柳情

木棉南国红如火，塞北梅花雪里酡。
最爱漠沙生柽柳，千姿百态现婀娜。

秋游青龙寺

头顶白云脚下风，疏疏黄叶正秋浓；
拾级而上青龙寺，禅语声声入耳中。

宁海田

字啸秋，1947年7月生，山西原平人。大专文化，原任内蒙古包头市东河区人大常委会财经工委主任；现为中华诗词学会会员、内蒙古诗词学会会员、包头作家协会会员、包头诗词学会常务理事。有个人诗集《啸庐诗草》印行。

塞 上

长调歌声韵律斜，哞咩牧畜漫归家。
苍茫晚色余黄日，落在天边野草花。

春坤山

我来春坤山，不畏颠簸苦。山岚浮湿意，秋风砭人骨。怀朔山尽石，唯此多沃土。花草漫山野，香菇不知数。君看红绿衣，点点采菇女。

观阎汝勤先生《群驼图》

莫道塞北垂杨少，茫茫原野漫天草。
且看戈壁枳机滩，天高地远日初晓。
大漠铜驼赛紫骝，先生巨笔写清秋。
湿染驼绒峰脂满，干皴沙石成坡丘。
小驼颟顸自吮乳，老驼卓立见筋骨。
几驼相偎情依依，驼群跋涉日当午。
胸有神驼数万峰，笔墨苍劲自然成。
塞上积雪能盈尺，雄驼一吼声不已。
气韵不拘浓淡墨，真驼何须细雕琢。
约略莽原夜色临，芦草射天不见月。
卅米长卷景象殊，我醉先生百驼图。

论梅三首

（一）

意气雄心久不发，超然自处待无涯。
近来渐惯寻常事，晚课梅花早课茶。

（二）

久慕名山未乘槎，罗浮岭上好梅花。
我心难以归云斋，半虑苍生半为家。

（三）

事业成功不避才，云天迷漫论胸怀。
欲求人性言真谛，心底梅花带血开。

京胡引

听燕守平先生京胡演奏

京胡一拉调门开，行云流水排闼来。
韵起秋山荆榛处，声入霜天动地哀。
缠绵之时声幽咽，顿挫之处起生涩。
羯鼓按拍三五声，琴音低徊沉沉夜。
转瞬云开太阳红，漓江水绿玉鸟鸣。
丝弦缓缓随人意，少男少女踏歌声。
深树摇碧宫花紫，缨络玉佩随身起。
九天飘飘下洛神，似有裙裾舞流风。
一俟演奏得意处，清风掀动千林竹。
忽如山开云涛舞，天水横流淙淙雨。
是雨似风仔细听，空山绕谷声不去。
戛然一声玉弓止，一川清流归江户。

布　赫

蒙古族，内蒙古土默特左旗人，1926 年生。1939 年参加工作，曾任内蒙古自治区人民政府主席、全国人大副委员长，现布赫已于 2017 年去世。著有《布赫诗词集》。

西乌旗牧民破雪放牧

千顷雪海漫地空，虎啸狮吼羊角风。
身着长袍一双靴，破雪放牧挥耙行。
呵气须臾成霜雪，汗珠落地旋作冰。
狂风怒雪何所惧，牧家儿女多豪情。

在阿鲁科尔沁天海村与党支部书记谈话记

大雨滂沱雷轰鸣，洪峰翻卷水奔腾。
天海村里接天浪，老人焦急小儿惊。
党员入水救百姓，危险时刻识英雄。
雄姿焕发来去急，劈涛斩浪缚蛟龙。

在满洲里迎送金日成主席

插红旗，搭彩门，边邑家家笑语频。捧鲜花，着盛装，歌天舞地迎国宾。主席致意招手处，锦旗飞动似彩云。拥抱握手眼噙泪，同志情谊万年存。

1988 年 6 月 26 日

贝尔湖①

静静贝尔湖，粼粼泛彩霓。
渔船各有序，分挂两国旗。
同饮一湖水，共捕一池鱼。
人民情谊重，万年好邻居。

【注】

① 贝尔湖系中蒙边境的湖泊，由两国分管。

1988 年 6 月 28 日

巴尔虎草原

花香鸟语玛瑙路，天蓝地碧河水清。
鱼泳虾跃乌尔逊，羊似白云马如龙。
绿草如茵巴尔虎，今逢盛世更年丰。
自古塞外称乐海，草原千里漾歌声。

1988 年 6 月 28 日

祝贺民族区域自治法颁布十周年

一部金文得民心，四海黎庶皆奉尊。
今日喜上康庄路，长城内外处处春。
千条大川归沧溟，百族人心向北京。
锦绣山河联袂绘，再造辉煌策马行。

1994 年 8 月

特立尼达和多巴哥

特多景色四时美，沥青湖暗闪光辉。
花树盛开迎蜂鸟①，港口宽阔待船归。
银鹏来去旅人满，金驹穿梭快如飞。
夜深灯光陪新月，渔歌阵阵入窗帏。

【注】
① 特立尼达和多巴哥国鸟。

玻利维亚

玻国山水秀，遍地野花香。
良田千万顷，围栏牧牛羊。
岁值旱季时，农家甫收粮。
远方客人到，起舞敬琼浆。

墨西哥

墨国先民多豪英，劳动开创古文明。
民性耐似仙人掌[①]，雄健堪比长脚鹰[②]。
太阳神塔高千仞，玛雅文化有盛名。
来日再铸新天地，中墨互勉进大同。

【注】

① 墨西哥国花之一。

② 墨西哥国鸟。

1997 年 6 月

访西双版纳农户

驱车绕行澜沧江，两岸花木斗芬芳。
山坡橡树行行绿，坝子稻田泛金光。
进得乡间傣家寨，拴线祝福敬椰浆[①]。
勤劳换来民康乐，歌声笑声溢山庄。

【注】

① 给客人手腕拴条白线以示祝福。

1998 年 9 月 14 日

观基诺族民俗展

昔日生活苦中苦，肩承重负崎岖路。
三块小石支锅灶，一把手刀事稻谷。
今时光景甜中甜，粮食满仓衣满橱。
基诺跨乘千里驹，万民同击太阳鼓。

航行长江

渝州登船下巫山，两岸层楼入云烟。
柑桔郁郁望不尽，江水悠悠走琼船。
舳舻千里灯光闪，中秋晚空玉兔圆。
如今赤县胜瑶池，姮娥日夜念尘寰。

1998 年 10 月 5 日

百色起义

六十九年前，百色春雷喧。汉壮齐奋起，染红八桂天。　　创建红七军，挥戈惩凶顽。功业永昭世，青史万代传。

1998 年 11 月 13 日于百色市

柳州市

壶城[1]三面水，柳江两岸花。龙潭平如镜，街衢立广厦。　　坡地柚子熟，湖塘满鱼虾。改革二十载，古邑披彩霞。

【注】

① 壶城系柳州市别称。

1998 年 11 月 14 日

谒马克思墓二首

（一）

扭乾转坤学说新，雄文百卷昭庶民。
功绩齐天黔首赞，古今寰宇第一人。

（二）

导师虽眠九泉下，天才思想铭人心。
环球纵漫千重雾，腾空红日有一轮。

1991 年 12 月 21 日

白 玉

1949年10月生于北京。大专文化，中共党员。曾任包头市九原区政协调研员；现为内蒙古作家协会会员、包头诗词学会会员。内蒙古人民出版社已出版诗集《旅美诗笺》。

纪念乌兰夫同志百年诞辰

真理浴云泽，烽烟路曲折。
草原播火种，延水砺金戈。
血热家乡土，情牵慈母河。
民族一赤子，世代颂功德。

七绝三首

——以此献给任重道远的环保事业

警 世

原生物种互依存，土木山川养育人。
若丧生息环境地，敢询何处可安魂。

喻 世

为谋小利毁家园，人类生存岁月寒。
倘若诸君不罢手，儿孙血泪煮黄莲。

醒 世

鱼游大海鸟依林，草木禾苗恋土亲。
呵护世间情与爱，还原天下美和真。

鹿野四季歌四首

（一）

谁言塞北暖回迟？绿染田园笑旧时。
韭菜葱茏舒嫩叶，番茄密盛挂鲜枝。
滴浆莓果情真切，咧嘴油桃意醉痴。
此处何来南域景？温棚燕雀最明知。

（二）

烈日炎光气焰高，暑灼未见半枯焦。
山泉润翠千层树，渠水浇熟万顷苗。
阵阵蛙鸣歌古曲，声声鸟叫唱新谣。
繁花茂草藏阡陌，竞吐芳菲敕勒娇。

（三）

苍天阔地朔风凉，雁阵啼啾落叶黄。
风摆苞缨燃赤火，雨涤糜穗泛银光。
牛羊挤破围栏圈，鳌蟹爬出水草塘。
画意诗情浓日月，山乡村寨淌琼浆。

（四）

岁至寒天草木衰，琼花乱点万千白。
晨阳嬉戏读书影，晚月抚摸舞扇怀。
万户荣登致富榜，千家笑捧文明牌。
新风荡漾和谐曲，阔步高歌向未来。

农工吟四首

改革开放以来，许多农村剩余劳动力走出山乡村寨，投身于城镇建设，不仅为当地的经济发展做出了积极的贡献，也从此改变了人生命运，过上了富足的生活，人们称其为农民工，故赋词颂之。

诉衷情·建筑工

何曾梦幻起琼楼，扬笑抖风流？而今举目霄汉，脚架伴春秋。　　情也切，意还柔，志方酬。力挥椽笔，诗涌胸间，画展街头。

浪淘沙·炼钢工

昔日甩牛鞭，播种甘甜。犁得锦绣满田园。当是汗滴挥洒处，收获丰年。　　今又舞钢钎，沥胆披肝。熔出铁水映霞天。休道面朝黄土汉，威震炉边。

清平乐·纺织工

村姑依旧，却是城中秀。织尽云霞遮碧宙，手巧心灵情厚。　　机梭戏弄披巾，牛郎倾慕凝神。惊诧天庭伴侣，何时落界凡尘？

江城子·采石工

少时山野牧牛羊，嗅春芳，赏秋黄。曲漫松林，鞭响过青冈。志壮情豪心未了，绒剪利，奶茶香。　　壮年沟壑破岩床，晓披霜，夜含凉。雾敛云舒，石碎震八方。血热青春红似火，基础固，矗坚桩。

拜读《李野诗选》感怀

畅咏诗词泪洗襟，松梅傲骨撼吾心。
冤蒙霾雾豪情在，屈饮寒霜壮志存。
喜慰晴阳驱恶气，欣挥劲笔抖雄神。
回眸笑看云烟事，老骥嘶风励后人。

白晓光

女，1969年6月15日出生，蒙古族，通辽市人。在内蒙古通辽市奈曼旗第一中学工作。发表作品：《痴迷科尔沁》《雨城》等。

草原夜色二首

（一）

寒夜月悬飘柳絮，繁星闪烁撒珍珠。
奶茶香溢留人住，舔草羊儿认旧途。

（二）

风摆纤柔柽柳枝，冰轮消瘦苦相思。
时光荏苒指尖去，成吉思汗可感知？

白桂兰

女，1930年出生于山东省昌邑市。初中文化。1947年参加革命。曾任政府副旗长、盟文化局副局长。离休后，加入松风诗社。系呼伦贝尔市诗词协会会员、内蒙古诗词学会会员，著有《三花集》。

清平乐·咏三农

春光正艳，草绿花红遍，牛马满坡羊满圈，校舍书声一片。　　改革开放丰功，革新税制免征。重视“三农”建设，牧民喜气盈盈。

扎兰屯吊桥公园

山似翠屏环三面，古榆奇柳绿如烟。
一桥伏波碧水上，四柱耸立入云端。
吊索凌空连两岸，长桥微荡人犹仙。
条条曲径通幽境，座座楼台隐林间。
蜂蝶纷纷飞自忙，鲜花朵朵争绽妍。
柳莺如梭啼婉转，游船停浆自雅闲。
玲珑朱阁会棋友，一柱亭下竞球酣。
海内雅士挥椽笔，酬唱幽绝一方天。

晚 霞

西望晚霞似火红，霓光绚丽入诗中。
余辉总是惹人爱，似水如山色更浓。

忆江南·赞夕阳

夕阳好，晚景最开心。年少无缘学府进，古稀有幸入诗门。怎不有精神。

江城子·抒怀

年高如少气轩昂。练身强。鼓铿锵。习写诗词，巧铸翠华堂。露润花枝风动柳，歌盛世，放霞光。　　山川大地尽芳香。彩云翔。放歌狂。红燕素妆，福寿万年长。普照阳光多吉事，人盛赞，好词章。

白朝蓉

四川省西充县人，1939 年 7 月出生。中国作协会员。原任内蒙古广播电视厅厅长、党组书记，现任内蒙古诗词学会名誉会长。主要诗作有《塞上草》《岩石雨》《玫瑰雨》等七部。

乌兰夫百年诞辰感悟

百年沧桑血，几度圣道闻。
云泽在天雨，清流荡浊尘。

贺内蒙古自治区六十华诞

大旗横空出，阔野骤变天。
弓刀化玉帛，黔首驭银鞍。
离离百草旺，硕硕六畜繁。
把酒交心语，携手共登攀。

圣诞树前偶得

心闲境不闲，真幻一树间。
拭去眼底障，苍生亦圣贤。

晚 照

迎风老泪噙，遥路投足深。
吟和息角鼓，牙月伴夕曛。

夜 牧

沃草夜半凉，牧马酒为浆。
嘶鸣此彼伏，远眺图腾狼。

酒歌图

狂饮复狂饮，放歌还放歌。
心洁如哈达，嚣尘奈我何？

意 蕴

乱石垒小山，野水唱微澜。
深谙此意蕴，无攀也峰巅。

从容即悟

塞上春履缓，四月绿平川。
丁香色红白，山杏味酸甜。
黑风偶蔽日，黄沙迷眼帘。
万象尘埃定，朗月又中天。

塞上严冬

柔水凝冰坚如铁，朔吹刮面利似刀。
万象森罗任雪裹，千峰突兀凭风雕。
家犬倚门吠庖宅，土窑存温育薯苗。
蛰穴蝼蚁随缘觉，日红月白染松涛。

白雪污泥

雪花落地意若盲，车辗人践始作浆。
黑白轮转寻常事，人间无处不染缸。

淡　泊

告老还民时，闲极自成趣。
寂门远官道，迂儒近古书。
舞文共酌酒，拈花独寻路。
心净人情暖，目明云雾舒。

迥　然

禅意何所寄，携友踏野山。
志异向歧路，迟步待月还。

踏雪吟

纤云映雪踪，寒雀噤曦红。
天沿一声叹，老眼万山空。

冬　夜

夜长寡眠梦浅轻，幻境空灵眷残痕。
蓦然惊现莲花浴，洗涤生前身后名。

圆　通

雅境万相纯，淡欲六根轻。
敛收愦愦状，消匿喋喋声。
举目听仙鹤，捻指拨青灯。
平步通古道，长梦断游魂。

顺流自归

难抵无为岸，空舟怜水宽。
日月轮回出，盈亏不嚣喧。

石玉平

陕西神木人，1948 年 2 月 19 日出生于山西省平鲁县。1970 年毕业于内蒙古师范学院（现内蒙古师范大学）艺术系美术专业。任内蒙古自治区新闻出版局党组书记、局长，编审，国家一级美术师。内蒙古美术家协会会员、中国摄影家协会会员、内蒙古摄影家协会名誉主席、中华诗词学会会员、内蒙古诗词学会副会长。出版有诗、画、影作品集—《闲情三片》。

桃花记二首

（一）

平林漫漫掩人家，浅草青青染陌斜。
轻唤牛郎惊乳燕，暗邀天女散桃花。

（二）

远眺春山近览林，烟织玉带月明轮。
农夫怜爱耕田命，曲水流花伴故人。

1985 年 5 月

登庐山

登览汉阳①情入怀，朦胧五老②荡然开。
瀑高千尺凌空谷，水漾三泉叠碧台③。
洞府④连天仙客去，花丛幽径庶人来。
古今多少权谋事，浮罢晨烟落暮埃。

【注】

① 汉阳：汉阳峰，庐山主峰。
② 朦胧五老：烟雾笼罩五老峰。
③ 叠碧台：庐山三叠泉。三泉错落如绿色阶台。
④ 洞府：指仙人洞。

2001 年 5 月

虞美人·烟雨扬州

轻舟瘦水浮寒夜，十里扬州月。烟花微雨付空流，绝续佳人清曲唱春楼。　　清阶绣阁魂犹在，粉黛檐墙外。红颜纤柳乱莺啼，叹赏丹青八怪写东篱。

2000 年 10 月

秦淮河

少年知秦淮，今日梦成圆。揖求江边女，带平上客船[①]。皓腕轻摇橹，翘首意流连。幽幽小巷静，嘈嘈市井喧。西楼剪烛影，东榭启珠帘。　　娓娓隔窗曲，酥手抚妙弦。香君门虚掩，莫愁应未眠[②]。空有临渊意，才气愧康宣[③]。六朝佳丽地，粉黛更空前。婵娟浮秋水，银汉落人寰。

【注】

① 平：作者自称。

② 香君：明朝末年歌妓。莫愁：古乐府中所传女子，相传由南齐洛阳远嫁江东居莫愁湖。

③ 康宣：《醒世恒言　唐伯虎三笑点秋香》：唐寅为求秋香，卖身为奴，以姓名二字偏旁化名康宣。

2000 年 10 月

颐和园

东宫门内度微钟，玉带桥头沐蕙风。
巢雀安详日西下，砌虫凄厉月东升。
雁归无影留长唳，客去空廊熄晚灯。
万寿难圆慈禧梦，昆明款荡洞天空。

2002 年 9 月

自度曲·草原即景

白云舒卷凭天意，飞雁过云端。野草枯荣从不语，玉勒任扬鞭。轻风拂尘面，疏雨洗心帘。　　碧泊清漪舞鹤影，欢鹿鸣翠原。水近山远皆醉客，委婉牧歌还。斜阳沉古道，弯月入夕烟。

1988 年 7 月

破阵·旧日沙场

赴阿拉善，经武威过张掖，偶遇荒坟遍野，不知何人何时何故葬归于此。知情者告之，乃旧日沙场。一时恍然，魂牵远古，宛入苍凉阡陌，幻觉硝烟流动，犹闻枪剑之声。

狼烟故垒熄残，西陆草木深寒①。银蛇天矫青山下②，金乌浑圆黄冢前③。萧萧猎荒原。　　犹闻铮鸣鼓角，恍见拔寨夺关。笑洒男儿一腔血，不与风流共凯旋。露重谁心田？

【注】

① 西陆：指秋季。

② 银蛇：形容山下弯曲的冰河。

③ 金乌：指太阳。

1999 年 10 月

自度曲·大漠敦煌

单车行，穿大漠，直往敦煌。回首顾八方，弥望苍凉。叹玉门坐冷沙场，惜长城顿擗垣墙①。却原来，马踏飞燕②，不愿走千里野荒荒。反弹琵琶③，宁忍睹四弦泪行行。何故也？把珍宝深处安藏。只因得，少人烟、多寂寥、无计唤春光。

【注】

① 顿擗：断塌的墙。

② 马踏飞燕：出土文物，骏马踏燕飞行，展示马行的速度如飞。今为国家旅游的标志。

③ 反弹琵琶：敦煌石窟中著名的壁画。

1999 年 2 月

深山采风四首

(一)

一座柴屋半亩田，风摇叶落密林间。
老翁残酒迎稀客，笑问山南是哪年。

(二)

欲点丹青写酒家，信天小曲过山崖。
情歌村畔围石磨，调寄窗前剪纸花。

（三）

铜枝铁杆耐皴擦，酥指纤梢吐嫩芽。
蓓蕾含羞初绽笑，弄余来日赏梨花。

（四）

晴岚幽谷一帘云，斜陌虹桥几簟茵。
溪水传来桃李泪，恍知天晚已春深。

思父二首

（一）

心暗天沉一线通，寒霜热泪两空蒙。
尺胸能纳千重事，难耐清明瑟瑟风。

（二）

一缕青烟万事空，淡泊名利莫相争。
半壶清酒凭栏醉，又是别离泪雨中。

满江红·清河怀古

上世纪三四十年代，家父抗敌于清水河，时任革命政权第一任县长。余幼年栖身箩筐随父辗转颠簸，故对此地情感颇深。阅史志，知其当年战事惨烈，父辈艰辛，特书词以祭之。

黄水青山，烟笼处，风残日旰。寻古道，边关紫塞，劫灰惨淡。大野寒凝兵士殁，川原沃血沧桑变。思悠远，铁血祭英年，读遗卷。　扶天道，除众怨。燃野火，冲霄汉。斗南山①奸伪，雁门②惊飐。右玉③群雄同赴死，清河④拉锯多鏖战。奏凯歌，正道畅心怀，情无限。

【注】

① 南山：泛指内蒙古和林格尔县南部山区。

② 雁门：雁门关。地处山西省北部。

③ 右玉：山西省右玉县。

④ 清河：今内蒙古清水河县。

1975 年 11 月

沁园春·兴安岭

浩荡兴安，晓揽层林，暮卷郁苍。叹亘通大野，横担日月；斜穿朔漠，纵划炎凉。夏显奇峰，秋呈佳色，雾里鹃花傲雪香。赊鹏翼，瞰云岑魂魄，旷宇遨翔。　　烟波吞吐残阳，又多少传说付渺茫。记拓跋称帝，旌旗漫舞；天骄立马，铠甲铿锵。霸主星回，群雄逐鹿，血雨腥风泪染裳。时空变，唱九州神采，挥洒韶光。

2000 年 8 月

草原行二首

（一）

新雨潇潇洗碧山，嫩江汩汩沃苍原。
花摇草动千层浪，歌起云开一线天。

（二）

旷域宽怀纳百川，由缰信马向云岚。
轻蹄扣唤荒芜地，健翅撩拨碧海天。

2000 年 8 月

任玉忠

1985年毕业于内蒙古大学汉语言文学系，先后在兴安人民广播电台新闻部、兴安盟广播电视局宣传科、兴安盟委宣传部工作。现任兴安盟委宣传部副部长、内蒙古作家协会会员、兴安盟诗词学会副会长。

拟古三首

秦始皇

六雄鱼草被鲸吞，浩浩寰宇孤为尊。
蓬莱始皇觅仙药，不知长白有人参。

刘　备

人生却比蜀道难，欲觅知音往桃园。
倘使大刀长矛在，何需四海访名贤。

荆　轲

燕赵自古出良将，八尺男儿佩剑长。
寒来暑往勤击剑，忙日闲时久练枪。
为报秦嬴亡国恨，不负燕丹养母粮。
长歌一曲踏马去，千年易水美声扬。

任英年

吉林省白城人，1936 年 9 月生。毕业于内蒙古师大中文系，中学高级教师。先后任突泉县一、二中学副校长，县教研室副主任。2004 年出版诗文集《岁华掠影》。现任兴安盟老年体协体育科研委员会副主席．盟诗词学会会员。

老头山①行吟

崇山无尽处，流水有人家。
房后苍松立，门前翠柳斜。
车行观异景，徒步采奇花。
预计当天返，长居味更佳。

【注】
① 老头山位于突泉县宝石镇北部，山北为科右前旗。

凭吊成吉思汗

祭奠圣灯七百年，长明全赖护陵员。
汗师跃马惊天地，铁帅挥戈震宇寰。
势压群雄霸业就，声威众部美名传。
安详静卧陵园里，太祖辉煌留世间。

春到兴安

群山吐绿唤春晖，水碧山青渐翠微。
莫道兴安春色晚，偏能诱客不思归。

乡　情

风华正茂赴边疆，鬓发如今似染霜。
月夜神游千里外，故乡遥望断愁肠。

吊双城古堡①

群山阅尽战云频，古堡遗痕今尚存。
慨叹辽金多少事，残垣断壁默无闻。

【注】
① 双城古堡在突泉县宝石镇境内。

全秉荣

1944年9月18日生。大专学历。现任鄂尔多斯市政协专家联谊会副会长（常务）。中国散文学会会员、中华诗词学会会员。正式出版散文集《爱的漠流》、诗词书画集《人文感赋》、游记《鄂尔多斯旅行记》、随笔《感受今天》等。1992年国务院颁发终生享受政府特殊津贴。

重提画笔感怀

少小偏科画咏怀，青春数理慧心开。
中年笔墨散文事，向晚诗词电视台。
每忆平生多猎趣，深知一世少专才。
时光若有回流日，认准丹青一路来。

《绿色壮歌》封镜后

大漠沧桑四野茫，黄河浩荡九回肠。
贫沙逝水深情在，肥土流年厚谊长。
老去无端温梦境，静思有绪觅诗行。
穷达总报江东爱，绿色情缘系故乡。

辛巳中秋夜

月光云影共徘徊，满院梨冠碎玉筛。
漫步幽幽思父母，温情郁郁馥灵台。
如山厚爱添胸臆，似海深情汇酒杯。
又是中秋团聚宴，憨儿娜女尽归来。

养花撷趣

橙紫青蓝黄绿红，移来盆景也从容。
根须饱吸窗前露，花溢兰香叶秉荣。

静　听

溪流带雨岸边风，汩汩潺潺爱弄情。
五岳峥嵘不艳丽，三江浩荡却深沉。
登高始觉胸怀小，望远方知耳目明。
寂寞静听文脉里，黄钟大吕总稀声。

镜　鉴

闲居赋雅归宁静，内省书斋脑际清。
万卷开宗晓事理，千篇要旨正言行。
反观自我难全是，细论方家未尽成。
纵谒前贤横拜友，以人镜鉴洞天明。

人　情

桑榆老干纵然青，落叶经霜几日红？
莫道夕阳无限好，休言伏骥有才雄。
承前启后滔滔浪，继往开来猎猎风。
但愿春华无忘却，人情重在晚秋浓。

无　奈

常随老伴话家常，贻笑青春好逞强。
不信人生缘苦短，方知两鬓染白霜。
才迎朝露含花蕊，即送晚霞伴月光。
莫谓英雄叹往昔，曾经衣嫁为谁装？

花甲诗怀

自作律诗虽欠老，心中却咏梦魂消。
比兴对仗求精意，平仄粘连除拗娇。
每得一言殷切切，再书两笔乐滔滔。
晚来续写人文赋，细数年轮六十遭。

宴后余兴

清词和唱酒盈杯，设宴诗人尽放怀。
自是有情皆赋雅，纵然无韵亦韬才。
扬鞭上马任驰骋，泼墨挥毫重往来。
聚会人文将散去，何由寂寞话悲哀？

做客兰亭茶楼

兰亭月色度从容，茶品温馨艺赏鸿。
结伴琴棋皆自得，临池笔墨与仙同。
思贤尽在有形上，赋雅常随无意中。
劳苦难离名利场，休闲未必不豪雄。

重阳节有感

人生向晚论优长，老虑深谋辣味姜。
落日无究图壮美，寒梅有意洒余香。
功名已淡红尘破，世事虽明韬略藏。
回首争雄年少日，微微一叹笑轻狂。

不言三咏

（一）

回眸弱冠不言羞，初出茅庐竟远游。
羽翼未丰翔峻峭，笔锋尚钝写春秋。
敢驰骁勇乘龙马，徒守孤高射斗牛。
向晚雍容诚可贵，岂如狂少逞风流？

（二）

嗜痂成癖不言新，自喜散文情愫真。
常恨乾坤因爱意，总怜草根当温馨。
胸中流丽万泉水，笔下生华一片春。
写到心灵最深处，不知有我也无人。

（三）

诗词书画不言老，历久弥新任我描。
夜半挑灯临魏帖，晨初迎海画春潮。
诗来气壮吞河岳，词发心雄比舜尧。
趣味人生无不在，严冬酷夏爽秋高。

新闻编后

抚平稿件正文头，编尽春光续晚秋。
磊落一生先正气，清贫半世后勤酬。
输通文脉三分色，愿作人梯万幢楼。
雪亮心肠无垢芥，春催桃李看风流。

辞职总编后

知秋草木叶归根，人到晚年情更深。
爱似蓝天恩似地，诗如泉水画如风。
珍存道义千般善，洗尽沧桑一点真。
笔墨重圆少小志，心悠气雅度余生。

祝新人上任

春风化雨晚来迟，却是花苞欲放时。
期许荧屏呈异彩，诉求记者换新知。
西天晚景东天亮，功内文章功外诗。
树不恋人人恋树，甘为老干护青枝。

观《焦点访谈》

舆论歌吟总是春，新闻涉世蕴难深。
谀言万语赞何益，入木三分骂也精。
诗到忧愁方有味，文存异义好争鸣。
擎天有志原无效，掷地无声却有声。

唯真

为文立意思情理，处也作人怀爱心。
俯看江山皆画意，侧听风雨有浊音。
曾经沧海千重浪，依旧神州万里春。
自古诗词寻美善，新闻岂敢不唯真？

正名

记者常迎八面风，肩担道义任驰骋。
逢山开路鸣锣过，遇水架桥遣浪行。
两袖清风驱腐恶，一身正气颂精英。
不卑不亢作人杰，无冕之王好正名。

播　音

春雨夏云秋月亮，唐诗汉赋宋词章。
小桥流水江南秀，铁马驰原塞外狂。
自古文心缘地域，而今电视亮天窗。
台标特色云帆在，独树播音正领航。

发射台

神山雨后彩虹飞，铁塔高寻雁阵归。
万道斜阳秋气爽，千家电视众人迷。
新闻播报晨光早，文艺钩沉夜色稀。
谁赞荧屏多绘彩，焉知发射几人陪？

欲　望

闲庭信步赏花丛，枝蔓阳台叶映红。
万物齐观皆本色，四时流变仍从容。
道通日月无形外，我度春秋有限中。
欲望远离崇物教，文人气质胜枭雄。

成陵春景三首

（一）

白祭成陵万象回，恭擎哈达上高台。
沿阶松柏连天碧，亘古风云入梦怀。
始信干戈化玉帛，终期铁马碎尘埃。
长歌当咏和平颂，浩荡春风扑面来。

（二）

春风化雨沐葱茏，三殿穹庐洗碧空。
金瓦飞檐鹰展翼，白云卧顶马扬鬃。
狂掀瀚海千重浪，独领天骄一代雄。
雨后新晴原野阔，青岚紫气化长虹。

（三）

伊金霍洛春来早，雪化草萌杨绿梢。
开放枝头花蕊绽，奔驰路上马蹄敲。
珠联商贾藤缠树，璧合城乡凤作巢。
煤海扬帆千里浪，天骄圣地涌新潮。

原韵奉和康润清《游响沙》

结伴黄昏游响沙，红霞索道揽天涯。
长河落日波光近，瀚海蜃楼帆影遐。
欲借明驼横朔漠，忽听浩特咏胡笳。
聪灵记者录音捷，今夜荧屏乐万家。

烽火台二首

（一）

立马高原烽火台，朔风销尽旧尘埃。
耳边隐约干戈响，台下依稀忠骨埋。
百代怀柔百代怨，几番绥靖几番回。
从今不洒边关泪，绿树红花一路开。

（二）

走马高原幽古怀，夷平沙场叹兴衰。
长城万里边关阻，塞外千秋直道开。
胡汉和亲秦晋好，中西联袂贾商来。
风驰电掣列车过，唯见荒凉烽火台。

灌木吟

荒原五月最繁华，灌木争雄绿满涯。
郁郁柠条弥大野，葱葱细柳锁黄沙。
冬青苦恋四合木，地柏相思半日花。
难禁扁桃香气味，群芳荟萃映丹霞。

刘子孝

1956年2月生，内蒙古科左中旗人。大专学历，1977年7月参加工作，现在科左中旗民族宗教事务局供职。内蒙古诗词学会会员、通辽诗词学会会员，曾在《文化月刊·诗词版》《通辽诗词》等诗刊发表诗词作品，2007年获得《诗词月刊》优秀作品奖。

咏西五井子绿地

浩瀚芦荻抹远天，涛伏波起卷青澜。
耳闻飞鸟云中唱，眼见游鱼水里欢。
湿地迎来千里客，绿洲送往百家团。
桃源不是难寻景，碱地今为生态园。

梦中偶得

茫茫雪域傲环宇，浩浩青山润九江。
钟鼓禅音空谷响，冬莲倩影世绝香。
尘埃蔽日遮慧眼，佛祖托言担重纲。
养性修心行正道，恩泽菩萨惠无疆。

汉宫春·嘎达梅林

遥想当年，绿野三万里，川岭迢迢。连绵湿地，草原白云驰骁。七峰鹤立，引三江、曲径妖娆。鳌塞北，十旗缀袂，唯达尔罕雄枭。　　怎晓因缘波起，尽蚕食碧野，饕餮兴潮。清延喘残未保，倭寇逞豪。悲歌续起，铁蹄急、鸿雁凄号。新曙耀、尘霾依旧，我族应效先骄。

朝中措·赞达尔罕王府古榆林

草原万顷荡无垠，世代润甘霖。松嫩平川西部，而今沙进田侵。　　唯独此处，古榆依旧，茂密昌深。幸有偏隅浓绿，黎民庇护方欣。

浪淘沙·贺扎鲁特旗《罕山诗苑》创刊

群岳锁疆边，氤氲连绵。涧溪迢递润千年。沃野峰峦清月小，不逊江南。　　小镇正扬帆，气壮罕山。新声古韵入云端。诗苑而今添一处，佳作频传。

桂枝香·赞霍金

霍金，一位英国科技老人，他以重病之躯，蹇行于自然科学领域。日重一日的病魔没让他屈服，年复一年的苦研获取常人难得的成就。默读这老人的故事，被其人格魅力所感动，试学填词一首以表敬意。

人间少见。正弱冠豪情，笔端浓砚。神殿遨游涉猎，欲登崖岸。征程万里鸿鹄展，满风帆，起锚收缆。飓涛突至，晴天劈雳，巨船搁浅。　　是旷才，雄心不减。叹命途多舛，悲恨绝断。四十三年轮椅，苦熬攀跰。智学不让伽利略，慧当超爱因斯坦。汗颜牛顿，《时间简史》，古今难冠。

一剪梅·勘唐格尔庙感怀

上世纪50年代前，科左中旗境内有70多座寺庙，其中规模大的有四大王庙，四大公庙。唐格尔庙是较大的一处，其主殿规格是九九八十一间，三层，采用汉藏合璧式建筑，蔚为壮观。

昔日辉煌塞外悠，地旷人稀，寺众烟稠。清廷虑远计精谋，普建兹堂，广纳僧修。　　今已颓荒风雨愁，万载情思，底事皆丢。青陵圣母掩双眸，内外同宗，怎就分流？

水调歌头·玻璃山并序

当年科尔沁大草原有七座山，传说是北斗星在此地的分野吉址。从上个世纪初相继出荒，玻璃山现在也正在开发，即将被掘为平地。

科尔沁原野，百卉大平川。玻璃山秀春色，汩汩碧溪环。云绕青峰时现，牧过牛羊百万，草木嬗枯繁。千里送辽水，日夜镇边关。　天恩赐，七星落，数无年。风云变幻，割地[①]吞土又失山。片片坑洼盐碱，拱卫峦缺壁断，愁痛泪难干。天地人和处，万类尽欢颜。

【注】

① 指清末出荒。

最高楼·绿地

巴特根他拉是科尔沁草原的一部分，在科左中旗境内，约50万亩。现大部草场退化，白碱连片，和与之相连的吉林向海湿地风貌迥异。为遏止恶化，某村民白锁用20年的艰辛，力保辖区湿地，为人们留下一片绿地。

芦花放，白雪荡平川，万亩碧波烟。荷蓬映叶露珠滚，鲤翔浅水苇中旋。鹤悠哉，鸨态稳，雀灵欢。　廿载路，尽风尘血汗，日与月，累见其辛艰。全尽力，也难戡。无边原野背疮痍，绿洲只有许如丸。钓鲈鱼，狩雉狍，寄桃园。

刘云淮

1932 年生，山东省济南市人。中专文化，退休前为呼伦贝尔盟建材工业公司总会计师。著有《刘云淮诗书集》一册。多首诗书作品在报纸刊物上发表。现为呼伦贝尔市诗词协会会员、内蒙古诗词学会会员、中华诗词学会会员。

临江仙·庆祝香港回归十周年

易帜犹觉心悦，紫荆映目嫣红，港湾“两制”沐春风。竭诚梳港制，十载庆升平。　“风暴”“非典”何惧！和谐共建文明。人文经济俱繁荣。明珠通四海，洲际贯长虹。

出游即兴

瞩目迎风唱《敕勒》，牛羊悠然满天涯。
粼粼湖水连天碧，座座包房赛琼花。

游红花尔基森林公园

满目群山翠，清泉石上流。
繁花夹芳草，湖面荡轻舟。
山陡登临险，亭高雾霭留。
欲探林海远，深奥路难求。

刘凤奇

1940年出生。师范毕业，小学高级教师。科尔沁区作协会员、科尔沁区诗词学会副会长，出版诗文集《科尔沁情怀》。

十六字令·山三首

（一）

山，游者争相踊跃攀。抬头望，顶峰在前边。

（二）

山，松涛如海卷巨澜。罕山美，触景作诗篇。

（三）

山，好汉登颠计万千。齐着力，伸手可摸天。

登罕山

游者争登山顶峰，崖边小坐论英雄。
远方鸿雁曾歇脚，蒙汉和谐叙友情。

牧　民

当年勒勒停房后，今日房前换汽车。
牧户腰间钱袋鼓，幸福日子上高阁。

刘凤鸣

1932年生，河北省昌黎人。1955年毕业于东北工学院，高级工程师。曾任中共包头市委常委、常务副市长。酷爱艺术，工作之余潜心于诗词、书法、绘画，著有《刘凤鸣诗书画集》，已有两集问世。

西湖月夜

西湖岸畔朦胧夜，细雨初晴山月斜。
今日许仙白娘子，柳荫深处忘归家。

清平乐·喜秋

风来天半，目送南飞雁。牧草连天人骁悍，
落日牛羊一片。　　周原霞蔚云蒸，豪情壮志方
兴，“七五”宏图展望，同奔锦锈前程。

新　春

新春辞旧岁，幼鸟弄梅枝。
诗得山林外，书丰月夜时。

十六字令·登四川青城山二首

（一）

山，林木青葱蔽远天。身犹在，步履入云端。

（二）

山，缭绕香烟佛像前。君且住，仙境在人间。

重到江南

重游江南又八年，钩起思绪万万千。依旧当年好山水，只惜苍发替朱颜。老夫更喜黄昏日，云淡风轻别有天。雄心壮志在山顶，大湖三山我又攀。

诉衷情·观范公祠

宋朝兴盛靠忠卿，戎马守边城。何惧贬谪嘲讽，忠义尽深情。　　功显耀，不逢迎，自娉婷。后人垂慕，文武双全，千载留名。

刘世亭

原籍山东武城，1931 年生。1950 年入朝，历任机要股长、参谋，转业后曾任海拉尔鞋厂厂长、主任、书记。现任海区经济局关工委常务副主任。呼伦贝尔市诗词协会会员、内蒙古自治区诗词学会会员，著有《壮心集》。

纪念毛泽东主席诞辰一百一十三周年

英名盖世贯长虹，武略文韬耀巨星。
五次突围驱腐恶，八年抗战灭倭兵。
降龙伏虎如山倒，创业兴邦似日升。
卷卷宝书传马列，人民世代颂毛公。

浣溪沙·纪念抗日战争胜利六十周年

日寇侵华罪恶多，硝烟滚滚血成河。顽敌残忍破家国。　　奋战八年赢胜利，神州大地奏高歌。提防倭寇剑重磨。

端阳节登山祭屈原

五月端阳盛夏天，人流潮涌祭屈原。
丹心碧血凝忧愤，化作离骚世代传。

刘 永

1922 年 4 月生，山东文登县人，1948 年参加工作，50 年代曾供职于中央人民政府监察部，后任教于包头钢铁学院。现为内蒙古文史馆研究员、中国书法家协会会员。诗作被收入内蒙古文史馆《穹庐诗草》及第一届中华诗词大赛获奖作品《金榜集》中。

新 晴

无端壮岁客边城，始见橐驼碛里行。
寒气如潮来有信，青春似水去无声。
之乎者也浑抛却，柴米油盐费运营。
烈日严霜忽已去，阴霾开处看新晴。

遣怀次人韵

白发苍颜尚笔耕，蒙师队里一残兵。
身为寒士常心喜，字作涂鸦幸眼明。
塞北江南行欲遍，芒鞋竹杖体还轻。
湖山何处今难忘，月夜滇池玉笛声。

雨后再至湖上

四月新晴近午天，断桥南畔上湖船。
堤边细柳轻拂水，空外疏云淡似烟。
剩有波光来眼底，更无愁绪到林泉。
风狂雨骤寻常事，暖翠浮岚尚俨然。

焦山咏

焦山秀出一江平，荡漾碧波浮翠晶[①]。
林麓深幽疏雨过，岩花明丽晓烟晴。
天风拂袂听涛语，古木擎阴读鹤铭[②]。
光景流连归已晚，如盘淡月暮云生。

【注】
① 焦山前人誉为江山浮玉。
② 著名石刻《瘗鹤铭》在焦山上。

巫峡神女峰

晴峦如画晓风清，丽日春江照眼明。
十二碧峰岚翠里，阳台神女最关情。

丝绸之路

当年大漠响驼铃，西出阳关万里行。
古道千秋丝路在，绵绵异域弟兄情。

月 季

不因春雨争凡艳，阅尽秋霜亦等闲。
璧月与花相伴好，嫣红姹紫满家山。

小 雨

小雨如丝细，四野尽溟濛。
远岫迷青碧，浮天列翠屏。
幽草湿更绿，繁花雾里明。
柴门谢宾客，闲阶聚落英。
沉水篆烟重，书帷寒意轻。
几砚安闲处，静坐足平生。

读柳柳州《游记》

柳侯投荒向南服，唐室缘何弃栋梁。
间关万里叹行役，还为山水写清光。
翠羽龙鳞荫石涧，袁家渴上独徜徉。
小丘清潭随处好，芳亭挥手看云翔。

刘玉琴

女，1953年农历2月28日生，祖籍山东省登州府莱阳县刘家窖村。中国作家协会会员、赤峰市作家协会副主席、《红山吟坛》顾问，发表小说、散文、评论、报告文学等作品300多万字。

送友人离赤峰

故旧今辞百柳州，空留金水复长流。
桃花红过李花白，鸭绿江边灯火稠。

无　题

泰岳搬来压苦愁，风云谈笑已无忧。
功名几度千般怨，弹指挥间万事休。

观大兴荷花

轻妆淡抹少喧嚣，岂忍沙尘污水浇。
塞上兰花从古有，大兴莲子向谁抛。
绿蒲摇荡千株美，翠叶浮波百态娇。
人羡仙灵赐宝地，赏心清气入眉梢。

刘立杰

女，自号世外闲人，1995年7月毕业于辽源煤炭工业学校地质专业，出生于1974年2月，内蒙古通辽市科左中旗人，蒙古族。汉语言文专业本科学历。中华诗词学会会员、中国楹联学会会员。2006年11月诗词作品入选“中华诗词第四届青春诗会”。

如梦令·春暮

往事封存浓雾，风雨又袭前路。回首望前尘，
杜宇一声春暮。深悟！深悟！人世漫嗟荣辱。

长相思令·与江南师友

题记：刚刚续了一阕《长相思》的词谱，指落思飞，忆及昔日江南旧友，别已经年，音讯杳然。昔别君，正逢北雁南飞日，今忆君，恰值南燕北归时。今生恐再难逢重见，一别或当永诀。不觉五内沸然，神痴意往，遂作数语，不成体统，拳拳聊以记之。

雁南飞，燕南飞，杨柳青青不见回。清歌可
寄谁。　　音相知，意相知，珠网垂垂难断丝，
拳拳殂夜思。

采桑子·无题

榴花开日正春浓，细雨濛濛，更洗娇容，夜枕香风入梦中。　　连天芳草萋萋碧，淡了新红，浓了青峰，雾锁归期知几重。

离别难·辞别曾耕耘的“蒹葭苍苍版”有感

花谢水流去，凝眸泪成行。忆往昔，枉绽春芳。又飘零，何忍再听商。却终是，梦断西窗。缠绵心曲，难再举觞。纵明朝，还有相逢时日，也难耐凄凉。　　花不语，水回肠，入幽阁，触目神伤。想荷花浦上初遇，几多柔情共醉清芳。谁料想，美景如烟，空劳牵念，一枕黄粱！望断了，渺渺音尘暮霭，千里雾茫茫。

忆江南·赏清秋

金风爽，高处赏清秋。一抹淡烟藏远黛，满江疏雨渡扁舟，点点白沙鸥。

捣练子·秋月夜

秋月夜，晚风轻。一曲寒笛江水明。吹皱幽思情动处，闲愁散作满天星。

忆江南·南飞燕

南飞燕，又系信来归。紫翼斜穿杨柳雨，白云遥瞰故园炊，思念几成灰。

春　晓

林静野云轻，山苍春水平。
寒烟疏霭外，时有早莺鸣。

秋　悟

云闲天欲晚，山静笼青岚。
落叶敲空谷，清心已入禅。

夏　憩

苍藓盈阶花满径，幽香留客久徘徊。
新诗裁就非刀尺，翠羽翩翩遣兴来。

早　春

帘卷小银钩，扑窗细雨稠。
双双梁上燕，悄语弄情柔。

抒 怀

笔底青山横五岳，樽中日月映乾坤。
挥毫一蹴三千里，把盏微醺九百春。
书画帧帧常悦性，家国事事总萦心。
雪泥偶落留鸿爪，淡影何妨后世吟？

西江月·寒秋独步

隐隐渔舟唱晚，萧萧落叶遮山。一泓碧水泛微澜，点点归帆风展。　　目送征鸿归去，影横秋水无边。西风漫卷觉天寒，不尽悠悠云汉。

满江红·抒怀

暮雨潇潇、风断续，诗情狂放。多少事，蓦然回首，惊涛骇浪。一路征尘多倥偬，几番争战时跌荡。怎肯休？夙愿未曾偿，添惆怅。　　凌云志，接天壤；疏散意，对俗谤。驾长风万里，破千重浪。举棹扬帆沧海远，振衣挥剑青天旷。待明朝，红日起东山，平生畅！

秋　夜

寂寂人初定，高枝卧晚蝉。
微风梳乱影，秋月照寒潭。

点绛唇·小轩听雨

辗侧衾寒，纱窗一夜芭蕉雨。千丝万缕，密密织愁绪。　梦落疏篱，难对西风语。情何寄？一帘滴沥，点点相思意。

无题三首

（一）

愁肠果腹千重结，病骨擎身百事辛。
细语轻嗔帘上月，隔窗尚扰不眠人。

（二）

闻君意远游，折柳系孤舟。
春水东逝去，悠悠无尽头。

（三）

夜静闻天籁，神游万象间。
微风梳乱影，朗月照空山。

刘 华

1955年5月生于乌兰浩特。毕业于东北师范大学。曾任兴安盟教育处副处长、乌兰浩特市副市长等职务，现任兴安盟教育局局长。曾在省市报刊上发表多首诗词，有诗集《柳韵松章》《山水大兴安》出版。

春 钓

半山晨雾半山云，半湖柳色半湖春。
锦鲤腾跃二三尾，银鲢追逐四五群。
河蟹挥螯潜水底，青蛙拨蹼荡波纹。
垂钓不求鱼吞饵，其乐融融醉心神。

策马冰雪天

朔风烈烈雪打山，寒流滚滚冰封川。
兔无踪影狼绝迹，虎不啸林熊冬眠。
地冻山冷练筋骨，风刀霜剑铸胆肝。
紧鞍叩镫抖缰索，纵马飞蹄冰雪天。

刘成礼

满族，辽宁省人，1938年生。大学文化。曾任企业书记、厂长、地方戏团长、文化馆副校长、文化宫主任等职，现在为兴安盟作协、诗词学会会员，在国家、省市各级报刊上发表小说、剧本、诗词等作品千余篇。

浪淘沙·游杜鹃湖

雾霭隐山形，松桦葱茏。杜鹃湖畔杜鹃红。红日高悬云雁叫，拂面春风。　　人在画中行，车涌长龙。游船渐远影朦胧。石兔[①]尊容争看客，笑漫花亭。

【注】

① 石兔系阿尔山特有动物，兔头，鼠身，兔尾，叫声如鸟鸣。手掌大小，跳跃钻腾，十分逗人，游人争相观看。

钗头凤·游阿尔山天池

攀登久，呼牵手，桦松侵路石阶陡。阳如火，风似灼，一怀情趣，忘饥驱渴，乐，乐，乐。　　精神抖，衣湿透，跃登峰顶无边秀。池边坐，天湖烁，心潮澎湃，举杯共酌，贺！贺！贺！

刘成鸣

1949年生，满族。中共党员，大专学历。曾任兴安盟委宣传部新闻文化科科长，现任兴安盟社会治安综合治理委员会办公室副主任。兴安诗词学会副会长，数十篇作品在报刊杂志和会刊发表。

沁园春·工会赞

纽带桥梁，党旨民心，牵肚挂肠。为和谐稳定，平息纠葛；千辛万苦，东跑西忙。济弱扶倾，排忧解困，手捧温馨送四方。迎难上，重弱群厚望，使命荣光。　　追求大地芬芳，似梅唤百花傲雪霜。有侠肝义胆，豪情壮志；维权护益，振企兴邦。奋斗拼搏，鞠躬尽瘁，热血年华献小康。胸怀阔，愿九州共乐，同铸辉煌。

沁园春·农场重游

故地重游，旧貌无痕，地覆天翻。见浓荫掩舍，碧波映稻，红屋赫赫，青瓦明轩。市场兴隆，商机火旺，笑语欢歌遍乐园。依良策，使群心向上，壮志齐天。　　相逢执手欢然。更把酒倾谈堆笑颜。忆峥嵘往事，沧桑岁月，畅抒豪迈，方显当年。意气风发，青春奉献，跃马扬鞭奋向前。今非比，喜朝晖满目，锦绣山川。

刘 迁

1940年生，安徽合肥人。毕业于安徽大学中文系，中国作家协会会员、中华诗词学会会员，编审。曾任内蒙古呼伦贝尔市《骏马》文学期刊主编，有多部小说集和评论集出版。

踏莎行·丙戌秋日海拉尔至根河道中

遣兴兴安，穿林油路，迎迎让让红铜树。盈坡丰彩自天倾，从林窈窈隐归鹿。　亘古天然，猎人何宿？枪缄雉兔重来聚。水清日暖白云闲，山神力挽金秋驻。

减字木兰花·海拉尔西山古松

层枝翼展，不语抚云伸伟干。固守沙岗，阅尽年年草木黄。　严冬墨绿，唯我樟松膺美誉。雪聚霜凝，苍翠傲寒逞性情。

图牧吉观鹤

素身丹顶本仙卿，曼舞轻歌将客迎。
曲颈向天英气凛，漆瞳侧视九霄情。
罹伤有幸遇知己，获命悠闲别梦惊。
他日苇丛衔晓月，云层倩影乱繁星。

咏五泉[1]

神泉居僻壤，岁月未能忘。
福利鹄来享，功能鹿可尝。
高人怀善意，盛世变仙乡。
涧壑新房见，慧生圣水尝。

【注】

① 五泉，额尔格尼阿尔鲜：生命之泉；维纳阿尔善：圣泉；昂了布拉格：珍贵的泉水；巴彦布拉格：富饶泉；加利尼阿尔鲜：智慧之泉。

八声甘州·天下第一曲水莫日格勒河

看仙姬联袂下蓝天，圣水手轻牵。引长龙跃舞，蜷盘滚转，曲扭纠缠。风挽歌声卷绿，银练宝珠环。牛马鸣声渺，红翠游闲。　　旷代养精福地，忆几番蓄锐，骏马盈川。赏韭花遍野，人卧络香峦。"金帐汗"[1]、毡包彩帜；上箭楼、远岫敛硝烟。神驰也、任身心散，醉享天然。

【注】

① "金帐汗"：为民族风情旅游点。

喜迁莺·红花尔基森林公园

峰峰枕卧。任苍翠扬波，浮云飞帛。铺去群山，涌来迭浪，浩瀚樟松王国。挽请清泉留步，恣展瑶池晶魄。童话屋，撒红黄七色，远招归舴。　问仙方众佛：脱俗清心，何处能相左？享静茹馨，诗情赏景，幽宅茶香待客；望海亭中攘意，翠月湖边品酌。满天地，蕴怡然忘我，林涛轮作。

刘作春

1939年2月生，原籍辽宁省朝阳县人。教师。1958年毕业于朝阳师范，1992年扎鲁特一中退休。《通辽诗词》学会会员。

朝中措·太极健身

练完太极体轻松，学院绿茵浓。香起紫萝兰蕙，风来松柏梧桐。　少年适用，翁媪适用，功必从容。双燕掠过栏去，花园姹紫嫣红。

清平乐·和谐颂

桃源何处？禹甸城乡布。若要望和谐港澳？呼唤陶翁同住。　九州昌盛何来，世人有目同裁。领袖雄才伟略，人民参政心开。

罕山望月[①]

枫林姹紫尽斑斓，健步登临颇壮观。
浩渺奇峰托瑞气，丹霞织彩景千般。

【注】

① 罕山：通辽市扎鲁特旗北部近150公里处，地貌独特，风光秀丽，每年夏秋两季，游人如织。

忆秦娥·贺嫦娥探月

金秋到，高歌一曲传捷报。传捷报，融融情意，望嫦娥号。　托舟火箭邀苍昊，和谐怒放花枝俏。花枝俏，隆隆鞭炮，月球您好！

行香子·大青沟秋吟

毓秀青沟，山水皆幽。仰朝阳，举目金秋。鸣蝉声脆，鸿雁回眸。乍冷初寒，霜枫艳，果争熟。　山河传语，月上高楼。看人间，奇迹著就。宏图大展，逐鹿方舟。再造乾坤，尤堪慰，补金瓯。

故乡巨变

通城[1]览胜艳阳天，信步公园感大千。
险阻千般踩脚下，高标特色越前贤。

【注】
① 通城：即通辽市。

橡树礼赞

橡树抽枝绿叶圆，栋材盆育亦非难。
初衷不是怜苍翠，只为高洁爱岁寒。

刘宏斌

满族，1947 年生。科左后旗粮食局原副局长，现为老年大学书法教师兼书协主席、通辽书画研究会理事、市诗词学会会员。

学书有感

书家写字忌浮飘，掌指虚实腕举高。
笔劲墨浓齐用力，横平直竖慢铺毫。
回锋转向营知法，逆入平出不可娇。
规矩常识须牢记，勤学何惧路途遥。

游大青沟偶成二首

(一)

清沟碧翠有奇传，疑是天仙落玉簪。
古木争荣溪流淌，湖光潋滟竞风帆。

(二)

女神持剑向南天，大漠清沟得泰安。
更有铜佛擎巨手，妖魔岂敢舞翩跹。

重游大青沟

曲径通幽百鸟鸣，林间漫步蕴奇情。
茸茸芳草织花锦，细细清泉奏磬声。
神女扬巾迎客旅，小舟荡桨载亲朋。
金锥玉版书不尽，柳浪桃烟大漠中。

刘宝瑜

1926年生，辽宁兴城市人。1949年参加中国人民解放军，转业后从事组织宣传工作，曾任集宁市宣传部副部长等职。现为乌兰察布市诗词学会名誉副会长。著有诗词集《径草录》《闲云集》。

山城春晓三首

（一）

乍暖还寒迎面风，冰澌亦冻亦消融。
蛰居老幼试出户，序转阳和不觉中。

（二）

清晨蓦见满庭白，雾后准须寒气来。
孰谓午间檐泻雨，提篮沽酒踏泥回。

（三）

才览新枝缤落残，街头又见绿含烟。
青杨挺立着金缕，旖旎风光五月天。

临江仙·除夕

琼管葭飞春讯发，匆匆岁序更新。万家团聚举清醇。今宵同守岁，炉火再加温。　　多彩荧屏光闪烁，欢情嬉戏儿孙。身疲耆老梦乡寻。东方未露白，爆竹又催人。

春日偶成

晓空翳翳午方晴，溶解冰澌复结凌。
节物相因催日变，教人珍重且怡情。

祝贺乌兰察布市诗词学会成立二首

（一）

欢欣盛举倡山城，一脉风骚庆有兴。
大地山川咏雅韵，心期文苑百花红。

（二）

汉语风行各国间，振兴瑰宝宜加鞭。
诗词陶冶心灵美，应是人文课首篇。

刘表位

笔名江澜，安徽繁昌人，1946 年 12 月生。安徽省繁昌县人大原副主任，2007 年退休。现为中华诗词学会会员、内蒙古自治区乌海市诗词学会名誉理事，著有《江澜吟草》诗集。

三山秋月

银湖似镜泛清澜，翠柏丹枫互惠然。
登上亭台舒望眼，一轮皓月润三山。

登荻港镇江塔

临江陟塔好风光，突兀雄姿锁凤凰。
南北苍龙腾峡谷，东西骏马越平阳。
惠风市镇开基业，烟雨乡村奔小康。
旷野纵观心意惬，仰天振臂欲翱翔。

山城新貌

山城秀色足堪夸，雅筑亭台滴翠花。
若识繁阳新面貌，纵观匹练映丹霞。
烟波旖旎风光媚，杨柳依稀景物赊。
曾是泥潭沼泽地，如今傲岸放奇葩。

江城春色

五彩缤纷似画廊，江城春色冶芬芳。
轻风疏柳随缘绿，过雨繁花自在香。
弋水扬波千鹭戏，褐山瘴气万鸥翔。
镜湖傲岸霓虹幻，醉客神魂入梦乡。

峨溪新貌

两溪汇处浊流清，旧貌更新靓丽城。
春柳扶堤晨雾黯，秋萤掠水夕波明。
霓虹闪烁亭桥雅，楼寓参差草木青。
街道宽舒人气旺，悠闲静处影随形。

太湖鼋头渚揽胜

寻幽觅胜太湖滨，越上鼋头耳目新。
半岛观澜游兴足，三山读石运思频。
早中晚际风情异，阴雨晴时物候分。
水阁楼台无限美，赏心悦目且销魂。

西湖咏怀

曾经四季赏西湖，意境关情感慨多。
历数豪门传轶事，几多雅士恋笙歌。
栖霞净土安忠骨，落月澄潭印翠娥。
风物人文流逸韵，骚人不禁漫吟讴。

登黄山天都峰

晴空碧野彩云排，万仞奇峰落客怀。
觅海摩岩参白日，登山涉涧探尘埃。
提心险度鲫鱼背，放眼遥瞻立马台。
势与莲花相竞秀，诗情画意向余开。

游世界自然遗产黄龙山

才欣九寨物清幽，又到黄龙顶上游。
世界风光存至宝，人间胜景寓风流。
登峰眺远襟怀阔，涉海临渊意气遒。
满载诗囊豪兴发，铺笺着墨漫吟讴。

游九寨沟

群峰间雪霁，数寨荡氤氲。
天赐瑶池秀，地藏物宝珍。
悬崖飞瀑布，峡谷起烟云。
仿佛临仙境，沉思绕梦魂。

登黄鹤楼

天下堪称第一楼，雄姿耸立大江头。
长川浩瀚烟波拍，大别崔巍浩气浮。
崔颢题诗传万世，东坡撰赋越千秋。
余今到此羞拙笔，搜尽枯肠未得谋。

峨眉幽境

洗却尘缘归淡泊，清音岭上访禅林。
三泉涌现晶莹石，九曲虚悬异彩云。
一线霞光岩缝出，双峰雾霭谷中分。
寒溪捷径猿猴踞，作兴调情不惧人。

访兰亭

兰亭俊彦畅流觞，集序凝姿远近扬。
逸趣芳林寻墨迹，悠然佳境话沧桑。
斯人杰作传千古，胜地名亭飨万方。
阅尽遗风犹未足，魂牵梦绕育诗狂。

宏村古民居

徽州古宅何其多，独领风骚世界殊。
绘色流香经典屋，雕梁画栋御恩图。
一湖秀水环村寨，半月清泉绕寓居。
人类文明丰厚积，优游何止叹商儒。

游南海普陀山

激浪飞舟上佛山，千寻拾级漫登攀。
青峰静岭双龟石，碧海宁波百步滩。
普济诸僧神殿净，梵音独洞释碑寒。
迷人更在洛迦岛，大士仍留不去庵。

水调歌头·游庐山

久仰匡庐胜，今日喜登临。轻车旋绕前路，仿佛上天庭。满目苍松滴翠，更有丹枫叶韵，谷底起风云。逸趣仙人洞，险境化烟尘。　　山飞瀑、湖溢彩、客消魂！沧桑巨变，多少往事粲然存。历史翻天覆地，几度凄风苦雨，正义捍乾坤。越上含鄱口，感叹古贤人。

谒当涂李白墓

功名利禄总无缘，诗酒谁人能比肩？
身系九重羞附势，俸抛五斗不趋炎。
高吟把盏观沧海，愤疾临池同昊天。
散发扁舟酣醉月，才高气盛动山川。

依韵和徐冰先生

浮山六载涉风云，克己奉公岂昧心！
昔日袪邪谋捷径，于今矫正辟关津。
筹思置业承前辈，习作经文启后昆。
养性修身凭造化，征途处处有知音。

临江仙·赠中华诗词副会长梁东先生

一柬飞鸿邀远客，梁公光顾繁昌。热情浇灌《满庭芳》。群儒心浪激，蓬荜耀华光。　昨日听君一席话，胜修十载寒窗。引经鉴典《木兰香》。有期常赐教，扶我创诗乡。

牡丹亭

云霞明灭度三春，满目风光满目情。
姹紫嫣红花滴翠，莺歌燕舞柳含英。
烟波浩浩千帆竞，芳草萋萋百鸟鸣。
拾级登台无别念，与君共赏牡丹亭。

南歌子·登敬亭山

双塔雄姿峻，敬亭景物幽。江山万里沐清秋，无限良辰美景任凝眸。　岁月匆匆过，长河滚滚流。登峰造极信天游，欣羡水阳江上放轻舟。

刘金琼

（1940—1993），号潇湘子，湖南省湘县人。1964年毕业于湖南师范学院。生前曾任包头钢铁学院社科系主任，教授，遗著有《潇湘余韵》《毛泽东诗词格律研究》《刘金琼印选》。

登高悼雷锋同志

百侣登高眺望城，松林漠漠远峰青。
沙场已洒英雄血，华夏又凝壮士情。
莽莽云山埋烈骨，悠悠江水慰魂灵。
红霞千丈从天落，照亮潇湘万里程。

海　燕

朝迎红日晚迎霞，双翼击开雪浪花。
骤雨狂风浑不怕，怒涛深处乐为家。

减字木兰花·鹰赞

目如驰电，爪似金钩身似箭。翼下高山，万里狂飙度峪关。　乌云衔去，奋力搏飞重九处。浴日乘风，愈近扶桑心愈红。

参观韶山毛主席故居

旭日出韶山，光芒山海间。
驱云润细物，拨雾导风帆。
四野草萌动，周原火欲燃。
千秋功烈在，忆念又经年。

水调歌头·延安

延水谱新曲，宝塔耸高山。长征万里来此，边塞树雄关。点起漫天烽火，率领红军抗战，挥剑斩凶顽。积蓄有生力，持久十三年。　访抗大，杨家岭，到枣园。丁香一树开放，风物尚嫣然。站立清凉山顶，浮现艰难往事，壮志薄云天。又趁长风去，圣地记延安。

游万里长城

气压居庸镇，巍然中外雄。
千年作屏障，万里婉为龙。
春染高林绿，秋收硕果红。
此行豪气发，跃上最高重。

沁园春·纪念鲁迅诞辰一百周年

赤县沉沦，逐鹿瓜分，风雨如磐。仗文坛作将，力张大纛；邻邦窃火，光烛云天。殚力前驱，悉听将令，我以我血荐轩辕。抨礼教，把筵席人肉，推倒掀翻。　　伟哉硬骨铮然。算当世谁堪共比肩。对妖魔鬼蜮，怒投匕首；叭儿西崽，伐笔如椽。不务虚名，宁为木石，俯首孺牛心亦甘。承遗训，要战则不止，一往无前。

咏　竹

虚怀劲节实堪豪，友结松梅志自高。
不向秋霜凋翠色，亭亭直上碧云霄。

咏水仙

一泓清水玉玲珑，仙子凌波淡泊中。
未为芳名作艳态，鹅黄带绿俏寒冬。

刘　俊

蒙古族，1954年生，内蒙古四子王旗人。大学文化，1973年加入中国共产党，先后从事新闻报道、文秘、行政、政法等工作。现为内蒙古乌兰察布市政协主席、乌兰察布市诗词学会名誉会长。著有诗词集《黑马》。

游沙湖

茫茫戈壁水中山，岸上驼铃岸下帆。
雨住风停湖荡影，舟行苇静鸟惊船。
迷离图画招人爱，浓郁诗情令我欢。
曾感江南风物好，今知大漠有新天。

额济纳旗行

极目空空四野茫，叮咚铃响几驼昂。
绵延赤地人烟绝，逶迤群山草木荒。
日照午时胜火炙，月临秋夜若冰霜。
恰疑大漠皆如此，忽见长河岸上杨。

天子山

天子山光绝世缘，犹如仙境落人间。
石林直上穿云海，剑戟参差触碧天。
刀劈危崖千丈峭，空悬红日万年闲。
奇观妙景惹人爱，但入山林不思还。

游金鞭溪

杉木苍天水畔林，流泉潺韵似歌吟。
清醇如酒引人醉，但愿长饮不释樽。

读《论语》一得

人生得意莫张狂，东风也吹落叶黄。
礼废纲乱春秋短，规兴邦安日月长。
季氏非仁随心欲，天子无奈叹惆怅。
多行不义必自毙，天若无道天亦亡。

宽　容

胸有百川天自宽，龙潭虎穴亦报安。
忌贤妒能少知己，居上容下积善缘。
一任众语议非是，满襟和风释冰川。
问君世间谁无过，从来仁慈得心闲。

九　寨

细雨润群山，峰峦绕紫烟。
雾凇凝玉树，白雪卧云端。
飞瀑悬崖出，灵泉丛石喧。
谁知寨上水，绝胜瑶池蓝。

温

温柔敦厚暖人面，细雨无声润臆田。
文雅如何非好汉，恶言一句艳阳寒。

刘洪武

1958年生。中文系本科毕业，中学高级教师，语文教研组长。作品集《天边，那飘的红云》，散文《小河弯弯》获第六届全国语文教师作品一等奖。

杏

粉面不着胭脂痕，家贫只好嫁乡村。
相夫山野采樵去，嗔里含娇更媚人。

桃

才罢红装未着裙，欲辞凡俗遁空门。
武陵方得安居处，不傍柳榆竞晚春。

梨

青林点点雪飞白，万朵千枝一夜开。
榆柳不谙离别意，也扬废絮作痴呆。

枫

春来夏往不着花，尽染霜红满壑洼。
此木不图标姓氏，随风漫卷遍天涯。

咏梅三首

（一）

独立枝头疏影斜，销形隐迹展芳华。
亭亭傲骨迎风立，杳杳幽香入万家。

（二）

不妒桃花不谄颜，独引清风向小园。
嫣红姹紫虽然好，难得空山自有闲。

（三）

神韵本由寒苦生，一颦一顾皆含情。
香飘入画非原意，唯愿笑开百卉丛。

刘 宵

1944 年生。辽大函授中文系毕业，2004 年于红山区宣传部副部长位上退休。

靠山佛

靠山原为讨生活，本是苍生莫奈何。
底事我佛来此地，何时开口念弥陀。

偶 成

一句名诗万古留，堪羞碑碣立峰头。
秦王车马坑虽在，不及“黄河入海流”。

佛 堂

晨昏跪拜为消灾，三尺高香八尺台。
珍果鲜花堪为敬？良心深处有如来！

植物园漫步

天高云淡任徜徉，水漫风清意味长。
有幸他年青帝会，得报人间少炎凉。

山 行

远 眺

连岗接沟势纵横，山头似浪奔高峰。
崎岖世路皆如是，何必临歧怨途穷。

山 花

粉红争放惹吟眸，夺绿风光兴味稠。
未必春来皆一色，三原调好染千秋。

刘晓林

笔名耕砚，又耕砚斋主，1965年10月生于内蒙古赤峰市。大学文化。2003年完成了110米长卷《隶书毛泽东诗词七十六首》，该作品在2004年纪念毛泽东诞辰111周年书画展上展出，系中国艺术研究院一级书法家、中国楹联学会会员、中华诗词学会会员、内蒙古书法家协会会员、赤峰诗词常务理事、赤峰市书法家协会副秘书长、《红山吟坛》顾问，著有《刘晓林隶书唐诗字帖》《刘晓林诗词书法集》。现任赤峰市老干部活动中心主任、赤峰市老年大学副校长。

赤峰颂

登山北望赤峰城，一片青纱映碧空。
古障冲天流紫韵，新区拔地露娇容。
萦萦瑞气拂高厦，灿灿祥云吻“彩虹”。
舞凤腾龙驰骏马，红山文化久闻名。

纸

素心若雪本无痕，笔墨文词总染身。
古往今来多少事，兴衰一纸现浮沉。

元旦感怀

斗转星移岁岁轮，流光飞逝若浮云。
寒梅傲雪情难尽，已是人间又一春。

内蒙古达里湖

达湖秀色比妍姿，多少文家遣墨辞。
细雨笼烟工笔画，陀山映水锦章诗。
斜阳倒影天如醉，绿浪叠声人更痴。
最美湖中帆影动，鱼仓满载起歌时。

马鞍山

虎踞龙蟠锦绣川，峰挺霭绕鸟鸣旋。
古松扬曲声偏过，冰瀑静波水倒悬。
翠染奇石姿万状，风翻云海态千般。
仙翁饮马疑天境，忙报玉宫遗玉鞍。

小蓬莱

玉杵灵芝两秀峰，蓬台蟾背巨石平。
绵屏人岭遥相望，秋到蓬莱紫气生。

马鞍鞒

鞍鞯似缎软茸茸，瀑泻鞒前翠色浓。
尽入烟霞灵气动，水中岭下俱藏龙。

牛郎峰

织女归来约有时，聚团玉梦断瑶池。
可怜谁解牛郎意，一片痴情向远思。

达里湖

雾锁晨曦水色柔，烟霞深处落鸣鸥。
金乌一举熏风过，云引长杆挂素绸。

笔架山

天下一绝笔架山，珍珠落海耀凌川。
双峰并峙双峰秀，五曲回弯五曲妍。
隐隐天桥接胜处，蒙蒙雾霭罩金滩。
波涛涌起千重浪，稳稳出航一巨船。

葫芦岛海滩

潮平沙缓润风暄，放眼苍茫心自宽。
赤脚踏波欣万客，白舟击水竞千帆。
情人岛上观鸥舞，望海楼前枕浪眠。
丹染西霞天向晚，渔家满载伴歌还。

刘海鹰

1970年生，籍贯内蒙古科右前旗，大学学历。曾为《金田》杂志特约记者，作品发表于《金田》《兴安文学》等刊物。现为乌兰浩特市晨阳中心校教师。

苏幕遮·赞嫦娥一号

月中秋，光冷透。天上琼楼，孤寂云纱后。仙子宫阁空舞袖。斫桂吴刚，斟满思乡酒。　故乡情，鸿雁有。不畏风霜，鹏举重霄九。天堑通途相聚首。奔月嫦娥，植下隋堤柳。

水调歌头·夜酒抒怀

夜久寐难入，把酒对苍穹。婵娟如水，星幕摇曳更胧朦。风静云飘气缈，光暗山峰簇聚，诗画意随成。极目野天阔，思绪几多增。　登天宇，游宫阙，赏华灯。城乡市井，华夏一片舞欢腾。兴我贞观之势，复我康乾之盛，家祭告先翁。昂首眺前路，国运正飞腾。

一丛花·植树节断想

遥思昔日绿铺川，花艳草无边。狐狼并走牛羊地，水甘洌，岸柳如烟。峦倚霭霞，河连云际，羌管伴繁弦。　　人心贪念莫欺天，终罪在身边。飞禽走兽相爱好，链不断，爱我资源。植树保田，封山育种，共建美家园。

鹧鸪天·游察尔森水库

炎日似焦欲盼秋，携朋湖上驶轻舟。风轻气爽催沉醉，歌美酒醇弃苦愁。　　情切切，意柔柔，一颦一笑也风流。放怀声里忧多少，化雨倾河润九州。

点绛唇·游察尔森水库

送目山亭，巍峨烟淼层云上，树遮花障，禽鸟情歌唱。　　才俊情怀，空做腾渊想。非惆怅，啸声激荡，显我真模样。

刘润波

笔名流水、塞外沙，1959 年出生于内蒙古翁牛特旗桥头镇的一个小山村。大学文化。现任翁牛特旗档案局局长。爱好文学，尤爱古体诗。

观落叶有感

飒飒充闻已是秋，纷纷谢落遍田畴。
无情叶与人情似，暖抱枝头冷不留。

2006 年 9 月

晨起田头即景

布谷声声催夏长，农人碌碌莳田忙。
新禾带露接天晓，旭日喷红助野芳。

2007 年 2 月

家乡三月掠影

三月村中短麦齐，催耕野鸟向人啼。
农家处处勤劳作，锄雨犁云种绿畦。

春雪二首

（一）

纷纷下落不闻香，片片沾衣感太狂。
戏逗春风轻吻面，丰登已兆万民祥。

（二）

雪后初晴夜色凉，风光乐我咏诗章。
入怀皓月澄宵净，把酒含春饮玉浆。

2007 年 3 月

咏紫城广场群体健身舞

广场平台傍晚观，男男女女健身酣。
擎出彩扇花潮涌，奏响铜锣舞影欢。
老妇屈伸年少体，耆翁转动稚童颜。
悠扬唢呐惊宵梦，小镇升平另有天。

2007 年 4 月

登黄鹤楼

黄鹤楼前助兴怀，山光水色共徘徊。
古今愁怨龟山锁，天地情缘江水开。
乘鹤人归千载事，崔翁诗就万年才。
如织游客多凭吊，我赞升平盛世来。

2004 年 5 月

游西湖

玉骨冰肌孰为伴？温柔丽质赛瑶仙。
白翁最爱湖东景，苏轼绝成西子篇。
出水芙蓉诚可喻，舒裙仙女更堪怜。
纵然二者常显示，怎比西湖一碧天。

2004 年 5 月

刘璟元

1950年生。大学毕业。现为中国艺术研究院特约研究员、兴安盟书画院副院长。

春游索伦牧场

漫游牧场喜心扉，瞭望草原遍翠微。
蠕动群羊云朵散，飞驰骏马彩霞飞。
晴空万里翔白鹤，紫燕呢喃又复回。
春到索伦多妩媚，风光陶醉不思归。

游阿尔山杜鹃湖

白云渺渺水无声，幽谷翠峰鸟雀鸣。
仙境浑连碧落外，尘心到此始为清。

杜鹃湖吟

人间仙境杜鹃湖，碧水奇岩旷世殊。
谁借马良一彩笔，平添塞北崭新图。

吕鹏阁

1940年生，辽宁本溪人。现住内蒙古扎兰屯市。原任乡政府会计，现已退休。近年来在国家级诗词刊物上有作品发表。

如梦令·农业综合开发

喜踏农田砂路，入眼对称排树。心旷笑颜舒，
更有拱桥新筑。捷步，捷步，直奔小康同富。

桦树怨

深山峻岭老林丛，玉立亭亭漫雾中。
雪肤无瑕天赐粉，翠冠有律自然风。
生来指望雕梁用，命里遭劫残梦空。
一伙持刀非法仔，剥皮伤骨命朦胧。

吕增麟

1932年12月出生于黑龙江省安达市任民镇。曾任海拉尔铁路公安处办公室主任，退休后，潜心研习诗词。现为中华诗词学会会员、内蒙古自治区诗词学会会员、通辽市诗词学会会员、呼伦贝尔市诗词协会副主席，著有《岁寒集》《夕阳集》《劲草集》《春风集》等书。

踏莎行·游苏州园林

小苑春回，芳庭绿遍，蜂喧蝶舞花争艳。蒙蒙春雨细如丝，假山真水堪依恋。　闲看游鱼，静观飞燕，曲廊小径深深院。翠竹弱柳荡春风，亦诗亦画情无限。

菩萨蛮·游苏州园林

园林美景游人醉，婆娑杨柳枝条翠。花艳鸟鸣欢，亭台闲倚栏。　小桥流水畅，倩影随波荡。典雅小园林，徘徊独自吟。

菩萨蛮·寄情江南

潺潺流淌清溪水，野花烂漫春山缀。纵目望湖天，白帆烟霭间。　江南情未了，明日归程早。一夜梦难成，小窗山鸟鸣。

鹧鸪天·秋游红花尔基森林公园

世外桃源别有村，林园景色亦销魂。青山叠嶂千重翠，碧水波光万点金。　林寂静，谷幽深，枝头红果醉游人。千姿百态奇松劲，童话林屋好梦寻。

如梦令·郊野问路

郊野晨曦如镀，芳草小花含露。花圃在何方？遥指绿杨深处。深处，深处，河上野鸭无数。

南乡子·草原情

百鸟乐飞鸣，碧野蓝天旭日升。无数牛羊观不尽，轻风。赛手挥鞭骑术精。　入夜满天星，篝火熊熊乐趣生。曼舞轻歌格调雅，堪称。欢快良宵难忘情。

雪夜吟诗

瑞雪纷纷兆岁华，偶发诗兴乱涂鸦。
乾坤洁净飘白絮，天地无尘著柳花。
冷月玉枝生异彩，严霜琼树放奇葩。
苦吟字句谐格律，反复推敲仔细查。

孙玉溱

蒙古族，生于1939年3月，河北省沧州市人。1962年毕业于内蒙古大学中文系，留校任教，1986年评为副教授。曾任内蒙古大学校长、第八届、第九届内蒙古自治区人民代表大会常委会委员、教科文卫委员会主任等职。著有《薪火集·天涯草》。

夏 棋

唯余消夜一盘棋，胜负兴亡未可知。
象士马车皆丧尽，有兵有将能坚持。

1967年6月

乘飞机赴锡林浩特讲课

扶摇直上雾涛游，且喜能得半日休。
过眼云烟身后去，宜人景物目中收。
青山以外无祟岭，沙碛之间有绿洲。
教育英才我所任，读书岂为稻粱谋？

1979年8月

自 嘲

老之将至奈余何？白发欺人咒逝波。
不敢妄为些子事，曾荫贤圣训言多。

1994 年 8 月

游镇江

相伴来游铁瓮城，金焦甘露享盛名。
许仙法海皆虚妄，不忘英酋巨炮声。

1995 年 5 月

黄鹤楼

楚水楚天一望收，武昌汉口古荆州。
仙人仙鸟踪难觅，唯有名存黄鹤楼。

1996 年 9 月

武汉东湖岳飞塑像

岳飞武略胜文韬，饮马长江计不高。
未去黄龙迎二帝，却来楚地剿杨么。

1996 年 9 月

黄果树瀑布有幼女充导游者

学步幼儿学导游，为得小费语咻咻。
可怜楚楚彝家女，年稚却将生计谋。

1997 年 2 月

长　沙

湖南省会城，遐迩久闻名。
流涕痛哭者，至今思贾生。

1999 年 4 月

陪山东客人蒙古包内宴饮

酒不醉人歌醉人，草原恋后乳香醇[①]。
哈达银碗敬宾客，自古北民情意真。

【注】

① “草原恋”和“乳香飘”均为内蒙古的著名歌曲。

2001 年 9 月

云南傣族泼水节

结队成群拦路倾，行人个个难逃生。
小盆洗礼情无限，大桶浇头意更诚。

2002 年 4 月

黄骅港

港口巨轮欲远航，南韩驶罢驶苏杭。
万吨装载乌金去，商海无边五大洋。

2002 年 8 月

罗马许愿喷泉

攘往熙来许愿多，为名为利苦奔波。
洁身何必投金币，洗足濯缨发浩歌。

2002 年 12 月

绍兴鲁迅故居

都昌坊口书香家，圣手补天学女娲。
呐喊彷徨成往事，而今三味酒烟茶。

2004 年 5 月

读《梁实秋文集》

知人论世读斯文，鲁迅集中曾睹君。
门户之争多意气，莎翁译著是功勋。

2004 年 10 月

自　嘲

学书学剑均无就，瓢饮箪食良有因。
虚度光阴君莫笑，臣之壮也不如人。

2005 年 3 月

乙酉暮春

春风春雨春花开，万里草原百鸟回。
生态年来有改善，沙尘减少未成灾。

2005 年 5 月

连战“破冰”之旅

失掉政权寻破冰，海峡跨越战君能。
阋墙兄弟今携手，共盼神州紫气升。

2005 年 5 月

宋楚瑜“搭桥”之旅

先生自许来搭桥，一水之间路却遥。
政治而今多变幻，台独注定空招摇。
俊杰毕竟识民意，达士当应顺大潮。
分久必合忆古训，尧天舜日看昭昭。

2005 年 5 月

吾师叔磐晚年欲移居北京，因恋旧而不果行。先生楚人也，素敬屈原之风也

岁月蹉跎心境平，道德学问令名成。
长安米贵岂居易，塞上气清能慰情。
扇枕温席佳子弟，祛衣受业众门生。
忘年师友春常在，睨旧仆悲马不行。

2005 年 6 月

乙酉纪事

巴以和局正渺茫，阿伊炸弹仍寻常。
袭击海啸东南亚，毁灭飓风奥尔良。
贸易纠纷欧美霸，主权窥探日台猖。
德黑兰不停核试，平壤依然斗志昂。

2005 年 9 月

国庆自遣

一度一年国庆来，休闲物我两无猜。
餐餐皆是粗茶饭，点点拒沾不义财。
遗憾苦多哀去日，慰藉弟子有良才。
偶然技痒泼文墨，信手涂鸦自乐哉。

2005 年 10 月

伊尔泰游乐园

新建城中游乐园，休闲假日人声喧。
翁婆无杖腿腰健，士女有情手臂援。
碧水石山降瀑布，鲜花绿草斗旗幡。
儿童最是无聊赖，电动飞车上下翻。

2005 年 10 月

书《沈从文文集》后

湘西才子出苗家，楚地风情绘异葩。
沅水流经屈宋邑，洞庭汇入大中华。
民歌民乐鬼神祭，艳舞艳装士女哗。
更喜青山添胜景，赏心悦目实堪夸。

2006 年 4 月

集美陈嘉庚陵园

桃李成蹊不待言，先生风范刻陵园。
爱国教育好基地，饮水后人莫忘源。

2006 年 9 月

鼓浪屿百鸟园

五颜六色羽毛鲜，白鹤黄莺啼叫妍。
游客不知禽鸟乐，个中我乐谁知焉？

2006 年 9 月

游厦门海滩

果然海水沁心脾，如见草原万马驰。
碧绿赏心能悦目，风光如画自成诗。

2006 年 9 月

合肥包公祠

贪官污吏古今同，无告黎民劫难中。
世上清廉何处觅？充饥画饼思包公。

2006 年 9 月

二十年前的学生聚会，邀我等参加

年华如水几多时？春种秋收莫我欺。
笑貌音容依旧在，挚情笃信未曾移。
修身始见桑榆乐，敬业换来无字碑。
可畏后生成大器，谁云弟子不如师？

2007 年 8 月

孙守谦

字号三峰，蒙古族，1944 年生，辽宁省喀左自治县人。曾任赤峰绿化办公室主任科员，现为赤峰市诗词学会常务理事。发表诗词二百余首。

赤峰情

岭环树绕景如春，卉满连花百草新。
清路院庭洁净靓，翠街白马忆情深。
城中碧宇祥云照，塞外红山文化魂。
明水喷泉飞彩雾，美音奏唱颂来宾。

敬和加拿大莫爱环《新春抒怀》原韵

旭日东升照彩霞，人欢热恋满园花。
新春共渡同寻乐，旧岁辞别总想家。
把酒高觞邀敬雅，联歌长调咏兴华。
天涯化做舟相竞，最是觅根解绿纱。

孙茂山

1943年生。1967年毕业于内蒙古通辽师范学院中文系。为中学语文高级教师、兴安盟中学语文教研员。

闲居二首

（一）

扶病不忧阅岁期，十年踪迹渔樵知。
欣逢华夏改革日，喜见祖国强大时。
蜡炬长燃照举子，火车数梦达京师[①]。
尘缘未了情犹在，一卷图书一局棋。

（二）

往事如烟一笑空，但搏长健不驱穷。
三枚脉望已餐字，万古《诗》《书》未了情。
不宠不惊无盐女，自斟自饮华巅翁。
人生得丧何须记，处事无心觉累轻。

【注】

① 曾建议，要求开通家乡至北京的列车，1998年愿望实现。

吉 林

冬日雾凇夏锦茵，人间仙境美吉林。
萦回水抱中和气，平远山生仁义氛。
万顷关东珠宝地，十年春晚长裾人。
万民共谱翻番曲，一举鲲鹏翼若轮。

孙　勇

1945年生，内蒙古兴安盟人。毕业于东北师范大学，中学高级教师。诗词作品曾在《兴安文学》《兴安广播电视报》等刊物发表；部分作品被编入《兴安行吟》《兴安诗坛》《内蒙古诗词选》等诗集。现为《兴安诗词》编辑。

与养路人对酌

玉液琼浆细细斟，夜光杯满溢情深。
风霜雨雪留身影，春夏秋冬伴路巡。
云封雾锁无难路，富至康达有暖春。
今日敬献三杯酒，九州礼重养路人。

浪淘沙·好雨落兴安乙酉年兴安大地风调雨顺有感

好雨落兴安，绿满山川。风翻叶浪闪光鲜。黍豆扬花粱孕穗，果硕瓜甜。　　树影起声喧，妪笑翁欢。农夫把酒谢苍天。政策遂心人奋勉，更盼来年。

孙继善

字伯良，号羊子，一号空耘夫，1945 年 1 月生于山西省阳高县友宰村。1969 年 7 月毕业于北京师范大学中文系。内蒙古集宁高等师范专科学校教授，内蒙古语言学会副会长、乌兰察布诗词学会副会长、内蒙古诗词学会会员、中华诗词学会会员，出版个人诗词集《空耘斋诗词选》（一、二集）。

沁园春·喜庆香港回归祖国

百五将阑，香江夜送，静海沉钟。看长安街上，银花火树；太平山下，结彩张灯。泪洒圆明，情追巷陌，铁火当年百恨生。春光好，望紫荆花艳，五星旗红。　　明珠归我域中，赖两制一国万世功。有炎黄子胤，中山遗志，荆湘浩气，巴蜀雄风。澳门旋归，台湾踵继，完我金瓯慰祖公。齐天力，指乐游原畔，风雨兼程。

西平乐·庆祝内蒙古自治区成立六十周年

胜日登高望远，万里长龙舞。六秩身强体健，华贵雍容最靓，高兴狂敲金鼓。扬眉吐气，踏过几多霜露。功堪著。　　区大进，民大富。正是歌琴喜贺，当忆峥嵘岁月，苦恨艰难度。莫忘了，前行要务。熔沙造海，浇花织绣，同奋斗，共荣辱。天上人间此处，春风莫问，玉宇琼楼信步。

凤凰台上忆吹箫·欢呼青藏铁路通车

虹舞龙飞，碧天光耀，世人争睹丰容。见雪峰欢笑，绿莽欢腾。今日迎来远客，欢呼起、美梦圆成。金桥渡，人民富裕，百业兴隆。　　奇功，踏开冻土，穿越万千山，邃广桥平。教北京灯夜，拉萨黎明。公主长风回路，重尽览、青藏风情。飞轮处，牛羊壮肥，草木葱茏。

万年欢·连战、宋楚瑜相继访大陆

仲夏流芳，有东来贵客，大陆观光。雅意融融，应是兄弟情长。六十年前炮火，早已是、两岸花香。今相聚、史册翻新，共谋愿景金方。　　红毡飞洒涕泪，看两魁巨手，共造和祥。华夏难容分爨，更耻分邦。兆亿宜当戮力，创盛世、国富民康。终须待、紫气关山，隆享炎黄。

鹊桥仙·贺我神舟五号载人飞船登天成功

神舟腾越，人登浩宇，胜却金猴绝技。十年拼搏效聪明，泪飞泼、惊天动地。　　英雄第一，何其镇定，一日巡游畅意。航天大国有中华，最骄傲、扬眉吐气。

废除农业税

国力渐雄厚，旋将农税蠲。
农夫千古梦，华夏百祥年。
无吏催粮款，有员送器璇。
桃源何处在，锦绣是桑田。

中小学免除学杂费

喜讯频年天下传，山歌水舞唱中南。
书资已免爹娘笑，学费当由政府担。
义务读书唯义务，平凡教育不平凡。
少无忧虑人强健，代有栋梁高厦安。

声声慢·纪念焦裕禄逝世二十六周年

悲哉裕禄，二竖猖祟，英魂早逝碛谷。父母官称书记，万民公仆。心怀百姓冷暖，沥胆肝、困贫驱逐。水患灭，旱魃消，放眼碧波常熟。　遍地泡桐摇绿，寒暑替，清明更彰风骨。百代钦思，不废墓前驻足。如今似君有几，苦身心，岂有怨毒？对榜样，但愿亦赢夹道哭。

透碧霄·两弹元勋邓稼先

换新颜，任人凌辱话从前。五洲站立，邦强基固，两弹撑天。元勋谁是，西联学子、留美青年。自归来、核弹攻尖。愿指挥兵将，长沙开赴，隐姓荒原。　　及十年拼搏，功成惊世，齐赞邓稼先。善协调，心胸广，当是理想党员。我来守候，亲临试验，危险承肩。忘死生、沉疾周旋。奠基开拓者，保国功臣，不朽垂延。

悼丛飞

多少新星唱大流，伊人劈浪站高舟。
甘将大爱扶贫弱，更以纯情暖残忧。
美意虽消孤女怨，嘉行却未病身瘳。
花丛丽蝶飞辽宇，空巷浩歌无限秋。

悼王选院士

仰望夜空何灿烂，惊听天际走明星。
毕昇雕铸开新纪，王选照排登最峰。
泥火千秋裕世界，电光万纪益苍生。
英年早逝堪长叹，幸镌崇山旷世功。

看电视剧《抉择》有感

痴情演绎唤人心，抉择艰难总费神。
真伪从来犹可辨，是非自古底能分。
贪婪岂俾身通灭，廉勉偏赢党健存。
告语新朝官与吏，清风两袖最为珍。

再读《论积贮疏》

贾谊宏辞尚有益，精言积贮重如山。
要防兵燹防饥馑，须戒奢糜戒腐贪。
鬻子能将家不整，卖官更叫国难安。
历朝皆有焦心事，今日思危早御寒。

侧犯·某省副省长被判死刑

暮风朝雨，几多纸醉金迷度。风住，一纸布清明、毙贪虎。飞萤扑火死，毒虺逢锱腐。雨静，君子伪，其行世皆恶。　　心狂气傲，法纪何曾顾！收巨贿，索脏款，赇产垒天数。见说胡官，竟沉花坞。天网恢恢，有谁逃误？

秋日漫思

泾河参渭水，清浊两分明。
墨吏贪财腐，廉官鄙利生。
腐遗千古罪，生享万年功。
奉劝公车走，当思身后名。

重读《甲申三百年祭》

醒世有宏文，延安教诲深。
闯王何壮阔，百姓竞开门。
腐败摧精锐，骄淫溃铁军。
新生何以久，永做不贪人。

钗头凤·矿难悲恨

深山里，煤层底，瓦斯弥漫人皆毙。劳工倒，尸难找。私挖乱采，命如菅草。暴！暴！暴！　　闲良具，狂追利，矿官通串伤天义。无听告，终淹泡。黑心施恶，转移瞒报。铸！铸！铸！

阜阳假奶粉案

阜阳何等物，乳少水尤多。
头硕皮包絮，婴夭母跳河。
奸贪施最辣，夺命舞凶柯。
制假良心丧，投之馁虎窝。

参观河南红旗渠

千里飞奔上太行，林州深处景非常。
三渠肥水育广陌，一带银河引九漳。
穿洞攻坚惊鬼斧，悬崖除险愧猴王。
纷来游客云中走，绝代山碑告晚郎。

雨中游都江堰

拜罢二王思二郎，滂沱大雨洗流光。
安澜长抚北南水，鱼嘴中分内外江。
桥立如抛天上下，堤行似置海中央。
伟功不废千年利，八百金田稻麦香。

葛根塔拉草原

骏马翩翩远客延，如银哈达捧红颜。
毡包团坐歌成海，羊炙争餐酒涌泉。
骑术高超鹰展翅，摔跤威猛虎抓猿。
茶香漫与草香逐，无限花原无限天。

青城昭君墓

金河湄畔卧青丛，芳草离离接古城。
千里秭归来朔漠，三关姝女出秦宫。
草高塞外奔肥马，夜静长安响碛铃。
董老吟诗颂美策，千秋万代有歌笙。

思念杨敏如师

无情岁月度三春，有谊师生别味深。
诲人不倦甘泉水，入我清肠润我心。

欣悉冯彦山兄首膺高级职称

春风着意过君门，喜讯关山昨夜闻。
不负河汾门下业，更荣尧庙市中民。
定阳仍羡遗风裕，壶口堪听瀑水吟。
足下前程鹏翼举，吾侪千里望青云。

最高楼·赠别

乔杨绿、知是鹭将飞，梦里买金龟。泪花尽诉胸中怨，清风笑捧冠军杯。有轻衣，心更暖，念长随。莫教那、雪天沙迷眼，　　莫教那、雨天霾盖脸。冰似铁，总难摧。育花事业凭人问，爱花情结厚无非。别今兹，鹏路远，彩云追。

苏幕遮·夏忆

踏沉轮，听汗暑。惟有君能，解我其中楚。别酒方知人不古。炙手相牵，始把真情吐。　　布衣儿，勤以苦。山野耕耘，岂惧风和雨！岁岁花开相忆否？早报佳音，唤取青梅煮。

青玉案·科布尔相逢有寄

小楼昨夜歌声脆，今又午，称觞对。更有梅香添兼味。当街难辨，廿年堂上，花面乌云坠。　　相逢十指弹珠沛，为报师情女儿醉。日暮移樽人不寐。试问今古，春来秋去，万物何为贵？

京师逢宋永培兄攻读博士

绿树遮阳半壁阴，中南楼里汗涔涔。
学从王陆寻新史[①]，字解殷周演旧痕。
我谓老吹当戏语[②]，群言才智过同仁。
雅安骄子承师业，再领风骚广著文。

【注】

① 王陆：指王宁和陆宗达先生。

② 老吹，乃大学读书时，大家送他的雅号。

读邓嵘君新作《西风集》

邓君赠我新诗作，展卷飘香大漠风。
求学东胶耽古雅，为官北国享嘉荣。
胸中常痛黎民苦，笔下难磨故里情。
更有交朋山海意，一章一句写真诚。

梦椿萱

不肖梦中泪，椿萱腹内悲。
微薪何以报，病体岂能为？
劳顿四时剧，食衣三日衰。
当窗刀与粥，何日望南归？

孙淑媛

1946年出生。1963年于奈曼旗八仙筒中学初中毕业。现住通辽市扎鲁特旗鲁北镇永兴村，通辽诗词学会会员。

草原之夏

荒原广阔绿无垠，野鸟山花野菜新。
蒙古包前羊跪母，青山树后舐犊亲。
群群骏马追朝日，片片白云绕北辰。
地利天时人气顺，生活幸福乐吟吟。

草原秋韵

金风送爽雁横空，百草凋零杏叶红。
马壮羊肥牛遍野，白鹅引颈报和平。

雪　趣

洒洒扬扬六瓣梅，遮天盖地舞芳菲。
此时最惹孩童乐，戏闹追逐唤不归。

大漠竹枝二首

（一）

阿哥入伍守国门，阿妹家中孝双亲。
手机振响连心锁，千里迢迢传喜音。

（二）

春光明媚舞东风，草木含羞绽笑容。
阿妹阿哥双挽手，杏花人面映山红。

鹧鸪天·牧家晨曲

燕舞莺歌敲晓钟，牛羊欢叫讨晨羹。幽幽树木顶天长，袅袅炊烟随日升。　山碧碧，水清清，牧民大漠展雄风。还林禁牧显成效，绿地蓝天伴我行。

鹧鸪天·草原育肥牛

棚舍冬温夏日凉，饮食何必走山荒。春耕不种一畦地，秋运非驮半斗粮。　姿稳稳，态光光，万般肉类我独香。主人不用离乡井，自乘轮船去远航。

炮台山公园之秋

桑榆比美巧梳妆，野卉争容扮嫁娘。
远近畦中花更艳，落霞厅内品风香[1]。

【注】

① 炮台山公园在鲁北镇西山上，公园内有落霞厅。

罕山之晨

香雾氤氲笼壁峰，沟泉草木进迷宫。
吟哦游子远方客，为览朝阳湿笑容。

罕山雨后

雨后斜阳伴彩虹，山前骏马载英雄。
争鸣百鸟林间舞，滴露山花别样红。

今又重阳

岁岁重阳岁岁新，金辉暖暖照楼群。
菊花朵朵迎风艳，不是春天胜似春。

孙清池

河北冀州人。自幼喜欢诗词，亦有小令发表。现任老年文摘报社社长、总编辑。

大青山

常怨天公事不平，青山夏至始山青。
安能长练羁春秀，不使青山负盛名。

白　塔①

白玉辉光照九天，炎凉风雨近千年。
问君安有康和寿？处静心空性澹闲。

【注】
① 白塔在呼和浩特东郊。

草原即兴

果然风动见牛羊，敢与华都论短长。
几朵闲云游广域，一条水带束青装。

丁　香

两树拂窗细语长，甘霖催放满庭香。
芳心不耐藩篱苦，白紫青蓝越过墙。

咏　菊

不畏严霜次第开，野风呼啸百花哀。
群芳当是同心伍，共筑长城拥碧崖[①]。

【注】
① 崖旧读 yái。

晚　晴

芳菲散尽荒枯漫，唯有黄花傍土庐。
撷取清秋一束趣，老妻喜作晚晴图。

老叟吟

野兴归来慢洗尘，一床明月半禅身[①]。
如烟往事风吹去，老树著花淡淡芬。

【注】
① 有妻不娇，有食荤少，自谓半禅；不娶不荤者全禅也

顽　石

千载风雷化不开，出尘抛世命多乖。
难成大器遭白眼，犹自横天傲草莱。

访　师

重到冀南秋半阑，故人家在运河边。
颓垣枯草迎疏客，陋室寒床卧老蚕。
解甲归来培蓓蕾，教鞭执罢事桑田。
痴情种得芝兰畹，桃李殷殷俱挂牵。

游总督府

真假平常事，大堂览古今①。
无官不说正，官正几多人？

【注】
① 游时正值办古史展览。大堂悬挂着“廉明公正”的匾额。

人月圆·过阴山

轻车健驶阴山径，蜿转势如龙。晴天飞霭，明明暗暗，雨后风清。　　武川[1]过了，草原展现，近彩遥虹。塞天辽阔，百灵竞啭，万马乘风。

【注】

① 武川县在呼和浩特北。

踏莎行·咏“文革”后春

阴雨初晴，春风得意。低吟漫步心无忌。艳阳破霭暖微微，萌发万类蒸腾气。　　乍绽春花，争新斗丽，归来紫燕鸣新语。和音悦耳爽神时，壮心欲付云天翼！

朝中措·老叟舞剑

巷深院阔小楼红。葡萄紫或青。日上雄鸡报晓，飞来喜鹊欢鸣。　　银须飘洒，手执长刃，箭步流星。跃去翻身如鹞，舞来一阵寒风。

望江南·题知青照

西北望，难忘小鹰飞，展翅曾同鹏比翼，出庐敢与虎争威。刚毅写春晖。

行香子·晨炼

园静天曚，淡月疏星。转回廊，步入幽坪。湖心亭寂，客去船空。正东方白，地已醒，日将升。　　飕飕剑气，默默拳功，地天间各显神通。徜徉寒气，豪兴春风。畅形神爽，犹如骏，也如龙。

浪淘沙·山海关

天地水云间，海岛雄关。袭来恶浪碎犹还。浪底依稀贼舰伏，雷起云端。　　关隘锁狂澜，血海沉船。忠魂浩气贯长天。万里城头游子意，莫只贪欢！

十六字令·京畿采风四首

（一）

川，深处桃林隐柴庵。寻踪去，蜂鸟乱其间。

（二）

庵，只见桃花不见天。餐芳宴，清气解心馋。

（三）

仙，不羡辕门不慕钱。嚣尘远，幽梦会陶潜。

（四）

缘，陶令如今不耕田，茶充酒，与我话参禅。

钗头凤·仲秋京华赏月闻海湾炮声

京华月，和灯烨。满城花好人欢跃。天行健，江河转，中华儿女，同心共挽。变！变！变！　同此月，非同夜。地球村里尚流血。空抛弹，钢甲碾。腥风血雨，鬼魔欢宴。怨！怨！怨！

采桑子·秋景

枝条疏朗三秋树，不慕霓裳，落得清凉，无限生机腹底藏。　登山一步一层趣，跨过山岗，跃上高梁，心与苍鹰共畅翔！

念奴娇·赤壁讽古战争是最大的不和谐，我为百姓鸣不平。

涛声依旧，想当年曾是，镝鸣杀场。风卷烈焰焦百万，乱箭嚣空穿脏。母泪滂沱，子魂哀恸，血水滔天浪。呜呼竟有，子瞻一曲绝唱。　看破演义三国，杀人放火，尽诈谋奸妄。虎斗龙争，统统是，装点金銮袍蟒。王欲恣行，黎民付命，多少不平账！重游赤壁，落霞心冷惆怅。

千秋岁·云

乡间独步，举目云翔翥。堆似玉，疏如雾，姗姗来又去，舒卷情无数。急雨后，低飞乱阵匆匆伍[①]。　休把悠云妒，岂解闲云腹。风号起，雷公鼓。居高怀下土，侧耳农夫诉。征腐暑，乘风电掣滋苗木。

【注】

① 大雨后，乏云犹如归营疲惫之师

水调歌头·游子吟

归雁九天唳，催我故乡行。匆匆千里行色，流霭染苍穹。故土乡情依旧，添了青砖瓦舍，老树肃中庭。回首从兹去，犹似转来情。　双亲墓，霜凝路，垅头风。而今更是，子泣茔冷两冥冥。父母魂归何处？我欲祷来同住，旷野默无声。人愿不能尽，此恨古难平！

天净沙·觅踪

老城郊外桥边，难寻小巷炊烟。残碑古庙荒甸。晚风拂面，吹生如梦童年。

鹧鸪天·衡水湖觞咏[①]

潋滟水明南北长，荡舟结伴伞遮阳。沙沙禾浪摇丰穗，阵阵蛙声唱有粮。　词一曲，酒三觞，心中豪气正舒张。故乡明月阴山雪[②]，老树著花晚愈香。

【注】

① 衡水湖位冀南平原，七成水域在冀州境内。

② 我是冀州人，结缘阴山脚下几十余载。

捣练子·游竹林市舟中作

天若水，水浮蓝。可有竹林碧落悬[1]？我驾小舟登彼岸，谁人能解色空禅？

【注】

① 古冀州有竹林寺，传说上空曾现海市蜃楼。新中国成立后重建竹林寺于衡水湖中。

摸鱼儿·钓叟吟

沐朝霞，水平涟止，芦塘轻锁烟雾。小船助我池中去，端坐若仙游状。轻移渡，触微痕，惊蛙游去回头顾。蝶飞蜓伫，甩细线银钩，低吟浅唱，目不瞥浮柱。　　天将午，择取幽茵去处，独酌醉卧花坞。蓬莱梦里清凉赋，梦醒柳荫闲步。抬望眼，播种处，手植已是擎天树。风流竞逐，正盛世承平，老来清福，莫把归期卜。

孙靖石

1954年生，满族。先后于乌兰浩特师范、东北师大政治系、内蒙古师大中文系毕业，进修于北京师大。曾在乌兰浩特一中任教。现任兴安盟委讲师团团长。

鹧鸪天·四海迎宾

地北天南不见闻，兴安山水锁闺深。任凭云月空飘度，幽境渴思探宝人。　谋发展，破沉沦，长鲸已振伟躯伸。建功试手虔心切，四海迎宾喜畅门。

如梦令·新步

塞北兴安初富，百姓几多愁苦。盟委聚贤才，大计谋开新步。跟住，跟住，壮志定攀天路。

孙毓峰

1945 年生。毕业于东北师大中文系，乌兰浩特一中语文教师。从事语文教学 33 年，2000 年退休。中华对联文化研究院研究员、世界华人艺术家协会会员。

砥柱神州开盛纪

为以胡锦涛为总书记的新一届中央领导集体而作。

砥柱神州开盛纪，集思广益尽丹忱。
为民绝少息肩日，勤政偏多废寝人。

咏 梅

满树繁花非傲雪，一身清气却袭人。
世间多少丹青手，为画梅魂费苦心。

清官赞

自古清官循正道，高风亮节史书传。
廉洁甘度清贫日，坦荡敢陈刚直言。
替国分忧兴社稷，为民造福惠黎元。
神州有幸开新宇，更信今人胜古贤。

沁园春·为教师节而作

盘古开天，尧舜修行，孔圣学兴。赞哲人施教，崇仁尚礼；杏坛启智，振聩发聋。解惑指津，导师弘道，薪火相传继圣风。迨今日，喜芳园焕彩，桃李花红。　　欣逢华夏复兴，振百业人材立首功。望神州大地，栋梁竞秀；中华伟业，才俊称雄。伟烈宏功，和谐临世，寰宇惊天起巨龙。东风起，看炎黄崛起，谁与争锋。

孙德政

1944年11月生，山东省齐河县人，中学高级教师。现为呼伦贝尔市诗词协会会员、满洲里市诗词学会常务副会长兼秘书长、雪霏诗社社长，满洲里市老干部局诗词学会顾问。

达赉湖游记

达赉湖，即呼伦池，方圆八百里，碧波浩淼，山青水秀，此地乃成吉思汗发祥地，余游而记之。

白草微躬圻地馨①，岚丘逴影泊沧溟②。
凫飞碧镜天携水，岸踏黄沙众觅萍。
远古平湖风砺甲，方今沃野雨春苓。
呼伦曾育天骄子③，大泽英雄垂汗青。

【注】

① 圻（qí），边陲。

② 逴（chuō），远。

③ 天骄子，即成吉思汗，毛泽东有词曰：“一代天骄，成吉思汗……”

小河口即景

呼伦湖旅游胜地之一，鹅头渚，宴雨亭，仙女承珠，神龟渥露，鸥鸣岛皆为此地胜景。

一鉴明湖洗岸沙，天衔碧水净无涯。
晴空浪谑鹅头渚，宴雨亭观鱼尾霞。
仙女承珠迎客旅，神龟渥露喜童丫。
凭岩垂钓鸥鸣岛，不觉夕晖顾酒家。

情瘁杏坛

身居陋室却无寒，情瘁杏坛幸也甘。
不慕陶朱成一甲，但求桃李驾千帆。
书山指路殷华夏，学海培珠懿梓园。
衣带渐宽终未悔，霜秋两鬓更怡然。

长堤信步

长堤信步解嘈杂，潋滟湖光日影斜。
岸芷汀兰生紫气，云空雁字渺丹霞。
春风骀荡游人醉，树杪婆娑飞鸟喳。
最是怡人幽静处，残杨根底起新芽。

闲步北湖公园

夕照湖光景最佳，风熏凝碧抹烟霞。
舟停香圃惊归鸟，桨荡涟漪引噪蛙。
南岸松杨依旧翠，东堤榆柳换新茬。
桥西玉带人攒动，堰北新村有我家。

塞上遇友人

牧野放歌云鸟喧，落霞夕照故人还。
炊摇日影飘香乳，情系穹庐捧玉箪。
琴韵引蝶聆旧趣，新醅挂蜜幸甘泉。
蹉跎岁月千杯抿，一曲琵琶唱月圆。

假日垂钓

一泓云霭锁青山，欸乃拂开日中天。
碧水沙滩凝目看，涟漪上下两神仙。

建和谐社会感

自古和谐出太平，而今立本为民兴。
科学会有荆棘路，不废江河万里行。

草原牧归图

天宽鸿雁远，草碧染丘川。
骏马横坡恣，驼牛趸步还。
声声羊犬和，缕缕帐烟悬。
夕照红装俏，茶香倩手间。

草原牧马人

秋宿库仁湾，巧逢酤马倌。
壶温胸取酒，语涩步飘仙。
舍镫形钟摆，跃鞍鹰鹞翻。
故人疾骋马，酩酊稳如帆。

江城子·国门礼赞

满洲里市西十八里处是中俄两国边界，界内有一巨型门状建筑物，谓之国门。门洞中有中俄两国不同轨距的铁路线骈越；旁有中国的互市贸易区及和平广场。

老夫急沐国门风，兴冲冲，意浓浓。滚滚车轮，百鸟伴征程。为睹边关开锁钥，携内子，聚亲朋。　　门高矗立似云屏，路居中，轨双行。串串长龙，满载奔西东。更喜碑铭书广场，读历史，警升平。

满江红·献给北国严冬中的边防战士

手握钢枪，凝眸处，昏云夜落。临哨所，六花飞舞，北风寒虐。万里关河横铁马，千家灯火明村郭。守边卡，虽冷志弥坚，豪情跃。　边陲好，霙漠漠，东君早，川凌烁。驾巡车勘遍，雀空鹰壑。壮士擎戈威胄甲，丹心酹血酬江岳。踏冰行，一曲大风歌，从军乐。

采桑子·达赉湖冬景

呼伦湖畔冬来早。莫道花飘，或道花飘。见否驼铃雪上摇？　一泓冻水封舟济。欲把冰消，难把冰消，却有渔工驾雪橇。

念奴娇·鲜卑墓群怀古

扎赉诺尔达兰鄂罗木河灵泉矿区有一片古代鲜卑人墓群，他们的祖先是从大兴安岭北麓迁徙此地，繁衍生息数百年。后来又举族南迁，留下这青坟荒冢。

悠悠岁月，古河渡，青冢年年花簇。聚聚离离人道是，千载鲜卑遗墓。晚照斜晖，晨曦薄雾，霜打千堆骨。临川凭吊，个中谁解凄楚。　遥想北麓兴安，将妻携子，壮烈青云路。沃野狼烟三百岁，又弃先骸弗顾。多少英魂，殷殷哭诉：宁舞清平鼓。谁非谁是，惹来多少评述。

永遇乐·恢宏大业

闪闪红星，燎原烈火，井冈山处。陕北挥师，黄河怒吼，驱寇神州路。江淮号角，雄兵百万，横扫六都如虎。想当年，工农振臂，魑魅魍魉均掳。　　南湖秋月，舳舻千里，闯过几多险阻。立国襄邦，驱贫觅富，功绩凭人语。改革开放，和谐盛世，赢得花团锦簇。待明日，恢宏大业，宇寰更瞩。

八声甘州·故乡行

正花香沁骨哨鸽鸣，故乡国门行。看长天银燕，边城翅举，人悦车隆。到处层楼巨厦，热土物华芃。眼见春光异，心海难平。　　窗外月轮朗照，尽千家玉馔，万户霓虹。梦老屋旧影，矮室小油灯：映慈容，牵丝纳履，密密缝，寒巷盼归鸿。今回也，泪盈桑梓，怎不多情。

卜算子

杏花赋梅则报春，杏则赋春。杏花洁白而不妖。余感慨赋之。

料峭立寰中，玉满婷婷树。如雪仙葩杏谷边，总把春来赋。　　虽弱面严风，自绽心盈数。待到枝头蒂落时，莫问芳归处。

一剪梅·清明祭扫苏联红军烈士陵[1]

俯仰红军烈士陵，扼腕英雄，回首英雄。捐躯无悔为苍生。枯野彤彤，瘦水彤彤。　　无语苍碑刻太空，万木葱茏，岁月葱茏。一番滋味哽喉中，彼也清明，此也清明。

【注】

① 满洲里市红军烈士公园，位于市政路南端。园内埋葬着1945年为解放满洲里而牺牲的苏联红军官兵。园内有一矗立苍穹的纪念碑。每年清明节，人们都来此祭扫。

安志忠

1952年10月出生。供职于科左中旗保康一中，高级教师。内蒙古诗词学会会员、通辽市诗词学会会员，作品在《内蒙古诗词》《通辽诗词》等杂志上发表。

太湖掠影

扁舟一叶泛湖中，浩渺烟波气象宏。
披翠环山成绿岛，渔歌唱晚远霞浓。

伫立枫桥

《枫桥夜泊》早知名，伫立桥头夙愿成。
月落乌啼成美景，花拥水抱比东瀛。
寒山有意钟声暖，游客如织步履轻。
张继诗文扬天下，满城古迹乃真凭。

苏州古河

长河是路船当辇，小巷交叉水月中。
南北东西随意走，画桥座座映名城。

朱丹林

1951年生。原包头市三十五中教师，现为内蒙古作协会员、包头作协理事、包头诗词学会会员。

梦敦煌

万里扬沙散日光，千年往事铸华章。
谁言戈壁荒凉地，起舞飞天唱盛唐。

遣　怀

西风紧，飞叶黄，雁阵西翔，肃杀已秋凉。闲来沽酒三两盏，愁思满肠，四顾乃茫茫。　万木落，露为霜，夕阳残照，晚来心惆怅。秋云不识人飘荡，月昏黄处，惟有泪千行。

朱必文

1937年2月出生于湖南省常德市桃源县。1959年毕业于北京大学数学力学系数学专业。退休前任内蒙古农业大学教授。1991年访问美国东密歇根大学数学系并任兼职教授。历任内蒙古第六、七、八届政协委员、常委。爱好旧体诗词，著有论文《(0,1)—矩阵和律诗平仄与韵律正误判断系统》，为用电脑判别诗词格律的正误提供了技术基础和可行算法。

游大青山喇嘛洞

一线轻车沐曙光，因游古洞阅沧桑。
穹庐有尽周围碧，敕勒无垠马脱缰。
学子各当才气盛，老夫亦逞少年狂。
手中何用传神笔，大好风光放眼量。

1968年6月

西江月·筒子楼即景

习道家家起灶，修行个个炼丹。开锅冒气教人馋：黄焖红烧白斩。　　学习天天布告[①]，鏖兵处处棋盘。群居终日纵清谈：南北东西长短。

【注】

① 当时中共中央、国务院、中央军委和中央文革小组常就各省市的武斗或其他特别事件发表各种布告。

1969年

中国共产党成立五十周年

九州生气风雷动，镰斧光辉大纛红。
烈火燎原焚纸虎，倚天仗剑斗玄熊。
能如斯诺生花笔，难表元戎创世功。
乐奏万方齐赞颂：导师寿与南山同。

1971 年 6 月 28 日

谒西安大雁塔

晨钟暮鼓伴浮图，尽阅世间春与秋。
三藏法师功果在，营营我辈几时休。

1972 年 2 月 29 日，壬子上元节

西江月·过青龙桥登万里长城

颠沛山峦万里，曾经险阻千重。祖龙白眼向青龙，恰可古为今用。　　浩瀚世间多彩，渺茫宇宙无穷。游人来去两匆匆，不觉浮生如梦。

1972 年 8 月 1 日

浣溪沙·中秋

浊酒鲜芹对玉盘，阴晴圆缺不相干，一般有恨照无眠。　　无意乘风风凛冽，奈何涉水水枯寒，空凭皎皎理流年。

1973 年 9 月 11 日

江城子·桃花源记游

幽思早许趁晨兴。雾氤氲，水波平。攘攘机帆，谁是武陵人？为识桃源真面目，寻古洞，傍溪行。　　寒梅初破胜缤纷。竹篁青，杜兰深。细雨轻烟，暮霭殊难分。羁旅山村浑似梦，惊子夜，梦如真。

1974 年 2 月

蓬莱阁

1979 年参加在烟台举行的第一届全国组合数学与图论学术会议，其间游览了威海名胜蓬莱阁。

蓬莱高阁立云天，极目苍茫叹宇寰。
多少世间蹊跷事，悟而勿晰[1]即神仙。

【注】

① 勿晰，英语 fuzzy 的音译，fuzzymathematics 又译为模糊数学。

自　嘲

大梦终须觉，平生我后知。
附庸风雅颂，偏好打油诗。
出仕无纱帽，居家有布衣。
胡涂难得日，昼寝此其时？

约 1997 年

参加北大百年校庆活动所感

百年盛事费张扬，受宠难惊大学堂。
民主舶来终是客，但夸科教好兴邦。

1998 年 5 月

水龙吟·2001 年 8 月大连图论会议

似图还似非图，纵工部艺园难觅。寻踪问路，树林漫步，网流源汇。渲染地舆，但凭四色，堪称完美。看世间万物，纷繁有度，联边点，明事理。　　不忆七桥河洛，忆烟台、我侪初会。连通中外，长圈善舞，东西匹配。前景三分，二分天候，一分才力。喜长江汹涌，风帆阵阵，是后来辈。

【注】

本阕词中嵌入了许多图论术语

南行五题

2002年3月下旬，内蒙古政协谭博文副主席率团赴贵州、云南和广西考察旅游业和旅游文化。本人有幸参与其事，偶有所感。作小诗数首，以为纪念。

甲秀楼

筑楼名甲秀，文运伴楼升。
强国千条路，源头是读耕。

西江月·记阿拉太常委祝酒

婉转甘醇激越，起伏明亮悠扬。草原长调赛花腔，怎不肠回气荡。　　杯盏渐停入定，掌声骤发如狂。清歌抵得茅台香，余音三日梁上。

江城子·景洪锦都宾馆

轻车驶出停机坪。近黄昏，上华灯，阵雨先行，为客洗征尘。圆却西双版纳梦，天作美，感人情。　　锦都庭院最怡神。树阴深，草如茵，戏水池塘，闪闪泛波鳞。怎得云中同此景，晴日朗，息沙尘。

纳西古乐

何处得闻天籁声，四方街口丽江城。
宣科[1]中外凭孤本，宋韵唐风细哦吟。

蝶恋花·大理政协晚宴宣科[1]记趣

久闻大理风光好，洱海苍山，秀色可餐饱。故国金花真不少，阿鹏何故着新恼？　三月[2]渐临春意早，美酒交杯，更把春心搅。神箭纷飞无计较，难分情爱难月老。

【注】

① 宣科，纳西族，丽江纳西古乐研究社的发起者、组织者和演出主持人，常用汉英双语解说，擅长现场发挥，机敏幽默，极受欢迎。此处亦可做“照本宣科”之联想，盖所演出之山坡羊、水龙吟等古曲均系照秘籍所传古谱排练。

② 指农历白族节日“三月街”。

写于北京大学数学力学系1954级入学50周年纪念聚会之前

岁月如歌入梦川，湖光塔影一如前。
相逢莫问功名事，俱是当初美少年。

2003年12月20日

浣溪沙·内蒙古诗词学会首次改诗会

四月春风塞外天，柳丝嫩绿百花妍，诗人雅会聚群贤。　千古胡笳成既往，而今敕勒变金川，推敲旧律出新篇。

2006年4月

厦门大学数学科学学院张福基教授七十华诞志庆

锦官才子好修行，问道幽燕学有成。
砥砺楼兰河洛剑，缠绵鄯善吐番情。
端庄法会传经典，笑傲江湖享盛名。
今日普陀迎佛诞，山门烛炬竟宵明。

2006年12月

自　况

不期而至古稀年，往事烟云强自堪。
铁马金戈原份外，名山后世亦无缘。
雕虫小试河图术，走马曾经洋景观。
采菊东篱何处是，津门化外俱桃源。

2007年2月

西江月·自嘲

沧海寻常一滴，人间两万多天。纵然鹤发少童颜，犹有二头肌腱。　　早已悠然自得，历来知命达观。从容不迫享余年，写字弹琴洗碗。

2007 年 2 月

戏题某女士旧日婚纱照

昨昔明妃扮盛装，如何学士不新娘。
开屏纱幔羞仙雀，簇锦团花拥凤凰。
眉黛幽深归静海，胸怀坦荡溯春江。
飞天可摘云中月，寻梦还须入梦乡。

1970 年 6 月

太　极

混沌初开日，阴阳两极分。
风声云手起，鹤唳马心惊。
倒撵归山虎，穿梭定海针。
何方神圣女，起舞媲公孙。

1996 年夏

悼翦伯赞先生

五柳先生言不谬，我乡民风贵古朴。
秦人古洞今犹在，又逢愤世文士出。
我将文士比屈子，一人独清举世浊。
遥向汨罗发一歌，亦当礼赞亦当哭。
先生出生桃花源，传闻祖居傍和阗。
世代书香高门第，父子桃李香满天。
我生有幸为邻里，得闻轶事广风传。
奎午太翁谙速算，学子层出从教鞭。
从来名师出高徒，太翁教子成左丘。
人文数理皆学问，不治九章治春秋。
忆我少年慕俊杰，先生砥柱立中流。
文质彬彬词章美，通史历画中国图。
京师学堂执教席，小子侥幸充门徒。
一睹真容真为快，聆听汉学会北欧[①]。
文坛一时风云起，也曾高位论红楼。
阴山山麓印足迹，内蒙访古味隽悠。
拈袖拭去昭君泪，青冢赋诗称风流。
俯瞰胡地三千里，千年迷雾辨匈奴。
真知灼见创“让步”，由此与世结仇雠。
有人破门抒海瑞，株连先生坐文狱。
霎时阴霾漫天起，山雨欲来风满楼。
豺狼当道狐群走，群狗猖狂扑老叟。
坠落陷阱被犬欺，忍气吞声待转机。

忽见头上悬周粟，嗟来之声如刻骨。
先生愤臂一声呼，士可杀戮不可辱。
呼声到处山崩裂，不食周粟与世绝。
宁为玉碎不瓦全，铿然有声声壮烈。
细看玉石落地处，斑斑白发斑斑血。
更有烈女殉夫去，可叹双双成大节。
视死如归应无憾，先生门徒满世间。
我取桃花源头水，祭奠先生上九天。
若把伊甸比燕园，清静无为景物鲜。
我羡先生好造化，得此佳境度永年。

【注】

① 1956年先生参加北欧青年汉学家会议，回国后于北大办公楼礼堂作报告。休息时先生步下讲台走近听众，余少不更事，曾冒昧与先生攀谈。

1972年7月

嘲子女二首

余有子女各一，均于四月出生。女长名若英，屈原《九歌·云中君》有句“华采衣兮若英”，意为杜若之英。子行二，名若予，音谐“大智若愚”。今年四月姐弟同在海外，作绝句二首，经互联网发出，以为生日“嘲贺”。

（一）

四月春风万象新，异香盈室福临门。
少时懵懵今成器，生女当如杜若英。

（二）

虎子何须出将门，若愚大智艺精深。
留洋不辱慈严命，异国他乡做愤青。

2008 年 4 月

朱成德

朱成德，辽宁法库人，1939年2月生。1963年毕业于内蒙古大学中文系。原任内蒙古广播电视大学党委副书记，思想政治教育研究员。中华诗词学会会员、内蒙古诗词学会常务理事。著有旧体诗词集《百年风云》《寸草集》《薪火集·红霞吟》《天星萤火集》。主编《中华诗词存稿　内蒙古诗词卷》。词作《沁园春·纪念乌兰夫诞辰100周年》获2006年包头“环保杯”诗词大赛一等奖。

六州歌头·陆游

风烟骤起，胡骑践中原。征尘暗，遗民泪，向南天。几多年。自幼承家教，学书剑，谈恢复；怀畎亩①，忧黎庶，恨偷安。铁马秋霜，八载生涯壮，踏遍东川。叹沉浮宦海，报国志弥坚。到死还书，示儿篇。　运千斤笔，万钧力，抒肝胆，写豪言。炽肠烈，情如火，射光焰，耀边关。抛洒胸腔血，敌未灭，改朱颜。梦里事②，从圣驾，战犹酣。诗是黄钟大吕，调悲怆，震撼心弦。又清新一气，千古永流传。光照人寰。

【注】

① 畎亩：陆游诗《送七兄赴扬州幕》：“诸公谁听刍荛策，吾辈空怀畎亩忧。”畎亩，即田亩，此处指中原沦陷区。

② 梦里事：陆游56岁时，曾在一首诗中写道：“三月十一日夜且半，梦从大驾亲征……喜甚，马上作长句，未终篇而觉，乃足成之。”诗中有句云：“驾前六军错锦绣，秋色鼓角声满天。”

1995年10月

水调歌头·纪念毛泽东诞辰一百周年

长夜风雷动，闪电耀苍穹。平生身许孺子，报效挽雕弓。拯救斯民水火，揽月缚龙捉鳖，伟略显神通。马列旗高举，立党只为公。　沧桑变，乾坤转，万山红。雄鸡一唱天晓，终见九州同。功盖千秋青史，今古谁堪比拟，自是大英雄。国运何须问？赫日照当空。

1994 年 5 月

水调歌头·咏昭君

塞外阴山亘，遥对楚天长。明妃大漠遗爱，怀念感沧桑。不慕恩泽雨露，愿嫁呼韩远去，翠辇别昭阳。胡汉和亲好，义举靖边疆。　苍穹阔，风沙烈，野茫茫。郊原策马围猎，毡幕乳飘香。岁月匆匆逝矣，双鬓秋霜渐染，两代辅君王。千古传佳话，青冢永流芳。

1993 年 12 月

悼念邓小平

革命生涯百炼身，中华千古一奇人。
风云叱咤轻生死，岁月峥嵘耀古今。
大勇弥天缘有道，丹心映日总为民。
赤肠铁骨雄襟阔，起落三番醒世深。

1997 年 2 月

周恩来诞辰一百周年咏怀

经纶拔萃世无俦，崛起中华志未休。
一统山河息战事，十年风雨乱神州。
人杰吐哺八荒丽，妖魅横行百姓忧。
撼树蚍蜉终自毁，大江浩荡永奔流。

1998 年 3 月

陈毅诞辰一百周年感赋

挥戈跃马势如龙，赫赫功勋百世崇。
月影涛声军旅壮，诗魂剑胆战旗红。
胸间韬略雄今古，舌底风雷震外中。
小丑跳梁堪笑止，巍巍大厦耸青空。

2001 年 8 月

沁园春·乌兰夫诞辰一百周年感赋

素月倾辉，白莲献彩，悼远追先。念苏俄取火，燃烧乡里；百灵举义，震撼云天。抗霸图存，锄奸驱虏，创建摇篮土默川。开新境，领红城升起，自治旗妍。　　航船力展征帆。赖一代杰人大任肩。喜草丰林茂，羊肥马壮；农殷牧富，国泰民安。忍辱十年，奇冤千古，更见青松耐岁寒。酬遗愿，看鲲鹏腾翼，浪涌风旋。

2006 年 9 月

水调歌头·漫游漓江

有幸游漓水，同伴尽欢颜。千峰拔地而起，远岭罩轻烟。舟荡清波雪浪，漫卷琼花朵朵，碧影起漪涟。簇簇修篁翠，秋色染江寒。　　寻奇渡，观九马，赏霜天。画廊风景争秀，无处不娇妍。更有传说种种，搅动情思飞涌，佳境醉心田。堪叹为观止，盛誉满人寰。

1989 年 11 月

五台放歌

岩峰壑谷竞奇豪，胜境天成造化高。
古树苍藤山叠翠，清泉细水月增娇。
夕霞晓日辉三界，暮鼓晨钟动九霄。
临此亦怀千古意，忧烦顿释自逍遥。

1994 年 6 月

念奴娇·重游沙湖

登高远望，水茫茫、浩渺烟波无际。跃日熔金多韵味，满眼丛芦含碧。鸥掠鹰翔，舟飞人醉，谁运丹青笔？流光溢彩，端凭沙水相倚。　　吾尤爱赏池荷，苞娇叶硕，枝劲亭亭立。脱俗超凡独具有，不染污泥之气。遥想濂溪，欣然悬腕，欲写平生意。俚词数语，万千心事难寄。

1997 年 7 月

青城后山风景集粹

嵯峨峰势入重霄，幽壑千寻一望遥。
灵谷流青葱岭媚，味江漫碧野花娇。
风摇竹影迷山雀，云带钟声过索桥。
秀甲神州堪品味，丰姿神韵叹妖娆。

2007 年 4 月

沁园春·九寨沟五花海

层岭滴青，叠瀑流银，澄水溢蓝。越幽林栈道，痴情竞洒；树涛花海，醉眼争观。灿似珊瑚，丽如锦绣，映照云天秀可餐。欣煞我，看赤橙粉紫，彩练披山。　　休云百色斑斓。叹万顷瑶池细浪翻。赏熔金朗日，染红秋水；镶珠宝镜，照绿姑鬟。西子浣纱，嫦娥弄影，仙境人间欲辨难。惊造化，在深闺养美，绝世超凡。

2002年9月

鹧鸪天·海口

椰影婆娑满目娇，榕姿妩媚倍妖娆。大桥跨海除瓶颈①，古树盘山气韵豪。　　群厦起，入云霄，频添新景笔难描。留痕故土骑楼下，翁媪悠闲把扇摇。

【注】

① 大桥跨海：海口世纪大桥跨越海甸溪以西约2公里的海面，与海甸五西路接连，南端通过滨海立交桥与纵贯海口市区南北的龙昆路相连，历时5年，耗资6.6亿，2003年8月1日建成通车，消除了海口交通瓶颈，成为海口标志性建筑。

2004年4月

八声甘州·游衡山

叹巍巍南岳矗青空，千古壮衡州。看苍松干挺，修篁节劲，岭涌峰流。回雁[1]西风[2]不到，浓黛抹山头。更有奇石美，辉耀春秋。　一任驱车旋上，赏秀峦幽壑，纵目难收。似泛槎银汉，雾起伴云稠。想登攀、祝融绝顶，仰火神[3]、岁月历悠悠。争知我、巡天遨宇，星箭神舟。

【注】

① 回雁：指回雁峰。

② 西风：秋风。

③ 火神：名祝融，传说是黄帝身边重臣，因能“以火施化”，被黄帝任命为“火正”官，主管火务，死后葬于衡山的最高峰，祝融峰因以得名。

2007 年 9 月

青玉案·寄内

临风望断天涯路，雁过也、应留住。尺素托付捎远处：满怀思绪，一腔幽苦，听任离情诉。　悠悠往事常回顾。锦瑟年华等闲度。鬓有银丝方体悟：酒陈香烈，夕阳堪慕，人老情益笃。

1993 年 3 月

扫墓感怀

祭拜慈亲扫墓茔，丛蒿杂树艾青青。
碑前痛洒怀思泪，心里悲翻养育情。
糊口耕田常戴月，持家缝补每移星。
春晖寸草难图报，梦绕魂牵愧此生。

1996 年 7 月

咏　荷

芳菲过尽了无痕，喜有青枝入梦魂。
敢向骄阳张巨叶，乐为碧水造清荫。
仙姿不让污泥染，玉质讵容俗子侵。
留取馨香宜辨伪，濂溪最是惜莲人。

1996 年 11 月

自　嘲

一介书生呆气足，任凭人笑特糊涂。
唯崇有道真名士，不信无情是丈夫。
曾对村牛弹玉调，亦将荷露当珍珠。
虽多憾事堪嗟叹，不染污泥总自如。

1998 年 12 月

红霞情思

岁月匆匆不计春，雪泥鸿爪尚留痕。
挫折难改书生气，奋斗全凭赤子心。
每念香蜂营蜜苦，常思家燕垒窝勤。
红霞惟愿留一抹，以壮西山落照魂。

2000 年 5 月

行香子·儿时

归燕栖鸦，细柳明沙。忆儿时童趣堪夸：扑蝶斗草，捉蟹摸虾。在林中耍，泥中滚，水中爬。　冬雪春花，夏雨秋瓜。好人生一段年华：斑斓似锦，甘美如茶。醉河边树，云边月，日边霞。

2001 年 6 月

鹧鸪天·胡杨

胡杨“生而千年不死，死而千年不倒，倒而千年不朽”，为其品格所感，因赋此词以歌之。

晓月夕阳大漠孤，狂沙卷地鸟绝途。任凭龙虎风雷作，铁骨丹心品自殊。　身壮美，叶扶疏，驼铃古道证当初。堪骄大匠生花笔，总使丰姿入画图。

2005 年 8 月

水调歌头·游巴音锡勒草原

看罢黄花丽，又赏一方泓。湖平澄澈如镜，云影漾其中。千顷娇原铺翠，夏日熏风送暖，蒿盛草欣荣。暮色苍茫里，落照映天红。　传杯盏，尝美酒，望星空。举头欲问明月，底事泻朦胧？离却喧嚣闹市，身入清幽妙境，感悟与仙通。夜宿穹庐内，宛似广寒宫。

1997 年 6 月

沁园春·乌梁素海

塞外明珠，遐迩闻名，久羡幸临。看轻舟斩浪，飞花境美；野禽戏水，携子情深。芦叶藏青，澄湖吐碧，云影悠悠满目新。凭栏眺，有渔船三两，撒网捉鳞。　荡涤千里征尘。游旖旎风光度假村。踏廊桥散步，神舒意畅；瞬间留照，影媚人亲。自适怡然，烦忧尽扫，忘却疲劳松骨筋。攀高塔，览天宽海阔，一振胸襟。

1997 年 7 月

水龙吟·青城

堪骄塞外名城，流声驰誉根基厚。乾旋坤转，沧桑几度，风光依旧。北枕青山，南濒黄水，花娇柳秀。算大窑文化，磨石岁月，留遗址，真悠久。　况有云中置郡，筑长城、光辉星斗。而今试看，春潮涌动，涛翻雷吼。西辟金川，东开如意，高骧奔走。更皇皇、乳业扶摇劲上，举杯歌酒。

2004 年 6 月

望海潮·如意开发区

婆娑疏影，灯杆耸立，耳听奔马嘶鸣。玉带横陈，琼楼掩映，花娇草媚云轻。大道笔直平。东风惠如意，一片春浓。灿灿朝阳，勃勃生气，竞豪情。　傍依两市津京，又青山北枕，黄水南屏。电器称王，金都出类，双奇药业驰名。群体共隆兴。战鼓催征紧，火炬高擎。异日图将好景，尤令世人惊。

2005 年 6 月

水调歌头·凉城赞歌

欣慕凉城美，底蕴厚而深。明妃[①]情系蛮汉，千载木兰[②]心。犹记拓跋[③]勋赫，追念元戎[④]伏虎，河汉耀星魂。国脉通今古，青史永留痕。　风云幻，沧桑变，画图新。雁行大写人字，壮志动歌吟。铁臂高擎日月，敢叫山河改貌，天道亦酬勤。出水金驹[⑤]跃，岱海展胸襟。

【注】

① 明妃：凉城地区流传有昭君出塞情系蛮汉山的故事。

② 木兰：花木兰替父从军，曾扬鞭岱海。

③ 拓跋：拓跋圭公元371年诞生于参合陂（即今凉城县境内），后成为北魏开国皇帝。

④ 元戎：解放战争时期，贺龙元帅曾率部三驻凉城。

⑤ 金驹：传说岱海生成后，曾有金马驹腾出水面。凉城县广场塑雕“金马腾飞”的创意即本此。

2007年7月

沁园春·访二连

携侣同游，驱车前往，一路歌声。览天蓝日丽，白云朵朵；树妍花美，大野青青。景物牵魂，塑雕[1]耀眼，点染风光入画屏。争奇处，到恐龙故里[2]，胸荡神惊。　　北国小镇边城。赖领袖关怀[3]指向明。叹国门高矗，桥连欧亚；界桩屹立，背靠津京。紫苑豪庭，牌楼商厦，口岸皇皇经贸兴。腾飞势，似排云鹤上，引我诗情。

【注】

① 塑雕：二连市在建城五十周年之际，用两条巨型恐龙塑雕建造了独具二连特色的市门，堪称世界最大的钢结构恐龙塑雕。

② 恐龙故里：二连地区是亚洲最早发现恐龙化石及恐龙蛋化石的地区之一，素有“恐龙之乡”的美誉。

③ 领袖关怀：1984 年 9 月，胡耀邦同志视察二连并留下“南有深圳、北有二连”的名言。1994 年 8 月 9 日，胡锦涛同志视察二连，作出了“在边字上做文章，在开放上下功夫，在内联上求发展”的重要指示。

2007 年 8 月

莺啼序·内蒙古自治区成立六十周年大庆感赋

盈周喜逢甲子，忆风云岁月。起霹雳、闪耀苍穹，照亮朔漠星夜。擎赤帜、青山黑水，弯弓勇射强敌灭。看红城共庆，飘扬自治旗猎。　一代英杰，琴心剑胆，展宏韬伟略。施德政、福惠群黎，人心诚服欢悦。“稳宽长”、兼及“两利”，“三不”计、千秋勋业。日欣荣，誉享寰瀛，范垂疆野。　红羊劫难，魑魅横行，权奸尤卑劣。掀恶浪、神州沉陆，颠倒黑白，妄害无辜，溅飞雨血。擒妖妙策，狂澜力挽，清源反正归根本，顺民心、冤案终昭雪。南针指引，春潮涛涌波翻，漫道雄关如铁。　大哉手笔，绘制宏图，叹壮怀激烈。恍然是、银帆悬挂，骏马奔驰，鹤舞鹰翔，龙腾虎跃。钢都领跑，绒花争放，空中煤走化电网，五洲朋、共赏兴安月。乐品香乳醇醪，奋力着鞭，再翻新页。

2007 年 5 月

沁园春·香港回归

喜漫神州，笑洒香江，绽放紫荆。看千秋盛事，环球瞩目；普天同庆，遍地歌声。西子擎杯，珠峰献盏，共表三河五岳情。殷期盼，待归钟敲响，万众欢腾。　　回眸一纪遥程。端赖有、航行指路灯。叹签约割地，失珠蒙辱；今朝雪耻，海碧天青。“两制”方针，宏韬伟略，终叫英旗换五星。道别了，送港督返府，另找营生。

1997 年 7 月

次赠诗原韵答王叔磐师

孜孜不倦育英才，桃李争妍遍地开。
耋耄之期犹奋笔，探珠学海忘年衰。

1993 年 6 月

附王叔磐师原诗：

《赠朱成德同志》

人功天赋造英才，珠笔一挥异境开。
万里行吟三百首，胸襟浩荡写兴衰。

汤洪全

1966 年 9 月生于内蒙古乌兰浩特市。1983 年在乌兰浩特柴油机厂参加工作，爱好诗词、书法，参加过中国书法家协会书法培训班。兴安盟书法家协会会员、兴安盟诗词学会会员。

渔家傲·贺乌一中六十年校庆

几度春秋君记否，花开甲子精神抖。桃李迎春开笑口。挥起手，如今相聚同窗友。　废寝忘食加夜昼，春蚕丝尽身焉朽。蜡炬成灰心依旧。齐奋斗，九州竞起千帆秀。

祁牧多

1952 年出生于内蒙古巴彦淖尔市杭锦后旗。本科学历，中学特级教师、语文高级教师，现任巴彦淖尔市中学副校长。曾被选为市首届党代会代表，获内蒙古自治区“三育人”先进工作者。著有旧体诗集《桐花集》《桑叶集》和词集《云泉集》。

舞杨花·咏梅

玉团粉簇笼天地，苍莽冷霰寒芒。洗却尘埃，传缕缕幽香。送归余绿未归去，看墙头、草暗梅芳。几剪冷艳生枝，一坦莹洁流光。　追念行时应道，数月夕云朝，转绿回黄。傲雪报春，总不愧平章。红苞雪蕊各呈瑞，对霜风，更诉刚肠。留得一派从容，扫尽人间炎凉。

忆江南·江南二首

（一）

江南水，天与赐澄鲜。穹上分明悬玉鉴，湖中飘忽走云烟，仙境惹人怜。

（二）

江南山，仙子绾发鬟。铁板铜琶非我意，胭脂铅黛出天然，飘逸下尘凡。

沁园春·金猴颂

雨孕风滋，天惊石破，壮哉神猴！看金箍盈缩，搅翻玉阙；仙丹生熟，锻出铜头。弼马封欺，齐天帜树，神鬼披靡弃甲蝥。扫魔障，更西天取道，叱咤风流。　　而今又拜金猴，祈大圣助我巧运筹。傅蓝图大展，更新特色；雄风直驾，再弄潮头。火眼烛奸，灵根致富，发展神州向五洲。顺民意，献蟠桃玉液，寿汝千秋。

昭君墓

明妃一嫁赴天涯，草树依人遍是家。
淡染蛾眉归幄幕，长留寸胆共琵琶。
边墙角响歌秋月，驿路花香醉晚霞。
五十余年平堠燧，渔樵笑看满园瓜。

赠康嘉乐先生

油印文章百册艰，同侪挥汗廿年前。
山花著露丹青妙，春色回眸手笔妍。
才识推知今更盛，情怀拓展老弥坚。
体吾咳唾千篇意，襄力精勤入细编。

满江红·谒成吉思汗陵

铁骑天骄，兵锋指，翻风耀雪。思大汗，雄鞭挥斥，连营飞掣。一击全牛迎刃解，敢为彩石补天裂。跨欧亚、帝国播风流，真奇杰。　　功与过，青史列；毁耶誉，千秋说。化乳香酒晕，剑气歌辙。奠业空余蒲茅烬，宣威剩有黔黎血。堪为诫、等类隔人群，遗蹉跌。

沁园春·赠高十九班诸生

年逾天命，回头看路，往事如新。笑人生多折，抚平难拟；韶华不复，怀别弥珍。旧日书堂，求知问道，半在田头历苦辛。汗珠滴，识高天阔野，养志成人。　　路途自古无垠，看水转山环万里春。乃摩云峻峭，岂伤鸟道；溯波奔放，自辟鱼津。脚印为行，心程莫限，宜振长筹敢奋身。况今日，有成功事业，厚积如薪？

破阵子·教坛

苦乐人间况味，幽明身畔年华。眼底风云心底路，头上银霜脸上霞，梦中有个家。　　播撒人生事业，耕耘海角天涯。培育参天千载树，滋荣朝阳七色花，从头护幼芽。

幽　思

早羡男儿带宝刀，今知天命向蓬蒿。
惊云冷畏青冥路，恨水愁连碧海涛。
对雨常欣瓜架润，温书每爱月光娇。
田畴自具三分隐，慰我襟怀阔且高。

山水放怀

山怜水，水怜山，山水相依复相宜。水是山灵撩青眼，天池每生山之巅；山是水骨支头颅，悬崖直挂瀑之鞭。山池崖瀑肝胆照，生风鼓气吐云烟。云作千山被，烟为万水弦。鸟鱼欣有乐，草木喜投缘。山有蛰龙脉，地底夜不眠；水有无形路，泉下汇成渊。亿万年里偶一振，翻天覆地肆醉癫。鼓腹张口喷气浪，腾身展爪挥铁鞭。啮铁成屑石成粉，泻浆如流火如涎。火山扬灰千尺厚，岩浆卷石下百川；水火翻沸热不散，林莽摧毁焰涨天。电光雷声久不绝，万里大块做扑颠。复有龙脉横出世，引得鼎湖发清涟。陆沉海涌陵为谷，水落沙起血伤鹃。海中剩有奇峰耸，山里包藏巨泊连。水入山岫成吞吐，山潜水底伏延绵。呜呼！乾坤有幸养山水，刚柔共济体方圆。守恒曦月日夜在，察变晴雨朝夕悬。自爱心中一山水，应叫峰青水添妍！

心坛杂组二首

（一）

寻芳踏胜各行蹊，我与青山两俱迷。
偷眼瀑流时隐现，探头云树逐高低。

（二）

细碎花开几许痕，和枝带叶未为尊。
堪羞至味诗难咀，不似黄连苦到根。

三峡工程

云水为怀石作襟，巍巍大坝气峥嵘。
旱龙不燥莽原绿，河伯将收江水横。
引领航舟通九派，驱驰灯火抱千城。
南来旖旎融沙碛，惠及神州百代荣。

言　诗

妙构天然是荻茅，斧痕匠意岂拔高？
春生翠碧成茵褥，秋历风霜舞雪毫。
不计青黄皆入画，无求傲岸合掀涛。
诗吟与此同清瘦，妙叶灵枝节节牢。

巴彦淖尔市吊古二首

（一）

北河故道转南河，黄水滔滔卷大波。
人世推移年日换，雄风万古不销磨。

（二）

巨龙旧岁伏阴山，几道长城起峻关。
土石依稀残壁在，秦师汉马去无还。

校园碎影

墙头有绘岭湖鲜，野牧风情彻地天。
百草如茵茵若梦，群羊作絮絮成涟。
飞来白鹭寻龙马，掠过苍鹰躲玉鞭。
清夏不蒸炎暑气，山花扑面缀林烟。

纪连生

1939年9月生于内蒙古通辽，高级经济师。现为中华诗词学会会员、中华诗词文化研究所研究员、内蒙古诗词学会理事、长白山诗社社友、赤峰诗词学会会员、通辽市作家协会会员、通辽市诗词学会副会长兼副主编。作品收入《新中国诗词大观》等三十余部诗词集。曾获“炎黄杯”“河北杯”“海峡杯”等二、三等奖。著有《面壁斋吟稿》。

图牧吉鸟类保护区

天上人间图牧吉，山青水秀草萋萋。
来斯最羡新和靖①，鹤吻衣襟鸨绕膝②。

【注】

① 林逋：字和靖，北宋隐士，独居西湖种梅养鹤，人称“梅妻鹤子”。

② 鸨：世界珍稀物种，谷称羊甫。

阿尔山之晨

城如少女著轻纱，山似悍男擎哈达。
五里泉吟圆舞曲，客来顿觉到仙家。

叠萝花·退休老森工

离退养天年，本无忧虑。体健神清似松伫。夜来入梦，又在岭坡挥锯。林倾同刈草，如闻诉！　原始森林，手中失去。毁了当年满山树。而今虽暮，晚景岂能虚度，育苗种树也，还山绿！

锦缠道·克一河绿色食品基地木耳香菇

木耳香菇，布满岭坡林下。睹生机、令人惊讶。耳肥菇硕如头大。体态丰盈，黛抹胭脂化。　问山中老翁，几多估价？笑眯眯、爽言答话："此天然、菇耳之精，怕是东三省，也敢称回霸"。

苏幕遮·林海克一河①

湛蓝天，飘白絮。岭色青青，漫岭皆烟树。溪水潺潺东逝去。细语叮咚，如把衷情诉。　鸟啼枝，花带露。碧草如茵，梦也难寻处。足到兴安林海驻。满目青松，都化诗中句。

【注】

① 克一河是大兴安岭中的一个林业局。

高阳台·晨观克一河

旭日晨光，重峦叠嶂，轻纱薄雾悬桥。雀跃枝头，林乡恬静多娇。兴安夏日风和煦，柳鬮花、含露妖娆，把人撩。空气清新，顿觉魂飘。　　当年拓跋知何处，网民溪流东逝，水映天高。莫惹闲愁，由他成败兴消。无须再虑衰亡事，放宽心、纵目长瞧，作闲聊。数尽风流，还看今朝。

洞仙歌·重游嘎仙洞[①]

嘎仙古洞，匿兴安深处。拓跋先民曾住。半山腰、一洞朝向东南，迎旭日，自是凌云雄踞。　　鲜卑原部落，依赖森林，狩猎群居共防御。探问后如何？告别山林，兴畜养、精兵强弩。建北魏升平治中原，却不料奢靡，国基难固。

【注】

① 嘎仙洞位于鄂伦春自治旗境内，系鲜卑族原始居住地。

行香子·兴安冬雪

洒洒飘飘，乱舞鹅毛。朔风吹、吼啸林涛。漫山皆白，没腿齐腰。看桦披氅，松穿帽，岭银雕。　　兴安素裹，北国多娇。衬红日、耀眼妖娆。森工间采，峡谷喧嚣。正冒严寒，踏冰雪，创高标。

青玉案·兴安秋色

兴安秋景堪惊愕，满眼是、斑斓色。紫绿红黄掺赭褐。张张油画，天公创作，令尔销魂魄。　　暮云霞掩残阳落，一缕余辉映川壑。雁唳长空声唱和。潺潺溪水，涓流清澈，如奏轻音乐。

满庭芳·兴安岭六月雪

六月兴安，松青桦绿，百花生态争荣。杜鹃开过，冬雪已消融。日丽风和景象，听流水、唱响叮咚。蓝天上、浓云忽聚，大雪漫长空。　　如冬。鹅絮舞、飘飘洒洒，亲吻青松。叹情感虔诚，不改初衷。了却平生夙愿，爱绿色、来去匆匆。骄阳下，化身为水，润土助葱茏。

渔家傲·夏游克一河

夏日兴安风细细，茫茫林海增凉意。避暑休闲佳选地。三千里，天然氧罐鲜空气。　　桦影婀娜溪水碧，松涛悦耳如弦脆。络绎游人眉上喜。长调起①，金杯频举尝哲鲤②。

【注】

① 长调：蒙古族特有的优美歌曲。

② 哲鲤：大兴安岭中的一种冷水细鳞鱼。

十六字令·兴安之春五首

（一）

萌，雪化冰消滴水声。溪流唱，天籁惹人聆。

（二）

萌，嫩嫩新芽破土层。东风荡，万类竞争荣。

（三）

萌，喜见枝头叶儿青。藏梅鹿，岭上野狍鸣。

（四）

萌，牵动森工一片情。新思路，“天保”要先行[①]。

（五）

萌，好趁春风举大鹏。兴林业，养护绿长城。

【注】

① 天然林保护工程。

蓦山溪·游兴安岭国家森林公园[1]

悬桥跨水，水映双峰起。千步上高峰[2]，望林海、茫茫无际。艳阳霞色，远岭雾朦胧，山寂寂；松翠翠，人在丹青里。　　长髯飘动，何惜劳双腿。临顶览山川，郁葱葱、皆收眼底。柳籣方绽，装点大兴安，增壮阔，添秀丽，堪比江南美。

【注】

① 森林公园在克一河镇。

② 从桥至诺敏山顶正好一千个石阶，全是森工义务劳动铺成，海拔千余米。

长相思·再访阿尔山二首

（一）

大兴安，阿尔山，梦里相思十四年，实实想煞咱。　　山也鲜，水也鲜，泉冽淙淙比蜜甜，如今又睹颜。

（二）

浪子湖，杜鹃湖，秀丽风光胜画图，姣娆似碧珠。　　风撩蒲，惊野凫，水映鹃花倩影浮，凝霞漫岭朱。

莺啼序·兴安颂

巍巍壮观气势，展兴安伟岸。绿之海、波叠涛重，浩浩冲指霄汉。水之韵、叮咚悦耳，神泉圣水山山遍。聚明湖，成串连珠，令人惊叹！　　万类争荣，翠柳白桦，缀松苍鹃艳。望幽谷、银水仙溪，鹿儿招侣呼伴。眺丘陵、花香草嫩，傍池沼，牛羊珠散。湛蓝天、鸿鹤翩翩，往来鸥雁。　　青山不老，碧水长流，岭容与日焕。自别后，十年重访，所见咸新，忘返流连，杜鹃湖畔。天池杖履，山庄餐饮，酡颜红颈呼斟酒，话森工、日子朝朝变。重游故地，挥毫弄纸吟诗，墨痕饱浓淡。　　红城秀美，二水回环，踞白阿要线。众志奋、群情思富，百业兴隆，万马奔腾，似鹏舒翰；东风浩荡，遨游南海，扶摇羊角方击水，定然偿、经济腾飞愿。予心期祝兴安，举翼雄姿，更加矫健。

天仙子·兴安天池

峰顶一湖明似镜，举步杖临勃意兴。问伊积水几多深？无语应，难猜定，但见野凫梳羽颈。　　松翠柏苍风静静，雾若薄纱云倒映。骚人来此逸神仙，诩韵涌，诗情迸，赞叹北疆藏雅境。

南乡子（双调）·白狼沟午餐忆往事

隧道记当年，浴血兴安战事繁。鬼子搜山凶似虎，顽蛮。山里人家尽断烟。　　把酒话当前，日子蒸蒸蜜样甜。壮丽河山谁敢犯？安然。盛世中华民自欢。

渔歌子·阿尔山温泉

阿尔山中涌圣泉，绿格滢滢自天然。含矿物，蕴微元，驱风去病不虚传。

南歌子·兴安采风

峻岭重重绿，青山处处娇。白云倒影水中飘，靓丽兴安风采倩谁描？　　侧耳聆天籁，抬头赏碧霄。花香草嫩树轻摇，令我神怡心旷乐陶陶。

纪　明

1950年生人，毕业于突泉一中。1968年在巨力公社知青插队，先后在裕民煤矿、突泉县人民政府做电工，1998年退休。现为兴安盟诗词学会会员。

鹧鸪天·小园情

已是闲人独自忙，小园锄草趁晨凉。一宵寂寞随沉月，满目生机沐旭阳。　茄萼紫，柿花黄，青莹架豆结荚长。多情燕子檐头语，淘气牵牛上院墙。

雪

夜聚彤云落晓晨，玉龙战罢铺白鳞。
小墙玉砌梨花院，大树银妆柳絮春。
雪瑞年丰天有兆，风清气洁地无尘。
铅华扮靓江山秀，皓粉新图北国魂。

暴　雨

西北来云卷墨浓，驾风时已压山城。
雷劈魃怪龙蛇舞，雨注山川草木荣。
展袖霓裳摇柳影，落盘琼豆打檐声。
决堤倾尽天河水，何必鹊桥会两星。

鹧鸪天·巫官小照

嬴政长生挂海帆，三山缥缈觅仙丹。迁衙占卜奇人卦，加冕拜求术士签。　神路窄，仕途宽，金堂宝马属高官。筹谋冠盖袭儿女，肥水不流外姓田。

参观民族解放纪念馆有感

厅凝正气有雄风，号角惊天百万兵。
蒙汉齐心驱虏寇，军民携手保疆城。
钢枪铁骑开新宇，伟业丹心照汗青。
马革裹尸英烈壮，分明血染战旗红。

许升平

1930年8月生，武汉市人。1955年高校毕业，支边内蒙古，在大青山从事造林绿化工作；1982年来内蒙古林学院任教，1990年底退休。退休后学习诗词，已成爱好，现为内蒙古诗词学会会员，有作品散见于选集杂志。

盲　人

虚度年华卅九庚[①]，紧敲竹棍探途通。
偶逢故旧疑陌路，乍遇强梁认老翁。
度日不知天早晚，出门莫辨路西东。
只为万象全然暗，谁解人间一片红。

【注】
① 卅九庚：指民国卅九年。

车　途

风声逐雨雨追风，彻夜车途彻夜鸣。
刚向睡乡寻密侣，恼人汽笛又惊侬。

登山观云

脚下晴云起玉波，奇峰数点浴天河。
才知寥落仙宫里，不及人间乐事多。

读秋瑾集有感

每念诗文感慨深，红颜空挽陆沉沦。
九泉念恨未酬志，四海重光堪慰君。
鱼肉任人悲往日，山河新貌喜从今。
万花争艳东风急，国建群芳少此人。

早醒思绪万千随笔偶成

孤棹迎风溯水行，春园乍暖又霜浓。
清泉汇作池塘水，点滴难移大海中。

步前韵

不死征程不止行，春园何日吐芳浓。
池塘贮水农家乐，灌满秧田笑语中。

在苏木山林场雾中实习

不雨征衣湿，方知雾里行。
山花难辨色，溪水但闻声。
咫尺人千里，终朝天五更。
前程原若梦，来日自分明。

仿唐贺知章写回乡诗

半世别离一旦回，乡音悦耳景全非。
姨娘面对难相认，笑问来家欲访谁。

游昆明世界园艺博览会二首

（一）

五洲绝艺汇春城，万卉香馋蝶与蜂。
新纪将临开盛会，碧鸡金马俱欢腾[①]。

【注】

① 碧鸡、金马为昆明八大景观之一。

（二）

春城无处不飞花，世博芬芳斗彩霞。
傍晚游人归去后，清香犹自浸衣纱。

纪念抗日战争胜利六十周年

回忆卢沟侵铁蹄，八年灾祸鸟难栖。
泪盈遍地豺狼窟，血洒长川国共旗。
胜利洗清羞辱史，和平争取久长期。
莫忘六秩年前痛，国富民强谁敢欺？

忆秦娥·2005年春节两岸直航有感

恨阔别，五十六载音书绝。音书绝，分离骨肉，杜鹃啼血。　　情牵两岸同脉血，直航今始为春节。为春节，江山一统，团圆何月？

与弟妹共聚春城乐而成诗

古稀弟妹聚春城，戏说儿时笑语浓。
忆往烽烟悲苦事，道今此刻乐融融。

金　婚

不觉流年半世春，深情作伴到如今。
无缘千里偏同枕，有幸双方可贴心。
苦乐命途常互慰，阴晴天色每相亲。
喜逢盛世金婚日，笑看儿孙福满门。

许恩涛

河北静海县人，生于1937年5月。1951年在扎赉诺尔煤矿工作，当过工人、技术员、科长、处长、纪委书记；著有诗文集《火花拾零》。现任中国煤矿文学协会理事。

红姑娘①

莫看体纤纤，强悍骨髓中。不计水土美，勿须呵护情。钢锹伤不惧，滴水滋又生。　留得根鬚在，红灯永传承。果实苦中甜，枝叶亦神灵。奉献人间美，不枉走一程。

【注】

① “红姑娘”系草本植物，结红果，果、枝、叶、根均有药效。

许 勤

1935年11月18日生，内蒙古突泉人。退休前任呼伦贝尔盟档案馆馆员、科长，现为松风诗社、呼伦贝尔市诗词协会、内蒙古诗词学会、中华诗词学会会员。

退休感赋

边陲敬业两千周，编目理文白了头。
沉浸文山终不悔，留于后辈写春秋。

邢志安

笔名霜叶，字枫叶，号十月，河南孟津县人，1930 年 10 月生。包头阀门总厂纪委原副书记。包头诗词学会会员。

牧 羊

雨后驱羊山麓游，天涯芳草各风流。
腰间有索降村仔，肩上无锹掷石头。
田野一呼齐反响，牧鞭在手也封侯。
青山雨过青青草，笛子横吹韵自悠。

阿尔丁植物园

园中有苑百花家，四季无时不放花。
垄上园丁传技艺，圃边墨客写奇葩。
鲜花朵朵飘香韵，词曲篇篇报彩霞。
眼里风光心里谱，引吭高唱响天涯。

邢 秀

现任内蒙古河套大学党委书记。一级美术师，中国书法家协会会员、中华诗词学会会员、内蒙古作家协会会员、内蒙古书法家协会副主席、巴彦淖尔市书法家协会主席。出版书法作品集《邢秀书法集》《邢秀书法艺术》，诗文集《北方诗文集》、诗集《雪泥鸿爪》。

八一乡生态农业示范区赞

路随渠走树护堤，杨柳深处现新居。
屋侧温室时蔬绿，门前圈舍六畜肥。
满枝梨果盈园圃，一池沼气亮灯霓。
科技兴农舒画卷，田家乐胜陶公记。

黄果树瀑布

翠壁擎天响洪钟，银河泻地万马奔。
千尺巨瀑跃峰巅，半潭云雾贯长虹。
水帘洞中霏霏雨，铁索桥边浩浩风。
赴会滇黔开眼界，方识人间真仙境。

谒拜包公祠

碧水芰荷绕芳林，神州千古颂名臣。
仗剑何容妖与鬼，登堂未卜雨和风。
世无净土须勤扫，心有尘埃难对公。
官海浮沉分泾渭，孝肃英名永世崇①。

【注】

① 包拯亦称包孝肃，著有《包孝肃奏议》。

品张广钧先生小楷自作诗

未见摹帖书竟善，常有妙句诗不传。
颜筋柳骨动心旌，风樯阵马战犹酣。
博学多才真魅力，冰魂琼骨似梅兰。
未必权钱呈价值，人生得失冷眼看。

砚边咏

松有劲姿梅有格，南帖北碑各不同。
心随腕转全神注，疾挟风雷气贯虹。

悼父亲

衰草斜阳哭墓碑，涕泪难干袖底浼。
一抔净土掩生平，两厝青山记廉磊。
招魂刻意赋楚蘅，吊灵潜心作铭诔。
絮酒青刍长跪奠，往事低徊叩忆扉。

齐喜章

笔名智发，1949 年 2 月生。内蒙古小作家协会赤峰培训部主任、赤峰市作家协会会员、中国楹联协会会员、内蒙古诗词学会会员、《红山吟坛》编辑。作品发表在《诗词月刊》《内蒙古诗词》《赤峰诗词》《红山吟坛》《北京对联》等。

鹧鸪天·咏昭君

蒙汉和亲唱太平，昭君出塞冠佳名。通婚促就百年好，盛国成全一世盟。　识大体，改初衷。江山永固立奇功。身光曲咏千秋雪，影灿歌吟万古松。

望海潮·成吉思汗

黄沙飞起，马腾车战，风云漫卷毡房。挥戈刺敌，弯弓射虏，旌旗展处封疆。将士喜洋洋。看寒光闪处，遍野悲伤，满目萧条，英雄涌泪撒柔肠。　英名万古飞芳。道风流霸主，一代君王。和璧草原，蒙汉共庆，九州盛世隆昌。远景绘华章。问青山碧水，古树城墙。酒祭天骄，皇陵厚土佑家邦。

点绛唇·远思

独上高楼，凝眉远目白云绕。月圆江浩。急盼归鸿鸟。　　影影空桥，挽手携花道。音儿俏。暗香频到。醉看娇人貌。

【越调】小桃红·陪酒

金杯玉盏醉王侯，敬酒当喝透。玉液琼浆品俊秀，谁家优？三瓶八碗坛缸瘦，红光照旧，推翻一遛。生意好开头。

手把肉

毡房手把肉先尝，塞外观光有韵章。
少腻丰肥牙上美，不膻瘦嫩口中香。
挥刀剔骨盘头摆，佐料添盐腹内藏。
烈酒一杯情义重，哈达献上友谊长。

隐　者

问道寻仙在远郊，忧烦半世躲尘嚣。
高山流水知音觅，峻谷飞鹰旧怨抛。
枕月眠花香梦涌，听溪赏竹畅心摇。
早知有此田园景，何必红尘望九霄。

郊外寻景

绿地丛中花簇织，争奇斗艳赛娇姿。
牡丹富贵昂头绽，月季玲珑抿嘴迟。
玉蝶轻轻亲透蕊，金蝉款款踏悬枝。
淙淙石上清泉涌，一阵蛙鸣荡苇池。

三字经

意赅言简励人行，百事当翻三字经。
辟地开天初问世，清肝澈胆始迷蒙。
红尘渡浪崎岖里，大愿彷徨雪雾中。
百变沧桑轻笑看，有规可鉴慰平生。

晚　眺

日落西桥水映天，轻风浴柳鸟思眠。
河如玉带微波起，云似柔丝雪雾颠。
点点灯光辉石岸，圆圆月影照田间。
心随美景情招远，如画江山咏大千。

百里杜鹃

杜鹃百里梦中求，云贵高原得魅眸。
盖地铺天千顷锦，娇颜美色百花羞。
潺潺泉溅石边涌，闪闪帘飞云下流。
红袖情深歌一曲，香风荡漾意悠悠。

月 邀

万里浮云布，疾风水影悠。
清波寻月上，玉兔立枝头。
笑览人间客，邀来共温柔。
嫦娥同起舞，醉饮桂花羞。

颂三星

毛泽东

巨星闪耀统天罡，伟绩丰功盖帝王。
自古神州无此印，千秋万代美名扬。

周恩来

辅弼忠诚万古扬，民心所向颂炎黄。
鞠躬尽瘁平生志，浩气凌云日月长。

朱 德

军威整肃震豺狼，帅字旗中一代王。
扁担一挑安天下，冲霄霸气紫云狂。

瘦水西湖

瘦水西湖丽景稀，红桥碧浪鸟轻啼。
长堤翠柳游人醉，晚照金山入夜迷。

秋　菊

追仙寻梦踏云霞，百媚千姿绽菊花。
沐雨迎霜风里醉，擎天傲骨铸生涯。

赏　菊

花亭美酒醉新娇，月下琼丝卷浪摇。
一闪波光成穗影，推杯换盏乐逍遥。

昭　君

眉如柳叶眼含春，本是皇宫俏美人。
大义滋生报国志，和亲塞外固疆门。

杨贵妃

天生丽质媚君王，色艺双馨败盛唐。
赐带不知何罪有，柔娇惹得恋蜂狂。

何连生

锡伯族，1968年参加工作，下过乡，学过工，当过兵；现任兴安盟群众艺术馆馆长、兴安盟音乐家协会副主席、内蒙古音乐家协会会员、内蒙古奇石协会副会长。从70年代起钻研歌词、歌曲创作，发表作品几百首其中30多首作品在省区、国家级演唱获奖，《为草原歌唱》《飞翔之梦》等作品获全国一等奖。

戍兵情

珍重30载，战友喜重逢，人到中年岁，情深意更浓。铺冰卧雪乐，幕幕印心中。酸甜苦辣事，凝聚战友情。天长永不忘，流芳是互敬。

一厢专列锦州行，前旗新兵踏征程。
一连一排新兵训，记忆深刻战友名。
一上演兵训练场，摸爬滚打喊杀声。
一起开往北大荒，黑土地上做农工。
一路行军一路歌，千里拉练几寒冬。
一声令下救灾险，辽浑太上逞英雄。
一钎一担修靶场，高墙横筑铁军营。
一列暖煤送全军，北票挖煤多苦衷。
一队精兵战唐山，特大地震建奇功。
一壶美酒辽西醉，总缘戎马未了情。

渔家傲·画中游

瑞雪无痕天有意。飞花六月遮青碧。正是端阳屈子祭，风雪里，兴安秀色神来笔。　　月照神泉尤静寂，天人水乳融一体。圣水神山藏奥秘，仙境里，如瞻画卷开胸臆。

何慧文

笔名偃云，1989年生于山西省河曲县。1998年举家迁至内蒙古包头市，现为职高生。2004年开始自学诗词格律，现为包头诗词学会会员。

观梅力更练兵基地有感

历代阴山战马驰，秦松汉柏著新枝。
八一旗下皆飞将，不写昌龄出塞诗。

吴树华

别名，吴和平，辽宁省盘山县人。中专毕业，“电子技术与供电工程”专业。先后在乌兰浩特市图书馆、兴安盟电影公司工作。曾在《兴安日报》《兴安广播电视》发表散文、诗词10余篇（首）。现兼职为兴安盟诗词学会微机管理员。

除夕夜

赏观春晚等鸣钟，饺子佳肴笑语浓。
得意金猪驮誉去，调皮银鼠迓春生。
烟花闪闪划穹夜，鞭炮声声震太空。
社会和谐逢盛世，神州大地庆繁荣。

纪念父亲吴国喜诞辰75周年

年方十五即戎涯，革命人生司号娃。
解放为民伐日蒋，援朝抗美讨承阿①。
钢舟江海漂横渡，铁骥山峦迈纵崖。
两袖清风德磊落，离休单踏走中华。

【注】

① 承：李承晚；阿：麦克阿瑟。

宋为民

1948年1月出生。大专文化，道桥高级工程师。担任过《内蒙古商报》驻兴安盟记者站站长。在报刊上发表过诗、词、报告文学、通讯多篇。

浣溪沙·夕阳红秧歌队

白帽粉衣腰系绸，轻移舞步乐悠悠。万人空巷看白头。　　莫道人生无再少，舞开小扇展风流。青春再领五十秋。

鹧鸪天·谒成吉思汗陵

斡难河边紫气高，天骄铁骑任逍遥。岂单纵马夺城地，何止弯弓射大雕。　　嗟往事，看今朝，白金帐顶上重霄。兴隆指日金三角，鄂尔多斯正弄潮。

观卧佛寺有感

佛寿原应未有边，缘何自己不延年？
未终天命莲台卧，留给后人当景观。

烽火台

狼烟几缕入长天，便有精兵赴险关。
一笑千金亡国恨，如今装点好河山。

〖中华诗词存稿·地域专辑〗

中华诗词学会 编

内蒙古诗词卷

卷 二

内蒙古诗词学会 编

中国书籍出版社
China Book Press

目　　录

宋世泰

山东省黄县人，1946年2月出生。原任兴安盟工商联副调研员、中国民主建国会兴安盟总支部主任委员、兴安盟政协常委、兴安盟老年体协拳操委员会副主席、武术学会副主席等职。现系兴安盟诗词学会会员，酷爱古体诗词，已有数十首诗词发表在报刊上，并收入《兴安诗坛》等书籍中。

赞武汉长江大桥

往来天堑更无难，桥上人车竟日繁。
对饮龟蛇伏岸际，汇流江汉入云端。
茫茫二水分三镇，坦坦一虹架两山。
欣叹人间殊往古，凭栏纵目甚留连。

读陶铸诗词选有感

莫大奇冤一日昭，文如人品有情操。
诗词不厌千回诵，激励人心意气豪。

题桂林山水画

江如罗带山如簪，绝妙风光天下先。
莫叹身非居胜地，丹青常赏总欣然。

宋振儒

1948年2月生，曾任丰镇市教委主任、党委书记；现为丰川诗社社长、《丰川诗苑》主编、乌兰察布诗词学会副会长、中华诗词学会会员、内蒙古作家协会会员。发表诗词、散文多篇。著有诗文集《半世心曲》、诗词集《读行吟草》、散文随笔集《故人故土》。

关心下一代工作杂咏二首

（一）

一世辛劳本赋闲，无忧少虑养天年。
钟情后代关心事，不计毛衰又着鞭。

（二）

衣食无忧可乐天，曾经主政位高悬。
而今又上新岗位，整日奔波不为钱。

黄山松

绝壁岩间挺劲松，枝伸舒展隐云中。
悬崖突兀虬雄立，造化神来点险峰。

入住杏花村

已过清明少雨风，访寻一路杏林踪。
酒都入住心先醉，又饮连杯竹叶青。

赏兰州碑林

大河东去涌波涛，情羡碑林荡浪潮。
历代名家留墨迹，小生斗胆亦挥毫。

幸入方外楼戏作

旧宅临街楼里翁，诗情画意酒中融。
自由小鸟飞来去，众友追随屋不空。

采风行吟二首

(一)

久在蜗居脑际空，丰川巨变令人惊。
可圈可点真无数，只恨才疏写不赢。

(二)

广场新区气势宏，高楼座座点成睛。
放宽视野油门踩，疑是飞车要入京。

闲来忙

闲来少事自寻忙，夜半常常不上床。
古韵涂鸦平仄臭，今邮鉴赏寸方香。
书斋翻阅无烦意，山水徜徉有劲狂。
又想鼠标轻点击，何时自我扫新盲。

看电视连续剧《大明宫词》

太平公主想安平，宫里时时溢血腥。
父子勾心谋大位，弟兄反目陷幽图。
温良恭让人前作，剑斧刀枪背后争。
道是伴君如伴虎，无如归隐作平民。

答友人

人到中年尚有求，愚顽耿介不随流。
恩恩怨怨须除脑，是是非非总在喉。
架上图书常阅览，簿中邮票富收求。
有缘外出游山水，兴趣来时信笔讴。

绍兴名人故居游

绍兴名士确曾多，游走全城访旧阁。
百草故园寻幼趣，三味书屋觅童桌①。
鉴湖侠女秋厚重②，悲情沈园风恶薄③。
赏罢兰亭心半醉，咸亨酒店豆千颗。

【注】

① 当年，鲁迅因故迟到，遭到寿镜吾塾师的严厉批评，鲁迅为切记迟到，就在桌面的右边角上刻了一个一寸见方的“早”字，用以自勉和提醒自己。此书桌是鲁迅当年用过的原物。

② 秋瑾有“秋雨秋风愁煞人”之绝笔。

③ 唐琬为回应陆游《钗头凤》而作的同调词中有“世情薄，人情恶，雨送黄昏花易落”之名句。

忆谒成陵有怀

欧亚横刀一代雄，伊金霍洛谒成陵。
八白屋顶灵光泻，九级平台健步登。
武耀天骄凭射鸟，和谐华夏忌弯弓。
神矛多挂红黄帜，绿映蓝天草木青。

追忆疯狂年代感作

记得当年斗志昂，青春热血付荒唐。
铺开大纸由挥洒，扯出尖喉作箭枪。
一意跟随多呐喊，几回造反愈彷徨。
而今偶展尘封册，仍溢硝烟革命狂。

急看武侯祠

入住昌都急外游①，不期信步到武侯。
诸葛殿后思忠汉，刘备坟前忆草庐。
武将文臣皆帅气，诗碑墨宝尽风流。
出师二表千年颂②，岳穆留痕意更遒③。

【注】

① 昌都：昌都宾馆。

② 出师二表：指前后出师表。

③ 岳穆，即岳武穆，岳飞。武侯祠内墙上刻有岳飞书写的前后出师表，笔力雄健，气势恢宏。

登嘉峪关

游历长城不算难，今朝转辗到西端。
老龙头下闻涛浪，嘉峪关前走漠滩。
昔日俯身观大海，此时仰目望祁连。
人生自古无平路，刚过崎岖又逢山。

悼念词人印洗尘

词家印洗尘，赤子草原亲。
饮誉歌坛内，飘香遍国珍①。
马鞍雕梦想②，记忆亮童真③。
有幸留书在④，时时忆故人。

【注】

①②③飘香、马鞍、记忆：指著名歌词《乳香飘》、《雕花的马鞍》和《草原记忆》、《记忆的小帆船》。

④1992年作者赠我一册他的歌词集《乳香飘》。

夜宿平遥古城

傍晚入平城，昌兴热拥迎①。
一瓶汾酒罢，五虎笑风生。
漫步明清道，随行百川通②。
店堂开两间，门对起鼾声③。

【注】

①昌兴，即昌兴隆民风宾馆。

②百川通：三晋大财东私家博物馆。

③五人分二、三住堂屋二间，两门相对，夜里鼾声亦相呼应对。

江城子·痛悼人民的公安局长任长霞

中州大地尽悲伤，痛肝肠，泪千行。送我长霞，百姓树人墙。巾帼英雄多壮烈，来路短，去时长！　　年方四秩正辉煌，打豺狼，慰安良。立警无私，执法正而刚。时代楷模昭后世，霞万道，放光芒！

醉花阴·颂神舟五号

盛会京都刚谢幕，环宇齐关注。又报载人舟，击浪银河，顺踏回归路。　　英雄利伟当先赴，从者跟踪后。再度飞天时，更访嫦娥，兼慰蟾和兔。

浣溪沙·喜雨

小雨如酥多少回，声轻细洒润心扉。农家欣喜展舒眉。　　后路铺平新土地，前程洗净旧尘埃。丰年企盼喜重来。

渔家傲·治理沙尘暴

原本春开天气好，寒风却卷沙尘跑。百姓官员皆气恼。何日了，中央规划沙源找。　　十载决心分项搞，五区省市都环绕。耕退还林多种草。灾情少，北京奥运方能保。

浪淘沙·香港回归十年颂

弹指十年间，又写新篇。回归绝胜殖民前。一国真能容两制，世梦终圆。　　马跑舞还翩，股市如先。危机度过赖家贤。喜看港人来治港，风正帆悬。

忆王孙·乌兰察布采风

乌兰察布喜相逢，各路诗家唱大风。敕勒川前绘彩虹。是群雄，擦掌磨拳抖满弓！

浪淘沙·瞻仰宋庆龄故居

后海岸边庭，瞻仰生平。深思国母宋庆龄。一世追随求解放，志在为公。　　聚散苦匆匆，姐妹三英。同根异路岁峥嵘。吾辈承先当奉献，引以为荣。

浣溪沙·冒雨浏览郭沫若故居

雾雨濛濛沫宅开，生平陈列独徘徊。文豪一代是全才。　　浅显来时文似话，深思去处墨如眉。追风褒贬后人猜。

浪淘沙·纪念毛主席延安文艺讲话六十周年

五月二十五日，专程赴京观看《毛泽东与文艺》展览，并特购《毛泽东文艺论集》一册，以此纪念毛主席《在延安文艺座谈会上的讲话》发表六十周年。

弹指六十春，讲话犹新。延安窑洞指迷津。文艺方针明导向，步步遵循。　园地细耕耘，服务人民。主席思想铸灵魂。“双百”推陈谋“二为”，永记精神。

渔歌子·欢送魏坚荣调京城[1]二首

（一）

晚宴“春江”送魏坚，中秋月亮节前圆。离首府，执京鞭，祝君继往写新篇。

（二）

自古英才曲受偏，草原骏马套中牵。新天地，不求权，北方考古胜于前。

【注】

① 原内蒙古考古研究所副所长魏坚，调往中国人民大学，担纲北方考古所新任，于中秋前夜到丰，我们一干老朋友相聚畅饮以示欢送。

一剪梅·呈刘征吟长二首

（一）

五卷文丛始仰名，古韵新声，大号刘征。金秋笔会喜登京，得见公卿，举座倾听。　　老友居京记旧情，知我书心，告我芳邻。适时引荐事真成，刘老来鸿，“吟草”温馨！

（二）

“怒影风花”大气风，拙作跟从，言自由衷。随和吟长热相融，近视恩公，善目慈容。　　“合璧”蓝书偶喜逢，刘老留痕，流落何踪？赵春送爱到家中，翰墨丹青，更仰诗翁！

满江红·纪念抗日战争胜利六十周年

六十年前，堪回首、暴风雨烈。狂日寇、战车呼啸，欲吞中国。遍野横尸家毁尽，血光遍地人残绝。奋起身、敌忾又同仇，心如铁！　　当年耻，犹未雪；民族恨，何能灭？警东洋鬼子、战魂难歇。神社鬼坛犹拜祭，小泉幕后心猖獗[①]！望海潮，常醒手中枪，真豪杰！

【注】

① 报载，350多名日本议员日前竟然怂恿小泉纯一郎在日本第二次世界大战战败60周年纪念日参拜靖国神社。

张广钧

莱州人，人大毕业，退休干部。降齐北，举关东，察京西，戍漠南。忝任小邑围协主席、书协佐贰及名誉主席，诗学副辅。闲余，读通鉴、设纹枰、参书展、赏岩画。或趁律倚声，寄情山月；或访秦墙汉塞，探问兴衰。信由所之，无足道者。

阳关引·骁骑都尉李将军

李将军广，陇西人，骁勇善射，讷言爱士。从边事四十余年，任上谷、上郡、陇西、云中、雁门、北地、右北平等七郡太守，历七十余战，匈奴避锋，尊呼“飞将军”。会合击失道，揽咎自任。死之日，军士号啕，百姓哀泣。《史记》有传。

朔漠飏高阙。羯鼓嘲边月。驱狼射虎，才人出，弯弓猎。数龙城飞将，凛凛真豪杰。四十年，征甲不卸马羞歇。　　厚讷谁云冷？心炽热！战尘飞处，先军掠，殿师撤。揽过推功汉，掣剑铮铮血。桃李开，公侯百姓失声咽。

桂殿秋引·赠杨若飞先生

杨先生，名诗人，吾之师友。其姓氏、属相、诞辰皆“羊”，可谓“三羊开泰”。会重阳日，先生七十寿诞，制词以庆。

携菊酒，问梅踪。登高荡气桂亭东。晨呼唳水霞飞鹤，晚唱干霄雪凝松。矍铄白头翁。

【注】

此调依《词谱》桂殿秋。增五字一韵。

2001 年重阳

碧玉箫·答介公

杨介中，蒙族。爱诗通《易》。赠我《醉情集》及词《江神子》二首。弦外之声可闻。遂填此作答。此调《词谱》不载，惟见之于清徐本立撰《词律拾遗》。

经雨黄花，临霜赤叶。东篱羞度清秋节。泉涌无私，映衬琅琅月。　吟啸悲凉，承酬竭蹶。谁云男子心如铁？马跃秦关，侧耳箫声咽。

忆江南·莫愁湖二首

(一)

金陵好，屈指莫愁湖。荷舫芰亭依菡萏，萍田莼井弈鱼凫。凭眺尚愁无？

(二)

邙山女，远嫁采莲乡。邻伴偷嘘河洛调，小姑私曳秣陵妆。嬉笑闹横塘。

【注】
莫愁湖有金陵第一名胜之说。“弈鱼凫”句：莫愁湖有胜棋楼。邙山：莫愁女洛阳人。秣陵：指南京。横塘：原长江的一部分，演变为莫愁湖。

忆江南·西湖

江南好，西子绿蒸烟。柳浪黄莺摇翠杪，苏堤红雨軃云鬟。牵梦上孤山。

【注】
軃：音 duǒ（躲），下垂状。

忆江南·无锡

江南好，寄畅惠山园。蛩径鱼桥回曲水，茅亭花涧奏桑田。新月挂琴泉。

【注】

“花涧”、“琴泉”：指锡惠园的八音涧和二泉。

忆江南·扬州

维扬好，明鉴瘦西湖。九曲虹桥支凤翼，四围杨柳钓龙鱼。莲塔伴云虚。

【注】

“虹桥”指大红桥。“莲塔”名莲性寺，即瘦西湖白塔。

河满子·纪念周总理逝世两周年

磊落光明一世，功高铸就群山。社鼠城狐呻诟，奈何基础如磐。仰望雪中松桧，巍然拄地参天。

十样花三首

韩国百余集历史剧《明成皇后》播出后反响强烈。此剧入情合理，真实曲折，令人耳目一新。

牡丹·明成皇后

极品天香华卷。高贵惊鱼沉雁。智慧涌江海，倾心献，国忧患。惜哉遭暗算。

秋葵·赵太后

锦帐秋葵茕寞。失子丧夫无著。唤雨呼风者，权旁落，势单薄。冷阶伤闹雀。

藤萝·闵谦镐

一挂藤萝攀树。得志猖狂跋扈。辣手刮民脂，抽兵血，敛官赂。惹来天下怒。

咏长城

峻险雄森第一关，青龙呼啸下霄銮。
金睛掣电欺何易，利爪擎锋役更难。
尾摆陇沙狙铁骑，头昂蓟岭砺雕鞍。
海山共仰平倭将，唾挞奴颜鬻祖官。

【注】
鬻祖官：指石敬瑭、吴三桂者流。

双塔晚霞中

双塔位于城东，建于宋，玲珑多姿。若彩笔描长空，若双桨入清漪。

娉婷姊妹傍长空，久住姑苏闹市东。
裙曳碧蓝千带水，头笼橙紫万弧虹。
毫端晕点寒山树，桨下洄旋宝带风。
岸畔浣纱捣练女，吴歌婉转醉征篷。

【注】
苏州有桥名宝带，跨玳玳河上。

鱼肠剑

专诸刺王僚之鱼肠剑已随吴王葬。传秦始皇吴大帝均曾派人挖掘。

青锋已伴吴王去，崛起凭空一虎丘。
干莫挥时双石坼，雌雄飞处数王休。
秦龙假道巡东郡，碧眼窥钩伐益州。
遥想当年穿介甲，寒光凛凛照江流。

【注】
秦龙：秦始皇。碧眼：碧眼儿孙权。东郡：濮阳。泛指六国。

船过彭泽怀陶公

俸米何因五斗辞？折腰耻忍小儿欺。
蜕脱形役耽村酒，撷采心期傲竹篱。
花岸单凭渔父赏，池田不令守官知。
敢从前辈寻津渡，庶有林穷舟舍时。

【注】
小儿欺：“不为五斗米而向乡里小儿折腰”。

到兰州

身居华夏中心地，诚是黄龙尾上珠。
白塔皋兰托旭日，甘泉惠眼[①]注琼壶。
河横羌笛吹新调，桥纵霓虹坠幻图。
亲见金城颜色好，天南过此兴犹殊。

【注】

① 甘泉惠眼：指五泉山甘露惠泉等五泉。

八游香山

九月香魂聚树丹，清霜带露爽云纨。
深情半注樱桃谷，赤胆全剖十八盘。
碧寺阶多叠诗厚，炉峰野阔览书宽。
长存一页相思谱，留与明公反复弹。

颐和园赠答

八载羁京缕缕牵，颐和最好清谷天。
西堤桃李临妆镜，后海菱萍系画船。
伫立鱼桥[①]难趣水，徜徉诗径易成篇。
排云邀月匆匆色，又惹春亭柳仗鞭。

【注】

① 知鱼桥、寻诗径皆谐趣园中景点。

西夏碑

武威文庙有《凉州重修护国寺感应塔碑铭》，高2.5米，西夏文。

虎踞分庭辽宋陲，修文耀武问阿谁。
书生枉识汉文字，敢读凉州西夏碑？

题 竹

春雨潇潇举万竿，百花千树仰头看。
披霜笠雪琼瑶曲，会与松梅共奏弹。

从伏波山看穿山

大将南征未卸鞍，顾忧龙蜃祸长滩。
弯弓一射穿山透，立镇漓江不卷澜。

【注】

汉有伏波将军马援；漓江有伏龙洲。

张专屏

女，1923 年 9 月生，山西省武乡县人。1945 年参加工作，曾就职于包钢教育处，1984 年离休。

纪念红军长征胜利七十周年

双脚量天下，铁流二万五。为挽神州堕，吃尽人间苦。关山万千道，踏破皆尘土。生死歌壮志，饥寒炼筋骨。南北东西战，三军谁能阻。饮马长城窟，沉沉夜将曙。星火扑不灭，燎原势如虎。会师吴起镇，圣地延安府。当年进军号，今日红旗谱。

乌兰夫同志百年诞辰祭

草原英雄史，千秋两巨人。同族不同代，功业论古今。前者开疆土，弯弓月满轮。后者闹革命，鞠躬为人民。前者金顶帐，庄严气森森。后者土窑洞，戎衣洗征尘。前者百万骑，呼拥大汗尊。后者求解放，信仰主义真。前者王陵祭，香烟绕氤氲。后者靠群众，丰碑在民心。天地长恒久，日月逐光阴。先人虽已去，回眸大地春。神州逢盛世，草原万象新。改革大潮涌，时代奏强音。气夺千仞嶂，鞭催万里云。蒙汉如兄弟，各族一家亲。永葆英雄志，共铸中华魂。大展鸿图业，佳绩报先人。

张凤义

1948年10月生，一生工农商学都做过。退休后又重新找到学诗好机会，并得到众诗友的热情帮助，收益颇丰。

忆秦娥

看电视剧《老娘泪》，深感母亲的伟大与可亲，深思多日，填小词以抒情怀。

老娘累，天涯寻子流干泪。流干泪，护犊心切，替儿赎罪。　　世间恩大唯娘最，细思谁不揪心肺。揪心肺，回头浪子，谢恩伏罪。

忆“朝不楞①”会战

今登疆域界边山，万马纷争百战酣。
朝不楞中征战地，谁家强弩射凶顽。

【注】

① 朝不楞：在锡盟东乌旗中蒙边境上，当年在这里勘探铁矿，内蒙古地质局抽调各队强将组成大会战，规模空前。

思　儿

秋雨绵绵彻夜凉，思儿在外少衣裳。
急发短信传思念，不见回音挂肚肠。

赏　月

广寒清冷色如霜，人世瓜桃李果香。
岁岁中秋欢乐夜，仙娥何不返家乡？

长相思·郊游

山一程，水一程。转到林间未尽情，悠悠听鸟声。　　风也行，云也行。卧柳丛中狡兔腾，蛐蛐草底鸣。

张文龙

笔名松赫，五十周岁。大专学历。现在赤峰市松山区大庙中学任教。中华诗词学会会员、赤峰学院诗词教学研究学会会刊《紫塞吟坛》副主编。

端午吊屈

柳枝滴翠艾蒿芳，摆酒端阳俱举觞。
悬彩葫芦千户秀，生津粽子万家香。
汨罗争渡龙舟泛，塞上踏青萱草黄。
千古离骚人共唱，江南塞北吊屈郎。

苣荬菜

东君册里本无名，田野沟坡郁郁葱。
不与群芳争美艳，任凭风雨自营生。
曾经救母流方远，也度饥民困苦中。
酒肉朱门生异味，农家日月寄深情。

晚　归

辞校日偏西，蹒跚步履迟。
崎岖山路窄，锦绣稻粮肥。
野兔擦身跃，荒鸡伏地飞。
区区十几里，戴月扣柴扉。

夜宿山小

秋雨误归时，孑身冷月迟。
清灯人不寐，浊酒夜吟诗。
野寨鸡鸣远，巴山水涨池。
菊花窗外立，瑟瑟傲芳枝。

中秋寄情

漫步金风爽，满园玉色欣。
登楼人近月，临水月依人。
不必弄清影，只呈报月心。
举杯遥祝愿，万里朗乾坤。

蜘蛛山赏杏花

举步喜登临，濛濛玉屑纷。
风中香阵阵，雨里笑吟吟。
遍野祥云舞，一身瑞气温。
蹒跚无去意，芳露透衣襟。

秋 兴

轻车镇外边，八月艳阳悬。
风爽菊香地，云白雁舞天。
三秋七色景，一目万重山。
又是佳节至，举杯话月圆。

张玉臣

号无聊居士，1939年2月生，山东省单县人。1958年参加工作，1965年转业到内蒙古工作，当过教员、办事员、经理。现为中国毛泽东诗词研究会会员、内蒙古作家协会会员、内蒙诗词学会理事、《长白山诗词》等学会会员。著有《百味吟》《夕阳颂》诗集，丁芒题签。

十七大颂歌曲三首

【双调】沉醉东风·迎盛会

辉煌统大地，花锦簇红色京畿。虽交十月间，胜似盛夏季。举红旗又得天机。喜诵得十七大诗，最畅扬民心民意。

【双调】庆东原·节节高

中枢喜，民间笑，金秋十月传捷报。运用忠恕和谐好，一片痴心为国操！造福人民信心高！上届放光辉，本届更荣耀。

【越调】天净沙·圣手神笔

青山丽日红霞，田园别墅人家，一曲高歌典雅。英雄辈出，圣手描绘中华。

2007年10月25日

热烈庆祝嫦娥一号发射成功三首

鹊桥仙 • 嫦娥出阁

志居高处，双眸专注，无风无雨无雾。一声点火震天语，向宇宙，嫦娥飞翥。　轻姿袅袅，烈焰楚楚，三级分离无误。轻摇天线信号通，正轨道，长空月路。

2007 年 10 月 25 日

【双调】水仙子 • 任重道远

美苏登月好风光！很可惜卫星堕落亡。历来华夏出名将，造嫦娥穿月墙。　测了厚度测质量，为人类谋福利，让月球献宝藏。破译天体识奥秘，怎能少华夏炎黄！

2007 年 10 月 25 日

【双调】折桂令 • 谁是英雄?

问中华谁是英雄？看政通人和，改革东风。经济腾飞，科技必需，致富亨通。　最可敬箭星专业人员，造嫦娥一号绕月宫。世界四分，一分有我，三分联中。

公仆救人新招

央视台“焦点访谈”敬一丹报导：2001 年 10 月 31 日下午饭时许，宁夏吴中市副市长吴明忠亲率八名干部，每人乘一部小车前往中宁县黄湾村，当车行上水渠窄桥时，与对面骑车放学回家的十二岁女学生王苹相遇。王苹让车，立足未稳摔下水渠。车上连同司机 16 人无一人相救，致使一名优秀学生被活活淹死。听后十分气愤，特作此诗。

市长乡下行，沿途看风景。人少小车多，八官坐八乘。一路喇叭响，沿路不安静。县长有精神，局长爽朗情。车到南湾村，驶上窄桥径。王苹十二岁，躲闪力太猛。一头栽下水，水深不见顶。道是有人救，市长曾下令：悬赏五百块，菜农听未省；县长打手机，报警“110”：“乡下派人救，或者来民警”！虽然人未到，总是有行动：局长着衣厚，肥胖难游泳；秘书想救人，王苹无影踪。女娃复女娃，呼之无人应。事后多给钱，县里不心痛。一次给六万，要钱是要命？“如有记者问，千万别作证。只说没看见，再问装不懂。我们是公仆，你们是百姓。听话有钱花，不听没钱用”。

绿 化

苦心励志为“首届‘和谐杯’诗词联大赛”作。

一间茅草屋，两扇破门窗。
房顶清明雪，窗凝谷雨霜。
园中疏秀木，山顶卧新羊。
绿化栽新柳，红心种小康。

【注】
锡林郭勒大草原每年“五一”前后还有一场微雪霜冻；每年常有蒙古黄羊过境觅草。

张玉岭

笔名于今，内蒙古呼和浩特人，祖籍河北，1945 年 9 月出生于呼和浩特郊区。1969 年毕业于内蒙古大学中文系。毕业后一直从事新闻出版及新闻出版管理工作。曾任《内蒙古日报》社党委书记、社长兼总编辑，现为内蒙古诗词学会副会长。著有《五味集》和《五味集》（续集）。

春节归家

孤客归来慕团圆，开门状景鼻生酸。
病妻泥手灶头忙，小儿涕糊桶中玩。
房低尤显胸腔闷，窗裂益觉冷气寒。
向前欲将娇儿抱，不认亲爹闹翻天。

1977 年元月

岱海旅游节即景

欣逢端午访凉城，云淡风徐万里晴。
槎泛天河鸥戏浪，客游金洞[①]耳听经。
山环玉卵丛芦秀，水灌良田大野青。
地利人和催奋进，扬鞭跃马跨新程。

【注】
① 金洞：内蒙古凉城县北山的金洞寺。

1999 年 5 月

满庭芳·春游

笑语欢声，娇儿喜闹，盼来明日春游。行囊备妥，携侣结同俦。晨起驱车北向，凝望眼，翠满田畴。画屏里，山青水秀，好景醉双眸。　　悠悠。趋岭下，溪清草碧，蒿密林稠。幽蔽处，野花插满妻头。席地开怀畅饮，一时间，尽扫烦愁。红霞散，归时已是，暮色入高楼。

1998 年 5 月

渔民村观后有感[①]

璀璨夺目耀明珠，游人络绎川水流。
家家小楼碧玉砌，户户家庭翡翠铺。
室内陈设光彩照，岸边渔民气宇舒。
改革拔掉贫穷根，开放浇活富裕株。
触景情生念故乡，毡房土屋避寒暑。
可怜为求腹半饱，躬腰曲背掘黄土。
同居一角苍穹下，何缘贫富霄壤殊？
放喉西北大声唤，快除藩篱启门户。

【注】

① 渔民村乃深圳河畔一小村落，实行开放后，大力引进资金、技术，村办企业兴旺发达，村民很快富起来。邓小平同志参观后给予充分肯定。看别人，想家乡，有感而作此诗。

访五原某村[1]

夏末秋凉访五原，凄凉境况撼心田。千顷荒原蒿草稀，万亩耕田被碱淹。村里鸡犬消声迹，断壁残垣绝人烟。室室徒剩墙三堵，户户空留领袖颜[2]。天天高唱幸福曲，年年报道丰收篇。丰收幸福今何在？其中蹊跷谁能解？为释疑窦寻农户，苇塘深处草棚闲。觅得老少人四口，见有来客皆木然。老叟短裤勉遮羞，三童光腚麻不沾。回首遍扫疏篱处，枯草凄摇似诉冤。入棚寻览心更冷，苇草作铺鼠乱钻。破被百洞黑絮飞，瓮尽缸空无米面。询问尚有何人在：“儿、媳借讨未回还。”再问何缘贫如洗，老翁呐呐不敢言。千安万慰讨实情，说破根由“吃混饭”[3]。听罢回话如梦醒，终解举国闹分田。粮仓河套尚如此，贫瘠山川又哪般！耳闻目睹情况明，速写呈文解倒悬。推进联产承包制，不得犹疑再迟延。

【注】

① 是年7月，随领导下乡了解农村情况，于巴彦淖尔市五原县农村目睹此景，感慨尤深，作行歌以记。

② 当时全国“个人迷信”泛滥成灾，家家都把毛主席像漆于正面墙中，以示崇敬。搬家时，只把门户椽檩拆走，空留三堵墙壁和毛主席像。

③ 吃混饭：打混工，吃混饭。意同如今的“吃大锅饭”。

1979年7月

忆往事偶成

青头学子本无邪，红豆清诗吟君前。
不意引得卿心动，江词一曲掩朱颜。
听罢方觉举止过，欲解语误恐成嫌。
三十年间埋心底，如今说破倍觉甜。

1998 年 2 月

脑梗突发记

才由班上回，倒地撞石墙。转瞬复苏醒，眼眶冒血浆。妻子慌了神，急呼邻人帮。大夫及时来，飞针不创伤。处置方停歇，细问发病状。临行复叮咛，尽速查周详。负重如担山，繁忙复繁忙。侥幸无反复，检查早遗忘。谁知仅半载，发病又原样。此刻方生疑，不敢再倘佯。检验报告出，警告令心慌。半瘫或猝死，轻重自掂量。听罢医生语，心情似冰凉。重任何其多，岂可半途荒？服药兼调理，工作搁一旁，烟酒全戒掉，用心来治防。悲叹人生短，诅咒灾祸长。从此成废物，令人何悲怆？有生则有灭，天道谁能抗？顺应大自然，何必空惆怅。临灾空无奈，恰置快离岗。报告递组织，复语情满腔。

2005 年 4 月

放烟花爆竹有感

年轮已近六十圈，常忆儿时过大年。
百响鞭炮买一挂，拆开可放好几天。
安神过后满村跑，旺火堆前拣炮残。
掰开精心摆图阵，香火点燃花四溅。
待到怒放开心处，你追我赶笑声甜。
常因不慎被灼伤，蒙哄母亲求相安。
曾记盛节尚未到，频开纸匣细盘点。
心急思谋何点放，不慎失手火触捻。
瞬间一阵哔叭爆，满屋残仗罩紫烟。
母亲发急四处寻，生怕失火起祸端。
招来麻烦言不待，自责自悔心发酸。
一挂爆竹来非易，全是母亲针线钱。
百般郁闷心头结，几天悄声无欢颜。
母亲咬牙补一挂，慈爱有加反不安。
如今爆竹烟花盛，品种繁多记不全。
兴趣未随光阴退，年年花销上百元。
全家我仍老“炮手”，麻雷火箭亲自点。
放时呼儿又唤女，喊上老妻共观览。
每当举家庆佳节，没名情绪掠心田。
欢欣静定细思量，总会油然忆当年。

2004 年 2 月

张玉昆

字荒石，1925年3月8日生，内蒙古林西县人。大专文化，1946年7月参加工作，曾任哲盟博物馆馆长。1986年7月离休。中国博物馆学会会员、内蒙古书协会员、北京书画函授大学科尔沁分校副校长、通辽市书画研究会副会长、通辽诗词学会会员。

月夜书怀

白发苍颜体未衰，蜗居斗室细安排。
书学晋唐风骨韵，画写梅竹壮志怀。
学海行舟逐浪进，书山攀壁放眸开。
夕阳星灿惜时短，未尽情思绕九垓。

水调歌头·马班邮路王顺友

凉州木里县，位于横断山。悬崖峭壁天堑，沟壑险登攀。拐拐羊肠小道，滚滚江水浪溅，溜索渡胆寒。横断南飞雁，行者祈平安。　　信使到，牵手叙，众欢颜。马班投递，顺友倍受百家欢。露宿风餐行路，驮马篝火为伴，地球转七圈[①]。忠于职守迹，声誉九州传。

【注】

① 投递工作二十年，约计环绕地球转七圈。

西江月·夜观哲里木广场

四面群楼林立，彩灯各展辉煌。草坪风荡泛幽香，游目骋怀遐想。　　五彩雨花空降，雄鹰展翅飞翔。歌声嘹亮乐音扬，喜看胜迹广场。

菊颂二首

（一）

众芳凋谢尔独生，九月怒开香意浓。
姹紫嫣红花锦簇，霜葩雪蕊斗寒风。

（二）

绿衣白发非老翁，朵朵菊花戏晚风。
蕴意芬芳陶客醉，愿充苗圃育花丁。

回里省亲

一别桑梓六十春，相逢不识泪沾巾。
离乡黑首今白发，当日毛伢现老身。
绿水长歌怀旧曲，青山无语恋归人。
盛世欣逢民意顺，发展当期日月新。

辽河湾

昔日野沙滩，今朝换旧颜。树高巢鹊筑，百鸟叫声喧。小草发幽绿，青松不见天。游人林里逛，野兔窜逃前。　　十里长堤上，英雄雕塑传。勒文描历史，碑刻写河川。晴有云飘过，泛波碧水澜。美哉科尔沁，福满乐家园。

鹧鸪天·《一代廉吏于成龙》观后

立志安邦解庶悬，跋山涉水访泽园。虎窟斩霸出生死，正气冲天除悍顽。　　官秉正，众扬廉，严纲整纪肃赃贪。清官册上名彪炳，美誉政声世代传。

张玉荣

内蒙古包头市人，1955年5月出生。原东河区委宣传部副部长、讲师团团长。内蒙古诗词学会会员、包头市诗词学会常务理事。出版诗集《玉荣诗钞》，并在市级以上报刊发表诗词近百首。

登大青山四首

壬午仲夏，携友登大青山，有感而赋。

（一）

高峰兀立入云端，石壁嵯峨倚铁栏。
携友登高心海阔，一亭一笑一陶然。

（二）

九曲石阶攀险峰，苍松翠柏绿荫浓。
无边风月通幽径，远望黄河势若虹。

（三）

翠岭苍峰接碧霄，群山起伏似波涛。
凉亭绝顶凝眸望，诗绪浓浓涌浪潮。

（四）

恢弘气势大青山，远望群峰生雾岚。
丽日晴空游者密，欢声而上笑声还。

渔家傲·白云鄂博

细雨潇潇春又到，草原万里风光好。绿草茵茵驹练跑，羊满坳，铁石稀土皆为宝。　　牛奶飘香香味绕，高呈银碗歌声佼。好客热情宾醉倒，星光缈，歌声缭绕天将晓。

张玉玺

自号长弓，生于1971年9月，籍贯陕西。现任包钢炼铁厂技术员，包头诗词学会会员。

草原印象二首

（一）

玉带蜿蜒碧毯平，流云舒卷海天青。
归乡哪管朝中事，打马高原自在行。

（二）

山河为阵草为营，马踏鹰翔奶酒风。
饮罢横推山欲倒，牧歌方起尽无声。

九月天高

九月天高胆自开，于中只见大山来。
人言块垒难消解，万壑千峰是我怀！

昆河改造观礼有感

昆河丁亥起风雷，铁马奔腾旗鼓催。
四季风沙桥上怒，一川烟水梦中悲。
白帆点点依稀见，碧水悠悠自此归。
莫道钢城无秀色，桃花十里鲫鱼肥。

张仲仁

1948年生于桥头镇北常胜村。大学本科学历。翁牛特旗地方志办公室主任、旗政协常委、旗文联副主席、赤峰诗词学会会员。副编审，主编《翁牛特旗古今诗词选》。

热烈祝贺十七大胜利闭幕

又是秋高气爽时，京都盛会举旌旗。
和风惠雨出祥瑞，锤斧镰刀谱丽词。
文化繁荣凝众力，科学发展奠根基。
中华崛起惊寰宇，劲舞欢歌颂艳姿。

少郎河①

飞珠溅玉百花间，裹浪挟涛动远川。
一路高歌龙凤曲，绿倾万岭与千山。

【注】

① 少郎河发源于灯笼河草原三岔裆山，汇入西拉沐沦河入辽河涌入渤海，为翁牛特旗的母亲河。

永州怀古[①]

辽帝行宫驻永州，南凫北燕写春秋。
澶渊媾好无征战，旷世奇功一女流。

【注】

① 永州遗址今在翁旗白音他拉苏木境内，辽代为辽帝行宫所在。澶渊议和后，辽、宋两国使者如候鸟般南来北往，书写着民族融合的篇章。史载，永州城为辽承天萧太后主政期间的建筑。

咏白音他拉苏木杨柳合抱树[①]

根缠枝绕向青天，沐雨经风只等闲。
蒙汉民族交刎颈，相依生死共千年。

【注】

① 在翁旗白音他拉苏木政府院内有一奇树，杨柳合抱，盘根错节，叶茂枝繁。一次下乡见此树，遂成此诗。

咏君子兰

晔晔含芳映暖春，临风玉立傲红尘。
羞同萧艾争高下，一部《离骚》唱到今。

咏 荷

临波玉立展芳姿，入腹馨香不自持。
欲向诚斋求丽句[1]，红英碧叶好吟诗。

【注】

① 杨万里，南宋诗人，字廷秀，号诚斋，有《诚斋集》存世。

咏丫髻山[1]

一柱擎天紫塞南[2]，双峰并立彩云间。
岭如笔架呈高品，山若丫髻秀慧贤。
笑傲江湖蔑富贵，欣迎雨雪对苍天。
登临远眺吟新曲，铁辇风驰到眼前。

【注】

① 翁旗境内丫髻山（亦称作鸭鸡山、笔架山）既似笔架，又像古代女子的发髻。2007 年年底，高速公路、铁路相继建成，从丫髻山西麓通过。

② 翁旗政府所在地乌丹镇亦称之为紫城，其地理位置险要，这里紫塞借指紫城。

无 题

舞文弄墨意何如？沙里淘金绣锦图。
蜗角虚名非己愿，蝇头微利视如无。
寸长尺短无高下，桔绿橙黄焉胜输。
沧海入怀天地阔，心萦百姓共歌哭。

孟秋登敖包山

登高眺远碧云天，一座新城缈缈间。
幢幢高楼如凤起，条条公路若龙旋。
针松吐翠青山野，粮谷飘香醉岭川。
古刹梵宗名塞外，香烟缭绕佑平安。

风入松·灯笼河草原

鸡鸣三界过灯笼[①]，远眺万山葱。风机座座山中立，若银燕、展翅凌空。千手观音起舞[②]，神灯盏盏如彤。　又来白桦觅芳踪，草绿百花红。金莲笑靥迎游客，三岔裆、泉水丁冬。天赐一方热土，黎民其乐融融。

【注】

① 灯笼河草原三岔裆山乃翁旗第一高峰，山顶上立有标示翁旗、克旗、松山区边界的三界碑。

② 一排排风机机翼旋转，上下左右转动，宛如舞蹈《千手观音》。

鹧鸪天·哭邢林贵①

同办期刊难得闲，自筹经费岁时艰。吟诗把酒谈今古，弄墨扬文话坤乾。　君猝死，问苍天，谁人与我共辛甘？远山近水悲林贵，冷月空楼润杜鹃。

【注】

① 邢林贵，生前供职于翁旗地方志办公室，2002 年 1 月 15 日公出，因心脏病突发，病逝于赤峰市红山区医院。

满庭芳·南园

风秀樱桃，雨肥杏子，果蔬新绿南园。地偏途远，推牖见南山。饭后携妻漫步，依依柳，夏月如弦。书斋里，诗词为伴，学海苦扬帆。　暇闲，孙与我，捉蝶草地，对弈窗前。荡起秋千索，放鹞云天。享受天伦乐趣，轻名利，食寝皆安。精神好，坦然宠辱，梦里笑声甜。

张 印

65岁，兴安盟委党校退休干部。1964年参军，曾在《丹东日报》《前进报》《工程兵报》上发表过作品。现为内蒙古诗词学会会员，任兴安盟诗词学会副秘书长，有诗词作品在《兴安日报》《商务时报》《兴安文学》《兴安诗词》《内蒙古诗词》等报刊上发表。

风入松·除夕瑞雪

红灯映雪透琼林，巧画玉乾坤。人间有庆天增庆，朔风里，喜气盈门。焰火长空竞秀，翁童守岁迎新。　　素装松柏浥清芬，谁道雪无魂？芳华逝水留残梦，莫言老，依旧童心。琴演宫商唱爽，帖临翰墨书真。

满江红·牵挂

壬午年六月十五夜雨难寐，披衣奋笔，以志其时思念远方爱女之情。

雨霁夜阑，云飞处、疏星忽现。微寒至，心萦游子，夜长时慢。别后音书频寄返，犹如久许还期盼。怎奈何、翁媪老来痴，终无怨。　　人何似，衔泥燕；离巢远，惜相见。夏来春去也，斗移星转。喜怒忧烦皆自取，情牵意惹迷一念。望太虚，霁月展清辉，乌云散。

风入松·弈棋

纵十横九汇成局，两叟较高低。巡河炮对穿宫马，过双兵，屡现杀机。棋错一招无悔，运筹化险为夷。　　残局扑朔更新奇，评点靠棋迷。马缺炮损无攻势，贵为和，日已偏西。老酒千杯同醉，高谈万法归一。

江城子·洮儿河秋韵

远行郊外看农桑。蕴花芳，沐秋阳。桥头极目，身在鱼米乡。似水流年春未老；蓁莽地，改荒凉。　　河边野宴效流觞。嫩羔羊，村醪香。西风沉醉，乘兴舞霓裳。自信人间多仙境，河岳美，国运昌。

水龙吟·内蒙古自治区成立六十周年大庆感怀

北国红柳杜鹃，艳妆娇俏迎丁亥。群英共聚，六十庆典，喜临塞外。思绪翩翩，几多遐想，几多期待。赋长歌新曲，民族自治，万民乐，山河改。　　苦难贫瘠千载，罹倭侵，难深如海。平川土默，鹰隼翔处，两族同忾。遐迩光芒，东西浩特，六合通泰。看年年岁岁，高原雄起，壮怀澎湃。

张守东

1969年3月出生于辽宁建平。在扎鲁特旗农电局工作，安全监察，助理工程师。现为通辽市诗词协会会员，扎鲁特旗作家协会会员，诗词学会会员，《扎鲁特文学》《罕山诗苑》编委。

草原行

塞外风光异样情，毡房散落满天星。
鲜花敬献八方客，奶酒喜迎四海朋。
大汗英豪传后羿，马头琴韵载新风。
弯弓陨作陈时梦，再铸辉煌举世名。

游罕山

盛夏时节至罕山，群峰叠翠入云端。
松涛阵阵出林莽，细水淙淙绕九川。
野百合花争俏艳，苍鹰展翅舞翩跹。
谁言塞外无名胜，绿地神泉遍草原。

送　别

聚散有期时光短，黎明何故紧相催。
未敢站台身相送，唯恐人归心不归。

绝收有感

独立青山望肃秋，萋萋碧草几多愁。
无情岁月催人老，演尽繁华万事休。

咏白桦

玉立山中若许年，披肝沥胆斗严寒。
扶摇振臂接天宇，叶茂枝繁顶烈焰。
不惧一朝身赴死，留存铁骨亦浑然。
飞花籽絮千千万，魂魄昭昭驻世间。

春雪观景

一夜梨花飞满天，无心化雨落人间。
河边杨柳翩跹舞，戏水野鸭振羽欢。

题鹰寄怀

凌空展翼未彷徨，行路方知万里长。
欲展男儿徙海志，须迎剑影与刀光。

张庆昌

1933年10月26日生，辽宁省法库县人。大专毕业。1948年1月参加革命工作，原任内蒙古自治区老干部活动中心主任，1993年11月离休。现任内蒙古自治区诗词学会副会长，作品多次在《内蒙古日报》《内蒙古诗词》和盟市诗词刊物上发表。

游绵山有感

妪翁呼拥上绵山，日照云缠百态妍。
路转峰回穿险道，泉奔珠落起晴岚。
层林艳丽迷人眼，幽谷朦胧绕玉环。
为羡远游饶野趣，飘然物外欲成仙。

2004年6月21日

贺内蒙古自治区诗词学会第二次代表会议召开

各路精英喜聚凝，手持彩笔绘心声。
昌明时代繁华事，诗涌高天灿若星。

2004年9月12日

如意区漫步三首

（一）

新区如意变沧桑，种满梧桐落凤凰。
引领潮流开富路，九州杰俊聚边疆。

（二）

如意峥嵘雅境幽，开发大业耀千秋。
娇花秀木红兼绿，鳞次栉比起重楼。

（三）

广场新姿最喜人，赏心悦目长精神。
水喷彩练奇风景，月色星光河里沉。

2005 年 5 月

农村新貌三首

乡间秋色

新盖砖房映彩霞，阳光普照到农家。
田间玉米连天碧，闲摘苜蓿采黄花。

果香行吟

小鸟啁啾绿树中，芳园熟果满枝红。
村姑路畔摆摊卖，迟暮归来带笑容。

麦 收

麦浪金黄连碧天，欢声笑语喜丰年。
妪翁妇孺银镰舞，致富齐夸责任田。

2005 年 8 月 22 日

赞新农村（五首选一）

道旁村镇彩霞明，十里园林似画屏。
缕缕香风吹大路，依依绿柳绕长藤。
香飘小院花争艳，影动新枝蝶竞灵。
最喜农家来做客，歌声不断遏云行。

赞内蒙古诗坛新貌

春风得意聚群英，塞外诗坛瑞气生。
大树着花红烂漫，青山如染绿葱茏。
胸怀盛世无穷意，诗颂山河不了情。
弘扬国粹开新运，万紫千红到永恒。

2007 年 9 月，2006 年 2 月

游张家界四首

游张家界有感

久慕名山结伴来，武陵美景胜蓬莱。
三千天柱一方雾，八百清池四周苔。
古木流云常欲雨，清泉漱石不生埃。
寻芳宛入西游境，仙域神居费客猜。

黄石寨

群峰高耸上青云，挺秀嵯峨妙入神。
万种风情频起舞，人间喜见武陵春。

金鞭溪

奇峰林立矗苍穹，绿树清溪峡谷中。
行遍人间千万里，方知仙苑有途通。

十里画廊

笑口盈盈百寿星，老人采药恰如生。
观音俏美慈祥态，更有仙姑拜不停。

2006 年 5 月 4 日

庆祝中国共产党成立八十六周年

遥忆南湖一叶舟，燎原星火耀神州。
拯民翦恶五洲赞，伏虎擒龙四海讴。
大业宏图资远略，小康美景仰深筹。
除污去垢扬民气，华诞欣逢展壮猷。

2007年5月22日

庆香港回归十周年

南海明珠耀四方，荆花五角港空扬。
一国两制垂先范，十载回归百业昌。

2007年6月10日

游云冈石窟

佛道纷争岁月长，文成复法建云冈①。
几番劫后存残迹，尚纪灵严骤雨狂②。

【注】

① 文成：指北魏文成帝

② 灵严：云冈石窟别称

2007年7月4日

渔家傲·丰镇扫描

仲夏丰川风景异，诗囊装满真情意。电厂巍巍拔地起。谋民利，擎旗辟路张豪气。　　展翼鲲鹏腾万里，和衷共济开新纪。美景宏图挥大笔。人心喜，童欢叟笑甜如蜜。

2007年7月4日

游凉城岱海感赋

初到仙湖兴意稠，碧波万亩泛轻舟。
远山峰翠松林秀，浩渺云烟翳榭楼。

2007年7月5日

颂老年大学老师

银发飘萧步履轻，讲台面诲鬓霜增。
承传薪火开前路，指点书山启老生。
鉴赏诗文每索隐，教摹翰墨务求精。
夕阳最美师恩厚，一曲心歌系我情。

2007年7月23日

看北重公园晨练有感

园中翁媪聚，晨练沐朝阳。
万绿环楼绕，千红拂面香。
屈伸拳有致，挥洒剑生光。
壮志今何现，苍鹰展翅翔。

2007 年 7 月

老有所学笑在心

庆祝内蒙古老年大学建校二十周年

廿载庠黉卓不群，耆年学子恋诗文。
鱼虫花鸟情高雅，弹唱吹拉韵致深。
老树新枝能挂果，残寒腊雪喜逢春。
新生事物人称赞，欣看西山焕彩轮。

2007 年 8 月 29 日

贺赤峰诗词学会成立十五周年

岁月峥嵘十五年，吟坛旧貌换新颜。
红山文化千秋美，金水诗词万代妍。
曲赋篇篇回舜日，联歌字字颂尧天。
风骚独领扬中外，学会英才盖世贤。

2007 年 8 月 29 日

贺内蒙古自治区老干部活动中心成立二十周年二首

（一）

青山不老松，惠雨党恩隆。
源水随缘注，苍枝逐意浓。
人生年有尽，学海景无穷。
皓首磨新剑，夕阳映彩虹。

（二）

年高胆气豪，习艺敢操刀。
握管抒坚志，放歌赞盛朝。
琴棋结友谊，雅颂继风骚。
老树新花绽，夕阳无限娇。

2007年9月14日

庆祝晚霞诗社成立五周年

晚霞飞彩展荣昌，回首征程意气昂。
服务人民情挚厚，弘扬传统意深长。
精研理论开新境，承继风骚涌锦章。
前路遥观风景秀，层楼更上创辉煌。

2007年11月18日

五哥八十寿贺

雨露风尘八秩秋，沧桑变幻雪盈头。
英年不再心犹热，岁月难留志未酬。
幸遇良时挥笔写，恰逢盛事引吭讴。
万山红遍苍松醉，乐伴桐榆染绿畴。

2008 年 9 月

晚霞吟

花甲黉门格律求，痴情翰墨度春秋。
苦敲韵律饶佳趣，试觅题材写老牛。
驽马存威堪驾辔，余光怕逝勇撑舟。
无才忝入吟坛际，愿与良师共探究。

2008 年 4 月 12 日

怀念故乡法库

游子于今鬓已霜，故乡风物倍牵肠。
常思辽水千波涌，难忘龙山一品香。
邻里帮扶情切切，家人教诲意长长。
恩深似海心铭记，遥祝高朋福寿康。

【注】
法库镇西有二龙山，附近所产法库白酒，香味绵长，远近驰名。

2008 年 4 月 12 日

张　驰

字耀先，号蜗庐主人，山西山阴人，生于 1942 年 12 月 9 日。原任包头市东河区职工学校书记兼校长。包头市、内蒙古自治区诗词学会会员，著有《蜗庐拾零》诗集。

剑　阁

剑阁峥嵘何崔嵬，洞穿重霄锋未开。飞泉倒挂瑶池水，山溪应自河汉来。岭树生云笼峭壁，复路蛇行绝尘埃。层楼傍日真海市，错落人间非蓬莱。间有山农耕烟雾，岬角遥闻布谷催。见说蚕丛道险不宜行，猿猱愁怨子规哀。举目依然云龙回标在，却是游人如织车轮滚滚列队奔阳台。今古悬隔一如此，天壤别，谁安排？

北风行

幽州思妇绽笑颜，郎自边城书信还。
千言万语火样热，字字句句蜜样甜。
上说塞外久作客，见闻今日远非昔。
改革开放江河势，天天都有新消息。
青油大道贯草原，探海井架矗戈壁。
当年白骨黄沙田，今日春意连天碧。
三九自是百丈冰，雪花片片大如席。
北风号怒雷霆走，六合浑如羊脂白。
清晨云开风雪停，银涛玉浪涌红日。
但见单于行猎处，琼楼比比森林立。

迎内蒙古建区六十周年

四月内蒙花似雪，洋洋洒洒遍城乡。
临风杨柳争娇媚，婆娑摇曳试新妆。
横空出世马蹄疾，鼓点杂沓琴声扬。
玉笛吹彻草原夜，百乐合奏乳飘香。
星光灿烂钢水沸，河套千里米粮仓。
男歌女舞重楼下，长天归雁任翱翔。
青春六十年正少，昂首阔步慨而慷。
嫣紫姹红新世界，华诞迎来乐无疆。

广元道上

嫩雨熏风扑面香，雏鸭嬉戏小陂塘。
男儿都市行商乐，红粉山田春作忙。

峨眉山普贤院

绝谷奇峰一寺藏，云生岩下雾沾裳。
猢狲相伴普贤院，菩萨莲台说经商。

香积村

车靠烟村近酒家，草桥横卧夕阳斜。
东风一霎春波乱，山色空蒙噪暮鸦。

沁园春·教师节

古往今来，谁个妙手，开辟鸿蒙？植铺天芳草，无边嫩蕊，百寻翠竹，万丈苍松。甘作人梯，欣为明烛，顽石闻知也动容。千秋业，奠危楼基础，麟阁元功。　　书山学海情浓，送月窟蟾光天表风。沥满腔心血，不遑寒暑；肥了蒲柳，瘦了梧桐。燕舞莺歌，桃娇李艳，华发欢逾稚齿童。光和热，洒神州大地，郁郁葱葱。

八声甘州·南湖公园

趁杨花柳絮漫天飞，飘然向南湖。访天鹅戏水，红鲢逐浪，鸥鹭相哺。苇荡雄呼雌应，刻意说欢娱。忽地桨声起，惊散双凫。　　踏遍蜿蜒曲径，望酒帘挑处，审视当垆。见春风满座，笑语妙连珠。绮窗下，频频问好，一烟波、倦客抱春壶。沙堤上、亭亭玉立，三五村姑。

满江红·河水

河水西来，东注入，九重深碧。翻卷着，昆仑雪浪，朔方沙碛。高岸向阳新破绿，桃娇柳媚梨羞涩。放船人，独楫驭风涛，生双翼。　　“川上曰”，可堪忆？夫子慨，何时息？看滔滔飞逝，晚霞晨日。眨眼花随春去也，四时蓬转弓弦疾。任湍流，后浪逐前波，雷霆激。

望海潮・高原秋色

高原秋色，嵌金堆翠，连绵万里苍茫。鸢落兔奔，弓声箭影，单于围猎平冈。枯骨绕毡房。怨鬼悲永夜，月照凄凉。马上琵琶，柔肠百转嫁王嫱。　　而今满目琳琅。有牛羊遍野，谷海飘香。虹霓卧波，云楼蔽日，嬉嬉百族同堂。舞榭醉鸳鸯。玉面春风荡，宛转悠扬。寂寞明妃，结伴仙侣奏霓裳。

木兰花慢・赵长城

断垣残壁处，见说是，古长城。想烽火当年，连云战戟，金鼓悲鸣。征夫血，思妇泪，染荒草枯骨鬼神惊。落日西风雁字，秋霜夜月流萤。　　而今绝地起欢声，四野响农耕。又玉宇琼楼，茶寮酒肆，歌舞升平。蓝天下，崖角上，看千山万壑笑相迎。一路留连忘返，难怪草木多情。

石州慢·沙尘暴

走石飞沙，昏天黑地，尘霾如泼。林间病木，河边败楫，纷纷摧折。长街人静，但见喇叭声声，车灯摇曳时明灭。是混沌相连？是穹隆崩裂。　　奇绝，气沉云敛，丽日蓝天，豁然开阔。结伴相知三五，驱驰风月。垄头埂尾，遍赏万紫千红，童颜鹤发争蓬勃。听路畔村姑，说夜分收割。

满庭芳·夜东河

岸柳汀杨，华灯初上，堤上溅玉飞珠。蕊摇枝颤，两两笑相扶。指点层层叠叠，微波荡，节节银湖。闻天语：挥浆逆向，堪达玉蟾蜍。　　休休，姑且住，风遒浪疾，水路崎岖。况天高月冷，不可为居。但看红尘紫陌，歌声唱，春意扶疏。苍穹下，日新月异，龙马献河图。

张迎雪

女，锡伯族。现任内蒙古广播电台驻兴安盟记者站副站长。兴安盟诗词学会会员。

“北八乡”[①]抢种早播所见

黄风吹地起沙尘，水瘦山寒少雁痕。
莫道春心无所动，垄间犹见荷锄人。

【注】

① 北八乡指兴安盟北部最贫困的八个乡镇苏木。

秋赏好森沟

天河探险露沾衣，雾锁麒麟绿染蹊。
醉赏兴安山水色，秋光偏艳未寒时。

林中四月遇雪[①]

森森万木向天排，车入层林辗转开。
忽遇雪如银蝶舞，春光别样入襟怀。

【注】

① 2006 年 4 月中旬，在深入兴安盟边防支队基层派出所采访途中逢飘雪而作。

张宝荣

内蒙古丰镇人，1934年出生。副教授。1951年参加工作，1994年退休。先后在小学、中学、教育学院担任语文教师。著有《中国常用典故选》（内蒙古人民出版社）和诗集《丰泉晚景杂咏》（远方出版社）。

玉棋铭

八十圆整兮买来，三十二子兮局全。玉之质兮乃岫，品虽低兮可玩。红黑字兮分明，将与师兮对观。陈矮榻兮布阵，国界分兮楚汉。运筹策兮争胜，脑力焦兮收盘。可怡情兮养颐，陶然乐兮忘年。

送某君归去

桃花红时君当归，此际天涯正芳菲。
昼间阳光明媚好，夜来清月淡吐辉。
凤笛谁吹求凰曲？龙舟人唱醉渔回。
自古人生难满百，及时劳作莫贪杯。

游昭君坟

天工人事有谁知？土丘高耸草依依。
和胡亲汉或许有，埋香葬玉也迷离。
董老咏歌为立教[1]，学士吟诗乃颂时。
红男绿女不凭吊，啃罢西瓜弄像机。

【注】

① 昭君坟前的一方石碑上，刻着董必武的一首七绝。环围坟丘的小道边，还立着不少石碑，上面刻着名家诗作。

有书当早读

藏书十万卷，不及读一帙。获书当早读，讽诵自成趣。琅琅口中读，默默心中记。青壮脑力健，义理易思虑。一旦身衰惫，体弱气不继。展卷目眩涩，恼沉不解意。目未下半页，如踏泥淖里。抛书倒身叹，方知已晚矣！

劝老友继续作画

平生画为业，老来不可丢。艺术春常在，颐养最高筹。花鸟笔下现，人物纸上浮。绚丽大千界，绘为三尺图。悬壁可自赏，宾朋最渴求。人间风云幻，图画万古流。

听一位山村小学教师的自述之后

生活虽云苦，舌耕不知休。孜孜教村童，殷殷督子修。卅年倏然过，一子又教书。诉说虽有泪，追悔意全无。中华天地阔，此辈最为优。我祈咏歌者，引吭为之讴。

怀元帅

元帅皆归去，帅坛荡雄风。长江黄河在，自古育英雄。俊杰代代出，辈辈出忠诚。寇贼谋侵略，阴谋难得逞。中华生气勃，自有帅星升。我祝国有威，我祝旗更红。此身存在日，此心总耿耿。

长江与黄河

华夏江河在，澎湃亿万年。人道像巨龙，谁见龙在田？源远人仍探，流急浪滔天。山阻破门峡①，沙迷纳细川。宛延万里路，终归大洋间。人事常更替，今容非昔颜。汤汤江河水，地球同寿延。

【注】

① 指黄河所通过的龙门与长江所通过的三峡。

张治平

1961年10月出生，祖籍山西。农工民主党员、海拉尔政协委员、主任医师。1984年毕业于内蒙古医学院，现任呼伦贝尔市人民医院耳鼻咽喉科主任、内蒙古自治区耳鼻咽喉学会常委。

思　乡

严慈盼子早期归，子念双亲魂已回。
梦里相逢泪若雨，喜睁睡眼醒犹悲。

夏　日

雨后风光好，花香耀地红。
芳林日照暖，翠鸟伴歌鸣。

张　勇

丰镇人，1953年11月生。曾任丰镇市政协副主席，现为中华诗词学会及内蒙古诗词学会会员、乌兰察布市诗词学会理事、丰川诗社副社长。著有《张勇短篇小说集》《文苑拾零》。诗词作品散见于区内外各级报刊。

游辉腾锡勒草原

绿野清风远，平畴草木欣。
奶香游子醉，百鸟弄娇音。

游西湖断桥

丹桂陪潭月，游人暗自香。
湖平飞紫燕，桥断影留长。

贺小女瑞瑞生日

杏圃园中吐艳芳，新枝叶茂喜出墙。
春岚哺润花苞缀，红雨盈城遍地香。

咏薛刚山

薛刚山，又名石元山，在丰镇城东二里饮马河畔。传说为唐薛刚避难处，又说为后唐周德威屯兵寨。

旷野卧孤丘，沧桑渡叶舟。
朝霞听水涨，暮霭揽歌讴。
薛寨风烟去，唐门殷血留。
生灵齐敬仰，同力胜寒秋。

秋之情

大雁凌空去，黄花路野飞。
牛羊淹茂草，谷薯满仓堆。
风起田原阔，枝摇碧陌开。
农家欢庆日，秋色映朝晖。

秋之趣

岚黛罩群岫，天空望眼沉。
蒲绒迷远路，绿树锁邻村。
袅袅炊烟缓，蒸蒸热浪奔。
杯盘盛醉意，笑语溢庭门。

秋之梦

细柳挂银钩，轻风伴我游。
丹枫香浴美，桂液寄情稠。
问圣求开卷，与仙共放喉。
谁言秋露冷，日日暖春柔。

延庆县街心广场夜间漫步

京畿脚下第一城，暮霭长龙巨影朦。
舞袖嫦娥抛玉带，轻歌侍女降蟾宫。
林荫深处青枝闹，映月池边芳郁浓。
鼓乐笙箫新曲奏，和谐吕律诵昌平。

凉城卧佛山远眺

横卧群峰览紫烟，纳祥储瑞数千年。
深荫岱海千重浪，普惠双龙万亩田。
化雪融冰除旱魅，调风唤雨解民悬。
寒来暑往情难忘，世事和谐不老天。

访洪洞县大槐树旧址

稀疏枝叶影留长，泽润槐荫庇圣廊。
万众离徙思始祖，千丁归宿望农桑。
无踪老鹳浮图在，有意飞鸿旧迹香。
故土域疆今更固，弟兄四海颂侯杨。

天山行

盘蜒环绕上高峰，融入天山画境中。
瀑布连山生紫瑞，青松接地绿葱茏。
激流滚滚翻银浪，峡谷幽幽起骤风。
满目风光观不够，高歌一路好心情。

赞市老年门球队

几沐风霜几更年，盛名已在古城轩。
晨星砺练人行早，夜静绸缪雨落前。
高甩银杆生霹雳，飞翻紫弹起风烟。
多轮战斗精神振，喜奏周南[①]晚乐弦。

【注】

① 引杜甫“周南留滞古所惜，南极老人应寿昌”。这里指年老的人。

自　娱

天命将临学写诗，蹒跚练步未延迟。
孤床午夜吟歌颂，紫案三更对韵思。
浩瀚银河习旧典，众多熟友拜名师。
沙痕偶尔留鸿爪，故里桃花拥满枝。

自　律

一世一生为好人，勤于反顾省躬身。
玫园有刺休近访，杏圃无花却远欣。
大海行舟依舵引，深山探胜记痕真。
心怀正气去歪念，哪个无常敢叩门？

五十抒怀

人生五十又开头，磊落男儿不晓愁。
久沐风霜难易志，历经磨难更追求。
立身勇作追风马，俯首甘为孺子牛。
莫道晚霞时日短，惊天焕彩更无踌。

生日有感

丁亥年九月初三晚，与市政协一行考察至南京。正逢本人五十五岁生日，众朋友为我在金陵大厦设宴庆贺，感激之至，口占小诗，藉以记之。

金陵依旧落虹霞，染透红黄九月花。
有幸他乡逢诞日，何言故友走天涯。
甜甜美味熏肠肺，点点琼浆润脸颊。
盛意绵绵千鼎重，情和煦煦暖如家。

乡村秋日

朔漠边关岁月稠，乡村又遇好金秋。
茫茫旷野平畴阔，淡淡云天林海幽。
车驰人欢腾喜气，麦翻机响唱丰收。
村姑歌起红霞落，户户醇香醉玉钩。

乡村四季和谐歌四首

春

春到峰岚碧水间，知时润雨嫩芽悬。
南来大雁觅新寓，北往黄莺恋故园。
寸草含情村壁暖，山丹芳郁户扉甜。
复苏万物和风煦，喜兆年年艳丽天。

夏

夏至清凉暮色间，蝉鸣树静彩云悬。
攀枝壁虎围农舍，粉靥芰荷染御园。
满涧清波红映绿，整畦瓜果脆生甜。
夕阳无限前程远，一寸光阴一片天。

秋

秋风粟黍满仓间，红绿白蓝垄上悬。
灿烂黄花醉蜂蝶，嫣红枫叶扮田园。
飞烟骏骥蹄声远，潇洒牛童牧曲甜。
笑语欢歌牵落日，长空万里彩云天。

冬

皑皑平川白雪间，红梅傲自破冰悬。
寒风骤起封阡陌，旭日升腾照壁园。
缕缕春筹胸襟热，频频杯盏醉心甜。
荧屏昨学新科技，今日富途通九天。

新区文化墙抒怀

新区广场竖文化墙，以浮雕形式，展示了丰镇人民三百年艰苦奋斗、自强不息的历史。

开 疆

中原铁马走风雷，燕赵悲歌响翠微。
烽火狼烟烧沃野，秋霜青雨润青苔。
汗珠浸透田中土，心血浇开垄上梅。
狗吠鸡啼惊兔去，牛铃摇响燕南来。

通 商

繁华井肆恋行商，北往南来货栈忙。
绸缎绫罗成练彩，牛羊粟黍带泥香。
茶途万里通天际，驿道逶迤达海江。
滚滚财源通阜内，红尘百丈小苏杭。

唐多令·与老友白大重逢

倏然喜相逢。重阳热泪同。四十年、相隔西东。畅饮开怀谈旧事，黄花谢、丹枫红。　雁阵鸣长空。秋光入酒盅。泪眼迷，聚散匆匆。相视鬓霜方觉老，鹏志在、晚霞浓。

张 彪

1938年出生，河北衡水市武强县人。毕业于化工部北京化工学校（今北京化工大学西校）有机塑料工艺专业。高级工程师。曾任内蒙古化工建筑安装工程公司、内蒙古化肥公司副经理。内蒙古诗词学会会员、内蒙古改革发展委晚霞诗社编辑，出版有个人专集《瓢箪斋诗稿》。

满庭芳·庆贺自治区成立六十周年

黄脉欢歌，兴安献彩，海屋六秩筹龄。沉沉长夜，功赖导航灯。乌老耆英尽瘁，战顽逆，自治先旌。甘霖洒，草原染翠，蒙汉结长城。　　东风催鼓角，钢繁百业，煤作梁楹。鹰龙连四海，林郁仓丰。电亮京城夜色，金三角，万骏奔腾。新猷展，毡包浩特，天籁牧歌风。

满庭芳·建军八十周年节

义举南昌，雉堞染血，貔貅筑藩屏。狂澜砥柱，戎幕仪航星。五战追围恶兽，星星火，湘赣熊熊。峥嵘路，千山万水，壮志贯云虹。　　太行驱魑魅，中原逐鹿，三役鏖兵。破长江巨堑，直捣黄龙。狠戳觊觎纸虎，囤威振，赖我长城。垂青史，光夺日月，亿兆唱雄风。

水调歌头·和林县南山百亭园

重九清秋日，芳野绿葱葱。黑水叮咚相语，青冢汉时朋。骄子蒙牛沃土，盛乐层楼林立，万户牧歌洪。赖党富民策，百业喜飞腾。　　南山踞，回川细，画卷雄。百亭金顶浮翠，赫果布繁星。古币筑坛耀目，远岫娥眉淡抹，栉比眺新城。勒马拓跋愕①，难觅旧时宫。

【注】

① 拓跋指北魏拓跋，曾在和林县盛乐建都。

风入松·乌素图国家森林公园

松荫绮陌气清鲜，明鉴映蓝天。画桥连芳岛，几鸥弋，柳弄晴岚。满目重峦拥翠，青城厦影浮端。　　造林几度战家山，汗雨洒层岩。绿丛半掩乌召脊，梵钟引，古寺听禅。佛祖千求默默，菩提风雪无言。

【注】

乌召即大青山脚下的乌素图召。

退休情

老退离群心不孤，位卑何用虑沉浮。
酒薄常备堪酬客，室陋无喧宜览书。
敲韵雕虫钟翰墨，理花莳草乐樵苏。
卸辕未泯耕耘志，一寸丹心蕴玉壶。

总理与小学生

“两会”期间某省农村小学生们托代表给总理捎了封信，信中向总理汇报了他们免费读书的快乐，总理在百忙中用毛笔工工整整写了回信。

红墙太液几灯明①，总理心牵村寨童。
素翰寸心倾喜悦，国纲百计系桑农。
柔毫切切千钧意，勉语殷殷万缕情。
为报东君播雨露②，一园蓓蕾志鲲鹏。

【注】

① 太液：太液池即今北京故宫西华门的北海、中海、南海三海。诗中指中央人民政府所在地。

② 东君：古代传说中的太阳神，也有以春神为东君。诗中指党和国家的关怀。

张振水

1945年8月出生，笔名红山石。1968年毕业于内蒙古师范大学（原内蒙古师范学院）中文系。曾任赤峰市经贸委副主任，总经济师。七十年代起在昭乌达报、赤峰日报、内蒙古日报等报刊发表散文、散文诗、诗歌等多篇。现为赤峰市诗词学会会员、《红山吟坛》顾问。

长相思·英金河橡胶坝

岸堤修，护堤修，橡坝宽宽截汇流。柔波蓝似绸。　　静悠悠，碧悠悠，一望无边豁人眸。引来百姓游。

诉衷情·贺青藏铁路正式通车

欢歌响号震长空，哈达绕拉宫。神州大地同庆，雪域落飞虹。　　穿冻土，破坚冰，上巅峰。巨龙腾宇，挑战攀登，揽月追星。

张桂银

女，山西省定襄县人，1944年生。小学高级教师。呼伦贝尔市诗词协会会员、中华诗词学会会员、内蒙古诗词学会会员。现为晚晴诗社副秘书长。著有《步行诗稿》。

祝贺第三届教师节

人人尊敬是教师，又逢佳节欢乐时。
汗水浇灌禾苗壮，栋梁须待育新枝。
无私勤奋为传道，不计名利醉心痴。
桃李芬芳满天下，教书育人志不移。

张笑宇

1972年生，山西省人。供职于包头市九原区环保局。包头诗词学会会员。

满江红·九原怀古

苍岭逶迤，延伸得、风开云裂。浓雾里、大河东去，始皇遗阙。峰倚青天成绝壁，烟霞若海浮金鳖。踱阴山、古刹递钟声，除妖孽。　闪电急，雷霆捷；头曼死，飞灰灭。掘龙章凤卷，太多英杰。边塞靖宁胡汉事，三娘喜读鎏金牒。看今朝、民族更相亲，宏图业。

太常引·中秋赋

2005年中秋恰值“九·一八”，是夜雨暴雷惊。

金风忽至雁将飞，霞彩顾亲随，黑发可曾亏？望沧海、桑田欲归。　奔云横跨，圆蟾卧岭，闷酒浸余辉。九·一八何为？热血沸、天悬炸雷。

忆秦娥·雪域哨所

边关岳，银飞玉坠人踪灭。人踪灭，山呜林啸，劲松高洁。　　红旗似火腾雄烈，槊横枪挺英姿绝。英姿绝，处身荒野，发眉残雪。

昭君怨

襟抱酥怀华夏，笑敛长安别驾。壮志扭天枢，誓宁胡。　　酸腐芥心猜忌，自古呻吟抽泣。莫再瞎伤悲，看朝辉。

雨霖铃·昆都仑召

春寒清冽。看南来燕，岁岁相接。晨钟暮鼓香惬，盈梵院、声闻缘觉。铁马金戈年月，让厮杀停歇。有道是、横锁阴山，大水难乘石门缺。　　牧歌舞纵初升月。乳香飘、诱得风轻噎。酥油浸满灯盏，摇影颤、衬扬佛诀。两百年前，留下乾隆墨迹堪学。建法禧、胜养雄兵，塞外荒城堞。

张继钜

1959年10月出生。内蒙古大学文学学士。现为包头电台主任编辑、《包头广播电视》责任编辑。内蒙古音乐家协会会员、内蒙古通俗文艺研究会会员、内蒙古心理医生协会会员、包头市作家协会会员、包头市诗词学会会员、包头市音乐家协会会员、包头市海外联谊会理事、包头市台胞台属联谊会理事、包头市大漠文化艺术中心会员、昆区文联会员、青山区文学创作协会理事。

观李清照纪念堂

绿柳青青汉玉堂，词篇镌刻圣泉旁。
当年风采依然在，绝唱千秋慰故乡。

观包钢转炉炼钢有感

雄炉转动钢花溅，烂熳红英乱紫烟。
忽见炉前春水浩，金流滚滚半边天。

银河广场

琼花点点动林间，皓首闲来放纸鸢。
蝶影翩翩春色舞，儿童绕绿不攀栏。

游五台山

白云远动五峰间，绿树婆娑数鸟还。
圣殿木鱼敲午近，香烟袅袅似云闲。

观壶口瀑布

百斧千凿巨手开，千军万马落平台。
涛声阵阵雷声吼，不尽黄河天上来。

张崇溶

1942年生，山东省无棣县人。高级经济师。曾任职于包头市青山区人民政府、包头市财贸委员会、包头市发展研究中心。现为中华诗词学会会员、内蒙古作协会员、内蒙古诗词学会会员、包头市作家协会名誉副主席、包头诗词学会副会长。出版有小说、报告文学多部，词集《红叶集》一部。

念奴娇·包头

雄风大漠，古疆场，多少奇人豪客。遗恨阴山空对月，长水日升日落。炮乱黄羊，旗迷苍鹭，狼怒嚎篝火。飙撮帐去，化出新城一座。　重轨清丈中华，煤飞电路，稀土声名赫。更把三春留塞外，四季挥泼绿色。高厦争辉，霓裳竞彩，灯下车流过。鹿鸣晨晓，蓝天多么辽阔。

巨　榕

休说独木不成林，天赐老榕十里荫。
万柱千檐结广厦，猿啼鸟哨自为春。

《红叶集》成书自吟

《红叶集》成书后，细点词牌恰为百调，巧也，趣也。感慨系之，抚卷以吟。

墨香萦百调，往事已匆匆。
笔转圆缺月，茶溶冷暖冬。
青丝飞雪韵，赤靥匿霞红。
苦辣皆成趣，奔流撇捺中。

登碣石山

无棣有碣石山，俗名大山，又名马谷山。丁亥清明专程登临。

平畴沃野有高山，鲧血禹神生紫烟。
几汪镜池出麦底，一条带路没天边。
沧溟万顷桃花汛，小港千帆柳叶船。
观海阁前思魏武，心潮澎湃水云间。

辉腾锡勒草原

九九泉滩草色青，碧空如洗彩云生。
大唐力大排长翼①，深塞情深竞百灵。
把酒话弓穹帐阔，啸风飚马莽原平。
雄浑岑寂侵魂魄，独立苍茫皓首翁。

【注】

① 指大唐公司的风力发电机。

天山天池

抚日猜星太液闲，博峰守护万千年。
香飘似见蟠桃笑，雷动犹听八骏还。
龙鲤中秋朝满月，凤蝶盛夏闹轻岚。
搭波巧挂穿云练，雪浪欢歌入画园。

拜泰山

我本齐鲁男，萍飘寄塞边。岱宗常入梦，苦雨诉荒年。多少中秋夜，　怅然对月圆。阴山鹰洒绿，黄水雁收寒。花甲驱长列，阳春拜圣巅。酸眸触青色，老泪已潸潸。五内燃香锞，苍头绕紫烟。碧霞怜子意，云外玉梯悬。一磴一叩首，惶惶登九天。汗流何漉漉，气喘莫啴啴。累抿三星果，饥尝六度泉。左栏呈赤龙，右索化青鸾。我亦非原我，身心顿豁然。实为一叶草，展翠十八盘。何以笑罡风？根深千仞连。实为一粒石，戏日探涛岩。何以抗惊雷？基牢万顷安。丹心藏砥柱，游刃六合间。放眼玉皇顶，群山腾巨澜。竟如骄马阵，奔涌蓝草原。待望回程路，菟丝牵且缠。

鄂尔多斯行

鄂尔多斯，蒙古语，宫帐很多的意思。因供奉成吉思汗的“八白室”而得名。她是黄河几字怀里的一片高坡——鄂尔多斯高原，她是内蒙古自治区的一个行政区划——鄂尔多斯市，她是一个国人耳熟能详的品牌——鄂尔多斯羊绒衫。

黄河几字揽高坡，这里古时宫帐多。
鄂尔多斯名气大，一则广告俏中国。
天鹅起舞迎宾客，峡谷欢呼声不落。
带录响沙仙韵飞，镜收西夏石佛乐。
风和日丽拜成陵，金碧辉煌紫气生。
一代天骄神勇在，静听草长鹿羔鸣。
如今才俊开新路，吸引全球都拭目。
羊赛珍珠马似龙，谷垂双穗桃弯树。
山川宝地更无双，滚滚乌金电线装。
油气点燃长寿火，绒王打扮新嫁娘。
新娘娇艳羞兰蕙，妙舞酣歌调美味。
屈指三弹慨而慷，芳醇奶酒拼一醉。
未辞灯海已清晨，日嫩云鲜空气纯。
满目恢弘龙虎地，九天航线正缤纷。

定风波·延安路上

古道新途闪奥迪，千沟万壑隐天机。窑洞三叠之字路，栽树，绿云缥缈鸟儿啼。　　遥想当年枪炮密，博弈，笑谈声里克顽敌。遍地秧歌崖上鼓，狂舞，黄塬旭日展红旗。

青玉案·周恩来的纺车

风尘仆仆延河畔，缓摇臂、乾坤转。乱絮一团千丈线，经分一半，纬分一半，织就新图案。　　花红柳绿延河畔，件件宗宗为君奠。暗里呼君千百遍，纺车犹颤，故人长倦，饮泣肝肠断。

沁园春·毛泽东的窑洞

岭上寒窑，素凳白桌，麻帐布衾。更路狭坡陡，黄尘漫漫；草长水涩，蚊蚋津津。轻系褡裢，慢摇蒲扇，小米尖椒香溢唇。谁曾料，早声夺中外，仍是农民。　　油灯常挂商参，为百姓操劳国是勤。赖胸怀真理，重修社稷；手挥椽笔，号令三军。浴血旗红，开天星亮，拢尽硝烟破彩晨。窑虽陋，忆藏龙卧虎，情满乾坤。

菩萨蛮·老河

隋炀水道遗一段，明虾暗藻常相伴。经世老鲶鱼，朝天吹绿须。　　柳荫人似月，笑指骄阳烈。两岸麦梢黄，汤汤千里香。

鹊桥仙·月夜

纤云绕月，飞星丈宇，天上金灯无数。神仙万世少闲暇，可也似人间穷富？　　流萤蔽亮，青纱遮眼，坎坷延伸何处？誓拆银汉筑乡途，愿脚下辉煌一路。

探芳信·放蜂人

北国好。惬酷暑阳春，露凝芳草。看百灵嬉戏，天远日方晓。漫川荞麦花如海，白浪融飘缈。蜜蜂儿、往返穿梭，粉圆身巧。　　蜜又该割了。滤日月精华，地珍天宝。世上甘甜，勿须问、汗中找。洞房纱罩粗篷帐，生为追春跑。放蜂人、瘦马花痴候鸟。

玉蝴蝶·登春坤山

旱艇跃出山浪，终达妙处，饱览风光。草茂花娇，流彩锦甸飘香。北云白，峰涛汹涌；南岭锐，河带绵长。古杉旁，数间茅舍，敢是仙乡？　辞忙，重游故地，嶂开衢阔，树密楼藏。奶酒一壶，老夫还效少年狂。狡狸窜，弯弓沟壑；烈马嘶，扬辔峦冈。远萧墙，举杯天地，剪影夕阳。

水调歌头·吊怀朔镇遗址

北塞镇中首，烈烈没荒丘。拓跋皇室基业，自此付东流。千载烟云散尽，只剩城河故道，闪泪对天愁。过去繁华日，从未下心头。　人丁旺，牛羊壮，米粮收。钟鸣大寺声远，塔影泻重楼。骁将登台发令，兵勇吹笳扣箭，千骑猎清秋。怕想涅槃事，请祭土一抔。

塞翁吟·成吉思汗草原生态园

塞草发春雨，新绿洇上蓝天。花怒放，鸟争喧，任小鹿撒欢。毡房赴罢重阳宴，篝火伴舞阑珊。素野阔，敖包圆，雪橇没寒烟。　　流连。驹长啸、犹怀欧亚，驼漫步、常思汉娟。酒香透、城中牧场，六千亩、莽莽苍苍，畅饮奇观。斟出远古，醉去斜阳，挽住陶然。

最高楼·参观联合国大厦

摩天厦，简练且辉煌，紫气透八方。层层安谧牵风雨，厅厅肃穆系刀枪。万国旗，同步舞，向朝阳。这世界、硝烟何日住？　　这世界、饿童何处诉？援玉鸟，射天狼。伊园禁果亲兄弟，天堂上帝小羔羊。莫彷徨，齐挽手，共沧桑。

张 清

笔名老残，内蒙古凉城人，1936年11月出生。原任包头昆区党史办主任、区志办副主任。儋州、包头等诗词学会会员，中华文化研究会等研究员，燕京文化开发研究院等特约作家、记者，诗词被《中华当代诗词联大观》，《20世纪词苑大观》《传世孤本·经典诗词》等30余家诗书选载。

故宫石雕

千宫万阙每牵魂，最是雕栏白玉群。
云水蟠龙铺御道，崇阶奇兽饰台门。

山海关写意

城头即兴望雄关，乍到秦皇海域宽。
暮霭朝霞山水静，松涛雪浪竞斑斓。

龙庆观峡

山林绿草惠清幽，跌宕透迤涧水流。
树罩深峦常蔽日，哪堪好景睡千秋。

天津到龙口海轮中

渤海茫茫落日圆，飞船暮色可观天。
繁星云海飘然去，夜半涛声好入眠。

草原行

碧草清流花木疏，蓝天云淡马嘶庐。
呼伦贝尔天辽远，百鸟翱翔达赉湖。

长相思·游绍兴沈园

忆放翁，沈园情。依旧宫墙草木生，缘深梦未成。　　故山亭，泪流横。一曲钗头悲誓盟，林莺叫几声。

江城子·忆旧

欲将旧事话沧桑，建包钢，自难忘。朔漠荒原，斗地战寒霜。几度春秋风雨涩，霜满鬓，又何妨？　　长街织锦似还乡，目微张，泪千行。国事兴隆，放眼看新妆。鄂博有情逢盛世，钢铁溢，稻花香。

张福勋

1939年生，河北省定兴人。包头师范学院教授。现为自治区、中华诗词学会会员，包头诗词学会副会长，著有《诗的艺术世界》《陆游散论》《萤窗诗词拾翠》《宋词论集》《宋代诗话选读》等。

念奴娇·龙城雨后

荷风吹雨，把龙城、处处洗成青碧。雀唱柳丝翻好曲，惹得蛐蛐声急。店铺鳞鳞，霓虹闪闪，岂用传神笔！广场闲步，不知泉水淋湿。　偕友登上南梁，放眼街衢，感慨今非昔。局促茅屋惊水涨；小巷泥泞交织。触目荒寒，人如鬼瘦，哪里闻歌席！晚霞红遍，一弯新月当壁。

【注】

据史志，东河区政府将东河区定位为鹿市龙城。其美丽传说，动人心魄。

西江月·神舟六号飞船畅游太空

屈子望天吟苦，青莲抱月酬沽。从来骨鲠犯君诛。难解沉浮谁主？　唤醒嫦娥起舞，同描环宇蓝图。全球雀跃共欢呼。神六翔空擂鼓。

寄呈牧多兄

丁亥中秋，牧多兄《桐花》《桑叶》《云泉》三本诗词集同时出版，赋诗一首为贺：

诗债难偿宿命欺，三千弟子竞葳蕤。
青灯素卷涵芳润，紫塞黄泥酿绝奇。
沥血含毫披夕秀，呼风把酒赋兰芝。
经纶共讨蓬壶去，到死春蚕尽吐丝。

《南海雅集》编竣感赋

雕龙岂为稻粱谋，尽诉胸中万古忧。
花落花开原有意，雁归雁去却无愁。
诗书画印争辉艺，乐味文谈美畅游。
历史从来不媚世，韦编已绝两相酬。

【注】
言谈、文章、珍味、音乐，谓之“四美”。

香港回归十年感赋

十年验证意悠长，两制一国四海扬。
纵览兴衰成败史，横流砥柱赋华章。
风云变幻胸中握，理论赢得世事昌。
大地和弦同奏日，群贤瞩目叹龙骧！

固　阳

星河隐隐有无光，草木沉沉上下梁。
独倚石墙寻远古，穿梭墓穴考前王。
忽看绿雨明山坳，顿觉黄沙敛妄狂。
后岭前坡秫薯旺，爬山调里凤飞翔。

沁园春·北戴河

故地幽燕，秀丽风光，骚客忘慵。望沧溟如碧，岗峦带绿；游沙似涌，树荫花红。虎石斑斑，渔帆片片，燕子低飞鸥逐风。争嬉水，任波翻浪打，舒阔心胸。　　曹操一世豪雄。唱大海高歌烈士衷。想秦皇刻碣，关河空锁；唐宗作赋，山岳更容。巨臂挥毫，人间已换，喜见尧天映彩虹。闻鸡舞，看风流竞逐，其乐无穷。

张澄平

1949年8月生于北京，祖籍安徽当涂。1982年内蒙古大学经济系毕业，获学士学位。现任内蒙古人大志办公室主任。中国法学会会员、内蒙古宪法自治法研究会理事。

反腐败

卖法求荣我不为，嫖娼纳贿谄奸随。
岳飞秦桧分忠佞，刘备曹操论汉贼。
淡漠人情无冷暖，纷争世事有轮回。
谪官扣俸从容笑①，权势熏天吓倒谁？

【注】

① 余曾因揭发立法收费、设立黑金库和干部嫖娼等问题被改任职务，在干部历年调升工资中多次被暗扣工资级别，后改正调升两级。

长城怀古

设界分疆不足论，峥嵘岁月御胡尘。
坚墙固垒先烈迹，跃岭飞峰巨龙身。
险塞沦失蒙战乱，雄关尚在议和亲。
见证千年血泪史，长城万里中华魂。

本色赋

知我者为我心忧，忧者同忧，国忧民忧。不知我者谓我何求，不知我者我何求？不为铜臭，非为封侯，正义追求非乞求。操守成行非作秀，法眼观天斗禽兽。公道民权求平等，理性人权争自由。悠悠、忧忧，成也千秋，败也千秋。昂首权谋，俯首为牛。书生本色，文章身手。英雄本色，沧海横流。

张曙辉

安徽省六安市人，1930 年生。1948 年参加中国人民解放军，1953 年转业包头市地方工作，已离休。现为内蒙古诗词学会会员、包头市诗词学会理事。出版有散文集《文途履痕》《文途勤旅》，诗词集《心曲留痕》等。

蝶恋花

历尽沧桑风雨路。回首当年，艰险弗堪顾。烽火长征万里度，延安宝塔红旗竖。　　全会三中拨夜雾。世纪精英，特色新篇谱。经济腾飞穷变富，神州大地群龙舞。

汉宫春

赤县神州，忆百年泪史，魔怪翩跹。南湖共产党建，辟地开天。工农奋起，战贼寇，扫尽狼烟。毛主席，天安门上，宏宣建国开端。　　多少年来成就，谱凯歌一曲，响彻人寰。推行改革开放，邓老高瞻。迎新世纪，“三代表”又续新篇。看我国，前程美景，小康大业无前。

汉宫春

雨送春来，看莺飞草长，霞染新天。关山路邈，千里袅袅炊烟。溪清水暖，锦鳞翔，白鹭翩翩。琴曲缓，牧鞭挥动，牛奔马骤羊喧。　更喜东风拂拭，扫乌云瘴气，月朗星繁。酥油炒米奶酒，畅饮精餐。穹辉篝火，伴情人，良夜无眠。金鼓打，弦歌载舞，军民政要同欢。

一剪梅·喜看改革新成就

塞北江南春色浓，水秀山葱，叶翠花红。莺歌燕舞绿林丛，大地脱穷，万里新容。　阔步奔康鸣鼓攻，世盛前空，百业兴隆。澄清玉宇荡飞虫，万众合衷，国力争雄。

一剪梅

冰雪中来雨里行，喜看春风，笑对秋风。满园桃李绽芳英，枝叶青青，硕果盈盈。　试问园丁何所能？只记勤耕，不记收成。任他随意论青红，你取功名，我适怡情。

鹧鸪天·故园春景二首

(一)

和煦春风二月天，柳丝吐翠草芊芊。梁间紫燕呢喃语，户外百花又竞妍。　云淡淡，水潺潺，夕阳揉碎碧波间。迷人佳景为何处？烟雨朦胧伴翠岚。

(二)

春到何须布谷喧，韶光无语覆山川。小苗破土平坡地，大树披装通道边。　山有路，景无边，溪堤竹绿艾蒿蕃。蛙鸣鸟语催耕种，汗水赢来丰裕年。

水调歌头·重读《岳阳楼记》

夸富叹贫事，有道古来稠。通观现代寰宇，物欲正横流。我亦凡夫俗子，未废人间烟火，冷暖挂心头。安居真潇洒？独对一灯幽。　江河纳，烟波荡，彩云浮。洞庭千里涛咏，绝唱岳阳楼。不以咱悲物喜，但欲先忧后乐，一世更何求？掩卷纱窗寂，银汉耀高秋。

江城子·游劳动公园湖

荷花湖景胜江南。水潺潺，蝶翩翩。鸟唱桠杈，鱼跃彩云间。好友邀约观美景，偿夙愿，喜空前。　　微波浅浅笑欢颜。荡游船，赏红莲。流翠泼红，秀丽艳盈园。胜地寻幽人未醉，天已晚，岂思还。

水调歌头

奋起抗强虏，胜利六十年。喜看当代华夏，战场变桑田。难忘腥风血雨，涤荡“三光”血洗，日寇逞凶残。艰苦历八载，持久斗敌顽。　　共产党，如砥柱，似坚磐。统一战线，英明领导挽狂澜。八路军威雄武，新四军歌嘹亮，浴血为今天。世界反争战，正义谱新篇。

沁园春·新春赋

紫气东来，春色明妍，亿众观瞻。喜民安国泰，和谐正气；征粮自古，免赋无前。银燕翱翔，铁衢纵贯，经纬乾坤乐且欢。洪钟响，恰一元复始，花炮声喧。　　春风驱散冬残，引开放改革跃进年。庆三星高照，九区热土；五洲伙伴，四海通联。经济高增，较低物价，国运亨通震宇寰。霞光起，正国旗冉冉，直上尧天。

鹧鸪天·庆祝教师节有感

天道扬雄奔小康，河清海晏遇祥光。园丁浇水时时见，桃李花开处处香。　　三面向[1]，育栋梁，枝繁叶茂越门墙。尊师重教风俗好，薪火光华世代昌。

【注】

① 三面向，即邓小平同志为北京景山学校题词："教育要面向现代化，面向世界，面向未来。"

踏莎行·颂园丁

伟业修勤，勋劳论起，许身孺子何能比。晨昏耗尽热和光，幼苗茁壮园丁喜。　　风雪严寒，迟眠早起，辛勤尽为千秋计。不辞憔悴育英才，丹心默献诸桃李。

水调歌头·登临上海杨浦大桥

双塔太空立，石刻倒悬天。斜拉铁索恒固，众手抚琴弦。声若洪钟律吕，壮韵流传千里，大地凯歌旋。起舞普天庆，世界汝为先。　　车列队，从天降，似梭穿；俯观江水波浪，百舸竞争先。船载车拉运送，飞架通衢两岸，建设谱新篇。黄浦今昔比，展望更欣然。

浣溪沙·漫步包头成吉思汗生态园

曲径通幽一路花，莽原芳草罩青纱。纵横绿网锁龙沙。　　花护毡房迷远客，风摇垂柳醉云霞。神怡浑忘暮阳斜。

浣溪沙·偕友游包头阿尔丁植物园

春雨如酥润物华，绿枝摇曳柳欹斜。蜂飞蝶闹似流霞。　　碧树丛中鸣翠鸟，平湖堤畔看繁花。与朋闲坐话桑麻。

李凤阳

1940年生，内蒙古赤峰市人，大专文化。曾任赤峰市红山区政协秘书长，2000年退休。赤峰市诗词学会会员，市书法家协会会员，赤峰红山诗词学会常务理事、秘书长。

学诗有感

退休笔墨度时光，夜咏诗书昼赋章。
历尽冰寒炎暑苦，半成半秕半箩筐。

冬日有感

冷风刺骨柳枝摇，田鼠冬眠深洞猫。
旷野冰封筛碎雪，麦苗沉睡待春潮。

早　春

已到新春不见春，摇枝寒雪竞纷纭。
山川依旧和衣睡，恋梦冬姑懒动身。

游龙泉寺

山寺入云深，清泉谷底吟。
松涛黄鹂戏，游客画中寻。

黄山游

脚踏光明顶，停身倚客松。
静听石鼓响，遥望九龙腾。
鸟唱千峰醉，花开万岭红。
纵观山水秀，能不动诗情。

咏大兴荷花

（一）

是谁抛下几株荷，繁衍丛生百顷多。
塞外草原添秀色，引来彩蝶舞婆娑。

（二）

七月荷花艳艳开，天光弄影共徘徊。
芙蓉舞美池中水，翠盖争天带雨来。

英金河憾

先祖英金弄扁舟，清清河水任鱼游。
而今滩露浊流泣，茂密山林变土丘。

依韵敬和凌世祥吟长《咏春诗》

户户烟花放彩时，春姑心事柳先知。
浴冰踏绿平生愿，化作新泥好作诗。

赞力王工艺美术品

赏心悦目醉诗情，承古融今冶紫晶。
三彩辽瓷三彩秀，九龙壁毯九龙腾。
青铜典雅说青史，宝鼎端庄话宝风。
远韵新声谐奏曲，东方神骏任行空。

虎

蹲踞高巅王者尊，称雄称霸镇山林。
一时性起当空吼，奸诈豺狼吓破魂。

马

长嘶疆场战旗挥，陷阵冲锋千百回。
箭戟刀枪全不惧，背驮勇士凯旋归。

兔

冰轮静静冷清清，寂寞孤独思旧情。
回想人间多自在，何时告别广寒宫。

龙

腾云驾雾任飞行，闪电雷鸣紧侍从。
虾将蟹兵听号令，名扬四海不识容。

李天光

山西省长治市潞城人，1943年7月出生。内蒙古包头市东河区经贸局退休干部。包头市诗词学会、中国通俗文艺研究会会员，在中国通俗文艺研究会刊物、《包头诗词》《对联》等发表诗词。

登八达岭

峻岭势奇雄，居高卫帝京。
天空霞彩舞，足下巨龙腾。
古代燃烽火，今朝会友朋。
游人肤色异，企盼五洲同。

参观毛主席纪念堂

驰骋一生济世穷，安详静卧睡花丛。
雄才大略风雷吼，纬地经天日月行。
华夏共和开盛世，东方革命导航程。
神州亿万承遗志，宝玉藏瑕今古同。

江城子·丙辰风云

“四凶”横逆雾弥空，到清明，未清明。恐怖寒蝉，冤狱遍寰中。经济凋零民困苦，魔怪舞，厦将倾。　三星陨落泰山崩，万民痛，悼英灵。泪洒国门，诗剑讨顽凶。奋起金箍清玉宇，妖雾净，日光红。

卜算子·登五台山岱罗顶

山下彩旗扬，岱顶游人涌。花甲之年不畏劳，登顶观奇胜。　徒步上千阶，高可接天境。我欲乘风晋地游，览尽家乡景。

古都西安

肥美秦川八百里，古城明珠缀其中。
前横雄关屏其障，后卧骊山蛟龙腾。
凤鸣岐山人心归，殷纣无道西周兴。
秦王挥剑扫六合，顺天应人中华同。
兵马俑出惊世界，大雁塔中藏宝经。
大唐芙蓉巧制作，繁华盛景尽复生。
大明宫中女皇威，华清温泉贵妃容。
张杨兵谏主抗日，遗迹永留捉蒋亭。
天翻地覆皆有因，历史兴衰岂无凭？
仁政不施攻守异，关塞难保无道君。
钟鼓楼上留照影，喜眺古都万象新。

李文佑

号乐山居士，1950年2月出生于内蒙古乌兰察布市察右前旗全胜局村，祖籍山西定襄县。14岁辍学，21岁参加铁路工作，2005年退休。内蒙古诗词学会、中华诗词学会会员。现任《内蒙古诗词》责任编辑、编辑部副主任，作品散见于国家级、省区级诗词报刊上，著有诗集《方寸燃灯》。

述　志

云卷云舒任是非，卸辕老马不知悲。
眉心黛色因诗奋，胸里红潮向日飞。
一梦南柯均富庶，满怀忠悃化葭灰。
男儿立世应无憾，勇为江山竖巨碑。

明泰陵大修有感

今人不启九王堆，皇帝金盅贺后妃：
尸朽千年还坐大，官升一纪永光辉。
聚麀周曌岂尴尬，离黍铜驼讵是非。
无数英魂惊互问，江山后主属阿谁。

晨兴读《李太白集》

宿鸟催天亮，开书见李公。
岂徒四海客，真是九州翁。
杯酒耽佳句，风烟娱性情。
来骑俱彦士，归棹少白丁。
蜚誉曾依贺，羡仙数望虹。
丹砂鼎鼐赤，神道鹤翎空。
才傲官希惬，文伯友尽膺。
浮云轻富贵，流水埒纯清。
足踏白云渺，名得万世雄。
至今骚墨客，谁敢忘归宗。

访隐者

为访隐沦上远村，青蛇断道吓人魂。
山头烟雾鸟归慢，石面苔藓兔卧新。
忆旧人消尘世冷，图新梦过草床亲。
金刚一卷蛾眉老，千古风流属太真。

读书夜

蝙蝠出洞北辰横，蟋蟀不鸣夜已暝。
连理枝栖比翼鸟，空天月照读书灯。
诸生伏案思添翥，潜鲤冲波欲化龙。
自古英雄风雅士，聿修厥志待时兴。

悼诗友

天地英雄气，生成一丈夫。
清白昭日月，诗赋效相如；
济世倾肝胆，捐膜亮暗途；
付出百迹在，求报片言无；
真宰拘忠魄，青山瘗悫儒，
遗骸焚火日，骑鹤入天初；
烟雨袅城砌，亲朋罢酒垆；
衣钵传孝子，风范蕴蓝图；
人去音容在，魂归关塞哭：
年兄应告慰，德业未全孤。

处　士

处士生涯笔一枝，天遥水阔任神驰。
风吹嫩柳观星夜，酒漫青庐会客时。
杯案余茶人去冷，纸墙旧稿墨皴迟。
蝉声满树云雷过，熬夜观球睡不知。

志　感

生涯从此静苍烟，万里歌声动禹天。
一棹单移渤澥水，双凫重劈碧池莲。
脸因编稿翻新色，发愧忧时催旧癍。
年近六十应未老，自欣笔杖可耕田。

无 题

寥落长天日又终，窗前小雨过墙晴。
三餐面饭疗荒腹，一计生涯辨古风。
酒苦颜酡惊客问，灯残屋冷按歌声。
翻将情趣批吟草，半亩诗田乐自耕。

中夜书怀

少年不忍重回首，壮岁多将爱作铭。
心赖诗情销旧梦，身浮人海促新风。
顶边残发斑白尽，架上新书自在通。
惭愧流年逼耳顺，迎风还唱大江东。

冬日抒怀

日暖冬风厌上楼，满怀恩怨总难休。
杯斟陈酿文君醉，梦占天台季子羞。
惊见世间人欲滥，谁陪北苑柳牵愁。
此身合是偏多病，辣蒜经年告废求。

自由鸟

滑国璋先生，性情中人也。诗书画外，雅爱翎毛。室养珍珠鸟四枚，相伴晨昏，聊慰孤独。久之，怜其囹圄无奈，遂开笼任其自由。小精灵也有恃无恐，随处飞落；柜顶空腹瓷马，或作客栖之所。惟遗矢只在枯枝处所，似也略通人情，不玷主人洁雅。余时时作客先生家，偶或戏之，啁啾回应，颇见知音意趣。

巢无高崮落，树有败枝栖。
洞住穿瓷马，笼开拂客衣。
因熏泼墨久，便会看图啼。
作此自由鸟，庙堂亦不移。

自　遣

年华渐老始知非，旧事依稀入梦回。
意气消磨伤教化，胸襟惭愧伴蛾眉。
窥时老眼灯前暗，励胆兵书病后睽。
愿借龙泉清治下，禹天从此放新雷。

忆　旧

腕悬铁笔雕虫苦，墨洗莲池写帖寒。
十面营谋文字老，一身正气仕途难。
曾经万里巡天路，谁悯千寻望玉关。
有恨年年听狗吠，无愁岁岁步吟坛。

酒辩

乾坤初创祖龙枭，试酿稃粮块垒浇。
问鼎英雄胸臆忿，亡国君主酒池凹。
沉鱼落雁污颜色，起死回生仗剑矛。
治乱从来因主暗，兴亡何事骂醪糟。

遣怀

贾岛推敲曾犯驾，孟郊惆怅不逢时。
傍堂枝蘖先春绿，浅水池塘后雁知。
三月未闻桃李报，九天初动雨雷思。
君恩四海鳞龟奋，野老无缘自写诗。

有感

三生笑诺结新盟，半世红颜叛旧情。
合夜鸳鸯成宿敌，分灯爱侣哭过庭。
姻亲不证千年果，时态谁知百劫生。
聚散随缘君莫恼，蜉蝣在寄慎相烹。

叠 忧

一日三餐先服药，数番优乐独含饴。
梦中明月揽来近，震后唐音读欲迟。
蜗室蒸膏灯灭处，汶川画面泪看时。
已成心锁千千结，不怪亲朋切问私。

遣 兴

病榻编诗未敢劳，云山追梦自风骚。
死生荣辱难唯一，学问身材欠等高。
治国从来需宰相，扶刘未必赖萧曹。
致知格物修行事，无意隆中起卧蒿。

读 史

血涌灵台梦未忘，潮升潮落费平章。
进军旗鼓销兵甲，问鼎狼烟逐帝乡。
将叛营阴花欲死，锦旋村外骨犹荒。
民生自食耕耘苦，无奈田捐供禹汤。

野牧人家

塞草连云绿，秋虫入幕喧。
人勤天不弃，马老路知还。
毡帐风晨毁，天窗雪暮寒。
交心惟向马，遣兴独凭栏。
座送杯中酒，刀分手把脔。
食蔬寻野韭，焚粪拾陈团。
守拙传家法，通穷失证诠。
怡然终岁乐，自得武陵源。

忆 旧

门庭造次饥成患，年少疯狂百事幽。
鹑结褴衫贫似丐，心通湖海欲成鸥。
未能道悟敲鱼键，险吊椽空系马钩。
思过初知形实累，误将羸魄寄神州。

有 赠

缘证三生一梦难，杭州不见旧栏杆。
东风乍识芙蓉面，苦李初飞宿雨酸。
芳泽已湮二亩绿，潟田谁润一分丹。
君行此去勤珍重，来世重逢共作男。

残 夜

一岁年华冬欲尽，万家灯烛雪中烧。
思归蓬岛飞黄鹤，病卧床头听夜枭。
疱疹锥胸生气短，枯花熏鼻落魂消。
将它地狱人间过，说甚幽冥苦竹桥！

今 昔

年少曾经岁月枵，荒村道李竟成痨。
深秋出牧情多闷，冷夜翻书恨未消。
不有千番疼彻骨，那知一世苦难熬。
皈依三宝还披发，放旷随缘度剩朝。

新 病

半生卓荦病光头，心脑频添多事秋。
结石劳人唇断酒，脂肝逼肺健难求。
艰危岁月劳鸿侣，花样文章逐梦鸥。
处世难违孔圣诫，慎行犹自堕奸谋。

心病住院又患疱疹

日月凋亡何处寻？老添颜色鬓云深。
已甘食韭无盐味，便作糊汤胜鲫豚。
青海扬帆渔近利，璞田瘗玉哭遗民。
又遭新病浑无奈，熬尽寒冬是此心。

作　客

假日登门值钓归，殷勤偿客鲤鱼肥。
日中烹急残鳞甲，雨后柴新爇火微。
窖酒正分熏雉味，瓜庖偏漏湿人衣。
二更向尽言初聚，隔座喧呼靥正绯。

戏题赠吴上人

麻鞋着意践莓苔，囟顶疑蜂抱瓜来。
破屋添灯山雨雪，空床敛欲月当怀。
已揩廊柱留云住，更净山门待鹤徊。
樵客难闻真镜界，荆丛擦缝费剪猜。

友人过访不遇寄赠

扣门不遇几盘桓，管鲍知音胜二番。
箬笠来时听翠鸟，江烟尽处见秋山。
新歌已换前年旧，薄被难支去日寒。
剪韭无思晴雨露，荆钗代煮待君还。

李文秀

笔名晓光，号病山人，1933 年 1 月生，籍贯内蒙古科右前旗。大专文化，1949 年 2 月参加革命工作，离休前任呼伦贝尔盟地方志办公室编辑，副编审；现为内蒙古自治区诗词学会会员、呼伦贝尔市诗词协会会员，著有《甘珠尔庙外记》《甘珠尔庙今昔》《病山人诗稿》等。

兴安岭六月雪

端午飘鹅毛[1]，山花尤显俏。飞龙喜寒喳[2]，杜鹃笑冷娇。松鸡林中舞，雪兔兴奋跳。风助峻岭洁，美哉雾凇飘。

【注】

① “鹅毛”为雪，1992 年 6 月 5 日端午节，天降大雪，且雪积一尺多厚，人称喜雪。

② “飞龙”，学名榛鸡。

赞红花尔基樟子松

巍然屹立谷陵间，雪雨风霜耐暑寒。
沃土清泉铺塞北，神州怜爱伴沙眠。
涛音震古樟香味，飒爽雄姿粉骨廉。
原野富饶无索取，世人盛赞谱诗篇。

李长江

现年66岁。退休前任海拉尔区委副书记，2002年退休；退休后任海拉尔区关工委常务副主任。

2007年元旦感怀

和谐社会大旗飘，无限生机举世骄。
戍岁乘龙频报喜，亥年跃马再登高。
兴邦有策黎民乐，立党无私朗日昭。
华夏新天逢大治，环球独步领风骚。

纪念毛泽东同志一百一十三周年诞辰

千年旷世伟人生，马列高擎领俊英。
敢倒三山摧腐恶，为清四海振华兴。
精髓论断明灯塔，璀璨诗章唱大风。
花木朝阳春不老，飞乘骏马续长征。

李世琦

笔名川之，李实。1938年生，河北省无极县人。1961年考入北京大学中文系，毕业后从事党报文艺副刊工作，1987年评为主任编辑。与人合作出书5种。个人专著有诗选集《花野情韵》、中国古典诗词精华类编《述志卷》，评论《谈文论艺》及《王铎的故事》等。

读《纪念张长弓》

老泪多回落，原因挚爱深。
篇篇无套话，句句有真心。
道德称模范，文章益世人。
此书传四海，可慰漠南魂。

赠一位中学老师

往事常回想，心潮巨浪翻。
真情深雾海，高义薄云天。
德业谁人比？师恩数代延。
每思曾受苦，桃李泪潸然！

步谭博文会长《喜迎亥年新春》原玉

足迹东西南北中，河山锦绣气和融。
枢廷决策旌旗奋，闾里生活别样红。
诗友风骚歌盛世，文朋翰墨颂农工。
青春耆宿昂扬志，海晏河清铸大同。

和诗友《吟坛述怀》第二首原韵

芸窗孤影度寒霜，怒放心花万里香。
健笔凌云羞媚色，吟旗摩汉傲群芳。
清高未逊秋穹碧，渊雅咸输锦绣章。
酒绿灯红迷醉夜，诗魂曼舞宇苍茫。

读《诗人贺敬之》呈贾漫

诗人倾力传诗人，水秀山青甲桂林。
慧眼灵心思独特，驱烟散瘴理纷纭。
精辞妙喻频扑面，灼见真知密入神。
斯类题材孰媲美？文书碧落灿星辰！

贺内蒙古自治区成立六十周年

欣逢六秩悦花原，各族同胞绽笑颜。
北牧牛羊铺绿野，南粮稻菽覆良田。
东林碧浪流天际，西铁钢花映夜间。
牛乳飘香香四季，羊绒保暖暖千年。
乌金化电成优势，稀土环球独领先。
不意旅游能大器，谁知文化赚洋钱。
金杯品酒听捷报，玉调长歌唱凯旋。
神骏追风飞万里，英明自治庆尧天。

满庭芳

惨雾愁云，凄风衰草，饿殍阡陌尸横。恨深仇大，谁率救生灵？不啻开天辟地，湖船上、吾党诞生！艰难里，新星渐亮，百姓有明灯。　　真行。曾记得，南昌起义，夜半枪声。反剿撑持苦，万里长征。抗战先锋气壮，三年内、大陆旗红。开国日，狂欢彻夜，劳苦庆新生。

江城子

帝官封建俱猖狂。体乏裳，面饥黄，遍野哀鸿，天地暗无光。为解民悬欣创党，齐奋勇，斗豺狼。　　唤民觉醒壮刀枪，卧冰霜，扫强梁。万险千难，环宇叹无双。普庆神州如旭日，龙跃起，舞东方。

浪淘沙

大树耸云端，万丈根坚，风吹雨打自徒然。朝夕阴晴都不变，勇往直前。　　砥柱立流间，本固如磐，惊涛骇浪等闲看。虾蟹泥沙时作祟，蕞尔涡漩。

风入松

群星长绕北辰旋，宇宙自天然。葵花永远朝红日，方能够、籽饱花妍。吾党犹如磁铁，堪称社会中坚。　　风风雨雨几十年，依旧艳阳天。长河滚滚东流去，浪滔滔、难阻难拦。跟定核心不变，辉煌伟业空前。

定风波

伟人一生有定评，江山开创数头功。推倒三山征腐恶，同贺。万民高唱东方红。　　全会三中转折定，何幸！春天故事彻长空。继往开来新领路，卓著。民族复兴望前程。

满江红·战略转移

萧瑟秋风，横扫处、纷纷落叶。恨“左”倾、专行独断，败家毁业。仁义红军难立足，凶残黑手围杀烈。大转移，百姓诉衷情，依依别。　　绵绵雨，犹未歇，山岳泣，江河咽。万千流泪眼，惨星凄月。壮志怒平封锁路，豪情笑洒英雄血。颂长征、故事最传奇，堪称绝。

渔家傲·遵义会议

遵义城中开会议，我军我党存亡系。领导核心重确立。群情喜，东山旭日朝霞丽。　　赤水乌江应记忆，妙施调虎离山计。巧渡金沙夺胜利。谁焦急？丢盔卸甲烟枪弃！

又

遵义城头红烂漫，中央“左”倾乌云散。领袖英明操胜算。真关键，教条损失千千万！　　入化出神多变换，青山绿水都曾见。调动敌军胡乱蹿。如拉练，皇皇史册增光焰。

临江仙·大渡桥横

大渡汹汹东逝水，波涛滚滚奔腾。山高水险阻英雄。达开斯处灭，遗恨祭亡灵。　　北上红军重至此，纵然不惧堪惊。千方百计总成功。驾船凭勇士，攀索仗先锋。

水调歌头·胜利会师

万里长征路，壮举震人寰。攸关生死之际，遵义转危安。赤水金沙大渡，雪岭泥沼隘口，险恶总连绵。翻遍千秋史，未有此艰难。　　炸于上，追于后，堵于前。枪林弹雨跋涉，一路斩凶顽。历尽千辛万苦，胜利会师吴起，黄土乐飞旋。先烈留薪火，后辈永相传！

忆江南·花野美四首

（一）

花野美，最美日初生。紫气东来霞绚丽，花鲜草绿映睟明，露水好晶莹。

（二）

花野美，最美夜琴声。万里晴空云驻足，繁星朗月尽聆听，虫雀也羞鸣。

（三）

花野美，芳草碧连天。燕舞莺歌花怒放，悠悠长调绕云间，放牧似神仙。

（四）

花野美，最美小河边。芳草青青花艳艳，牛羊饮水牧童玩，生态羡天然。

一剪梅·草原吟

天碧霞明聚瑞云，风也怡人，雨也怡人。珍珠遍洒草如茵，牛既成群，羊更成群。　　花自芬芳草自馨，愉悦乡亲，陶醉来宾。人欢马叫抖精神，刚报佳音，又报佳音。

又

草盛花繁好莽苍。山也芬芳，水也芬芳。豪歌美酒醉八方。情也醇香，义也醇香。　　跃马扬鞭奔小康。热爱家乡，建设家乡。龙腾虎跃创辉煌。气宇轩昂，斗志高昂。

望海潮·成吉思汗陵

霞明天碧，花红松翠，成陵雄伟庄严。黄壁赤窗，琉璃覆顶，云纹彩绘深蓝。三帐紧相连。酷如鹰奋翅，搏击云天。禄马风旗，随风招展醉香烟。　　欣逢国泰民安。看旅游胜地，扩建空前。祭祀祖先，观光景色，来宾度假休闲。神畅欲翩翩。乘兴骑骏骥，不必加鞭。领略风俗底蕴，归去也情牵。

水调歌头·王昭君

辞别汉宫阙，迤逦入胡天。任它水险山峻，重担压双肩。毡帐晨炊奶酪，牧野扬鞭策马，闺秀跨雕鞍。为展凌云志，毅力胜艰难。　　牛羊盛，烽烟靖，睦边关。巍然青冢高矗，光彩照人间。功绩须眉逊色，遗爱千秋不泯，今日更昭然。积淀成文化，逢节舞翩跹。

沁园春·歌唱内蒙古

地远天高，草绿花鲜，岭翠水明。望兴安葱郁，松涛滚滚；呼伦池畔，骏马追风。沙漠茫茫，居延波涌，金色胡杨如画屏。风光美，叹孤烟落日，畅爽心灵。　　今逢海晏河清，有多少辉煌已铸成。赞羊绒走俏，温馨世界；乳都名震，崛起双峰。气电东输，乌金稀土，千首诗词写不赢。何须问，定复兴伟业，锦绣前程。

李玉龙

1943年生，内蒙古丰镇市人。早年肄业于乌盟工校，64知青、65借干；后入丰镇汽车修理厂当工人。丰川诗社社员、内蒙古诗词学会会员。

观吕月珍手抄本《红楼梦》

月珍真女杰，立志在抄书。
汉隶方神骏，曹文继秀珠。
三年情切切，四季意殊殊。
五卷三年毕，惊观叹老夫。

李兴唐

1922年生。1945年10月参加革命，曾任呼伦贝尔盟委副书记、盟政协主席、中共内蒙古自治区顾委委员，现为呼伦贝尔市《松风诗社》顾问、呼伦贝尔市诗词协会名誉主席，内蒙古自治区诗词学会名誉会长。出版诗集《兴安诗草》。

甘河行①

老树椏杈古岭头，一湾甘水向东流。
双峰深锁云中路，汽笛鸣处过花洲。

【注】

① 1962年8月随华北局协办姚主任乘森林小火车在甘河林业局视察工作。

近读《六国论》有感

——纪念抗日胜利五十年

苦雨凄风伴狼烟，百年魔怪舞翩跹。
万里山河无净土，华夏儿女受熬煎。
六国沦亡非秦悍，物腐虫生起祸端。
君不见，黑水边，尸骨遍地无人烟。
黎庶怒触三山倒，浴血抗敌十四年。
百万倭寇齐授首，九州共庆灭敌顽。

悼邓小平同志

伊敏桥头冷月圆，万人浑泪问青天。
何不稍留哲人步？亲赴香江抱珠还。

周恩来总理百年诞辰

长江大河育英雄，热血熬尽水流东。
屡挽狂澜山河在，人民世代念周公。
地下风涛甘冒死，千古风流做报童。
身居庙堂忧黎庶，苦撑危局卫干城。
金无足赤沙中物，人有楷模是周公。
弥天智勇谁能似，春风吹时万物生。

彭德怀元帅百年诞辰四首

（一）

横刀立马大将军，运筹帷幄铄古今。
真理铸就铮铮骨，为民请命献赤心。

（二）

四渡赤水曾浴血，百团大战泣鬼神。
卷席西北成奇迹，保卫中枢著功勋。

（三）

征尘未洗重衔命，勇挫列强侵略军。
功成业就身不退，忧国忧民赤子心。

（四）

以身许国无畏惧，大难当头是真人。
壮志未酬身先死，流芳百世大将军。

念淑珍

恼人风雨夜，轻愁对短窗。
晓来人不见，何处诉衷肠。
但愿人长久，世事本平常。
相濡以沫情，相伴自双双。

访鲁迅故居

鲁迅故居几度寻，阜城门内柳成荫。
城头旗变军阀史，指斥千夫赤子心。
觅诗刀丛英雄骨，蔑视民贼不锁门。
拼将一死酬华夏，先生高风铄古今。

李向君

1936年出生于吉林洮安县永茂乡。中学文化，1958年在白城地区矿产公司万宝炼铁厂参加工作，1962年调入洮安县养路段；1975年调入乌兰浩特柴油机厂，1990年退休。现为兴安盟诗词学会会员。

咏黄菊

云淡天高雁叫频，百花零落尔尤新。
霜寒露冷留清瘦，袖窄裾长动魄魂。
陶令柴篱[①]观秀美，毛公战地[②]赏芳芬。
多情更喜飞金蝶，锦绣枝头探蕊心。

【注】
① 陶渊明诗有“采菊东篱下”句。
② 毛泽东词有“战地黄花分外香”句。

昭君墓赏碑林

碑林赏罢亦茫然，感慨何多肺腑间。
一曲平沙[①]哀雁落，两番壮举喜民安。
昭君功绩千秋在，董老遗篇[②]万代传。
蒙汉同心妃子笑，香魂正气启群贤。

【注】
① 昭君出塞弹奏《平沙落雁》曲；
② 董必武诗有“昭君自有千秋在”句。

清平乐·兴安春早

纤秾俏巧，何故春来早？乍见鹅黄涂嫩草，眺望青山更好。　　河边柳眼惺忪，城郊百侣游踪。蕾萼今朝拧嘴，昨宵雨润风清。

观赏画梅花二首

（一）

缺土无肥亦可栽，点朱泼墨巧安排。
不知赢得春多少，飞雪衔香入梦来。

（二）

瑞雪红梅两快哉，谁托彩笔寄情怀。
狂蜂浪蝶无缘到，疏影幽香有幸来。

李向明

1952年生。农学硕士，现在杭锦后旗农业局工作。巴彦淖尔市杭锦后旗文学协会副主席、内蒙古诗词学会会员，1975年开始写作，作品以古体诗词为主，有自辑诗集《采薇集》。

阴山行

阴山之雄浑，莽原之辽阔，令人倾倒。且不说北阻朔风，南断云雨，冬日山舞银蛇，原驰蜡象的壮景，千百年来，为生存而进行的边塞争战，足以震撼人心。秦太子扶苏、大将蒙恬、汉名将李广、卫青、霍去病，一代权臣窦宪，隋朝名臣杨素，据要塞、度阴山、入瀚海，千里驰战；历代单于可汗，左右贤王，出大漠、渡河水、扣雄关、问鼎中原。这些在历史上叱咤风云的人物，无一不在这里成就了他们的一代威名。更有苏武持节出塞，昭君和亲，文姬流落北地一十二年，演出了一幕幕悲喜剧。一代飞将吕布，出生五原郡，逐鹿中原。木兰从军亦在阴山南北转战十年而归。尤为令人惊叹的是数十处存在万余年之久的阴山岩画，其意古拙深奥，留下千古之谜。占世界百分之九十以上的稀土矿，更是绝世之宝。思及于此，成此《阴山行》，以慰阴山之灵气。

群峰绵延三千里，横绝高原枕河水。
松涛龙吟浮云出，山风虎啸带雨归。
寒侵长河凝青波，雪凛千峰着素衣。
三月春暮草始发，崖前鹅黄逗山鸡。
清泉叮咚游麋鹿，危岩嶙峋跃团羊。
日暮荒原驰野骏，月明高丘潜狐狼。

樱桃秋来胭脂色，酸枣经霜水晶光。
深涧百年老山杏，隔世不与仙人尝。
青山古原敕勒川，劲草肥羊饮马泉。
毡包炊烟送晚照，牧歌清韵邀新月。
鸡鹿古塞望高阙，汉主单于会铁骑。
几度壮心成旧梦，空将吴刀碎甲衣。
苏武持节戴霜归，归来塞外马正肥。
纵留千古青史名，边塞对垒未有期。
旋有明妃琵琶行，暂将金戈易锄犁。
几处青冢绕芳树，一缕乡思到香溪。
文姬离乱寄胡地，惯乘胡马渡河水。
汉使重圆思乡梦，可怜母子两分离。
乱世九原飞将出，欲与群雄竞高低。
若非刘郎识见短，岂有阿瞒空环宇。
木兰代父从军行，牧马燕山饮黑水。
征战十年归故里，犹令男儿不敢欺。
英雄豪杰俱已矣，唯有青山留传奇。
绝壁岩画谁人留，至今仍为千古谜。

乌拉特后旗玛瑙湖

玛瑙湖，距后旗所在地西北120公里处，为岩浆基性喷发形成的洼地，暴雨时积水成湖，平时为干湖，湖内散落大量的玛瑙石，为后旗游览景区。

女娲补天炼石处，金蛇隐去紫烟疏。
仙子功成归丹阙，戈壁长留玛瑙湖。
玉含五光溢流霞，波幻十色结彩雾。
荒原奇石无人识，至今夜夜思盘古。

【注】
女娲，上古女神，相传玛瑙湖为女娲补天时炼石的地方。

观黄河开河流凌

巴彦淖尔盟境内的黄河每年仲春开河，寒水冰凌争渡，惊心动魄，可谓奇观。

春潮一夜过黄淮，长河万里冰竟开。
涛涌连峰拍流云，凌乘激浪奔马来。
参差拥挤争险渡，直撞横冲叠高台。
群鸦闻声不敢度，哀啼旋绕久徘徊。

谒鸡鹿古塞

鸡鹿塞，在磴口县境内，狼山西段哈伦格乃山口，距陕坝镇约60公里，为秦时设置的驻军要塞，相传苏武出使匈奴和呼韩邪单于赴长安和亲都经过此要塞，现今遗址尚存。

大漠风云涨清秋，长河落日古渡头。
残垣不见秦王客，故垒曾驻汉家侯。
茂林无迹寻幽径，激流几度倾危楼。
越鸟经年自来去，古塞寒月共悠悠。

冬雪夜行

冥神醒来寒气蒸，漫卷鹅毛下三秦。
雪原茫茫连天地，群峰皑皑接斗宫。
日暮归犊迷旧道，月明乌雀啼北风。
遥望灯火阑珊外，未知茅舍可存薪？

过五台山①追忆

岭重水复路几盘，古刹逶迤隐深山。
传为文殊留云院，曾是五郎牧马滩。
英雄醉打山门外，新添几处尼姑庵。
驱车回首西风里，秋叶红紫缀峰峦。

【注】

① 五台山，是中国四大佛教圣地之一，相传为文殊菩萨的道场。五郎，即杨五郎。英雄，此处指鲁智深。

寻访窳浑、临戎古城遗址

古塞今何在，高丘似连营。残垒延百丈，骠姚驻雄兵。城隍桑田茂，庙堂碧草深。箭镞陈旧迹，隐隐血色凝。铢两时可见，依稀辨铭文。　　汉砖弃道旁，秦陶散如星。甲片埋黄沙，马骨尚可寻。边塞城南墓，凌烟阁上名。去者不可追，来者又何人？唯有尧时月，夜夜空照临。

赴兰州抒怀

朝发阴山下，暮宿黄河滨。丘岗横远道，尘沙逐胡风。百川汇浊流，千峰环古镇。西断丝绸路，东控长安城。骠姚掘井处，犹闻金鼓声。

黄河写情二首

过乌海、临黄河，适逢红日西下，秋风劲吹，遂成二首。

（一）

泻出高峡势未收，一派浩荡傍沙流。
萋萋杨柳笼江渚，苍苍蒹葭偎河州。
时逢瀚海起长啸，暂息清韵唱渔舟。
何当重邀秦楼月，更值文君当酒垆。

（二）

浩浩长河流赤霞，猎猎西风挽蒹葭。
倦鸟徊飞声断谷，玉桥弄影浪淘沙。
连峰不见卧云松，孤潭偏有弯月牙。
日暮莫愁无归路，酒旗斜处即是家。

李劲东

生于1955年7月。内蒙古乌海市拉僧庙学校教师，著有《劲东诗词选》，作品多见于《相思树》《美丽百字文》《当代文学选萃》《北方作家》等刊物。乌海市作家协会、市诗词学会、市摄影家学会会员。

改革开放赞

大浪淘沙荡冗员，暴风骤雨掠人间。
脱贫奋起追长日，致富拼搏跨九天。
开放扫平千里雾，改革驱散万重烟。
龙腾虎跃春雷动，晔照中华气势轩。

西安行

归心似箭到西安，异地重逢喜亦欢。
闭月羞花香骨傲，沉鱼落雁貌容端。
登山眺望缠绵久，坐殿回眸眷恋专。
伴侣同开高境界，亲朋共悟见衷肝。

抒 怀

栉风沐雨雪花飘，点化江山雅兴高。
灵感激情随大野，狂歌傲句弄良宵。
摘星揽月收名胜，跨日登云探帝瑶。
白首孑身梳细柳，丹心碧血润青苗。

过兰州

车过兰州路面宽，春风早渡玉门关。
长河落日华灯上，大漠孤烟信塔传。
锦缎丝绸通海外，新科数码占高端。
酒泉壮志豪情地，创建神奇万众欢。

穿石林

隧道重叠要塞平，拐弯抹角列车行。
江川秦岭窗前过，溶洞石林脚下停。
金殿长联评古韵，滇池短艇注风情。
民村惬意犹陶醉，版纳开怀笑脸迎。

港澳回归二首

（一）

万里神州宿鸟飞，沧桑巨变话回归。
一国两制千家乐，港澳台湾大业垂。

（二）

沧桑巨变话回归，古老中华喜迅飞。
痛洗百年罂粟泪，一国两制显神威。

冬　雪

寒冬腊月北风嚎，大雪飞扬四下飘。
车马行人披玉甲，白银覆盖孕春娇。

忆秦娥·岁寒歌

斑竹俏，青松叠翠红梅笑。红梅笑，登枝喜鹊，尽情欢叫。　　岁寒弹唱佳音妙，山盟海誓良言表。良言表，称心如意，月圆花好。

忆秦娥·香港回归

天鼓响，收回香港心花放。心花放，亲朋团聚，尽情欢唱。　　百年归宿东方亮，沧桑巨变风雷荡。风雷荡，一国两制，神州兴旺。

虞美人·盼统一

澳门香港台湾岛，大陆怀中宝。千秋万代不分离，骨肉同胞唇齿紧相依。　　九州凝聚，磐石柱，屹立和平路。改革开放换新天，一派生龙活虎唱团圆。

钗头凤·凉秋夜

枯藤弱，疏桐落，朔风萧瑟寒霜迫。孤灯坐，闲床卧。笔随心动，尽情泼墨。霍！霍！霍！　　浮云破，飞鸿过，月光清彻薄云措。金秋夜，连收获。五谷丰登，广积粮垛。阔！阔！阔！

李步祥

笔名云鹤，号赵都逸人，1942年出生于河北邯郸。包钢退休职工。系包头、内蒙古诗词学会会员。

老年之家二首

（一）

茅庐无俗气，雅室有春光。
笔走龙蛇舞，风来翰墨香。

（二）

华年惜雅韵，皓首爱奇葩。
露润夕阳树，春妍甲子花。

小　草

萋萋寸草翠如茵，安居场坪送温馨。
素来不与花争艳，位低品高最可亲。
装点大地年年绿，美化人间日日新。
宿根但等严冬后，再与杨柳共报春。

鹧鸪天·醉夕阳

卸甲归田日渐斜，南征北战至天涯。春风吹绿夕阳树，细雨滋红甲子花。　歌盛世，颂中华。探戈牛仔俏伦巴。彩云追月流金曲，一品风流醉晚霞。

鹧鸪天·献给包头园林工人

塞外钢城景色新，市街密布小园林。育红播绿全能手，增色添香老匠心。　实可敬，倍辛勤。护花使者灌园人。劬劳四季无休止，报与家乡总是春。

李秀云

女，1940 年生，内蒙古赤峰市松山区人。初中文化。现为赤峰市诗词学会会员、赤峰红山诗词学会理事。曾出版个人诗集《苦习斋吟草》，在《赤峰诗词》《红山吟坛》《紫塞吟坛》等发表作品二百余首。

祖国新貌

旭日东升满地红，神州大地跃苍龙。
火车九曲雪原滚，铁轨三环城市通。
文彦雄心游宇宙，武魁义胆探晨星。
于今欢庆扬眉日，崛起中华展翅腾。

秋　柳

秋风又起塞云乡，岸柳微黄三两行。
袅袅多情荒径客，依依余韵淡眉妆。
低吹玉管声时暗，高唱阳关曲自长。
气爽天高情不禁，频裁艺境入诗囊。

赤峰山水蓬莱境

塞外松州冠古今，风光雅丽美名存。
烟开大漠朝霞映，日耀英河玉浪缤。
阔野芳原嘶骏马，崇山峻岭乐佳禽。
人文地貌犹独秀，放眼前程曙色新。

英金河

英河万里奔波忙，化作千溪走四方。
暖水家家盈菜圃，清流户户保田墒。
壮男叠埂禾苗舞，俏女修畦笑语扬。
大漠茫茫成绿海，无垠金浪谷飘香。

游水上公园

雨洗轻尘净，风吹岸柳明。
红山飞雾掩，白艇静湖蒙。
水色连天色，歌声伴浪声。
幽然仙境里，赤市更恢宏。

百货大楼

商潮滚滚似江流，百货琳琅眼底收。
四海名牌集广厦，五洲精品聚琼楼。
春风笑面迎宾悦，暖语欢心待客周。
转辗回廊堪赞赏，繁荣市场利松州。

颂两会

两会群英聚北京，协商国策美乡城。
三农惠雨添新貌，百业甘霖洗旧容。
公务清廉民快乐，工商诚信世安宁。
和谐人气民心壮，西北东南歌颂声。

秋 感

秋树遥观五色新，感怀自是乐牵神。
雄鹰展翅争高远，红鲤翔波任浅深。
浩浩长空云结锦，苍苍大地谷堆金。
湖光弄影遥明月，照亮人间万户门。

丙戌新年感赋

共举银杯饮酒醇，千家万户庆良辰。
荧屏闪闪传捷报，鞭炮声声化彩云。
国运兴隆歌善政，民情乐富颂功勋。
前程放眼春常驻，灿烂朝霞永世馨。

回乡路

曲径通幽花草融，碧峰投影玉泉清。
苍松翠柏千坡笑，穹宇晴空百鸟鸣。
枣圃彤云红点点，莱畦碧毯绿盈盈。
芬芳咏唱风光美，六秩回乡百感生。

内蒙古自治区成立六十周年

内蒙欣欣战鼓鸣，六十巨变世人惊。
电流滚滚穿都市，铁路悠悠越岭峰。
商厦连空如仙阁，牛羊遍野若繁星。
前程展望通天路，万众同心气似虹。

赤峰新城游

览胜新城兴味浓，高楼栉比耸云中。
茸茸草地园林化，浩浩沙河桥路通。
街展花灯蟠玉柱，山环绿水映晴空。
松州一改千年貌，文化渊源不朽功。

深情赤峰

百代红山面貌新，汪洋大肚松州人。
其甘达里迎嘉客，老水英河敬贵宾。
雾绕峰峦施厚意，云融湖海献诚心。
杨榆吐翠声声暖，四海结朋情更珍。

红山游

鸿雁关横铁锁倾，将军石立树斜空。
扬鞭驰马卫边塞，束带挥刀斩寇凶。
赤岭古松葱郁郁，红山峭壁火熊熊。
夕阳又为山增色，兴致频添未了情。

勤　学

习声敲韵确无涯，苦练勤学日渐佳。
赤卷春晖光古物，名家甘露润新芽。
总因注目诗情美，更使舒心语汇华。
莫道耆年时已晚，欲达彼岸必乘槎。

山村小景

锦山嘉水树磊村，瓦舍朝阳带绿痕。
庭院芬芳桃蕊笑，银棚翡翠菜花馨。
鹅浮池面开天镜，童赶牛羊入圈门。
戴月荷锄归唱晚，群星灿烂照乡邻。

李秀娟

女，现就职于内蒙古大兴安岭林管局教育局，中学语文高级教师。内蒙古大兴安岭林区文联会员。诗词作品曾获第三届“新世纪文学新星奖”“百家作品奖”；散文曾获“全国第四届语言教师范文写作比赛”一等奖；部分作品入编《全国校园诗歌散文大赛作品集》散文卷。

满庭芳·兴安日珥

银裹兴安，朔风频诵，日珥常顾天空。彩虹精短，如两侧书童。择日心生小妒，金服伫、与主争雄。孩童悦，逢人报喜：“三个太阳公”。　时钟，飞似箭，休轻一瞬，学而屈躬。愿少壮惜阴，贮智才丰。刺股悬梁可鉴，回眸赏、绚丽苍穹。冬风静，微云漫过，雏雁竞飞鸿。

蝶恋花·首登无名山

叠嶂层林枝叶盛，几处危亭，瞩目呈佳景。街外长龙直卧岭，召人急去攀山顶。　花艳鸟鸣划寂静，登罢三峰，眺望河川洞。忘却忧烦心骛骋，流连怨日挪身影。

戚氏·蒙古舞

古高原，喜庆歌助酒儿酣。耐莫激情，掷开羞面，坠狂欢。开颜，震云天，收集筷具舞姿娴。翻飞速转绝技，力韵出自腿腰肩。节奏明快，蹲旋击地，洒脱劲动奇观。悦人皆振奋，尝品剽悍，陶醉难眠。　　惊叹，缓乐升喧。飘逸彩练，荡漾熠光环。腰如柳，顶擎多碗，碎步微澜。道康安。软手细浪，双盅亮脆，美目嫣然。抖肩若水，颤畅涟漪，赞慕倾动峰峦。　　内蒙含多舞，欣鸿雁展，振臂柔蓝。训马英姿壮健，赏挥鞭跳跃牧千鞍。奶汁挤满香甜，笑迎乳业，尤感毡房暖。更众人安代夕阳羡，齐律动、融福民间。舞语言、气质超凡。愿沉浸艺术解忧烦。正群情焕，韶歌曼妙，世纪诗篇。

【注】

此词上段写筷子舞，中段写盅碗舞，下段包含鹰、雁舞，驯马舞，挤奶员舞，群众性的安代舞。

贺新郎·西湖夏荷

夏日行堤岸。赏千桥、西泠踱步，几分伤感。慷慨疏财资贫士，侠骨流金倾赞。惟独是、凄凉哀婉。油壁车结青骢马，叹云烟朝露香魂散。花落去，慕才挽。　　碧莲十里盈双眼。醉芙蓉、婀娜玉立，舞姿娇曼。叶面露珠摇剔透，落水回听琴颤。泪小小？轻声悲咽。叶下鸟鸣惊飞远，摄荷花尽绕苏堤畔。水潋滟、壮山炟。

摸鱼儿·西湖冬梅

透晶莹、雪融湖杳，花魂飘向何处。梅香萦醉田园晓，流溢笛箫腾雾。独傲路，有君复、孤山几百痴情树。影疏摇渡。畅月动黄昏，梅妻鹤子，相伴惹人妒。　　光阴逝，隐士千年赞慕，脱俗词画诗赋。功名无视凝山水，白鹤悲鸣思墓。随感悟，数名者、诗追词悼钦躬步。西湖冬趣。看雪衬梅花，心宁旧韵，淡泊享天暮。

玉蝴蝶·再登无名山

望处塔高山远，情怀再动，踏赏青山。惬意苍穹，舒卷两色云烟。草花香、沁人肺腑，松柏翠、氧醉身仙。鸟鹰喧，伴随峰顶，气畅神欢。　　开颜，迎风伫立，引喉长啸，起落云天。塔下环眸，小城舒臂揽山眠。路蜿蜒、放飞四海河似练、美绕家园。瞰林冠，屡增豪兴，几度流连。

沁园春·阿尔山印象

夏至兴安，嫩绿层林，数处乐园。看湖柔水潋，峰嶙石栩，天池静谧，峡谷喧阗。百里石塘，参差错落，可见熔岩多壮观。神奇是，竟石生林柏，傲伫悠然。　　涓涓圣水甘甜，正疗养温泉洗浴欢。更造林万顷，氧盈山谷；河塘湿地，鹰鸟嬉旋。游客八方，争来陶冶，小市新装换旧颜。时相忆，感重逢好友，情厚醪酣。

洞仙歌·天池惑

蜿蜒公路，在密林深处。浅绿撩人氧充裕。悦身心，感暗香野花殊，猜鸟语，再上阶梯百步。　　入神奇境地，千尺峰峦，似镜幽潭有仙顾。倒影拢松林，水鸟行游，鱼何在？水清之故？竟旱涝依然水持平，问水底多深？世人关注。

摸鱼儿·杜鹃湖

爽心情，速临湖畔，清风频送凉意。犬牙交错熔岩岸，松柏傲然叠翠。堪最美，望湖面、轻烟散去云游水。天粘波醉。见鸟掠鹰翔，野鸭戏耍，诗画注新味。　　尤难忘，娇嫩浮萍妩媚，玲珑一片摇曳。细观蓓蕾将伸展，数尾小鱼穿逝。仙境里，想春季、杜鹃花绕湖增魅。亭柔树伟。若泛得舟船，落霞漪映，酣畅夜无寐。

八声甘州·骏马琴魂

又隆隆入耳似雷鸣，闭目细酌分。霎烟尘滚滚，万驹擂鼓，鬃舞齐身。梦现千年元祖，率骑震乾坤。易主频难改，牧野原尊。　　感慨骥通人性，敬传说白马，骨尾琴神。看高原家备，曲曲蕴民魂。诉悲伤、草低垂泪，念亲人、天籁慰宽心。欢情至、任骅嘶跃，醉返青春。

凤凰台上忆吹箫·醒

风冷中秋，雨绵收暖，怨天积攒稠云。盼夜来烟散，月露苍旻。尤解嫦娥悔意，逢六载、力献圆银。急何奈，无缘对影，触动心神。　伤魂，树抛弱叶，霜雪本无情，怎怕明春。念有牵肠事，唯忍艰辛。常梦逢迎佳福，因宿命、应渡寒门。寒门外，雏鹰掠林，畅过黄昏。

【注】

今年八月十五月亮最圆，然而却浓云满天，实为憾事，若再度欣赏最圆之月，须待六年之后。

八声甘州·草原吟

看2004年内蒙古春节联欢会重播，腾格尔深情演唱的《父亲的草原母亲的河》令我激动不已。跟着感觉，填了此词，以表达我对席慕容此歌词的理解和感动。

憾幼年辗转染孤独，无处解思忧。叹超凡画展，不及诗意，人气堪优。字句难书心底，游子苦离愁。唯有托明月，祈盼归舟。　不惑之年跨海，伫故乡芳野，泪雨难收。任根根血脉，张遍物华秋。见河流、诉说母爱，望草原、胸阔父相留。高原撼，荡开双臂，母语何求？

摸鱼儿·草原情结

久凝结、草原情愫，难将魂梦搁浅。乳香晨袅炊烟外，芳草碧波惹眼。堪最恋，伫高望、蜿蜒河水游龙扮。云舒云卷。醉夜月倾听，牛羊雀雁，天籁入心畔。　　尤欣赏，长调悠悠阔远，刚柔翩舞神瀚。马头琴曲撩人魄，落日晚霞激幻。君莫见？怎能感？草原无限淋漓展。忧愁即断。任满腹情思，挥鞭驰骋，享尽畅然宴。

八声甘州·趵突泉游感

过雕梁画栋便闻声，杨柳妒身轻。伫亭堂赏画，桥廊摄影，心荡难平。雪浪涡旋翻滚，群鲤媲霞行。更有千年赋，同傲辉荣。　　久慕易安才气，拜旧居咫尺，信念频增。入溪亭沉醉，花木满中庭。有情泉，涌拈为镜。漱玉堂，感慨敬一生。人杰苦，诸泉知晓，吟颂词英。

鹊桥仙·青岛恋

天蓝碧海，瓦红绿树，新厦彩阁处处。渔家出海网欢声，满舱是、金辉银素。　　游船疾驶，浪尖涡渡，赢得衣裙水贮。敞开心动跃长空，似享透、淋漓畅舞。

醉蓬莱·蓬莱仙阁游

谢神明做美，雨走微云，畅怀节气。庙宇亭台，聚八仙足迹。古柏参天，柳槐荫翳，跨宝阶神地。善事传说，诗词撰刻，敬随谙记。　　望海阁楼，退休灯塔，战炮巍然，舰船今比。频倚城墙，盼海天呈瑞。雪浪排排，万马腾跃，享阅兵之醉。短暂人生，时由波卷，笑嚼滋味。

渔家傲·冷春

室内花儿观外草，小满仍被春风扫。众树情急苞孕小。含泪恼，竟然化雨倾盆倒。　　归燕几只难叫早，行人匆步衣着饱。万物皆嗔天不好。何时了？北南易地该多妙。

贺新郎·峨嵋行

久把峨嵋念。悦今朝、缆车徐上，半山一站。百种林花香暗送，鸟语泉吟风软。沿小径、通幽转展。草药商家排几簇，北调南腔价银调侃。见此景，有何感？　　自然浓厚心中愿。赏竹林、气节随涌，净洁无艳。静品茗茶园中坐，古树相依情染。九九拐、拈移曲栈。猴虐惊人桥晃闪，看一池静水鱼群乱。山下路，有多远？

多丽·神奇曲

晚秋晨，繁星欲躲黎明。入霜车、难辞九寨，美景时现帘屏。水之奇、琉璃惹眼，林斗艳、尽显娉婷。瀑布喧嚣，蜿蜒栈道，画中痴伫神倾。赴晚会、藏羌儿女，歌舞铄人生。车鸣醒、绪回方晓，红日山擎。　　念黄龙、盘山险上，几憩身缓持行。傲寒风、喘攀栈道，凝眸处、齐诧欢惊。错落瑶池，缤纷五彩，龙鳞斑沿溢金橙。巨龙下、顺山而泻，梯瀑翠流清。流连返、穿云破雾，敬品雄鹰。

青玉案·元夕

元宵街巷人匆步。聚结处、人车阻。震耳轰鸣集众目，夜如白昼，天播星雨，七色花千树。　　泻金瀑布遮楼宇，百种烟花竞相妒。顿觉姮娥衣太素，消魂一刻，蓦然回首，思月情如故。

寒山寺

日照秋高万里天，寒山寺内百人喧。
鼓楼阵阵钟声响，宝塔层层客足攀。
玉砌飞檐谈古寺，风吹桂树念寒山。
当年张继曾知否？愁旅抒怀变富源。

贺新郎·独傲

今燕归来早。笑春风、姗姗晚入，乱红娜袅。又见银钩抛窈窕，怅引心伤难了。空对月、烟波渺渺。顾影自怜枉情重，叹多情自被无情恼。自古恨，已知晓。　常思已近夕阳照。耿于怀、知音难觅，憾情萦绕。感慨易安愁酌酒，举盏隔空凭吊。觞盏碰、词独句好。虽悔此生无是处，却诗词做伴独为傲。时自赏，月儿姣。

踏莎行·盼

燕雀群飞，蜂蝶独立，北国炎热当首例。此时唯盼绿成荫，斜阳半月才神奕。　广见新诗，少闻旧体，古人精粹何承继。久来四处觅知音，尽拾遗憾成孤寂。

唐多令·闲

多处惹闲愁，心眉两股秋。忍字横、酷暑造舟。海洋天空一步退，息事静，好登楼。　原野展歌喉，宋唐词里游。傲气升、挥洒自由。擎伞漫踱观小雨，待明月，赏中秋。

卜算子·超然

晨雾罩山峦，湖面船行少。偶见鱼飞镜泊湖，天水人觉小。　　忘却众凡尘，思绪超然好。岸上秋千莫荡高，童趣回来了。

满江红·正义之声

义愤填膺，民激怒、声及日月。凶相露、美国为首，戮杀为悦。高唱人权充己任，异族性命随时猎。伪君子、正义在人心，如钢铁。　　港澳耻，今日雪。南使恨，何时灭？看中国强盛，亿民团结。世界和平今所向，多行不义终归竭。正全球、反霸浪潮激，安英烈。

李国郡

1946年9月20日出生。1967年7月参加工作，2007年4月退休。曾任职额尔古纳右旗团委书记、副旗长、旗长，扎兰屯市委书记，呼伦贝尔市国家安全局局长，内蒙古自治区国家安全厅副巡视员。

额尔古纳行

大浪轻舟别翠岭，花香两岸映清波。
昔年北上黄金路，今日南行放浩歌。

游太湖

百里银帆飞浪峡，一杯美酒乐天涯。
忘情恋影随风遣，天籁当歌湖作家。

观兵马俑

百万雄兵兵马俑，千秋地下守秦陵。
楚人一炬阿房毁，留给后人仔细评。

李忠英

1941 年生于鄂尔多斯市达拉特旗盐店。55 年考入伊盟中学，61 年考入内蒙师大外语系，65 年分到赤峰四中任教，73 年调回东胜。84 年起，先后在东胜六中、二中、一中任校长，99 年退休。内蒙诗词学会会员、鄂市诗词学会副会长。

喜迎香港回归

百年难忘失屏藩，香港回归举国欢。
耻约签寒南粤水，金文铸暖大鹏湾。
九龙二虎歌秦汉，一驾双驰震宇寰。
华夏大同挽巨臂，雄狮怒吼卷狂澜。

庆祝香港回归十年

峥嵘岁月庆回归，喜仰雄鹰振翅飞。
艳丽紫金光自治，陆离幻采耀华威。
五洲共颂明珠靓，四海同歌宝港晖。
两制花开皆灿烂，孤台仿效莫时违。

李清照

家亡国破人离散，大宋诗坛粲易安。
丽藻春葩吟雪月，文才酒气寄河山。
婉约词论真天赋，漱玉金石更立言。
一句销魂绝版唱，夫君三夜未能眠。

无　题

岁月沧桑已暮年，几多艰苦几多甜。
因缘际会徒多梦，人事纷纭似过烟。
毁誉荣枯心不乱，功名利禄意能安。
田园归赋思陶令，澎湃歌怀仰至贤。

步润清兄《曲奏和谐》韵

风云际会掠征鸿，骏马飞腾映碧空。
敕勒歌飞传万里，黄河浪涌卷千重。
民康物阜安居乐，海宴河清善政通。
锦绣繁华皆胜景，天骄后继尽才雄。

内蒙古六十大庆感赋

苍茫塞外彩旗飘，鼓乐喧天喜气高。
戈壁黄河歌世运，青山绿野舞风骚。
边城笑脸迎嘉客，矿海虚怀献寿桃。
农牧工商齐奋进，和谐富庶任翔翱。

观东胜街景偶成

驱车绕道观街景，绿树红花尽日春。
官府楼堂留美忆，家居亭苑散芳醇。
“扬眉吐气”民生富，辟地开天市政新。
斗转星移今又是，瑶台胜境最怡神。

为教师节而作

尊师重教几回眸，短颂长歌数十秋。
李艳桃夭呈锦绣，民强国富亮寰球。
九州凯奏和谐韵，四海争筹发展谋。
众志雄飞齐踊跃，龙翔虎啸竞风流。

中秋吟

迷离若梦玉盘移，满院银光意绪奇。
华岳金樽南海酒，东坡妙句谪仙诗。
嫦娥有幸翩天舞，后羿无缘折桂枝。
共愿神州归一统，人间上界树丰碑。

嫦娥一号奔月吟

嫦娥奔月震寰球，盛世高歌赞未休。
华夏河山添异彩，蟾宫曲舞展娇柔。
千年美梦今始现，万代奇勋日后留。
我欲乘船追玉兔，飞天圣境竞风流。

浣溪沙

日夜悠思独倚楼，自迷飘渺网中游。夕阳无限好还忧。　　水复山重难觅路，花香柳绿漫迎秋。诗仙博采笑声柔。

蝶恋花·梦回校园

梦里师生常面晤，笑逐颜开，体味教学路。四十余年情似故，一无悔怨心神悟。　　憧憬满园关不住，五育和谐，六艺才华足。凤翥龙翔皆仰顾，退偿鲈脍识时务。

西江月

麻将桌前博弈，诗词韵里吟讴。红尘看破欲何求，逸致闲情依旧。　　清静无为乐道，行书漫步春秋，蹉跎岁月几回眸，惬意延年益寿。

李忠信

1958年出生，籍贯辽宁省北票市。大专文化，1976年3月入伍，1987年转业，任兴安盟地方志办公室副主任；同时任兴安盟作家协会会员、兴安盟诗词学会会员、内蒙古诗词学会会员、《兴安诗词》编辑，《兴安行吟》诗集特约编辑。先后在省级以上报刊、杂志发表诗歌、歌词300多首。

沁园春·游眼镜湖

二水粼波，数里花鲜，万树鸟鸣。望滔滔林海，茫茫梦幻，湖中岛屿，姹紫嫣红。迎旭扬帆，睡莲蕾绽，更有飘浮发草横。忽极目，看天边秀色，野趣悠情。　　阳春五月香风，伴旅友开怀沐浴行。映逍遥满眼，芳泽游畅，心菲浓醉，神洒湖耕。霞染天边，襟怀敞阔，忘却人间琐事轻。呼同侣，问诗笺在否？记下心声。

蝶恋花·滑雪

林海兴安三月美，白浪滔天，滑雪游人沸。岭上玩春燃盛会，满山佳客同欣慰。　　北往南行宾荟萃，接踵擦肩，欢畅飞经纬。笑脸送迎留妩媚，浓情野趣心陶醉。

清平乐·林海佛光

潇潇雨转，浓雾滢滢散。旭日喷薄晨霭扮，七彩佛光浮现。　　岭中绝景迷离，牵人仙境游移。情畅逍遥陶醉，天宫美妙神奇。

雨　霁

雨洗兴安正晚晖，簇新佳木玉珠垂。
山间流雾缠云脚，峡谷飞泉染翠微。
鹿影婆娑深壑去，鸟鸣唱和密林归。
安知仙境当无我，吟咏情浓醉梦回。

李昆山

字珠峰，笔名筱竹官。1938年生于辽宁。科级退休。内蒙古诗词学会会员、书法家协会会员、通辽市诗词学会常务副会长兼秘书长、书画研究会副会长。诗在《诗词月刊》《内蒙古诗词》《通辽日报》《通辽诗词》发表。

山　杏

花落花开气自豪，蜂寻蝶采闹春潮。
葱葱绿绿山腰满，果结果熟任寂寥。

贺通辽诗词学会成立十周年

育灵启智润八荒，十载洗磨流宝光。
一缕清馨诗蕴藉，千般雅趣韵铿锵。
枝新干老根弥壮，细雨和风花永芳。
固本培基德结玉，文明国度麝兰香。

江城子·公主庙

奈何公主伴孤灯，院空空，岭葱葱。野庵佛殿，日落月初升。唯有磬钟传怨恨，朝暮叹，泪盈盈。

石　林

戳天拔地巧安排，体态雄浑谁育栽。
剑戟刀枪军列阵，发兵命令几时来？

庆内蒙古自治区成立六十周年

风雷雪雨六十秋，虎跃龙腾紧运筹。
辽水听差行宝地，青山解意献珍馐。
畜禽肉奶口碑好，稀土钢煤世界求。
一曲赞歌传万里，民族团结誉神州。

漓江观九马画山

群峰排岸立，阔谷一江穿。
雨细云头淡，风邪舵把偏。
山移人眼错，马跃雾岚牵。
“大圣”嫌官小，猴儿坐“齐天”。

香港回归十年有感

曾是洋船气焰高，虎门进泪国威消。
香江怒浪空拍岸，赤县失珠恨“女妖”。
虎卷风雷腾玉岭，龙施细雨润枯苗。
回归两制双飞跃，闪亮星花天际飘。

李　明

生于1953年12月，乌兰察布市人。大专文化。现供职于乌兰察布市人民广播电台。

参观集宁战役展览感赋二首

（一）

大战如昨不敢忘，热血忠魂铸小康。
冰河铁马常入梦，熔炉百炼才出钢。
沙场拔剑男儿事，千秋一叹虎山殇。
恨不早生四十载，刺刀尖上做文章！

（二）

江山自古铭战迹，六十年后论废兴。
照片长留将帅志，沙盘犹闻嘶杀声。
三人小组展鹏翼①，数路纵队出奇兵。
莫道英灵不再现，请君看取虎山松。

【注】

① 1946年3月10日周恩来、马歇尔、张治中“三人小组”飞抵集宁进行军事调停。

李金宝

内蒙古丰镇人，1943年生。中学教师，热爱古典诗词，退休后，度闲练笔，勤耕不辍。诗词曾在《丰川诗苑》《内蒙古诗词》《包头诗词》发表。丰川诗社社员。

新春寄康声苑老师

忆得丰川共笔耕，先生引领伴歌行。
以文会友区盟县，浅酌清吟地市城。
豪气悠然三尺①窄，功名淡泊一身轻。
繁花翠柳春来早，一曲诗行彻耳声。

【注】
① 三尺：指教室里的讲台。

敬赠欧沛音老师

文坛诗苑尽知名，三十年前旧景生。
甘作人梯肩重托，亲栽河柳日欣荣。
芳原沃野添红艳，雅韵清音善咏鸣。
堪敬老来勤奋笔，犹鞭学子再登程。

丰镇街灯

玉树银花照眼明，迎来送往任多情。
长街十里如白昼，恰似天星落古城。

丰镇温州商业街

昨夜春风扫旧尘，朝来小雨润街新。
琳琅店铺盈门客，娱乐休闲满座宾。

丰镇新区广场游

曾经盐碱不桑麻，雕壁亭台景更嘉。
翠滴苍松朝溢彩，红扶细柳暮生华。
纷飞紫蝶丛留影，乱点蜻蜓水绽花。
雅趣横生欣放眼，闲游已忘日西斜。

夏夜过社区文化广场

晚送新凉一展喉，华灯烂漫映歌俦。
管弦阵阵云天外，锣鼓声声巷陌头。
俚曲村歌皆淡雅，英姿逸态俱风流。
太平气象和谐景，身在丹青翰墨游。

山　溪

力辟岩崖宛转山，奔冲一路过重关。
早知尘世多浑水，何必驱身入险滩。

狗尾草

细叶长茎强拔高，野芳群里效妖娆。
一经风雨轻吹打，又是低头又折腰。

访诗友

孤陋倚山不改容，诗书作伴手栽松。
墨香扑面人如醉，笔趣横生字化龙。

西江月·书屋

架摆百家文史，橱陈善本珍藏。泛舟学海咏春光，鹊落枝头和唱。　　砚备端泥洮歙，帖临米蔡苏黄。丹青妙笔点白墙，蜂蝶隔窗戏赏。

李 勋

吉林省长春市人，生于1942年。1965年内蒙古师范大学中文系毕业，任中学语文教师；后供职于市党政机关，历任秘书、政策研究室主任、商贸局局长等职；现为满洲里市诗词学会会员。其作品《鹧鸪天·寄诸学子》《陆游》分获“华夏情”2007年诗词赛一等奖和二等奖。

鹧鸪天·寄诸学子

杨柳争春绿欲萌，如初学子竞清新。和风一曲阳关道，好雨当歌要路津。　鹏海外，凤鸣今，听山听水尽知音。喧莺舞燕凭潇洒，俱进与时昭梦魂。

鹧鸪天·鹤赋

一入云鸣起句工，东方醒鹤蹴晨星。江河翼下三千里，日月肩承九万重。　情未转，意无穷，不干寒暑不关风。胆肝待吐凭丹顶，先敛乾坤一两声。

鹧鸪天·读《中华诗词青春诗会》感咏

老木阴晴几驻莺，莺心结绾四重声。风摇浅梦神凝后，月转深情喉哽中。　　山欲翠，水思丰，惊枝不顾诉谁听。唐音宋韵匡千古，何日诗工天亦工。

李贺年

笔名静一斋，河北定州人，1938 年 1 月生。任乌海市政协副主席，2001 年退休，现任乌海市诗词学会名誉会长。

为贾才主任草书长卷展题贺

塞外书家气势雄，草书长卷似霓虹。
龙飞凤舞多苍劲，笔墨萧疏见至情。

六十寿辰述怀

倏忽两鬓秋，雅趣笔中留。
乐有诗书伴，何来孤与愁。

誓志建书城

边塞翰风兴，人人竞奋争。
缘何如此烈，誓志建书城。

乌海颂

山平草碧黄河暖，厂矿园田一线牵。
欲问风光何处好，崇楼绿树海勃湾。

临池有感三首

（一）

书学自古重雄强，笔法推寻圆与方。
结字正欹求变化，布局妙处见阴阳。

（二）

书临面帖意求新，笔底情流方见真。
欲邃还须从字外，深雄卓穆自通神。

（三）

书艺从来贵率真，笔耕砚举洗俗尘。
功夫到久风神老，无意求新自见新。

有感于乌海书界长幼和谐人才辈出

书学自古重人品，长幼和谐贵写真。
黄河后浪推前浪，共建书城育后昆。

题王厚孝获九届书法展提名奖

孜孜贵率真，挑灯磨砚写清纯。
功夫到处风神见，国展提名德艺馨。

贺乌海市诗词协会成立

山城畅月峰岚翠，吟客盈门酒正温。
回首卅年蹉跎路，痴心一片铸诗魂。

寒日遇雪

大片纷纷小片轻，鳞飞六出霰拥城。
窗前檐下无人扫，又得书房一夜明。

雪灾新题

央视传闻雪惹灾，路封电断机停开。
六花不是绝情物，化作春泥护卉胎。

学书随笔

华夏多精粹，法书首属珍。
砚中寻艺理，字外获风神。
落笔为求乐，书成自有魂。
休言名利场，结墨在修身。

盛世乌海

寻胜逢春景万千，松风竹月意悠然。
放吟盛世和谐岁，彩绘神州美景园。
时泰年丰举国颂，人淳政畅普天欢。
和风绿遍黄河岸，日曜霞红乌海天。

鹧鸪天·翰墨情

不入时俗不赶新，挑灯伏案索真纯。临帖训诂为时课，磨砚挥毫伴暮晨。　情切切，意殷殷，缘由翰墨壮国魂。一窗皓月心如洗，满纸云烟蝶梦深。

李爱冬

女，生于1931年，北京人。1954年毕业于北京师范大学中文系。1956年调入内蒙古师范学院中文系任教，教授中国文学史课，副教授，1987年届龄退休。

沁园春

天也茫茫，山也苍苍，人在他乡。正清秋佳日，雨气何重；蘑菇熟了，采掇无方。峰翠蒙茸，云青象暗，更见低空鸟不翔。忽晴至，看金黄沟岭，红叶风光。　　少年轻骏兴狂，趁丽日秋风竞技忙。看龙钟老态，妄思逐后；齐飞小将，隼迅鹰扬。林山书海，任尔驰骤，扶取精英做栋梁。勿怠慢，恐凌云志堕，谁振家邦？

1988年于根河镇带学生实习

同日作无词牌长短句

秋水硬，柳条沉，湖船如鲫任飘存。渐觉风力，遥望景山岑。何事情如水，灰云频卷欲惊人。拼却雨淋身不动，难得自在身。

1994年中秋北海独坐湖边

无题赠曲友

相见时难别亦难，离多会少但欣然。
弦通妙律神飞去，歌启心扉情自还。
诗赠同声应若响，人交挚友远何关。
年年长久婵娟共，尽扫愁思忆故园。

1995 年作于北京，将别

北京岔曲（腰截型）·夕阳红楼情

红楼梦研究学者胡文彬为使女红学爱好者重聚，组织一中秋雅会，自称护花山人云。

【曲头】

珍爱夕阳，虽向晚，犹自辉煌。庆中秋，今日欢聚华堂之上，明月高悬银汉苍茫（过板）。

【南锣】

夜深也，秋正凉。惜往日，诵流光。云外飘香，桂子降。

【罗江怨】

缘结钗黛，红楼梦长。千古巨著，人为之狂。故交因此，哎那白、白首难忘。

【倒推船】

秋容渐老襟怀敞，自尊自强晚节芳，夕阳映水绮霞漾。

【曲尾】

重会红友生遐想，《红楼》读罢心（卧牛）心惆怅。可喜那二十三年重聚首，多谢山人护花忙。

2002 年作

金秋六载

北京金秋曲艺沙龙为鼓曲爱好者所组织一鼓曲票房。

金秋六载曲常新，成绩虽菲人逐真。
补阙拾遗存善艺，扶苗灌圃固危根。
五湖四海泯门户，原草名花共芳春。
喜看同仁从伟业，拳拳永志共扬忱。

2004 年

石湖仙·2007年为思念所爱学姐返美而作

依姜夔自度曲作，原曲为祝寿，此处改为悲，不伦。

小聚重别，又数载思君，魂断心裂。颠倒共月明，知何年，再欢笑靥。冰心如雪不解泄，呜咽，强读诗，肝肠如啮。　　应知念人最苦，算今生，鹃啼泣血。永驻心头，倩影牵丝难绝。笑我情痴，乱言风月，理性失节。空爱悦，天涯路远怎谒！

李 野

本名李龙杰，1933 年 9 月出生，黑龙江省庆安县人。1949 年 5 月参加革命，国家一级编剧。中华诗词学会名誉理事、内蒙古诗词学会副会长、包头诗词学会副会长、包头市戏剧家协会名誉主席。中国戏剧家协会、中国民间文艺家协会、中国戏剧文学学会、中国少数民族戏剧学会会员。主要作品有剧本《丰州滩传奇》《三十三岁的女经理》《杨柳青青》小说《鹧鸪天》，专著《诗词格律学》，诗词选集《李野诗选》等。

山花子·乌素图[①]

隐隐山腰似有村，千枝春杏粉堆云。云里依稀藏寺院，不开门。　　雨后青山千里碧，眼前绿野一时新。多少诗情与画意，满人心。

【注】

① 乌素图盛产杏。

贾漫来访，以久别重晤索诗，赋此以赠

京阙联诗近五年，故人惭愧赋南冠[①]！
惊心久作千擂鼓，病体忽成百漏船。
风雨难翻沧海碧，坎坷不改寸心丹。
感君枉顾为君诵，一字吟成一黯然。

【注】

① 南冠：借指被错划为右派事。

曹雪芹逝世二百年祭[1]二首

（一）

万尺红楼画卷长，当时难得步兵狂[2]。
写真妙笔描眉细，挽世悲歌透骨凉。
素纸传神留典籍，狂涛化墨写文章。
层楼更上期今后，信有才人续汉唐。

（二）

三百年来第一才，生涯沦落亦堪哀。
昨宵犹坐公侯筵，今日难营菰蒲斋。
往事屡从心底过，文思才到笔端来。
书成端可传千古，多少辛酸自剪裁。

【注】

① 雪芹卒年，众说不一。一说卒于1763年2月13日，一说卒于1764年2月1日，总之二百年是有了。

② “步兵”，阮籍曾为步兵校尉，世称阮步兵。雪芹的好友如敦诚、敦敏等写诗说雪芹“狂似阮步兵”“步兵白眼向人斜”。

沼潭三章

高丘蓄水上连空，倦马疲牛意绪同[①]。
犹有铁肩抬巨石[②]，恨无健羽破牢笼。
边天哪得回春雨？尘海犹多戴帽风！
剩有诗情杀不尽，闲来还赋大江东。
春风无力卷云开，“另册”题名百事哀！
路柳忽从园外绿，亲人难到眼前来。
朝为骡马铡青草，暮替食堂卸煨煤[③]。
塞外何人怜倦雁？唯余白发与蛾眉。
休闲偶得且徐行，一片春波眼底生[④]。
不信水中鱼有侣，还愁天上日无情。
金针入手岂天意？落絮沾身只自惊。
漫道沼潭无雨露，朦胧柳色孕新晴。

【注】

① 当时我们被“发配”到“五七师范”，学校兴建“土自来水”，先在一高丘上建筑蓄水池，重任自然落在我辈肩上。

② 为建蓄水池，须运石块上“山”，其中最大最重的一块（约300斤左右）是由潘鹤翔与我拼了老命抬上去的。

③ 这一联也全系写实。有一段时间我每天铡草，至于“卸炭”，则是晚饭后另加的额外劳动。每当拉回炭来，“排长”便找我这个“牛头”道：“老李，派两个人卸炭去！”派谁？张某年近七十，鹤翔更对此种“加班”反感，走开了。只好我与李衍两人去干。

④ 从学校东行，洼兔壕村旁有一水塘。

感寓二首

（一）

阔地辽原多逐臣，是非功过赖谁论？
流人犹有铮铮骨，不信人间有大神！

（二）

填江塞海定无波，钳口封喉宁有歌！
孰道百花犹竞放，只余八九尚嫌多。

沁园春·读张志新事迹有感

莽莽神州，滚滚黄河，英烈长存。是鲜花塑影，青铜作骨；精钢铸胆，水晶为魂。暗夜燃犀，刀从傲首，正气昂然真党人！当时已，教妖魔丧魄，鬼魅惊心。　　十年再顾逝尘，应识得何人主义真。若摧残法制，人妖颠倒；践踏民主，天地昏沉。掀起洪流，冲涤积垢，十月惊雷重报春。今朝事，继凌云壮志，四化图新[①]。

【注】

① 友人叫我将“志新”二字嵌入，遵嘱嵌于结尾。

西楼三章

（一）

紫陌红尘竞侈华，千般锦绣万般花。
地球今日氢掀浪，“天马”昨宵骨葬沙！[①]
欲挽狂澜须铁骨，暂消肝火靠香茶。
西楼放眼观兴替，万里风云是我家。

（二）

词中偏爱稼轩豪，铁板铜琶韵亦高。
江左英雄田畔老，远东云雾故都飘。
天同地结方格物，秋与春争敢比娇。
终是笔锋闲不住，菊花赋过赋松涛。

（三）

十载冰霜岂易忘，柔中尚有几分刚。
深宫由来多魔影，暗房何尝无火光！
桃叶不如枫叶艳，剑锋总比笔锋长。
敢期国士平江海，重整尘寰暖与凉。

【注】

① “天马”指林彪

鹧鸪天·悼陈毅

斗士胸襟比海宽，挺肩担得万重山。麾兵广野驱淮海，举火云峰烛赣南。　　无媚骨，有直言，悲歌慷慨壮诗坛。满腔热血诚无畏，磊落光明火一团！

市政协会上赋得

国向欣欣日向春，厅堂共坐敞胸襟。
轻柔雨落千街净，改革风生万象新。
肝胆共披商大计，胸怀常系是斯民。
征途漫漫同求索，实践方知主义真。

偶　成

甘做乾坤一腐儒，诗文无价胜金珠。
清茶一盏三更静，细览人间未阅书。

东海行

少年久怀沧海趣，读遍古人咏海句。
画上凝神望波涛，梦里扬帆作远旅。
此日得乘东海舟，喜若银汉携仙侣。
我见大海快心胸，大海迎人倍欢腾。
人与大海初相会，魂与大海久相融。
我知大海爱自由，小小尘寰任意流。
万里碧波纳日月，一派苍茫浮五洲。
大海知我喜空阔，不教落日掩颜色。
掀波千尺逐乱云，为我召来一轮月。
海上天比陆上青，海上月似故乡明。
月下海水无边际，海上月色引诗情。
转瞬风微浪不起，细澜袅袅成低语。
大海挽我倾耳听，千秋万古沧桑曲。
大海曾载古人舟，古人难共今人游。
骑鲸入海原神话，铸铁为轮确壮谋。
若论海上走征轮，大海是主我为宾；
若代神州计领属，领海是隶我为主。
不见船头五星旗，俯瞰沧海昂然舞？
我为大海尽情歌，大海伴我放声笑。
万里长风陡然来，骇浪惊涛同踊跃。
海行一夜未曾眠，与海倾心絮絮谈；
不忘虎狼争旅顺，犹记甲午起烽烟！
百年割地神州耻，赤帜终明赤县天。
徐徐移轮船入港，依依不舍我离船。
与海为别值此日，重来访海是何年？

大海别我静欲凝，我别大海更牵情。
重下海滨掬海水，一拜苍天与海盟。
海为兄，我为弟，别后应是长相忆。
君可知人民大众是大海，个人只是小水滴。
滴水若要不枯竭，须得融入大海里。

寄长弓、贾漫二首

（一）

百年肝胆照，万里二三人。
风急难留雁，沙多易蔽金。
痴情萦故国，苦酒醉乾坤。
一事犹堪慰，今逢盛世春。

（二）

百岁难闲笔，平生未展才。
九边云影重，几度壮心催。
秋水孤舟渡，遥天一羽飞。
一吟庾信赋，又有泪双垂。

悼念小平同志

荣亦无欢辱不惊，但将赤胆献苍生。
独撑危局人无畏，广纳千川海有容。
敢怒敢言存正气，于民于国蕴深情。
中华四海三江水，十亿滔滔哭邓公！

中秋夜寄嘉儿二首

（一）

时正中秋夜，尔独在异乡。
莹莹慈母泪，寸寸念儿肠。
月色南天远，亲情碧水长。
风华应自惜，珍重好时光。

（二）

月华满鹿市，思绪绕鹏城。
每每忧衣膳，时时虑住行。
登床梦笑靥，拂纸忆丹青。
画出辉煌日，当知勤有功。

哭长弓二首

(一)

方临新世纪，洒泪哭长弓！
青眼怜才久，丹心忧国同。
文山歌正气[①]，墨海浴雄风。
冰雪遗文在，高天几点星。

(二)

有趣有情士，多才多艺身。
方歌金缕曲，又塑大漠魂。
书法堪传世，丹青亦魅人[②]。
一生甘奉献，心瘁酬斯民。

【注】

① 文天祥字文山，有脍炙人口的《正气歌》传世。这里借“文山”双关文坛。上世纪八十年代，内蒙古文联曾在包头召开一次理论研讨会，会场设青山小宾馆，我也应邀参加了会议。会上，张长弓曾宣读一篇论文，申明他的文学观：文学应当抒写和弘扬“乾坤正气”。

② 长弓确是多才多艺，他的诗词、书法均曾结集出版。后来他又画国画，颇有文人画之意趣，曾赠我一幅。

江城子·炎夏有感

新来炎夏火流空，气熊熊，若蒸笼。今朝塞上，酷热胜江东。才得秋风吹一瞬，风搅雪，又严冬。　　寒流刺骨似刀锋，路难通，雪常封。欲将冬夏，收入一炉熔。待到开炉浑一体，裁两半，付天公。

水调歌头·赠房管局诸同志

世路多风雨，尘海有炎寒。衣食住行四字，字字大如天。昔有杜陵野老，向天呼吁广厦，一梦数千年。到了新时代，此梦始能圆。　　万幢楼，千顷树，百丛泉。更见千红万紫，处处是花园。民得安居乐业，城可乘风破浪，沧海竞先鞭。忧患先天下，便是好官员。

怀贾漫

爆竹声中月满天，思君共近古稀年。
老来倍觉浮生苦，伤后尤知行路难[①]。
剩有闲情挥枯笔，惜无暖水沐温泉。
若能再度归丰镇，饮马河边看玉盘。

【注】

① 去岁不幸跌伤，肋骨两处骨折。

水调歌头·国庆颂歌

沧海横流处，巨手扭乾坤。喜咏“春天故事”，改革涌风云。富了东边乐土，开发西疆沃野，一步一层金。几代强国梦，十亿小康民。　　执椽笔，研浓墨，掬丹心。如此江山盛世，岂可少诗文？收它风旋雷律，作我词头曲尾，浩唱九州春！走进新时代，万象尽更新。

看电视有感

掘煤筑路建楼群，经济腾飞赖庶民。
终岁辛劳银几许？歌星一曲万千金！

沁园春·献给党的十七大

继往开来，中枢盛会，规划风云。喜旗帜高擎，中华特色；雄文汇结，时代精神。光照九州，声传万国，盛世江山盛世人。须铭记：有回春巨手，扭转乾坤。　　于今务实求真，权利弊，标尺是人民。集发展丰饶，万众共享；和谐社会，四海同臻。步履科学，情钟生态，凝练民心作党心。丰碑立、谱小康乐曲，世纪强音。

李鸿翱

1927年出生内蒙古赤峰。中华诗词学会会员、中华诗词文化研究所研究员、赤峰市诗词学会顾问、赤峰学院诗词教学创作研究会会长、《紫塞吟坛》名誉主编，著有《鉴非诗词选》。

沁园春·纪念毛主席诞辰一百一十周年

再造神州，业绩长河，万古奔流。自湖船灯曳，长燃火炬；井冈旆举，永壮貔貅。遵义立极，延安树政，武略文韬运智谋。一华夏，令苍茫大地，民主沉浮。　　悲失领袖之秋，有四卷雄文蕴伟筹。奉嘉言至语，春风雨露；深谋远虑，航向方舟。鼎革新潮，溯渊探本，未有源头焉有流？百年奠，面遗容垂首，誓继宏猷。

水调歌头·重读《沁园春·雪》

“北国风光”绘，雄丽壮河山。转舒彩笔轻染；人物画廊鲜。确论汉秦唐宋，准拟成吉思汗，功过尽真铨。千载论争解，只在一挥间。　　国可爱，史堪鉴，士须贤。改天换地，风流人物数今天。卓见真知哲理，轶古超凡词艺，流韵永回旋。“还看今朝”咏，万古励人篇。

纪念周总理诞辰一百一十周年

手擎义帜起南昌，足印长征不朽章。
远涉重洋踪马列，常居京沪斗豺狼。
西洋犬媚曾亲斥，北极熊横亦独当。
卧病尤关家国运，灰遗河海永流芳。

六州歌头·抗日战争胜利之瞻顾

倭奴肆虐，妖氛暗神州。东北献，吴淞陷，冀幽休，士民忧！忍视舆图变；焚庐牖，拆城囿，辱妇幼，诛雄秀，国蒙羞。鬼魅行殃，化日光天下，吮血狞眸。更西联希墨，欲霸各洋洲。狂犬疯牛，气咻咻。　　促炎黄子，誓驱寇，齐雪耻，勇杀仇！挥刀斧，持弓弩，射倭喉，断倭头。国共重携手；平型战，百团筹，台庄斗，歼宄旅，毙奸酋！亿众同仇敌忾，伏豺虎，还我金瓯，盼陆台归一，鉴史共筹谋，善谱春秋！

癸酉之春

芳梅绿水映红山，瑞雪飞棉陇亩间。
嫩柳劲飘千缕线，老榆迭积万铢钱。
土滋草润期禾壮，野沃桃红兆果甘。
盛会赢来春富贵，金秋予卜普收年。

塞北明珠——达里诺尔湖[1]

络绎游徒曝夏阳，风扑大甸荡清凉。
蓝天复映银湖碧，草海平铺绿野苍。
鲋鲫盈湖纯且美，蕨蘑遍野硕而香。
牛羊环牧流云锦，中嵌明珠耀北疆。

【注】

① 湖在赤峰西北高原上。鲋子鱼，产于达里湖，质纯味美，鱼中珍品。蕨、蘑，野生植物。前者，远销日韩；后者，世称白蘑，大者，直径在2尺，蘑中极品。

异　趣[1]

课余生异兴，款款越村坪。
远岭西晖烈，近潭北斗横。
蛙声鸣阵鼓，萤火列连营。
天地召吾至，誓随万象征。

【注】

① 予曾在荒村任塾师，时日寇面临末日，天怒人怨，草木似皆操戈以向，1944年冬作此纪之。

黄陵谒祖

桥山肃穆拥黄陵，沮水萦回护碧峰。
古柏扬辉先祖种，新姿焕彩后昆营。
仰瞻高冢神宛在，俯读丰碑意愈恭。
岁岁清明隆祭典，人来两岸认同宗。

彭德怀元帅百年华诞祭

举义平江震蒋曹，延河立马慑胡枭。
逐倭战起将花谢[①]，抗美军兴麦帅凋。
惯在前沿除敌寇，拙于廊庙讽唐尧。
为民请命民心痛，利国上书国史昭。

【注】

① 在黄土岭战斗中，被称为名将之花的阿部规秀中将被击毙，日报叹“名将之花凋谢在太行山上”。这里以部分代日军整体。

李 强

吉林省人，字健博，号墨龙斋主，1952年2月生。中国楹联协会会员、内蒙古书法家协会会员、呼伦贝尔书协理事、满洲里市诗词学会理事。

满洲里风情

翠柏苍松胜日娇，呼伦碧水上云霄。
山花破土芳馨远，野草冲天品自高。
雁鹳归巢随苇动，渔歌唱晚顺风飘。
千峰托起空中月，万里关山路岂遥。

沁园春·书怀

岁月堪惊，夏复来秋，暗染鬓霜。望星光闪烁，追思往事。生平坎坷，又有何妨。夜静更深，临池古法，运笔凌云写晋王。心情悦，见风烟满纸，字里华光。　　精研汉末钟张，不自正、书难入殿堂。溯六朝风韵，端庄稳健；方圆并重，古朴雄强。逸趣横生，惊奇跳隽，历练前贤万古芳。人生乐，爱兴随己意，翰墨清香。

李惠来

1933年生，山东莱芜人。大专文化，原呼盟城建中专（现呼伦贝尔学院建工分院）书记任上退休。中华诗词学会会员，内蒙古诗词学会、书法家协会会员，呼伦贝尔市诗词协会副主席兼秘书长。著有诗集《随心集》。

沁园春·海拉尔颂

塞上明珠，碧野蓝天，柳浪气清。喜天骄故里，三山拱抱；四围芳草，二水淙淙。彩瓦重楼，霓虹遍洒，灯火长桥映水红。西山美，赏古松情韵，雅趣无穷。　　边陲重镇繁荣，引无数商家步履匆。有清明善政，昌隆百业；辽吉向往，欧亚推崇。多口通商，疏通脉络，乳肉飘香宾客盈。期明日，看天堂美景，落籍边城。

江城子·海拉尔成吉思汗广场

金鹰展翅耸蓝天，卧佛滩，大汗山；溪清九转，河岸几垂竿。入夜华灯流异彩，歌阵阵，舞翩翩。　　大汗倘若故乡还，路茫然，步蹒跚。人间换了，山水似江南。朔漠荒原寻不得，心已醉，乐留连。

鹧鸪天·重游满洲里

大路回环绿草坪，凌空新厦见欧风。朦胧夜色霓虹闪，几处吧房尽乐声。　名口岸，远播名，商家来去步匆匆。四方宾客倾心地，货去人来争建功。

游昆明翠湖

春城四季绿葱葱，杨柳围湖绕半城。
缅桂天天香四溢，垂丝袅袅舞清风。
翁姑风雅丝竹奏，生旦皮黄仙乐萦。
惟憾南游时不巧，湖中难见海鸥腾①。

【注】

① 每年12月后北方的红嘴海鸥飞来昆明避寒，落满湖面，人们投食观赏，成为昆明一大胜景。

游昆明大观楼

巍巍高阁壮雄风，堪与三楼①享盛名。
为有长联惊四海，八方游客赞髯翁。

【注】

① 三楼：素有江南三大名楼之称的黄鹤楼、岳阳楼、滕王阁。
② 大观楼长联为孙髯翁所撰。被称为天下第一长联，共180字。

题红花尔基樟子松[1]

绵延百里郁葱葱，万里神州一画屏。
抚睡黄沙听叶舞，慰留碧水揽繁星。

【注】

① 红花尔基樟子松林带长120公里，林地面积18.5万公顷，是世界上最大的樟子松林带，人称樟子松故乡。

游昆明西山

四峰[1]耸云端，古柏高参天。石径通幽处，九曲十八盘。满山尽苍翠，芳菲百花艳。山茶迎风放，鸟鸣脆如弦。古刹半空隐，层迭上高巅。攀登五百级，挥汗龙门间。千尺危崖立，恍若在云端。滇池几百里，浩淼天际远。青山远凝黛，长堤柳笼烟。李白若到此，醉煞酒中仙。游兴远未尽，惟恨时难拴。若欲尽揽胜，举家迁云南。

【注】

① 四峰为碧侥、罗汉、华亭、太华四山，通称西山。

满庭芳·纪念毛泽东诞辰一百一十周年

几度沧桑，惊涛骇浪，拯救民族危亡。运筹征战，功绩耀史章。文采风流百代，词一唱，震撼八方。谁能比？胆识睿智，古今少成双。　谆谆常教诲，骄奢必戒，莫做闯王。集良策大计，国立安邦。重整山河大地，斩贪吏，整肃纪纲。追穷寇，江山一统，伟绩五洲扬。

鹧鸪天·参观海拉尔敖包山“万人坑”吊中国劳工①

白骨森森弃大荒，几家生死两茫茫。当年血雨腥风日，数万同胞罹祸殃。　空洒泪，梦凄凉，妻孥老弱断肝肠。而今华夏傲然立，岂容东洋再逞强。

【注】

① 1935-1939 年，日寇从山东、河北抓来劳工数万人在海拉尔修筑北山工事，至工事修完，除病、饿死者外，全部枪杀。现此处为爱国主义教育基地。

西山古松行

西山樟子松[①]，掩映万千重。森森满幽谷，四季尽葱茏。扎根草原千百载，风霜雨雪自从容。呼伦史载列八景，绿色皇后冠美名。繁衍百代五千株，寿星翁媪不胜数。弄云枝干夺龙柱，叶茂蔽日似伞篷。盘根错节无序列，曲屈如蛇若虬龙。耐寒耐旱耐贫瘠，守城净气遮沙风。天人和谐长相处，天蓝水碧草青青。莫道树木非我类，百态千姿情万种。君不见，峰顶树王何威武，犹如山寨大寨主。又似此地一大汗，笑看子孙满山间。连理松，爱日久，紧相拥抱常厮守。守望松，百丈高，咫尺守望唾魔妖。更有一松遭弹击，伤口连年涕泪溢。古松奇珍多情韵，年年游者赏不尽。华夏北国一幽绝，几番游历情切切。幽谷松涛荡香气，人醉踟蹰不忍去。

【注】

① 海拉尔西山有稀有树种欧洲赤松之变种——草原沙地樟子松近五千余株。树龄有达五百年以上者千余。枝繁叶茂，郁郁葱葱，极为壮观，为海拉尔一大胜景。

沁园春·庆祝建国五十周年

斗转星转，岁月沧桑，五十春秋。任征程万里，披荆斩棘，河清海晏，砥柱中流。改革成功，民强国富，戮力同心壮志酬。宏图伟，举邓公旗帜，再上层楼。　　声威誉满全球，引宾客八方华夏游。喜尖端科技，频传捷报，航天星箭，宇宙飞舟。港澳回归，江山完璧，尤盼台归乐九州。心欢悦，待百年华诞，世界一流。

行香子·大连纪游

海碧山青，馥郁葱茏，天然良港久驰名。摩天新厦，车水马龙。夜色朦胧，海风爽，不夜城。　　贾商云集，开放繁荣，奇葩环保赛狮城①。新区片片，开拓功成。北海明珠，更晶丽，再飞腾。

【注】

① 狮城：指新加坡

踏莎行·欢呼澳门回归

火树银花，龙狮狂舞，五洲华人同欢祝。今朝七子尽归宗，国强方得雪耻辱。　　两制生辉，世人赞述，富商涌向濠江路。白莲绽放展新姿，澳门再造环球瞩。

汉宫春·金婚述怀

岁月沧桑，历几多风雨，患难同舟。粗茶淡饭斗室，离苦别愁。耕耘敬业，扶老幼，苦度春秋。同负重，披肝沥胆，安贫乐道悠悠。　　身退偏逢盛世，晚霞添异彩，老也风流。相携诗书笔墨，雅兴同求，儿孙尽孝，乐天伦，胜似王侯。常伴守，天年颐养，夕阳余韵长留。

采桑子·春

长堤杨柳添新绿，细雨薰风。溪水淙淙，又是一年蛙鸟鸣。　　山花烂漫蝶飞舞，布谷声声，万物复生。燕子归来寻故情。

登上海东方明珠电视塔①

悠悠江水入吴淞，俯瞰车流一线行。
一览群楼皆渺小，亚洲高塔属浦东。

【注】

① 东方明珠电视塔高 468 米，为亚洲第一高，世界第三高。

游苏州盘门景区题伍子胥

亡命他乡鬓早秋，鞭尸终报楚王仇。
委身吴地功德显，何必愚忠把命丢。

游寒山寺

枫桥一曲远播名，四海游人香火升。
满壁诗联忆张继，倭钟[1]频撞响声声。

【注】
① 倭钟指原寒山寺钟被日本人掠走，后归还，但非原钟。

西安听编钟演奏

西安市钟楼有古编钟表演，半音完整，音色纯正，不仅能演奏《鱼舟唱晚》等古曲，还可演奏《茉莉花》、《地久天长》等现代歌曲，引人入胜。有外国游客席地而坐，连听数场不肯离去，感而赋之。

中华古乐响恢弘，四海游人洗耳听。
奏罢几番人不去，悠扬神韵撼心灵。

纪念王羲之诞辰一千七百周年

众长博采辟新程，独领风骚翰墨情。
铁画银钩传代代，书家千古话兰亭。

李景旭

笔名景旭，1946 年出生于河北省保定市容城县。1960 年参加工作，曾服务于呼伦贝尔日报社、电台、电视台、就业局。国家一级播音员、编辑。呼伦贝尔市诗词协会会员、编委会成员、副秘书长。

游《敖包相会》诞生地——白音胡硕敖包山①有感

伊敏河边草木深，海棠依旧舞缤纷。
《敖包相会》歌一曲，永系人间情侣心。

【注】

①“白音胡硕敖包山”：位于内蒙古呼伦贝尔市鄂温克旗的伊敏河畔，《敖包相会》一歌是电影《草原上的人们》主题歌。曲作者通福为呼伦贝尔人。

呼伦贝尔市成吉思汗广场九曲溪吟

岸柳轻摇九曲溪，清流浅唱百花堤。
堤墙夹道送君去，去向汪洋献点滴。

闻国家免除农业税喜赋

宿雪消溶碧水开，春苗吐绿任铺排。
兼程紫燕三千里，农税免除报喜来。

呼伦贝尔市成吉思汗广场铜塑“海东青”[①]情思

大汗飞马去，欧亚鼓长风。
铁骑驰骋处，英雄盖世功。
故园情未了，西域意难平。
翘首东归路，朝夕海东青。

【注】

① “海东青”：也叫“海青”。鸟名。雕的一种。《本草纲目·禽部》：“雕出辽东，最俊者谓之‘海东青’”。金元时，女真蒙古贵族有用海东青捕猎的风俗。成吉思汗对其情有独钟。

2008年清明前二日夜雪晨炼感赋

时近清明春未归，天低云暗雪纷飞。
盼新原上蕾芽闹，不待东风信使催。

清明寄桥山[①]

正是清明二月天，持图把镜觅桥山。
耆稀腿老难亲赴，心向白云借片帆。

【注】

① 桥山：是轩辕黄帝陵基所在地。

李朝良

满族，1942年出生，原籍辽宁省北宁市。经济师，中国铁道学会会员。多年来，在美国、加拿大等海外华文刊物上发表诗词作品百余首；同时作品也发表在《中华诗词年鉴》《长白山诗词》等国内各级报刊上。有诗词集出版。现为中华诗词学会会员，赤峰市诗词学会编委、秘书长。

林间小湖

一片幽林绿抱湖，白云堆絮镜波铺。
红鱼畏客忽惊散，摆尾摇头入暗芦。

秋游赤峰市茅荆坝山

茅荆坝顶沐天光，阵阵松涛远岭黄。
山路欲归情来尽，白云几朵袖中藏。

春游寒山寺

菜花如海泛金潮，访古姑苏城外娇。
古殿青烟飘袅袅，幽篁绿叶舞萧萧。
吊楼钟磬声依旧，失意书生影已遥。
一自枫桥舟怅泊，千秋夜半寺钟敲。

秋朝送友人

挚友赴遥边，霜欺叶落寒。
孤车装恨去，哀雁载愁还。
忆昔情如蜜，思今泪似泉。
枉希留客住，衰鬓怎回天！

野酌思友

酌酒小山陬，思朋痛泪流。
凄风添怅绪，冷雨助孤愁。
恍见离人瘦，如闻别语柔。
乌啼黄叶落，独对满林秋。

于襄樊市会老友

廿年知己别，此夜倍相亲。
喜语餐中乱，柔情醉里真。
厮磨驱旅倦，眷恋忘更深。
避议明朝事，言离怕湿巾。

南山初秋

抚面朔风凉，荒丘落叶翔。
灰林残淡绿，衰草尽枯黄。
雁阵疏云送，霜坡野菊僵。
青松知客意，涛韵伴思乡。

鹧鸪天·悼王燃[1]二首

（一）

何故文朋步履匆，教人肠断泪流红。慈颜笑影情犹切，巨笔华章味尚浓。　从此后，怕严冬，寒烟雪柳忆尊容。高丘举目寻仙阁，君在遥天第几重？

（二）

噩耗忽传似炸雷，山昏水暗乱云飞。京医数日期重聚，肠断呼天唤未回。　才八斗，性仁慈，众人心底树丰碑。天寒路远君行稳，堪叹文坛巨柱摧。

【注】

① 王燃先生生前任市委宣传部副部长，《赤峰日报》社社长、总编等职。

晚　晴

退休身尚健，诗酒日从容。
户启南山绿，轩开晓日红。
市喧趋附少，书味品尝丰。
况有儿孙慰，天年乐不穷。

游园所见随感二首

（一）

碧水红山岸柳柔，勾肩情侣蜜言稠。
卿卿我我寻常见，几个相依到白头！

（二）

柳絮杨花似雪天，投怀爱侣意缠绵。
与人海誓犹盈耳，今又移情手暗牵。

晚　眺

天铺红锦艳，日落紫云浮。
茅舍炊烟曲，渔帆木橹柔。
旋鸦缠塔顶，耕叟绕山陬。
盛世塘蛙唱，村东月上楼。

吊古琴台

钟伯悠悠虽远去，至今仍有古琴台。
飞花细柳江波叹，流水高山乐曲哀。
立石一碑逢友处，知音千载感人怀。
悲风吹落思朋泪，独倚苍松望月来。

冬日游南山

蓝空如洗淡云铺，野岭青松远似无。
兴至诗成愁纸墨，挥枝白雪任飞书。

山间小道

小路曲如肠，齐腰草隐蝗。
茫茫坡树绿，点点野花香。
叶密藏歌鸟，泉清闪镜光。
如云尘虑散，老发少年狂。

李雅君

1950 年 1 月 12 日生，教师。

冬　晓

月淡星稀照冷霜，云蒸雾漫黍糜香。
金鸡唤醒农家早，火映村姑影上墙。

昆都仑河畔之童年印象

浓树肥田老院深，月明人静鹤声闻。
井台浅水塘鹅卧，雉兔藏身草过人。

西江月·鹿城春

泛紫丁香生色，凝金银翘飘香。杨槐榆柳吐鹅黄，最是撩人心上。　　天际纸鸢风举，枝头花蕾羞藏。俊男秀女着时装，恰与春光一样。

调笑令·晚游赛汗塔拉

芦甸，芦甸，邀友骑车指点。中途笑恼抛锚，日坠又逢雨飘。飘雨，飘雨，电闪苇花成趣。

调笑令·“嫦娥”探月

垂泪，垂泪，桂下千年遥对。“嫦娥”展翼飞天，咫尺笑谈绕环。环绕，环绕，貌殊名同世晓。

调笑令·推敲雅趣

寻找，寻找，扶额颦眉思考。玑珠颠倒频频，只为境真意新。新意，新意，击掌笑呼惊喜。

李榜春

笔名李群，原籍河北省抚宁县，1948年4月生于乌兰浩特市。中共党员，兴安盟公安局助理调研员。兴安盟诗词学会理事，创作诗词200余首，在《内蒙古日报》《兴安日报》《商务时报》《广播电视报》《兴安文学》等报刊杂志上登载诗作30余首。

思佳客·成吉思汗

驰骋扬威浪卷沙，弯弓神射逞天涯。大汗挥臂神州颤，漫野旌旗豪气拔。　欢乐曲，谱邦家，留芳后世吐新芽。风骚绝代天人唱，雄继天骄业映华。

蝶恋花·当代女孩

奇女芳龄春正傲，探路求学，径取成材道。松柏敲窗询问早，烛光灯影连昏晓。　采蜜蜂勤花处绕，数载寒窗，难有蛰虫叫。金榜题名传喜报，笑开山野梅花俏。

李 澍

退休教师。现为满洲里市诗词学会理事。

野游夜宿

边头山上夜，篝火照身旁。
耿耿观星密，欣欣嗅草香。
歌吟随醉意，谈笑表衷肠。
共待来春日，陶然再尽觞。

杨介中

蒙古族，1951 年 8 月生。大专文化。曾任巴彦淖尔市环保局局长、党组书记；现任巴彦淖尔市人大常委会委员。市诗词学会主席，著作有《醉情集》《照心集》《放思集》等。

自　乐

一觉醒来悠然乐，魂问九天我自生。
谋图不远身边事，惦念常怀膝下孙。
杯中有酒敬豪杰，囊底无钱买功名。
三叠阳关何须怨，独步盘桓笑满亭。

金缕曲·遇死争生①

欲乘天堂路。发妻泪，心底纵横，断肠难诉。恨死陡然英年至，泣怨盟约辜负，恍梦中，草拟遗嘱。庆幸老父身康健，正稚孙烂漫初学步。儿勤孝，谁呵护？　晨风夜雨愁难度。多亏了、百般调理，虔心扶助。待把顽强放骨底，萌生多少感悟！再执笔、吟词作赋。披肝沥胆奋金锐，向苍天讨还我华素。效青山，载万物！

【注】

① 乙酉年七月作者突患重病入住北京解放军总医院治病。

月　意

满腔清晖韵九天，漫洒爱波任缠绵。
秀夺日丽冠中秋，慧盖星华曜莽原。
明眉皓齿风润色，冰容雪貌雨拭颜。
千古绝唱人已老，尔身正逢腾越年。

狂　词

诗胆如铁志藏虹，秋风酿寒我颂春。
意驰骏爽评天下，气贯骨血论奸雄。
蒸煮江河凝七彩，反哺黎庶碎三魂。
满腔热烈随处发，笑哭无序人半疯。

拓碑思

古人字贵千回斟，滴血推敲百世鸣。
身居江海纳兰麝，心接云霞寄鲲鹏。
方寸呼吐风云至，咫尺镂刻梅竹兴。
多少才情流远芳，掌指之间现雄峰。

满江红·乌不浪口抗日阻击战烈士纪念碑落成[①]

塞外江山，也曾有、英雄陈迹。水泉口[②]，峰峦峻峭，壮气宏烈。金戈悬雷史后威，铁马呼风空前绝。想当年、殊死拒日寇，鬼神泣。　　民族危，出人杰。不朽碑，同天立。回指兵民辟，五原大捷[③]。笑谈料定风云策，鏖战出奇强虏灭。看黄河魂翻旌旗浪，辉日月。

【注】

① 1940年1月31日（农历腊月二十三日）中国军队傅作义指挥的宁夏马鸿宾部马腾蛟三十五师，在乌不浪口对侵华日军进行了一场殊死的反击战，150名将士阵亡。为了追祭英烈，旗政府拨款一万元在乌不浪口两侧建纪念碑，落成典礼时填词以示纪念。

② 水泉口即乌不浪口。乌不浪口系蒙古语乌宝力格，意为大水泉口。

③ 五原大捷：1940年3月21日至22日中国军队傅作义收复五原的战役。这次战斗中击毙日酋水川中将、步兵联队长大桥大佐、特务机关长桑原中佐、日兵1100余人、伪军3000余人。生俘日军指挥官观行宽夫、浅沼信太郎、西天信一等50余人，俘伪军1800余人。缴获各种炮30余门，汽车50余辆、轻重机枪50余挺、步枪3000余、电台两部、毒气筒1000多个以及其它军用物资。

洞仙歌·变魔术

虚怀若谷，单枪匹马来。一身正装神情彩。出言多惊句。群情欢快，遮羞布，前后左右摇摆。会飞琼弄影，奉上欺下，雕栏玉砌建豪宅。轿车翻新华，黄金如土，都卷入，随身布袋。争看处，新爵冠顶开。又是一番荣，如旧登台。

恶谋士

脉脉含笑腑肠深，总讳人前言不衷。
已荐狼豺屠府库，又发慈悲救贫穷。
党内结党呼公理，局外毁局败政声。
退旗息鼓未罢手，无可奈何出贱风。

水中石

坚顽自是一种柔，落水沉淤待涛眸。
松心竹节难为屈，波峰浪谷耻同流。
瀚涌砾歌江河雄，洄冲正气神骨稠。
闲诗漫句逗今古，无意奔海争出头。

杨凤趾

笔名杨帆，1927年生。大专学历。1946年参加工作，曾任市支发办副主任。1988年离休后，当选赤峰市诗词学会会长兼《赤峰诗词》主编，连任12年；现为赤峰诗词学会首席顾问。出版《四海诗缘》《龙乡诗话》等七本诗集，诗论两集。

颂十七大

金秋盛会国人豪，莽莽神州日色昭。
青史篇开十七大，新章光胜一千朝。
禾逢细雨添深绿，人沐熏风启远钊。
待看明天新景象，鲜花遍地乐唐尧。

永遇乐·庆内蒙古自治区成立六十周年

莽莽青山，伫巅环望，引思回顾。鬼影魔踪，苍生血泪，风雪欺万树。斜烟森垒，寒刀集户，迷谷何人驱雾？想当年，英雄跃起，挥虹灭瘴开路。　　日临紫塞，光温寒土，雨沐长原青蔌。六十年华，宏图远奋，九曲风云路。三年鸣号，霞盈峦海，民族和谐功铸。而今看：疆原如画，红花处处。

重九登高感事

登坂携筇穿密松，为寻佳境到巅峰。
徐风渐改苍枝色，晨露新浇枫叶红。
滚滚前川东去水，嘎嘎长宇北来鸿。
一年一度登山望，今与去年又不同。

庆祝赤峰诗词学会成立十五周年

十五年前此日中，赤峰增彩绽梅英。
露滋寒蕊生香韵，霞染青枝起盛红。
今忆苦耕仍觉累，每看琳采却开胸。
兴园白手实非易，待看明朝花更荣。

谒赤峰南山烈士墓三首

（一）

耄年爱想少年时，北国山川系梦思。
今日碑前菊花灿，英雄泉下可知之？

（二）

缓缓秋风拂坂坡，岭头红叶舞婆娑。
山形依旧山颜改，望墓犹闻义勇歌。

（三）

英雄流血为江山，富了江山恶鼠贪。
倘使英魂能问世，挥刀破肚问心肝。

秋游青冢三首

（一）

古冢巍然欲触云，风烟雨雪到如今。
千年往事从头看，今日祥和蒙汉亲。

（二）

天生丽质本淑贤，堪笑愚皇误美缘。
终得红颜联朔漠，别乡兴泰古今传。

（三）

似语松风缅玉娘，恶贪甘愿远君王。
功高博得英贤赞，诗勒金碑字闪光。

秋 思

赭叶残荷且莫愁，人间尚有艳阳秋。
纵然岁月人将老，也向黄花比白头。

望 月

东宇悬明月，清辉照万家。
吾身红岭下，伊自在天涯。
未忘骑竹马，依稀学种瓜。
不知今夜里，谁与共光华？

缅怀彭德怀元帅

忠勇能征将，纵横百万兵。
横刀歼恶鬼，立马斩顽凶。
尽职忠民事，丢官思国情。
至今人不解，何事罢元戎？

咏 蚕

巧织经纶奋不闲，忙忙为解世人寒。
老来忽觉人情淡，隐入蜗居暗问天。

游赤峰南山天池

误认南山是少林，且陪松语作新吟。
东风造就千般景，最爱天池照宇心。

观菊展三首

紫　云

长风催雁季风凉，一朵红云闪艳光。
传是巫山云里媚，襄王一度梦柔肠。

人面桃花

红粉娇柔一艳佳，曾经小院伴桃花。
门前一首清明赋，闺盼诗人到日斜。

杨妃浴

含羞带笑试新妆，绯面丰姿可体香。
承宠珍肤新浴罢，华清池畔等三郎。

秋庭菊

闲庭浴冷斗罗纱，面对秋风暗自嗟。
霜后犹开金质朵，无人能解晚香佳。

辽中京怀古

古塔凌风摇角铃，扬声似语诉前情。
城倾原起惹金火，銮倒更因索海青。
故堡环壕昔日土，新营杨柳现时风。
强辽威武今何在？惟见金槌刺碧空。

杨文秀

1938 年生，辽宁省康平县人。大专学历。1984 年至 1998 年先后任科右前旗人民政府副旗长、旗委副书记，1999 年退休。现任兴安盟诗词学会会员，主要作品有《父子诗集》。

鹧鸪天·赴吐鲁番所见

南越天山一百八①，置身盆地未觉洼。葡萄架下清凉地，瓜果之乡维族家。　宵向火，午穿纱，神奇境界未虚夸。坎儿井畔聆天籁②，火焰山前看晚霞。

【注】

① 吐鲁番距乌鲁木齐 180 公里。

② 吐鲁番地区生产生活用水多源于坎儿井。

杨洪范

祖籍京华，旗人，1930 年辽河口畔生。防治性病 6 年，建设黄河 20 年，杏林从教 13 年。通辽诗词学会会员、内蒙古诗词学会会员。

望海潮·福地通辽

哲盟天府，神州一角，边疆福地繁华。经略百年，明珠璀璨，祥和百万人家。拓展任规划，旅游景如画，财富堪夸。地利天时，各族团结，乐无涯。　　天蓝草绿红霞，趁春山试马，心醉豪侠。歌舞晋京，那达盛会①，安代②版画③奇葩。仙乐俏群娃，妙曲惊游客、优雅莲花。琴韵茶香美酒，吉世展风华。

【注】

① 那达盛会：指那达慕盛会。

② 安代：安代舞，为哲盟民族舞蹈，群舞时，气氛热烈。

③ 版画：哲里木版画。

念奴娇·新牧羊女

牧羊俏女，敖包山南畔，小河芳岸。四五新房妆彩缎，精舍牛羊棚圈。招眼高杆，长风送电，轮叶悠悠转。围栏种草，力展科学示范。　　自古凤舞吉年，昌平盛世，人比花鲜艳。一曲绕梁迎百鸟，舒袖引来花璨。锦绣才华，勤劳致富，先进群英冠。慕名来客，六七倾倒裙缦。

满庭芳·科尔沁草原畅怀

放马郊原，云开雨后，彩虹隐现如羞。碧天如洗，香草饰新秋。浅水弯弯玉带，吉祥结、九曲芳州。羊云涌，马乘风舞，牛信步遨游。　　安求？仙境界，心胸豁朗，怀古情悠。况物小天高，岁月难留。休问毡房姓氏，天骄子、日月同俦。东风劲，山河秀丽，美奂壮神州。

送王老先生乔迁京城

同族同事又同乡，论字论词论文章。
萍水相逢惜见晚，指山话别恨路长。
草成好句谁相对，沽得醇醪孰与尝。
细数伯牙琴断事，知音难觅朔风凉。

水调歌头·内蒙古三盛公水利枢纽[1]

移岭塞河道，铸铁锁黄龙。拦河大坝巍峨，玉带饰英雄。任尔滔天巨浪，休论枯干无雨，蓄水又拦洪。百害书青史，伟业树苍穹。　新神州，乾坤变，展图宏。七年奋战，建得河道换新容。堤护千村后套，渠灌良田万垄，麦浪舞春茏。籍册重新写，由此永年丰。

【注】

① 内蒙古巴盟三盛公拦河大坝，建筑雄伟，将黄河拦腰截断，历七年，万人上阵，兼灌溉、发电、防洪之功，余亲历始终。

满庭芳·内蒙"十一运"群英会通辽

凤舞吉年，鹤鸣盛世，祖国一片繁荣。大辽河畔，灵土会英雄。光彩通辽宝地，天时顺、地利财丰。人团结，和谐社会，文体更兴隆。　豪情。夺锦将，十一盛会，各显神通。热心颂群英，跃虎腾龙。世界桂冠敢取，有道是，华夏雄风。行天马，纵横万里，壮志贯长虹。

念奴娇·送内亲去新西兰

心同酸李，寸杯千钧重，别情难述。闻外洋风狂浪恶，万里海程横阻。异域风情，碧瞳鸟语，何处心思吐。洋人社会，沧桑频换几度。　　我叹柳永情真，易安义重，握笔心慌雾。况命里同胞血铸，欢乐儿时昨处。霜鬓姑翁，永诀最苦，相对无多嘱。他乡虽好，怎如桑梓亲故。

洞仙歌·独步踏冰过黄河

登千里金堤，望长河落日；步万古河心，念青史沧桑。秋风临古战场，能不垂泪；春桃香黄河岸，顿起诗情。遥想当年修黄河一十八载，常吟谪仙之章于月夜，至今犹难忘者，1976年冬踏冰独过黄河，四野无人，天地苍茫，唯脚下隆隆，心神为之震撼。

长河玉甲、锦关山银铸，万籁悄声拒人渡。响隆隆、休扰冰下神龙，应谅我，一介书生狂步。奔腾摧险阻，万里横流，斩断冥顽计无数。铁血炼长城，虎踞龙蟠，同心处、开通天路。莫笑浅秦淮依江河，浩淼聚千川，九州天赋。

杨海荣

1975 年生。公务员。现为中华诗词学会、内蒙古诗词学会会员，鄂尔多斯诗词学会理事。诗作散见于各网站诗词论坛和《内蒙古诗词》《鄂尔多斯日报》。

夜过永济

千里驰驱西向秦，恍闻车过古蒲津。
窗边灯火影寥落，梦里关河气氤氲。
旧垒图存伤往事，西厢月落待何人？
今经三晋繁华地，夜雨潇潇恰是春。

除夕感怀

岁尽幽居未有诗，骊歌声里只清思。
十年已失鸿鹄志，万卷空余风月辞。
老去棋书消旧恨，兴来诗酒结新知。
今宵何物堪陶醉，窗外烟花竞放时。

临江仙·听雨

一夜寒灯愁不寐，卧听夜雨潇潇。十年羁客路迢遥。此间多少事，徒自付琴箫。　欲问魂当何处去？此时独忆乡谣。一春好景在明朝。故园田野上，处处起新苗。

昭君墓三首

（一）

汉雁归来几度春？琵琶曲罢自沉吟。
佳人不幸诗人幸，千载和亲说到今。

（二）

烽火甘泉映碧霄，汉廷已失旧时刀。
和亲本是无奈举，未必斯人识见高。

（三）

庐外斜阳照大荒，琵琶声里叹喟长。
汉家若有男儿在，不教红颜靖北疆。

秋兴四首·（韵依《钱注杜诗》）

（一）

落木纷纷秋满林，关河节气转萧森。
云中鸿雁归程远，塞上风云感日阴。
壮岁已生沧海意，流年未失故园心。
而今翻是城中客，何处村头听夜砧？

（二）

塞上荒城落日斜，幽居独坐忆年华。
曾怀壮志醉看剑，欲入江湖闲泛槎。
浊酒杯前听野唱，高楼深处踏胡笳。
依然一岁归平淡，收拾雄心去育花。

（三）

莫道人间似弈棋，纷争荣辱不言悲。
闲来对酒吟风月，醉去翻书消日时。
窗外高原霜色重，庭中寒卉落红迟。
岁阑未有乡书到，秋雨秋风惹梦思。

（四）

高楼独上看斜晖，满眼秋光失翠微。
入耳寒蛩声细细，归巢倦鸟影飞飞。
良辰此夕同谁醉？薄宦生涯与愿违。
忽忆当年秋夜钓，风清月白鲤鱼肥。

同学聚会

十年重聚日，原上朔风寒。
拼得今生醉，狂贪此夕欢。
别来恨信少，犹自慰心宽。
明日各归去，平沙万里看。

延 安

万里归来战未休，燎原火已满神州。
从来黎庶为生计，终古英雄以国谋。
延水不曾淘旧迹，弦歌犹自起高楼。
唯余岭上巍巍塔，阅尽人间春与秋。

定 居

卜得安身地，已成而立年。
张怀向碧宇，结室在楼巅。
伏案温今古，临窗看大千。
最欣书几上，寒卉数枝妍。

卜算子·有寄

昔本不相知，偶遇红尘陌。一盏清茶论古今，恨未前生诺。　　别去已经年，又值秋零落。寄梦江南君且收，一切犹如昨。

壶口怀古

万里滔滔归孟门，禹王功业史无伦。
疏通龙脉衍华夏，荡起河声怯鬼神。
逝水岂能消往事？壮歌依旧励斯民！
临壶且酹千觞酒，醉拍栏杆唱古今。

鄂尔多斯二律

（一）

故郡知何在[①]？古风焉可寻？
时迁村墅遍，草没塞垣深[②]。
直道通南北[③]，黄河自古今[④]。
闲听村老语，沓沓有唐音[⑤]。

（二）

朔方豪杰地，雄气未沉埋。
物聚神州宝[⑥]，人皆楚国材。
云旗已自展，驰道竞相排。
瞻望宏图劲，高歌尽百杯。

【注】
① 朔方郡曾设于鄂尔多斯地区。
② 指秦长城遗址。
③ 指秦直道。
④ 鄂尔多斯处黄河环抱之内。
⑤ 鄂尔多斯方言为五声方言，保留了大量唐代关中方言的发音。
⑥ 鄂尔多斯地区物产丰富，其中煤的产量居全国地级市第一位。

怀 友

荒城一别后，尘事每相违。
竟日同谁醉，清宵梦子归。
情怀终老故，风物隔年非。
唯有堂前燕，随春入旧扉。

鄂尔多斯草原写意二首

（一）

塞上山川异，秋来最可看。
长天浮远雁，荒草接青峦。
纵目秋原阔，倚声芦笛寒。
归来再把酒，星斗已阑干。

（二）

塞上风情异，雄奇最爱看。
健儿趁晓日，骏马着轻鞍。
影疾蓝天下，云舒大草原。
吟怀激荡处，欲赋却无言。

浣溪沙·酬友二首

（一）

落魄生涯幸有书，狂吟静读醉何如？任他芳草自荣枯。　　浮世到头须适性，此生忙碌总成虚。晚来能饮一杯无？

（二）

次第崇楼望眼遮，飘零何处可为家？梦痕昨夜又天涯。　　浊世有君堪共醉，青云无路不须嗟。诗书一卷送嘉华。

春　感

经年碌碌转飘蓬，回首浮生似梦中。
壮岁已然双鬓白，青春可得十分红？
芳园名卉争相放，墙角寒梅傲已空。
闻说远郊浅草绿，明朝携酒看东风。

遣　怀

流年唯恨速，春半意将迷。
风雨痴如旧，沧桑梦已稀。
冰心堪鉴月，冷眼倦观棋。
幸有诗书读，烟云独忘机。

4月4日吊张志新烈士[①]

悲风喑万马，弱女壮神丘。
遗响空闻国，直言竟割喉。
魂归容我吊，身死合谁羞？
明日清明是，长吟泪射眸。

【注】

① 1975年4月4日，张志新被害，行刑前被割断喉管。

怀　友

犹记当年泪雨飞，春风陌上柳依依。
浮云一别难重聚，鸿雁几回又总违。
镜里朱颜应未改，怀中利器岂无为？
思君昨夜难成寐，寂寞聊斟酒一卮。

无　题

壮岁辛勤未有功，欲将心事了渔耕。
已无主义能迷信，尚有诗书可悦情。
醉去何嫌村店陋，闲来常看远山青。
陶然不觉岁将晚，岂羡他人列九卿。

咏 雁

（在 SOHU 古风雅韵步网友韵）

长空万里翼舒张，一曲歌吟动楚湘。
欲以豪情穷世路，且将云影写华章。
关河渺渺秋霜重，岁月迢迢逸骨香。
老去当思紫塞事，不须风里忆衡阳。

参加康润清诗词发布会并赠康老

难得小城日照柔，清词诵罢韵悠悠。
吟坛自古多端雅，圣地而今更风流。
仁智咸因山水乐，诗歌多为庶黎讴。
华章三百从头读，细品其中乐与忧。

高阳台·秋日凭窗感赋

风送征鸿，寒摧落木，萧萧又是清秋。昔日繁华，纷纷翠减红收。凭栏立尽斜阳影，倩何人、共倚高楼？自销魂，极目云天，此意悠悠。　流年已失儿时梦，笑闲衙吏隐，壮岁诗愁。书剑无成，任凭英气空留。余生合许蒸黎事，问此间，谁与同俦？且斟茶，细品氤氲，细味沉浮。

杨淑清

女，1976 年生。1998 年兴安盟师范毕业，先后修汉语言文学专科、英语本科毕业。现任科右前旗归流河中学英语教师。2001 年有诗作《绿色·生命》获自治区评比一等奖。

满江红·换了人间

皓月当空，凝神望，情思远逸。寒风里，汉家宫女，悲歌孤旅。古道长亭离汉阙，南归落雁无消息。朔风吹，戈壁走飞沙，难相聚。　　时空转，天地异，各民族，皆兄弟。看如今塞北，物丰民裕。大漠风光迎贵客，马头琴奏和谐曲。草原情，哈达献来人，同欢喜。

杨 清

笔名冷洋、闲石，1941 年生，内蒙古通辽市人。处级退休干部。现为内蒙古作家协会会员、通辽市诗词学会副会长、《通辽诗词》主编。著有《芳草集》《闲士斋诗钞》等六部诗集；主编了《魅力科尔沁》等三部诗集，其中《闲士斋诗钞》获通辽市第五届科尔沁文艺创作奖。

一剪梅·卖官

提干心黑藏鬼胎，明讲德才，暗算钱财。居高临下看谁乖，纱帽兜销，价不公开。　　官位争夺好判裁，独自衡量，亲自安排。细查钞票定升裁，多者开怀，少者伤怀。

西江月·权患

权在手中才握，便能唤雨呼风。几多捧角善摇旌，俯首乖乖听命。　　不患子孙乏术，岂嫌妻婿无能。一人得道坦途通，鸡犬升天谁梗。

拜星月慢·通辽开发区掠影

景象繁华，西辽河畔，不止瓜稠豆密。路坦车疾，矗高楼林立。马达响、举目，门牌闪亮无数，更有八方名企。几度春秋，庆纷纷来聚。　旅游鞋，铁蒙传佳誉[①]。甜甜乳，问蒙牛谁比？最喜不见烟尘，水泥出优质。共轰鸣，几处新工地。忙挥笔，客满签约室。可喻否？绿海扬帆，正奔腾万里。

【注】

① 铁蒙：即铁骑和蒙踏鞋业。

钗头凤·惯谄

官儿到，围着绕，挤出一脸夸张笑。舌儿转，唇儿颤，耻羞何顾，马经为范。谄！谄！谄！　诗般妙，歌般俏。甜言出口偏成套。盯着眼，瞄着脸，下心观色，敏于应变。惯！惯！惯！

水调歌头·咏刘宝双

塞北草原绿，骄子气轩昂。壮行都市，芳名万里闪霞光。日想娇儿盼聚，夜梦贤妻思返，只叹愿难偿。深水落童子，援救殒忠良。　　英雄举，惊天地，泪飞扬。少儿上岸无恙，豪士永安详。家境贫寒何憾，南向高洁堪佩，义胆壮炎黄。笑问贪婪辈，敢比打工郎？

酢相思·怀念祖母

每忆音容频落泪，泣难止、心犹碎。问天下贤良多少位？携稚幼，慈堪最。负重压，勤堪最。　　已是家兴人几辈。向谁诉、甜滋味？叹滴血亲人空受累。恩未报，匆匆睡。福未享，匆匆睡。

风入松·贺神州五号飞天成功

冲出小小地球村，直上太空巡。探星揽月争折桂，载人行、一路佳音。捷报频传天下，世人仰看昆仑。　　嫦娥起舞泪纷纷，吴刚举银樽。喜随华夏同欢庆，航天史、增彩添金。不让独家称霸，神舟更壮国魂。

行香子·早市剪影

灿灿霞红，淡淡风轻。动心处、市场繁荣。摊摊瓜果，嫩嫩芹葱。喜货儿全，色儿艳，味儿浓。　　殷殷摊主，笑脸相迎。往来客、挤挤拥拥。男呼女唤，采购匆匆。正筐儿装，车儿载，手儿擎。

清平乐·喜满农家

砖房大院，檐下呢喃燕。窗畔羔羊寻伙伴，惊得鸡飞鸭窜。　　休说室外欢腾，可知室内和鸣？爸赏荧屏朗笑，妈接电话高声。

满庭芳·华夏佳人

华夏佳人，嫦娥一号，起舞直上云天。重托肩负，无惧历高寒。穿越星河浪涌，祥云驾、如燕翩翩。遵约定，轻盈绕月，万户乐陶然。　　缠绵，瞻玉阙，凝眸烁烁，移步端端。喜天上人间，一线相牵。圆却千年梦想，探仙姐、尽赏芳颜。同欢庆，世人仰目，寰宇叹奇观。

沁园春·游大青沟[1]

横贯沙滩，百里藏幽，满是绿荫。望连绵古树，遮天蔽日；松榆椴橡，南北联姻。翠鸟欢歌，繁花绽蕊，千眼喷泉四季吟。游人喜，叹梦中仙境，绝妙园林。　　相传故事曾闻，令多少贤良膜拜频。赞金龙剑主[2]，舍身除孽，血滋枫赤，泪汇泉奔。文友相约，蜂拥而来，无限风光夺韵魂。争留墨，咏沙乡奇景，一净尘心。

【注】

① 大青沟：国家自然保护区，通辽市科左后旗境内。

② 金龙剑主：指女神菊丽玛。相传菊丽玛为了保护草原，用金龙剑斩死沙化草原的女魔尼古勒。在与尼古勒的搏斗中，自己也不幸遇害，倒在了血泊中。

苏幕遮·退休乐

乐闲休，情爽透。日饱三餐，早晚湖边遛。论古说今邀挚友，没见红包，也品东坡肉。　　酒沾唇，神抖擞。不羡豪华，不慕职高就。已是年尊心未皱，秉笔诗坛，一展黄昏秀。

声声慢·闲居自遣

沟沟坎坎，雨雨风风，磕磕碰碰绊绊。事政三十七载，喜忧相间。三言两语怎诉，耿介人、路多艰险。俱往矣，少纠缠，淡却世间恩怨。　鬓发休说霜染，夕照里、依然气神健。起舞闻鸡，更嗜赋诗咏叹。闲来访亲会友，觅知音、品酒赏盏。这晚景，倒不逊花季浪漫。

破阵子·赶集

阵阵寒风刺脸，纷纷雪落无涯。结伴赶集同上路，脚印行行俏似花，人人喜有加。　老爸肩背绳套，老娘臂挎鸡鸭。小伙挑担悠颤颤，一侧一筐绿豆芽，忽忽踏早霞。

行香子·贪官

头戴乌纱，狼样刁滑。掠财物、尽享奢华。白天酗酒，晚上桑拿。更建豪宅，购名轿，养娇丫。　一人得道，膨胀全家。老和少、也敢搜刮。支则公款，不顾悬崖。正爹游山，妻玩水，子“搓麻”。

行香子·买官

纱帽磁吸，暮想朝思。争高就、巧计频施。紧贴头目，笑眼眯眯。像儿亲爹，鼠亲米，虫亲泥。　积蓄银两，卖尽家私。买官位、何惧投资。乌纱到手，钱有归期。正礼儿送，包儿递，脚儿急。

开犁小景

春风吹柳绽鹅黄，农户开犁人倍忙。
快马着鞭蹄雨落，银铧破垅土泥香。
施肥老汉情犹醉，点种姑娘喜欲狂。
丫崽也乖学撒籽，妈妈笑指不成行。

草原之春

草色青青翠欲滴，林间小鸟阵阵啼。
风柔日暖柳舒叶，蝶往蜂来花弄姿。
郁郁荆前雉寻侣，潺潺溪畔燕衔泥。
马驹相戏似童子，贪耍频扔嫩嫩蹄。

沙湖眺望

湖水茫茫坝是沙，空中翠鸟乱云霞。
分明处处鲤鱼跃，莫道风吹起浪花。

草原之晨

花朵微明草微暗，牛羊滚滚涌出栏。
山中小鹿刚睁眼，天上百灵初弄弦。
牧子挥鞭驱彩浪，村姑挤奶引香泉。
毡房座座炊烟起，户户飘出缕缕甜。

自题肖像

风云难使眼无神，嘴角依然带笑痕。
齿落更坚吟咏志，发疏不改报国心。
肩头虽少重担在，腹内仍多热浪奔。
额上皱纹诗样美，越经修改越深沉。

草原之夏

日朗风清万绿摇，山花朵朵竞妖娆。
苍鹰到此羽着翠，啼鸟飞来喉更娇。
蜂戏马蹄能饱腹，牛吞空气也添膘。
草香阵阵浓似酒，一日醉人知几遭。

天　鹅

直上蓝天一朵云，圣洁娇美百禽尊。
欲知此鸟非凡类，礼送翎毛可换心。

草原盛会

鼓号声声彩帜飘，草原盛会沸如潮。
才惊赛马龙添翼，又叹摔跤山欲摇。
射箭争雄听报靶，牵羊比美赏验膘。
小哥携妹侧身看，直喊前排弯点腰。

马背情

牧家儿女志犹雄，绿野茫茫任纵横。
笑坐雕鞍过险堑，喜乘神骏上奇峰。
扬鞭飞似鹰舒翅，振鬣去如帆顺风。
从小练成刚烈胆，一沾马背乐无穷。

大熊猫

体态憨憨性善良，冠名国宝未曾狂。
为圆人类和平梦，胸有成竹走四方。

一品红

斗艳争奇非所能，清芬漫洒自从容。
官升一品不足道，但喜多添几叶红。

茉莉花

丽质何须艳艳妆，玲珑剔透泛清光。
绽苞即是洁如雪，落瓣犹能再溢香。

无花果

无欲无私无所争，风姿高雅厌虚荣。
不凭花朵抬身价，硕果盈枝色自明。

杨鸿雨

1941年生，内蒙古宁城县大明镇人。1958年参加工作，在地方国有企业从事生产经营管理和党群工作，经济师，已退休。赤峰市诗词学会理事，作品多在《赤峰诗词》《红山吟坛》上发表。

登白帝城

细雨连江雾气升，托孤城上望苍穹。
三分天下留遗恨，一统中华今世功。

拜谒中山陵

山河复故废皇基，力主“三民”荡腐泥。
锦绣江山民为主，先生功德共天齐。

墨　菊

紫里玄青暗润红，挥绦舞带露羞容。
俨然雅色多庄重，冷蕴清香淡亦浓。

月月菊

金银两色各分栽，敢悖时光月月开。
引领群芳桃杏李，黄巢如愿了胸怀。

蝴蝶梅

色彩迷人蝴蝶梅，花群展翼却不飞。
出身草本非名贵，锦绣家园乃尽辉。

夏登瞰胜楼（重庆）

夜沐清风步顶楼，高天阔水笼渝州。
星灯眨闪连江烁，胜赴凌霄穹际游。

短叶牵牛花

生来蔓短叶羞扬，不会攀爬不媚香。
蕾密花繁多姿色，敢同桃李斗芬芳。

杨德清

大专文化，1968 年参加工作，曾在兴安盟经济局任科长。编著书《诗词句集锦》一册。现为兴安盟诗词学会会员，在报纸书刊上发表过作品数篇。

满江红·科技载体

塔吊凌空，楼拔起、云端遍布。交通畅，车如流水，公私同注。灯市辉煌昭日月，电传真切联农户。立交桥、旋舞似龙盘，科学路。　兴安岭，金松储。归河酒，芳如故。乳品浓香溢，铁泥坚铸。工业领先兴百业，品牌常在开新步。俱万般、科技列精尖，身威树。

满江红·嫦娥一号

目送嫦娥，奔月路，标识独色。拖彩练，银装捷健，放喉欢乐。荷载千钧直入轨，循规万里听君策。绕月飞，每每报捷音，书新册。　骄杨[①]喜，花迎客。国人到，亲情热。议当今天下，几星发射？科技园中多奥妙，专家团队均突破。肯图强，财富济科研，身名赫。

【注】

① 指杨开慧烈士。

南歌子·观太空在乌兰浩特一中天文台，望远镜下感怀。

日月形容美，恒行系更明。神舟招手建新城，天外有天可晓为和平。　世事知多少，阶梯待我登。教科经济永飞腾，国力民生强盛世人倾。

临江仙·科技力量二首

挖掘机

铁掌钢牙神力士，千钧重物轻抓。挖掘挺举万般达。半天沟数里，一夜岭搬家。　科技之光赢日月，今朝国力颇佳。专家贤仕耀中华。愚公眯笑脸，哲理又萌发。

万吨级货轮

巍伟巨轮雄踞岸，吊装吊卸全能。箱箱货物垒长屏。改革活力大，发展永飞腾。　满载出航击海浪，万吨万里前程。多方贸易取双赢。郑和留故友，我辈处新朋。

汪志军

1958年12月出生，满族。1996年毕业于大连海军政治学院人事管理专业；2005年函授毕业于中央党校，本科学历。1979年参加工作，曾任乡人大主席；现在赤峰市松山区人大常委会工作。赤峰诗词学会和红山诗词学会会员，几年来在《赤峰诗词》《红山吟坛》《长白山诗词》《太白楼诗词》《黔南州诗联》等诗刊均发表过作品。

锦山龙泉寺

巍峨殿坐锦山间，独秀狮峰恋碧泉。
翠柏相邀封岳府，香烟共勉染亭帘。
河田水澈蛟龙浴，卉海花鲜秀女怜。
古刹钟声平盛世，亲民爱庶美家园。

红山感怀

开泰重阳暖百川，惊寻梦寐五千年。
暮吟百柳三秋月，晓唱千山一缕烟。
岸静仙池浣儒笔，林深卉苑染仙坛。
琼楼玉液香无限，隔水红岩是故园。

雨后红山

晓乘轻岚上赤峰，香风沐面意情生。
芳草染地仙人过，翠柏飞岚玉女逢。
鸿雁豪书英水史，图腾壮显夏家城。
红霞撒落旌旗奋，天地同讴世纪功。

晨情曲

绿柳丝丝紫燕飞，蛙歌阵阵染塘陂。
丹阳耀洒情波送，意爽心舒不思归。

情　盼

昨夜香风染绿丘，花红果萃满川沟。
情郎畅售丰收喜，小妹心甜选意稠。

红山水库

晨风拂面望渔帆，百里长湖浪倚山。
昨夜秋波追旧梦，飞舟总是满仓鲢。

汪　焰

（1924—1997），蒙古族，辽宁省朝阳人。中共党员，作家，生前曾任包头市文联主席。

沁园春·海拉尔纪行

北国名城，游踪暂住，快慰平生。见敖包婀娜，三山屏立；琼楼秀美，一水雄横。市隔东西，桥分南北，放眼通衢树翠葱。闲行处，赏街杨添绿，庭卉舒红。　　谁家少女临风？正影荡，清波映笑容。喜文坛盛会，宜时召开，艺林俊彦，次第相逢。论古评今，瞻新话旧，浮响高歌兴更浓。齐奋力，为中华崛起，荷笔从征。

访嘎仙洞

鲜卑古迹号嘎仙[①]，巨洞悬空吐紫烟。
救险泥途凭铁马，放歌林海有啼鹃。
归来避雨白杨下，去路吟风碧水边。
鄂伦春人多舜禹，同心创造拓新天。

【注】

① 嘎仙洞在鄂伦春自治旗境内，访时适遇雨后泥泞，小车陷阻，由拖拉机拉出。

访扎兰屯

屯唤扎兰美似兰，西临雅鲁东傍山。
一城碧柳娇如画，五号朱楼固若磐。
玉柱吊桥凌水上，雕廊轩阁耸湖端。
行时人去心犹在，一过扎兰忘却难。

返昭乌达

三十五年回赤峰，沧桑巨变喜还惊。
街衢雄阔通多面，楼榭高低布满城。
挚友凝眸情万缕，乡亲握手酒千钟。
并肩再上长征路，百尺竿头着力登。

肖志刚

1961年毕业于哲盟师范学校（文科班），1964考入内蒙古函授学院中文系，因“文革”而肄业。多年来从事中学的语文、政治、历史等课教学工作。1986年调入通辽市党校（现改区党校）主讲党史课，现为通辽诗词学会会员。

中秋节感赋二首

（一）

雄鸡一唱白天下，起舞嫦娥月照天。
人唱平湖穿远岫，雁鸣绿水荡飞船。
蜜蜂遣兴婆娑舞，蝴蝶眠花梦境甜。
轮玉碧空哼小曲，讴歌禹甸影旗悬。

（二）

喜获天开清旷宇，欣逢桂影客人间。
金秋硕果天欢笑，十五团圆民梦圆。
盈月一轮环宇亮，奇葩万朵遍山鲜。
中秋降蟾人陶醉，月下花前诗百篇。

肖志强

1964年生，内蒙古丰镇市人。酷爱书画艺术，步入中年，有幸涉足旧体诗词，于《丰川诗苑》等报刊上发表诗词多首。

红山林场游记三首

（一）

踏进山门寸草滩，深情步入绿茵毡。
艳阳三月无寒意，沟地凉风亦上衫。

（二）

日照川明泥草香，松针垂露闪珠光。
山林幽静听禽语，暗洞清泉任你尝。

（三）

十里黄花似彩龙，千山壮劲势遒雄。
奇思化羽苍鹰翅，一览白桦素女容。

冬雪二首

(一)

十月飞花夜入城，阶铺素毯北山登。
层层留下攀爬印，步步坚实向远峰。

(二)

雪霁东山日耀晨，银装大地鸟鸣林。
欲施子美凌云笔，素锦无尘写野云。

肖　琴

女，1965年生。大学中文本科毕业。现任兴安盟脱毒马铃薯开发中心总经理。兴安盟诗词学会会员，近年创作格律诗词100余篇，其中部分作品发表在《内蒙古诗词》《兴安诗词》《兴安日报》《商务时报》《科尔沁报》等报刊上。

西江月·春日随笔

往事如烟似梦，人生逝水飞梭。春风骀荡过长河，幸得超然忘我。　　静夜烹茗研读，灯前走笔吟哦。鹏抟万里谱天歌，依旧激情似火。

满江红·纪念父亲

稻米扬花，伴梦影、随风飘逸。蜀音重，真正人品，轩昂气宇。垄亩倾情农户愿，躬身淡泊功名利。四十载，学子鬓成霜，无暇计。　　沙棘艳，葱薯绿；秫秆挺，禾秧密。布科研成果，健行千里。奔走一生黑土地，培植大众甜香米。念慈严，满纸女儿心，云中寄。

清平乐·垄上行

晨曦初露，俏影棚田雾。夜半始还风雨路，淑女戎装健步。　　凝目薯叶青青，娇躯垄上徐行。泽被村民百姓，躬耕乐此平生。

浣溪沙·走访农户见闻

夜雨声中落叶纷，疏烟淡月路无尘。农家谈笑话耕耘。　　阡陌纵横织彩锦，阴霾散尽地生金。山乡户户盼来春。

西江月·兴安科技人

无悔青春热血，情播碧野山河。蓦然回首岁蹉跎，笑对风云坎坷。　　汗水遍及乡土，薯花绽放长坡。年华似水几回波，倒影人生秋色。

武陵春·津蒙共千秋

绿上枝头春又至，重聚解思忧。火炕茅屋岭下牛，旧梦醉心头。　　耿耿知青怀故土，反哺治沙丘。待到经年满翠畴，津蒙共千秋。

青玉案·洮儿河畔千层绿

洮儿河畔千层绿，笑迎客，泪如注，展臂相拥于热土。毡房围坐，唏嘘相诉，欲把心留住。　　思亲念友情怀笃，忧患尘沙广植树。满眼春晖明媚路。葳蕤千里，盈盈深处，岁岁枝头驻。

苏幕遮·春种抒怀

岁华新，春风燥。绿水方发，花影皆含笑。月下行人车满道。火炕谁家，围坐农嗑唠。　　税赋轻，呈瑞兆。心爽人勤，晨起鸡方叫。顾盼田间春意闹。黎庶解颐，人比山花俏。

破阵子·马铃薯基地有感

五载辛酸苦乐，梦魂相对无言。敲尽琼壶春落泪，憔悴为君衣渐宽。几回欲醉眠。　　迎迓春光满眼，薯花点点相间。昔夜断肠今不再，喜见红颜是壮观。“三农”佳讯传。

苏怀亮

1957年生。大学学历。《鄂尔多斯日报》副刊编辑。中国散文学会、内蒙古作协、影协、诗词学会会员，鄂尔多斯诗词学会秘书长，著有诗词集《负重的双翼》、散文集《西皮流水》等。

岁末感怀

鲜花嫩绿陪秋去，瑞雪飞扬尽覆愁。
策马横刀人未老，长风万里把吴钩。

易水吟

壮士悲歌终不还，晓风易水雪涛寒。
冲天浩气今安在，只剩余音梓底传。

登故乡黄石山

少小登临志正遒，天低路窄步云头。
今来顶上凭栏望，依旧天凉好个秋。

观花有感

不惹人间半缕愁，千娇百媚溢温柔。
平生不知弯腰苦，一任风中乱点头。

观黄果树瀑布

碧水深藏绿壑间，奔雷万马势凌天。
千寻素练凭空落，入境方知我是仙。

秋　晨

烟笼重林雾绕岚，无边秋气在山前。
一轮红日喷薄起，引领清思到碧天。

探　春

访君只为满园红，入槛才知曲径空。
有梦无香清亦好，蝶乡静坐是庄公。

邀朋友家中小聚二首

（一）

又是一年风景异，相约争把故情提。
今年不是旧时客，顶上青丝又见稀。

（二）

煮酒烹茶小菜齐，围炉小酌话音低。
陶然不觉天将晓，回首南窗看日熙。

观云冈石窟

石窟威严气象森，容颜虽旧义相存。
千年香火凭何旺，但念心中佛一尊。

月夜抒怀

清风明月入我怀，夜书逸兴酒盈杯。
挥毫泼墨千钧力，一语惊涛万顷雷。

昭君墓前口占二首

（一）

骨傲心高色倾城，深宫一去客心惊。
君王若不疏画意，哪有芳名说到今。

（二）

辞宫岂为解君忧，一世欣悲说欲休。
毕竟和亲天地德，丰碑几处颂风流。

自 颂

阅遍春秋思尚捷，年交知命志犹高。
清贫幸有书香伴，寂寞时凭墨韵消。
世事喧街心幽静，功名闹市步逍遥。
风云起处观沧海，每向中流学弄潮。

乘火车自京过湖北湖南之贵州

水复山重路八千，清凉画卷任绵延。
青山着意窗前过，绿水含情眼底穿。
错落层楼才隐去，参差田野又回旋。
尤惊黔地风光异，屋宇坟茔互比肩。

第一次坐飞机

安坐浮升上九天，心悬万丈觉空前。
临窗远眺蓝天净，回首惊看大地旋。
陆上行驰知缓急，空中穿越意悠闲。
白云堆就山千态，神笔难描画一斑。

丁亥迎春

春风化雨暗香传，思绪扶摇达九天。
灯下埋头排锦句，日中挥汗绝绳编。
闻韶忘味诠生义，入海求真度有年。
富贵荣华浑不顾，功名成败任随缘。

黄河峡谷

万里黄河万里奇，流经此处景迷离。
水随山势蜿蜒去，浪阻幽门咽啭啼。
巨石峥嵘形百态，危崖怪诞状千姿。
山河一路摊长卷，美景常随桨橹移。

咏油松王二首

（一）

拔地飙升百丈高，扶摇直上紫云霄。
绿荫漫漫遮风雨，老干铮铮竖骨标。
暴雨凌摧扬正气，轻风徐拂起惊涛。
松王一挺千秋固，天下谁人不折腰。

（二）

擎天一柱历沧桑，枝干虬龙气宇昂。
日月精华凝铁骨，风霜利剑刻华章。
千年耸立听风雨，百代荣生看兴亡。
历久弥坚成大树，香烟如雾任思量。

又是中秋再自抒

笑傲江湖身未老，躬行善举是浮屠。
身心豁达须亲理，社稷尊威赖众扶。
且作蚍蜉为小勇，亦将绵力献宏图。
骚情每入冰河梦，志在狂涛击棹呼。

昭君坟

北望青山舞带绸，长河脉脉护风流。
平畴舒旷铺诗卷，远树朦胧隐蜃楼。
紫燕千回萦胜迹，白云一片寄乡愁。
明妃自有香灵在，皓月长天万古秋。

喜迎自治区六十周年大庆

辟地开天兴内蒙，根除旧制立新程。
田园锦绣人祥瑞，市井繁荣气云蒸。
民族和谐歌盛世，人心共振创奇声。
诸君再问天堂处，笑指神州有鄂城。

游青城蒙古风情园

敕勒川歌记忆鲜，平芜漠漠柳如烟。
穹庐殿宇金龙戏，水榭亭台翠鸟喧。
美酒佳肴传盛意，轻歌妙舞赞团圆。
湘灵不再多愁寂，塞上风光又胜前。

满江红·香港回归感赋

赤县神州，自五帝三皇划一。星河转，几重风雨，几回圆缺。世事翻腾妯娌闹，江山豆剖棠棣克。有炎黄血脉缔情根，心同结。　罂粟入，夷寇逼，赔银两，签条约。衣袂从此剪，百年相隔。三剑平开新气象，九州一统金汤若。赖邓公、奇想展宏图，缝天裂。

残　月

西窗莫倚栏，残月树梢寒。
一把银勾在，思乡不忍看。

登虎丘

日月经天过，转身成古今。
山河遗胜迹，碑碣动高吟。
回看吴王殿，犹听范蠡琴。
浣纱溪尚在，一洗去尘心。

陋室闲吟

孤夜对荧屏，不闻三界声。
灵台诗句涌，陋室画图清。
家国古今事，风花雪月情。
何须分雅俗，尽兴忘功名。

苏　晗

原名赵晶珍，女，1971年10月出生于山西省山阴县。教师，供职于内蒙古包头市包钢一中。全球汉诗总会理事、中华诗词学会会员、内蒙古作家协会会员、内蒙古诗词学会会员、包头市诗词学会理事。著有诗集《举心为灯》。

望海潮·游库布其旅游度假村

蓼烟疏淡，流波霞染，远离都市繁华。平野莽莽，惊鸿几点，依稀灯火人家。树影落沉沙。望萋萋芳草，处处瑶花。绕檩笙歌，沁芳浓酒，献哈达。　　华灯皓月烟花，又翩翩俊俏，袅袅娇娃。疏雨洒轩，临风把酒，新晴漫履明沙。绿醑赋歌佳。任浅斟低唱，羯鼓胡笳。异日斜晖淡抹，新嫩碧窗纱。

西江月·纪念抗日战争胜利六十周年

蓟县凄风残月，卢沟烽火连天。铁蹄尽踏灭人寰，鬼魅中州祸乱。　　血雨腥风席卷，国仇家恨如山。燕幽忠勇剑锋寒，倭寇心惊胆战。

霜天晓角

东风袅袅，惹得春来早。桃杏缤纷如雪，旁垣下，青青草。　　春催花正俏，惜春何谓老，花落幽香留住，花絮乱，也妖娆。

泉州偶得

岱仙瀑布

素湍卷雪出云岫，玉垒倾颓舞碎琼。
一派白虹千丈起，余流自在润乔松。

崇武古城

城楼迢递入苍穹，尽散烽烟鼓角休。
遥想戚公威武在，红颜意欲挂吴钩。

谷 强

笔名八弓，祖籍北京，铁路世家，1931年出生于丰镇。小学文化。1946年参加革命，现为乌兰察布市诗词学会理事。

山 杏

蕾含千顷雾，叶赤万山疏。
夏累边关艳，冬枝傲雪图。

二月春河

二月春河骤解温，冰涛雪骇泻瑶樽。
已闻潼口千流啸，更跳龙门百转奔。
皓皓浊黄鹰展宇，泱泱霓紫骏腾垠。
秦城永窥金汤势，九曲时时撼魄魂。

大漠交响

草长鸢旋宜踏春，东风和煦荡香尘。
网栏苜蓿分新萼，破雪荪莲绽嫩粼。
碧野碧轮风发电，红菰红瓦树环茵。
生机锦盎欣重造，绿满天涯奏捷音。

如梦令·春雪

春雪漫天萧飒，九曲汀横冰化。试叩六盘峣，馨蕾可晗珠玛。无话，无话，赵垒逶迤高下。

八声甘州·胡杨[1]

对巴丹瀚海白沙横，几弯赤撑天。旷孤烟幻蜃，楼兰三尺，罗布残垣。寂寞驼铃远去，九纛纵浑然。日暮圆荒脊，戍旅行边。　　漫道西天路尽，叹三千不倒，绿色标杆。任焦沙凉热，生命永延绵。更参差，虬枝迷彩，伴神舟，揽月镇尘寰。额济夜，繁星北斗，浩荡居延。

【注】

① 戈壁胡杨，生，千年不死；死，千年不倒；倒，千年不朽。

陈广斌

1943年出生于山西洪洞。国家一级作家，中国作家协会会员。毕业于北京大学中文系，获文学学士学位。曾任《草原》文学杂志主编、内蒙古作家协会专业作家。中国科学诗协会理事，内蒙古自治区第四届党委委员。著有诗集《孔雀与仙鹤》《飞吧科学之鸟》《绿色的游牧》《游牧者的恋情》《智慧的翅膀》《红草莓》，散文集《魅力西欧行》《大洋洲之旅》等。有多部作品在国内获奖，其中有些作品被翻译成英文、朝鲜文介绍到国外。传略被载入《中国作家大辞典》等辞书。现任内蒙古诗词学会副会长、《内蒙古诗词》副主编。

望河楼

清水河县老牛湾南山之巅，有望河楼，建于明嘉靖23年（公元1544年）高22米，登楼远望，黄河尽收眼底。

青山壁立鸟飞愁，峰顶突拔望河楼。
滚滚长河倾险峡，茫茫浊浪过龙沟。
聆听风雨数千载，眺望云涛几度秋。
谷底一声蛮汉调，河上惊现逐浪舟。

王昌龄吟诗台

阴山深处有一天然石台，名曰“吟诗台”，传说唐代诗人王昌龄在此吟出“秦时明月汉时关，万里长征人未还，但使龙城飞将在，不教胡马渡阴山。”的著名诗篇《出塞》。

诗人策马赴长城，身束戎装塞上行。
绝顶阴山望烽火，激流黑水起涛声。
秦时明月映寒甲，汉室秋风伴朔鸿。
立马吟成出塞曲，千秋绝唱有佳名。

沱江泛舟

山城无处不呈凤，碧水行舟翠掩宫。
竹苑玲珑惊鬼斧，虹桥飞架叹神工。
歌声阵阵浣纱女，诗语朗朗皓首翁。
塞北江南同一月，山丹化作映山红。

游巴黎

巴黎五月客如云，塞纳河边景色新。
碧水微波嬉塔影，车流浩荡过雄门。
长街簇拥摩登女，广场徜徉休憩民。
圣母院前杜鹃艳，犹思丑陋撞钟人。

陈书方

1949 年生，兴安盟人，内蒙古诗词学会会员。现任内蒙古善堂农牧科技有限公司董事长、总经理。务农、从军、做工、为教。喜诗、习文。

沁园春 • 平生述怀

光阴飞逝，转瞬逾半百华年；回首平生，成败已飘然远去；展望余年，金鼓尚在催征，情怀自当述之。

血涌边关，情注矿山，丝吐校园。忆平生行旅，一心向党；为砖为瓦，任垒任搬。几度辉煌，几多遗憾，皆付行云流水间。从头跃，纵斑白鬓发，身手空悬。　　祖国永驻心田！创业者从来无晚年。看天下秸秆，凭我分解①；六畜雀跃，五谷腾欢。上解国忧，下遂民愿，老骥扬蹄天更宽。待来日，遍山川锦绣，不尽诗篇。

【注】

① 指作者正从事着“技术居国内领先水平”的秸秆分解剂的生产和经营事业。

沁园春·校园写实

“八五”末年，任职电大，乘势兴起二次创业热潮。练内功，借外力，三年高歌猛进，一路捷报飞传。

回首当年，别却矿山，重返校园。始二次创业，宏图续展；经济蓬勃，教育鼓喧。校舍更新，生源涌现，思路变出天地宽。书壮志，育人才千万，快马加鞭！　　光阴屈指三年。好儿女登攀何惧难！看白手起家，高楼崛起；评估创优，质量领先。物质花红，精神果硕，旧貌换成新容颜。创奇迹，靠成城众志，红日高悬！

五旬咏叹二首

（一）

岁逾五旬一束花，当知天命好年华。
静观春夏冬秋事，笑饮东西南北茶。
做事丝丝求善美，为人淡淡取通达。
任凭满眼风烟过，一路轻舟向远涯。

（二）

一路轻舟向远涯，正值创业好年华。
自由身手凭舒展，得道人生任打发。
处处英雄用武地，时时妙笔绘春花。
欲知何日君歇甲？烈火丹心化碧霞。

寄诗友向阳

在考察东北、华北、中原、西北和西南的市场中，更深切感悟到秸秆分解技术之奇妙，价值之巨大，前景之广阔。于赴四川途中感赋。

走遍中华城与乡，秸秆分解大文章①。
领先世界新招术，医治贫穷妙药方。
护得山川皆秀色，迎来农牧满秋光。
可知科技创奇迹，点草成金一善堂②。

【注】

① 指作者从事的秸秆分解剂产品开发事业。

② 指产品发明人、全国劳动模范王善堂及以其名字命名的善堂公司。

祖孙情

2007年7月携孙子丁丁、外孙女冬冬游儿童游乐园

难得浮生半日闲，丁冬国里觅童欢。
荷花池内观鱼戏，松柏林中听鸟喧。
大笑乍闻滑稽场，惊呼又起恐怖园。
人生苦乐五十载，老少分明两地天。

赠友人

内蒙古自治区成立六十周年，陪客人参观内蒙古民族解放纪念馆，感而赋赠孟宪平主任，任翔总设计师。

剑影刀光一馆中，民族解放庆先行。
润花幸有东泽雨，护草依凭蒙汉情。
且喜和谐书妙曲，至钦理政揽群英。
征程再现六十载，孟子任贤居大功。

西江月·神剂赞

雪裹冰封塞外，花香鸟语江南，可闻神剂凯歌旋？江北江南一片。　　启动养殖革命，书成饲料新篇。神州万里尽欢颜，处处小康画卷！

陈立生

1953 年 2 月生。吉林冶金学校毕业。现任五岔沟林业局营林队队长，林业高级工程师。获函授新闻本科学历，被聘为《兴安日报》通讯员，曾在《兴安日报》《兴安文学》、兴安电台、《内蒙古林业》等报刊发表作品 500 余篇，摄影和长篇通讯均有作品获奖。

贺内蒙古自治区成立六十周年

光阴逆转六十年，会址红城立誓言。
锻铸锤镰成自治，销熔剑矢息狼烟。
欣逢大漠千花艳，笑看高原百姓欢。
大政和谐人善美，桃花源里好耕田。

兴安岭之春

一年过去又逢春，开泰三阳气象新。
大地升温初解冻，高天滋润又生云。
杜鹃卖俏枝头绽，野杏撒娇花瓣馨。
景物复苏怡盛世，翁童户外展舒纹。

读胡笳十八拍

命运偏遭战乱年，中原塞外两重天。
才高八斗空悲泣，妙语珠玑也枉然。
留驻忧思桑梓恨，回归割舍幼儿怜，
劝君莫把苍天怨，盛世方能美梦圆。

卜算子·贺《兴安诗坛》

时代造英雄，骚客一堂聚。妙笔神思写古今，盛世和谐气。　　诗派现兴安，游子抒胸臆。耄耋中青兴奋发，咏唱吉祥地。

陈亦民

蒙古族，1946 年 1 月生于辽宁阜新。初中毕业后务农，右臂伤残后从教。东北师大政治系函授本科毕业。退休前是兴安盟残疾人蒙医职业学校副校长，中学高级教师。现为内蒙古诗词学会会员、兴安盟诗词学会副会长。多次在《中华诗词》《词刊》《内蒙古诗词》《内蒙古日报》等刊物上发表作品。

满江红·闲话三国

浩浩长江，流不去，当年赤壁。群英会，孙刘联手，强曹败绩。割据三家成鼎足，枭雄一代风云际。只可惜，剑火创江山，无人继。　　曹瞒子，相煎急；孙氏后，难承袭。更刘门阿斗，辅之不立。诸葛鞠躬空尽瘁，懿公诈病得权力。问兴亡，惟养育贤才，千秋计。

为天津老知青回科右前旗植树而作

当年未了情，盛世再萌生。
渤海湾边柳，兴安岭上松。
根长织厚被，叶茂立长屏。
小树成梁栋，同迎大漠风。

百字令·成吉思汗

苍狼白鹿，驭斡难[①]风雨，海宽天大。父恨妻仇凝智勇，演绎战争神话。骏马强弓，英杰猛犬[②]，朔漠独称霸。东欧西亚，统归秃黑[③]麾下。　　传布华夏文明，札撒[④]章典，丝路通商洽。少女揣金游帝国，可以安心横跨[⑤]。一代天骄，名扬信史，遗产高无价。平痕灵墓，艳阳丰草如画。

【注】

① 斡难河：成吉思汗铁木真的出生地，蒙古民族的发祥地。

② 成吉思汗有四杰：博尔术、木华黎、博尔忽、赤老温，四犬：忽必来、者勒蔑、者别、速不台。

③ 系有牦牛尾和马尾的大纛，权威的象征。

④ 札撒，蒙古语，意为治理，引申为法律制度。

⑤ 美国著名作家哈罗兰姆在《人类的帝王－成吉思汗传》中说，“虽然当初的成吉思汗从未接受过物质文明的熏染，竟能为五十多个民族建立了切实可行的法制典章，维持大半个世纪的和平与秩序。”当时的历史记载，“信差可以纵横五十个经度；一个少女怀揣一袋金子，可以安心遨游这个广大的帝国。”

鸟 巢

奥运京都造鸟巢，中华大树占枝高。
撑拉梁柱织皇冕，凝固霓虹架彩桥。
骏马扬蹄凭跨越，神鹏展翅任扶摇。
同一世界同一梦，共举五环猎猎飘。

水立方

神话龙宫水立方，八仙试宝聚精良。
晶晶跳水姿容美，贝贝劈波体魄强。
鲤跃龙门同梦想，鲲腾玉宇共飞翔。
神针定海风波静，看我红旗顶处扬。

贺新郎·神奇汉字

始与蛮荒别。半坡村、陶纹刻画，启蒙时节。甲骨青铜铭信史，竹帛珍存简屑。秦一统、书同文牒。粤语吴言无阻遏。五千年、朝代多更迭。惟汉字，铸心结。　　经书典籍标圭臬。篆隶真、诗词曲话，跨时传阅。古代文明曾峙立，今日谁堪并列？进电脑，修填疑阙。音义兼容传消息，省时空、再写辉煌页。华夏地，遍仓颉。

主妇乐

归来菜市笑厨娘，肉价开盘又上扬。
往日加餐多脍炙，今天佐饭且葱姜。
猪需饲料缺精细，人造燃油耗米粮？
巷议街谈风过耳，老头刚好降脂肪。

沁园春·感时

露土荒原，沉寂村屯，追尾黄尘。叹山坡裸赤，平川少绿；旧茬成垅，堆粪如坟。锄草良时，催苗旺季[①]，不见田间劳作人。临仲夏，却风干日烈，灼脸烧心。　　年年打井栽林，搞开发蓝图岁岁新。累传媒报道，灶坑出水；衙门统计，炕角连阴[②]。大会红花，荧屏紫绶，一场天灾验假真。期何日，有降龙巨手，布雨行云？

【注】

① 农谚："芒种后，夏至前，叫工夫，别疼钱。"

② 打井，造林，年年有任务，而且年年超额完成。百姓戏言，如果把历年来打井造林的数字累计起来，家家的灶坑都会有一口井，炕头都会有几棵树。

蚂蟥灾

弯弯曲曲爬满墙，远市繁都遍蚂蟥。
暑往寒来难绝灭，火烧水洗愈猖狂。
谁家洞府生妖孽，哪路神仙纵祸殃？
小小蠕虫除不尽，泱泱大国脸无光！

无 题

冗务缠身气恼多，烦听枕际又饶舌。
骨沉似铁压床板，思乱如麻胀脑壳。
已够圆滑因碰撞，尚余棱角待研磨。
原来喜怒悲欢事，都是人生一首歌。

陈光武

内蒙古赤峰市松山区人，1943 年 12 月生。一直从事教育工作，已退休。中华诗词学会会员、赤峰市诗词学会副会长，与人合编《松山区诗词选》等书。

杏花吟

塞北无梅树，东风第一枝。
不甘尘市乐，喜作出墙诗。
红惹南山恋，香牵村女痴。
蒙蒙花雨过，恰是闹春时。

红山情

为远离热土移居大连而作

芳名连上古，赤色暖层林。
自幼红山下，耕耘花木深。
英金河岸柳，哈达街中人。
一旦他乡去，离情带泪吟。

参加同窗聚会致诸弟子

毕业分飞逾廿年，同窗好友聚相欢。
曾经寒屋嚼三味，又历江湖读世艰。
冲破碧波方露角，离开狭港始扬帆。
东风愿借送诸子，商海仕途保顺安。

游辽上京遗址感赋

不晓城池几世无，只留双塔守遗都。
曾为耶律兴王地，又作辽邦经贸枢。
逐鹿北方成霸业，兴师南国展雄图。
契丹血脉今何去？一统中华在史书。

游桃石山

上京南面有奇山，桃石高擎飘缈间。
满目云霞生紫气，遍山古木结仙缘。
涅槃佛祖卧深窟，济世僧人讲大千。
欲待摘桃求善果，阎王道里肯登攀。

观秦始皇兵马俑

生做人皇死鬼雄，千乘万骑入陵中。
刀枪戈斧皆成序，车马旗幡俱有风。
陶勇连绵布战阵，杀声一片下冥城。
遗威千载今犹在，功过是非任尔评。

六十初度

时逢花甲过华年，岁月薄情心不甘。
才别杏坛琢玉地，又乘神韵入诗山。
梅开二度香虽晚，马走千程力未残。
毕竟夕阳无限好，桑榆影里效春蚕。

咏 琴

我弹素键汝填声，亦有忧伤亦有情。
细雨连绵滋苦草，长歌婉转度春风。
平生喜为知音伴，片刻羞沾浮浪名。
一寸爱心成一曲，绕梁袅袅到天明。

陈 俊

1940年2月生，内蒙古土右旗人。曾任包头市人大常委会副主任，现为包头市老年大学名誉校长、包头诗词学会副会长。

元宵之夜

——祝固阳县首届大后山民俗文化节开幕

千峰瑞雪接春天，万户红灯照后山。
月下烟花飞彩絮，楼前火树绽芳颜。
二人对唱“割莜麦”①，男女相扶“拜大年”②。
难忘今宵明月夜，乡亲父老更留连。

【注】

① 割莜麦指当地的民歌节目。

② 拜大年指当地的二人台节目。

长相思·“金秋采风笔会”感赋二首

（一）

朝阳红，夕阳红，又是金秋霜叶红，染红万里空。　书香浓，画香浓，众客挥毫气若虹，墨香似酒浓。

（二）

山重重，水重重，鸟语花香山水中，天工才气雄。　菊芳容，桂芳容，如幻秋容是笑容，笔酣韵未穷。

陈维平

内蒙古通辽市奈曼旗人，1946年11月生。大学学历，干部。现为通辽市诗词学会常务理事、组联部长。作品在《诗词月刊》《通辽诗词》有发表。

克一河林业局感怀

繁华五月壮游之，林海茫茫人醉痴。
野卉芬芳风起舞，山泉清亮水吟诗。
苍松翠柏神州誉，叠嶂层峦禹甸奇。
美景千般难赏尽，何时有幸再观伊！

嘎仙洞[①]怀古

鲜卑始祖住仙山，南讨西伐岁月艰。
淝水之争得自立[②]，拓跋帝业百七年。

【注】

① 嘎仙洞：位于内蒙古鄂伦春自治旗境内，相传这里是鲜卑族的发祥地。

② 公元386年，拓跋珪“不服天朝（前秦）管”的目的得逞，复代称王，遂改国号为魏。淝水之争，即淝水之战。

周宝山

笔名杜心，辽宁兴城人，1940年3月生。原任中国建设银行哲盟分行高级经济师，现为通辽市诗词学会办公室主任。2006年开始写诗。

今　朝

秋风送话菊花开，美景频频入眼来。
挚友酒家相聚会，吟诗作赋唱开怀。

南沙坨

曾经风吼黑沙飞，棺木累累白骨堆。
今日松青湖水荡，花间粉蝶戏相追。

学　画

桥连两岭起波澜，前抹后涂非尽然。
还有行人桥上过，儿孙光笑不发言。

学　诗

平平仄仄字难填，游历诗坛举步难。
韵律精心来设计，数须捻断品甘甜。

学唱《妻子辛苦了》

回家路上把歌哼，路遇红灯曲不停，
唱道贤妻辛苦了，行人讥我犯神经。

增寿桥

福地桃源十位仙，清风五月下兴安。
克一河上观妙语，诺敏桥头赏对联。
动者白云变彩锦，静之明月绣蓝天。
乐山乐水能增寿，不到兴安悔百年。

周鹏江

1955 年腊月十四日生于赤峰市敖汉旗贝子府镇烧锅沟村，祖籍山东莱西。法律大专文化。供职于中国农业银行，任内蒙古分行营业部副总经理。内蒙古财经学院客座教授、内蒙古诗词学会会员，著有《感悟》等。

国庆献歌

一轮朝日正东升，锦绣江山万里红。
故里天天张异彩，神州处处展新容。
举国倾力谋发展，万众高歌图振兴。
溢彩流光星月朗，和谐共建畅春风。

浣溪沙・元宵

鞭炮震天锣鼓喧，辉煌灯火舞歌酣。祥和喜庆满人间。　　皎月春心相熠映，鸳鸯畅意荡清涟。嫦娥自悔食仙丹。

卜算子・岁末有感之乡愁

岁月憾蹉跎，天命仍漂泊。小草天边沐雨风，怎报春晖乐。　　夜夜梦家乡，过节思犹迫。故里桑榆可浴春，老泪潸潸落。

国乃斌

1938年生。副主任医师，现任海拉尔区关工委副主任兼秘书长。曾出版诗集《再青春集》。

贺关工委女士度“三八节”

自古人生谁不老，银丝黄叶更斑斓。
斜辉仍饰三山石，暮妇犹擎半边天。
驽马千驱明壮志，闲贤百跃献余年。
笑看关委英姿女，已逝青春又复还。

采莲令·惜别

日炎炎，挥汗流如注。暮年别，更添愁苦。同胞次第绕车旁，细语频频嘱。风酸目，襟巾湿透，难分泪汗，离情岂忍重顾！　　一辆轿车，侄儿送我三滩坊去。蝉鸣急、又催离步。只言难吐，暗自叹、此别何时聚。蓦回首，烟迷路断，故乡影杳，历历荒村野树。

青藏铁路颂

铁群壮举出当朝，铺就西天路一条。
万仞雪山火龙舞，千年冻土面纱撩。
藏羚结队车旁走，鹭雁成群水上瞧。
行在高原身在画，洪荒转眼变琼瑶。

调笑令·关老①

关老，关老，手握小车不倒。晚霞承载深情，余热温薰少青。青少，青少，成李成桃都要。

【注】
① 关工委的“五老”。

野　游

六月芳茵阔，云移影暗明。
青铺巴尔虎，翠接塞珠城。
牧曲和风奏，敖包望月盟。
生来居此地，何必羡蓬瀛。

游长影世纪城

今日幸游长影城，配音奥秘始方明。
轻揉箔纸烈焰起，摇动辊纱盆雨倾。
铃腕打膝跑马至，铁皮拍手霹雷惊。
坐观银幕真无假，未晓全来弄物声。

母子同观天安门广场升旗

冉冉红球出海疆，神州乐土泛流光。
忠贞赤子披星聚，待旦广场观帜扬。
崛起巨龙身傲立，振兴伟业国昌强。
红星指引前程路，牵手母亲奔小康。

章台柳·桑榆老

桑榆老，桑榆老，头上青丝寻已杳。残叶犹能洒片阴，疏枝依旧栖飞鸟。

忆秦娥·观中学生演讲

寒风虐，边城四处雏鹰搏。雏鹰搏，志如鸿鹄，姿如婷鹤。　　途程千里多沟壑，欲成大器堪雕琢。堪雕琢，今朝浑璞，明天玉烁。

雨中游荷园

乙酉岁夏回故乡寿光探亲。幸游渤海生态园，有感。

炎炎暑日雨蒙蒙，百里驱车巨淀行[①]。
天外波仙临北海，瑶池娣妹降苍穹。
一塘荷藕连天碧，成朵芙蓉似火红。
岸跃顽童顶荷伞，舟浮少女采莲蓬。
和风轻惹群珠带，微雨斜斟满池盅。
景色怡人添惬意，淡香醉客少烦萦。
此园处处江南现，疑是水乡迁寿城。

【注】

① 巨淀为巨淀湖，此生态园乃以湖之存在而建，广植荷藕，美不胜收。

夏登五泉山[①]

伫立山巅望四方，茫茫大野尽徜徉。
身临方外丹丘地，悄告刘郎[②]不老乡。

【注】

① 五泉山位于鄂温克旗大雁镇南，著名旅游胜地。

② 刘郎：汉武帝刘彻，一生遍寻长生不老之处、不老之方。

庆香港回归十周年

失子回归整十年，风流潇洒喜空前。
威师情护荆花紫，赤帜映辉港水蓝。
大潮袭来傲然立，声名显赫不虚传。
珠江水慰乡愁苦，母挽娇儿格外甜。

孟宪明

山东单县人，生于1937年11月。满洲里市原政协秘书长；现任满洲里市诗词学会副会长、雪霏诗社副社长、中华诗词学会会员、中国楹联学会会员。近年常在《中华诗词》《乡土诗人》《新国风》《诗词月刊》发表诗词。

成吉思汗拴马桩怀古

石桩矗立指晴空，大汗自兹去远征。
横扫辽东无敌手，直攻西夏展雄风。
草原万里凝豪气，黎庶千秋颂武功。
天马行空长夜静，蹄音融入浪声中。

春到呼伦贝尔

春阳骑马逛高原，雨后青山笼翠岚。
树茂风清鱼跃水，花妍草嫩鹭钻天。
山前菜圃碧如玉，岭后桃园红若燃。
网上成交潇洒甚，鼠标轻动走瀛寰。

鹧鸪天·回故乡

古树村头招手迎，荷花初绽柳青青。老屋依旧新楼矗，宽巷整洁油路平。　温旧梦，叙亲情，荒唐往事趣犹浓。玉盘窗口悄悄望，话语滔滔到五更。

忆江南·老教师

躬耕乐，夜夜梦魂中。耳畔书声心欲醉，心中童趣更含情。桃李沐春风。

季彦洲

1964年11月出生。通辽市科左中旗保康一中语文教师，《明珠诗苑》主编，内蒙古诗词学会、通辽市诗词学会会员。在《文化月刊·诗词版》《通辽诗词》等杂志发表作品近百首（篇），出版有诗词、散文集《欢腾的故乡》。

游济南

湖光潋滟嫩荷鲜，景色旖旎入眼帘。
传颂千秋清照句，神州一处趵突泉。
赏心悦目游人醉，砺性怡情结善缘。
眷恋泉城吟不够，诗囊满载越关山。

游丰库牧场

苇荡青青鸥鸟旋，鱼儿戏弄碧波间。
欢歌引至八方客，美酒陶晕四海仙。
社会和谐人畅笑，生态保护景嫣然。
人间胜境科尔沁，锦绣家园达尔罕。

行香子·阿古拉新景区[①]

胜地开游，美媲青沟[②]。忆当年、佛庙清幽。两湖交映，四面沙丘。更孤山秀，草原阔，醉凫鸥。　骑驼遛马，别样风流。锦毡房、扮靓芳州。全羊烤肉，奶酒觥筹。共嬉篝火，舞安代，忘归休。

【注】

① 阿古拉：蒙古语意为山，原名叫双合尔山（雄鹰之名）。位于通辽市南部沙区。

② 青沟：指大青沟国家级自然保护区。

采桑子·煤城情怀[①]

契丹故土眠千载，未见春娇。今涌新潮，遍地乌金孕富饶。　煤输热电能无比，城镇烟消。荒漠芳飘，塞上明珠功业昭[②]。

【注】

① 煤城：指内蒙古通辽市的霍林郭勒市，亦即霍煤集团公司所在地。

② 塞上明珠：喻指通辽发电总厂。

沁园春·大型乐舞史诗《蒙古风》观感

乐舞情豪，朗诵词华，数典意深。仰王旗猎猎，强弓振伍；征程历历，骁将垂勋。元祖韬宏①，德容志士，拓土开疆又鼎新。八百载，垒文明彩厦，灿若朝暾。　　蓝天碧野灵氛，哺塞外英杰效母亲。品丽章神韵，“乞颜”丰采②；马头琴曲，蒙汉知音。一脉传承，血融华夏，盛世长歌忒动人。江山美，正群芳争艳，共壮族魂。

【注】

① 元祖：指元世祖忽必烈皇帝。

② 乞颜：蒙古先祖也速该部落之名。

满江红·喜迎新世纪畅想

元旦钟鸣，千载度、史翻新页。回首望，几经风雨，几番勋业。驾驭潮流天地阔，漫游商海从头越。邓公帜、猎猎引征程，神龙跃。　　迎入世，除伪劣；惩腐吏，扬雄略。紫荆莲蕊灿，满江圆月。西部河山重造化，东邦科技跻前列。联两岸，还大统金瓯，强敌灭。

渔家傲·电视剧《延安颂》观后

滚滚烽烟流血汗，军民共济阴霾散。小米步枪兵百万，麻雀战，强敌惨败边区奂。　　宝塔延河新景灿，毛周典范苍生赞。黄土窑屋魂未变，消糖弹，中华崛起东风伴。

金缕曲·建党八十五周年志庆

祝党南山寿！仰锤镰、高悬焕灿，风神依旧。铭记当年征战苦，患难兵民互救。开天地、丰功不朽。除尽妖氛播浩气，改山河状貌多英秀。家国泰，非神佑。　　中枢伟略移星斗。倡和谐、各族齐奋，四邻折柳。三个文明同步建，万众欢讴成就。亲百姓，良谋对口。放眼神州翻彩卷，信台澎骨肉终携手。小康业，盛长久。

汉俳·国庆五十周年志庆二首

（一）

红旗耀舜天，风雨征程五十年。神州改旧颜。

（二）

荆莲向日鲜，华夏中兴梦正圆。谁人不尽欢！

忆江南·为青藏铁路放歌四首

（一）

通天路，一举跃千秋。电气钢龙飞雪域，丝绸古道涌人流。众岳愿低头。

（二）

通天路，环境溢芬芳。瑞草芊绵山水净，牦牛无虑鸟回翔。呵护藏羚羊。

（三）

通天路，物阜又人勤。寒谷荒川皆乐土，河湖峦嶂俱金盆。经贸洗饥贫。

（四）

通天路，运事盛空前。内陆边关连命脉，西疆特产哺中原。禹甸变桃源。

沁园春·欢庆中共十七大

时代先锋，汇聚京华，指点九州。叹临江沿海，明珠灿灿；北疆西域，物产悠悠。水碧山青，乡荣市盛，夺目商轮畅五洲。阳关道，喜国强民富，举世凝眸。　　核心智领潮头。秉德政、民生列首筹。倡科学发展，好中求快；三农为重，济困先忧。涤荡歪风，公廉拒腐，纲纪严明才俊稠。红旗艳，构和谐两岸，敦睦寰球！

国旗颂

收看中央电视台《国旗护卫队》专栏感作

卫队雄风动舆情，朝霞熠耀赤旗升。
巍巍岱岳皆垂首，滚滚长江顿浪平。
义勇军歌凝众志，激扬号角鼓新征。
先烈英灵堪笑慰，后起风流振国声。

纪念周恩来总理百年华诞

赤胆平生信念坚，追寻正道贯渊源。
推翻旧世精文武，佐理新邦举众贤。
宰辅殊勋垂史册，公仆风范照人寰。
继承遗志开新宇，跨纪神州龙梦圆。

邓小平诞辰百周年祭

沙场浴血写勋功，理政兴邦铸大雄。
啸傲狂飙磨宝剑，澄清迷雾点航灯。
唯实正道开新宇，洞见枢机促振兴。
特色蓝图泽万姓，荆莲映日慰英灵。

庆祝内蒙古自治区成立六十周年

六秩春秋只瞬间，千年故塞换新天。
钢花放彩染都市，铁马成龙壮草原。
乳肉文章结玉链，油煤妙策铸金环。
争流功在扬帆巧，敢荡惊潮万里船。

重游罕山

犹自青苍散蕙风，杏花方谢萨花红。
鹰旋岭侧惊栖鸟，鹿跃林间扰睡熊。
塞土含情献珍宝，神泉有意塑葱茏。
罕山灵气开奇景，引得游人意兴浓。

咏百灵鸟

碧野美珍禽，嘤鸣她最巧。
爱栖短草丛，唯恨蓝天小。
一语群鸟随，共欣春色好。
平生不辍歌，故土情难了。

郊外春游

争荣杂树浴春阳，往日荒坨不再荒。
雨打樱花花更艳，风摇翠柳柳添芳。
溪边燕舞衔泥戏，田里机喧垦稼忙。
郊外凝晖集市旺，应时买卖货琳琅。

牧区新景二首

(一)

天蓝地绿少烟尘，只见蹄痕不见群。
借问牛羊何处育，支书伴我逛新村。

(二)

家家铺铺圈棚新，分类舍饲底蕴深。
草垛如山仓阜谷，肥牛媲象贵千金。

林方直

辽宁省辽中人，1936年2月生。内蒙古大学汉语言文学系教授。偶而写一点旧体诗，作为学界师友间的应酬。

母亲的肖像

家山轮廓世无朋，祖国版图一眼明。
梓里河湾知曲曲，故园皓月记盈盈。
模山范水爹妈面，毓秀钟神日月灵。
准地侔天成肖像，羲裁娲剪为仪形。
地球人海万难掩，宇宙繁星一最莹。
倚闾望归凝玉体，萱堂欢聚永心铭。
梦中剪影祥云辅，相见明眸霁雨晴。
前苦别家伤屺岵，后甘入口耻罄瓶。
千年纵贯春晖暖，万里横穿慈母情。

1984 年 12 月，2006 年 10 月

过青龙桥车站

列车冲项嵌崚嶒，暂驻思量下一程。
以尾作头头作尾，欲行方退退方行。
逢穷詹轨铺人字，就势秦城勾乙形。
回首燕山多峻险，注坡直快到昌平。

1978 年 6 月

洮儿河倒洫

嶂岩峭壁丰姿美，不鉴急流鉴止水。
水是万年长倒洫，不朝江海闯南北。
北湄花木正芳菲，绚是绽苞香是蕊。
蕊借珠宫仙界名，潭中树杪日移晷。
晷移焕彩有谁应？格磔回音山雀嘴。
嘴点绿波翡翠冲，虚惊红艳哲罗尾。
尾随鳞甲遁幽深，浅沼鹭鸶常驻腿。
腿脚时来约取人，偷闲垂钓忙锄耒。
耒锄种作乐桃源，切莫竭泽斤斧毁。
毁废进程心胆寒，空留记忆供追悔。

1986 年

初访吴恩裕先生

拜访沙滩道，师从稷下蹊。
晚生揖倒屣，巨子迎负笈。
邺架安全架，约期抗震期。
垂青犹夙契，亲昵白天縻。
客仿郦原贽，主剥屈子桔。
醍醐方灌顶，稻饭已成糜。
北海岂蠡测，景山是瞻依。
春风坐一日，馨德永生袭。

1977 年作

采桑子·海拉尔行二首

海拉尔樟子松

西山松树映天幕，好似腾龙。不是腾龙，盆景放生大化中。　　外宾绝倒赐名号：海拉尔松！海拉尔松，天下之奇占一宗。

1983 年 10 月

兴安岭印象

熏蒸气貌浑沦象，不见争锋。却见争锋，座座向阳设网罾。　　光能地面接收站，绿色厂棚。唯此厂棚，流惠人间利厚生。

1983 年 10 月

周汝昌先生赐《雪芹赋》墨宝

辱承名笔即装堂，蕴玉怀珠斗室煌。
强项翘翘疏俯仰，健翎栩栩善低昂。
云鬟簪就兰芽细，风尾书成竹叶长。
沐浴清芬脱市井，感通精气度津梁。

1979 年 9 月 8 日

《红楼梦评注》付梓，亲送周汝昌、吴恩裕先生

不安井底蛙，学语也咿哑。
径舀龙潭水，直倾牛脚洼。
怯投中散户，贻笑大方家①。
恭候挥神斧，殷期立雪花。

【注】

① 钟会撰就《四本论》，欲请益嵇康（中散大夫），不敢面呈，投户中便走。

1976年6月

戏答周汝昌先生

1976年7月28日晨唐山大地震，波及津京，二女在唐、津幸免于难。师函云，震时尚眠，被人急救掖拽门外，“仅一犊鼻掩体”。

随信来归守舍魂，释余心胆吊千寻。
天之未丧斯文也，君特佑诸曹雪芹。
依旧案前耳听字，重新窗下目看音①。
诙谐常共雅流笑，丝挂其唯犊鼻裈。

【注】

① 先生视听之力均不健全，故其视听均耳目并用。

自述涉红就正周汝昌先生

啃些新证忝私淑，履迹龙门拟进出：
红庙金台寻北里，东单无量叩南竹。
恭聆示戒龙成鳖，诚恐见讥鹜冒鹄①。
开塞机锋希棒喝，解颐噱趣盼函牍。
多蒙延誉沾威士，岂敢妄矜序解读②。
顿悟且难成正果，渐修叵耐废中途。
甘驽无动挥鞭影，恋栈徒劳继晷烛。
和尚化斋迷市井，下山历世久还俗。

【注】

① 先生说搞研究不要把“生龙变死鼋”。

② 1980年在美国威士康星大学召开首届国际红楼梦研讨会，周先生赴会，并推荐我的论文参会。拙著《红楼梦符号解读》1996年出版，周先生赐序。

2006年1月10日

答王叔磐先生贺年帖

龙年初二，昼眠醒来，启门见红帖，字题“王叔磐贺年”。先生还礼，感愧不已，书帖背以谢云：

总酬一岁未消闲，灯下雀牌日下眠。
忍性千遭成泡影，动心百数空头钱。
畏文平素耐黄苦，逃笔今朝纵黑甜。
重叩三通犹不醒，到门题帖贺龙年。

敬挽王叔磐先生

照人燃己百年灯，星坠山颓一世惊。
笔阵词林驰翰墨，杏坛绛帐奏琴筝。
流俗世味隔窗牖，物欲尘嚣绝视听。
痛悼耆英随逝水，忍看萧艾废淳风。
诗文播种神不灭，桃李传薪身再生。
宏愿课题难搁舍，腹经赍志付幽冥。
切磋胜义失针度，酬酢佳篇谁和赓。
想见仪容空有影，欲闻教诲杳无声！

2006 年 11 月 17 日

丙戌元旦致南开朱一玄教授

权威资料续成书，名著研究上坦途①。
器中方圆行作楷，文成规矩思合符。
冰清玉洁师兼友，性善心斋道并儒。
既舞金戈还退日，左扶鸠杖右操觚。

【注】

① 朱先生陆续编纂出版了中国小说四大名著等研究资料。

《红楼》创刊二十周年致主编梅玫

贵州红学刊，巾帼主高坛。
麾下群贤聚，园中百卉繁。
众星擎皓月，一柱立南天。
岁岁压金线，期期滋畹兰。
胸唯涵四海，目未守孤山。
相马忽牝牡，得鱼忘罟筌。
花溪趋对埒，什刹势联骈。
今看昭阳日，分庭上玉颜。

2005 年冬至

送王绶青调回河南

白云投影太行山，延伫心驰今欲还。
塞北鸡窗五见雪，口西太岁一周天。
釜中淘米石沙后，淖里拔蹄骐骥先。
青绶为名排务得，少陵叹夜引思迁。
文朋诗友为新器，尘饭涂羹是旧欢。
坂上羊肠休独往，窗前汲月好双看。
山南海北何时会，揽辔并辖空追攀。
春韭黄粱常自备，担簦跨马莫相捐。

1970 年

题《王绶青诗选》

创作回眸五十春，诗垣弥峻望弥尊。
今成大辂昔椎轮，极练轻熟众妙门。
阅尽世情入画笔，化裁万象为歌吟。
名篇固有江山气，佳构岂无血肉人。
才溢升华金玉振，德隆立骨蕙兰馨。
归根景美是人美，毕竟诗魂本我魂。
能事闳中方肆外，当行鉴古复融今。
悯悲环境祈生态，拥抱地球疼母亲。
体恤尘寰伸挚爱，弥纶宇宙见佛心。
昵称你这峨眉月，历数黄河肖子孙。
借题太白邻前构，请笔少陵继后身。
耸立黄山峰一座，丰姿秀异占词林。

2005 年 3 月 16 日

丙戌春节致贺葛鸿儒兄及杨夫人

藤葛结瓜诸弟昆，同窗共系众青衿。
聚分远近数千里，胶漆昔今五十春。
岁月苍黄同顺逆，人生机遇各屈伸。
盖倾辖投亲加敬，倒屣握发谦亦尊。
道现弛张行楷范，智明献替思陶钧。
推诚播爱敦师友，取信守廉洽干群。
运动逢冤蒙祖护，见闻佳绩感同身。
如同我难实他难，克尽人心即佛心。

子产网开期后效，释鱼发迹报前恩。
经营生力师资队，不让名牌子弟军。
政教两门担要职，吏民一德向朝暾。
调停矛盾国桢干，燮理阴阳社稷臣。
伉俪显荣均致仕，瑟琴谐美庆金婚。
任凭凉热酒茶变，谁计稠稀车马音。
三乐孟轲无愧怍，九如天保共欢欣。
依然王猛谈锋健，未料封疆咨巷深。
肯构韩郎鸣雏凤，振声徐母降石麟。
老聃牛正跨函谷，吕尚熊方出渭滨。

内大中文系一九五七级校庆感怀致于钦政

斗转古稀到我班，适值校庆五十年。
觥筹进溅兴豪兴，思念郁陶缘善缘。
易料青松敷雪茂，不惊翠柳望秋鬑。
疏离冠盖释刀笔，缠陷凌杂埋米盐。
指数生活经寸尺，条分光景历媸妍。
畴昔挥翰泻悬瀑，近岁抽思竭涌泉。
重检篇章私悦怿，回翻像册荡漪澜。
昨矜学富图书里，今愧文盲电脑前。
医病不嫌服药苦，弄孙更觉啖饴甜。
人生接力从榛莽，后辈易辙远胜蓝。
任子讥嘲乖世道，得人尊重喜心颜。
倾峡流水忙奔竞，自在白云伴赋闲。
催化图书充市场，我犹抱瓮灌私田。

欲将成果报学友，愧赧生瓜卧满园。
徒羡餐餐三软饱，自足枕枕两酣眠。
君经垂翅终轩翥，随遇饫甘曾忍寒。
报道一星及两弹，宣传两院与三钱①。
身担社长社编总，声赫科协科技坛②。
名隐海隅鸥鹭友，功成范蠡五湖船。
长途接耳喧谈易，过访促膝畅叙难。
恩义铭心交刎颈，知音莫逆契金兰。
婵娟璧月诚中介，通款卫星信道联。
情感时空遥也近，衷肠气候冷还炎。
两厢春树思长昼，三径暮云待闾阎。

【注】
① 两院：中国科学院院士、工程院院士。“三钱”：钱学森、钱三强、钱伟长。
② 于钦政曾任中国科协主管学刊《科学中国人》的总编和社长。

2007 年 9 月 9 日，2007 年 12 月 1 日

题邵忠信散文诗《妻的风景》

在校舞文素有闻，崭然头角轶群伦。
摧折脱颖拏云手，发配底层牧马人。
感佩红拂投巨眼，幸亏柔柳许终身。
婴儿降世叹声孽，生母由衷希冀麟。
单骑救夫冲会场，举家迁市告爷坟。
沉埋八斗见天日，解冻一鸣遏庆云。

气贯诗林吞万里，技压笔阵扫千军。
原型原味原生态，流水流云流丽文。
爱海容积弥宇宙，情天力量动乾坤。
酒筵裎裸诵风景，校庆疏狂现本真。
并见琴心和剑胆，同发虎哮复龙吟。
满堂惊骇齐激赏，无怪国颁奖最尊。

2007 年 10 月 28 日

过杭大留语李越琛

知青出塞远钱塘，吴越莲娃赴北疆。
束约危画三军纪，操练兵团五尺枪。
高考冰封终解冻，校门长闭又开张。
天行拨乱归常轨，人愿拔优入序庠。
颖异班中抽玉笋，风标校内耀金凰。
龙门捷趁桃花浪，雁阵重旋梓叶乡。
轻举新科成硕士，易期佳配遇檀郎。
镜飞南印三潭水，鹏翥北乘六月飏。
顾盼青城冰雪色，身临曲院风荷香。
离情远去昭君侧，愿景长依西子旁。
递进越琛登道岸，张帆举棹续开航。
书钤名姓西泠印，心念时空道里长。

1982 年 9 月

送刘则鸣赴上海攻读博士，兼及先在同乡赵振祥二首

（一）

道从海若藐姑山，莫教人龙守井干。
可笑蒙师常计拙，以书代酒饯征帆。

（二）

览胜频翻山外山，他乡学府识长干。
呼和栈豆凭人恋，我自云蹄铁满帆。

戊寅秋月

落　晖

1976年夏，余住中央民院。晚饭后常上楼顶消遣，每见落日景观。

西山沦白日，丕显此天威。
韩鲁收戈去，云霞接驾归①。
心期汤谷早，轮向虞渊推②。
消遣边墙里，悠然见落晖。

【注】

① 韩鲁：见“鲁阳挥戈”故事。

② 汤谷：日出处。虞渊：日落处。轮推：羲和给日驾车。

贺九三学社尚齿之会

尚齿推尊数九三，华庭衍庆悦稀年。
香山会老今重版，玉杖授贤古溯源。
冬雪松姿兼柏态，春风鹤发并童颜。
知天耳顺仍屈己，所欲从心真乐园。

2006 年 7 月 20 日

月亮也时髦

相彼中秋月，职能判古今。
嫦娥尊影后，吴刚拜酒神。
造图私卖地，斫桂盗伐林。
供兔推销药，奉蟾膜拜金。
寒宫商注册，盒饼贿藏珍。
月老已多事，望舒飙大奔。
倾城争下海，举世耻超尘。
观照不同趣，月随人化身。
吟诗常挂齿，悟道紧贴心。
苏子泯消长，庄生齐物论。
胸中等益损，度外置卑尊。
独仰旧时月，盈亏都自矜。

1990 年，2005 年

汉语文系校友录题辞

时在一九五七，十月内大创立，全国莘莘学子，就读汉语文系。进出前波后浪，一届一届更替。一园树蕙百亩，九畹滋兰千计。坐春风于课堂，敦友谊于人际。同沉浸于学识，相切磨以道义。毛竹栝而为箭，璞玉琢而成器。恩谢师长培育，缘结同窗之谊。出则长空搏击，继而自丰羽翼。散在全国发华，遍扎区内根蒂。轩冕印绶公仆，视听媒体编辑。青灯黄卷舌耕，陶朱赵公阳翟。网联有机整体，健全生态体系。螺钉齿轮负重，椽檩栋梁任巨。为国振兴崛起，竭尽智能才力。关注母校成长，迄今四十阅历。培德育才摇篮，科教兴区基地。211 工程告捷，高校百强入籍。乘胜继往开来，挺进廿一世纪。值此校庆佳期，刊名校友谱系。集英才之大观，合俊彦于册籍。命定胶漆之好，天成金兰之契。虽分散而向心，凭自身之营力。海内存乎知己，非学兄即师弟。异地见而相揖，陌路逢而下骑。君子周而不比，辅仁友之真义。非唯援而相携，亦宜攻而互砺。珍整体之荣誉，为内大而争气。超前届之高标，树风范于后继。期交游之永谐，比长天与久地。

1997 年 10 月

林　玉

祖籍天津市宝坻县，出生于内蒙古兴安盟科右前旗大石寨，1942年11月22日生。1967年毕业于内蒙古师范学院（今内蒙师范大学）中文系。中学高级教师。原在内蒙二机三中任教，后转至北京市昌平南口中学。曾任昌平区教师进修学校兼职教研员。

自画像

春秋六五犹乌鬓，得母遗传傲众伦。
一日难能无纸笔，三餐不可少杯樽。
遭妻呵怨观书久，令自痴迷赋思深。
卅载为师风两袖，白衣一世守天真。

温　居

惊临童话神奇境，步步灯辉耀眼瞳。
彩电荧屏如影院，雕床檀木等宫廷。
厅堂敞亮书题雅，居室温馨壁挂精。
善妒拙荆嗔老朽，之乎者也烂书生。

环卫工人

一年四季扫尘忙，黄赭背心醒目装。
夏至炎阳秋黄叶，春来沙暴冬雪霜。
小区道路长保洁，街市垃圾一扫光。
环卫工人环卫士，四时清丽四时香。

卖菜女

披星上菜几箩筐，早市看摊叫卖忙。
拨两掂斤酬顾客，沐风洗雨简梳妆。
黄瓜带刺青椒嫩，大葱成捆绿韭香。
零散小钱谋自立，不攀父母意洋洋。

木　工

通称木匠甚平凡，业绩由来不简单，
宫室桌台加器械，桥樑户牖与车船。
伟哉古代文明著，贵也当今妙用全。
斧锯刀凿锤尺刨，樟檀榆柳出鲁班。

瓦 工

宝塔巍巍到碧霄，塔高必得瓦工刀。
叠砖作壁眼为尺，合料成形泥是胶。
大厦高楼拦水坝，通衢广场过街桥。
但凡建筑工程里，伟大功勋莫小瞧。

重阳品蟹

竖捆横拴似战俘，迢迢解自大闸湖。
松绳未减神英貌，落釜才着火赤服。
勿谓琼鳌难顶饭，但尝美味易飞觚。
金菊竞放重阳日，万姓争描品蟹图。

炒 栗

秋风秋雨天气凉，大锅炒栗散甜香。
形圆色亮招人爱，肉满壳薄诱众尝。
散客迟来方止步，居民早至已成行。
源于北宋风情好，晚辈托归奉老娘。

大石寨[1]

水楼山左东丘顶，大石三尊作寨名。
土路一条通南北，溪流半里贯西东，
五三商铺常销货，百十人家尽务农。
进站火车鸣笛响，遍野田禾郁葱葱。

【注】

① 大石寨，作者出生地，属内蒙兴安盟科右前旗，所写系此地60年前情形。

村　庆

雄鸡唱晓百花舒，万姓欣安解放初。
鞭炮欢飞传响脆，秧歌劲舞化妆殊。
婆婆椒耳棒槌举，媳妇鞭驴傻柱扶。
田野耕牛槽畔马，闻声也做噢哞哞。

童　戏

车轱辘菜马莲花，石块泥巴碎碗碴。
玉弟琴妞拉手手，李宅张院过家家。
柴禾垛后藏娇影，皓月光中逮蚂蚱[1]。
苞米秸子烧土豆，童音亮嗓笑嘎嘎。

【注】

① 蚱，zhà，本音仄声，这里读轻声。

放学

傍山学校景观幽，课毕逍遥自在游。
绿豆蝈蝈“花大姐”，“油拉罐子”扁担钩。
“酸溜”适口专心采，青杏倒牙随手揪。
山野少年无挂碍，顺拔嫩草喂黄牛。

丹麦小伙托马斯、北京姑娘康丽敏婚礼

北京小妹他邦汉，银燕飞来跨国缘。
不是王嫱出汉塞，亦非蔡琰没胡蕃。
新娘窈窕婚纱白，快婿温柔秀目蓝。
一曲笙歌成好合，山欢水笑意绵绵。

喜　宴

宴罢厅堂转寂寥，残肴剩菜静悄悄。
余鸡半肘烧鱼段，弃蛋全虾扒肉条。
美酒开瓶喝一点，鲜汤入碗尝几勺。
一拍屁股人离散，喜庆筵席浪费高。

塔 吊

巍巍塔吊入青云，占尽工区几许春。
巨臂凌空长卅米，竖绳携物重千钧。
高低左右轻施转，上下后先巧侧身。
旗语绿红安大局，人凭机械胜天神。

鸡 怨

冬冰夏汗守柴棚，淡饭粗茶自觅虫。
鸽子舒翎终日爽，猫咪游手一身轻。
蛋生无数供肴馔，命丧三年惹利锋。
恨我不能鹰隼猛，皇天何处找公平？

刘翔获一百一十米跨栏大满贯

乒羽领先数十年，网垒也在上高端。
从来田径发言少，抑或跳高竟走先。
欧美长才包赛场，中华英俊有摇篮。
一军突起刘称霸，鹤舞龙翔富士山①。

【注】

① 富士山，指刘翔夺冠的赛场，在日本。

游昆都仑水库

歌声笑语一车飞，径向包头郊外驰。
弱柳亭亭拂碧水，柔波淼淼映仙姿。
蜂盘蝶绕花香处，男奔女逐年少时。
最是湖山人意好，绿杨影里诵新诗。

教工休养院之镜湖

菱荷高举莲蓬果，百亩方塘以镜名。
曲槛拱桥姿妩媚，异花秀木影娉婷。
游船系住垂杨绿，落照铺涂水榭红。
甬路环湖多静谧，儒翁雅媪语从容。

游南口公园

游园常客是须年，两两三三步履闲。
碧水池边哼小曲，丁香树侧舞长拳。
凉亭闭目听晨鸟，高阜跷身眺远天。
最喜圜区离闹市，不求烜赫只求安。

桂　林

夙闻天下甲，我至桂林城。
水是琉璃液，山如碧玉盅。
一船姝丽姐，两岸脆歌声。
未饮心先醉，歌甜水溢清。

潜　海

今来海口滨，入海探其深。
身着潜水服，手挈女蛙人。
海草贴身伴，群鱼过眼亲。
珊瑚琼世界，绚烂快余心。

天涯海角

碣石水边矗，天涯海角铭。
北疆观雪白，南岛赏花红。
四处远宾至，八方巨舰横。
游人欣夏早，共沐绿椰风。

石林洞

地貌喀斯特，天然斗率宫。
钟乳擎昊柱，琼塑捻须翁。
走市流银水，飞龙斗玉熊。
方离石阙外，始悟在山中。

秋望二章

（一）

岸柳扶墙上二楼，窗前碧水绕城流。
隔溪月季红如火，倒影亭亭未见秋。

（二）

电杆兀立柳丝间，老者晨来练老拳。
许是疾其坚且久，掌掴碰碰响连天。

西江月·夜眺

天涯游子，十载未归，昨日归乡，登罕山小区弟弟家六楼夜眺，深讶家乡沧桑之变，成词一首。

璀璨繁星移位，蒙谁撒落人间？亭台一望到山边，排挤青山更远。　　满路轿车奔跑，电信高塔摩天，归来不识旧兴安，疑是蜃楼立现。

木兰花慢·贺二机凌霄文学社成立

九州何广袤？小文社，号“凌霄”。想中外今昔，少年才俊，占尽风骚。弘苏辛，扬李杜，笔承郭鲁，百卉香飘。小说四编不多，散文八派嫌少。　　才高直压滕王阁，叫莎氏臣服，令托子折腰。山河壮硕，恣意挥毫。心神写，形貌肖。步芬奇画蛋尚推敲。满苑芳华异草，蜂姿蝶态妖娆。

欧沛音

蒙古族，1938年生，丰镇人。大学文化，副编审。现为中华诗词学会会员、内蒙古诗词学会理事、乌兰察布市诗词学会常务副会长、乌兰察布市作协副主席。发表诗词200余首。作品被选入多种选本。著有诗集《北国情思》。

秋 忙

秋收八月促人忙，细雨斜风趁晚凉。
小憩片时田垅上，酒香伴有野花香。

夜 归

歧路扬鞭独自行，夜归风紧雪迷程。
恰疑老马识途否？蓦见小村灯火明。

游天池①二咏

车入群峰更向前，池悬云雾半山间。
高峡忽现沧浪水，碧玉深镶雪岭边。
激流悬瀑景奇殊②，惬意能消千岁忧。
临水依山留小照，迢遥难得二回游。

【注】

① 天池在新疆博格达峰山腰，古称瑶池。

② 天池西南幽谷间，激流飞瀑，景色宜人。

回望博格达雪峰[①]

西域峰排第二名，三山并立入霄空。
寒光雪刃谁磨砺，直指高天试剑锋。

【注】
① 博格达峰，终年积雪不化，为天山第二高峰。

乡间美少女有喻

十三皎月八分圆，豆蔻含芳未放前。
初现彩虹毛细雨，浣纱西子越溪边。

登高遥望岱海

人皆近睹感溟漫，遥望深蓝水一湾。
碧野岚山霞蔚里，粼波荡漾彩青盘。

咏中旗风力电扇

情传光暖至千家，翅搏云天仰碧霞。
夏恋黄花冬傲雪，飘摇翩转展风华。

重温鲁迅《狂人日记》·并序

文革中，余被诬为“新内人党”骨干，精神肉体受到严重摧残，以致患精神病二年余。愈后得诗数首，现录其一，可见当时之心境。

重温日记感怀深，迫我癫狂记忆新。
掩卷唏嘘风雨变，泪泉痛洗旧伤痕。

雪 踪

兔营三窟果真情，夜出留痕昼隐形。
为爱蹄花如妙篆，喝回黄犬赏行踪。

游张北原始草原

芳草无垠望眼宽，飘香碧色惹人馋。
纤云轻拭凌霄镜，殊觉村原天最蓝。

村边人家

青杨绿柳绕篱围，时有鸣禽上下飞。
近睹佳禾葱郁郁，远观山岳雨霏霏。

守岁忆旧

旺火燃红无月夜，香烟袅入碧虚空。
儿时深爱除夕乐，放炮携灯至晓明。

喜虎山公园修葺

红杏香摇春梦里，芳亭翅展翠微间。
素湍飞瀑俱情味，今日新园别有天。

儿时夏牧图

翠壁青岩野草花，横铺牧垫卧山崖。
虫鸣鸟语嘈难醒，结伴归时日已斜。

花　农

金葵探首泥墙外，菊堇缤纷映日霞。
蜂蝶黄昏难忍去，为怜村妇半园花。

观电影《天仙配》偶拾

羞为王母发边簪，碧落无端起巨澜。
当化寸心成鹊渡，莫令黎庶行路难。

听 歌

清溪一曲庄前过，杨柳青青两岸多。
村女捶衣忙住手，绿荫深处有人歌。

赛里木湖[1]即景

山绕明湖雾绕山，雪峰倒影碧波澜。
泽边宴饮花先醉，浪里舟飞水自欢。
赛地骅骝齐骋跃，凌空鹰隼任腾翻。
牧歌一曲人初现，余韵飘飘落远川。

【注】

① 赛里木湖，在新疆境内，湖滨水草丰美，是天山最大的天然牧场。

天鹅湖[1]留句

几镰新月曲湾多，近是湖泊远似河。
影照天山千载雪，水栖西域万方鹅。
有情芳草荣奇岸，无意煦风弄细波。
滨畔牛羊凝目望，边陲景物费吟哦。

【注】

① 天鹅湖，在新疆境内，是我国天鹅最多的地方。

访嘉峪关

凭险依山踞要津，雄关楼堞气萧森。
旌旗猎猎新装点，壁垒斑斑旧战痕。
紫塞曾埋羌将箭，黄沙犹没汉家军。
征戎功业多含泪，国固何须峪阻深。

香港回归十周年抒怀

十载流波似梦回，新欢旧恨动情扉。
珠因出土呈光耀，荆遇甘霖溢馥菲。
尽吐百年凌辱气，畅酣两制爽然杯。
千秋伟业同心铸，一统犹需待迅雷。

看电视打假得句

才闻律令昭天下，旋见欺瞒又现形。
李鬼充真成典范，西门造假暗通神。
贴金劣物迷睽眼，败絮陈肴误众生。
欲鉴古今治本意，不妨请教卖柑人[①]。

【注】

① 指刘基《卖柑者言》中卖柑人。

奉酬贾漫诗兄赠诗

初晤丰川忆当年，英姿文彩两翩翩。
每听高论知超迈，时品华章感渺渊。
佳作紧逐才学后，挚情遥领盛名前。
曩昔写序①今称弟，吾与诗仙②有情缘。

【注】

① 写序：指1994年贾老为作者诗集《北国情思》作序。

② 诗仙：借谭博文公词中称贾老“谪仙飘逸”句意。

感朝韩离人半世后重逢

一从中线两分朝，愁见清秋满月高。
梦绕南韩空怅惘，魂牵北国愈萧条。
相思却盼蓬山近，离索反嫌碧水遥。
地老天荒重晤日，尽将遗恨付号啕。

锡盟老干局院内得句

芳园连壁竞争场，来去人多鬓染霜。
赛地频传欢语出，隔墙时送好花香。
闲观林鸟神情爽，动甩球杆筋骨强。
室内欢娱何必问，院中便觉不寻常。

悬空寺

高阁悬亭耸半空，奇斜栈道客心惊。
面朝恒岳迎青障，背倚危崖挂翠屏。
谷底洪来僧怵惧，峡间风吼寺从容。
乡民玄称公输建，方外传言神斧工。

故园即景

苍榆房后绿，芳草院前青。
滩上春流过，花间夏鸟鸣。
岁丰禾黍茂，秋爽马膘升。
日暮牛羊返，山山夕照红。

一剪梅·草原秋歌

一曲长河向远方。雁过云天，岸满牛羊。金风飒爽野迷茫。花也清芬，奶也馨香。　　牧野新歌边塞扬。马跃川原，人乐安康。青滩碧水永流长。肥了毡乡，富了家邦。

踏莎行·故里丰镇街市变迁

鸟失栖林，吾迷故土。欲寻旧识知何处？老城街巷焕春光，新区场陌多花木。　　高邸官衙，琳琅商铺。电囱屹立通天柱。车如流水道如河，为求繁盛人勤苦。

水调歌头·回乡

久做故园梦，归去怅惘加。多情旧日雏燕，寥落已无家。曾记林间啸咏，难忘平滩走马，豪气伴风华。遥望西山顶，夕日照流霞。　　秋萧瑟，鬓霜雪，莫吁嗟。或云儒冠误我，乳凤变栖鸦。不羡飘飘柳絮，但慕青青野草，茂漫勿须夸。知己话沧海，诗酒乐生涯。

武晓春

女，蒙古族，内蒙古通辽市人，1955年生。1978年毕业于吉林工业大学，毕业后一直从事经济管理工作。1987年内蒙古民族师范学院汉语言文学专业函授毕业。2002年加入通辽市诗词学会，任常务理事、《通辽诗词》编辑。

浪淘沙·撑起一片天

人慕好姻缘，执子相牵，莫贪杯尽数人欢。一笑出门行慢步，佛肚容天。　灶起任双担，共护平安。辟家业不敢偷闲。回望晚霞红尽处，无限江山。

清平乐·才女

清高雅素，骄傲如公主。天马行空求醒处，留给后人仰慕。　腹藏唐宋诗书，索求品位脱俗。吟唱人生理想，追求韵海寻珠。

浣溪沙·中年

无驻青春韵也甜，容颜不减气非凡，久恒魅力在中年。　日落月出循轨迹，聪明睿智靠专研，风光无尽舞翩翩。

醉花阴·晚年

学海苦读赢晚赋，飘逸芳年慕。雅韵靠修身，书画琴棋，心静悠然驻。　　与时俱进听科普，品位升华舞。把酒问青天，拜友邀朋，跟紧仙来处。

虞美人·感旧

春秋转瞬时光少，已见容颜老。众言插队话知青，苦辣酸甜回首泪花中。　　仕途难料情犹在，知己终难改。感怀旧地几多秋，古调再弹耄耋恐西游。

如梦令·送苑乃云退休赋

亲家母苑乃云退休，续办社区医疗门诊，精湛的医术、和蔼行善的医风，赢得百姓信任。

高尚医德扬苑，低调做人行善。辛苦育双婷，福气连绵承晚。群赞、群赞，卸任再搏无限。

南歌子·处处有风景

秋尽红叶起，冬临雾雪妆。妪翁老至也芬芳，融入社区不见去茶凉。　　树老枝藤断，人闲品酒香。谈天说地焕容光，拾捡晚年乐趣又添忙。

双双燕·闻苗姐意外骨折有感

五十已过，健身不服青，面颜红嫩，声高语冲，品正重情人近。心绪杂繁自闷。远解躁，平消己忿。新添意外伤身，病痛同行谁论。　　今引，休求过甚，望步履踏实，绪平人稳。回观来处，闪点满箩留印。慕羡一生炯润。会弃舍、享天伦顺，颐养晚景独凭，气雅弄孙品韵。

踏莎行·家乡建设者

血气男儿，铮铮傲骨，二十余载沙为伍。荒山治理建家园，风餐露宿休说苦。　　志在强国，生辉热土，正身管理修行路。天伦之乐退三分，余生奋力蓝图谱。

浪淘沙·国资守护人

足迹写人生，德美端行。凭勤奋起落成名。普照亲缘先顺孝，修养宽容。　　任重履难停，心沥搏盈。带人马树我清风。守护国资身品正，无畏轻松。

水调歌头·赞蓖麻行业领军人

低谷受新任，苦战几春秋。打拼跌荡伏起，谁见语中流。重压精神抖擞，屏弃虚荣昂首，品正炼精油。行业大旗扛，腾跃笑从头。　　重任肩，不懈怠，历沉浮。通华重振，经营平稳解群忧。告慰亲朋至友，解甲时无愧疚，奇迹靠人修。跃跳凭功底，张望更高楼。

武 耀

1960年出生，内蒙古凉城县人。现任乌兰察布市诗词学会副会长，内蒙古诗词学会、中华诗词学会会员。发表诗词曲500余首，著有诗词集《涛声集》。

莫愁湖

南京雨挽留，信步莫愁游。
别道公园小，江南第一湖。

武夷山

数重峰色翠，九曲出尘寰。
咫尺蓬莱近，漂流世外还。

海南岛

椰风抚彩霞，海浪孕情花。
我爱琼州岛，蓝天恋细沙。

大 漠

大漠朔风吹，黄沙散四围。
呜声呜瀚海，疑是向人悲。

洞庭湖

迷茫望洞庭，浩渺簇山青。
暮色生红浪，湖光孕斗星。
几朝燃战火，今日忆安宁。
水约轻风笑，潮生动画屏。

夜渡北部湾

登船朝北海，腊月晚生寒。
日落惊涛涌，星浮骇浪湍。
连天无世界，别地始知宽。
少叹容颜暗，黎明逐夜残。

秋日二首

(一)

倏然秋几日，叶落下萧疏。
纵酒山林性，吟诗边塞书。
无缘随宦海，有幸学相如。
刀尺忙裁剪，风云任卷舒。

（二）

清秋空气爽，怅望北山前。
雨润田禾熟，风吹野果鲜。
鸟鸣松柏树，人步菊花天。
对景何安慰，雄心敌少年。

登　山

登山岂惧难，独步上峰峦。
岩嶂云中起，溪流脚下湍。
清风松飒飒，幽鸟语关关。
远望城隍处，迎官又送官。

作诗偶得

韵意笔常招，神来纸上飘。
万言成斗酒，千首起狂飙。
拾句邀明月，拈词伴海潮。
示官钱不值，今不是唐朝。

庐　山

雾气触天稠，风光目不收。
云浮多处暗，水入九江流。
瀑布三重叠，山峰五老留。
别言幽可隐，历史载悲愁。

土默特川赞

青山塞野随眸绿，黑水长天自在蓝。
土默特川诚若画，飞鸿错认入江南。

眺望应县辽代木塔

莲花一朵向星空，巨柱擎天造化功。
祈福物存人不见，山河依旧塔玲珑。

牧　归

夕照青芊映碧空，归来远放马嘶风。
谁人不爱边疆美，绿野无涯牧曲中。

南京王谢楼台

王谢画楼临水滨，曾为豪宅住权臣。
今官看后休讥笑，堂里当时人笑人。

呼和浩特怀古

一派秋声树叶红，匈奴故地又霜风。
单于扰汉曾争勇，武帝防胡更展雄。
黑水悠悠朝暮在，青山漠漠古今同。
我寻陈迹悲前事，入画昭坟夕照中。

岱　海

岱海风云入壮心，频来对景久沉吟。
晨昏午晚浮光起，汉魏明清底韵深。
山影北来兼浪涌，水波东去共天侵。
一泓原本兴衰鉴，且听涛声诉古今。

岱海滩春望

萋萋麦垄杏花新，露润方田净土尘。
海鸟翔飞增意境，青蛙吟唱足精神。
滩平水碧颜含笑，草绿花黄色带春。
闻有鹊声啼客到，苇丛深处荡渔人。

西　湖

正值杭州六月时，湖光秀美展殊姿。
雨天犹似三维画，晴日宛如一首诗。
人喻景观同上界，我言仙色胜西施。
尔瞧岸立婷婷柳，脉脉含情吻古堤。

游杜甫草堂

步入公园望草堂，俨然茅屋碧溪长。
惯闻工部言穷苦，久阅诗行叹祸殃。
三吏斥官同愤慨，一歌忧众共悲伤。
眼前情景君知否？广厦如林价倍昂。

黄 河

地造黄河几字流，随风伴月去悠悠。
兴来沃地歌双套，怒发生澜哭九州。
倾向荒原鸣鼓劲，飞归渤海吼涛稠。
滔滔浊水难成镜，他日澄清望上游。

呼伦贝尔草原

呼伦贝尔景晴新，南北东西不染尘。
湖水湛清明似镜，草原平坦碧如茵。
风情已觉春长在，民俗始知酒共醇。
马背歌声多浪漫，牧人弹响北疆春。

锡林郭勒草原

阴山北麓牧人家，草地青青七月花。
肉作时食浆作饮，居当毡帐酒当茶。
鞭声唤出长天晓，马叫迎回傍晚霞。
赶着牛羊奔富路，蒙歌响彻大中华。

海南岛野望

穷冬气暖海南涯，百卉枝头乱着花。
埂畔芭蕉惊紫燕，坡梁橡树喜浮华。
菠萝灼灼侵人目，棕榈萧萧醉晚霞。
古代蛮荒今胜地，沧桑似品苦丁茶。

松入风·杭州

西湖夏日舞霓裳，笑脸放荷香。蛾眉淡扫浓涂粉，似娇娃，秀丽端庄。少小即怀春梦，中年得赏名芳。　　三潭印月柳堤长，古迹著华章。清新一幅天然画，迓朝阳，送走霞光。细品人间圣地，遥思玉帝天堂。

沁园春·成吉思汗陵怀古

大漠雄风，阴山铁雪，战马吼鸣。忆兴安瀚海，烽烟滚滚；雄关紫塞，鼓角声声。一代天娇，成吉思汗，遍扫东西欧亚横。阅青史，看草原蒙古，举世闻名。　　长征万里雄兵，令地角天涯也震惊。奠元朝基业，百年昌盛。中华血脉，多族交融。我吊成陵，犹怀壮烈，征战平生待怎评？人去矣，建穹庐三顶，魂魄犹荣。

【般涉调】耍孩儿·咏耕牛

田间饱识耕劳务，冒雨迎霜伴暑。辛勤岁月为谁乎？乡村美化都是他描图。山川大野驱驰去，轭下拉犁节拍熟。君知否？气喘粗声因何故，请你前去问农夫。

将进酒

君不见下岗之众万万千，又谱锦绣三百篇。君不见宦海茫茫风呼啸，到头能有几人笑。别徘徊，再举杯，酒杯之中藏春雷。认准方向挺起脊，任他巨浪天上来。四海风云可际会，一腔肝胆否趋泰。困难动乱曾吻身，改革潮头听天籁。将进酒，何必悔，鼓云帆，轻舟载。舒展拍节谱新谣，春天故事放异彩。劝君今日酩酊醉，明朝告别刘伶搏商海。

罗丛龙

1947年生，大专学历。中学毕业后，曾上山下乡，相继担任兴安日报社党委书记、盟广播电视局局长、盟行政公署秘书长、盟长助理等职务。曾主编《兴安行吟》等多部文学书籍；主编《兴安颂》等歌曲集（vcd）；编写监制《啊，兴安》等多部电视专题片；出版了《遐思》等三部个人诗集，其中《山泽放歌》荣获“共和国文学艺术五十年研究会”一等奖。现为中国社会问题调查研究中心高级研究员、中国作家协会会员、内蒙古诗词学会常务理事、兴安盟诗词学会会长。

沁园春·阿尔山

塞外仙区，簇簇神泉，圣水映空。望石塘生树，呦呦马鹿；天池荡漾，跃跃飞龙[1]。药菜千丛，矿源万脉，鱼跳疆门两界通[2]。南北岭，喜桦涛松浪，秋色春风。　　回眸山路峥嵘，叹几次。危崖险壑中？赖斧镰开拓，人间正道，边陲儿女，气贯长虹。市放而活，林营更护，客涌商繁车绿红。询玄奘，若取经到此境，会否迷踪？

【注】

① 飞龙，是一种珍禽。

② 盛产哲鲤鱼的哈拉哈河向北流入蒙古。

满江红·兴安盟

雾锁云封，兴安岭，人杰地灵。科尔沁，沃原辽阔，牧旺工兴。日映突泉金鲤闪，桥起绰水骏马腾。阿尔山，圣水涌奇泉，神韵生。　东胡域[1]，孚胜名。多鏖战，界壕平。倡民族自治，漫天旗红。王去庙空奴做主[2]，春归城美废更生。各族情，鱼敢跃龙门，江海行。

【注】

① 东胡域指在春秋战国时期，东胡民族曾经繁衍生息在今兴安盟域。

② 乌兰浩特旧称“王爷庙”，因科尔沁草原扎萨克图旗郡王鄂其尔在此所建的一座家庙而得名。1947 年 5 月 1 日，内蒙古自治区政府宣告在这里成立，草原人民从此翻身做了主人。

长相思·读兴安电视报

道心屏，论荧屏，喜乐愁哀一纸盈。悠悠万缕情。　旋神影，骋世风，古外中今四版承。悠悠钟鼓声[1]。

【注】

① 取之成语“暮鼓晨钟”。原指寺院早晚击钟鼓报时。

丁亥年新春

丁亥春栖戌雪中，寒梅携杏笑冰融。
极眸朔土云霞艳，侧首长街集市红。
构筑和谐益老幼，运筹国计惠农工。
四方罕觏咦豪客，一脉风高啸大同。

水调歌头·科尔沁右翼前旗

肩跨科尔沁，横跃兴安峰。北疆千里极目，人勤地亦灵。石树神泉动魄，沃野浑金名盛，奇兽罕禽盈。滚滚洮河水，浩浩各族情。　长春岭，历沧海，渭泾清。索伦逐鹿鏖战，黑暗现光明。百业蒸蒸日上，万户心心相印，天柱斧镰擎。佛祖法无量，难觅鞑鞨城。

满江红·访大坝沟乡

碧海林涛，何处觅，荒山窘坡？公路网，马龙车水，乡旺村活。田恋科学田增富，物瞄贸市物途多。两文明，互助跨台阶，双硕果。　先锋队，树楷模；老百姓，势磅礴。汗雨织仙索，智缚穷魔。温饱重开新起点，小康更欲挽狂波。改革潮，机遇再切磋，飞舵搏。

沁园春·稼穑新歌

食为民天，农系兴衰，共振吾华。望红城内外，紧锣密鼓；霍绰[1]上下，意气风发。政策千钧，科学主律，观念更新效益佳。攻坚战，看典型接踵，目不应暇。　　兴安雄踞边涯，跨林海、莽原映碧霞。有各族共勉，披肝相辅；愚公百万，调水搬砬。业业行行，倾斜稼穑，呼转东风抚嫩葩。好征兆，若宏图奏凯，塞外飞花。

【注】

① 指兴安盟境内的霍林河和绰尔河。

忆秦娥·喜迎戊子年

银鼠跃，春光又拓新一页。新一页，宏图霞蔚，机缘迭写。　　东风拂面诗坛烨，群贤泼墨千秋业。千秋业，中国特色，披荆攀越。

一剪梅·白狼林业局

三水泉源两麓头。高岳云蒸，峡谷曲幽。珍禽异兽画中游。夏爽冬长，雪筑蜃楼。　　岁月如歌绿更稠。杨柳绵绵，松桦赳赳。小城力撰大春秋。心系兴安，放眼神州。

忆秦娥·游颐和园

人如蚁，寿山长阵尾难觅。尾难觅，昆湖船位，前驶后继。　　神州旅热方兴起，清漪名胜优游地。优游地，亭阁廊殿，古风新意。

罗有福

1942年8月生，辽宁新民人。内蒙古民族大学副教授。通辽市诗词学会理事，主要代表作《送鬼上天》。

诗　友

诗词凝聚八方客，吟社骚人乐不穷。
乘有闲暇论诗艺，得来一字见真功。

曙光社区

主席察视曙光楼，陋室创出“好四流”[①]。
百计千方抓就业，扶贫济困记心头。

【注】

① 好四流：一流形象、一流风采、一流班子、一流业绩。

苗春亨

1934年生，内蒙古通辽市人。处级退休干部，现为内蒙古书法家协会会员、通辽市诗词学会副会长、《通辽诗词》主编。著有《咏物百绝诗书集》（与人合作）、《钢笔四体毛泽东诗词》。曾获“马年中国硬笔书法大展”一等奖。

开鲁古榆颂二首

（一）

千年大树老神榆，开鲁一珍塞外奇。
墨客骚人书不尽，满身故事满身谜。

（二）

一身正气自巍然，郁郁葱葱千百年。
恶鸟毒虫焉敢近①，红花绿草伴君眠。

【注】

① 古榆虫不来鸟不落。

郑少如

笔名秋子，女，蒙古族，1937年4月出生于北京市。高级农艺师、内蒙古八届人大代表、包头市有突出贡献的拔尖人才、包头市影视艺术家协会名誉主席，内蒙古文史馆研究员、包头大漠文化艺术中心理事长、包头市西口文化研究会会长、包头诗词学会理事、中华诗词学会会员。

水调歌头·登黄鹤楼

起落平生事，多半浪尖游。波涛飞卷如雪，催我上高楼。健步楼端远眺，千里烟波浩淼，尽在眼边收。南北龟蛇锁，两岸了情愁。　畅胸怀，开思路，拓通途。笑吞长水，仰天狂饮醉心畴。甚么功名利禄，多少人间冷暖，抖落大江头。顺逆撑帆起，未必不风流。

独　木

鞠躬身做路，尽瘁脊当桥。
何解枝常绿，只因肯折腰。

农事一束

耕

责任田里责任人，“精神”一点倍精神。
老牛解意夜半起，耕云犁月播星辰。

种

玉粒金珠入沃泥，耧雕犁绣万行齐。
只缘祈盼丰收愿，待看秋来烂漫期。

锄

是非锄下辨良苗，金水三分土自潮。
余蘖铲除禾始旺，莠稗一捆入新槽。

收

紫臂黑拳举快镰，抛珠落汗亦甘甜。
如山金谷缘何壮，只为滋润有清泉。

水调歌头·普天庆“解放”

神州拭明目，何惧蟹成帮。天收魑魅魍魉，法网此时张。江搅祸波横溢，桥赖唇舌支架，邪恶两文章。叵测居心险，蛇蝎鬼心肠。　　四害凶，灾难重，怪风狂。刚锋利剑，斩妖除霸艳骄阳。巨手高擎大纛，日射天开云散，赤县更辉煌。放眼激流处，砥柱立中央。

庐　山

趋车逐浪碧波端，撩雾拨云看大山。
举手摘星星在握，回眸望月月齐肩。
峰高路险俯身视，地远天低我作巅。
浴海朝阳轻唤起，红尘万种漠然间。

清平乐·为许淇先生画鸡作

羽朱赤冠，轻舞朝霞漫。翘首放歌歌韵绚，展翅锦衣如缎。　　南天响彻雷霆，环球瞩目天惊。看我中华抖擞，满天震落辰星。

水调歌头·春耕

春日艳阳照，大地豁然开。犁牛铁马一片，皆为闹耕来。机泵旋星转日，水浪翩翩飞舞，小曲畅心怀。候鸟又归北，冰解大河白。　雨润天，风呼地，人添柴。天时地利，凭我挥手再安排。春孕黄糜一粒，秋获玉珠百斗，万物任培栽。喜酿丰收酒，笑请财神来。

水调歌头·女儿节

欢聚庆节日，红了半边天。风轻云朗花媚，环宇笑开颜。我欲偷词借句，饱蘸浓颜淡彩，大笔绘河山。盛世多佳话，喜上秀眉端。　曲儿轻，舞儿俏，脸儿鲜。今夕何往？瑶池王母会群仙。来日长征路上，看我众家姐妹，纤手举长鞭。敢与男儿比，夺冠是婵娟。

郑福田

1956年生。全国政协委员，内蒙古自治区政协副主席，中国民主促进会中央委员会常委，中国民主促进会内蒙古自治区委员会主委，内蒙古师范大学副校长，教授、硕士生导师，著有《唐宋词研究》《鸿印书痕—三益斋旧体诗词》《鸿印书痕二集》等多部著作。

夜宿草原

四野风高雁阵低，重来坝上梦魂痴。
牧歌已唱三千里，塞马能吟十二时。
云锦裁衣天漫漫，清泉作酒斗离离。
开轩玉宇澄清夜，皓月如轮照大旗。

驿路迢迢

驿路迢迢入画屏，彤云思绪惹流萤。
长灯照水将成碧，中夜分霜乱点青。
婉转离歌听未忍，差池去雁看曾经。
他邦借寓书香远，应梦新亭是旧亭。

长翔万里

长翔万里且归群，南雨西风两岁分。
在岭衣陈箱箧久，滨江鱼跃舸舟勤。
早知诗劣偏成帙，未信蚊狂便作军。
前日一言犹记取，人生随遇是欣欣。

白云山色

白云山色旧城西，过岭晴光灿若霓。
十二时辰开凤尾，三千道路走龙蹄。
朋侪脱颖探珠海，子弟凭书上玉梯。
不做今年容易别，春风春雨好相期。

春日过托克托县河口镇

轻车一路指云中，遍野蓬蒿遍野风。
知李将军能射虎，遣冯都尉胜飞鸿。
迎来旧客新城北，流去黄河古镇东。
鱼欲成龙须点额，人民依旧远山崇。

居庸诸友和诗，精彩纷呈，私心感佩，依韵和之

十万花妍都下士，三千芥老漠边诗。
兼天黑水流来者，彻地黄沙卷去之。
射虎威声今倘在，牧羊苦节故能持。
盈亏汉月枝头俏，依旧轻弯柳叶眉。

咏内蒙古体育馆

会有欢呼动海潮，新成巨馆气方豪。
从知北国香茵软，未逊南边碧树高。
鼓角连云催骏足，旗旌卷地阅神鳌。
中华崛起千军奋，儿女长空万羽毛。

秋日过青冢

塞草连天绿间红，明妃陵墓古云中。
和亲往事垂书史，延寿当年止画工。
旧雨荆门山影独，新知毡帐鬓风雄。
来瞻杖履襟怀远，轩畅庄严庙貌崇。

抗震救灾即事五首

(一)

惊天一日万楼摧，满眼危墙瓦砾堆。
绵竹涛峰飞雨雪，汶川云树乱尘灰。
初闻浩劫真疑梦，再震余音尚若雷。
啼血拜鹃心绪永，招魂赋向蜀山隈。

(二)

几人攘臂在泥途，遭遇艰难有此躯。
稚柳不存柔者态，繁花已改艳装图。
救人父老成三顾，舍己孩儿仅一呼。
青碧蜀江垂万古，临流照我勉相扶。

(三)

雷行风起即出师，父老灾区正孤危。
领袖三时冲水火，人民举国望旌旗。
沉埋数日犹能起，奋战连宵未肯离。
莫向长空悲月色，心齐能令泰山移。

（四）

此际何人咏国殇，飞鸿云外远彷徨。
时辰十二难眠夜，世界三千频解囊。
眼底山河同命运，心中书史共肝肠。
吾华标格今日事，以沫相濡日月光。

（五）

汽笛长鸣举国悲，岷川心事不展眉。
谁家翁媪仍风露，几处儿童尚草陂。
爱力可歌真可倚，慈怀如捣更如痴。
无言遥对南天拜，秋肃春温好护持。

兴安行吟四首

2008年7月，全国政协大小兴安岭生态保护与建设调研组赴大兴安岭森工集团调研，予幸获陪同，成诗数首。

（一）

共看天保绿连延，万木青苍众水涓。
最是鹤翔汀渚远，数声嘹唳动云烟。

【注】

大兴安岭林区实施天然林保护工程以来，山青水秀，佳木葱茏，云蒸霞蔚，仙鹤来翔。

(二)

九边绿意对天擎，涵育三江雨露盈。
今向兴安深处住，一棚一户总关情。

【注】
大兴安岭涵养三江水源，林业工人功不可没。但至今林业工人尚有住在棚户之中，生活困难者。

(三)

野菜乡蔬故已陈，蓝莓汁液美无伦。
来从种树林家过，俯仰还期天地仁。

【注】
林业工人，朴素爽直，不少人甘守清贫。在位君子，宜留意焉。

(四)

远客方来泪欲垂，寒家进退少颜仪。
黄花满室帘栊旧，犹向旁人诉故知。

【注】
有棚户人家妇女，采黄花以为生计，艰辛备尝，对人言与丈夫离异事，语颇凄楚。

诗客行

吟诗捻断几茎须，安排缓急若葭莩。
色正何尝虑染濡，东山醉倒风相扶。
有时当衢吹清竽，广座稠人看似无。
读书作字乐三余，上国况复食有鱼。
心系民瘼切肌肤，建言济世胜悬壶。
白眼自白青眼乌，腹蕴文章彩焕如。
农家坐惯效僧趺，湖面波澄来雁凫。
莫教远志近泥淤，迈往凌霄未踟蹰。
原知岁月不少居，好迎朝日策名驹。

端阳前宵有雨用坡公韵

雨吝风奢土兀兀，卉木勉作三分发。
纵有饮者过庭闱，斗酒焉能除寂寞。
南北参商两星隔，河汉遥遥出复没。
夜夜云来厚转薄，辛苦盈亏天上月。
前宵喜雨民人乐，尽将欣然洗悽恻。
吾亦同欢心情别，一样端阳去飘忽。
浩歌玉斗记畴昔，寥落清疏琴与瑟。
江湖汤汤肯相忘，鲲乎鹏耶祗其职。

过太行

弥望青青稷黍色，五月来做郑之客。
比干神庙游未能，主人安排此日迫。
晨起窗前乌鸟争，新乡原树足平生。
漫论寻常甲乙事，满庭人物襄其成。
晚气氤氲共好友，学唱新词数杯酒。
有时欲赋怀人诗，文字难安只搔首。
杲杲红日升天中，平畴遥接西山东。
盈路车声入林虑，络丝深潭潭深风。
道路阻隔几千里，寄语殊方二三子。
登高常悬两地心，眼底波澜一漳水。
红旗渠绕渠平池，山川从古无终期。
闻道故园雨露好，一片霞飞山之岐。

送友人赴内蒙西部考察

早知君家居京都，却向极边施鸿图。
登高应叹白日烈，临远定惊红尘殊。
金樽清酒野帐里，率性平章暮山紫。
醒时须放青眼看，有此风光有此水。
大块开发乌金乌，且听旁人吁噫呼。
要怜寰中古大陆，夷做丘墟成荒芜。
好从沙湖看宁夏，浩荡天风遍四野。
名城终夜明灯明，笙歌无处不大雅。
银川北度山盘盘，原上平旷沙无澜。
中间小洲琉璃碧，绝代风流真奇观。

驼队向晚隐晚雾，八卦石桥九曲路。
鳞次栉比新城新，点缀江南旖旎树。
闻道驱车参贺兰，一往神驰随岩峦。
古木萧萧梵唱盛，为祈中华吾民欢。

游黄河壶口瀑布

为看长河一段水，铁马驰驱九万里。
重峦老木石上生，班驳岩壑青与紫。
岩壑重峦若有情，一围才放一围迎。
惭愧年来雨露少，犹有乌雀深树鸣。
鸣禽深树非无偶，嘉卉奇花行处有。
远峰商略作阴晴，三时风动龙蛇走。
晴阴龙蛇满大川，今古风流递相沿。
壁立崖岸凭开辟，勃郁葱茏尧之天。
我来同行人三五，停车飘雨零可数。
雨霁几片彩霞鲜，顶上浮云去如虎。
忆昔百川齐灌河，河水势陵沧海波。
而今天炎河亦瘦，滩畔嶙峋石磐砣。
西望河道平且浅，水流洋洋匹练展。
遭逢壶口忽深狭，蛟螭兴会狂涛卷。
大块雷霆铿然鸣，铁骑峥嵘走旗旌。
始信是水天上水，于此奔腾作壮声。
排空驭气黄金色，裂崖转石有神力。
盘旋跌宕犹万钧，况复直下造其极。
仰望巍若众峰联，攒集骈累悬于颠。
飞湍既倒垂硕幕，冲潭溅沫万斯年。

看罢抚膺叹不歇，时空浑茫思蓬勃。
凡马当具三分龙，不舍昼夜永风发。
岸头轻沙舞逐风，新花学做胭脂红。
摊贩喧呼乏新样，几人负手看长空。

甲申新正感赋

寒琼冻玉迎春风，处处炽炭胭脂红。
楼头火树结七彩，烟花霹雳声其同。
酒酣顿觉春茫茫，别有绵邈乡思长。
听歌居然鬓堆雪，读书复忆陶灯黄。
惭愧小窗弄鹦鹉，当时心志许缚虎。
一片孤高谁因人，天际深清羡雁羽。
有时神飞爱骏马，已倩老铁淋漓写。
梦回陌上草芊芊，心底翠�说大雅。
南国温润柳眼勃，北地狂吟笛激越。
半生际会未雕龙，剩有婵娟纸上月。

张峻德先生画西湖处士梅妻鹤子图，落笔悠然神远，意境超逸清幽

梦入处士滨湖家，偷来疏影横若斜。
点画轻盈作雪乱，先生为写梅之华。
吾写梅花佐美酒，唤取君家绿玉斗。
清酒饮罢思湍飞，落笔拈枝小垂手。
不画西子居钱塘，不画斜晖浴鸳鸯。

丹红一点翰墨落，便成引颈仙鹤长。
缟衣神仙素羽侣，鸣声应是出尘语。
更敛精神一足舒，羽翼凌空霞其举。
处士心和神色夷，葛巾藜杖之所之。
即护灵禽冲霄志，莫令奇葩不展眉。
何时雪堆满山川，一声嘹唳翔九天。
处士已向来处去，孤山南北笼云烟。
画罢心平手未歇，题诗滔滔壮思发。
梅妻鹤子林和靖，为舒吾弟气郁勃。

念奴娇·辽上京怀古

吞天沃地，旧关山，惯见千秋风物。潢水狼河凭筑就，当日严城高阙。八部浑同，四方征战，洒尽川原血。龙眉金龊，大辽时有雄杰。　　怀古我亦登临，晴光何限，最是团圞月。细数桃山峰尚在，清泪石人都绝。双塔凌云，弦歌在耳，万马争先发，承平词颂，男儿壮心似雪。

临江仙·闻八一级同学宿达里湖，遥有此寄

载酒轻车何处住，名湖风色无边。醉余莫扣小船舷。一滩鸥鹭，正对月华眠。　　契阔几人情绪好，几人白发苍颜。明朝道路草芊芊。雕鞍骏马，相与看芝兰。

水调歌头・过南京

暂作江南客，万里看无穷。金陵大好山水，尽在画图中。多少天翻地覆，依旧龙盘虎踞，一带碧梧桐。灵谷出云外，华盖起松风。　　访遗迹，听成败，论英雄。涛舒涛卷，何事香粉染雕弓？盈路缤纷花雨，恍似生公说法，言笑动遥空。向晚石城上，对月且从容。

沁园春・登太行山王相岩

峡谷盘盘，林虑山中，王相岩前。幸天呈一线，终登岭表；梯旋百浪，直指峰颠。四野云飞，八荒绿透，袅袅人家几点烟。披襟立，任虔诚倦客，鞭炮声喧。　　无聊虚度华年，算唯有长歌动四筵。念遭逢良友，清游似梦；往来诗侣，嘉气如兰。纵酒情多，登临人渺，拍手男儿无管弦。分携去，看天边鸿雁，意态嫣然。

贺新郎·游兴安岭

天际烟岚吐。对群山，松营桦阵，顿消残暑。野草闲花盈道路，曾见冈龙土虎。偏又向林塘观渡。五里泉头谈笑饮，任当时，腹内鸣鼍鼓。留影像，人三五。　　平生心志痴如许。艺歌诗，树滋兰蕙，几番风雨。检点光芒成韵律，一片青青禾黍。莫认是云奇波怒。梦里兴安今已至，怕登临，难慰相思苦。谁为我，说千古。

浣溪沙·由成都赴阿坝途中，有卖茶女，口齿伶俐，一往清新二首

（一）

道上澄溪五彩霞，修篁掩映野人家。联翩游客尽停车。　　啼鸟有心争宛转，小姑无赖自清华。几番盥手试新茶。

（二）

早向回廊列羽卮，和风无日不来窥。宜人景物正芳菲。　　对客殷殷夸旧雨，分茶款款舞杨枝。一般言语啭黄鹂。

金星铎

1938年生。内蒙古民族师院毕业，爱好诗画。曾任扎旗文化馆馆长；现在扎旗老年体协工作，常有诗画发表于国家级报刊上。通辽诗词学会会员。

情牵海啸大劫难二首

（一）

海啸津波过大洋，薄天巨浪祸邻邦。
惊魂骤聚荧屏外，惨痛呼号绕耳旁。

（二）

灭顶狂涛入眼帘，邻邦被祸恸人寰。
良知不忍生灵苦，万里中华大救援。

田 父

痴营垅亩几千秋，满面沧桑风雨稠。
昨夜负担悉减免，家国双喜展眉头。

医　祖

悬壶[①]苦海济苍生，不远天涯万里行。
妙术馨风循正道，活人[②]老祖寓深情。

【注】

① 悬壶：典故。后人称行医为悬壶。

② 活人：古语。医虽小道，然可济世活人，此取其中之意。

师　表

平生课罢退高堂，眉染云烟鬓染霜。
老去犹思千载事，时为表率激儿郎。

万年青

忘却生平几度秋，仙姿未老暗香幽。
丹冠耀眼霓裳绿，盛世春风乐不休。

常青玉

芳华绽尽叶生春，碧玉玲珑不染尘。
莫道温香无信息，幽幽紫气伴花神。

万寿菊

小圃繁花惧晚霜，独存万寿醉新黄。
秋深不改英雄气，雪下长眠梦也香。

钓 诗

不写蒹葭不画莲，芦花荡里日垂弦。
无须巨鲤来添趣，每钓香风诗满篮。

犁 画

老手雕刀版上行，黑白世界自分明。
刮削美丑皆含趣，镂刻凸凹尽蓄情。

留 鲜

苦蔓蓬勃叶色幽，玲珑翠玉满枝头。
群翁识味留仙果，落得红黄好个秋。

栽 梦

名花异卉两疑猜，剪却芳魂梦里栽。
沃血倾心肥劲土，经冬紫玉雪中开。

丰年四唱四首

七月，途经扎鲁特旗西部农牧区。所到之处，一派丰收在望景象。触景生情，喜极而歌。

（一）

雨过驰行坝后方，天涯芳草莽苍苍。
醇风满路添和气，尽是心香伴奶香。

（二）

花明柳暗草萋萋，酣态牛羊戏小溪。
尽道畜情今岁好，天公有意富边区。

（三）

茵茵紫气兆丰年，嘉禾成方入眼帘。
纵望农区三百里，森森一碧过香山。

（四）

轻车僻路赏青纱，满目斑斓豆黍花。
好雨一天来作伴，丰年甘露带回家。

姚伊凡

笔名乡人，祖籍山东，生于吉林。酷爱诗、书、画、印，其诗多为即兴题画之作，著有《荒草集》一部。现为乌兰察布市书画院副院长、市书法家协会副主席、市诗词学会常务理事。

游子吟

边塞西风早，阵阵著乡愁；
霜禽尚未晓，老干已知秋；
殷殷游子意，岁岁赴东流；
欲作根下叶，何须待回头。

题魏涛山水

西风吹边草，南雁离古原；
牧童歌敕勒，一曲到苍天。
虽非高格调，亦可咽管弦；
纵有京都赋，塞上几人谙。

思　乡

倏忽夏尽已初秋，一夜金风透小楼；
斜阳微暖寒江水，孤雁轻啼野沙洲；
三两残荷挂莲子，一头白发著乡愁；
霜天万里寻旧梦，几回破浪作归舟。

姜素椿

74岁，解放军302医院退休干部。奉召参加防治“非典”，不幸感染，住院23天，临危不惧，以身试药寻良方；同时，住院期间还写出九篇预防非典论文，洋洋五万言，提出了抗击“非典”极具指导价值的意见。

一剪梅·科尔沁大草原

犹记春游大草原，绿浪翻翻，银铺如帆。淖波鸭鹤多悠闲，百鸟喧喧，鸿雁翾翾。　夜色何尝负客缘，篝火燔燔，安代翩翩。枕上无寐苦留连，蹄雨云天，奶酒神仙。

鹧鸪天·纪念诗翁臧克家百年诞辰

华夏吟坛映紫薇，新诗旧体两相辉。鼎新维美黄钟响，荟萃流霞峭岭巍。　文隽永，品谦卑，涤陈扬善椽笔挥。诗之王国雕金像，常忆“三新”[①]警世规。

【注】

① 臧克家语“旧诗应该三新，即思想新、感情新、语言新。无此三新，难于称为社会新时代的旧体诗”

水调歌头·忆嘎达梅林

科尔沁芳野，塞上碧云天。挥鞭策马，长调悠悠动心弦。心悦畅游故里，踏遍广袤沃土，回首记当年。烽火映君影，保土护家园。　图生存，抗强暴，志如磐。铁蹄直捣荒局[①]，枪声荡草原。河水狂涛怒吼，砭骨冰排染血，豪气裂云寰。鸿雁飞千里，世代口碑传。

【注】

① 荒局，指当时主管出荒的荒务局。

律桂霞

女，1946年10月生于突泉县学田乡。中专文化。1967年毕业于扎兰屯林工学校，毕业后一直在卫生防疫站任财会科长，会计师。擅长写作，曾有二十余篇论著发表在国家级、省级刊物上，喜欢散文、诗词、书法。在老年大学学习绘画，已退休。

沁园春·人间重晚情

汾酒浓香，举觯推觥，婚宴酒酣。喜妪翁婚礼，欢声笑语；暮年挚手，缔结姻缘，子女搭桥，红娘牵线，织女牛郎比蜜甜。齐恭贺，聚高朋满座，唱叙和弦。　　关爱长者银年。创社会和谐耄耋安。看孤鸾寡鹤，茕茕孑立：酒酤茶酢，只影形单。各界同仁，鹊桥鸿雁，肱股倾心情满园。鸳鸯配，促蜂缠蝶恋，牵手明天。

沁园春·老年大学

盛典欣逢，瞩目摇篮，桃李芬芳。看妪翁神采，徜徉学海；颂今释古，陶览八方。网上聊天，英言吟诵，翰墨丹青挂满墙。求知乐，喜青春再焕，挑战夕阳。　　学庠倍受褒扬。赖各界贤达献计商。赞师资名赫，教室宽敞；崭新电脑，姐妹争忙。展示才华，吹拉弹唱，笑语欢声越过墙。开心赋，再挥毫蘸墨，浇注榆桑。

沁园春·滇池

鸟瞰观楼，北蜿南翔，东骏西骧。望滇池百里，奔来眼底；水天一色，暮卷莽苍。渔舟穿梭，鸟鸥戏浪，万类生灵竞唱吭。光与影，抑西山太古，映带和阳。　　南疆富庶灵光，引世代俊杰续史章。看唐标威猛，旌旗猎猎；聂公不朽，音韵流芳。两岸儿女，挥毫弄墨，缀绘山河着绮裳。期来日，偕鲲鹏展翼，挥洒韶光。

沁园春·观老年大学书画展

学府兴安，翰墨丹青，翁妪握椽。看牡丹竞放，缤纷绚丽；姚黄魏紫，蜂蝶翩翩。荷绽蛙鸣，梅冰竹韵，一派生机映眼帘。忽极目，望峰峦雾影，瀑荡云烟。　　秋实挂满桃园，赖师长涓涓润杏坛。赞伊工启蒙，山石皴擦；德才精辟，柳鹤松岚。篆隶草真，刚柔遒劲，浓淡干湿染牡丹。齐酌酒，借东风画展，更上层天。

沁园春·乌一中六十周年校庆

摇曳红旗，喜笑颜开，甲子已圆。看精华荟萃，琢涵雕玉；润泽桃李，哺佑英贤。勤奋耕耘，因材施教，呕心沥血德智兼。勋卓著，育英才数万，遍布人寰。　　如今旧貌新颜，赖改革腾飞乘大船。望一中门匾，金光耀眼；楼群错落，肃穆庄严。电脑崭新，设施齐备，暖暖春风沐杏坛。洪钟响，又师生踊跃、缀绘新篇。

施芳玲

女，1945年生，河南商丘人。大学本科学历。中学高级教师，2000年退休。呼伦贝尔松风诗社会员。

恭贺老友再婚

银装素裹碧空天，红喜中堂格外鲜。
枯木逢春再牵手，峰回路转续良缘。
三杯四盏人无醉，九曲十歌兴正酣。
共建和谐更理念，红绳竟是儿女牵。

为夕阳添彩

——在2007年呼伦贝尔春节电视晚会上作画

霓虹闪烁舞姿轻，一曲欢歌书画成。
笔墨随心春晚献，夕阳添彩满堂红。

五泉山感赋

恍惚入梦乡，醒眼细端详。
芳草连天际，青松掩落阳。
湖明易垂钓，柳暗好乘凉。
寻曲问弹者，山泉奏乐章。

玉楼春·羽振云天

南雁北归春入户，水碧花鲜难赏顾。案前陪女背英文，灯下催儿习奥数[1]。　　玉女金童庭院树，日灌夜浇知几度？何时父母可宽心，羽振云天天阔处。

【注】

① 奥数：奥林匹克数学竞赛题。

鹊桥仙·手机

手机乖巧，信传天下，联络事宜功大。收发短信报平安，亲情万里无牵挂。　　鱼传尺素，雁鸿捎锦，焉比今天神话。指尖轻点字千行，何赘语、悄悄情话。

施忠福

1967年高中毕业，先后在白城师专、齐齐哈尔师范学院进修本科毕业。曾在乌兰浩特一中、七中、八中任教。热爱文学，尤喜欢诗词写作。

赠友人

师训方得识李兄，回思三月世峥嵘。
丹心铸就凌云志，拙手难书友谊情。
他日逢时同笑语，今朝离处俱无声。
别词写罢长笛响，车远村前山谷中。

宝门行

重游旧地忆华年，气贯中兴山水间。
旗指坡前千顷地，镰挥岭后万株田。
峰头雁掠晨霜冷，溪畔人归晚露寒。
嘹亮歌声何处去，今朝春雨沐田园。

段永丰

1940年出生，呼和浩特市人。呼市公安局退休干部。包头诗词学会会员、内蒙古科社协会理事、中华老年文学特约撰稿人。先后在《晚晴诗草》、包头诗词、中华老年文学等刊物发表诗、词、曲作品，在十大团体海内外征文评奖活动中获诗词一等奖。

诗词缘

格律耕耘不计年，春雷过后艳阳天。
寒梅始绽儒生志，春杏初萌处女篇。
吟兴墨缘连四海，唐风宋韵拜千贤。
征文竞比攀新境，高唱风骚梦月圆。

应聘中华老年文学特约撰稿人感赋

白云涌动送春风，文苑新葩向日红。
但愿芳馨飘万里，躬身甘作种花农。

一剪梅

日照青山分外娇，霞蔚云蒸，光耀重霄。清风鹿野步芳郊，花自妖娆，人自情豪。　　翰墨丹青志趣高，随我挥毫，任我精描。流光总是把人抛，偏要争超，挽住今朝。

水龙吟·包头市徽

鹿鸣昂首呦呦，奔驰跨跃云霄路。逐风赶日，经霜凌雪，戴星披雾。角触中天，足腾大野，豁然举目。任惊雷滚滚，乐观世界。求超越，争高速。　　遥想当年边牧。卷狂沙，飘蓬飞处。阴山嗟叹，黄河哭泣，庶民悲苦。历尽沧桑，乾坤顺转，家国齐富。正金秋，相伴同舟绕月，共嫦娥舞。

段生才

1942年生。退休前系海拉尔总工会宣传部长，现为中华诗词学会会员，内蒙古诗词学会会员、书法家协会会员，呼伦贝尔市诗词协会副主席，海拉尔晚晴诗社社长。

成吉思汗祭

雄风豪气贯长虹，旷古奇才盖世功。
偶像巍巍中外仰，威名赫赫古今崇。
金戈指令烽烟散，铁马蹄扬壁垒平。
荟萃风流挥健笔，放歌环宇祭英灵！

兴安松

苍苍莽莽掩长空，遍布千山万壑中。
凌雪傲霜撑铁骨，保沙固土展柔情。
比邻杨柳遮尘暴，荫蔽珍禽挡冽风。
无限风光无限美，谁挥彩笔绘丹青！

海拉尔晚晴诗社诗友郊外活动

海阔天空诗意浓，酬答唱和赋心声。
惜春愿冒毛毛雨，踏雪甘迎猎猎风。
苍郁青松撩雅兴，洁白“稠李”逗诗情。
登高眺望全城景，数首新诗立马成！

学书学诗感怀(之二)

浮生若梦梦难寻，转眼霜花伴皱纹。
诗苑采风多挚友，墨池戏浪有知音。
惯于平淡求高雅，常向荒芜觅绿茵。
翰墨诗文相映美，精诚所至笔传神。

学书学诗感怀(之四)

求真求美意孜孜，华发如霜情更痴。
乐与寒儒吟壮志，休教荒草掩灵芝。
屡同骚客结良友，也请白丁做老师。
老树花发香溢远，暮秋胜似艳阳时！

夏游呼伦湖（即达赉湖）

富庶温良哪有双，水族天赐好家乡。
翻腾鼓浪群鱼跃，飞舞凌波百鸟翔。
孕育天骄名盖世，惠泽北魏史留芳。
声闻遐迩全鱼宴，四海高朋共举觞！

海拉尔西山国家森林公园

绵延万顷入天去，风涌松涛绿浪翻。
果籽飘香松鼠跳，山花吐蜜凤蝶翩。
盘根万道随坡绕，连理双松吻颈眠。
到此方家多咏叹：何时仙苑落人间！

夜赏海拉尔天骄园

穿越人群步履急，华灯如昼眼迷离。
鲜花竞艳香弥漫，曲径通幽好猎奇。
数座小桥争亮丽，一泓碧水映虹霓。
喷泉散作珍珠雨，湿透罗裳步未移。

夏游牙克石凤凰山庄

果然盛誉未虚传，天赐一方生态园。
竞艳喷芳花烂漫，泛红透紫果香甜。
悠悠索道髯翁叹，历历游鱼水鸟欢。
墨绿浸胸魂魄净，游人欲醉不思还。

登海拉尔西山名人峰

山下平川山上松，奇峰飞落草原城。
鸟鸣结伴成群至，客笑相扶列队登。
石径蜿蜒连胜境，沙坡陡峭与仙通。
身临绝顶豪情涌，即兴裁诗走马成！

扎兰屯吊桥公园即景

杨高榆茂柳如烟，花气袭人肺腑甜。
撑伞遮阳人浪漫，吐舌摇尾犬撒欢。
桥头老外留倩影，河里玩童荡小船。
学子倚石不释卷，粉蝶成阵舞翩翩。

游扎兰屯秀水山庄

幽林蔽日最宜人，深谷峰巅绿是魂。
结伴登山无倦意，哼歌垂钓好开心。
名流兴至挥椽笔，巨匠神来动浩吟。
塞外苏杭传誉远，天南地北有知音。

环卫工人礼赞

帚锹合奏唱黎明，街巷更需施美容。
营造整洁情炽烈，打磨靓丽汗晶莹。
刨冰扫雪家园净，铲垢除尘雾瘴清。
一曲赞歌发肺腑，衣脏心美最光荣。

怪异气象感赋

2006年7月23日，大暑日，雾霭沉沉，冷气森森，使人错觉深秋来临。真乃荒唐，有感于此，戏成一律。

今朝气象怪乎哉，冷气猖獗暑气衰。
未见漫天翻热浪，却逢罩地布阴霾。
老翁紧裹皮夹克，紫燕避藏安乐宅。
想必灵霄开盛宴，醉将节令谬安排。

北戴河冒雨观潮

身临胜地舞翩跹，疾步沙滩眺巨澜。
骤雨生烟烟罩地，触石激浪浪滔天。
淋胸浇背诗情涌，张臂迎风醉态憨。
忽见群鸥嬉戏过，云开又见绿如蓝。

纪念著名作家丁玲百岁诞辰

皇皇典籍载英名，星座横空耀眼明。
纤笔一枝谁与似，华章千卷我独钟。
名扬圣地仁人仰，声振文坛学子崇。
霁月光风留楷范，风流万古数丁玲！

赞毛泽东诗词

堪称绝唱遏行云，独领风骚冠古今。
豪放婉约相映美，泰山北斗铸诗魂！

赞毛泽东书法

汪洋恣肆卷狂涛，绝胜颠张醉素豪[①]。
独运匠心多妙趣，开宗立派树高标！

【注】

① 指唐朝张旭、怀素两位草书家

欢呼嫦娥一号卫星发射成功

万年神话千年盼，欲上灵霄眼望穿。
昔日飞天终梦幻，今朝奔月探奇观。
环球瞩目同惊叹，华夏扬眉庆凯旋。
约请嫦娥携玉免，飘然而下返人间！

2007年中秋赏月

携友哼歌夜采风，春潮百里撼心灵。
楼阁映月如仙境，水榭喷珠似彩虹。
游客凝神拍美景，车流成阵汇长龙。
嫦娥偷赏芳心醉，欲奔草原不夜城！

贺海拉尔啤酒荣登人民大会堂国宴

国宴一登身价高，比肩继踵客如潮。
行家细品皆称道，大腕干杯更自豪。
酒好何辞三百里，兴浓岂止两千瓢。
名扬海内非宗旨，国际方为大目标！

忆江南·书法三首

楷　书

书法美，贵在有丰神。晋韵唐风留楷范，颜筋柳骨铸书魂，代代有知音！

草　书

书法美，满纸散云烟。虎跃龙腾惊鹤舞，风来大海起狂澜。泼墨意方酣！

行　书

书法美，兴至笔能歌。错落参差臻妙境，回环流水漾清波。学高自超脱！

清平乐·西山稠李子花[1]

报春最早，何计生山脚。抵挡严寒风料峭，雪盖纤枝不倒。　　千珠万朵同开，漫山遍野皆白。春色再添香气，方能抒我情怀。

【注】

① 稠李子花：一种春天开白花的小灌木。

沁园春·夏游海拉尔成吉思汗广场

展翅金鹰[①]，翻动白云，俯瞰草原。赏恢宏气势，如临阔野；天骄豪气，洋溢其间。似树华灯，回环碧水，靓女开心荡小船。青石畔，品精雕题字，潇洒超然。　南边生态新园，看手笔，脱俗多内涵。有小桥数座，造型各异；喷泉奇妙，水注冲天；不谢鲜花，争芳斗丽，漫步其间肺腑甜。乐天至[②]，定词章重赋，不忆江南！

【注】

① 在广场醒目处有一数十米高的“无言柱”，柱的顶端，有一巨大金鹰雕塑。

② 乐天：即白居易。

虞美人·夜赏成吉思汗广场天骄园人工喷泉

冲天水柱忽成雾，散作珠无数。高低错落似水帘，少女少男嬉戏共撒欢。　灯光也跳摇摆舞，曲和阳春谱。家乡夜景好开心，恰似嫦娥舒袖散缤纷。

红豆情三首

2002年应“红豆情”全国诗词大赛之征，作品内必须嵌“红豆”二字

满江红·相思

少小同窗，十二载，情深意厚。每忆起，心随浪涌，涛声依旧。顶雨共撑一把伞，揩汗惯用两只袖。学路遥，归返总黄昏，同牵手。　　七夕盼，玫瑰酒；恨十载，风霜骤。忍鹊桥梦断，泪湿衫透。流水落花春去也，山盟海誓天知否？问乾坤，何处寄相思，抛红豆！

念奴娇·师祭

笑容如昨，夏之梦、又与恩师相聚。谈古论今多妙喻，教我人生哲理。既是良师，又兼益友，风范无伦比。恩情似海，师德光耀天地。　　梦里雀跃开心，醒后悲歌，热泪沾胸臆。最恨病魔欺学子，忍将导师夺去。为寄相思，采撷红豆，且作菲薄礼。重回母校，面朝明月遥祭。

赤子情

随祖飘零五十春，亲情故土总牵魂。
长河落日怜孤影，大野浮云思远亲。
点染墨梅心欲醉，哼吟红豆泪如淋。
欣逢香港回归日，把酒欢歌夜继晨。

胡　刃

原名胡立国，满族，1967年3月出生，黑龙江省呼兰县人。现为包头市委办公厅机关干部。内蒙古通俗文艺研究会副主席、包头作家协会副主席、包头诗词学会理事，迄今出版了6部长篇小说，连载了5部长篇小说，出版、发表作品达260万字。

成吉思汗

凛凛寒光照铁衣，群山踏破雪成溪。
胸中自有凌云志，敢笑苍鹰胆气低。

咏　燕

不似鹰鸿竞九天，泥巢小筑乐低檐。
浮生不为功名累，处处悠哉处处闲。

咏包头

滚滚黄沙鬼见愁，包头无处不包头。
今朝碧水推明月，嗟叹沧桑六十秋。

胡云晖

1960年9月生，土默特右旗美岱村人。1982年毕业于内蒙古大学汉语言文学系，先后在包头市志史办、包头市政府办公厅秘书处、信息处任职，现任包头市志史办主任，副编审；《微型小说》副主编、包头诗词学会常务副会长、中华诗词学会会员。

武川道上

空蒙山色势嵯岈，绿树环村野圃家。
一水逶迤岚岫远，初云澹荡晓风斜。
更欣细雨催诗意，却醉浓荫伴菜花。
难得清吟歌盛世，结庵谁种邵平瓜？

怀　乡

松声飞渡晚来秋，山景苍茫动客愁。
难以描摹云畔寺，易生想象水间楼。
满怀炽热情谁见，孤馆凄凉况未休。
竹雨连宵敲铁马，平明入梦过丰州。

怀　人

边城十日正逡巡，风雨飘摇忽忆君。
触眼山光生感慨，满怀愁绪付沉吟。
柔情几许歌先觉，深意一腔语未真。
记得当时分袂处，缠绵恍惚梦中人。

游昭君岛二首

（一）

映日闲云水上飘，轻舟徐泛意逍遥。
拂衣风过吹斜雨，掠水鸥飞助短篙。
翠羽有时鸣恰恰，清波何处见滔滔。
昭君岛上凭栏望，隔岸闻歌王爱召。

（二）

轻雷过后雨初晴，短棹咿呀绿满汀。
愁绪临风随意减，诗情遇景自然生。
青山遥见千秋色，苇荡闲闻万籁声。
闹市久居听似渴，蛙鸣入耳也如莺。

贺“神舟”六号飞船上天二首

（一）

千年求索欲飞天，国运衰微步履艰。
追日情思河汉外，浮槎梦想斗牛间。
躬逢盛世成新咏，喜见神舟奏凯旋。
大业辉煌还努力，遨游寰宇谱新篇。

（二）

双英结伴上苍穹，利箭腾飞出碧空。
银汉遥知星似水，清霄回望气如虹。
胸怀化蝶庄周梦，足御凌虚列子风。
凭此豪情高万丈，明年折桂广寒宫。

纪念红军长征胜利七十周年

赤胆红军救国危，阴霾荡散起惊雷。
挥师直捣云边渡，夺路轻行草上飞。
跋涉冰霜两万里，冲锋烈火一千回。
中流遏浪擎天柱，青史原由血铸碑！

记者节有感

记者从来大丈夫，文章泣血助无辜。
不挠强项凌云志，岂做违心素食奴？
胸有良知鞭俗世，头无金冕胜官途。
讴歌正义享清誉，永为人民鼓与呼。

纪念乌兰夫同志百岁诞辰二首

（一）

少年豪气壮京华，真理在胸斗志赊。
携手农工恒忘我，投身革命即为家。
奇谋妙展驱倭寇，赤帜高擎蕴艳葩。
扫尽腥风血雨后，英灵堪慰醉晴霞。

（二）

苍原立马志横空，大义当头怒发冲。
激荡心潮忧国病，奔波荜路济民穷。
单刀敢赴鸿门宴，片语能教蒙汉同。
一统江山青史鉴，何消燕雀赞鹏功！

田园诗六首

（一）

村游阡陌胜登台，照眼黄花次第开。
邂逅牛羊常避道，诗情多自此中来。

（二）

村晨雨后荡晴烟，白屋参差鸟语闲。
独过横桥耽树影，因怜溪色又凭栏。

（三）

偶过西园讶早春，田塍几点绿茵陈。
家猪拱地伸腰卧，底事沉沉入梦魂？

（四）

结庐溪畔月相邀，乐与樵耕野老交。
篱栅不拴无一事，林间啄木似僧敲。

（五）

尽日扶犁事耒耕，归来斜月照山明。
溪声有韵鸣环佩，独坐横桥率意听。

（六）

山居幽赏是倾听，几树初花便有莺。
一雨更知春水满，绕村随处乱溪声。

荣 祥

（1894—1978），蒙古族,内蒙古土默特右旗人，晚年自号大青山人。绥远省“9·19”和平起义时，曾通电签名，后中央人民政府委任为绥远省人民政府民族事务委员会副主任。曾任土默特旗旗长，呼和浩特市副市长、政协副主席，内蒙古文史馆馆长。1914年即从事文学创作，1930年在北平出版《瑞芝堂诗抄》。曾主修《绥远通志稿》。

古丰州竹枝词二首

（一）

平康红袖夜吹箫，紫塞风流似六朝。
白面诸郎全勒马，纷纷尽渡美人桥。

（二）

边城四月亦清和，鸭绿含风起嫩波。
游女不嫌村路远，日驱油壁听秧歌。

古丰宅前河滨晚眺

沄沄漾月门前水，漠漠凝烟郭外山。
捣练声中人独立，夕阳影里燕初还。
无心得句情偏惬，有意吟诗韵转坚。
自笑推敲成底事，且资佳景驻华颜。

逢小园即景

小园虽日涉，佳景竟难穷。
坐石诗情富，观澜物理通。
柳眠人静后，花落鸟声中。
默观多玄意，非徒点缀工。

塞上吟二首

（一）

日落边关静，沙平瀚海遥。
草衰河滚滚，风劲马萧萧。
宝帐晨磨剑，连营夜击刀。
军中谁仗节，共说汉剽姚。

（二）

雪积长城暗，云横古塞微。
风声传剑戟，月色闪旌旗。
敌幕鸦初集，阴山兽正肥。
弓强兼马怒，一猎足宣威。

归美岱村故里感赋

故园风物竟如何，依旧山村绕碧波。
独有逢人增感处，耆年冰谢后生多。

贺政民

69岁。中国作家协会会员。原鄂尔多斯集团公司党委副书记、执委会委员。著有长篇小说《玉泉喷绿》（作家出版社）、《贺政民自选集》、《贺政民自书诗词集》等三部。

谒成吉思汗陵

祥光浴殿三轮日，圣祖安详喜赋闲。
铁马金戈辞旧序，黄钟大吕弄新弦。
长河作浪皆成韵，草地怀春尽结缘。
酒后颠狂抬望眼，流金溢彩醉云天。

和谐六十春

内蒙古自治区成立六十周年感怀

岁月如歌六十春，草原不老显华容。
芳龄有幸持明烛，宝藏随缘出地宫。
绿浪晴空千顷碧，金汤乳液一河融。
和谐一曲天仙笑，万盏心灯上下红。

赵云东

山西省人，蒙古族，1964年11月生，大学文化。现供职于内蒙古新闻出版局。系内蒙古诗词学会会员。

赏白石画意

秋肥柳下瓜，霜露挂桑麻。
绿水三游蟹，清河四懒虾。
春深鸣喜鹊，雨细响田蛙。
白石齐天立，寻常亦彩华。

2007 年 11 月 6 日

贺“嫦娥”一号卫星发射成功

霹雳冲霄汉，穿云破雾行。
遥遥飞皓月，熠熠耀寒庭。
地远风雷震，天高鼓角鸣。
龙腾凭海阔，盛世赖民情。

2007 年 10 月 31 日

辞　岁

手机驰短信，如意奉君怀。
宋雀衔寒去，天蓬拱暖来。
河开垂钓饵，柳绿映青苔。
心旷人难老，情纯日月开。

2007 年 2 月 11 日

夜　曲

意聚三珠树①，情摇九子铃②。
风拂青玉案，霜染醉翁亭。
月满千方净，烛残万籁宁。
灵台何处寄，悟彻太和清。

【注】
① 三珠树，见《山海经》，原指宝树，借指对兄弟的美誉。
② 九子铃，见《南史》，原指寺庙中玉器，借指寺庙。

2007 年 1 月 25 日

童　趣

最是童年韵味甜，光阴历久却新鲜。
烂泥手下飞神马，废报空中赛野鸢。
蟋蟀腾挪争胜负，铁环闪转滚坤乾。
夜来父喝温功课，翘首明朝礼拜天。

2007 年 10 月 19 日

白帝城

瞿塘雾锁三峡断，白帝城浮乱水间。
玄德托孤倾泪雨，公孙称帝起欢言。
挥毫李杜开胸臆，跃马关张镇蜀川。
独立楼头观风浪，飞流急送踏江帆。

2007 年 5 月 7 日

庄子吟

物我翩然蝴蝶梦，扶摇直上化鲲鹏。
心生电翅追弦月，意许雷蹄逐劲风。
水纵千山江乃阔，虫鸣百草谷能容。
庄周妙语乾坤事，欲解玄机待后生。

2007 年 11 月 10 日

思小女

夜阑雪住月孤单，辗转拥衾惦小囡。
念语先吟妈爸好，习文始悟懒奸馋。
一张喜报无情令，万里征程有险关。
惟愿心歌随远渡，归舟直挂顺风帆。

2007 年 12 月 16 日

戊子正月十五感怀

缤纷五彩灿星空，爆竹声中酒却停。
雪化江南存警册，河开塞北待犁农。
庭前少奏迎宾曲，心底多吟卖炭翁。
十五风清明皓月，遥观处处醉花灯。

2008 年 2 月 22 日

画　鼠

银须皓首尾斯文，秀目清眉善恶分。
不扰点瓜埋豆者，专劫衣锦饰翎人。
偷油意恋朱墙院，盗米心仪绿瓦门。
纵有高超空手道，回宫也恐犬鸡闻。

2007 年 11 月 4 日

为 文

家愁国事勾诗意，聚散悲欢激妙文。
正悦灵台掀艺趣，偏难拙笔显心神。
搜肠刮肚平庸句，剔抉爬罗拷贝痕。
忽凑佳言如饮醴，推敲累倒此中人。

2007 年 10 月 12 日

自 勉

骑虎攀龙愁不足，赢台走马盼的卢。
青春滥舞苏张剑，耋耄方知孔孟书。
沐雨栉风追海市，穷经皓首演河图。
梅兰竹菊常相伴，自有冰心映玉壶。

货 郎

隆冬塞北气凝霜，瑟瑟风中走货郎。
水果芬芳蔬菜绿，花生脆爽枣糕黄。
三轮窜巷图温饱，四季沿街为稻粱。
哪顾行人飞白眼，良心不短梦尤香。

2007 年 12 月 14 日

戊子春致友人

满眼缤纷戊子春，冰消雪化燕声闻。
经冬枯木方偷绿，过雨良田已绽纹。
爆竹声中诗入酒，楹联墨畔鼠掀门。
人间又遇东风暖，把酒当歌再尽樽。

2008 年 2 月 13 日

近事有感

2007年底至今，陕西发现“华南虎”事件，中央电视台新闻摄影铜奖作品《青藏铁路为野生动物开辟生命通道》相继被认定造假。2008年3月4日，古井贡酒公司原总经理、茅台酒公司原总经理一被判刑，一被收审。有感而成此七律。

橘南枳北味非同，接木移花毁信诚，
古井泉香漂败叶，茅台酒冽混腥虫。
华南猛虎由人造，青藏羚羊靠克隆。
逐利追名伤社稷，澄清玉宇待飙风。

2008 年 3 月 13 日

风　歌

除云破雾见青天，走石飞沙荡九边。
万里轻舟吟远客，三声短笛泣狐仙。
春行碧野捎新雨，秋舞金波笑沃原。
大象无形由起落，诗经卷首始开篇。

2007 年 11 月 14 日

词牌意趣

春光蝶恋满庭花，风谷松鸣浪卷沙。
啖罢桑实唇点绛，西江月下唱渔家。

【注】
意含词牌《沁园春》《蝶恋花》《风入松》《浪淘沙》《采桑子》《点绛唇》《西江月》《渔家傲》。

2007 年 2 月 2 日

读　史

金戈铁马化泥胎，剑影刀光入砚台。
阅尽沧桑多少事，惟闻滚滚大江来。

2007 年 11 月 21 日

写　意

墨有五色，人分善恶。画为心声，可察哀乐。

五色形神动，三维气血行。
心中山水意，画外苦甘情。

2007 年 11 月 5 日

丁亥中秋致友人

酒欲尽银樽，遥思对饮人。
心泉捎皓月，可洗案头尘？

2007 年 9 月 24 日

赵文亮

笔名晴之，号火剑，1957年生,凉城人。大学文化，中学高级教师。曾任教育局副局长，现为集宁教师进修学校校长。中华诗词学会会员、内蒙作协会员、乌兰察布诗词学会副会长、乌兰察布作协理事、集宁作协名誉主席，出版诗集《山葩海韵》。

贺新郎·丙戌年末小记

岁月疑加速，记当时，东风画紫，春光著绿。一点朱唇樱子样，向镜青丝飘拂。杯盘卷，狼吞虎扑。百丈高山平地履，望龙潭破浪惊鱼入。怨弹指，梦中出。　　恍如昨日犹翻读。一行行，明明如画，青青如竹。却被秋风吹打了，尽是寒山雪谷。鬓惊白，不堪回目。半百人生流水去，叟时光更怕飞舟突。年将近，春还不？

二零零七年岁末

似矢光阴又一年，潺潺流水化为烟。
东风几缕知春意？北苇何时识雁艰？
对酒无歌哼灞上，凭栏有雪落眉边。
黄花更作芳菲梦，只待新钟换旧元。

谬题《史记》封底

一枝神笔控千秋，华夏文章奉主流。
观点如春滋史卉，思维若水泛云舟。
秦风汉竹今犹在，柳墨韩文古与谋。
锁定青山松不得，听潮莫上望江楼。

读《林黛玉笔记》

常怨曹公笔似刀，红楼梦里斫花苗。
香魂缕缕空中散，苦魄幽幽月下飘。
李代桃僵皆谢幕，棠经雨打各萧条。
春回凤去梨园冷，墨客诗人泪满毫。

解读荏苒

飞飞桨影掣行舟，似水光阴不舍流。
转眼青丝成白雪，凭栏大雁过红楼。
惶惶浪掷空欸乃，漠漠云浮独探求。
却道新春今又度，东山可为展眉头？

浪淘沙·喜闻澎湖开放“小三通”

鸥鹭恨春秋，咫尺鸿沟。波峰浪谷锁金瓯。破镜思圆风雨外，梦也悠悠。　　放眼看潮流，海上丝绸。阋墙兄弟早同舟。把酒澎湖还酹愿，月满高楼。

赠熊猫

黑白分明太极图，玄机漫解各醍醐。
半溪银汉无还有，千竹翠风有或无。
为弈棋枰闲捻子，尝开史卷苦读书。
一朝使负乾坤象，欲上兰亭墨已枯。

土地情

谁言寸壤贵如金？堪问时人若个珍？
污染寻常天不管，沙尘旷达水无魂。
幅员辽阔闻神话，堂馆扩张斫树根。
弹指复流三十载，田园还有几公分？

眼儿媚·贺“嫦娥一号”发射成功

嫦娥梦想始成真，玉步掠风云。吴刚斟酒，金蟾陪醉，热了冰轮。　　寒宫曾是栖身处，捷足奈他人。凯歌高奏，重游故地，拭目乾坤。

北京奥运憧憬

应贺京华奥运年，沙场八月有硝烟。
夺金路上风霜苦，强国梦中拼搏艰。
圣火传承环宇内，福娃歌舞景山边。
群雄逐鹿谁将胜？万马奔腾奏凯旋。

香港回归十周年有感

十载回眸应展眉，香江举浪斗芳菲。
空中四海传轻雁，水上千帆系重雷。
伦敦指数惊魂炒，纽约收盘奋臂追。
醉舞酣歌春烂漫，扬鞭跃马气崔嵬。
金融利剑驱风暴，自治沽云化酒杯。
放眼神州多沃土，关心国际拓平台。
近邻兄弟同舟济，遥想雪莲共朝晖。
米字曾书游子恨，华文更写紫荆瑰。
源头活水频流动，勃勃生机鉴未来。

紫荆花

尧根舜叶历沧桑，梦里千回报曙光。
赤帜蓝天相拥罢，全球瞩目一枝香。

内蒙古诗词学会赴乌兰察布采风晚宴上即席诵

千红万紫各千秋，独有诗华贯斗牛。
踏遍青山书雅志，掀开巨浪放轻舟。
唐云宋雨新时代，古靶今弦旧箭头。
敕勒雄魂犹健旺，龙腾虎跃试风流。

游故乡岱海

舟行明镜费参禅，仰读青空俯读蓝。
一阵清风飘过后，波光云影等闲翻。

临江仙·观南山

雨雪风霜天气，酸甜苦辣人生。波澜起伏渡船横。云从帆影过，桨向浪田耕。　　只道荷花玉立，应知秋菊冰清。个中真谛问渊明。东篱观世态，北斗酌心灵。

2007年教师节又感

九月风光问菊花，千秋绚丽满云涯。
尊师恰值芬芳好，敬业犹需品格佳。
笑映霜天同秉烛，魂邀旭日共绯霞。
丰收更是妖娆梦，对酒高歌几自夸。

南乡子·秋日归乡与少年同学大醉

旷日未归乡，梦里萦纡九曲肠。酒不沾唇先独醉，常常，泪眼村头小白杨。　　老屋已无墙，旧影依稀杏蕾香。欲觅当年磨砚处，同窗，两鬓苍苍话满觞。

浣溪沙·丁亥九月九

好个重阳好个秋，金乌依旧羽毛柔。轻轻飞落柳梢头。　　菊在篱边传笑语，心随鸽影过丛楼。登高欲与故人游。

诉衷情·苦吟

蛮笺象管四千章，岁月砚春光。雕心酹血谁晓？与菊诉衷肠。　　曾不悔，鬓虽霜，又何妨。青山尚在，绿水还流，付尽丹香。

重过旧校门

浊酒何堪浇块垒，欲沽银汉两千杯。
杏坛空映阶前月，鼾吃频催雨后雷。
偶望青山留碧树，忍看绿绮染苍苔。
霜欺满鬓心犹牧，一任兰舟逐浪裁。

憾

寂寞寒秋寂寞春，韶华一任牧烟云。
十年幸有东篱管，近日空杯独自斟。

慨

毛毛细雨湿衣裳，碧柳牵来暑日凉。
满眼行人皆碌碌，何如树下说隋唐。

惜

江郎已敛旧时才，满眼风光意若呆。
只为东山无信息，文章万卷付蒿莱。

咏　燕

碌碌垒新巢，无暇栉羽毛。
衔春寻碧翠，剪径失逍遥。
朝露呢喃湿，夕烟岭树缭。
抚雏千里梦，风雨任辛劳。

阮郎归・春来田边久伫立

霜侵两鬓尚丁年，东风忍赋闲。无情流水草芊芊，呢喃画绿烟。　　杯冷落，梦连绵，颦眉问杜鹃。星空觅路见春轩，凝眸是故园。

晨雨漫步郊外

独撑花伞向田间，淅沥神魂小雨闲。
察觉青苗新吐绿，萦怀远野更垂帘。
昔时携手绵绵意，今早忆君澹澹烟。
欲把此情山顶植，高高绽放杜鹃前。

丁亥大暑

春光业已付东流，近日频邀树影谋。
贿赂晨风迟去夏，招呼午雨晚来秋。
怀中尚发骄阳热，笔下多怜孺子牛。
不让霜尘侵满鬓，簪花一雁度南楼。

秋　怅

扑面寒风说暮秋，如冰冷月不堪眸。
春思缈缈归霜降，叶影纷纷送蝶愁。
欲捋阳光揣肺腑，频书雁字寄绸缪。
原来菊也多心事，只把金丝作玉钩。

鹧鸪天·秋乡

故里秋风叶又黄，金涛万顷胜春光。菜花浅薄葵花逊，炉火轻佻野火狂。　唯有菊，独呈香，枫林醉罢愧红妆。卧佛醒悟观山色，疑似经卷化汪洋。

赵文卿

内蒙古丰镇市人，1949年生。1970年参加工作，曾任丰镇市委党校校长兼党委书记，现为内蒙古诗词学会会员、丰川诗社社员。

蝶恋花·小院怡趣

城镇民居庭院小。春暖花开，燕子檐前绕。桃李老枝新果早。片畦蔬圃无杂草。　　青石径香藤过道。嘻戏孩童，满院欢声笑。四世同堂无怨恼。和谐家富时光好。

黑土台草业基地感赋

干草捆方团，青茎压饼干。
双轨高架厂，四面网围栏。
但见牛羊壮，不愁鲜奶酸。
农村产业化，到处笑声欢。

参观丰电三期工程

昨日荒沙畔，今朝胜景观。
机车拖重斗，大吊挑钢篮。
水塔雾中座，烟囱云里钻。
创新促效益，电业再登攀。

国家免征农业税，聊书所怀

农民劳作倍辛怜，春种秋收几许钱？
赋税纳粮千古律，除规破矩史无先。
国家富庶粮为首，社会和谐法似天。
接到中央征免令，神州万里喜空前！

清平乐·退伍老兵

武威年少，战绩多荣耀。风纪整齐黄军帽，憨厚咧嘴常笑。　　光荣院里安居，聊天看报观棋；早已淡泊名利，谁提贵贱高低？

赵庆森

内蒙古通辽市科左中旗人，生于1946年10月20日。曾任科左中旗教体局副局长。通辽市诗词学会会员，在《通辽诗词》上多次发表诗作。

密云水库观感

燕山脚下一平湖，雪压冰封水缓出。
慢步高堤平目远，青山北壁重如涂。

闯大连

退休少虑觉清闲，余热烘胸总不甘。
挑战人生重奋起，大连执教胜当年。

赵连生

笔名红柳，自号无聊子，1956年出生。当过教师，业余创作，是包头作协和包头诗词学会的会员。

土默川情韵七首

北倚大青山，南临黄河畔，中为土默川，山有灵，水有韵，土有情。一辙数章，我的感念。

水涧沟

撩起晨晖半日晴，长川铺衬玉玲珑。
畦枰数堰惜无子，冰涧一溪幸有声。
栉比棚中花绽笑，参差柳隙雾输绒。
若得抛却尘俗愿，种果濯足度此生。

美岱召

土夯石砌围城寺，雄踞山阳五百冬。
顺义承情营夙愿，迈达谕旨度苍生。
霭吟梵语随云漫，风唱松涛和鸟鸣。
游牧定居从此始，人僧同韵诵昌平。

枳　芨

莫累农家费力耕，荒郊野陌竞葱茏。
翠条拥起千堆秀，剑叶裁出万绺英。
暑曝寒凌骨尚在，霜欺水浸籽犹生。
春阳乍破三冬土，再显峥嵘戏和风。

芦　笋

孕满精神戮力行，钻延地底似游龙。
冲开黑暗昭明月，刺破萧寒露锐锋。
枝耸尖尖朝信念，臂攒簇簇述豪情。
但得苍莽添新绿，一任华年付太平。

九峰山

一峰跋过又一峰，目不暇接数画屏。
白桦蔽荫荫蔽日，紫蔷摇蓓蓓摇风。
繁英匝地岩生秀，悬瀑垂潭水蕴灵。
犄角腾挪羊舞兴，梅花隐现鹿争雄。
石门仰视蓝一线，山坳俯观碧几泓。
晾翅锦鸡夸景韵，理毛松鼠耀欣荣。
九寨浓缩呈塞外，人间佳境胜琼蓬。

画堂春·果乡一瞥

青山围幛蕴柔情，朝阳腻手敷红。杏花摇曳笑春风，桃李争荣。　　坡上鲜妍铺翠，园中绮丽舒屏。村翁迷醉捋须疼，眉紧眉松。

柳梢青·春种

布谷争鸣，叫将时令，播种翻耕。绿点田塍，鹅黄缀树，桃杏飞红。　　农机比堰欢腾。乐细了，老农眼睛。开泰三阳，释宽仓廪，陶醉春风。

天　池

镶玉青花一小碗，琼浆半盏纳天蓝。
奇寒水底鱼犹戏，盛暑沿边人竞欢。
游弋轻舟犁细浪，逡巡白鹳剪微澜。
瑶池岁有群仙宴，豪饮纵情恁不干。

喀纳斯

冰川融沥汇高峡，婉转流连始进发。
四色鳞波四季景，一轮碧浪一层花。
峰拥芳桦濯朝露，岸缀香蕾浴晚霞。
潋滟青纯泽万世，孤身雄傲走天涯。

鹧鸪天·五十感怀

年前，过了五十岁生日，年后，同龄人相聚，一人说：咱们已经花完了一个五零版现在又掰开了一个，是啊：

不意五零顺指流，前迎花甲腿难收。回眸细味曾经事，满纸庸常写未休。　身尚可，志何酬，更将天命付行舟。扬帆整棹乘风渡，学海诗河再竞游。

赵国斌

笔名，土河，1954年生，内蒙古翁牛特旗人。曾任翁旗白音套海苏木党委书记，现供职于旗委办公室。常有诗文见诸报刊。

咏大兴荷花池

柳絮枝条上，荷花透雨香。
茫茫青水荡，淡淡紫菱妆。
鸟叫惊晨日，鱼游逐晚阳。
池中浮影乱，莲着绿衣裳。

雨

久盼甘霖重，空山刮旱风。
乌云遮目动，白雾聚心蒙。
绕树飞雷响，倚栏泻雨声。
清流皆泡岸，旷野秀新蓬。

赵建平

1960年11月出生于内蒙古察哈尔右翼后旗。1977年插队下乡并任社办教师，此后到部队近十年，1989年转业地方，现任乌兰察布市教育局党委书记、局长。

沙尘暴中吟

浑沌初开万物空，呼啸一卷剩几峰。卧听空椇吟尘海，梦随转蓬乘长风。　　问天谁知神何在，落地岂惜英雄踪。苍茫不解桑田语，青灯一盏映黄钟。

访集宁辽代遗址

踏遍垄里寻旧魂，风卷棘草掩古尘。书中太史未着墨，犁底砖砾有遗痕。　　捺钵甲帐纛蔽日，为酬君王醪满樽。兽瓦横陈知无籁，江天一洗作新村。

登辉腾锡勒

阴山月照三千里，天外悲风归雁鸣。扪石百感苔生处，控弦十万气吞鲸。　　崖上老桦吟长调，庐中琴弦扬古声。翻看淖尔九十九，斗酒承肩举大觥。

赵　珍

笔名林野，1939年5月17日生，原籍山西省阳高县。大专文化，林业工程师。先后任职锡盟苏尼特右旗农林局局长、总支书记，水利局专职书记等职务。出版个人诗集《绿色的旅程》。

霸王滩

臼悬岚气接虹霓，藏虎深山未必奇。
往事沧桑云过眼，皇朝嬗变迹依稀。
弁山无意留项羽，乌水有情哭虞姬。
力可拔山空命世，江东不过亦非宜。

下箬寺

河山无处不春风，此地曾经王气升。
借问陈朝兴废史，应知圣井耻荣情。
苔青黄土流年月，草没帝宸空序铭。
九五之尊何处找？年年秋雨落枫红。

谢安墓

兰溪吟咏举清觞，淝水运筹写大章。
太傅音容当代颂，梅山灵柩后人伤。
长兴移冢三鸦处，黄土封丘一草荒。
堂燕归巢难觅旧，英名不废永流芳。

钟许谦

笔名山夫，蒙古族，1932年生，赤峰市松山区人。大专文化，高级工程师，退休前在赤峰市从事安全监察工作。中华诗词学会会员、赤峰市诗词学会原副会长兼副秘书长、《赤峰诗词》编委成员，著有《三思堂吟草》。

游长沙爱晚亭

岳麓秋深枫叶红，兰溪涧水峡风清。
哲人江畔留身影，墨宝高悬爱晚亭①。

【注】

① 爱晚亭匾额为毛主席所题。

锦缠道·游乌兰布统

滦水源头，云瑗故乡堆岫。草如茵，金莲花绣，仙寰奇景民享受。沙地云杉，游客衿衫透。　问民情俗风，长歌能手。笑盈盈，敬醇香酒。马头琴，奏悠扬新曲，牧村深处，歌舞华灯秀。

夜读聊斋

冰轮皎皎洒清光，宇宙茫茫夜色凉。
静读聊斋狐鬼史，哲人书愤颂贤良。

咏水仙花

神品仙胎银雪娃，瑶池石畔度生涯。
迎春总把幽香献，玉骨冰心不染瑕。

贺兰山行

贺兰笔架彩云飞，泉水淙淙下翠微。
塞外江南花似锦，游人到此不思归。

江城子·故乡秋吟

连坡翠帐叠青纱。逮蝈蝈，戏山娃。雏雉鸣林，涧水韵声华。香径通巅花草杂，整野果，拾黄花。　　山弯小院笼烟霞。网联通，引精华。塑料新棚，富裕媪翁夸。日暮牛羊归圈后，屏悦目，剖西瓜。

夏日芳原

瑞霭岚光芳草葳，莽原野旷鸟音稀。
马腾碧海涛峰驶，鹿带梅花草上飞。
舞步翩翩催晓月，长歌曲曲叩心扉。
蒙疆凤翥龙翔景，霞彩金阳万里晖。

大漠红柳

含辛茹苦恋沙州，雨打风吹劲更遒。
锁住黄龙封瀚海，无私无畏总风流。

鹧鸪天·咏长征

闪闪红星照远征，旌旗猎猎唤工农。血凝草地滋芳景，汗洒岷山冻雪融。　兴四化，继长征。中华代代乘长风。江山万里鸿图展，喜看东方跃巨龙。

山　行

携友攀斜径，和风丽日游。
千山峰簇画，万壑景盈眸。
心静清泉水，身闲野岑秋。
倚天峰为笔，泼墨咏金瓯。

游北戴河途中吟

旭日彤霞望霭升，岗峦展目郁葱葱。
征轮飞驾意何往，沧海关山赏胜容。

过巴林桥

巴林潢水浪滔滔，横跨畅通开放桥。
各族同心齐奋进，草原涌起富民潮。

春　雨

欣逢春雨写新诗，粉蝶桃花闹嫩枝。
借得东风挥彩笔，丹青尽绘盛昌时。

牧　歌

风和日丽彩云飞，牧女挥鞭下翠微。
连海青波银浪滚，长歌夕照戴霞回。

故乡老府吟

梓水桑园光景优，荒山已改老僧头。
千重碧浪连云海，万朵红霞荡绿洲。
五岑飘香呈异彩，三秋披锦展鸿猷。
邻翁嫌恶砖房窄，拆掉重新建小楼。

老府晨曲

晨风习习暖窗花，故里山川披锦霞。
舒叶娇杨千把伞，垂绦翠柳万条纱。
画眉婉转吟新纪，灵鸟嘀鸣咏物华。
更有金蜂情切切，寻芳采蜜绕农家。

盔甲山吟

盔甲山阴小屋贫，童年无恃倍酸辛。
书山寻路适吾志，智海觅舟壮我魂。

稀　土

稀土从来不育花，红霞深处有生涯。
脱胎换骨魂先许，炼就金身报国家。

咏神舟号飞船

神舟直上九重涯，测斗量星探物华。
待到飞临河彼岸，欣看天外是谁家。

〖中华诗词存稿·地域专辑〗

中华诗词学会 编

内蒙古诗词卷

卷三

内蒙古诗词学会　编

中国书籍出版社
China Book Press

目　　录

下编·古代部分

汉　唐

骆　军

字塞翁，号沙舟，1948年生，内蒙古鄂尔多斯市准格尔旗人。原包头市电子工业局干部，已退休。内蒙古自治区、包头市诗词学会会员。作品曾参加全国诗歌创作大赛，偶有获奖，亦有在《内蒙古诗词》和《包头诗词》发表。

访问延安

延安圣地久神游，敬访亲临夙愿酬。
万里长征来落脚，八年抗战赴同仇。
擒贼荡寇排千险，伏虎降龙定九州。
宝塔巍巍迎晓日，延河滚滚向东流。

鹧鸪天·赴延安途中

碧云飘落万山青，涧水长流草色浓。时见田头顽犊跳，荷锄少女笑相迎。　艳阳天，好躬耕，桃杏花开照眼明。秀美山川众手造，开发西部震雷声。

九寨沟

峻岭千重路转回，驱车九寨赏心来。
帘垂叠瀑珍珠泻，镜嵌梯湖翡翠开。
秋水浊人羞照影，春山秀女笑匀腮。
林深处处闻天籁，岂有私忧不释怀。

登庐山

近览风光远寄情，庐山是处荡心胸。
太白俯仰观飞瀑，苏子横斜看峻峰。
壁立苍松迎暮色，天生古洞纳新晴。
游人欲见真颜面，莫畏崎岖自在登。

山丹花

荒坡野岭易伤神，忽有山丹笑脸颦。
可对儿童夸烂漫，宜同少女话清纯。
争春好借东风力，耀眼原凭本色真。
细叶纤枝经雨后，花开愈见艳如焚。

钓　鱼

休闲切莫自生悲，六月河塘大鲤肥。
结伴同行垂钓去，凝神静候不思归。
狂风忽作倾盆雨，闪电频传变脸雷。
慌避茅屋相对乐，东方又见彩虹飞。

香港回归十周年

完璧归来喜梦圆，梧桐引凤落门前。
十年铸鼎听风雨，万里扬眉看宇寰。
沧海明珠能射斗，神州巨臂可擎天。
紫荆开满红莲放，宝岛相期雪蕊妍。

即事有感

蝶舞蜂飞花事忙，青山不肯送斜阳。
朱英似感秋霜近，争向人间吐淡香。

园丁颂

先生未面贸然猜，善目慈眉笑口开。
手挽春风和韵至，心催细雨应时来。
嘉年富贵披星育，盛世红梅戴月栽。
文苑如君多佑护，争芳斗艳胜瑶台。

观反贪历史电视剧《依天钦差与甘肃米案》

惊天米案事堪哀，鉴往明今耳目开。
自古贪官皆弄巧，从来腐吏要吞财。
私心膨胀终成祸，物欲横流必酿灾。
早有民言留此训，上梁不正下梁歪。

浣溪沙·祝贺我国首次载人航天飞行圆满成功

宇宙茫茫奥妙深，神舟五号访天津，千年大梦喜成真。　　神箭腾空惊四海，航天三步跨天门，火星大地待耕耘。

卜算子·武陵源之空中田园

水做碧罗飘，山立擎天柱。径转峰回步步高，直上通天路。　　今我逛天街，欲觅桃源渡。恍若神魂莅帝都，不忍轻离去。

水调歌头·中秋偶感

天上有明月，最满在中秋。煌煌玉镜回转，江海溢清流。唯见乾坤朗朗，万户千门共渡，素志为君酬。魂魄若相照，正好上高楼。　　谪仙邀，坡仙问，我何求？不堪寂寞，且就神箭泛神舟。先访嫦娥桂老，再会牛郎织女，纵横太空游。人类恒长久，科学探无休。

倪向阳

笔名，阳关，1948年生，大专学历。从事新闻工作三十余年，历任部主任、总编辑、副社长等；坚持业余文学创作，新诗、散文、报告文学、旧体诗词等，均有涉猎，分别获省、国家级奖项，是中国散文学会会员、中华诗词学会会员。现任兴安盟诗词学会副会长、《商务时报》常务副总编。

采桑子·绍兴二题

（一）

封坛老酒茴香豆，乙己无踪①，往事无踪，长柜依然曲尺形。　谙识太白遗风在，店号咸亨②，世运咸亨，惟见晨昏买卖红。

（二）

将碟捧碗多时坐，初引诗情，更助豪情，隔席攀谈说绍兴。　稽山镜水双幽绝，男也英雄，女也英雄，侠胆文豪遍浙东。

【注】

① 乙己，指鲁迅小说中的人物“孔乙己”。

② 咸亨一词最早见于《易经》，中有“品物咸亨”之句。

忆江南·达浙江桐庐喜赋二首

（一）

桐庐好，好水镜儿般。倒影万山千簇绿，夺来天色十分蓝，痛饮笑心贪。

（二）

桐庐美，美在桐君山。目远江天凭四望，身置画卷忘三餐，下笔却知难。

浣溪沙·过富春江“七里泷”

迤逦舟行七里泷，一江深碧映山青。依稀绿透钓台风。　　竹韵牵魂群列队，白鸥迎我早签盟。此间风物饱含情。

浣溪沙·游富春江水电站

腰斩江波大坝高，水从人愿敛滔滔。波澄如镜画添娇。　　输送电能无计数，扯开银线万千条。富春新景待重描。

卜算子·漫步南浔镇街巷所见

古镇著江东，果见图般好。粉壁人家黛瓦楼，绿水门前绕。　　桥面市声喧，桥下机船跑。软语秾音礼貌周，处处闻莺鸟。

乘电瓶船夜游西湖

入夜舟船未秉烛，阑珊灯火照环湖。
艇尖似剪裁绸缎，暮霭如纱淡画图。
迥异风光幽处得，飘然韵味闹中无。
小瀛洲里仙何宿，细检双堤忆白苏①。

【注】
① 白，指白居易；苏，指苏轼。

卜算子·平望小立饱览大运河风光

水陆系三州①，平望称枢纽。大运河宽古至今，船队龙蛇走。　　孰料帝王谋，终属人民有。南北通衢运载忙，疏浚当为首。

【注】
① 三州：指苏州、杭州、湖州。

忆江南二首

——赠杭州华立集团友人

（一）

江南友，浩渺入烟波。西子湖边无旧障，莫干山路有新辙。华立墨香多。

（二）

江南景，醉眼看婆娑。塔立斜阳迷倩影，灯嵌夜幕放银河。妙处付诗歌。

唐 克

辽宁省辽阳县人，1926年7月生。曾任东北人民政府民政部科员、满洲里市军政委员会秘书、满洲里市政协副主席等职。

北上道情—抗美援朝赴满洲里转运站二首

（一）

大业初成庆空前，孰料战火迫江边。为运干戈三千里，何惮塞北风雪寒。　冲锋炮火似天雨，何人偷生苟安全。情志前线无后退，一任热血洒河山。

（二）

万里赴戎机，关山度若飞。
慈恩行渐远，肝胆映朝晖。

老龙头联想

雄关衔海又盘山，为阻胡兵犯中原。焚书坑儒愚民策，销金酷律固皇权。　　心机耗尽意万世，不知黔首定揭竿。留得暴政载青史，茶余灯下千古传。

感　事

理想信念慰平生，实事求是据时空。颔首存在有辨证，不克非分无大同。　　有道脱贫靠劳动，不屑孔方却凡情。时转需沽栖身处，老来笑成有产翁。

夏永旺

大学文化，内蒙古固阳县人，1950年7月出生。1981年7月参加工作，先后在学校、企业、金融、组织人事等部门工作，现就职于锡林郭勒盟人事局。著有诗词集《原上草》。

沁园春·偶感

利禄功名，过眼清烟，过耳急风。有茅庐蔽雨，聊堪歇足；粗粮裹腹，可渡寒冬。半架诗书，一缸浊酒，明月时来伴孤灯。高歌处，唤山间松竹，暂作和声。　　此身已惯营营。纵美食锦衣何足矜？况功高盖世，生前遭妒；富能敌国，死后皆空。山水如斯，英雄安在，唯有长江仍向东。且休论，想人生岁月，气静心平。

2000 年春

蝶恋花·春暮

残雪消融寒渐暖，望极天涯，是处青烟染。马背牧童归去晚，声声牧笛随风转。　　枝上黄莺歌婉啭。燕子归来，又见南鸿返。靓女踏青多邀伴，绿纱红帽珍珠串。

1999 年 5 月

满江红·小草

独步原头，寻坪上，一川新绿。初出土，嫩芽便遇，霜欺雪辱。为觅光明离土地，因描彩画居山麓。更春风，送将燕归来，情弥笃。　　疾雨打，犹未缩；阳光照，生方速。但心坚何惧，暑蒸寒酷。休笑芳菲才百日，高歌苍翠图千幅。待人间，万紫与千红，丛中祝。

1999 年 4 月

浪淘沙·九九年除夕

旧岁苦追寻，一片朦胧。算来一事总无成。惟有鬓边眉角处，留下峥嵘。　　何必恋功名，枉自经营。舒心得意是人生。世外行僧湖畔客，也觉从容。

浣溪沙·秋

云淡天高数雁翔，鸣声凄厉惹愁肠。单衣无力抵秋凉。　　渐老黄花先弃蝶，如丝衰草更经霜。数峰无语立斜阳。

1999 年秋

沁园春·沙尘暴

节至清明，又起沙尘，天地昏黄。令西行客旅，当时失道；东升红日，转瞬无光。推倒招牌，掀翻老树，“的士”匆匆惊且慌。天何怒？竟无端挑衅，毁我苍苍。　　山河本自无恙，奈人类贪婪竟自戕，使草原乱垦，草场沙化；森林滥伐，植被遭殃。地上兽潜，空中鸟少，鼠辈尔今更猖狂。扪心问，论投资回报，较短量长。

2000 年清明

桂枝香·登敖包山有感

登临纵目。正燕子归来，又是春暮。处处繁华似锦，游人无数。楼高渐觉征鸿少，更煤城、北疆斜矗。锡林河畔，敖包山下，几多风物。　　奔市场无分老幼。况盛世欣逢，岂能停步！休道人生苦短，怕遭天妒。英雄自不甘贫贱，好时光、休要辜负。请君牢记，勤劳天助，懒贪终误。

1997 年春

沁园春·蜜蜂

时北时南，才别花丛，又入柳溪。且忙忙碌碌，不输蝶意；寻寻觅觅，愈显情痴。采尽鲜花，酿成佳蜜，辛苦千番却为谁？安如我，总放怀高卧，一任芳菲。　　辛勤休道报微，令称赞甘甜意亦遂。想狼贪虎夺，无非自饱；狐争鼠斗，只为己肥。欲海难填，人心无足，独向花间自在飞。君休笑，已利名悟透，得失何悲。

1999 年 6 月

踏莎行·无题二首

(一)

急雨催春，清风送暖，韶华逝去无人管。梁间燕子忒多情，双双私语声婉啭。　　云本无心，花皆有怨，落红点点东篱院。东风不解绿娇杨，江南江北都吹遍。

(二)

急雨催春，和风送夏，闲来依旧行花下。残红淡绿总情牵，游蜂戏蝶犹堪画。　　旧句难寻，新词怎恰。不如寄与儿时话。青梅竹马两无猜，成人似我君已嫁。

1999 年

蝶恋花三首

(一)

黄叶飘飘才满径。苦恨西风，依旧千般劲。我自怜芳芳自殒，年年似此谁堪共。　　归雁不传云外信。旋见残香，欲舞难成韵。独倚栏杆愁难禁，山高水远何时尽。

(二)

独对孤灯诗兴少。万籁无声，好梦晓风扰。枝上黄莺犹起早，恼人思绪无时了。　　岁月催人容易老。回首光阴，仿佛墙头草。几度疾风吹又倒，人间冷暖先知晓。

(三)

绿树阴浓消炎暑。蜂蝶翩翩，尽在空中舞。酿蜜寻花难尽数，无端更为谁辛苦。　　春日耕耘秋日储。百味人生，莫共青春赌。富贵荣华如粪土，文章不朽传千古。

1999 年 10 月

贺新郎·耕牛吟

负重耕田久。算生来，曾无媚骨，但存忠厚。叱咤之声犹在耳，皮鞭高举过首。免灾祸，终朝缄口。摇尾狗能成新宠，会吟经也把猫儿数。虽辛苦，竟遭咎。　　充饥束草眠沙土。叹人间，除开利欲，谈何美丑。食肉寝皮寻常事，残忍岂输豺虎。最可恶，村中屠父。一样为人来作嫁，却如何，总下无情手。皆物类，煎何故？

1998 年 8 月

永遇乐·路边草

又伴春归，任风吹绿，不需霖雨。引伴呼朋，寻愁觅恨，系游丝几缕。花香任它，树高随意，依旧乘风起舞。洒浓阴，挺身路畔，消得炎暑几许。　　炎凉世态，痴情依旧，迎送诗朋酒侣。燕子寻巢，征鸿失路，送客归南浦。踏青女远，赏花人杳，多少匆匆行旅。还依旧，安心古道，遣寒送暑。

1996 年 5 月

念奴娇·笼中百灵鸟

天生巧语，每高歌，引得游人如醉。振翅晴空，身矫健，消息常凭传递。绿草茫茫，白云朵朵，足可抒胸臆。黄花粉蝶，送来多少生气。　草原信美无伦，呼朋邀伴，快活新天地。恼恨世人多贪欲，半点全无情谊。夺我自由，添他快乐，怎及林中戏。从今记取，与人相处非易。

1996 年 6 月

望海潮·钱塘观潮

势如龙斗，声如雷震，人间天上奇观。疑是雁行，南翔北望，长空四顾徘徊。十字更相连。令游人忘返，佛祖逃禅。拍岸狂涛，不甘碰壁仍回还。　江潮往复千年。昔毁堤裂坝，为害人寰。钱箭已杳，勋名仍在，从来造福清官。盛世喜长安。况山川灵性，也解欢颜。江水东流，潮声挟将寄关山。

1998 年 8 月

沁园春·赋笼中鹦鹉

呼作八哥，巧舌媚人，巧语骄人。纵笼中寄宿，犹能惬意：架边乞食，不觉艰辛。送往迎来，歌功颂德，作态装颜求幸存。已忘却，在山间时节，快活天真。　　都市何如山林，况唤友呼朋意亦欣。看林中同伴，欢呼跳跃；枝头异类，相互关心。孰料今朝，仰人鼻息，谁解拳拳乐四邻？须何日，可高空纵翼，无负良辰。

浣溪沙·喜雨

顷刻惊雷急雨浇，满城暑气顿时消。天公也欲解人焦。　　遍地汪洋冲浊物，一园花草发新苗，游人笑指燕归巢。

踏莎行·1998年元宵节观焰火

月共灯明，焰随风起，高跷舞罢狮灯继。填街塞巷俱欢颜，分明盛世升平气。　　龙舞吉祥，花开富贵，金星仿佛从空坠。满城寒气顿时休，此间唯见生春意。

水调歌头·游元上都遗址[1]

漫步荒原上，极目草青青。残垣断壁依旧，无处觅英雄。遥想金戈铁马，仿佛吞金灭宋，谁敢与争锋？富贵烟云尽，功业水流空。　追往事，寻陈迹，感方生。萧瑟秋风又是，换了几春冬。不须伤怀吊古，喜见河清海晏，四海舞升平。今古唯此理，历史后人评。

【注】

① 元上都城始建于1256年，忽必烈皇帝即位于此，明初毁于战火，今存遗址，轮廓可见。在内蒙古正蓝旗境内。

1997年6月

满江红·端阳节悼屈原

泽畔行吟，常思恋，郢都故主。叹多少，忠言逆耳，视如粪土。一缕诗魂随逝水，满腔正气化鱼浦。恨苍天，无眼辨愚贤，容豺虎。　楚秦事，已作古；忠臣迹，犹堪睹。况斯人一去，后来无数。九畹滋兰香仍在，千秋风骨人皆慕。更汨罗，一曲永流传，群芳谱。

1998年6月

满庭芳·教育学院二十周年有怀

绿树成荫，红楼蔽日，校园景色全更。欲寻还住，误走入花亭。惊动双双伴侣，休嗔怪，我亦良朋。花犹艳，赏花人去，难觅此时盟。　　重来、寻旧梦，红颜渐老，华发还生。喜政界文坛，李硕桃丰。莫谓韶华易逝，常唤起，揽月豪情。东风过，扬帆又促，赴万里征程！

1998 年 2 月

游锡林河水库

尽日无聊更远游，锡林水库望中收。
青山扑面参差近，碧水扬帆徜徉浮。
燕子掠波惊钓客，鱼儿戏浪溅行舟。
蓬莱未必如斯乐，阵阵清风减宿愁。

1993 年 6 月

锡林郭勒二首

(一)

喜看明珠耀北方，迷人景色比苏杭。
春风绿满天涯路，夏雨红添塞上芳。
鸿雁归来花带笑，白云飘去乳飞香，
牧歌一曲情无限，遍地金莲映夕阳。

(二)

闲行草地意飞扬，过耳清风引兴长。
绿草无情微点首，黄花有意频送香。
时闻鸟语声声近，旋见兽踪急急忙。
乘兴登高方惬意，人间毕竟胜天堂。

1996 年 12 月

答友人

任他风雨苦相诛，窗外闲云自卷舒。
已负平生三寸气，尚余此际一床书。
囊中币少羞留客，座上朋多远胜蔬。
我亦无求君莫急，人间欢乐有千途。

2001 年 8 月

草 原

花香鸟语艳阳天，水碧山青桃李妍。
脱却寒衣耕者乐，生来浅草马儿欢。
凌空纸鸢凭牵扯，放胆白灵自在盘。
长调悠扬迷远客，随君飞渡玉门关。

二零零一除夕

微醉但听辞岁钟，怪他脚步太匆匆。
诗文又欠一年债，事业犹无半寸功。
千里何曾思骏马，三秋依旧望飞鸿。
人生莫笑龙钟态，百丈犹能挽劲弓。

孤 蓬

浪迹天涯已忘身，飘浮无定任西东。
风前旋转呼新伴，雨后栖迟失旧踪。
莫测征途多坎坷，惟求片刻得从容。
当年不合生沙内，岁月从今愈味浓。

1998 年 5 月

席金友

字冬叶，笔名岳峰、湘萍，1931年生，湖南平江人。先后在人民银行北京总行干校、内蒙古银行学校任职任教，高级讲师。曾任内蒙古穹庐诗社常务理事、《穹庐诗草》主编，现为中华诗词学会会员、中国韵文学会会员、天骄诗社顾问、内蒙古文史馆馆员。主要著作有《诗词曲基础知识》《填词指要》。

有　感

阅《光明日报》，欣悉拙著《诗词基础知识》[①]获全国书展“优秀畅销书”奖，感而赋此。

忽闻意外获殊荣，羞慰芸窗十载功。
画虎难成权画犬，雕龙不就学雕虫。
思摹李杜襟怀拙，欲步苏辛涉历穷。
诗律应须传万代[②]，神州瑰宝待恢宏。

【注】

① 此书后增订为《诗词曲基础知识》，内容增加三分之一。

② 据梅白同志回忆，毛泽东论旧体诗词时曾云：“旧体诗词要发展，要改革，一万年也打不倒。”

1981年5月

别乡吟

自1950年远离故乡，于今甲子过半，韶华虚度，不胜感慨，发为苦吟。

一去潇湘三十年，南归旧梦渺如烟。
桑田变幻依然我，学海浮沉何有焉？
数载盐车悲末路，半生华盖痛前川。
才难自古多哭叹，掩卷羞吟老骥篇。

1980 年 6 月

登西山龙门

翻坡历险巉岩越，石道横穿别有天。
浩渺烟波来眼底，氤氲瑞气荡胸前。
神工鬼斧超人力，细刻精雕胜自然①。
人道登龙增十倍，书生难涨半文钱②！

【注】

① 龙门在昆明西山罗汉山悬崖峭壁之上，诸多胜迹，精雕细刻，鬼斧神工，令人惊叹。

② 借用古语“一登龙门则身价十倍”以自嘲。

1986 年 8 月

水调歌头·丁卯诗人节贺中华诗词学会在北京成立。

大雅知音少，屈子怨何深！骄阳似火犹炽，枯木盼甘霖。多少骚人韵士，久望赓唐绍宋，欲语费沉吟。感慨埋心底，端午只招魂。　骚坛建，迷雾扫，庆佳辰。弘扬华夏瑰宝，传统试翻新。旧瓮堪装新酿，格律原非谬种，李杜世同钦。永葆民族性，寰宇溢清芬。

1987 年 6 月

一剪梅·祝贺《人民日报》海外版创刊三周年兼致海外同胞。

创业三年费苦辛，万象更新，望海情殷①。振兴华夏仗群伦，寄意同仁，天下归仁。　自古炎黄骨肉亲，万里同春，患难不分。阋墙兄弟故乡人，本是同根，叶落归根。

【注】

① 海外版辟有《望海楼随笔》专栏，经常刊登乡情绵邈、启人遐思的随笔佳作。

1988 年 7 月

沈园二首

（一）

市廛深处觅名园，树木萧疏闹声喧，
桥下春波长已矣，游人至此又何言？

（二）

万首诗词一放翁，允文允武竞豪雄。
伤心一阕钗头凤，比翼分飞怨道穷。

1989 年 10 月

拨不断·哀苏联解体(散曲)

旧邦翻，创苏联，冬宫巨炮沙俄断，马列高张百姓欢。萧墙祸起联盟散，和平演变！　　【幺】把严关，保民安。见微知著当机断，颠覆危机指顾间。自强不息天行健，拒腐防变。

1991 年 9 月

过泰山有感

1992年夏，应邀参加全国文教系统期刊工作委员会年会，有幸于5月28日瞻仰曲阜“三孔”后，归途车过泰山。惜时近黄昏，未能登览，赋此志感。

三孔初瞻后，泰山脚下过。
人皆争陟顶，我独滞山坡。
空有凌云志，恨无返日戈。
时乎难再得，岁月枉蹉跎。

1992 年夏

大明湖谒稼轩、易安纪念馆

大明湖畔谒先贤，湖色山光共竞妍。
清照祠前人鼎沸，稼轩馆里我悄然①。
雄词雅句钦迟久，笑语嗔声梦幻间。
齐鲁钟灵多毓秀，留芳千古此湖山。

【注】

① 此联前句指清照祠前商贾云集，市声盈耳，但祠内陈设陈旧；后句指辛弃疾纪念馆中零乱不堪，仅一老人一女子看门。经济与文化之反差若此，我心岂“悄然”而已哉！

1992 年 5 月于济南

千秋岁·纪念周总理诞辰九十五周年

甘棠遗爱，风范千秋在。严律己，胸如海。为民甘尽瘁，理政衣宽带。人共仰，泰山北斗长相对。　　四化风云会，嘉惠超时代。民深感，敌崇拜。丹心昭日月，相业钦中外。恢先绪，发扬踔厉毋稍懈。

（1993年3月5日）

《填词指要》出版有感二首

（一）

不为金钱不为名，但期薪火得传承。
可怜铅梓成书后，瑰宝如今等轻尘。

（二）

不识时务枉操觚，何意今朝吾道孤。
仄仄平平平仄仄，欲语还休已矣乎！

1997年6月

欢庆香港回归

花绽紫荆香满园，珠还含浦耀尘寰。
一国两制新猷创，四海同钦举世欢。
百载沧桑留殷鉴，重光青史庆同天。
金瓯永固开新纪，共建家园乐陶然。

1997 年 7 月

赠外孙女赵承娟二首

（一）

负笈南北费艰辛，科技攻关业有成。
如今喜庆凌霄翥，雏凤清于老凤声[①]。

（二）

桃李春风沐朝晖，千红万紫竞芳菲，
当思老圃栽培少，为国为家两争辉。

【注】

① “负笈”句：指初上浙江大学本科，后攻读北京航空航天大学研究生院。今春毕业后就职于国家专利局。

② 借用唐代李商隐诗句。

2005 年 4 月

千秋岁·祝《老年文摘》报创刊一千期

出类拔萃，甄选皆精粹。文不老，出新意。编校精擘划，纠谬诚足贵[①]。老人喜，同夸受益无伦比。　　喜庆千期至，胜境无穷已。齐着力，创新纪，精益求精进，善美更臻矣。追时代，一心再谱新天地。

【注】

① 本报转摘各报文章，原文凡有差错（特别是古诗文），悉皆纠正，避免了以讹传讹，此举尤为可贵。

1997年7月

徐　冰

字沉舟，号“关山樵夫”，安徽繁昌人，1954年11月生。曾任南京炮兵83435部队54分队文书、芜湖市繁昌县浮山文化站站长、内蒙古工业大学乌海学院宿管教师，现为内蒙古自治区乌海市诗词学会副会长兼秘书长，著有《茶林》诗选。

咏甘南尕海

甘南尕海一奇峰，拔地参天气势雄。
雾散云飞时隐现，仿佛野马欲腾空。

与乌兰浩特人民共庆2000年元旦

普天同庆两千年，世纪钟声电视传。
火树银花歌舞漫，流光溢彩巨龙旋。

咏安徽石台

云峰雾海秋浦烟，牯降蓬莱有洞天。
石埭人家何处乐，柯茶一啜赛神仙。

咏芜湖铜山寺

铜山古寺隐繁芜，宝地仙泉涌玉珠。
白果浓荫披圣吉，渔樵费识踏青途。

忆江南

银川好，屏障贺兰山。西夏王陵存昊气，沙湖美景赛江南。五宝[1]供君欢。

【注】

① 指宁夏五宝“枸杞、甘草、贺兰石、二滩羊毛及发菜”（简称红黄蓝白黑）。

虞美人·知音

浮山三月风光好，云雾群峰绕。踏青古寺碧池东，忽见幽兰初绽绿茶中。　高山流水惊天外，琴韵春常在。历经曲折不回头，激荡江河湖海竞风流。

沁园春·皖南春光

三月皖南，水碧山苍，遍野烟花。看风和日丽，桃花掩阁，小桥流水，曲绕桑麻；岸柳青新，湖光似镜，蝶舞蜂忙竞恋花。农事急，促耕牛快作，吓跳青蛙。　　山冈片育林茶。赏剑笋修竹蔓树丫。待春山雨后，群芳织锦，莺歌鹂啭，声荡峰崖。泉水叮咚，杜鹃吐艳，雾散云飞石径斜。村姑乐，唱“采茶舞曲”，篓满归家。

浮邱隐士歌

情投大自然，归隐浮山巅。
静夜观明月，闲时饮澈泉。
茶人歌垅上，玉鸟啼林间。
逸兴应常在，不思天命年。

卜算子·咏兰

南国涧边兰，默默幽香吐。雾笼云缭叶更舒，草掩鲜花露。　　林嶂色常青，雨打形如故，万绿丛中独自娇，醉倒人无数。

咏乌海

中宁古海起峥嵘，桌子岩涂渔猎功。
昔日屯边兴沃野，如今采矿筑新城。
黄河浪激迎宾曲，大漠风扬创业声。
鼎立三区满地绣，雄狮塞外竞奔腾。

咏乌海胡杨岛

胡杨岛上胡杨斜，绿映黄河锁碛沙。
大漠之中苦作乐，天生铁骨自英华。

2007年元宵夜于乌海新居五楼直观人民广场焰火

新春又见元宵临，陶醉迁徙乌海人。
素雪披晖渲画意，烟花捧月动诗魂。
扎根大漠风光地，回报草原养育恩。
枯木逢春枝叶茂，甘当塞上固沙林。

咏凉城岱海

神仙一脚踏凉城，岱海湖光出地平。
天水相连云共舞，鸥栖苇畔彩舟横。

观凉城卧佛

洞金山下卧佛鼾，与世无争万古安。
地作床来天当被，风吹雨打稳如磐。

咏　梅

隆冬风冷百花凋，雪里红梅分外娇。
自有丹心铁骨在，严寒不惧自香飘。

咏苏州虎丘

春登名胜虎丘来，塔峻池深梅盛开。
吴越相争兴霸业，空余试剑石生苔。

咏包头

九曲黄河涨绿原，而今塞外有良田。
钢城雄峙阴山下，不见当年敕勒川。

咏乌海

黄河塞上育明珠，乌海风光河套殊。
沙漠高原左右列，三区鼎立绣煤都。

沁园春·江南

吴越乡关，山青水秀，人杰地灵。看太湖浩瀚，黄山奇绝，九华梦境，西子迷情。雁荡龙湫，匡庐瀑布，武夷山溪竹筏横。天堂美，映周庄乌镇，西递村宏。　二泉映月阿炳，与八怪四才共著名。有双飞彩蝶，白蛇佳话，黄梅悦耳，徽剧登京。景德瓷都，宜兴陶市，苏绣杭丝铁画屏。莫干剑，赛文房四宝，茶道兰亭。

一剪梅·应聘内工大乌海学院兼赠友人

岁月蹉跎两鬓秋。往事如溪，付诸东流。今宵君寄玉珠来，逐字深敲，顿怅乡愁。　浪迹天涯无尽头，西烁余光，工大栖留。是非成败未曾忧，沙漠行舟，风韵悠悠。

庆祝香港回归祖国十周年

百年租赁实侵凌，弱肉强食今古铭。
国富兵威匡正义，弓张剑拔屈枭雄。
香江易帜惊天地，海港换防慰祖宗。
回归祖国方十载，繁荣稳定誉寰瀛。

徐纯人

笔名徐行，1936年12月17日生，通辽市人。退休干部。

浪淘沙·忆旧

华夏忆当年，无法无天。只言片语起波澜，断案悉凭官长意，假错连连。　　四海变容颜，绿水青山。改革开放谱新篇，法制高悬昭日月，华夏腾欢。

六十年来志感

生遭浊世乱如麻，涂炭黎元血染沙。
割据军阀争大位，猖獗倭寇扰中华。
人心思变成一统，天意繁荣富万家。
喜见改革开放日，春风化雨绿天涯。

农业免税感赋

躬耕垄亩纳钱粮，历史因循已正常。
可喜农家消赋税，犹欣稼穑补银洋。
改革举措千门富，开放经纶万户祥。
国势岿巍源善政，中枢从不搞虚张。

徐宝林

1955年9月出生，内蒙古赤峰市人。大专文化，中共党员。就职于沈空某部。赤峰市诗词学会理事，红山诗词学会常务理事、编委，有百余首作品在《红山吟坛》《赤峰诗词》《内蒙古诗词》《通辽诗词》等刊物上发表。

雨中赏荷

莲花出水满河塘，九亩荷池十里香。
雨打芙蓉圆叶动，苞姿旖旎点头忙。

回乡感慨

少离乡里鬓霜回，往事依稀思绪飞。
村外小河曾记有，门前老树已伐没。
残山剩水南梁险，断壁颓垣北坳危。
陶土资源遭掠采，大坑留迹子孙悲。

南京沦陷70周年祭

侵华倭寇入南京，抢掠烧杀施暴行。
血染钟山天泪落，尸横扬子地心惊。
八年抗日驱强盗，一日开庭审恶凶。
国恨家仇难忘却，不容悲剧再发生。

慈禧太后

亭亭玉立庶民间，选秀入宫昏主前。
叔嫂同心谋变政，东西协力搞垂帘。
扼杀革命天京破，仇视维新光绪难。
得意当年生太子，心黑手辣嗜专权。

徐　俊

生于1948年4月，内蒙古赤峰市翁牛特旗人。中专文化，曾任乡党委书记。

听蒙古族歌唱家演唱草原歌曲有感而作

荡气回肠一首歌，南国起舞彩云合。
声催雪域滴悲泪，情动东溟涌碧波。
塞北清音天外少，高原浑曲世间多。
齐峰肯为春风唱[①]，韵律花开冠众科。

【注】

① 齐峰，蒙古族歌唱家。

赏阴阳石

日月交辉灵性育，云从雨意自然成。
世间物种源何处？尽在阴阳定势中。

灯笼河牧场大石门麒麟石

天近草原手触云，凌霄牧野度石门。
嘶风双翼不思去，化作麒麟守望神。

戏赠陈子明游新疆归来

游子西游多见闻，问君装内可藏珍？
惜金不买和田玉，只索天山一片云。

湖边小住

日暮夕烟水浸霞，微风归棹岸边家。
扁舟载重渔人笑，醉卧清波浪煮茶。

重　阳

桂节新诗墨未干，重阳又至望西山。
惊鸿展翼弄风去，一度浓霜一黯然。

参观凌志公司大型喷灌设备

馥郁黄花向日开，含金葵萼寄秋怀。
凌空未见阴云布，天半横龙澍雨来。

辽上京绝句

木叶秋风潢水寒，黄云古道雁声残。
诗悲萧绰永昌梦，留与旧京叹契丹。

徐艳玲

1955年生于内蒙古兴安盟。有诗、散文、歌词、小说见于全国近百家报刊，获过大小奖20多项。现为中国散文诗学会会员、内蒙古诗词学会会员。

秋　吟

天高云淡雁成行，萧飒西风气变凉。
肥壮牛羊思绿草，挺拔松柏傲严霜。
山中红叶开新景，篱畔黄花放冷香。
洗尽铅华存雅意，边疆无处不风光。

呼伦贝尔草原行

兴安岭北牧歌飞，原野蹄声蘸翠归。
绿草丛中多淡雅，红颜枝上少轻肥。
诗情化雨白云醉，画意牵魂彩笔挥。
本是人间洁圣地，今来潇洒走一回。

再访煤城大雁

煤城再访喜闻多，民宅高楼起北坡。
雾里看花花似画，雨中赏舞舞如歌。
乌金滚滚托红日，黑蟒[1]隆隆荡绿波。
渴望明朝创佳绩，与时俱进莫蹉跎。

【注】
① 黑蟒指运煤火车。

秋日即兴

金风送爽叶知秋，水冷天凉路境幽。
北雁南飞歌不断，西坡东望目难收。
枫遭霜洗穿红袄，松遇寒侵舞绿绸。
饱蘸丹青挥巨笔，怎描佳景尽风流。

草原游

鞭摇长调上蓝天，杆舞情歌落草原。
不尽繁花花靓丽，更添篝火火斑斓。
好山好水生诗兴，奇景奇观展笑颜。
美酒奶茶常待客，心缘未尽做神仙。

故乡情

呼伦美自然，四季变多端。
春到鸭歌暖，炎来鸟语甜。
秋风枝上舞，冬雪脚边翩。
离去三十载，乡情梦里牵。

林家秋赋

萧瑟过长林，飞扬五色金。
霜出红叶景，烟绕绿衣人。
雾锁山中月，霞催岭上门。
秋植春早俏，荒漠吐芳芬。

白桦咏

风唱玉枝高，霜歌赤叶娇。
曲根黑土恋，长臂绿旗摇。
驱冷当篝火，成房作板条。
深山尘落定，其乐自逍遥。

调笑令·重阳游成吉思汗广场

歌舞，歌舞，鼓乐齐鸣踏步。停歇热汗蒸腾，白云振翼九重。重九，重九，风里红肥绿瘦。

青松赞

——贺松风诗社十周年

昂头傲碧空，枝叶郁葱茏。
山冷迎霜雨，天寒斗雪风。
英姿情侣树，雄壮大夫松。
一曲夕阳恋，放歌唱晓星。

徐瑞福

生于1956年10月，赤峰松山区人。大学学历，工程师。1978年参加工作，现任赤峰市松山区人大常委会任免联络委主任。赤峰诗词学会和红山诗词学会会员。作品在《赤峰诗词》《红山吟坛》《赤峰日报》《内蒙古诗词》均有发表。

悼慈母

光阴飞逝去难留，慈母仙寰九秩秋。
守孝哪知红日落，思亲常望昊天讴。
滴滴翰墨书胸臆，串串泪珠遮眼眸。
报得春晖相告慰，哀诗咏颂忆情稠。

游龙泉寺有感

狮峰雄伟坐云间，山势嶙峋绕玉泉。
碧水丹枫围古刹，辽风遗韵至今传。

登乌梁苏有感

千峰拔地势嶙峋，峭壁琼枝叠翠新。
旷岭松涛掩啸虎，高天鹰翅伴飞云。
淙淙流水抒琴韵，串串露珠沾客身。
寡欲清馨神自爽，回归绿野织林阴。

耘 兮

本名张喜荣，1945年出生于忻州，成长于丰镇，学水利于呼市。业余爱好文学，系乌兰察布市作协会员，偶作诗文，散见于本地区报刊。退休后又加入内蒙古诗词学会、丰川诗社、丰镇美协。

丰镇灵岩寺

绝壁青峦映画檐，回廊曲转峭岩边。
无情风雨多颓损，锦绣牌额几变迁。
居士虔诚雄殿建，佛心大愿善资捐。
一幅规划弘图景，预展灵岩鼎盛天。

雁荡山

如云巨壁顶头悬，杂树幽生曲陌阡。
绿杪深遮山寺面，清溪浅戏鸟花间。
龙湫[①]高瀑牵天泽，亭竹修林近水边。
造物神工偏赐美，雄奇景色海寰连。

【注】

① 雁荡山有大龙湫瀑布。

谒元好问墓

诗人自命勒碑铭，留得文词爽亦泠。
血雨悲歌开异界，腥风野史著危亭。
论诗名句惊天地，啸虎雄风识渭泾。
后学同乡今拜谒，仰思文曲秀容星。

雨后东园行

饮马河东草似茵，知时好雨浥村尘。
田畦平展葱芽绿，树木朦胧柳色新。
蔬菜大棚培细品，农家小院出能人。
和谐环境民勤奋，政策扶农倍感亲。

纪念乌兰夫百年诞辰

朔漠当年涂炭生，英雄振臂义填膺。
宣传马列坚奇志，驰骋荒原战恶风。
黑水扬波齐奋起，青山抗日任纵横。
团结蒙汉融一体，爱国精神万代承。

包头赞

曾怨牛车漫漫悠，何时方可到包头。
今驰四境通衢道，臾见三区广厦楼。
西部一佳鳌独占，全国十美最风流。
钢城柳绿文明创，引凤飞来景真幽。

学　书

曾慕书家自幼时，光阴荏苒用功迟。
痴情一往观毛体，旧梦重来动我思。
蜀地遥邮宣玉纸，津门近购砚石池。
翻瞻今古名贤帖，羡叹龙蛇墨海驰。

念奴娇·读《草莽惊雷》有感

清廷腐败，涌辛亥革命，风云人物。塞外丰川风骤起，一代英雄豪杰。元震军师，占魁骁勇，誓夺丰城阙。刀光剑影，洒抛多少碧血。　　妙笔出自来天，时圆旧梦，《草莽惊雷》说，故地家乡风暴史，曾引文朋思发，君展才华，得偿众愿，唤起心头热。生花妙笔，待谱新章欣悦。

耿庆汉

（1928~2008），满族。1951年毕业于河北农业大学农学系，统一分配到内蒙农业厅工作。1954—1959年在乌克兰共和国哈尔科夫国立农业大学读博士研究生。1959年归国后一直在内蒙古农业大学任教授、副校长等职；退休后任内蒙古农业大学诗词学会会长、内蒙古诗词学会常务副会长。

贺中共十六大闭幕

战略宏图一曲歌，花香初放满塘荷。
三番代表撑天地，万物中华载厚德。
绿染神州谋不少，红盈大地策繁多。
创新开拓循时进，世代长河卷巨波。

2002 年末

为友人自办农场题诗

汗滴伴种入耕犁，顺垅追肥阔步急。
染地禾苗催绿处，掮风麦浪孕熟期。
繁枝果木织林网，肥壮牛羊牧水畦。
是处丰收荒草岭，池塘改建养鲜鱼。

2003 年 6 月

如梦令

战略深思远虑，改换宏图天地。人气旺中华，抓住和谐机遇。机遇，机遇，求是创新谋势。

如梦令·自勉

不论壮心年纪，回首只评足迹。敢有少年狂，指日奔驰千里。千里，千里，再写神州诗意。

2004 年

赠王毛小题

多年相知的农民老友王毛小从农村搬到呼市成为近邻，相聚极为欢欣，诗以志之。

毛小全家质朴淳，知心挚友四十春。
往昔多怨思远客，今日欢欣做近邻。
每忆当年情亦壮，忽惊临耄岁常新。
关怀子女德才识，志愿强国富庶民。

2004 年 6 月 19 日

内蒙古诗词学会喜获赞助

步履艰辛创业难，忽惊雾后艳阳天。
诗词但使吟今世，普渡春风敕勒川。

2004年7月4日

破阵子·台湾连、宋相继访问大陆，是载入史册之行

两地间隔百里，干戈半百折磨。骨肉亲情声嘶咽，无改乡音喊愈合。痴情望月娥。　兄弟手足情切，寻根祭祖求和。羁旅回乡盈热泪，互泯恩仇谱赞歌。同宗恋祖国。

2005年5月10日

渔家傲

自大学毕业后，同学间54年无音信，突然有6位同学联系在北京相见，感慨颇多。

六位同窗惊喜梦，五十四载初呼应，小聚京城诗酒庆。情意重，相逢切愿消离痛。　盛世家国欢泪颂，灾年坎坷哀怜共，霜染今秋何所用。当制控，人间天上风雷动。

2006年5月10日

浪淘沙·赞土默特学校

学子着先鞭，圣者摇篮。英杰桃李挽狂澜，兴我中华垂史册，红染人间。　　荣耀土默川，盛世丰年。青山惬意写诗篇，铺路基石云聚处，塞外新天。

2006年12月12日

咏华夏诗词

步谭博文原韵

华夏诗词日照中，几经磨砺雪消融。
千秋瑰宝无穷贵，万朵奇葩火样红。
格律音节金玉振，人文吟咏字辞工。
欲兴大业须恒志，心有灵犀趣自同。

2007年1月4日

风入松·自嘲

一生多费买书钱，实践务农田。寒冬志愿风吹暖，换基因、塞北江南。痴醉攻尖求索，最难醒悟红专。　　栉风沐雨梦魂牵，制改换新天。耄耋面壁情相恋，赞辉煌、再写诗篇。铺路甘为石子，身心尽瘁人间。

2007年8月26日

内蒙农大书画会成立十周年

敬业溢情浓，书坛砥砺功，
十年兰蕙质，映日写新红。

教授的痴与狂

退休后，以诗书画自娱，却又高度地关心我的一代代研究生的成长和业绩。

闲里偷忙老也狂，吟诗涂画染夕阳。
痴情遥控初升月，指点星辰映曙光。

为“求是书屋”作铭

书屋恋我情，美酒聚高朋。
解惑研读处，吟诗韵律声。
文章谋蓄势，翰墨醉书功。
盛世天年趣，晚晴映日红。

2008 年

袁 远

1934年1月出生，内蒙古包头市人。原包头日报记者部副主任，已离休。包头诗词学会会员，出版有《唐宋名诗新译》（上、下册）。

原上云

草原碧空云变幻，腾转往复巨龙翻。
挥纱舒展似江海，旋卷积聚如雪山。
雷声放歌歌有韵，泼墨作画画万千。
上苍激情挥毫动，拿来天宇写大观。

天堂草原

幽蓝似海辽阔天，云柔如船起白帆。
策马草原牧人曲，雄鹰翱翔任高旋。
阔野浩瀚绿漫漫，小草轻摇风绵绵。
牛羊散落悠闲度，风电雄塔伴炊烟。

踏莎行·草原钢城赞

广宇摩天，飞花点翠，繁华都市传文萃。钢城花苑任留连，赛罕园内游人醉。　　几度春秋，风云际会，兴邦创业堪兴味。蒙汉儿女振家国，龙翔风翥争先位。

袁盛荣

1928年2月生，四川长宁县人。1949年参加工作，中共党员。现为内蒙古自治区诗词学会和包头市诗词学会会员。

蝶恋花·游包头昆都仑水库

倒影环湖风景异，一缕流霞，装点云天丽。莽谷幽峡芳草被，花丛山雀鸣声唳。　摇橹悠悠何惜累，无限风光，处处迷人醉。一曲清词增爽意，人将耋耄精神倍。

鹧鸪天·晋谒黄帝陵

肃仰桥山始祖文，炎黄岁岁祭英魂。记牢同土同文种，不忘华人华夏根。　千水秀，万山春，中华遍地佩缤纷。相携共谱新天地，杨柳春风画彩云。

贾云程

1947年农历11月生于赤峰市东郊，祖籍山东青州府。法律大专文化，原红山区司法局局长；现为中华诗词学会会员、内蒙古诗词学会会员、赤峰红山诗词学会会长、《红山吟坛》主编。著有《贾云程诗词选》《塞上吟》。

思　乡

夕阳洒暮晖，游子惜残云。
思自黄昏起，愁随夜色深。

落　木

落木莫伤愁，寒天任雪揉。
时来春又度，依旧展风流。

踏　青

小径绿丛深，闲情即兴吟。
闻香忙止步，唯恐艳惊魂。

秋　山

霜侵塞上寒，黄叶满秋山。
叮嘱南飞雁，来春可早还。

三艳闹春三首

夭　桃

原本瑶池受宠花，偏来世上闹春华。
人间惹起千妍斗，李杏双双不服她。

白　李

千红万紫竞春天，雪白头纱遮丽颜。
敢与夭桃争艳后，才知君是下凡仙。

红　杏

闻春赶紧抹红腮，非与李桃争擂台。
为使路人迷醉眼，飞眸献媚出墙来。

四大国色反观四首

西　施

姑苏台上一天姿，绝色惊魂眉蹙时。
虽是倾城倾国貌，吴亡怎可怨西施。

昭　君

和亲纵使汉疆宁，宫女逃囚亦自明。
李杏三千春几度，梅开雪岭一枝红。

貂　婵

桃面樱唇弄黛眉，回眸一笑送春晖。
红颜若可倾家国，毁玉沉香又是谁。

贵　妃

粉黛六宫宠儿多，贵妃尘落马嵬坡。
唐衰不耻君臣过，却唱红颜长恨歌。

采　风

两行烟柳两行诗，一缕清风一缕思。
骚客不愁无妙句，春山正是踏青时。

送吟友

屋陋人穷莫怨天，今图富贵并非难。
歌男舞女都成腕，唯独吟诗不赚钱。

十二生肖题咏(选八首)

子　鼠

只为求生偷点粮，声名一败不如狼。
捐躯医学担千险，同报人间是寿康。

丑 牛

忠心俯首济贫农，绷紧犁缰不作声。
春种秋收仓满囤，豪门宴上几言功。

寅 虎

一展雄威百兽惊，仰天长吼啸苍穹。
虽然生就缺猴气，不失林山王者风。

卯 兔

精灵乖巧不贪图，得宠嫦娥掌上珠。
虽在广寒宫寂寞，常听尘世有人呼。

午 马

疆场驰风屡建功，冲锋陷阵助英雄。
虽今铁辇行千里，百姓仍称尔是龙。

申 猴

大闹天宫偷玉丹，蟠桃大会搅翻天。
龙颜大怒点兵将，十万兴师花果山。

酉　鸡

凤尾凰冠精气神，千家受宠视功臣。
高歌一唱东天晓，送给人间日日新。

戌　狗

忠心不二守家门，草屋篱墙不问贫。
恶鬼闻声惊破胆，降妖能助二郎神。

岁寒五咏

竹

总为山河锦秀添，高风亮节撒人间。
秋冬春夏身披甲，雨雪冰霜骨铸铅。
昂首如峰凭冷暖，虚怀若谷任凉炎。
不同百卉争天下，乐与梅松共岁寒。

兰

险境烟崖不辱身，凝馨蓄韵令销魂。
幽娴只与知音合，洁雅惟同悦己吟。
愿伴松梅安四季，不随桃李闹三春。
闻言天下多绯事，为你谁人不动心。

菊

通观四季数群芳，试问谁家敢斗霜。
百卉无颜邀桂月，千妍有愧会重阳。
不同浪柳争风韵，只伴幽兰送晚香。
为使金秋春再度，孤身忍冷献珠黄。

梅

独领风骚旷古荣，文馨儒雅不娇生。
千妍枉妒痴人恋，百卉难移君子情。
倩影娥眉伴雪舞，冰肌玉骨与松盟。
霜天万木悲寒岁，淑媚孤芳傲紫穹。

松

素裹轻装四季嵘，不凭妖艳盗虚名。
风狂雨骤身尤劲，雪打霜侵貌更葱。
可做栋梁擎广厦，能当卫士筑长屏。
星移斗转凭云渡，春夏秋冬不改容。

花甲吟怀

少小离乡步履艰，前尘幕幕坠流年。
人生得失珍无欲，宦海沉浮贵不贪。
每念亲朋余血热，唯思家国老肠牵。
吟怀今对黄昏赋，留住夕阳迟下山。

退休感发

春秋六秩数沧桑，未觉人生岁月长。
淡漠荣华无困惑，追崇马列不迷茫。
和家酬国拼余力，赠友关亲揉寸肠。
虽是闲身身莫怠，夕霞助兴续吟章。

贾文友

满族，生于1942年12月，辽宁省人。大专文化。曾任呼和浩特市审计局党组书记，现已退休。在全国及省市报刊上先后发表诗作近百首、小说20余篇。

五塔寺

高矗晴空寺五峰，乘梯独上览幽屏。
天文石刻嵌星月，宝塔飘然万古青。

白　塔

万部华经藏塔端，荡胸耸立霭云间。
寒凝千古傲霜雪，倚剑潇潇经卷传。

喇嘛洞

高卧石床接巨灵，寻来极目览空冥。
石雕洞壁仙人在，暮雨丝丝伴笑声。

贾来天

1945年生，内蒙古自治区丰镇市人。曾任丰镇市委常委、宣传部长，丰镇市政协主席，已退休；现为中华诗词学会、内蒙古诗词学会会员，乌兰察布市诗词学会常务理事，丰镇市丰川诗社名誉社长。诗词作品散见于全国各地报刊。著有长篇历史小说《草莽惊雷》。

秘书吟

谁识秘书甘苦愁？文山会海度春秋。
烟凝唇际思方盛，茧结指端文始稠。
台上文章含脑血，平常公事费心谋。
偷闲爱数花生米，浊酒慢斟情自悠。

虚度六十自嘲

花甲将临不自怜，栽诗耕砚度余年。
阮囊扁涩犹思酒，胸管时疼不厌烟。
昔日弄文谋口腹，今朝吟诵润心田。
雪飞双鬓浑无觉，摘句寻章任点圈。

读书乐

读书之乐乐何如？倦卧书床在草庐。
脑涨头昏难释卷，睛迷目涩不离书。
夜眠五尺心知足，日读千行意始舒。
蓦地含杯抽纸笔，误将残酒湿衣裾。

板桥丢官

板桥霜迹连茅店，窗外萧萧总是情。
笔系贫寒鞭“悍吏”[①]，心牵困苦恤苍生。
丢官请赈心无悔[②]，归野追山意更平。
瘦竹扬州知几许？拿来纸上换盈觥。

【注】

① 郑板桥有《悍吏》诗。

② 指板桥因为灾民请赈而被罢官。

重读海瑞

狷介从来不厌贫，寒酸寿母意情真[①]。
上书欲治昏皇病，下狱险伤忠直身。
刚正平生多众妒，爱民逝去万民亲[②]。
何时醉共刚峰语，一折《罢官》连后人。

【注】

① 史载海瑞居官贫甚，一次为母祝寿仅买肉二斤。

② 海瑞去世后，居民罢市送丧，“酹而哭者百里不绝”。

感叹李煜

堪悲造物错移栽，李煜原非帝治才。
利剑强弓凌玉殿，雕栏玉砌受降台。
虽言诗色因离乱，底事平民累祸灾？
流水落花春去也，南唐遗韵倩谁猜。

诘问诸葛亮

兴刘何必太匆匆，遍地枕骸宁忍心？
五月渡泸尸断水，六番北伐血淹林。
缘何藤甲千魂散，无辜连环万舰沉。
今古多夸丞相智，谁人念之泪沾襟？

贺新郎·北京奥运

圣火烧天裂。地球村、万人蜂赴，村东佳节。竞技乡邻争先后，却是健儿豪杰。尽年少、雄姿英发。孵化鸟巢金牌奖，水立方、波涌鱼龙越。欢笑起，歌相接。　　主贤自然来宾悦。更何况、这边风景，古今冠绝。愿借五环排盛宴，容得天高地阔。和谐曲、全村唱彻。日月高悬人生短，又安忍、征战常流血？请佩我，中华结。

念奴娇·和谐咏

将军拍案，见须张眉竖，冲冠华发。小小书生何战绩，竟敢排吾前列？仅仗舌翻，出身微贱，“见之将其杀！”失和将相，顿时雷电难遏。　难得上相高风，甘心退让，赤胆融冰雪。狼虎秦王犹不惧，惟怕廷堂生裂。皓首含羞，负荆请罪，将相重和悦。古今传颂，和风吹散千结。

水调歌头·读史叹

《汉书》可下酒，《史记》佐君餐。洋洋二十四史，究竟作何言？皇位蚊蚁逐臭，将相蝇营狗苟，沙场血难干。青史万千语，黔首有谁怜？　火满城，尸遍野，血盈川。五千余载，试问谁想息烽烟？仅为一夫旒冕，千万枕骸兵燹，征战少穷年。史册都翻遍，页页附魂冤！

沁园春·涂鸦乐

铺纸拈毫，脑际风云，布阵役兵。似九里山下，士排横竖，戈刀林立，风卷征旌。枯墨如枪，偏锋似剑，一箭弯弓射点睛。凭谁问，看楚军汉将，颖底峥嵘。　案横悬腕弯颈。脚抓地、犹如铆铁钉。觉浑身劲涌，笔如神助，洋洋挥洒，飘雨流星。纸现龙蛇，腕如拖石，落笔犹听纸嚷疼。轻嘘气，唤身边兄弟，把酒盈觥。

金缕曲·思母泪

母去多年矣，却因何、总难忘记，心头悲切？小脚蹒跚勤尤俭，摇颤满头华发。度寒暑、食衣常缺。为育双儿多苦己，苦撑家、竟日难休歇。沐风雨，栉霜雪。　　最难无辜儿遭劫。碎娘心、呼天不应，身心俱裂。毕竟天开云散尽，共享艳阳明月。谁料得、萱堂蓦别。子欲养而亲不在，捧像呼、婉转音容咽。目蕴泪，心如割。

水调歌头·拙作《草莽惊雷》出版感赋

史海波涛涌，浪朵摘篮中。漠南草莽入画，裁剪作书封。毫颖耕云播雨，收获砚田禾黍，谁不望年丰？灵杰逼文意，拙笔写匆匆。　　挽天手，英雄剑，壮士弓。苌弘碧血，直压神鬼啸天公。纸上风云天阔，笔底惊雷地裂，豪气贯长虹。补壁随他去，把卷酒盈盅。

汉宫春·编纂《丰镇人物志》有感

紫塞南屏，数丰川人杰，璀璨星稠。群雄草莽起义，旗插城头[①]。丰阳烈火，抗日寇、赤帜同仇。据亮马、狂飙蔽日，歼倭尽在山沟[②]。　更有城防血战，殉国无怨悔，史册长留[③]。迎来艳阳春雨，奋进争尤。长征新路，英雄谱、各有千秋。奔四化、新星辈出，志书尽述风流。

【注】

① 指发生在1911年（辛亥年）的丰镇农民起义。

② 抗日战争年代，我党组织了大丰左、丰阳、大丰凉等革命政权，发动群众抗日。其间，游击队曾驻东山亮马台。

③ 1937年9月，日寇从大同进犯丰镇，绥东城防司令张成义及丰镇壮丁训练团、县保安大队79名守城官兵在与敌激战中全部为国捐躯。

八声甘州·李广叹

读《史记》之“李将军列传”，有感于李广对小小的霸陵亭尉“至军而斩之”，故填是词。

故将军饮罢夜归来，被阻霸陵亭。恨区区亭尉，醉言恶甚，终宿荒垦。射虎惊弦复出，飞将播英名。睚眦何须报，可叹尸横。　忽忆淮阴旧事，念屈身胯下，此辱安平？却风吹怨去，恶少竟官升。有谁问、胸襟气度，忍字头、却又现刀形？深思处、难封李广，却也公平。

念奴娇·游岱海

诗人幸会，泛舟游岱海，波光澄澈。船顶披襟风吻面，只觉腋旁清冽。犁破银屏，远方跃鲤，船尾波如雪。海天一色，便催诗浪喷发。　忽忆燕魏交锋，坑卒五万，参合都成血①。骸积成丘惭忿死②，功过谁人评说？转瞬千年，沧桑巨变，历史翻新页。和平华夏，战争从此揖别！

【注】

① 公元395年7月，后燕主慕容垂遣太子慕容宝率步骑8万伐魏，魏道武帝拓跋珪率2万精骑迎敌。双方大战于参合陂（岱海滩古称）东之蟠羊山。魏大胜，拓跋珪将5万俘虏全部坑杀于参合陂。

② 燕魏大战后的次年3月，慕容垂欲率军击魏。行军至参合陂慕容宝战败处，见积骸成丘，遂设席祭奠。慕容垂拜祭时“惭忿呕血，发病而还，死于上谷。”

凤凰台上忆吹箫·五台山感怀

五簇连梅，清凉胜境，台山自古堪夸。看古松深隐，碧瓦红葩。绿水犹听梵呗，菩提悟、顿醒昏鸦。台怀塔，风铃阵阵，意惬无涯。　驱车。再经此处，红尘罩台群，市井喧哗。见馆楼林立，商贾如麻。处处摩肩接踵，名利客、谁恋袈裟？休奇怪，文殊蹙眉，不愿还家。

念奴娇·云冈石窟叹

踏天凿石，历多少寒暑，餐冰吞雪。雁北朔风专割手，石窟尸灰重叠。斫石叮叮，全凭血肉，才将云冈裂。请君侧耳，夜深魂魄哽咽。　百窟更塑千尊，佞佛魏主，驱众还伊阙[①]。梵呗声声难赐福，尽耗人财穷竭。千载空留，佛形巨石，后代烟香热。可曾翻阅，范公神灭书页[②]？

【注】

① 还伊阙：指刚凿完云冈石窟主体，又去凿在伊阙的龙门石窟。

② 范公即南朝齐、梁时的范缜，著《神灭论》。

满江红·黄河

跌落天河，风雷吼、蜿蜒东越。乳黎庶、母亲怀抱，刀戈尤烈。九曲犹藏官渡火，三门难闭长平血。问苍天、征战几千年，何存活？　花园口，黄泛阔。茫茫恨，谁为孽？看壶口波涌，大海相接。云黑风残成过去，河清海晏嚣尘灭。愿一统、祭祖聚河头，霞光彻。

念奴娇·赤壁叹

步东坡《赤壁怀古》韵，意则不同，专悼火中焦骨。

千年巨浪，未冲尽、沙场残骸焦物。纵火周郎，摇羽扇、河畔烧成赤壁。火燎曹公，沉船弃槊，只恨无冰雪。东坡啸傲，不知谁是豪杰？　试问火海浮尸，甲兵数十万，何人征发？连橹蔽江，兵燹飞、闺念霎时烟灭。虎斗龙争，可怜江血染，破颅焦发。后人长叹，江中犹剩弯月。

满庭芳·吸粪车手

轮转车飞，穿街过巷，只缘吸粪奔忙。东南西北，车迹遍城乡。唯原甘脏一己，却换得满市皆香。人消瘦，工装泛黑，满面刻沧桑。　休慌。来喜讯，女儿考入，北大书堂。看茅舍寒门，雏凤高翔。忆及当年困苦，遍村数，谁识文章？舒心事，桩桩件件，尽赶好时光。

蝶恋花·受骗

年少打工城始进。广告灯杆，陷入迷魂阵。中介谎言多说尽。合同未定无咨询。　半截工程初告竣。算帐时分，方晓工头遁。欲讨工薪无处问。泪吞己腹何人信？

满庭芳·喜悦

万种辛劳，千颗汗水，砌入城市楼群。鬓斑茧厚，谁怜造楼人？不料工头赖帐，楼盖起、不付分文。为追债，公堂屡上，心内急如焚。　　忧贫。温总理、为民讨债，力重千钧。喜高层政声，务实亲民。更定利民决策，血汗款、不惧侵吞！心欢悦，还乡心切，歌舞庆新春。

江城子·艰辛

奔波千里打工难。汗流干。破衣冠。万种酸辛，化作腹中餐。母老子顽妻有病，心牵挂，对谁言？　　当年也有志千般，整滩湾，改河山。浩劫十年，空话付云烟。且喜如今农税免，虽受累，亦心欢。

汉宫春·欣慰

聚住农工，看低棚矮户，都市村庄。孩童入学，却又愁入心肠。邻校借读，费用高、难以承当。更虑那、网吧迷恋，都为学龄儿郎。　　幸有社区组织，为农童办学，全力相帮。数间简易房舍，充作书堂。愁眉尽展，唤顽童、重理书囊。心企盼，山沟后代，也成玉栋金梁。

水调歌头·农技推广员

冒雨上山寨，径直进秧房。为推新育良种，争抢一时忙。大嫂连呼好险：“怎过鹰愁飞堑？拼命为山乡！”喝口姜汤水，摆手说平常。　秧畦平，大棚暖，讲述详。招来农户，秧种分发遍山岗。乘雨移苗入地，曝日扎根挺起，秋后倍增粮。秧尽人忙去，方觉扭筋伤。

夜飞鹊·辍学放羊娃

爹娘打工去，留守山庄。跟爷放牧群羊。书包不忘随身带，山洼好作书堂。爷爷瞪圆眼：“你拦羊帮我，当甚书郎？”双眸含泪，急藏书：“不作文盲！”　常是梦酣欢笑，重返课堂中，猛嗅书香。梦醒羊鞭抛掉，整冠入学，心气昂扬。阿爷难阻，老师迎、同学帮忙。对红旗抒志：“无知混沌，我要阳光！”

望海潮·山村首富户

当年挨斗，偷机倒把，挂牌示众全村。肩挑手提，骑车贩运，被批复辟还魂。腰屈到清晨。落下终身病，罗背难伸。口号连天，运动不断，共同贫。　　而今换了乾坤。乘东风改革，重振精神。先搞运输，筹资建厂，恰如枯树逢春。带起满村人。城乡连一体，斩断穷根。政策东风化雨，山寨俱欢欣。

莺啼序·四季相思

春风似追乳燕，渐田畴深处。呢喃叫、如唤红花，点缀柳海烟雾。掩啼泪、新妇远眺，新郎已上来车去。急登坡踮脚，打工车影微露。　　蛙鼓雷鸣，池荷绽放，正山村新暑。双飞蝶、塘上轻盈，恍如连喙私语。搭凉蓬、含羞欲望，倚锄笑、手犹空举。梦中人，远隔千山，怎能相觑？　　西风乍起，遍野金黄，叶落房边树。思念苦、新装电话，遥想银线，万里倏通，衷情能叙。手持话筒，无言呜咽，不知情话如何说，竟多时、方将娇音吐：秋寒已到，不知工地如何，可换厚衣棉裤？　　枝头喜鹊，对叫喳喳，看互相剔羽。忽扑地、惊飞群雀，犬鸭鸡鹅，满院逡巡，冬阳犹煦。门前笛响，声声欢脆，披衣理鬓心突跳，急开门、划袜匆匆步。丈夫满面风尘，笑拥亲人，转身佯怒。

贾秀英

女，1945年生于河北省故城县。中专文化，1968年毕业于皮革轻工业技术学校。退休前为海拉尔皮革厂统计员，技术职称：统计师；现为松风诗社社员、呼伦贝尔市诗词协会会员。

海拉尔西山国家森林公园樟子松

西山岭上松涛涌，百态千姿翠郁葱。
干壮根深植大地，枝繁叶茂舞长空。
风吹云海千重浪，日出霞光万里红。
香气随风飘四海，游人临此畅襟胸。

贾 漫

著名诗人、诗论家，内蒙古作家协会副主席，中国作家协会会员，中国社会主义文艺研究会理事，一级作家。1933年3月出生于河北省黄骅市，1949年6月参加工作，1953年调入内蒙古文联工作直至离休，著有诗集《塞上的春天》《春风出塞》《中流击水》《贾漫诗选》、长诗《云霄壮歌》（合作）、诗体小说《野茫茫》；翻译诗集《星群》《布林贝赫诗选》；另有散文、报告文学，短篇小说、诗论等，共出版发表作品四百万字。短诗和长诗曾三次获自治区文学一等奖，部分抒情诗曾被译成英、法、朝、蒙文，并选人国内多种选集。

为长虹题壁

美好诗情何处寻？十年面壁夜深沉。
高楼望尽天涯路，灯火独怜淑女心。
甘果青时常味苦，江枫红后最宜人。
消磨星月须多少，金榜题名在一分。

念奴娇·无题

红莓花谢，记当时，赠我双眉弯月。满树乌云欺望眼，倾泻凄凉雨雪。一日三秋，三秋百岁，此恨煎肠烈。相思无岸，银河宁沽伤别？　不得湖海重游，再折杨柳，再唱阳关迭。细理春光千亿缕，缕缕花根盘节。树老根亡，霜浓瓦冷，往事灰烟灭。人生寒苦，芳唇应溢余热。

痛悼耿庆汉先生[1]二首

（一）

惊闻兄长丧音容，流火炎天顿化冰。
耿耿星河霜泪坠，圆圆孤月半轮崩。
经天大智营黄土，稀世专家拜老农。
造化不公何太甚，难留一点夕阳红。

（二）

谭耿和谐共掌门，德才双惠育诗林。
清词丽句层层碧，浩卷华章岁岁新。
汗血珠联齐放蕾，松梅玉配各争春。
深宵忽报摧梁栋，何处天涯寻此人。

【注】

① 耿庆汉先生，原内蒙古农业大学副校长，上世纪留学苏联，惟一获博士学位者。退休后与谭博文先生共同主持内蒙古诗词学会工作，身患癌症，仍坚持出刊物，办讲座。似此德高者实难寻找。

途中寄李野二首

（一）

踏破幽燕雾，腰缠齐鲁尘。浮云红入海，远柳翠接村。怀故眉双锁，思君月半轮。何时重聚会，倾酒话晨昏。

（二）

一日穿千郭，双轮破万峰。托身灯已暗，启踵路微明。风雨沧州道，云霞阳信城。炎天难预测，随处有阴晴。

满江红·归来[①]

渤海潮汐，淘尽了，少年时节。梦萦处，三杨絮断，百松烟灭。笔墨犹怜芦荻水，重楼削瘦坑东月。叹征夫，半纪复归来，空悲切。　　从前事，不可阅，儿女意，愁肠结。幸春风化雨，泪珠畅泻。东岳云开迎赤子，中天日朗融冰雪。弟与兄，携手步长城，情犹烈。

【注】

① 台湾四叔贾荣滋离乡五十年，与二兄别四十年，今年终于归来，兄弟重逢，百感交集。二人都曾血战台儿庄。

贺兄弟团聚

当日并肩挽国危，今朝相见泪双垂。
联床共忆童年梦，齐步霍如燕子飞。
报国昔年双翅虎，清操异域两株梅。
男儿到处应无憾，万古江河斯路归。

行　云

坐爱行云云爱雾，雾中邂逅忒唐突。
轻拂广袖本无信，酷似长空奔月姝[①]。
漫舞罗裙虽有影，不如星海补天姑。
只缘河汉深且阔，难画耕织相恋图。

【注】

① 奔月姝：指嫦娥，亦作姮娥，羿妻。《淮南子·览冥训》：“羿请不死之药于西王母，嫦娥窃以奔月，怅然有丧，无以续之。”

处处民心处处同

元帅天蓬出圈中，水帘洞里水融融。
西游西北龙蛇舞，东往东南花果红。
公仆真能尝苦胆，甘甜终会报农工。
猪年只要肥天下，处处民心处处同。

挚友夜谈二首

（一）

窗外星辰千万点，不知几处为君明。
谈诗重入少年梦，对弈全开稚子情。
豪量金樽倾欲尽，积愁白发冻难融。
凌云壮志余多少？一夜鼾声震五更。

（二）

四十年来天海游，良宵客舍又同舟。
销魂诗赋随心涌，过眼星云撼地流。
灯火夜航八万里，乾坤自转半圆周。
夕阳前面东方白，代谢新陈换不休。

参观旅大日俄帝国侵略战争旧地三首

（一）

乃木谁封武士侯？丰碑累起国人头。
军衣大氅腥风裹，将士屠刀血水流。
华夏河山悲半破，东瀛暴利庆全收。
凶年庚子银花雨[①]，一泻清宫变漏舟。

（二）

广赖阴魂何处寻？狼牙虎齿海森森。
万忠坟里有奇耻，百草丛中无好音。
血海怒掀驱虏浪，腥风鼓荡抗倭心。
电光岩壁登临处，思古抚今恨满襟。

（三）

满清破鼓乱人捶，捶碎江东血肉飞[②]。
奸女杀男还骂瘦，吞山割地不嫌肥。
日俄霸业金沙梦，满汉同胞白骨堆。
满目青山如剑指，神州何日尽扬眉。

【注】

① 指庚子赔款四亿五千万两白银。

② 指列宁曾痛斥沙皇侵略军屠杀江东六十四屯中国人。

郭文龙

1948年生，山西洪洞人，铁路干部。有《流觞集》一册问世。

登武当山

道可道也非常道，山外山兮灵秀山。
叠翠峰峦孕大帝，玄机斗姥授真言。
拾阶挥汗人如蚁，朝圣不辞险与艰。
玉柱擎天天可触，青牛白马皆浩然。

朝解州关帝庙

义贯云天武圣公，威德神勇誉寰中。
青龙偃月扶危世，赤兔追风建大功。
四海炎黄齐供奉，一生忠信铸尊荣。
古今盛赞桃园事，浩气千秋贯彩虹。

丽江行

丽江如画不虚扬，秀婉媚柔沁脾香。
青瓦轩窗飘雅韵，垂杨流水吐芬芳。
花团锦簇纳西女，北调南腔拉祜郎。
得月楼头揽胜迹，可心惬意任徜徉。

大理行

久闻大理美西滇，不舍路途无与艰。
洱海姝颜惊四座，苍山烟雨阅千帆。
蝴蝶水冽人争沐，郭老诗香我驻连。
三塔影边茶四道，苦甘回味品茗鲜。

游张家界金鞭溪

幽谷青青一径深，山溪汩汩唤游人。
擎天玉柱横空碧，竹杖的的诉欢欣。

参观敦煌莫高窟有感

绝世瑰珍数莫高，可怜零落异乡飘。
休说道士当千剐，国弱怎不任俎刀。

游江西龙虎山

山势兀突水迹奇，竹筏飘荡翠影滴。
金枪峰畔玉女洞，造化神功真似谜。

登黄鹤楼

黄鹤仙飞已杳然，空遗佳句在人间。
豪奢失却天然景，遥忆龟蛇望水天。

登庐山

龙争虎斗匡庐山，掩映玄机峰岭间。
百代废兴烟灭去，香炉飞瀑景依然。

登滕王阁

凭栏眺舸赣江边，遥想落霞映九天。
斗转星移楼愈伟，春花秋水胜当年。

庐山诗摊前试韵

庐山仙人洞前有能以游人姓名作诗者，因时间紧迫，未及流连，是以试作。

郭老曾经登此山，文思泉涌意酣然。
龙潭溅玉秀峰翠，乘兴高吟苏李篇。

“苏李”指苏轼、李白。

郭长岐

满族，辽宁省兴城市人。国家一级编剧。退休前为包头市文联副主席、包头市艺术研究所所长；现为包头诗词学会副会长、中华诗词学会会员。

长相思·贺包头市喜获全国首批文明城市

始创城，庆创城，捷报传来万众腾。喜极热泪盈。　　言文明，行文明，承继文明汗水凝。征途再起程。

金缕曲·纪念乌兰夫百年诞辰

身满英豪气。有雄魄、牧人子弟，天骄苗裔。不信阴霾遮天日，奋起追求真理。纵蹈火、高扬铁臂。常忆延安贤士聚，便永将马列埋心底。胸有志，志难易。　　百灵枪响惊环宇。抵兴安、单刀赴会，凛然弥隙。区域和谐标杆立，更望多族相契。踏屐履、肝抛胆沥。心向黎民忧乐与，哪管他动乱遭猜忌。开伟业，立天地。

鹿语（套曲）

包头，蒙语包克图之音译，意为有鹿的地方，故又称鹿城。鹿乃包头吉祥物，也是本土最古老的居民。它一辈一辈，繁衍生息，历千年风雨，睹沧桑巨变。忽一日，有仙鹿入梦，言其感慨万端，嘱我记之。醒来，将信将疑，却言犹在耳。再思，乃心系“包头环保杯诗词大赛”使然。遂披衣执笔，灯下忆录。是为缘起。

【中吕·醉春风】

苍莽莽连敕勒前川，平坦坦沿黄河北岸，呦呦欢跃喜相戏，瞧咱这些伙伴，一个个耳鬓厮磨，整天价无忧无患，真个是悠闲散淡。

【塞鸿秋】

铁蹄忽踏黄沙漫。金戈挥处天昏暗。山荒水隐泉儿断。兵荒马乱急逃散。几时峰火熄，何日花重艳。哀伤苦泪浑如线。

【迎仙客】

抬望眼，喜心间。霹雳一声换了天。忽啦啦包钢上马展红旗，金灿灿铁水钢流似浪翻。俺偷眼旁观，盛况实堪赞。

【红绣鞋】

楼宇成群涌现，村庄工厂相连。巍巍钢城立草原，机声传送远，道路纵横宽，川流人语欢。

【惜芳春】

无端好事遭磨难，有情花草竟萎蔫。忍看污墨染春山。俺疾言：治患快着鞭。

【普天乐】

鹿称心，人如愿。消除秽气，阻断污源。新貌出，新颜变，街景成园林成片。好风光，百里延绵。满城绿染，满城香遍，鹿人皆安。

【朝天子】

迪拜奖奖匾灿然。文明城奖牌又颁。绿水青山畔，俺鹿群重入花园，装点银河苑。感慨千千。与君畅谈。诉咱肺腑言。鹿城，有缘，唱响风华赞。

【中吕·尾声（煞尾）】

热扑扑前之鹿语篇，絮叨叨实为吾所言。心头辗转难合眼，唯愿咱文明城市，人与自然，永远和谐共发展。

美岱召访古二首

（一）

土默平原耀眼珠，沧桑历尽写荣枯。
黄金可汗阿拉坦，罢战促和贡献殊。

（二）

亦城亦寺举国寥，草木葱茏殿宇高。
四百年间风雨度，光辉熠熠映今朝。

临江仙·神六飞天成功感怀

烈焰升腾光照，神舟直上重霄。环球翘首望华娇。笑扶云里月，喜弄耳边涛。　莫道星空高邈，精英壮志雄豪。梦圆欣喜乐逍遥。蓝天兴伟业，大地起春潮。

草原即景

无边广宇舒胸臆，有岸溪流寄性情。
春向东风催喜雨，雨歇落日映霓虹。

夜宿准格尔“漫瀚调之乡”听民间歌手演唱感怀

艺苑奇葩万万千，堪夸漫瀚色尤鲜。
高天牧马襟怀广，大漠长歌眼界宽。
声遏莽原云里月，情牵沙海岸边泉。
皆言百姓寻常事，妙曲勾魂忘憩眠。

郭　平

1934年生，河北省滦平县人。原包头市计划委员会退休干部。包头诗词学会、北京诗词学会、中国楹联学会会员，著有《宋拙斋杂咏集》。

闻重修岳阳楼有感

庆历于今九百秋，唯逢盛世得重修。
一湖春水绿千顷，十里夕阳红半楼。
把酒临风知后乐，居高处远悟先忧。
斯民亿万皆尧舜，国运中兴党运筹。

奥运之光

五星旗接五环旗，继往开来大有为。
世界精英创伟绩，中华儿女铸丰碑。
祥云万里和谐路，仪礼千秋福祉基。
乐奏黄钟宣盛典，陶然亭上再论诗。

夜宿星星峡

驼铃回荡紧相从，远去烟华路万重。
古道蒙尘千骑绝，边关落日四门封。
风摧河朔鸣金鼓，雪满祁连滚玉龙。
此夜置身天地外，一怀愁绪了无踪。

雨　夜

边城夜雨送秋声，小榻孤眠不自惊。
老叶风前终坠落，新芽雪后必萌生。
逢君且把茶当酒，待客无妨菜作羹。
但愿年丰人乐业，常听垄上踏歌行。

育　种

裂土生根地气深，开花结子始于今。
一朝迸发冲天力，九死犹存向上心。
不教良材成朽木，强将苦水化甘霖。
他年若得三分绿，胜似家藏万斛金。

春意浓

风沙过后望春妍，难得艳阳清谷天。
一夜悄然飞蓓蕾，百花倏忽满山川。
桃红尚带三分雨，柳绿犹含十里烟。
曲水流光明月夜，谁家素手拨琴弦。

郭秀华

女，1953年5月23日生。原在赤峰商厦工作，现在是赤峰红山诗词学会会员。

挖苦菜

秉铲提篮野外行，为尝苦菜沐春风。
香花秀草袭人醉，布谷飞莺悦耳鸣。
素手田间寻野味，紫芽破土见新晴。
不谈收获多和少，难得安然恬淡情。

赞白芳礼老人

扶危济困舍其身，纳地含天大道魂。
举火燃心伤自我，劳筋损骨为他人。
碾开脚底情怀路，尽献囊中血汗银。
望重德高难作比，老人芳礼是真金。

赞顾非老师

鹤发童颜快乐心，穷书浩卷内涵深。
含香笔墨余诗韵，淡雅轻歌颂古今。
悦赏夕阳红似火，闲排乐谱美如磬。
执鞭寓教德才艺，气顺神和广益人。

赞丛飞

佛心差使化丛飞，雨露春风济困危。
慈爱呕心为德榜，豪歌踏路铸荣碑。
天公有泪因花落，地母无声为汝悲。
多少善男及信女，长街洒泪唤君回。

盛世飞歌

群星灿烂耀歌坛，溢彩流光艺技园。
燕啭莺声音袅袅，霞衣翠饰锦翩翩。
原生态美神奇处，咏叹情深典雅间。
万紫千红收不尽，和谐盛世梦才圆。

贺《红山吟坛》创刊

潜龙一跃展神姿，霞彩飞天瑞象驰。
搅动哈河腾万里，复苏沙柳绿千枝。
名流鸿儒祥和地，墨客文人梦里诗。
自古吟坛春不尽，争荣斗艳正当时。

读贾云程先生《塞上吟》有感

仙品幽兰塞上吟，清新文雅练其魂。
千杯美酒愉人醉，一盏香茶慰己心。
行者无疆豪放路，善知有德圣贤音。
诗人自古多磨命，破茧冲飞蝶亦珍。

无 题

忽闻秋雨叩窗声，嗟叹年轮转似风。
不觉春光多灿烂，无应夏日尽飞红。
拈来异域香千缕，吹落心中好个冬。
博爱善行无国界，人生总要向前行。

郭振声

1955年6月6日出生，籍贯河北省，现居于内蒙古自治区赤峰市翁牛特旗。多年从事行政工作。喜爱诗词，并在刊物上发表过作品。现是赤峰诗词学会会员。

灯笼河

满目茏葱遍野花，蜂飞蝶舞胜彤霞。
游人难舍千姿秀，醉眼朦胧怨酒家。

春到耕时

春到耕时柳乍黄，百蛰复醒市集昌。
城中杂店销肥快，乡下农家购种忙。
播种总嫌白昼短，出苗又怨夜更长。
望穿秋水描琼梦，只盼禾成五谷香。

仙人掌

一生无意恋奢华，不惧贫瘠四海家。
傲骨柔肠呈碧彩，安恬少语绽奇葩。

煤

通身釉亮有忠魂，正果修成贵似金。
不恋荣华安逸处，燃烧自己为他人。

咏 犁

耕耘一世有何图？终日辛劳乐为奴。
五谷丰登归囤日，筋疲骨瘦入熔炉。

咏 月

破雾穿云上九天，借来光亮洒坤乾。
虽然也有残亏日，总把团圆献世间。

咏大兴

极目葱茏稻满畴，山川滴翠水湍流。
频观飞鸟鸣杨柳，坝下荷前人忘忧。

电 杆

生来刚正不歪偏，立地冲天铁骨坚。
盛夏三伏迎酷暑，隆冬数九斗严寒。
跋山岂惧悬崖陡，涉水何嫌巨浪宽。
双臂长舒连四海，递传福乐满人间。

郭 钰

1944年生，山西人，大学文化。曾任《内蒙古日报》社记者，高级编辑。著有《岁月文心》《逸韵痴吟》。

荣任诗会理事即赋

众友推愚当理事，粲然心动启长思。
自斟自饮多单调，独唱独拉少妙辞。
笔涩难填平仄韵，心痴喜咏傲霜枝。
高山流水逢知已，诗社群贤尽我师。

祭绥远抗战阵亡将士碑三首

（一）

绥远抗战震九天，清明薄奠青山前；
遥寄将军驰塞外，追思壮士击边关；
誓逐日寇出国门，拼将血肉筑屏藩；
丰碑历劫垂青史，细雨纷纷泣杏园。

（二）

绥远抗战千秋灿，史记英雄赴国难；
血洒百灵复故土，魂飞雁门杀敌奸；
祠屹故园灵牌旧，碑挽残云字迹鲜；
岁岁黄土青草绿，杏花烟雨吐娇艳。

（三）

杏园娇娆酝清芬，丰碑傲然柳色新；
适之撰文颂勋绩，玄同挥笔书松韵；
浩歌雄唱慕烈士，盈觞沃酹慰忠魂；
六十周年忆胜利，谁不热泪怀诸君。

泰山吟怀四首

（一）

六十相携登泰山，健步闲庭白云间；
太白金星讶远客，紫霞元君留盼倩；
南天门里觅仙踪，云霄梵宫许心愿；
苍穹远传如意钟，试问天扉可问禅？

（二）

玉皇极顶午晴初，云横九派乾坤浮；
足慢腿迟是游客，担沉身稳有挑夫；
盛暑曲折崇阶高，酷寒蜿蜒风霜苦；
岱神有灵应怜恤，化一长虹渡瘦骨。

（三）

索道扶摇上泰山，何许苦登十八盘；
脚下浮云笼岚翠，面前巨峰扑眼帘；
少读岱宗夫如何，今唱齐鲁赞绿天；
浩叹秦皇封禅地，往事尘烟越千年。

（四）

岱宗雄峙在山东，五岳之尊凌碧空；
慈云飘岫入翠微，群山横黛沐天风；
登峰远望如碧海，举步攀高似闲庭；
凝坊神醒南天门，侧耳惬心如意钟。

桃源问津

问津七曲别有天，石门隐现透天关；
危崖凌空松风劲，茅蓬障目竹影眩；
顾盼昏蒙疑无路，侧身暗罅进桃源；
陶令东篱菊何在？但见老君坐高坛。

朱熹琴书

朱熹琴书四十年，传道授业武夷山；
诗坛文苑新月异，理学道义旭日观。
石门飞泉吟活水，方塘半亩咏云天；
苔苍岩古存精舍，低眉颔首拜先贤。

郭　颖

笔名禾上叶，内蒙古包头人，1951年11月出生，蒙族。曾任包头市磁性材料厂经销公司总经理，并为民革包头市委员会委员、包头市第十届政协委员、东河区第六届政协常委。

入诗词学会感怀

二月春风破冻初，晴烟漠漠入寒庐。
无风柳絮飞平野，不雨杨花落远郛。
但有春霖千种绿，才得秋霁万重菽。
春风春雨春依旧，却与从前处处殊。

读《包头诗词》

落日楼台沐晚风，轩斋翘首品诗情。
酬答唱和吟绵邈，即事为时诵正声。
六义五音经与纬，千殊万括纵而横。
一觞一茗一蒲扇，乐作诗刊解咏翁。

见《内蒙古日报》国璋书画作品感赋

学博才裕数滑兄，书画诗文艺俱工。
状汇丹青尘不染，汪茫笔墨物能容。
气夺伯虎风情在，意傍开贞体势同。
最忆嫱园秋向暮，冷冰楼晚不闻钟。

题赠包头女子管乐团

雄浑管乐育奇杰，塞上巾帼技艺绝。
竖管铿锵讴盛世，横笛婉转奏和谐。
繁声交响登金殿，鼓乐齐喧踩御街。
踏遍寰中多赛事，又闻海外有邀牒。

春　兴

七九河开渐起风，残凌未尽雪先融。
晴云无事催黄鸟，淑气有时转绿坪。
只待轻寒出巷陌，才知新柳入门庭。
寻春最是青游客，不到花期早早行。

雨雪初霁

昨夜轩庭细雨轻，梅花落处雪花迎。
九霄云紫烟霞蔚，四野风和景象平。
去岁有枝皆耸翠，今春无树不垂凇。
上元时节闻君笛，丽曲清音仔细听。

与众友京郊游

燕岭正清秋，相约故地游。
林深蝉噪远，泉隐水潺流。
佛卧临山寺，樱开蔽日沟。
鸟栖云径晚，归去意悠悠。

梅力更游吟三首

（一）

平居闹市不觉春，春在山峦水涧中。
坦道驱车奔柳野，崎峡乱步赴梅峰。

（二）

万壑飞香花烂漫，千岩走翠路迷离。
幽泉入峪石间碧，宿鸟出林草际啼。

（三）

童孙戏水逐前谷，老迈扶岩滞后溪。
径远山深人不见，犹闻笑语近高陂。

天净沙·赋闲

开窗扫地浇花，抚琴弄墨烹茶，展卷吟诗赏画。炉冬扇夏，退闲自诩仙家。

闲适遣怀

家居傍北陬，耸栋倚云头①。
门对花阶隐，窗含柳径幽。
诗吟白露月，茶煮晚霜秋。
掩卷时何许，斜阳下小楼。

【注】

① 出自“高楼依郭，云边耸栋”句。

高玉林

山西省五台县人，1949年生于科右前旗索伦镇。1981年参加工作，先后任科右前旗粮食局机关秘书、办公室副主任、局党委纪检组长兼机关党支部书记，2003年退休被科右前旗聘为顾问。2007年，加入诗词学会。有诗作在《兴安诗坛》《兴安日报》《兴安广播电视报》发表。

游沈阳清故宫

清初盛景故宫楼，地处沈阳任品游。
正殿轩昂彰伟业，偏亭静雅运权谋。
银梁彩绘麒麟兽，玉柱精雕龙凤头。
历览兴衰观史册，今功远胜旧王侯。

游秦皇宫

青砖碧瓦秦皇宫，步入疑行梦幻中。
目瞩兵戈军士血，耳闻鼓角马蹄声。
长城苦役多白骨，弱女孟姜大恸容，
暴政逼民群奋起，秦亡楚汉再相争。

高 有

丰镇人，54岁。大学本科，集宁师专中文系副教授。乌兰察布市诗词学会理事。

游野象谷

叶底涧边象路深，苍藤缘木绕枯根。
流岚飞雨自来去，目断枝头日月昏。

林海滑车

参天俯视树梢低，浪底峰间过若飞。
风动涛声人起兴，白云与我共徘徊。

石林奇观

谁遣蚩尤作五兵，人间飞血苦苍生。
圣人舞羽收戈戟，化作奇观耸玉茎。

玉龙雪山

昂首高寒叩昊天，云鳞雾爪阅千年。
欣逢盛世情怀暖，泽惠人间泻碧泉。

高 远

1965年出生，扎鲁特旗鲁北镇人。中专学历，现于企业供职。内蒙古通辽市诗词学会理事、扎鲁特诗词学会会长、《罕山诗苑》执行主编。

清平乐·贺雅典奥运健儿

拼争雅典，英气冲霄汉，竞技台前旗鼓乱，
涌起激情无限。　　今朝看我神州，天南地北金
秋，虎跃龙腾争胜，夺金更显风流。

乡 情

飘泊已染世途艰，一叶孤舟云海间。
故里杏花香四度，门前细柳绿多年。
敲窗夜雨惊残梦，警耳蛙声对月弦。
耳畔乡音挥不去，晨风似曲正喧阗。

观苗春亨老师书法

一支妙笔似灵蛇，时赋小溪时大河。
迤逦奇峰湍似瀑，奔腾狂泻浩如歌。

驻足回望台

台前回首望斑斓，五彩秋枫染赤天。
几绕蝶飞翩起舞，真情感我望归还。

咏喇嘛坟

塞外长眠一梦甜，静听幽谷水潺潺。
山川水草因何秀，尽染佛缘已化禅。

风

携云呼啸起奔雷，巨浪狂掀百万堆。
春日漫天播细雨，田间大野写心扉。

行香子·登阿拉坦大坝

古道盘旋，偶上峰颠。兴犹畅，遥望天边。乱云如海，心涌波澜。任风舒卷，花铺锦，水潺潺。　一番新雨，忧烦洗尽。让往昔，都化云烟。秋霜浸透，尽染苍峦。看山万叠，金涛涌，笑声喧。

题司炉工二首

（一）

乌金结伴度春秋，喜看青烟嫁紫云。
且把豪情投烈火，燃烧岁月锻钢魂。

（二）

探戈炉畔铸华年，驾驭烟霞耀九天。
子夜丹心甘寂寞，换来黎庶共婵娟。

高金祥

1964年4月生，研究生学历。曾在内蒙古农业大学、内蒙古自治区团委工作。现任内蒙古新闻出版局党组成员、副局长。多首诗词作品在《中华诗词》《内蒙古诗词选》《内蒙古交通报》等报刊上发表。

咏玉龙

碧玉圆雕鬼斧工，起伏流畅若弯虹。
千秋沉睡遮星靥，一刹复活讶月瞳。
颌骨柔滑形卷曲，鬣须飘逸气恢宏。
图腾记述文明史，彪炳中华第一龙①。

【注】

① 玉龙：国家一级文物。1971年从赤峰翁牛特旗下隆洼出土，有中华第一龙之称，将中华文明史向前推进3000年，现存于国家博物馆。

阿尔山天池

云开壁仞天，倒影挂长川。
百转通幽境，千夫向杜鹃。
阳春观角鹿，寒峭沐温泉。
梦醒何归处，逍遥向晚岚。

布达拉宫

中国西部文博会招商公差入藏，参观布达拉宫感而赋之。此诗由西藏书法家、西藏区委宣传部王明星副部长书写宫藏作品。

天上高原绝胜宫，镏金宝帐势如宏。
连明香火彤云旺，旷古罡风域雪重。
四面梵王羞问阙，八方游客静寻宗。
此间粗恶人逃遁，觉也禅根印记中[①]。

【注】

① 佛者，觉也。自觉，觉他，觉行圆满。是谓禅根。

夕照塔拉行

信马苍原走牧家，彤云摇曳映余霞。
重峦尽染橘红树，浅草疏妆蝶粉花。
长调悠悠能酿酒，丝弦细细可烹茶。
他乡一个逍遥客，踏翠寻芳向塔拉[①]。

【注】

① 塔拉：蒙古语，草原。

初春路遇暴风雪

丙戌多情两立春，又施素帐罩乾坤。
飞廉舞袖迎宾客①，青女曳裾洒碎银②。
缓驾慢行观画意，拈须觅句动诗魂。
隐怀李杜居方外③，自愧才疏苦作吟。

【注】

① 飞廉：传说中的风神。
② 青女：传说中的雪神。
③ 方外：滑国璋老师宅号方外楼。

过柴河

晨曦彤日映轻云，五彩斑斓雾漫岑①。
白桦知秋悲落叶，苍鹰养眼息针林②。
幽泉野径驼峰岭，峡谷熔岩绣尾榛③。
纵贯柴河三百里，闻声不见护山人。

【注】

① 岑：丘陵小山。
② 针林：指落叶松。
③ 绣尾榛：也称飞龙，鸟类，属二级保护动物。

旱 怨

是时，余驾车往返于呼和浩特与海拉尔之间，行程五千多公里。由于连年干旱，不见风吹草低现牛羊之景色，感而赋之。

盛夏高温怨雨稀，吟鞭北指走骅骊。
曾经柳浪黄花共，伴有青山碧水依。
牧野新村歌几缕，枝桠老树燕双栖。
羞夸绿色连天际，浅草方才没马蹄。

金缕曲·谒成吉思汗陵

浮想天骄像。举青旗，疾行朔漠，族亲皆望。立马横刀轻九死，叱咤神威浩荡。弓贯月，披靡骇浪。金夏争雄狼烟起，卷残云、弩箭飞蝗状。纛[①]所指，雁跌宕。　　危程远涉苍生怆。野风悲，旌麾泣血，圣灯燃放。征跨亚欧成霸业，端坐鎏金顶帐。元太祖、功勋莽莽，旷世英名传四海，走狂飙终殁[②]归途上。大梦觉，可惆怅？

【注】

① 纛：古代军队大旗，这里指“苏鲁锭”。

② 殁：死。

静思偶得

心无挂碍[1]便从容，诗酒钓垂至乐中。
塞上秋风追骏马，云边野水泣哀鸿。
狂吟百虑情难举，含笑一欢理自通。
尘世功名皆过客，浮生如梦任西东。

【注】
① 心无挂碍：佛教金刚心经语。

九华山庄[1]

百亩庄园郭北开，新松嫩柏曜楼台。
萧萧玉竹拂秋蕙，脉脉温泉绕绿槐。
坐对林中挂曲调，闲看雪里埋词牌。
公侯显贵风骚客，如影随形竞相来。

【注】
① 位于北京小汤山，接待许多大型会议。

酒醉方外楼

错把仙庐作酒楼，无端鲸饮弄师愁。
洛阳纸贵沾时雨，明镜不疲种绿畴。
鸹噪安能充典雅，酩酊未必是清流。
歌酣何念幽深夜，醒际方知醉过头。

况味寄远

不见回音几许愁，边陲翘首待明眸。
相思短梦抛红绣，幽怨高门戏彩头。
系马难寻临岸柳，乘风又遇舣[1]虚舟，
个中滋味谁能晓？端赖低吟寄我愁。

【注】

① 舣：使船靠岸。

凉城野钓

轻甩丝纶坠碧空，浮标一点立朱红。
斜堤翠柳轻拂面，曲岸琼花淡荡胸。
隔水雄蜂着青绿，临池细草竟葱茏。
寸钩独钓清凉意，曳尾泥涂比太公。

宁城大明塔

塔矗契丹城，雄浑负盛名。
云窝栖虺虺[1]，松海伴鲭鲭。
怒目神凝岳，巍峨气掣鲸。
遗踪多去路，凄盛倍关情。

【注】

① 虺虺：传说会飞的蛇。

省际通道行

轻车北上恰逢春，呼海通衢忆旧痕。
昔日山羊苦跋涉，如今铁马喜登临。
青川万顷方双寨，皑雪九坡又一村。
遥路三千招个手，驰来如约未黄昏①。

【注】

① 早晨8时开车从呼市出发，行驶在大通道上，晚7时即到达通辽市，过去两天路程现用一天。

水调歌头·访德归来

潇洒远行客，德国梦魂牵。莱茵河畔风景，旖旎似家园。夹岸层峦叠嶂，举目葱茏尽染，白鹳性怡然。即画本非笔，无处不诗言。　　教堂下，心震撼，讶新颜。奔驰宝马奥迪，风靡九州川。聆贝多芬金曲，瞻马克思故里，思绪溯从前。愿种常青树，友爱满人间。

踏莎行·登大青山

冬日阴山，碧云黄叶，羊群遍野茫茫雪。闲来相约陟高畴，友朋喜若枝头鹊。　　放眼城郭，烟浮亭榭，重楼削瘦欺眉月。斜阳一抹暗千峰，归途不舍情犹惬。

托尔斯泰故居

时近中秋异国行，图拉小镇谒托翁。
千年古木钟神秀，万亩庄园祖业承。
矮冢孤家悲世界，鸿篇巨献悯人生。
文豪著述牛充栋，八二春秋盖世名。

无　题

细雨蒙蒙意远违，和衣帐卧想非非。
冷风残照情难惬，静夜长霄梦已灰。
破浪穿云腾万里，簪花把酒醉千回。
相思苦涩知无益，辗转神痴乃为谁？

扬沙抒怀

四月青城气不同，天公放诞弄苍穹。
倏然地上扬尘雾，顷刻城中舞土龙。
楼外狂风吹井市，窗间细柳曳霓虹。
行人蹀躞心憧憬：花雨如潮别样红。

夜 读

竹席辗转觉难成，往事如烟雨打萍。
苦热诚知凝铁骨，炎凉确信养德行。
世间只有情难诉，宦海从来浪不宁。
百味人生寄残梦，台灯照夜读三更。

伊瓜苏瀑布

伊河跌落泻天绅[①]，烟水苍茫万马奔。
彩练崖悬龙哮雨，挂流玉散女啼痕[②]。
珠帘雾幕高千尺，嘉树层峦越百寻。
雪瀑飞泉舒漪秀，最宜此处避尘氛。

【注】

① 伊河：伊瓜苏河，位于巴西、巴拉圭与阿根廷三国交界处。

② 女啼痕：传说伊瓜苏瀑布是美女的眼泪。酋长的女儿与一青年男子相爱，由于不能门当户对，酋长不同意这门亲事，于是美女纵身跳入大河，其眼泪形成巨瀑。

咏塞外初春

六九胡天去暖冬，寒疆别样叹春风。
琼山玉带银蛇舞，败草枯枝野兔绒。
漠北经年犹瑟瑟，江南二月已葱葱。
天泽万物寻常理，景色千般意更浓。

赞乌兰恰特大剧院兼博物院

美轮美奂不矜夸，恰特新姿实可嘉。
三载蓝图流雅韵，六十盛典绽奇葩。
梨园海纳千钟粟，藏馆博收万缕霞。
且喜民文得其所，草原一簇报春花。

自　嘲

尽日观书眼欲昏，寻常涉猎远劳尘。
潜心悟道烦忧寡，品句听弦雅意深。
思绪随风成漠漠，闲情因境转矜矜。
明知已被文章误，犹坐灯前论古今。

丽江之旅

宋末元初建古城，纳西净地亦牵情。
雪山尽染千秋画，玉水长流百代风。
虎跳峡湾听急水①，蓝溪谷畔望荷汀②。
入眠巧遇摩挲女③，梦醒犹闻娜姆声④。

【注】

① 虎跳峡：位于金沙江，属长江上游，水流湍急，曾有漂流者在此遇难。

② 蓝溪谷：也称蓝月谷，位于玉龙雪山半腰。

③ 摩挲：纳西族的一个分支，传说中有摩挲女儿国。

④ 娜姆：走出女儿国的作者、主人公，摩梭族人。

沁园春·探月

奔月嫦娥，起舞飞天，气贯白虹。聚英才上万，扬威华夏，攻关四载，一举成功。玉兔开门，吴刚伐桂，云海千穿越紫穹。惊寰宇，问金蟾银汉，谁是英雄？　　神舟六度升空。喜今日、人间仙路通。数百年梦想，遨游浩渺，回传靓照，目睹芳容。我觉秃毫，星河挥洒，又绘宏图入画中。当憧憬，约何方作客？载酒寒宫。

上元夜

鼠年三五任彷徨，独倚楼台自举觞。
火树银花连昼色，灯轮阁影共星光。
炮声喧夜云烟散，歌舞满街尘土香。
孤月高悬空照世，可怜梅落辗春芳。

夜登峨嵋

峨嵋九月晚蝉疏，金顶齐天岚翠浮①。
脚踏芙蓉随杖履，身披烟色共跏趺。
四山氛雾三江隐②，一夜银光万里铺。
十面金身同玉殿③，云梯能度几寒儒？

【注】

① 峨嵋金顶海拔 3077 米。

② 三江指青弋江、岷江、大渡河。

③ 金顶塑十面普贤菩萨金身。

高峻昆

辽宁省锦县人，1945年10月出生在长春。毕业于东北师范大学，在内蒙古科尔沁草原任教十四年；主持乌兰浩特新闻编播工作二十余年，曾任乌兰浩特广播电视局局长，副高级新闻职称。出版《美丽的科尔沁》《红城情思》两册诗集，现为内蒙古诗词学会会员、兴安盟诗词学会秘书长、《兴安诗词》主编。

沁园春·美丽的内蒙古

塞上高原，水碧天蓝，大漠孤烟。看桃红柳绿，莺飞草长，牛羊遍野，歌入云端。河套金滩，沙沉断戟，曾记当年百战酣。炊烟袅，喜毡房留客，肉嫩奶鲜。　　成吉思汗长眠。励后辈执鞭策万山。引黄河渠灌，瓜甜果硕，采绒织锦，温暖人间。地蕴山藏，煤山油海，泄玉流金富满川。偕蒙汉，运如椽巨笔，挥写新篇。

蝶恋花·湘江祭

又是湘江秋日暮，橘子洲头，碧水摇轻橹。枫叶渐霜红岳麓，金橘挂满沿江树。　　遥看当年曾聚路，万象更新，指点江山处。立志中流击水溯，终掀巨浪拍荆楚。

风入松·瞻王爷庙[1]旧址

游人临幸问边城，垄上草青青。王爷寺庙今安在？弃石座、渐没蒿蓬。普慧当年鼎盛，聚八百喇嘛僧。　　香烟钟鼓诵佛经，苦海恨难平。举旗砸碎千秋锁，缚狂魔、奴隶新生。心底神坛倒掉，前程无限光明。

【注】

① 指科尔沁草原上的扎萨克图旗郡王鄂其尔所建的家庙。清康熙皇帝赐名为“普慧寺”。因该名不为一般蒙民所知，仍称其为“王爷庙”。

望海潮·快乐那达慕[1]

人如潮涌，歌如海啸，草原盛会今朝。千顷绿茵，营盘摆下，英雄小试牛刀。布鲁[2]远投标，劲弩穿飞鹞，赤手摔跤。马上拼搏，驾云龙竞逞英豪。　　牛羊碧野嬉遨。挈妻儿老小，车载行包。十里地摊，千宗百货，肉香酒美频招。夕日晚霞烧，万人歌且舞，篝火鸣条。明月琴声伴饮，旷野醉晴宵。

【注】

① 蒙语意为“游戏”或“娱乐”，是蒙古族传统的群众性集会，内容有赛马、射箭、摔跤、歌舞及贸易活动等。

② 一种用特制器具投准、投远的竞技运动。

水调歌头·登黄山

秋爽桂香重，执杖问黄山。千峰拔地凸险，竞秀入云端。远看莲花[1]日上，回望天都[2]雾散，石径半山悬。风舞碧涛涌，泉泄瀑流喧。　　绕溪涧，循罅隙，苦登攀。不惜汗水，何惧登顶万重难。路有坦途坎坷，人有闲适逆境，惰性总偷安。君看夕阳好，勿辍再加鞭。

【注】

① 指莲花峰。因其主峰突兀，小峰簇拥，若新莲初开，故名。峰高1884米，为黄山第一高峰。

② 指天都峰。在黄山诸峰中，以其最为险要，古人谓“群仙所都”，故称天都。峰高1810米。

沁园春·看秧歌

日落西山，唢呐声喧，锣鼓震天。步五一广场，灯光璀璨，清歌婉转，舞步纤纤。白发朱颜，披红挂彩，一步三摇绸扇翩。秧歌舞，似琼浆玉液，醉倒痴憨。　　倾城共聚围观。伴歌舞熏风入夜阑。坐桌前赏月，推杯换盏，茶甘酒烈，烤嫩烹鲜。故旧重逢，嘘寒问暖，感慨今昔大变迁。不眠夜，看泉喷碎玉，凉爽无边。

望海潮·高峡平湖

大江东去，穿山越涧，水拍万壑雷鸣。夏日湍流，汪洋下泄，千年为患无穷。众志可成城。看沐风栉雨，车吼人声。铁壁铜墙，系横波卧谷长缨。　　山川顿改轴屏，任千年古郡，渐没鲟鲸。深谷浅滩，激流险浪，化高峡镜湖平。蓄势储高能，并网传水电，一路光明。旱涝何须挂问，夙愿百年行。

过索伦将军坝[①]

将军坝上春，断壁立嶙峋。
幽径花枝密，危崖缝隙深。
彩蝶舞茂树，翠鸟绕芳茵。
林畔汇溪水，隔河见杏村。

【注】

① 索伦一处高耸的巨石群，因其酷似一队威风凛凛的将军，故得名将军坝。

归流河上垂钓

家居西岭外，茅舍枕悬河。
草茂临池绿，山高映水峨。
流深多鳝鲫，滩浅尽鸭鹅。
三五坝端坐，垂竿钓逝波。

额尔古纳见闻

长河蜿蜒溯关津，中界无标两水分。
跑马封疆荒室韦①，巡边守土设卡仑②。
川流曾染边庭血，舰帜犹招壮士魂。
初访异邦渡碧水，未登岸港见枪林。

【注】
① 指额尔古纳河流域的蒙古部族，代指其发祥地。
② 清代在边地要隘处设官兵瞭望戍守，并兼管税收等事的地方叫卡伦。

重访乌兰哈达二首

（一）

曾经创业辟林园，血汗青春染陌阡。
老树新枝润细雨，疏篱陋室沐春天。
杏坛未改蕾花茂，圃叟常思霜雪寒。
携子重温故里梦，远飞不忘起畦园。

（二）

故地重游思万千，旧屋泥路忆华年。
严冬冰冻门前井，盛夏汗滴房后园。
农场挥镰收豆麦，平川斩草起墙垣。
三十春去犹隔日，遍访同年叹境迁。

商景云

1940年2月出生，内蒙古宁城县人。赤峰学院副教授、赤峰学院诗词教学创作研究会副秘书长、《紫塞吟坛》副主编。

老年节老同志聚会同游感赋二首

（一）

老迈之年会旧朋，掬拳拥抱喜相逢。
莫言访旧半为鬼，互祝争当不倒翁。

（二）

年逾耳顺遇知心，互诉衷肠意更殷。
风雨当年频举步，切磋砥砺共出新。

病后抒怀

回眸往事似云烟，老大方知创业难。
壮志犹存春已去，雄心未了老疾缠。
抛得愁怨一身累，挽住清风两袖寒。
教苑卅年何所憾？韶光易逝不回还。

重阳节赠远方友人

一年又到重阳日，地北天南两渺茫。
昔日登山如长翼，今朝对镜看添霜。
培桃育李同传业，解惑教书共自强。
何用身前添锦绣，风竹亮节晚来香。

常永明

1975年12月出生，内蒙古通辽市扎鲁特旗人。中专文化，毕业于内蒙古电力学院。现为通辽市诗词协会会员、扎鲁特旗作家学会会员、《扎鲁特文学》编委、通辽市科尔沁都市报记者。

杏　花

玉蕊冰雕树树春，千山漫野洒芳芬。
蜂逐蝶闹争相顾，疑似云霞染翠林。

乡村即景

殘阳西坠燕斜飞，阵阵山歌伴牧归。
贪饮山泉蹄渐缓，挥鞭几度不肯回。

雨

文曲心怡诗兴发，横将浓墨向天刷。
云幅舒展数千里，帘落溅开遍地花。

思　乡

一夜春风唤柳娇，杏花烟雨竞妖娆。
不知故里三农事，愁吟一曲赋诗骚。

游罕山有感

罕山脚下好风光，林海清风草木香。
把酒淋天浇日月，以文会友溢华章。

常 歌

女，1991年毕业于北京农业大学。现任内蒙古政协杂志社编辑部副主任，副编审。主要作品有报告文学集《科坛繁星》。2000年开始从事电视剧创作，曾任中央电视台《科技苑》栏目编导，作品曾获内蒙古政协好新闻二等奖。

2008年春雪

野草新萌茸老邑，寒消凌动走河湾。
奈何未到迟春雨，庭树飞花乘夜还。

浣溪沙·春夜

霪雨霏霏浥仲春，灯红酒肆醉沉沦。花飞一任有情人。　　翦翦清风拂重袖，蒙蒙薄雾裹芳魂。放歌四野梦成真。

浣溪沙·东河广场练车

东岸曾经荒野地，滨河一隅起豪宅。邀朋引伴试车来。　　嘉树葱茏遮远岫，碧溪澮澮映高台。新区小径几徘徊。

独　酌

西风缱绻入窗栏，烛影朦胧兀自怜。
雾起寒宫舒广袖，云生月桂抚泠弦。
华年更恤民生苦，盛世难尝酒味甜。
玉兔不知何处去，只留残月照无眠。

沙海湖行吟

风过芦荻絮絮哓，汀洲留鸟语啁啁。
黄花冷绽冬青翠，碧玉温涵绮草娇。
后套夏来沙自寂，朔方春去雪初消。
经年别似三秋久，又见长虹跨九霄。

老牛湾假日

黄河南下万家寨，塞北偏关一水连。
绿树冠头叠古戍，白花深处寂狼烟。
一湾碧水拥石暖，几座云台据塞寒。
游客不知何处去，神牛犁到老牛湾。

2007 年 5 月 1 日

河套新章

水走蜿蜒风走劲，胡杨常驻阅沧桑。
兵屯千载雕寒漠，沙治十年点绿疆。
新月横丘披草蒯，金波套海挺帆樯。
且听河套爬山调，人与自然共引吭。

2008 年 6 月 27 日

端　午

悠然艾叶又添香，把酒同欢谊更长。
香粽请尝增富贵，雄黄送饮保吉祥。
长途汗漫邀朋聚，孤旅伶俜作伴行。
世代相传端午祭，年年岁岁祷安康。

2007 年 6 月 19 日端午节

康万青

1972年生，河北省人，包钢离退休职工管理服务中心工作人员。

晚　春

塞外春风晚，归来候鸟迟。
深深幽静处，处处有花痴。
意惬寻芳草，情闲觅酒诗。
朦胧疑树醉，趔趄笑无知。

假　日

携伴青山下，垂纶老虎沟。
白云凫绿水，碧浪荡轻舟。
野味添新趣，茅屋话故游。
谷深无闹市，恬静少烦忧。

知　音

词奏阳春曲，诗吟白雪情。
杯频酬笔友，酒冽论精英。

茉　莉

翠叶凝清露，稀疏四五枝。
花开不争艳，香沁品茗时。

迎客松

凌云绝壁攀，古木翠参天。
晓起迎宾客，夜来陪月眠。

荷　花

品质真君子，冰清洁玉身。
瑶池降仙种，不染世间尘。

扬　沙

春深莫怨不飞花，日暮西山有晚霞。
只恨黄昏风又起，迎门抖落漫天沙。

矿石吟

不甘碌碌度闲暇，投入熔炉映彩霞。
烈火焚身偿夙愿，精钢炼就报国家。

友谊广场

明月华灯天地光，通幽曲径夜花香。
莲开五彩池中水，音乐泉边好纳凉。

植物园赏菊四首

（一）

金丝玉蕊绽奇葩，醉恋篱边感物华。
陶令不知何处去，园中是否也观花。

（二）

天生傲骨耐霜寒，笑对西风气凛然。
不屑朱门争谄媚，一枝独放在民间。

（三）

迎风翘首斗秋残，经受霜侵色愈妍。
万缕银丝喷素蕊，不居篱下入仙园。

（四）

翠柏苍松添暮色，幽幽曲径散清香。
秋思暂系东园内，踏落夕阳一路霜。

秋　叶

醉倚夕阳红胜火，历经风雨塑成金。
秋声瑟瑟蝶飞舞，散尽余香犹护根。

康丕耀

1960年11月出生于包头市，祖籍山西。自幼随父学诗，迄今创作旧体诗词1500余首，其中，七言排律《包头感怀》荣获2006年包头环保杯诗词大奖赛一等奖。2007年被评为包头市优秀中青年诗词作者。

登瞻远亭

秋园夜色正阑珊，仰啸西风苦倚栏。
淡月一弯梅巷远，残笛数响柳亭寒。
群鸦乱树栖身易，孤雁长云振翼难。
遍叩栏杆孰可会？清霜满袖笑独还。

南海四时即景

春

疏雨徘徊折岸东，层云渐退日初红。
平波倒映青青柳，嫩草匀摇细细风。
晓燕携歌寻暖树，轻鸥比翼向遥空。
晴光更染春田绿，布谷声声一路同。

夏

曙色才临杏木湾，湖光已绿柳花滩。
羊出茂草一坡雪，日映晴波万顷丹。
袅袅渔歌回水上，悠悠帆影入云端。
泊头六月唯一碧，浪涌鸥飞天地宽。

秋

湖上秋来树树黄，清波流韵雁歌长。
风吹北岸芦飞雪，花坠南湾水涌香。
落雁滩前鹅队队，沉鱼池畔柳行行。
霜林鸟语逐人动，一路相随过岛旁。

冬

腊月东风似长芽，深林一夜绽琼葩。
湖风入柳捎春信，野鸟出松带雪花。
岸苇寒条觉紫气，滩桃疏叶待红霞。
冬云塞上多奇变，日暮重来播玉沙。

拜谒杜甫草堂

万里南来圣迹寻，花溪碧透翠篁深。
堂前柳雨飞清韵，廨畔江风起壮吟。
寂寞百年《春望》泪，漂流四海《北征》心。
天才未作兰台用，一首《登高》痛古今。

秋谒江油李白故居

久仰谪仙浪漫章，今游故址倍思量。
风寒蜀道山犹碧，雨冷川江竹更苍。
剑胆千秋悬日月，诗魂万古夺光芒。
一生醉酒心何系？雾笼长安总断肠。

重读《红楼梦》偶成二首

(一)

当年几度览红楼，泪洒寒笺梦亦秋。
芦雪庵前凝冷韵，梨香院内启悲喉。
孤灯雨暗潇湘馆，苦露风凉紫菱洲。
底事红颜千古泪？凭轩对夜问缘由。

(二)

天才妙笔傲寰球，却为寻常度日愁。
冷夜绳床摇旧梦，阖家瓦灶煮清粥。
飘零世上三十载，感动人间二百秋。
总恨同君为异代，残更掩卷涕横流。

春游哈素海

大海云间漫，何年落此边？
苍山横北地，碧水涨南天。
树绿长沙外，鸥白远苇前。
一舟牵望眼，缥缈翠微间。

新春遇雪

二月北疆风，吹花过岭东。
银蝶飞远树，玉朵绽长空。
道柏迎春绿，亭梅贺岁红。
芳歌沉几雁？醉雪落云松。

包头感怀

青山南北牧歌香，引绽韶华醉四方。
柳绿千街拂画栋，桃红百道映雕梁。
云泉凤舞琼花雨，灯火龙牵玉兔光。
树色无涯来殿下，溪声有意到亭旁。
松风雅步蓝天韵，杏雨豪书绿地章。
玉柱飞丹悬草毯，琼枝坠碧揽池塘。
声声雁语啼云厦，阵阵林涛动水廊。
水色青环千径草，山光绿入万家窗。
桥边词境常超宋，榭畔诗情总胜唐。
朗月依楼犹缱绻，清流绕墅若徜徉。
滩前雨过蓝思动，套后风来绿意翔。
紫燕穿林歌阆苑，白鹅拥海唱天堂。
千崖柳瀑飞九岭，万壁松云浮五当。
官井街林连翡翠，石门浪朵送琳琅。
白云卷醉芳洲树，黑水流肥沃野羊。
神鹿鸣时蝶舞片，龙泉泻处雁成行。
朝阳洞外泉琴脆，花果山边雀影忙。
鸟岛欢歌逐远旭，莲湖笑语入斜阳。
昭君道洒清明月，蔡女途播白露芳。
汉塞春风红艳艳，秦原谷雨绿茫茫。
银花鼓浪飞华韵，铁水流霞灿锦觞。
玉露欣泽千顷碧，金风喜舞万畦黄。
黄河岸北文章大，敕勒川前画卷长。
未了心歌终有限，青春锦绣永无疆。

村田行四首

（一）

丹阳未上坡，老幼散田禾。
楚楚农家女，忙中不误歌。

（二）

长鞭喜气扬，少妇赶集忙。
渐远黄蝶影，逐车嗅菜香。

（三）

顽童地上爬，学父种倭瓜。
骤起奔渠畔，欣听水底蛙。

（四）

炊烟起暮晖，笑语井边飞。
满地白云动，谁家牧子归？

咏花三题

昙　花

常舒蓓蕾日昏时，百艳闻说俱笑痴。
已把洁白留世上，何须要让众人知。

茉　莉

冰容未见已闻香，夏日何来沁脾霜？
尽管从无着艳丽，清馨总是过群芳。

文　竹

不愿浓妆显已娇，流云倜傥未轻飘。
诸香何以无斯誉？秀雅原非属艳妖。

题妻踏青照

天地何来醉人香？芳踪引绽万花黄。
十年坎坷春依旧，一笑牵来日月长。

南海子观雪三首

(一)

鹅毛大雪掩亭台，钓雪江翁不见来。
《江雪》而今成绝唱，飞花一夜向谁开？

(二)

独寻古圣上寒台，不尽忧思作雪来。
寂寞幽州歌已远，梨花万树泪中开。

(三)

寒鸥带雪过梅台，疏影偏能惹恨来。
若问奇葩何日放？留得灿烂待时开。

鹿城桃花四首

（一）

昨日枝头挂雪花，今朝秀色暖天涯。
飞扬带露春风面，醉落青山万缕霞。

（二）

笑领边疆四月春，迎风玉立显精神。
幽香淡远传清韵，总教丹心不染尘。

（三）

树树柔红艳北疆，春寒难改旧年妆。
高节肯与群芳伍？乐引韶光落故乡。

（四）

一缕芳魂故土维，笑牵紫雁带歌回。
为花日短香依旧，纵作飘零梦亦绯。

江城子·重阳节游南海怀母

寒波愁绪两茫茫。朔风凉，落英黄。独坐湖边，寂寞对残阳。泪眼朦胧犹暮色，南去雁，泣成行。　　良辰美景最心伤。想亲娘，断儿肠。哭碎坟头，六载枕清霜。秋水望穿人不见，惟苦盼，梦长长。

江城子·中秋

无言明月远西楼。树摇秋，鸟啼愁。怅忆双亲，野草掩坟丘。寒壁昏灯勤苦日，着旧饰，煮清粥。　　苍茫百感涌心头。志难酬，岁虚流。琴碎高山，雅韵去何求？花谢花飞千古痛，飘落梦，总悠悠。

江城子·中秋即事兼书与妻

徘徊秋月隐云涛。夜清寥，更闻箫。冷砚幽灯，壮岁鬓霜飘。心路迢迢犹独旅，风瑟瑟，雨潇潇。　　相知苦也乐陶陶。守良宵，览《离骚》。坎坷流年，挽手对狂飙。岁月孤寒情不老，观日出，看云消。

康润清

生于40年代，祖籍山西忻州。大学学历。60年代始，在内蒙古鄂尔多斯市从事教育工作30余年；现任鄂尔多斯市政协专家联谊会会长、鄂尔多斯市诗词学会会长。

壶口观瀑

群峰壁立齐比肩，九曲黄龙一壶关。
卷涌掀涛翻盛怒，奔雷裂壑下深渊。
狂风舞爪波腾雾，密雨张须浪触天。
滚滚神威长啸去，梦回犹自震山川。

甘肃阳关驻足

阳关城下栅军空，烽火台颓四面风。
丝路迢迢华夏绢，马蹄踏踏月支骢。
风吹大漠青烟淡，山望党河春色浓。
一翼碑廊排列处，千秋尽在不言中。

武威马踏飞燕

天马行空碧落长，知无际约看苍茫。
鬃毛猎猎疑云卷，汗血晶晶幻玉光。
雷震九天闻啸起，电驰千里觅波扬。
追风紫燕惊魂处，已是雕神过五洋。

参观兵马俑

曾闻秦政恃军强，特大方厅见旧章。
猛将威严排战阵，雄兵肃穆列征行。
陈车室见青驹立，置剑台观绿刃长。
叱吒风云何所在？千军万马一坑装。

武则天墓

英才大略凤超龙，改革山河死亦雄。
猛兽神威阶下踞，将军色厉墓前躬。
临朝捭阖心何壮，行政纵横碑却空。
古柏高低凭毁誉，林涛起伏正秋风。

牧村晨起

紫霞展翅泻青光，四野迷蒙一派苍。
初醒沙丘排雾现，欲舒草地绕溪香。
羊群出栅声声密，牧户升烟缕缕长。
万物苏荣红日起，明湖如镜照晨妆。

【注】

时在乌审旗图克苏木。下几首同。

牧 场

半是沙丘半是滩，一如驼队一如天。
春回沙畔裙裙绿，雨落丘湾毯毯蓝。
牛马散分红柳茂，羔羊群集白云闲。
牧歌远近鸣黄雀，瓦屋高低上紫烟。

【注】
指个个沙丘下部被植被包围，称做”穿靴戴帽”。众沙丘之间有大小不等的块块绿原。

牧 归

沙丘接日霞作衣，烟起鸿栖暮色微。
结阵羊群云漫洼，扬巾牧女燕穿辉。
和风习习飘梁过，细笛悠悠绕柳吹。
出栅羊羔争认乳，开栏饮水哨长飞。

昔日春遇沙漠风暴避入牧户几一天

漫涌苍黄日渐遮，天昏柳暗不知涯。
横空虎啸摧千岳，荡地熊嘶卷万家。
草木翻掀田失色，牛羊聚集①野堆沙。
风刀砾矢人难进，庐坐围灯空叹茶。

【注】
① 暴风烈日牛羊须聚首团集以御。

初春与牧民治沙毛乌素

自带干粮自带娃，倾村植绿布荒沙。
锹翻冻土冰霜迸，汗滴寒风雨雪斜。
长柳行行裁漠野，短蒿道道画天涯。
情歌漫唱飞新调，落日衔沙上晚霞。

沙枣树

夏临大漠喜荫凉，伞盖婆娑簇簇黄。
色淡融融蜂上下，风微阵阵曲悠扬。
树蒙东海钱塘雾，花过西天安息香。
金桂名高南国远，草原沙枣更芬芳。

胡杨树

清秋之美在金黄，大漠胡杨风最香。
驿站凋残粗干在，烽台斑驳老枝扬。
浮沉烈日萌新曲，起伏严冬焕旧章。
不弃不离千岁外，扎根后土竞沧桑。

沙蒿咏

生来本自爱沙丘，酷暑严寒不可收。
簇簇连营铺瀚漠，枝枝缀翠送羊牛。
黄风白草连天过，绿浪青纱遍地留。
化土焚身全不惜，沙区默默写春秋。

随团谒成吉思汗陵

玉阶九九拥苍松，圣塑巍巍入碧空。
屈指谈棋千壑雨，扬鞭策马万山风。
心雄欧亚天增色，气壮江河地动容。
赫赫光华今尚在，五洲观谒俱弯躬。

陪浙江客人游达拉特响沙湾

岸东列帐岸西沙，浩瀚苍茫未有涯。
乘缆悠悠仙路近，骑驼缓缓古途遐。
乡人入梦惊钟磬，游客飞坡试鼓笳。
声布长空传万载，名流域外到千家。

内蒙古恩格贝生态治沙园

大河南眺最苍凉，浩浩黄沙压半乡。
志士开天描大漠，友人[1]渡海自扶桑。
引来驼鸟千秋草，融入青林万点羊。
流水曲桥通四海，而今沙绿见风光。

【注】
① 指远山正瑛等人。

鄂尔多斯秦直道

丘陵沟壑野茫茫，直道依稀寂寞长。
跃马长城听草动，驱车北海看鹰翔。
堙山堑谷观东岳，健牧兴农靖北方。
高速路开成独步，千秋一帝任平章。

雨沛东胜南山

揪山扯野一登高，满目流青竞妖娆。
沟壑连荫泾渭柳，坡丘迭翠晋幽蒿。
沉鱼眉黛千杨叶，落雁唇红百葛梢。
野草不辞黄雀啭，醉风又送烈如潮。

游黄河大峡谷

万里黄河日夜流，滔滔岁月几春秋？
担山大坝分云起，通壑长湖汇水收。
曲岸依天裁陡峭，平湖映谷送轻柔。
烽台数座千年望，历地经天矗九州。

贺我国载人飞船发射成功

苍穹浩渺夜星稠，梦里巡飞盼九秋。
望月临空悲玉兔，攀星指日待金猴。
红光迸地惊中外，紫电穿云过斗牛。
寄意环球当瞩目，我家天马要风流。

党建八十周年庆

纵览山河八十年，天翻地覆几多难。
凄风苦雨成青史，碧水苍林换旧颜。
革旧春雷千岳响，开新好雨万河欢。
九州奋进人心一，飞起黄龙上碧天。

庆香港回归

雄狮病睡任豺狼，弱国安能守四方。
百岁仇凝民族恨，一朝雪洗胆胸张。
花开青史五千载，光耀紫荆万里香。
巨手宏图华夏日，青眸早已过香江。

园丁礼赞

秋风九月看金黄，琥珀流波气溢香。
荡地钟声花百艳，摇天烛影树千苍。
微言细润山河梦，短笔精雕民族梁。
曲颂园丁无限意，和谐共建福安康。

寄语新闻界

劬劳伴日夜添灯，编采不辞寒暑深。
笔落方笺寻小字，神飞大海眺长云。
寸毫犀利金难置，尺管骨刚情自陈。
但写众生家国事，宜褒宜贬尽随君。

和全秉荣《六十诗怀》

柏劲松苍功在老，心铭骨刻韵难消。
依时笋突千竿翠，按律梅开万点娇。
瀚海捞珠光熠熠，长川洗笔浪滔滔。
早兰迟桂才人梦，六秩秋香只半遭。

午后与众朋沙郊游

放情相约赏秋颜，沙绿霞红翠柳弯。
论古听虫偏寂静，谈今见鸟仍翩翻。
轻风暗送柳丝舞，浅水悄平旷野闲。
为爱晚凉情未了，归时已自月儿圆。

家院自怡

花开半院笑蜂忙，小菜成畦树越墙。
细理渊明篱下菊，勤浇太白瀑中光。
红花艳处春风浅，青果酸时夏日长。
采摘清秋君且坐，当贻四海一冬香。

晨到浣衣泉

钻井成泉久作溪，呼邻约伴浣花衣。
临流笑语捋红袖，嬉水惊呼溅玉肌。
灼灼云霞枝上落，飘飘彩蝶草头飞。
日高整迭风云散，岸柳婆娑唱画眉。

七夕观河

古来七夕尚流风，情到深时意独钟。
汉阔星飞桥未断，宫深岁递叶偏红。
香飘一穴千年唱，墙越西厢万世崇。
但愿枝缠连理树，可经烈火可严冬。

无　题

身离小镇向何方，眼望明星照漫梁。
观景犹勾无限涩，睹容宛觉有余香。
鸿飞北国怜水暖，雁度南湖憾雪长。
遥致无穷无尽意，聊舒几绕几回肠。

康 福

内蒙丰镇人，1947年12月生，大专文化。在行政单位工作多年，曾任丰镇市卫生局局长、红十字会会长；现在内蒙古诗词学会办公室工作。诗词作品曾在《诗词月刊》《内蒙古诗词》《长白山诗词》《草原》《内蒙古日报》等报刊发表，并被《中国当代诗库》（《诗刊》社主编）等专集选载。

游昆明西山龙门石窟

龙门一望客心惊，身在悬崖虎口中。
滇水千帆云翳渺，罗峰半壁斧削空①。
回肠洞府容三界，窥管萤窗探九重。
济济游人难纳履，菩萨观世笑从容。

【注】

① 罗峰，指昆明西山之罗汉峰。

昆明莲花池

十亩莲池一栈横，半塘瑟瑟半塘澄。
鳞翔浅底丹蕖动，鸟落碧盘蛙仔惊。
礅案依然王妾去，胭脂抖落水皴红①。
伤心最是偏安帝，苟借残碑栖怨灵②。

【注】

① 吴三桂曾在莲花池为陈圆圆建一梳妆楼，至今池畔还留有当年梳妆楼的遗物——石礅、石案等。

② 南明永历帝在昆明被吴三桂缢死，并撒骨扬尘。吴叛清后，又将永历帝的遗物葬于莲花池畔，并行祭祀之礼。“文革”期间，永历帝墓穴被彻底毁坏，现仅存一块残碑，以为标志。

台风过后访沈园

九月十二日，台风登陆浙东，翌日晨吾与振儒游沈园，见园内溪涨水漫、树倒草伏，一片狼藉，因作此诗以记。

残壁有词洒泪斑，绿波无影荡余澜。
潇潇箨解凄风里，漠漠烟弥“天地间①”。
翘首孤鸿鸣旧侣，低眉冷榭演新欢。
世情不薄东风恶②，教我怅然独倚栏。

【注】

① 天地间：沈园宋池塘旁边的假山上刻有“天地间”三字。

② “世情薄”“东风恶”为陆游、唐婉的词句。

泛舟绍兴水道

斜日熏风竹叶船，小桥流水意陶然。
清波翠柳低高戏，玉带金鞍仰俯穿。
两岸雕栏锁秋色，一行翠鸟唱云天。
踏阶水映芙蓉面[1]，石库门传吴越弦。

【注】

① 踏阶，指河两岸供人行走、洗涤用的踏道，石阶下部伸入水中。

月夜过雁门关

横山中断雁门开，征鸟南来至此回。
两壁雄峰如虎踞，三千峰火映天裁。
残祠古木昏鸦噪，清月荒丘鬼魄哀。
欲吊英雄凭垒望，秋风万里入怀来。

古城访友不得而赋

寻梦古城访旧踪，雕楼画阁浴霓虹。
故园已改昔时貌，归鸟不谙新植桐。
绕树三遭倚无所，仰穹一叹动蟾宫。
姮娥最解离人意，也感余痴颊半红。

游五台山龙泉寺

策杖香阶迢递登，筛阴古木撒疏罾。
清流漱玉潭中月，翠岫蟠龙天上屏①。
高耸雕坊彰佛法，东来紫气漾禅宫。
释家也爱锺灵地，与世无争与魄争②。

【注】

① 龙泉寺背依九龙岗而建，九龙岗因岗上有九条沟，形似九条龙，故名。

② 龙泉寺，原为宋名将杨继业家庙，后改建为佛寺。至今寺西北约一公里处，仍留有埋葬杨继业遗骨的令公塔。

饯别石门涧

临歧朋聚饮，筵设寺之东。
露重蝉鸣急，灯摇桂落红。
举杯沉偃月，踏舞应禅锺。
醉唱惊山魅，离思动客衷。
夜阑双阙闭，斗转四围空。
去宴扶经石，临风听涧松。
人生贵知已，岁月淡功名。
但得人长久，天涯共举盅。

做客辉腾席勒蒙古包

千古荒原开盛境，逶迤山势草遥青。
风车结阵漫摇臂[1]，穹帐连营广纳朋。
一曲长歌胸臆暖，三杯浓酒客心惊。
弹天酹地且为饮[2]，联袂蝉娟舞步轻。

【注】
① 风车，指风力发电机。
② 弹天酹地：蒙古族习俗，饮敬酒前先要敬天敬地。

蛮汉山[1]

蛮汉巍峨势蓊葱，溪鸣谷底雾移峰。
亭台楼榭连云碧，圃果园花映日红。
壁峭岩悬山作态，风梳雨洗草争荣。
慈悲我佛无中有[2]，法相欲瞻心要空。

【注】
① 蛮汉山，为阴山支脉，位于凉城境内、岱海北岸。
② 洞金山卧佛，时隐时现。

岱海游

常忆儿时岱海游，天光山色一湖收，
苇丛拾贝惊孵鸟，沙岸观潮荡系舟。
唱晚渔歌荆楚梦，横牛牧笛武陵秋。
牵情最是重阳日，蛮汉登高不羡侯。

洞金山[1]

身临绝顶离天近，下瞰平湖一鉴明。
没棘残垣纪衰盛，逸云古洞兆阴晴[2]。
梵宫一炬余灰烬[3]，佛主三身暴碧窿[4]。
敕建中京成往事[5]，尚遗王气漾河东。

【注】

① 洞金山为蛮汉山之一峰。

② 洞金山腰有一古洞，传说常有云雾逸出，当地百姓常以此判断天气阴晴。

③ 洞金山下曾建有一座古寺，解放前被军阀部队焚毁。

④ 洞金山主峰远眺酷似一尊卧佛。

⑤ 康熙曾打算在洞金山一带修建行宫，当地人称中京。

写在南京大屠杀七十周年祭日

南国又敲醒世钟，江河无处不悲风。
扬州拾日羞难忘，厉鬼煽风浪未平。
更有家蟊思去祖，几删铁史媚奸雄。
好修百代诚非梦，民富邦强第一宗。

庆祝香港回归十周年

火树银花不夜天，回归共庆月儿圆。
香江入海波涛阔，兄弟并肩肝胆悬。
同战“沙斯”赢美誉，共扳“风暴”稳银坛。
国富民强双边责，社会和谐两制甜。

青藏铁路全线通车感赋

高原莽莽穿银綫，天路迢迢不再长。
龙跨念青穷碧落，情融雪域暖西疆。
福祉再造勋悬月，青史又书德泽章。
泉下有知前辈笑，英魂共举庆功觞。

为耿庆汉先生八十寿辰贺

传薪半纪但求真，业内无人不仰君。
擢后甘为铺路石，兴邦偏爱选基因。
素心不以红尘动，创意常缘责感新。
“不醒红专”何罪有①，诞筵美酒为公斟。

【注】

① 不醒红专，为耿庆汉先生的诗句。耿先生为内蒙古诗词学会常务副会长，原内蒙古农业大学副校长、教授、博导，作物遗传学专家，年轻时因所谓的红专问题曾备受磨难。

叹友二首

（一）

少年才气老持狂，每感不平情发浪。
自叹涧松[①]生不遇，常悲屈子被离伤。
骨铮不屑山苗伍[②]，身退犹牵喧竞场[③]。
荏苒时光多浪掷，不期秋景已苍黄。

（二）

曾经泼墨折侪辈，何不振雄扬己长。
天降我才当自惜，我循天命又何妨？
曹公不第评脂砚，尚父无钩钓玉璜。
世事缘原无定数，仁人得失道其常[④]。

【注】

①② 涧松、山苗，左思《咏史》其二云："郁郁涧底松，离离山上苗，以彼径寸茎，荫此百尺条。世胄蹑高位，英俊沉下僚。地势使之然，由来非一朝。"

③ 喧竞场，指争权夺利的地方。唐孟郊《长安羁旅行》："始知喧竞场，莫处君子身。"

④ 道其常，遵循常理准则办事，也即顺乎自然。阮籍《徘徊莲池上》："小人计其功，君子道其常。"

送谭博文会长赴美暂居，筵后得句

谭公将远行，祖席饯青城。
去国三千里，离思寄一盅。
人生感意气，谁复论功名。
但愿人长久，扶轮奉始终。

送 别

劳歌一曲天涯泪，折柳无言行复回。
旅道萍逢非偶事，卅年寻梦感神差。

观某佛教圣地放生池有感

听游客讲，该放生池的经管者有商业操作行为

放去又擒擒又放，虔诚信客善施忙。
可怜佛国鱼龟蟹，频受宏恩总怵惶。

天都峰

云蒸霞蔚帝之宸，峦隐重霄不示人。
金鼠欲攀千万载①，总生怯意望于今。

【注】

① 天都峰旁有一耕耘峰，峰巅有一怪石，形象酷似一只跃跃欲试、意欲登上天都峰的松鼠。

晨 钓

平明漠漠月西沉，澹澹湖波细似鳞。
静坐观标待机发，任凭露浸钓翁襟。

忆王孙 · 登丰镇中学南阁有感并赠学友

当年古镇度春秋，常爱朝阳登阁楼。极目山川论五洲，志纠纠，心伴东河四海游。

【注】

此词写于 1969 年冬，东河，即丰镇古城东之饮马河，当地人称东河

观伊敏河断桥感赋[1]

陈躯伊敏一条虫，首尾烟消脊半弓。
断爪挠天虚作势，残骸入水苦持撑。
当年东亚共荣梦，折戟汪洋耻辱终。
且看今朝海拉尔，河清海晏畜粮丰。

【注】

① 断桥，是日本帝国主义占领东北时，在海拉尔城中伊敏河上架设的一座军用桥梁。1945 年苏军出兵东北时被炸毁，现仅留残迹。

老屋赋

清明回乡，偶入父母曾居住半世的老宅，见房屋破败，庭院冷落。触景生情颇多感慨。故作之以记。

高堂昔日在，斯屋何辉煌。十里遥能辨，树高冠梓乡。燕剪堂前柳，巢筑檐下梁。白泥涂四壁，盆芷泛幽香。儿女常相顾，衷肠诉萱堂。月静素席卧，悠然入梦乡。戚到有鸡黍，朋来博弈忙。闲暇邻里至，煮茗话家常。　　爷娘相继去，薪灭灶堂凉。陈设虽如故，落尘似覆霜。庭前树半朽，屋后小园荒。门有“将军”守，窗无折日光。朋戚音容渺，街坊隔豁望。偶尔见人迹，童稚捉迷藏。兄弟各南北，欲归家何方？梦中常聚首，梦醒泪沾裳。　　呜呼人在世，聚短离散长。亲在应早奉，亲去空悲伤。

达赉湖观光归来途中看电视剧《成吉思汗》有思

大汗武略慑天狼，横扫亚欧囊八荒。
师出有名民岂罪？城屠绝域血殷疆。
江山一统勋难没，功过几分勘费详。
今看天骄发祥地，斜阳空照系骝桩。

满洲里印象

明珠嵌碧原，芳草接云天。
鸡唱闻三国，虹悬搭两边。
户开新雨后，名聚旧时贤。
标店斯拉字，妆楼哥特巅。
民崇东正教，商喜异方钱。
顾盼多金发，往来不空肩。
宴宾银烛席，助酒楚宫媛。
欧俗如酥雨，唐风少着鞭。
古来争战地，开放谱新篇。

庐山锦绣谷

云山迤逦波涛涌，涧石嶙峋虎豹争。
洞托三清人气旺①，泉凭一滴古今通②。
金风吟壑听天籁，暮霭垂崖看劲松③。
谷狭能容天下秀，水深不乏过江龙④。

【注】

① 洞，指仙人洞。

② 泉，指仙人洞中的一滴泉，该泉早在《汉书》上就有记载。

③ 劲松，指毛泽东诗句中“暮色苍茫看劲松”之劲松。

④ 锦绣谷有好多古今名人的传说和遗迹，其中也不乏有朱元璋、蒋介石等帝王和政要的。

教勤章

笔名丹枫，大专文化，农民技师，作家，诗词艺术家。毕生从事农村科普、农作物育种。曾任盟、县政协委员，受聘多家报纸特约评论员。创作有诗词、散文、文学评论等在各级报刊发表，二百多首诗词入选诗词选集。现任兴安盟作协会员、突泉县诗词学会代会长。2006年加入中国世界华人作家艺术家协会。

行香子·乡村五月

翠了山岗，绿了村庄。日晴和，满目春光，农家处处，飘溢芬芳；恰石榴红，丁香紫，茶花黄。　　古荫苍郁，整洁新妆。居室闲，舞曲激昂。夕阳西下，小巷歌扬；正机车吼，牛羊叫，主人忙。

折桂令·秋思

正西风纵目神州。征雁横空，楚客添愁。塞北花凋，江南叶落，山水苍幽。　　下岗摆摊寒瑟瑟，打工值夜冷飕飕。歌舞红楼，大款悠游，小贩街头……

学诗感悟

提笔行文腹稿先，构思立意贵超前。
依声选字调平仄，遵谱填词务自然。
俗套浅庸当戒免，粘连对仗必从严。
险题奇语惊人句，赋就名篇万古传。

曹化一

笔名杜璞，1947年9月生，辽宁沈阳人。大专文化，高级政工师。曾任呼和浩特铁路局教育中心党委书记，现已退休。著作有《游子吟》《风雨行》《晚晴草堂诗稿》《曹化一诗词》《草堂闲吟》等。

辉腾锡勒草原四题咏

黄花沟壑

沟壑在岩阿，风高动绿萝。
秋霜染繁叶，春水漾清波。
雪岭横林峻，烟云绕石多。
黄花香满径，四季可消磨。

敖包遗韵

风光细数思悠悠，大汗敖包史迹留。
五色土香王者乐，七颜花艳岭云浮。
牧人草野知方向，法号经声垒石头。
五月十三来祭祀，风调雨顺更何求。

清泉吐绿

叠嶂峰峦铺草甸，火山九十九成湖。
佛珠在否春风润，王母来无夏雨酥。
树暖染衣披众籁，花浓熏眼入繁蒲。
闻名吐绿清泉水，依旧烟波好画图。

昭君怨·雁叫波光

潋滟水光天远，茸嫩沙平云卷。雨润草萋萋，乱莺啼。　　花影摇香幽独，鸟起禽音相续。岁岁雁鸣秋，翼难收。

满江红·偕友人游大桦背

着意秋风，引领我、叩山问缺。临孤嶂、含烟草树[1]，穿空剑壁。暗柳停车斜径窄，晴沙流水高天阔。向深处、结伴更幽寻，心相悦。　　石苔足，秋山叠；桦林秀，烟波歇。看雄姿清景，断云难隔[2]。众壑浮苍松韵劲，群峰乱绿鹰声切。更那堪、照眼好风光[3]，多情客。

【注】

① 孤嶂：高险的山峰。

② 断云：片云。

③ 更那堪：哪里再能忍受。

2007 年 8 月 18 日于呼和浩特

望海潮·东风航天城

黑城云断，青山日绕[①]，白杨高耸穷秋[②]。草暗牧场，烟笼弱水，大军十万方遒[③]。挥剑下沙洲。叹三易旗府[④]，此意悠悠。巧借东风，俊豪无悔，费心筹。　　冲霄射塔风流。寄腾飞壮志，十数歌讴[⑤]。奕奕卫星[⑥]，巍巍火箭，迢遥玉宇遨游[⑦]。形胜任凝眸[⑧]。看横空出世，有我神舟。吟赏今朝好景，圆梦问天楼[⑨]。

【注】

① 青山，即青山头，亦称绿园，原额济纳旗政府所在地。后成为基地指挥部。东风航天城便坐落于此。

② 穷秋：深秋、晚秋。

③ 大军十万：航天城始创于1958年，其间陆续有十万大军参与工程建设。

④ 三易旗府：额济纳旗政府和人民深明大义，为了祖国的航天事业，离开祖祖辈辈赖以生存的天然牧场——青山头，搬迁到建国营以北地区，后又迁至今日的达来库布镇，即当地“三易旗府”之说。

⑤ 十数：东风航天城在中国航天史上已创造了十个第一。

⑥ 奕奕：精神焕发的样子。

⑦ 玉宇：天空之美称。

⑧ 形胜：地理形势特别好的地方。此指航天城。

⑨ 圆梦问天：城中圆梦园内有问天阁，为航天员所居之楼名。又作问天而圆梦解。

2007年10月20日于阿拉善盟额济纳旗

额济纳行

弱水流沙到目前①，苍凉踪迹路三千。
胡杨晴日边陲哨②，大漠秋风策克关③。
久梦黑城昏月夜④，遥看红柳涌云烟。
航天射塔冲天笑⑤，过客匆匆咏居延。

【注】

① 流沙，古时称甘州（张掖）到居延地区沙漠、戈壁为流沙。
② 边陲哨：边防第四团四连所辖，被誉为“戈壁铁哨”之哨所。
③ 策克关：额济纳境内之中蒙边境口岸策克。
④ 黑城，即哈拉浩特古城遗址，亦称“亦集乃城”，坐落于额济纳旗达来库布镇东南约二十五公里处。为西夏五大佛教中心之一，震惊中外的居延汉简即出土于此。
⑤ 航天射塔，指东风航天城的火箭发射架。

2007 年 10 月 20 日于阿拉善盟额济纳旗

春居有作

旧约鸥可记？啼鸟静中听。
花满丁香树，春盈石径亭。
风吹衰草碧，雨润晚山青。
拄杖清闲云，归吟陋室铭。

天仙子·访人根峰[1]

闲踱野山清雾散，寒气拂来斜径浅。层峦幽谷此登临，风物暗，烟云断。红塔寺僧经鼓远[2]。　石柱耸天形伟岸，指问渺空峰似剑。相传伏女造人遗[3]，心震撼，魂惊颤。无限鬼神余浩叹[4]。

【注】

① 人根峰，位于敖伦布拉格一山谷中，一根巨大石柱酷似男性生殖器。高近三十米，须十人合围，柱体呈褐红色，据说为伏羲和女娲在此造人后伏羲所留。故人称人根峰。

② 红塔寺：人根峰下一藏传红教寺院。

③ 伏女：伏羲、女娲。

④ 无限鬼神：鬼神无法相比。浩叹——慷慨激昂的感叹。

2007 年 12 月 21 日于阿左旗敖伦布拉格镇

退居二线有感

此冠头戴七年前，一半操劳一半闲。
笑我只为谋稻米，愧君犹未近林泉。
有钱拄杖能消酒，无语挥毫可换烟。
老去五湖图自在，天教归梦钓鱼船。

游西部梦幻峡谷[1]

峡谷苍茫里，寒声憩一涯[2]。
蓝天迥青鸟[3]，赤壁静丹霞。
石瘦烟生景，洞幽足印沙[4]。
往来如梦幻，是处见龙蛇[5]。

【注】

① 西部梦幻峡谷，又名敖伦布拉格大峡谷，位于阿左旗敖伦布拉格镇境内阴山余脉中，属丹霞地貌，均呈褐红色，历经万年，颇为神奇与壮观。

② 憩：歇息。一涯：一个角落。

③ 迥：远。

④ 足印沙：谷底俱为沙石，游人多而留下足印。

⑤ 龙蛇：峡谷中岩石千奇百怪，如龙蛇舞动。

2007 年 12 月 21 日于阿左旗敖伦布拉格镇

斋中黄河石数枚，为余 1989 年 11 月初偷闲于宁夏沙坡头黄河畔所拾，忆而记之

长河大漠作闲游，暂借皮筏越渚洲。
滚滚风烟曾接水，沉沉沙浪已横秋。
波藏石色瞠青眼，日映帆光戏白鸥。
最是教人情动处，老翁赠石我珍留。

2004 年 5 月 30 日于呼和浩特

母门洞[1]

一到母门尤肃然，奇哉撼魄目迷旋。
山寒谁辨余神洞[2]，人语我知在昊天[3]。
空阔润滋崖滴水，婵娟膜拜石生烟。
善男信女来祈子，应谢女娲有此捐。

【注】

① 母门洞，原名“阿日仙神水洞”，传说伏羲和女娲在此造人后女娲所留。位于一峡谷崖下，形态逼真，人们无不顶礼膜拜。

② 余：独存。

③ 昊：广大。

2007 年 12 月 21 日于阿左旗敖伦布拉格镇

酒泉子·咏家藏瓦当

荒寺淘来，人笑瓦头皆废物。我看个个璧无瑕，装点布衣家。　　晨钟暮鼓余音绕，往事烟尘今又了。耳边隐隐建安声，此境仗多情。

2004 年 3 月 24 日于呼和浩特

唐多令

敬鹊叫长天，寒鸦哀野田。望沧溟、霜洗云偏。秋冷树黄衰草遍，小塘里，水波掀。　　危坐把渔竿，却将老手难。怕空归、鱼宴何颜？一尾三鳞堪对饮，扶残醉，夜横烟。

苏幕遮 • 春日感怀

淡云烟，空草树。春色连波，自古人争赋。此意堪怜谁共诉。无叶无花，野径何人度？　　叹今吾，追往故。赢得虚名，惭愧时光误。且喜身闲茶似露。画印诗书，伴我消迟暮。

念奴娇 • 电视连续剧《铁齿铜牙纪晓岚》观后

万千过客，问谁比、如此文林高树。幽默通儒，曾独步、怒骂笑嘻容。机敏行名，才情旷世，浩气人争赋。一杆烟袋，流芳尤有四库。　　且看吐雾吞云，本来戏说剧，任思量去。铁齿铜牙，谈笑处、总为苍生呼鼓。鬼怪横行，好人难做也，至心如故。古今如镜，风流辉映千古。

雨后窗外小景

天晴雨霁草青青，槛外行云绕榭亭。
飞鸟不知人已醉，几声啼叫倩谁听？

扬州慢·有感

叶落花开，云舒云卷，恣观天下风光。买轻舟一叶，问何处沧浪。骤响起、琵琶十面，二胡行路，久未渠央。渐黄昏、酌酒何人，空对斜阳。　　堪嗟世事，醒幡然、顿觉荒唐。念采菊陶潜，行吟屈子，游径求羊。不若笑谈归去，流觞曲、才怪魂香。独案头闲客，诗书画印穷忙。

回家途中遇雨

相忘江海乱云中，途次归来一老翁。
几处天光浮紫翠，九边烟树入青红。
时闻断续冥鸿语，又堕高低夏雨声。
脱去衣衫尘土落，怡然把酒醉清风。

2004年6月24日于呼和浩特

冬日杂咏

寒烟侵夜锁丰州，一啸长天尽散忧。
残岁催人飞鬓雪，好诗入梦下渔舟。
三杯浊酒邀明月，一榻清风卧小楼。
且向五湖投醉眼，振衣千仞自风流。

2004 年 12 月 17 日于呼和浩特

曹自成

1926年生，安徽歙县（现黄山市徽州区）人。1947年入上海复旦大学生物系学习，1949奉调转读青岛山东大学，毕业后留山东大学植物系任助教。1953年奉调来内蒙古畜牧兽医学院即今日的内蒙古农业大学，历任讲师、副教授、教授，1988年退休。

由呼乘机赴宁二首

1979年4月29——30日由呼和浩特市乘机经京赴宁。自机舱外眺，日光所射，上下霞光万缕，云回雾绕，金影离迷，几疑置身太上清虚之境，景象奇绝。

（一）

明霞万缕彩云中，金影迷离映碧空。
道是幻虚缥缈境，人间天上几相同。

（二）

风驰电掣三千里，雾绕云回万仞空①。
羽化登仙今日是，何须海外探瀛蓬②。

【注】

① 自呼至宁，1787公里铁路里程，折合3500余华里，飞行高度一万公尺。

② 传海外有三神山：蓬莱、方丈、瀛洲，仙人居所。

步韵和友人诗一首

江南三月水天长，布谷声声农事忙。
育得新苗添绿意，田头争道小丹娘。

1979 年 7 月 1 日

【原诗】：

腌苔剥笋柳丝长，治国抓纲农更忙。
每每秧苗地毯绿，田边添个小丹娘。

题壁上兰花照片

翠叶亭亭自有情，瑶花怒绽吐芳馨①。
无心市廛争娇艳，却被闲人入画屏。

【注】

① 瑶花：白如美玉之花。李白诗句："横流涕而长嗟，折芳洲之瑶花。"

1979 年 10 月 7 日

题《牧驼图》

卧病经旬，心绪烦乱，见月历上印有吴作人《牧驼图》一帧，不禁引发乡思，赋此。

旷野茫茫无处依，黄沙衰草碎心扉。
骆驼不识江东好，南雁何时作翅飞。

再题《牧驼图》

大漠苍茫天地宽，黄沙万顷壮心田。
明驼不羡江南好，漫步焉支水草间①。

【注】

① 焉支：焉支山，在今甘肃山丹县。古诗源《匈奴诗》："失我焉支山，令我妇女无颜色。失我祁连山，使我六畜不蕃息。"

1979年作，2008年2月依中华新韵八寒改

植　松

建校伊始，校园道旁遍植加拿大杨，此树速生树也。已枝柯交荫、参天蔽日矣，现悉数伐去，改植油松。

为育苍松砍次材，弱枝嫩叶费栽培。
何当一夜江南雨，赢得涛声入耳来。

1979年11月20日

咏凌霄花

新枝旧蔓随心长，秉性生来爱自由。
莫道藤枯根脚老，红花依样满墙头。

1980 年 12 日

消　夏

绿纱窗外树阴阴，好鸟枝头作伴吟。
茶罢拥书寻梦去，小楼轻闭院庭深。

1981 年 7 月 20 日

译董老诗《中秋望月》

秋月今宵格外殊，清光似水叹蟾蜍。
太空寂寂无云彩，长夜沉沉降露珠。
注视清辉不可及，凝神遐想费踌躇。
南征战友堪思念，良夜如斯亦怅无。

1982 年作，2008 年 3 月依中华新韵十四姑改

题　画

月历饰画为孤树一章，枝柯交错，苍老劲拔。赋此。

参天大木根基固，直拨云霄势未休。
底事幼苗无觅处，沧桑有恨叹千秋。

1983 年 4 月 20 日

题水仙花

余每岁春节辄置水仙花一盆，其花其叶，淡雅宜人，时发清香，沁人心脾，供诸案端，凭添春色。

天地来春色，银芽次第开。
幽香雅如此，不愧领花魁。

1989 年 1 月

贺中学母校建校八十周年校庆

舞雩亭畔映朝暾，不断弦歌花木深。
且见梧桐今更好，庭前枝叶结重阴。

1992 年 5 月 25 日

题妻七十岁生日照片

彭祖活八百，王母寿千年。
此事本乌有，世间如是言。
今观斯彩照，始信不虚传。
童颜加黑发，一笑更甜妍。
王母胜王母①，此寿亘绵绵。

【注】

① 妻王姓，前王母，指伊；后王母，神话中之王母。

1994 年 4 月 11 日

友人作画相赠，款识“能不忆江南”，因填《忆江南》答谢，并恭贺新春四首

（一）

观图画，溪上柳参参。前处微风摇芦草，远山似黛好如兰，点点是归舢。

（二）

长相忆，遥隔万重山。笔笔丹青传雅意，心潮澎湃起波澜，能不忆江南？

（三）

江南忆，岁月太匆匆。儿日旧情犹似昨，而今忽已古稀翁，恍似梦乡中。

（四）

新年好，贺尔沐春风。老骥不甘雌伏枥，昂头又做老陶公[①]，再奏晚霞红。

【注】

① 范蠡佐勾践灭吴后，弃官从商，称陶朱公。

1995 年 1 月 18 日

仿郁达夫诗

郁达夫《自述诗十八首》之四：“家在严陵滩下住，秦时风物晋山川。碧桃三月花如锦，来往春江有钓船。”今仿之，赋此。

家在黄山脚下住，明清风物古山川。
阳春三月花如海，烟雨迷蒙听杜鹃。

2003 年 4 月 10 日

公主府公园赏桃花四首

(一)

青城三月春来早，园内桃花灿烂开。
留驻春光小照里，记它此日我曾来。

(二)

桃花林里事春游，满目芳菲未尽收。
今日繁花明日果，何尝轻薄逐东流[1]。

(三)

去年此际有游踪，今日重游意倍浓。
莫道武陵春色好，落红依样舞东风。

(四)

树树桃花泛彩云，巍巍碑塔立千寻。
英雄喋血豪情壮，红雨纷纷砺后人。

【注】

杜工部《绝句漫兴》："肠断春江欲尽头，杖藜徐步立芳洲。颠狂柳絮随风舞，轻薄桃花逐水流。"今反其意而用之。

2004 年

答谢内蒙古农大老教授协会贺我年晋八十

丝丝白发又凭添，多谢诸公着意怜。
也祝大家增寿考，艳阳天里乐余年。

2006 年 1 月 19 日

赠友人

老友某公于阳台上培植腊梅有年，一日召予赏花，比至，则见花蕾满枝，赋此以赠。

含苞待放满枝头，来日繁花势未休。
待到清芬入帏日，江南旧梦再重游。

2006 年 1 月 22 日

菩萨蛮·题画《急流行筏图》

水流湍急离弦箭，把稳撑篙勤应变。过了此滩头，行船不用愁。　　波光金影里，碧溪清见底。两岸树交阴，轻槎入境深。

2007 年

读郁达夫咏史诗有感步韵以和[①]

诗人咏史发长吟，弱女和亲感慨深。
国事岂干画师事[②]，流芳青冢到如今。

【注】

① 郁达夫咏史诗：马上琵琶出塞吟，和戎端的爱君深。当年若赂毛延寿，那得诗人吟到今。

② 和亲以靖边事乃国家大计，岂一宫廷画师所能左右，纵王嫱不去，亦必有“张嫱”“李嫱”赴焉。

哀阎汶亭老师逝世

生生死死两茫茫，逝矣斯人实可伤。
撒手人寰顷刻事，那堪闻问是遗孀[①]。

2007 年

【注】

① 阎心肌梗塞猝死，其妻尿毒症长年卧床，平日医药费及生活照料全仰给于阎。

秋　思

西风昨夜到园林，落叶萧萧满地金。
又是一年花事了，凭栏何处寄秋心。

2007 年

八十二岁自勉

耄耋开新纪，童心老更红。
养生增寿考，盛世沐春风。

2007 年

曹沈西

曾用名曹凤岭，1939年生，内蒙古赤峰市敖汉旗人。1965年毕业于内蒙古大学中文系。曾任呼伦贝尔盟直属机关党委副书记、调研员，1999年退休，正处级；现任市老年大学副校长、市诗词协会常务副主席等。中华诗词学会、内蒙古诗词学会会员，出版党建专著《论说集》、诗集《长风诗稿》《忘名轩诗稿》。与人合作出书若干种。

水调歌头·贺母校建校五十周年

1957年内大建校，2007年建校五十周年，我是第四届毕业生，在母校五十周年校庆之际，特赠此诗致贺。

秋令解人意，遍地撒金辉。喜逢五秩华诞，劳燕尽来归。常忆劬劳师长，造就经纶国手，学道铸星魁。桃李满天下，何处不芳菲？　冀母校，举虎步，展雄威。登高远眺，凭借时势奋翮飞。敢于哈佛论剑，试与清华媲美，天路更崔巍。内大诸学子，寰宇尽扬眉。

鹧鸪天·喜相逢

今年是内蒙古大学建校五十周年，借参加校庆机会，中文系汉语专业六〇级同学分别四十二年后喜相逢。在呼市工作的谷来宾、安雪岩、王恩雅、额尔敦昌、马广耀、宝音贺什格、任贵、李惠芳及在哈尔滨工作的于佩琴、卫保山等同学轮番宴请，欢乐异常，填是词以记，并表致谢！

美酒佳肴更漏残，拼了白发换红颜。校园往事情难诉，一曲酣歌佐笑谈。　　揖别后，忆相连，几回梦里与君言。夜阑忽起戛然去，今日相逢须尽欢。

满庭芳·“海啤杯”呼伦贝尔风采诗词大奖赛胜利结束

假手贤才，高歌风采，呼伦山水娇妍。草原千里，牛马也悠闲。更有达赉圣水，青波涌、养育先贤。兴安岭，拓跋蓄锐，挑战汉江山。　　流年，天地变，乾坤扭转，盛世空前。喜修文施政，赞美河山。圣手高才健笔，如雨骤、佳作篇篇。严评判，永发克俭①，折桂闯雄关。

【注】

① 王永发、牛克俭荣获一等奖

钗头凤·赠诗友

我有一诗友，为退休教师，诗词书画无所不能，又争强好胜，很有特点，故以诗赠之。

兰台[1]小，知识岛，校园朝暮悠悠老。夕阳客，心肠热。诗词书画，纵情欢乐。火！火！火！　　多情鸟，间关巧，伴灯吟咏求词好。和衣卧，调平仄，心高追月，夺魁唯我。得！得！得！

【注】

① 兰台本指藏书之所，借指讲台。

江南春·闹元宵忆台湾同胞

灯灿灿，酒杯杯。歌声随夜永，焰火满天飞。遥知兄弟思乡泪。隔岸同心人未归。

醉花间·祝贺晚晴诗社成立十周年

天相助，莫相妒，结社开先路。高论上青云，喜把诗词著。　　休说人已暮，更作夕阳度。为霞尚满天，豪气和云翥。

江城子塞上秋

秋来塞上好风光。白毡房，乳飘香。辛苦一年，遍地是牛羊。盛世年年皆喜庆，心里乐，笑声扬。　　金风骤起野茫茫。叶枯黄，雁南翔。一色长天，万里尽苍凉。若待山花红烂漫，冰雪化，盼青阳。

一剪梅·赠朔风文学社

有志青年铸朔风。踏上征程，挥洒豪情。编织彩练绘人生，学也执着，写也从容。　　构建和谐万事隆。官尚清廉，百姓安宁。小康社会日蒸蒸，赞美河山，歌唱繁荣。

风入松·《三有诗钞》出版发行

寻章索句几经年，哪得有余闲。青丝白发情难尽，陈年事，化作诗篇。老树新枝娇艳，招来蜂蝶翩翩。　　老来更要重余年，日日艳阳天。诗词书画常相伴，尚高雅，颐养天年。《三有诗钞》出版，美名播洒人间。

西江月·祝贺程道宏《春泥》文集出版发行

早岁许身文道，修得笔墨功夫。世间万象尽情书，苦乐人生妙悟。　　欣喜“春泥”出版，盛名播洒京都。真知灼见众人孚，红绿丛中独步。

读王殿珍先生《壮志集》

年老体衰多病身，总将世事作歌吟。
有情弄笔催花雨，无意争春绘彩云。
曾撰铭心[①]书伟业，更编壮志著佳文。
做人勿忘学珍老，百感化诗唯赖勤。

【注】

① 王殿珍：原呼盟行署秘书长，曾出版诗集《铭心集》。

读一槐《工余杂吟》《韵海航踪》

巴山蜀水育英贤，罢戍从耕未息肩。
遍阅诗书知进退，数经风雨晓艰难。
工余蓄志歌农事，韵海剖心颂有年。
最是情深怀故土，篇篇句句敛容看。

祝贺松风诗社成立十二周年

老似夕阳霞满天，有乐有为度余年。
历经风雨抒百感，踏遍青山解万难。
诗意忽来心化境，画情顿觉柳生烟。
向来高雅松风社，一寸诗心一寸丹。

度春三题三首

（一）

少年曾几度春时，空对山花碧柳丝。
无限风光弹指过，寒窗十载苦谁知。

（二）

壮年曾几度春时，鸟自高飞鱼跃池。
忽起惊雷撕幻梦，无情岁月侵霜枝。

（三）

老年曾几度春时，青山常在日风驰。
得意东风来复去，辛劳化雪鬓如丝。

教师颂

人生在世贵求知，传道授业是恩师。
窗前灯光燃岁月，校园钟声耗春时。
血汗化作花千朵，栋梁须待培新枝。
桃李芬芳慰白发，兴国育人最无私。

游红花尔基森林公园

红花尔基天一方，满坡青翠满坡香。
遥望林海连广宇，近看山花洒芬芳。
静听松涛如奔马，漫步湖畔似帝乡。
合当尽献林中美，把与佳宾次第尝。

垂　钓

退休后，居有闲，常与朋辈垂钓竿。
燕子翻飞戏杨柳，清风徐来艳阳天。
草丛中，傍水边，学做渔翁度余年。
不求鲜美盘中味，但愿钓得老来欢。

游扎兰屯秀水山庄

美哉扎兰一山庄，真山真水真风光。
清流穿林啸新绿，奔牛蓄势欲高扬。
民风民俗娱佳客，农餐农宴胜膏粱。
休闲度假好去处，山水情缘自难忘。

三峡大坝蓄水发电

十年辛劳今始成，大坝凌空锁蛟龙。
水啸惊天扬碎玉，机鸣动地震长空。
湖开一面三千里，德荫万民百代情。
改革开放创伟业，振兴中华建奇功。

江南春·欢迎采风团宴会述感

歌阵阵，舞翩翩。主人情似火，宾客喜空前。
以文会友今尤盛，白发童心别有天。

留客楼送同学张君之柳州

留客摆佳宴，送君之柳州。
别离情切切，思念意悠悠。
德重人人敬，才高处处求。
莫因怀故土，弃业便回头。

梁立东

1940年生，山东龙口人。现为自治区诗词学会、中华诗词学会会员，包头诗词学会副会长，著有《梁立东诗词选》。

访九寨沟

幽峡三道自天成，仙境人间共叹惊。
瀑布飞珠悬玉涧，经幡飘瓦隐苍松。
湖湖翠碧明如镜，树树黄红丽若虹。
鬼斧神工雕九寨，难描画意与诗情。

破阵子·赴罗马途中观景遐想

野碧天蓝林翠，苍鹰飞燕凌空。老树篱笆农舍院，麦浪扬波落日红，临窗赏秀容。　月下低眉抚瑟，白纱掩面朦胧，小曲低吟柔若水，似与亚当细语声，纯真爱恋情！

包头颂

一枝神笔绘蓝图，傍水依山天地舒。
紫燕穿林鸣广厦，锦翎戏水恋晴湖。
长廊画涌百泉浪，香乳歌飞千户竽。
大道通衢连四海，祥和鹿野北疆都。

九原风韵

——九原人民喜迎内蒙古自治区成立六十周年

新农村

滚滚黄河润九原，桃红柳绿百灵翩。
春风谱曲村民咏，乡妹花丛比秀妍。

农

河畔能人赶早春，种花育果自由身。
桥头远眺千塘涌，雁引鱼郎络绎尘。

牧

茫茫鹿野小溪潺，朵朵白云恋草原。
着意羊蹄声潜隐，牧童一曲绕青山。

工

无烟企业在村边，春夏秋冬总未闲。
农变工来天地广，何须背井弃家园。

公 仆

油盐柴米想周全，百姓生机每挂牵。
移步躬身常看望，嘘寒问暖笑声喧。

边关情思

得见边关子弟兵，胸中波涌万千情。
戎装风范称英武，热血青春奉赤诚。
搜索足声惊宿鸟，巡逻身影伴流萤。
国门铁铸军魂在，八一星旗猎猎升。

满庭芳·全国历史文化名村——美岱召巡礼

鹿野怀中，阴山脚下，人佛同乐嘉园。黄河寂寂，未改旧时颜。曾记单于盛世，罢干戈、胡汉相安。兴边塞，万民乐业，晓日映炊烟。　　今天。东风里，百灵清唱，万籁幽弦。古韵冠华夏，香乳飘然。青瓦拱门农舍，出墙杏、灿灿堪怜。乡间妹，山歌一曲，有客不思还。

阎为民

1931年12月生，呼和浩特人，蒙古族，大学学历。曾任图书馆长兼书记、学生报总编（已退休）；现为中国戏剧家协会会员、中国书画家协会会员、中华诗词学会会员、内蒙书法家协会会员、市诗词协会副秘书长。在报刊杂志发表过小说、散文等。

唐双宁先生狂草观感

情动处物我两忘，神驰时笔墨双畅。
挥毫前心手相侔，落纸后势涌力张。
却好似天假其臂，更类像地予神扬。
观左右或惊或愕，看前后如歌如狂。
论气概开阖纵横，说趣向意态超常。
评风格挟雷带电，看性质任收任放。
传统中顿悟审美，创新里深慕景仰。
叹其伟中华书法，可奈何自愧难当。

【注】

① 唐双宁，中国著名金融家、书法家、文物鉴定家。

樟山雪赋

海拉尔西山樟松成林，百年苍翠，雪后更美，多有游人慕名来游。

皑皑白雪，郁郁苍松。莹莹楼阁，晶晶角亭。熙熙游客，闪闪华灯。紫电银辉尽开放之霞光，金声玉喉皆改革之祥音。伊敏河穿中欢舞，海拉尔缘流峥嵘。峰顶樟松俯瞰全区而傲，草原雄鹰凌空巡天将腾。群羊伴粉蝶漫舞，骏马逐琼鳞驰骋。或姹紫嫣红边城欢腾盛事，或冰封雪盖樟山窈窕隆冬。人有高歌，林有涛声。地利人和，山呼海应。各族民众与时奋进，山川草木日衍苍穹。

阎生华

1948年生，丰镇人。内蒙古诗词学会常务理事。曾任卓资县县委书记、乌兰察布盟盟委宣传部常务副部长，现为乌兰察布市宣传部调研员。于《中国作家》《中华散文》《美文》《草原》等报刊上发表散文、诗词、报告文学等多篇（首），其中，有的作品还获得国家级奖项。现任《乌兰察布诗词》主编、乌兰察布市诗词学会会长。

吟唐诗感怀

五千辉煌铸诗魂，风光旖旎一巅峰。
至才至气非常道，大性大情不二名。
山高不拘灵为最，诗贵偏倚情独钟。
龙腾九霄御劲力，我为华夏唱大风。

致振儒

曾忆南阁何嵬嵬，丰中园内百花璀。
书读万卷吟小草，路行千程报春来。
一生澹泊赖耿介，半世心曲吐芳菲。
诗名不在诗多少，敢领风气便为魁。

读诗断想二首

（一）

物质精神本二元，泾清渭浊两茫然。
诗人休喟命途蹇，自古诗文不当钱。

（二）

书桌现称老板台，锃明阔绰好矜威。
缤纷陈设千般有，惟缺诗笺置一枚。

致谭公四首

余陪谭博文会长采风，一路，谭公教诲良多。尤记：男儿要学会三放：放下，放松，放开。

（一）

多谢谭公“三放”经，寻常话语似无惊。
料知底事个中理，即送甘霖慰我情。

（二）

修齐格物有人夸，风韵长宜看岁华。
得放下时须放下，丈夫一笑走天涯。

（三）

六秩人生须放开，浮名淡忘莫伤怀。
见微知著丝丝雨，不亚摘星济世才。

（四）

快乐人生须放松，闲言碎语耳旁风。
但求广众心心印，敢驭长虹上碧空。

乡间杂咏

六十初度寸心知，月下独酌欲醉时。
夏暑趋炎数寒月[①]，秋风带籽荡琼縻。
高堂每念常垂泪，时政聊闻偶作诗。
满目青岚霜雨后，黄花唱晚沃春泥。

【注】

① 农谚：数伏数冷哩，数九数热哩。

为庆国回归乌海饯行二首

庆国兄西行，不胜依依，寄小诗两首，难书一一。

(一)

乌海乌盟两萦萦，天涯浪迹慰平生。
推心置腹寻常事，披肝沥胆未了情。
江湖以远诚怀国，庙堂虽低也忧民。
阳关已是途中旅，白云悠悠任君行。

(二)

采菊东篱羡归隐，蓑衣一袭胜罗绫。
心系天年忧丰歉，脚涉地陌探浅深。
黄河醉卧听涛裂，戈壁安居赏烟尘。
阮籍应觉广武远[①]，葡萄节上好啸吟[②]。

【注】

① 魏晋名士阮籍独游河南广武山，长叹：时无英雄，遂使竖子成名！作仰天长啸。

② 葡萄节乃乌海市一年一度庆祝葡萄丰收的盛大节日。

卓资印象

卓尔不群资质宏，毕竟龙胜能御风[①]。
天地列列形锁钥，人文煌煌意纵横。
南林北牧中路活，东粮西矿两厢雄。
十年云雨匆匆过，公道自在慰征程。

【注】

① 卓资县建国初曾称龙胜县。后为全国之十年综合体制改革试点县。

乡间寄曼丽兼贺生日

朝迎细雨晚斜风，垅亩躬耕伴菊松。
陌上芳春花灼灼，池中清晓草茸茸。
花开无语自流馥[①]，露聚有星必洁莹。
女子无才何自立？诗书仰望意纵横。

【注】

① 曼丽第一本散文集名为《花开无声》。

阎克敏

1948年10月生，内蒙古凉城县人。现内部退养于中国人民银行内蒙古武川县支行。内蒙古诗词学会会员,近年来有400余首诗词发表在区内外各级诗词刊物、报纸及诗词典籍中。

凉城县岱哈广场即景

广场宏大沐春风，凤落梧桐鹤落松。
柳叶丝丝垂玉碧，杏花灼灼映霞红。
佳人起舞如飞燕，骏马腾空欲化龙。
更有喷泉随乐曲，流光溢彩胜天工。

访榆树坡魏帝拓跋圭出生地

夕阳无语映郊墟，碑示沙丘是帝居。
史籍曾云人梦日，野田犹见地生榆。
英雄有志风流远，岁月无情霸业虚。
空剩湖山形胜在，春光满眼道丰腴。

咏三娘子

昭君出塞罢雄师，忠顺安边几个知？
此是阴山奇绝处，英雄原自属阏氏。

游寒山寺

寒山古寺雨潇潇，阵阵钟声漾九霄。
今夜姑苏城里住，梦魂当应到枫桥。

自　嘲

半生勤勉事金融，回首惭无尺寸功。
少壮销磨都是梦，还原本色作诗翁。

屡闻矿难

矿难猛于虎，心惊屡发生。
官商唯利重，人命等毛轻。
治本强执法，惩贪厉用刑。
黎民何所愿，绝弊见风清。

草原作客

度假村中憩，毡包暂作家。
秋风穿袖袂，绿意到天涯。
手把肥羊肉，壶斟鲜奶茶。
殷勤迎送客，马挏味殊佳。

谒黄帝陵

人文始祖古今尊，凝聚民魂与国魂。
岁月五千能不朽，炎黄十亿本同根。
桥山龙驭传人在，沮水河流血脉存。
华夏于今求一统，轩辕柏下泯仇恩。

香港回归十年颂

龙腾华夏震寰瀛，壮举丰功照汗青。
逋负百年歌洗雪，国家两制庆繁荣。
珠还合浦归黄祚，花放香江傲紫荆。
何日金瓯圆不缺，迢迢一水望台澎。

哈达门纪游

阴山深处好徜徉，黑大门中胜景藏。
草树连云图水墨，溪泉绕涧奏笙簧。
寻诗客至吟声细，避暑人来兴味昂。
远隔喧嚣除俗虑，清凉世界午风凉。

喇嘛洞召

苍松翠柏蔽高岑，世外遥闻钟磬音。
鸟语深山藏古寺，天开幽洞静禅心。
名垂史册埋英杰，画刻云崖列宝琛。
到此一游尘虑少，名缰利锁不相侵。

重读《甲申三百年祭》

煤山老树阅沧桑，三百年前事可伤。
自古内忧招外患，从来人祸剧天殃。
覆亡切责朱由检，失计长嗟李闯王。
正是棋枚争一着，千秋功罪费平章。

新春忆福建友人

一年容易又新春，遥望南天忆故人。
北国风光冰盖地，东闽景色草如茵。
他乡久滞萌归意，往事时萦念旧邻。
万水千山情永在，鱼传尺素到江滨。

水调歌头·阴山颂

史记阴山事，千载血流红。秦关汉塞金堑，肃杀起烟烽。一代天骄称霸，龙虎风云际会，时势造英雄。抗战驱倭寇，革命建奇功。　　今古慨，都似梦，九州同。域中兄弟民族，共济话和衷。岁月已成陈迹，天地长存浩气，不老是青峰。歌唱新时代，事业正兴隆。

山　丹

独怜百合涧边开，不在群芳艳丽堆。
万绿丛中红一点，丹心终未没蒿莱。

取消农业税感赋

人云种地纳皇粮，自古皆然习以常。
关注民情施雨露，蠲除田税破天荒。
惠农补款非神话，减负增收助小康。
构建和谐新社会，无分城市与村乡。

贺嫦娥一号探月升空

嫦娥一号访嫦娥，云路开通胜景多。
碧落青空歌荡漾，琼楼玉宇舞婆娑。
龙腾中夏天行健，国立东方海不波。
事业辉煌惊宇内，南疆北域沐祥和。

贺青藏铁路全线通车

生命禁区一线长，修成天路破天荒。
中华儿女抒慷慨，雪域高原降吉祥。
日月山前彩凤舞，江河源处铁龙翔。
舆图万里沧桑变，共创辉煌向小康。

十月革命九十周年感赋

阿芙乐尔久尘封，谁记当年舰炮隆。
白露为霜凋碧树，红旗变色没苍穹。
多元世界迷新梦，共产鸿图求大同。
九十年间回首处，是非曲直付悲风。

看电视剧《井冈山》

井冈割据忆当年，创业艰难志倍坚。
夜点明灯堪指路，风吹星火可燎原。
农村有望围城市，枪杆无疑出政权。
青史昭昭忘不得，高山仰止颂前贤。

公主府邸

山光扑面枕河埂，府邸巍然敕勒川。
岁月如流人寂寞，园林似锦燕翩翾。
昭君出塞千秋在，恪靖安边一例传。
城北城南双胜迹，和亲佳话树旌旃。

将军衙署

塞外故宫何处寻？将军衙署气森森。
龙泉剑在烟尘绝，虎帐人空庭院深。
但说安边凭镇将，要知为政重民心。
舆图万里呈新貌，朔漠屏藩直到今。

雨后青山园即景

园经修葺焕然新，铭刻丰碑浩气存。
一曲悠扬听乐起，满池清爽看泉喷。
彩虹迎日水生色，宿雨送凉秋有痕。
此是休闲佳绝处，凭栏觅句沐温暾。

黄河中泛舟

悠悠浊水际天来，船到中流一骋怀。
隔岸沙丘黄不尽，沿河禾黍绿成堆。
碑铭滩渚分中上，诗赋蒹葭感溯洄。
华夏文明尊此水，临风欲酹酒三杯。

夜　读

人生老去乐居安，坎止流行应不难。
回首当年嗟岁晚，赋闲今日觉心宽。
了无兴致搓麻将，时有诗文见报刊。
爱物从来易成癖，披书窗下月如丸。

清明节有作

沙暴尘霾喜暂停，有云无雨过清明。
浅流澮澮残冰泮，绿意茸茸新草萌。
空有诗情酬岁月，断无槐梦到功名。
春耕时节忙农事，愧我闲听布谷鸣。

愚人节戏咏

愚人节里话愚人，说我愚人却也真。
利禄功名原不恋，诗书文史转相亲。
心随明月高而朗，志与秋霜洁且纯。
智者愚人谁解得，还将冷眼看红尘。

有感于中秋天价月饼

中秋时节月如霜，普照人间百样妆。
饼创金装凭炒作，物标天价竞荒唐。
权豪一角堆盘食，贫者几家卒岁粮。
如此新闻开眼界，蟾宫惊杀老吴刚。

卜算子·依旧

依旧白云闲，依旧丹枫艳。依旧寒山石径斜，只是情怀变。　　依旧小山村，依旧农家院。依旧临溪屋数间，只是人难见。

阎 杰

1943年生于呼和浩特。高级工程师，供职内蒙古赤峰市农牧局（副处），已退休。多年来在各级报刊上发表诗词作品，现为赤峰诗词学会理事。

清洁工

寒冬酷暑伴飞尘，沙打风袭日炙身。
汗水冲尘情化雨，艰辛护境满城春。

火 车

披风掠雾历征程，叱咤轰鸣万里行。
为是宏图能大展，雄魂长系奋发情。

思 母

霏霏细雨泪沾襟，肃穆沉沉忆母恩。
化纸丰都悲寄远，年年祭母梦牵魂。

白色污染

塞外多风冷气吹，天空纸鹞尽情飞。
飘遥漫卷无牵线，放荡浮沉夜不归。

游敖汉旗清泉谷

峭壁垂崖挂水帘，湍溪林海石蘑悬。
谷峡揽景听天语，渐入阊阖访众仙。

阎宝林

1958年出生。大专文化，内蒙古通辽市科左中旗工商局公务员。通辽诗词学会会员、内蒙古诗词学会会员。近两年以漠北鸥之网名，畅游诗词论坛等网站，与网友唱和。

竹

置根坡岭腹中空，弄雨摇风时翠青。
傲骨一身心向上，历经寒暑作修行。

送雁归

秋风弄雨雁成行，阵阵归声送浅凉。
霜染枫头山欲血，一杯浊酒醉亭长。

咏　梅

雪岭独尊浪漫枝，和风抱瑞顺天时。
奇香醉倒山中客，疏影依然对月痴。

清平乐·草原之夏

野花处处，蜂乱双蝶舞。辽河岸边观樯橹，阡陌再添新路。　　林荫紧护畦田，喘牛树下缰牵。祭祀敖包祈福，牛羊肥美平安。

清平乐·草原之冬

风吹雪莽，一片洁白象。围猎山鸡从天降，冰下红鱼撞网。　　炊烟直问斜阳，琴声委婉悠扬。醇酒喜迎远客，恍然醉入仙乡。

清平乐·草原之春

风拂草绿，归燕衔香趣。沙海无边腾紫旭，几处牛羊欢聚。　　不期小雨绵绵，辽河之水潺潺。催马牧童声闹，路回斜柳直烟。

清平乐·草原之秋

歌声嘹亮，赛事增豪壮。千里金黄涂草场，仿佛醉人模样。　　摔跤安代拼狂，情侣幽岸风光。香乳随风飘送，那达慕会真忙。

莲花湖

莲池谁辟古原深，喜煞翩翩造访人。
寻鹤泛舟青草荡，芦花飘雪似游云。

醉　翁

两鬓苍苍一醉翁，摇头晃脑仄平声。
枯肠搜尽无佳句，诗不见来酒见空。

赛马节

高云浮雁几轮回，催马扬鞭草上飞。
歌舞开坛天地窄，摔跤正烈孟秋辉。
独思绿浅敖包静，众仰红深祭祀微。
赛事十年今又起，更期来季竞骖骊。

凭菊悼母

一朵秋菊泪两行，闻馨恍似见亲娘。
无眠长夜托梦短，天国先人挂断肠。

贺《红星杨》创刊

盛世编书创季刊，红星扬起老区帆。
承先启后知荣辱，弘善驱污有劲篇。

四君子

梅蕊山前傲雪风，兰花幽馥涧边丛。
竹�栉比逞高节，菊泛东篱冷渐浓。

春消息

燕子归衔暖气息，翩然垂羽越南篱。
鹅黄遍野温柔色，处处青山换绿衣。

晚秋

暮雨潇潇古道悠，放晴晖染任风流。
牧区酒肆升歌舞，游客飞觞醉晚秋。

胡杨魂

风刀雪剑立千年，苦雨严霜只等闲。
日月伴君沙海卧，孤烟起处戍边关。

礼庐山

日行千里外，一路沐秋风。
有意邀明月，无心唱晚钟。
临窗谈过客，凭座课新生。
抬眼庐山近，青峰果不同。

游三叠泉

飞瀑落深潭，携风乱紫烟。
浪花由我笑，碧草为君欢。
游客涉清水，灵石坐自然。
虔诚朝圣意，悟得古人贤。

五十感怀二首

（一）

几回梦里跪慈亲，清泪涓涓浸枕巾。
报效无缘成大憾，家门自愧做儿孙。

（二）

人生如梦亦如歌，浪险风高奈我何。
心上风帆直挂起，云槎终泛到银河。

忆江南·春雨二首

（一）

春风动，一夜过长江。云带鼾声千万态，电携紫气百重光。落地起苍茫。

（二）

枝微静，谁驾彩虹翔？装点碧空疑似画，洗清冬垢露芬芳。处处野花香！

沙湖即景

沙海深深一片湖，田田荷叶两三株。
红鱼打挺蜻蜓悸，翠鸟欢歌芦苇舒。
柳下群羊贪嫩草，滩边小伙恋村姑。
垂钓老夫收竿晚，舷上夕阳渐渐涂。

麻永昌

1935年生于内蒙古开鲁县。高中文化，1951年参加工作，1995年退休，退休前任赤峰市糖酒总公司副总经理。平生热爱书法诗词，退休后于2000年加入赤峰诗词学会，于2006年5月出版《诗书寄情》。现为赤峰诗词学会理事、红山诗词学会会员、《红山吟坛》编辑。

步贾云程先生《菊》原韵

寒露无情谢百芳，边关塞北早经霜。
独伸玉手邀明月，巧展妖身度九阳。
意与青松争绿韵，情倾大地送幽香。
兴诗对对骚人唱，万紫千红总爱黄。

南山夏日

南山盛夏日初圆，气爽风清露带甜。
霞射蓝湖鱼戏水，光和碧岭树鸣蝉。
亭昭雨后水帘动，燕舞云端空采煊。
佳景天成人气旺，娇娆塞北小江南。

鹅

红缨胸满志，肥尾秀长脖。
报警高声唱，悠闲方步挪。
出门雄领队，游泳雌追波。
难怪羲之爱，生来绅士哥。

三轮车夫咏叹调

愁因下岗愁，无奈踹神牛。
出力汗如雨，耗能血代油。
躲罚车乱转，撤限夜风流。
苦苦人生路，飘摇若摆舟。

沁园春·咏菊

眺望金秋，霜染枫红，露染菊黄。古东坡问色，宋词为证，陶令爱菊，晋语知详。妖艳千姿，婀娜百态，捉弄诗人几度狂。娇容展，恰香风戏蝶，彩凤求凰。　　河山享尽芬芳。郁长焕，重阳敬老香。看晚年多福，习书作画；及时行乐，摘句寻章。远望高天，祥云紫气，久唱和谐世代昌。时尚老，乐邀花为伴，聚友同觞。

龚德谦

号陶然书屋主人，武汉市人，1928年4月出生。原任包头市劳动局科长，已离休；现为中华诗词学会会员、内蒙古诗词学会常务理事、包头诗词学会副会长。作品为《华夏吟友》《当代中华律诗精华》《当代词坛百星佳作选》《中华当代绝句选粹》等近三十种诗词专集选用。出版有《陶然诗稿》《陶然诗词选》等。

迎澳门回归书画笔会

1999年12月，邀请几位诗词书画界朋友，于陶然书屋举办“迎澳门回归书画笔会。”即席口占。

启扉迎客至，共庆澳门归。
遒劲红梅艳，清新翠竹辉。
吟哦飞雅韵，谈笑倾金杯。
生意濠江闹，玉荷映晓晖。

香港回归十周年庆

紫荆初吐艳，风暴卷狂涛。
铁臂消灾祸，银锄植桂椒。
十年桑海变，万国客商招。
两制归心后，凤鸾还旧巢。

祝贺党的十七大胜利召开

驱霾破雾扫烽烟，旗展南湖日月悬。
八十六年风雨路，十三亿众舜尧天。
喜开盛会描新画，又谱和谐奏管弦。
高速路宽争跃马，挥鞭神武跨雄关。

破浪扬帆二十年

神奇故事说春天，破浪扬帆二十年。
新涌诗潮歌动地，频传花信柳含烟。
峡江截断巫山雨，港澳欣归慈母前。
又是莺飞芳草绿，扶摇鹏翼白云边。

包头城市建设赞

园中城市市中园，塞外名城春色妍。
融合中西呈特色，汇通南北现奇观。
绿坪花草多诗绪，广场人文富内涵。
环境住宅同改善，人居范例四方传[①]。

【注】

① 包头获联合国授予的“中低收入人居范例奖”。

包头银河广场

闹市寻幽载酒过，流连花径翠云窝。
喷泉争涌腾奔马，绿草如溪漾碧波。
缕缕白烟舒广袖，飘飘仙乐落银河。
笑和群鹿同嬉戏，畅饮琼浆击节歌。

八十初度述怀

坎坷人生八十春，淡名轻利守天真。
一筐碎石铺新路，两袖清风不染尘。
陶醉山川求意境，留连翰墨豁胸襟。
耄年犹有豪情在，澎湃诗潮力万钧。

咏菊步黄榜超先生原韵

圃畔篱边九月霜，天生傲骨贱侯王。
不工媚世争春色，甘伴诗人醉酒浆。
沐雨绿肥神更逸，栉风黄瘦意凝芳。
秋深莫道冬将至，夺目珍时竞吐香。

庆祝内蒙古自治区成立四十周年二首

（一）

北疆无处不春风，杨柳青青杏绽红。
自此不闻羌笛怨，赞歌嘹亮震长空。

（二）

汉女胡姬两代骄[1]，和亲互市美名标。
而今自治成模范，似见双娥笑靥娇。

【注】

① 汉女指王昭君，胡姬指明万历年间驻牧丰州滩首领阿拉坦汗之妻三娘子。

调“茶”组

清明前后下农家，名曰调查实调“茶”。
车队扬长满载走，小民侧目枉嗟呀！

杂感二首

（一）

小小乡官气焰嚣，豪华别墅竞藏娇。
饱填欲壑高消费，尽是黎民脂与膏。

（二）

“宝马”“奔驰”宴乐忙，笑拥小蜜意飞扬。
清歌一曲千金掷，忍看城狐蚀廪仓。

野菊花

孤高莫道性疏狂，妆点江山笑道旁。
非借陶潜呵护力，风流同样占秋光。

水　仙

陶然书屋置翠竹、水仙各一盆。春节临近，水仙怒放，青竹滴翠。相对怡然，浑忘物我。

碧玉天葱白玉花，凌波仙子厌铅华。
偕同翠竹酬骚客，金盏同斟醉晚霞。

三亚听海

石奇错落列琼崖，碧浪椰风飞早霞。
静坐沙滩听海语，天涯之外有天涯。

凉城采风受到热情接待特赋此致谢

鱼蟹鸿茅世所珍，温泉又为洗征尘。
主人情意知多少？蛮汉山高岱海深。

普陀山磐陀石

危如累卵稳如磐，俯仰双龟似悟禅。
浪激潮音雷轰震，心存止水自安澜。

美女风筝

眉黛颜朱意气骄，趁风借力上青霄。
一朝线断风云变，玉陨魂飞弃野郊。

临江仙·庆祝党的十五大圆满成功

月正圆时花正好，群英荟萃京城。光辉旗帜导征程。二次新飞跃，特色更鲜明。　　庆祝珠还荷又放，凌云展翅鲲鹏。蓝图远景更恢宏。笑迎新世纪，华夏巨龙腾。

沁园春·四大工程赞①

雪拥珠峰，云拱秦关，岁月悠悠。更驼铃丝路，碧鸡金马，流泉飞瀑，古塞荒洲。六合珍藏，八方英俊，鏖战西陲竞上游。争朝夕，教酣眠玉女，再显风流。　　扬帆沧海飞舟，驱激荡风雷震九州。调长江活水，奔腾北国；西疆气电，输送东畴。天路龙蟠，直通拉萨，万里长风壮志酬。抬望眼，看东西比翼，功业千秋。

【注】

① 四大工程指：南水北调、西气东输、西电东送、青藏铁路。

满庭芳·小草

娇嫩柔馨，天涯远路，微风拂煦流光。雄浑豪放，敕勒牧歌扬。绵亘山川原野，播春色，点染遐荒。斜阳里，珍珠滚动，霞彩浴归羊。 轩昂，抒壮志，沙尘牢锁，水秀波长。看萋萋葱郁，装点城乡。翡翠楼丛抛洒，如茵处，舞袖盈香。休言道，纤纤弱小，绿色绣华章。

醉蓬莱·纪念乌兰夫同志百年诞辰

踏阴霾翻滚，神马奔驰，传檄播火。黑水青山，举万千矛槊。芳草开颜，鸟儿欢唱，庆荡平豺貘。转瞬晴空，风云突变，妖氛如墨。 为固金瓯，单刀赴会，除魅降魔，非凡谋略。一统东西，掌征程航舵。互助和谐，民族自治，赖运筹帷幄。饮水思源，百年华诞，颂歌酬和。

满庭芳·看东南西北中《走进包头》

走进包头，九原故郡，鹿城佳话传扬。牧歌豪迈，天野共苍茫。秦赵长城直道，昭君墓，几历沧桑。红旗展，天翻地覆，新市谱华章。 激昂，抒斗志，草原晨曲，赞美包钢。万马奔腾急，琴韵铿锵。赛汗塔拉篝火，弦歌起，旋舞霓裳。波澜涌，银河缥缈，金鹿竞腾翔。

行香子

癸未岁末，在老书记谭博文同志重游包头召开的诗书画笔会上即席以呈。

宦海飞舟，搏击狂流。善运筹，相济刚柔。正人先己，当驾辕牛。永系民情，谋民利，解民忧。　新朋旧友，故地重游。聚一堂，书画交酬。抒情搦管，吟唱清讴。咏塞北雪，江南月，水中鸥。

傅永明

蒙古族，1956年出生，赤峰市人。中共党员，汉语言文学大学学历。内蒙古诗词学会会员、赤峰市诗词学会会员。1975年参加工作，现在赤峰市农行工作。创作古体诗词500余首，2007年5月出版诗词集《倾情集》。

大青山

攀云登上大青山，直教游人眼界宽。
索道回环千里路，山峦叠翠万层烟。
狼牙脱险黄羊舞，虎口逃生褐鹿欢。
斗艳奇葩香万里，众生物竞各争先。

红山吟

百柳青沙舞玉龙，名城深锁绿丛中。
长天展示朱砂幕，大地奇崛鸡血峰。
火焰熊熊光赤壁，丹霞片片染霓虹。
红山文化渊源远，万象欣欣日向荣。

回故乡

鸟语花香五月天，山庄秀美醉八仙。
牛羊遍野珍珠洒，景物迷人玛瑙鲜。
长调悠悠催暮霭，笛声袅袅伴炊烟。
家乡俦侣真情动，燕舞莺歌奶酒甜。

利　剑

金辉闪闪放光芒，觳觫黑官直恐慌。
宝剑锋因勤淬火，梅花香始屡经霜。
刃诛贪吏慑群丑，光耀中华促小康。
邪恶丛中尘不染，浩然正气一身钢。

游松枫登黑山

假日放飞好动情，清风送我到松枫。
齐辽宝塔今犹峻，猎苑硝烟不见踪。
万卉堆红香满路，层林叠翠秀梳风。
石河响水随歌舞，披彩青山画意浓。

红　山

谁家女子罩红袍，羞得鱼沉落雁逃。
疑是朝霞妆喜妹，回眸却是赤峰娇。

玉　龙

玉龙塞外一奇葩，遐尔闻名映彩霞。
千古文明根不断，一张名片耀中华。

2007年8月2日

傅智勇

副研究员，赤峰市文联名誉副主席、红山区诗词学会顾问。曾举办个人诗、书、画展。赋作《红山赋》曾拍作电视散文片，并获赤峰市“五个一工程奖”。

玉龙惊世

红山始纪年，碧野早开元。
一脉龙惊世，十方华晔天。

智者开篇

无字有灵犀，开篇著史谜。
结绳串记忆，解扣破天机。

辽都断想三首

（一）

智将麾军善用谋，风兴云涌势如流。
十方曾颂清平世，九转丹阳朔漠秋。

（二）

一朝紫禁废金汤，百里京畿旧帝乡。
御道离离覆寂草，荒烟渺渺绕残墙。

（三）

青史长编一段辽，当称二度北南朝。
五京两制同王土，万里八方共碧霄。

博 核

蒙古族，1952年出生。《赤峰日报》主任编辑、《赤峰诗词》杂志原主编。系中华诗词学会会员、内蒙古诗词学会会员、内蒙古作家协会会员、内蒙古书法家协会会员，出版《夜雨瞒人集》《问长河万古》等。曾在《文艺报》《民族文学评论》《草原》等报刊发表诗歌、散文、小说、报告文学、文学评论等作品近百万字。

大漠抒怀四章

新春骋怀

梦里乾坤一瞬中，横流沧海大江东。
驼铃摇落长城月，羌笛吹来紫塞风。
大漠盘雕知劲草，昆仑立马是豪雄。
虬髯乱发飘飘去，宠辱无惊萧散翁。

塞上雪霁

冰满金河雪满山，茫茫塞野漫银川。
秋风铁马英雄梦，暮雨铜驼故国天。
书剑旌麾诗一旅，城楼鼓角月三边。
蹇驴蹴踏寻梅鹤，遥看霜枝百丈悬。

草原行吟

策马草原何处行，吟鞭遥指鲁王城[①]。
风吹潢水龙潜影，雪落红山虎啸声[②]。
缕缕春愁生白发，茫茫秋思踏荒荆。
辽砖佛塔多空墓，瀚海无情埋帝京。

边城晚眺

削壁丹崖望九峰，腾空鬣马抖长鬃。
天街万里流灯海，朔雪千山舞玉龙。
笳鼓梦回边塞路，轮蹄惊断古楼钟。
悬车已至心如水，醅酒新茶日月浓。

【注】

① 鲁王城，为元代弘吉剌部长兴筑的城郭，城址在今克什克腾旗迭里诺尔西南的达尔罕苏木，已荒废。成吉思汗家族所在的乞颜部与弘吉剌部世代都是姻亲关系，曾出过18位皇后、16位驸马，是地位显赫的黄金家族。此地为其封地。此城1270年兴建，赐名应昌府，之后有四位首领被封为鲁王，又称鲁王城。后成为北元两代皇帝的都城。

② 潢水，蒙语为西拉沐沦，意为黄色的江水。西拉沐沦是一条横跨东西把赤峰市劈成南北两半的河流，发源于克什克腾旗西南部，流经赤峰后与老哈河汇成西辽河，又是我国七大水系之一的辽河的源头。它孕育了北方的远古先民，孕育了草原人类，被称为“祖母河”。红山坐落在赤峰城区东北隅的英金河畔，红峰突兀，赤壁奇崛，海拔746米，方圆10平方公里。红山蒙语为乌兰哈达，是赤峰名称的载体。红山以“红山文化”享誉海内外，历史渊远，把中华文明史推前了八千年。

望海潮·塞上长城怀古[①]

红山飞渡，金河流逝，惯看物换星移。雕石女神，陶杯彩凤，玉龙熠熠生辉[②]。历史溯源追。昔契丹崛起[③]，虎踞神威。白塔辽京，可怜一炬化成灰。　　长城万里风雷。望女真铁骑，蒙古旌麾。横扫镇南，雄强漠北，元清两代称奇。一统奠鸿基。晓笛声响处，騳马长嘶。紫塞雄关险道，烟雨正霏霏。

【注】

① 赤峰境内，不仅有燕国北长城，而且还有一条草原“巨龙”——金边堡，又谓金代长城。经金熙宗、金世宗、金章宗先后几十年时间建成，东起内蒙古莫力达瓦，西南至大青山南麓，长达1750公里，加上支线可达一万华里，是我国中世纪的巨大工程之一。

② 雕石女神，在赤峰境内和辽宁牛河梁发现的裸体女神雕像，都是红山文化的组成部分，是最早的裸体女神雕像。1971年，在赤峰翁牛特旗三星他拉出土的c形玉龙，是红山文化玉器的代表，是中国最早的龙型玉器，被誉为“中华第一龙”。2004年夏，翁牛特旗又发现了凤鸟红陶杯，比玉龙还早1000多年，被誉为“中华第一凤”。考古学家认为，龙凤实物的发现，是草原文明对中华文明的伟大贡献。

③ 契丹本意为“镔铁”，坚固之意。早在1400多年前，契丹民族出现在《魏书》中。公元916年，耶律阿保机统一契丹各部建契丹国，947年改国号为大辽。辽王朝雄霸中国半壁江山，与北宋王朝相始终，达219年。

永遇乐·辽中京怀朱权[①]

大漠中京，宁王何在？塞草迷路。镇守藩封，雄兵八万，铁马金戈驻。燕王靖难，疑生肘腋，解甲百花洲渡。叹英年、将军悲恨，醉心艺事为伍。　求茶问道，寄情琴趣，苦集《神奇秘谱》。《落雁平沙》、《秋鸿》塞北[②]，心曲凭谁诉？琴操《流水》，飞船金碟[③]，载向太空寻侣。星河外、何人领会，地球乐语？

【注】

① 朱权（1378-1448），明代戏曲家，古琴家。明太祖朱元璋第十七子，曾在赤峰宁城大明镇作过十年宁王。后被朱棣软禁，迁往江西南昌。朱权好古博学，无所不通，精研戏曲，尤好古琴。他所制作的“中和”琴，是历史上所记载的旷世宝琴“飞瀑连珠”，被称为明代第一琴，已有500多年，为存世的海内孤品。

② 两曲均为古琴曲，为朱权所作，似与塞外有关。

③ 1977年，美国发射的“航行者二号”太空船，将管平湖先生用“飞瀑连珠”古琴演奏的《流水》，收录于23首“地球音乐”喷金铜唱片之中，载入浩瀚的太空。

夜宿蒙古包中不寐有作

醉倒穹庐似梦中，难逢知己酒杯空。
星垂大野鹰旋草，月上高原虎挟风。
羸马征车人不倦，秋枫冷雨叶初红。
任凭寒夜多霜雪，斩棘披荆歧路通。

水调歌头·观夏家店下层文化群落遗址[①]

塞外千秋阔，万古寂荒丘。四千年迹惊现，历史话从头。阡陌相连城郭，房屋纵横巷里，群落展宏猷。酋长今何在？石罄土陶留。　　山城壮，星棋布，望琼楼。神州独立雄视，谁可与同俦？拾取先民智慧，寻觅墙垣奥秘，梦与古人讴。大漠存方国？谜破震寰球。

【注】

① 夏家店下层文化是赤峰历史上出现的第二次文化发展高峰，这是距今4000年前出现在北方地区的一种十分发达的早期青铜文化。古群落遗址的发现，证实了早期奴隶制方国领先夏朝一步，出现在赤峰地区。

【正宫】叨叨令·金奖批发公司

如今金奖欺天卖，掏钱就把新冠戴。头衔职务随君买，投其所好来钱快。乐死你也么哥，宰死你也么哥，人生枉被虚名害。

【正宫】小梁州·鸡鸣寺

玄武湖边古刹新，烽火几沉沦。鸡鸣风雨忆前尘。台城困，皇帝梦难寻。　　【幺篇】南朝往事谁悲恨？枉虚付菩萨仁心。水东流，花落尽，山僧欲说，游客不曾闻。

贺新郎·大理元世祖平云南碑感怀[①]

风雪苍山路。问当年、国都大理，几朝曾妒？天宝伐兵留败迹，多少高丘白骨。使唐宋、求和休武。三百年间成割据，叹中原、无力收疆土。边塞远，险关阻。　　滇南自古谁擒虎？跨征鞍、草原铁骑，革囊飞渡。倒海翻江无敌手，拾取金瓯永固。耸巨碣、龙泉峰麓。霸业千秋开世纪，数英雄、一曲歌金缕。鹏振翼，海天翥。

【注】

① 在云南大理城西门外三月街旷坝上，有一青石巨碑，立于巨石龟背上。碑通高 4．5 米，宽为 1．65 米。碑额为大理石，雕二龙戏珠，额曰：世祖皇帝平云南碑。碑文记述元世祖忽必烈平云南经过，虽仅千余字，却标志着云南历史的重大转折。大理国割据 300 多年的局面从此结束，云南作为省级行政区划，有力地控制在中央政权之下。

坝　上

坝上秋光好，高天落彩虹。
雪狐山谷没，野鹿涧岩通。
墟里青烟袅，川前白桦蓬。
牛羊归晚径，隅岭夕阳红。

西江月·海金山牧场有纪并序二首

二十世纪九十年代初，余曾赴“中国草原红牛”的故乡海金山牧场采访。后得知海金山为古之木叶山，乃大辽契丹族发祥地。十五年后，应翁牛特旗诗词学会成立之邀，凑成两阕，以示祝贺。

（一）

大漠平沙古道，金山碧草斜阳。连天牧野散牛羊，跃马追风塞上。　　白马青牛传说，土河潢水流芳[①]。契丹兴起大辽昌，往事如歌遐想。

（二）

木叶山如赤子，沐沦水若惊鸿。硝烟散去转头空，仿佛千年一梦。　　曾向中原问鼎，又从北国称雄。澶渊盟约史家攻[②]，自有英雄评颂。

【注】

① 据《契丹国志》记载：“古昔相传有男子乘白马浮土河（即今老哈河）而下，复有一妇人乘小车驾灰（青）色之牛浮潢河（即今西拉沐沦河）而下，遇于木叶之山（在今翁牛特旗境内），顾合流之水，结为夫妇，此其始祖也。是生八子，各居分地，号曰八部。”

② 公元1004年，北宋与辽国在河南濮阳南城（古称澶州）停战议和，史称“澶渊之盟”。使宋辽间长达26年的战争划上了句号，双方和平相处119年。史家对此有不同评论。

念奴娇·怀念开国战斗英雄郃喜德[①]

长河回望，有茫茫大漠，莽川空阔。成吉思汗兴帝国，铁骑旌旗如猎。虎将连云，狼兵动地，鼓角冲天裂。喜看者别[②]，挥戈欧亚称捷。　后裔郃氏遗风，英姿马上，戎旅一雄杰。独胆神威擒敌首，百战无伤毫发[③]。浴血军刀，豪情壮酒，开国勋章接。半生坎坷，英雄身后谁说。

【注】

① 郃喜德，蒙古族，原赤峰市政协副主席，为开国大典上全国特级战斗英雄之一，受到毛泽东、朱德、周恩来的亲切接见，被中央军委总政治部主任萧华誉为“活在马上，死在马上，马刀见血，向敌人冲锋 40 多次的蒙古骑兵勇士。”原为骑兵团副团长，后打成右派，2002 年病故。

② 者别，姓泰亦赤兀惕（郃姓），原名只儿豁阿歹，后归顺成吉思汗赐名者别，意为神箭手；骁勇善战，为千户长，属成吉思汗“四驹”之一，在攻金、西征欧亚中战功赫赫，后病逝。

③ 郃喜德一生参加过二百多次战斗，没受过一点伤，称为奇迹。

从金边堡至达里湖

大野沙如海，高原草似星。
边堡西风烈，平湖碧水宁。
笛吹惊发白，树老恋春青。
羡汝孤飞鹤，冲天响雪翎。

车过巴林草原

千里草原天路遥，山花风动彩云飘。
长空雁阵排诗句，送我豪情上碧霄。

过贡格尔草原夏营盘牧地

一湾碧水一银滩，曲曲弯弯接远天。
草绿羊肥堆雪浪，毡包袅袅是炊烟。

敦 泰

满族，笔名白山人、吉音，1942年2月生。毕业于内蒙古哲里木盟师范学校，系通辽市作家协会会员、通辽市诗词学会理事、内蒙古诗词学会会员。有诗词作品入选《青春诗选》《军旗颂》《中华诗词年鉴》（2003年卷）等多部合集，著有诗集《骆驼》。

满江红·咏菊

寒露霜凌，突然至、枝残腴缺。香径里、落红罹地，满园青冽。苍碧雁飞流韵唱，殷红林染娆山叶。悦东君、洛苑有姝花，畏寒亵？　群芳谱，谁为杰，灵菊卓，头扬绰。仰霄朝月笑，梦繁花叠。百卉金英棚露冷，一篙秋水蓬霜雪。对朔风、心海卷狂澜，情难绝。

忆江南·秋雁

芦花白，枫叶润丹红。秋水长天一色碧，淡云清岭亦峥嵘。展翼破苍穹。

曾凡一

1933年生，四川省宜宾市人。四川宜宾师范学校毕业。曾任教师、技术资料档案管理员等职，档案馆员职称。业余时从事中华诗词的学习探索，与爱人合作著并出版《一槐诗文选》，近年又单独著有《新世纪之歌》一集，待梓。

步和曹百灵先生《乙酉元日抒怀》

爆竹千家除岁去，桃符万象报春来。
漫天烟火飞星雨，一席佳肴共老醅。
南北东西庆同乐，酸甜苦辣喜充腮。
湖南花鼓扬天下，东北秧歌亮舞台。

凤凰台上忆吹箫·惜秋

秋雨绵绵，雨风交替，柳垂杨立安闲。雨后天凉爽，一任风寒。窗外喳喳雀鸟，堤柳岸，跳逗嬉玩。秋虽美，千红万绿，恋别林园。　　年年，地球运转，秋去有回时，万物相牵。可叹人生短，流逝无还。生命诚然可贵，唯代谢，规律天然。秋声急，争时惜分，谱写和弦。

诉衷情·忆

当年万里赴龙江，宿地水汪汪。行无路，住无屋，马架避风霜。　　经治理，变粮仓，绩辉煌。戍边屯垦，造福人民，巩固边疆。

天仙子·思念

人到古稀思漫漫，常把少时朋友唤。忆同窗嬉闹相牵，今日挽，明天厌，坦荡友情肝胆见。　　共患难人生几变，为事业奔波雁断。一生忙碌未曾闲，心忐忑，唠叨惦，唯望夕阳红永远。

满庭芳·冬日养花书感

绿叶婆娑，含苞欲放，五彩争发华光。几盆花卉，朵朵喷清香。姹紫嫣红搭档，多姿俏，各显端庄。群芳静，悄然以待，似听好评彰。　　琳琅。真漂亮，鲜葩簇簇，饰美厅堂。早晨沐朝阳，傍晚回房。北国隆冬可畏，巧应对，何惧冰霜。勤劳动，养花护眼，健体得安康。

温　源

笔名岢岚、柳波等。大专文化，内蒙古作协会员。已出版的诗集有：《冰魂雪梦》《双星集》（内蒙古人民出版社）、《微笑的风》（天津出版社）、《鹰的高度》《寂寞的涛声》（远方出版社）、《那紫红色的草》（作家出版社）（1996年获“96中国芙蓉杯诗书画印大赛”优秀奖。）作品载入《映日荷花别样红》获奖专集。

邓颖超

巾帼楷模举世骄，烽烟战地濯征袍。
光昭天下承风范，有口皆碑亮节高。

人　间

人间辈辈精英出，走马流星次第归。
才子诗文赋红叶，佳人玉泪化情灰。
贪心欲作撑天草，霸气唯思动地雷。
一望惊风摇大野，坟茔入夜火飞飞。

党的“十七大”抒怀

瓜果飘香秋正浓，英雄路路会都京。
广言治国推良策，一意为民布远征。
雨顺河山四时笑，风调日月八方明。
百年过后回眸看，旌漫丰碑别样红。

杂 吟

飞思走笔画乾坤，大起山川小到蚊。
海比琴弦听妙韵，心悬日月鉴芳魂。
谋途细念明今昨，辨向遥连天地人。
介暗并非均夜色，时晴时雨过风云。

迎 新

爆竹声声又一年，千门万户尽开颜。
红联妙语图新日，绿酒欢歌祝老天。
筹划乾坤唯众手，领航风浪依一元。
征途任重逢盛世，烈马飞鬃未着鞭。

传书见寄

鸿雁传书字字珍，春兰秋菊照白云。
韶华一去空恋旧，朝日新来更念今。
九曲回肠回尘世，三江渡口渡忙人。
花开满野知时节，竞作馨风天地存。

念江南

柳絮烟波满塞川，游春岁岁念江南。
秦淮梦影留千枕，湘水楼台隔万山。
雨打花心风入袖，船横渡口索收帆。
阳和未弃边城小，紫燕重回旧巢喃。

磴口黄河大闸

九曲曾闻自碧宵，雪莲今日闹春涛。
云雷大闸锁龙口，玉带栏干走巨桥。
面向满川锦锈地，光开两岸渔米谣。
水从人愿名扬著，摇曳钓帆戏柳梢。

边　秋

风残平野阔，草白牛羊肥。
歌亮云天外，乳香伴烟飞。

高原山乡二首

（一）

日照山塬一片霞，林间村舍两三家。
半坡白石羊身动，一线花翎雉影斜。
坝上声来歌姐妹，水中波动闹鱼虾。
山乡闲景无穷乐，酌句韵单未敢夸。

（二）

手牵洪水到山边，亘古旱田变水田。
山映秧苗风中绿，水浮碧落云底眠。
青蛙咯咯敲闲鼓，白鸟啾啾飞半圆。
树影无声藏静宅，瓜花篱畔自争鲜。

夕·晨

草瘦阳斜山放红，湖明雁下两三声。
晨霜遍地花闲落，残月钩银淡远空。

胡　杨

根盘戈壁暗雕龙，叶盖春秋唱大风。
日月飞天镂古意，江河行地铸新生。
命疑王母蟠桃寿，力胜如来仙掌功。
斗转星移多少事，丰碑滴翠鉴苍穹。

春日再吊亡妻

几岁团圆失妻家，天涯寂寞过流霞。
此后孤身孤漠漠，生前双影双斜斜。
残秋与我无情面，霜叶同人作落花。
怯说人间皆是客，古藤衰草抱春芽。

题 春

每到春时有句题，题春未见草萋萋。
铁风铸锯开寒骨，沙雾弥天打哑谜。
胸作长空思雁影，手端盆景问花期。
平林远近条条赤，三月犁铧破地皮。

登 楼

二〇〇八年三月七日与文朋诗友同窗学友：祁牧多、韩镖等七人在莜面馆酒楼小饮后留笔。

同窗故友一登楼，敢论当年万户侯。
即席开心怀玉唾，传杯放胆羡方舟。
杏坛旷达云罗笑，宦海浮沉烟雨愁。
白眼青眸无大碍，三春三夏抱三秋。

寄雪鸽冰儿三首

(一)

一念相逢十七秋，门前幼树到楼头。
心高曾拟云间步，气壮多存赤子忧。
把盏数回情似火，吟诗几度句如流。
孤芳自赏添春色，更向风涛弄扁舟。

(二)

天生丽质问边城，暗叹风光塞外明。
曲抚琵琶云照雪，风标杨柳月弯弓。
玉楼锦绣翡翠滴，碧水情怀昼夜萦。
蝶入花丛千万朵，两枝双秀不雷同。

(三)

细念抽丝无断日，古藤荒草眼边生。
离愁屡望云遮鸽，别恨宁知路销冰。
似火残阳先落笔，如风乱句更伤情。
孤身盈耳听寂寞，雨夜遥连鸡打鸣。

答友人二首

（一）

作诗大半用无题，荡籽生根靠落泥。
当日愁言逢荆棘，于今幸得有花溪。
新知莫道高天阔，旧事常思大雾迷。
蛇影杯弓诚可笑，转头万事草离离。

（二）

浅见无端又识宏，方塘闹景看浮萍。
野芦喜下离群雁，败圃愁生落叶风。
走月去来尝满缺，流云聚散说阴晴。
通明不事照迷路，空作人间一盏灯。

滑国璋

1943年7月出生于天津市。1967年毕业于内蒙古师范大学中文系。1993年8月称病退休于内蒙古文史研究馆。出版有《身边的美学》《方外楼诗词》等。自传体小说《七九河开》被列入内蒙古2007年畅销书排行榜。

包头劳动公园

不是姑苏非洛城，居然人在画中行。
西湖剪得一湾绿，南国移来万朵红。
不系舟摇桥畔柳，幽期人倚径边松。
流连皓月冰辉洒，渺渺情歌逐晚风。

民族幼儿园

纤尘不染艳阳天，乳燕雏鹰惹爱怜。
看去真疑花朵朵，扑来恍若蝶翩翩。
几多妩媚难图画，一片咿呀胜管弦。
最是教人看不够，双颊红似野山丹。

登沙尔沁山

大山十万舞蟠蛟，叠嶂西驰气势豪。
碧水濯余枭目朗，雄风吹我鹄衣飘。
弥烟紫塞穿八省，折带黄河没九皋。
欲展鹏翮飞广宇，屏翳可肯借扶摇？

1979 年

金缕曲·重游母校

满院阳和布。旧游踪、重寻似梦，踟蹰延伫。文史楼高凌碧落，待把星窗细数。住几层、当年课读？依旧桃花朝人笑，紫丁香掩映灯华暮。旧时座，今何处？　　足痕又印西园路。掩浓荫、执书淑女，不曾一移目。细草如烟舒百卉，几处新枝凝露。堪骄傲、青春年富。半敛须眉深喟叹，问谁能令我韶华复！重返校，傍春驻。

1981 年 10 月 10 日

辽中京大明塔

大辽何所觅中京，满目田畴问老农。
几处残垣横落照，千旬古塔峙平陵。
土河终洗澶渊辱，乳燕犹怜筑建功。
田父无心话今古，旧皇都上力躬耕。

1982 年 6 月

沁园春·鸽

万里云天，日丽风和，鸽哨长鸣。有白衣似雪，精灵腾壤；缁裳如墨，斤斗翻空。毛领瘤鼻，球胸扇尾，品类斑斓异彩呈。家族大，计五百余种[①]，鸟类精英！　　人间播爱无穷，算插羽佳人第一功[②]。喜银翎负命，往还西域[③]；家奴可遣，传送亲情[④]。破肚流肠，冲烟冒火，一纸亏君救困城[⑤]。小天使，为人类祝福，永唱和平。

【注】

① 鸽种繁多，有白衣、缁衣、毛领、瘤鼻、球胸、扇尾等。

② 古人称鸽为“插羽佳人”。

③ 张骞出使西域，曾用鸽传递信息。

④ 唐张九龄少年时系书鸽足，飞投亲知，呼鸽曰“家奴”。

⑤ 德法战争，法城被困，信鸽冒炮火传信，救了全城性命。

千秋岁·丹顶鹤

云闲天淡，声唳重霄远。形潇洒，心散漫。池塘多野趣，来去无人管。翔九皋，当心莫入秦宫苑[①]。　无意邀青眼，清净摈俗念。孤山下，茅亭畔，与梅盟作友，晨暮长相伴。歌啸傲，天年自在人犹羡[②]

【注】

① 丹顶鹤寿命很长，一般能活六十多年，且形体秀丽，鸣声清亮，性格清高，是我国著名珍禽。

② 宋代诗人林和靖隐居孤山，种梅养鹤，有梅妻鹤子之称。

一斛珠·画眉

蠡山春晓，西施眉黛多姣好。鸟儿也学描眉俏，由此得名，呼作画眉鸟[①]。　日日清晨比“花哨”，兼能排叫隔山叫[②]。使君一笑十年少，宛转歌吹，唱彻清平调。

【注】

① 传说范蠡与西施隐居蠡山，西施每天清晨在河边照影画眉，一群鸟儿见西施的眉儿描得好看，也互相用尖喙画眉，居然画出一道秀美的白色眉毛来，因而得名。

② 画眉是驰名中外的名贵笼鸟，“花哨”时有大叫小叫之分。鸟笼外面罩上笼衣，比赛鸣唱，称为“隔山叫”；除去笼衣，使鸟对面争鸣，称为“排叫”。以鸣唱时间最长者为优胜。

潇湘夜雨·鸿雁

塞上秋寒，风高霜重，壮哉雁阵南征。大书人字过长空。征途苦，山长水远；栖息处，野阔沙平。衡阳路，峰高云断，难阻征程①！　多情俦侣，终生厮守，如影随形。只同心戮力，同宿同行。长夜冷，雁奴值哨；为报警，慷慨捐生②。试相问，人间懦者，可有此高风？

【注】

① 大雁南飞的路线，一条由我国东北循沿海地带直达南洋群岛，一条由内蒙古经青海、云南直达马来亚。俗传衡山有回雁峰，雁至此而回，非是。

② 雁群在迁徙途中，夜宿沙洲，由“雁奴”警戒，一旦发觉敌害，立即发出惊叫报警，而它由于暴露目标，往往壮烈牺牲。

金缕曲·黄金海岸纪游

涌去涛声远。伴鸥朋，飞来天外，魂销海岸。柳毅心随云缕逸，鲛人笑共波花灿。把烦忧、挥手掷芸芸，脱羁绊。　幸许过伊甸。忘时空，归真返朴，裸身直面。小蟹喜能摸四五，芳姿恨不拍千万。谅归来，至死不相忘，海之恋。

鹰

鸟类谁称雄，交口颂苍鹰。鹰族三百种，鸢鹞雕鹫各仪容。狮虎为王踞林莽，空中豪杰推隼鹰。君问何以然，特色总其三：其一曰高飞，展翅迫云天。志在腾壤干霄汉，不甘混迹蓬蒿间。御风能上九千米，珠峰绝顶任盘旋。其二曰远举，万里不辞劳。大翼如轮乘气浪，北海虽赊驭扶摇。我闻法国享利狩猎巴黎郊，纵鹰广宇考其矫，转日飞抵马尔他海岛，一日一夜行程一千七百公里遥。其三曰睛明，远瞩秋毫清。视锥细胞密度大，七倍于人之双瞳。二千米高空瞰埃壤，可辨田鼠黄鼠之行踪。刹那俯冲如电闪，速调视距与焦点，利爪勾牙旋中的，猎物休想逃其眼。高秋季节何骄矜，设使群飞气象更惊人。我闻北美苏必利尔湖，原始林中有鹰群，每临深秒结鹰阵，二万五千铁爪军。铺天盖地鹰流滚，浩浩南征动魄魂。鸟中真豪杰，咏此久低徊。长歌写罢心胸壮，临风我欲效雄飞。

竹　枝

潇洒出尘上碧霄，凄凄簌簌语如潮。
晨风起处湘裙款，暮雨来时玉魄摇。
不羡膏腴甘淡泊，独存气节自清高。
宅前可惜无秋韵，写取长竿对浊醪。

1989年10月2日

桃 花

又喜春来换物候，浓华五月照双眸。
婴宁笑落胭脂雨，崔护诗含婉约愁。
肯抚夭枝惜红粉，不临疏影叹啁啾。
武陵若许渔人住，烂醉花丛未可羞。

1989年4月26日

含 笑

垂鬟意趣费疑猜，樱唇半掩半还开。
如近颊腮香郁郁，乍呈蓓蕾雪皑皑。
不从俗物尊前笑，偏向幽人床角栽。
软玉一枝劳惠赠，花能解语敢忘怀？

1989 年 10 月 4 日

晋祠古柏

世事原知无永恒，居然周柏尚青青。
千秋风雨虬枝印，百代兴亡铁干铭。
历劫久焉尤造物，阅人多矣悯苍生。
树犹如此况蝼蚁，独抚残柯百虑凝。

1990 年 8 月 30 日

再访小袄兑

1979年余在包头市宣传部工作时，抽调为工作队到土默特右旗吴坝公社小袄兑大队下乡一年，曾有《乡间日记》一卷。十一年后因文史馆巡展事重过此地，因访之。

又到川原觅旧游，乡间燕子正啁啾。
村姑也懂胭脂靓，田父唯欣麦粟收。
墙角迎阳亮葵叶，水边遗佩化牵牛。
后生挽去沽烧酒，一醉凉荫屋角头。

1991 年 7 月 2 日

自在方外楼

朝揽晨曦暮剪霓，苍生惟我悟菩提。
赊些明月权酌酒，画个佳人亦解颐。
日食脂膏宁有味，恒存权势乃无稽。
风尘可笑钻营者，争斗直如乌眼鸡。

1993 年 5 月 12 日

五塔寺

慧法东传至此闻，庄严舍利[①]日氤氲。
塔临五位[②]齐争巧，佛坐千龛[③]各不群。
经典三翻成宝典[④]，蒙文仅见刻天文[⑤]。
慈灯再现伽耶相[⑥]，乃悟天涯若比邻。

【注】

① 五塔寺在呼和浩特旧城东南，原称金刚座舍利宝塔。
② 五塔寺由五个方形塔组成，象征东西南北中五个方位。
③ 塔之第二层壁上有鎏金佛像共1000多龛。
④ 塔之第一层上有蒙藏梵三种文字所刻《金刚经》。
⑤ 塔北照壁上有一幅雍正年间用蒙文所刻天文图，为国内唯一用少数民族文字标写的天文图。
⑥ 五塔寺原名慈灯寺，系仿照印度佛陀伽耶式塔所建。

2000年2月21日

哈素烟波

郊外谁凿万亩塘，绿原幻化水云乡[①]。
浮舟苇荡惊鸭阵，濯足沧浪耀鲤光。
倚榭人歌蛮汗调[②]，穿花女著苎萝装[③]。
晚来再赴全鱼宴，银碗腰窝[④]共举觞。

【注】

① 呼和浩特西郊有内陆湖，居人称为哈素海，已辟为旅游胜地。
② 蛮汗调：内蒙古一带流传的山曲调名。原为独唱对唱，近年发展为地方剧种蛮汗剧。

③ 苎萝装：西施未嫁时所着麻布衣裳，此代指外地游客。

④ 腰窝酒：呼和浩特所产白酒品牌。

2000 年 2 月 25 日

白塔耸光

东望丰州[①]迹象殊，皎然霞表有浮屠[②]。
万部华严湮假合[③]，千秋斗拱立真如[④]。
绕梯纵览前朝史，题壁恒存异族书[⑤]。
应谢当途多盛德，重光宝塔耀穹庐。

【注】

① 呼和浩特东郊有辽代古丰州城遗址，存有一座万部华严经塔，居人称之为白塔。

② 浮屠：梵语，即宝塔。

③ 塔内曾藏万部华严经卷，今已散佚无存。佛教认为事物聚散皆为假像，其暂聚之形实为假和合，归于空无才是本质。

④ 斗拱：中国古代砖木结构的建筑形式之一。真如，佛语，指本体、真性。白塔系夯土地基之多级宝塔，自辽迄今已 400 多年，饱历风雨战云而岿然不颓，可珍可仰。

⑤ 塔内有梯环达塔顶，塔壁存有汉、蒙、藏、契丹、女真、叙利亚、波斯等文题记，历经金元明清诸代，是研究古代社会历史的珍贵稗史。

2000 年 2 月 27 日

玉泉喷绿

弘慈无量代承传①，银佛巍然四百年。
法会曾经光碧野②，战云未敢污红毡③。
遍游五岳凡千景，来饮九边第一泉④。
端赖甘霖荫敕勒，诵经声里化忧烦。

【注】

① 呼和浩特市旧城（归化）城内有寺名大召，明万历七年建，明廷赐名弘慈寺，清太宗皇太极重修更名无量寺。寺内供奉银制释迦牟尼像，故又称银佛寺。

② 明万历十四年，达赖三世应邀前来参加银佛开光法会，此举名动漠南。

③ 清皇太极追击林丹汗至此，命在城中纵火，而此寺安然无损。

④ 寺前有泉井曰御泉，居人谐音改称玉泉。寺门有匾额题曰“九边第一泉”。

2000 年 2 月 28 日

莫尔道嘎国家森林公园纪游

满坡红豆叶芸芸，一触天然顿畅神。
避世鹿亡遗鹿道，凌霄松起落松针。
如环野水拥双岛，吹绿山风到远岑。
更谢兴安多雅意，斜飘小雨洗千林。

满洲里街头漫步

绿尽天涯海市横，三邦拱手托明星。
地摊汉话夹俄语，街面黄毛掩碧瞳。
新款撩人争性感，尖楼如削漾欧风。
百年文化交融地，口岸煌煌已大城。

满洲里套娃广场

谁持魔棒点三匝，十步之间即套娃。
绝世仙姬醒白雪，多情王子蜕青蛙。
彩泉喷作千只蝶，圆柱滥开七色花。
童话园林如梦幻，羡余真想作毛伢。

呼伦湖绮思

为访名湖东复东，呼伦竟是女儿名。
波光灿若青眸闪，浅浪声传绮意浓。
事属子虚姑信有，情偕隔世是为恒。
临流我欲潜沧渺，水底洞天应不同。

阴山赋

山横北国，浩荡贯西东。迭嶂西驰如浪涌，铁流东渐势峥嵘。绵延如带双千里，美奂美轮列彩屏：西有两狼色尔腾，中有乌拉接大青[①]，东接冀中丘与壑，恰似全区各族一家融。内蒙草原赖之为脊柱，高山仰止人心为之倾。八千里路接昏晓，红绿其间皆玛瑙。阔也壮乎大版图，物华独厚拥天宝。苍苍莽莽绿川原，东起兴安西居延。十三亿亩大草甸，不虚“芳草碧连天”。森林面积国第一，一脉兴安脊其绪。计亩应为两亿余，绿荫于此浓如许。稀土之乡在鹿城，白云鄂博宜其名。环球储量十之八，富也如斯我自雄。高瞻阔步承饥渴，骆驼也能称王国。瀚海凝眸立夕阳，惊看四十万峰驼。乌海煤都夜不眠，乌金滚滚出山峦。能源发电织天网，十万太阳照九边。东有粮仓科尔沁，西辽河水频滋润。年销八十亿斤粮，玉米流金惊雁阵。鄂市羊绒擅口碑，敢拿钻石誉纤维。帅哥靓女骄时尚，身价扶摇四海蜚。呼伦贝尔三河马，膂力如弓堪坐跨。无翅居然草上飞，归来千里方一霎。乌珠穆沁肥尾羊，肥而不腻脂生香。京师问鼎东来顺，域外寰中打市场。资源棋布数家珍，复有人文积淀深。远溯新生第四纪[②]，阴山即已见猿人。匈奴契丹纷争霸，入主中原非神话。北魏东辽史入编，大元一统君天下。黑河之畔草茵茵，有冢青青掩昭君。一篇佳话传千古，胡汉从兹是至亲。戴盔披甲威而猛，佩剑青光犹耿耿。一代天骄荡亚欧，成陵安享千秋奉。尹湛纳希著小说，泣红亭下悲衰落[③]。天文历算明安图，皇舆全图功卓卓[④]。席尼喇嘛独贵龙，敢树矛头向满清。嘎达梅林真壮士，一腔碧血化长虹。人文历史挂一还漏万，检点史册望之如月星。杂花生树影婆娑，民族相安共合和。汉蒙鄂达回鲜满，不同风俗却同歌。休言远域皆边鄙，作客无如来草地。豪饮如鲸吸百川，性情爽处剖胸臆。乐声向与异乡殊，马首妆琴伴四胡。银碗哈达敬天地，牧歌长调绕穹庐。射箭摔跤兼赛马，那达幕上声如炸。敖包山下喜相逢，与子偕藏成趣话。改革以还日月新，国门既辟敞区门。兴邦富国施宏略，万马腾飞啸入云。发展欣看改体制，公司如笋出标识。私车如鹜塞当途，一夜楼盘成海市。昔时沙漠变油田，缆线凌空奏管弦。船载名牌飞玉宇，乳都登位戴皇冠。六秩华龄逢大庆，称觞恭作南山颂。心花灿若杜鹃红，情绪燃如篝火迸。五色喷泉溅玉珠，万人空巷乐何如。礼花散作流星雨，决策铺开致富图。克什克腾擂天鼓，兴安万树摇作舞。克鲁伦河献哈达，达赉⑤酿酒倾如注。一千名琴手拉响马尾弦，一万名歌手齐唱乐翻天：伊如格乐耶，天堂大草原⑥！

【注】

① 阴山山脉，有两狼山、色尔腾山、乌拉山、大青山组成。

② 地球进入新生代的第四纪时期，阴山脚下已有了人的活动。

③ 尹湛纳希，清代蒙古族小说家，著有《一层楼》《泣红亭》。

④ 明安图，我国18世纪蒙古族科学家。长于天文历法、地图测绘及数学。康熙五十六年他主持测绘了我国第一幅全国地图《皇舆全图》。

⑤ 达赉湖，又称呼伦湖，位于呼伦贝尔大草原，湖面东西长80公里，是内蒙古地区最大的湖泊，也是我国五大淡水湖之一。

⑥ 伊如格乐耶：蒙语，意为祝福。

焦 贵

笔名牧原、放之，别号牧原放之，天津蓟县人，1950年9月生。曾任扎赉诺尔煤业公司铁北矿宣传部长，现为满洲里市文联会员、满洲里市诗词学会副秘书长。

贺青藏铁路通车

俯首过昆仑，羌塘满目春。
昔秋长梦惑，今夏坦途真。
铁路拨云唱，珠峰伴我吟。
开发西部曲，天路震乾坤。

董文海

1948年1月生于赤峰市松山区。曾任赤峰市松山区人武部政治委员、赤峰市民委副主任兼宗教事务局局长、赤峰市文联副主席。国家二级作家，内蒙古作家协会会员、中华诗词学会会员、内蒙古诗词学会常务理事。

谒乌兰浩特成吉思汗庙

大汗圣庙耸红城，斗拱飞檐簇帅星。
跃马追风尘势定，投鞭断水海云清。
天骄一代开元统，华夏千秋颂蒙功。
鼎鼎盛名垂禹贡，松涛深处憩英灵。

游呼市昭君墓，赞王嫱

秦时锋镝汉时兵，难却匈奴势力雄。
兄弟阋墙无善策，同胞携手有干城。
琴筝羯鼓联交响，朔漠中原结股肱。
巧把吴钩簪发髻，秭归奇女废征戎。

贺内蒙古诗词学会会员代表大会隆重召开

欣闻塞北筑吟坛，跃骥弯弓忆古贤。
壮景七行《敕勒》曲[①]，雄章百字《石头》篇[②]。
金戈铁马情何壮，羯鼓胡笳调亦轩。
如此豪侠如此地，诗歌怎可负江山！

【注】

① 敕勒，指北朝著名诗歌《敕勒歌》，其描述的地域风光即今内蒙古呼和浩特一带。

② 石头，指元代蒙古族杰出诗人萨都剌所写的著名词《念奴娇（百字令）·登石头城》，其中名句曾被毛主席著作引用过。

沁园春·咏赤峰新城

烨烨红峰，塞北通衢，朔漠重城。忆乌桓版籍，“赤山”曾现；大辽故垒，烜赫双京。沈括图抄，苏辙词赋，远载松州负雅名。留双璧，有董、朱诗墨，盛赞葱茏。　　蓝图又启恢宏，创伟业、革新开放中。看西移北扩，奇楼蜃涌；八街两带，梦笔花生。车伯娇颜[①]，石园玉质，一脉龙行跃谷腾。歌市曲[②]，续草原壮谱，古韵新声！

【注】

① 车伯，即新市区的车伯尔民俗园，以元世祖忽必烈的美后车伯尔喻其艳丽。

② 赤峰市的市歌为《草原上有一座美丽的城》。

西江月·客访农户

葡架枝爬房顶，牵牛叶隐墙身。犬鹅声里女开门，挟卷香风一阵。　　新果红、黄、橙、紫，丰餐鳖、鲤、鸡、豚。光盘农技版全新，对酒插播畅论。

重读《为了忘却的纪念》缅怀鲁迅先生

虽言“忘却”何能忘？袍泽同怀不了情。
笔赋《招魂》伤白莽，文成《思旧》悼冯铿。
勇将烛火投长夜，敢把歌吟化巨霆。
自古诗多驴背得，谁如鲁迅觅刀丛！

缅怀一代文豪郭沫若

一代诗宗创《女神》，狂飙突进唤新军。
殷墟土下磨龟甲，庆父刀丛写檄文。
史剧恢宏关马逊，行书飘逸柳欧钦。
胜前偏进申年祭，讽笔诤诤警世心。

【注】
申年祭，指史著《甲申三百年祭》。

重读臧克家先生《有的人》

曾记克翁怀鲁迅，玑珠化作《有的人》。
箴言掷地堪铭世，哲理盈天可扫云。
总有强梁追“不朽”，谁知野草烂碑身？
马牛流誉骑夫垮，一首名篇判古今。

聆听萧华将军所创《长征组歌》

将军百战铸雄章，词傲苏辛调激昂。
一曲离歌超易水[①]，千重围剿变颓墙。
于都虽洒蹉跎泪，遵义终操胜利纲。
血染音符扬万代，强心壮脊慰炎黄。

【注】
① 易水，指先秦高渐离送荆轲的《易水送别》。

长征胜利70周年感赋二首

（一）

谁将革命引成功？万里洪流挽赤绳。
越俎钦差恃有剑，独裁庆父剿无停。
军临绝地思孙武，党系存亡举逝翁。
一柱擎天遵义起，险山恶水越从容。

（二）

长征阵势喜重还，全党同平腐败圈。
美酒成河新赤水，赃银筑岭旧娄山。
步枪两载能驱虎，氢弹三年定慑贪。
留得红军豪气在，邪风不信不全歼！

满江红·赞雅典奥运会中国健儿

国歌声中，昂首望，红旗灼灼。泪似雨，几多艰涩，几多曲折。浪卷沙石金不灭，针磨铁杵锋芒烁，百炼钢，绕指俱成柔，争今刻。　场间斗，池内搏；陈冕卫，新机扩。魁元三十二，率情拼夺。“东亚病夫”圆夙梦，醒狮怒吼音磅礴。四年后，奥运聚燕京，重开拓！

菩萨蛮·奥运乒乓球冠军张怡宁

女儿无胜难轻笑，开心一刻拼方到。眉宇透征神，人称“冷面人”。　双单逐鹿奋，金奖连收进。奏凯国旗飘，欢颜美又娇。

渔家傲·斥日本国出兵伊拉克

史镜最烦虚伪对，“和平”满口行为悖。梦绕“军国”何已愧？狐疑费，暮鸦神社有人跪。　　寂寞难捱逐霸位，长崎、广岛伤疤退。苦挣魔瓶脱“自卫”。来机会，海湾亮相升军队。

前调·斥日本国教科书篡改侵华历史

历史怎成一块面？揉来攥去将人骗。学子心灵纯又善。每开卷，水晶苦被青蝇玷。　　取信只宜昔作鉴，侵华巨孽冲天怨。痛省应朝西德看。君不见，陆登纪念施罗现①。

【注】

① 2004年纪念诺曼底登陆60周年，德国总理施罗德应邀出席，以正视历史和坚持和平发展的亲和力，受到世界人民的赞扬，与日本国小泉的态度形成鲜明对照。

牡　丹

丽色殊香世未鲜，名高只为节操坚。
倘于武后园中笑，不是花王是上官。

【注】

① 上官，指武周朝中姿容绝色的心腹女官上官婉儿。

荷 花

出水荷莲美靠根，名花岂似镜中魂。
清操洁影生塘底，三尺淤泥是母亲。

草原植物三题

沙打旺

独御沙尘瀚海间，搭肩挽臂阵相连。
甘当北国梳风客，性本倔强名更坚。

沙 棘

扎根草场作篱把，利刺浑身苦斗沙。
驱走风魔迎看客，果甜再酿一杯茶[①]。

【注】
① 沙棘果可酿营养丰富的饮料。

黄 花

草原暑日赐花黄，枝顶生辉碗溢香。
秀色可餐非戏语，纤腰舞罢入厨房[①]。

【注】
① 草原黄花是天然的名菜。

雁

长长雁阵过关山，一路高歌不辍闲。
万物皆轻无顾恋，人文独重写云天。

燕

北归燕子剪春光，飞舞呢喃绕故梁。
义鸟犹寻生长地，仁人怎可背炎黄？

蝴 蝶

三载纯情聚一窗，千秋悲怨绕钱塘。
人心怎比昆虫善？双蝶长空挽祝梁。

咏兴安岭北国红豆

颗颗红豆北疆生，情聚玫瑰岁染红。
此物休云南国占，相思处处得春风。

咏中山公园“槐柏合抱树”

身抱根盘总作欢，顶风冒雨意缠绵。
柏槐异类犹狂恋，难怪白蛇觅许仙。

董桂君

曾用名董贵君，原为内蒙古兴安盟科尔沁报社社长、总编辑，现为兴安盟摄影家协会副主席。2003年辞去报社领导职务，创办大自然摄影工作室，相继拍摄出版《梦幻之旅—阿尔山》等多部风光画册。近两年专门从事濒危鸟类拍摄。

太极悟语

太极熟练趣无穷，恰似春晴杨柳风。
练到柔和优雅境，行云流水一般同。

摄影怀衷

醉弋高山流水中，心随云影日光行。
摄来大美天成处，入化自然景色生。

董敏达

辽宁省建昌县人，1931年1月生。1947年3月参加革命工作，曾任中共赤峰教育学院中文系支部书记，副教授，1992年离休，享受处级待遇。现为中华诗词学会会员、内蒙古诗词学会会员、赤峰市诗词学会顾问、赤峰学院诗词教学创作研究会常务理事、《紫塞吟坛》副主编。著有《漫路诗踪》《康路吟风》等，现一并收入《徽砚斋诗文集》。

丁亥新春抒怀

骥离鞍辔志犹奇，耕稼辛勤未歇蹄。
白雪阳春歌盛世，金樽丽液化新诗。
疆原草绿胸怀远，玉宇天高月箭期。
夜梦嫦娥归故里，五星赤旆映晨曦。

春 兴

塞北山乡是我家，春来遍处李桃花。
云开好育千苗秀，雨霁合培万木佳。
夜半钟声催枕近，床间课卷惹思遐。
起看斜挂天边月，已映门前杨柳丫。

海棠春·早雁

钩残月小雁来早，八九翩翩斜阵小；扑面近楼来，春梦声声搅。　　凭栏远眺晴烟少，氤氲蓬勃南山好；朝日艳如丹，紫气红山绕。

1991 年

八声甘州·赞长江防汛奏凯

对惊涛滚滚撼江天，军民筑堤牢。任风狂浪涌，霹雷闪电，急雨潇潇。万众一心迎战，携手抗洪妖。险漏、严防紧，死守晨宵。　　建城舍生救友，继成家不顾，堤上奔劳。主席亲口誉，英烈美名标。党领导坚持到底，获全胜举世华夏翘。建家园，八方赈济骨肉同胞。

1998 年

赤峰教育学院二十年校庆有感致宜善、志新、约瑟

师训当年举步艰，荒郊野舍越冬寒。
朝朝引火蒿柴拾，夜夜加班趣志专。
备课深研真义索，编书细审赘言删。
工夫不负冰霜苦，互教坛开四友传。

1999 年

庚辰迎春曲和胡鉴明、潘自珍三首

（一）

大道康庄阔境煌，中华特色焕金光。
小平理论开新绩，三代核心聚栋梁。
开放搞活融百惠，协商入世化千祥。
居安勿忘危时痛，反霸维和保泰康。

（二）

丹葩绽蕊报春回，国色天香喜瑞堆。
港澳回归慈母慰，神州一统嫡亲怀。
开发西部维生态，奠定全民共富基。
华夏龙腾千禧庆，草原马竞万蹄催。

（三）

雄鸡一唱醒酣眠，乘兴城郊仰大千。
碧宇星河开局象，虹桥立索竖琴弦。
朝霞紫气东方旭，赭岫青松赤县天。
组玉环龙思远祖，红山文化万斯年。

2000 年

董新国

蒙古族，1954年生，湖北武汉人。大专文化，现任兴安盟艺术研究所所长。中国民间文艺家协会会员、内蒙古曲艺家协会理事、兴安盟残联副主席、兴安盟民间艺术家协会主席，编辑出版了《兴安盟蒙古族叙事民歌》等多部书籍，荣获“全国第三届民族民间文艺集成志书优秀编审者”等多项奖励。

蝶恋花·登好汉坡①

涧态山容依旧妙，汗水流时，又唱登山调。
好汉坡前人不老，英雄未必皆年少。　岁月多
情休自扰，山路弯弯，恰似人生道。峭壁风高歌
袅袅，峰头自有白云窕。

【注】

① 好汉坡位于兴安盟五岔沟林业局施业区，又称“一蹬天”，“一顶天”为当年运材公路的顶点。

蒋仲亮

字忠良，号睿亮，1935年9月出生于内蒙古莫力达瓦旗额尔和乡五家屯。早年在莫旗从事教育工作，年至五旬在莫旗政府办工作。内蒙古作家协会、内蒙古诗词学会会员，著有诗集《嫩江乡韵》。

嫦娥一号赞

神舟熠熠越苍穹，环绕太空临桂宫。
龙凤飞天开宇宙，嫦娥奔月采菁英。
玉轮[①]科考通星汉，珍宝研求殷众生。
改善乾坤宜万物，造福人类共文明。

【注】
① 古代诗人常将月亮比喻为玉轮在天空旋转。

内蒙园艺科研所

群鸟嘤嘤绕树飞，果园白雪掩柴扉。
红霞夕照青山上，鸟雀归巢月似眉。

公寓廉租赞

大青山上雪皑皑，丹凤朝阳紫气来。
公寓廉租低保者，千家万户住新宅。

渔　归

——嫩江渡口

浮桥夕照月光辉，垂钓江边踏露归。
山抹余霞绯翠岭，孩儿迎我进柴扉。

明夜囤鱼

——嫩江渡口

月色溶溶映碧空，银光瑟瑟水淙淙。
登临桥上囤河蟹，天际幽幽灯似星。

尼尔基风光

——老山头

夏雨初晴绯彩虹，野原芍药露晶莹。
六旬致仕羡恬淡，闲坐山岩听鸟鸣。

乌素图国家森林公园

千崖春色杏花鲜，市傍青山闻紫鹃。
漫步长廊游静谷，登临峻岭赏蓝天。
粼粼湖水融云影，莽莽林松掩岫烟。
小憩园中心境爽，故疾初愈自怡然。

北京北海观荷

姝姿倩影浴漪澜，菡萏芳馨似玉盘，
我爱荷花不染垢，丹心碧水映娇颜。

三峡风光

三峡初晓紫霞光，诗友同船游大江。
白帝城头吟古韵，夔门山下赏新航。
巫山夜宿升明月，神女晨兴舞绮裳。
宝库安澜泽地萃，欣观人世变天堂。

游石钟山

少年浏览石钟山，老迈惠登观景船。
峦岫竞奇吞猛浪，江鄱合汇悦安澜。

游览黄山

驰车千里访名山，翠嶂拂云解暑炎。
幽壑岩崖飞瀑布，崇峦云海涌轻烟。
轩辕玉树鹤鸣谷，宝塔丹霞猴戏潭。
逢澍杜鹃红似火，古稀览胜愉天年。

漓江风光

群峦林立耸苍穹，江水澄莹映碧峰。
奔马腾岩逢玉镜，飞凰展翅会云龙①。
天公邀客月光嶂，仙女巧妆翡翠宫②。
三姐歌声萦昊汉，山川毓秀悦航程③。

【注】

① 漓江夹岸峭壁有天然九马图映入漓江水；颔联下联群鸟飞绕云龙峰。

② 月光嶂，即天然形成之月光岭；岸上七座如翡翠的山峰，映到水中的影子款款起舞，有如七仙女。

③ 三姐歌声，即船上放送刘三姐的歌声。

岳阳楼怀古

飞檐画栋越千秋，多少先哲登古楼。
诗圣文豪归故里①，惟余翰墨数风流。

【注】

① 诗圣指杜甫，文豪指范仲淹。

贺兰山风光

岑岫竞奇映玉泉，群峰簇簇耸云天。
长城蜿转丝绸路，黄水奔腾鱼米川。
星海湖光润苇草，贺兰秋色染枫峦[①]。
金牛护岸兆丰稔，八月物候沙枣甜[②]。

【注】
① 石咀山市大武口区新修筑的湖名曰星海湖。
② 在湖岸雕塑的金牛是吉祥之象征。

兰州皋兰山形胜

天车冉冉陟皋峰，登上仙桥闻古钟。
两岸山峦披碧玉，一条银练贯金城。

谒郑成功石像

崇岩石像屹云峰，壮志挥师棹远征。
驱逐夷狄平外患，炎黄裔胄觐英雄。

登北岳恒山

青松苍柏衬红枫，北岳如行云雾中。
银凤雄飞三教殿，金龙腾翥九天宫。
公输巧筑悬空寺，宏祖登临霞客亭。
溪水长流源自邃，壮观墨迹太白风。

天山风光

群山环绕一泓瀛，湖水波光融雪峰。
牧场芳馨驰骏马，瑶池缥碧照飞鸿。
龙潭瀑布泠泠玉，皓月悬泉澮澮风。
特色名餐齐祝贺，民族婚宴最欢腾。

西宁风景线

昆仑莽莽戍西宁，湟水奔流绕古城。
天赐圣湖千顷碧，瑶台玉女羡青瀛[①]。

【注】
① 青瀛指青海湖水。

嫩江江渚渔家

春光融化千峰雪，林木滋荣绿岭南。
江渚炊烟萦翠柳，渔舟轻棹浴清涟。
白杨枝上栖灵鹊，皓月天边照峻峦。
草舍恬然聆鸟语，流觞斟酒客心甜。

渝州风光

缙云涌翠潮，两水绕东郊。
北碚峰川秀，南泉天地娇。
红岩昭日月，广厦耸凌霄。
竹海拥松柏，山城步步高。

嫩江渡口

秋水牧鹅鸭，江湾红蓼花。
两山开翠嶂，一颗向天涯。

山亭待月

——尼尔基老山头

蛩声夕照红，儿女戏蜻蜓。
一壑轻烟起，山亭待月明。

琼岛风光

千崖翡翠色，海口饮漪澜。
塞北雪飞舞，琼州花欲燃。
万泉访古寨，三亚浴沙滩。
苏子挥毫处，文华醒目观。

开封龙亭公园

龙潭访古楼，金碧耀云头。
几度王朝没，黄河日夜流。

庐山风光

望鄱亭下紫薇开，湖水泱泱舟往来。
花径芳馨锦绣谷，修篁雅韵玉坪台。
结庐山下念元亮，飞瀑云崖忆太白。
奇秀峰川三宝树，天池印月畅心怀。

千岛湖

深渡乘船观水村，湖光峦影气氤氲。
白云缥缈碧峰上，恍若置身游桂林。

蒋　杰

1955年3月生，兴安盟人。1976年参加教育工作，1983年毕业于白城教育学院中文系，任中学教导主任。80年代曾多次参加文学创作学习班，并在《兴安日报》发表过诗词、散文、论文等。现为兴安盟诗词学会会员。

水调歌头·大兴安

横越科尔沁，纵跨大兴安。矗立北境边塞，气象总万千。麦浪松涛奔涌，兽走禽飞旋跃，牧野阔无边。穿过兴安岭，圣水漫寻源。　　大石寨，归流水，阿尔山。索伦河谷惊变，古迹换新颜。天宝物华岁老，地利人和春早，沧海变桑田。请问射雕者，可认此家园？

沁园春·阿尔山

边塞小城，月映天池，山傍温泉。看大兴安岭，碧波涌起；兽群踊跃，矿藏渊源。鲜蘑铺山，黄花遍地，席上山珍任选餐。须晨晚，望青山白练，松浪滔天。　　国中疗养佳园，有多少顽疾康复还。建旅游圣地，修屋筑路，开发边塞，拓种荒田。营木造林，架棚种菜，经济振兴守北关。问姮女，可回来观否？秋夜临凡。

谢长顺

1958年生于阿尔山。1978年考入白城师专中文系，1993年调入乌兰浩特晚报社任副刊部编辑。近几年尝试诗词写作，作品曾入选《兴安诗坛》《兴安行吟》等。现任乌兰浩特市史志档案局局长、兴安盟诗词学会会员。

八声甘州·参观内蒙古民族解放纪念馆

望巍巍楼宇屹平台，载花甲丰碑。看金戈铁马，黄沙迷漫，云卷风回。遥想草原烽火，猎猎战旗飞。善解民族意，万众心归。　　忆起乾坤初定，引先河自治，气势宏恢。咏民丰业盛，赞美景千迴。展雄图，前程铺锦，漠海青，白雪映红梅。临高望，平川碧野，尽沐朝晖。

一剪梅·参观五一会址

碧草红花万样娇。黛瓦青砖，室亮旗飘。欢歌笑语聚英豪。国事相约，自治昭昭。　　血火狼烟渐己消。半世艰辛，百业富饶。兴安大地涌新潮。锦绣前程，尽在明朝。

望海潮·春游罕山成庙

草原名胜，兴安奇景，红城自有繁华。烟隐树间，香飘庙下，春游此处为佳。晨露伴朝霞，碧波迎绿柳，意兴勃发。殿宇楼台，开疆拓土祭汗家。　　重岩叠脊高拔。看金戈铁马，驰骋黄沙。钟磬奏祥，梵音绕宇，凭栏吊古思遐。看钓叟莲娃。听京腔亮嗓，好景无涯。暮鼓晨香胜境，游苑一奇葩。

小重山·夜游五一广场

日落霞飞人沸腾，良宵谁伴我？广场灯。秧歌曼舞乐鼓声。光明夜，装点靓红城。　　花树曳轻风，草坪铺锦绣，畅游情。心怡神旷兴难平。凭谁问，佳境忘归程。

入史档行感怀四首

（一）

史海遨游趣自高，书山博览兴情豪。
唯今只为心湖静，不似韶华恋弄潮。

（二）

清贫自古伴书香，寂寞从来叹月长。
独赏春秋观亘古，于无声处著华章。

（三）

无韵离骚传亘古，史家绝唱伴平生。
博观千载兴亡事，愿睡三更起五更。

（四）

铁卷丹书开望眼，史章档案启愚蒙。
积学贮宝平添乐，拓野丰才慰平生。

韩有国

笔名晓轶，别号逢蒿咏客，原籍河北黄骅周青庄人，生于满洲里市扎赉诺尔区。高中文化，中国函授语言逻辑大学肄业，满洲里市文联委员。满洲里市诗词学会理事，作品散见于全国书刊、报纸。主编《渤海韩氏族谱》一部，出版诗词集两部。

八达岭长城

万里雄飞起巨龙，气吞山海贯长虹。
九天俯瞰宏微见，环宇堪称第一工。

沁园春·今日满洲里

沃野平川，碧水环流，塞北名城。揽山河雅秀，地灵人俊，民风淳朴，万户雍容。贯乘龙驹，飞奔逾跃，驰骋芳原追烈风。春光媚，阅边陲新貌，一派葱茏。　　小康初展鲲鹏，引商贾纷纷竞远东。恰东西南北，政通路畅，八方四面，口岸融融。边贸欣欣，陆桥一线，好似云天连彩虹。新姿展，看桑梓今日，盛世恢宏。

沁园春·战友情

丁亥惊蛰，乍暖还寒，战友互邀。正早春时节，边陲欢聚，酣歌畅饮，笑语滔滔。遥想当年，意坚信笃，壮志凌云冲九霄。今说起，那沧桑岁月，慷慨倜寥。　　闲来思绪如潮，忆万马奔腾似疾飙。恰铿锵号角，催人奋进，驰骋千里，百旅横刀。赤子丹心，戍边守土，热血男儿胆气高。昨岁了，看老兵风采，依旧英豪。

沁园春·纪念淮海战役胜利六十周年

山海关东，雪舞冰天，冽冽风萧。望群峦叠嶂，硝尘弥漫，平原沃野，旌旆飘飘。黑水弩张，长白剑吼，百万雄师卷大潮。黑土地，正八方奏凯，地动山摇。　　催征战鼓频敲，恰敌寇惶惶欲败逃。待天兵围剿，溃顽尽覆，涤污荡垢，枯木焚烧。七彩横空，晓霞初透，华夏山河分外娇。迎朝日，阅人间秀色，北国妖娆。

韩志亭

1944年出生，大专文化。兴安盟卫生局干部，现为内蒙古诗词学会会员、兴安盟诗词学会会员。近几年创作格律诗词120余首，其中部分作品发表在《内蒙古诗词》《兴安诗词》《兴安日报》《商务时报》《科尔沁报》和其它报刊上。

五角枫颂

塞北边关处处家，身姿秀挺立山崖。
风沙吹过枝如戟，霜雪浸来叶胜花。
独树峰头燃火炬，层林岭际映云霞。
斑斓落地培根土，待到新春又发芽。

为教师节而作

夙志耕耘育桃李，寒来暑往尽辛劳。
师德表率培新蕾，圣道躬行哺幼苗。
雨润春华增秀美，风摇秋果显丰饶。
园丁发皓容颜老，脊背依然是渡桥。

满江红·咏彭德怀

耿正如钢，一身胆，南征北战。洒热血，横刀立马，强敌魄散。五次反围歼蒋匪，百团大战驱倭患。赴朝邦，抗美保边疆，春归艳。　　烟瘴起，遮天黯。遭迫害，翅难展。种农桑果圃，赤心不变。功照千秋高仰之，铮铮铁骨终无憾。大将军百世颂芳名，青松赞。

沁园春·兴安写照

秀美兴安，画意山川，拓我伟襟。望层峦叠翠，蜿蜒绿脉；众河流碧，潇洒长巾。湿地鸿飞，湖沼鹤舞，更有鱼肥百草珍。三秋近，看经霜枫叶，色彩缤纷。　　红城史册名闻，似一树寒梅早报春。有天骄古刹，久铭功绩；无敌铁骑，曾卷征尘。世事沧桑，“五一”会址，见证群黎做主人。新潮涌，展无边锦绣，壮丽乾坤。

柳梢青·颂天津知青林

阔野高天，翔飞大鸟，鸿展兴安。何惧狂风，灼烧烈日，汗洒草原。　　编织绿色芊芊，治沙患，神州碧园。敬仰慈鸦，春晖永报，种树结缘。

虞美人·听草原巴尔虎长调

草原一线蜿蜒水，四望穹庐美。歌吟出口入时空，飘过敖包原野百花丛。　　悠悠马背多长调，响遏行云绕。民间自有美声传，巴尔虎人唱彻月儿圆。

行吟颂

行吟一曲见峥嵘，四赴边陲尽纵情，
古道楼兰怀旧事，新城戈壁咏新容。
采油井涌乌金浪，军垦田生白雪绒。
大漠难寻昔日貌，骚人笔下盛唐风。

一丛花·昭君

琵琶伴嫁赴边关，疆域定烽烟。牛羊布野刀枪尽，草肥美，塞上丰年。农牧两兴，风香大漠，景象胜空前。　　妍媸妙笔点姻缘，两族结盟鸾。明妃一笑干戈靖，载青史，大义和蕃。情连胡汉，仍思故土，青冢望长安。

咏白菊花

冉冉秋风杪，萧萧万物黄。
凌霜留晚节，对月展春芳。
玉瓣临风舞，金蕊满山香。
傲然枝骨硬，卉老更馨长。

鲁 歌

（1913—1988），曾用名张先甲、张肇科，安徽当涂人。曾任中央教育部、高教部秘书处处长，内蒙古大学中文系教授。生前是全国老一辈革命家诗词研究会会长、中国作家协会和中国书法家协会会员、中国郭沫若研究学会和中国韵文学会理事、内蒙古怡斋诗书画研究会名誉会长。著有《毛泽东诗词论稿》《可斋诗词选》《诗卷长留天地间》，与人合作编著《历代歌咏昭君诗词选注》《老一辈革命家诗词选注》《近代爱国诗选》等。

咏 菊

东园好景问谁知？不与群芳竞秀姿。
紫艳多情甘冷露，黄华有趣守荒篱。
莫嫌矮屋无人赏，常伴香泥护蕊迟。
我学渊明高尚性，爱他隐逸异凡枝。

1927 年当涂

千秋岁

春来几许？暗觉芳菲度。莺有恨，花无语，桥头溪水绿，枝上啼鹃诉。情不尽，销魂更有帘纤雨。　　目断云深处，双燕空飞去。心一片，愁千缕，淡烟迷远岫，芳草遮归路。人不见，依依杨柳参差舞。

1930 年南京

减字木兰花·采石怀古

波涛滚滚，千古英雄浪淘尽。蓑笠渔翁，阅尽兴亡烟雨中。　　春光迟暮，杜宇声声声欲诉。点点沙鸥，识得人间多少愁。

1930 年当涂

齐天乐·重九

匆匆又到重阳节，秋光已成迟暮。篱菊迎晴，丹枫映日，不是满城风雨。凭高吊古，但秋草连天，衰杨自舞。雁阵横空，数声清唳倍凄楚。　　危亭独立无绪。暗思家国事，茫茫四顾。满目烽烟，干戈遍地，争忍重登高处。此情最苦，问莽莽天涯，金瓯谁补？泪落襟前，对长空不语。

1935 年秋安庆

鹧鸪天

未灭匈奴敢顾身，休将文弱说书生。班超困厄知投笔，年少终军尚请缨。　　齐奋起，莫因循，戎装初着意纵横。秋风落叶思残寇，待看犁庭指日平。

1938 年 8 月武汉

念奴娇·鄂南退却过通城五里牌作

楚天寥阔，西风镇日卷纷纷残叶。黯黯秋云地起，正是凄凉时节。顽敌当前，追兵断后，烽火连天急。三湘匪远，洞庭何日飞越？　曾记遭乱辞乡，流离道路，骨肉天涯别。投笔请缨心志壮，只恨匈奴未灭。姑熟溪边，于湖城内，白骨应如雪。迢迢千里，归心须问明月。

1938 年 11 月 3 日

感　怀

少年书剑两无成，忧患余生意气横。
不作乞灵干上国，岂能折节恋华缨？
拟攀北斗看明月，欲向流沙访玉京。
中夜无眠百感集，潇潇微雨听鸡鸣。

1941 年 11 月广西宜山

读革命烈士诗钞

恨昔头颅未得抛，于今生命等鸿毛。
可堪暮色苍茫里，忽忆当年旧战袍。

金缕曲

燕赵悲歌处，尚想见潇潇易水，荆卿初渡。意气如虹虹贯日，拔剑登车竟去，纵虎穴龙潭何惧。慷慨雄风都已矣，问当年屠狗今何许？衣冠辈，皆狐鼠。　　梦中摘得星如雨，甚而今芳菲零落，美人迟暮。历尽天涯行役苦，岁月都成轻负，叹圆凿难容方柱。千里长空凭极目，但茫茫平野迢迢路。谁为作，登楼赋。

1946 年天津

无　题

一往情深不自持，十年憔悴有谁知。
未成灰烬终须炽，但有生机总是痴。
历尽星霜秋易老，几番风雨落天迟。
天涯咫尺人难见，枕上灯前夜夜思。

昭　君

封丘遥对古阴山，闻道明妃葬此间。
何必汉家为侍妾，那如胡地嫁呼韩。
红颜一代终须老，青冢千年永不残。
莫道琵琶尽哀怨，从来弦管有悲欢。

和夏承焘先生呼和浩特纪游

玉帛兵戎记昔年，汉唐往事已如烟。
明妃地下应含笑，九域而今共幅圆。

沁园春·重游正定

回首旧游，二十三年，如梦堪惊。记艰难岁月，书生豪气；自由天地，战士歌声。土室谈兵，秋原论史，慷慨情怀七尺轻。雄师指，更燕南赵北，伏虎追鲸。　　滹沱河上重经，望高塔依然出古城。感当年俦侣，风流云散；是时巷陌，户改门更。萧寺新修，名园深锁，闹市相逢无友生。寒风里，渐夕阳西下，近岫横青。

1972 年 2 月

沉痛悼念敬爱的周总理

曾瞻丰采忆当年，想象音容尚宛然。
太息老成凋谢尽，杞人岂是枉忧天！

1976 年 1 月 9 日

满江红·读“大江歌罢掉头东”诗为纪念周总理八十诞辰作

叱咤风云，记当日大江歌罢。放眼看，神州沉陆，中原血洒。壮志凌云图破壁，豪情蹈海无牵挂。赋新诗挥手掉头东，重洋跨。　求真理，寻欧亚；济危困，兴华夏。更文章韬略，千军万马。盖世殊勋推宰辅，回天大勇摧权霸。诵遗篇想象忆英姿，难图画。

1978年2月24日

满庭芳二首

毛主席和其他老一辈无产阶级革命家诗词研究会在重庆北碚召开成立大会，为此，填满庭芳二阕以纪盛。

（一）

绿树成荫，繁花似锦，北碚一片风光。群贤毕至，更觉满庭芳。弹指韶山秋色，今又是、梅子初黄[①]。东道主，西南一老，招我乐笙簧[②]。　诗坛、开盛会，共研精义，同谱新章。喜毫端锦绣，笔底汪洋。恰似嘉陵江水，滔滔下，源远流长。看指日，四编俱就，遐迩共蜚扬[③]。

（二）

粤海诗翁，燕南词客，江淮河朔群雄。我来塞上，骥尾许追从。或越巴山秦岭，或穿峡，上溯巴东。更多少，横空飞渡，天外降征鸿。　良朋，来自远，新知喜集，旧雨重逢。共庆贺今朝盛会成功。回首去秋初倡，缙云山遥接韶峰[④]。情不尽，聊陈俚句，词绌苦难工。

【注】

① 研究会是于一九七八年十月在韶山召开第一次毛主席诗词座谈会上倡议成立的。

② 研究会成立大会由筹备小组委托西南师范学院筹备，在重庆北碚举行。西南一老，指耿先生。

③ 会上决定由与会各校协作编写有关毛主席和其他老一辈无产阶级革命家诗词四种教材和教学参考资料。

④ 缙云山在北碚附近。

1979 年 5 月 11 日重庆

登禹王台

李白东来作壮游，纵情诗酒傲王侯。
相逢高杜同酬唱，远胜长安偶倡优。

1982 年 10 月 16 日

乐山大佛

凌云高岭郁苍苍，石佛巍峨法相庄。
默对江天千百载，逝波声里阅兴亡。

1982 年 11 月 1 日

祝贺周振甫先生从事编辑工作五十年

五十年来勤笔耕，群钦泰斗仰高明。
诗文例话传当世，译述雕龙启后生。
索隐指瑕精辨析，寻章琢句费衡评。
论交我恨相逢晚，谨献俚词致远情。

1983 年 1 月 13 日

欣闻中国韵文学会成立大会在长沙召开遥赋绝句

秋风袅袅洞庭波，南国诗人俊彦多。
屈子贾生余韵在，而今继响待鸣珂。

1984 年 12 月 10 日

长沙天心阁留句

回首艰难事可嗟，当年一炬过长沙。
江流未改人间换，高阁重修俯万家。

【注】
一九三八年长沙大火之夜，余正由平江过长沙。

1984 年 11 月 21 日

岳麓书院留题

千年学府耀湖湘，弦诵风流余韵长。
更有导师留迹处，赫曦台下暗思量。

【注】
毛泽东同志曾多次寓居书院学习。赫曦台在书院大门对面。毛泽东同志一九五五年十月和周世钊诗云："莫叹韶华容易逝，卅年仍到赫曦台。"

1984 年 11 月 23 日

西江月·整党自励

惆怅枥中老骥，当年曾是云骓，绝尘奔电望风追，今日未忘旌旆。　莫道黄昏渐近，夕阳犹有余晖，且将残照洒芳菲，我自鞠躬尽瘁！

1985 年 1 月 7 日

水调歌头

一九三四年曾到岳阳楼，至今五十年矣！今日重登，感而赋此。

盛会逢佳日，来访洞庭秋。五十年间过去，重上岳阳楼。千里烟波浩渺，一点君山螺小，风景望中收。湖上帆樯满，人在画中游。　忆当年，思往事，使人愁。遍地干戈扰攘，破碎此金瓯。今日黎元作主，到处民丰物阜，四化建新猷。无限登临意，烂灿古神州。

1984 年 11 月 25 日

病中偶感

偶感微疴竟不支，料知衰朽命如丝。
少孤为客飘零早，老病攻书奋勉迟。
疾足骅骝驰远道，健翎鹰隼上高枝。
春来强起凭栏望，平野苍茫有所思。

1985 年暮春

登白塔

凌空高塔踞平畴，寥廓高天塞上秋。
漠漠川原连大野，当年曾是古丰州。

1985 年 10 月 23 日

研究生通过硕士答辩后书赠

荏苒三秋忝窃名，敢云授业与传经。
喜曾倒屐迎王子，早着先鞭羡祖生。
白首我徒增马齿，青云君自奋鹏程。
忘年相伴兼师友，风雨晨昏共此情。

1986 年 8 月 24 日

吊叶剑英元帅

我一九四八年十二月调北平市军管会工作。一九四九年二月四日，举行我军入城式，叶帅在前门箭楼阅兵。我因见张奚若先生随学生队伍在前门大街上行走，上城禀告叶帅，叶帅命我领张上城楼，因得侍立叶帅身后观看盛大的入城式。

曾尾旌麾入古城，箭楼侍立得观兵。
万人争睹元戎貌，看领雄师进北京。

贺克慎六十初度

津海幽燕忆昔游，当年风雨誓同舟。
艰危岁月成残梦，战火生涯记逆流。
入眼云烟皆有意，寄情花草可忘忧。
愿今与子相偕老，寿考康强共白头。

1986 年 11 月 12 日

裘思忠

上海市人，1950年2月2日出生。曾供职于海拉尔市人大常委会（副秘书长），现为晚晴诗社副社长、中华诗词文化研究所研究员。有诗作数十首入选《中华诗词著作家辞典》《中华诗词年鉴（2004年卷）》等多部典籍。

丁丑新春感怀

新春爆竹响连天，唤起晨钟迓丑年。
极目屿山思易帜，驰神粤海忆硝烟。
而今风物尽妍矣，世纪沧桑一喟然。
翘望紫荆开满地，香江放棹兴无前。

贺《海拉尔晚报》创刊十周年

欣逢晚报庆生辰，正是隆冬岁月新。
十载豪情评世界，一支彩笔绘乾坤。
萦怀大众同休戚，立足边城自率真。
世纪征程驰骏马，与时俱进莫逡巡。

纪念二战胜利六十周年

消却烽烟六十秋，昙花霸业笑希酋。
大西洋上补残月，易北河干唱晚舟。
常许真诚融敌我，未闻矫饰了恩仇。
和平欧陆风光异，谁与凌云作胜游？

游西山名人峰

赢得边城多秀色，暮春远足自陶然。
临风送爽莺啼脆，拾级留香草吐鲜。
万壑松涛来眼底，一怀诗绪出心田。
名人事绩勾连久，始信青山别有天。

贺香港回归四首

（一）

樽俎折冲补九州，中华儿女竞风流。
百年屈辱今湔洗，“两制”前程握胜筹。

（二）

三军奕奕试新装，笑指南天纳晚凉。
米帜徐徐辞子夜，红旗猎猎映朝阳。

（三）

新翼嘉宾聚彦才，飞觞共祝紫荆开。
人间正道中天日，浮海西行独可哀。

（四）

银灯万丈淡清晖，山海蛟龙欲奋飞。
香港同胞深寓意，盛妆维埠贺回归。

伊拉克战争感怀四首

（一）

异国虎狼师，两河濯铁蹄。
布裙凝碧血，羞赧几须眉。

（二）

弹雨鬼神惊，硝烟裹血腥。
村夫胡不惧，枪殒铁蜻蜓？

（三）

北美坚金甲，近东富石油。
瓮中擒老萨，布氏遂鸿猷。

（四）

前方频奏凯，乡梦几时圆。
越战伤心事，将军徒喟然。

贺母校五十华诞

地覆天翻五十冬，雪泥鸿爪梦时通。
窗明白鹿书声朗，球舞青狮身影雄。
哪惜桑榆摧暮雨，因矜桃李绽春风。
关山不会躬逢意，且遣新诗作彩虹。

忆彭真委员长三首

（一）

两度南冠亦等闲，为民为国一中坚。
丰功倘许从容说，劫后重兴法最先。

（二）

荡涤妖氛日月光，久安长治费平章。
而今法律花初绽，最忆园丁灌溉忙。

（三）

封建千年积弊多，人民新政启先河。
力行法制除专制，奉命军前我奋戈。

靳立成

笔名明远，生于1935年10月，籍贯山东省。大专文化，高级经济师。曾供职于内蒙古邮电管理局，现已退休。主要著作有《朔方征雁》《秋声雁一行》。

惜黄花慢·观海

独倚高楼，极目天远处，点点飞鸥。碧波似镜，小礁照影，蓬莱隐隐，月照云头。远方涛涌声声近，恰如似，鼓乐纠纠。靠岸舟，自由序列，无奈停留。　　急风猛打苹洲。冷月成碎片，任水中流。巨澜汹涌，扁舟跳跃，飘零落叶，一展歌喉。百般寂寞风吹去，共天地，乐乐忧忧。大海秋，五颜六色无休。

一剪梅·遐想

常忆当年赊旅中，歌在胸中，花在胸中。夜阑秉烛不思眠，一会朝西，一会朝东。　　两鬓风霜腰似弓，人去难逢，信去难通。如烟往事不归来，聚也匆匆，散也匆匆。

鹧鸪天

与汝拾柴木李东，柳筐未满满天红。饱经六夏三冬日，享尽东南西北风。　汝远走，海山重，相逢梦里醒后空。几多难忘断肠事，尽在生离死别中。

一丛花

志存高远路无穷，单骑影匆匆。黛水阴山千里月，走边城。碧野清风，关外绿衣，伴君急步，深院访群翁。　柳荫阁内墨林丛，挥洒放飞鸿。潇湘笔走随流水，不经意，再造天宫。黄叶小楼，画沙漏渍，点点见情浓。

满庭芳・桂林一角

新景桂林，漓江东畔，南国民俗一村。“苗家”迎客，盛意酒三巡。迎娶竹楼侗妹，摇花轿、伴舞歌新。厅堂里，双双跪拜，郎扮忌兜贫。　惊心！鸡斗场，凤凰阁内，雄雌难分。更东侧长嘶，马股蹄痕。八卦迷宫留影，小桥过、奇品楼深。绿荫下，江风迎面，归路踏黄昏。

八声甘州·寻故地

掠草原辽阔似风飞，一心觅邮亭。看青山依旧，鲜花遍野，水泻瑶筝。柳暗高楼处处，难见几黄莺。城老多尘土，叫买声声。　　怎奈桃花面去，憾青春难再，醉梦频惊。听笑声未变，陌路怎相迎。风凄凄、心热天冷，雨潇潇、酒待故人倾。车行急、回眸已逝，无影无形。

伤春怨·汶川大地震

天崩地亦裂，城池瞬间泯灭。暴雨狂风吼，遗老遗婴淌血。　　全球月凄咽，五洲齐来携。举国忍悲痛，振精神，战恶魔。

长相思·沿黄九省区老年迎奥运书画展感怀

黄河流，清河流，万载千秋流不休，润育北九畴。　　思悠悠，爱悠悠，白首含情笔力遒，挥洒泉城楼。

莺啼序·岁月留痕

童年苦寒岁暮，请天神入住。踏秸秆，劈裂声声，点燃门道香柱。聚三界，贤能古圣，屈尊草舍风霜苦。做扁食，静等晨曦，爆竹花树。　花落花开，春来春去，奔张家学府。课堂上，只会埋头，井蛙题解小术。北风寒，拾柴雪野，携幼弟，初尝甘苦。过大河，读阅春秋，乐声博物。　逍遥车马，落地红城，豆蔻怀情愫。痴眷念，深埋心底，独觅闲愁。暗叹一声，各奔前路。朦胧月色，关帝庙内，杯弓蛇影风牛马；几番后，风雨润庭梧。晨风淡月，结伴察盟学徒，半呆夜巡待兔。　鹿城呐喊，红遍汪洋，看满街英武。冷窗累，新学旧院，柴沟兵营，四季无雁，夜有啼乌。星移斗转，灯光疏影，全息广场试半电，未商约，共享风和雨。骤然相聚怡园，花甲匆忙，死生荣辱。

【注】

“扁食”，即饺子。“关帝庙”，上世纪50年代中期，曾是内蒙古邮电学校的校舍。“夜巡待兔”，指夜间在机房巡视，观察设备运行情况。“柴沟”，指河北柴沟堡。

一剪梅

沿黄九区喜聚首，霜鬓华发，并肩携手。翰墨丹青逐百愁，俯瞻环宇，大河奔流。　山外有山楼外楼，萧瑟松清，东岳竞秀。泉城烟雨圣城书，明水青山，情意千秋。

阮郎归·回山东探家

恍惚转眼许多年，景物如梦幻。故人一去不复返，胸中波涛乱。　来如风，去似烟，来来去去间。飘洋落叶任风卷，去留由自然。

靳楷龄

1933年10月生，天津市人。包头钢铁（集团）公司退休干部。现为中华诗词学会会员、内蒙古诗词学会理事、包头诗词学会副会长。1950年参加革命工作，大专文化，出版系列副编审。历任中共包头市委办公厅秘书、副处长，包钢炼钢厂、耐火材料厂党委副书记，包钢志史办公室主任等职。诗词作品分别在《中华诗词》《内蒙古诗词》《包头诗词》及其他诗刊、诗集上发表，并有多篇诗词论文在刊物上发表。

礼赞十七大

和谐发展领潮头，又获丰盈五度秋。
大智运筹勤国是，中枢决策定鸿猷。
谋求百姓天天乐，心系千家事事忧。
必信前途花更好，东方红日照神州。

长相思·纪念红军长征

山重重，水重重，心系长城烽火红，三军唱大风。　　雪地中，草地中，万险千难百战功，扶轮毛泽东。

缅怀乌兰夫主席为包钢一号平炉出钢剪彩

雄炉巍伟号称王，牧马男儿作赧郎。
鄂博神山盈地利，草原盛事破天荒。
双流金瀑开新史，一剪红绸报出钢。
犹记当年乌主席，叮咛爱国爱家乡。

破阵子·内蒙古诗词学会换届感呈谭博文会长

曾沐潇湘细雨，又参漫瀚繁星。热血丹心唯报国，勤政无忘公仆情，何怜白发生。　慷慨浩歌长啸，从容雅曲和声。致仕归休重受命，领带吟坛聚友朋，诗场秋点兵。

眼儿媚·中华诗词复兴有感

血脉中华富诗篇，唱响几千年。经骚乐府，古风律绝，代代相传。　文腾盛世逢甘雨，如日正中天。长歌飞遍，北疆南国，东海西川。

西江月·支边五十年感赋

碧野青山紫陌，白云红日蓝天。关河飞渡好支边，祖国一声呼唤。　　林海钢城煤峪，盐池牧场粮川，流年不觉鬓初斑，赤子丹心奉献。

水调歌头·赞包头城市建设

疑是江南郡，实乃北边城。身临这等佳境，真个好心情。钢铁大街壮阔，廛里小区幽静，全在苦经营。漫步银河场，听取鹿儿鸣。　　横来祸，遭强震，似雷霆。几年灾后重建，新市更恢宏。幢幢华楼栉比，处处游园分布，争把贵宾迎。此地诚优美，相与话文明。

河满子·出席包头诗词学会第二次会员代表大会感赋

五月鹿城日暖，吟坛又聚时贤。相约新规成共识，一同跃马扬鞭。无怨箪瓢陋室，但求得意诗篇。　　气壮大青峻岭，歌飞土默平川。盛世春秋多创举，汇成笔底波澜。喜看和谐社会，惠民富国兴边。

沁园春·喜读《友众诗钞》

铁板铜琶，匣内琼瑶，夺锦绝篇。唱清平乐调，烟霞碧树；桃源忆故，戎马青山。检牍平章，察今鉴古，长路歌吟异域天。追先烈，导后生励志，泪写肝丹。　　与民一样悲欢。最善把真情著笔端。喜栉风沐雨，襟怀有抱；经年累月，勤政无闲。领略风骚，结缘韵府，浩气锋芒比稼轩。唯诗也，每潮来得句，胜似升官。

喜读《李野诗选》

大漠大儒吟大千，南冠不改寸心丹。
学童试笔骨已硬，挚友投怀情最牵。
冲淡天然追五柳，神思妙造写三山。
华章不乏惊人语，每读怡于解悟间。

《陶然诗稿》读后

文海茫茫一叶舟，桑榆唱晚乐无忧。
江南赤子非凡马，塞北诗翁比老牛。
万里云山万里诵，百家吟友百家酬。
期公长奋生花笔，永续抒情壮志讴。

浣溪沙·靳诘、靳晶先后高考皆中榜，感呈包钢一中

玉洁冰晶两爱孙，果然不负苦耕耘，一分幸运九分勤。　　植木有方皆硕茂，园丁无意话艰辛，成功便是报师恩。

江城子·赠包钢老年大学

妪翁勤学竟如狂，晚霞芒，似朝阳。未敢休闲，空负好时光。莫道风华年已过，松老壮，酒陈香。　　诗书画印漫平章，竞流芳，共辉煌。四绝称誉，文盛我东邦。争写丹青金碧卷，词万阕，唱包钢。

行香子·戏缘

京剧情缘，意会魂牵。最钟爱、拉唱吹弹。梅庄尚健，程婉荀甜。品腔中味，声中韵，曲中言。　　“别姬”凄美，“醉酒”缠绵，更迷那、惊梦游园。神怡心旷，享受其间。便家长乐，人长寿，体长安。

钗头凤·呈谢要红霞女史

余生于癸酉，岁寿已七十有二。今值本命之年，蒙剪纸艺术大家要红霞女史以手裂纸得鸡形鸡字两制，并以双层双色装潢惠我，美妙至极。谨以钗头凤一曲谢之。

图如绣，精如镂。吉祥增我延年寿。人虽老，
思天保。幸哉安乐，得斯嘉宝。好，好，好！　君
知否？红霞手，品高名贵由来久。禽儿叫，字儿俏。
境同神合，匠心营造。妙，妙，妙！

【说明】

“天保”：《诗经·小雅·天保》有祈寿祝福词：“如山如阜，如冈如陵，如川之方至，如月之恒，如日之升，如南山之寿，如松柏之茂”句，世称“天保九如”。

诉衷情·神六飞天放歌

神州神箭送神舟，五日太空游。双英自若凌
驾，步步上层楼。　观发射，庆回收，醉心头。
飞天惊举，壮我中华，写我春秋。

包钢集团采风二首

生产现场

大厂威仪在，高炉百丈雄。
铸机腾紫气，轧线走红龙。
玉塞边关上，金光世界中。
健儿挥汗雨，是季正隆冬。

夜班见闻

亲人睡梦香，子弟岗间忙。
彻夜如白昼，星空聚赤光。
精轧高速轨，盛产大型梁。
闻报达标后，东方出太阳。

岱海之歌四首

序　歌

久闻岱海美，得见采风行。
一鉴为天宝，三山属地灵。
游场兴热土，胜境誉凉城。
望眼云蒸处，浑然小洞庭。

船 歌

纵览天池秀，风光一望收。
浮游玉台镜，沉醉木兰舟。
浅碛多青蟹，长芦聚白鸥。
非唯南国色，塞上有汀洲。

渔 歌

鱼与人同乐，悠游荡碧波。
鳞光才闪烁，潜影又腾挪。
石罅穿金鲤，水冲过玉梭。
丰饶岱哈泊，令我唱渔歌。

恋 歌

长忆烟波渺，心留水一方。
锦鳞相逐戏，信羽各翱翔。
峻岭环盆地，山村傍水乡。
采风归已久，犹自梦横塘。

翟铁民

1958年生，中央党校公安政法专业毕业。现任兴安盟科技局副局长。擅长格律诗词，著有个人诗词集《刻痕集》；在《中华诗词》《内蒙古诗词》《兴安诗词》《包头诗词》及各级报刊发表诗词百余篇。

沁园春·贺内蒙古自治区成立六十周年

踏遍兴安，饮罢林泉，惬意满襟。看边城庆贺，时光史话；旌旗喜列，蒙地红巾。铁马凝驰，军刀待挎，陈设功章代代珍。新展馆，见人流沓至，络绎纷纷。　　改革鼓角频闻，有乳业红云再报春。建和谐社会，萌新规划；竞争世贸，点化凡尘。工业升温，旅游骤热，崛起边疆创业人。凌云志，望长坡六万，锦绣乾坤。

南歌子·春种时节赠科技工作者

百里勤播种，一坡苦作耕。研发新薯号“微型①”，何计汗泥涂面，只求精。　　垄上娇躯小，尘间碎步轻。临风点将舞长龙，堪比领军疆场，够英雄。

【注】

①“微型”指脱毒马铃薯微型薯种。

一丛花・天津外滩叙旧

海河洮水两相通，聚会在津城。满桌旧叙思乡梦，治沙患、大漠穿行。千里问情，横流泪酒，七位老知青。　　临窗远望任来风，脚下散繁星。尽收海韵无眠夜，鼓心浪、故土相拥。依旧梦萦，哈达奶酒，沃野马蹄轻。

阮郎归・丙戌年立冬看海

阴霾冰霰化澄蓝，冬临不胜寒。谁家靓女戏舟帆，逐潮浪里钻？　　尝咸水，卧沙滩，凝神望海天。觅拾贝蟹放生还，翔鸥眷大连。

醉花阴・听马头琴演奏

谐畅低沉音委婉，凝指双弦浅。抖颤顿滑揉，古韵新翻，流水声声慢。　　万马奔腾尘土溅，百鸟争鸣啭。蓝色故乡情，长调歌源，伫立思人远。

浪淘沙·草原之夜

皓月泻微凉，洒满毡房。马头琴曲远悠扬。火烤全羊歌酒烈，胸臆激昂。　　马影暗成双，蹄染花香。草原夜色掩情长。相会敖包千古颂，地老天荒。

避暑白狼林俗村

兴安岭上第一村[1]，火炕板房品百珍。
采梓东坡驯鹿隐，掬香西岸草莓莘。
云游天际无烦扰，心入林中有鸟音。
旷野群芳撷数朵，山泉照影见童心。

【注】

① 阿尔山市白狼镇林俗村海拔近1600米，为兴安岭南麓最高村镇，人称“第一村”。

诉衷情·夏日登阿尔山天池

瑶池今始荡轻舟，破解万年愁。岩浆凝固成岸，绿树掩深眸。　　登临处，彩云收，榧香留。野生鲜氧，天大空调，在我神州。

念奴娇·海南三亚沙滩觅句

水天一色，看潮头、掀起白沙松软。海角天涯穷尽处，百里无瑕长岸。磊立丛丛，鸥翔点点，几叶舟帆淡。锦衫斗笠，滩涂街市初见[①]。　坡老花甲谪居，敞轩茅顶，沐雨新词撰。载酒堂中真载酒，饮者无非俊彦[②]。久醉实愚，初醒称智，大悟终觉浅。椰林海韵，荡涤愁绪飘远。

【注】

① 锦衫指海南岛黎族女衫之黎锦。

② 苏东坡虽被谪海南岛，但他没有消沉，而以乐观的态度面对现实，三次搭建草屋居住，写下诗作，并在“载酒堂”讲学。

臧淑珍

1931年2月生，初中文化。1947年参加工作，现为呼伦贝尔市诗词协会会员，曾与李兴唐合作出版诗集《兴安诗草》。

建党八十周年

——缅怀向警予、蔡畅等妇女运动先驱

日出东方照乾坤，唤起红颜报国心。
“离经叛道”求解放，甘洒热血为黎民。
华夏巾帼多才俊，先驱光辉启后人。
八秩沧桑逢盛世，今朝酹酒祭忠魂。

蔡振祥

满洲里市诗词学会理事。

水调歌头·游呼伦湖

久慕呼伦水，今上泮中游。云天浩渺无际，雪浪打渔舟。包蕴巴陵美景，吞吐万千气象，大泽望中收。多少兴亡事，都纳泛中流。　登湖亭，思渊薮，久凝眸。心存天下，桑梓猛犸载千秋。鲜卑匈奴汉蒙，今古几多贤圣，吟啸未能休。千载传华藻，贵是为民忧。

蔡德槐

笔名一槐，1931年生，四川江安人。高中毕业。曾任农管局规划办主任，规划工程师。五十年代起业余从事古体诗词的学习探索，先后发表作品二百余件；与爱人合著有《一槐诗文选》。中华诗词学会会员，呼伦贝尔市诗词协会理事、副主编。

过秦岭

1957年5月，宝成铁路通车。我从部队休假返川探亲，得以乘坐。沿途所见，感触良多，作此以志。

登车越秦岭，一日达西川。
闪闪群峰涌，幽幽百洞盘。
满厢喧笑客，夹道险奇山。
悦耳新鲜事，赏心青翠峦。
朝辞宝鸡站，夕过剑门关。
太白生今世，还歌《蜀道难》？

青松赞

岁寒尊三友，吾更爱青松。
梅竹江南秀，青松塞北雄。
诸林多恋暖，此木独凌崇。
千里封冰雪，依然碧绿浓。

雄鹰颂

烁烁金蛇闪，轰轰霹雳频。
弥天翻墨浪，卷地滚烟尘。
柔柳狂摇醉，雏禽杂乱奔。
苍鹰独无畏，俯仰自耕云。

北大荒一周年

脱下戎装换素装，一年屯垦务耕忙。
常随大地迎炎日，还伴青松斗烈霜。
但使荒原增翠绿，何亏我体见黧黄。
从来勇士无言苦，敢效鲲鹏万里翔。

下夕烟

袅袅炊烟上碧空，荧荧灯火聚繁星。
农人才罢田间事，广播已传天外声。
款款肥鹅街口望，翩翩童子路边迎。
武陵高士居今日，何用桃源梦幻生。

北疆五月

北疆五月草初萌，高下凉温各不同。
沟底犹存残雪白，冈头已遍映山红。
牛羊牧野追新绿，犁杖田畴趁暖融。
最是菜农生计早，大棚座座景葱茏。

港九回归庆临期二首

（一）

百年奇耻话沧桑，大好河山割异邦。
抗敌林公偏受黜，求和琦善屈从洋。
朝廷朽弱频招侮，夷狄凶残每逞狂。
港岛何堪沦陷苦，人民饮恨国无光。

（二）

香港回归倒计时，团圆大庆喜临期。
三元早展同仇志，九七终扬故国旗。
金凤还巢舒彩翼，紫荆沐雨灿华枝。
邓公决策英明甚，一统功高两制宜。

读龚自珍《己亥杂诗》

三升一斗悯民愁，龚子怀忧我亦忧。
国赋有章原好办，杂捐随意便难酬。
翻新花样明征取，立卡街头硬索求。
三乱如虻唯吸血，小虫肆虐可欺牛。

戊寅随笔，步二我斋主人《杖国书怀》韵二迭

（一）

昊邈太空星座浮，明明灭灭岂强求。
人间原本是非重，海上几曾风浪休。
拴套便当拴套马，拓荒还做拓荒牛。
名缰利锁宜勘透，莫任烦忧催白头。

（二）

独怜尘世向奢浮，物欲迷心着意求。
婚嫁排场车结串，送迎比阔酒无休。
千金不惜收条狗，一饭谁惊食几牛？
歌舞升平庆当有，升平歌舞莫过头。

游莫旗民族园

壮阔恢弘民族园，昂然屹立嫩江边。
青铜铸像扬威武，雅克萨城垂史篇。
世代民风崇气节，众多雄杰抗凶顽[①]。
死生不顾情悲壮，留得英名万古传。

【注】

① 指历史上达斡尔族人民顽强抵抗沙俄野蛮入侵的斗争。尤以雅克萨城的抗争最为壮烈。民族园筑有仿照该城缩制的城堡，以志不忘。

山海关吊古

山海雄奇耸险关，龙头屹立怒涛前。
戍卒世代城防苦，姜女千年珠泪酸。
三桂丢妻丢要塞，崇祯丧玺丧煤山。
如烟往事飞云散，时代新风尚履艰。

兴安雾凇

造物天工展异能，河山一宿遍银屏。
皎如梨蕊千枝白，伟胜冰雕百座琼。
广袤林园浑素洁，萧疏草木竞晶莹。
蜃楼壮阔差堪匹，犹逊凌花耀眼明。

咏荷用黄仁彦学长同题赠诗韵

莘莘学子负行装，为慕先贤文理长。
周子爱莲遗妙语，朱翁赏月乐荷塘。
多年寄寓梓桑远，万里传鸿菡萏香。
永葆芙蕖高格调，洁身直到满头苍。

学诗五十年抒感

寄兴诗词五十年，推敲格律享甘甜。
毛公宏著启文路，王老华章识韵编[①]。
岂计虚名传久远，但将余力勇登攀。
抛开尘世利权累，漫品诗书乐泰然。

【注】

① 王老华章指王力先生《诗词格律》一书，我从书中受益良多。

五月十四，久旱喜得大雨雪二首

（一）

北风一夜未停消，吹破晴云涌絮潮。
最是春来风景好，漫天瑞雪润新苗。

（二）

无边无际白茫茫，五月飘花事不常。
但得今年庄稼好，农耕何怕湿衣裳。

田园乐四首

（一）

闲居有幸近农家，便辟庭园学种瓜。
陋室柴门自堪乐，何消岭上逐云霞。

（二）

二分菜地细耕耘，空气清新远世尘。
鲜果嫩蔬随我摘，无须讨价仰他人。

（三）

外孙妮子小丫丫，我爱果来她爱花。
转眼好花揪一捧，为教姥姥满头霞。

（四）

莫嫌大粪臭烘烘，上到地中枝叶蓬。
满桌时鲜瓜果菜，谁人不说味香浓。

登泰山观日出

云天一色雾蒙蒙，万众冈头静穆中。
一抹朱晖方露脸，漫山雀跃尽朝东。

北疆除夕观焰火

无花无叶了无春，千里冰封冷气凝。
独有人心如火热，长空劲放满天星。

满江红·周总理逝世周年祭

赤胆公心，为革命，呕心沥血。新中国，莺歌燕舞，满园春彻。天地流霞人却逝，初闻噩耗心摧裂。但五洲四海遍人寰，俱悲咽。　　思总理，群情切；清明节，花堆雪。恨“四人帮”贼，秽腥浓结。燕雀遮天嗟翅短，人民力量浑如铁。值周年，把酒慰忠魂，长安歇。

忆江南·兴安美四首

（一）

兴安美，最美是春天。垂柳迎风飘绿早，杜鹃沐日放红先。处处鸟争喧。

（二）

兴安美，盛夏亦如春。大树遮天林郁郁，重山叠翠木欣欣。游乐正宜人。

（三）

兴安美，秋色引欢心。秋节凉风消热浪，秋高气爽好登临。诗酒共金樽。

（四）

兴安美，冬景最迷人。霜雪挂枝尤烂漫，青松披白更精神。长岭漫铺银。

蔺崇民

天津宁河人，1947年2月生。退休干部。现任内蒙古书法家协会会员、呼伦贝尔书法家协会理事、满洲里市书法家协会顾问、满洲里市诗词学会理事。

如梦令·爬格

谁伴婵娟长坐？我影我形两个。灯下漫爬格，
矮纸斜行找乐。找乐，找乐。相对无言脉脉。

谭博文

土家族，1939年生于湖南桑植。大学文化。曾任内蒙古政协副主席，现为内蒙古诗词学会会长、中华诗词学会常务理事。著有《长忆峰岚万里天》《剪烛集》等。

临江仙·胡锦涛演讲耶鲁大学

破浪扬帆登彼岸，春风一路相随。比肩中美展芳菲。何时闻虎啸？耶鲁显龙威。　　三百年来虹与雨，翩翩凤舞鹏飞[①]。争先翘首睹新魁。铿锵一席话，赢得彩云追。

【注】

① 耶鲁大学有三百多年历史，培养众多知名学子，其中有五位总统、20多位诺贝尔奖金获得者。

参加内蒙古自治区六十华诞随吟

花海歌潮欲醉之，群英荟萃雪骢驰。
旌旗烂漫连霄汉，屏幕翻新见睿思。
献礼缤纷皆是景，致词隽永自成诗。
党心民意交融处，民族共荣无尽时。

满江红·我国运动健儿在雅典奥运会上频频夺金

雅典星坛，一时刻、风云激荡。全不怕，列强林立，万般险象。赤帜飘扬天与地，国歌激励兵和将。誓摘取、耀眼紫金杯，豪情壮。　小杜丽[①]，拿首奖。邢慧娜，三千丈。更知刘翔辈，苦拼沙场。骨肉同胞皆自傲，中华儿女同分享。民族魂，跃跃虎生威，功无量。

【注】

① 杜丽，我国射击运动员，19岁，勇夺奥运会首枚金牌。我国田径运动员邢慧娜，摘取万米赛跑金牌。我国田径运动员刘翔，获跨栏金牌。

江城子·贺中华诗词学会成立二十周年

九州平地起风雷。燕双飞，报春归。诗词歌赋，余韵遍天垂。古老文明兴盛世，扬正气，刺狻猊。　有劳廿载举旌旗。是如师，莫如斯。酸甜苦辣，舍我更其谁？但得沧溟腾巨浪，龙续脉，凤呈碑。

礼赞内蒙古新建博物馆

昂首喜看腾玉龙，恍如天宇架飞虹。
大师尽展超凡艺，德政重修济世功。
朔漠雄浑收眼底，草原奇迹傲寰中。
苍鹰再振凌云翅，代有儿孙续壮风。

水调歌头·惊呼鄂尔多斯崛起

展示愚公志，奋力着先鞭。精心打造团队，三化立云天[①]。任自翻江倒海，恰似鲲鹏振翅，跨越几千年。朔漠一轮月，喷薄照边关。　仓廪实，黄土绿，庶民安。可汗惊叹，长眠高地换新颜。事在人为一例，美誉功高几许？俱道史无前。赤热男儿血，点染好河山。

【注】

① 三化，指工业化、城镇化、农牧业产业化。

作客扎鲁特旗包哈达家

度柳穿杨幽径斜，华堂大院牧人家。
奶牛聚处空南岭，角鹿奔时动紫霞。
金屋藏娇观秃鹫，兰台走马换新车。
觥筹交错三千合，沉醉东风碧玉花。

鹧鸪天・兴安盟解贫解困曲

八月寒蛩不住鸣，且听布谷又声声。三南八北村姑怨[①]，马瘦人穷泪水倾。　遵母命，恤民情，修渠打井济苍生。退耕还牧荒原绿，通路通邮点电灯。

【注】

① 三南八北，谓内蒙古兴安盟最为贫困的南部三个苏木、北部八个乡镇。

钗头凤・石塘林奇景[①]

八仙座，麒麟卧，金龟玉兔从天落。杜鹃嘴，偃松尾。石塘林谷，满池春水。美，美，美。　熔岩阔，烟云锁，可堪昔日三千火。何为贵，人相会。这般仙景，酒浆凝翠。醉，醉，醉。

【注】

① 瑰丽多姿的阿尔山火山遗迹，是远古造物主馈赠给现代人的丰厚礼物。石塘林是火山群中的一景，冷却的溶岩千姿百态，如幻如真、状仙状物，栩栩如生。其间长满挺拔的松柏，匍匐的偃松和杜鹃花、金银梅等，石、林、花、水交织成一幅天然的画卷。

科尔沁吟怀

驰誉草原花果香，高歌白鹿与苍狼[①]。
孝庄皇后赤诚血，嘎达梅林壮烈枪[②]。
安代红绸飘四季[③]，扎拉帅气耀三江[④]。
深情无限辽河水，正渡伊人向小康。

【注】

① 白鹿、苍狼，是蒙古族的远古图腾。

② 孝庄皇后、嘎达梅林均是科尔沁草原(通辽市)的历史人物。

③ 安代舞，被誉为“中国蒙古族第一舞”，产生于科尔沁。

④ 科尔沁的马王扎拉，曾在全国赛马场上夺冠。

水调歌头·为西乌珠穆沁旗搏克大赛挑战吉尼斯世界纪录而作[①]

七万虎熊胆[②]，挑战吉尼斯。桂冠光彩夺目，唾手在今时。但见雄鹰展翅，个个威风凛凛，搏斗有灵犀。号角震天响，胜者站先枝。　民族兴，旌旗展，沐晨曦。可堪回首，积贫积弱有穷期。请看山丹烂漫，且有百灵鸣翠，骏马任奔驰。但愿春常在，大地更多姿。

【注】

① 搏克，为蒙古式摔跤，搏克运动是我国民族宝库中的瑰宝，已有近千年的历史。此次，由西乌旗举办2048名搏克手参加的大型比赛在历史上尚属首次。大赛挑战吉尼斯世界纪录一举成功。

② 西乌旗有各族人民七万。

满江红·纪念岳母彭金芝大人诞辰百年

别梦依稀，声声唤，泪如雨泻。思往岁，几番风雨，几多昼夜。恋北图南扶稚子，粗茶淡饭无忧色。那顾得、年迈病袭身，亲情切。　　将进酒，铭太岳。儿女愿，酬天阙。好人终好报，此门光晔。孙辈饱学冠冕戴，儿们从教功名赫。几代人，求索历艰辛，摘星月。

家兄新居落成释怀

老屋代代复年年，傍水依山亦惘然。
虫蛀风蚀徐欲坠，木撑石垒勉为难。
世兄徒有消愁计，愚弟焉能观月寒。
旧处新楼平地起，相安子辈也酬天。

参观毛泽东主席住过的窑洞

半坡窑洞非凡洞，瑞气缤纷任剪裁。
陋壁悬图描赤县，华灯耀眼扫阴霾。
吞云吐雾愁云去，击鼓鸣金捷报来。
莫道此间方寸地，运筹胜算鬼神哀。

山西皇城相府[①]

玲珑肃穆两相融，许是飞来小故宫。
相府庭堂承凤脉，御书楼阁展龙锋。
五三辅弼紫禁夜，十二辞章宇宙风。
满汉兼容生锐气，繁荣自在不言中。

【注】

① 皇城相府在山西阳城县境内，是清代明相、康熙老师陈廷敬的府第，康熙帝曾两次下榻于此。陈辅佐顺治、康熙53年，多有建树，如他随康熙南巡写的《南巡歌十二章》便是一例。康熙对老臣恩宠有加，赐陈以封笔题字，正额为“午亭山村”（午亭，陈的晚号），楹联曰：“春归乔木浓荫茂，秋到黄花晚节香。”

王莽岭传说

相传，往昔王莽在晋城王莽岭上追杀刘秀，刘秀策马一跃万丈深渊而去，王莽不及，仰天长叹。刘秀不死，终成大业。

高山多险峰，迷雾万千重。
王莽雄心苦，刘公霸气浓。
三番云逐月，万丈马腾空。
戏说皇儿命，强蛇不敌龙。

登泰山感怀

五岳人称第一峰，玉皇极顶拓襟胸。
松风浩荡声犹壮，云海翻腾势不庸。
勾践十年悬苦胆，红军万里斗寒冬。
古今正道承神脉，贤者时应仰岱宗。

拜访曲阜孔庙

庙廊殿阁气轩昂，万仞宫墙九炷香。
古帝封歌碑碣满，后生仰止德行昌。
死而复活承龙运，生不逢时究国殇。
人类文明思想库，于今直教越重洋。

三赴烟台

大海扬波向远东，客圆幽梦借长风。
渔湾雨洗千帆白，长岛天生九丈雄[1]。
悦目清心多草绿，休闲避暑少楼空。
人情冷暖如潮水，三赴烟台拜德公[2]。

【注】

① 烟台长岛有“九丈崖”奇观。

② 德公，李德逊同志，原包头二零二厂党委书记，时年82岁。

三峡四题

过瞿塘峡

直扼巴渝荆楚喉，千帆悬胆过夔州[①]。
碧蓝古堰吞芳景[②]，赤白雄峰锁玉虬[③]。
遥望城头托孤殿，细评岸畔咏诗丘[④]。
峡风拍打东西浪，梦呓高天一任收。

【注】

① 夔州，即今奉节县城，在瞿塘峡口，故瞿塘峡古称夔峡。
② 瞿塘峡上端汇成一汪大的水面，形似堰塘，瞿塘因此得名。
③ 瞿塘峡由赤甲山、白盐山构成。
④ 瞿塘峡侧畔有诗城所在。

穿越巫峡

仰望巫峡十二峰，束江欲合演葱茏。
云飞雨过黄昏外，瀑挂泉悬峭壁中。
一枕平湖惊晓梦，三呼神女到巴东。
巴东述说巴人事[①]，代有儿孙唱大风。

【注】

① 据资料称，古时巴人即今土家族先人，现今巫峡两岸州县仍为土家族聚居区之一。

三峡大坝揽胜

虎踞龙蟠气若何？排天瀑布泻银河。
人潮鼎沸我登顶，江水倒流船上坡。
远眺秭归千古秀[①]，侧听电站四时歌。
西陵峡景今安在[②]？化作平湖犁细波。

【注】

① 大坝北岸，为秭归县新迁城址。秭归是屈原、王昭君的故里。

② 大坝坝址即西陵峡所在。

移民兄弟自述

乙酉秋，我过新三峡，结识一位船工兄弟，他祖上三百年前来重庆巫山。移民到湖北监利后，又只身重返三峡当船工。

开颜破涕去江东，监利新村又务农。
数百春秋江与渚，几多苦辣雨兼风。
廓清大账驱疑虑，引领小家随转蓬。
故土难离情未了，重回三峡作艄公。

谢乡友周笃文教授来内蒙古讲授诗论[①]

壮我诗魂湘楚才，势凌五岳脱凡胎。
梅花三弄倾城静，疑是初春送艳来。

【注】

① 周笃文，中华诗词学会顾问。

醉花阴·赠邓超高老师张丽君同学[1]

把酒千杯情未了，自是春光好。酥雨煮青梅，恭喜师翁，阿妹当阿嫂。　　世间花木知多少？惟茑萝堪道。联袂跃三江，从教争妍，从政闻狮啸。

【注】

① 邓超高，原湖南师大教授，湖南省政协教科文委员会主任。张丽君，湖南中医学院教授。

赠刘谭玉满主任

刘谭玉满，湖南人，曾任内蒙古大学中文系副主任，内蒙古日报社记者部主任。先生辗转南北，矢志扎根边疆，与蒙古族兄弟结为伉俪，彼此间相濡以沫，生男育女，其子女均成大器。及于工作，执着追求，成就昭然，是以诗记之。

楚湘才女曳红裙，北上寒山择蒙婚。
哺育儿郎金玉质，唱随夫婿蕙兰魂。
文兮彩笔武兮甲，花有清香月有轮。
春雨年年倾塞漠，高情不让汉昭君。

江城子·赠光前同学[1]

年轻气盛两穷郎。去浏阳，醉湘江。山盟海誓：一辈做忠良。乳燕虽无双彩翼，学走步，也风光。　　人生如梦不凄惶。发如霜，更张狂。君留故地，风雅盖群芳。我自举家迁塞北，天各半，共朝阳。

【注】

① 雷光前，中南大学教授。

一剪梅·“五一”携紫婧游园

春意绵绵起碧涛，杨柳依依，绿水滔滔。普天同庆五一节，笑语欢歌，鼎沸人潮。　　小小娇儿兴致高，下了游船，又去藏猫。“激流勇进”入云霄[1]，乳燕飞飞，嫩羽飘飘。

【注】

① “激流勇进”是冲浪登高的游乐项目。

喜迎亥年新春

丁亥相知月旦中，寒梅渐退雪初融。
春回朔土冰澌软，节到吴门腊酒红。
仁政广施收霸气，善缘多结惠农工。
思将人力谐天律，四海风清得大同。

元宵夜

百里长街挂彩灯，烟花阵阵炮声声。
稚童彻夜开心笑，老叟半衰看月明。
低保人家饺儿有，富豪群落货财盈。
天南地北元宵节，一样光华异样清。

雒亚林

1954年4月生，山西离石人，笔名洛杨。曾任中共二连浩特市委常委、宣传部长，市委副书记，锡林郭勒盟委宣传部副部长兼文明办主任；现任二连浩特市人大常委会党组副书记、副主任。内蒙古自治区诗词学会会员，著有《情律》。

回归(藏头)

——写给迎接香港回归祖国读书活动

喜气蒸腾举世听，迎春翘首盼圆明。
香关合璧凭拨乱，港断离愁借斩钉。
回力翻天成大统，归情胜箭造和平。
祖宗屈辱铭心记，国运恒昌日月惊。

1996 年 11 月 23 日

齐天乐·新春

冰天雪野风沙啸，边城春寒料峭。热酒一杯，清茶半盏，万户灯笼高照。烟花迸跳，院落里顽童，几多灵妙？晚会迎新，又人间彻夜欢笑。　　相逢开口贺岁，店堂亭铺，把市面喧闹。百业之尊，书声琅琅，园校心牵魂绕。神合正要。任情谊通关，事成双好。四海同行，小城修大道。

2004 年 11 月 5 日

山溪满路花·武夷山

冰肌玉骨，少女容颜俏。雄伟大王风，挥九曲、十八弯绕。雾阴晴雨，云海自千秋，谁解其中妙？瀑雪茶洞跳，飞迸峥嵘，吊兰梦里欢笑。　　泉石虎趣，空谷群山啸。神斧裂丹崖，天一线，日光月照。乳莲双并，慈母美灵奇，赤子恩相报。仙妹清凉澡，漂走衣裙，方才涧水流倒。

2005 年 7 月 6 日

沁园春

纪念胡耀邦同志诞辰九十周年暨视察二连浩特二十一周年。1984年9月12日胡耀邦同志视察二连浩特曾题词“北国长城”，并留下了“南有深圳、北有二连”的名言。

北国长城，土热冰悬，解锁富关。尽大洋风度，友邻耿耿；苍山资质，华物沾沾。虎胆直前，荒原油炼，金贵娃娃羞笑颜。连如圳，凭明窗寄语，共苦同甘。　　新篇历史千年，犹记忆音容畅叙间。有心头重担，万家尧舜；胸中情感，百姓饥寒。要务功夫，文章边际，再度春秋慰九泉。君行健，竟通欧贯亚，立地擎天。

2005年11月17日

光　荣

心爱热山河，黄牛父母车。
知达科蠢昧，好恶向规则。
互助磐石力，诚实美玉德。
深渊临法纪，奋斗苦雕琢。

2006年5月16日

陋 室

城市民居建筑队伍中的农民工们，只身陋室天涯，玉成万户千家。

红楼拔地上云霞，砖砌泥浇电焊花。
明月新迎乔木客，重迁陋室又天涯。

2006 年 6 月 16 日

小 花

2006年6月24日早晨，与妻健步，妻指着路边的几朵小白花让我看，我说：“叫不上它们的名字，但是该为他们写首诗。”

小脸向高天，何方雨露甜？
白洁不斗艳，默默路牙边。

2006 年 6 月 24 日

湘江静·毛委员

中央电视台每晚三集《井冈山》，着实感人肺腑，动人心魄。井冈山之艰苦，之悲壮，之豪气，之光辉，国人必须铭刻在心。中国特色社会主义旗帜乃井冈山旗帜发扬光大之必然。读毛泽东井冈山时期11首词作，这样的感受弥足坚定。

起义秋收西江月，炮声隆，又黄洋界。军阀蒋桂，人间洒怨，让江河滴血。词壮唱重阳，秋风劲，春光难却。流清路隘，旗红画展；吉安下，踏白雪。　　六月天，齐踊跃。唤龙冈，气冲烟灭。苍茫赣水，枯株朽木，共工山崩裂。雨后复斜阳，当年好，弹花激烈。高峰战士，朝霞指看，东方碧粤。

2007年10月20日

鹤冲天·探月

为“嫦娥”升空、中国探月启程而唱

寒宫热浪，曼妙轻轻袖。吴刚桂花香，迎宾酒。看人间贵客，嫦娥号，苍穹奏。千古婵娟诱，九天取景，魂绕月长地久。　　白霜静夜诗仙手，眉峰弯浩宇，何时有？对岸荷塘色，朱子笔，还依旧？万户当翘首，深空遥测，秘语画像听候。

春草碧·中国道路

读《高举中国特色社会主义伟大旗帜为夺取全面建设小康社会新胜利而奋斗》，心有所得。

凤凰天马山，宇宙梯米苗，名世平浪。黄洋界，一炮破敌胆，火星燎亮。西风凛烈，两万里，红军浩荡。慷慨正道，长江水，把蒋氏吞葬。　高唱，有贫寒颂歌；让富实扫地，痛裂心脏。春天雨，润特色深圳，领航开放。全新纪元，顺时务，鹏程圹。创势再发，科学论，号声壮。

2007 年 11 月 1 日

樊九峰

1939年出生，科尔沁左翼中旗人。1961年肄业于内蒙古水利电力学院，1962年在大兴安岭林管局参加工作；1999年于通辽市科尔沁区政府退休。通辽诗词学会会员、理事，科尔沁区诗词学会会长。

大青沟遐想

——怀念已故的林业专家崔立新局长

青沟夜宿非为景，漫叙当年父子情。
服役离家孱弱弱，归来但见虎生生。
千棵细柳评周氏，百里青纱吊克诚。
一路驱车说旧事，远闻啸子索食声。

水调歌头·巴彦塔拉

急急流弯处，浩浩奔东南。烟雨一川碧草，辽水育平原。塞外风光宝地，大漠仙境翰苑，蒙瓦五千年。少女斑斓饰，勇士雕花鞍。　青青史，颂当代，万家欢。更说改革开放，牧业敢高攀。绿食为人增寿，红酿温遍环宇，琼丹出人间。竞达标品独，惊殊上海滩。

樊天玺

女，36岁，丰镇人。大学文化，丰镇一中语文教师。乌兰察布市诗词学会理事。各级报刊上发表诗词、楹联多首（联）。

回农村

喜逢假日得闲暇，寄兴山村姥姥家。
唯见身旁拢杂货，却教脚下踏中巴。
骤然闪过葱茏木，倏忽飞扬野草花。
一刹新天呈眼底，乡村城市景偏差。

给姥姥蓄水

前朝饮水费周张，水具人流队伍长。
十丈辘轳难转动，百斤木桶尽浑汤。
龇牙咧嘴肩头重，喘气摇身汗水扬。
今日龙头只微扭，水从管涌溢清香。

樊志勇

1945年出生，乌盟丰镇人。高中文化。曾供职于丰镇市二轻局，现已退休。曾在《草原》《实践》《内蒙古诗词》《内蒙古妇女》《乌兰察布日报》、乌盟《群众文化》等报刊上发表小说、戏曲、诗词、杂文等多篇，著有个人诗文集《心海微澜》。

耙　地

鞭声一响震朝阳，亿兆光华溅八方。
人影千遭随耙转，牛蹄万遍伴绳忙。
泥砣厚厚成陈迹，土粉柔柔着现装。
撒籽成苗期可盼，秋来定是满仓粮。

送　粪

院旁宽敞积山高，突突三轮跑路遥。
地上千堆汗流暖，田间十里粪香飘。
晨昏路畔遗屎捡，冷暖街旁茅厕掏。
小叹化肥微板结，农肥疏软善和调。

贴对联二首

（一）

老婆汉子捉蟑螂，扣在盆中蹿纸张。
绕绕弯弯皆墨液，丝丝缕缕不文章。
男娃脏手涂鸦浆，女崽光丫贴上墙。
八目茫然相顾盼，冷清院落黯无光。

（二）

一双儿女买楹联，摩托车回笑语甜。
纸质殷红百般好，刷金字体十分鲜。
猪栏牛舍琳琅美，院畔家门珠玉圆。
贴罢斜偎沙发上，几瓶饮料送唇边。

购　膜

着装玉米欲如何？千载陈规付逝波。
取出存钱忙置办，买回薄膜快张罗。
融融暖气苗苗壮，穗穗妖娆棒棒多。
春早夏排秋持续，堆山积垛把天摩！

吃年饭二首

（一）

炕中无蓆四人围，尽瞅锅开水气飞。
汤寡可堪供几碗，饺香遗憾不充饥。
男娃噘嘴眉峰皱，女崽摇头泪眼垂。
夫妇无言痛肠断，这般光景怨于谁？

（二）

吊灯照桌溢光华，笑逐颜开坐一家。
水饺鲜汤还有菜，鸡鱼肉食外加虾。
举杯互敬茅台酒，送盏相催龙井茶。
听罢新歌换新趣，喜随电视到天涯。

牵牛花

破嗓哑音吹大牛，谁能攀越上墙头？
高天养分随享用，大地风光任揽收。
臃肿面容夸俊美，嶙峋骨架说风流。
架竿恼火偏离去，瘫作团儿亦不羞。

罂粟花

夏来积虑费周钻，芍药容颜作己颜。
芳气香风招蝶至，嫣红姹紫惹人看。
明教花阵游佳境，暗设迷途诱险滩。
镇日昏昏期待死，十分如意颇心宽。

不倒翁

知道生来逆境多，已将应对早研磨。
坚如磐石修金体，稳似泰山成铁砣。
千次推摇凶狠狠，万回端坐乐呵呵。
披荆斩棘雄风在，屡上前途奏凯歌。

滕广明

1950年出生，郎郡哈拉人。大专文化，曾任翁牛特旗科委主任、局长。

参观翁旗白音他拉苏木自走式全自动智能化喷灌

沃野平沙绿缀红，黄焰向日盼霄空。
苍龙半挂晴川雨，稼穑全披霡霂风。
地阔千山秋色近，天开万里彩霞红。
甘霖滋润如人愿，科技先行造化功。

游灯笼河三界峰①

呼朋携友上巅峰，更近蓝天万里空。
极目千花随蝶舞，遍闻三地有鸡鸣。
八坡岭上听风韵②，三岔裆中问水声③。
山若靖边人可越，心中有界绪自宁。

【注】

① 三界峰，为翁旗、松山区、克旗三地边界之峰。

② 八坡岭，上有多部风机在发电。

③ 三岔裆，乃少郎河之源头。

鹧鸪天·大兴赏荷

盼得莲开结伴游，独约荷叶上轻舟。红菱轻舞波随棹，浅底鱼池鸟筑楼。　花不语，水微流，白云远逝更伤忧。心中惧恐风寒到，无奈红颜不爱秋。

潘树武

1944年生于辽宁铁岭。1969年毕业于内蒙古大学中文系。曾当过秘书、干事、编辑、记者，著有《云杉集》《绿旋风》；现任乌兰察布市作家协会副主席、乌兰察布市诗词学会副会长。

菩萨蛮·上元寄台湾同胞

银花琼树光如练，凤箫龙管歌飞远。桂影舞婆娑，良宵欢娱多。　寄思隔海处，尺素天涯路。呼唤故人心，举杯朝月斟。

齐天乐·国庆日寄海外亲友

金风玉露溶秋水，江山画屏如染。绿瘦红肥，天清海碧，阡陌香浓歌满。重阳烂漫，看瑞鹤翩翩，昊空云淡。彩笔尖新，更兼佳节礼花艳。　今夕游子海外，故人相望处，离情何限？羁旅殊乡，依约旧梦，徒有诗行宛转。南云雁远，寄千种痴情，万般思恋。玉液金蕉，总抒归去愿！

秋

金风阵阵满园香，蝶蝶蜂蜂采撷忙。
新月早升溶晚照，夕阳迟下带寒霜。
落英飘泊寻芳冢，雁阵求温走异乡。
唯有野菊田陌立，不随败叶舞飞黄。

沁园春·纪念《在延安文艺座谈会上的讲话》发表50周年

遥想当年，民向延安，宿拱北辰。望龙腾虎跃，关河震怒；旗飞帜舞，百姓同心。戎帐谈兵，农窑论艺，领袖风流势绝伦。一《讲话》，乃真经要典，巨著鸿文。　　五十风雨年轮，跨世纪今朝歌韵新。看葱葱艺野，万花竞秀；欣欣文苑，百草争芬。“双百”方针，“二为”方向，艺术繁华沐瑞霖。源流远，愿诗人兴会，奋笔青春！

寄“丰川诗社”诸诗友

初闻诗社诞丰川，鼓舞欢欣意兴牵。
山唱薛刚歌盛世，河吟饮马奏和弦。
师承李杜抒新韵，转益风骚赏旧篇。
寄语吾侪多自慰，有诗可诵复何欢？

水调歌头·贺《科布尔》创刊并致察右中旗诸文友

文苑有生气，众曜闪光华。辉腾锡勒佳境，五彩绘明霞。放牧凌云健笔，显露风流儒雅，山野绽奇葩。墨客真襟抱，意蕴在天涯。　忆平日，情豪爽，意风发。酒朋诗侣欢聚，阔论醉黄花。两鬓今朝霜雪，肝胆仍如寒月，淡泊耻弹铗。愿效腊梅志，铁骨笑昏鸦！

水调歌头·告别《大青山》

余自1984年始主编《乌兰察布日报》的文学副刊《大青山》，到2004年退休，二十年未间断。

挥手自兹去，告别《大青山》。二十岁月飞逝，感慨几悲酸！犹忆萧斋冷案，惨淡经营不倦，情趣乐悠然。更有涂鸦笔，乘兴舞蹒跚。　白驹掠，春秋迭，老归闲。耕耘何企桃李？汗洒百花园。少壮独持偏见，岁暮诗书为伴，名利过云烟！伫望夕阳好，晚照染江天。

题集宁区文联、作协文学报

盛世修明净秋旻，群才乘运跃金鳞。
虎山俊逸钟神秀，文苑清芬蕴慧深。
咏赋潇潇冰作句，吟诗洒洒玉为魂。
园丁莫辞耕耘苦，放眼春光气象新。

盆中花

小室蓄香亦有缘，只求拚得一时鲜。
自知柔嫩根须浅，无意争春作笑谈。

缸中鱼

二尺方缸已觉宽，翩翩漫舞乐悠然。
而今忘却龙门志，何恋江河巨浪翻！

镜中人

鬓发斑斑憷镜前，今晨壮胆试旁观。
个中影像疑非我，左右回身看再三。

梦中悟

坎坷崎岖赶路难，水深火热命丝悬。
平生不做亏心事，梦里犹如醒后安。

病中吟

梦境朦胧意阑珊，似游碧落又黄泉。
无端假想当真释，症在余身病在天！

杯中酒

浊酿三杯始自然，酒酣耳热欲飘仙。
枯肠搜尽缺灵感，腹内无诗莫怨天。

盘中餐

难忘三年苦与寒，今茹苦菜味犹甘。
笑他酒满肠肥者，归教稚童惜粒餐！

手中箸

骨瘦如柴挺不弯，三餐日日伴杯盘。
忙忙碌碌终无悔，一世岂知苦辣酸？

菩萨蛮·扎兰屯

扎兰美景传天下，青山绿水真如画。秀水林清幽，吊桥波泛舟。　白楼拥碧树，难觅昔时路。握手吐乡音，酒醇情更深。

菩萨蛮·红花尔基

呼伦贝尔风光美，红花尔基多苍翠。放眼郁葱葱，亭亭樟子松。　登高台上望，绿树层层浪。前日火灾临，今犹痕迹新。

菩萨蛮·会旧友

故人总道家乡好，故人想念家乡老。垂老幸还乡，还乡犹断肠。　风光空秀美，旧友多憔悴。举酒话当年，半酣皆泪潸！

读诗步毛主席《登庐山》韵

佳篇似海邈无边，入海诗情自转旋。
骐骥行空瞰胜境，鲲鹏蹈浪上青天。
诗推李杜泽唐雨，词崇苏辛沐宋烟。
更仰毛公抒伟志，哲思点点润心田。

学诗步毛主席《到韶山》韵

纵揽高山与大川，毛公神采数空前。
描摹万象心中笔，横扫千军掌上鞭。
唤过唐风溶境地，拈来宋韵润情天。
吾侪景仰羞尘望，浩浩长空半缕烟。

品诗步毛主席《答友人》韵

搏云戏浪壮思飞，体物言情入细微。
杜叟深沉花溅泪，谪仙飘逸羽妆衣。
文词雕镂无真性，情景交融有好诗。
莫道床前明月淡，池塘春草浴朝晖。

作诗步毛主席《长征》韵

文思冷涩作诗难，沥血呕心不得闲。
杯水决难冲巨浪，散沙怎会聚泥丸。
青灯绽蕊宵偏暖，绿牖涂曦昼却寒。
才喜偶拾三两句，几番回看总无颜。

我与内蒙古四首

呼伦贝尔

——贫寒、拚搏，少年已识愁滋味

少小贫寒立志高，书生意气透九霄！
兴安莽莽生侠骨，雅鲁滔滔润嫩苗。
麋鹿山中尝瑞草，英雄岭上射凶雕。
四十三载倏然过[①]，渺渺乡情在梦宵。

【注】

① 1964 年我上大学离乡。

呼和浩特

——书卷、动乱，五年韶光等闲过

苦寒浪子跃金鳞，昂首直趋学府门。
落落白杨抒壮志，皎皎圆月化青春。
书林卷海添学问，武卫文攻费精神[①]。
岁月蹉跎留教诲，令人刻骨又铭心。

【注】

① 文攻武卫，指文革中打派仗。

鄂尔多斯

——热土、潇洒，心无荒漠有绿洲

人生首步入荒原，沙海茫茫赤日炎。
兴至长河观落日，闲来大漠望孤烟。
筵朋烈酒杯杯醉，待客肥羊块块鲜。
兄弟民族情谊重，魂牵梦绕忆当年。

乌兰察布

——成熟、冷峻，一年一度秋风劲

奔波辗转路茫茫，已把他乡作故乡。
岱海湖中滔碧碧，大青山上莽苍苍。
无缘入仕夺名利，有幸舞文做嫁裳。
飒飒秋风催白发，黄鸡唱晚颂斜阳。

潘振宽

1946年生。1973年毕业于吉林医学院检验专业。后在科右前旗人民医院从医三十余年。曾任科右前旗医院检验科主任、内蒙古自治区检验学会委员，退休后任兴安盟诗词学会常务理事、《兴安诗词》编辑部副主任。

人生感悟三首

（一）

少似朝阳跃海间，天真烂漫度华年。
泛舟学海匆匆过，寻径书山缓缓前。
风风雨雨文化梦，坎坎坷坷稼耕天①。
才学积累知多少，不问他人自了然。

（二）

壮如红日舞中天，社任家责已自担。
经历成功曾藉慰，遭逢磨难亦心酸。
为人处事防虚伪，事业竭心我自安。
壮语豪言休再讲，求实务本创家园。

（三）

老来恰比日西山，去职东篱得空闲。
与世无争潇洒过，淡泊名利自心安。
人情冷暖欣然对，世态炎凉冷眼观。
快乐健康才是福，平和心态即为甜。

【注】
① 指“文化大革命”运动与“上山下乡”运动。

忆江南·贺新春三首

（一）

一元始，华夏盛空前。风荡柳青千户笑，雨淋桃艳万人欢，塞北胜江南。

（二）

骄阳艳，高映碧蓝天。山野雨溶千尺冻，江河风满万船帆，春笋绿江南。

（三）

中华美，词赋亦欣然。社会和谐民富泰，嫦娥奔月又巡天，再赞我河山。

望海潮·凉城山水

绵延千里，苍茫叠翠，马头翘闯雄关。蛮汉怪幽，哈达峭壁，卧佛神秘威严。播翠绿猴山，看钟灵毓秀，松柏其间。林海长城，虎王园子[①]古寻源。　　天池塞外高原。叹天遗碧海，供我留连。浩渺碧波，轻烟晓雾，沙鸥静水游船。河畔木兰鞭，更几番风雨，历史扬帆。盛夏仙湖溢彩，看遍地神泉。

【注】

① 指老虎山、王墓山、园子沟遗址群。

执笔感言

心有灵犀便有诗，天高地阔任君驰。
墨香满纸芳菲日，正是诸公得意时。

题我的钢笔

辛酸往事化江流，点点滴滴写不休。
纸页张张飞墨趣，豪情壮语满心头。

北国春归

残冰滴泪严冬去，故燕知春南归来。
芳草发芽覆大地，杏枝吐蕊向阳开。
杨花轻拂行人面，柳絮漫扫沿河苔。
雷响蛰惊万物动，盎然生机满胸怀。

穆向阳

1938年生，皖北萧县人。大学毕业后一直在内蒙古工作，曾任旗县委书记、盟人大工委副主任等职。系中国诗歌学会、内蒙古作协、内蒙古诗词学会会员，先后在60多种报刊杂志上发表新诗和传统诗词一千多首，出版诗集5部。

读“八荣八耻”感怀

醒世恒言钟鼓鸣，春风春雨绽春红。
富民强国悬明鉴，扬善驱邪正品行。
八耻八荣肝胆志，一心一意国邦兴。
中华盛世和谐美，骏马康庄唱大风。

海峡两岸诗友草原盛会

草原八月风光美，诗友吟朋兴会来。
美酒香茶欣叙旧，青丝白发畅开怀。
隔山隔水兄和弟，同脉同根陆与台。
历尽沧桑情未泯，金瓯一统共衔杯。

访牧家

访问牧家来草原，熏风拂面燕声甜。
主人喜迓毡包外，宾客温存礼让间。
奶酒飘香斟醉意，酥茶馥郁赞丰年。
马头琴缓三弦骤，一曲高歌入九天！

傣乡春行

西双版纳好风光，卷展南天美画廊。
椰子槟榔曳倩影，蔗园橡圃抖新装。
麦黄稻绿层层秀，鸟唱花开阵阵香。
闹市如潮生意火，欢歌笑语话沧桑。

“嫦娥”奔月

穹隆浩浩锦云生，遥看“嫦娥”遨月宫。
牛女欢歌迓远客，吴刚把酒话东风。
千年梦想壮猷展，霄汉登临翘楚雄。
天道恢恢开广宇，关山飞度万千重。

杞 忧

天公挟怒下凡尘，厄运接连势已频。
海啸山崩吞绿地，狂沙酸雨落乌云。
林中鸟诉葱茏远，池畔蛙鸣污染深。
举目地球村里望，杞忧正是爱心人。

莱茵河泛舟

挥桨催舟画里游，名山胜水眼难收。
峰巅城堡夺眸出，树上鸟歌盈耳啾。
霜染枫林生雅韵，船击雪浪起飞鸥。
天南地北喜相聚，水笑山欢解百愁。

春游故园圣泉寺

东风拂面晓寒轻，偕侣攀崖翠岫行。
幽径密林添野趣，娇红嫩绿傍云生。
松藏古寺天争秀，流涌深渊鸟竞鸣。
岁月如斯泉不老，持瓢狂饮未了情。

与昔年同窗县城聚会感赋

奋飞劳燕奔西东，昔日少年今老翁。
立业献身酬壮志，天涯海角留芳踪。
盛年盛世缓双鬓，乐水乐山吟大风。
叙旧话新频对盏，但期来日再相逢！

韶山冲书感

血雨腥风长夜天，乾坤力转志弥坚。
满门英烈肝胆在，饮水思源效大贤。

赴延安途中得句

路转峰回盘道重，梯田棋布白云中。
堪知陕北耕耘苦，更忆当年小米功。

国家免农税

盘古开天今始闻，中枢泽惠种田人。
千家万户心花放，北国江南一片春！

连、宋访大陆

星霜六秩破冰行，对话言和见挚情。
一统兴国黎庶愿，春光融暖艳阳红！

家训篇

岁月无声似水流，欲成学业赖勤酬。
人生苦短当怀志，莫向韶华怨白头。

人民艺术家常香玉

敬业薄云壮志昂，金声玉韵九州香。
梨园风范感天地，德艺双馨赞未央。

巴黎戴高乐广场即兴

鸽群蔽日若流云，落落飞飞逗赏人。
相爱相亲浑似梦，勾留墨客放喉吟。

打　假

猖狂假冒不堪提，造假神通真出奇。
新币发行还未见，世人已被假钱欺。

桑榆拾韵

观罢影集读故札，韶华遥忆绽心花。
衰翁无事乐怀旧，一片相思在天涯。

薛建国

辽宁康平人，生于1964年8月。曾任满洲里市文联副主席，现任满洲里市人大教科文卫办公室主任、满洲里市政协委员。中国书法家协会会员、中国楹联协会会员、满洲里市书法家协会主席、满洲里市诗词学会副主席。

临曹全碑所赋

精神秀润字风立，逸气横达势荡回。
俊雅藏锋含胜意，遒雄放敛储精微。
飘摇秀丽传神韵，展阔健爽铸汉威。
放胆挥毫得智趣，曹全字势蕴生辉。

书画雅集

暮春三月幸逢君，健笔凌云意纵横。
墨客闲情挥意趣，骚人雅致绘图腾。
山高海阔抒胸胆，凤起龙腾舞劲风。
自古文人襟志壮，梅兰气质为君成。

薛 飙

字永长，笔名雪涛、林夕梦等，1942年1月8日生，北京人。现为新闻出版副编审、内蒙古作协会员、包头诗词学会理事、包头市青少年智力开发研究会副理事兼秘书长、包头统战理论学会理事等。诗词分别被选入《中华诗魂》《中华诗魂名录》等诗集，著有诗歌集《碎石集》。

登桂林独秀峰

突兀一柱矗南天，跃上葱茏四百旋。
岚气腾腾生足下，星光闪闪亮胸前。
抬头千仞能摸月，伸手一挥就碰天。
放眼遥观千岭小，环城漓水似婵娟。

一丛花·庆香港回归

海潮起落映波光，世事几沧桑。紫荆花萎离娘恨，涛声诉，感慨国殇！抗敌禁烟，关山浴血，豪杰叹沦亡。 一国两制谱华章，游子归故乡。海天同唱红旗曲，晶莹港，春满香江。壮丽山河，星移斗转，今日更辉煌。

夜宿乌梁素海学兵连

放舟垂钓唱渔歌，芦荡接天百鸟多。
最爱醉人明月夜，湖光潋滟柳婆娑。

重游乌梁素海

海平如镜快艇轻，芦荡深深有鸟鸣。
天水相融成一色，鹰潜水底小鱼惊。

天鹅湖

波光潋滟水连天，羽雪湖蓝映碧泉。
戏水同游双展翅，相偎月下夜同眠。

霍树枫

笔名冬雨、江流，辽宁省昌图县人。内蒙古作家协会、诗词学会会员，《兴安盟志》总编纂。曾任政府公务员，做过编辑、记者，在《民族文学》《神剑》等20家报刊杂志发表小说、散文、诗歌，主要著作有诗学理论《脊续文脉复兴中华诗词艺术》，与倪向阳合编《百家名人论诗词格律》。

念奴娇·察尔森水库大坝忆往

1931年6月26日午夜，在东北各族人民处于民族危亡的时刻，关玉衡不顾个人安危，毅然处决了日本军事间谍中村，打响了中华民族抗日第一枪。

金汤大坝，望东南，云海河长山漫。指点击杀间谍处，龙舞车飞天断。遍野牛羊，稻浪千顷，水戏鱼儿艳。炊烟夕照，豪杰星斗璀璨。　挥手七十余年，生灵涂炭，风雪故园暗。六月天兵凝大恨，枪响鬼魂惊散。云水翻腾，蛰雷震撼，毓秀出奇彦。碑石不在，却留青史称赞。

何满子·兴安雅韵

笔墨呼来纸砚，龙蛇摇醒东风。李杜昔时逢盛世，还童再逞诗雄。巧遇苏辛故友，叶调新韵新声。　　枯木萌发新翠，古声荡响黄钟。冬尽兴安添雅韵，匆匆冰雪消融。指看山上山下，更加郁郁葱葱。

水调歌头·贺省际大通道

恍若梦中见，今岁是何年？边关万里林海，鸿雁把书传。旷野追风立马，唯有征鞍明月，插翅上天难。烽火惊边戍，举剑问狼烟。　　筑路者，胆气壮，志如天。旌旗猎猎，盘岭跃涧复穿山。敢与苍狼共舞，虹现横凌天堑，今日换奇观。远域芳邻近，咫尺夕朝间。

乌布林摩崖系事

大兴安岭余脉乌布林敖力斯台嘎查南有座山峰，终年云雾缭绕。陡壁悬崖上，每逢雨后，便显现出佛像、莲花、树木等图案和多处难以识别的文字。

毡房不见树孤烟，神山砥柱刺青天。
云开雨过天色亮，长长白练扎腰间。
不知是人还是仙，脚踩祥云立崖边。
细细描摩精心绘，挥毫展臂云雾间。
若隐若现写天书，惊现崖头字斑斑。
不调水色与山光，泉水叮咚莲花鲜。
留传千载都称奇，引来众人释疑团。
看看谁能中状元，考问后生探渊源。
险峰攀上四下看，大路平坦十八弯。
人生总有未知数，切莫自喜与自甘！
谁说荒原才学浅？既炼凡人也修仙。

戴永清

湖北省麻城市人，生于1935年12月。毕业于中南财经大学。包头市职业技术学院高级讲师、中华诗词学会会员。有《三楚余波》《龟山红叶》诗集问世。《忻口阻击战》被当代作家代表作陈列馆收藏且石刻。

劝友人

抱布贸丝何事求？鸳鸯比翼画中游。
蹉跎岁月催春逝，似箭光阴逐水流。
董永仙姑梁上燕，牛郎织女水中鸥。
劝君莫步如来后，且听关关是小洲。

临河（十首选二）

（一）

背靠狼山向大河，池塘春暖涌洪波。
红男绿女逍遥乐，唱出新潮万首歌。

（二）

“河套沉缸”琥珀光，无人不道郁金香。
醇醇熏得游人醉，误把他乡作故乡。

农家乐(六首选二)

(一)

水满池塘处处蛙，莺歌燕舞话桑麻。
桃红柳绿迷人眼，路上行人踏落花。

(二)

楼台列列起新居，菽稻盈仓富有余。
满眼鸡豚游荡荡，冯谖不再叹无鱼。

浪淘沙·致窗友夏瑶齐

独自倚雕栏，忆景当年，伴游携手泗州山。金榜同科君记否？喜共婵娟。　　别后梦魂牵，往事如烟。阳春三月下江南，四纪睽违重握手，谊结新篇。

沁园春·秋兴

款款秋风，字字秋鸿，荡荡秋江。正一年好景，莲舟追月；九州瑞气，桂苑飘香。枫叶流丹，银棉耀眼，潭影闲云一色长。农家乐，撷黄花酿酒，五谷登场。　　中兴博得辉煌，笑千古蓝天怎比量？算李唐刘汉，生灵涂炭；袁皇蒋政，鬼蜮嚣张。且看今朝，尧天舜日，华夏声威震异邦。奇功创，要乾坤朗朗，国富民强。

戴国强

1955年生，内蒙古赤峰市人。大专文化，中共党员。现任中共赤峰市红山区委老干部局局长。赤峰市诗词学会常务理事，红山诗词学会常务理事、副会长，有60余首作品在《赤峰诗词》《红山吟坛》和《赤峰日报》《红山晚报》《内蒙古晨报》等报纸刊物上发表。

胜利渠首

橡胶皮坝锁蛟龙，立挡哈河湖水平。
远眺苇丛游艇荡，近闻瀑布滚雷鸣。
清渠水灌田千顷，金稻风吹浪万重。
科技兴农求发展，大兴今日正飞腾。

昭乌达社区

昔日难堪差乱脏，今朝改造换新装。
拆除违建通油路，铲走垃圾筑曲廊。
楼后楼前花锦簇，道南道北果芳香。
科学管理信息化，服务居民奔小康。

延安颂

山峰座座紧相连，沟壑条条汇一川。
黄土高原燃战火，延河水脉聚英贤。
步枪小米金钢铸，窑洞油灯北斗悬。
滚滚洪流归大海，驱除日寇现蓝天。

延安窑洞朱德旧居

窑洞门前思老总，风云时势造英雄。
斗室虽小安天下，统帅工农百万兵。

戴戟武

1944年4月生。内蒙古自治区书法家协会会员。2001年加入呼伦贝尔市松风诗社，2004年加入呼伦贝尔诗词协会，在2006年海啤杯呼伦贝尔风采全国诗词大赛中获优秀奖。

泰安友人宴客

天欲黄昏日已斜，山村云雾几人家。
门前垂柳蝉鸣树，屋后寿菊蝶恋花。
老友真情留宴客，舍人诚意奉香茶。
觥筹交错丝竹啭，饮咏推杯就晚霞。

清平乐·书友贺岁笔会

戊辰贺岁，瑞雪铺天坠。书友龙年春聚会，行令猜拳不醉。　　临书师古唐人，朝夕不辍得真。袭嗣中华瑰宝，秉承古意出新。

鞠闻天

黑龙江省肇源人，1970年8月生。现为中国书协会员、内蒙古书协会员、石峰印社社员、呼伦贝尔书法篆刻协会副会长兼书协副秘书长、满洲里市书法家协会副主席、满洲里市诗词学会副主席。

习书有感

钟情翰墨十余载，法度难工志未空。
酷暑书斋挥汗雨，严寒斗室摹碑风。
神游汉魏千年肃，笔仿明清万体融。
跬步何时达古气，冲霄踏岳势吞虹。

游成吉思汗壕怀古

青葱原野外，静卧古城壕。
一线当走马，三秋仰射雕。
征尘空暗淡，远岫自妖娆。
今来瞻古迹，作赋吊天骄。

偶　成

白雪拍窗日影昏，南山渐隐地如银。
流光月上云消处，笛韵声声龙细吟。

杏花山游记二首

(一)

细雨涤花岭，山青草木新。
登临消俗念，俯览洗杂尘。
野鸟鸣芳树，残红落客襟。
何悲春逝去，杏子已生仁。

(二)

云峰遥望渺，隔水杏花开。
雾重湿苍路，阶平长碧苔。
清幽愉鸟性，烂漫畅诗怀。
客返夕阳里，明朝载酒来。

魏　光

笔名余晖，生于1942年，祖籍河北省深州。曾任中小学教师、呼铁局集宁南站客运员、美工等职。喜爱文学艺术。乌兰察布美术学会、乌兰察布工艺美术家学会会员，乌兰察布市诗词学会理事，时有作品见诸地方报刊。

灰腾锡勒黄花沟

久怀出游志未成，今乘雅兴晓出行。
浓雾遮日湿鬓发，飞车全凭油路平。
红日驱风扫云翳，豁然眼前天地明。
碧空草地涌入眼，天地一线点飞鹰。
极目不见远山影，风电如林旋罡风。
尝听此为不毛地，夜走风沙昼始停。
早穿皮袄午着纱，此情今古大不同。
车缓改道踏草地，绿原羊群牧歌兴。
奔马彩牛点绿野，平地突兀几座峰。
一时驱车行不得，随群择路异界生。
小径急下道频断，沟涧少有七寸平。
十丈石门阻行路，两旁山羊不能行。
红崖石壁似犬齿，恰似画中黄山情。
扶岩蹭步三百尺，杂树丛中路更凶。
岩鸽筑巢石罅间，松鼠飞串岩松中。
天窄无途百鸟叫，坐看两旁山如屏。
可叹造化无穷力，不疑鬼斧和神工。
凭君随想千百样，周围石壁各显形。

左边利剑插入天，右首石墙似长城。
后方来途山阻隔，前边去路三丈盈。
峰徊折转疑无路，摸索循迹石径青。
转崖陡然天地现，峡底小溪照天明。
两岸杏花好烂漫，沙底流波水清清。
间有村落桦林里，亦闻鸡鸣犬吠声。
生平常怀桃源梦，此时恍惚回梦中。
歇坐溪边濯脚石，笑与村民攀友朋。
三杯老酒喝下肚，感叹新朋诙谐风。
俚语乡闻多知晓，豪情漫话出语惊。
沉吟多久无言对，叹我寡闻蜗居城。
归来日常多回想，多少感叹由此生。
莫将掠景作为真，奇迹多由平凡成。
貌似贫瘠出奇景，苍天造化永难明。

下编·古代部分

编选说明

一、选录范围：以祖国北疆地区（约今之内蒙古地区）为背景的诗歌作品和发祥兴起于内蒙古地区的少数民族（主要有鲜卑、契丹和蒙古）诗人的汉文作品。

二、选录标准：思想内容和艺术水平都比较好，特别是有鲜明地区和民族特色的作品。

三、编选以时间为序，划分为“汉—唐”，“宋—元”，“明—清”三个时段，共计选录约230位诗人（包括无名氏）的400多题、540多首作品。

四、注录由诗人姓名、诗人简介、诗词正文、诗词题解和简要注释五部分内容构成。

选编者：孙玉溱简介

孙玉溱，蒙古族，1939年3月8日生，河北省沧州市人。1962年毕业于内蒙古大学中文系。1962－1993年在内蒙古大学中文系任教。1986年评为副教授。1984年起历任内蒙古大学图书馆副馆长、教务处处长、教务长、副校长、党委副书记、校长等职。1993－2003年先后被选为第八届、第九届内蒙古自治区人民代表大会代表，任常委会委员、教科文卫委员会主任、法制委员会委员等职。2003年7月被聘任为内蒙古自治区第十届人大常委会立法咨询顾问。曾从事古代汉语、文史工具书使用法等课的教学工作，并从事古籍整理、工具书编纂等方面的研究工作。发表《释舅姑》《蒙古民族的易安居士》《试论古代塞外诗》等论文多篇。主要著作有《汉语成语词典》《分类汉语成语大词典》《历代塞外诗选》《元代少数民族诗选》《古代蒙古族汉文诗选》《那逊兰保诗集三种》《趣味汉字》等。

汉唐

蔡 琰

（173—？），汉末女诗人。字文姬。陈留圉（今河南杞县南）人。著名学者蔡邕之女。博学多才，精于音律。汉末军阀混战中，被乱兵所虏，陷于南匈奴，为匈奴左贤王妻。居匈奴12年，生二子。汉献帝建安12年（公元207年），曹操以重金赎其南归，再嫁同乡董祀。作品主要有五言古诗《悲愤诗》和骚体诗《胡笳十八拍》。

胡笳十八拍

《胡笳十八拍》是一大组内容连贯的叙事抒情诗。它历叙了作者的不幸遭遇，战乱给人民带来的苦难，甚至对天地神祇都提出了控诉。诗中也描绘了当时南匈奴辖地的北疆风光和生活习俗。

(一)

我生之初尚无为①，我生之后汉祚衰②。天不仁兮降乱离，地不仁兮使我逢此时。干戈日寻兮道路危③，民卒流亡兮共哀悲④。烟尘蔽野兮胡虏盛⑤，志意乖兮节义亏⑥。对殊俗兮非我宜，遭恶辱兮当告谁⑦？笳一会兮琴一拍⑧，心愤怨兮无人知。

【注】

① “尚无为”：还没有什么大事发生。指政局未乱。

② “汉祚衰”：汉王朝国运衰落。“祚（音坐）”，福，这里指国运。

③ “干戈”：战争。“日寻”：每天都在发生。“道路危”，指世道艰险。

④ “民卒”：百姓。

⑤ “胡虏”：指匈奴势力。“盛”：强大。

⑥ “乖”：背离。“节义亏”，指被迫嫁给匈奴人。

⑦ “恶辱”：不好的待遇。

⑧ “笳”即胡笳：古代北方民族的一种吹奏乐器。“一会”，一节，一段。“一拍”：一首。这篇诗歌是谱曲咏唱的，每一段结尾都有类似的语句。

（二）

戎羯逼我兮为室家[①]，将我行兮向天涯[②]。云山万重兮归路遐[③]，疾风千里兮扬尘沙[④]。人多暴猛兮如虺蛇[⑤]，控弦被甲兮为骄奢[⑥]。两拍张弦兮弦欲绝[⑦]，志摧心折兮自悲嗟[⑧]。

【注】

① “戎羯（音节）”，此处指匈奴人。“室家”，即家室，妻子。

② “将（音江）”：带着，挟持。“天涯”：天边，指遥远的地方。

③ “遐（音霞）”：远。

④ “疾风”：强劲的风。

⑤ “虺（音毁）蛇”：毒蛇。

⑥ “控弦”：掌握弓箭。“被甲”：穿着铠甲。“被”同披。“骄奢”：趾高气扬。

⑦ “张弦”：调弦弹奏。“绝”：断。“弦欲绝”：形容琴声高昂激烈。

⑧ “嗟（音街）”：叹息。

(三)

越汉国兮入胡城，亡家失身兮不如无生。毡裘为裳兮骨肉震惊①，羯羶为味兮枉遏我情②。鼙鼓喧兮从夜达明③，胡风浩浩兮暗塞营。伤今感昔兮三拍成，衔悲蓄恨兮何时平④。

【注】

① “毡裘”，泛指皮毛衣物。这句说自己穿不惯皮毛衣服。

② “羯羶”，泛指牛羊肉食。“枉遏我情”，硬是改变了自己的饮食习惯。

③ “鼙鼓”：古代军中用的一种鼓。

④ “衔”、“蓄”：含着，忍着。

(四)

无日无夜兮不思我乡土，禀气含生兮莫过我最苦①。天灾国乱兮人无主，唯我薄命兮没戎虏②。殊俗心异兮身难处③，嗜欲不同兮谁可与语！寻思涉历兮多艰阻④，四拍成兮益凄楚⑤。

【注】

① “禀（音丙）气”：接受天地之气，指生活在世上。“含生”：佛教语，泛指一切有生命者。

② “没”：陷落。

③ “殊俗心异”：风俗习惯和思想感情都不同。

④ “寻思”：回想。“涉历”：经历，遭遇。

⑤ “益”：更加。“凄楚”：悲伤痛苦。

（五）

雁南征兮欲寄边心①，雁北归兮为得汉音②。
雁飞高兮邈难寻③，空断肠兮思愔愔④。攒眉向月
兮抚雅琴⑤，五拍泠泠兮意弥深⑥。

【注】

①“征”：行进。“边心”：流落边地的人怀念乡土的心情。
②“汉音”：汉地家乡的音讯。
③“邈（音秒）”：高远而踪影不清。
④“断肠”：形容极度悲愁。“愔愔（音音）”：默默沉思的样子。
⑤“攒（音蹿，阳平）眉”：紧皱眉头。
⑥“泠泠（音灵）”：形容声音清越。“弥”：更加。

（六）

冰霜凛凛兮身苦寒①，饥对肉酪兮不能餐②。
夜闻陇水兮声呜咽③，朝见长城兮路杳漫④。追思
往日兮行李难⑤，六拍悲来兮欲罢弹⑥。

【注】

①“凛凛（音领）”：形容严寒。
②“酪”：奶食。
③“陇水”，在今之甘肃省。古乐府多用“陇水”象征人的艰难痛苦。“呜咽”：哭声。此处双关，既指流水声，也指漂泊在外的人的哭泣声。
④“杳（音咬）漫”：遥远漫长。
⑤“行李”，即行旅，行路。
⑥“罢弹”：停止演奏。

（七）

日暮风悲兮边声四起[①]，不知愁心兮说向谁是！原野萧条兮烽戍万里[②]，俗贱老弱兮少壮为美[③]。逐有水草兮安家葺垒[④]，牛羊满野兮聚如蜂蚁。草尽水竭兮羊马皆徙[⑤]，七拍流恨兮恶居于此[⑥]？

【注】

①“边声”：边地萧瑟凄厉的各种声音，如风呼、兽吼、笳吹之声。

②“烽”：烽火。“戍（音树）”：驻军。

③“贱老弱”：轻视老人和弱者。“少壮为美”：年轻的人被重视。古书记载北方游牧民族有“贵健壮，贱老弱”的习俗。

④“葺（音泣）垒”：修筑营垒棚圈。这句说，遇有水草的地方就安家修棚圈。

⑤“徙（音洗）”：迁移。这句说，水草用完了就另迁他地。

⑥“流恨”：表达出怨恨之情。“恶（音乌）”，为什么。

（八）

为天有眼兮何不见我独漂流[①]？为神有灵兮何事处我天南海北头？我不负天兮天何配我殊匹[②]？我不负神兮神何殛我越荒州[③]？制兹八拍兮拟排忧[④]，何知曲成兮心转愁。

【注】

①“为”，同“谓”：说，认为。

②“负”：辜负，对不起。“殊匹”：不同民族的配偶。

③“殛（音棘）”：诛杀，这里作迫害讲。“越”：经过，到达。

④“兹”：这个。“拟”：打算。“排忧”：消解忧愁。

（九）

天无涯兮地无边，我心愁兮亦复然[①]。人生倏忽兮如白驹之过隙[②]，然不得欢乐兮当我之盛年[③]。怨兮欲问天，天苍苍兮上无缘[④]。举头仰望兮空云烟，九拍怀情兮谁与传？

【注】

① “然”：如此，一样。

② “倏（音叔）忽”，形容时间短暂、迅速。“白驹之过隙”，形容时光过得极快。

③ “盛年”：壮年。

④ “上”：登天。“缘”：凭借。

（十）

城头烽火不曾灭，疆场征战何时歇[①]？杀气朝朝冲塞门[②]，胡风夜夜吹边月。故乡隔兮音尘绝[③]，哭无声兮气将咽[④]。一生辛苦兮缘离别[⑤]，十拍悲深兮泪成血。

【注】

① “疆埸（音易）”，国界：这里指边疆征战，“歇”：停止。

② “塞门”：边塞之门。

③ “隔”：远离。“音尘”：消息。“绝”：断绝。

④ “咽（音夜）”：呜咽，小声哭泣。

⑤ “辛苦”：艰辛痛苦。“缘”：因为。

（十一）

我非贪生而恶死，不能捐身兮心有以[①]。生仍冀得兮归桑梓[②]，死当埋骨兮长已矣[③]。日居月诸兮在戎垒[④]，胡人宠我兮有二子[⑤]。鞠之育之兮不羞耻[⑥]，愍之念之兮生长边鄙[⑦]。十有一拍兮因兹起，哀响缠绵兮彻心髓[⑧]。

【注】

① “捐身”：弃身，指自杀。“有以”：有原因。

② “冀”：希望。“桑梓”：指故乡。

③ “长”：永久。“已”：结束。

④ “日居月诸”，指时光流逝。“戎垒”：外族人的居住地。

⑤ “宠”：宠爱。

⑥ “鞠之育之”：抚养培育两个孩子。

⑦ “愍之念之”：体贴挂念两个孩子。“边鄙”：边远荒凉之地。

⑧ “彻”：穿透。

（十二）

东风应律兮暖气多[①]，知是汉家天子兮布阳和[②]。羌胡蹈舞兮共讴歌，两国交欢兮罢兵戈[③]。忽遇汉使兮称近诏[④]，遗千金兮赎妾身[⑤]。喜得生还兮逢圣君，嗟别稚子兮会无因[⑥]。十有二拍兮哀乐均，去住两情兮难具陈[⑦]。

【注】

① “应律”：适应节令的变化。

② “布”：散布，传播，“阳和”：光明和温暖。

③ “交欢”：友好。“兵戈”：战争。

④ “近诏”：皇帝最近颁布的命令。

⑤ “遗”：赠送。

⑥ “嗟别”：叹息着告别。“稚子”：年幼的孩子。“无因”，没有机会和可能。

⑦ “去”：归汉。“住”：留在匈奴。“具陈”：全部述说。

（十三）

不谓残生兮却得旋归①，抚抱胡儿兮泣下沾衣。汉使迎我兮四牡騑騑②，号失声兮谁得知③？与我生死兮逢此时④，愁为子兮日无光辉，焉得羽翼兮将汝归⑤。一步一远兮足难移，魂消影绝兮恩爱遗⑥。十有三拍兮弦急调悲，肝肠搅刺兮人莫我知⑦。

【注】

① “不谓”：没想到。“残生”：余生，后半生。“旋归”：回归。

② “四牡”：拉车的四匹马。“騑騑”：形容马匹整齐走动的样子。“四牡騑騑”出自《诗经·小雅·四牡》，是歌颂使臣的诗句。

③ “号”：痛哭。

④ “生死”：生离死别。

⑤ “将”：携带。这句写希望能将两个幼子带在身边一起归汉。

⑥ “魂消”：形容极度伤心。“影绝”：再也看不到孩子的身影。“遗”：失去。

⑦ “肝肠搅刺”：形容极度悲伤。“人莫我知”：别人都不可能理解我。

（十四）

身归国兮儿莫之随，心悬悬兮长如饥[①]。四时万物兮有盛衰，唯我愁苦兮不暂移。山高地阔兮见汝无期，更深夜阑兮梦汝来斯[②]。梦中执手兮一喜一悲，觉后痛吾心兮无休歇时[③]。十有四拍兮涕泪交垂，河水东流兮心是思[④]。

【注】

① “悬悬”，形容非常挂念，放心不下。

② “更深夜阑”：夜深之后。

③ “觉”：睡醒。“休歇”：停止。

④ “心是思”：心中思念着孩子。

（十五）

十五拍兮节调促[①]，气填胸兮谁识曲[②]？处穹庐兮偶殊俗[③]。愿得归来兮天从欲[④]，再还汉国兮欢心足。心有怀兮愁转深，日月无私兮曾不照临[⑤]。子母分离兮意难任[⑥]，同天隔越兮如商参[⑦]，生死不相知兮何处寻！

【注】

① “节调”：节拍。声调。“促”：短促，急促。

② “曲”：乐曲，曲调。

③ “穹庐”：毡包，蒙古包。“偶殊俗”：与不同习俗的人作配偶。

④ “天从欲”：天随人愿，如愿以偿。

⑤ “曾”：竟然。“照临”：关照。这句说上天无私却不曾关照自己。

⑥ “任”：承受，受得了。

⑦ “隔越”：阻隔。“商参（音申）”：天上的两个星宿，此出彼没，互不相见，常用来比喻人们永不相会。

（十六）

十六拍兮思茫茫，我与儿兮各一方。日东月西兮徒相望，不得相随兮空断肠。对萱草兮忧不忘[1]，弹鸣琴兮情何伤！今别子兮归故乡，旧怨平兮新怨长[2]！泣血仰头兮诉苍苍[3]，胡为生兮独罹此殃[4]！

【注】

① “萱（音宣）草”：一种草本植物，古代传说它可以忘忧。对着萱草，仍然不能忘掉忧愁，可见忧愁之深重。

② “旧怨”，指因战乱而远离故乡的怨恨。“新怨”，指因母子分离而生的怨恨。

③ “苍苍”：上苍，苍天。

④ “胡为”：为什么。“罹（音离）”：遭遇，祸及。“殃”：灾祸。

（十七）

十七拍兮心鼻酸，关山阻修兮行路难[1]。去时怀土兮心无绪，来时别儿兮思漫漫。塞上黄蒿兮枝枯叶干，沙场白骨兮刀痕箭瘢[2]。风霜凛凛兮春夏寒，人马饥尳兮筋力单[3]。岂知重得兮入长安，叹息欲绝兮泪阑干[4]。

【注】

① “阻”：艰险。“修”，漫长。

② “瘢（音班）”：疤瘌。

③ “㾯（音灰）”：疲惫。“单”：同殚，用尽。

④ “阑干”，形容泪水纵横散乱。

（十八）

胡笳本自出胡中，缘琴翻出音律同[①]。十八拍兮曲虽终，响有余兮思无穷。是知丝竹微妙兮均造化之功[②]，哀乐各随人心兮有变则通[③]。胡与汉兮异域殊风，天与地隔兮子西母东。苦我怨气兮浩于长空[④]，六合虽广兮受之应不容[⑤]！

【注】

① “缘”：用，靠。“翻出”：弹奏出来。

② “丝竹”：琴和笳。“造化”：主宰万物的天地。

③ “变”：音律变化。“通”：同样都能表达感情。

④ “浩”：弥漫。

⑤ “六合”：天地四方，指宇宙间。“不容”：容纳不下。

陆　机

（261—303），字士衡，吴郡华亭（今上海市松江县）人。三国时期吴国人，吴亡，家居治学。晋武帝太康（280—289）末，与弟陆云同至洛阳，皆以文才闻名，时称“二陆”。曾官平原内史，世称陆平原。死于八王之乱。有《陆士衡集》。

饮马长城窟行

《饮马长城窟行》本是汉乐府旧题。陆机以汉武帝与匈奴交战的历史题材，反映军旅生活的艰苦和将士报国的精神。

驱马陟阴山①，山高马不前。往问阴山侯②，
劲虏在燕然③。戎车无停轨④，旌旆屡徂迁⑤。
仰凭积雪岩⑥，俯涉坚冰川。冬来秋未反，去
家邈以绵⑦。猃狁亮未夷⑧，征人岂徒旋。末
德争先鸣⑨，凶器无两全⑩。师克薄赏行⑪，军
没微躯捐⑫。将遵甘陈迹⑬，收功单于旃⑭。
振旅劳归士⑮，受爵藁街传⑯。

【注】

①“陟（音治）”：登上。“阴山”：在今内蒙古中部一带。

②“侯”：驻守的将领。

③“劲虏”：强敌。“燕然”：山名，即今蒙古国境内之杭爱山。

④“戎车”：兵车，战车。“停轨”：车轮静止转动。

⑤“旌旆（音晶佩）”：军旗。“徂（音粗，阳平）迁”：向前进军。

⑥“仰”：抬头。“凭”：靠。“岩”：山崖。

⑦“去”：离。“邈（音秒）”：远。“绵”：延续不断。

⑧“猃狁（音险允）”：我国周秦时期北方部族名。这里指匈奴。“亮”：确实。“夷”：平定。

⑨“末德”：谦称自己。“先鸣”：率先立功。

⑩“凶器”：指战争。“无两全”：战争双方你死我活，不可能双双保全。

⑪“师克”：军队获胜。“薄赏”：轻微的奖赏。“行”：颁发。

⑫“军没”：战争失败，全军覆没。“微躯”：谦称自己的生命。“捐”：舍弃。

⑬“遵”：依照。“甘”：甘誓是《尚书》上的篇名，后用来指战前宣誓，表示决心。“陈迹”，以往的事迹。

⑭“单于”：匈奴的最高首领。“旃（音毡）”：帐幕。

⑮“振旅”：整顿军队。“劳”：慰劳，犒劳。“归士”，归来的将士。

⑯“受爵”：接受爵位。“藁（音稿）街”：汉朝京城长安的一条街道：专门安置其他民族使节居住。“传”：传布，传颂。

鲍 照

（412?—466）字明远，东海（今山东郯城西南）人。南朝宋的杰出诗人。曾为临海王刘子顼的前军参军。有《鲍参军集》。

代出自蓟北门行

《出自蓟北门行》原为乐府旧题。鲍照加一“代”字，表示拟作之意，写将士出征和为国捐躯的爱国精神。

羽檄起边亭①，烽火入咸阳②。征骑屯广武③，分兵救朔方④。严秋筋竿劲⑤，虏阵精且强⑥。天子按剑怒，使者遥相望。雁行缘石径⑦，鱼贯度飞梁⑧。箫鼓流汉思⑨，旌甲被胡霜⑩。疾风冲塞起，沙砾自飘扬。马毛缩如猬，角弓不可张⑪。时危见臣节⑫，世乱识忠良。投躯报明主，身死为国殇⑬。

【注】

① “羽檄”：插有羽毛的军事公文，表示情况紧急。“边亭”：边境哨所。

② “咸阳”：秦代都城，这里泛指京城。

③ “征骑（音计）”：征召来的骑兵部队。“屯”：驻扎。“广武”：在今山西代县西。

④ “朔方”：西汉郡名，治所在今内蒙古杭锦旗北，辖境相当于今之内蒙古和宁夏的河套地区。

⑤ “筋”：弓。“竿”：箭。“劲”：有力。

⑥ “虏阵”：敌阵。“精”：精壮。“强”：强大。

⑦ “雁行”：像大雁那样列队前进。“缘”：沿着。“石径”，山路。

⑧ “鱼贯”：像鱼群那样前后相随。“飞梁”：跨越大河的桥梁。

⑨ “箫鼓”：古代军中两种乐器。“流”：流露。“汉思”，对汉地的情感和思念。

⑩ “旌甲”：旌旗和铠甲。“被”：披上，蒙上。“胡霜”，严寒的北方的白霜。

⑪ “角弓”：用兽角装饰的弓。“张”：拉开。

⑫ “时危”：国家局势危急。“臣节”：封建时代臣子忠于君主的志气和操守。

⑬ “国殇（音伤）”：为保卫国家而牺牲的将士。

无名氏

敕勒歌

这是南北朝时期北方敕勒族的一首民歌。敕勒，也称丁零、高车，原是贝加尔湖一带的游牧部族，公元四世纪开始迁至阴山一带。这首民歌是由鲜卑语翻译成汉语的。诗中描绘了当时阴山脚下的土地辽阔、牛羊成群的草原风光。

敕勒川①，阴山下。天似穹庐，笼盖四野②。
天苍苍，野茫茫，风吹草低见牛羊③。

【注】

① “敕勒川”，即今之内蒙古中部的土默川平原。

② “四野”：四方的原野。

③ “见（音现）”：显露出。

无名氏

木兰诗

唧唧复唧唧[1]，木兰当户织，不闻机杼声，唯闻女叹息。问女何所思，问女何所忆，女亦无所思，女亦无所忆。昨夜见军帖[2]，可汗大点兵[3]。军书十二卷，卷卷有爷名[4]，阿爷无大儿，木兰无长兄，愿为市鞍马[5]，从此替爷征。　东市买骏马，西市买鞍鞯[6]，南市买辔头[7]，北市买长鞭。旦辞爷娘去，暮宿黄河边。不闻爷娘唤女声，但闻黄河流水鸣溅溅[8]。旦辞黄河去，暮宿黑山头[9]。不闻爷娘唤女声，但闻燕山胡骑鸣啾啾[10]。　万里赴戎机[11]，关山度若飞。朔气传金柝[12]，寒光照铁衣。将军百战死，壮士十年归。归来见天子，天子坐明堂[13]。策勋十二转[14]，赏赐百千强[15]。可汗问所欲，木兰不用尚书郎[16]。愿借名驼千里足[17]，送儿还故乡。　爷娘闻女来，出郭相扶将[18]。阿姊闻妹来，当户理红妆[19]。小弟闻姊来，磨刀霍霍向猪羊[20]。开我东阁门，坐我西阁床[21]。脱我战时袍，着我旧时裳。当窗理云鬓[22]，对镜贴花黄[23]。出门看火伴[24]，火伴皆惊惶。同行十二年，不知木兰是女郎。雄兔脚扑朔[25]，雌兔眼迷离[26]。双兔傍地走[27]，安能辨我是雄雌？

《木兰诗》是我国南北朝时期北方的一首长篇叙事民歌，记述了木兰代父从军，为国家效力，替父母分忧，千年被人传颂。民歌不一定真有其人其事。然而当时北方的主体民族是鲜卑族。木兰无姓，诗中称“天子”为“可汗”，所以人们多认为木兰应是鲜卑族。从战争背景看，木兰从军所参加的战役颇似公元429年北魏对北方柔然的战争。

【注】

①“唧唧”：叹息声。

②“军帖”：征兵文书。

③“可汗（音含）”：我国古代北方民族对自己君主的称呼。“点兵”：征兵。

④“爷”：父亲。

⑤“市”：买。

⑥“鞯（音艰）”：马鞍上的垫子。

⑦“辔（音配）头”：马嚼子和马缰绳。

⑧“溅溅”：形容流水声。

⑨“黑山”：一作“黑水”。黑山、黑水和下面的燕山都不一定是实指。

⑩“啾啾”：形容战马嘶鸣的声音。

⑪“戎”：战机。

⑫“朔气”：北方的寒风冷气。“金柝（音唾）”：军中用来打更报警的金属器皿。

⑬“明堂”：官员朝见天子的官殿。

⑭“策勋”：记功授爵。“十二转”：升赏十二级，形容功高赏重。

⑮“百千”：金银数量极大。“强”：超过。

⑯“尚书郎”：古代官名。此指高官。

⑰“明驼”：精壮的骆驼。“千里足：日行千里的坐骑。

⑱“郭”：外城。“扶将（音江）”：搀扶。

⑲“理”：梳理。“红妆”：妇女的妆梳。

⑳“霍霍”：磨刀声。

㉑“床”：胡床，能折叠的坐椅。

㉒“云鬓”：蓬松如云的发式。

㉓“花黄”：古代妇女的一种梳妆饰物。

㉔“火伴”：同征的战友。

㉕“扑朔”：舞动的样子，雄兔平常喜欢两个前足舞动。

㉖“迷离”：微微眯着眼睛。雌兔平常喜欢安静坐着。

㉗“傍地”：沿着田野。“走”：跑。两个兔子在地边奔跑，就很难区别出雌雄来。

宇文招

（？—580），字豆卢突，鲜卑族，祖籍代郡武川（今内蒙古武川西）人。北周奠基人宇文泰的第七子。北周明帝时封赵国公，历任大司马，进爵为王，后被隋文帝杨坚所杀。

从军行

《从军行》，乐府旧题。这首诗写北疆边防和塞外的严寒气候。

辽东烽火照甘泉①，蓟北亭障接燕然②。
水冻菖蒲未生节③，关寒榆荚不成钱④。

【注】

① “甘泉”：秦朝离宫，建在长安西北淳化县甘泉山上。汉朝进行了扩建。西汉初年，匈奴人入侵，常常骚扰到甘泉宫。

② “蓟北”：蓟州北面（今河北省北部）。“亭障”：边塞监视敌人的工事。

③ “菖蒲”：生长在水滨的一种植物。“节”：植物的枝节。

④ “榆荚”：榆树果实，俗称榆钱。以上两句写边地气候寒冷，植物都不能正常生长。

无名氏

阿那瓌

闻有匈奴主[①]，杂骑起尘埃[②]。
列观长平坂[③]，驱马渭桥来[④]。

阿那瓌（音归）（？－552），柔然可汗，蠕蠕国王。公元520年，他与族兄争夺汗位失败后，曾投奔北魏。魏孝明帝封他为“朔方郡公”，又支持他返回漠北，夺得政权。这首小诗写阿那瓌投奔北魏时的经历。

【注】

① “匈奴主”：借指阿那瓌。
② “杂骑”，指阿那瓌的随从骑兵。
③ “列观”：列队迎看。“长平坂”：长平城在今山西省高平县西北。
④ “渭桥”：汉朝京城长安郊外的渭水上的横桥。又叫中渭桥。这里借指北魏京城洛阳的郊外。

大义公主

（生卒年不详），南北朝时北周静帝的女儿，嫁给突厥它钵可汗。隋灭北周后，大义公主自伤宗祀绝灭，羁留塞北，乃在屏风上书写此诗。

书屏风诗

这首诗抒发了对世事沧桑、和亲远嫁的感慨。

盛衰等朝露①，世道若浮萍②。荣华实难守，池台终自平③。富贵今何在？空事写丹青④。杯酒恒无乐，弦歌讵有声⑤。余本皇家子，飘流入虏廷。一朝睹成败，怀抱忽纵横⑥。古来共如此，非我独申名⑦。惟有明君曲⑧，偏伤远嫁情。

【注】

① “等”：等同于。“朝露”：清晨的露水。

② “若”：如同。以上两句写世道变迁无常。

③ “池台”：楼台池沼，借指北周都城的宫殿。“平”：荒废。

④ “空事”：白白地进行。“丹青”：两种绘画颜料。这里用“丹青”指对旧朝廷的怀念和记忆。

⑤ “讵（音巨）”：岂。

⑥ “怀抱”：心情，心绪。“纵横”，形容杂乱无绪。

⑦ “申名”：表白，申诉。

⑧ “明君”，即汉代和亲的王昭君。传说王昭君曾写有《怨诗》，又叫“明君曲”。

杨 素

（？—606）字处道，弘农华阴（今陕西省华阴县）人。原为北周车骑大将军。后协助杨坚平定天下，成为隋朝的开国功臣，封越国公。历任内史令、尚书左仆射等要职。后又帮隋炀帝杨广夺得政权，改封楚国公。

出 塞

《出塞》原为乐府旧题。这首诗写边塞军旅生活。

汉虏未和亲，忧国不忧身。握手河梁上①，穷涯北海滨②。据鞍独怀古，慷慨感良臣。历览多旧迹，风日惨愁人。荒塞空千里，孤城绝四邻。树寒偏易古③，草衰恒不春④。交河明月夜，阴山苦雾辰⑤。雁飞南入汉，水流西咽秦⑥。风霜久行役，河朔备艰辛⑦。薄暮边声起⑧，空飞胡骑尘。

【注】

① “握手”：握手告别。“河梁”：黄河桥梁。传说中的汉代李陵《与苏武诗》有“携手上河梁”的句子，后来多用“河梁”指分别之处。

② “穷涯”：极边远的水滨。“北海”：今俄罗斯国的贝加尔湖。汉代苏武被匈奴扣留十九年，曾被流放到北海牧羊。这句写这次出征的目的地。

③ “古”：变老。这句说塞外寒冷，树木难以长大。

④ “恒”：永久。这句写塞外严寒，草地永远枯黄，显现不出春天气息。

⑤ “雾辰”“雾气弥漫的早晨。以上两句用新疆的交河、内蒙古的阴山泛指塞外边远之地。

⑥ “咽”，形容水流不畅。“秦”，指今之陕西一带。

⑦ “河朔””黄河以北的荒远地区。“备””格外。

⑧ “薄暮”“傍晚。

无名氏

出　塞

《出塞》，乐府旧题。这首小诗写军队向边塞出发时的雄伟严整。

候骑出甘泉①，奔命入居延②。
旗作浮云影，阵如明月弦③。

【注】

①“候骑”：侦察的骑兵。

②“奔命”：奔驰着去执行命令。“居延”：汉塞名，遗址在今内蒙古额济纳旗境内。

③“弦”：弦月，弯月。

陈子昂

（661—702），字伯玉，四川射洪人。唐初著名诗人，曾两度从军出塞。

感　遇（其三）

“感遇”，缘事而发的感慨。这首诗共38首。这里选的第三首，写战争给人民带来的灾难和痛苦。

苍苍丁零塞[①]，今古缅荒途[②]。亭堠何摧兀[③]，暴骨无全躯。黄沙漠南起，白日隐西隅。汉甲三十万，曾以事匈奴[④]。但见沙场死，谁怜塞上孤。

【注】

① “苍苍”，形容青色。“丁零”：古代北方部族名，曾属匈奴。

② “缅”：遥远。

③ “亭堠（音候）”：古代边塞戍守瞭望的土堡。“摧兀”：倒塌荒废。

④ “事匈奴”：从事对匈奴的战争。

张敬忠

（生卒年不详），唐代诗人。唐玄宗时曾任平卢节度使。

边 词

这首小诗写边塞与中原地区气候的悬殊差异，暗寓思乡之情。

五原春色旧来迟①，二月垂杨未挂丝。
即今河畔冰开日，正是长安花落时②。

【注】

① “五原”：隋炀帝大业初，改丰州为五原郡，即今之内蒙古五原县。“旧来”：向来。

② “长安”：唐朝京城。

孙 逖

（生卒年不详），博州武水（今山东聊城西南）人。唐朝诗人。唐玄宗时曾任中书舍人、太子少詹事等。

同洛阳李少府观永乐公主入蕃

这首小诗赞美和亲给边塞带来的新气象。

边地莺花少①，年来未觉新②。
美人天上落③，龙塞始应春④。

【注】

① “莺花”：黄莺和鲜花。

② “年来”：近年以来。

③ “美人”，指永乐公主。“天上落”：从天而降，恭维公主下嫁。

④ “龙塞”，即龙城，匈奴人祭天之处。

崔 颢

（704—754）汴州，（今河南开封）人。唐代著名诗人。唐玄宗时进士，曾任太仆寺丞、司勋员外郎等职。

雁门胡人歌

这首诗描写边境和平给人民带来的安定生活。

高山代郡东接燕①，雁门胡人家近边②。
解放胡鹰逐塞鸟③，能将代马猎秋田④。
山头野火寒多烧，雨里孤峰湿作烟⑤。
闻道辽西无斗战⑥，时时醉向酒家眠。

【注】

① “代郡”：故治在今山西省大同市东。“燕”，指今河北省北部一带。

② “雁门”：唐代关名，在今山西省。唐玄宗天宝年间改代州为雁门郡。“近”：靠近。

③ “解”：懂得，熟悉。

④ “代马”：北方少数民族地区出产的名马。“猎”：打猎。

⑤ “烟”：迷蒙的烟雾。

⑥ “辽西”：郡名，辖今河北省东部、辽宁省西南部和内蒙古东南部。这一带是契丹人与中原政权的必争之地。“斗战”：征战。

王 维

（701—761），字摩诘，河东祁（今山西省祁县）人。官至尚书右丞。诗琴书画都有很高的造诣，为唐代田园山水诗派的代表作家，著有《王右丞集》

使至塞上

这首诗作于出使塞外途中。唐玄宗开元二十五年（737），河西节度副大使崔希逸打败吐蕃。王维以监察御使的身份奉命前往凉州宣慰，途中经过今内蒙古西部一带。诗中描绘的塞外风光被人评价极高。

单车欲问边①，属国过居延②。征蓬出汉塞③，归雁入胡天。大漠孤烟直④，长河落日圆⑤。萧关逢候骑⑥，都护在燕然⑦。

【注】

①“单车”：轻车简从，独身前往。“问边”：慰问边塞将士。

②“属国”：属中央管辖的地区。当时“居延”（在今内蒙古额济纳旗）已属唐朝管辖。

③“征蓬”：随风远飞的蓬草。比喻奔波中的诗人。

④“孤烟”：指腾空而起的沙尘。

⑤“长河”：黄河。

⑥“萧关”：在今宁夏固原东南。“候骑（音季）”：侦察的骑兵。

⑦“都护”：官名，此指河西节度使。“燕然”：燕然山在今蒙古国，此处代指前线。

李 白

（701—762），字太白，号青莲居士。唐代著名诗人，有《李太白集》。

观放白鹰

这首诗描绘北方特有的猎鹰。

八月边风高[1]，胡鹰白锦毛。
孤飞一片雪，百里见秋毫[2]。

【注】

① “边风”：边地的大风。

② “秋毫”，比喻细微之物。

高 适

（702—765），字达夫，渤海蓨（音条）（今河北省景县）人。曾两度随军出塞。曾任封丘尉、淮南节度使、西川节度使、散骑常侍等职。为盛唐边塞诗派的代表作家，有《高常侍集》。

部落曲

这首诗写北方游牧民族尚武的精神。

蕃军傍塞游，代马喷风秋①。
老将垂金甲，阏支著锦裘②。
雕戈蒙豹尾③，红旗插狼头④。
日暮天山下⑤，鸣笳汉使愁⑥。

【注】

①“喷”：喷气。“风秋”：即秋风。

②“阏（音烟）支”：匈奴首领正妻称阏支。“著”：穿。

③“雕戈”：刻缕的戈（一种兵器）。“蒙”：缀连，装饰。

④“狼头”：旗杆顶端的雕刻饰物。北方游牧民族多以狼为图腾。

⑤“天山”：在今新疆，此处泛指塞外的大山。

⑥“汉使”：出使少数民族地区的唐朝官员。

塞上听吹笛

这首诗写塞外风光，暗寓思乡之情。

雪净胡天牧马还，月明羌笛戍楼间[①]。
借问梅花何处落[②]，风吹一夜满关山！

【注】

① “戍楼”：边塞军用工事。

② “梅花”：双关语，既指曲调《梅花落》，也指中原地区盛开的梅花。

岑 参

（715—770），荆州江陵（今属湖北）人。天宝进士。为盛唐边塞诗派的代表作家。

田使君美人舞如莲花北鋋歌

这首诗生动描绘了北方少数民族的舞蹈，赞扬了民族文化的交流。“田使君”：姓田的州官。“美人”：田家的舞女。“北鋋（音蝉）”：舞曲名。作者原注：“此曲本出北同城。”北同在今内蒙古额济纳旗北。

美人舞如莲花旋①，世人有眼应未见。
高堂满地红氍毹②，试舞一曲天下无。
此曲胡人传入汉，诸客见之惊且叹。
曼脸娇娥纤复秾③，轻罗金缕花葱茏④。
回裾转袖若飞雪⑤，左鋋右鋋生旋风⑥。
琵琶横笛和未匝⑦，花门山头黄云合⑧。
忽作出塞入塞声，白草胡沙寒飒飒⑨。
翻身入破如有神⑩，前见后见回回新⑪。
始知诸曲不可比，采莲落梅徒聒耳⑫。
世人学舞只是舞，姿态岂能得如此。

【注】

①“旋”：转动。

②“氍毹（音渠书）”：一种毛织的地毯。

③“曼”：美。“脸”：脸蛋儿。“娇”：妩媚。“娥”：少女。“纤”：纤细，苗条。“秾（音农）”：丰满。

④“轻罗”：很薄的丝织品。“金缕”：金线。“葱茏”：形容花木青翠的样子。

⑤“裾（音居）”：上衣的前后襟。

⑥“鋋”：刺，指向。

⑦“和”：合奏。“匝”：一个乐章。

⑧“花门山”，居延海北三百里有花门人山堡，本唐置，后为回纥所据。

⑨“飒飒（音萨）”：形容风声，上一句“出塞”、“入塞”，均为乐府曲名，多表现苍茫激越之情。

⑩“入破”：音乐术语，指转入另一乐章。

⑪“见”：现。“回回”：每一套动作。

⑫“采莲”、“落梅”，都是中原地区的曲调名称，多表现缠绵哀婉之情。“聒（音郭）耳”：杂乱刺耳。

皎 然

（生卒年不详），唐代僧人，本姓谢，名昼，字清昼，湖州（今浙江吴兴）人。有诗名。著有《皎然集》，也称《抒山集》。

从军行

这首诗写军旅生活，对唐代扩边战争持批评态度。原诗五首，这是第三首。

百万逐呼韩①，频年不解鞍。兵屯绝漠暗②，
马饮浊河干。破虏功未录③，劳师力已殚④。须防
肘腋下⑤，飞祸出无端⑥。

【注】

① “百万”：，百万军队。“呼韩”，呼韩邪，汉代南匈奴的单于。这里泛指北方民族。
② “绝漠”：遥远的北方沙漠地带。
③ “破虏”：打败敌人。“录”：登记。这句写未能打败敌人。
④ “殚（音单）”：尽。
⑤ “肘腋”：比喻切近的地方。这里指唐王朝的内部。
⑥ “飞祸”：意外的灾祸。“无端”：无缘无故。

柳中庸

（生卒年不详），名淡，河东（今山西永济）人。唐代诗人。

征人怨

这首诗写出征将士对远离家乡、久戍不归的怨恨。

岁岁金河复玉关[①]，朝朝马策与刀环[②]。
三春白雪归青冢[③]，万里黄河绕黑山[④]。

【注】

① “金河”：即今内蒙古的大黑河（黄河支流）。唐代曾在此设金河县。“玉关”：玉关门，在今甘肃敦煌西。

② “朝朝”：天天。“马策”，马鞭。“刀环”：战刀柄上的佩环。

③ “三春”：指春末，一般指旧历三月。“青冢”：昭君墓，在今内蒙古呼和浩特市城南，大黑河之滨。

④ “黑山”：即今内蒙古的大青山。

李　端

（生卒年不详）字正己，赵州（今河北省赵县）人。唐太宗时进士。曾任秘书省校书郎、杭州司马。为“大历十才子”之一。

胡腾儿

这首诗写一位流落内地的边疆民族艺人。既写了这位艺人优美矫健的舞姿，也对他远离家乡给予了同情。“胡腾儿”，跳胡腾舞的小伙子。

胡腾身是凉州儿，肌肤如玉鼻如锥。桐布轻衫前后卷，葡萄长带一边垂①。帐前跪作本音语②，拾襟搅袖为君舞③。安西旧牧收泪看④，洛下词人抄曲与⑤。扬眉动目踏花毡，红汗交流珠帽偏⑥。醉却东倾又西倒⑦，双靴柔弱满灯前⑧。环行急蹴皆应节⑨，反手叉腰如却月⑩。丝桐忽奏一曲终⑪，呜呜画角城头发⑫。胡腾儿，胡腾儿，故乡路断知不知⑬。

【注】

①“葡萄长带”：绣有葡萄图案的衣带。

②“本音”：本民族的语言。

③“拾襟”：提起衣襟。“搅袖”：挥动衣袖。

④“安西”：唐代方镇名，在今新疆。“牧”：地方行政长官。“收泪”，忍住眼泪。

⑤“洛下”：中原洛阳一带。“与”：交给。

⑥“红汗”：从化妆面部流下的汗水。“珠帽”：装饰珠子的舞帽。

⑦“醉却”：酒醉之后。这句形容舞步蹒跚的样子。

⑧“柔弱”：形容舞步细腻。“满”：占据。

⑨“环行”：转圈。“急蹴（音促）”：快步踢踏。“应节”：与音乐配合得好。

⑩“却月”，弯月。

⑪“丝桐”，琴。

⑫“画角”：古代北方军中的吹奏乐器。“发”：响起来。

画角声响提醒人们战乱未熄，胡腾儿难归故乡。

⑬“断”：隔绝。

戴叔伦

（732—789），字幼公，润州金坛（今属江苏）人。唐代诗人。曾任抚州刺史、容州刺史，兼御史中丞、本管经略使等职。

转应曲

这是最早表现边塞题材的词作之一，“转应曲”后来通称“调笑令”。这首小词描绘广阔无垠的草原景色，并衬托久戍边地老兵的哀愁。

边草，边草，边草尽来兵老[①]。山南山北雪晴。
千里万里月明。明月，明月，胡笳一声愁绝[②]。

【注】

①“尽”：枯光。

②“愁绝”：极端哀愁。

韦应物

（737?—791？），京兆长安（今陕西西安）人。唐代诗人。举进士。历任尚书比部员外郎，滁州、江州、苏州刺史等职。有《韦苏州集》。

调笑令

这首小词描绘了塞外草原的绮丽风光。

胡马，胡马，远放燕支山下①。跑沙跑雪独嘶②，东望西望路迷。迷路，迷路，边草无穷日暮③。

【注】

① “燕支山”：在今甘肃省，古代是匈奴人的重要牧地。

② “跑（音袍）”：用蹄子刨掘。“嘶”：马叫。

③ “无穷”：一望无际。

耿 湋

（生卒年不详），字洪源，河东（今山西永济西）人。唐代宗时进士，官右拾遗。唐代诗人。为“大历十才子”之一。后人辑有《耿湋集》。

凉州词

这首诗对塞外胡人的生活和习俗给以形象的描绘。

国使翻翻随旆旌①，陇西岐路足荒城②。
毡裘牧马胡雏小③，日暮蕃歌三两声④。

【注】

①“国使”：朝廷派出的使者。“翻翻”：仪仗旗旌随风飘动。

②“岐路”：岔路。“足”：多，到处都是。“荒城”：废弃的古城。

③“毡裘”：皮袍。“胡雏”：胡人的幼儿。

④“蕃歌”：少数民族的歌声。

李 益

（748—827），自召虞，陇西姑臧（今甘肃武威）人。唐代宗时进士，官至礼部尚书。唐代著名的边塞诗人。

夜上受降城闻笛

这首诗写征人思乡。“受降城”，汉唐皆有，为安置边疆民族（如匈奴人、突厥人）而设。唐代受降城有三，东受降城在今内蒙古托克托县东岗古城，中受降城在今内蒙古包头市西，西受降城在今内蒙古杭锦后旗乌加河北岸。本诗所指当为西受降城。

回乐烽前沙似雪①，受降城外月如霜。
不知何处吹芦管②，一夜征人尽望乡。

【注】

① “回乐烽”：回乐县（今宁夏回族自治区灵武县西南）的烽火台。

② “芦管”，即芦笛。

度破讷沙

这首诗写塞外沙漠的荒凉。“破讷沙”，一名“普纳沙”，沙漠名称，在唐代丰州（九原）之南。原作二首，这里选录第一首。

眼见风来沙旋移①，经年不省草生时②。
莫言塞北无春到，总有春来何处知③。

【注】

①“旋”：立即。

②“经年”：整年，全年。“省”：知道。

③“总有”：纵有。这句话说，由于见不到绿草鲜花，即便春天来到，也无法察觉。

塞下曲

这首诗写边疆民族的射猎、放牧生活。原作四首，这里收录的是第一首。

蕃州部落能结束①，朝暮驰猎黄河曲②。
燕歌未断塞鸿飞③，牧马群嘶边草绿。

【注】

①“蕃”：边疆民族居住地区。“结束”：指戎装打扮，善于穿戴便于骑射的服装。

②“驰猎”：骑马打猎。“曲”：拐弯之处。“黄河曲”，指河套一带。

③“燕歌”：北方民歌。“塞鸿”：飞往北方的大雁（标志着春天的到来）。

盐州过胡儿饮马泉

这首诗写塞外暮春景象，并抒发长期边地行役的感慨。“盐州”，在今宁夏盐池县北。“胡儿饮马泉”，作者有注：“鸊鹈泉在丰城北，胡人饮马于此。”鸊鹈泉在丰州（今内蒙古中部）西北。学者认为题目中的“盐州”可能是“丰州”之误。

绿杨著水草如烟①，旧是胡儿饮马泉。
几处吹笳明月夜②，何人倚剑白云天③。
从来冻合关山路④，今日分流汉使前⑤。
莫遣行人照容鬓⑥，恐惊憔悴入华年⑦。

【注】

① “著水”：垂拂水面。“如烟”：形容茂盛辽阔。

② “吹笳明月夜”：用的是晋代刘琨的典故。刘琨被胡人包围在晋阳，刘琨乘月登楼，吹奏胡笳。胡人以为城中有埋伏而退走。这里是听到明月吹笳，希望能有刘琨那样的将才守边。

③ “倚剑白云天”，借用战国宋玉《大言赋》中“长剑耿耿倚天外”的句子，希望有良将守边。

④ “冻合”：因冰冻而封闭。

⑤ “分流”：河流解冻后向不同方向流动。“汉使”：作者自指。

⑥ “遣”：使，叫。“行人”：出外之人，这里是作者自指。“容鬓”，容貌。

⑦ “华年”：自己的岁月。

暖　川

这首诗写塞外征戍之苦。

胡风冻合鸊鹈泉①，牧马千群逐暖川②。
塞外征行无尽日，年年移帐雪中天③。

【注】

①“冻合”：冻结。

②“暖川”：温泉。

③“帐”：营帐。

〖中华诗词存稿·地域专辑〗

中华诗词学会 编

内蒙古诗词卷

卷四

内蒙古诗词学会　编

中国书籍出版社
China Book Press

目　　录

宋 元

明　清

王 涯

（764？—835），太原（今属山西）人。中唐进士，历官吏部尚书、中书侍郎、同中书门下平章事等职。

陇上行

这首诗写边塞上秋景。

负羽到边州①，鸣笳度陇头②。
云黄知塞近③，草白见边秋④。

【注】

① “负羽”：背着弓箭。指从军。
② “陇头”：陇山脚下。
③ “云黄”，形容沙尘蔽天。
④ “草白”，形容草地枯萎。

张仲素

（769—819），字绘之，河间（今属河北）人。唐德宗时进士。官翰林学士、中书舍人。

王昭君

这首诗对昭君出塞给予积极的评价。

仙娥今下嫁①，骄子自同和②。
剑戟归田尽③，牛羊绕塞多④。

【注】

① “仙娥”：美女，此指昭君。“下嫁”：远嫁匈奴呼韩邪单于。

② “骄子”：匈奴王自称“天之骄子”。“同和”：和平相处，同为一家。

③ “剑戟”：武器。《汉书·龚遂传》有“民有持刀剑者，使卖剑买牛，卖刀卖犊。”这一句说汉匈和平，武器无用，都改制成农牧器具。

④ “塞”：边塞。这句说汉匈和平为发展生产、人们安居乐业创造了条件。

李 贺

（790—819），字长吉，昌谷（今河南宜阳）人。唐代著名诗人。

马 诗

这首诗咏马言志。原为组诗，共23首，这里收录的是第五首。

大漠沙如雪，燕山月似钩。
何当金络脑①，快走踏清秋②。

【注】

① “何当”：安得，怎能。“金络脑”：镶金的马笼头。

② “走”：跑。

李宣远

（生卒年不详），唐德宗贞元（785—804）进士。

并州路

这首诗写了塞上的景物，也写了征人的辛酸。“并州”，古代九州之一，辖境约当今之至河北、山西两省北部。汉武帝所置“十三刺史部”也有并州。辖境约当今之山西大部和内蒙古、河北的一部分。这里的并州泛指北方塞上一带。这首诗又名《塞下作》。

秋日并州路，黄榆落故关。
孤城吹角罢，数骑射雕还①。
帐幕遥临水②，牛羊自下山。
征人正垂泪，烽火起云间。

【注】

① “骑（音计）”：骑士。“射雕”：射猎猛禽。古代匈奴人善于射箭的勇士称作“射雕手”。

② “临”：靠近。

刘言史

（生卒年不详），唐代邯郸（今属河北）人。因曾任枣强令，人称刘枣强。

赋蕃子牧马

这首诗写朝廷军队出征。“蕃子”，指北方少数民族少年。

碛净山高见极边①，孤烽引上一条烟②。
蕃落多晴尘扰扰③，天军猎到鹛鹈泉④。

【注】

① “碛（音弃）”：沙漠。“极边”：最远的边地。

② “孤烽”：一堆烽火。

③ “蕃落”：指北方少数民族聚居区。“扰扰”：形容纷乱的样子。

④ “天军”：指朝廷的军队。“猎”：此处指出征。

牧马泉

这首诗写塞外秋季风光。“牧马泉”，即古代丰州西北的鸊鹈泉。

平沙漫漫马悠悠[1]，弓箭闲抛郊水头[2]。
鼠毛衣里取羌笛，吹向秋天眉眼愁[3]。

【注】

① “漫漫”，形容无边无际。“悠悠”，形容悠闲自得。

② “闲”：随便。

③ “秋天”：秋季的天空。

鲍 溶

（生卒年不详），字德源，唐代诗人。唐宪宗元和进士。

塞 下

这首诗写北方民族实力强大，边庭战争频繁不息。

北风号蓟门，杀气日夜兴①。咸阳三千里，驿马如饥鹰。行子久去乡，逢山不敢登。寒日惨大野②，虏云若飞鹏③。西北防秋军④，麾幢宿层冰⑤。匈奴天未丧⑥，战鼓长登登⑦。汉卒马上老，繁缨空丝绳⑧。诚知天所骄⑨，欲罢又不能⑩。

【注】

① “杀气”，指一触即发的战争形势。

② “惨”：黯淡无光。

③ “虏云”：北方天空的云。

④ “防秋军”：秋天调到边防守卫的军队。北方游牧民族在秋高马肥之际趁机南下，朝廷此时特别需要安排“防秋军”防御。

⑤ “麾幢（音挥床）”：古代官员乘骑上的旗帜，这里指军队统帅。“宿”：住宿。“层冰”：厚厚的冰面上。

⑥ “匈奴”：泛指北方强大的少数民族，唐代北方劲敌是突厥族。“天未丧”：指势力很强大。

⑦ “登登”：鼓声。

⑧ “繁（音盘）缨”：古代天子、诸侯络马的饰物。“空丝绳”：

白白的拿着绳索（捆缚战俘所用）。这里指打不赢战争。

⑨ “天所骄”：即天骄，匈奴首领自称“天之骄子”。后来人们称北方强大的少数民族都用“天骄”。

⑩ “罢”：结束（战争）。末句说唐代对付北方民族已经是心有余而力不足。

塞上行

这首诗写塞外独特的风物。

西风应时筋角坚①，承露牧马水草冷②。
可怜黄河九曲尽③，毡馆牢落树无影④。

【注】

① “应时”：合乎时令。“筋角”：弓箭。

②“承露”：蒙受着露水。

③“可怜”：可怪。“黄河九曲”：黄河从源头东流入海，传说共有“九曲”（九次转弯）。

④“毡馆”：毡帐。“牢落”：形容稀疏零落。“树无影”：树木枝叶稀疏。

陈去疾

（生卒年不详），字文医，侯官（今福建福州）人。唐宪宗元和14年进士。官邕管副使。

塞下曲

这首诗写塞外春天的风沙。

春至金河雪似花①，萧条玉塞但胡沙②。
晓来重上关城望，惟见惊尘不见家③。

【注】

① “金河”：今内蒙古呼和浩特市境内之大黑河。

② “萧条”：形容冷落。“玉塞”：原指玉门关，这里泛指北方边塞。“但”，只。“胡沙”：北方特有的沙尘。

③ “惊尘”：大风刮起的沙尘。

送人谪幽州

这首诗宽慰贬谪北方的朋友，认为北方的寒冷比南方的炎热对人的身体健康更有利一些。

临路深怀放废惭①，梦中犹自忆江南。
莫言塞北春风少，还胜炎荒入瘴岚②。

【注】

① “放废”：罢官流放。“惭”：羞愧。前两句写被贬谪友人的心情。

② “炎荒”，指南方炎热荒远之地。“瘴岚”，指南方热带雨林中容易致人疾病的雾气。

施肩吾

（生卒年不详），字希圣，号东斋，睦州分水（今浙江桐庐西北）人。唐宪宗元和十五年进士；后隐于洪州西山（今江西新建西）修道，世称“华阳真人”。有《西山集》。

云中道上作

这首诗描写牛羊成群、人烟稀少、风沙弥漫的塞外风光。“云中”，古郡名，战国赵武灵王置。秦代治所在云中（今内蒙古托克托县东北），辖境约今呼和浩特市全境。西汉辖境缩小，东汉末废。唐玄宗天宝六年重置云中郡，治所在云中（今山西大同市）。

羊马群中觅人道①，雁门关外绝人家②。
昔时闻有云中郡，今日无云空见沙。

【注】

① “觅”：寻找。“人道”：人行道。

② “绝”：少。

陈 标

（生卒年不详），唐穆宗长庆二年进士，官至侍御史。

饮马长城窟

这首诗写征战之苦，流露出强烈的反战情绪。

日日风吹虏骑尘[1]，年年饮马汉营人。
千堆战骨那知主，万里枯沙不辨春。
浴谷气寒愁坠指[2]，断崖冰滑恐伤神[3]。
金鞍玉勒无颜色[4]，泪满征衣怨暴秦[5]。

【注】

① “虏骑”：北方民族的骑兵。

② “浴谷”：深谷。“坠指”：冻掉手指。

③ “伤神”：极度伤心。

④ “金鞍”：黄金装饰的马鞍。“玉勒”：玉石装饰的马笼头。“无颜色”，形容因战争失利或者严寒辛苦而使得脸色暗淡无光。

⑤ “暴秦”：残暴的秦朝，这里暗指唐王朝的统治者。

雍 陶

（805—？），字国钧，成都（今属四川）人。唐文宗大和间进士。曾任国子毛诗博士、简州刺史等职。

赠金河戍客

这首诗写边庭军旅生活。“金河”：今内蒙古呼和浩特市境内之大黑河。“戍客”：驻守边防的友人。

惯猎金河路①，曾逢雪不迷②。
射雕青冢北③，走马黑山西④。
戍远旌幡少⑤，年深帐幕低⑥。
酬恩须尽敌⑦，休说梦中闺⑧。

【注】

①“惯”：熟悉。

②“不迷”：不会迷路。

③“射雕”：猎射猛禽，形容箭术超群。“青冢”：今内蒙古呼和浩特市南部的王昭君墓。

④“走马”：跑马。“黑山”：今内蒙古境内蛮汉山。

⑤“戍远”：驻守的地方偏远。“旌幡”：军旗。

⑥“年深”：时间久。“帐幕低”：帐幕在一个地方长期没有移动，沙土越积越多，帐幕也显得低了。

⑦“酬恩”：报答皇帝的恩惠。“尽敌”，全力杀敌。

⑧“闺”：旧指女子的卧室。这里代指戍客的妻子。

杜 牧

（803—约852），字牧之，京兆万年（今陕西西安）人。唐文宗太和二年进士。历任监察御史，黄、池、睦诸州刺史，后为司勋员外郎，终中书舍人。晚唐著名诗人，人称“小杜”，有《樊州文集》。

边上闻笳

这三首小诗写塞外风物，兼叙离乡之愁。

（一）

何处吹笳薄暮天①？塞垣高鸟没狼烟②。
游人一听头堪白，苏武争禁十九年③。

【注】

①“薄暮”：傍晚。

②“塞垣”：指北方边境的长城。“没”：消失。“狼烟”：即烽火。

③“苏武”：西汉人，奉命出使匈奴，被扣留19年，后来汉匈和好，被送回汉朝，官典属国。“争”：怎。“禁”：被囚禁。

（二）

海路无尘边草新[1]，荣枯不见绿杨春[2]。
白沙日暮愁云起，独感离乡万里人。

【注】

① “海路”：瀚海（沙漠的别称）之路。这句说沙漠中有沙无土。

② “荣枯”：指树木的茂盛和凋零。这句话说北疆地区有草无树。

（三）

胡雏吹笛上高台[1]，寒雁惊飞去不回。
尽日春风吹不散，只应分付客愁来[2]。

【注】

① “胡雏”：北方少数民族少年。

② “分付”：给予。笛声被春风吹不散，是为了表达征人的思乡之愁。

游　边

这首诗写塞外风光。

黄沙连海路无尘[①]，边草长枯不见春。
日暮拂云堆下过[②]，马前逢着射雕人[③]。

【注】

① “海”：湖泊。

② “拂云堆”：唐代突厥人的祭祀之处，类似今天蒙古族的“敖包”。在中受降城的黄河北岸（今内蒙古包头市西）。

③ “射雕人”：北方少数民族的善射者。

薛 逢

（生卒年不详），字陶臣，蒲州河东（今山西永济）人。唐武宗会昌进士。历任万年尉、侍御史、尚书郎、巴州刺史、太常少卿、秘书监等职。

狼 烟

三道狼烟过碛来①，受降城上探旗开②。
传声却报边无事③，自是官军入抄回④。

这首诗写塞外防御。

【注】

① “碛”：（音弃），沙漠。

② “探旗”：报警的旗子。

③ “传声”：传达情报。“无事”：没有战争。

④ “入抄”：入境巡逻。

丁 稜

（生卒年不详），字子威。唐武宗会昌三年进士。

塞下曲

这首诗写征战之苦，流露出及早结束战争的愿望。

北风鸣晚角①，雨雪塞云低②。
烽举战军动，天寒征马嘶。
出营红旆展，过碛暗沙迷③。
诸将年皆老，何时罢鼓鼙④？

【注】

① “角”：画角，军中乐器，可用来传达号令。
② “雨雪”：下雪。
③ “迷”：迷路。
④ “鼓鼙（音皮）”：战鼓。这句希望早日结束战争。

马 戴

（生卒年不详），字虞臣，曲阳（今江苏东海县西南）人。唐武宗会昌四年进士。曾任太原府掌书记、龙阳尉、大学博士等职。

送和北虏使

这首诗表达了对民族和睦的赞赏。“和北虏使”，指送和亲女子去北方突厥的使者。

路始阴山北，迢迢雨雪天①。
长城人过少，沙碛马难前。
日入流沙际②，阴生瀚海边③。
刀镮向月动④，旌纛冒霜悬⑤。
逐兽孤围和⑥，交兵一箭传⑦。
穹庐移斥候⑧，烽火绝祁连⑨。
汉将行持节⑩，胡儿坐控弦⑪。
明妃的回面⑫，南送使君旋⑬。

【注】

① “迢迢”：形容遥远。

② “流沙”：流动的沙漠。“际”：边。这句说太阳落到西边沙漠的尽头。

③ “阴”：月亮。“瀚海”：北方大沙漠。这句说月亮从东边沙漠中升起。

④ “刀镮（音环）”：刀头的环饰。

⑤ “旌纛（音道）”：军中大旗。“悬”：飘挂。

⑥“孤围”：缩小的包围圈。“合”：合围，围住。

⑦“交兵”：兵器相接。“一箭传”：用一枝箭传达命令。

⑧“斥候”：边境侦察人员。这句说突厥人已把毡帐向北转移。

⑨“绝”：不再点燃。“祁连”：泛指北方的山脉。这句说双方已经停止了战争。

⑩“行”：行进。“节”：符节。古代使者代表身份所持的信物。

⑪“坐”：骑在马上。“控弦”：掌控弓箭。这句写突厥用仪仗队迎接唐朝使臣。

⑫“明妃”：王昭君，这里代指和亲女子。“的”：不断。“回面”：转过脸来。

⑬“使君”：此处指送和亲女子的官员。

射雕骑

这首诗写北方民族善于骑射的豪迈精神。

蕃面将军著鼠裘①，酣歌冲雪在边州②。
猎过黑山犹走马③，寒雕射落不回头。

【注】

①“蕃面”：少数民族相貌。“著”：穿。“鼠裘”：貂鼠袍子。

②“酣歌”：尽兴高歌。“冲雪”：冒着大雪。

③“黑山”：泛指北方大山。“走马”，跑马。

栖　白

（生卒年不详），越中僧人。唐玄宗时曾居荐福寺。

边　思

这首诗写塞外凄清的秋天景色。“边思”：因边塞风光而生的感慨。

西北黄云暮，声声画角愁。
阴山一夜雨，白草四郊秋①。
乱雁鸣寒渡②，飞沙入废楼③。
何时番色尽④，此地见芳洲⑤。

【注】

① “白草”：塞外一种优良牧草。“四郊”：四面原野。“秋”：秋季来临。
② “寒渡”：寒冷的渡口。
③ “废楼”：废弃的戍楼。
④ “番色”：指北方萧索的秋景。
⑤ “芳洲”：鲜花盛开的地方。

顾非熊

（生卒年不详），唐穆宗长庆进士。曾为盱眙尉，后弃官隐于茅山。

出塞即事

这首诗写塞外风光，表现了戍边将士的厌战情绪。原诗二首，这里选录第一首。

塞山行尽到乌延①，万顷沙堆见极边②。
河上月沉鸿雁起，碛中风度犬羊膻③。
席箕草断城池外④，护柳花开帐幕前⑤。
此处游人堪下泪，更闻终日望狼烟。

【注】

①“烏延”：城名，在今陕西横山县南。

②“极边”：遥远的边疆。

③“度”：吹过。

④“席箕草”：塞外的一种牧草，又称“白草”，俗称“芨芨草”。

⑤“护柳花”：塞外的一种野花。

张 祜

（生卒年不详），字承吉，清河（今属河北）人。有《张处士诗集》。

塞 下

这是一首豪迈轻快的边塞诗，把边塞征战生活写得潇洒尽兴。

万里配长征①，连年惯野营②。
入群来拣马，抛伴去擒生③。
箭插雕翎阔④，弓盘鹊角轻⑤。
闲看行远近⑥，西去受降城。

【注】

① “配”：流放，发配。“长征”：到远方去征戍。
② “惯”：习惯于。“野营”：野外宿营。
③ “抛伴”：抛下伙伴。“擒生”：猎取野兽。
④ “雕翎”：用鹰的大羽插在箭尾。
⑤ “盘”：弯弓。“鹊角”：弓上的装饰物。
⑥ “闲”：随便。

塞上曲

这首诗写边庭军旅生活，表达为国立功的强烈愿望。

边风卷地时，日暮帐初移。
碛迥三通角[①]，山寒一点旗[②]。
连收榻索马[③]，引满射雕儿[④]。
莫道功勋细[⑤]，将军昔戍师[⑥]。

【注】

① “迥（音窘）”：远。“三通”：三遍。“角”：画角声。

② “一点旗”：形容远看旗帜显得很小。

③ “榻索马”：用绳子绊着的马匹。以防走失。

④ “引满”：拉满弓（准备射箭）。“射雕儿”：北方民族的神射手。

⑤ “细”：小。

⑥ “戍师”：边防驻军。这句说，现在的大将也在边地戍守过。

李士元

（生卒年不详），唐代诗人。曾出家为僧。

登单于台

这首诗写愁苦的边塞军旅生活。“单于台”，在今内蒙古呼和浩特市西，据《汉书·武帝纪》载，汉武帝曾率军登临此台。

悔上层楼望①，翻成极目愁②。
路沿葱岭去③，河背玉关流④。
马散眠沙碛，兵闲倚戍楼⑤。
残阳三会角⑥，吹白旅人头⑦。

【注】

①“层楼”：高楼。这里指单于台。
②“翻”：反而。“极目”：尽力远望。
③“葱岭”：在今新疆。这里泛指塞外大山。
④“玉关”：玉门关，在今甘肃。这里泛指塞外名关。
⑤“戍楼”：守边兵士供眺望的塔楼。
⑥“三会角”：三遍画角声。
⑦“旅人”：远离家乡的人。

温庭筠

（约812—866），原名岐，字飞卿，太原（今属山西）人。晚唐著名诗人。有《温庭筠诗集》，又名《金奁集》。

敕勒歌

这首诗写塞外风光，兼叙思乡之情。

敕勒金隤壁[①]，阴山无岁华[②]。帐外风飘雪，营前月照沙。羌儿吹玉管[③]，胡姬踏锦花。却笑江南客，梅落不归家[④]。

【注】

① “敕勒”，指敕勒人的聚居地区。“金隤（音颓，阳平）壁”：倒塌了的黄色城垣。

② “无岁华”：没有四季的区别。

③ “羌儿”：少数民族少年。“玉管”：笛子。

④ “胡姬”：少数民族妇女。“锦花”：优美的舞蹈。

⑤ “梅落”：双关语。既指笛曲《梅花落》，也指江南梅花飘落的季节。

刘 驾

（生卒年不详），字司南，江东（今江苏南部）人。唐宣宗大中六年进士。曾任国子博士。

古出塞

这是一首反对朝廷扩边战争的诗篇。

胡风不开花，四气多作雪①。北人尚冻死，况我本南越②。古来犬羊地③，巡狩无遗辙④。九土耕不尽⑤，武皇犹征伐⑥。中天有高阁⑦，图画何时歇⑧。坐恐塞上山⑨，低于沙中骨。

【注】

① “四气”：四时之气。

② “南越”：指今之福建、广东一带南方地区。

③ “犬羊地”：放牧之地。区别于中原地区的农业耕地。

④ “巡狩”：帝王视察各地。“遗辙”：过去留下来的车印。这句说古代帝王从来不到此处视察。

⑤ “九土”：九州之地，指中原地区。“耕不尽”，耕种不完。

⑥ “武皇”：汉武帝。这里借喻唐代最高统治者。“犹”：仍旧。

⑦ “中天”：天上，喻指朝廷。“高阁”：指凌烟阁。唐太宗在凌烟阁陈列功臣的图像，以示表彰。

⑧ “图画”：功臣画像。“歇”：停止。朝廷表彰功臣，人们就要争相去边庭立功，扩边战争就不会停止。

⑨ “坐”：正，只。

储嗣宗

（生卒年不详），唐宣宗大中十三年进士。

随使过五原

这首诗写塞外长期征戍而引起的思乡之情。“使”，即使臣。“五原”，即今内蒙古五原县一带。

偶逐星车犯虏尘①，故乡常恐到无因②。
五原西去阳关废③，日漫平沙不见人④。

【注】

① “逐”：追随。“星车”：即星使，朝廷的使节。“犯”：冒着。“虏尘”：北方的风沙。
② “无因”：没有机会。
③ “阳关”在今甘肃省。
④ “漫”：弥漫。“平沙”：辽阔的沙漠。

秦韬玉

（生卒年不详），字仲明，京兆（今陕西西安）人。唐僖宗中和二年进士。官工部侍郎。

塞 下

这首诗对唐代扩边战争表现了不满和讥讽。

到处人皆著战袍，席箕风紧马蹄劳[①]。
黑山霜重弓添硬[②]，青冢沙平月更高。
大野几重开雪岭，长河无限旧云涛。
凤林关外皆唐土[③]，何日陈兵戍不毛[④]。

【注】

① “席箕”：塞外一种牧草。
② “黑山”：泛指塞外大山。这句写因天气严寒而拉不动弓。
③ “凤林关”：长城关隘。
④ “陈兵”：派军队。“不毛”：不毛之地。这句说，扩边占领的塞外地盘很难防守，也没有什么防守价值。

周　朴

（生卒年不详），字太朴，吴兴（今属浙江）人。唐代诗人。

塞上曲

这首诗写塞外的风沙和严寒。

一阵风来一阵砂，有人行处没人家。
黄河九曲冰先合①，紫塞三春不见花②。

【注】

① “黄河九曲”：黄河从发源地到入海口有九处大的转弯处，最大的转弯处就是今天内蒙古和宁夏的河套地区，这一带又是黄河流域的最北部。“冰先合”，冰冻期比其他地区来得早。

② “紫塞”：指长城。“三春”：指春季最后一个月，即阴历三月。

王贞白

（生卒年不详），字有道，永丰（今属江西）人。唐昭宗乾宁二年进士。官校书郎。有《灵溪集》。

从军行

这首诗认为，只要朝廷对边疆民族施予恩惠，讲求诚信，各民族之间就能和睦相处，颇具见识。

从军朔方久①，未省用干戈②。
只以恩信及③，自然戎虏和④。
边声动白草⑤，烧色入枯河⑥。
每度因看猎，令人勇气多⑦。

【注】

① “朔方”：北方。
② “省”：懂得。“干戈”：兵器。这句说自己不懂得如何打仗。
③ “恩信”：恩惠和诚信。“及”：达到。
④ “戎虏”：指边疆民族。“和”：不再兴兵打仗。
⑤ “边声”：指风。
⑥ “烧色”：烧荒的痕迹。秋季放火焚烧枯草叫“烧荒”。中原人烧荒为了防止北方民族南下，游牧民族烧荒为了明年野草更茂盛。“枯河”：干涸的河槽。北方河流冬天常常水枯。
⑦ “勇气”：尚武之气。虽然边界战争停歇，还应通过打猎培养人的尚武之气。

张 蠙

（生卒年不详），字象文，清河（今属北京市）人。唐昭宗乾宁二年进士。曾官校书郎、栎阳尉、犀浦令。

登单于台

这首诗写塞外壮丽的风光。“单于台”，在今内蒙古呼和浩特市西。

边兵春尽回，独上单于台。
白日地中出，黄河天外来。
沙翻痕似浪，风急响疑雷。
欲向阴关度①，阴关晓不开。

【注】

①“阴关”：阴山山脉中长城的关隘。

江 为

（生卒年不详），宋州（今河南商丘）人。唐代诗人。

塞下曲

这首诗描写了塞外风光。

万里黄云冻不飞①，碛烟烽火夜深微②。
胡儿移帐寒笳绝③，雪路时闻探马归④。

【注】

①“黄云”：沙尘。“不飞”：不流动。

②“碛烟”：沙漠中的狼烟。“微”：小。

③“绝”：断，听不到了。

④“探马”：侦察的骑兵。

无名氏

胡笳曲

《胡笳曲》是乐府旧题。这首诗慨叹良将缺少，边防不修。

月明星稀霜满野，毡车夜宿阴山下。
汉家自失李将军①，单于公然来牧马②。

【注】

① “李将军”：西汉名将李广。李广在北方抗击匈奴，战功卓著，人称飞将军。

② “牧马”，指寇边入侵。

卿 云

（生卒年不详），唐末岭南（今两广一带）僧人。

送人游塞

这首诗写边塞生活。

去去玉关路[①]，省君曾未行[②]。
塞深多伏寇，时静亦屯兵。
雪每先秋降[③]，花尝近夏生[④]。
闲陪射雕将，应到受降城。

【注】

① “玉关路”：通往玉门关的路。
② “省”：知。朋友从未去过塞外。
③ “先秋”：进入秋季之前，初秋。
④ “近夏”：快到夏季。

贯 休

（生卒年不详），唐末僧人。俗姓姜，字德隐，婺州兰溪（今属浙江）人。号“禅月大师”。有《西岳集》。

古塞下曲

这首诗写边塞军旅生活与沙场景象。原诗四首，这里选录的是第四首。

狼烟在阵云，匈奴爱轻敌。领兵不知数，牛羊复吞碛[①]。严冬大河枯，剽姚去深击[②]。战血染黄沙，风吹映天赤。

【注】

① “吞碛”：吃沙。牛羊在灾荒无草时，有时吞食沙粒。

② “剽姚”，指西汉名将霍去病，因征讨匈奴屡立战功，曾作过“嫖姚校尉”。这里喻指能征善战的将军。

边上作

这首诗写塞外恶劣的自然条件和北方民族骁勇的尚武精神。原诗三首，这里收录的是第一首。

山无绿兮水无清，风既毒兮沙亦腥。
胡儿走马疾飞鸟①，联翩射落云中声②。

【注】

① “疾”：迅速，快捷。

② “联翩（音偏）”，形容连续不断，这里指驰马连续飞奔。“云中声”：高空鸣叫的飞鸟。

古塞下曲

这首诗写塞外景色，抒思乡情。原诗七首，这里收录的是第四首。

南北惟堪恨①，东西实可嗟②。常飞侵夏雪③，何处有人家。风刮阴山薄④，河推大岸斜⑤。只应寒夜梦，时见故园花。

【注】

① “恨”：遗憾。这句说南北相隔令人遗憾。

② “嗟”：叹息。这句说东西相隔令人叹息。

③ “侵夏”：接近夏天。

④ 这句形容塞外风大，连阴山都阻挡不了强劲的风势。

⑤ 这句形容黄河流急，连高高的河岸都受到严重的冲刷。

齐己

（863？—937？），本姓胡，名得生，益阳（今属湖南）人，出家大沩山同庆寺。尝住江陵龙兴寺。有《白莲集》。

边上

这首诗写边塞安宁，民族和睦。

汉地从休马①，胡家自牧羊②。
都来销帝道③，浑不用兵防④。
草上孤城白⑤，沙翻大漠黄⑥。
秋风起边雁，一一向潇湘⑦。

【注】

① “从”：听任，随便。“休马”：让马休息，指停止战争。
② 这句说，北方少数民族人民可以自由地放牧。
③ “销”：熔化。“帝道”：帝王之道。指不再动用武力，大家都接受了文德之治。
④ “浑”：简直。
⑤ 这句说，由于没有战争焚烧践踏，牧草长满了城垣上下。
⑥ 这句写塞外滚动的沙丘和常见的风沙天气。
⑦ “潇湘”：湖南潇水湘水一带。传说是北雁南飞的终点。

孙光宪

（约 900 — 968），字孟文，贵平（今四川仁寿东北）人。唐末宋初人。笔记《北梦琐言》著称于世。

定西蕃

《定西藩》是词牌名。这首词写北疆骑士的英姿。原词二首，这里收录的是第一首。

鸡禄山前游骑①，边草白，朔天明②，马蹄轻。
鹊面弓离短韔③，弯来月欲成④。一只鸣髇云外⑤，
晓鸿惊。

【注】

① “鸡禄山”：一名鸡鹿山，在今内蒙古磴口县西北。汉代于峡谷口筑有城堡名“鸡鹿塞”：为古代贯通阴山南北的交通要冲。东汉和帝永元元年，大将军窦宪率军北击匈奴正是从这里出发。“游骑”：流动的骑兵。

② “朔天”：北方的天空。

③ “鹊面弓”：雕有鹊形装饰的弓。“韔（音唱）”，弓袋。

④ “弯”：拉动弓，使弓弦成为弯月形。

⑤ “鸣髇（音哮）”：鸣镝，响箭，古代北方民族用来指挥军队的攻击方向。“云外”：高空。

无名氏

失 调

这首小词写从军塞外所见到的边疆民族的生活情况。

本是蕃家帐，年年在草头。夏日披毡帐①，
冬天披皮裘。语即令人难会②，朝朝牧马在荒丘。
若不谓抛沙塞③，无恩拜玉楼④。

【注】

① 这句写塞外夏季气候时凉时热，必须在毡帐中居住。毡帐中冬暖夏凉。

② “语”：交谈。“会”：懂得。这句说听不懂北方少数民族的语言。

③ “沙塞”：边塞沙漠地区。

④ “玉楼”：即玉阙，指皇宫、朝廷。以上两句说。如果不是在沙疆从军，就不可能立功而被皇帝召见赏赐。

无名氏

河满子

《河满子》，词牌名。这首小词写北方民族杂居区特有的风情。原作二首，这里收录的是第二首。

城傍猎骑各翩翩①，侧坐金鞍调马鞭②。
胡言汉语真难会③，听取胡歌甚可怜④。

【注】

① “傍”：同“旁”。“猎骑”：打猎的骑士。“翩翩”：形容多匹骏马奔驰的样子。

② “调”：舞动。

③ “胡言”：北方少数民族的语言。“会”：理解，交谈。

④ “胡歌”：少数民族语言所唱的歌。“可怜”：可爱，可喜。以上两句说，虽然听不懂语言，但听到少数民族歌声，很让人心旷神怡。

宋元

赵延寿

（？—948）恒山（今河北省西部）人，本姓刘，后随养父改姓赵。仕后唐，官至枢密使。后与养父同降契丹，为幽州节度使，封燕王、魏王。契丹灭晋后，以延寿为中京留守。

北廷感赋

这首诗写契丹地区气候和生活状况。“北廷”，指辽国。

黄沙风卷半空抛，云重阴山雪满郊。
探水人回移帐就①，射雕箭落著弓抄②。
鸟逢霜果饥还啄③，马渡冰河渴自跑④。
占得高原肥草地，夜深生火折林稍。

【注】

① “移帐”：搬迁毡帐。“就”：就绪，安排停当。
② “著弓”：放下弓。“抄”：寻找，拾取。
③ “霜果”：经过霜冻的野果。
④ “跑（音袍）”，用兽蹄刨地。

柳 开

（947－1000）字仲涂，号东郊野夫、补亡先生，大名（今属河北）人。宋太祖开宝六年进士。历官司寇参军、监察御史、代州刺史、忻州刺史等。有《河东先生集》。

塞 上

这首诗写北方少数民族兵士演军习武的场面。

鸣髇直上一千尺①，天静无风声更干②。
碧眼胡儿三百骑，尽提金勒向云看③。

【注】

① “鸣髇（音啸）”：响箭，北方民族主帅常用鸣箭射出的方向来指挥军队的攻击方向。

② “干”：声音清脆洪亮。

③ “碧眼胡儿”，指塞外少数民族战士。

④ “金勒”：马笼头。“看”：观看响箭射出的方向。

欧阳修

（1007－1072）字永叔，号醉翁、六一居士，吉水（今属江西）人。宋仁宗天圣进士。曾任枢密副使、参知政事。古文和诗词都有很高成就，有《欧阳文忠集》，还主持编撰《新唐书》《新五代史》。

奉使契丹回出上京马上作

作者于宋仁宗后期，曾奉命出使契丹。这首诗是离开辽都上京（在今内蒙古巴林左旗）的即兴之作，表现了完成使命回国的愉快心情。“契丹”在唐末由领袖耶律阿保机统一各部，建立辽国。“上京”，契丹在会同元年（938）改皇都为上京临潢府。

紫貂裘暖朔风惊①，潢水冰光射日明②。
笑语同来向公子③，马头今日向西行。

【注】

① “朔风”，北风。“惊”，因寒冷而打战。

② “潢（音黄）水”，亦称嘉乐水，即今内蒙古东部的西拉木伦河。

③ “向公子”，欧阳修的一位随行人员。

送谢希深学士北使

这首送别诗，向朋友介绍了辽国的习俗和风光。

汉使入幽燕[1]，风烟两国间[2]。山河持节远[3]，亭障出疆闲[4]。征马闻笳跃[5]，雕弓向月弯。御寒低便面[6]，赠客解刀环[7]。鼓角云中垒[8]，牛羊雪外山。穹庐鸣朔吹[9]，冻酒发朱颜[10]。塞草生侵碛，春榆绿满关。应须鴈北向[11]，方值使南还[12]。

【注】

① “汉使”，指谢希深。“幽燕”：幽州和燕州，今河北北部和辽宁西南部一带，这一带在北宋时已成为契丹人的辖地。

② “风烟”，形容旅途的风尘仆仆。

③ “持节”：带着符节出使。“节”是汉代使者所持的标志，宋代使者改持印章文书，此处是借用。

④ “闲”：随意。这句说，走过两国的边境之后，防御工事就比较松弛了。

⑤ “征马”：远行的马匹。这句写，使臣的坐骑听到新奇的胡笳声非常兴奋。

⑥ “便面”：一种遮脸护面的物品。

⑦ “刀环”：佩刀的装饰物。以“刀环”赠客：用其谐音，希望早日归还之意。

⑧ “云中垒”：高山上的堡垒。

⑨ “穹庐”：北方游牧民族居住的毡包。“朔吹”：北风。

⑩ “冻酒”：奶酒。“发”：焕发。“朱颜”：红色脸孔。

⑪ “须”：等待。“北向”：向北飞。

⑫ “方值”：正好。“南还”：回到南边。以上两句说，谢希深的出使任务，恐怕要到第二年鸿雁北迁时才能完成。表达了诗人对友人归国的殷切期盼。

刘　敞

（1007—1069）字原父，新喻（今江西新余）人。世称公是先生。宋仁宗庆历六年进士。曾任蔡州通判、太子中允、集贤院学士、判南京御史台等职。有《公是集》《春秋权衡》等。

阴　山

这首诗是作者出使辽国途径阴山时所作，描写阴山的山险路难，抒发对都城的思念之情。

阴山天下险，鸟道上稜层①。
抱石千年树②，悬崖万丈冰。
悲歌愁倚剑③，侧步怯扶绳④。
更觉长安远⑤，朝光午未升⑥。

【注】

① “鸟道”：指非常险狭的山路。“稜层”：重叠陡峭的山峦。

② “抱石”：在石缝中长出。“千年树”，古树。

③ “倚剑”：靠着宝剑。表示心怀壮志。

④ “扶绳”：扶着绳索走山路。

⑤ “长安”：这里借指宋代都城汴京（今河南开封）。

⑥ “朝光”：早晨的日光。这句说，由于纬度靠北，山峦高耸，中午也难以见到日光。

苏 颂

（1020—1101）字子容，南安（今属福建）人。宋仁宗时进士。历官集贤校理、度支判官。宋哲宗元祐中升为右仆射兼中书门下侍郎。在天文、药学方面也有造诣。曾出使辽国。有《苏魏公集》。

赠同事阁使

这首诗写赴辽国途中所见到的塞外特色景物。“阁使”，指朝廷使臣。

山路尽陂陀[①]，行人涉险多。
风头沙碛暗[②]，日上雪霜和[③]。
草浅鹰飞地[④]，冰流马饮河。
平生画图见[⑤]，不料此经过。

【注】

① “陂陀（音坡驼）”，形容倾斜不平的样子。
② “风头”：开始起风。
③ “雪霜和”：霜雪中略感暖意。“和”：温和。
④ “飞地”：贴近地面飞行。准备捕捉猎物。
⑤ “平生”：平日。这句说，塞外景物以往只在画图中见过。

王安石

（1021—1086）字介甫，号半山，临川（今江西抚州）人。宋仁宗庆历二年（1042）进士。神宗熙宁二年任参知政事，次年为相，推行新法。熙宁七年辞位，次年再相。熙宁九年再去位，封荆国公。诗文均有名，有《临川集》。

明妃曲

此题原有两首，这里收录的是第二首。这首诗写昭君和亲的意义不落俗套，独具新的见识。这首诗借咏昭君，也寄托了诗人作为改革者渴望知音的情怀。

明妃初嫁与胡儿，毡车百辆皆胡姬[①]。含情欲语独无处[②]，传与琵琶心自知[③]。黄金捍拨春风手[④]，弹看飞鸿劝胡酒。汉宫侍女暗垂泪[⑤]，沙上行人却回首[⑥]。汉恩自浅胡自深[⑦]，人生乐在相知心[⑧]。可怜青冢已芜没[⑨]，尚有哀弦留至今[⑩]。

【注】

① “胡姬”，指匈奴来迎亲的妇女。

② “独”：偏偏。这句说，昭君想诉说离乡去国的感受，却无人可语。

③ 这句说，把心思用琵琶乐曲表达出来，以为自己的寄托。

④ “捍拨”：弹琵琶时拨动琴弦的工具。“春风手”，妙手。

⑤ 这句说陪嫁的汉朝宫女都在悄悄流泪。

⑥ “沙上行人”，指昭君的随行人员。

⑦ “汉”，指汉元帝。“胡”，指匈奴呼韩邪单于。昭君

在汉朝时一直未得皇帝召见宠幸，在匈奴却倍受宠幸。所以昭君才有这种感慨。

⑧ “相知心”：心心相印。

⑨ “芜没”：为荒草所埋没。

⑩ “哀弦”，指昭君弹奏的琵琶曲。琵琶曲中有《昭君怨》。

萧观音

（生卒年不详）辽国道宗（耶律弘基）之后。契丹族女诗人。

伏虎林应制

这首诗通过写秋猎，宣扬契丹族的强大无敌。“伏虎林“，在今内蒙古巴林右旗境内，为辽帝“秋捺钵”游猎之地。“应制”，按皇帝的旨意而创作。

威风万里压南邦，东去能翻鸭绿江。
灵怪大千俱破胆①，那教猛虎不投降。

【注】

① “灵怪”：妖魔鬼怪。“大千”，即”大千世界“，佛教语，指广大无边的世界。

苏 轼

（1037—1101）字子瞻，号东坡居士，眉州眉山（今属四川）人。宋仁宗嘉佑丁酉进士。神宗时任祠部员外郎，密州、徐州、湖州知州；后谪黄州团练副使。哲宗时升翰林学士，又任杭州、颍州知州，官至礼部尚书；后又贬惠州、儋州。精于诗、词、文、赋、书、画。有《东坡七集》《东坡乐府》等。

送子由使契丹

这是一首送别诗，希望弟弟谦虚谨慎，不畏劳苦，胜利完成使命。“子由”，是苏轼的弟弟苏辙字子由。

云海相望寄此身①，那因远适更沾巾②。
不辞駰骑凌风雪③，要使天骄识凤麟④。
沙漠回看清禁月⑤，湖山应梦武林春⑥。
单于若问君家世⑦，莫道中朝第一人⑧。

【注】

① “云海相望”：多年来诗人与爱弟天各一方。“寄此身”：诗人在兄弟分离中生活。

②“适”，到某地去。“沾巾”：流泪。这句说，弟兄之间已习惯于云海相望，不会为这次分别而流泪。

③ “駰骑（音日计）”：马拉的驿车。“凌”，冒。

④ “天骄”，这里指辽国首领。“凤麟”：凤凰和麒麟，比喻出类拔萃的人才。这句希望苏辙能在辽国充分展示才能。

⑤ “清禁”：皇宫。这句写苏辙对家乡肯定思念。

⑥ “武林”：即杭州。这时苏轼正在杭州任上。这句写武林为官的苏轼也会在梦中记挂弟弟。

⑦ “单于”，此处指辽国国主。“家世”：家庭渊源，门第。

⑧ “中朝”：朝中。“第一人”：最杰出者。苏轼的文名当时被辽国所倾慕。这句提醒苏辙在辽国不要炫耀家族的名声。

苏 辙

（1039—1112）字子由，号栾城，晚号颍滨遗老，眉山（今属四川）人。宋仁宗嘉佑二年进士。任商州军事推官、尚书右丞、门下侍郎等职。文章与父（苏洵）、兄（苏轼）齐名，世称“三苏”。有《栾城集》。

虏 帐

这首诗写出使辽国时的见闻。苏辙完成宋朝献币修好的使命，却自慰自诩，流露出大国藐视邻国的态度。

虏帐冬住沙陀中①，索羊编苇称行宫②。从官星散依冢阜③。毡庐窟室欺霜风④。舂粱煮雪安得饱，击兔射鹿夸强雄。朝廷经略穷海宇⑤，岁赠缯絮消顽凶⑥。我来致命适寒苦⑦，积雪向日积不融。联翩岁旦有来使⑧，屈指已复过奚封⑨。礼成即日卷庐帐⑩，钓鱼射鹅沧海东⑪。秋山既罢复来此⑫，往返岁岁如旋蓬⑬。弯弓射鹰本天性，拱手朝会愁心胸⑭。甘心王饵堕吾术⑮，势类鸟兽游樊笼⑯。祥符圣人会天意⑰，至今燕赵常耕农⑱。尔曹饮食自谓得⑲，岂识图霸先和戎⑳！

【注】

① “沙陀”，本是北方部落名，这里指沙漠。

② “索羊”：用绳索圈住羊群。“行宫”：帝王外出时临时居住的宫殿。这句说，辽国的行宫就设在羊圈旁边。

③“从官”：辽国的大小官员。“星散”：四面分开。“冢阜”：土山，大土堆。这句说辽国官员们分散居住在行宫附近土山下面。

④“窟室”：窑洞或地窟。北方人的住处。“欺霜风”：为寒风侵袭。

⑤“朝廷”，指北宋朝廷。“经略”，经营巡察。“穷”，极。这句说宋朝疆域辽阔，已经到了海边。

⑥“缯絮”：丝织品，这是当时宋朝每年要向辽国进奉的主要贡品。“消”：消除。“顽凶”，这里指桀骜不驯的契丹人。

⑦“致命”：传达宋廷之意。“适”：去往。“寒苦”：严寒之地。

⑧“联翩”，形容车马连续不断，“岁旦”：每年第一天。辽宋“澶渊之盟”以后，每年元旦互派致贺使者，称“岁旦使”。

⑨“奚封”：奚族所居地区。“奚”：部族名，隋朝时东胡的一支，唐末臣属于辽，居今河北省东北和辽宁一带。

⑩“礼成”：贺礼结束。“卷庐帐”：撤掉行宫，迁往他处。

⑪“沧海东”，形容极远的东方。这句写辽国习俗“春捺钵”的情况。据记载，辽帝春天往往去达鲁河（今内蒙古的洮儿河）、混同江（今黑龙江的松花江）打冰洞钓鱼；也去鱼儿泊（今内蒙古的达里诺儿湖）捕天鹅。

⑫“秋山”，指秋季射猎活动。据载，辽帝“秋捺钵”多在庆州（今内蒙古林西县境）射鹿。

⑬“旋蓬”：随风流动的蓬草。形容辽国人四季来往迁徙，居无定所。

⑭“拱手”：双手合抱于胸前。中原地区的见面礼节。“朝会”：皇帝召见群臣议事。这句说，辽国君臣不习惯宋朝的礼仪。

⑮“王饵”：宋朝的钓饵。“堕”：陷入。“吾术”：宋

方的计划。这句说辽国钻进了宋朝“以小利换安宁”的圈套。

⑯“樊笼”：关鸟兽的地方。这句说辽国中计而不再南下。

⑰“祥符圣人”，指订立“澶渊之盟”的宋真宗。“祥符”是宋真宗的年号。“会”：领会，了解。

⑱“燕赵”：指今河北省北部，当时宋辽交界地区。“常耕农”：安心耕种，不再受战乱之扰。

⑲“尔曹”：你们，指辽国人。“自谓”：自己以为。“得”：得到利益。

⑳“图霸”：谋划霸业，这里指统一国家、稳定天下的大局。“和戎”：与周边少数民族政权和睦相处。

黄庭坚

（1045—1105）字鲁直，号山谷，又号涪翁，分宁（今江西修水）人。宋英宗治平四年进士。曾任国子监教授、著作佐郎、起居舍人、鄂州知州、太平知州等职。有《山谷集》。

塞上曲

这首诗写塞上风光和北方民族的尚武风貌。

十月北风燕草黄，燕人马肥弓力强。虎皮裁鞍雕羽箭，射杀山阴双白狼。　青毡帐高雪不湿，击鼓传觥令行急[①]。戎车半醉拥貂裘[②]，昭君犹抱琵琶泣[③]。

【注】

① “觥（音工）”：酒杯。“令”：酒令。

② “戎车”：战车。这里指战车上的将士。“拥”：披着。

③ “昭君”，这里指流落在北疆的中原地区的歌女。

严　羽

（生卒年不详）字仪卿、丹丘，号沧浪逋客，邵武（今属福建）人。南宋著名的文学批评家。有《沧浪诗话》《沧浪集》。

塞下曲

这首诗主要写塞外的特色物产。

渺渺云沙散橐驼①，西风黄叶渡黄河。
羌人半醉葡萄熟②，寒雁初肥苜蓿多③。

【注】

① “渺渺”，形容广远。“云沙”：卷入空中得沙尘。“橐驼”，即骆驼。

② “羌人”：古部族名。宋代栖息于今内蒙古及甘肃、青海、宁夏、陕西一带。

③ “寒雁”：秋雁。“苜蓿”：北方的一种优良牧草。汉代从西域传入。

严　仁

（生卒年不详）字次山，号樵溪，邵武（今属福建）人。南宋词人，有《清江欸乃集》。

塞下曲

这首诗写傍晚的塞外风光。

漠漠[①]孤城落照间，黄榆白苇满关山。
千支羌笛连云起[②]，知是胡儿牧马还。

【注】

① “漠漠”，形容寂静。“落照”：快落山的太阳。

② “连云起”，形容笛声响成一片，在空中荡漾。

马　植

（？—1126）后改名李良嗣、赵良嗣。世为辽国大官，曾任光禄卿；后归降北宋，赐姓“赵”。前后七次出使金国，约定夹攻灭辽。官至光禄大夫。宋金战争爆发后，被贬逐柳州处死。

过五銮宣政等殿作

这首诗表达了完成联金使命之后的欣喜。“五銮”“宣政”，辽国上京的宫殿。

建国旧碑明月暗①，兴王故地野风干②。
回头笑向王公子③，骑马随军上五銮。

【注】

① “建国旧碑”，指辽国建国初期所立的“太祖建国碑”。“明月暗”：碑前月夜暗淡。比喻辽运将尽。

② “兴王故地”：契丹的兴起之地，指辽上京，又称西楼。“干”：风声凄厉。

③ “王公子”，指与马植同时出使金国的王瓌。

见金主归作

这是马植宣和四年又一次出使金国归来所作，诗中对使金“成功”颇自鸣得意。

朔风吹雪下鸡山①，独暗穹庐夜色寒②。
闻道燕然好消息③，晓来骤骑报平安④。

【注】

① “鸡山”：鸡鸣山，在今河北涿鹿境内。

② “穹庐”，指契丹人居住的毡帐。

③ “燕然”，指燕然山，是东汉窦宪追击匈奴到达的地方。这里借指辽国的都城——燕京。马植刚刚出使归来，金国皇帝阿骨打就带兵攻打燕京（今北京）。

④ “骤骑（音宙记）”，奔驰的骑士。

刘 迎

（？—1180），字无党，号无诤居士，东莱（今山东掖县）人。金世宗大定进士，任幽王府记室、太子司经等职。

沙漫漫

这首诗写塞外风光，兼叙行旅劳苦。“漫漫”，形容无边无际。

沙漫漫，草班班①，南山北山相对看，我行乃在山之间。行人仰不见飞鸟，树木足知边塞少②。沙漫漫，草班班，我行欲趁西风还，仆夫汝莫愁衣单③，我但着衣思汝寒④。

【注】

① “班班”，同“斑斑”，稀稀落落而连不成片。

② “足”：充分，确实。

③ “仆夫”：赶车人。

④ “但”：只。“着衣”：穿衣。这句说，只要自己有衣穿就会想到车夫的受冻，会分些给车夫。

周 昂

（生卒年不详）字德卿，真定（今河北正定）人。金世宗大定进士。授南薄，迁良乡令，入拜监察御史，官至权行六部员外部。有《常山集》，今佚。

边 俗

这首诗写边地民风和战争给人民带来的沉重负担。

反阖看平野[①]，斜垣逐慢坡[②]。
马牛虽异域，鸡犬竟同窠[③]。
木杵舂晨急[④]，糠灯照夜多[⑤]。
淳风今已破[⑥]，征敛为兵戈[⑦]。

【注】

① “返阖”：回到房门里。

② “垣”：墙。“逐”：沿着，顺着。“慢坡”：缓坡。

③ “窠（音棵）”：鸟兽的巢穴。以上两句说，边地养马养牛与中原地区不同（边地放牧，中原圈养），养鸡养狗却差不多。

④ 这句说早晨抓紧用木杵舂米。

⑤ 这句说晚上多用糠皮点灯。

⑥ “淳风”：纯朴宁静的生活。“破”：破坏。

⑦ “征敛”：征税。“兵戈”：战争。

丘处机

（1148 — 1227）字通密，号长春子。由金入蒙古帝国，为道教全真派开创人。1219 年，成吉思汗派人召他赴蒙古西征军宣讲道教教义。他由莱州出发，经漠南、漠北、天山，到达中亚撒马尔罕，朝见成吉思汗，被封为国师，总领道教。有《磻溪集》。

至渔儿泺

这首诗描写塞外风光，并宣扬道教思想。“渔儿泺（泺同泊）”，即鱼儿泊，元代称答儿海子，即今内蒙古克什克腾旗境内的达来诺尔湖。

北陆祁寒自古称①，沙陀三月尚凝冰②。
更寻若士为黄鹄③，要识修鲲化大鹏④。
苏武北迁愁欲死，李陵南望更无凭⑤。
我今返学卢敖志⑥，六合穷观最上乘⑦。

【注】

① “北陆”，指漠南漠北一带的广大内陆地区。“祁寒”：严寒。
② “沙陀”，泛指塞外沙漠。这里指渔儿泺所在的地区。
③ “若士”：古代仙人。据《淮南子·道应训》载，秦朝人卢敖求仙，在北海见若士。若士耸身入云。卢敖说：“吾比夫子，若黄鹄之与壤虫也。”这句说，自己也想卢敖一样去北方寻找若士，以便得道成仙。

④ “修鲲”：传说中的大鱼。《庄子·逍遥游》中说，北海的鲲（几千里长）能够变化成大鹏鸟，飞往南海。这句说自己要到北方寻访变化之术，以便得道成仙。

⑤ “李陵”，西汉名将，北征匈奴，矢尽道穷而降。原想寻找机会归汉，但汉武帝杀了他的全家，所以他也就留在了匈奴。“南望”：回到南方（长安）的愿望。“无凭”：没有依据，没有可能。以上两句写苏武、李陵的典故。说明自己要前往的地方，正是苏武和李陵活动过的地方。暗示自己也想寻找机会，脱离蒙古国而回到中原地区。

⑥ “卢敖志”，参考注解

⑦ “六合”：天地四方，即宇宙间。“穷观”：看遍。“最上乘”：至高境界。宣传道教信仰是人生的最高境界。

泺驿路

这首诗是丘处机过渔儿泺之后在驿路（官修大路）上，咏吟蒙古高原风光与北方民族不同于中原地区的生活习俗。

极目山川无尽头，风烟不断水长流[①]。
如何造物开天地[②]，到此令人放马牛？
饮血茹毛同上古[③]，峨冠结发异中州[④]。
圣贤不得垂文化[⑤]，历代纵横只自由[⑥]。

【注】

① “风烟”：各种风景。

② “造物”：造物者，即大自然。“开天地”：开天辟地，古代认为造物者开天辟地后，才创造了人类。

③ “饮血茹毛”：连毛带血地生吃肉食。传说人类未懂得用火之前的生活状态。“上古”：远古时代。这句说，

北方游牧民族的饮食习惯比较原始。

④“峨冠”：高帽。“结发”：挽结头发。“中州”：中原地区。这句说，北方民族的服饰发型与中原地区不同。

⑤“垂”：传播。“文化”：教化。这句说北方游牧民族受中原教化影响较小。

⑥“纵横”：不受拘束。这句说，正因为受中原礼教影响较少，北方游牧民族生活反而洒脱奔放。

李俊民

（1176－1260）字用章，号鹤鸣老人，泽州（今山西晋城）人。金章宗承安庚申状元。官应奉翰林文字。后弃官，隐于嵩山。

送郡候段正卿北行

（一）

这两首诗规劝朋友急流勇退，不要耽于功名富贵，不必陷于民族纷争。“郡候”，即太守。

征途万里朔风寒，过尽阴山复有山。
岁既在於辰巳后[①]，星多客向斗牛间[②]。
漫漫积雪无冬夏，劫劫飞鸿自往还[③]。
若到龙庭试回首[④]，太行一片白云闲[⑤]。

【注】

① “辰巳后”，即公元1234年。古人以干支纪年，公元1232年是“壬辰”年，1233年是“癸巳”年。“辰巳后”当是1234年，这一年金国被蒙古灭亡。李俊民是金朝遗民，自然对这一年刻骨铭心。

② “客”，指段正卿。“斗牛”：天上二十八宿中的“斗宿”和“牛宿”。古代以天上星宿和地上区域相配，这里“斗牛间”指北方。这句暗指由于金国灭亡，人们都投奔北方的元朝政权去了。

③ “劫劫”，形容匆匆奔波。这句说鸿雁定时北去南来，人选定投向也应适时，不应盲目。

④ “龙庭”：匈奴祭天之所。这里借指蒙古当时的都城和林（在今蒙古国）。

⑤ “太行”：太行山。“闲”：悠然自得。末句劝朋友南北比较之后，不要忘掉还有一种悠闲的隐居生活等待着他。

（二）

猎猎霜风堕指寒①，一鞭行色抵天山②。
马嘶衰草孤烟外③，雁没长空落照间④。
入塞尽穿毡帐过⑤，去乡须待锦衣还⑥。
功名大抵黄粱梦⑦，薄有田园便好闲⑧。

【注】

① “猎猎”，形容风声。“霜风”：寒风。“堕指”：冻掉手指。

② “行色”：旅途状况。“抵”：到达。“天山”，泛指塞外大山。

③ “孤烟”，指塞外烽火。

④ “没”：消失。“落照”，落日。

⑤ “入塞”：进入边塞地区。

⑥ “去乡”：离开故乡。“锦衣还”，即衣锦还乡之意。这句说段正卿北上入元，希望受到重用，来日能衣锦还乡。

⑦ “黄粱”：小米。“黄粱梦”指虚幻的事物。据唐人沈既济《枕中记》载，卢生在邯郸客店中昼睡入梦，历尽荣华富贵。梦醒，主人做的黄粱米饭还没熟。

⑧ “薄”：少，稍。末句劝友人做官莫如回乡隐居。

张　澄

（生卒年不详）字子纯，别字仲经。本出辽东乌惹族。金朝初年迁到隆安，后居洛西。

和林秋日感怀寄张丈御史

这两首诗写久在塞外对戍边生活的厌倦。“和林”，蒙古建国初期的都城，故址在今蒙古国哈尔和林。

（一）

塞草枯黄秋未残，北风裘褐日生寒。
田园政忆遂初赋①，冰雪莫吟行路难②。
囊颖露锥徒自苦③，蒯缑有剑只空弹④。
南窗明暖无尘到，惭愧高人老鹖冠⑤。

【注】

① “政”，同“正”。“遂初赋”，晋代孙绰的作品，内容是抒发辞官归隐的愿望。
② “行路难”，古乐府旧题，各代文人多以此题为诗，内容多是描绘人间遭遇的各种挫折和磨难。
③ “颖”：锥尖。“徒”：白白地。“自苦”：自讨苦吃。这一句用战国时赵国毛遂自荐的典故，意思是不必极力寻找机会显露自己的才能。
④ “蒯缑（音快勾）”：用草绳缠着剑柄。这一句用战国时齐国冯諼客孟尝君的典故，意思是自我推荐也往往没有结果。
⑤ “高人”：道德高尚之人。“鹖冠”：战国时楚国的隐士，

用鹖羽为冠，因以为号。这句说自己未能归隐而感到惭愧。

（二）

别家六见月牙新，万里风霜老病身。
块坐毡庐心悄悄①，远怀芳屋梦频频。
瓜田无取終成谤②，市虎相传久是真③。
乡国归程应岁暮，火炉煨粟话情亲④。

【注】

① “块坐”：孤独的坐着。“悄悄”：忧愁的样子。

② “瓜田”，指受猜忌的嫌疑之地。古乐府《君子行》：“君子防未然，不处嫌疑间。瓜田不纳履，李下不整冠。”在瓜田中弯腰穿鞋，容易被人怀疑偷瓜。这句说，自己在瓜田中没有拿瓜，也被别人说坏话。

③ “市虎”：街上有老虎，比喻传闻之词。这里用的是《战国策》和《淮南子》上“三人成市虎”的典故。这句说，谣言传得久了，也会被人信以为真。

④ “煨（音威）”：把食物放在火灰中慢慢烤熟，这句想象与家人团聚的温馨情景。

耶律楚材

（1190—1244），字晋卿，号湛然居士，契丹族。年轻时在金朝任左右司员外郎。蒙古攻占中都（今北京市）后，在蒙古帝国任职，太宗窝阔台时任中书令。曾随成吉思汗远征军至中亚。长期生活在蒙古帝国当时的都城和林（在今蒙古国）。有《湛然居士集》。

庚辰西域清明

这首诗写塞外风光和思乡之情。

清明时节过边城，远客临风几许情。
野鸟间关难解语[①]，山花烂熳不知名。
葡萄酒熟愁肠乱，玛瑙杯寒醉眼明。
遥想故园今好在，梨花深院鹧鸪声[②]。

【注】

①“间关”：鸟叫声。

②“鹧鸪声”：鹧鸪叫声类似“行不得也哥哥”，古人乃用鹧鸪声表示盼望远离家乡的亲人归来。

西域河中十咏（选四）

此题共十首。这是第二首，写河中府一代战乱和恶劣的气候条件给民生造成的疾苦。“河中”，即今乌兹别克斯坦首府撒马尔罕。原称“寻思干”。耶律大石1124年建立西辽政权后，称之为“河中府”。成吉思汗1219年攻克“河中府”，耶律楚材随西征军到达该城。

（一）

寂寞河中府①，生民屡有灾。
避兵开邃穴②，防水筑高台。
六月常无雨，三冬却有雷。
偶思禅伯语③，不觉笑颜开。

【注】

① “寂寞”，指萧条，不繁荣。

② “邃（音碎）穴”：深洞。

③ “禅（音蝉）伯”：僧侣。

（二）

这是原诗的第五首。写河中府一带新奇的景物和生产生活习俗。

寂寞河中府，西流绿水倾[①]。
冲风磨旧麦[②]，悬碓杵新粳[③]。
春月花浑谢[④]，冬天草再生。
优游聊卒岁[⑤]，更不望归程。

【注】

① “倾”：流淌。河水向西流与中国中原地区不同。

② 作者原注“西人做磨，风动机轴以磨麦。”

③ 作者原注“西人皆悬杵以舂。”“碓（音对）”，捣米的工具。“杵（音楚）”，动词，用杵舂米。“粳”，米。

④ “春月”：春季。“浑”：全部。

⑤ “优游”：闲暇自得的样子。“聊”：姑且。“卒岁”：过完一年。

(三)

这是原诗的第六首。写西域的历法和新奇的生活用品。

寂寞河中府，西来亦偶然。
每春忘旧闰①，随月出新年②。
强策浑心竹③，难穿无眼钱④。
异同无定据⑤，俯仰且随缘⑥。

【注】

①“旧闰”：中国的历法。作者原注：“西人不计闰，以十二月为岁。”

②“随月”：过完十二个月。

③“强”：勉强。“策”：拄着（拐杖）。“浑心”：空心。作者自“有浑心竹。其金铜芽钱无孔廓。”

④“无眼钱”：中间无孔的铜钱。

⑤“定据”：固定的根据。

⑥“俯仰”：低头抬头。指日常起居。“随缘”：按照当地习惯。

(四)

这是原诗的第八首。写当地城中状况和人民对蒙古西征军的欢迎。

寂寞河中府，声名昔日闻。
城隍连畎亩①，市井半丘坟②。
食饭秤斤卖③，金银用麦分④。
生民怨来后⑤，箪食谒吾君⑥。

【注】

① “城隍”：城市。“畎（音犬）亩”：田地。这句说城乡连在一起，并无明显的界线。

② “市井”：街道。这句说当地在城市中建有很多墓地。

③ 这句说量粮食不用升斗。

④ 这句说当地仍有以物易物的贸易。

⑤ “生民”：人民。“来后”：来晚了。这里用《孟子》的典故。说当地百姓埋怨蒙古军队来晚了。意思是，蒙古军队的到来，使当地百姓摆脱了困境，有了改善处境的希望。

⑥ “箪食”：用竹筐盛着干粮。《孟子》中的典故。表示百姓拿着慰问品去欢迎自己爱戴的军队。“谒（音业）”：拜见。“吾君”，指成吉思汗。

西域尝新瓜

这首诗表现诗人辛苦征战中的自得其乐。诗人1219年随军西征，1224年才返回蒙古。

西征军旅未还家，六月攻城汗滴沙。
自愧不才还有幸，午风凉处剖新瓜①。

【注】

①“剖”：切开。作者在另首诗中有注：“土产瓜大如马首。”

过天山周敬之席上和人韵

这首诗写远离家乡，幸遇故人款待的欣喜感激之情。“天山”，在今新疆。

憩马居延酒半醺①，寂寥寒馆变春温②。
未能鹏翼腾溟海③，不得鸿音过雁门④。
千里云烟青冢暗，一天风雪黑山昏。
天涯幸遇知音士，子细论文共一樽⑤。

【注】

①“憩（音气）”：休息。“居延”，在今内蒙古额济纳旗境内。“半醺（勋）”：半醉。诗的开始回忆与友人以往在塞外的每次相遇和交往。

②“寂寥”：冷落。“寒馆”：清冷的旅舍。“春温”：像春天一样温暖。

③这句用《庄子·逍遥游》的典故，说自己未能在异域建功立业。

④ “鸿音”：书信。“雁门”：长城关隘，在今山西省。这句说，自己与内地无法书信往来。

⑤ “子细”：仔细。“论文”：研讨写诗作文之事。杜甫《春日忆李白》：“何时一樽酒，重与细论文。”这里诗人把与周敬之的友情同李杜相比。

过青冢用先君文献公韵

这首诗借昭君的话题，批判中原王朝（暗指金朝）不知富国强兵，一味苟安求和的失策。“先君”，去世的父亲。作者父亲耶律履，仕金，官至尚书右丞，死后谥“文献”。

汉室空成一土丘，至今仍未雪前羞。
不禁出塞涉沙碛①，最恨临轩辞冕旒②。
幽怨半和青冢月③，闲云常锁黑河秋④。
滔滔天堑东流水⑤，不尽明妃万古愁。

【注】

① “不禁”：制止不了。

② “临轩”：将要上车。“辞”：告别。“冕旒（音免流）”，帝王的头冠，这里代指汉元帝。

③ “幽怨”：哀苦愁怨的琵琶乐曲。“和”：相伴。

④ “闲云”：飘动的云彩。“黑河”：黄河支流大黑河，昭君墓矗于大黑河南岸。《大同府志》：“昭君死，葬黑河岸，朝暮有愁云怨雾覆冢上。”

⑤ “天堑”：可做防御用的江河。这里指黄河。

和移剌继先韵

这首诗表达因报国和归隐的矛盾而产生的惆怅之情。“移剌继先”，作者的本族。契丹贵族姓氏译成汉文，或作“耶律”，或作“移剌”。

旧山盟约已愆期①，一梦十年尽觉非。
瀚海路难人去少，天山雪重雁飞稀。
渐惊白发宁辞老②，未济苍生曷敢归③。
去国迟迟情几许④，倚楼空望白云飞。

【注】

①“旧山盟约”：归隐家山的约定。“愆（音千）期”，误了限期。

②“宁”：哪能。这句说，令人吃惊的老年很快来到，这是不可逆转的。

③“济”：拯救。“苍生”：黎民百姓。“曷”：何。

④“去国”：离开京城，指归隐。“几许”：多少。《孟子·万章下》载，孔子离开鲁国时说：“迟迟吾行也，去父母国之道也。”

和景贤赠鹿尾

这首诗赞扬蒙古皇帝对群臣的关怀，并将仁慈延至禽兽的行为。“景贤”：人名。“赠鹿尾”：当时蒙古宫廷的习俗，皇帝打猎归来，将“鹿尾”赐给贵戚和大臣，以示亲近。

日暮长杨猎骑归①，西风弓硬马初肥。
今年鹿尾休嫌少，且喜君王不合围②。

【注】

① “长杨”：秦汉宫殿名。故址在今陕西周至境内。汉代帝王常在此行猎，扬雄写过《长杨赋》以讽谏。这里借指此次行猎的地方。“猎骑”：行猎的骑士。

② “合围”：打猎时，将野兽包围后猎杀。

过夏国新安县

这首诗写征战塞外的艰辛和时光易逝的感慨。“夏国”，史称西夏，赵元昊 1032 年建国称帝，辖境今之宁夏、甘肃和内蒙古鄂尔多斯一带地区，1227 年夏为蒙古军所灭。都城在兴庆（今宁夏银川市）。作者原注：“时丁亥九月望也。”丁亥即 1227 年，这年七月成吉思汗殁于军中，九月十五日作者路过新安县。

昔年今日渡松关①，车马崎岖行路难。
瀚海潮喷千浪白②，天山风吼万林丹③。
气当霜降十分爽，月比中秋一倍寒④。
回首三秋如一梦，梦中不觉到新安。

【注】

① “昔年”，即 1224 年，这一年耶律楚材随蒙古大军班师东归。“松关”，在新疆。作者原【注】“西域阴山有松关。”

② “瀚海”，指北方的大沙漠。这句把一望无际的沙丘比作碧波万顷的海浪。

③ “丹”：红色。

④ “寒”：清澈。

过东胜用先君文献公韵

这首诗感慨古城的荒废，并对先父的旧游之地予以凭吊。“东胜”：州名，州治在今内蒙古托克托县。隋朝初建州，唐改为“东胜州”，辽、金时仍名“东胜州”，元代废弃。

荒城萧洒枕长河①，古寺碑文半灭磨。
青冢路遥人去少，黑山寒重雁来多。
正愁晓雪冰生研②，不忿西风叶坠柯③。
偶忆先君旧游处，潸然不奈此情何④。

【注】

① “荒城”，指废弃的东胜州。“萧洒”，形容凄清。“长河”：黄河。

② “研”：砚台，研同砚。

③ “不忿”：可恶。“柯”：树枝。

④ “潸然”：流泪的样子。“不奈”：承受不了。这句说悲哀之情无法抑制。

寄贾搏霄乞马乳

这首诗通过讨要马奶酒，表达两人的深情厚谊，也对马奶酒这种北方民族特有的饮料极尽夸赞之词。“贾搏霄”，指蒙古西征军的一位元帅。“马乳”，即马奶酿制的饮料，俗称“马奶酒”。

天马西来酿玉浆①，革囊倾处酒微香②。
长沙莫吝西江水③，文举休空北海觞④。
浅白痛思琼液冷⑤，微甘酷爱蔗浆凉⑥。
茂陵要洒尘心渴⑦，愿得朝朝赐我尝。

【注】

① “天马”：西域的一种良马。汉武帝时从大宛国引进内地。“玉浆”：美酒。

② “革囊”：皮袋。北方游牧民族多用装水装酒。

③ “长沙”，指西汉贾谊做过长沙王太傅，后人因称“贾长沙”。这里用“长沙”代指贾搏霄。“吝”：舍不得。“西江水”，比喻救命的饮料。这里用的是《庄子·外物》中的典故。

④ “文举”：指东汉孔融字文举，嗜酒，曾说过：“坐上客常满，樽中酒不空，吾无忧矣。”这里诗人以孔融自比。“北海”：地名，汉献帝时孔融曾任北海相。“觞（音商）”：酒杯。

⑤ “浅白：”指马奶酒的颜色。“琼液”：宫廷的美酒。这句话形容马奶酒能赶得上宫廷美酒。

⑥ “微甘”，甜丝丝的。“蔗浆”：甘蔗汁。这句形容马奶酒能胜过甘蔗汁。

⑦ “茂陵”：古代地名。西汉司马相如晚年家居茂陵。司马相如患有“消渴病”。“尘心”：俗心。这句说，自己也像司马相如害“消渴病”那样，一时半刻也离不开饮料。

扈从羽猎

这首诗写元太宗窝阔台带领群臣围猎的情况，反映蒙古民族精于骑射的特点。“扈从”：跟随皇帝。“羽猎”：打猎。

湛然扈从狼山东①，御闲天马如游龙②。惊狐突出过飞鸟③，霜蹄霹雳飞尘中④。马上将军弓挽月⑤，修尾蒙茸卧残雪⑥。玉翎犹带血模糊⑦，騄駬嘶鸣汗微血⑧。长围四合匝数重⑨，东西驰射奔追风⑩。鸣鞘一震翠华去⑪，满川枕藉皆豺熊⑫。自笑中书老居士⑬，拥鼻微吟弓矢废⑭。向人忍耻乞其余⑮，瘦兔瘸獐紫驼背⑯。吾儒六艺闻吾书⑰，男儿可废射御乎⑱？明年准备秋山底⑲，试一如皋学射雉⑳。

【注】

① “湛然”：作者别号“湛然居士”。“狼山”，在今内蒙古乌拉特旗东，为阴山山脉西端。

② “御闲”：宫廷的马厩。“天马”：良马。“游龙”，形容骏马灵活高大。《后汉书·马后传》上有“马如游龙”之说。

③ “惊狐”：受惊的狐狸。“突出”：突然蹿出。“过”，超过。

④ “霜蹄”：马蹄。“霹雳（音劈利）”：疾雷声，此处形容马群奔腾的声音。

⑤ “弓挽月”：弓拉开，像月亮一样。

⑥ “修尾”：长尾巴，指狐狸。“蒙茸”：形容兽毛松散厚实的样子。

⑦ “玉翎”：箭。“模糊”，隐隐的痕迹。

⑧ “騄駬（音录耳）”：良马名称，传说是周穆王“八骏”之一。“汗微血”：出汗略有红色如血。汉朝西域名马叫“汗血马”。

⑨ “长围”：很大的包围圈。“匝”：周。“重”：层。这句说，打猎的队伍四面合围，包围了一层又一层。

⑩ “追风”，形容速度极快。

⑪ “鞘（音捎）”：马鞭末端的皮条。“翠华”：皇帝的旗帜和仪仗，代指皇帝及其扈从。

⑫ “枕藉”：相互枕靠而卧。形容遍地死伤的猎物。

⑬ “中书”：诗人当时的官职是“中书令”。“居士”：诗人自号“湛然居士”。

⑭ “拥鼻”：鼻音很重。“微吟”：小声吟诗。据《晋书·谢安传》，谢安鼻音很重，名流喜爱他的诗才，吟诗时也仿效谢安，手捏鼻子发音，成为时尚，人称“拥鼻吟”。“弓矢废”，弓箭没派上用场。诗人只顾吟诗，打猎则一无所获。

⑮ “其余”：别人不要的猎物。

⑯ 这句说：别人送给老中书的猎物很丰盛。

⑰ “六艺”：先秦儒家传授的六种课程，即礼、乐、射、御、书、数。“闻吾书”，我只学会了“书”，即读书写字。

⑱ “射”：射箭。“御”，驾车。

⑲ “秋山”：秋季打猎。

⑳ “如皋”：到大泽去，即打猎。这里用了《左传·昭公二十八年》的典故，意思是，自己将认真习武，准备参加明年的秋猎。

元好问

（1190—1257），字裕之，号遗山，秀容（今山西忻州）人。金宣宗兴定五年进士。曾任行尚书省左司员外郎等职。金亡不仕。著有《遗山集》，编有《中州集》。

送李参军北上

这是一首送别诗，既对友人旅途辛劳予以告慰，又表达希望友人尽快与家人团聚的劝谕。

五日过居庸[①]，十日渡桑干[②]。受降城北几千里，出塞入塞沙漫漫。古来丈夫泪，不洒别离间。今朝送君行，清涕留余潸[③]。生女莫作王明君，一去紫台空佩环[④]。生男莫作班定远[⑤]，万里驰书望玉关[⑥]。我知骥子堕地无齐燕[⑦]，我知鸿鹄意气青云端[⑧]。草间尺鷃亦自乐[⑨]，扶摇直上何劳抟[⑩]。一衣敝缊袍[⑪]，一饭苜蓿盘[⑫]。岁时寿翁媪[⑬]，团圞有余欢[⑭]。就令一朝便得八州督[⑮]，争似彩衣起舞春斓斑[⑯]？去年洛阳人，今年指天山。地远马鞯破[⑰]，霜重貂裘寒。朔风浩浩来，客子惨在颜。扼胡岭上一回首[⑱]，未必君心如石顽[⑲]。君不见桓山鸟乳哺[⑳]，不得须臾闲[㉑]。众雏一朝散，孤雌回顾声悲酸[㉒]。寒雁来时八九月，白头阿母望君还。

【注】

① “居庸”：居庸关，在今北京市西北。

② “桑干”：桑干河，在今河北省西部。

③ “清涕”：眼泪。“潸（音山）”：流泪的样子。这句说强忍住离别的泪水。

④ “紫台”，指汉宫。“佩环”。即“环佩”，佩玉。这句化用唐代杜甫《咏怀古迹》中咏王昭君的诗句：“一去紫台连朔漠，独留青冢向黄昏。画图省识春风面，环佩空归月夜魂。”意思是远离汉宫而一个人去塞外和亲。

⑤ “班定远”：东汉班超被封为“定远侯”，人称“班定远”。他在西域活动达31年，巩固了汉朝在西域的势力，保护了西域各国的安全和丝绸之路的畅通。

⑥ “驰书”：送信。“玉关”：玉门关。这句说班超难得与内地保持联系。

⑦ “骥子”：良马产的小驹。“无齐燕”：藐视齐燕地区的田野，要到更广阔的地方奔驰。

⑧ “鸿鹄”：大雁。这句与上句一样，都是比喻杰出的人才都有远大的志向。

⑨ “尺鷃”：即“斥鴳”，小鸟。比喻胸无大志之人。

⑩ “扶摇”：大旋风。“抟（音团）”：盘旋而上。以上两句用了《庄子·逍遥游》的典故，斥　嘲笑大鹏何必盘旋巨风而上到九万里的高空，借助风力向南海腾飞。李参军为功名北上，就像骥子、鸿鹄那样怀有雄心壮志；诗人自比斥鴳，希望李参军像自己那样安居民间，自得其乐。

⑪ “敝”：破烂。“缊（音运）袍”：以乱麻为絮的袍子。

⑫ “苜蓿”：一种野菜。比喻清苦的饭食。以上两句写平民百姓俭朴的衣食生活。

⑬ “岁时”：过年时。“寿”：祝福。“翁媪（音袄）”：年老的父母。

⑭ “团圞”：团聚。“余欢”：享用不尽的乐趣。

⑮ “督”：地方长官。这里指州官。

⑯ “争”：怎。“彩衣起舞”：穿上花衣服舞动。“斓（音

兰）斑”：即“斑斓”：形容颜色错杂灿烂。这里用春秋时期隐士老莱子的典故。老莱子七十岁，为了让父母高兴，还穿上花衣服，扮作儿童手舞足蹈地戏耍。以上两句说，在外面当高官，不如回家孝父母。

⑰“鞯（音奸）”：垫马鞍的东西。

⑱“扼胡岭”：塞上山岭。

⑲“顽”：坚硬，不动。

⑳“桓山鸟”，这里用《说苑》中的典故。桓山鸟生下四个小鸟，小鸟长大后离去，桓山鸟哀鸣送之。比喻母亲抚养子女千辛万苦，子女一旦离母远去，母亲一定非常悲伤。“乳哺”：喂养小鸟。

㉑“须臾”：短暂的时间。

㉒“孤雌”：指桓山鸟。

赵秉文

（1159—1232），字周臣，号闲闲老人。磁州滏阴（今河北磁县）人。金世宗大定二十五年进士。官至礼部尚书。有《滏水文集》。

西 楼

这首诗含蓄地批判战争给人民带来的苦难。“西楼”：地名，契丹族的发祥地，故址在今内蒙古巴林左旗境内。辽太祖耶律阿保机秋季狩猎多在此地举行，后建城作为皇都，即辽上京。

十去龙沙雁①，年年九不归。
烟尘犹未息②，莫近塞云飞。

【注】

①“龙沙”，泛指塞外沙漠。

②“烟尘”，指战争。

抚 州

这首诗写塞外草原辽阔，牛羊成群却人烟稀少的景象。“抚州”：金朝地名，故城在今内蒙古兴和县境内。

燕赐城边春草生①，野狐岭外断人行②。
沙平草远望不尽。日暮惟有牛羊声。

【注】

①“燕赐城”，又叫“燕子城”，在今河北省张北。

②“野狐岭”，在今河北省张家口北面。“断”：很少。

塞 上

这两首诗写塞外因战乱而残败的景象。原诗四首。这里收录二首。

（一）

因循射雕垒[1]，偶到杀狐川[2]。
卤地牛羊瘦[3]，边沙草木膻[4]。
废城余井臼[5]，古戍断烽烟[6]。
自说无征战，经今六十年[7]。

【注】

①“垒”：城堡。

②“杀狐川”：塞外地名。

③“卤地”：盐碱地。

④“膻”：牛羊的气味。

⑤“余”：剩下，保存。“臼”：舂米的石具。

⑥“戍”：边防哨所。“断”：停止。这句说战争已经停息。

⑦“经今”：到现在。

（二）

薄宦边城里[①]，经年无客过[②]。
一川平地少，四面乱山多。
野色连秋塞[③]，边声入暮河。
旧貂寒更薄，飘寄欲如何[④]！

【注】

①“薄宦”：官职卑微。
②“经年”：终年。
③“野色”：荒凉的景象。
④“飘寄”：漂泊在外。

刘秉忠

（1216—1274），初名侃，字仲晦，邢州（今河北邢台）人。曾隐武当山为僧，更名子聪。受忽必烈赏识。忽必烈称帝后，令其还俗，授光禄大夫、太保、参领中书省事。元朝初年朝廷的礼仪制度多出其手。有《藏春集》。

东胜道中

这首诗抒发了对时光流逝、人生易老的感慨。“东胜”其州治在今内蒙古托克托县。

天荒地老物消磨①，赢得诗人感慨多。
两鬓黄尘秋色里，又投东胜过黄河。

【注】

①“天荒地老”，形容时间久远。“物”：万物。“消磨”：消失磨灭。

耶律铸

（1221—1285），字成仲，契丹族，耶律楚材的次子。父逝后，继父职，领中书省事，曾随元宪宗（蒙哥）伐蜀。后支持忽必烈继帝位，曾三次担任中书左丞相。

磨剑行

这首诗是作者1261年扈从忽必烈北讨据守和林争夺帝位的阿里不哥的途中所作，反映了诗人剪除强暴、铲除人间不平的雄心大志。

故国江山梦里行①，不期今日果长征②。
剑华休遣尘生涩③，万事人间总未平。

【注】

①“故国”：故都，指蒙古帝国原来的都城和林（在今蒙古国）。忽必烈在开平（今内蒙古正蓝旗境内）即位称帝，所以称“和林”为“故国”。这句说，早就想去往和林。

②“不期”：没有料到。“果”：果然。“长征”：远征。

③“剑华”：剑的光辉、光泽。“尘生涩”：沾上尘土而不再锋利。

小猎诗

这首诗写皇帝打猎的情景，表现了蒙古民族的尚武精神。

翠华东出万安宫①，猎猎旌旗蔽碧空②。
鹦鹉杯停纵金勒③，鹔鹴裘袒控雕弓④。
塞鸿惊带鹅毛雪，野马尘飞羊角风⑤。
万骑耳边惊霹雳⑥，一声鸣镝暮山红⑦。

【注】

① “翠华”：天子的仪仗。代指皇帝及其扈从。“万安宫”，和林的宫殿名。

② “猎猎”：风吹旗帜发出的响声。

③ “鹦鹉杯”：华美的酒杯。“纵”：放开。“金勒”：黄金马嚼子。

④ “鹔鹴（音肃霜）”：一种雁鸟，毛可以编织成珍贵外衣。“袒”，露出胳膊。

⑤ “野马”：尘雾。“羊角风”：一种旋风。

⑥ “霹雳（音劈利）”：响雷。这里比喻万马奔腾的声音。

⑦ “鸣镝（音敌）”：响箭。北方民族常用响箭指挥攻击方向。

明 妃

这首咏昭君诗肯定了昭君和亲对民族交流的贡献，世俗的“愁怨”之说是毫无根据的。

散花天上散花人①，谁说香名更未闻②？
薄命换取仙寿在③，不须青冢有愁云④。

【注】

① “散花人”，比喻王昭君。佛经中有“天女散花”的故事。诗人认为王昭君就是把鲜花和美好带给人间的“天女”。

② “香名”：芳香的名气。昭君故乡有香溪，传说能给洗浴者带来芳香。这句说昭君的“香名”确实流传人间。

③ “薄命”：女子的一生。“仙寿”：千古不泯的历史功绩。

④ “不须”：不必，不用。

苦旱叹

这首诗对连年大旱而官府照旧催租逼税予以揭露，指出灾祸完全是由于朝廷用人不当造成的。

六月亢旱田苗枯[①]，自嗟自叹耕田夫。差官咫尺征秋税[②]，今岁田家一粒无。　　饥民日日望霖雨[③]，雨意欲成云散去。天公胡不用老龙[④]，年年只被蛟螭误[⑤]。

【注】

① “亢旱”：大旱。

② “咫尺”，本指距离近，这里指时间近，抓得紧。

③ “望”：盼望。“霖雨”：连续三日以上的降雨。这里指能解除旱情的降雨。

④ “胡”：为什么。“老龙”：传说能降雨的龙。

⑤ “蛟螭（音池）”，指害人的恶龙。

随堤田家行

这首诗写运河两岸的农民虽遇难见的丰收，但因租税劳役繁重，依然痛苦不堪。诗篇表现出作者对农民一定程度的同情。“随堤”，即“隋堤”，指隋朝开凿的大运河的两岸。

日月会龙斗①，三农能事休②。犁杖倚空室，霜林卧羸牛③。十二三年间，不如今岁秋④。田翁复何事，终不信眉头⑤？云：“以县官令，租税俱见收⑥。赤穷固有命⑦，白著非自由。⑧”又云：“有飞诏⑨，少壮不一留⑩。半凿通济渠⑪，半构迷藏楼⑫。”言罢长叹息，涕泪交横流。出门竟无语，回首漫夷犹⑬。

【注】

① “龙（音豆）”：天上的星宿名，日月交于龙 ，即阴历的十月。

② “三农”，泛指农事活动。“能事”：各种劳动。“休”，结束。意思是到了农闲季节。

③ “霜林”：深秋长满红叶的树林。“羸（音雷）”，瘦，疲。

④ “秋”：收成好。

⑤ “信”，即“伸”。

⑥ “见收”：被收。

⑦ “赤”：富有。“穷”：困顿。“固”：本来。

⑧ “白著”，指苛捐杂税。“非自由”，农民不能自己作主。

⑨ “飞诏”：朝廷的紧急命令。

⑩ “不一留”：一个人也不留。

⑪ “通济渠”：隋朝开凿的大运河的一部分，把洛水、谷水与黄河连通，又把黄河与淮河连通。

⑫ “构”：建造。“迷藏楼”，即迷楼。隋炀帝时的宫殿，这里代指元朝的宫观楼阁。

⑬ “漫”：徒然，白白地。“夷犹”：迟疑不决，不忍离去。

三月和林道中未见草萌

这首诗反映清明时节独行于赴和林道中而产生的对首都眷恋的惆怅情绪。

不觉清明梦里惊①，问人人道过清明。
须知上苑花飞树②，谁信和林草未萌？
绿水归鸿空自感③，淡烟啼鸟若为情④。
翩翩瘦马荒山道⑤，衰草斜阳正独行。

【注】

① “惊”：惊醒。

② “上苑”：上林苑的省称。上林苑是秦汉宫廷园林。此处喻指元大都（今北京）的宫苑。

③ “归鸿”：返回北方的大雁。“自感”：自己生出感触。

④ “若为情”：何以为情，内心的感情难以表达。

⑤ “翩翩（音偏）”：形容马匹走动的样子。

马上偶得

这首诗表达长年在外奔波，想念故乡生活的感情。

十年南北复西东，万里乾坤走断蓬①。
燕子不来春淡淡②，雁行空过雨濛濛③。
故园花柳依然好④，瀚海风光却不同。
寂寞清明寒食节⑤，几声啼鸟怨东风⑥。

【注】

①“乾坤”：天地。“走”：奔驰。

②“淡淡”：春意不浓。

③“雁行（音航）”：排成队列的大雁。“空过”：从空中飞过。

④“故园”：故乡，指北京的旧居。

⑤“寒食”：节令名，冬至后一百零五日即“寒食节”。所以“清明”和“寒食”是同一天。

⑥“怨东风”：怨恨东风吹走了春天。

忽必烈

（1215—1294），蒙古族，元朝皇帝，成吉思汗之孙，拖雷之第四子，蒙哥的同母弟。1260年在开平（后称上都，今内蒙古正蓝旗）称汗，年号为中统；1264年迁都燕京（后称大都，今北京市），改元至元；元八年（1271）定国号为“元”；1279年灭宋，统一全国。元三十一年（1294年）去世，庙号“世祖”。

陟玩春山纪兴

这首诗是春日游山之作，抒发了作者对空前统一、太平盛世的踌躇满志的帝王胸怀。“陟（音至）”：登上。“玩”：观赏。

时膺韶景陟兰峰①，不惮跻攀谒粹容②。
花色映霞祥采混③，垆烟拂雾瑞光重④。
雨霑琼干岩边竹⑤，风袭琴声岭际松⑥。
净刹玉毫瞻礼罢⑦，回程仙驾驭苍龙⑧。

【注】

①“时”：此时。“膺（音英）”：当。“韶景”：美景。“兰峰”，鲜花盛开的山峰。

②“不惮”：不怕。“跻（音基）攀”，攀登。“谒（音叶）”：拜见。“粹容”：指佛像。

③“祥彩”：吉祥的色泽。“混”：融为一体。

④“垆”，同炉，寺院中的焚香炉。“瑞光”，吉祥的光芒。“重”，好多层，好多道。

⑤“霑”，同沾，浸湿。“琼干”：如玉的竹身。

⑥ “袭”：吹动。“岭际”：山上。这句形容山的松涛声如鸣琴。

⑦ “净刹（音刹）”：清净的佛寺。“玉毫”，本指“佛眉”，这里代指佛像。

⑧“仙驾”，仙人乘的车，这里指御驾。“苍龙”，比喻骏马。

伯 颜

（1237—1295），蒙古族巴林部人，生于西域。至元二年被忽必烈任命为光禄大夫、中书左丞相，后迁同知枢密院事。至元十一年复为中枢左丞相，率二十万大军伐宋。元十二年回大都，进右丞相。次年（1276）率军攻占南宋都城临安（今浙江杭州）。元二十六年进金紫光禄大夫，知枢密院事，出镇和林。成宗即位，加太傅，录军国重事。卒后追封淮安王。

奉使收江南

这首诗炫耀战无不胜的军威，但对无辜百姓采取了爱护的态度。

剑指青山山欲裂，马饮长江江欲竭。
精兵百万下江南，干戈不染生灵血①。

【注】

① “干戈”：武器。“生灵”：生民，百姓。

鞭

这首诗显示了大元丞相军权在握、踌躇满志的情怀。

一节高兮一节低①，几回敲镫月中归②。
虽然三尺无锋刃③，百万雄师属指挥④。

【注】

① 这句写行军途中扬鞭的动作。

② “敲镫”：敲打马镫促马前进。

③ “三尺”：鞭的长度。“无锋刃”，比喻马鞭不是杀敌的器具。

④ “属”：隶属。这句写百万大军由一条三尺马鞭指挥。

过梅岭冈留题

这首诗写作者得胜北归却廉洁自律的风雅自乐的情怀。“梅岭”，即大庾岭，唐代张九龄经此植梅，因称“梅岭”。在今江西、广东交界处。

马首经从庾岭回①，王师到处即平夷②。
担头不带江南物③，只插梅花一两枝。

【注】

① “马首”：军队指挥者的坐骑。

② “平夷”：削平，平定。

③ “担头”：担子两边的行李。

王　恽

（1227—1304），字仲谋，号秋涧，卫州汲县（今属河南）人。元世祖中统元年（1260）辟为详议官，曾任监察御史、福建闽海道提刑按察使、翰林学士等职。后奉旨修《世祖实录》。有《秋涧先生大全集》。

甘不剌川在上都北七百里外，董侯承旨扈从北回，遇于榆林。酒间因及今秋大狝之盛。书六绝以记其事

这一组诗共六首，这里选了两首。两首诗都是写蒙古族秋猎活动，赞扬了蒙古民族的尚武精神。“甘不剌川”：当在今内蒙古锡林格勒盟，元朝宫廷狩猎的地方。“上都”：元初都城，在今内蒙古正蓝旗。“扈从”：随皇帝，这里指陪同皇帝去甘不剌川打猎。“榆林”：在今河北怀来，为上都到大都的必经之地。“大狝（音险）”，宫廷秋猎。

（一）

千里阴山骑四周，休夸西伯渭滨游①。
今年校猎饶常岁②，一色天狼四十头③。

【注】

① “西伯”：周文王。“渭滨”：渭水边上。当年西伯在渭水打猎，遇到了姜子牙。这句比喻元朝皇帝去甘不剌川秋猎也是为了发现选拔人才。

② “校猎”：打猎。“饶”：丰盛。

③ “天狼”，指白狼。北方民族以猎得白狼为吉兆。

（二）

今秋天饷住冬粮[1]，万穴空来杀气茫[2]。
渴饮馬酮饥食肉[3]，西风低草看牛羊。

【注】

① “饷（音想）”：送来食物。“住冬”：过冬。“粮”：干粮。

② “万穴空”：野兽都离开穴洞，供人猎取。“茫”：形成一片。

③ “马酮（音同）”：马奶酒。

陈 孚

（1240—1303），字刚中，号笏斋，临海（今属浙江）人。元世祖时任翰林待制兼国史院编修、建德路总管府治中、台州路总管府治中等职。有《观光稿》《玉堂稿》。

统 幕

这首诗写塞上风光。“统幕”：地名，即今河北怀来县土木堡。据记载，辽国皇帝曾在此地建大幕，因名“统幕”。俗讹为“土幕”、“土墓”或“土木”。

千里茫茫草色青，乱云飞逐马蹄生①。
不知何代开军府②，犹有当年统幕名。

【注】

①“乱云”，指马蹄践踏而起的尘土。

②“开”：开设。“军府”：军队的参谋机构称“幕府”。

开平即事

这两首诗描写了元上都的形势和气魄。“开平”：开平府，即元上都所在地，在今内蒙古正蓝旗。

（一）

百万貔貅拥御闲①，滦江如带绿回环②。
势超大地山河上③，人在中天日月间④。
金阙觚稜龙虎气⑤，玉阶阊阖鹭鸡班⑥。
微臣亦有河汾策⑦，愿叩刚风上帝关⑧。

【注】

① “貔貅（音皮休）”：古代传说中的猛兽，常用以比喻强大勇武的禁卫军。“御闲”：原指宫廷马厩，这里指军营。

② “滦江”，即滦河，上游流经上都，元代称“上都河”，今称“闪电河”。“回环”：围绕着（元上都）。

③ “势”：地势。这句形容上都所在的地势高。

④ “中天”：天空中。这句说上都的人都是居高位的帝王将相。

⑤ “金阙”，指皇宫。“觚稜（音孤楞）”：宫殿顶上转角处的瓦脊。这句写宫殿建筑极有气魄。

⑥ “玉阶”：宫殿的台阶。“阊阖（音昌合）”，宫门。“鹭鸡（音路冤）”：两种鸟类，它们停立飞行很讲次序，常用来比喻列队上朝的大臣。“班”：次序。

⑦ “微臣”：小臣，作者自指。“河汾策”，指治国良策。隋末名儒王通在河汾一带授业，门生受业者千余人，其中房玄龄、魏征、李靖等后来都成为唐初名臣。

⑧ “刚风”，即罡风，天的极高处的风。“帝关”，指皇宫的大门。这句表明自己希望能参与上朝议事。

（二）

天开地辟帝王州①，河朔风云拱上游②。
雕影远盘青海月③，雁声斜送黑山秋④。
龙冈势绕三千陌⑤，月殿香飘十二楼⑥。
莫笑青衫穷太史⑦，御炉曾见衮龙浮⑧。

【注】

① “天开地辟”，指亘古以来。“帝王州”，这里是适合帝王的居处。

② “河朔”，泛指黄河以北地区。“拱”：护卫。这句说整个北方地区护卫着帝都。

③ “盘”：盘旋飞翔。“青海”，泛指塞外的湖泊。

④ “黑山”，泛指塞外大山。

⑤ “龙冈”：上都地区的山冈名称。“陌”：城中街道。这句说上都城内街道很多。

⑥ “月殿”，本指传说中月亮上的宫殿。这里指上都的宫殿。“十二楼”：神仙所居，见《汉书·郊祀志》。

⑦ “青衫”：古代下级官员的衣服。“穷太史”，作者自指。作者当时任国史院编修，就是古代的“太史”职务。

⑧ “御炉”：宫中焚香炉。“衮（音滚）龙”，指代皇帝。“浮”：飞翔。这句说自己能在皇帝跟前供职。

刘敏中

（1243—1318），字端甫，章丘（今属山东）人。曾在元朝任监察御史、淮西肃政廉访使、翰林学士承旨等职。有《中庵集》。

鹊桥仙·上都金莲

这首词通过咏上都的金莲花，寄托了对上都风光和形势的赞美。“鹊桥仙”，词牌名。“金莲”，俗称旱荷花，初夏开放，色彩艳丽。上都附近多产，所以金朝称上都河为“金莲川”。

重房自拆①，娇黄谁注②？烂熳风前无数③。凌波梦断几番秋④，只认得三生月露⑤。　川平野阔，山遮水护。不似溪塘迟暮⑥。年年迎送翠华行⑦，看照耀，恩光满路⑧。

【注】

①“重房”：花房很多。金莲花花蕊有很多花房。“拆（音彻）”：分开。

②“娇黄”：鲜艳的黄色。“注”：浇注出来。

③“烂熳”：形容花朵灿烂。

④“凌波”：踏上水面。金莲花沿上都河生长。曹植《洛神赋》形容洛神“凌波微步”。这里说金莲花像水上仙女那样迷人。

⑤“三生”：佛教用语，指一生。这句说金莲花生来就供人观赏。

⑥ “溪塘”：中原地区的小溪和池塘。“迟暮”：衰败。以上几句说上都一带比中原地区更适合金莲花的生长。

⑦ “翠华”，代指皇帝。元朝皇帝每年四月至七月住在上都，正是金莲花盛开的季节。

⑧ “恩光”：皇帝给予的恩惠。

高克恭

（1248—1310），字彦敬，自号房山道人，维吾尔族。在元朝曾任江浙行省左右司郎中、御史、刑部尚书等职。著有《房山集》。

岳阳楼

这首诗描写岳阳楼及周边胜景，并寄托了报国之心。“岳阳楼”，在今湖南岳阳市。

九水汇荆楚①，一楼名古今②。
地连衡岳胜③，山压洞庭深④。
宿雁落前浦⑤，晓猿啼远林。
倚阑搔白首⑥，空抱致君心⑦。

【注】

① “九水”，指湖南省汇入洞庭湖的九条河流。“荆楚”，古代指今湖北、湖南两省辖区。

② “名”：有名。

③ “衡岳”：南岳衡山。“胜”：名胜。

④ 这句写岳阳楼建在洞庭湖边的山冈上。

⑤ “浦”：水边。

⑥ “倚阑”：倚着岳阳楼上的栏干。

⑦ “致君”：辅佐国君。杜甫《奉赠韦左丞丈二十二韵》：“致君尧舜上，再使风俗淳。”

过信州

这首诗写南方春天的景色，表达了作者轻快自信的心情。“信州”，在今江西省上饶境内。

二千里地佳山水，无数海棠官道旁。
风送落红搀马过①，春风更比路人忙。

【注】

①“落红”：落花。这句写马从花丛中穿过，好像被很多红花搀扶簇拥着一样。

赠英上人

这首诗写英上人的隐逸生活，表现了作者的赞赏和向往之情。“上人”，对僧人的尊称。

为爱吟诗懒坐禅①，五湖归买钓鱼船②。
他时若觅云踪迹③，不是梅边即水边。

【注】

①“坐禅”：佛教僧人的清心静坐。

②“五湖”，即太湖。

③“觅”：寻找。“云踪迹”，指英上人飘浮不定的行踪。

马致远

（1250？—1324？），号东篱，元代著名作家。杂剧有《汉宫秋》等，散曲集有《东篱乐府》。

四块玉·紫芝路

这首散曲咏昭君出塞和亲，描写了塞外动人之景，也表现了昭君的思乡之情。“四块玉”，曲牌名。“紫芝路”，仙人所走的路。这里指王昭君的和亲之路。

雁北飞，人北望。抛闪煞明妃也汉君王①。
小单于把盏呀喇喇唱②。青草畔有收酪牛③，黑河
边有扇尾羊④，他只是思故乡⑤。

【注】

① “抛闪”：抛弃掉。“汉君王”，指汉元帝。这句说，汉元帝把王昭君抛闪得太苦啦。

② “小单于”，指南匈奴的呼韩邪单于。“把盏”：拿着酒杯，指给昭君敬酒。

③ “收酪牛”：挤奶的牛。

④ “扇尾羊”，即胡羊，一种大尾巴的绵羊。

⑤ “他”，指王昭君。

赵孟頫

（1254—1324？），字子昂，湖州（今浙江吴兴）人。元代著名的画家、书法家、诗人。曾任兵部郎中、集贤直学士、济南路总管府同知、翰林学士等职。有《松雪斋集》。

次韵袁学士上都诗韵

这首诗赞扬驻守上都将士的英武神勇。“袁学士”，指元代著名诗人袁桷。

晓日夹云树，春风吹雪山。
飞鹰玄兔碛①，饮马白狼湾②。
宝带吴钩迥③，金矛汉节闲④。
将军万里外，不怕二毛斑⑤。

【注】

① “飞鹰”：驾鹰打猎。“玄兔”：地名，即玄菟郡，地辖今之辽宁、吉林及朝鲜的部分地区。

② “白狼”：河流名，辽河的支流。“湾”：河流的弯曲处。

③ “宝带”：腰间系的腰带。“吴钩”，产自南方的一种战刀。“迥”，来自远方。

④ “汉节”：朝廷的符节，使臣的信物。“闲”：清闲。这句说驻守上都的官员公务不多。

⑤ “二毛”：黑白两种头发。指人已进入老年。这句写将军忠于职守，年迈仍然戍守塞外。

王 桢

（生卒年不详），字伯善，东平（今属山东）人。元代著名农学家，又是活版印刷术的改进者。曾任旌德、永县县尹。著有《农书》。

薛刚寨

这首诗通过咏颂薛刚，表现诗人希望能有名将守卫好国家江山的愿望。“薛刚寨”，遗址在今内蒙古丰镇市的孤山上，传说唐代名将薛刚曾驻兵于此。

峰头古塞旧遗痕，唐将声名今尚存。
马道丰留驰射迹①，阵云无复战兵屯②。
英雄堪壮山河色，姓字空传父老言③。
岭外夕阳回照处，寒流日夜听潺湲④。

【注】

① “马道”：驰马的大路。“丰留”：留下很多。

② 这句说，而今这里已经没有军队屯驻。

③ “姓字”：薛刚寨和薛刚山这些名字。

④ “潺湲（音馋元）”：水流缓慢的样子。薛刚山下有水流入桑干河。

冯子振

（1257—1348？），字海粟，自号怪怪道人，又号瀛州客，湘乡（今属湖南省）人，一说为攸州（今湖南攸县）人。元代诗人。仕至承事郎、集贤待制。行文敏捷，为时辈所称。著有《海粟集》。

鹦鹉曲二首

这一组《鹦鹉曲》共42首。这里选的两首是咏元上都之作，表达对朝代更替，兴亡胜衰的感慨。“松林”，在元上都东北，金朝元朝，此处大松林极繁茂，多鸟兽，负盛名。

松 林

山围行殿周遭住①，万里客看牧羊父②。听神榆树北车声③，满载松林寒雨。 应昌南旧日长城④，带取上京愁去⑤。又秋风落雁归鸿，怎说到无言语处⑥。

【注】

①“行殿”：行宫，指元朝陪都上都的宫殿。

②“万里客”：来自万里之外的客人。作者自指。

③“神榆树”：古代蒙古族生子后，于神树（俗称奶奶树）前跳舞庆祝，祈子平安长寿。因榆树多籽，所以神树多用榆。

④“应昌”：应昌路，应昌府均为元世祖忽必烈所置，治所遗址在今内蒙古克什克腾旗境内。

⑤“带取”：带走。

⑥这句说无法用语言表达感触。

至上京

　　澶河西北征鞍住[①]，古道上不见耕父。白茫茫细草平沙，日日金莲川雨[②]。李陵台往事休休[③]，万里汉长城去[④]。趁燕南落叶归来[⑤]，怕迤逦飞狐冷处[⑥]。

【注】

① “澶河”：今河南省的一段黄河。“征鞍”：长途跋涉的车马。“住”：停下，指已经到达上都。

② “金莲川”：滦河上游，即上都河。

③ “李陵台”：元代驿站名，金代曾建祠宇祭祀西汉名将李陵，故址在今内蒙古正蓝旗境内，北距元上都约百里。“休休”，别再提了。

④ “去”：前往。

⑤ “燕南”：燕子向南飞。

⑥ “迤逦（音以里）”：形容曲折连绵。“飞狐”：山名，在今河北省张北南。

袁 桷

（1267—1327），字伯长，庆元（今浙江龙泉）人。元代诗人。曾任翰林国史院检阅官、应奉翰林文字、集贤直学士、侍讲学士等职。有《清容居士集》。

送苏子宁和林郎中韵

这首送别诗描绘了塞外的严寒气候和许多奇特的景物。“苏子宁”“林郎中”均为作者友人。

貂帽护寒沙，冰天阅岁华①。
断溪驼听水②，密雪犬行车③。
云尽南归雁④，春深未识花。
昔人奇绝处，八月解乘槎⑤。

【注】

①“阅”：经历。“岁华”，岁月。

②“断溪”：断流的小溪。“听水”：倾听水流声而去找水。

③“行车”：驾雪橇。

④这句写秋季大雁已飞往南方，不见踪影。

⑤“槎”：船。据张华《博物志．杂说下》，有人“八月乘槎”，从海上浮入天河，观看日月星辰和牛郎织女。以上两句把苏子宁的远行比喻成“八月乘槎”之人。

伯庸开平书事次韵

这首诗描写元朝皇帝在上都宴饮名王的状况，既反映了统治阶级的奢华，也可看出当时上都的繁荣。“伯庸”，是元代诗人马祖常，字伯庸。“开平书事”：马祖常的诗作。“开平”，即元上都。

沈沈棕殿内门西①，曲宴名王舞马低②。
桂蠹除烦来五岭③，冰蚕却暑贡三齐④。
全罂醅重凝花露⑤，翠釜膏浮透杏泥⑥。
最爱禁城千树柳⑦，归鸦拣尽不曾栖⑧。

【注】

① “沈沈（音潭）”，形容宫室深邃。“棕殿”：上都的宫殿名称。

② “曲宴”：宫中私宴。“舞马”，马匹的舞蹈。

③ “桂蠹（音杜）”：南方的一种名贵食品。“除烦”：能排除疾病。“五岭”：指南粤，即今之广东。

④ “冰蚕”：一种高贵的丝织品。“却暑”，退热，避暑。“贡”，进贡。“三齐”：古代泛指今之山东地区。

⑤ “金罂（音婴）”：金杯。“醅（音胚）”，美酒。“花露”：比喻美酒如同花上的露水一样清香。

⑥ “翠釜”：宫中的锅。“膏”：油脂。“杏泥”，比喻锅中煮的食品如同果酱一样香甜。

⑦ “紫城”：皇城。

⑧ “拣”：挑选。这句写宫中彻夜饮宴，乌鸦不敢栖息在宫中树上。

上京杂咏

这三首诗分别描写了上都地区的气候状况、花木情况、居处环境和生活状况。

（一）

云护中街日①，风开北户天②。
千沟凝白雪，万灶起青烟。
午溽曾持扇③，朝寒却衣绵④。
松林空有界⑤，翦伐不知年⑥。

【注】

①“中街”：街道上空。

②“开”：吹开。“北户”：朝北的窗户。

③“溽（音入）”：闷热。

④“衣”：穿。“绵”：御寒的丝绵衣服。

⑤“松林”：上都东北有大片松林。“界”：归属的界限。

⑥“翦伐”：砍伐。“不知年”：许多年。

（二）

土屋层层绿，沙坡簇簇黄。
马鸣知雹急，雁过识天凉。
墨菊清秋色，金莲细雨香。
内园通阆苑①，千树压群芳②。

【注】

① 内园：宫中花苑。“阆（音浪）苑”：神仙的花园。

② 群芳：各种花草。

（三）

市狭难驰马，泥深易没车。
冻蝇争日聚，新燕掠风斜。
晚汲喧沙井①，晨炊断木槎②，
闾阎通茗酪③，俗简未全奢④。

【注】

① “汲”：从井中打水。

② “断”：劈开。“木槎”：干树枝。

③ “闾阎（音驴延）”：里巷，平民百姓家。“通”：交往。“茗酪”，奶茶。这句话说百姓来往，互以奶茶招待。

④ “俗简”：风俗淳朴。这句说，奶茶待人并未表示奢华。

上京杂咏再次韵

这首诗写上都地区百姓尚武、喜酒、好歌舞的豪爽性格。

千堞蜂腰凸①，群山马首朝②。
沙场调俊鹘③，草窟射丰貂④。
闹舞花频簇⑤，狂歌酒恣浇⑥。
今年春事减⑦，土舍雪齐腰⑧。

【注】

① “堞（音迭）”：城墙上齿状矮墙，古称女墙。“蜂腰凸”，比喻女墙一高一低的形状。

② “朝”：朝拜。这句写上都周围山峦起起伏伏。

③ “调”：驯教。“鹘（音斛）”：一种猎鹰。

④ “丰貂”：大貂。

⑤ “闹舞”：热烈的舞蹈。“花频簇”，形容舞蹈服饰五颜六色。

⑥ “恣”：随便，尽情。“浇”：狂欢。

⑦ “春事”：春季的劳务。

⑧ 以上两句说，由于大雪封门，只好停止了农牧劳动。

范玉壶

（生卒年不详），元代杭州卜者。曾被召入京。终身未仕。

上　都

这首诗通俗而又夸张地描写了上都的雪景及严寒。

上都五月雪飞花，顷刻银装十万家。
说与江南人不信，只穿皮袄不穿纱。

张养浩

（1270 — 1329），字希孟，号云庄，济南（今属山东）人。元代著名散曲作家。历任东平学正、礼部令史、监察御史、翰林待制、礼部尚书、陕西行御史台中丞等职。有《云庄类稿》。

中都道中

这首诗描写塞外的美丽风光和作者南北奔波的劳顿。中都，元朝的陪都之一，故址在今河北省张北县境。

细草如烟展翠茵①，杂花匀簇道傍春②。
鸣禽旷野栖无树③，破屋荒山住有人。
露湿敝袍寒衬月④。风餐行钵暗凝尘⑤。
去年闽海今沙漠⑥，赢得霜华镜里新⑦。

【注】

①“展”：铺开。“翠茵”：绿色垫子。

②“簇（音促）”：丛聚。

③“栖”：栖息。这句写草原上几乎无树。

④“敝”：破。

⑤“行钵（音剥）”：旅途携带的餐具。

⑥“闽海”：指今福建一带。

⑦“赢得”：剩得。“霜华”：白发。“新”：新长出来。

上都道中

这首诗描写塞外风光和诗人的思乡之情。

穷冱惟沙漠[1]，昔闻今信然[2]。
行人鬓有雪[3]，野店灶无烟[4]。
白草牛羊地，黄云雕鹗天[5]。
故乡何处是？愁绝晚风前。

【注】

① “穷冱（音互）”：极其寒冷。“惟”：只有。
② “信然”：确实如此。
③ “雪”：水气凝成的白霜。
④ 这句写旅客很少。
⑤ “黄云”：空中的沙尘。“雕鹗（音颚）”：草原上常见的鹰类猛禽。

柳 贯

（1270—1342），字道传，浦阳（今浙江浦江）人，号乌蜀山人。元代诗人。曾任浙江江山县儒学教谕、翰林待制等。有《柳待制集》。

同杨仲礼和袁集贤上都诗

这两首诗描写上都风光和塞外民俗。原诗十首，这里选了两首。杨仲礼、袁桷都是作者的朋友。

（一）

谣俗随方异①，沟涂隔舍迷②。
醺人惟马湩③，劝客有驼蹄④。
殿角孤花靓⑤，城隅杂树低。
天涯中夜舞⑥，如意昔曾携⑦。

【注】

① “谣”：歌谣。“俗”：风俗。“方”：地方。

② “沟”：沟渠。“涂”，即途，道路。“迷”：看不清，找不着。

③ “醺（音熏）”：醉。“马 （音冻）”：马奶酒。

④ “劝客”：招待客人。“驼蹄”：草原宴席的名贵菜肴。

⑤ “孤花”：少量的花。“靓（音静）”：漂亮。

⑥ “中夜”：半夜。

⑦ 这句写诗人和几位朋友曾经一同观赏过上都的歌舞。

（二）

水草方方善①，弓弧户户便②。
合围连妇女③，从戍到曾玄④。
雪毳千家帐⑤，冰瓢百眼泉⑥。
浚稽山更北⑦，长望斗光悬⑧

【注】

① “方方”：处处。
② “弓弧（音狐）”：弓箭。“便（音骈）”：娴熟。
③ “合围”：围猎。“连”：连带一起参加。
④ “从戍”：当兵。“曾玄”：曾孙、玄孙，指幼小儿童。
⑤ “雪毳（音脆）”：白色羊毛。“帐”：毡帐，蒙古包。
⑥ “冰瓢”：从冰中取水的瓢。
⑦ “浚稽山”，在今蒙古国。
⑧ “斗光”：北斗星的光芒。以上两句夸张到了极遥远的地方。

还次桓州

这首诗描写了塞外瑰丽的秋色。“次”：暂住。“桓州”：金代置，元初废，后复置，遗址即今内蒙古正蓝旗四郎城，在元上都西约六十里处。

塞雨初干草未霜，穹庐秋色满沙场。
割鲜俎上荐黄鼠①，献获腰间悬白狼②。
别部乌桓知几族③？他山稽落是何方④？
长云西北天如水，想见旌旗瀚海光⑤。

【注】

① “鲜”：鲜美的野味。“俎（音祖）”：切肉的案板。“荐（音见）”：献，祭。“黄鼠”：也名礼鼠，多生于草原、沙漠地区，皮可为裘领，肉味鲜美。

② “献获”：进献猎获物。

③ “别部乌桓”，指非蒙古族的其他东胡系民族。“乌桓”，因住乌桓山（今内蒙古大兴安岭南麓）而得名。这句说北方草原上活动的民族很多。

④ “稽落”：山名，在蒙古国。这句设问远处的山脉是属于哪个民族的辖地。以上两句说，尽管北方民族众多，现在都归大元帝国管辖。

⑤ “旌旗”，形容军威强大，军容整肃。“瀚海”，泛指北方沙漠。

后滦水秋风词

这两首诗描写了塞外的游牧生活和草原特产。“滦水”，即滦河。

（一）

旋卷木皮斟醴酪[1]，半笼羔帽敌风沙[2]。
丈夫射猎妇当御[3]，水草肥甘行处家[4]。

【注】

① “旋”：即刻，很快。“木皮”：树皮。大兴安岭居住的一些民族善于将桦树皮做成杯、碗、盆之类的用具。“醴酪（音礼名上声）”：马奶酒之类的饮料。

② “笼”：罩上，戴。“敌”：抵挡，对付。

③ “当御”：驾车。

④ “行处”：处处，到处。

（二）

山邮纳客供次舍[1]，土房迎寒催窖藏[2]。
砂头蕨姑一寸厚[4]，雨过牛童提满筐。

【注】

① “山邮”：山中旅店。“纳客”：接待客人。“次舍”，住宿。

② “墐（音近）”：用泥涂上门窗以防冬季风寒。“藏”：储备食物。

③ “砂头”：沙地边缘地方。“　姑”，即蘑菇。

④ “牛童”：放牛的孩子。

张可久

（约 1270—1345），字小山，庆元（今浙江龙泉）人。元代著名散曲作家。有《苏堤渔唱》《小山北曲联乐府》等。

寨儿令·题《昭君出塞图》

这首散曲通过咏昭君出塞，展现了塞外风光、婚礼队伍和昭君因祸（远嫁塞外）得福（始终受宠）的境遇。“寨儿令”，曲牌名。

辞凤阁①，盼滦河②，别离此情将奈何？羽盖峨峨③，虎皮驮驮④，雁远暮云阔。建旌旗五百沙陀⑤，送琵琶三两宫娥⑥。翠车前白橐驼⑦，雕笼内锦鹦哥⑧。他，强似马嵬坡⑨。

【注】

① “凤阁”：宫廷。

② “盼”：企望。“滦河”，此指塞外的河川。

③ “羽盖”：华美的车盖。“峨峨”，形容高耸。

④ “驮驮”，形容坐垫厚实。

⑤ “建”：举着。“沙陀”，这里指迎亲的匈奴士卒。

⑥ “宫娥”：宫女。指陪昭君出嫁的汉朝宫女。

⑦ “橐驼”：骆驼。

⑧ “雕笼”：漂亮的鸟笼。“锦”：色彩鲜艳。这是昭君的陪嫁之物，也暗寓昭君在汉宫的处境。

⑨ “他”，指王昭君。“马嵬坡”：唐玄宗的宠妃杨玉环的身死之地，借指杨玉环。

虞　集

（1272—1348）字伯生，号道园，原籍蜀郡，侨居崇仁（今属江西）。元代著名诗人。历任大都路儒学教授、国子助教、集贤修撰、秘书少监、翰林直学士兼国子祭酒、侍讲学士等职。有《道园学古录》。

月出古城东

这首诗写从元大都到元上都旅途的见闻。“古城”：旅途中的行宫。

月出古城东，海气浮空濛[①]。车骑各已息，
宫阙何穹窿[②]！　牧马草上露，吹笳沙际风。
帐中忽闻雁，传令彀雕弓[③]。

【注】

① “海气”：水气，雾气。“空濛”，形容水气迷漫的样子。

② “穹窿（音穷龙）”：屋顶又高又圆。这句写草原驿站的行宫，屋顶都建成蒙古包式。

③ “彀（音够）”：把弓拉满。

白翎雀歌

这首诗歌咏草原盛产的白翎雀，对宫廷中嫔妃的孤寂生活寄予了同情。“白翎雀”，鸣声宛转，行止结双成对，又称“家生雀儿”。

乌桓城下白翎雀①。雌雄相呼以为乐。平沙无树托营巢②，八月雪深黄草薄。君不见，旧时飞燕在昭阳③，沈沈宫殿锁鸳鸯④。夫容露冷秋宵永⑤，芍药风喧春昼长⑥。

【注】

①“乌桓”，在今内蒙古大兴岭南麓。

②“托”：依托。“营”：筑。

③“飞燕”：赵飞燕，汉成帝宠妃，善歌舞，后被废为庶人，自杀。“昭阳”：汉代宫殿名。

④“沈沈”，形容宫殿深邃。“锁”，比喻行动不自由。

⑤“夫容”，即芙蓉，荷花的一种。“永”：时间长。

⑥“芍药”：花卉名，元上都的芍药，花大如斗，极负盛名，“喧”：热闹。

金人出塞图

这是一首题画诗，生动描绘了女真族狩猎情况和一些生活特色。

海风吹沙如卷涛，高为陁碛深为壕①。筑垒其上严周遭②，名王专居气振豪③。肉食湩饮田为遨④，八月草白风飕骚⑤。马食草实轻骨毛⑥，加弦试弓复置櫜⑦，今日不乐心慅慅⑧，什什伍伍呼其曹⑨。银黄兔鹘明绣袍⑩，鹏鸪小管随鸣靴⑪，背弧向虚出北皋⑫。海东之鸷王不骄⑬，锦韝金镞红绒绦⑭，按习久蓄思一超⑮。事时畾清天翳绝⑯，驾鹅东来云帖帖⑰，去地万仞天一瞥⑱，离娄属望目力竭⑲。微如闻音鸷一掣⑳，束身直上不回折㉑，遂使孤飞一片雪㉒，顷刻平芜洒毛血㉓。争夸得隽顿足悦㉔，挂兔悬狼何足说？旌旗先归向城阙，落日北风起萧屑㉕。烟尘满城鼓微咽，大酋要王具甘歠㉖，王亦欣然沃焦热㉗。阏支出迎骑小驖㉘，瑟琶两姬红颧颊㉙。歌舞迭进醉烛灭，穹庐斜转氍毹月㉚。

【注】

① “陁（音驼）碛”：沙岗。“壕”：沟

② “严”：严密。“周遭”：周围。在沙地建房，房的四周很快被细沙埋住，反而有固定和保暖的作用。

③ “名王”：女真首领。“专居”：王府。“气振豪”：显示了气派。

④“湩（音冻）”：乳汁。“田”：打猎。“遨”：游乐活动。

⑤“飕骚”，形容风声。

⑥“革实”：草籽。这句说草原上的马吃草不吃料，不会肥胖，更矫健敏捷。

⑦“櫜（音高）”：弓箭袋。这句写准备好了弓箭。

⑧“慅慅（音骚）”：心情不快。

⑨“曹”，同伴。以上两句说，心情烦闷，就叫同伴出外打猎。

⑩“鹘（音胡）”：鹰。“明”：色彩鲜明，这句写女真首领的绣袍上绣着鹰兔等图案。

⑪“鹧鸪小管”：一种乐器。“鞉（音桃）”：小鼓。这句写打猎队伍还有乐队助兴。

⑫“弧”：弓。“向虚”：朝向天空。“皋（音高）”：有水草的低地。

⑬“海东之鸷（音治）”：海冬青，一种助猎猛禽。“王”：指女真首领。“骄”：娇惯。

⑭“锦韝（音沟）”：锦制臂衣。“镞”：箭头。“绦（音滔）”：带子。

⑮“按习”：训练。“久蓄”：早就有准备。“一超”：显示一次特殊的本领。

⑯“皛（音小）清”：皎洁，明亮。“天翳（音意）”：天上的云雾。“绝”：一点也没有。

⑰“驾（音加）鹅”：野鹅。“帖帖”：形容舒展安详的样子。

⑱这句写野鹅飞得很高，只能勉强看到。

⑲“离娄”：古代传说人物，视力极强，能在百步之外见秋毫之末。“属望”：即瞩望，盯着看。这句说，离娄一样的视力，遥望天鹅也很费劲。

⑳“掣（音彻）”：急速的动作。这句写猎鹰好像听到一点声音，迅疾飞起。

㉑“束身”：耸身，写猎鹰起飞之前的动作。“回折”：回头，返回。

㉒“一片雪”：比喻洁白的天鹅。

㉓“平芜”：平坦的草地。“洒”：落下。

㉔“隽（因倦）”：鲜肥的鸟肉。

㉕“萧屑”：形容风声。

㉖“大酋”：大头目。“要”：邀请。“具”：准备好。“甘　（音辍）”：甜美的羹汤，指煮熟了天鹅肉。

㉗“沃”：洗。“焦”：烤。“热”：煨。这句说女真首领也高兴地参与了烹炙猎物的活动。

㉘“阏（音烟）支”：名王的妻子。“驖（音铁）”：赤黑色的马。

㉙“瑟琶两姬”：指图画中怀抱琵琶的两名侍女。“颧（音全）颊”，面颊。

㉚“氍毹（音渠书）”：毛织地毯。这句写歌舞进行到深夜，月光照进毡包内的地毯上。

无名氏

天净沙·沙漠小词

这两首小令描绘塞外草原、沙漠、乐器等特有的景物。

(一)

平沙细草斑斑，曲溪流水潺潺，塞上清秋早寒。一声新雁，黄云红叶青山。

(二)

西风塞上胡笳，月明马上琵琶，那抵昭君恨多？李陵台下[①]，淡烟衰草黄沙。

【注】

① “李陵台”，在今内蒙古正蓝旗境内。

揭傒斯

（1274 — 1344），字曼硕，富州（今江西丰城）人。元代著名诗人。曾任翰林国史院编修、应奉翰林文字、国子助教、奎章阁授经郎、翰林待制、仕讲学士等职位。有《文安集》。

题《胡虔汲水蕃部图》应制

这首题画诗生动描绘了塞外草原风光和北方民族的生活情景。“胡虔”，五代时契丹族画家。《汲水蕃部图》，胡虔的一幅名画。“应制”：奉皇帝旨意而作。

沙碛茫茫塞草平，沙泉下马满囊盛①。
曾于王会图中见②，真向天山雪外行③。
圣德只今包宇宙，边庭随处乐农耕④。
生绡半幅唐人笔⑤，留与君王驻远情⑥。

【注】

①“囊”：装水的皮袋。

②“王会”：《尚书·周书》的篇名，内容为诸侯朝见天子的典礼。这句说胡虔的画意，只在“王会图”中领略过。

③“天山”，泛指塞外大山。这句说，看了胡虔的画，真好像亲自到过塞外一样。

④以上两句写元朝版图空前辽阔，边疆地区到处有了耕地。

⑤“生绡”：绘画的丝织品。“唐人”：唐朝人，指胡虔（他是五代后唐人）。

⑥“驻”：关注。“远情”：边陲地区的民情。

马祖常

（1279－1338），字伯庸，号石田，雍古部人。祖先世居净州天山（今内蒙古四子王旗一带），曾祖曾随元世祖忽必烈伐宋。后随父始家于光州定城（今河南潢川县）。仁宗延祐二年进士。历任监察御史、宣政院经历、开平县尹、翰林待制、礼部尚书、御史中丞、枢密副使等职。有《石田集》。

上京翰苑书怀

这首诗描绘了元代上都地区自然特色、街市风貌和生活环境。“上京”，即上都。“翰苑”，指翰林院上都分院，诗人曾在此任职。

（一）

沙草山低叫白翎①，松林春雨树青青。
土房通火为长炕，毡屋疏凉启小棂②。
六月椒香驼贡乳③，九秋雷隐菌收钉④。
谁知重见鳌峰客⑤，飒飒临风鬓已星⑥。

【注】

① “白翎”，即白翎雀。

② “疏凉”：通风，透气。“小棂”：小窗。

③ “椒”：地椒，草原野生香料植物，牲畜食后多产乳，也能做调味品。“贡”：产。

④ “九秋”：秋季。“雷隐”：不再打雷。“菌”：蘑菇。“收钉”：收获蘑菇。蘑菇形状像钉子。

⑤ “鳌峰”：传说中的仙山，后人称翰林院为鳌峰。“鳌峰客”：作者戏称自己。

⑥“飒飒（音萨）”：风声。“鬓已星”：双鬓已经花白。

（二）

门外春桥漾绿波，因寻红药过南坡①。
已知积水皆为海②，不信疏星又隔河③。
酒市杯陈金错落④，人家冠簇翠盘陀⑤。
薰风到面无蒸暑⑥，去鸟长云奈客何⑦？

【注】

①“红药”：红芍药花。“南坡”，又称南店坡，在上都西南约三十里。

②“海”：海子。草原上的人称大小湖泊都叫“海子”。

③“疏星”：稀稀落落的星星。“河”，指滦河，从城南流过上都。

④“金错落”，指华美珍贵的酒器。这句说上都酒肆中陈列着华贵的酒器。

⑤“冠”：帽饰。“簇（音促）”：聚集、缀满。“翠盘陀”：玉石翡翠之类的饰物。

⑥“熏风”：和风。“蒸暑”：闷热。

⑦“去鸟”：离去之鸟。“客”：作者自指。这句意思是鸟儿能腾空飞去，自己该怎么办呢？表示急切希望返回故乡。

石田山居

原诗八首，这里选了三首。这三首诗写自然灾害、贫富差别和官府徭役给人民带来的深重苦难。“石田”：作者的别号。“山居”：民间居所。

（一）

甲子人愁雨①，河田麦已丹②。
岁凶捐瘠众③，天远祷祠难④。
贾客还沽酒⑤，王孙自饱餐⑥。
更怜黧面黑⑦，征戍出桑干⑧。

【注】

①“甲子”，指元泰定元年（1324）。

②“河田”：河边田地。“丹”：霉烂发红。

③“岁凶”：灾年。“捐瘠”：饿死的人。

④“祷祠”：百姓祈祷祭天。“难”：毫无成效。

⑤“贾客”：商人。“沽”：买。

⑥“王孙”，指达官贵族的子弟。

⑦“黧（音梨）面黑”，形容面容憔悴的农民。

⑧“征戍”：到边疆去驻守。“桑干”：桑干河，从今山西省流入河北省后入永定河。

(二)

积雨衣裳湿，愁人是麦田。
泥浆深没马，雾欲堕飞鸢[①]。
炊火劳薪尽[②]，家居老屋穿[③]。
墙根杂蛙蚓，拟买系篱船[④]。

【注】

① “飞鸢”：飞鸟。这句说雨多雾大，飞鸟也飞不动，几乎落下地来。

② “炊火”：烧火做饭。“劳薪”：干柴。

③ “穿”：漏雨。

④ “系篱”：系住篱笆墙，避免被水冲走。

(三)

无麦复何极[①]？吾忧陇亩空[②]。
岂能驱盗贼？得忍鬻儿童[③]。
荼蓼充肠热[④]，樵苏救口穷[⑤]。
无端县小吏，召役到疲癃[⑥]。

【注】

① “何极”：达到什么程度。

② “陇亩”：田地。以上两句说麦田已经到了绝收的程度。

③ “得忍”：只能忍心。“鬻”：卖。以上两句说由于饥民无法生活，不是当盗贼，就得卖孩子。

④ “荼蓼（音途了）”：野菜。

⑤ “樵”：砍柴，这里指剥树皮。“苏”：割草，这里指挖草根。“口穷”：绝粮，一点食物也没有。

⑥ “疲癃（音龙）”：老弱病残的人。

踏水车行

这首诗表现了作者对劳苦农民的深切同情。

松槽长长栎木轴[1]，龙骨翻翻声陆续[2]。
父老踏车足生茧，日中无饭依车哭。
干田荦确稚禾槁[3]，高田有雨不肯下。
富家操金射民田[4]，但喜市头添米价[5]。
人生莫作耕田夫，好去公门为小胥[6]。
日日得钱歌饮酒，朝朝买绢与豪奴[7]。
识字农夫年四十，脚欲踏车脚失力[8]。
宛转长谣卧陇间[9]，谁能听此无凄恻[10]！

【注】

① “松槽”：松木水槽。“栎木轴”：栎木的水车车轴。

② “龙骨”：水车上激水的部件。“翻翻”，形容龙骨不断运行的样子。“陆续”：连续不断。

③ “荦（音落）确”：形容农田因干旱而干裂坚硬的样子。“稚禾”，幼苗。“槁”：枯死。

④ “操金”：掌握货币。“射”：找机会取得。

⑤ “添”：涨。

⑥ “胥”：差役。

⑦ “豪奴”：豪门的家奴。以上两句写“小胥”的生活：既能听歌饮酒，又要巴结豪奴。

⑧ “失力”：无力。以上两句说，四十岁的作者想帮农夫踏水车，体力却不允许。

⑨ “宛转”：声调曲折宛转。“陇间”：田埂上。这句说，作者只能写一首歌谣来为民请命。

⑩ “凄恻”：悲伤。

缫丝行

这首诗感慨蚕妇辛劳而不能改善自己的境遇，只能供应官府的盘剥。

缫车轧伊茧抽丝①，桑薪煮水急莫迟。
黄丝白丝光縰縰②，老蚕成蛹啖儿饥③。
田家妇姑喜满眉④，卖丝得钱买幂䍦⑤。
翁叟惯事骂妇姑⑥，只今长男戍葭芦⑦。
秋寒无衣霜冽肤⑧，鸣机织素将何须⑨？
翁叟喃喃骂未竟⑩，当门叫呼迎县令⑪。
驺奴横索马鞭丝，姑妇房中拆纑经⑫。

【注】

① “缫车”：抽茧出丝的摇车。“轧伊”：缫车摇动起来的响声。
② “縰縰（音洗）”：众多的样子。
③ “蛹”：蚕丝抽完以后剩下的蚕蛹。“啖（音淡）”：喂食。
④ “妇”：儿媳。“姑”：婆母。
⑤ “幂䍦（音密利）”：女子远行所戴的面罩。
⑥ “翁叟”：老汉，男主人。“惯事”：习惯于。
⑦ “只今”：现在。“长男”：大儿子。“葭芦”：地名，在今甘肃。
⑧ “冽（音列）”：冻坏。
⑨ “何须”：干什么用。老汉主张先给儿子送寒衣。
⑩ “喃喃”：嘟嘟囔囔的声音。“竟”：结束，完了。
⑪ “驺（音邹）奴”，古代官员的马夫。“横索”，硬要，强讨。“马鞭丝”：当时对养蚕农民征收的一种苛捐杂税，以给官府做马鞭的名义而收缴蚕丝。
⑫ “纑（音卢）经”：已经装上织机，尚未织成的丝线。

古乐府

这首诗同情征夫、织妇的艰辛。

天上云片谁剪裁？空中雨丝谁织来？
蒺藜沙草田鼠肥，贫家女妇寒无衣。
女妇无衣何足道，征夫戍边更枯槁[①]。
朔雪埋山铁甲涩[②]，头发离离短如草[③]。

【注】

① “枯槁”，形容面容憔悴。

② “涩”，形容铁甲因严寒而僵硬难穿。

③ “离离”，形容稀疏的样子。

丁卯上京（四绝选一）

这首诗描写元朝皇帝在上都打猎的情景。“丁卯”：泰定四年（1327 年）。“四绝”：四首绝句。这里选录的是第二首。

离宫秋草仗频移[①]，天子长杨羽猎时[②]。
白雁水寒霜满路[③]，骑奴犹唱踏歌词[④]。

【注】

① “仗”：皇帝的仪仗。“频移”：不停地转移。

② “长杨”：秦汉宫殿名，有游猎的园囿，地在今之陕西周至境内。“羽猎”：打猎。这句以秦汉的长杨宫比喻元上都的宫殿。

③ “白雁水”：河流名称。

④ “骑奴”：随从皇帝的护卫骑士。“踏歌”：节奏明快的歌谣。

绝　句

这首诗描写波斯商人与元帝国往来贸易的情况。原诗七首，这里选录的是第六首。

翡翠明珠载画船①，黄金腰带耳环穿②。
自言身住波斯国③，只种珊瑚不种田④。

【注】

① “翡翠”：绿色玉石。“画船”：装饰华美的商船。这句写波斯商人海运来大批珍贵商品。

② 这句描写波斯商人的装束。“黄金腰带”，表明富有，“耳穿环”，表明风俗奇特。

③ “波斯”：今之伊朗。

④ 这句说波斯人擅长经商，不习农耕。

河西歌效长吉体

这首诗反映了元代河西地区民族杂居的生活特点和丝绸之路上的贸易情况。“河西”，黄河以西，约等于今之宁夏和内蒙古、甘肃的一部分。“效”，模仿。“长吉”，唐代诗人李贺，字长吉。李贺的诗以奇诡瑰丽、妙思怪想著称，人称“长吉体”。

贺兰山下河西地①，女郎十八梳高髻。
茜根染衣光如霞②，却召瞿昙作夫婿③。
紫驼载锦凉州西④，换得黄金铸马蹄⑤。
沙羊冰脂蜜脾白⑥，个中饮酒声澌澌⑦。

【注】

① “贺兰山”，在今宁夏和内蒙古西部。

② “茜（音欠）根”：茜草根，红色，可作染料。

③ “瞿昙”：佛教祖师释迦牟尼的俗姓。代指西域地区的佛教徒。当时河西地区有招赘僧侣作丈夫的风俗。

④ “锦”：丝织品。“凉州”：今甘肃武威一带。

⑤ “马蹄”：马蹄形的金币。

⑥ “沙羊”：西域的一种羊。“冰脂”：脂肪。“蜜脾”：蜂蜜。这句形容沙羊肉肥白甜美。

⑦ “个中”：这里。“澌澌”：饮酒声。

灵 州

这首诗写元朝灵州地区杂居的各民族生活习俗和亦农亦牧的生活情况。“灵州”，治所在今宁夏宁武。

乍入河西地，归心见梦余①。
蒲萄怜酒美②，苜蓿趁田居③。
少妇能骑马，高年未识书④。
清明重农谷⑤，稍稍把犁锄⑥。

【注】

① “归心”：思归之心。“见”：表现在。“梦余”：梦中或醒时。

② “蒲萄”，即葡萄。“怜”：爱，喜欢。灵州盛产葡萄及葡萄酒。

③ “苜蓿”：一种优良牧草。“趁”：沿着。“田居”：农田和房屋。这句写到处生长着苜蓿。

④ “高年”：年岁大的人。“书”：文字。

⑤ “重”：重视。这句说，清明季节才开始播种，比中原气候寒冷。

⑥ “稍稍”：逐渐。“把”：拿。

河湟书事二首

这两首诗分别描写元朝西北地区人民骑射生活和丝绸之路上的贸易情况。“河湟”，指今青海和甘肃一带。“书事”，即记事。

(一)

阴山铁骑角弓长，闲日原头射白狼①。
青海无波春雁下②，草生碛里见牛羊③。

【注】

① “闲日”：闲暇的日子。“原头”：原野。

② “下”：降落。

③ “碛（音泣）”：沙漠。“见（音现）”：显现出。

(二)

波斯老贾度流沙①，夜听驼铃识路赊②。
采玉河边青石子③，收来东国易桑麻④。

【注】

① “波斯”：今伊朗。“贾（音古）”：商人。“度”：穿越。“流沙”：泛指我国西北与中亚地区的沙漠。

② “赊”：远。

③ “采玉河”：西域河流，盛产玉石。“石子”：小块石头。

④ “东国”，指东方地区。“易”：交换。“桑麻”，泛指丝麻织品。

贯云石

（1286－1324），元代畏吾尔族作家。本名小云石海涯，号酸斋。曾为两淮万户府达鲁花赤、英宗潜邸说书秀才、翰林侍读学士。有《酸斋集》。

思　亲

这首诗表达因官微俸薄，远游思亲的感情。

天涯芳草亦婆娑①，三釜凄凉奈我何②！
细较十年衣上泪③，不如慈母线痕多④。

【注】

① “婆娑（音梭）”：摇曳盘旋的样子。

② “三釜（音斧）”，指微薄的俸禄。古代一釜为六斗四升。

③ “较”：比较。

④ 这句化用唐朝孟郊《游子吟》诗意。

黄 溍

（1277 — 1357），字晋卿，义乌（今属浙江）人。延祐二年（1315）进士。历任宁海县丞、诸暨州判官、应奉翰林文字、国子博士、侍讲学士等。有《日损斋稿》。

滦阳邢君隐于药，制芍药芽代茗饮，号曰琼芽。先朝尝以进御云

这首咏物诗盛赞塞外“芍药芽茶”远远超过内地的一些名茶。“滦阳”，即元上都。“隐于药”：隐居不仕，以种植药草为业。“茗”：茶。“进御”：供宫廷皇室饮用。

芳苗簇簇遍山阿①，玉蕾珠芽未足多②。
千载《茶经》有遗恨③，吴侬元不过滦河④。

【注】

① “簇簇”：一丛一丛地聚集。“山阿”：山边。

② “玉蕾”、“珠芽”，都是古代的名茶。“多”：称赞，重视。

③ “茶经”：唐代陆羽所著的一部关于茶叶的专著。“遗恨”，遗憾。

④ “吴侬”：江浙一带的南方人。“元”：原。以上两句说，《茶经》上之所以未收录“芍药茶”，是因为作者这个南方人根本未到过塞外。

胡　助

（生卒年不详），字古愚，一字履信，婺州东阳（今属浙江）人。元代诗人。历任建康路儒学学录、美化书院山长、温州路儒学教授、翰林国史院编修官、太常博士之职。有《纯白斋类稿》。

滦　阳

这首诗描写元代上都特别能令内地人留连的特色景象。

朝来雨过黑山云，百眼泉生水草新。
长夏蚊蝇俱扫迹，葡萄马湩醉南人。

【注】

① “百眼泉”，形容夏雨过后，大地上到处都是涓涓细流。

② “扫迹”：无影无踪。

③ “葡萄”，指葡萄酒。“马湩（音洞）”，指马奶酒。“南人”：南方人，作者自指。

宿牛群头

这首诗描写塞外特有的物产。“牛群头”：地名，在今河北沽源境内，元朝蒙古语称之为“失八秃儿”（汉意沼泽地）。

荞麦花开草木枯，沙头雨后茁蘑菇①。
牧童拾得满筐子，卖于行人供晚厨②。

【注】

①“沙头”：沙地上。“茁”，形容长得又快又大。

②“行人”：走路的人，过客。

周 权

（生卒年不详）字衡之，别号此山，处州（今浙江丽水）人。元代诗人。有《此山集》。

长 城

这首咏长城的诗，既批判了修长城给人民带来的苦难，也写出了耗费国力而自取灭亡的历史教训。

长城峨峨起洮水①，盘踞蜿蜒九千里。
朔云浩浩天茫茫，悲笳落日腥风起，
犹传鬼神风雨夕②，知是当时苦苛役③。
征人白骨掩寒沙，化作年年春草碧。
祖龙为谋真过计④，自成限域非天意⑤。
力穷城杵怨声沈⑥，祸起萧墙险难恃⑦。
岂知一朝貔虎来关东⑧，咸阳宫殿三月红⑨。

【注】

①“洮水”，在今甘肃东南部。秦汉长城的起点临洮（今甘肃岷县）即在洮河边。

②“犹”：好像。

③“苛役”：繁重的劳役。以上两句说风雨之夜好像鬼哭神号，实是当年筑城役夫的控诉之声。

④“祖龙”：指秦始皇。“过计”：失策。

⑤“限域”：限制自己疆域的扩展。

⑥“力穷”：国力耗尽。“城杵”：修筑长城的工程。“沈”：沉重。

⑦“祸起萧墙”：祸患从内部产生。“恃”：依靠。这句说，秦始皇修长城是为了防范外患匈奴，结果内部爆发了农民大起义，长城天险也依靠不上了。

⑧“貔（音皮）虎”，比喻勇猛强悍的军队。“关东”：函谷关以东。这句说起义军从关东地区兴起。

⑨“三月”：三个月。据史书记载，项羽大军攻入咸阳，火烧秦朝宫殿，大火烧了三个月。

李孝光

（1285－1350），字季和，号五峰，乐清（今属浙江）人。历任著作郎、文林郎、秘书监丞等。元代诗人，有《五峰集》。

送阁学士赴上都

这首送别诗表达了对友人赴上都任职的祝贺和钦羡。“阁学士”：在职的翰林学士。

从官万骑拥鸾舆①，东阁词臣载宝书②。
雨过草肥金络马③，月明山转紫驼车④。
龙庭日近瀛州路⑤，滦水天高玉帝居⑥。
明日仙凡便相隔⑦，少年僚吏漫踟蹰⑧。

【注】

①“鸾舆”：皇帝的车辆。

②“东阁词臣”，指随皇帝赴上都的翰林学士。“宝书”：珍贵书籍。

③“金络马”：戴金饰马笼头的马。

④“紫驼车”：紫色骆驼拉的车。指随驾的辎重车辆。

⑤“龙庭”，原是匈奴首领的祭天之所，代指北方各族的建都之地。这里指元上都。“瀛州”：传说中海中的仙山，这里喻指赴上都的官道。

⑥“玉帝”：喻指元朝皇帝。

⑦“仙凡”：仙境和凡间。“相隔”：距离遥远。朋友随皇帝出行犹入“仙境”，作者自己仍留“凡间”。

⑧“少年僚吏”：年轻的下级官吏，作者自指。“漫”：枉，徒然。“踟蹰”，徘徊不定。

许有壬

（1287－1364），字可用，汤阴（今属河南）人。延祐二年（1315）进士。历任辽州同知、监察御史、两淮都转运盐司使、治书侍御史、集贤大学士、枢密副使、中书左丞等职。著有《至正集》。

上京（十咏选六）

元统甲戌①，分台上京②，饮马酒而甘，尝为作诗。丁丑分省③，日长多暇，因数土产可纪者尚多，又题九题，并旧作为上京十咏云。

马 酒

这一组诗共十首，这里选了六首。每一首咏上都地区的一种特产。并序

味似融甘露④，香疑酿醴泉⑤。
新醅撞重白⑥，绝品挹清玄⑦。
骥子饥无乳⑧，将军醉卧毡。
挏官闻汉史⑨，鲸吸有今年⑩。

【注】

① “元统甲戌”，即元顺帝元统二年（1334）。

② “分台”：御史台官员到上都的分支机构视事。作者时任御史中丞。“上京”，即元上都。

③ “丁丑”，即元顺帝至正三年（1337）。“分省”：中书省官员到上都的分支机构视事。作者时任中书左丞。

④ “甘露”：甜美的露水。

⑤ “醴泉”：甘美的泉水。

⑥ “新醅（音胚）”：新酿未滤的酒。“撞（音床）”：搅拌，制作马奶酒的一道工序。“重白”：特别洁白。

⑦ “挹清玄（音易）”：汲取，舀取。“清玄”：黑色的马奶酒（档次最高，故称绝品）。

⑧ “骥子”：小马。因马奶均已酿酒，致使小马挨饿。

⑨ “（音动）挏官”：养马的官员。“汉史”：指《汉书百官公卿表》上有对“官”的记载。

⑩ “鲸吸”：豪饮。末两句说，早从《汉书》上读到过官制作马奶酒的记载，这次才有幸畅饮。

黄 羊

草美秋先腯[①]，沙平夜不藏[②]。
解绦文豹健[③]，脔炙宰夫忙[④]。
有肉须供世[⑤]，无魂亦似獐[⑥]。
少年非好杀，假尔似穿杨[⑦]。

【注】

① “腯（音图）”：肥。

② 黄羊夜宿于沙漠草原，不用洞穴栖身，所以说“夜不藏”。

③ “绦（音滔）”：丝带。“文豹”：花豹。这句说黄羊像摆脱绳索羁绊的花豹一样矫健。

④ “脔（音峦）”：肉块。“炙（音治）”：烤肉。“宰夫”：炊事人员。

⑤ “供世”：供世人享用。

⑥ “獐”：鹿的一种。这句说，黄羊的尸体颇像鹿。

⑦ “假”：借助。“尔”，你，指黄羊。“穿杨”：百步穿杨，高明的箭术。这句说北方年轻人利用打黄羊来提高自己的箭术水平。

黄 鼠

北产推珍味①，南来怯陋容②。
瓠肥宜不武③，人拱若为恭④。
发掘怜禽狝⑤，招徕或水攻⑥。
君毋急盘馔⑦，幸自不穿墉⑧。

【注】

①“北产”：北方的物产。“珍味”：美味佳肴。
②“南来”：从南方来的人，作者自指。“怯”：害怕，不敢食用。“陋容”：丑陋的样子。
③“瓠（音胡）肥”：肥胖似葫芦，形容体形笨重。“宜”：应该。“不武”：不善斗。
④“人拱”：像人那样拱手作揖。黄鼠能前爪合抱似人之拱手，故又称“礼鼠”。“恭”，恭敬。
⑤“发掘”：挖黄鼠的洞穴。“禽狝（音鲜）”：猎杀。
⑥“招徕”：捕捉。“水攻”：用水灌穴来捕捉黄鼠。
⑦“盘馔（音撰）”：盘中食品。
⑧“墉（音拥）”：墙。末两句说，不要急于吃黄鼠，好在它不像家鼠那样穿墙损人，不一定是害兽。

沙菌

牛羊膏润足①，物产借英华②。
帐脚骈遮地③，钉头怒载沙④。
斋厨供玉食⑤，毳索出毡车⑥。
莫作垂涎想，家园有莫邪⑦。

【注】

① “膏”：肥料。牛羊粪便是蘑菇生长的肥料。“润”：浇灌，滋养。“足”：满足，充足。

② “英华”：植物中的精华。

③ “帐脚”：毡帐挨地的部位。“骈”：连在一起，形容蘑菇一个挨一个。作者自注：“此物喜生车帐卓歇之地，夏秋则环绕其迹而出。”

④ “钉头”：比拟蘑菇的形状。“怒”：冒出。“载沙”：布满沙地之中。

⑤ “斋厨”：厨房。“玉食”：珍贵的食品。

⑥ “毳（音翠）索”：毛绳。这句说，盛产蘑菇的季节，人们用绳子穿上蘑菇，挂在毡车外面晒干。

⑦ “莫邪”：宝剑名，这里比拟竹笋。末两句说，南方人不必羡慕蘑菇，自己家乡的竹笋可以与它相比。

地 椒

冻雨催花紫①，清风散野香。
刺沙尖叶细②，敷地乱条长③。
楚客收成裹④，奚童撷满筐⑤。
行厨供草具⑥，调鼎尔非良⑦。

【注】

①“冻雨”：冷雨。

②“刺沙”：穿出沙地。

③“敷地”：铺在地上。“乱条”：形容地椒的蔓。

④“楚客”：作者自指。“成裹”：卷成一团一团的。

⑤“奚童”：仆从。“撷（音协）”：采摘。

⑥“行厨”：做饭。“草具”，简陋的食品。

⑦“调鼎”：给皇宫或达官贵人烹调。“尔”：你，指地椒。地椒只能给平民百姓做调味品，皇帝或达官贵人一般不用它。

韭 花

西风吹野韭，花发满沙陀。
气较荤蔬媚，功于肉食多。
浓香夸姜桂，余味及瓜茄。
我欲收其实，归山种涧阿。

【注】

①“沙陀”，指塞外沙地。

②“气”：气味。“较”：比。“荤蔬”：葱蒜之类有味的蔬菜。“媚”：让人喜欢。

③“功”：用处。这句说，食用肉食时离不开韭菜花。

④“姜桂”：两种调味品。

⑤这句说食用瓜茄也常用韭菜花佐味。

⑥“实”：籽。

⑦“归山”：回家隐居。“涧阿”：涧边。

张　翥

（1287—1368），字仲举，世称蜕庵先生，晋宁（今属云南）人。曾任国子助教、翰林国史院编修官、学士承旨等。著有《蜕庵集》《蜕庵词》等。

昭君怨

这首咏昭君的小词，一反历来的“红悲绿怨”，对昭君和亲给予充分的赞赏。“昭君怨”：词牌名。昔人赋昭君词，多写其红悲绿怨，作此解之。

队队毡车细马①，簇拥阏氏如画②。却胜汉宫人，闭长门③。　　看取蛾眉妒宠④，身后谁如遗冢！千载草青青，有芳名。

【注】

① “细马”：小马。

② “簇拥”：很多人护卫着。“阏氏（音烟支）”：匈奴单于之妻，这里指王昭君。“如画”：形容容貌非常美丽。

③ “长门”：长门宫，西汉宫殿名。汉武帝陈皇后失宠，孤居于长门宫。以上两句说，王昭君的结局远远超过大量失宠的嫔妃。

④ “看取”：看一看。“蛾眉”：美女，指宫中嫔妃。“妒宠”：为争取皇帝宠爱相互倾轧。

上京秋月

这两首诗描写元上都周围的塞外秋景。

(一)

山前孤戍水边营[①]，落日无人已断行。
瓯脱数家门早闭[②]，辏温千帐火宵明[③]。
白摧野草狼同色[④]，秋入榆关雁有声[⑤]。
最是不禁横笛怨[⑥]，海天秋月不胜情[⑦]。

【注】

① “孤戍”：单独的戍守点。

② “瓯脱”，指内地农区和草原牧区的中间地带。

③ “辏”：战车，这里指战车围护的军营。“火”：灯火。“宵”：夜间。

④ “白”：指落霜。“狼同色”：深秋的狼与经霜的草地颜色相近。

⑤ “榆关”：泛指长城关隘。

⑥ “不禁”：受不了。

⑦ “海天”：北方瀚海的天空。“不胜情”：控制不住思乡之情。

（二）

水绕云回万里川[①]，鸟飞不下草连天。
歌残敕勒风生帐[②]，猎罢阏氏雪没鞯[③]。
红颊女儿花作队[④]，紫髯都护酒如泉[⑤]。
时巡岁岁还京乐[⑥]，别换新声被管弦[⑦]。

【注】

① “川”：平川，指大草原。

② “歌残”：唱到末尾。“敕勒”：敕勒歌是描绘草原风光的北方民歌，这里代指蒙古族歌曲。“风生帐”：毡帐中歌声荡漾。

③ “鞯（音肩）”：马鞍垫子。

④ “红颊”：红脸蛋儿。“花”：容貌如花的少女们。“作队”：排列成队。

⑤ “都护”：边疆地区的官员。“酒如泉”：形容酒量很大。

⑥ “时巡”：皇帝定期巡狩上都。“还京乐”：元朝皇帝巡狩上都演奏的宫廷乐曲。

⑦ “新声”：新的乐曲。“被”：配上。“管弦”，乐器，音乐。

陈 旅

（1288—1343），字众仲，莆田（今属福建）人。历任闽海儒学官、国子助教、江浙儒学副提举、应奉翰林文字、国子监丞等职。著有《安雅堂集》。

题《辽人射猎图》

美人貂帽玉骢马[①]，谁其从之臂鹰者[②]。
沙寒草白天雨霜，落日驰猎辽城下。
塞南健妇方把锄[③]，丈夫边戍官索租[④]。

这首题画诗描写辽国贵族出猎的景象。

【注】

①“玉骢（音囱）”：青白色的马。

②“臂鹰者”：肩上驾着鹰的随猎者。

③“方”：正。“把”：拿着，握着。男人都服徭役，只好妇女耕作。

④“边戍”：在边境驻守。“索”：强要。

郑元祐

（1292—1364），字明德，遂昌（今属浙江）人。曾任平江路儒学教授、江浙儒学提举。有《侨吴集》。

出塞效少陵

这首诗描写塞外民族习骑射的风姿，并透露出反对民族争战的愿望。“少陵”，唐代诗人杜甫，字少陵，曾写有反对扩边战争的《前出塞》九首和《后出塞》五首。

骑羊五岁儿，出没区脱中①。
翻身异鸟鼠②，快捷如飞鸿。
生理不土著③，水草无丰凶④。
一战那足平⑤？燕然方勒功⑥。

【注】

① “区（音欧）脱”：此处指塞上空阔地带。

② “异”：无异。这句形容草原少年行动敏捷。

③ “生理”：生计，谋生手段。“土著”：固定在一块土地上，指农耕生活。

④ “丰凶”：丰收年或灾荒年。这句说，牧业生产可以逐水草而居，不像农业生产有丰收年或者灾荒年的区别。

⑤ “平”：平定。这句说，对于这种强悍流动的北方草原民族，中原政权哪能靠战争来平定呢。

⑥ “燕然”：山名，在今蒙古国。东汉窦宪攻打北匈奴，曾登上燕然山，刻石纪功而返。“方”，正。“勒功”：刻石纪功。这句说，窦宪征战只能为个人博取功名，并不能彻底解决民族之间的矛盾。

贡师泰

（1298—1362），字泰甫，宣城（今属安徽）人。曾任太和州判官、应奉翰林文字、绍兴路总管府推官、翰林待制、监察御史、吏部侍郎、户部尚书等职。有《玩斋集》。

上都诈马大燕

这首诗描写元朝宫廷在上都举行“诈马大燕”的盛大场面。“诈马大燕”，又称诈马宴、只孙宴。元朝宫廷每年六月在上都举行的盛大宴会，大臣近侍都盛装盛饰，连续三天设宴并举办各种文娱活动。

卿云弄彩日重晖①，一色金沙接翠微②。
野韭露肥黄鼠出，地椒风软白翎飞。
水精殿上开珠扇③，云母屏中见衮衣④。
走马何人偏醉甚，锦鞲赐得海青归⑤。

【注】

① “卿云”：祥云，一种彩云。“日重晖”：指日珥、日晕等自然现象。古人认为是“祥瑞”的象征。

② “金沙”：沙漠。“翠微”：青翠的山。

③ “水精殿”：即水晶殿，元上都宫中殿名。“珠扇”，用珍珠装饰的门窗。

④ “云母屏”：云母装饰的屏风。“衮（滚）衣”：皇帝上朝穿的衣服，代指皇帝。

⑤ “鞲（音沟）”：臂套。“海东”：海东青，一种猎鹰。末两句说，作者参加宴会以后，还得到皇帝赐给的海东青。

和胡士恭滦阳钠钵即事诗

这两首诗描写元上都一带的塞外风光。“胡士恭”：人名。“滦阳”，即元上都。“钠钵”，也作“捺钵”，契丹语，行宫。

(一)

野阔天垂风露多，白翎飞处草如波。
髯奴醉起倾浑脱①，马湩香甜奈乐何②！

【注】

① “髯奴”：长胡汉子。“倾”：倒。“浑脱”：一种装酒的皮囊。

② “马湩（音洞）”：马奶酒。“乐”：喜欢，嗜好。

(二)

荞麦花开野韭肥，乌桓城下客行稀①。
健儿掘地得黄鼠，日莫骑羊齐唱归②。

【注】

① “乌桓城”，即桓州城，遗址为今内蒙古正蓝旗四郎城。

② “日莫”，即日暮。

滦水曲

这两首诗写作者在元上都一带的见闻。第一首写进贡车队，第二首写草原青年的装饰爱好。

(一)

椎髻使来交趾国①，橐駞车宿李陵台②。
遥闻彻夜铃声过，知进六宫瓜果回③。

【注】

① “椎髻”，一种高耸如椎的发式。“使”，使臣。“交趾国”，在今中印半岛和两广地区，当时是元帝国的附属国。
② “橐驼”，即骆驼。“李陵台”，在今内蒙古正蓝旗。
③ “六宫”，元朝上都的内宫。

(二)

白沙冈头齐下马，为拾阏支八宝鞭①。
忽见草间长十八②，众人分插帽檐边。

【注】

① “阏支”，这里指化装颜料，后来写作“胭脂”。“八宝鞭”：一种野生植物，可作胭脂用。
② “长十八”：草原上的一种野花。

图帖睦尔

（1304—1332），元朝皇帝，庙号文宗。在位期间，比较重视文化建树。

望九华

这首诗赞美九华山的雄奇秀丽。“九华”：九华山，在今安徽省青阳境内，为中国佛教四大名山之一。

昔年曾见九华图，为问江南有也无①？
今日五溪桥上见②，画师犹自欠工夫③。

【注】

① 以上两句说，从前看到九华山的绘画，怀疑江南有没有这样雄奇秀丽的山峰。

② “五溪桥”：古代名桥，南距九华山约20里。

③ “犹自”：还是。这句说，眼前的九华山比绘图上的九华山要奇丽得多。

登金山

这首诗描写金山的胜景，寄托了自己的政治抱负。“金山”，在今江苏镇江西北江中。

巍然块石数枝松[1]，尽日游观有客从。
自是擎天真柱石[2]，不同平地小山峰。
东连舟楫西津渡[3]，南望楼台北固钟[4]。
我欲倚栏吹铁笛，恐惊潭底久潜龙[5]。

【注】

① “巍然”，形容高耸。“块石”：突出地面的一块石头。

② “擎（音情）天”：向上托起天来。这两句明夸金山，暗喻自己。

③ “舟楫（音集）”：船舶。“西津渡”：镇江西的长江渡口。

④ “北固”：山名，又叫“北顾”：在镇江北面。

⑤ “潭”：深水。“潜龙”：藏在水底的龙。比喻伺机继承皇位的人。

萨都剌

（约1300—1348）字天锡，号直斋，生于代州（今属山西）。族属有蒙古、回回两种说法，其后裔自称蒙古人。泰定四年进士。历任京口录事司达鲁花赤、闽海宪司知事、燕南宪司经历等职。元代著名诗人。有《雁门集》。

鬻女谣

这首诗反映了元朝后期天灾人祸、贫富悬殊、民不聊生的社会状况。“鬻”；出卖。

扬州袅袅红楼女①，玉笋银筝响风雨②。
绣衣貂帽白面郎，七宝雕笼呼翠羽③。
冷官傲兀苏与黄④，提笔鼓吻趋文场⑤。
平生睥睨纨袴习⑥，不入歌舞春风乡⑦。
道逢鬻女弃如土，惨淡悲风起天宇⑧。
荒村白日逢野狐，破屋黄昏闻啸鬼。
闭门爱惜冰雪肤，春风绣出花六铢⑨。
人夸颜色重金璧，今日饥饿啼长途。
悲啼泪尽黄河干，县官县官何尔颜⑩！
金带紫衣郡太守，醉饱不问民食艰。
传闻关陕尤可忧，旱荒不独东南州。
枯鱼吐沫泽雁叫，嗷嗷待食何时休⑪！
汉宫有女出天然，青鸟飞下神书传⑫。
芙蓉帐暖春云晓⑬，玉楼梳洗银鱼悬⑭。
承恩又上紫云车⑮，那知鬻女长欷歔⑯。
愿逢昭代民富腴⑰，儿童拍手歌《康衢》⑱。

【注】

①“袅袅（音鸟）”，形容纤长柔美的样子。“红楼女”，指歌女。

②“玉笋”，比喻女子洁白纤长的手指。“响风雨”，形容乐曲回荡。

③“七宝雕笼”：高贵华美的鸟笼。“翠羽”：小鸟。

④“冷官”：地位低下的闲官。作者自指。“傲兀”：清高的样子。“苏与黄”：宋代诗人苏轼和黄庭坚。

⑤“鼓吻”：撅嘴，表示赌气。“文场”：文坛，文艺界。

⑥“睥睨（音币腻）”：斜视，表示厌恶或瞧不起。“纨绔（音丸裤）”，指贵族子弟。

⑦“春风乡”：享乐场所。

⑧“天宇”：天空。

⑨“六铢”：一种非常薄细的丝织品。

⑩“县官”，指官府、朝廷。

⑪“嗷嗷”：饥民的呼救声。上面的“枯鱼”、“泽雁”都比喻灾民。

⑫“青鸟”，原指神仙的信使，比喻皇帝的使臣。“神书”，比喻皇帝的诏书。以上两句暗喻元朝宫廷仍在诏选美女入宫。

⑬“芙蓉帐”：华丽的帐子。指皇帝与嫔妃睡觉的地方。

⑭“银鱼”：贵人佩带的饰物。

⑮“承恩”：嫔妃有幸被皇帝召见。“紫云车”，嫔妃乘坐的车。

⑯“欷歔（音希虚）”：哭泣。

⑰“昭代”：政治清明的时代。“腴（音鱼）”：肥美。“富腴”：富裕。

⑱“康衢”：传说唐尧时代的民间歌谣。歌谣表达了民间对政治清明的赞颂。

漫 兴

这首诗对天灾人祸给人民带来的痛苦寄予了深切的同情。“漫兴”：随意抒发感慨。

去年干戈险①，今年蝗旱忧。
关西归战马②，海内卖耕牛③。
元老知谁在④，孤臣为尔愁⑤。
凄风吹短发⑥，落日倦登楼⑦。

【注】

① “干戈”：战乱。

② “关西”：函谷关以西，指今之陕西一带。这句说关西的战乱情况刚刚结束。

③ 这句说，内地广大地区民生凋敝，人民倾家荡产。

④ “元老”，指治国老臣。

⑤ “孤臣”：作者自指。“尔”：你，你们，指广大百姓。

⑥ “凄风”：寒风。

⑦ “登楼” ：东汉末年王粲写《登楼赋》抒发忧国忧民的感慨。作者用这个典故表达自己报国无门的心情。

记 事

这首咏史诗对元朝最高统治集团内部的争权夺利、骨肉相残，予以深刻的揭露和辛辣的鞭挞。十四世纪初，元朝宫廷内哄不断。元成宗死后，他的两个侄子海山和爱育黎拔力八达联合夺得帝位。海山即位为元武宗，其弟爱育黎拔力八达为太子。1311 年爱育黎拔力八达即位为元仁宗。元仁宗把海山的两个儿子和世㻋和图帖睦尔封为周王、怀王，传位给自己的儿子硕德八剌，是为元英宗。接着帝位被也孙铁木耳（泰定帝）及其子阿速吉八（天顺帝）夺取。1328 年图帖睦尔打败天顺帝，派人迎接远在漠北的长兄和世㻋即位，自己为太子。和世㻋（史称元明宗）南赴京城路上又被害死，图帖睦尔即帝位为元文宗。

当年铁马游沙漠①，万里归来会二龙②。
周氏君臣空守信③，汉家兄弟不相容④。
只知奉玺传三让⑤，岂料游魂隔九重⑥。
天上武皇亦洒泪⑦，世间骨肉可相逢⑧！

【注】

①“铁马”：披铠甲的战马。这句指和世㻋，在漠北的活动。

②“二龙”，指和世㻋和图帖睦尔兄弟。

③“周氏”，指周朝。东周末年吴国由于父子相传和兄弟相传造成王位继承权的混乱，祖辈的礼让守信，酿成了后世的兄弟相残。这段历史故事很像元朝当时的这场权力之争。

④“汉家”，指汉朝。汉文帝对弟弟淮南王刘长先是骄纵，后来废死。当时民谣说：“一尺布，尚可缝；一斗米，尚可舂；兄弟二人不能相容。”作者用这个典故讽刺图帖睦尔害死兄长的行径。

⑤ “奉玺”：捧着传国玉玺。“三让”：三次推让帝位。图帖睦尔先是多次推辞，把帝位让给和世瑓。
⑥ “游魂”：逝去。“九重”：天上。这句写和世瑓不明不白地死去。
⑦ “武皇”：指元武宗海山。
⑧ 这句说，骨肉相残之后还能再见面吗？

过 洪

这首诗写通过“洪”的艰难，寄寓人生旅程必须努力奋斗，勇往直前。“洪”，一种水利工程，类似后代的“减河”。

奔流激长川，百折怒未已。
长年与水争，退尺进才咫[①]。
艰哉力舟子[②]，观可悟至理[③]。

【注】
① “咫（音旨）”：八寸的长度。
② “力”：费力的。“舟子”，船夫。
③ “至理”：深刻的道理。

过居庸关

这首诗描写了古来兵家必争的居庸关的险峻地势，对统治阶级发动战争予以谴责，并幻想人民能够过上和平的生活。“居庸关”：长城的重要关隘，在今北京市昌平境内。

居庸关，山苍苍，关南暑多关北凉。
天门晓开虎豹卧①，石鼓昼击云雷张②。
关门铸铁半空倚，古来几多壮士死！
草根白骨弃不收，冷雨阴风泣山鬼。
道傍老翁八十余，短衣白发扶犁锄。
路人立马问前事，犹能历历言丘墟③。
夜来芟豆得戈铁④，雨蚀风吹失颜色。
铁腥犹带土花青⑤，犹是将军战时血。
前年又复铁作门，貔貅万灶如云屯⑥。
生者有功挂玉印，死者谁复招孤魂。
居庸关，何峥嵘⑦！
上天胡不呼六丁⑧，驱之海外消甲兵⑨。
男耕女织天下平，千古万古无战争！

【注】

① “天门”：指居庸关的关门。“虎豹卧”：关的两侧山势高耸，如同虎豹守卫。

② “云雷”：空中的响雷。这句形容风声。

③ “历历”：清楚，有条理。“丘墟”：附近山丘和废墟曾经发生过的事情。

④ “芟（音山）”：锄草。“戈铁”：即铁戈。

⑤ “土花青”：土花呈现出青色。埋在地下的古器物，受泥土剥蚀的痕迹称“土花”。

⑥ “貔貅（音皮休）”：比喻勇猛的军队。“万灶”：一万个锅灶做饭，指军队数量数以万计。“云屯”：像云彩那样聚集，形容众多而集中。

⑦ “峥嵘”：形容高峻。

⑧ “胡”：何，为什么。“六丁”：泛指天兵天将。

⑨ “海外”：指人间。“消”：消除。“甲兵”：战争，军事活动。

上京即事（五首选四）

《上京即事》共五首，这里收录的是第二、三、四、五首，描写元上都的景色、习俗、物产、气候等。

（一）

祭天马酒洒平野，沙际风来草亦香。
白马如云向西北，紫驼银瓮赐诸王①。

【注】

① “紫驼”：深色骆驼，用来驼运。“银瓮”：酒坛。“诸王”：贵族们。这句说，祭祀完毕，皇帝把紫驼、银瓮赐给参与祭天的贵族们。

（二）

牛羊散漫落日下，野草生香乳酪甜。
卷地朔风沙似雪，家家行帐下毡帘①。

【注】

① “行帐”：指蒙古包。“下”：放下。

(三)

紫塞风高弓力强，王孙走马猎沙场[①]。
呼鹰腰箭归来晚[②]，马上倒悬双白狼。

【注】

① “王孙”，指贵族青年。

② “腰箭”：腰中带着箭。

(四)

五更寒袭紫毛衫，睡起东窗酒尚酣。
门外日高晴不得[①]，满城湿雾似江南。

【注】

① “晴不得”：见不到晴天。

上京杂咏

这一组诗共选四首，描写元上都的宫廷礼仪、宗教活动等。

(一)

一派箫韶起半空[①]，水晶行殿玉屏风[②]。
诸生舞蹈千官贺[③]，高捧蒲萄寿两宫[④]。

【注】

① “箫韶”：相传虞舜时的音乐，此指宫廷音乐。

② “水晶”：水晶殿，在上都宫中。“行殿”，行宫。“玉

屏风”，玉制屏风，形容宫殿摆设豪华。

③ “诸生”：贵族子弟。“舞蹈”：朝见皇帝的跪拜动作。

④ “蒲萄”：葡萄酒。“寿”：祝福。“两宫”：指皇帝和皇后。

（二）

凉殿参差翡翠光①，朱衣华帽宴亲王。
红帘高卷香风起，十六天魔舞袖长②。

【注】

① “凉殿”：避暑的宫殿，据说用棕树皮筑成，也叫“棕殿”。“翡翠”：一种绿色宝石，宫殿中各种摆设上的饰物。

② “十六天魔”：古代宫廷舞队，起于唐，盛于元，表演者为十六名宫女。

（三）

大野连山沙作堆，白沙平处见楼台。
行人禁地避芳草，尽向曲阑斜路来①。

【注】

① “曲阑”：弯曲的栏干。元朝上都宫廷内种着一片绿草地，不许践踏，表示自己游牧民族从草原兴起，以示不忘本源。这个风俗从元世祖忽必烈开始，称宫中草地为“誓俭草”。

（四）

院院翻经有咒僧[①]，垂帘白昼点酥灯。
上京六月凉如水，酒渴天厨更赐冰[②]。

【注】

①“翻经”：诵经。“咒僧”：读经念咒的僧人。

②“天厨”：御厨。这句说，夏天御厨有冰块供应。

赠答来复上人二首

此题原作四首，这里选录的是第一、二首。两首赠答诗回忆当年同游塞外时的见闻和感受。“来复上人”：俗姓黄，字见心，号蒲庵禅师。“上人”：对和尚的尊称。

（一）

北口雪深毡帐暖[①]，紫驼声切夜思盐[②]。
上人起饮黄封酒[③]，可胜醍醐乳酪甜[④]？

【注】

①“北口”，即北口峪，又叫飞狐关，在今河北涞源北。

②“切”，迫切，恳切。

③“黄封酒”，朝廷赐给的酒。

④“醍醐（音题胡）”，奶酪上凝的油，即黄油。

（二）

燕山风起急如箭，驰马萧萧苜蓿枯①。
今日吾师应不念，毳袍冲雪过中都②。

【注】

① “萧萧”：马叫声。

② “毳（音脆）袍”：皮袍。“冲雪”：冒雪。“中都”：元成宗建，不久即废，故址在今河北张北境内。

黯淡滩歌

这首诗刻画舟行黯淡滩惊心动魄的情景，从中领悟到人生对或顺或逆应持的态度。“黯淡滩”，在福建南平县东，位于闽江上游。

长滩乱石如叠齿，前后行船如附蚁①。
逆湍冲激若登天，性命斯须薄如纸②。
篙者倒挂牵者劳③，攀崖仆后如猿猱④。
十步欲进九步落，后滩未上前滩遭⑤。
上滩之难难于上绝壁。虽有孟贲难致力⑥。
滩名况复呼黯淡，过客攒眉增叹息⑦。
下滩之舟如箭飞，左旋右折若破围⑧。
欢呼踏浪棹歌去⑨，晴雪洒面风吹衣⑩。
飞流宛转乱石隘⑪，奔走千峰如马快。
贾客思家一夕还⑫，传语滩神明日赛⑬。
下滩之易易如盘走珠，瞬目何可停斯须！
长风破浪快人意，朝可走越暮可吴⑭。
乃知逆顺有如此，逆者悲愁顺者喜。

请君听我黯淡歌，顺则流行逆则止。
顺者不必喜，逆者不必愁。
人间逆顺俱偶尔⑮，且得山水从遨游。

【注】

① “附蚁”，即“蚁附”，原形容军士攀登城墙，如蚂蚁附壁而上。这里用来形容逆水行舟的艰险。

② “斯须”：一会儿。

③ “篙者”：撑船的人。“牵者”：拉纤的人。“劳”：非常吃力。

④ “仆（音扑）”：向前跌倒。“猱（音挠）”：一种猿猴。

⑤ “遭”：遇。这句说，船尾还没离开险滩，船头已经又遇到一个新的险滩。

⑥ “孟贲（音奔）”：战国时一位勇士的名。“致力”：使出力量。

⑦ “攒眉”：紧蹙双眉。

⑧ “破围”：兵马冲出重围。

⑨ “棹（音赵）歌”：用船桨打着拍子唱歌。

⑩ “晴雪”：比喻飞溅的浪花。

⑪ “宛转”：委婉曲折。“隘（音爱）”：狭窄，狭小。

⑫ “贾客”：出外经商的人。

⑬ 这句说，约定滩神明日比赛个高低。

⑭ “越”：指今浙江一带。“吴”，指今江苏南部。

⑮ “偶尔”：偶然。

大同驿

这首诗描绘旅途中的寂寞。“大同驿”，在今江苏扬州东。

题诗洒墨江东驿①，笔力犹能挽怒涛②。
飞骑将军朝出猎，打门县吏夜催徭③。
天高路远心如水，夜永愁多独过桥④。
却忆玉堂诸学士⑤，凤池东畔珮声遥⑥。

【注】

① “江东驿”：即大同驿。

② 这句说诗文笔力雄健，不同凡响。

③ “徭”：徭役。

④ “永”：长。

⑤ “玉堂”：古代官署名。宋代以后称翰林院为玉堂。这句说，怀念当年在翰林院一起服务的同人们。

⑥ “凤池”：即凤凰池，魏晋时的中书省掌管朝廷的机要，因接近皇帝，故称“凤凰池”。“珮（音佩）”：古代官僚贵族身上所佩戴的玉器。这句有远离旧友，宦途失意的感慨。

泰不华

（1304—1352），字兼善，蒙古族伯牙吾台氏。元代蒙古族诗人。初名达普化。英宗至治元年进士。历任集贤修撰、监察御史、江浙行省左右司郎中、礼部尚书。参与编写辽、金、宋三史。有《顾北集》。

送刘提举还江南

这首诗劝慰朋友不要留恋江南美景，有机会应北归大都一同效力朝廷。“提举”，官名。

帝城三月花乱开①，落花流水似天台②。
人间风日不可住③，刘郎去后应重来④。

【注】

① “帝城”：元朝都城大都，即今之北京。

② “天台”，天台山，在浙江天台县。据《绍兴府志》记载民间传说，东汉刘晨和阮肇入天台山采药，遇到仙人，被留半年。再回到家，子孙已经传了七代。这句说，大都的景色如同人间仙境。

③ “人间”，指刘提举要去的江南，与“帝都”相对。“住”：长期停留。

④ “刘郎”，既指神话传说中的刘晨，又指友人刘提举，同时还用了唐朝诗人刘禹锡的典故。刘禹锡政治斗争失意，被贬十年后返回都城，写诗讽刺朝廷新贵“玄都观里桃千树，尽是刘郎去后栽。”再次被贬，十四年后重返京城，又写“种桃道士归何处？前度刘郎今又来”，表现了不屈不挠的精神。作者这句诗鼓励刘提举不要怕暂时的挫折，日后定会重回京城，参与政治活动。

送琼州万户入京

这首送别诗勉励友人树雄心，及时立功封侯。“琼州”：今海南岛。“万户”：官职名。

海气昏昏接蜃楼①，飓风吹浪蹴天浮②。
旌旗画卷蕉花落③，弓剑朝悬瘴雨收④。
曾把乌号悲绝域⑤，却乘赤拨上神州⑥。
男儿坠地四方志⑦，须及生封万户侯⑧。

【注】

① 这句写渡海北上。“昏昏”：模糊不清。“蜃（音甚）楼”：即海市蜃楼。

② “蹴天浮”：形容海浪滔天。

③ “画卷”：像图画一样飞舞。“蕉花”：芭蕉的花。

④ “瘴雨”：夹杂瘴气的雨。“收”：停歇。

⑤ “把”：持。“乌号”，良弓名。“绝域”：极遥远的地方，这里指琼州。

⑥ “赤拨”：良马名。“神州”：这里指北方中原地区。

⑦ “坠地”：刚出生。“四方志”：远大志向。

⑧ “及生”：趁有生之年。“万户侯”：汉代列侯能食邑万户。

达不花

（生卒年不详），蒙古族，元顺帝至正年间曾为大司农。

宫　词

这首诗告诫蒙古民族不要忘记自己民族的“根”——沙漠和草原。“宫词”：古代专咏宫中生活及有关事物的诗。

墨河万里金沙漠①，世祖深思创业难②。
却望阑干护青草③，丹墀留与子孙看④。

【注】

① “墨河”，即今之额尔古纳河，蒙古民族的发祥地。“金沙漠”：黄色沙漠。

② “世祖”：元世祖忽必烈。

③ “阑干”：栏干。元上都宫内有一片青草地，用栏干护卫，不准践踏，从忽必烈开始形成制度，以示游牧民族不忘本源之意。《草木子》：“元世祖思创业艰难，移沙漠莎草于丹墀，示子孙无忘草地，谓之誓俭草。”

④ “丹墀（音迟）”：宫中红色台阶。

乃 贤

（1310—？），字易之，号河朔外史，突厥葛逻禄氏。元代诗人。曾任东湖书院山长、翰林院编修。著有《金台集》。

京城杂言

此题共六首。这里选录其中的第二首和第六首。第一首描绘边地民族的狩猎生活和强悍豪迈性格。第二首借古讽今，表现诗人怀才不遇、有志难酬的悲愤。

（一）

居庸土高厚，民物何雄强①！
老稚闲弓猎②，不复知耕桑③。
射雕阴山北，饮马长城旁。
驼羊足甘旨④，貂鼠充衣裳⑤。
酒酣拔剑舞，四顾天茫茫⑥。

【注】

① “民物”：居民。“雄强”：豪迈强悍。
② “老稚”：老人和小孩。“闲”：同“娴”：熟悉，熟练。
③ “耕桑”：种地和养蚕。
④ “驼羊”：骆驼和羊。“足”：非常。“甘旨”：味美香甜。
⑤ “貂鼠”：貂和黄鼠。
⑥ “茫茫”：渺无边际。

（二）

千金筑高台①，远致天下士②。
郭生去千载③，闻者尚兴起④。
我亦慷慨人⑤，投笔弃田里⑥。
平生十万言⑦，抱之献天子。
九关虎豹严⑧，抚卷发长喟⑨。

【注】

① “高台”，指战国时期燕昭王建造的高台。因置千金于其上，张榜招纳天下贤士，又称“黄金台”。事见《战国策·燕策一》。

② “致”：招徕。

③ “郭生”，即郭隗，燕昭王的谋士。“高台致士”正是郭隗向燕昭王提的建议。

④ “兴起”：振奋。

⑤ “慷慨人”：意气激昂的人。

⑥ “投笔”：用东汉班超“投笔从戎”的典故，指弃文从军，或者弃文从政。“田里”：居住家乡而从事农事活动。

⑦ “言”：字。这句说自己写了很多文章和奏议。

⑧ “九关”：九重天门，比喻皇帝的禁城。“虎豹”，守卫天廷的护卫者，比喻皇帝跟前的奸佞之臣。“严”：森严。这句用的是屈原《招魂》的诗意：“虎豹九关，啄害下人些。”

⑨ “长喟”：深深的感慨。

送慈上人归雪窦追挽浙东完者都元帅

这首送别诗记述了完者都元帅抗击倭寇入侵的英勇事迹。原题二首，这里选录了其中的第一首。“慈上人”：一位名叫“慈”的僧人。“雪窦”：雪窦山，在今浙江。“完者都”：元代名将，骁勇善战，屡建战功，后抗击倭寇壮烈牺牲。《元史》有传。

日本狂奴扰浙东，将军闻变气如虹①。
沙头列阵烽烟黑②，夜战鏖兵海水红。
觱栗按歌吹落月③，髑髅盛酒醉西风④。
何时尽伐南山竹⑤，细写当年杀贼功。

【注】

① “闻变”：听到敌人来扰的消息。“气如虹”：怒气冲天。

② “沙头”：海边沙滩。

③ “觱栗（音必力）”，古代由西域传入的一种吹奏乐器，形似现在的唢呐。“按歌”：打着拍子唱歌。

④ “髑髅（音独楼）”：死人头骨。据传完者都为表示仇恨和藐视，常以敌人头骨为酒器。

⑤ “南山竹”：终南山的竹子。竹子可做笔管。《汉书·公孙贺传》：“南山之竹，不足受我辞。”

新乡媪

这首诗暴露了元代农民的苦难和贫富悬殊的社会矛盾。“新乡”，今属河南。“媪（音袄）”：年老的妇女。

蓬头赤脚新乡媪，青裙百结村中老①。
日间炊黍饷夫耕②，夜纺棉花到天晓。
棉花织布供军钱，借人辗谷输公田③。
县里公人要供给，布衫剥去遭鞭笞。
两儿不归又三月，只愁冻饿衣裳裂。
大儿运木起官府，小儿担土填河决。
茅檐雨雪灯半暗④，豪家索债频敲门。
囊中无钱瓮无粟，眼前只有扶床孙⑤。
明朝领孙入城卖，可怜索价旁人怪。
骨肉分离岂足论，且图偿却门前债。
数来三日当大年，阿婆坟上无纸钱。
冷浆浇湿坟前草，低头痛哭声连天。
恨身不作三韩女⑥，车载金珠争夺取。
银铛烧酒玉杯饮⑦，丝竹高堂夜歌舞。
黄金络臂珠满头⑧，翠雪绣出鸳鸯裯⑨。
醉呼阉奴解罗幔⑩，床前爇火添香篝⑪。

【注】

① “百结”：补缀很多。
② “饷（音想）”：送饭。
③ “辗谷”：去了皮的谷物。“输”：交纳。“公田”：属于官府的田地。元朝的公田也由百姓分耕，向官府缴纳粮食。

④ “榈（音阎）”：茅草房的檐廊。

⑤ “扶床孙”：幼小的孙子。

⑥ “三韩女”：朝鲜送给元朝宫廷的陪嫁妇女。这些妇女虽地位低下，却生活豪奢。

⑦ “铛（音撑）”：一种温酒的器具。“烧酒”：温酒。

⑧ “络臂”：绕臂。

⑨ “翠雪”：一种白丝。“鸳衾 （音绸）”：绣有鸳衾的单被。

⑩ “阉奴”：后宫太监。“幔”：帷帐。

⑪ “爇（音若）”：点燃，焚烧。“香篝”：香笼。

发大都

这首诗表达既想大有作为而又留恋家乡的矛盾心理。“大都”：元代都城，今之北京市。

南阳有布衣[①]，杖策游帝乡[②]。
忧时气激烈[③]，抚事歌慨慷[④]。
天高多霜落，岁宴单衣裳。
执手谢亲友，驱车出寒疆。
云低长城下，木落古道旁。
凭高眺飞鸿，离离尽南翔[⑤]。
顾我远游子，沉思郁中肠[⑥]。
更涉桑干河，顾影空彷徨[⑦]。

【注】

① “南阳”：今属河南。乃贤祖居金山（在今新疆），元朝统一中国后，内迁至南阳。“布衣”：平民。

② “杖策”：手执马鞭打马，表示离家上路。“帝乡”：都城。

③ “忧时”：忧虑时事。
④ “抚事”：感念国事。
⑤ “离离”：形容大雁的队列有序。
⑥ “郁”：郁结，难以排遣。“中肠”：胸中。
⑦ “顾影”：看自己的身影。形容孤单无伴。

塞上五曲

这五首诗以塞外为背景，描写山川风貌和生活习俗。

（一）

秋高沙碛地椒稀[①]，貂帽狐裘晚出围[②]。
射得白狼悬马上，吹笳夜半月中归。

【注】
① “地椒”：一种野生植物，能做调味品。
② “出围”：出外打猎。

（二）

杂沓毡车百辆多[①]，五更冲雪渡滦河。
当辕老妪行程惯[②]，倚岸敲冰饮橐驼[③]。

【注】
① “杂沓”：纷杂众多。
② “当辕”：坐在车辕上赶车。“惯”：熟习。
③ “倚岸”：靠近河岸。

（三）

双鬟小女玉娟娟[①]，自卷毡帘出帐前。
忽见一枝长十八[②]，折来簪在帽檐边。

【注】

①“双鬟”：年轻女子的一种发式。“娟娟”，形容美好动人。

②“长十八”：塞外一种紫色的野花名。

（四）

马乳新挏玉满瓶[①]，沙羊黄鼠割来腥[②]。
蹋歌尽醉营盘晚[③]，鞭鼓声中按海青[④]。

【注】

①“挏（音洞）”：搅拌，制作马奶酒的工艺。“玉”：比喻洁白晶莹的马奶酒。

②“沙羊”：黄羊。“黄鼠”，草原上的野生动物，可以食用。

③“蹋歌”：边跳边唱。“营盘”：牧民的居住点。

④“按”：弹奏（乐器）。“海青”：元代的琵琶曲。

（五）

乌桓城下雨初晴[①]，紫菊金莲漫地生。
最爱多情白翎雀，一双飞近马边鸣。

【注】

①“乌桓城”，即桓州城，故址在今内蒙古正蓝旗境内。

七月十六日夜海上看月

这首诗对比塞北和江南气候的巨大差异。原诗二首，这是第二首。作者自注："去年客上都，是日大雪。"

征人七月过榆关①，貂鼠作衣尚怯寒。
不信江南今夜月，有人挥扇著冰纨②。

【注】

① "榆关"，指元大都至上都路途所经的榆林驿。

② "著"：穿。"冰纨（音丸）"：白绢做成的衣服。

送太尉掾潘奉先之和林

这首送别诗表达了胸怀大志，报效国家的心愿，并以此与友人共勉。"太尉掾"：官名，武官的属员。"潘奉先"：人名。"之"：去。"和林"：在今蒙古国。

御河冰消春欲暮①，官船系着河边树。
河边日日送行人，挝鼓开帆尽南去②。
潘郎作掾独未还，腰弓却度居庸关③。
马上长歌一回首，关南树色青云间。
七月金山已飞雪④，牛羊散漫行人绝⑤。
夜深陡觉毡帐寒⑥，酒醒只闻笳鼓咽。
丈夫莫恨不封侯，食肉当须万里游⑦。
腰间拂拭黄金印，他日相逢尚黑头⑧。

【注】

①“御河”，也称金水河，是环绕当时大都的护城河。

②“挝（音抓）鼓”：击鼓。

③“腰弓”：腰间带着弓。

④“金山”：今中蒙边界的阿尔泰山。

⑤“散漫”：分布纷乱的样子。“绝”：绝迹。

⑥“陡”：突然。

⑦“食肉”：表示显贵，有优厚的俸禄。“万里游”：到万里之外的异域立功。

⑧“黑头”，表示年纪未老。

卖盐妇

这首诗揭露元朝末年连年的战事给普通百姓带来的沉重灾难。

卖盐妇，百结青裙走风雨。
雨花洒盐盐作卤，背负空筐泪如缕。
三日破铛无米煮[①]，老姑饥寒更愁苦[②]。
道旁行人因问之，拭泪吞声为君语：
“妾身家本住山东，夫家名在兵籍中[③]。
荷戈崎岖戍吴越[④]，妾亦万里来相从。
年来海上风尘起[⑤]，楼船百万秋涛里[⑥]。
良人贾勇身先死[⑦]，白骨谁知填海水。
前年大儿征饶州[⑧]，饶州未复军尚留。
去年小儿攻高邮[⑨]，可怜血作淮河流。
中原封装音信绝[⑩]，官仓不开口粮缺。
空营木落烟火稀，夜雨残灯泣呜咽。
东邻西舍夫不归，今年嫁作商人妻。

绣罗裁衣春日低，落花飞絮愁深闺[11]。
妾心如水甘贫贱[12]，辛苦卖盐终不怨。
得钱籴米供老姑，泉下无惭见夫面。
君不见绣衣使者浙河东[13]，采诗正欲观民风[14]。
莫弃吾侬卖盐妇[15]，归朝先奏明光宫[16]。

【注】

① “铛（音撑）”：平底锅。
② “老姑”：年老的婆母。
③ “兵籍”：征兵的花名册。
④ “荷戈”：扛着武器。“吴越”，指南方江浙一带。
⑤ “风尘”：战事。
⑥ “楼船”：高大的战船。
⑦ “良人”：丈夫。“贾（音古）勇”：舍生忘死地勇敢作战。
⑧ “饶州”，今江西省波阳县。据史载，公元1353年，元军进攻农民起义军徐寿辉所占据的饶州。
⑨ “高邮”，在今江苏。据史载，公元1354年，元朝丞相脱脱率军攻打占据高邮的农民起义军张士诚部。
⑩ “封装”：物资和交通断绝。
⑪ “落花飞絮”：江南暮春景色。
⑫ “如水”：像水一样淡泊清白。这句说，尽管很多妇女嫁给商人，自己甘忍贫贱，守节未嫁。
⑬ “浙河”：今之钱塘江。
⑭ “采诗”：搜集民间诗歌。从周朝开始，中国各代都有“采诗以观民风”的制度。
⑮ “吾侬”：我们。
⑯ “明光宫”：汉代宫殿名，这里代指元朝朝廷。

杨允孚

（生卒年不详），字和吉，元末吉水（今属江西）人。著有《滦京杂咏》。

滦京杂咏

《滦京杂咏》共100首，描绘元大都与上都之间沿途的名胜古迹、城邑驿站以及上都地区的宫殿、苑囿、街区、风俗等。这里共选录了七首。

（一）

东城无树起西风，百折河流绕塞通。
河上驱车应昌府①，月明偏照鲁王宫②。

【注】

①“应昌府”，元世祖至元七年（1270）置，遗址在今内蒙古克什克腾旗境内。据记载，当时上都至应昌之间有冰河相通，可用犬、鹿拉车来往。

②“鲁王宫”：元太祖成吉思汗的大将木华黎封为鲁国王，子孙世袭。

（二）

月出王孙猎兔忙[①]，玉骢拾矢戏沙场[②]。
皮囊乳酒锣锅肉，奴视山阴对角羊[③]。

【注】

①“玉骢”：良马名。作者自注：“良马骤驰拾堕箭。”骑马奔驰拾取地上摆放的箭，是草原民族的一项竞技活动。

②“锣锅肉”：指骆驼肉。

③“奴视”：瞧不起。“山阴”：山的南坡。“对角羊”：草原上有一种“桔绿羊”，或有四角，或有六角，人称“对角羊”，又叫“迭角羊”。草原民族不喜欢吃这种羊肉，认为它是下等肉。

（三）

元夕华灯带雪看[①]，佳人翠袖自禁寒[②]。
平生不作蚕桑计，只解青骢鞴绣鞍[③]。

【注】

①“元夕”：农历正月十五。“华灯”：花灯。

②“禁（音斤）寒”：耐寒。

③“解”：懂得，熟习。“青骢”：青色良马。“鞴（音备）”：装备。

(四)

试数窗间九九图[①]，余寒消尽暖回初[②]。
梅花点遍无余白[③]，看到今日是杏株[④]。

【注】

① “九九图”，这是元上都妇女冬季贴窗花的一种民俗文化。从冬至开始，剪梅花图案（共九朵，每朵九瓣）贴在窗上，每天梳妆时用胭脂涂红一个花瓣，待81天全部涂完，“梅花”变成了红色杏花，这时天气已经回暖了。

② “暖回初”：开始回暖。

③ “余白”：剩下的白花瓣。

④ “杏株”：既指“梅花”变成“杏花”，也指春季开放的杏花。

(五)

脱圈窈窕意如何[①]？罗绮香风漾绿波[②]。
信是唐宫行乐处[③]，水边三月丽人多。

【注】

① “脱圈”：丢弃绣圈。这是上都地区上巳日的春游活动。上巳（阴历三月上旬之巳日）妇女们竞作“绣圈”，到水边丢掉，以除不祥。类似中原地区的“修禊”。“窈窕”，指美女。“意如何”：有什么想法。

② “罗绮”，指漂亮衣衫。“漾”：荡漾。

③ “信是”：好像是。“唐宫”：唐朝宫殿。唐朝盛行“修禊”活动。杜甫《丽人行》：“三月三日天气新，长安水边多丽人。”

(六)

紫菊花开香满衣，地椒生处乳牛肥。
毡房纳石茶添火[①]，有女褰裳拾粪归[②]。

【注】

① “纳石”：砖茶，蒙古族用来熬制奶茶。

② “褰（音千）裳”：提起下衣。“拾粪”：拣牛粪。牧区百姓把牛粪晒干作燃料。

(七)

怪得家僮笑语回，门前惊见事奇哉：
老翁携鼠街头卖[①]，碧眼黄髯骑象来[②]。

【注】

① “鼠”：指黄鼠，肉可食用，皮可御寒。

② “碧眼”：蓝眼睛。“黄髯”：黄胡子。指中亚以西的使臣或商人。

杨维桢

（1296—1370），字廉夫，号铁崖，又号东维子。诸暨（今属浙江）人。泰定四年（1327）进士。曾任天台县尹、建德路总管府推官。著有《东维子集》《铁崖古乐府》等。

出猎图

这首题画诗描写了北方民族贵族出猎的情景。

燕支花开春日晖[①]，从官游骑去如飞[②]。
分明一段龙沙景[③]，白雁黄羊好打围[④]。

【注】

① “燕支花”：北方草原的一种野花，红色，可作化妆品。“晖”：光彩照耀。
② “从官”：随从官员。“游骑”：流动的骑士。
③ “龙沙”：泛指塞外沙漠。
④ “打围”：打猎。

周伯琦

（？—1367）字伯温，饶州（今江西波阳）人。曾任南海县主簿、翰林修撰、宣文阁授经郎、监察御史、江东肃政廉访使、江浙行省左丞等职。著有《近光集》《扈从集》等。

九月一日还自上京途中记事

这首诗写由上都还大都的沿途风光。

九月滦阳道①，寒烟暗远坰②。
有山皆积雪，无水不成冰。
猎犬高于鹿，鸣鸦大似鹰。
欲为风土记③，问俗果谁凭④。

【注】

①“滦阳”：指上都。

②“寒烟”：深秋的雾霭。“坰”：原野。

③“风土记”：记载一个地区风土人情的著作。

④“果”：当真。“谁凭”：以谁的话为依据呢。

立秋日书事

这首诗记载了元朝皇帝的狩猎活动，肯定其意义和价值。

凉亭千里内①，相望列东西。
秋至声容备②，时巡典礼稽③。
鸨凫随矢落④，豭鹿应弦迷⑤。
乾豆归时荐⑥，康庄颂耄倪⑦。

【注】

① “凉亭”：元代地名，有东凉亭（故址在今内蒙古多伦境内）和西凉亭（故址在今河北沽源境内）。均为元朝皇帝的狩猎地。

② “秋狝（音险）”：秋猎。“声容”：各项准备工作。

③ “时巡”：定期巡猎。“典礼”：宫廷礼制。“稽（音鸡）”：合于。

④ “鸨凫（音保扶）”：各种野禽。

⑤ “豭（音家）”：野猪。“迷”：慌不择路。

⑥ “乾豆”：盛满祭品的祭器。“荐”：供祭。

⑦ “康庄”：传说中唐尧时代的童谣，又称“康衢谣”。内容是对唐尧治理的赞颂。“耄倪（音帽尼）”：老人和小孩。

李陵台

这首诗凭吊李陵台，表达了对苏武和李陵遭遇的同情，及对苏李友谊的向往。“李陵台”，遗址在今内蒙古正蓝旗境内。

汉将荒台下①，滦河水北流。
岁时何滚滚②，风物尚悠悠③。
川草花芬郁④，沙禽语滑柔⑤。
莫梁遗句在⑥，过客重绸缪⑦。

【注】

① “汉将”，指李陵。
② “岁时”：岁月。“滚滚”，形容不停地流逝。
③ “风物”：景物。“悠悠”，形容依然如旧。
④ “芬郁”：芳香浓郁。
⑤ “滑柔”：宛转轻柔。
⑥ “莫梁”：指传为李陵送苏武归汉的诗。诗共三首，情真意切。其中有“携手上河梁，游子暮何之”的句子。“梁”，指桥梁。“暮”：也写作“莫”，指天晚。
⑦ “过客”：作者自指。“绸缪（音谋）”：缠绵，情深意厚。

张 昱

（1289—1371），字光弼，卢陵（今江西吉安）人。曾任行枢密院判官。晚年自号“可闲老人”。著有《卢陵集》。

塞上谣（八首选二）

这两首诗描写了塞外的风土人情。原诗八首，这里选录了两首。

（一）

漭然路失龙沙西[①]，醉酒中人软似泥[②]。
马上毳衣歌刺刺[③]，往返都是射雕儿[④]。

【注】

① “漭然”：形容辽阔无边。“龙沙”：泛指塞外沙漠。

② “挏酒”：即马奶酒。“中（音仲）人”：即醉人。

③ “毳（音脆）衣”：细毛编织的衣服。“刺刺”：象声词，歌曲中的衬字。

④ “射雕儿”：射箭能手。

（二）

马上黄发恶酒徒[①]，搭肩把手笑相扶[②]。
见人强作汉家语[③]，哄著村童唱塞曲[④]。

【注】

①“恶酒徒”：喝得烂醉的人。

②“把手”：手拉手。

③“强作”：勉强说，指说得不熟练，不流利。

④“塞曲”：塞外歌曲。

白翎雀歌

这首诗通过白翎雀、乐曲《白翎雀》和歌舞《白翎雀》结合在一起，穿插描写，以抒发元帝国兴衰的沧桑之感。

乌桓城下白翎雀，雄鸣雌随求饮啄[①]。
有时决起天上飞[②]，告诉生来毛羽弱[③]。
西河伶人火倪赤[④]，能以丝声代禽臆[⑤]。
象牙指拨十三弦[⑥]，宛转繁音哀且急[⑦]。
女真处子舞进觞[⑧]，团衫鞶带分两旁[⑨]。
玉纤罗袖柘枝体[⑩]，要与雀声相颉颃[⑪]。
朝弹暮弹《白翎雀》，贵人听之以为乐[⑫]。
变化春光指顾间[⑬]，万蕊千花动弦索[⑭]。
只今萧条河水边，宫廷毁尽沙依然。
伤哉不闻《白翎雀》，但见落日生寒烟。

【注】

①“求饮啄”：寻找饮食。

②“泱（音血）起”：疾起，急速地飞起来。

③“告诉”：诉说。“毛羽”：禽类。“弱”：弱小。

④“西河”：汉代郡名，辖今山西北部和内蒙古鄂尔多斯市。“伶人”：艺人。“火倪赤”：人名，元代乐师。

⑤“丝声”：弦乐之声。“禽臆”：鸟的意思。这句说火倪赤能用乐器模仿白翎雀的叫声。

⑥“象牙指”：象牙制的指套，拨弦的器具。“十三弦”：指古筝。

⑦“繁音”：复杂的声音。

⑧“女真”：古代北方民族，曾建立“金”。“处子”：女孩儿。“进觞”：敬酒。

⑨“团衫”：女真妇女的一种上衣。“鞶（音盘）带”：宽皮腰带。

⑩“玉纤”：细腻修长的手指或手臂。“罗袖”：丝制衣袖。“柘（音蔗）枝”：古代的一种舞蹈。“体”：身段，姿态。

⑪“颉颃（音鞋航）”，形容小鸟上下飞舞的样子。

⑫“贵人”：贵族。

⑬“指顾”：手指目顾，形容转眼之间。

⑭这句形容乐曲声音与春光美景融为一体。

盛熙明

（生卒年不详），西域龟兹（今新疆库车一带）人。精通佛经和梵语。曾为奎章阁书史。著有《法书考》《补陀洛迦山考》。

游补陀洛迦山

这是一首关于佛教的诗，记录了许多佛教故事和掌故。“补陀洛迦山”：佛教名山之一，即普陀山，在今浙江舟山。

惊起东华尘土梦①，沧州到处即为家②。
山人自种三株树③，天使长乘八月槎④。
梅福留丹赤如橘⑤，安期送枣大如瓜⑥。
金仙对面无言说⑦，春满幽岩小白华⑧。

【注】

① “东华”：神州东部。

② “沧州”，即沧洲，指江海屈折处的陆地。

③ “山人”：隐士，作者自指。“三株树”：传说中的神树名，见《山海经·海外南经》。

④ “天使”：天上的仙人。“八月槎”：八月的木筏。据张华《博物志》载，天河与海相通，有人从海岛年年八月乘槎到天河，看到天上的各种景象。

⑤ “梅福”：西汉人，因对王莽政权不满，弃家出游，隐居普陀山，传说后来得道成仙。“丹”：仙丹，古代道家炼制仙丹以求长生不老。

⑥ “安期”：安期生，秦朝人。汉武帝时，李少君对武帝说：“臣游海上，见安期生，食巨枣如瓜。”

⑦ “金仙”：此处指“佛”。

⑧ “幽岩”：僻远的山中。“小白华”：普陀山是梵语，“补陀洛迦”，译成汉语就是“小白华”。

完 泽

（生卒年不详），蒙古燕只吉歹氏。曾任湖广行省左丞。

和西湖竹枝词

这首诗反映了元代杭州西湖游人众多和南北民族会聚交融的情况。

堤边三月柳阴阴[①]，湖上春光似海深。
游人来往多如蚁，半是南音半北音。

【注】

① “阴阴”，树荫浓密。

妥欢帖睦尔

（1320—1370），元朝最后一位皇帝，即元顺帝。公元1367年退出大都（今北京），北走开平。后逝于应昌（今内蒙古克什克腾旗境内）。

答明主

这首诗是为回复朱元璋招降而作，表现了开明的顺应历史潮流的态度。

金陵使者渡江来①，漠漠风烟一道开②。
王气有时还自息③，皇恩何处不昭回④！
信知海内归明主⑤，且喜江南有俊才⑥。
归去诚心丁宁说⑦，春风先到凤凰台⑧。

【注】

① “金陵”：今之江苏南京，朱元璋建立明朝后的京城。
② 这句写景表现改朝换代的象征。
③ “自息”：自然消亡。这句承认元朝的国运将尽。
④ “昭回”：光辉灿烂。这句自我安慰，述说元朝曾经的辉煌。
⑤ “信知”：确实承认。
⑥ “俊才”：杰出的人才。指朱元璋及其僚属。
⑦ “丁宁”：叮咛。
⑧ “凤凰台”：南京的古迹，代指明朝政权。

巴匝拉瓦尔密

（生卒年不详），成吉思汗后裔。被封梁王，镇守云南。公元 1362 年，四川农民起义军明玉珍率红巾军进攻云南，梁王出奔威楚（今云南楚雄）。后赖大理总管段功相助，转危为安。元朝灭亡后，梁王在云南的蒙古族政权仍存在了十几年。

奔威楚道中作

这首诗描写了当时云南的战乱惨象。

野无青草有黄尘，道侧仍多战死人。
触目伤心无限事，鸡山还似旧时春①？

【注】

① “鸡山”，即碧鸡山，在昆明西南，滇池西岸。梁王政权以鄯阐（今之昆明）为王都。

阿　盖

（生卒年不详），元朝蒙古族女诗人，云南行省梁王巴匝拉瓦尔密之女，云南行省平章政事、大理总管段功之妻。段功后被梁王左右诬陷并杀害，阿盖殉情而死。

愁愤诗

这是一首汉语、蒙古语和僰语相混合的爱情诗。

吾家住在雁门深，一片闲云到滇海①。
心悬明月照青天②，青天不语今三载。
欲随明月到苍山③，误我一身踏里彩④。
吐噜吐噜段阿奴⑤，施宗施秀同奴歹⑥。
云片波粼不见人⑦，押不芦花颜色改⑧。
肉屏独坐细思量⑨，西山铁立风潇洒⑩。

【注】

① “闲云”：飘忽的云彩。比喻远离故土的作者自己。“滇海”，即滇池，在云南昆明。

② “明月”：比喻丈夫段功。“青天”：比喻父亲梁王。

③“苍山”，即点苍山，在云南大理。

④ “踏里彩”：指梁王宫廷的生活。

⑤ “吐噜”：可怜，可叹。“阿奴”，对丈夫的亲密称谓。

⑥ “施宗”、“施秀”：均为段功部下，均先被梁王毒死。“奴歹”：不幸。

⑦ “粼（音邻）”：水在石间荡漾。

⑧ “押不芦花”：一种起死回生的药材。

⑨ “肉屏”：骆驼背。

⑩ “铁立”：松林。

爱猷识理达腊

（1334—1378），元朝太子，元顺帝长子。元顺帝死后，即位为帝。应昌府被明朝军队攻陷后，他仍率残部抵抗，史称其政权为“北元”。

新 月

这首咏月诗寄托了对残破的元朝政权仍怀有复兴的愿望。

昨夜严陵失钓钩①，何人移上碧云头？
虽然未得团圆相②，也有清光照九州③。

【注】

① “严陵”：东汉严光字子陵，与光武帝刘秀为友，拒绝刘秀征聘，隐于富春山。后人把严光垂钓的地方称为“严陵濑”。

② “团圆相”：指农历每月十五日月圆的景象。这句比喻元朝只剩下不到半壁江山。

③ “清光”：清澈的光辉。“九州”：指全国。

明清

杨 讷

（生卒年不详），字景贤。元末明初的蒙古族作家。著有杂剧十八种，现在存世的有《西游记》《刘行首》。

咏虼蚤

这首小令把跳蚤的形象描绘得惟妙惟肖，诙谐幽默。“虼（音个）蚤”，即跳蚤。

小则小偏能走跳，咬一口一似针挑。领儿上走到裤儿腰。　眼睁睁拿不住，身材儿怎生捞①？
翻个筋头不见了。

【注】

① “身材儿”：跳蚤的身躯。“怎生”：怎么。“捞”：捉住。

慨　古

这首小令慨叹人生易逝。

李太白能文缮写①，蒯文通骗口张舌②。有一个姜吕望古今绝③。　气昂昂唐十宰④，雄赳赳汉三杰⑤。似这等英雄汉何处也⑥？

【注】

① “李太白”：唐代诗人李白字太白。“缮”，同“善”。

② “蒯（音快，上声）文通”：即蒯通，秦末汉初的辩士。“骗口张舌”：能言善辩。

③ “姜吕望”：周朝的开国功臣。姓姜：“吕”是氏。名尚，字子牙。周文王立为师，号“太公望”。为春秋齐国的始祖。“绝”：绝无仅有。

④ “唐十宰”：唐朝的十位贤相，即房玄龄、杜如晦、褚遂良、长孙无忌、狄仁杰、张柬之、姚崇、宋璟、韩休、张九龄等。

⑤ “汉三杰”：西汉开国的三位豪杰，即韩信、萧何、张良。

⑥ “何处也”：到哪里去了？

刘 基

（1311—1375），字伯温，浙江青田人。元文宗至顺元年进士，曾任江西高安县丞、江浙儒学副提举、浙江行省都事，后参加朱元璋起义军。明朝建立后，任御史中丞兼太史令、弘文馆学士。封诚意伯。著有《郁离子》《诚意伯文集》。

出 塞

这首诗表现将士立功异域、为国献身的豪情壮志。

居延风高榆叶空①，狼烟夜照甘泉宫②。
将军授钺虎士怒③，蚩尤亘天旗尾红④。
麒麟前殿催赐酒⑤，已觉此身非已有⑥。
猛气遥将日逐吞⑦，壮心肯落嫖姚后⑧？
雁门城外沙如雪⑨，玉帐霜浓铁衣折⑩。
长剑须披瀚海云⑪，哀笳莫怨天边月。
北风烈烈刁斗鸣⑫，回看北斗南方明⑬。
惊箭离弦车在坂⑭，不勒燕然终不返⑮。

【注】

① “居延”：在今内蒙古额济纳旗。“空”：落尽。

② “狼烟”：烽火。“甘泉宫”：秦汉宫名，故址在今陕西淳化县西北甘泉山上。这句写北方敌人入侵。

③ “钺（音越）”：古代兵器名，将军持钺行使指挥权。“虎士”：勇猛的军士。

④ “蚩尤”：即蚩尤旗，星名，尾红。古人认为此星出现，

预示有战事发生。“亘天”，贯天，当空。

⑤“麒麟”：汉代长安未央宫中有麒麟阁。汉宣帝在此表彰功臣。“赐酒”：皇帝为出征将军赐酒壮行。

⑥“非己有”：不再属于自己，完全交给了国家。

⑦“日逐”：匈奴贵族名称。代指北方强敌的首领。

⑧“嫖姚”：汉代名将霍去病曾任嫖姚将军，后人称霍嫖姚。

⑨“雁门”：长城关隘，在今山西北部。

⑩“玉帐”：指将军的军帐。“铁衣”：铁制铠甲。“折”：冻断。

⑪“披”：拨开。“瀚海”：北方沙漠。拨云见日，表示重见光明，取得成功。

⑫“烈烈”：形容风大。“刁斗”：古代军中用具，可用来敲击报更巡逻。

⑬“北斗”：北斗星。“南方明”：北斗星照亮南方，表示南方军队取得胜利。

⑭“惊箭”：突然射出的箭。“坂”：斜坡。

⑮“勒”：刻石铭功。东汉窦宪北击匈奴，登燕然山（在今蒙古国），勒石纪功而返。“燕然”：燕然山。

高 启

（1336—1374）字季迪，号青丘子，长洲（今江苏苏州）人。明初任翰林院国史编修，参与《元史》的编纂。著有《高太史大全集》。

塞下曲

这首诗对统治阶级为扩大领土而发动战争给予了批评。

日落五原塞[①]，萧条亭堠空[②]。汉家讨狂虏[③]，籍役满山东[④]。去年出飞狐[⑤]，今年出云中[⑥]。得地不足耕，杀人以为功。登高望衰草，感叹意何穷[⑦]！

【注】

①“五原塞”：五原郡的边防城堡。五原郡辖今内蒙古西部河套地区。

②“亭堠（音侯）”：古代边防岗亭。“空”：无人戍守。说明敌人已经远去。

③“讨”：征讨。“狂虏”：强悍的敌人。

④“籍役”：按名册征调的兵役。“山东”：函谷关以东的地区。

⑤“飞狐”：关隘名，在今河北省西北部。

⑥“云中”：古郡名。秦代云中郡治所在今内蒙古托克托县，唐代云中郡治所在今山西省大同市。

⑦“意何穷”：表示思绪万千。

梵琦

（生卒年不详），明代僧人，字楚石，小字昙曜，象山（今属浙江）人。俗姓朱。自号西斋老人。著有《北游》《凤山》《西斋》三集。

开平书事（八首录三）

原诗八首，这里选录三首，都是写元上都一带的自然风光和民风民俗。“开平”：开平府，元代上都所在地。

（一）

夜雪沙陀部①，春风敕勒川②。
生涯惟酿黍③，乐事在弹弦④。
不用临城将⑤，何须负郭田⑥。
双雕来海外⑦，一箭落天边。

【注】

① “沙陀”：泛指塞外少数民族地区。
② “敕勒川”，即今内蒙古土默特平原。
③ “生涯”：生活。“酿黍”，制酒。
④ “乐事”：快乐的活动。“弹弦”：弹奏乐器。
⑤ “临城将”：守城的将军。这句说，这一带没有战事。
⑥ “负郭田”：城边的农田。这句说，上都地区多牧业，少农耕。
⑦ “雕”：巨鹰。“海外”：遥远的地方。

(二)

孤城横落日，一望黯销魂①。
天大纤云卷②，风多积草翻③。
有田稀种粟④，无树强名村⑤。
土屋难安寝⑥，飞沙夜击门。

【注】

① “黯”：形容心神沮丧。“销魂”：异常愁苦。
② “天大”：天空辽阔。“纤云”：一丝丝的云彩。
③ “积草”：草垛。
④ “稀”：很少。“粟”：指粮食作物。
⑤ “强”：勉强。“名”：起名字。
⑥ “安寝”：睡得安稳。

(三)

每厌冰霜苦，长寻水草居。
控弦随地猎①，刳木近河渔②。
马酒茶相似③，驼裘锦不如④。
健儿双眼碧⑤，惯读左行书⑥。

【注】

① “控弦”：开弓射箭。“随地”：到处。“猎”：打猎。
② “刳（音枯）木”：挖空树木。“渔”：打鱼。
③ “马酒”：马奶酒。
④ “驼裘”：用驼毛制的袍子。“锦不如”：丝织品也赶不上。
⑤ “碧”：蓝色。
⑥ “左行书”：从左到右地书写。蒙古文字是竖写，从左向右书写。

当山即事

这首诗写塞外牧区的生产生活特色。“当山”，所在不详。

水草频移徙，烹庖称有无①。
肉多惟饲犬，人少只防狐②。
白毳千缣氎③，清尊一味酥④。
豪家足羊马⑤，不羡水田租⑥。

【注】

① “烹庖”，烹煮。“称有无”，有什么就烹煮什么。这句说，与中原地区相比，食物比较单调。

② “狐”，代指野兽。牧区人烟稀少，平时只要防备野兽侵袭，盗贼并不常见。

③ “白毳（音脆）”，细白的兽毛。“千”，胜过千倍。“缣（音兼）”，丝绢。“氎（音迭）”，棉布。

④ “清尊”，洁净的酒杯。“一味”，味道独特的。“酥”，酥油。

⑤ “豪家”，富人。“足”，多。

⑥ “羡”，羡慕。“水田租”，中原地区富人主要依靠“水田租”聚财。

钱 逊

（生卒年不详）字谦伯，绍兴山阴（今属浙江）人。曾任宁夏提举水利吏目、孟津知县、弋阳知县、文昌主簿等。有《谦斋集》。

胡人醉归曲

这首诗描写北方民族的生活和习性。

貂帽锦靴明绣衣[1]，调鹰射虎捷如飞[2]。
紫髯寒作猬毛磔[3]，碧眼夜看霜叶辉[4]。
筚篥声中传汉曲[5]，琵琶帐底醉明妃[6]。
更深宴罢穹庐雪[7]，乱拥旄旄马上归[8]。

【注】

① “明绣衣”：闪光的绣花衣服。

② “调鹰”：驯教指挥猎鹰。“捷”：动作敏捷。

③ “紫髯（音然）”：紫色长须。“猬毛”：像刺猬毛一般。“磔（音哲）”：竖起张开。

④ “霜叶”：红叶。“辉”：发光。这句说，两只眼睛在天黑以后更加闪闪发光。

⑤ “筚篥（音毕栗）”：一种簧管乐器。“汉曲”：汉人的乐曲。

⑥ “帐底”：毡包里面。“明妃”：王昭君，这里指嫁至塞外的汉族妇女。这句说，在毡包中因弹奏琵琶乐曲而陶醉。

⑦ “更深”：夜深。“穹庐”：毡包。

⑧ “旄旄（音毛）”：旗帜。

于 谦

（1398—1457），字廷益，钱塘（今浙江杭州）人。辛丑（1421）进士。曾任监察御史、河南巡抚、山西巡抚、兵部左侍郎、兵部尚书等。著有《于忠肃集》。

塞上即景

这首诗写因打败敌人，边境短暂平静而感到庆幸和欣慰。

目极烟沙草带霜，天寒岁暮景苍茫。
炕头炽炭烧黄鼠，马上弯弓射白狼。
上将亲平西突厥①，前军近斩左贤王②。
边城无事烽台静，坐听鸣笳送夕阳。

【注】

① “西突厥”：唐代北方民族，唐高宗时曾打败西突厥。这里指代蒙古瓦剌部。瓦剌部多次打败明朝军队，甚至俘获明英宗朱祁镇，威胁北京。于谦率军民20万人在北京城外抵抗，瓦剌部退回塞外。

② “近斩”：近日斩首。“左贤王”，匈奴人的军事首领。汉代甘延寿和陈汤曾追杀匈奴原左贤王呼屠吾斯。这里喻指瓦剌部首领也先。退至塞外后，也先在瓦剌部内讧中被杀。

王 清

（生卒年不详），字一宁，山东济宁人。世袭济宁卫指挥。后升任广东都指挥。

塞上感怀

这首诗写塞上景物和军中生活，表达了思乡的感情。

西风关外雪初晴，怀古思乡百感生。
玉帐枕戈人万里，铁衣传箭夜三更①。
梦回绝域乌桓地②，战罢空山敕勒营③。
烽火微茫天去远④，月中鸿雁送秋声⑤。

【注】

① “箭”：令箭。
② “绝域”：极遥远的地方。“乌桓”：古代东胡人的一支，居住乌桓山（今内蒙古阿鲁科尔沁旗北面）。
③ “空山”：人烟稀少的山峰。“敕勒营”：在敕勒（今之内蒙古土默特平原一带）地区驻扎的军营。
④ “微茫”：隐约模糊。“天去远”：离京城越来越远。
⑤ “秋声”：秋天的信息。古代有鸿雁传书的典故。

郑 岳

（1468—1539），字汝华，福建莆田人。癸丑（1493）进士。历官兵部左侍郎。著有《山斋净稿》。

塞下曲

这首诗总结了与北方民族交战的经验教训，对北方骁悍骠疾的骑士流露了称羡的情感。

引弓儿，骑射奄忽若星驰[①]。腥风吹，马来四面冲我师。　　我师勿轻动，持满以待之[②]。佯北勿轻追[③]，恐被彼所欺。

【注】

①“奄忽”：迅疾。“星驰”：流星。

②“持满”：把弓完全拉开。

③“佯北”：假装败逃。

熊 卓

（生卒年不详），字士选，丰城（今属江西）人。丙辰（1496）进士。曾任平湖知县、监察御史等。著有《熊御史诗选》。

出居庸

这首词写奔赴塞外的凄苦心情。“居庸”：居庸关，在北京昌平境内。

沙上望行人，日暮愁心绝①。江南四时春②，
边地五月雪。

【注】

① “绝”：极度。

② “四时春”：四季如春。

李梦阳

(1473—1530)，字天赐，又字献吉，号空同子，甘肃庆阳人。弘治进士。历官户部郎中、江西提学副使。著有《空同子》。

云中曲

这两首诗描写北方民族青年豪迈的尚武精神。

（一）

黑帽健儿黄貉裘[①]，匹马追奔紫塞头[②]。
相逢不肯通名姓，但称家住古云州[③]。

【注】

①“貉（音褐）”，一种小动物，俗称狗獾，皮毛可御寒。

②“紫塞”，指长城。

③“云州”，唐代云州辖今山西省长城一线。

（二）

白登山寒低朔云[①]，野马黄羊各一群。
冒顿曾围汉天子[②]，胡儿惟说李将军[③]。

【注】

① “白登山”，在今山西大同市东。公元前200年，汉高祖刘邦曾被匈奴首领冒顿（音末独）包围于此。

② “冒顿”，秦末汉初时匈奴单于，匈奴从他为首领开始强大。“汉天子”，汉高祖刘邦。

③ “惟说”，只推崇。“李将军”，西汉名将李广，一生与匈奴大小七十余战，匈奴畏之，称为“飞将军”。

边　贡

（1476—1532），字廷实，山东历城人。丙辰（1496）进士。历任太常博士、户科给事中、太常丞、提学副使、南京户部尚书等。著有《华泉集》。

题《天鹅海青图》

这首题画诗描绘了北方民族狩猎的情景。“海青”，即海东青，一种凶猛的猎鹰，能捕捉天鹅。

云暗胡天雪满衣，驾鹅声乱海青飞[①]。
李陵台下阴山北[②]，正是单于夜打围[③]。

【注】

① “驾鹅”，即天鹅。

② “李陵台”：元代驿站，遗址在今内蒙古正蓝旗境内。“阴山”，即今内蒙古中部之大青山。

③ “打围”：狩猎。

元世祖庙

这首诗通过凭吊元世祖，感慨历史上的任何英雄人物都要逝如云烟，不可能光辉长驻。“元世祖”，即忽必烈，元朝的开国皇帝。

断碑深倚庙门斜，往事伤心付一嗟。
春草平沙仍牧马，晚风疏树偶栖鸦。
唐陵汉寝虽无主①，北幕南庭自有家②。
欲吊鲁连何处所③，飞尘如雨乱鸣蛙。

【注】

① “唐陵”：唐朝皇帝的陵墓。“汉寝”：汉朝皇帝的墓地。“无主”：没有人主持祭祀和守陵。

② “北幕”：漠北，指蒙古的旧都和林（在今蒙古国）。“南庭”，南面的宫殿，这里指建有元世祖庙的鄂尔多斯。

③ “鲁连”：即鲁仲连，战国时人，曾劝阻东方六国尊秦为帝。这里喻指南宋灭亡后，不肯仕元的一些逸民。末二句说，鲁仲连一类的“义士”也不是永恒的，也要随着历史发展而埋没。

徐桢卿

（1479—1511），字昌谷，一字昌国，吴县（今属江苏）人。明孝宗弘治十八年（1505）进士。曾任国子监博士。有《迪功集》《谈艺录》等。

塞上曲

这首诗表达了对边界战争的厌倦。

风急交河水正浑[①]，黄沙日落战云昏。
牛羊满地干戈里，独立营门望五原[②]。

【注】

① “交河”：在今新疆。诗中“交河”“五原”均非实指，而是泛指双方征战的塞外地区。

② “营门”：军营的门口。“五原”：汉代郡名，辖境相当于今之内蒙古中南部地区。

何景明

（1483—1521），字仲默，号大复山人，河南信阳人。明孝宗壬戌（1502）进士。官至陕西提学副使。著有《大复集》。

《胡人猎图》歌

这首题画诗赞扬北方民族的尚武精神，慨叹明朝缺少良将。

边沙萧萧天北风，高林昼屯鞍马雄。
胡人装束身手健，真与此图形貌同。
冬寒猎傍长城窟①，城下平原日将没。
呼鹰放犬无不为，数骑弯弓竞驰突②。
月高琵琶海西城③，拂庐雪干氍毹轻④。
金钟虏酒亦易醉⑤，玉踠胡骝骄不行⑥。
白发老胡黄战裙，抽箭仰视天山云⑦。
众中若认射雕手⑧，汉家谁是李将军⑨？

【注】

① “傍”：靠近。“长城窟”：长城上的洞穴。古乐府有《饮马长城窟》，多写反战题材。

② “数骑（音计）”：几名骑士。“驰突”，骑马冲锋。

③ “海西城”：塞外沙漠中的城堡。

④ “拂庐”：落在毡包顶上。“氍毹（音渠书）”，羊毛地毯。

⑤ “虏酒”：奶酒。

⑥ “玉踠（音宛）”：马蹄。“胡骝（音留）”：骏马。“骄”：高头大马。

⑦ “天山”：在今新疆。这里是泛指。

⑧ “众中”：人群里。“若”：你。“射雕手”：神射手。这句说，从胡人人群中认不出神射手，即个个都是神射手。

⑨ “李将军”：西汉名将李广。这句说，明朝挑不出一个如李广那样的良将。

程启充

（生卒年不详），字以道，嘉定（今属上海）人。明武宗正德戊辰（1508）进士。曾任监察御史。

塞下曲

这首诗借女真人灭辽灭宋的史实，告诫明王朝内政不修而导致的恶果。

黑龙江上水云腥，女直连兵下大宁①。
五国城头秋月白②，至今哀怨海东青③。

【注】

① “女直”：即女真族，兴起于东北，建国号金（1115—1234），先灭辽，后灭北宋，终被蒙古人灭亡。明朝时，东北的女真人后裔重新兴起，成为明朝的劲敌。“连兵”：会合军队。“下”：攻占。“大宁”：辽在大宁建“中京”：在今内蒙古赤峰一带。

② “五国城”：北宋徽宗、钦宗被女真人俘获，囚死于此。地在今黑龙江省。

③ “海东青”：产自东北的一种猎鹰。这里比喻强悍凶猛的女真人。辽和北宋灭亡，根本原因不在女真人的强悍凶猛，而在这两个国家统治者的内政不修。

敖 英

（生卒年不详），字子发，清江（今属江西）人。明武宗正德辛巳（1521）进士。曾任陕西、河南提学副使、江西右布政使。著有《心远堂稿》等。

塞上曲

这两首诗反映了明朝守边将领的贪图享乐，希望早日结束旷日持久的边界战事活动。

（一）

无定河边水①，寒声走白沙②。
受降城上月③，暮色隐悲笳。
玉帐旄头落④，金徽雁阵斜⑤。
几时征战息，壮士尽还家。

【注】

①“无定河”：黄河支流，流经内蒙古和陕西省。

②“走”：冲刷。

③“受降城”：汉代为安置匈奴人而设，在今内蒙古乌拉特中旗。唐代为安置突厥人设三座受降城，东、中、西分别在今内蒙古托克托县、包头市和杭锦后旗。

④“玉帐”：军中将军的营帐。“旄（音毛）头”：星名，古代认为此星预示战争。

⑤“金徽”：军中标志，常以此武器高耸使远方看到。

（二）

军中频宴乐，醉后拥雕鞍①。
紫塞连天远②，黄云拂地寒③。
羌儿叱拨马④，胡女固始冠⑤。
逐队营门立⑥，春风倚笑看⑦。

【注】

①“拥雕鞍”：跨上骏马。

②“紫塞”：长城。

③“黄云”：空中沙尘。“拂地”：落在地面。

④“羌儿”：少数民族少年。“叱拨马”：汉朝西域产的一种良马。

⑤“胡女”：少数民族妇女。“固始冠”：塞外妇女的一种头饰，俗称“箍箍帽”。

⑥“逐队”：一队挨一队。

⑦“春风”：形容欢乐的笑容。

谢　榛

（1495—1575），字茂秦，号四溟山人，山东临清人。著有《四溟集》《四溟诗话》等。

漠北词

这首词描写北方民族能歌善饮的性格。“漠北”，泛指今之内蒙古和蒙古国一带。

石头敲火炙黄羊①，胡女低歌劝酪浆②。醉杀群胡不知夜③，鹞儿岭下月如霜④。

【注】

① “石头敲火”：旧时的取火方法，用铁片敲击一种石头（俗称火石）产生火星，点燃易燃的棉纸。“炙”：烤。

② “酪浆”：奶酒。

③ “醉杀”：醉极。

④ “鹞儿岭”：塞外山峰。

俞允文

（1511—1579），字仲蔚，昆山（今属江苏）人。著有《仲蔚集》。

塞上曲

这首诗赞美娴于弓马的北方骑士。

风高塞虏入龙堆①，大羽雕弓象月开②。
一片黄云秋碛里③，遥看精骑射雕来④。

【注】

①“塞虏”：北方骑士。“龙堆”：泛指塞外沙漠。

②“大羽”：箭。

③“黄云”：沙尘。

④“来”：归来。

方逢时

（1520？—1596），字行之，一字兆行，嘉鱼（今属湖北）人。明世宗嘉靖辛丑（1541）进士。历官宜兴知县、宁国知府、广东兵备副使。巡抚宣府口北道、辽东、大同。神宗万历初，总督宣大山西军务，对蒙古族首领俺答、黄台吉和三娘子采取了和解政策。在任十年，边关息烽火，互市贸易繁荣。后升兵部尚书，加太子太保。著有《大隐楼集》。

胡笳十八拍

这一组诗乃仿照蔡琰《胡笳十八拍》而作。原诗十八首。这里选录了第二首和第四首。内容是描写蒙汉各族和睦相处，边境百姓安居乐业的情景。

（一）

日融融兮塞草芳[①]，风习习兮吹衣裳[②]。边头女儿试新装，十年不见胡尘扬[③]。朔方土寒无蚕桑[④]，拾青踏翠娇艳阳[⑤]。胡笳再拍兮美无央[⑥]，风前绰约兮罗绮香[⑦]。

【注】

①“融融”：形容温暖和畅。

②“习习”：形容微风和煦。

③“胡尘扬”：蒙古族的兵马扰边。

④“朔方”：北方。

⑤“拾青”、“踏翠”：野游。这句说，塞外虽不能植桑养蚕，

却绿野无限，风光美好。

⑥ “无央”：不尽。

⑦ “绰约”：形容身材柔美。“罗绮”：丝绸衣服。这句写拾青踏翠的边境少女。

（二）

登高台兮望大荒，长城如虹兮界殊方①。番儿欢呼兮驱马与羊，交关入市兮济济跄跄②。白日皎皎兮浮云黄③，风前轧轧兮四拍张④。云中上谷兮古战场⑤，游魂怨血兮天茫茫⑥。

【注】

① “界”：成为边界。“殊方”：不同的民族。

② “交关”：来往。“入市”：进入互市。“济济”：形容人多。“跄跄（音枪）”：形容规范有序。

③ “浮云黄”：沙尘飞扬。

④ “轧轧（音亚）”：胡笳的声音。

⑤ “云中”：今之内蒙古南部和山西北部。“上谷”：今之河北和北京北部。

⑥ 这句说，以往的战争造成了各民族的牺牲和不幸。

烧荒行

这首诗批判汉族统治者为防御北方游牧民族南下而采取的烧荒政策。“烧荒”，放火烧毁草原，使马无食而难以行动。

汉家御虏无奇策，岁岁烧荒出塞北。
大碛平川鸟绝飞，漭漭龙庭暮云黑[①]。
秋风萧萧边草黄，胡儿牧马乘秋凉。
将军下令促烧草，衔枚夜发何仓皇[②]！
边头路尽迷行迹，黄狐赤兔如人立。
心惊魂断马不鸣，月暗沙寒露沾湿。
阴崖举火各因风[③]，烬结如云万里同[④]。
虏帐千群皆北徙，烈焰夜照阴山红。
山头突骑飞流矢[⑤]，几人还向火中死[⑥]！
白骨成灰散不收，恸绝胡天作冤鬼[⑦]。
东风吹绿旧根荄[⑧]，乾坤回首又春归。
惟有游魂归不得，年年空逐野烟飞。

【注】

① “漭漭（音莽）”：形容辽阔。“龙庭”：匈奴人的腹地，在今蒙古国。这里泛指北方民族居住地区。“暮云黑”：形容浓烟弥漫。

② “衔枚”：口中咬住木棍而不能发声，古代秘密行军采用的方法。“仓皇”：形容紧张慌乱。这句写烧荒部队。

③ “阴崖”：山的北坡。“因风”：凭借风势。放火烧荒，如果位置选得不合适，就会烧了自己。

④ “烬”：灰。“结”，聚在一起。

⑤ “突骑”：埋伏的骑士。

⑥ 这句说，烧荒部队虽未被火烧死，却被山中伏兵射死很多。

⑦ “恸绝”：极度伤心。这句写烧荒者玩火自焚，成了草原上的冤鬼。

⑧ “荄（音该）”：草根。

塞上谣

这首诗描绘了明、蒙之间和平友好、商旅通畅的安乐景象。

雁门东来接居庸①，羊肠鸟道连崇墉②。
关头日出光曈昽③，于今喜见车书同④。
商旅夜行无春冬⑤，南金大贝辇相逢⑥，
越罗楚练纷蒙茸⑦。
车频脂⑧，马频秣⑨，朝关南，暮关北。
胡姬两两颜如花⑩，入市时能歌贾客⑪。

【注】

① “雁门”、“居庸”：均为长城重要关隘，连接南北的枢纽。

② “崇墉（音庸）”：高墙，指长城。

③ “曈昽（音童龙）”：形容太阳初出光线由暗而明的景象。

④ “车书同”：指车道和文字相同，表示国家统一。秦始皇统一六国后，“车同轨，书同文”：标志着主要法律制度进行了统一。

⑤ “商旅”：沟通南北贸易的商人。“无春冬”：一年四季安全畅通。

⑥ “南金”：南方制作的金属器皿。“大贝”：海洋出产的各种珍奇物品。“辇”，车辆。

⑦ “越罗”：江浙一带出产的丝绸。“楚练”：华中一带出产的白绢。“纷”：品种多。“蒙茸（音戎）”：形容蓬松柔软的样子。

⑧ “脂”：油，给车轴上抹油，以便车走得快。

⑨ “秣”：喂草，给马多喂草料，才能远行。
⑩ “胡姬”：少数民族妇女。“两两”：一对一对的。“颜如花”，形容貌美。
⑪ “歌贾客”：向客人唱歌表示欢迎友好。

山丹花

这首诗通过咏塞外特有的山丹花，说明人应该赤胆忠诚。“山丹花”，亦名红百合花，花瓣多呈红色，多产于塞外。这里的山丹花有象征意义，赤诚既指塞外的花，也指塞外的人。

雨晴川路净，空翠绿行色①。
山花何袅娜②，含丹映文轼③。
孤根沙塞远④，抱此肝胆赤⑤。
抚玩意已勤⑥，感叹情何极⑦！
欲以贻所思⑧，室远不可即⑨。

【注】
① “空翠”：雨过之后到处一片清新。“绿”：染绿了一切。“行色”：旅途情景。
② “袅娜（音鸟那）”：柔弱多姿的样子。
③ “含丹”：充满了红色。“映”，照耀。“文轼”：指作者乘坐的车辆。
④ 这句说，小小的山丹花竟然扎根于遥远的塞外沙漠。
⑤ 这句说，山丹花从里到外充满了赤色。
⑥ “抚玩”：爱抚赏玩。“勤”：殷勤，情深意厚。
⑦ “何极”：哪有止境。
⑧ “贻（音移）”：赠送。“所思”：所思念的人，指妻子。
⑨ “室”，家室。“即”，靠近。

穆文熙

（生卒年不详），明世宗嘉靖壬戌（1562）进士，官吏部员外郎。著有《逍遥园集》。

咏三娘子

这首诗赞扬三娘子的英姿及对蒙汉和好的贡献。“三娘子”，蒙古名“钟金”（1150——1612），又译作“中根”。明代蒙古右翼土默特万户俺答之妻。她先后主政三十多年，同明廷息兵停战，加强与中原地区的政治联系，促进了蒙汉之间的经济文化交流。明神宗万历十五年（1587），明廷封她为“忠顺夫人”。

小小胡姬学汉装①，满身貂锦厌明珰②。
金鞭娇踏桃花马③，共逐单于入市场④。

【注】

①“小小”：形容年轻。“胡姬”：指三娘子。

②“貂”：皮货。“锦”，丝货。“厌”：多得数不清。“明（音当）”：亮晶晶的耳饰。这句写三娘子的服饰。

③“桃花马”：黄白杂色的良马。指三娘子的坐骑。

④“共逐”：一块跟随。“单于”：指俺答汗。“市场”：互市贸易区，设在蒙汉边界，今山西大同到内蒙古丰镇之间。

徐 渭

（1521—1593），初字文清，改字文长，号天池山人、青藤道士，山阴（今浙江绍兴）人。著有《徐文长全集》《南词叙录》《四声猿》等。

边 词

这一组诗共四首，这里选录了两首，都是赞赏三娘子的。

（一）

女郎那复取枭英[①]？此是胡王女外甥[②]。
帐底琵琶谁第一？更谁红颊倚芦笙[③]？

【注】

① “取”：娶。“枭英”：豪杰。

② “胡王”：指蒙古族首领俺答。按辈分，俺答是三娘子的外祖父。俺答之子黄台吉（继承汗位，继娶三娘子）是三娘子的舅舅。

③ “红颊”：红颜。“芦笙”：一种簧管乐器。

（二）

汗血生驹撒手驰[①]，况能装态学南闺[②]？
幪将皂帕穿风去[③]，爱缀银花绰雪飞[④]。

【注】

① “汗血”：宝马名。“生驹”：未经驯服的少壮马。“撒手”：双手放开缰绳。

② “南闺”：南方妇女。

③ “幪（音蔑）将”，罩上。“皂帕”：黑头巾。“穿风”：形容骑马速度很快。

④ “银花”：比喻雪花。“绰”：搅乱。

王世懋

（1536—1588），字敬美，太仓（今属江苏）人。明世宗嘉靖已未（1559）进士。历官南京礼部主事，陕西、福建提学副使、太常少卿。著有《王仪部集》。

华夷互市

这首诗写蒙汉互市贸易给广大人民带来的极大利益。

大漠高空寂建牙①，两军相见醉琵琶②。
天闲苜蓿多羌种③，胡女胭脂尽汉家④。
云里射生旋入市⑤，日中归骑不飞沙⑥。
金钱半减犁庭费⑦，五利应知晋史夸⑧。

【注】

① “寂”：寂静，表示无战事。“建牙”：立起帅旗。

② “醉琵琶”：奏着琵琶喝酒。表示双方军队友好交往。

③ “天闲”：宫中马厩。“羌种”，西羌传入的籽种。

④ 这句说，胡女的化妆品多从内地买来。

⑤ “射生”：猎到动物。“旋”：马上，即刻。“入市”，到市场上出售。

⑥ “日中”：中午散了市。“不飞沙”：不像战马那样扬起沙尘。

⑦ “半减”：省去一半。“犁庭”：摧毁敌人的家园。这句说，互市可以省去大量战争经费。

⑧ “五利”：五种利益。春秋时期晋国的魏绛建议与周边戎族搞好关系，说“和戎有五利焉”。“夸”：赞扬。

于慎行

（1545—1607），字可远，更字无垢，东阿（今属山东）人。明穆宗隆庆戊辰（1568）进士。选庶吉士，授编修、修撰、侍讲学士、礼部侍郎、尚书，兼东阁大学士。著有《谷城山馆诗集》《读史漫录》

题忠顺夫人画像（四首录二）

此题共四首，这里选录了两首，描写三娘子容华绝代，娴于弓马。“忠顺夫人”，即三娘子的封号。

（一）

燕支山色点平芜[①]，描出春愁上画图。
一曲胡笳明月夜，边声又度小单于[②]。

【注】

①“点”：装点。“平芜”：平旷的草原。

②“度”：演奏。“小单于”：曲调名。

（二）

天山猎罢云漫漫，绣袜斜偎七宝鞍①。
半醉屠苏双颊冷②，桃花一片殢春寒③。

【注】

① “绣袜（音末）”：丝制兜肚，代指三娘子。“偎”：靠。“七宝鞍”，装饰华丽的马鞍。

② “屠苏”：古代酒名。

③ “桃花”：比喻三娘子的美丽容颜。“殢（音替）”：困扰。

冯 琦

（生卒年不详），字用韫，号北海，临朐（今属山东）人。明神宗万历丁酉（1597）进士。历官少詹事、吏部侍郎等。著有《北海集》。

三娘子画像（三首录二）

此题共三首。这里选录了两首，赞扬三娘子修好蒙汉关系而作的杰出贡献。

（一）

氍毹春暖锁芙蓉①，争羡胡姬拜汉封②。
绕膝锦襕珠勒马③，当胸宝袜绣盘龙④。

【注】

① “氍毹（音渠书）”：毛织地毯。“芙蓉”：地毯上绣的荷花。

② “争羡”：人们都钦慕。“胡姬”，指三娘子。“汉封”：明朝给予的“忠顺夫人”的封号。

③ “锦襕（音阑）”：绸缎制成的连衣裙。“珠勒”：明珠装饰的马笼头。

④ “宝袜（音末）”：华丽的兜肚。“盘龙”：兜肚上绣的图案。

（二）

红妆一队阴山下，乱点酡酥醉朔野①。
塞外争传娘子军，边头不牧乌孙马②。

【注】

①“酡酥（音驼苏）”：奶酒。“朔野”：塞外的旷野。

②“边头”：边界。“乌孙”：西域国名。“牧马”：入境骚扰。以上两句说西北各族畏三娘子军威，不敢侵扰土默特蒙古边界。

方维仪

（1585—1668），字仲贤，桐城（今属安徽）人。明朝女诗人。著有《清芬阁集》。

出 塞

这首词揭露战争给人民和下级兵士带来的苦难。

辞家万里戍，关路隔云烟。赋重无余饷[1]，
边荒不种田。　　小兵知有死，贪吏尚求钱。倚
赖诸王福[2]，何时唱凯还[3]？

【注】

① “赋重”：税赋沉重。“无余饷”：发给士兵的军饷很少。

② “诸王”：明朝分封很多皇子为王，不但加重了人民的负担，也给贪官污吏提供了庇护。

③ “凯”：凯歌，胜利之歌。这句是讽刺明王朝腐败，不可能对境外的满洲和国内的农民起义军取得胜利。

薛宪岳

（生卒年不详），明代诗人。

昭 君

这首诗赞美王昭君和亲壮举有利于各民族和睦相处。

一自和戎后，蛾眉惯远行①。
几人嗟薄命②，惟尔最知名③。
千载文人笔④，当年圣主情⑤。
抚弦应破涕⑥，那是断肠声⑦？

【注】

① “蛾眉”：美女，这里指王昭君。“惯”：习惯于，表示不是被动勉强的。

② “嗟”：叹息。“薄命”：命运不好。这句说，有些人叹息王昭君和亲是命运不好。

③ “尔”：你，指王昭君。

④ 这句说，千百年来数不清的文人咏过昭君。

⑤ “圣主”：指汉元帝。汉元帝为了国家利益而支持昭君和亲，所以说他是“圣主”。

⑥ “抚弦”：弹琴。“破涕”：由离家的伤感而转为为国效力的庆幸。

⑦ “那”：哪。“断肠”：极度伤心。意思是琴声不是伤感的，而是欢乐的。

莫 止

（生卒年不详），字如山，无锡（今属江苏）人。明朝诗人。

昭君曲

这首诗赞赏昭君和亲的千秋功业。

但使边城静，蛾眉敢爱身①？
千年青冢在②，犹是汉宫春③。

【注】

① “蛾眉”：美女，指王昭君。“爱身”：惜身。

② “青冢”：即昭君墓，在今内蒙古呼和浩特市南郊，传说墓上常年草青，故称青冢。

③ “汉宫”：汉朝宫廷。“春”：春光明媚。以上两句说，千年来青冢并不冷落，昭君身后埋在草原，其价值不亚于汉宫中的任何人。

赵士喆

（生卒年不详），字伯濬，山东掖县人。人称文潜先生。著有《观物斋诗》《东山诗外》。

拟辽宫词（九首录二）

此题原诗九首。这里选录了两首，内容是主张各民族友好相处，勿开边衅。

（一）

年来南北靖烽烟[1]，西夏高丽各晏然[2]。
闻道中朝相司马[3]，至尊秘敕慎开边[4]。

【注】

① “南北”：指宋国和辽国。“靖”：停止。“烽烟”：战争。

② “西夏”：宋朝西北方向的党项族政权，辖地为今宁夏和内蒙古西部、陕西北部。“高丽”：古代朝鲜半岛的政权。“晏然”，平静。

③ “中朝”：指北宋朝廷。“相司马”：以司马光为宰相。

④ “至尊”：指辽国皇帝。“秘敕”：秘密下令。“慎开边”：对“开边”（扩充领土）要慎重对待。

(二)

头鱼宴罢醉颜酡[①]，那辨夷歌与汉歌[②]？
怪道赛神仍扑马[③]，洛阳天子即沙陀[④]。

【注】

①“头鱼宴”：辽国最高级的宴会名称。“酡（音沱）”：因喝酒而脸红。

②“那辨”：哪里分得清。这句说，宴会上混唱不同民族的歌曲。

③“怪道”：难怪。“赛神”：古代一种祭祀和娱乐活动，信奉萨满教的北方民族多盛行。“扑马”：一种马术活动。以上两种活动并非汉族固有。

④“沙陀”：唐代部族名称。其首领李克用起兵助唐，李克用之子李存勖灭后梁，建都洛阳，史称“后唐”。这里比喻在中原建立政权的辽国，原来也是少数民族。

杜陵生

（生卒年不详），明末诗人。

南歌子

这首词描写远在塞外征人的思乡之情。“南歌子”：词牌名。

草暖鸳鸯泺[1]，沙寒鸡鹿城[2]。芦管一声声[3]。
故乡千里月，梦难成。

【注】

① “鸳鸯泺”：湖泊名，辽代帝王常于春季在此打猎，在今河北省张北县西北。
② “鸡鹿城”：汉代要塞名，在今内蒙古磴口县。
③ “芦管”，即芦笙。

谈允谦

（1596—1666），字长益，丹徒（今江苏镇江）人。著有《树萱草堂集》。

边关春晚曲

这首诗描写塞外少数民族妇女用音乐向客人敬酒的欢乐气氛。

胡姬队队弄胡琴，酒滴酮酥取次斟①。
花柳既无莺燕少，总然春去不关心②。

【注】

① “酮（音童）酥”：奶酒。“取次”：随意。

② “总然”：纵然，即使。以上两句说，塞外春季缺少花柳莺燕，欢歌畅饮照样开怀，所以对春季的去留并不在意。

顾炎武

（1613—1682），初名绛，字宁人，江苏昆山人。学者称亭林先生。明末清初诗人。著有《日知录》《天下郡国利病书》《亭林诗文集》等。

自大同至西口（四首录二）

这组诗共四首，这里选录了两首。第一首写大同一线地理形势对国家防务的重要。第二首写西口以外的互市贸易对稳定边陲的特殊意义。“大同”，今山西大同市，明朝的“九边”之一。“西口”，指山西省长城诸口，以别于河北的长城诸口——北口。

（一）

落日林胡夜①，南风盛乐春②。
地当天北极，山是国西邻③。
冠带中原隔④，金缯异域亲⑤。
武灵遗策在⑥，犹可制秦人⑦。

【注】

① “林胡”：战国时部族名，活动范围在今山西省北部至内蒙古南部一带。

② “盛乐”：古县名，鲜卑族建立北魏的第一个都城，故址在今内蒙古和林格尔县。

③ “国”：首都，这里指北京。

④ “冠带”：指衣着。“隔”，不一样。

⑤ “金缯”：金属器物和丝织品。“异域”：指塞外。“亲”：

受欢迎。

⑥ “武灵”：指战国时的赵武灵王。“遗策”，赵武灵王“胡服骑射”的政策。

⑦ “秦人”：秦国人。

（二）

骏骨来蕃种①，名茶出富阳②。
年年天马至③，岁岁酪奴忙④。
蹴地秋云白⑤，临垆早酎香⑥。
和戎真利国⑦，烽火罢边防。

【注】

① “骏骨”：骏马。“蕃”，同“番”，泛指西北的少数民族。骏马是塞外的特产，也是互市贸易的主要商品。

② “富阳”：在今浙江杭州西南，盛产茶叶。茶叶也是互市贸易的主要商品。

③ “天马”：汉朝时期产自西域大宛国的名马。

④ “酪奴”：指茶叶。

⑤ “蹴（音促）地”：踏地。这句形容交易的马匹很多。

⑥ “酎（音宙）”：醇酒。

⑦ “和戎”：与边疆少数民族和平相处。“利国”：对国家有利。

尤侗

（1618—1704），字同人、展成，号梅庵、艮斋、西堂老人，长洲（今江苏吴县）人。康熙时举博学鸿词科，授翰林院编修，参与纂修《明史》。著有《西堂全集》。

三娘子

这首诗盛赞三娘子的貌美、艺高和胆识超群。

把汉那吉阑入关[①]，俺达解辫拜汉官[②]。
奇货已居王崇古[③]，枉开马市笑仇鸾[④]。
忠顺夫人三娘子，一队红妆斗比妓[⑤]。
乱点驼酥舞白题[⑥]，更索珠钿缀簪珥[⑦]。
至今图画写昭君，六宫粉黛谁能似[⑧]？
黄台吉，拉力克，鸡皮三少娇颜色[⑨]。
秦家良玉女将军[⑩]，猩袍锦繖差堪匹[⑪]。

【注】

① “把汉那吉”：俺答汗的孙子。隆庆四年（1570）因与俺答汗发生矛盾，携妻比妓等入关归附明朝。很快被明朝礼遇送回。“阑”：抎自。

② “俺答”：即阿拉坦（1507——1581），或译“安滩”：蒙古土默特部右翼万户首领，驻今之内蒙古呼和浩特市。隆庆五年（1571）受明朝封为“顺义王”。“解辫”：解散头上的辫子。指改换装束。“拜”，受封。“汉官”，指明朝的封爵。

③ “王崇古”：明朝的三边总督。王崇古很重视把汗那吉来，

认为“此奇货可居”：为与俺答修好提供了机遇，遂厚待把汗那吉并送回。

④“枉”：毫无意义。“马市”：当时设在边境一带的蒙汉贸易区。“仇鸾”：明世宗时大将，结交严嵩父子而受重用，镇守大同。嘉靖29（1550）年，俺答入边，仇鸾率军与战，一触即溃。最后被罢官革职。仇鸾曾与俺答讲和，开马市，但因仇鸾贪虐而马市夭折。

⑤“红妆”：妇女。“斗”，超过。“比妓”：把汗那吉的妻子，把汗那吉北归后，号大成台吉，比妓称“大成比妓”。

⑥“驼酥”：涂面的化妆品。“白题”：少数民族的舞蹈。

⑦“索”：求得。“珠钿（音店）”，珠玉镶嵌的头上饰物。“簪”：簪子。“珥（音耳）”：耳环。

⑧“六宫”：后妃的住处。“粉黛”：代指妇女。以上两句写三娘子的美貌超过了王昭君等所有的后宫嫔妃。

⑨“黄台吉”：俺答之子。“拉力克”：也作“掩力克”，黄台吉之子。“鸡皮”：形容人的面貌衰老。“三少”：三代。三娘子遵顺当时的习惯，俺答死后（1581）嫁给了袭顺义王的黄台吉；黄台吉死后（1586）又嫁给袭顺义王的拉力克。“娇颜色”，容貌娇美。这句说，三娘子历嫁三位顺义王，仍然貌美如初，却维持了政治稳定和蒙汉和解政策的延续。

⑩“秦家良玉”：秦良玉，明朝宣抚使马千乘之妻。马千乘征播州战死，秦良玉代领其众，取得胜利。明廷授她都督佥事，为总兵官。

⑪“猩袍”：红色战袍。“锦繖”：锦制的伞。“差”：勉强。“堪匹”：可以相比。

丁　澎

（1622？—1686），字飞涛，号药园，仁和（今浙江杭州）人。回族诗人。清顺治十二年（1655）进士。官刑部主事、礼部郎中。著有《扶荔堂诗集》。

塞上曲（六首选三）

这一组诗共六首，这里选录了三首，都是描写边疆少数民族的生活和性情的。

（一）

榆关落日惨秋风，驼背油幢马挂弓①。
传道单于城外猎，胡笳一夜满雪中。

【注】

①“油幢（音床）”，一种防雨的旗帜，有仪仗作用。

（二）

紫塞黄沙扑面飞，红妆小队窄裘衣①。
月明毳帐弹筝坐②，共待戎王夜打围③。

【注】

①“红妆”：妇女。“窄”：紧身。“裘衣”：皮衣。
②“毳（音脆）帐”：毡帐。
③“待”：等候。“戎王”：少数民族首领。“打围”：围猎。

（三）

居延雪劲草初肥[①]，放兔呼鹰教打围[②]。
夺得健儿雕羽箭，翻身骑马疾如飞。

【注】

① “居延”：在今内蒙古额济纳旗。“雪劲”：雪下得很猛。

② “放兔”：放跑兔子。“教”：调驯。“打围”：狩猎。这句写驯教猎鹰。

屈大均

（1629—1696），原名绍隆，字介子，号翁山，广东番禺（今广州）人。抗清失败后，削发为僧，法名今种，字一灵。中年还俗，仍从事抗清活动。著有《道援堂集》。

早发大同作

这首诗表达作者奔走抗清复明而无果的感慨。

鸡鸣人起大同城，笳鼓凄凄出塞声。
青冢风高貂不暖，白河霜滑马难行①。
髡钳昔日图成事②，沟壑今朝欲殉名③。
枉历三关征战地④，无由一奋曼胡缨⑤。

【注】

①“白河”：又称御河，流经内蒙古丰镇和山西大同之间。

②“髡钳（音坤前）”：古代两种刑罚，前者是剃掉头发，后者是颈上锁上金属圈。这里比喻自己年轻时的削发为僧。“图”：图谋。“成事”：成就反清复明的大业。

③“沟壑”：形容翻山越岭，旅途艰辛。“殉名”：为名节而献身。

④“枉”：白白地。“历”：经过。“三关”：指北方边塞的雁门关、宁武关、偏头关（都在今山西省）。

⑤“无由”：没有机会。“曼胡缨”：古代武士的装束，这里喻指勇士。

河 套

这首诗描写河套地区的地理和尚武传统，把反清复明的力量积蓄寄希望于此。“河套”，指内蒙古和宁夏的黄河由南而北，再东流，由北而南的一段。

三面黄河阻，千群铁骑飞。
受降城已没①，白马将无归②。
风乱哀笳曲，霜生利剑威③。
赫连台上望④，杀气接金微⑤。

【注】

① “受降城”：汉唐的受降城都在河套地区。“没”：毁灭。

② “白马将”：指能征善战的将军。“无归”：没能留下来。

③ “威”：形容剑锋寒光闪闪，令人生畏。

④ “赫连台”：西晋末年，匈奴人赫连勃勃建立夏国，辖今内蒙古西南部和陕西北部。赫连台指夏国都城的遗址。

⑤ “杀气”：战争气氛。“金微”：唐代金微都督府，在蒙古国。末两句说，整个蒙古高原将是用武的好去处。

边 词

这组诗描写北方少数民族首领行围打猎的盛况。

(一)

草长迷青冢，冰消见白台[1]。
汉儿吹角去，羌女打球来[2]。
牙帐山山卓[3]，雕旗处处开[4]。
诸王分六角[5]，会猎向龙堆[6]。

【注】

①“白台”：明朝李凤姐墓。明武宗微行至宣化，见民女李凤姐貌美，携归。凤姐死后葬在居庸关西面，据说墓上的野草均为白色，所以叫“白台”。

②“羌女”：少数民族姑娘。“打球”：打马 ，草原上的一种体育活动。

③“牙帐”：主帅的军营。“卓”，直立。

④“雕旗”：军旗。“开”，飘扬。

⑤“六角”：匈奴贵族的六个封号。这里指少数民族的很多首领。

⑥“龙堆”：泛指塞外沙漠地区。

（二）

弓马疾如飞，将军秋打围。
狼头悬大纛①，蟒锦制戎衣②。
犯雪过疏勒③，冲风下武威④。
归来献王子，獐兔皆鲜肥。

【注】

①“狼头”：狼头纛，雕有狼头的大旗，北方游牧民族的帅旗。

②“蟒锦”：织有蟒形图案的绣缎。“戎衣”：战袍。

③“犯雪”：冒雪。“疏勒”：汉代西域国名，在今新疆。

④“冲风”：冒风。“武威”：古匈奴地，今属甘肃。

（三）

日暮归千骑，骄嘶靺鞨风①。
卢沟衰草外②，督亢乱云中③。
鞍上齐倾酒，营前各祭弓④。
夸称小狼主⑤，射得一黄熊。

【注】

①“骄”：高头大马。“嘶”：马叫。“靺鞨”：隋唐时期部族名，活动在今黑龙江地区。

②“卢沟”：即今之永定河。

③“督亢”：战国时燕国地名，在今河北省中部。

④“祭弓”：游牧民族的习俗，出征时倾酒祭弓以祝出征或狩猎取得胜利。

⑤“小狼主”：古代北方一些少数民族称国王为“狼主”：称王子为“小狼主”。

陈恭尹

（1631—1700），字元孝，号半峰，晚号独漉，顺德（今属广东）人。曾任南明锦衣卫指挥佥事。著有《独漉堂集》。

边　草

这首诗借咏边草以寄托对抗清志士的怀念与哀悼。

勿论荣与悴①，今古恨无穷。
雪散烧痕上，青归战血中②。
天长垂大漠，地远后东风③。
独有明妃冢，年年似汉宫④。

【注】

① “荣”：茂盛。“悴”：枯萎。以下两句明写草，暗寓人。
② 这句说，青草地被志士的鲜血染红了。
③ “后东风”：东风（春季）来得晚。
④ “似汉宫”：像中原地带一样青翠。

蒲松龄

（1640—1715），字留仙，一字剑臣，别号柳泉居士，也称聊斋先生，淄川（今山东淄博）人。据专家考证，蒲氏祖先是元代般阳路总管，系蒙古族。著有《聊斋志异》《聊斋文集》《聊斋诗集》《聊斋俚曲》等。

田间口号

这首诗反映农民在封建社会所受到的残酷剥削。“口号”，随口吟唱。

日望饱雨足秋田①，雨足谁知倍黯然②。
完得官粮新谷尽③，来朝依旧是凶年④。

【注】

①“足”：灌足。

②“黯然”：伤心沮丧。

③“完得”：缴够。

④“来朝”：明天。“凶年”：灾荒年。

旱甚

这首诗反映官府对农民灾情的置若罔闻。原诗三首，这里选了一首。

大旱三百六十日，垅上安能有麦禾①？
报到公庭犹不信②，为言庭树尚婆娑③。

【注】
① “垅上”：田间。
② “公庭”：官府。
③ “庭树”：院中的树木。“婆娑（音梭）”：枝繁叶茂的样子。

口号

这首诗反映当时繁重赋税给农村带来的饿殍盈道、民生凋敝的景象。

青苗遍野麦输芒①，南北流人道路僵②。
为问播迁何自苦③？“月中传说要征粮。”

【注】
① “输芒”：吐穗。虽是青黄不接，但已收成在望。
② “流人”：逃荒的人。“僵”：倒地而死。
③ “播迁”：逃亡。“何”，为什么。“自苦”：自讨苦吃。

玄 烨

（1654—1722），清朝皇帝，年号康熙，庙号圣祖。在位 60 年。

河套西望

这首诗表现了重视经营河套地区的战略思想。康熙为平定噶尔丹叛乱，1697 年亲率大军出征，途经内蒙古河套地区，抒发了以统一华夏为己任的豪情。

往代存虚议①，今为我外藩②。
河环沙碛暖，境阔草滩繁。
错落延绥接③，迷离朔漠吞④。
时巡曾不到⑤，特示抚柔恩⑥。

【注】

① “虚议”：不值一谈。这句说，以往各民族之间的抵牾就不必重提了。

② “外藩”：向清朝称臣的边疆政权。

③ “延绥”：明代“九边”之一，辖陕西北部一带。

④ “迷离”：远望模糊不清。“朔漠”，指蒙古高原。“吞”：包括，涵盖。

⑤ “时巡”：帝王按时巡视各地。“曾”：竟然。

⑥ “抚柔”：关心笼络。以上两句说，过去从未到过河套，这次巡视要特意表示关心笼络的意图。

纳兰性德

（1655—1685），原名成德，字容若，号楞伽山人，满洲正黄旗人。康熙进士。官一等侍卫。著有《通志堂集》《纳兰词》。

采桑子·塞上咏雪花

这首词通过咏雪花寄托了作者崇尚孤高洁白的信念。“采桑子”，词牌名。

非关癖爱轻模样①，冷处偏佳②。别有根芽，
不是人间富贵花③。　谢娘别后谁能惜④？飘泊
天涯。寒月悲笳，万里西风瀚海沙⑤。

【注】

①“关”，涉及，相关。这句说，并非因为雪花轻盈才喜爱它。

②“佳”，好。这句说，雪花越冷越漂亮。

③“富贵花”，牡丹之类供人赏玩的花卉。意思是，雪花植根天上，开在空中，别有一番情趣。

④“谢娘”，指东晋女诗人谢道韫。她描写雪花说“未若柳絮因风起”，被称为空前绝后之句。

⑤“瀚海”，指塞外沙漠地区。雪花不被人间怜惜，只好飘泊到塞外瀚海，以保持自己的高洁。

沁园春

这首词通过写塞外风光，表达了时光易逝怀才不遇的感伤。“沁园春”，词牌名。

试望阴山，黯然销魂，无言徘徊。见青峰几簇，去天才尺，黄沙一片，匝地无埃①。碎叶城荒②，拂云堆远③，雕外寒烟惨不开④。踟蹰久，忽砯崖转石⑤，万壑惊雷⑥。

穷边自足愁怀⑦，又何必平生多恨哉！只凄凉绝塞，蛾眉遗冢⑧；销沈腐草⑨，骏骨空台⑩。北转河流⑪，南横斗柄⑫，略点微霜鬓早衰⑬。君不信，向西风回首，百事堪哀。

【注】

① “匝地”：遍地。“无埃”：没有尘土，只有黄沙。

② “碎叶”：古城名，故址在今吉尔吉斯共和国。

③ “拂云堆”：突厥人的神祠，地在今内蒙古五原县。

④ “雕外寒烟”：指高空的乌云。

⑤ “砯（音朋，阴平）崖”：山崩。“转石”：石头滚动。

⑥ “万壑”：山谷。“惊雷”：发出雷一样的巨响。

⑦ “穷边”：极遥远的边地。“自足”：足够。

⑧ “蛾眉”：美女。“遗冢”：王昭君墓。

⑨ “销沈”：变化。

⑩ “骏骨”：千里马的遗骨。战国时燕昭王招纳贤者，郭隗希望他能像以五百金买骏马骨那样求贤若渴。燕昭王筑起高台，上置千金，延请天下贤士。昭君和亲只在塞外留下一个孤零零的坟墓，昭王求贤只在腐草丛中留下一个空台，因而产生时光流逝，万事皆空的感慨。

⑪“北转河流”：银河向北转。

⑫“南横斗柄”：北斗星向南转。比喻岁月流逝。

⑬“略”：稍微。这句说，好像鬓角稍微沾上一些白霜，实际是年岁大了。

鹧鸪天

这首词描写塞外狩猎的生动景象。“鹧鸪天”，词牌名。

谁道阴山行路难，风毛雨血万人欢①。松梢露点沾鹰绁②，芦叶溪深没马鞍。　依树歇，映林看③，黄羊高宴簇金盘④。萧萧一夕霜风紧，却拥貂裘怨早寒⑤。

【注】

①“风毛雨血”：风中有毛，雨中带血，形容激烈的狩猎场面。

②“鹰绁（音屑）”：栓鹰的绳子。

③“映林”：透过树林。

④“簇（音促）”：聚集。这句写猎罢会宴的情景。

⑤“拥”：披着。“早寒”：冷得早。

高士奇

（1644—1703），字澹人，号江村，钱塘（今浙江杭州）人。官詹事府少詹事、礼部侍郎。著有《清吟堂集》。

塞外杂咏

这两首诗写塞外独特的气候和风光。

（一）

满碛闲花送野香，穷边六月始青阳①。
纷纷蜂蝶须留意，若到秋来便陨霜②。

【注】

① “穷边”：边境。“青阳”：春季。作者原注：“塞外五六月始有和色，七月即陨霜矣。”

② “陨（音允）霜”：降霜。

（二）

望中宫阙隔云霞①，叹息今年负物华②。
六月驼毛飘满地，浑疑春尽洛阳花③。

【注】

① “宫阙”：代指京城（北京）。“隔云霞”：隔得很远。

② “负”：辜负。“物华”：美好的景物。指今年看不到京城的美好景物了。

③ “浑”：简直。作者原注：“橐驼于五、六月脱毛，塞上处处皆有，风吹展转如杨花也。”

卓尔堪

（生卒年不详），字子立，一字子任，号宝香山人。江都（今江苏扬州）人。著有《近青堂诗集》。

红山观猎

这首诗描写塞外打猎的生动场面。“红山”，塞外有两处红山，一在内蒙古赤峰，一在河北省赤城。

古道停鞭看打围，征袍乍暖炙斜晖①。
弯弧紫燕追风去②，攫兔苍鹰贴草飞③。
野地割鲜争饮血④，村墟沽酒更烹肥⑤。
各夸身手多轻捷，谁向南山射虎归⑥？

【注】

① “炙”：烤。“晖”：阳光。

② “弧（音胡）”：弓。“紫燕”：一种良马名。

③ “攫（音獗）”：抓。

④ “鲜”：刚死的动物。

⑤ “村墟”：村庄。“沽酒”，买酒。“烹”：煮。“肥”：体肥的野味。

⑥ “南山”：陕西的终南山。汉代名将李广罢官后家居在南山，以打猎为消遣。这句说，谁也不会像李广那样隐居南山以打猎为消遣，而是为了展现自己的武功。

方登峄

（生卒年不详），字凫宗，号屏垢，桐城（今属安徽）人。康熙贡生，官工部主事，后被谪死卜奎（今黑龙江齐齐哈尔）。

打貂行

这首诗记录了索伦猎民打貂的作法和经验，诗中也对朝廷盘剥猎民给予了讽刺。

打貂须打生①，用网不用箭。
用箭伤皮毛，用网绳如线。
犬逐貂，貂上树，打貂人立树边路。
摇树莫惊貂，貂落可生捕，皮完脯肉供匕箸②。
索伦打貂三百户③，白狼苍鹿赆同赴④。
九天阊阖上方裘⑤，垂裳治仰蜼虫助⑥。

【注】

① “打生”：活捉。

② “完”：完好。“脯（音府）”：晒成肉干。“匕（音比）箸”：勺匙和筷子。“供匕箸”：供人食用。

③ “索伦”：清朝把东北的鄂温克、达斡尔、鄂伦春等统称为“索伦部”。

④ “赆（音尽）”：进贡。“同赴”：一起送上去。

⑤ “九天”：高空。“阊阖（音昌合）”：传说中的天门，也指皇宫的正门。“上方裘”：皇帝穿的皮袍。

⑥ “垂裳”：形容不用动手。“治”：治理好国家。“仰”：依靠。“蜼（音伟）虫”：指野生动物。这句说，朝廷治理好国家，竟然需要这些野生动物帮助。

张鹏翮

（1649—1725），字运青，遂宁（今属四川）人。康熙九年（1670）进士。官终文华阁大学士。

喀尔喀曲

这首诗赞赏蒙古健儿出众的骑射才能。“喀尔喀”，蒙古部落名，初见于明代。为蒙古六万户之一，共十二部。其中内喀尔喀五部，清初编为巴林、扎鲁特、敖汉、奈曼等四部五旗，属内扎萨克（内蒙古）。外喀尔喀七部，清初并为土谢图汗、车臣汗、扎萨克图汗三部；雍正三年（1725）又从土谢图汗分出塞因诺颜汗部，共成四部（86旗），属外扎萨克（外蒙古）。外扎萨克仍袭用喀尔喀蒙古称号。

水竭草枯叹俗穷①，腰悬竹箭臂悬弓。
轻驰马上疾如鸟，只畏中原火器攻②。

【注】

①“俗穷”：民间贫穷。

②“火器”：指枪炮。

钱良择

（生卒年不详），字玉友，一字木庵。清康熙二十七年（1688）曾作为随员出使俄罗斯。著有《抚云集》《出塞纪略》等。

咏长十八

这首诗通过咏长十八，表示中原地区的人对塞外不能等闲视之。“长十八”，生长于塞外的一种野花，色红。

深红若个种黄沙①？艳色还疑出汉家。
三十六宫春欲去②，平分一半与闲花③。

【注】

① “若个”：哪个，谁。

② “三十六宫”：皇宫中所有嫔妃。“春欲去”：春季就要过去了。

③ “闲花”：不被人们珍视的花，指长十八。这句说，长十八可以与嫔妃们赏玩的全部花卉相匹。

登归化城纳凉望阴山

这首诗写归化城和阴山对屏护大清帝国京师的重要作用。“归化”，即今内蒙古呼和浩特市旧城，最早由蒙古俺答汗于1581年前后修建，明朝赐名归化。“纳凉”：乘凉。“阴山”：即呼和浩特城北的大青山。

远衬孤城叠翠浮①，大荒形胜此山留②。
半天高截来鸿路③，万古寒凝战士愁④。
对面石欹蹲怪兽⑤，荡胸云出奋潜虬⑥。
斜阳屏障苍茫里⑦，有客披襟独倚楼⑧。

【注】

① “叠翠”：一重重山峰长满茂密的树木。

② 这句说，在边远荒凉的地方却有阴山这样的雄伟苍翠的名山。

③ “截”：截断，阻隔。“鸿”：大雁。这句形容山高。

④ 这句说，这里历来寒冷。

⑤ “欹（音欺）”：倾斜。“怪兽”：比喻奇异的石头。

⑥ “荡胸”：涤荡胸怀。“奋”：腾空而起。“潜虬（音求）”：沉伏在山谷水底的蛟龙，比喻山中云彩。

⑦ “屏障”：指阴山。“苍茫”：旷远模糊的样子。

⑧ “客”：作者自指。“披”：敞开。“楼”：指归化城北门建威楼。

竹枝词

路入穷荒，山川草木，既不知名；往迹遗踪，又不可考。目之所见，触口成吟，率作七言绝句。但取记事，不用标题，语杂俳谐，亦竹枝词遗意也。

(一)

这一组诗共七首，描写塞外蒙古族生活习惯、语言文字、梳妆打扮、互市贸易、气候特点、地理、道路等方面的情况。“穷荒”，指辽远的边地。“触口”，随口。“率作”，随意作成。“俳（音排）谐”，玩笑，诙谐。

马通供爨酪供餐①，革带羊裘貂制冠②。
应傲中原生计拙③，苦辛耕织备饥寒④。

【注】

① “马通”：马粪。“供爨（音窜）”：用来烧火做饭。“酪”：奶食品。

② “革带”：皮腰带。“羊裘”：羊皮袍。“貂”：一种野生动物，皮极珍贵。

③ “生计拙”：生活困难，谋生不易。

④ 这句说，内地农民辛苦耕地织布来备饥防寒，不如牧民放牛放马轻松。

（二）

番语侏离译不明[①]，相看都用手传情。
却思博望操何术[②]？口作华言万国行。

【注】

① “番语”：这里指蒙古话。“侏离”：形容语言难懂。“不明”：不明白，不清楚。

② “却思”：转而想到。“博望”，指西汉张骞于汉武帝建元二年（前139）出使西域，十三年间历经大月氏、大宛、康居、乌孙等国，被封为“博望侯”。“操”：用，拿。“何术”：什么方法。

（三）

塞北红颜亦自妍[①]，宝环珠串锦妆鲜[②]。
怪来羞脱蒙茸帽[③]，顶上浓云在两肩[④]。

【注】

① “红颜”：年轻的女子。“自妍”：天生美丽。

② “宝环”：玉石耳环。“珠串”：珍珠项链。“锦妆”：绸缎衣服。“鲜”：鲜艳。

③ “怪来”：奇怪。“羞脱”：不愿摘下。“蒙茸帽”，细毛皮帽。

④ “顶上”：头顶上面。“浓云”：比喻密密的黑发。

（四）

驱驼市马语哗然①，乞布求茶列帐前②。
但得御寒兼止渴，生涯初不赖金钱③。

【注】

① “驱驼”：赶来骆驼。“市马”：出售马匹。“哗然”：形容市场上人声鼎沸。

② “乞布”：寻求布匹。“求茶”：购买茶叶。

③ “生涯”：生活。“初不”：原不。这句说，草原上盛行以物易物，不靠金钱交易。

（五）

马上帷中等絮袍①，腰横襞绩领缘羔②。
卸来便寄征夫去③，不待秋风费剪刀④。

【注】

① “马上”：骑马，指外出。“帷中”：毡包里，指在家。“等”：同样。“絮袍”：穿动物毛皮制的长袍。

② “襞（音壁）绩”，因系腰带，上衣有很多褶子。“领”：上衣领子。“缘”：用。“羔”，羔皮。

③ “卸来”：脱下来。“征夫”：出门在外的男人。

④ 这句说，用不着秋天再去裁剪衣服。内地妇女传统上都是秋季赶制冬衣，寄给戍守在外的丈夫。

（六）

小姑晨出靓妆新[①]，编发簪花炫好春[②]。
手爇名香拜高座[③]，夜来禅床许横陈[④]。

【注】

①“小姑”：小姑娘。“靓妆”：漂亮打扮。

②“簪花”：在帽子上插花。“炫”：夸耀。

③“爇（音弱）”，点燃。“高座”：供奉的佛像。

④“禅床”：供佛的地方。“许”：允许。“横陈”：躺下睡觉。内地供佛的地方有许多清规戒律，蒙古包内狭窄，可以在佛像面前睡卧的。

（七）

沙草连天短发毵[①]，歧途七圣亦回骖[②]。
征人失道黄昏夜[③]，马矢扪来当指南[④]。

【注】

①“毵（音三）”：毛发细长的样子。这句用短发比喻沙中细草。

②“歧途”：岔路。“七圣”：古代传说中的七位圣人。“回骖（音餐）”：掉转马头，原路返回。

③“征人”：行远路的人。“失道”：迷路。

④“马矢”：马粪。“扪”：摸。“指南”：指南针。草原夜间迷路，寻找马粪，以判断大队人马所去的方向。

途遇噶尔噶人南徙者

此诗共三首，写喀尔喀牧民的习俗。“噶尔噶”，即喀尔喀蒙古人，清朝中叶以后专指外蒙古人。康熙二十七年（1688），准噶尔部首领噶尔丹勾结沙俄，攻击喀尔喀部，致使喀尔喀牧民大批向南迁徙。

（一）

一行鱼贯向南迁①，左耳垂环尽及肩②。
东面不知男女辨，几回盘马过西边③。

【注】

① “鱼贯”：形容前后相随。

② “垂环”：戴耳环。喀尔喀牧民男女都戴耳环，耳环很大，接近肩膀。妇女是双耳垂环，男人则只戴左耳。旅途中都戴着帽子，男女难以分辨。作者站在东面（南迁者的左面），分不出男女。

③ “盘马”：调马。

（二）

掣马驱驼半妇人①，白羊黄犊亦随身。
不愁终日离家去，翻爱他乡水草新②。

【注】

① “掣（音彻）马”：牵马。“半妇人”：有一半都是妇女。内地妇女一般不会牵马驱驼。

② “翻”：反。

(三)

置儿鞍背等怀中[①]，絮里函盛络绎从[②]。
遇便开襟来乳哺[③]，全家相对在驼峰。

【注】

①“置儿”：放小孩儿。“等”：等于。

②“函盛”：装在木匣中。“络绎”：往来不绝，前后相接。作者原注：“以木为柙（匣），用盛小儿，置于驼背，儿亦不惊。”

③“开襟”：打开衣襟。内地妇女不会在人前开襟哺乳。

高其倬

（1676—1738），字章之，号芙沼。康熙间进士。官至工部尚书。有《味和堂诗集》等。

青城怀古

这首诗追忆青城历史上的繁华昌盛，感慨战火焚劫后的凄凉。“青城”，即今之内蒙古呼和浩特市。城建于明神宗万历年间，当地蒙古人称为“呼和浩特”（蒙古语：青城），明朝赐名“归化”。明朝末年，清主皇太极追击察哈尔林丹汗，将城池烧毁，只留下银佛寺（弘慈寺，即今大召）。后又陆续重建。

筑城绝塞跨冈陵①，门启重关殿百层②。
宴罢白沉千帐月③，猎回红上六街灯④。
夜江欲渡金源马⑤，秋使方征渤海鹰⑥。
劫火东延名胜尽⑦，前尘难问再来僧⑧。

【注】

① “绝塞”：遥远的边地。“冈陵”：山陵。呼和浩特北靠青山。
② “门启重关”：形容一层层的城门很多。“殿”：宫殿。据史书记载，俺答汗在青城建筑宫殿，“殿及寝殿凡七重，东南建仓房凡三重，城上起滴水楼五重。”
③ “白”：指月光。“千帐”：许多毡帐。史籍记载，俺答汗建城后，仍习惯于住蒙古包，城北有大片蒙古包群。
④ “红”：指灯火。“六街”：指城内所有街道。
⑤ “金源马”，金国产的良马。这句写满洲人的兵马渡过

黄河前来。

⑥ “秋使”：清朝秋季派出的使臣。“征”：征调。“渤海鹰”：一种猎禽，又叫“海东青”，塞外常向清廷进贡的物品。

⑦ “劫火”：战火。“延”：蔓延。

⑧ 这句说，青城内的僧人也说不清青城兴衰的前因后果。

徐 兰

（生卒年不详），字芬若，常熟（今属江苏）人。著有《出塞诗》。

归化城杂咏

这首诗写清朝军队出征塞外的艰辛和厌战情绪。“归化”，明清称呼呼和浩特旧城为“归化”。

祁连呼吸与天通①，不与人间节候同②。
后骑解衣风柳下③，前军堕指雪花中④。
发离汉地根先白⑤，泪过秦山色变红⑥。
驺伍漫劳歌况瘁⑦，侯王犹自佩雕弓⑧。

【注】

① “祁连”：指呼和浩特市城北的大青山。匈奴人呼天为“祁连”：大青山所属之阴山古代亦称天山。

② “节候”：节令，气候。

③ “后骑”：后面的骑士。

④ “堕指”：冻掉手指头。以上两句写塞外气候变化无常。

⑤ “发”：头发。“汉地”：汉朝的版图。“根”：头发根。

⑥ “秦山”：秦朝的山脉。“色变红”：泪水成了血。以上两句写军士离开故土的苦闷伤感。

⑦ “驺（音邹）伍”：侍从骑队。“漫劳”：徒然辛苦。“歌”：唱。“况瘁（音粹）”：疲劳憔悴，指行役之人的歌谣。

⑧ “侯王”：带兵的将领。

雨阻黑河

这首诗通过雨阻黑河，想到人生的坎坷与对光明前途的信心。“黑河”，黄河支流大黑河，在呼和浩特市城南。

天地有此河，墨流独浼浼①。
黄河曾为圣人清②，浊浪咆哮独不改。
迢遥西上势蜿蜒③，两旗疆界相钩连④。
受降城头坐飞将⑤，牧马不敢争河边⑥。
上有共工触破未补之漏天⑦，
下有鲛人痛哭不测之深渊⑧。
阳春有脚走不到⑨，哪得两岸生人烟⑩！
但见奇花塞⑪州渚，色如人面形为拳⑫。
花里见鱼不见水，一网可以盈⑬一船。
饥儿阻雨不须哭，朝鱼暮鱼食尚足。
雷电光中任过春⑭，脚底莓苔⑮黯然绿。
天晴曝⑯衣上古原，白骨堆边拣金镞⑰。

【注】

① “墨流”：混浊的河水。“浼浼（音美）”：形容水流很大。

② 古代传说，有圣人出现，黄河就会变清。

③ “迢遥”：远远地。“蜿蜒”：弯弯曲曲的样子。

④ “两旗”：指黑河流经的土默特左旗和右旗。“钩连”：相互交错相连。

⑤ “受降城”：汉唐在阴山一线均建有受降城，这里喻指呼和浩特城。“飞将”：指西汉名将李广，这里喻指呼和浩特的绥远将军。

⑥ “牧马”：指匈奴人入境。

⑦ “共工”：神话中人物。远古时代，共工与颛顼争天下，

失败后怒触不周山（撑天的柱子），而使天有了大漏洞。这句形容大雨不停，好像天漏了一样。

⑧ “鲛人”：古代传说中的“鲛人”哭泣时泪珠变成珍珠。这句形容黑河水深难测。

⑨ “阳春”：美好的春日景色。这句说天晴无望。

⑩ “人烟”：住户。这句说，眼前黑河两岸均看不到住户。

⑪ “塞”：长满。“州渚”：河中沙洲。

⑫ 这句说花朵红艳，花朵形似拳头。

⑬ “盈”：装满。旧时蒙古人不习惯吃鱼，所以水中鱼多而易捕。

⑭ “过春”：春天来了。这句说，把雷电光当作预报春天的信息。

⑮ “莓苔”：阴湿之处的苔藓。“黯然”：令人情绪低沉。

⑯ “曝（音瀑）衣”：晒衣服。“古原”：未开垦的原野。

⑰ “金镞”：金属箭头。古战场的遗物。

范昭逵

（生卒年不详），字笠岩。康熙己亥（1719）曾奉命出塞设“台站”。所见所闻写入《从西征略》。

竹枝词（八首选四）

这组诗共八首，这里选了四首。诗中写了塞外的音乐、风光、农牧业生产等。

（一）

塞外谁知曲不文①，琵琶唯解说昭君②。
哆啰似有宫商调③，叶入悲笳响透云④。

【注】

①“不文”：不高雅。

②“惟解”：只懂得。“昭君”：指琵琶曲调《昭君怨》。这句说，用琵琶只会弹奏《昭君怨》。

③“哆　”：蒙古乐器拨弦发出的声音。“宫商”，指音乐中的“五音”。这句说，蒙古族乐器弹奏的曲调也符合“五音”规范。

④“叶（音协）”：协调，和谐。

（二）

塞外谁知景亦悭①，黛螺椎髻雪中山②。
荒沙总有青青柳，辜负玲珑月一弯③。

【注】

①“景”：风景。“悭（音千）”：少有。

②“黛螺”：妇女染眉的青黑色颜料。这里形容山色。“椎髻”：一种椎形发型。这里形容山的形状。

③“辜负”：对不住。“玲珑”：形容月亮明澈的样子。“月一弯”：一个弯弯的月牙儿。这句说柳树繁茂，遮住了弯月。

（三）

塞外谁知色自优①，生成妩媚不容修②。
终身尘土羊脂白③，笑杀铅华说粉头④。

【注】

①“色”：容貌，多指妇女。

②“妩媚”：姿容娇丽。“修”：修饰打扮。

③“终身”：浑身。“羊脂白”：像羊油一样细腻洁白。

④“笑杀”：羞死。“铅华”：搽脸的白粉。“粉头”：指过分梳妆打扮的女人。

（四）

塞外谁知力亦勤[①]，凿泉樵草猎成群[②]。
近来已有屯田处[③]，也解青稞南亩耘[④]。

【注】

①“力”：劳动。“勤”：辛苦。

②“凿泉”：打井。“樵草”：砍柴割草。“猎成群”：成群结队地去打猎。

③“屯田”：原指军队开荒种田。清朝曾把死罪犯人中可以免死的人发往归化一带开荒种地，逐渐形成了汉族的村落。

④“解”：懂得。“青稞”，大麦。“南亩”：指耕种的田地。“耘（音云）”：锄草。

方式济

（生卒年不详），字屋源，桐城（今属安徽）人。方登峄之子。康熙四十八年（1709）进士。官内阁中书。随父戍边黑龙江，并死于戍地。著有《龙沙纪略》。

渡脑温江

这首诗写北国脑温江的风光如海南的风光一样旖旎动人。“脑温江”，即今之诺敏河，于嫩江的上游。发源于内蒙古，经流黑龙江省。

急流双汊涌沙根①，一抹波光带日昏②。
想像琼州潮拍案③，片帆初到海南村④。

【注】

① “双汊”，河道的两条分岔。“涌沙根”，把河底的泥沙也涌起来了。
② “一抹”，一片。
③ “琼州”，今海南岛。
④ “片帆”，一只小船。“海南村”，海南岛的渔村。

卢见曾

（生卒年不详），字抱孙，号雅丽山人，德州（今属山东）人。康熙六十年（1721）进士。历任四川洪雅、安徽蒙城知县，六安、亳州知州，江南江宁府知府，两淮、长芦盐运使等。著有《雅雨堂诗文集》《出塞集》等。

雪

这首诗写塞外蒙古高原的风雪严寒和荒寂。

大漠风交疾①，阴沉雪乱飞。
手僵常散辔②，泪冻不沾衣③。
投宿身何所？兼程计又非④。
平生憎猘犬⑤，转怪吠音稀⑥。

【注】

① “交疾”：一股比一股迅速有力。
② “散辔”：抓不紧马缰绳。
③ “不沾衣”：流不到衣襟上。
④ “兼程”：连夜赶路。以上二句说，欲住没有人家，欲行又不可能，进退两难。
⑤ “猘（音制）犬”：猛犬。
⑥ “转怪”：转而奇怪。“吠音”：狗叫声。有了狗叫，就会找到人家住宿。

杭霭竹枝词（十三选九）

这一组诗共十三首，这里选了九首，分别写蒙古族礼仪、忌讳、预测天气、狩猎、服饰、订婚、迎亲、景色等。“杭霭”，即杭爱，山名，在今蒙古国。

（一）

正朔钦遵贺岁新①，佛天参罢更周亲②。
出门礼数先台长③，哈达高擎道“塞因”④。

【注】

①“正（音征）朔”：农历正月初一。“钦遵”：恭敬地按照规矩。

②“参”：拜。“周亲”：至亲。这句说，拜天拜佛之后再拜父母。

③“台长”：古代官名，即御史中丞。这里指朝廷派来的官员。

④“哈达”：一种丝巾，蒙古族在迎送、馈赠、敬神等仪式上献哈达，表示敬意。“高擎”：高举。“塞因”：蒙古语，好。作者原注：“俗以素帛献尊长，名曰哈达。‘塞因’，其请安之词。”

(二)

不宿春粮不裹粮①，但逢烟火便充肠②。
家堂有禁君须记③，下马投鞭好入房④。

【注】

①“宿春粮”：出发前一天晚上捣米作干粮。《庄子·逍遥游》：“适百里者宿春粮。”“裹粮”：带上干粮。《诗经·大雅·公刘》：“乃裹 粮，于橐于囊。”这句说，出门不必携带干粮。

②“烟火”：炊烟。“充肠”：吃饭。作者原注“俗无宿店，但遇人家，皆可宿食。”

③“家堂”：室内。“禁”：禁忌，忌讳。

④“投鞭”：放下马鞭。作者原【注】“以持马鞭入房为禁。”

(三)

对对阿笼驮马鞍①，樵苏及早莫盘桓②。
月阑日晕曾先觉③，准备连朝苏鲁汗④。

【注】

①“阿笼”：粪筐。作者原注“穹庐以马通为柴。阿笼，其取之之具也。”

②“樵苏”：原指打柴割草，以便烧火做饭。这里指拣马粪牛粪。“盘桓”：迟疑。

③“月阑”：月晕，月亮周围出现光环。“日晕”：太阳周围出现彩色光圈。“先觉”：预先观察。

④“连朝”：连日。“苏鲁汗”：蒙古语，暴风雪。作者原注：“风雪天曰苏鲁汗。”

（四）

早闻边禁重硝黄[①]，火器何年惯此方[②]？
雪浅草肥骁马健，大家争赛打黄羊。

【注】

① “边禁”：边界禁运的物资。“重”：重视。“硝黄”：火药。

② “火器”：火枪。“惯”：普遍熟悉。

（五）

窄裘称体巨环垂[①]，辫发披肩侧帽宜[②]。
马上昭君从瞥见[③]，笑他画史貌阏氏[④]。

【注】

① “窄裘”：瘦皮袍。“称体”：合身。“巨环”：大耳环。

② “侧帽宜”：歪戴帽子很时兴流行。

③ “马上昭君”：骑马的妇女。“从瞥见”：随眼可以看到。

④ “画史”：宫廷画师，指传说中汉元帝时的画师毛延寿。他贪贿不成，故意将王昭君画丑，致使汉元帝将她嫁给匈奴单于。“阏氏”，匈奴单于之妻，这里指王昭君。最后两句说，可笑毛延寿将王昭君丑化，结果草原上的妇女个个都像王昭君一样美丽了。

(六)

驱马牵羊载酒尊[1]，委禽礼物剧闻喧[2]。
双鐶却闭缘何故[3]？要待阿翁亲款门[4]。

【注】

① “尊”：即“樽”：古代盛酒的器皿。

② “委”：送。“禽”：雁，古代订婚用的礼物。“委禽”：下聘礼。“剧”：很，甚。“喧”，热闹。

③ “双鐶（音环）”：指两扇大门（女方）。“缘”：因。

④ “阿翁”：男方的父亲。“款门”：叩门。作者原注：“纳采日，必亲翁跪门，女家乃出也。”

(七)

锦鞯迎得女如花[1]，骁骑儿郎莫浪夸[2]。
腰褭一双齐纵辔[3]，看谁先到阿婆家[4]。

【注】

① “锦鞯（音肩）”：用锦缎垫在马鞍上。

② “骁骑”：勇健的骑手。“浪夸”：随便夸口。意思是新郎的骑马技术不一定超过新娘。

③ “腰褭（音鸟）”：良马名。这句说，新郎新娘各骑一匹好马纵辔奔驰。

④ “阿婆”：男方的母亲。作者原注“亲迎将近，则夫妇争驰，以先到为采。”

（八）

炎夏朝寒似晚秋①，说来花木总关愁②。
那知春色曾偏到③，杭霭山青发绣球④。

【注】

①“朝”：早晨。

②“关愁”：感到忧愁。

③“曾”：竟然。“偏到”：出乎意料地来到。

④“发”：开放。“绣球”：花名。

（九）

海幻蜃楼夸异观①，谁知山市等波澜②。
峥嵘台阁归何处③？才供闲人一霎看④。

【注】

①“海幻蜃（音慎）楼”：即海市蜃楼，沙漠中常能见到。“异观”，奇异的景象、

②“山市”：指海市蜃楼中显现的高山或城市。“等”，好像，如同。“波澜”：比喻动荡不定。

③“峥嵘”：形容高耸。“台阁”，楼台亭阁。

④“一霎”：时间短暂。

喻文鏊

（生卒年不详），字冶存，一字石农，黄梅（今属湖北）人。著有《红蕉山馆诗钞》。

套中二首

这两首诗写河套地区的地理形势、历史沿革和民风民俗。“套中”，即河套地区，指黄河流经宁夏和内蒙古的一段地区。

（一）

贺兰山下挽雕弧①，千里沙场战骨枯。
岂识羁縻归典属②，更从征调乞分符③。
黄河三面孤城闭，秋草平原万马趋。
此地由来皆郡县，北门锁钥重边隅④。

【注】

① “贺兰山”，在今宁夏和内蒙古西部。“挽”，拉。“雕弧”，即雕弓。

② “羁縻（音基迷）”，笼络使不生异心。“典属”，即典属国，秦汉时期中央政府掌管其他民族事务的机构。这句说，河套地区长期归中央政府管辖。

③ “从”：服从。“征调”：征集调动。“乞”要求。“分符”，分配符信，即分配从军征战的任务。这句说，经常服从朝廷征调出兵打仗。

④ “锁钥”：锁头钥匙，比喻重要的边防要塞。“边隅”：边境。

（二）

列队南膜肃汉官①，袤延千里猎场宽②。
沙田似掌垂珍粒③，塞女如花拍绣鞍④。
连幕留宾铺罽暖⑤，熬茶供佛泻杯寒⑥。
莫非王土皆臣列⑦，畛域何分一体看⑧。

【注】

①“南膜”：向南举手加额，表示恭敬。“肃”：敬。这句说，人们排着整齐的队伍欢迎内地来的官员。

②“袤延”：广阔延续。

③“珍粒”：比喻流动的细沙。

④这句说，漂亮的塞外姑娘都能骑马。

⑤“连幕”：一个毡帐接一个毡帐，形容主人好客，轮流宴请。“罽（音计）”，毛织地毯。

⑥“泻杯”：倾杯，指喝茶。

⑦“莫非王土”：各处都是朝廷的领土。《诗经·小雅·北山》：“普天之下，莫非王土。”“臣列”：臣民。

⑧“畛（音诊）域”：范围，界限。“一体看”：一样看待，一视同仁。

胡天游

（1696—1758），一名骙，字稚威，号云持。一度改姓方，名游，山阴（今浙江绍兴）人。著有《石笥山房集》。

塞上观落日

这首诗描写塞上日落时的壮观景色。

落日与天倾，天连塞草晴。
看从沙上没，翻似海边生①。
惨淡开红烧②，虚无恋远明③。
何人把羌管④，先作月中声。

【注】

① “翻”：反而。以上两句说，沙漠中的落日，很像东海的朝阳。

② “惨淡”：形容天色暗下来。“开”：展现。“红烧”：红霞。

③ “虚无”：太阳消失。“远明”：远处的亮光。这句说，太阳消失以后，远方尚有一缕亮光让人依依不舍。

④ “把”：拿。“羌管”：笛子。

刘统勋

（1699—1733），字延清，号尔钝，诸城（今属山东）人。雍正进士。官至东阁大学士兼军机大臣。著有《刘文正公集》。

归化城晚行

这首诗对自己塞外任职的艰苦给以自我宽慰。“归化”，明清两代称呼和浩特市旧城为归化。

蹇驴破帽独冲风①，路指阴山落日红。
行客不须悲塞北，版图先已属辽东②。

【注】

① “蹇（音简）驴”：跛腿的驴。“冲风”：顶着寒风前行。

② “辽东”：郡名。归化地区在辽代已建丰州城，辽国1125年被女真族的金国所灭。女真族是清朝满族的先人。因而从清朝的角度看，归化一带比关内地区还早归入满洲版图，早已不是边塞或化外地区了。

卢 崧

（生卒年不详），字存斋。由知县累官至浙江盐法道。著有《塞游小草》《存斋诗稿》。

秋塞吟

这首诗描写塞外风光以及蒙古族的宗教、赛马、摔脚、宴饮、音乐等，是一幅全方位的草原画卷。

大漠秋空百草肥，牛羊腾趠驼马威①。
春不祈年秋有报②，卧波山插番人旗③。
番僧鸣铎坐东向④，击鼓喧铙声色壮⑤。
群然脱帽连叩头⑥，哈达高擎遥向上。
礼罢列坐分两旁，百骑如龙怒气扬。
沙飞云卷五十里，席前乳酒犹未凉。
酒酣欢呼谁第一，一马当先百马失。
队队踉跄复角力⑦，扑跌哗然如蚌鹬⑧。
脆声忽地出啸喉⑨，一歌一杯天色秋。
鸣笳弹琴醉呼杂，十分欢乐不知愁。
君不见沙场白骨无人哀，秦欤汉欤何时哉？
阴山迤北三千里⑩，直过阳山廿九台⑪。
黑水军营屯戍卒⑫，北边自古未曾开⑬。
相看都是太平客，高吟一曲秋风来。

【注】

① “腾趠（音吵，去声）”：跳跃。“威”：雄壮。

② “祈年”：祈求丰年，古代农耕地区的一种春季祭祀活动。

“报”：报赛，古代农牧业地区共有的一种秋季祭祀活动，内容是答谢神灵。

③“卧波山”：山名。“番人”：这里指蒙古族僧侣。

④“铎”：大铃。“东向”：脸朝东方。

⑤“铙（音挠）”：铜制的圆形打击乐器。“壮”：有力。

⑥“群然”：大家一起。

⑦“踉跄（音亮呛）”：走跳不稳，跌跌撞撞。形容摔脚手入场时的跳跃动作。“角力”：摔脚。

⑧“扑跌”：摔脚的两种动作，“扑”是抓扭对方，“跌”是躲闪对方。“蚌鹬”：即鹬蚌相持，难分胜负。

⑨“脆声”：清脆的歌声。“忽地”：忽然。“啸喉”：唱长调的歌喉。

⑩“迤（音以）”：延伸，向。

⑪“阳山”：在今内蒙古巴彦淖尔市，蒙古名叫“洪戈尔”。“廿九台”，二十九个台站（即驿站）。清代为向长城以北传递公文而设台站，从张家口至外蒙古的鄂尔坤，共计二十九个台站。

⑫“黑水”：指外蒙古科布多城东之哈拉乌苏湖。作者原注“俗名哈拉乌苏，即此言黑水也。”“屯”：戍守。“戍卒”：边防部队。

⑬“北边”：北部边境（指与俄罗斯的边界）。“开”：开放，允许外国人进入。

奈 曼

（生卒年不详），字又倩，一字东山。雍正丁未（1727）进士。累官副都统。蒙古族诗人。

壬子二月赴军营作

这首诗表现了作者慷慨从军的豪迈气概。“壬子”，雍正十年（1732）。

不作边庭看①，何愁行路难！
缨从丹陛请②，剑向玉门弹③。
饮饯酣春酒④，登程破晓寒。
为嫌儿女态⑤，一笑据征鞍⑥。

【注】

①“边庭”：边疆。

②“缨”：绳子。汉代终军主动请求出使南越，希望皇帝给自己一条长缨，把南越王捆回朝廷。后人以“请缨”表示主动投军报国。“丹陛”：宫殿前的红色台阶，这里代指朝廷。

③“玉门”：玉门关，在今甘肃。战国时冯谖为孟尝君食客，几次“弹剑”（作为伴奏）唱歌，以争取较好的待遇。这句说，自己决心去边塞立功来争取利禄功名。

④“饯（音剑）”：饯别，用酒食送行。“春酒”：冬天酿的酒。

⑤“儿女态”：像青年男女那样做样子。韩愈《北极一首赠李观》：“无为儿女态，憔悴悲贱贫。”

⑥“据”：靠。“征鞍”：准备远行的马匹。

途中次韵

这首诗写常年奔波在外的辛劳。

日日苦迁次[①]，年来何处家[②]？
乱山迷去径，野渡阻流沙[③]。
衣似朝烟薄，寒随暮雨加。
马蹄销甲子[④]，踏尽两春花[⑤]。

【注】

① “迁次”：移居。

② “年来”：一年以来，近年以来。

③ “野渡”：荒野的渡口。“流沙”：流动的沙漠。

④ “销”：消磨。“甲子”：指时间岁月。

⑤ 这句说已在马上度过了两年时间。

驻劄乌里雅苏台城外作，次升中韵

这首诗写作者远戍塞外时的思乡之情。“驻劄”，即驻扎。“乌里雅苏台”：外蒙古的地名。“升中”：人名。

荒戍孤城外①，闲行野水边②。
断桥衔落照，枯树倚寒烟。
病逐新愁发，诗因别思牵③。
玉关东望远④，目断白云天⑤。

【注】

①“荒戍”：到荒远之地戍守。

②“闲行”：随便散步。

③“别思（音寺）”：离别后的思念。“牵”：引起。

④“玉关”：这里泛指边关。

⑤“目断”：望断，向远处望到目力不能达到之处。

保 安

（生卒年不详），字履中。雍正己酉（1729）举人。蒙古族诗人。

送 友

这首诗对照友人的雄心和自己的落魄，表达了难以排遣的苦闷。

负剑去长征①，雄心老未平②。
廿年牛马走③，此日鹭鸥盟④。
古树荒园秀⑤，疏花细雨明⑥。
可怜裘已敝⑦，风雪一舟横。

【注】

① “负”：背着。“长征”：征讨远方，到远方去。
② “平”：平息，终结。以上两句写友人。
③ “牛马走”：像牛马一样地供人驱使。
④ “鹭鸥盟”：与鹭鸥约会在一起，指归隐。以上两句写自己。
⑤ “秀”：开花。
⑥ “疏花”：稀疏的花朵。“细雨”：小雨。“明”：鲜艳。
⑦ “裘”：袍子。“敝”：破。古人以“裘敝”形容穷困潦倒，不得志。

梦　麟

（1728—1758），字文子，号午塘，西鲁特氏，蒙古正白旗人。乾隆十年（1745）进士，改庶吉士。历任检讨、侍讲学士、祭酒、提督河南学政、内阁学士、户部侍郎、提督江苏学政、工部侍郎、蒙古镶白旗副都统、翰林院掌院学士等。著有《行玉堂诗集》《红梨斋集》《大谷山堂集》等。

冬日观象台

这两首诗表达了作者为国效力献身的理想。“观象台”：我国古代观测天象的机构，建于明朝正统七年（1442），清代定名为“观象台”，在今北京东城泡子河。

（一）

木落风高画角哀①，霜浓野阔一登台。
云旗天转桑干出②，日驭烟横碣石开③。
黑水遐封思禹迹④，金方借箸失边才⑤。
汉家养士恩如海⑥，谁伏青蒲请剑来⑦。

【注】

①“木落”：树叶落下。

②“云旗”：形容飘浮的云彩。“天转”：天空变幻。“桑干”：桑干河，永定河的上游。“出”：出现在远方。

③“日驭”：指太阳。“碣石”：碣石山，在今河北省东北部。“开”，展现在眼前。

④“黑水”：塞外的大河。“遐封”：远方。“禹迹”：

夏禹治水的功迹。这句说边地人民思念大禹。

⑤ “金方”：西方。“借箸”：代人谋画。“边才”：守边的良将。这句写边疆缺乏守御良将。

⑥ “汉家”：喻指清廷。“士”：人才。

⑦ “青蒲”：宫中的蒲席。汉元帝晚年欲废太子，史丹伏在青蒲上力陈利害。“请剑”：要求皇帝赐给尚方宝剑。汉朝朱云向皇帝请求尚方宝剑以斩奸臣。这句说，没有人挺身而出为国分忧。

(二)

严飙吹雪满西山①，原野苍茫积素间②。
钲鼓一军劳輓粟③，风沙十月忆当关④。
重闉日落铜符出⑤，大漠云驱塞马还⑥。
骠骑贰师俱寂寞⑦，短衣拟缀羽林班⑧。

【注】

① “严飙（音标）”：寒风。“西山”：北京西郊之西山。

② “积素”：积满了像白丝絮一样的白雪。

③ “钲（音征）鼓”：古代行军时所用的两种打击乐器。“輓（音晚）粟”：拉车运粮。

④ “当关”：守卫边关。以上两句回忆艰苦的军旅生活。

⑤ “重闉（因）”：外城城门，这里指边城。“铜符”：铜制符信，古代朝廷传达命令或征调兵将所用。这里代指出征的将军。

⑥ “塞马”：边塞的战马。这句写班师。

⑦ “骠骑”：指西汉名将骠骑将军霍去病。“贰师”：指西汉大将贰师将军李广利。二人均多次率兵与北方的匈奴征战。

⑧“缀”：参加，加入。“羽林班”，皇帝的禁卫军。

悲泥涂

这首诗描写了作者赴灾区治理洪水时的路途艰辛，对人民遭受多种自然灾害的痛苦处境寄予了同情。作者曾于乾隆二十二年（1757）督处荆山桥河工程，后又治理沂水，这首诗写于此时。

北征几日吾几顿[①]，千里泥淤土几寸[②]。
旧雨未干新雨落，淫霖误我吁可恨[③]。
深没腰膝浅脚踝[④]，泥中瓦砾矗如刃[⑤]。
前者颠仆后叫呼[⑥]，所向活活添吾闷[⑦]。
自晨徂昏仅五十[⑧]，夤夜戒途车脱軔[⑨]。
红心驿南四十里[⑩]，颓云蔽天星斗晕[⑪]。
纡途避陷忘南北[⑫]，野昏不辨村远近。
舆徒呶叫行不得[⑬]，我欲挞之气屡奋[⑭]。
挞非其罪人何堪？麾鞭去汝跨吾骏[⑮]。
我马步健奴马瘏[⑯]，健者尳隤瘏不进[⑰]。
疾走之能汝何往[⑱]？吾鞭屡折足空趁[⑲]。
呜呼所遭非良途[⑳]，腰褭驽骀同一困[㉑]。
范不以道曰无材[㉒]，不堪驾驭谁其信[㉓]。
驿卒告我雨四月[㉔]，平畴潦积无卑峻[㉕]。
江北稻田误收割，雨淋稻偃恣蹂躏[㉖]。
不晴十日稻生芽，纵有所收获亦仅[㉗]。
夏蝗才过秋发水，吾民何术御饥馑[㉘]？
况闻徐州河决口[㉙]，淮扬之灾不可问[㉚]。
昨朝已截江东漕[㉛]，不足益以川湖运[㉜]。
此时天子正忧劳，岂堪更报上江赈[㉝]。
我行登顿亦何害[㉞]，苍天何以慰尧舜[㉟]？
呜呼苍天何以慰尧舜，明朝揽镜看予鬓[㊱]。

【注】

① “北征”：往北赶路。“顿”：困顿。

② 这句说，千里路上都是淤泥，看不到几寸干土。

③ “淫霖”，连绵不断的阴雨。“吁”：叹息。

④ “脚踝（音怀）”：脚腕两旁凸起的部分。

⑤ “矗（音触）”：竖起来。

⑥ “颠仆”：跌倒。

⑦ “所向”：前方。“活活”，水流的声音。“闷”：烦闷。

⑧ “徂”：到。“五十”：五十里。

⑨ “夤（音寅）夜”：深夜。“戒途”：走路多加小心。“靷（音引）”：系在骖马胸部的皮带。

⑩ “红心驿”：地名。

⑪ “颓云”：低空的阴云。“晕”：光影模糊。

⑫ “纡（音淤）”：绕弯。这句说，由于怕陷入泥水之中，只好绕路前进，竟迷了路。

⑬ “舆徒”：轿夫。“呶（音挠）叫”：呼喊。

⑭ “挞”：鞭打。

⑮ “麾”：即“挥”。“汝”：你们，指轿夫。“骏”：马。

⑯ “瘏（音途）”：马匹劳顿不堪。

⑰ “虺隤（音灰颓）”：腿软无力。“不进”：走不动。

⑱ “疾走”：快跑。“何往”：哪里去了。这句是向自己的马发问。

⑲ “折”：断。“空趁”：白白地用力驱马。

⑳ “遘（音够）”：遇到。

㉑ “騕褭（音鸟）”：指好马。“驽骀（音抬）”：指劣马。“困”，无法施展。

㉒ “范”：指驭马。“道”：正确的方法。“无材”：马匹无能。这句说，车夫不按规矩赶马，反骂马不好使。

㉓ 这句说，谁能相信车夫的话呢。

㉔ “驿卒”：驿站的兵士。“雨”：下雨。

㉕“平畴”：平地。“潦”：积水。“卑峻”：高低。

㉖“偃”：倒伏。“恣”：任凭。“蹂躏”：践踏。

㉗“仅”：很少。

㉘“术”：方法。“御”：防，对付。

㉙“徐州”：今属江苏。“河”：指淮河。

㉚“淮扬”：指今安徽、江苏两省北部地区。

㉛“漕”：利用水道转运粮食。这句说，为了救济灾民，已经截住了江东（今之江苏南部、浙江北部一带）来的漕运粮船。

㉜“益”：加上。“川湖运”：从四川、两湖（湖南、湖北）来的漕运粮船。

㉝“上江”：旧称安徽为上江。这句说，不好用安徽救灾之事去打扰皇帝。

㉞“登顿”：形容旅途劳苦。

㉟“慰”：告慰。“尧舜”：传说中远古时代的两个贤君圣主。这里喻指乾隆皇帝。

㊱“揽”：拿。“予”：我。以上两句说，为了告慰皇帝，自己的鬓发都要愁白了。

王 循

（生卒年不详），字循叔，石首（今属湖北）人。曾在山西为官。著有《抱山楼诗集》。

归化城

这首诗写归化城的形势和对国家北部边防的重要。

西北风雪连九徼①，古今形势重三边②。
穹庐已绝单于域③，牧地犹称土默川④。
小部梨园同上国⑤，千家闹市入丰年。
圣朝治化无中外⑥，十万貔貅尚控弦⑦。

【注】

① “九徼（音叫）”，即九边，明朝把辽东、蓟州、宣府、大同、太原、延绥、宁夏、固原、甘肃等边防重镇统称“九边”。

② “三边”：古代称幽州、并州、凉州为三边。清朝的绥远将军是全国常设的两大将军之一（另一个是西宁的抚远将军），他不仅统率绥远满洲八旗驻防官兵，还管理各盟旗的蒙古王公民众，而且还有权调遣宣（化）大（同）二镇总兵，节制沿边道厅，并指挥山西巡抚所兼三关提督。

③ “单于域”：匈奴人管辖的地域。这句说归化城外已经看不到匈奴人的毡帐了。

④ “土默川”：即今内蒙古呼和浩特至包头之间的土默特平原。

⑤ “小部梨园”：指唱戏的等文艺团体。“上国”：京城等大城市。

⑥“圣朝”：指清王朝。“治化”：治理和教化。“无中外”：不分中原还是塞外，即一视同仁。

⑦“貔貅（音皮休）”：指雄壮的军队。“控弦”：掌握着武器。这句说，归化城驻扎着一支强大的武装部队。

李　锴

（生卒年不详），字铁君，号豸青山人，铁岭（今属辽宁）人。乾隆时隶汉军正黄旗。著有《含中集》。

瀚　海

这首诗描写塞外戈壁大沙漠的诡奇风光及历史沿革。“瀚海”，指今内蒙古和蒙古国之间的大沙漠。

瀚海赤沙赤如赭①，绵亘大漠无端倪②。
星汉界天海界地③，其广千里狭半之④。
飞鸟解羽或傅会⑤，游鱼蕴石良神奇⑥。
红鹾曝日水咸苦⑦，谓陆为海其以兹⑧？
革囊载水乃可渡⑨，不者人马皆渴饥⑩。
汉家健儿数绝此⑪，几人生全几人死⑫？
海西落日大如轮⑬，故鬼啾啾叫新鬼⑭。

【注】

① “赭（音者）”：红褐色。

② “绵亘”：延续不断。“端倪”：边际。

③ “星汉”：银河。“界”：分开界限。这句说，天河把天分成两半，瀚海把地分成两半。

④ 这句说，瀚海长有千里，宽是长的一半（五百里）。

⑤ “飞鸟解羽”：传说飞鸟到了瀚海会脱落羽毛，孵化小鸟。“傅会”，即附会，胡乱联想。

⑥ “游鱼蕴石”：鱼包藏在石头当中。“良”：非常。按，瀚海中常发现古生物化石，古人无法解释，遂产生很多猜

测和联想。

⑦“红鹾（音嵯）”：红色的盐粒。“曝日”：晒太阳。

⑧“其”：大概。“以兹”：因为这个缘故。以上两句说，由于沙漠中经过日晒，产生盐粒，水也是又咸又苦，因此有人认为沙漠这块大陆原来可能是大海。

⑨“革囊”：贮水的皮口袋。“渡”：通过沙漠。

⑩“不者”：否则。

⑪“数”：屡次，多次。“绝此”：横渡这个沙漠。

⑫“生全”：活下来。

⑬“海西”：沙漠的西边。“轮”：车轮。

⑭“啾啾”：形容鬼叫声。

天边美人行

这首诗写北方少数民族妇女的装束、骑射技艺、生活习惯和性格等。

白水直上高山头①，花草团作云锦球②。
六月气候如晚秋，天边美人清昼游。
金霞驻海凝不流③，威凤十二相夷犹④。
头上自有装⑤，双椎大秦珠⑥；
身上自有衣，丰臂锦傅鞲⑦。
高靴窄其鞦⑧，蟠龙郁相纠⑨。
五花各有马⑩，黄金为后鞦⑪。
五石各有弓⑫，青镞为箭⑬。
踞而野享团圞周⑭，屠酥白酒栽新⑮。

酒酣上马疾不留[16]，脱辔飞上山之陬[17]。
十八女儿骑橐驼，穿花渡水歌胡歌[18]。
旃裘毳幕事事驮[19]，胡雏束版为行窝[20]。
异俗近古差复讹[21]，阏氏劳苦殷且多[22]。

【注】

① 这句写高山瀑布。

② “云锦球”：彩球。以上两句写一群女子在飞瀑直流的高山下用花草编制成彩球。

③ “金霞”：金色霞光。“驻海”：停留在沙漠上空。“凝不流”，形容霞光不动。

④ “威凤”：有威仪的凤凰，比喻女子。“夷犹”：从容不迫的样子。

⑤ “装”：装束。

⑥ “双椎”：一种发髻。“大秦珠”：产自大秦（古罗马）的珍珠。

⑦ “丰臂”：健壮的双臂。“锦”：绸缎。“傅”：套在上面。“鞲（音沟）”：保护臂腕的护衣。

⑧ “靿（音要）”：靴筒。

⑨ “郁”：形容分不开。“相纠”：互相盘绕。这句写靴筒上绣着各种龙形的图案。

⑩ “五花”：五花马，一种很漂亮的马。这句说，每个妇女各有一匹五花马。

⑪ “鞦（音秋）”：马后部的皮带。

⑫ “五石”：五石弓，一种硬弓。这句说，每个妇女各有一张硬弓。

⑬ “青镞（音族）”：青铜的箭头。“鍭（音喉）”：箭名。

⑭ “跽（音忌）”：双膝着地，上身挺直。“野享”：在野外野餐。“团圞周”：围成一个圆圈。

⑮ “屠酥”：酒名。“裁”：才。“新篘（音抽）”：

新滤出来。

⑯“疾”：迅速。

⑰“脱辔”：双手撒开缰绳。“陬（音邹）”：角落。

⑱“胡歌”：少数民族歌曲。

⑲“旃裘”：即毡裘，皮袍。“毳幕”：毡帐。“事事驮”：把一切东西都驮在马背上。

⑳“胡雏”：少数民族的婴儿。“束版”：绑在木板上。“行窝”：旅途中的住处。作者原注：“其俗约婴儿于方版，挂行李间，驼载以行。”

㉑“异俗”：不同的风俗。“近古”：接近古代。“差”：差不多。“讹”：有变化。

㉒“阏氏”：原是匈奴单于正妻的称呼，这里指少数民族妇女。“殷”：重。

马长海

（生卒年不详），又名马山人，满洲那兰氏，字汇川，号清痴。著有《雷溪草堂集》。

塞 上

这首诗写北疆的自然风光和生活习俗。

居延塞中草茫茫，蒙恬城上云苍苍[①]。
溪深溪浅马蹄白，沙重沙轻人面黄。
日暮胡姬吹觱篥[②]，天寒贾客市牛羊。
边风挏酒不成醉[③]，一问前朝古战场。

【注】

① “蒙恬城”，即秦长城。蒙恬是秦朝大将，曾率兵三十万，御匈奴，筑长城。

② “觱栗（音毕栗）”：一种簧管乐器，也叫“笳管”、“管”，最早出自西域龟兹国。

③ “挏（音洞）酒”，即马奶酒。

弘 历

（1711—1799），清朝皇帝，年号乾隆，庙号高宗。1735—1796 年在位。善诗文，工书法。

观敖汉瀑布

朕恭谒祖陵至敖汉，见此崖悬水，跳珠琮琤，蒙古游牧地少见也。因名此水为玉瀑而系以诗。这首诗借咏敖汉瀑布，描写了祖国的壮丽山河和奇景的鬼斧神工。“敖汉瀑布”，在今内蒙古敖汉旗和翁牛特旗交界处，当地百姓称“响水”。乾隆于1743年和1754年两次至此，均有诗咏之。这是第一次东巡时所作。诗用满汉两种文字刻于瀑布北崖石壁上。

我闻奥区天所秘[①]，疑信向半今信然。
浩浩万里沙漠塞，乃有瀑水崇冈悬。
车尘方若纷堨𡑞[②]，豁开壶里别有天[③]。
侵寻峰岫罗嘉树[④]，渐润涧谷无埃烟[⑤]。
是时仲秋曝晶日[⑥]，忽闻雷声殷前川[⑦]。
坐令林峦失轻籁[⑧]，朗咏清眺万虑蠲[⑨]。
大者明珠小者玑[⑩]，如倾栲栳投深渊[⑪]。
虎狼骇走不敢饮，下疑千载黄龙眠[⑫]。
巨石横断无土壤，粤生美箭奇而坚[⑬]。
上叶红绿如错绣[⑭]，无名野卉相新鲜。
鹳鹄徘徊不忍去[⑮]，鼪鼯时向虬枝穿[⑯]。

禹凿龙门未至此[17]，胡乃三级限鳙鲢[18]？
吁嘻泉石诚观止[19]，赏咏自我羌谁先[20]？
匡庐香炉无足喻[21]，山灵占此永不迁[22]。
设置飞觞搦管地[23]，混沌窍凿应难全[24]。

【注】

① “奥区”：大地的深处。“天所秘”：大自然的秘密。
② “方若”：正好。“纷”：多。“堨壒（音爱爱）”：尘埃。
③ “豁开”：豁然打开。“壶里”：传说道家施存能把天地装入五升大小的壶里，人称之为“壶公”。“别有天”：另外出现一重天地。
④ “侵寻”：逐渐前行。“峰岫”，峰谷。“罗”：排列。“嘉树”，珍奇的树木。
⑤ “埃烟”：尘土。
⑥ “仲秋”：指阴历八月。“曝（音铺，去声）”：日晒。“晶日”：明亮的太阳。
⑦ “殷（音隐）”：形容巨大响声。
⑧ “坐”：于是。“林峦”：树林和山峦。“轻籁（音赖）”：指林涛和山风的声响。
⑨ “眺”：远望。“万虑”：各种杂念。“蠲（音捐）”：除掉。
⑩ “玑”：不很圆的小珠子。这句用珍珠比喻瀑布溅出的水珠。
⑪ “栲栳（音考老）”：装运土石的筐篓。“投”：丢入东西。
⑫ 这句说，怀疑有千年的黄龙睡在瀑布下面。
⑬ “粤”：竟。“美箭”：比喻尖细的石锋。
⑭ “上”：指树上。“错绣”：彩色的锦绣。
⑮ “鹳（音贯）”：一种大型水鸟。“鹄（音胡）”：天鹅。“去”：离开。

⑯“鼪鼯（音生吾）”：林间松鼠。“虬枝”：蜷曲的树枝。

⑰“禹”：夏禹，传说中的圣人，奉舜命治理洪水，曾凿开龙门山（在今山西河津和陕西韩城之间）将黄河疏导入海。

⑱“胡”：为什么。“三级”：指瀑布的三个落差。“限”：限制向上。“鳙鲢”，泛指鱼类。作者原注“蒙古相传瀑布以下鳞类甚伙，而以上绝无，亦甚奇云。”

⑲“诚”：确实。“观止”：尽善尽美，无与媲美。

⑳“赏咏”：参观并作诗。“羌”：竟。“谁先”：以前还有谁呢。意思是，自己是赏咏此瀑布的第一人。

㉑“匡庐”：即庐山。“香炉”：庐山的名峰香炉峰。唐朝李白曾有《望庐山瀑布》，即吟香炉峰瀑布。

㉒“山灵”：山神。

㉓“飞觞”：互碰酒杯。“搦（音懦）管”：握笔。

㉔“混沌”：传说中天地未开辟以前的状态，天地混为一体。“窍凿”，把天地开辟出来。这句说，敖汉瀑布从开天辟地以来也难得这样完美的景观。

过蒙古诸部落

这一组诗共七首，这里选了四首，都是描写蒙古族人民生活习俗的。乾隆 1743 年东巡，经过内蒙古东部诸部，沿途写了很多风物诗。

(一)

识路牛羊不用牵，下来群饮碧溪泉。
儿童骑马寻亡牯①，只在东沟西谷边。

【注】

① “亡牯（音古）”：丢失的牛。

(二)

咿哑知是过牛车①，学种嘉禾蔓不锄②。
看牧独回歌敕勒③，射生双获笑轩渠④。

【注】

① “咿哑”：象声词，形容木轮车行走时的声音。

② “蔓”：指野草。这句说，蒙古人刚开始学种田，还不会锄地。

③ “看牧”：放牧。“敕勒”：敕勒歌，北方少数民族民歌。这里代指蒙古族民歌。

④ “射生”：打猎。“双获”：一箭射中两只飞禽。“轩渠”：形容笑的样子。

（三）

小儿五岁会骑驼，乳饼为粮乐则那[1]。
忽落轻沙翻得意[2]，揶揄学父舞天魔[3]。

【注】

①“粮”：干粮。“则那（音挪）”：那么美好，即乐滋滋的。
②“翻”：反而。
③“揶揄（音爷于）”：戏弄，调皮。“天魔”：唐朝的一种舞蹈。这里指蒙古族寺庙中的祈福祭祀的舞蹈（俗称“跳鬼”）。

（四）

猎罢归来妇子围[1]，露沾秋草鹿初肥。
折杨共炙倾浑脱[2]，趁醉孤鸿马上飞[3]。

【注】

①“妇子”：妻子和孩子。“围”：围上来。
②“炙”：烤肉。“浑脱”：盛酒的皮囊。
③“孤鸿”：比喻动作矫健的蒙古族骑手。

顾光旭

（生卒年不详），无锡（今属江苏）人。乾隆十七年（1752）进士。历官甘肃甘凉道署、四川按察使。著有《响泉集》。

五 原

这首诗写塞外五原的自然风光和历史遗迹。“五原”：古代郡名，汉元朔二年（前127）置，辖今内蒙古和宁夏河套地区，治所在今内蒙古包头市西北。

霜落五原树，边城朔吹哀①。
乱泉随地出，孤鸟向人来。
汉节萧关道②，唐宗灵武台③。
山川自莽苍，立马一徘徊。

【注】

① “朔吹”：北风。

② “汉节”：汉朝使节。“萧关”：关隘名，在今宁夏固原东南，汉朝通往匈奴的重要通道。“萧关”在五原郡辖内。

③ “唐宗”：指唐肃宗李亨。安史之乱后，唐玄宗逃出长安奔往四川，其子李亨在灵武即帝位，号令全国兵马，平定安史之乱。“灵武”：在今宁夏灵武。灵武在唐代属朔方郡，而朔方在汉朝也属五原郡。

福明安

（生卒年不详），字钦文，一字在亭，蒙古族。乾隆戊辰（1748）进士，改庶吉士。散馆改主事。累官翰林院侍讲学士。

秋晚西郊游眺

这首诗借咏北京西郊的秋景，表现自己清高的情怀。

连朝风雨送重阳，秋意萧萧作晚凉。
山遍翠岚时间紫①，林多丹叶未全黄②。
烟生返照明鸦背③，霜净晴空度雁行④。
也为闲居来选胜⑤，敢将高咏继柴桑⑥？

【注】

① “翠岚（音兰）”：山中呈现的翠绿色。“时”：有时。“间（音见）”：一片隔一片。
② “丹叶”：红叶。
③ “返照”：夕阳。“明”：映照着。
④ “度”：过。“雁行（音杭）”：排列成行的大雁。
⑤ “胜”：名胜，风景区。
⑥ “高咏”：杰出的诗篇。“柴桑”：指东晋诗人陶渊明。柴桑（今江西九江）是陶渊明的家乡。这句说，不敢说继陶渊明之后写出他那样水平的诗作。意在言外：胸怀情趣是与陶渊明相通的。

雅尔善

（生卒年不详），字天植，蒙古族。乾隆丙子（1756）举人。

春江观钓

这首诗借咏钓船表达了自己不怕人间风浪的处世态度。

春江春水远连天，烟雨空濛罨钓船①。
不管波心风浪恶，一竿轻点浪花圆。

【注】
①“空濛”：形容混蒙迷茫的样子。“罨（音掩）”：笼罩着。

白衣保

（生卒年不详），字命之，一字鹤亭，又号香山。任蒙古镶黄旗印务章京。授荆州蒙古佐领，升右翼协领。著有《鹤亭诗钞》四卷。

秋　兴

秋事闻蛩语①，年华看水流②。
未伸鸿鹄志③，空作稻粱谋④。
慷慨新诗卷，凄凉旧酒楼。
却怜风雨夜⑤，归梦在渔舟⑥。

这首诗抒发自己年事已高却壮志未酬的感慨。

【注】

① “秋事”：秋季的工作。“蛩（音穷）语”：蟋蟀叫。

② “年华”：时光，年岁。“水流”：像水一样流逝过去了。

③ “鸿鹄（音胡）志”：远大志向。《史记·陈涉世家》：“燕雀安知鸿鹄之志哉！”

④ “稻粱谋”：谋求生存。杜甫《同诸公登慈恩寺塔》：“君看随阳雁，各有稻粱谋。”

⑤ “怜”：喜爱。

⑥ “归梦”：归隐的念头。

和 瑛

（？—1821），原名和宁，字润平，号太庵。额尔德特氏，蒙古镶黄旗人。乾隆辛卯（1771）进士。历任户部主事、员外郎、安徽太平知府、四川按察使、布政使、西藏办事大臣、内阁学士。嘉庆五年（1800）召为理藩院及工部、户部侍郎，后又出任山东巡抚，叶尔羌帮办大臣、喀什噶尔参赞大臣、乌鲁木齐都统、陕甘总督，后升任礼部、兵部、工部尚书。再后任军机大臣、侍卫内大臣、上书房总谙达、文颖馆总裁等。赠太子太保，谥简勤。《清史稿》卷353有传。著作有《西藏赋》《易简斋诗钞》等。

嘉平月护送参赞海公统军赴藏

这一组诗通过记录西藏地区宗教、历史、山川、地理等，表达了维护民族团结和国家统一的信念。“嘉平月”：腊月，指乾隆五十六年（1791）阴历12月。“参赞”：官名，清朝在蒙古、新疆、西藏等地设置参赞大臣，掌佐将军理军务。“海公”：指海兰察，时任西藏参赞大臣。

（一）

万里乌斯藏①，千层拉萨招②。
班禅参妙喜③，达赖脱尘嚣④。
叩额诸番控⑤，雕题百貊朝⑥。
家家唐古特⑦，别蚌属庭枭⑧。

【注】

① “乌斯藏”，元明两代对西藏之前后藏的称谓。

② “拉萨招”，指西藏拉萨的布达拉宫。该宫依山垒筑，高十三层，达178米，东西长四百余米。“招”，也写作“召”，藏族和蒙古族称寺庙为“召”。

③ “班禅”，即“班禅额尔德尼”，西藏喇嘛教格鲁派（黄教）的两大活佛之一。“参”，佛教称冥想与参究佛经，也称“参禅”。“妙喜”，佛经中的国名。

④ “达赖”，西藏格鲁派佛教的另一活佛。“脱”，脱离。“尘嚣”，世间之纷扰、喧嚣。

⑤ “叩额”，叩头，佛教徒的礼节。“诸蕃”，各少数民族。“控”，属清朝中央政府掌控。

⑥ “雕题”，古代南方的一个少数民族。“百貊”，各边疆民族。“朝”，朝拜清朝皇帝。

⑦ “唐古特”，原指藏族的一支，也译作“图伯特”或“唐兀惕”，这里泛指藏族。

⑧ “别蚌”，寺名，在拉萨附近。“庭臬”，西藏地区的部落名。

（二）

化雨真无外①，三汗旧献琛②。
穴争同鼠雀③，蛮触起商参④。
未许千锾赎⑤，何难一战擒⑥！
圣朝同覆帱⑦，黑子已输忱⑧。

【注】

① “化雨”，如同及时雨浇灌田地，比喻教化。“无外”，指极大的范围。这句说，朝廷对国内各民族的关心教化是一视同仁的。

② “三汗”，指西藏地区的三个首领。作者原注：“巴尔布旧有三部酋长，一曰布延汗，一曰叶楞汗，一曰库库

木汗。康熙间纳贡，为三汗，与藏地通贸易。”“琛（音嗔）”，珍宝。“献琛”，指归顺。

③ “穴争”，内部争斗。乾隆十五年（1750）西藏郡王珠尔默特纳木扎勒害死其兄珠尔默特策布登，又勾结新疆准噶尔部，几乎酿成西藏大的内乱。

④ “蛮触”，《庄子》寓言中两个小国家，领土只有蜗牛角大小，却相与争夺地盘而发动战争。后因称为了小事而起的争端为“蛮触之争”。“商参（音身）”，两个星名，它们此出则彼没，两不相见。后用“商参”比喻搞不到一起，不和睦。这句仍然比喻西藏的内部之争。

⑤ “锾（音环）”，古代重量单位，合六两。后常作为罚金的代称。这句说，清朝未允许叛乱者以重金赎罪。

⑥ 这句说，朝廷完全能用武力平定叛乱。

⑦ “覆帱（音到）”，覆盖。这句说，朝廷对各民族同样关怀。

⑧ “黑子”，指西藏民族。“输忱”，献出真心。

(三)

青海诸蕃道①，兼衣夏月过②。
冰天无汗马③，雪峤有埋驼④。
地险达般岭⑤，天通穆鲁河⑥。
噶达苏屹老⑦，超蹀快如何⑧！

【注】

① “蕃道”，指通往西藏的道路。

② “兼衣”，两层衣服。“夏月”，夏季。

③ “汗马”，马流汗。

④ “雪峤（音轿）”，雪山。“埋驼”，被大雪埋没的骆驼。以上四句写天寒雪大。

⑤ “达般岭”，山名，在青藏之间。

⑥ “穆鲁河”，即穆鲁乌苏河，汇合楚玛尔河后叫通天河，正是长江的最上游。

⑦ “噶达苏屹老”，在青海省西南，巴颜喀拉山之最高峰，也作“噶达素齐老”。“噶达素”，蒙古语，北极星。“齐老”，蒙古语，石头。山顶即黄河的源头。作者原注：“过此即西藏界。”

⑧ “超蹀（音蝶）”，大步跨越。“快”，快意，痛快。

（四）

百骑巴图鲁①，千员默尔庚②。
琱弧随月满③，长剑倚霜鸣④。
失策凭垂仲⑤，抛戈耻戴绷⑥。
由来古佛国⑦，持护仗天兵⑧。

【注】

① “巴图鲁”，满语，勇士。

② “默尔庚”，清代军队中的一种称号。

③ “琱弧（音雕狐）”，木弓。

④ 以上二句写部队装备精良，戒备森严。

⑤ “失策”，谋画错误。“凭”，仰仗，依靠。“垂仲”，能卜会算的喇嘛。

⑥ “抛戈”，交械投降。“戴绷（音崩）”，也作“戴琫”，藏兵的头目。以上两句写对待外国入侵者，西藏僧俗的抵抗受到挫折。

⑦ “古佛国”，指西藏。

⑧ “持护”，支撑和保护。“天兵”，指清廷中央派去的部队。以上两句说，西藏的安全要靠国家的大力支持。

东俄洛至卧龙石

这首诗写赴藏途中的艰苦旅程，同时描写了沿途的巍巍雪山和佛教寺院。“东俄洛”，地名，在今四川康定西。“卧龙石”，地名，在今四川。

朝发东俄洛，山坳布群髳①。
迢迢大雪山，万顶覆银瓯②。
皎然无黑子③，寒光射酸眸④。
绝顶矗鄂博⑤，哈达纷垂旒⑥。
乃有高日僧⑦，蹋雪迎道周⑧。
敦多伽木嗟⑨，红帽萨迦流⑩。
幨帷献酥茶⑪，聊以金帛酬⑫。
西南循鸟道⑬，玉沙画而修⑭。
前驱乌帽没⑮，乃知下危沟⑯。
苍松密排拶⑰，万幢悬碧油⑱。
峭壁五色灿⑲，连冈四面幽⑳。
宿宿卧龙石㉑，夜半魂夷犹㉒。

【注】

① “山坳（音傲）”，山间平地。“布”，分布。“髳（音茅）”，我国古代西南少数民族名，分布在川南滇北一带。这里指四川西部的藏族各部。

② “银瓯（音欧）”，银制小盆，比喻覆盖山顶的白雪。

③ “皎然”，洁白的样子。“黑子”，黑点儿。

④ “寒光”，雪山上的阳光。“射酸眸”，刺得人眼睛发酸。

⑤ “绝顶”，山顶。“矗（音触）”，耸立。“鄂博”，蒙古语，也译作“敖包”，“堆子”的意思，以石块堆积而成，原是草原上道路或边界的标志，后来成为祭祀

山神路神活动的地方。

⑥“哈达”，藏语音译，是藏族和蒙古族在迎送、馈赠、敬神以及日常交往礼节上使用的丝巾。“纷”，形容有很多条。“垂旒（音流）”，古代帝王冕上的下垂系玉丝绳，这里比喻许多条哈达。

⑦“高日”，土司名，在今四川邓柯和石渠二县境内。

⑧“道周”，道路旁边。

⑨“敦多”，西藏部落名。“伽木嗟”，藏族僧人的一种衣服。

⑩“红帽”，西藏的一个旧教派。“萨迦”，西藏的一个教派，亦称“花教”。以上两句写“高日僧”所属的西藏教派。

⑪“幨（音搀）帷”，车帷。“酥茶”，奶茶。这句说，僧人向坐在车帷中的官员（作者本人）献上奶茶。

⑫“酬”，答谢。

⑬“循”，沿着。“鸟道”，形容险峻狭窄的山路。

⑭“玉沙”，比喻白雪。“画”，白雪如画。“修”，长，山路修长。

⑮“前驱”，前导，前锋。“乌帽”，黑帽。“没”，消失。

⑯“危沟”，深沟。

⑰“排挜（音匝）”，挤压。

⑱“幢（音壮）”，车帘。“碧油”，青绿色的油布。这句比喻松林如同许多绿油布车帘。

⑲“五色”，阳光照耀下的反光。“灿”，光彩耀眼。

⑳“连冈”，一个接一个的山冈。“幽”，幽静。

㉑“宿宿”，住了一夜。

㉒“夷犹”，彷徨迟疑。

木鹿寺经园

这首诗通过写木鹿寺经园中多种文字的佛经，赞扬了各民族的文化交流。“木鹿寺”，在拉萨，也叫“木辘寺”。

华夏龙蛇外①，天西备六书②。
羌戎刊木鹿③，儒墨辨虫鱼④。
寺建青鸳古⑤，经驮白马初⑥。
何如苍颉字⑦，传到梵王居⑧。

【注】

① “华夏”，中原汉族自称华夏。“龙蛇”，形容古代书法笔势的蜿蜒盘曲，这里指汉字。

② “天西”，西方。“备”，有。“六书”，六种文字。作者原注：“唐古特字、甲噶尔字、廓尔额字、厄讷特克字、帕尔西字，合之蒙古字，重译六书。”以上两句说，除了汉字外，此处有多种文字的佛经。

③ “羌戎”，指藏族。“刊”，刻写。“木鹿”，木鹿寺。

④ “儒墨”，指汉族学者。“虫鱼”，比喻难认的文字。以上两句说，藏族刻写的佛经，汉族学者前来辨识考证。

⑤ “青鸳”，木鹿寺的别称。这句说，此处寺庙创建很早。

⑥ “经”，佛教经卷。东汉明帝时印度僧人摩腾、竺法兰二人以白马驮经来到中原，洛阳建白马寺，这是中国最早的佛教寺院。这句说，此处经卷是从印度运来。

⑦ “苍颉字”，指汉字。

⑧ “梵王居”，指佛寺。末二句说，今后应该用汉字书写佛经。

班禅额尔德尼燕毕款留精舍茶话

这首诗描写班禅宴请清朝驻藏大臣的盛况。这首诗中的班禅是七世班禅（罗布藏巴勒垫丹贝宜玛）。“燕”，宴会。“款留”，诚恳地挽留。“精舍”，僧人居住或诵经说法的屋子。“茶话”，边喝茶边谈话。

法筵肃肃开雁堂①，饤坐目食盘成行②。
葡萄庵罗兼糖霜③，饆饠陈黯念头僵④。
藤根割割封干羊⑤，鸠盘茶杵牛酥浆⑥。
龙脑钵盛云子粮⑦，麦炒豆蹭盂釜量⑧。
金花榻并狮子床⑨，有如嵫景对若光⑩。
须臾乐奏鼓镰镗⑪，火不思配箫管扬⑫。
侲童十人锦彩裳⑬，手持月斧走跳踉⑭。
跄踔应节和锵锵⑮，和南捧佛币未将⑯。
哈达江噶加缥缃⑰，花毯霞氍兜罗黄⑱。
槃蒲伊兰螺果香⑲，主人顾客乐未央⑳。
愿闻四果阿罗方㉑，客曰养心妨虎狂㉒。
孔戒操存舍则亡㉓，出入无时慎其乡㉔。
佛传心灯明煌煌㉕，瓶穿罗縠雀飞扬㉖。
儒墨相齑理相当㉗，定境止观归康庄㉘。
即心是佛真觉王㉙，主人笑指江汪洋㉚，
我钻故纸君吸江㉛。

【注】

① “法筵”，僧人讲说佛法的坐席。“肃肃”，严正的样子。“雁堂”，佛堂。

② “饤”（音订），旧指堆迭于器皿中的果品菜蔬，一般

只陈列而不食用。“饤坐”，守着摆放的果品坐着。“目食”，只看不吃，或以看代吃。

③“庵罗”，即菠萝，一种热带水果。“糖霜”，熬制的糖。

④“饆饠（音毕罗）”，一种食品。“陈黯”，因存放时间久而颜色发暗。“ 饂（音捻）头”，一种饼状面食。“僵”，很硬。

⑤“藤根”，藤萝之根。“割割（音霍）”，剥割的声音。“刲”，割。这句写如同切割藤根一样切割干羊肉。

⑥“鸠盘”，一种雕有鸠饰的容器。“茶杵”，砖茶搅拌。“牛酥”，牛奶。这句写用容器盛来奶茶。

⑦“龙脑钵”，用龙脑(一种檀香木)制成的饭钵。“云子粮”，白米饭。

⑧“麦炒”，炒米。“豆䴭(音豺，上声)”，碾碎了的豆类。“盂釜”，盛饮食的器皿。“量”，盛放。以上写藏族饮食。

⑨“金花榻”，雕花床。“狮子床”，佛菩萨所坐的床。

⑩“嵫（音姿）景”，晚景，夕阳的光线。“若光”，日落之光。以上两句描写坐榻的金光闪闪。

⑪ 蹥（音廉）”，开始敲鼓。“镗（音汤）”，鼓声。

⑫“火不思”，一种少数民族乐器。“扬”，演奏起来。

⑬“侲（音振）童”，古代驱鬼仪式中扮演角色的男孩。“锦彩裳”，穿着五彩缤纷的绸缎衣服。

⑭“月斧”，一种月牙形的斧子，用于舞蹈。“跳踉（音梁）”，腾跃跳动。

⑮“跉踔（音磣戳）”，跳着走。“应节”，和着音乐的节拍。“锵锵（音腔）”，锣鼓声。

⑯“和南”，梵语，又译为“稽首”、“敬礼”。“币”，即帛。“将（音江）”，拿出。

⑰“哈达”、“江噶”，都是迎送、敬神用的丝织品。“缥缃（音飘香）”，各种颜色的丝织品。

⑱“花　”，一种毛织品。“霞　（音迭）”，红色的织绒。“兜

罗”，出自南方少数民族地区的一种丝织品，又叫“兜罗锦”。

⑲“槃（音盘）蒲”，用蒲草编的圆形坐垫。“伊兰”，花草名。“螺果”，槟榔的别名。

⑳“顾客”，关照客人。“央”，尽。

㉑“四果”，佛教语，修行到不同程度的四种境界：斯陀洹果（预流果）、斯陀含果（一来果）、阿那含果（不还果）和阿罗汗果。其中“阿罗汗果”是修行到了最高境界。“阿罗”，即阿罗汗果。“方”，修行的方法。

㉒“养心”，修养心性。“妨虎狂”，不让外界邪念侵袭。

㉓“孔戒”，特别注意佛教的戒律。“操存”，人的操守保持就能存在。“舍则亡”，放弃就会丧失操守。这一句用孔孟的话诠释佛经。《孟子·告子上》：“孔子曰：操则存，舍则亡。”

㉔“无时”，没有固定的时间。“乡”，所处的地方。这句说，修行就是要慎重地要求自身。

㉕“心灯”，佛教语，比喻心灵。佛教认为，心灵能照亮一切。

㉖“罗　（音胡）”，薄细的丝织品。这句说，如果不点亮心灯，就会产生邪念。

㉗“儒墨”，指汉族文化。“齑（音鸡）”，影响。

㉘“定境”，佛教语，指安身立命之处。“止观”，佛教语，指止息妄念、明察事理。“康庄”，宽广的道路。

㉙“即心是佛”，佛教禅宗语，意思是内求之于心，即可成佛。“觉王”，指佛。

㉚“江汪洋”，指喝不完的美酒。

㉛这句说，主人极力劝酒，客人却埋头写诗。

题路旁于阗大玉

这两首诗赞颂嘉庆皇帝为减轻人民负担而拒绝接受于阗大玉，希望当地保护好这一珍贵的文物。“于阗（音田）”，古西域国名，在今新疆，特产美玉。作者原注：“搭拉军台路旁有大玉三，大者重万斤，青色；次者八千斤，葱白色；小者三千斤，白色。置于此。台弁云：此玉运自叶尔羌西，将以入贡。嘉庆四年二月奉旨截留毋庸呈进。今四轮车亦毁于此。”

（一）

诏弃于阗玉①，埋轮蔓草芜②。
来从西旅道③，采自罽宾隅④。
驾鼓劳天马⑤，投渊却海珠⑥。
何如此顽石⑦，罢役万民苏⑧。

【注】

① “诏”，皇帝下令。

② “埋轮”，停车不动。

③ “西旅”，遥远的西方国家。

④ “罽（音计）宾”，古西域国名，地域在今阿富汗、克什米尔和我国新疆交界一带。“隅”，角，边。

⑤ “驾鼓”，拉运石鼓。“天马”，骏马。唐朝初年出土了十块鼓形石，上刻古文字，后来被朝廷运存宫殿内。这句说，过去有人曾劳民伤财拉运石鼓。

⑥ “却”，拒绝。这句说，也有人轻视海珠而将它投入深水。

⑦ “顽石”，硬玉。

⑧ “罢役”，停止拉运于阗玉的徭役。“苏”，得到解救。以上两句说，运鼓抛珠的历史故事，都不如停运于阗玉，减轻百姓负担更令人赞赏。

（二）

不刻摩崖字①，光明帝德昭②。
瑞同麟在野③，喜见鹊来巢④。
昆璞依然古⑤，羌戎逖矣朝⑥。
鬼神劳守护，莫任斧斤招⑦。

【注】

①“摩崖”，在山崖石壁上镌刻文字。

②“光明”，指大玉洁白明净。“帝德”，皇帝的圣德。“昭”，显示。

③“瑞”，祥瑞，好预兆。“麟”，传说中的一种瑞兽。《左传·哀公十六年》杜预【注】“麟者仁兽，圣王之嘉瑞也。”

④“鹊来巢”，喜鹊归巢。旧俗以鹊噪为喜兆，故称“鹊喜”。

⑤“昆”，昆仑山，在今西藏和新疆之间，传说盛产美玉。“璞”，没有加工雕琢的玉石。

⑥“羌戎”，这里指藏族。“逖（音替）”，远。《尚书·牧誓》：“逖矣西土之人。”“朝”，向中央政府朝拜。

⑦“任”，听凭。“斧斤”，斧头之类工具。“招”，招引。这句说，不要让人们来损坏这三块大玉。

题巴里坤南山唐碑

这首诗记载了新疆历史上地方政权的兴衰，并对唐王朝平定割据势力，建立大一统国家，予以肯定和赞扬。“巴里坤”，地名，古为蒲类国地，即今新疆巴里坤哈萨克自治县。“唐碑”，唐朝贞观十四年（640）派大将侯君集平定高昌之后所立，高昌原有汉代班超的纪功碑，侯君集部的行军副总管姜确磨去古刻，撰刻新文，以记唐平定高昌之事。

库舍图岭天关壮①，沙陀瀚海南北障②。
七十二盘转翠螺③，马首车轮顶踵望④。
高昌昔并两车师⑤，五世百年名号妄⑥。
雉伏于蒿鼠噍穴⑦，骄而无礼不知量⑧。
寒风如刀热如烧，易而无备胥沦丧⑨。
贤哉柱国侯将军⑩，王师堂堂革而当⑪。
吁嗟韩碑已仆段碑残⑫，犹有姜碑勒青嶂⑬。
岂知日月霜雪今一家⑭，俯仰骞岑共惆怅⑮。

【注】

①“库舍图岭”，在今新疆东北。“天关”，雄伟的关隘。

②“沙陀”，指今新疆的古尔班通古特沙漠。“瀚海”，唐代的羁縻都督府，在今蒙古国布尔根省一带。“障”，天然屏障。

③“翠螺”，比喻青绿色的山峰。

④“马首车轮”，前头的车轮能碰到后面的马头。“顶踵（音肿）”，后面人的头顶能碰到前面人的脚后跟。形容山势陡峭。

⑤“高昌”，古代西域国名，地在今新疆吐鲁番东。公元422年沮渠无讳在高昌自立为凉王，450年西并车师国；

460 年柔然灭沮渠氏，立阚伯周为高昌王；491 年高车灭阚氏，改立张孟明为王；496 年国人杀张孟明，改立马儒为王；499 年国人杀马儒，改立麴嘉为王；麴氏传九世 141 年，至 640 年被唐朝所灭。“车师”，古西域国名，汉朝分其为前后两部，前部治交河城（今新疆吐鲁番西），后部治务涂谷（今新疆吉木萨尔南）。

⑥ “五世”，指在高昌称王的沮渠氏、阚氏、张氏、马氏和麴氏。“百年”，约数，高昌从建国到被唐朝灭亡共计 198 年。“妄”，狂乱，非正统。

⑦ “噍（音叫）”，咬。野鸡生活在蓬蒿中，老鼠生活在洞中，各有各的地盘，互不干涉。这是高昌王麴文泰的话，表现出与唐王朝分庭抗礼，不自量力的傲慢。

⑧ “量”，自己的分量。

⑨ “易”，轻忽，不当回事。“胥（音须）”，都。“沦丧”，沦没亡国。

⑩ “柱国”，官名。“侯将军”，侯君集，为唐太宗的右卫大将军、兵部尚书，贞观 13 年任交河道行军大总管。

⑪ “王师”，指唐王朝的军队。“堂堂”，形容强大。“革”，改变，改除。“当”，处罚得当。

⑫ “韩碑”，即唐朝韩愈撰写碑文的“平淮西碑”，记载唐宪宗元和 12 年平定淮西藩镇的业迹。“仆”，倒下。“段碑”，指唐朝段文昌为平定淮西重新写的碑文。

⑬ “姜碑”，姜确撰写碑文而刻成的唐碑。“勒”，刻写。“青嶂”，青山。

⑭ “日月”，比喻永存的政权，这里指唐王朝。“霜雪”，比喻容易消失的政权，这里指麴氏政权。据《旧唐书·西戎（高昌）传》载，高昌国当时有童谣曰：“高昌兵马如霜雪，汉家兵马如日月。日月照霜雪，回手自消灭。”

⑮ “俯仰”，上下观看，即历观前朝。“骞”，指汉朝经营西域的张骞。“岑”，指多年在新疆为官的唐朝诗人岑参。“惆怅”，因无用武之地而失望。因为新疆已完全归服中央，张骞和岑参之类的人都再无用武之地。

过昂吉图淖尔盐池

这首诗写内陆盐池给偏远地区人民带来利益。“昂吉图淖尔”，在今甘肃青海之间。

夙沙初煮海①，粒民五味厌②。
青齐伯图继③，江淮鹾政添④。
奇哉祁连顶⑤，天池珠漾帘⑥。
停车问野老，野老语安恬⑦。
“此中饶白卤⑧，往来劳一枚⑨。
轮台不淡食⑩，万斛充闾阎⑪。
官无榷税扰⑫，民无私贩嫌⑬。
售钱斗三十⑭，八口温饱兼⑮”。
予闻野老语，敛容感至諴⑯。
玉华漉北沼⑰，水晶劚南岩⑱。
不费炀灶烈⑲，更省火井炎⑳。
地道不爱宝㉑，顿教水石咸㉒。
天道施美利㉓，绝塞民夷沾㉔。
敲诗笑东坡㉕，三月食无盐。

【注】
① “夙沙”：古国名，又称宿沙。“煮海”：煮海水为盐。

《世本》一："宿沙作煮海。"

② "粒民"：吃粮的人。"五味"：指甜、酸、苦、辣、咸五种味道。"厌"：满足。

③ "青齐"指今山东东北部，这里是古代九州之一的青州，也是春秋时期的齐国。"伯图"：即霸图，称霸的事业。春秋五霸的第一个就是齐国的齐桓公。"继"：连续不断。这句说，由于临海产盐，所以青齐一直富庶强大。

④ "江淮"：长江和淮河一带，是西汉初年吴国的封地。"鹾（音矬）政"，盐业，即煮盐、运盐和卖盐的事情。"添"：增加。这句说，当年吴国也靠盐业而富庶强大。

⑤ "祁连"：祁连山，在今甘肃西部和青海东北部。"顶"：山顶。

⑥ "天池"：指高山湖泊。"珠漾帘"，指瀑布。

⑦ "安恬"：从容自如。

⑧ "饶"：多，丰富。"卤（音鲁）"：盐水。

⑨ "杴（音先）"：即锨。这句说，只要用锨掘起，就是白盐。

⑩ "轮台"：新疆地名，这里代指偏远内陆地区。

⑪ "斛（音胡）"：古时五斗或十斗为一斛。"闾阎"：指民间。这句说，大量的池盐充足地供应民间。

⑫ "榷（音确）"：专利，专卖。这句说，这里官家没有什么盐业专卖或盐税来打扰百姓。

⑬ "私贩"：私行贩卖国家专卖的货物。这句说，百姓也不会因贩卖食盐而犯法。

⑭ "斗三十"：一斗盐能卖三十文钱。

⑮ "兼"：都解决了。

⑯ "敛容"：面色严肃起来。"至諴（音咸）"：非常真挚，毫无虚假。

⑰ "玉华"：本指美玉，这里喻指池盐。"漉（音禄）"：过滤。"北沼"：北边的湖泊。

⑱ "水晶"：原指一种无色透明的矿物，这里喻指内陆池盐。

“劚（音竹）”：掘。“南岩”：南山。作者原注：“山南百里名盐山口，产盐如水晶，坚于石。”

⑲“炀（音样）灶”：火灶。“烈”：烧火。

⑳“火井”：可燃的天然气井，古代内陆地区多用以煮盐，故又称盐井。“炎”：烧火。以上两句说，池盐天然生成，不用烧火熬制。

㉑“地道”：大地的高尚品德。

㉒“顿”：一下子，马上。

㉓“天道”：上天的高尚品德。“施”，给予。

㉔“绝塞”：遥远的边地。“民夷”，各族人民。“沾”：得到好处。

㉕“敲诗”：诗谜的一种。这里指写诗。“东坡”：宋朝诗人苏轼曾写《山村五绝》：“老翁七十自腰镰，惭愧春山笋蕨甜。岂是闻韶解忘味，尔来三月食无盐。”嘲笑东坡而反衬此处百姓从不缺盐。

姚鼐

（1732—1815），字姬传，一字梦谷，室名惜抱轩，安徽桐城人。乾隆进士，官刑部郎中，记名御史。历主江宁、扬州等地书院凡四十年。“桐城派”主要作家。著有《惜抱轩全集》。

榆中

这首诗描写塞上壮丽的风光。“榆中”，古地区名。本诗中指内蒙古河套地区。

直北天低见碛山①，黄河南下曲如环。
白榆夜杂雕戈戍②，青草春稀牧马还。
寒吹满空云出塞，暮天无色日平关③。
千秋犹对秦时月④，多少功名大漠间。

【注】

① “直北”：正北。“天低”：向远处看就显得天低。“碛山”：沙山。

② “雕戈”：兵器。这句说，夜间戈矛和榆树杂列，似乎在共同戍守。

③ “日平关”：太阳落到与关门一样高，指傍晚。

④ “千秋”：千年。“秦时月”：用唐诗“秦时明月汉时关”表示此地自古就是征战之地。

杨贻汾

（生卒年不详）字若仪，武进（今江苏常州）人。袭云骑尉世职，后官乐清协副将。有《琴隐园集》。

丰镇观马市歌

这首诗写清朝丰镇马市的盛况，对各民族的贸易往来和马匹交易的细节给予生动具体的描绘。“丰镇”，即今内蒙古丰镇市，南与山西大同毗邻。“丰镇马市”，最早开设于明朝，用内地物资(主要是茶和布匹）与蒙古俺答部落交换马匹。这种互市贸易一直延续，西北其他民族也来这里卖马，马市形成很大的规模。

斗鸡台北盘羊西[①]，眼中青海与月支[②]。
骓駓骃骆骝騵骐[③]，沙平草软十万蹄。
穹庐月落光熹微[④]，点点草头同敛棋[⑤]。
碧眼赤髯环不离[⑥]，黄皮靴阔毡裘肥[⑦]。
鞍鞯精铁元熊皮[⑧]，翻身上马作马嘶。
一人马前作奔敌[⑨]，万马飞逐云烟移[⑩]。
一人殿后长竿提[⑪]，口中马语无人知。
天明霜露犹未晞[⑫]，尘埃已塞谷与蹊[⑬]。
前群上桥后群继[⑭]，万炮飞击蹄声齐[⑮]。
桥姚但用谷量马[⑯]，一群一谷纷排挤[⑰]。
三駣八八杂牝牡[⑱]，九良五驽兼黄骊[⑲]。
健儿入群马惊突[⑳]，绳竿掣首施鞲羁[㉑]。
左腾右逸额尔敏[㉒]，一堕不愁成肉糜[㉓]。
纷纷驵侩牵人衣[㉔]，手指白黑呼与骑[㉕]。
默者凤臆鸣麟鬐[㉖]，步者发电奔逾辉[㉗]。

千金百缗值不一[28]，一顾再顾十倍奇[29]。
安能钩距得其实[30]，以手作口隐可疑[31]。
氐郎割券乐奇羡[32]，连尾不足书成嘻[33]。
世无薛公与非子[34]，筋肉不识由人欺[35]。
乌孙突厥有谁致[36]，致亦不过驽与疲[37]。
有唐八坊七十万[38]，张公能事惟蕃滋[39]。
绳钩直曲谁能识[40]，但取立仗何愁稀[41]。
籥箠刻烙厮养虐[42]，速死不得徒歔欷[43]。
我虽相马腾董子[44]，不明此中谁駃騠[45]。
荒山嵯嵘愁鸡栖[46]，只求款段寻幽宜[47]。
垂鞭弭控穿花堤[48]，幸免折髀即庶几[49]。
自朝至昃所见非[50]，十驾九蹶无高低[51]。
殷勤剪刷是何意？帝闲方此征雄姿[52]。
神奴卻笑王湛痴[53]，我痴已矣将安之[54]？
空将天马歌西北[55]，不诵田家秧马诗[56]。

【注】

① “斗鸡台”“盘羊山”，都在丰镇附近。

② “青海”：今青海省，明清两代为蒙古族统治地区。“月（读肉）支”：古西域国名。这句说，西北其他民族也来此交易。

③ 这句的七个字都是马的名目。“骓（音追）”是苍白杂色马，“駓（音丕）”是黄白杂色马，“骃（音因）”是浅黑而白的杂色马，“骆（音洛）”是黑鬣白马，“骝（音留）”是黑鬣赤马，“騵（音元）”是白腹赤马，“骐（音其）”是青黑色的马。

④ “熹微”：天色微明。

⑤ “草头”：草原上。“敛棋”，收拾棋子，比喻一个个蒙古包拆掉。

⑥ “环”：衣服上的饰物。

⑦“阔”：形容靴子宽大。“肥”：形容皮袍肥大。

⑧“精铁”：好铁。“元熊”：大熊。

⑨“奔敌”：逃跑的敌人。

⑩“云烟”：指尘土。

⑪“殿后”：在最后面。“长竿”：套马竿。

⑫“晞（音希）”：干。

⑬“谷”：山谷。“蹊”，山路。

⑭“桥”：市场。旧时把牲畜交易市场叫“桥”。

⑮“万炮”：形容马蹄的响声。

⑯“桥姚”：即桥伢，牲畜贩子，中介人。“用谷量马”：用山谷作单位计算马匹，说明马群之多，交易量之大。

⑰“纷”：多。

⑱“騊（音陶）”：三四岁的马。“八（音八）”：老马。“牝（音品）”：母马。“牡”：公马。这句说，按马的年龄、公母分等级。

⑲“驽”：劣马。“骊（音离）”：纯黑色马。这句说，还按优劣和毛色分等。

⑳“惊突”：因惊吓而乱窜。

㉑“掣（音彻）首”：拉住马头。“施”：加上，戴上。“韝（音沟）羁”：马络头。

㉒“腾”：跳。“逸”：跑。“额尔敏”：蒙古语，未施鞍络的马，俗称“生个子马”。

㉓“肉縻（音迷）”：肉酱。这句说，套马手如果跌下马来就会摔成粉身碎骨。

㉔“驵（音葬，上声）侩”：狡猾的“桥伢”。

㉕“白黑”：白马或黑马，桥伢推销的对象。“呼与骑”：吼叫或骑上马，以显出要推销的马匹出众。

㉖“默者”：沉静的马。“凤臆”：姿态美丽。“鸣麟”：比喻吼叫着的马匹。“鬐（音旗）”：马鬃，这里指马鬃抖动。

㉗“步者”：慢走的马。“发电”：身上闪闪发光。“奔”：奔者，奔跑的马。“逾”：超过。“辉”：光线，光速。

㉘“缗（音民）”：一千文钱叫一缗。“值”：价格。

㉙“顾”：回头看。“十倍”，十倍的价钱。“奇”：有余。这句说，对自己喜爱的马匹，一看再看，肯出十倍有余的价钱。

㉚“钩距”：绕着弯子打听马价。“实”：真实价格。

㉛“以手作口”：中介人讨论马价时，不公开说出，用手在袖筒中与对方互捏手指以讨价还价。“隐”：内心感觉。

㉜“氐郎”：交易中介人的佣工。“割券”：办完买卖手续。“乐”：高兴。“奇羡”：丰厚的报酬。

㉝“尾”：款项的尾数，零头。这句说，交易零头舍掉，双方都很高兴。

㉞“薛公”：指战国时的薛烛，善相剑。“非子”：周朝人，善养马。以这两个人比喻识货的人。

㉟“筋肉”：良马和劣马。

㊱“乌孙”：古西域国名。“突厥”：隋唐时期的北方民族。“致”，赶马来交易。这句说，强劲的敌国不会赶马来卖。

㊲“驽”：劣马。“疲”：病马。

㊳“有唐”：唐朝。“八坊”：八处养马的地方。“七十万”，七十万匹战马。

㊴“张公”：张仁愿，唐代朔方总管。“蕃滋”：繁殖。以上两句说，中原地区需要大量战马，却只有很少人会繁殖马匹。

㊵“绳钩直曲”：用绳量直，用钩量曲。指一般的测量方法。

㊶“立仗”：立仗马，指马中佼佼者。这句说，找一匹良马作标准，就不愁选不出好马。

㊷“箫箠（音尼垂）”：用鞭子打马。“刻烙”：在马身上烙印。“虐”：虐待。这句说用粗暴的手段调养马。

㊸“歔欷（音虚希）”：叹息。这句说，马在这种情况，求死不得，白白叹息。

㊹“腾”：超过。“董子”：古代善相马的人。

㊺“ 騠（音决提）”：骏马。

㊻“嵯嵘（音蹉业）”：形容山峰高峻。“鸡栖”：狭小的住处。

㊼“款段”：行走迟缓的马匹。“幽宜”：雅静合适的住处。

㊽“鞞鞚（音躲控）”：松开马勒。

㊾“折髀（音俾）”：摔断大腿。“庶几”：差不多，可以了。

㊿“昃（音侧）”：日过午。“非”：不满意。

51“驾”：指马匹。“蹶（音倔，上声）”：尥蹶子。“高低”：优劣。

52“帝闲”：宫廷马厩。这句说，宫廷这时挑选好马来了。

53“神奴”：唐代的马伢。“王湛”：晋代善相马驭马者。

54“已矣”：算了吧。“安之”：到哪里去。

55“天马”：西域给朝廷进贡的宝马。

56“秧马”：农业劳动的马匹。末两句说，马市上交易都重视挑选军马，对农用马却无人问津。表现了反战的思想。

曹锡宝

（？—1792），字鸿书，号检亭，又号剑亭，晚号容圃，上海人。乾隆丁丑（1757）进士。官陕西道御史。

塞　上

这首诗写塞上秋景。

高岭倚层穹①，寒生万壑中②。
惊沙常暗日③，衰草自生风。
霜落征衣薄，秋高塞马雄。
挥鞭一长望，烟树正空濛④。

【注】

① “层穹”：高空。

② “壑（音贺）”：山谷。

③ “惊沙”：飞沙，沙尘。“暗日”：遮蔽太阳。

④ “空濛”：形容细雨或雾气迷茫的样子。

秋日塞上杂咏

这两首诗描写塞上地形和风光，表达了对太平盛世的期望。

(一)

雄关高并太清连[1]，终古风云壮北燕[2]。
山自朔庭环九域[3]，城联辽海控三边[4]。
牧羝沙暖空榛莽[5]，饮马泉清绝瘴烟[6]。
盛代即今虚斥堠[7]，秋光满目覆平田。

【注】

①“雄关”：指山海关。“太清”：天空。

②“终古”：自古以来。“北燕”：指今河北北部、辽宁西南和内蒙古东南一带。

③“朔庭”：北方边疆地区。“环”：环绕。“九域”：九州，指整个中原地区。

④“辽海”：辽河和渤海。“三边”：古称幽、并、凉三州为三边。

⑤“牧羝（音低）沙”：指当年苏武牧羊的沙漠地区。“榛莽”，丛生的草木。

⑥“饮马泉”：指塞外河套地区的泉水。“瘴烟”：南方山林间致人生病的湿热之气。以上两句说，塞外气候和生态环境大有改观。

⑦“盛代”：指清王朝。“即今”：现在。“斥堠（音候）”：设在边防侦察敌情的岗亭堡垒。

（二）

乌桓城下阵云黄①，白马关前月似霜②。
百战雄图余玉垒③，累朝形势固金汤④。
天晴铁骑排空见⑤，日落龙沙四望长⑥。
惟有滦江呜咽水⑦，年年常自绕边墙⑧。

【注】

①“乌桓城”：这里指塞外长城。“阵云”：像战阵一样的云彩。

②“白马关”：在今北京市密云县西北。

③“玉垒”：坚固的军垒。这句说，经过多次大战之后，如今还保存着当时的军垒。

④“累朝”：历代。“金汤”：金城汤池，比喻城防坚固。这句说，历朝历代都利用这里有利的地形建立坚固的城防。

⑤“排空”：凌空，自天而降。

⑥“龙沙”：泛指塞外沙漠。“长”：无边无际。

⑦“滦江”：即滦河，发源于内蒙古，经河北省入海。

⑧“边墙”：指长城。

李调元

（1734—？），字赞庵、鹤州，号雨村、童山蠢翁，绵州（今四川绵阳）人。乾隆进士。历任广东学政、直隶通永道。有《雨村曲话》《雨村剧话》《童山全集》等。以下均选自他的《出口纪程》。他于乾隆四十六（1781）前往今之辽宁、内蒙古赤峰市一带，根据旅途见闻，写了《出口纪程》。

木头城

这首诗写清代木头城一带的风光和民俗。“木头城”，在今辽宁建平和朝阳之间的大凌河南岸，当时是蒙古族聚居区。

万鸦盘阵处①，遥指木头城。
人杂牛羊气，山多虎豹声。
家家番字帜②，户户梵文旋③。
莫谓边风恶④，香醪异样清⑤。

【注】

①“盘阵”：盘旋。

②“番字”：蒙古文字。

③“梵文”：喇嘛教徒都挂梵文旗幡。

④“边风”：边疆地区的民风。“恶”：不好。

⑤“醪（音劳）”：好酒。“清”：清醇。

闻喀喇亲王子方布围逐鹿诗

这首诗写塞外寒冷的气候。“喀喇亲王”，蒙古亲王，公爷府在今内蒙古喀喇沁旗。作者原注：“过蒙古喀喇亲王府，楼阁崔巍，潭潭府居，与内地无异。环以蒙古民百余家。其中红墙绀宇，喇嘛寺也。五十里至瓦房。食。雨复作，寒甚。闻王子方布围逐鹿，得诗一首云。”

塞上清和候①，寒冬十月同。
空山一夜雨，老屋四边风。
面衬貂裘黑②，炉添兽炭红③。
更闻人较猎④，逐鹿出林中。

【注】

① “清和”：天气清明和暖，多指阴历四月。

② “衬”：映衬。“貂裘”：貂皮皮袍。这句说，人脸和貂裘都是黑色的。

③ “兽炭”：将炭屑和水制成的块形炭。

④ “较猎”：即“校（音叫）猎”：泛指打猎。

马厂大雪

这首诗写塞外的雪景。“马厂”，地名，在今内蒙古赤峰市。《出口纪程》：“四十五里至马厂，有茅屋一间，旁筑室三楹，为蒙古王出猎栖息之所，亦不堪托足。少憩，大雪寒风射人。”

大雪从风下，边荒四月天。
花开无叶树①，径糁未铺毡②。
毳帐人何往③？霜鬃马可怜④。
沉霾何处豁⑤？见晛出云烟⑥。

【注】

① 这句说，尚未发芽的树上挂满了雪花。

② “糁（音散）”：饭粒，比喻雪粒。这句说，路上洒满了雪粒，如同铺上厚厚的白毡。

③ “毳（音脆）帐”：白色毡帐，比喻白雪覆盖的山丘。

④ “霜鬃”：马鬃上落满了雪花。

⑤ “沉霾（音埋）”：阴沉的雾气。“豁”：开朗，散开。

⑥ “见晛（音现宴）”：日光。“云烟”：云雾。这句说，阳光从云雾中显现出来。

毛金大岭

这首诗写毛金大岭的险峻和恢弘气势。“毛金大岭”，在今内蒙古赤峰市，是通往今河北省的天然屏障，岭南岭北气候和风景迥异。

曲折峰头下，浓云拨不开。
却从平地看，始觉自天来。
花满千山雪，泉奔万壑雷。
非言同叱驭①，马首正东回。

【注】

① “叱”：吆喝。“驭”：车夫。这句说，不需要再催促车夫了。

赵 翼

（1727—1814），字云崧，阳湖（今江苏武进）人。乾隆二十六年（1761）进士，为翰林院编修。后任镇安、广州知府等职。著有《瓯北全集》《二十二史札记》《陔余丛考》《檐曝杂记》等。

套 驹

这首诗写蒙古族少年矫健勇敢和娴熟的驯马技艺。

儿驹三岁未受羁①，不知身要为人骑。
跳梁川谷龁原野②，狂嘶憨走如骄儿③。
驱来营前不鞍辔④，掉尾呼群共游戏⑤。
旁看他马困鞦靮⑥，自以萧闲矜得意⑦。
谁何健者番少年⑧，手持长竿不持鞭。
竿头有绳作圈套，可以络马使就牵⑨。
别骑一乘入其队⑩，儿驹见之欲惊溃。
一竿早系驹首来，舍所乘马跨其背⑪。
可怜此驹那肯絷⑫，愕跳而起如人立⑬。
如人直立人转横⑭，人骣而骑势真急⑮。
两足夹无殳上钩⑯，一身簸若箕前粒⑰。
左旋如折上下掀，短衣乱翻露袴褶⑱。
握鬃伏鬣何晏然⑲，衔勒早向驹口穿⑳。
才穿便觉气降伏㉑，弭贴随人为转旋㉒。
由来此物供人走，教駣非夸好身手㉓。
骤施不嫌令太速㉔，利导贵因性固有㉕。

【注】

①“儿驹”：小马。“羁”：束缚。

②“跳梁”：即跳踉，腾跃跳动。“龁（音核）”：咬，吃。
③“憨（音酣）走”：傻跑。“骄儿”：不懂事的孩子。
④“不鞍辔（音佩）”：身上无鞍，头上没有马嚼子和缰绳。
⑤“掉尾”：摇动尾巴。“呼群”：招呼别的马。
⑥“他马”：别的马。“困”，受困于。“鞦（音秋）”：马后面的皮带。“靮（音敌）”：马缰绳。
⑦“萧闲”：形容无拘无束的样子。“矜”，夸。
⑧“番少年”：指蒙古族少年。
⑨“络马”：套住马。“就牵”：接受人牵使。
⑩“别”：另外。“一乘”：一匹马。“队”，指马群。
⑪“舍”：弃掉。“其背”：儿驹的马背。
⑫“絷（音直）”：拴，拘。
⑬“愕（音饿）跳”：惊跳。
⑭“如人直立”：儿驹像人一样站立起来。“人转横”：套马少年身体横在空中。
⑮“驏（音战）”：不加鞍辔的马。这句说，人骑在不加鞍辔的马背上，形势非常危险。
⑯“殳（音书）上钩”：指能固定双脚的马镫。
⑰这句说，身体在马背上颠簸得像簸箕里的谷粒。
⑱“袴褶（音库者）”：内裤。
⑲“鬃”“鬣（音猎）”：都指马颈上的长毛。“晏然”：安然无事。
⑳“衔（音咸）”：马嚼子。“勒”：马笼头。
㉑“降伏”：减弱。
㉒“弭（音米）贴”：顺从安静。
㉓“駣（音逃）”：指三岁或四岁的马。这句说，驯调三、四岁的马，必须有超群的技艺。
㉔“骤施”：疾速动手。
㉕“利导”：根据马的情况采用相应的手段。这句说，要根据马的本性来采取不同的措施。

洪亮吉

（1746—1809），字稚存，号北江，自号更生居士，阳湖（今江苏常州）人。乾隆进士，授编修。著有《万里荷戈集》《卷施阁集》等。

鹰攫羝行

这首诗描写了一个鹰抓羊，草原射手射鹰的动人心弦的场面。“攫（音觉）”：用爪抓取。“羝（音低）”：公羊。

一山巉岩忽裂口①，千羊万羊出其窦②。
羊群居前牛在后，鹰忽飞来攫羝走。
群羊哀鸣牛亦吼，北巷南村集群狗。
鹰攫羝飞势偏陡③，云中健儿弓已拓④。
一箭穿云觉云薄，羊毛洒落鹰爪缩。
天半红云尚凝镞⑤。

【注】

① “巉（音蝉）岩”：山势险峻。

② “窦”：洞，山口。

③ “偏陡”：重心不稳，身体倾斜。

④ “拓”：拉开。

⑤ “天半”：半天空。“红云”：比喻血肉模糊的鹰。“凝镞”：与箭头在一起。

松筠

（1752—1835），蒙古正蓝旗人，玛拉特氏，字湘浦。乾隆三十一年（1766）由翻译生员考补理藩院笔帖式。在乾隆、嘉庆、道光三朝，历任内阁学士、礼部侍郎、户部侍郎、工部侍郎、军机大臣、工部尚书、户部尚书、吏部尚书、御前大臣、东阁大学士、武英殿大学士、兵部尚书、礼部尚书、理藩尚书、阅兵大臣等职，并曾出任吉林将军、驻藏办事大臣、陕甘总督、伊犁将军、湖广总督、两江总督、江南河道总督、两广总督、绥远城将军、盛京将军、山海关副都统、热河都统、直隶总督、乌里雅苏台将军等职。曾几次加太子少保衔。久历边疆，熟悉边事，对处理少数民族事务和对俄、英等国外交事务多有贡献。另外对边庭农垦和江南治水亦多有建树。著有《绥服纪略》《西藏巡边记》《藏宁路程》等多种。

曲水塘

这首诗通过写曲水塘的地理和物产，表达了对多民族国家和平安定的期望。“曲水塘”，在拉萨西南，今称曲水，作者于乾隆六十年（1795）巡边时到过此地。

曲水即褚淯①，汉音非蛮语②。
关隘依岩道，江岸环幽圉③。
形似阵长蛇，是谓百夫御④。
岂独地势佳，随在多粮稰⑤。
且喜近前招⑥，程仅两日许⑦。

欲久乐升平⑧，治以同胞与⑨。
惟期善时保⑩，万载堪宁处⑪。

【注】

① “褚滑”：藏语称“曲水”为“褚滑”。

② “蛮语”：指藏语。

③ “江”：指雅鲁藏布江。“圉（音羽）”：边境。

④ “百夫御”：形容地势险要，设一兵能御百人。

⑤ “随在”：随处。“粮糈（音许）”：粮食，粮饷。

⑥ “前招”：指拉萨。

⑦ “程”：路程。“许”：左右。

⑧ “升平”：太平。这句说，要想边疆长治久安。

⑨ “治”：治理。“同”，相同，同于。“胞与”，即“民胞物与”，这里指同胞手足。

⑩ “惟”：只。“期”：希望。“时保”：经常维护。

⑪ “万载”：万年。“堪”：能。“宁处”：安居。

江　孜

这首诗写边防战士为国防安全而进行认真严整的操练。“江孜”，今西藏江孜。

秋阅江孜汛①，蛮戎演战图②。
炮声发震日，鼓气跃争驱③。
锐技为螯进④，雄师在令呼⑤。
百年虽不用，一日未应无⑥。
训练能循制⑦，屏藩足镇隅⑧。
赏颁嘉壮健⑨，感激饮醍醐⑩。

【注】

①“秋阅”：秋季阅兵。“汛（音迅）”：明清时代称军队防守巡逻，此处包括汛地。这句说，在江孜秋季阅兵。

②“蛮戎”：指藏族部队。“演”：演习，操练。“战图”：战阵之图。

③“鼓气”：受鼓舞的士气。“跃”：踊跃。“争驱”：争先冲锋。

④“锐技”：勇猛的战术。“蝥（音矛）进”：持着“蝥弧旗”前进。蝥弧旗是春秋时期郑国国君的帅旗，这里喻指帅旗。

⑤“令呼”：号令指挥。

⑥“无”：取消。以上二句说，边防武装可能长期不使用，但是绝不能取消。

⑦“循制”：按照规定，遵循条例。

⑧“屏藩”：比喻保卫国家的武装力量。“足”，完全可以。“镇隅”：镇守边疆。

⑨“赏颁”：赏赐物品，指作者代表朝廷慰问官兵。“嘉”：嘉奖。“壮健”：强壮勇敢的将士。

⑩“感激”：感奋激动。“醍醐（音题胡）”：指美酒。

彭错岭

这首诗写巩固西藏边防的重要性。“彭错岭”，即今西藏之彭错林，在日喀则西面，雅鲁藏布江畔。

庙侧有岩岗，直壁下临江①。
固是二关一②，因置千载防③。
工作无多费，利益保封疆④。
塞卡互维持⑤，制律用知方⑥。

【注】

①“直壁”：形容山崖陡峭。

②“固”：本来。“二关”：两个重要关隘，指彭错岭和曲多江巩。这两个地方峭壁连冈，为后藏咽喉。

③“置”：设立。“防”：边防。

④“封疆”：国家的边境。以上二句说，设立防地不要过多浪费人力物力，目的是为了保卫边疆。

⑤“塞卡”：指边境哨所。“维持”：关照，联系。

⑥“制律”：制定条令。“用”，应当。“知方”：懂得方略。

拉错海子

这首诗描写西藏高山湖泊的优美景色。“拉错海子”，在西藏定日附近。

碱淖清如碧①，一望琉璃明②。
红香布微悃③，哈达代帛呈④。
复来宿旧野⑤，汐湍听新声⑥。
呼吸天地率⑦，无涸亦无盈⑧。

【注】

① “碱淖（音闹）”：碱湖。“碧”：青绿色的玉石。

② “琉璃”：一种有色半透明的矿物材料。

③ “红香”：鲜花的芳香。“布”，展现，展示。“悃（音困）”：至诚。

④ “哈达”：蒙藏民族为表友好和敬意而献的丝巾。“呈”：献上。以上两句写湖畔鲜花好像在热诚地欢迎远方来的客人，用一缕缕鲜花代替了丝制的哈达。

⑤ “宿”：住下。“旧野”：曾经到过的地方。

⑥ “汐湍（音夕团）”：汹涌的波涛。“新声”：从未听到过的波涛声。

⑦ “呼吸”：指湖泊的来水和泄水。“率（音律）”：规律。这句说，湖泊按照大自然的安排，从天上接受水，往地下渗泄水。

⑧ “无涸（音和）”：不会干枯。“无盈”：不会水满为患。

法式善

（1752—1813），原名运昌，字开文，号时帆，又号梧门，蒙古乌尔济氏，隶内务府正黄旗。乾隆庚子（1780）进士，改庶吉士，授检讨司业。由庶子迁侍读学士，大考降员外郎，补左庶子。著有《存素堂诗集》《清秘述闻》《槐厅载笔》《梧门诗话》等。《清史稿》卷485有传。

由黑龙潭至大觉寺

这四首诗描绘了北京近郊如画的动人景色。“黑龙潭”，在北京海淀区温泉以北山腰。“大觉寺”，在北京海淀区西郊旸台山麓，初建于辽代咸雍四年（1068），名“清水院”；金代称“灵泉寺”；明代宣德三年（1428）重修，改称“大觉寺”。

（一）

路转画眉山①，一村湾复湾②。
人家松树底，酒旆夕阳间③。
牛拣碧阴卧，燕冲微雨还④。
道人灌园罢⑤，叉手药畦间。

【注】

①“画眉山”：山名。

②“湾”：水流弯曲的地方。

③“酒旆（音配）”：酒旗。

④“冲”：穿过。

⑤“道人”：道士。

（二）

恨未携琴至，空闻流水声[①]。
古人不相见，山月此时明。
松老僧同瘦，竹阴天自晴。
烟蓑恐无分[②]，徒抱著书情[③]。

【注】

① “流水”：双关语，既指沿途所见之流水，也指伯牙和钟子期“高山流水”知音的典故。下一联的“古人”即指伯牙和钟子期。

② “烟蓑（音梭）”：雨雾中披的蓑衣，古代指隐者的装束。这里指归隐。“无分”，没有希望，没有可能。

③ “徒”：白白地，空自。“抱”：怀着。

（三）

爱古赖无侪[①]，残碑手自揩[②]。
石香借泉漱[③]，笋稚任花埋[④]。
厨积含霜叶[⑤]，炉烧带藓柴。
丹砂不须炼，梨枣略安排[⑥]。

【注】

① “赖”：依靠。“无侪（音豺）”，没有同伴。

② “揩”：擦拭。以上两句说，自己喜欢古代文物，却没有同伴可依靠，只好自己动手擦拭残破的石碑。

③ “漱”：冲洗。

④ “稚”：幼小。

⑤ “含霜叶”：红叶。

⑥“梨枣”：古代多用梨木、枣木刻板印书，后以“梨枣”作为撰刻书籍的代称。以上二句说，自己不想隐居炼丹，只想搜集素材著述。

(四)

忆自经秋雨，廊欹竹树芜①。
花开几人到，春去一诗无。
云气连村暗，山声入夜粗②。
牡丹红处屋，迟我十年租③。

【注】

①“廊”：房廊，室外有顶的过道。“欹（音欺）”：倾斜。“芜”：荒而杂乱。

②“山声”：山里的风声。

③“租”：租赁。末二句说，红牡丹旁的房屋（指大觉寺），自己十年前就该来此租赁居住。

伯　葰

（音俊）（？—1859），字静涛，又字泉庄，巴鲁特氏，蒙古正蓝旗人。道光丙戌（1826）进士，改庶吉士。历任山东乡试副考官、翰林院侍讲学士、内阁学士、礼部、刑部、吏部、户部侍郎，总管内务府大臣、左都尉史、兵部尚书、户部尚书。咸丰八年（1858）拜文渊阁大学士。著有《奉使朝鲜驿程日记》《薜箖吟馆诗钞》等。《清史稿》卷389有传。

朔平府别张椒云同年

这首诗写友情和乡情。“朔平府”，雍正三年（1725）置，治所在右玉(今属山西)，辖境为今之山西北部和内蒙古凉城一带。“张椒云”，人名。“同年”，同年考中进士者之间的互称。

兰交喜晤五原间①，春暮归来月又弯。
使溯张骞穷九塞②，政推魏尚泽三关③。
主人漫拟歌骊诗④，游子应如倦鸟还。
别后与君同怅望，朔云燕树万重山⑤。

【注】

① “兰交”：指意气相投的友人。“五原”：古郡名，在今内蒙古包头西，这里泛指塞外地区。

② “使溯”：出使事追溯。“张骞”，西汉通西域的外交家，此喻张椒云。“穷”：到尽头。“九塞”：泛指边塞地区。这句说，张椒云曾经出色地完成出使塞外的任务。

③ “推”：举，称许。“魏尚”：汉文帝时云中太守，尽职守边，爱护士卒，却一度被免官，此喻张椒云。“泽”：

带来恩惠。“三关”：明代以山西境内的雁门关、宁武关、偏头关为“外三关”。

④ “主人”：指张椒云。“歌骊”：告别的诗，典故出自《汉书·王式传》。

⑤ “朔”：指张椒云所在的朔平府。“燕”：指作者归去的北京。

摄山最高峰

这首诗写摄山高峰的雄伟，暗寓“登高视阔”的哲理。“摄山”，在江苏南京东北，又叫栖霞山，乾隆题为“江南第一明秀山”。

石磴层层路几盘①，天风高接碧云寒。
长江狭甚钟山小②，人在最高峰上看。

【注】

① “石磴”：山路的台阶。“盘”：屈曲，曲折。

② “狭甚”：非常狭窄。“钟山”：即今之南京紫金山。末二句是倒装。

斌 良

（生卒年不详），满族，字备卿，又字笠耕，号梅舫。官至刑部侍郎。道光二十六年（1846）任驻藏大臣。

商都杂兴

这三首诗写塞外的贸易通道、民风民俗和自然风光。“商都”，即今之内蒙古商都县。

（一）

戈壁苍茫万里途，盘车北上塞云孤①。
海龙江獭鱼油锦②，贸易新通恰克图③。

【注】

①“盘车”：辗转驱车。“孤”：形容人烟稀少。

②“海龙”：即药用“海马”。“江獭（音塔）”：即水獭，皮毛珍贵。“鱼油锦”：一种丝织锦缎。以上三种是南北贸易的主要特色货物。

③“恰克图”：地名，今属俄罗斯，曾是清朝和俄国通商的商埠。

(二)

滑笏波流克蚌河①，滥吹钢冻舞婆娑②。
插竿累甓当兰若③，雅岱山巅鄂博多④。

【注】

① “滑笏（音互）”：木筏。“克蚌河”：河名，又叫克衣绷河。

② “钢冻”：一种吹奏乐器。“婆娑（音蓑）”：形容盘旋舞蹈的样子。

③ “插竿”：插上幡竿。“累甓（音僻）”：堆起砖石。“兰若”，佛寺，指祭祀的场所。

④ “雅岱”：山名，蒙语叫“额伦拖罗海”：意思是“鹰山”。“鄂博”：即敖包，蒙古民族堆起石块作为标志或祭祀的对象。

(三)

鸳鸯坡畔草萌芽①，毳幕毡房著处家②。
风卷驼茸铺白氎③，错疑边塞落杨花。

【注】

① “鸳鸯坡”：地名。

② “毳（音脆）幕”、“毡房”：均指蒙古包。“著处”：随处，到处。

③ “驼茸”：即驼绒。“白氎（音蝶）”：白色棉布。

述 明

（生卒年不详），字东瞻，满族。历官甘肃平凉镇总兵。著有《积翠轩诗集》。

塞 外

这首诗写塞外气候与内地的巨大差异，鼓励出征将士舍家为国。

五月犹飞雪，三春未见花①。
炎风初解冻②，夏草渐萌芽。
画角塞声迴③，旄头白气斜④。
楼兰如未斩⑤，不敢顾身家。

【注】

① “三春”：指晚春的旧历三月。

② “炎风”：夏季的热风。

③ “画角”：此指军中乐器。“迴”：远。这句说，画角声在遥远的塞外响起。

④ “旄头”：星名，古人认为旄头星特亮时，将有战争发生。“白气”：星光，光芒。

⑤ “楼兰”：汉代西域国名。这里代指敌对势力，即新疆的叛国集团。

汪 端

（1794—1838）字允庄，钱塘（今浙江杭州）人。清朝女诗人。著有《自然好学斋集》。

塞下曲

这句诗写塞外尽管荒凉，而王昭君和蔡琰远嫁匈奴，加强汉匈的友好交往，精神令人千古景仰。

二月龙堆走白沙①，黄令寒色入悲笳②。
明妃蔡女思乡泪③，洒向天山作灵花④。

【注】

① “龙堆”：泛指塞外沙漠地带。“走”：飞速滚动。

② “黄令”：秋季。

③ “明妃”：王昭君。“蔡女”：蔡琰，蔡文姬。

④ “天山”：泛指塞外名山。“灵花”：神灵之花。

升 寅

（？—1834），字宾旭，一字晋斋，满洲镶黄旗人。任盛京将军、工部尚书、礼部尚书。著有《晋斋诗存》。

戈壁道中竹枝词

这组诗共八首，这里选录四首。诗中记述自己赴外蒙古喀尔喀的沿途风光和见闻。

（一）

夏日炎凉无定时，锦衣犹怯早风吹①。
片云头上来如掌，赤日曈曈雨如丝②。

【注】
① “怯”：怕。
② “曈曈（音童）”：阳光由暗转明的景象。

（二）

不见园林不见花，良田万顷不桑麻。
问渠何事为生计①，草是禾苗牧是家②。

【注】
① “渠”：他。“生计”：生活，谋生的方法。
②“家”：指财富。

（三）

骑马胡儿执辔徐[1]，两骖对御驾杆车[2]。
更兼草地平如砥[3]，顷刻能行百里余。

【注】

① “胡儿”：蒙古族青年。“徐”：从容不迫。

② “两骖（音餐）”：驾在车前两侧的马。“御”，驾车。“驾杆车”：一种轻便的小车，适宜在草原上行驶。作者原注“驾杆车惟蒙古部落最宜，他处难行。”

③ “砥（音底）”：磨刀石，比喻平坦。

（四）

雨晴塞上草初肥，无数骅骝牧落晖[1]，
信是北人能射猎[2]，蓬头童子骏如飞[3]。

【注】

① “骅骝（音华留）”：骏马。“落晖（音辉）”：将落的太阳光。

② “信是”：确实是。

③ “蓬头童子”：头发还没长长的小孩儿。作者原注：“五、六岁男女俱善骑马。”“骏”：骏马。

宝 鋆

（？—1891），字锐卿，号佩蘅，满洲镶白旗人。道光十八年（1838）进士。官武英殿大学士兼军机大臣。著有《佩蘅诗钞》。

饮酥戏作

这是一首赞美奶茶香甜可口的诙谐诗。“饮酥”，喝奶茶。

沁齿胜云浆①，豪情喜朔方②。
椎牛思李牧③，饮乳笑张苍④。
得趣茶新熟⑤，回甘蔗共尝⑥。
穹庐雅相称⑦，门外野风凉。

【注】

① “沁（音琴，去声）齿”：直透牙髓。“云浆”：天上神仙喝的美酒。

② “朔方”：指北方，塞外。

③ “椎（音垂）牛”：宰牛。“李牧”：战国时期赵国的名将，他驻守北部边疆时，每天都要宰几头牛来犒劳士兵。

④ “张苍”：秦朝时任御史，后降刘邦，封北平侯，官御史大夫。汉文帝时任丞相。晚年口中无齿，雇妇女当奶母。

⑤ “得趣”：尝到乐趣、甜头。“茶”：奶茶。“新熟”：刚煮好。

⑥ “回甘”：喝完之后的余香回味。“蔗共尝”：好像一起吃过甘蔗。

⑦ “穹庐”：蒙古包。“雅”：很。“相称”：合适。这句说，在温暖的蒙古包中喝奶茶最合适了。

四马驾杆，其行益速。赴鄂罗胡笃克作

这首诗描写草原上特有的交通工具——四马驾杆车的快捷便利。“四马驾杆”，四匹马拉的一种轻便小车。“鄂罗胡笃克”，蒙古语地名，汉译“上井”，是张家口至外蒙古的第十七台站。

天下快事那如此，一转瞬间百余里。
两骖如舞两服襄①，三代兵车或近似②。
眼望翠岭高入天，倏忽已超鹰隼前③。
霜蹄蹴踏沙石响④，风生耳后霏云烟⑤。
红白草墩大于盎⑥，累累遍野列星象⑦。
回旋避之妙用柔⑧，岂止吴儿工荡桨⑨？
从来峻利多粗豪⑩，脱杆偶亦差分毫⑪。
寄言左右乌拉乞12，衔勒端宜把握牢⑬。

【注】

① “两骖”、“两服”，四匹马驾车，两边的叫“骖”：中间两匹叫“服”。“襄”，驾车。

② “三代”：指夏、商、周三代。“或”：也许。

③ “倏忽”：极快地。“鹰隼（音损）”：一种猛禽，飞行甚速。

④ “霜蹄”：马蹄。“蹴（音促）踏”：踩踏。

⑤ “霏（音飞）”：纷纷扬起。“云烟”：指灰尘。

⑥ “盎（音昂，去声）”：盆子。

⑦ “累累”：形容一个挨一个，很多。“列”：排列。“星象”，天上的星星，比喻草墩之多，之密。

⑧ “避之”：躲开草墩。“柔”：灵巧自如。

⑨ “吴儿”：江南小伙子。“工”：擅长。“荡桨”：划船。

以上两句说，北方青年驾车的技巧不亚于江南青年的划船。

⑩“峻利”：从高往低快速前进。

⑪“脱杆”：指马松套离开驾杆。以上两句说，从高往下，快速行进，偶一粗心，就会脱套翻车。

⑫“寄言”：传话。“乌拉乞”：蒙古语，驿差，驿夫。

⑬“衔勒”：马嚼子和马缰绳。“端宜”：必须。

早尖后赴沙拉木楞

这首诗写旅途所见和塞外民风。“早尖”，吃早饭。“沙拉木楞”，蒙古语地名，汉译“黄河”。是由张家口北去的第十六台站，在今内蒙古四子王旗境内。

白井接黄河①，匆匆走马过。
羽虫“佳浑”劲②，将种尉迟多③。
远流昆仑水④，雄风敕勒歌⑤。
笑余孱弱甚⑥，饱饮逊廉颇⑦。

【注】

①“白井”：指第十五台站，蒙古语叫“察汗胡笃克”。

②“羽虫”：飞鸟。“佳浑”：满语“鹰”。“劲”：强有力。

③“将种”：将军的后代。“尉迟”，指唐代名将尉迟恭。这句说，草原人骁勇强悍，像尉迟恭那样的猛将很多。

④“昆仑”：昆仑山，黄河的发源地。这句说，草原河流都是远从昆仑山流来。

⑤“雄风”：豪爽粗犷的性格。“敕勒歌”：描写草原风光的北朝民歌。这句说，雄风与“敕勒歌”中写的一脉相承。

⑥“余”：我。“孱（音馋）弱”，懦弱，无力。

⑦ “饱饮”：吃饭喝酒。“逊”：不如，赶不上。“廉颇”：战国时期赵国名将，八十多岁还很能吃饭，骁勇能战。

塞上吟竹枝词

这组诗共三十首，这里选录了五首。写草原健儿骑术高超、人民热情好客、幼儿豪爽可爱、妇女装扮服饰和少女娇柔忸怩等。

（一）

蓦坡注涧任霜蹄[①]，直使苍鹰望眼迷[②]。
生铁铸成浑一样[③]，不知人世有高低。

【注】

① “蓦（音莫）”：超越。“注”：冲下去。“霜蹄”：马蹄。
② “望眼迷”：速度快得，使看起来眼花缭乱。
③ “浑”：完全，简直。作者原注“人与马如生成者然。”骑士与马就像铸在一起的生铁一样。

（二）

山前山后蒙古包，行人尽日走山坳[①]。
喜闻到处皆堪住，不数当年杵臼交[②]。

【注】

① “行人”：出外行路的人。“尽日”：终日，整天。“山坳（音凹）”：山的洼处。
② “不数”：不用说。“杵（音褚）臼交”：贫贱之交，典故出自《后汉书·吴祐传》。这句说，素不相识的人

来了，草原人民照样接待。

(三)

北地雄风振古豪①，小儿衣上亦容刀②。
虎头燕颔封侯相③，食肉原来尽老饕④。

【注】

① “振古”：自古。“豪”：豪放，不拘束。

② “容刀”：带刀。

③ “虎头燕颔”：形容人相貌堂堂，头大脸宽。旧时用以赞誉武将的相貌。

④ “老饕（音滔）”：贪吃的人。这句说，草原孩子都很能吃肉。

(四)

胭脂山下美人多①，狐帽披风珠练拖②。
怪底容光殊虢国③，不施铅粉抹烟螺④。

【注】

① “胭脂山”：即焉支山，在今甘肃，原是匈奴人的居住地。这里代指蒙古族地区。

② “珠练”：珍珠项练。“拖”：形容很长。

③ “怪底”：难怪。“容光”：脸上的光彩。“殊”：不同。“虢国”：虢国夫人，唐朝杨贵妃之姐，不用化妆也很漂亮。

④ “施”：加。“铅粉”、“烟螺”：古代妇女用来搽脸描眉的两种化妆品。

（五）

丰貂压鬓髻盘鸦[①]，扑鼻酥香解唤茶[②]。
听得小名尤旖旎[③]，云端霖沁更丹巴[④]。

【注】

① “丰貂”：毛绒绒的貂皮帽。“盘鸦”：一种发型，把头发盘在头上。

② “酥香”：各种奶制品的香味。“解”：懂得。“唤茶”：给客人上茶。

③ “旖旎（音椅你）”：形容婀娜柔美。

④ “云端”、“霖沁”、“丹巴”都是蒙古族姑娘常用的藏语名字（乳名）。

赋得苏子卿在匈奴娶妇生子

这首诗对苏武在匈奴娶妻生子后又为了忠于祖国而舍妻弃子，寄予了同情。“赋得”，摘取古人成句为题而写诗。“苏子卿”，苏武，字子卿。

嘉耦话当年[①]，生儿竟像贤[②]。
羊裘寒况味[③]，貂锦小婵娟[④]。
夜月鸳鸯牒[⑤]，春风羖羝天[⑥]。
同甘低毳幕[⑦]，回暖想冰毡[⑧]。
鸿雁三秋早[⑨]，熊罴一梦元[⑩]。
忠贞原照灼[⑪]，情致自缠绵[⑫]。
岂逐声光累[⑬]，能教似续延[⑭]。
缅怀通国事[⑮]，凭吊几流连[⑯]。

【注】

①“嘉耦”：互敬互爱的好夫妻。

②“像贤”：像父亲那样贤德。

③“况味”：境况和情味。

④“貂锦”：丝面貂皮袍。“婵娟（音蝉涓）”：美女。以上两句写苏武和妻子的衣着。

⑤“鸳鸯牒（音蝶）”：指夫妻合宿的床。

⑥“羖（音古）”：黑色公羊。“羖（音历）”：黑色母羊。这句说，白天在春风里共同放牧羊群。

⑦“同甘”：两个人甘心情愿。“低毳幕”：矮小的蒙古包。

⑧“回暖”：回到温暖的家里。“冰毡”：苏武过去一个人睡的冷毡子。

⑨“三秋”：秋季第三个月，即阴历九月。这句说，大雁不到九月就早早向南迁徙。

⑩“熊罴（音皮）”：两种猛兽。古代以“熊罴入梦”为祝人喜得贵子的祝福。“元”：完美。这句说终于有了一个儿子。

⑪“照灼（音酌）”：照耀。这句说，对国家的忠贞本来是很明显的。

⑫“情致”：感情。“缠绵”：情谊深厚。这句说，对妻子儿女的情意自然也是深厚的。

⑬“逐”：追逐。“声光”：声誉荣耀。“累”：负担，累赘。

⑭“似续”：嗣续，继承人。“延”：延续。以上两句说，并非把声名当累赘，而是希望能留下个后代。

⑮“缅怀”：追思怀念。“通国”：苏武在匈奴生的儿子名叫“通国”。

⑯“几”：多次。“流连”：舍不得离开。这句写作者的感情。

姚元之

（？—1852），字伯昂，号荐青，桐城（今属安徽）人。嘉庆进士。官左都御史，后任内阁学士。著有《竹叶亭杂诗稿》。

塞外竹枝词

这一组诗共十五首，这里选录了十一首，分别写蒙古族地区的住所、饮食、生产、风俗、宗教、服饰等。

（一）

席地铺将几片毡，羊羔牛犊系当前①。
中央不是寻常火，冬夏无分马粪燃。

【注】

① “当前”：正前方。作者原注：“以毡铺地，坐卧皆在其中。中央设粪火一炉，以便炊爨，牛犊羊羔亦系于侧。”

（二）

鲜品何由到大荒①，夕餐一碗半稀汤。
频年酥迭差生活②，虽具人身实可伤③。

【注】

① “鲜品”：指新鲜的蔬菜和水果。“大荒”：边远荒凉之地。
② “频年”：连年，一年到头。“酥迭差”：蒙古语，奶茶。

③ “可伤”：可怜。作者原注：“夷地菜蔬一无所有，以牛羊驼乳为食。呼奶茶为‘酥迭差’。富厚者傍晚煮粟米稀汤一餐。长年如此，诚可怜也。”

（三）

酿成马乳不须沽[①]，一品波罗鞑辣酥[②]。
剧饮何尝分昼夜[③]，从教醉倒在泥涂[④]。

【注】

① “沽”：买酒。

② “一品”：最上等。“鞑辣酥”：蒙古语，酒。作者原注：“以马乳酿酒，每饮必烂醉而后已。其波罗鞑辣酥甚佳。”

③ “剧饮”：痛饮，豪饮。

④ “从教”：听任。

（四）

家家来牧牝牛羊，几处山头下夕阳。
鄂博遥看知远近[①]，如飞一骑马蹄忙。

【注】

① “鄂博”：也叫“敖包”：“堆子”的意思，是道路境界的标志，也有和宗教结合，当作山神、路神的止宿处来崇奉的。作者原注：“夷人每出必骑，骑必驰骋。垒小石于山巅，谓之鄂博，以志远近。”

（五）

偶尔惊闻“忒默”鸣[①]，呜呜咽咽作哀声。

凄凉境界伤心泪，铁石肝肠亦动情。

【注】

① “忒默”：蒙古语，骆驼。

（六）

焉知地狱与天堂，一定身尸饲犬狼。

曾是众生都不若，尚教“麻海”落人肠[①]。

【注】

① “麻海”：蒙古语，肉。末二句开玩笑说，自己比不上牧区百姓，他们吃过许多兽肉，死后去喂犬狼也不吃亏了。作者原注：“夷人死后必弃之野，以饲犬狼。食之速者为登仙。不食则谓成鬼，人皆畏之，肉名‘麻海’。”

（七）

男女咸钦是喇嘛[①]，恪恭五体拜袈裟[②]。

顶心一掌殊骄贵[③]，佛在何方莫认差。

【注】

① “咸”：都。“钦”：尊敬。

② “恪恭”：特别恭敬。“袈裟（音加沙）”，僧人披在外面的法衣。

③ “顶心”：头顶中间。“一掌”：用手掌抚摸一下。“殊”：特别。作者原注：“见喇嘛必五体投地，如拜佛然。拜毕，将头顶就其侧。喇嘛则以手扑其顶，男女皆然。谓其五

指有五尊佛在。”

(八)

见面“扪都”礼数恭[①]，“差乌”才罢又斟钟[②]。
瓜田李下寻常事[③]，幕内公然“温榻浓”[④]。

【注】

① “扪都”：蒙古语，安好，互相问候的话。
② “差乌”：蒙古语，喝茶。“钟”：指酒杯。
③ “瓜田李下”：比喻嫌疑之地。“寻常”：平常。
④ “幕内”：蒙古包里。“温榻浓”：蒙古语，睡觉。作者原注：“相见云‘扪都’，问好之词也。睡谓‘温榻’。投宿者无论识与不识，同处一幕。”

(九)

异世何曾见沐汤[①]，肌肤垢污齿牙黄。
焉支枉自夸颜色[②]，那得消魂别有香[③]？

【注】

① “异世”：从生到死。“沐汤”：洗澡水。作者原注：“男女自出胎一洗，终身不知沐浴。”
② “焉支”：山名，在今甘肃，古匈奴居住地，后被汉朝占领。匈奴民歌曰：“失我焉支山，使我妇女无颜色。”
③ 末两句开玩笑说，蒙古妇女都自夸长得漂亮，可总不洗澡，怎么能有引人的魅力呢。

(十)

装饰珊瑚辫发垂，羊裘狐帽赛男儿。
弓鞋笑说金莲步①，手制新靴嵌绿皮。

【注】

① “弓鞋”：古代妇女缠足者所穿的鞋。“金莲”：古代把妇女缠过的小脚叫“金莲”。这句说，蒙古族妇女从不缠足，认为汉族妇女小脚走路是很可笑的。

(十一)

对人也拜作娇羞，“叩肯”连声不转头①。
临上马时才一笑，故翻纤手掩双眸②。

【注】

① “叩肯”：蒙古语，姑娘。作者原注：“呼闺女为叩肯，皆善骑。”

② “纤手”：娇嫩的手。“双眸”：双眼。

那逊兰保

（1801—1873），字莲友，蒙古族女诗人。喀尔喀部博尔济吉特氏。嫁给满族宗室恒恩为妻。著有《芸香馆遗诗》。

咏 菊

这首诗借咏菊花，表达了作者对崇高品格和高雅情趣的追求。

清标傲骨绝群流①，凡卉输君一百筹②。
似此风姿应爱我，算来心性只宜秋③。
愁生北地霜千里，梦落东篱月半钩④。
点缀兰闺成韵事⑤，不辞斗酒为君谋⑥。

【注】

① “清标”：俊逸的风采。“傲骨”：高傲不屈的性格。“绝”：压倒。
② “凡卉”：一般的花草。“筹”：等级。
③ “宜”：适合。
④ “东篱”：庭院东边的篱笆。东晋陶渊明“采菊东篱下，悠然见南山”为咏菊名句。
⑤ “兰闺”：贵族女子的居处。“韵事”：风雅的活动。
⑥ “辞”：推辞，拒绝。“斗酒”，一杯酒。“为君”：为菊花。“谋”：捉摸咏菊的好诗句。

瀛俊二兄奉使库伦，故吾家也，送行之日，率成此诗

这首送别诗以国家和民族的大业为重，励兄出塞，表现了诗人的民族自豪感和爱国热情。“瀛俊”：作者二哥的名字。“奉使”：接受使命。“库伦”：今之蒙古都城乌兰巴托。“率”：随便。

四岁来京师，卅载辞故乡。
故乡在何所？塞北云茫茫。
成吉有遗谱[1]，库伦余故疆[2]。
弯弧十万众，天骄自古强[3]。
夕宿便毡幕[4]，朝餐甘湩浆[5]。
幸逢大一统，中外无边防[6]。
带刀入宿卫[7]，列爵袭冠裳[8]。
自笑闺阁质[9]，早易时世妆[10]。
无梦到鞍马[11]，有意工文章[12]。
绿窗事粉黛[13]，红灯勤缥缃[14]。
华夷隔风气[15]，故国有殊方[16]。
问以啁哳语[17]，逊谢称全忘[18]。
我兄承使命，将归昼锦堂[19]。
乃作异域视[20]，举家心徬徨[21]。
我独有一言，临行奉离觞[22]。
天子守四夷，原为捍要荒[23]。
近闻颇柔懦[24]，醇俗醨其常[25]。
所愧非男儿，归愿无由偿[26]。
冀兄加振厉[27]，旧业须重光[28]。
勿为儿女泣，相对徒悲伤。

【注】

①“成吉”：成吉思汗。“遗谱”：传下来的宗谱。这句说，自己是成吉思汗的后代。

②“故疆”：故土。这句说，蒙古是自己的故土。

③“天骄”：天之骄子，古匈奴自称，后因称北方强大的游牧民族为“天骄”：这里指蒙古民族。

④“便”：习惯于。“毡幕”：蒙古包。

⑤“甘”：喜欢。“湩（音冻）浆”：乳汁。

⑥“中”：指中原地区。“外”：指边疆少数民族地区。

⑦“宿卫”：在宫廷值宿警卫。这句说，自己的父亲入朝为官。

⑧“列爵”：分颁爵位。“袭”：承袭。“冠裳”：古代官员的服装，比喻世族地位。

⑨“闺阁”：古代指妇女所居的内室，代指妇女。

⑩“易”：更换。“时世妆”：现代的衣服，指满族妇女的服装。

⑪“无梦”：指没有可能。“鞍马”：骑马驰骋。

⑫“工”：精通，擅长。

⑬“绿窗”：指妇女的住室。“粉黛”：女性化妆品。

⑭“缥缃（音漂湘）”：古代用来包书的布，代指书卷。

⑮“华”：指中原地区的汉族。“夷”：指边疆地区的少数民族。“风气”：风俗习惯。

⑯“故国”：故乡。“殊方”：异域。这句说，原来的故土（指蒙古地区）现在反而成了异乡。

⑰“啁哳（音招渣）语”：指难懂的蒙古话。

⑱“逊谢”：抱歉地说。

⑲“昼锦堂”：贵显还乡的标志，即衣锦还乡的地方。

⑳“乃”：竟然。

㉑“举家”：全家。

㉒“奉”：举，敬献。“离觞（音伤）”：送别宴会上的酒杯。

㉓“捍”：保卫。“要荒”：极远的边地。

㉔“柔懦”：软弱。

㉕“醇俗”：淳厚的民风。“醨（音离）”：变薄。“其常”：它固有的。以上两句说，蒙古民族近年来失掉了淳朴尚武的精神，变得软弱了。

㉖“归愿”：回故乡（蒙古）的愿望。“无由”：没有机会。“偿”：实现。

㉗“冀”：希望。“振厉”：振作精神并激励斗志。

㉘“旧业”，成吉思汗的事业。“重光”：重新发扬光大。

庚申冬寄外，时在滦阳

这首寄给丈夫的诗作，既表现了对丈夫的关切与思念，也反映了对国家命运的忧虑。“庚申”，指1860年。“外”，指丈夫。“滦阳”，即清帝的避暑山庄所在的承德。第二次鸦片战争，英法侵略军攻占了北京，作者的丈夫恒恩随咸丰皇帝一起逃至承德。

漫道相思苦①，从悲行路难②。
烽烟三辅近③，风雪一裘寒④。
去住都无信⑤，浮沈奈此官⑥。
亲裁三百字⑦，替竹报平安⑧。

【注】

①“漫道”，不必说。“相思”，指作者思念丈夫。
②“从悲”，为丈夫忧虑、担心。“行路难”，旅途艰辛。
③“烽烟”，指战火。“三辅”，首都周围地区。
④“一裘”，一件皮袍。这句担心丈夫。
⑤“去住”，离开都城和到达目的地。
⑥“浮沈”，比喻仕途的坎坷不定。“奈”，无奈何。这句说，丈夫无信来是因为官身不自由。
⑦“裁”，比喻书写。
⑧“竹报平安”，指平安家信。典故见段成式《酉阳杂俎》续集。

倭 仁

（1804—1871），字艮峰，乌齐格里氏，蒙古正红旗人，河南驻防。道光己丑（1829）进士，改庶吉士，授编修。历中允、侍讲、庶子、侍讲学士、侍读学士、詹事、大理寺卿、礼部侍郎。同治元年（1862）擢工部尚书、协办大学士、文渊阁大学士。后晋文华殿大学士。著有《倭文端公遗书》。《清史稿》卷391有传。

义州留题

这首诗是咸丰辛酉（1861）冬奉命出使朝鲜时所作，写义州的地理形势和重要地位。“义州”：指朝鲜的义州，在我国辽宁丹东东北，鸭绿江东岸。“留题”：留句题诗。

第一边关气势雄，岩疆锁钥控瀛东①。
江涵鸭绿分晴霭②，山拥螺青矗远空③。
百尺城楼高岭上，万家烟火夕阳中。
雪泥我亦留鸿爪④，题句龙湾愧未工⑤。

【注】

① “岩疆”：险峻的边塞。“锁钥”：锁头和钥匙，比喻重要的关隘。“瀛东”：瀛寰（世界）的东方，指我国东北和朝鲜地区。

② “涵”：包容。“鸭绿”：双关语，既指江水的颜色，也指我国与朝鲜之间的鸭绿江。“晴霭（音矮）”：阳光照射下的薄雾。

③ “螺青”：这里指青色。“矗（音触）”：直立，高耸。

④ “雪泥鸿爪”：比喻往事留下的遗迹。

⑤ “龙湾”：龙湾馆，在义州。“工”：精。

车中有感

这首诗慨叹一个人保持晚节的重要和不易。

千载惟将晚节看，论人容易自修难①。
羡他松柏森森翠②，独立空山耐岁寒③。

【注】
① “论人”：评论别人。“自修”：严格要求自己。
② “森森”：繁密而森严的样子。“翠”：青色。
③ “耐”：受得了。“岁寒”：天冷。最后两句用《论语》“岁寒然后知松柏之后凋”之意。

题平壤快哉亭

这首诗写朝鲜平壤的秀丽景色。

风光最好传平壤，一夕星轺此暂停①。
东去江流千顷碧②，西来山拥四围青③。
故人天末留诗句④，美景檐前列画屏⑤。
何必颍滨夸胜迹⑥，苏家独有快哉亭⑦？

【注】
① “星轺（音尧）”：古代称皇帝的使臣为“星使”：因称朝廷使臣所乘的专车为“星轺”。
② “江”：指大同江，穿过平壤城。
③ “四围”：四面。
④ “故人”：老友。“天末”：天边，遥远的地方，指平壤。

⑤ “画屏”：绘有彩绘的屏风，比喻房前的美景。

⑥ “颍滨”：颍水（流经河南、安徽）之滨。“胜迹”：名胜古迹。苏轼曾为黄冈之亭名之曰“快哉亭”，后在铜山当郡守又为一亭起名“快哉亭”。苏辙晚年自号“颍滨遗老”，他曾写过《黄州快哉亭记》。

⑦ 末两句说，不要只听苏辙夸耀，哪里只有苏家命名的“快哉亭”享名于世呢。意思是，平壤快哉亭可与黄州快哉亭相媲美。

瑞　常

（？—1872），字芝生，号西樵，石尔德特氏，蒙古镶红旗人。杭州驻防。道光壬辰（1832）进士。历任编修、光禄寺卿、内阁学士、兵部侍郎、武英殿总裁、册封朝鲜正使。典江南乡试。又任左都御史、刑部、工部、户部、吏部尚书。同治十年（1871）拜文渊阁大学士。著有《如舟吟馆诗钞》。《清史稿》卷389有传。

育蚕词

这首诗对养蚕人的辛劳和受剥削寄予了同情。

天暖天寒好护持①，缫盆盼到吐新丝②。
茧成尽是心头血，罗绮人家那得知③！

【注】

① “护持”：保护，服侍。

② “缫（音骚）盆”：浸泡蚕茧的盆子。

③ “罗绮（音起）”：华美的丝织品。“罗绮人家”：指富贵人家。

清 瑞

（生卒年不详），字霁山，瓮鄂尔图特氏，蒙古正白旗人。诸生。著有《江上草堂诗集》。

天下第一江山歌

这首诗描写长江下游一带的壮丽景色，也流露了“人生易逝”的感慨。

君不见长江之水岷源来[①]，奔流到此不复回。
又不见钟山发脉三百里[②]，直到金池截然止[③]。
其中突起地肺山[④]，第八洞天云雾里[⑤]。
我曾举手攀云松，松间云拥三茅峰[⑥]。
有时云化一江水，片帆如在明镜中。
如此江山真第一，品题论定吴琚笔[⑦]。
西津无水不来潮[⑧]，东向海门观日出[⑨]。
六朝山影樽前收[⑩]，一派江声笔底流。
左金右焦辟双阙[⑪]，仿佛玉帛朝诸侯[⑫]。
既障狂澜还对峙[⑬]，卓然竟作中流砥[⑭]。
须臾霞彩映江飞，青天倒转作江底。
豪情高唱大江东[⑮]，掀髯一笑来清风[⑯]。
风流绝代苏玉局[⑰]，天下古今无此翁。
天辟名区住名士，称此江山乐无比。
更有中泠第一泉[⑱]，闲来试向松风煎[⑲]。
对此江山选名胜，几人搔首问青天。
少陵无人谪仙死[⑳]，天纵狂歌谁继起？

起看江月照江清，淘尽英雄是此声。
古今不少真才子，有如一去长江水。

【注】

①“岷源”：岷山，在今四川北部，是长江支流岷江的发源地。
②“钟山”：在今江苏南京。“发脉”：山脉的起点。
③“金池”：栖霞山上的池水。“截然”：切断整齐的样子。
④“地肺山”：即句容山，在江苏句容县东南，道家胜地，被称为七十二福地之第一福地，又被称为“第八洞天”。
⑤“云雾里”：形容山高。
⑥“三茅峰”：即茅山，原称句容山，传说西汉茅盈兄弟三人修道于此，故又名三茅山。
⑦“品题”：评论人物，定其高下。“论定”：议论和确定下来。“吴琚”：宋代书画家。这句说，从吴琚的画作中就可以确定“如此江山真第一”。
⑧“西津”：江苏镇江西边的长江渡口。
⑨“海门”：在今江苏东南部、长江口北岸。
⑩“六朝”：指三国吴、东晋、宋、齐、梁、陈等六个在南京一带建都的朝代。“樽”：酒杯。
⑪“左金”：左边是金山。“右焦”：右边是焦山。两山在江苏镇江北面的长江中。两山一西一东，相隔十五里。“辟”：打开。“阙”，皇宫门前两侧的高楼，这里比喻金焦二山。
⑫“玉帛”：古代祭祀或会盟时用的珍贵礼品。这句说，滚滚江水好像诸侯们带着玉帛来朝拜。
⑬“障”：阻当。
⑭“卓然”：高耸的样子。“中流砥”：即中流砥柱。以上二句仍写金焦二山。
⑮“大江东”：指宋代苏轼的《念奴娇》词，其开头为“大江东去，浪淘尽千古风流人物”。
⑯“掀髯”：胡须张开。

⑰“苏玉局”：指苏轼，他曾任玉局观提举。

⑱“中泠（音零）”：中泠泉，在镇江，人称“第一泉”。

⑲“松风”：来自松林之风。“煎”：煮茶。

⑳“少陵”：汉唐地名，唐代诗人杜甫自称“少陵野老”，这里代指杜甫。“谪仙”，唐代诗人李白，人称“天上谪仙人”。

水灾行

这首诗描写江南严重水灾及灾民悲惨无告的处境。

江头六月风怒号，海门吹起无边涛[①]。
天吴震奋冯夷舞[②]，奇灾天降民安逃？
几日膏腴成泽国[③]，潮来忽变江天色。
初如万弩突发不可测，又如万马齐奔不可勒[④]。
沙洲见树一尺高，城市行船半篙直[⑤]。
更惊水自江北来，维扬五坝同时开[⑥]。
水与民命争一瞬，山崩地坼如奔雷[⑦]。
十丈潮头作山立，淮阴不见韩侯台[⑧]。
流离目睹无栖止[⑨]，呼号声比征鸿哀[⑩]。
白昼鱼龙与人伍[⑪]，况经无日无风雨[⑫]。
阴霾弥月黯青天[⑬]，问天何日民安堵[⑭]？
眼下灾民已苦饥，再迟霜雪寒无衣。
纵使江潮有时退，嗷嗷几至无遗类[⑮]。
墙颓屋倒何所归[⑯]？对江空洒穷途泪[⑰]。
可怜赤子诚何辜[⑱]？流亡满目谁其苏[⑲]？
我亦有心摹郑侠[⑳]，挥毫细绘流民图[㉑]。

【注】

① “海门”：长江入海口。

② “天吴”：海神。“冯（音平）夷”：传说中的水神。

③ “几日”只有几天时间。“膏腴”，肥沃的良田。“泽国”：沼泽湖泊之地。

④ “勒”：控制。

⑤ “篙”：行船工具。篙一般一两丈长，半个篙伸入水中，说明水深已有数尺。

⑥ “维扬”：指江苏扬州，在长江北岸。

⑦ “拆（音彻）”：裂开。“奔雷”：滚滚雷声。

⑧ “淮阴”：即今江苏淮阴（清江市），乃汉代韩信故乡，韩信被封为“淮阴侯”。“韩侯台”：在淮阴，后人为纪念韩信而建。

⑨ “栖止”：居住停留之处。

⑩ “征鸿”：远飞的大雁。比喻流离失所的灾民。典故出自《诗经·小雅·鸿雁》。

⑪ “鱼龙”：各种水生动物。“伍”：作伴，在一起。

⑫ “无日”：没有一天。

⑬ “阴霾（音埋）”：形容天空阴沉。“弥月”：整整一个月。“黯”：暗淡无光。

⑭ “安堵”：安居。

⑮ “嗷嗷”：哀愁叹息的声音。“几”：几乎。“遗类”：活下来的人。

⑯ “颓”：倒塌。

⑰ “穷途”：走投无路。

⑱ “辜”：罪过。

⑲ “流亡”：逃亡的人。“苏”：从苦难中解救出来。

⑳ “摹”：模仿。“郑侠”：北宋人，曾绘画《流民图》反映旱灾惨状。

㉑ “毫”：毛笔。这句说，这首诗就像郑侠的《流民图》一样，希望能献给朝廷，引起重视。

贵　成

（生卒年不详），字镜泉，马佳氏，杭州驻防蒙古正白旗人。道光癸卯（1843）举人。任兵部郎中。累官至热河兵备道。著有《灵石山房诗草》。

感　怀

这首诗写自己苦读诗书却命运坎坷穷困潦倒，发出了不平之鸣。

柴门镇掩剑频磨①，岁月惊心电影过②。
拟结名流今日少③，欲吟好句古人多。
疗贫无计空愁绝④，作事常乖奈命何⑤！
不信读书偏误我，几回搔首发悲歌。

【注】

① “柴门”：农家或穷人家荆柴编的门。“镇”：长久。“掩”：关着。“频”：多次。“柴门镇掩”表示避世，“剑频磨”表示不平和希望用世。

② “惊心”：震惊。“电影过”：像闪电和影子一样很快地过去。

③ “拟”：打算。“结”：结交，交往。“名流”：著名的人士。

④ “疗”：医治，解决。“愁绝”：极端愁闷。

⑤ “乖”：不顺利。“奈命何”：命该如此，又有什么办法呢。

崇 实

（？—1876），字朴山、适斋，完颜氏，隶满洲镶黄旗。道光三十年（1850）进士。历任驻藏大臣、成都将军、盛京将军、刑部尚书等。著有《适斋诗存》。

帐下闻歌

这两首诗描写蒙古族地区动听感人的歌声和音乐。

（一）

谁知莽莽牛羊地①，也有妮妮儿女音②。
偏对征人歌远别③，胡琴情思一何深④！

【注】

①“莽莽”：形容草木茂盛。“牛羊地”：指牧区。
②“妮妮”：形容柔美缠绵。“儿女音”：情歌，爱情歌曲。
③“征人”：远行的人，指作者自己。
④“一何”：多么。

（二）

我正狂吟敕勒歌①，心肠铁石肯消磨②！
忽闻一串如簧舌③，顿觉冰天气也和④。

【注】

①“敕勒歌”：指那首描写草原风光的北朝民歌。
②“肯”：可。“消磨”：感化。

③ “如簧舌”：形容婉转动听的歌喉。
④ “和”：温暖。

蒙古台站竹枝词

这组竹枝词共二十六首，这里选录了五首，分别写了蒙古族地区的山川土地、民俗民风、物产特产、牧业生产和宗教信仰等。“台站”，即驿站。

（一）

浩汉旗连土默特①，童山无数掷荒原②。
晚来忽见树三两③，艳说当年公主园④。

【注】

① “浩汉旗”：即今之内蒙古赤峰市之敖汉旗。“土默特”：指东土默特部，辖今辽宁朝阳地区一带。
② “童山”：秃山，不长草木的山。“掷荒原”：抛下很多无人耕种的荒地。
③ “树三两”：三两棵树。
④ “艳说”：羡慕地说。

（二）

连天枯草白于霜，时见纷纷走鹿獐。
莫克脑中求止宿①，夜深风比虎尤狂。

【注】

① “莫克脑”：蒙古语，车篷。“止宿”：住宿，过夜。

（三）

灌莽森森似雀窠①，忽然百里尽繁柯②。
套来野马难驯服③，时听舆夫叹奈何④。

【注】

① “灌莽”：灌木丛。“森森”：形容茂密。“雀窠（音科）”，鸟窝。
② “繁柯（音科）”：茂盛的树木。
③ “野马”：指未经驯教的生个子马。
④ “舆夫”：车夫。“奈何”，怎么办。

（四）

奈曼旗中走一程[①]，新修松木甚鲜明[②]。
家家男女多披剃[③]，为着黄衣博善名[④]。

【注】

① “奈曼旗”：即今之内蒙古通辽市奈曼旗。

② “松木”：蒙古语，佛寺。

③ “披剃”：剃除须发，披上僧衣，指出家当喇嘛或尼姑。

④ “着”：穿。“黄衣”：黄色僧服，作者原注：“蒙俗出家则黄衣。”“博”：博得。

（五）

遥看蚁阵黑纷纷[①]，道是罕家牛马群[②]。
近水何尝无沃土，可怜从不识耕耘[③]。

【注】

① “蚁阵”：蚂蚁群一般。“黑纷纷”：黑压压一片。

② “罕”：蒙古语，王爷。

③ “可怜”：可惜。

燮清

（生卒年不详），奈曼氏，汉姓项，号秋澄。蒙古正黄旗。先世为江南驻防。他生于京口（今江苏镇江），科举未第，鸦片战争后入军幕，由军功得保蓝翎同知衔候选知县。著有《养拙书屋诗选》。

六月十四日避难

这首诗描写鸦片战争中镇江战役的惨烈和侵略者铁蹄下人民的苦难。“六月十四日”，指道光二十二年（1842）阴历六月十四日，公历为七月二十一日。1842年7月英军舰队侵入镇江江面，时参赞大臣齐慎与湖北提督刘允孝率军守城外各地。副都统海龄率军守城。7月21日英军乘齐慎、刘允孝败退，全力攻城。海龄死守三日。英军由城西北登岸后，一队佯攻北门，一队猛犯西门。驻防部队与英军展开激烈巷战。终因寡不敌众，镇江城府陷落。海龄自缢，眷属亦殉难。

炮声如雷火如电，咫尺交锋人不见。
兵微贼重势难敌，七昼夜中铁瓮陷[①]。
我军虽溃以死期[②]，沿街敝巷犹争战。
一战再战兵力竭，疆场都变为鬼蜮[③]。
危乎孤军无救援，海公以死尽臣职[④]。
中流柱倾我心悲[⑤]，忠臣义士同流血。
谁云长江险？火轮楼船能飞渡[⑥]。
谁云铁瓮牢？震天巨炮能熔铸[⑦]。
呜呼将才无其人，军民难保金汤固[⑧]。
此时城中无生理，男妇束手以待毙。

谁知狂孽惟贪饕[9]，珠宝珍奇是所喜。
不戮人民，只掳金银。
守护北门，查放行人。
妇女蓬头跣足[10]，男子蒙垢蒙尘[11]。
老幼拥塞而走[12]，鬼分黑白以巡[13]。
遂令城内百万家，一时逐尽人烟绝。
一波未平一波起，村镇豪强争翦截[14]。
可怜奇祸不单行，虎口才脱入狼舌。
凶顽更比鬼子惨，强夺不与手足断。
亦有生埋与水溺，杵击锄伤不忍看[15]。
呼天不应地不灵，有泪无声空泛澜[16]。
眼中流血腹中饥，瓜菜生嚼泉水咽。
闻说官渡聚残兵[17]，携妻负子黑夜行。
敝衣破屣双足穿[18]，一步一跌进荒营。
此时忽遇父与弟，一家痛泪哭失声。
哀哉老母殉难亡，此语一听断肝肠。
生我不能全母命，终天抱恨呼穹苍[19]。
所幸老父弟与子，三人俱各无损伤。
时盼天军军未下[20]，贼类剿灭还侵疆[21]。

【注】

① “铁瓮”：镇江的子城，相传为三国时孙权所建，因坚固无比，号曰铁瓮城。这里代指镇江。

② “期”：相约。

③ “疆场”：战场。“鬼蜮”：死人堆积之地。

④ “海公”：海龄，满洲镶白旗，郭洛罗氏。历任总兵，副都统。镇江保卫战中，打死打伤英军 180 多人，最后守城官兵全部壮烈牺牲。

⑤“中流柱”：中流砥柱，比喻能担当大事、独当重任、支撑危局的人。“倾”，倒下。
⑥“火轮”：指蒸汽船。“楼船”：大战舰。
⑦“熔铸”：摧毁。
⑧“金汤”：金城汤池，比喻坚固的城防。
⑨“狂孽”：指疯狂的英军。“贪饕（音涛）”：贪得无厌。
⑩“蓬头”：头发散乱。“跣（音先）足”：光着脚。
⑪“蒙垢蒙尘”：满面灰尘。
⑫“拥塞”：挤在一起。“走”：逃跑。
⑬“鬼”：指侵略者。“黑白”：黑人和白人。“巡”：巡逻。
⑭“豪强”：地方恶势力。“翦截”：拦路抢劫。
⑮“杵”：棍棒。
⑯“泛澜”：形容泪水很多。
⑰“官渡”：地名，即张官渡。
⑱“敝衣”：破衣服。“破屣（音喜）”：烂鞋子。“穿”：磨烂。
⑲“终天抱恨”，一直到死都怀着极大的遗憾。“穹苍”：上天，老天。
⑳“天军”：朝廷的军队。“下”：派来。
㉑“还”：归还，讨还。“侵疆”：被侵占的疆土。

挽京口都护海公死节诗

这首诗为悼念镇江保卫战中英勇牺牲的海龄而作，诗中描绘了海龄临危不惧、大义凛然、以身报国和守城将士殊死战斗的感人场面。“挽”：追悼。“京口”，即镇江。“都护”：古代官名，清朝无都护，此借指都统。“死节”：为保全操守而牺牲。

海公大义世无比，壮心一柱中流砥。
江东秉节已三年[①]，缓带轻裘羊叔子[②]。
眼前不见兵氛飞[③]，运筹韬略虎帐里[④]。
逢时训练坐营前，慷慨报君誓以死。
忽闻夷寇犯边疆，上书屡欲将兵举。
谁知寇势拥如蜂，轻帆饱飏逼吴淞[⑤]，
荡荡军兵有惧色[⑥]，纷纷将士难成功。
扬子江心风信热[⑦]，铁瓮城西火威烈。
千樯万舰度金焦[⑧]，大戟长枪烂霜雪[⑨]。
此时百官尽垂首，海公凛凛临大节[⑩]。
号令众兵驱虎狼，霜锋雪刃列成行[⑪]。
胜负兵家是常事，生死一念报君王。
银鞍不畏暑天热，铁甲常披午夜凉。
贼众猖獗不能敌，七日七夜战城隍[⑫]。
接援不及心不乱，记起宝剑千金换。
古有将军尝断头[⑬]，报君北面将头断。
白昼茫茫鬼神号，红日昏昏天地暗。
事留青史名自香，尸埋黄土魂不散。
星驰章奏入京师[⑭]，天子临轩发浩叹[⑮]。
吁嗟乎，人臣大节能无亏，精忠直与日月贯[⑯]。

【注】

①“秉节”：执掌地方权力。

②“缓带”：缓束衣带，形容从容安详。“轻裘”：轻暖的皮袍，形容雍容闲适。“羊叔子”，西晋羊祜，字叔子。《晋书·羊祜传》说他镇守襄阳时“在军常轻裘缓带，身不披甲”。他的任务是为灭吴作准备，但外松内紧，表面上很从容闲静。这里用羊叔子比喻海龄。

③“兵氛”：战争。

④“运筹”：策画谋略。“韬略”：用兵的谋略。“虎帐”：武将的帅府。

⑤“飏（音扬）”：飞扬，展开。“吴淞（音松）”：镇名，在今上海宝山县，为扬子江和吴淞江的会流之处。1842年6月英军进攻长江口吴淞炮台，上海失陷。

⑥“荡荡”：形容军心不稳。

⑦“风信”：季风。

⑧“樯（音墙）”：船上桅杆，代指船。“金焦”：金山和焦山，在镇江北部，两山相对，历来是江防要塞。

⑨“烂”：灿烂，光闪闪。

⑩“凛凛”：严肃的样子。“临”：面对。“大节”：大是大非面前的操守。

⑪“霜锋雪刃”：形容光闪闪的刀枪。

⑫“城隍”：城池。

⑬“将军”：指巴郡太守严颜。三国时张飞生获刘璋部下严颜，令其投降，严颜回答：“我州但有断头将军，无有降将军也。”

⑭“星驰”：如流星飞驰，形容迅急。“章奏”：向皇帝上陈的文书。“京师”：指北京。

⑮“临轩”：站在殿前。“浩叹”：长叹。

⑯“精忠”：赤诚的忠心。“贯”：贯通。

六月十四日

这首诗为纪念鸦片战争中镇江保卫战而作。那次战役中很多百姓家破人亡，流离失所，作者在一年之后希望唤醒国人，牢记国难家仇，誓向侵略者讨还血债。

君不见人之生死不可期①，昨朝欢聚今朝离。
又不见世之安危莫能测，去岁仓皇今岁怡②。
去年此月局一变，黑雾妖星时时见③。
夷船蚁聚进吴淞，枪刀火炮压江面。
人民离散兵力穷，绕城沿河尽火攻。
军民屋宇半灰尘，七昼夜中铁瓮空。
父子此时不相顾，遑问夫妻与弟兄④！
抛儿弃女走他乡，历遍千辛万苦场⑤。
半载归来人烟少，对此荒凉欲断肠。
天阴往往闻鬼哭，战死无人葬白骨。
愁云黯黯雨霏霏⑥，日暮昏夜无人出。
哀号不断声盈耳，父子兄妹各有死。
借我一听泪一垂，此仇不报实可耻。
人生百年终须过，何如此身与城破？
死者成仁生者羞，生可悲兮死可贺。
我今未了平生贷⑦，作尽悲欢儿女态。
此身已是死后身，此心犹未割所爱。
一樽浊酒沥埃尘⑧，半祭亡灵半祭人。
去年去日死亦卜⑨，今年今辰生有辰。
人人破涕成欢喜，相逢真如梦中身。
吁嗟乎，人之修短有天命⑩，大数能逃俱前定⑪。

【注】

①“期”：预料。

②“仓皇”：惊慌狼狈的样子。“怡”：安定。

③“黑雾妖星”：古时认为是战乱的凶兆。

④“遑”：哪里顾得上。

⑤“场”：情形，经历。

⑥“黯黯”：形容暗淡。“霏霏（音非）”：形容雨雪很大。

⑦“贷”：债。

⑧“沥”：滴在。

⑨“去年”：过去的年代。“去日”：过去的日子。

⑩“修短”：指寿命长短。

⑪“大数”：气数，命运。

锡 珍

（？—1889），字席卿，额尔德特氏，蒙古镶黄旗人。同治戊辰（1868）进士，改翰林院庶吉士。散馆授编修。后任总理各国事务衙门大臣。光绪十一年（1885）参与与法国签约。著有《朝鲜日记》《台湾日记》《喀尔喀日记》等。

朝鲜贫弱，时事棘矣，慨然有作

这首诗慨叹朝鲜被日本侵略，标志着大清帝国的完全衰落。“棘”：棘手，难办。

营州逾海地东偏①，犹是箕封礼俗传②。
赫赫中天依日月③，茫茫下土奠山川④。
海潮终古无消长，人事于今有变迁。
漫说通商为受命⑤，他时涕出更谁怜⑥！

【注】

① “营州”：古代十二州之一，辖今辽宁一带。这句说，朝鲜属于古营州外域。

② “箕封”：箕子的封地。传说商朝太师箕子于周朝初年被封于朝鲜。这句说，朝鲜的礼节风俗仍然是箕子流传下来的。

③ “赫赫”：形容显耀盛大。“中天”：天空。

④ “茫茫”：形容辽阔深远。“下土”：大地。“奠”：定。以上四句说，朝鲜自古以来就与中国有着特殊的政治、社会、文化关系。

⑤ “漫说”：休说。“通商”：列强侵略中朝均以“通商”为名。“受命”：受天之命，适应潮流。

⑥ “涕出”：流泪，指后悔主权丧失。

锡　钧

（生卒年不详），字聘之，蒙古镶白旗人。光绪丁丑（1877）进士。散馆授编修。官至翰林院学士，奉天驻防。著有《容容斋诗草》。

子澄同年奉使车臣汗，出纪程诗示读，因触往事，率成拙句

这首诗回顾自己当年奉使蒙古的情况。“子澄”，即延清。“同年”：作者和延清为乡试同年。“车臣汗”：蒙古旧部名，十七世纪时喀尔喀三部之一。

穹庐我亦太蒙民①，曾赋駪征北海滨②。
白草牛羊迎使节，黑河冰雪苦吟身③。
八千里外风沙路，二十年前况瘁人④。
今日读君珠玉集⑤，聊将俚曲和阳春⑥。

【注】

① “穹庐”：蒙古包。“太蒙”：蒙古族。这句说，自己也是住蒙古包的蒙古人。

② “駪（音身）征”：本指众多的征夫，这里指为出使远方而写的诗篇。《诗经·小雅·皇皇者华》：“駪駪征夫，每怀靡及。”“北海”：今俄罗斯之贝加尔湖。这句说，自己也曾到过遥远的蒙古。

③ “黑河”：泛指塞外的河流。“吟身”：指吟诗的自己。

④ “况瘁（音翠）”：憔悴。

⑤ “珠玉集”：指延清所写的《奉使车臣汗纪程诗》。

⑥ “俚曲”：鄙俗的歌曲，谦指本诗。“阳春”：即“阳春白雪”，古代楚国一种高雅的歌曲，这里指延清的诗。

延 清

（生卒年不详），字子澄，一字紫丞，号铁汉。蒙古巴里克氏，隶镶白旗。京口驻防。同治甲戌（1874）进士。由工部郎中迁翰林院侍读，累官至侍讲学士。著有《奉使车臣汗纪程诗》《前后三十六天诗》《庚子都门纪事诗》《锦官堂诗草》《锦官堂诗续集》《来蝶轩诗》《七十二翁吟》《蝶仙小史汇编》《遗逸清音集》等。

居庸关用宝文靖公诗韵

这首诗借咏居庸关，提出了抵御外敌应当“人心”和“边防”并重的方针。“居庸关”，长城重要关隘，建于明代，在今北京市昌平区西北部。“宝文靖公”，即宝鋆，满族，官武英殿大学士，谥“文靖”。

雄关自古名，重镇至今成①。
但得人心固，能令鬼胆惊。
四围山并峭，百折路难平。
秦政谋非拙②，长留万里城。

【注】

①“重镇”：重兵驻扎之处。

②“秦政”：指秦始皇嬴政。“拙”：蠢笨。末二句说，秦始皇修筑万里长城防御外敌并没有什么错误，最后的失败在于失人心。

将抵鄂罗胡笃克作，用宝文靖公诗韵

这首诗写塞外草原风光。“鄂罗胡笃克”，蒙古语地名，汉译“多井”。为张家口至蒙古的第四站台，地在今河北尚义东北。

四野初生草，牛羊未尽肥。
雪消随水下，风起挟沙飞。
节气逢春令①，蒙情懔国威②。
鄂罗胡笃克，烟火幕庐稀③。

【注】

①“春令”：春季。

②“蒙情”：蒙古地区的民情。“懔（音凛）”：畏服。“国威”，朝廷的威严。

③“幕庐”：蒙古包。

雪后寒甚

这首诗写塞外奇寒的气候。

穷荒无夏令①，每岁止三时②。
冬驻龙堆久③，春来雁塞迟④。
炉常添火拥⑤，裘更御风披。
四月犹飞雪⑥，天寒亦可知。

【注】

①“穷荒”：极荒远的地方。“夏令”：夏季。

②“止”：只有。“三时”：指春、秋、冬三个季节。

③ “龙堆”：泛指塞外沙漠地区。

④ “雁塞”：北方边塞。作者原注：“蒙古地志：世人谓蒙古时节仅有夏冬而无春秋二季，其说诚过。惟春秋俱甚短耳。今以气候分四季之长短，大约春一个月，夏二个月半，秋一个月，其余皆属冬季。”

⑤ “拥”：抱着。

⑥ “四月”：阴历四月。作者原注：“四月初夏之候而春色未阑，时或飞雪，寒气料峭而北风常起，风力与初春时无异。”

暮抵青岱

这首诗写塞外草原的居住情况。“青岱”，地名，蒙古语叫“鄂博克”，为张家口至蒙古的第九台站，在今内蒙古商都西北。

毡帷幕一庐，爱处复爱居①。
碍帽门如窦②，支椽木似梳③。
乳酥调雪后④，毳幕障风余⑤。
马矢添炉火⑥，挑灯此读书。

【注】

① “爱处”：在里面休息。“爱居”：在里面居住。《诗经·邶风·击鼓》：“爰处爰居，爰丧其马。”

② “碍帽”：碰头。“窦”：洞。

③ “梳”：梳子。这句写蒙古包有很多根椽木支撑。

④ “乳酥”：各类奶食品。

⑤ “毳（音脆）幕”：蒙古包。“障风”：阻挡风。“余”：使风减弱。

⑥ “马矢”：马粪。

登吉斯洪果尔山

这首诗写如画的塞外高山和旷野。“吉斯洪果尔山”，蒙古语，汉译为“红黄土堆”，为张家口至蒙古之第十八站，在今内蒙古达茂旗东北。

穷边四望地天宽①，平远山如画里看。
非是振衣凌绝顶②，那知高处不胜寒③。

【注】

①“穷边”：遥远的边地。

②“振衣”：抖衣去尘。“凌”，登上。“绝顶”：山的顶峰。杜甫《望岳》：“会当凌绝顶，一览众山小。”

③“不胜（音生）寒”：冷得受不了。苏轼《水调歌头》：“我欲乘风归去，又恐琼楼玉宇，高处不胜寒。”

初行草地

这两首诗写塞外特有的草原风光。

（一）

草地莽无际①，车行低复高。
苍崖封石藓②，赤野长金桃③。
驼负走千里④，鹤鸣闻九皋⑤。
有泉清可饮，沙井是新淘⑥。

【注】

①“莽”：形容草木丛生。

②“苍崖”：青色山崖。“石藓”，苔藓的一种。

③“赤野”：红土地上。“金桃”，金桃木。作者原注：“此地遍野金桃木。”

④“驼”：骆驼。“负”：驮着东西。

⑤“九皋”：深泽。《诗经·小雅·鹤鸣》：“鹤鸣于九皋，声闻于天。”作者原注：“有灰鹤一对飞鸣而起。”

⑥“沙井”：沙地之井。作者原注：“有井，泉水极清。”

(二)

边陲春到晚①，草未绿蓬蓬②。
洒润久无雨③，嘘枯唯有风④。
牛羊啮平野⑤，鹰隼下遥空⑥。
纵目毡庐外，夕阳山外红。

【注】

①“边陲”：边疆。

②“蓬蓬”：形容草丛繁茂。

③“洒润”：沾湿土地。

④“嘘枯”：吹拂枯草。

⑤“啮（音聂）”：啃食。“平野”：辽阔的原野。

⑥“隼（音笋）”：一种猛禽。“下”：冲下。

大雨适至，不久旋晴

这首诗写草原上夏季忽雨忽晴的景象。“旋”，很快地。

四围天压大荒平①，一片龙沙暗复明②。
有雨眼前还有日，云来云去互阴晴。

【注】

① “大荒”：辽阔的荒野。

② “龙沙”：泛指塞外沙漠。

赋得苏子卿在匈奴娶妇生子

这首诗既肯定了苏武忠于故国的民族气节，又认为他在匈奴娶妻生子亦无可非议。

汉使牧羊年①，胡中取妇贤。
节旄都脱落②，裘帽独便娟③。
羖羱偎眠地④，熊罴入梦天⑤。
穹庐新置酒，大窖旧吞毡⑥。
塞上酥何腻⑦，床前镜共圆⑧。
姻缘殊草率⑨，嗣续宛瓜绵⑩。
雁帛音书寄⑪，麟图姓氏延⑫。
生还通国赎⑬，北望海山连。

【注】

① “汉使”：汉朝的使节，指苏武。

② “节旄（音毛）”：古代使者所持的身份象征，竹竿上

刻字加印，上端挂牦牛尾。《汉书·苏武传》：“（苏武）杖汉节牧羊，卧起操持，节旄尽落。”

③“便（音骈）娟”：美好的样子。这句写娶妇时的情景。

④“羖羺（音古立）”：黑色的羊。“偎（音威）眠”：紧挨着。

⑤“熊罴入梦”：古人祝贺人家生男孩所用的吉祥话。

⑥“大窖”：地穴。苏武曾被幽禁在大窖中，断绝饮食，苏武靠吃毡毛，数日不死。

⑦“酥”：奶食品。“腻”：光滑细致。

⑧“镜共圆”：比喻夫妻团聚。

⑨“姻缘”：婚姻。“殊”，很。“草率”：简单。

⑩“嗣续”：子孙世代相继。“宛”：好像，如同。“瓜绵”：比喻子孙众多。《诗经·大雅·绵》：“绵绵瓜瓞，民之初生。”

⑪“雁帛”：大雁足上系上丝帛。汉朝讨要苏武时，假说收到苏武用大雁传到长安的信件。

⑫“麟图”：麒麟阁中的画像。汉朝在麒麟阁陈列功臣画像，其中有苏武。

⑬“生还”：活着回来。“通国”：苏武回国留在匈奴的儿子叫“通国”。“赎”，赎回。汉朝后来同意苏武的请求，用金帛将苏通国赎回，并任命为“郎”。

志　锐

（生卒年不详），字伯愚、公颖。他塔拉氏，隶满洲正红旗。光绪六年（1880）进士。珍妃之兄。署宁夏副都统、伊犁将军。有《张家口至乌里雅苏台竹枝词》一百首，本书收录其九首。

乌拉乞

这首诗写蒙古族百姓为台站服务的艰辛。“乌拉乞”，蒙古语，役夫。

策马随行并驾杆①，不分男女弁而冠②。
译名唤作乌拉乞，苦力驰驱为应官③。

【注】

① “驾杆”：驾杆车，草原上的一种轻便车辆。

② “弁（音遍）”：帽子的一种。这句说，蒙古牧民不分男女都戴帽子。

③ “应官”：当差。作者自注：“台兵应役，亦有雇佣者。每送一台，得工资大砖茶块块。骑官马，男女一律充当。乌拉乞者，蒙语效苦力之人也。”

蒙妇执爨

这首诗写蒙古族妇女做饭烧茶招待客人的情景。“执爨（音窜）”，烧火做饭。

彼姝二八饰明珰①，执爨司茶镇日忙②。
待得釜中羊胛熟③，为侬含笑一先尝④。

【注】

① “姝（音梳）”：美丽。“二八”：十六岁，这里指年轻姑娘。“明珰（音当）”：用珠玉装饰的耳环。

② “司茶”，负责熬茶。“镇日”：整天。

③ “釜”：锅。“羊胛（音甲）”：指羊肩脊上左右两部分，这里指羊肉、羊骨。

④ “侬”：我。这句说，为了待客，她先含笑尝一尝肉是否煮熟。

奶　茶

这首诗写蒙古族奶茶的制作方法和香美可口。

砖茶舂碎煮成糜①，牛乳交融最合宜②。
不受姜辛受盐咸③，想他渴饮涤肠时④。

【注】

① “糜（音迷）”：粥状物。

② “合宜”：合适。

③ “姜辛”：姜之类的辛辣调味品。“盐咸”：咸盐。

④ “涤肠”，助消化。这句说，喝奶茶既可解渴，又能助消化。

作者原注："味亦不恶，如京师面茶，蒙人谓哈喇茶。冲炒米食之，即朝餐矣。平时亦饮此。"

蒙妇应差

这首诗写蒙古族妇女吃苦耐劳，擅长骑马，还能应官差服徭役。

严妆蒙妇颜如鬼①，跨上雕鞍马似飞。
雌伏居然应官去②，这般徭役古来稀。

【注】

① "严妆"：装束整齐。"颜如鬼"，脸色黢黑。

② "雌伏"：调侃语，指女性。

递哈达

这首诗写蒙古民族敬献哈达的仪式。

递来哈达分三等，绣佛光明第一尊①。
膝地手高擎过顶②，接班安好笑言温③。

【注】

① "绣佛"：哈达上绣有佛像。"光明"：白色。"第一尊"：最高等级。

② "膝地"：双膝跪地。"擎（音晴）"：举。

③ "接班"：受礼人接过哈达。"安好"：互相问候。"温"，温和。

套 马

这首诗写蒙古民族套马的技艺。

万骑龙骧品不凡①，秣刍应合上卿监②。
一从假手庸奴牧③，林自低头任辔衔④。

【注】

① “龙骧（音襄）”：形容马的气概非凡。这句说，草原马群中匹匹都是好马。

② “秣刍（音抹除）”：喂马的饲料。“合”：符合。“上卿监”：宫廷的养马房。这句说，应该用最好的饲料喂养它们。

③ “一从”：自从。“假手”：借他人之手。“庸奴”，一般的马倌。

④ “任”：听凭。作者原注：“蒙古套马以长竿系绳其端，缠马颈牵之而走，不受羁勒者，皆贴首服教焉。”

牛 车

这首诗写蒙古族驾牛车往蒙古运货的情景。

两辆牛车列一行，铎声零断响郎当①。
胡儿闲理边城曲②，一夜征人欲断肠③。

【注】

① “铎声”：铃铛的声音。“零断”：断断续续。“郎当”：铃铛的声音。

② “胡儿”：指蒙古族青年。“闲理”：闲下来就张罗。“边

城曲”，边疆地区的歌谣。

③ “征人”，出远门的人。“断肠”，很难过。作者原注：“商贩皆以牛车载货，赴库（库伦）科（科布多）二城。数百辆连为一行，昼则放牧，夜则行路。一人可御十车，铎声琅琅，远闻数十里。舆夫皆胡儿，暇则作歌。每宿一台后，遇其来则彻夜不能成寐。”

蒙古孀妇

这首诗写一个蒙古族寡妇的孤苦无告。“孀妇”，寡妇。

老年嫠妇剃为尼①，教是红黄亦不知②。
赤足襕衫行蹀躞③，傍人门户候晨炊④。

【注】

① “嫠（音离）妇”：寡妇。“剃”：剃光头发。“尼”，尼姑。

② “教”：喇嘛教。喇嘛教分红教、黄教，而老年寡妇并不知晓这些。

③ “襕（音阑）衫”：破衣服。“蹀躞（音蝶屑）”：形容步履艰难的样子。

④ “傍人门户”：投靠别人家。“候”：等候。“晨炊”，早饭。

试 马

这首诗写蒙古族骑手的高超骑术。“试马”，比试谁的马跑得快。

健儿对对马如飞，进退从容任指挥。
我亦据鞍增顾盼①，澄清心事已相违②。

【注】

① “据鞍”：抱着马鞍。“增顾盼”不断地左顾右盼。

② “澄清心事”：心里想好。“已相违”，想的和做的不一致，说明骑术不高。作者原注：“每抵一台，可选马备乘。蒙人争出良骥备择，属其结驷交驰。以观良驽。时一据鞍示勇，蒙人啧啧称道，亦豪爽适性也。”

升 允

（生卒年不详），字吉甫，号素庵，察哈尔蒙古人。光绪八年（1882）举人。曾出使俄、德等国任头等参赞。后任陕西巡抚、江西巡抚、陕甘总督。辛亥革命后，仍顽固保皇，先到蒙古库伦，又逃至日本，1915 年回国，死在天津。主持编纂《甘肃新志》。著有诗集《东海吟》。

忆杭州

这首诗对蒙古民族的武功怀有充分的自信。

我爱钱塘潮水奇，西湖如酒不盈卮①。
元家兵力今仍旧②，会有吴山立马时③。

【注】

① “卮（音知）”：酒杯。

② “元家”：指蒙古民族。

③ “吴山”：在杭州西湖东南，俗名城隍山，又名胥山。金主完颜亮慕其山色风景之美，有“立马吴山第一峰”之句。

蒙古道中

这首诗写亡命蒙古途中的艰辛和凄凉。

累日炊烟绝，穷愁历岁余。
见牛寻井汲[①]，闻犬觅人居。
水涸沙堆岸，天荒草没庐[②]。
凄凉看童仆[③]，嗟尔久随余[④]。

【注】

① “汲（音及）”：从井里打水。
② “没”，盖过。“庐”：蒙古包。
③ “童仆”：年轻的仆人。
④ “嗟”：感叹。

当窗织

这首诗谴责朝廷权贵们的腐朽误国。

当窗织，但愿织布不织丝[①]。
织布犹可被寒士[②]，织丝徒裹纨袴儿[③]。
东邻阿妹喜刺绣，绣出山龙作朝袖[④]。
不见朝中锦衣人，古今几多许国身[⑤]？

【注】

① “织布”：织棉布。“织丝”：织丝绸。
② “被”：即披。“寒士”：一般读书人。
③ “纨袴儿”：指贵族子弟。

④ “山龙”：古代帝王和大臣朝服上的山形和龙形图案。“朝袖”，上朝时穿的礼服。
⑤ “几多”：多少。“许国”：为国家出力献身。

写 怀

这首诗原有三首，这里选录了第二首。诗里试图总结清朝灭亡的历史教训和自己忠于清王朝的孤独无奈。

彭泽归田余五柳①，元都访道问千桃②。
存身暂合南山隐③，望阙时依北斗高④。
亲贵揽权摇国本⑤，计臣言利竭秋毫⑥。
久知浩劫亡无日⑦，太息残年已二毛⑧。

【注】
① “彭泽”：指东晋诗人陶渊明。他曾任彭泽令，故称陶彭泽。“归田”，弃官隐居。“余”：只剩下。“五柳”：门前种了五株柳树。陶渊明曾写《五柳先生传》，以五柳先生自比。
② “元都”：即玄都观，在唐朝京城长安。“访道”，访问道士。唐代诗人刘禹锡政治斗争失败后，被贬为朗州司马。十年后回到长安，写诗有“玄都观里桃千树，尽是刘郎去后栽”的句子，以讽刺新得势的达官显贵。
③ “合”：按照。“南山”：终南山，在长安附近。唐朝很多名士在政治上失意，暂隐南山，伺机还朝。
④ “阙”：指朝廷。“北斗”：北斗星，喻指清朝宣统皇帝。
⑤ “亲贵”：皇亲国戚。“摇”：动摇。“国本”：国家的基础。
⑥ “计臣”：谋臣。“言利”：重视财政。“竭”：用光。

“秋毫”，比喻细微之物。

⑦“亡”：灭亡。“无日”，用不了几天。

⑧“太息”：深深叹息。“二毛”：头发花白，指年岁已大。

读　史

这首诗讽刺袁世凯用阴谋手段骗取最高统治地位，预言他的地位绝不会长久。

孟德与仲达[①]，狐媚取天下[②]。
尔既移汉鼎[③]，彼亦虚魏社[④]。
徒忧马破曹[⑤]，谁怜牛系马[⑥]？
天道常好还[⑦]，神器不久假[⑧]。
石勒虽羯胡[⑨]，其言类达者[⑩]。

【注】

①“孟德”：东汉末年的曹操。“仲达”：三国魏末的司马懿。

②“狐媚”：阴谋手段。《晋书·石勒载记上》胡人石勒说过：“大丈夫行事当磊磊落落，如日月皎然。终不能如曹孟德、司马仲达父子，欺他孤儿寡妇，狐媚以取天下也。”

③“汉鼎”：喻指东汉政权。

④“虚”：架空。“魏社”，魏国社稷，即魏国政权。

⑤“马”：司马家族。“曹”，曹氏家族。

⑥“牛”：喻指颠覆西晋政权的势力。

⑦“天道”：大自然的规则。“还”：一报还一报，以其人之道还治其人之身。

⑧“神器”：指帝位、政权。“久假”，久借不还，长期占有。

⑨“石勒”：西晋灭亡后，十六国中后赵的建立者，羯族。

⑩“类”：好像。“达者”，通达事理的人。

七 绝

这首诗借唐玄宗君臣享乐误国的历史教训，讽刺清王朝的灭亡如出一辙。

君王犹谱雨霖铃[①]，听到郎当梦乍醒[②]。
父老早知有今日，霓裳舞罢蜀山青[③]。

【注】

① “君王”：指唐玄宗。“谱”：制作乐曲。“雨霖铃”：唐教坊曲名，相传唐玄宗避安史之乱至蜀途中，霖雨涉旬，于栈道中闻铃声与山相应，因想起杨玉环，遂谱写了《雨霖铃》乐曲。

② “郎当”：一塌糊涂。这句说，当年唐玄宗正是因为沉湎于声色才导致安史乱起。

③ “霓裳”：《霓裳羽衣曲》的简称，唐代乐曲名。传说杨玉环善为《霓裳羽衣舞》。这句说，正因为沉迷于声色，才导致逃亡到蜀地。

自述

这首诗写自己如何从塞外的蒙古人变成一个维护封建制度和礼教的卫道士，并对辛亥革命采取了敌视和排斥的态度。

我本插汉一老胡①，云龙际会来燕都②。
身受国恩历七代③，休戚与共无相渝④。
自读儒书服儒服，渐忘边外牛羊牧。
美食鲜衣日不足⑤，非复北来古风俗。
单于犹是有君臣⑥，中华乃为化外人⑦。
王者迹息匹夫责⑧，吾欲借此明彝伦⑨。
呜呼，礼乐征伐自天子⑩，春秋之作岂得已⑪？

【注】

① “插汉”：即察哈尔，最早臣服于满洲统治者的蒙古的一部。作者原注：“察哈尔一名察罕，魏源《圣武记》作‘插汉’。”“老胡”，蒙古族老人。

② “云龙际会”：古代比喻圣主贤臣的遇合。“燕都”：指北京。

③ “国恩”：清朝所给予的恩惠。

④ “渝”：变。

⑤ “日不足”：每天食用不尽。

⑥ “单于”：匈奴首领，这里代指自己这个蒙古人。“君臣”：君臣之礼。

⑦ “中华”：中原地区，指发动辛亥革命的汉族人。“化外”：不受礼教教化。

⑧ “王者迹息”：圣王的事业废止了。实际是封建制度被推翻了。“匹夫责”：匹夫有责，实际是号召人们对抗革命。

⑨ “明”：倡导，光大。“彝伦”：伦常，实际指封建社

会人与人之间的道德关系。

⑩ “礼乐”：指国家的各项制度。“征伐”：军事行动。“自天子”，只有帝王才有权力制定和颁布。这句话是《论语》上孔子说的话，这里用来指责革命者扰乱了现存秩序，造成“天下无道”。

⑪ “春秋”：我国最早的编年体史书，也是儒家的经典。这句话套用《孟子·滕文公下》上孟子的话，攻击革命者为“乱臣贼子”。

阅新闻报志感

这首诗虽然坚持了保皇的反动立场，但对袁世凯当皇帝的阴谋和丑行却揭露得入木三分。

阊阖九重何处寻①？火益热兮水益深。
秦庭但闻包胥哭②，路人皆知司马心③。
欲加黄袍故作态④，试戴白帽终成禽⑤。
任尔狡谋凿三窟⑥，武夫罝兔施中林⑦。

【注】

① “阊阖”：天门，也喻指宫门。“九重”：天，也指宫禁。这句讽刺袁世凯寻觅称帝的方法。

② “秦庭”：秦国的宫殿。“包胥”：申包胥，春秋时楚人。吴国灭楚后，申包胥赴秦求救，在秦廷痛哭七日七夜，终使秦发兵救楚，而使楚国得以复国。清朝被推翻后，升允等人赴日，希望日本干涉中国内政，挽救清王朝。他们自称“申包胥”。

③ “司马”：三国魏之司马昭。喻指袁世凯。据《三国志》注，司马昭把皇帝当傀儡，皇帝私下对人说：“司马昭之心，

路人皆知也。”

④ “黄袍”：皇帝之服。五代后周时，赵匡胤策动部下政变，等“黄袍加身”之后，佯装惊愕，以欺骗世人。这句喻指袁世凯策划称帝，又佯装推辞的丑行。

⑤ “白帽”：白纱帽，南朝皇帝所戴。“成禽”：覆灭。

⑥ “三窟”：三个藏身处。

⑦ 这句用了《诗经·周南·兔罝》的语意。“罝（音驹）”：用网捉兽。意思说，袁世凯最后终要像兔子被捉一样被人消灭。

成多禄

（1863—？）n字竹山，又字祝山，号澹堪，蒙古人，吉林驻防。光绪乙酉（1885）拔贡。官绥化府知府。著有《澹庵诗草》。

其塔木屯

这首诗写作者家乡的风光和历史，表现了作者对家乡的热爱。“其塔木屯”，在今吉林。作者原注：“吉林乡村多有以屯名者，盖皆古来征战之所，取屯兵之义。余家世居于此，在乌拉城北八十五里，去吉林百五十里。”

东望古原平，孤村夕照明。
山光枫叶暗，边影柳条横①。
齐晋多乡语②，金辽有重兵③。
沧桑无限感，惆怅故园情。

【注】

① “边”：边界。“柳条”：柳条边，又名盛京边墙、柳墙、柳城、条子边。清初开始分段修筑，陆续完成一条柳条篱笆，禁止边内居民（主要是汉族）过篱笆打猎、采人参、放牧。边墙以西为蒙古部落驻牧地。

② “齐晋”：指山东和山西。这句说，其塔木屯居民多操山东、山西口音。

③ 这句说，其塔木屯曾在辽、金两代驻扎过军队。作者原注：“田间雨后往往得古钱、遗镞，皆金辽时物也。”

三禽言

这三首诗用三种鸟起兴，又用三种鸟的叫声为象征，反映了水灾为患，百姓流离和诗人潦倒的情况。作者原注：“大雨连旬，弥望皆成泽国，居人苦之，作三禽言。”三禽包括鹁鸪、鹧鸪和寒号虫。

（一）

鹁鸪鸪，鹁鸪鸪，江水涨，井水枯。
大雨大雨连声呼，长安之米贵于珠①。
谁家大妇唤小姑②，伏雌已卖烹其雏③。
朝朝官府追逋租④，鹁鸪鸪，江干一幅流民图⑤。

【注】

① “长安”：指都城。
② “大妇”：大儿媳。“小姑”：小姑子。
③ “伏雌”：抱窝的母鸡。“雏”：小鸡。
④ “朝朝”：天天。“逋（音晡）租”：拖欠的租税。
⑤ “江干”：江边。“流民图”：逃荒灾民的画图。宋代郑侠画过《流民图》。

（二）

行不得哥哥，行不得哥哥①。
凋残青箬笠②，糜烂乌油靴③。
东沟大泽西沟河，估客含泪鬻病骡④。
车不能载人能驮，可怜无米兼无禾⑤。
行不得哥哥，富翁粜粟方高歌⑥。

【注】

①“行不得哥哥”：古人模拟的鹧鸪的叫声，寓意为行路的艰难。
②“凋残”：破烂残缺。“箬（音若）笠”，草帽。
③“乌油靴”：黑色鞋子。
④“估客”：贩运商人。“鬻（音育）”，卖。
⑤这句说，普通百姓无米下锅，无柴烧火。
⑥“粜（音跳）粟”：卖粮。

（三）

得过且过，得过且过①。
南山不耕，西山不饿②。
半生世路虽坎坷，一唱居然百唱和③。
深秋老屋纸窗破，寒灯四壁人一个。
得过且过，满城风雨袁安卧④。

【注】

①“得过且过”：古人模拟的寒号虫的叫声，象征勉强度日。
②以上二句说，自己虽不种田，也不致饿肚子。
③“和（音贺）”：应答。这句说，自己尚有一些诗友相互唱和。

④ “袁安”：东汉人，早年贫困正直，有一次洛阳大雪，别人都出门找吃的，他却冻僵躺着不动，被洛阳令举为孝廉。这句用袁安自比，表现在灾难到来时的孤直。

敦煌石窟唐人写经卷子

这首诗写在敦煌石窟参观佛经的欣喜和兴奋，表达了对祖国文物的珍爱。“敦煌”，在甘肃西部，城东南的莫高窟（千佛洞）保存有四世纪到十四世纪遗留的壁画、雕塑、书籍、佛教经卷。二十世纪初被发现后，成为稀世之宝。

听惯天山夜雪声，此行真不减班生①。
忽从千佛岩中见②，始识金刚卷子名③。
天与奇缘手不释④，老看神物眼犹明⑤。
秦燔以后灰余本⑥，那得人间有定评⑦！

【注】

① “减”：亚于。“班生”：东汉名将班超，曾平定西域各国，被封为定远侯。这句说，自己这次西行，收获确实不亚于班超。

② “千佛岩”：莫高窟的俗称。

③ “金刚卷子”：即金刚经，佛教经卷，1899 年在千佛洞发现的唐代咸通九年（868）的《金刚经》木刻本，是目前世界上有年代可考的最早的印刷物，全长 4877 毫米，高 244 毫米。1907 年被英国人斯坦因盗去，现存英国伦敦不列颠博物馆。

④ “奇缘”：难得的机会。

⑤ “神物”：神奇的东西，指《金刚经》。

⑥ “燔（音烦）”：焚烧。“灰余”：经过焚烧而幸存的。

这句说，这本经卷是多次兵火灾劫而幸存的文物。

⑦“定评”，公正的评价。有人对出土的《金刚经》挑剔毛病，所以作者对这些挑剔者不满。

乌拉怀古

这首诗写“乌拉城”的变迁，抒发盛衰兴亡之慨。“乌拉”，乌拉城，即今吉林市乌拉街。“乌拉”，一译“兀剌”，明朝时海西女真四部之一，分布于乌拉河畔，建有乌拉城。在海西四部中势力较强。1613 年为建州女真所并。

虎踞龙蟠拱上京①，当年雄长此间争②。
狼烽已靖孤城在③，乌拉犹存四部名④。
断垒十重摇树色⑤，大江三面走秋声⑥。
老来别有兴亡感，不向西风诉不平。

【注】

①“拱”：环绕。“上京”：金国以会宁府（今黑龙江阿城南白城）为上京。

②“雄长”：指女真各部的首领。

③“狼烽”：狼烟，指战火。“靖”：安静：平息。“孤城”：指乌拉城。

④“四部”：海西女真四部，即乌拉、哈达、辉发和叶赫。

⑤“断垒”：残破的军垒。“十重”，形容军垒很多。“摇树色”：树木摇动。

⑥“大江”：指松花江。“秋声”，秋风。

景 禐

（生卒年不详），字佩珂。隶满洲镶蓝旗。光绪二十年（1890）庶吉士。任翰林院侍读学士。著有《北征草》。

路经滑石山

这首诗写一派生机、令人奋发的塞外景象。

月光曙色两濛濛①，唤起行人睡梦中。
石隙花开红烂漫②，雨余草长绿茏葱③。
失群孤雁横空过，得食苍鹰掠地雄④。
马上驰驱巾帼健⑤，果然不亚木兰风⑥。

【注】

① “曙色”：黎明的光线。“濛濛”：形容模糊不清的样子。

② “石隙”：石缝。“烂漫”：形容色彩鲜艳美丽。作者原注：“滑石山隙花开甚红。”

③ “雨余”：雨后。“茏葱”：形容草木茂盛的样子。

④ “掠地”：冲向地面。“雄”：雄健。

⑤ “巾帼”：指女子。这句写草原上女子也能骑马奔驰。

⑥ “木兰”：指北朝民歌中女扮男装代父从军的木兰。“风”，雄风，风姿。

早赴乌兰哈达

这首诗谴责封建统治阶级在国内各民族之间发动的不义战争。“乌兰哈达”：蒙古族地名，汉译为“红石”。它是张家口至蒙古的第十台站，现址为内蒙古察右中旗乌兰哈达。

汉室功名卫霍尊①，燕支山上草成墩②。
至今石尽为红色，疑是当年战血痕。

【注】

① “卫霍”：汉代征伐匈奴有功的卫青和霍去病。“尊”：地位最高。

② “燕支山”：又名“焉支山”：在今甘肃省，水草丰美，原为匈奴牧地，后被汉朝攻占。

车中口占

这首诗写旅途中所见到的草原秋景。“口占”，作诗不打草稿，随口吟咏而成。

平沙莽莽到天涯①，几处毡庐自作家。
老树苍然带寒色②，炊烟直起日将斜。

【注】

① “莽莽”：形容无边无际。

② “苍然”：呈现青色。作者原注“远处有树数株，枝叶带寒色，宛似冬日松柏。”

王嘉谟

（生卒年不详），字显廷，湖北宜城人。光绪庚寅（1890）进士。

白塔耸光

这首诗写庄严高大的白塔能引起游人无限的遐想。“白塔”，建于辽代，即今内蒙古呼和浩特东郊的华严经塔。“耸光”，耸耀灵光。“白塔耸光”是呼和浩特旧时的八景之一。

宝塔庄严接巨灵①，尽梯独上览空冥②。
九重阊阖才寻尺③，万里河山列画屏④。
极目都疑天有柱⑤，举头常见月穿棂⑥。
凌风我欲飘然去⑦，间说仙人讲道经⑧。

【注】

① “巨灵”：指天神。

② “尽梯”：攀登阶梯到达塔顶。“览”：观看。“空冥”：天空。

③ “九重阊阖”：神话中天宫的大门。“寻尺”：几尺。“寻”是长度单位，约为八尺。这句说，离天门很近。

④ “画屏”：绘有图画的屏风。比喻山河美景。

⑤ “极目”：放眼看去。这句写在远处望白塔。

⑥ “举头”：抬头。“月穿棂”：月亮从白塔上面的窗棂间穿过。形容白塔之高。

⑦ “凌风”：乘风。

⑧ “间说”：听说。这句说，到天上去听仙人讲经。

青冢拥黛

这首诗写昭君出塞和亲远远胜过锁在汉宫当个普通宫女有意义。“青冢”：王昭君墓，在今内蒙古呼和浩特城南大黑河南岸。“拥黛”：形容一片青草簇集。传说塞外草木枯萎后，唯昭君墓上四季皆青。“青冢拥黛”也是呼和浩特的旧八景之一。

一抔香土画桥西①，寂寞无人草自萋②。
胡塞风榆愁落照③，汉家烟柳锁空闺④。
当年若许金图貌⑤，此日应教玉是泥⑥。
为问六宫新旧恨⑦，御沟红叶不胜题⑧。

【注】

① “一抔（音剖，阳平）”：即一捧。常指坟墓。“画桥”：指大黑河上的彩绘木桥。

② “萋”：形容草生长得茂盛。

③ “胡塞”：指塞外胡人所住之地。“风榆”：一种榆树。“落照”：落日。

④ “汉家”：指汉朝朝廷。“空闺”，指昭君原来居住的闺房。

⑤ “许”：答应。“金”：钱财，贿赂。“图貌”：给自己画像。传说汉元帝按图召见宫女，众宫女都贿赂画师，昭君不送贿赂，画师就故意将她画丑。汉元帝将昭君赐匈奴和亲，才发现她是后宫第一美人，悔之无及。

⑥ “玉”：比喻王昭君的身体。这句话，当年王昭君如留在汉宫，就埋没无闻了。

⑦ “六宫”：皇帝的后宫。

⑧ “御沟”：宫中流出的渠水。古代有很多“御沟红叶”的故事。传说唐朝宫女在宫中偶然将情思题写在红叶上，红叶从御沟流出，竟落入意中人之手，后结良缘。末两句说，历来后宫女子寂寞愁怨，“御沟红叶”的故事会不断上演。意思说，这些宫女的遭遇远不如王昭君。

徐树璟

（生卒年不详），字葆生，湖南长沙人。曾任岢岚知州，署归化城同知。

青冢拥黛

这首咏昭君诗对昭君和亲的历史功绩予以高度评价。

奉春遗策守和亲①，马上琵琶奏曲新②。
不共赵家讥祸水③，能令虏幕息征尘④。
君王情重诛延寿⑤，父母音哀起季伦⑥。
此日黄昏凭吊处，贤他寂寞汉宫人⑦。

【注】

① “奉春”：奉春君，汉朝人，他首先建议汉高祖刘邦与匈奴和亲。“遗策”：留下的策略。

② “马上琵琶”：传说昭君出塞骑在马上，演奏琵琶。这句说，王昭君演绎了“和亲”的崭新篇章。

③ “共”：与之在一起。“赵家”：指汉成帝宫人赵飞燕，扰乱朝政。“祸水”：旧时把坏女人乱国称为“祸水”。这句说，不像赵飞燕那样只知道蛊惑君王，被人们称作“祸水”。

④ “虏幕”：指匈奴居地。“息”：停止。“征尘”：征战之事。

⑤ “君王”：指汉元帝。“延寿”：毛延寿，文学作品虚构的汉朝宫廷画师。传说汉元帝送昭君出塞时，以欺君之罪诛杀了毛延寿。

⑥ “季伦”：晋代石崇，字季伦，他最早写咏昭君的诗，诗意哀怨。这句说，家乡父老哀伤地怀念昭君，是因为石崇的诗歪曲了历史。

⑦ “贤”：胜过。“他”：其他。

范大元

（生卒年不详），清末人。

长　城

这首诗盛赞祖国空前统一。

骄虏昔未平①，秦墙紫塞横②。
舆图今万里③，不必限长城④。

【注】

① “骄虏”：指秦汉时期的匈奴。
② “秦墙”：秦朝的长城。“紫塞”：紫色边塞，指长城。以上两句说，秦朝时期为防御匈奴而修了长城。
③ “舆图”：国家版图。
④ “限”：被隔开。这句说，国家空前统一，长城已经不起原来的作用了。

喇嘛洞

这首诗写喇嘛洞的清静神奇。“喇嘛洞”：喇嘛教胜地，洞在高山之巅，洞下原有寺庙多处。地在今内蒙古呼和浩特西北大青山上。

洞里何人在？寻来总未逢。
石床高卧处①，只有绿苔封。

【注】

① “高卧”，高枕而卧，形容无忧无虑。

余正酉

（生卒年不详），字秋门，历城（今山东济南）人。曾任平陆知县。辑有《山左诗钞》。

出塞绝句

这两首诗写塞外风光，并凭吊古人。

（一）

朔风猎猎透征衣①，枯草惊沙卷地飞②。
去去天山吊青冢③，此行端只为明妃④。

【注】

①“朔风”：北风。“猎猎”：形容风声。
②“惊沙”：乱飞的沙尘。
③“天山”：指内蒙古的阴山。古代阴山也称天山。“青冢”：王昭君墓。
④“端”：真的。“明妃”，即王昭君。

（二）

大漠天低四野圆，黄沙千里绝人烟。
此生梦断封侯想①，也到阴山敕勒川。

【注】

①“梦断”：幻灭。

王鹏运

（1849—1904），字幼霞、佑遐，号半塘、鹜翁，广西临桂人。同治举人。官至礼科掌印给事中。著有《半塘定稿》等

八声甘州·送伯愚都护之任乌里雅苏台

这首送别词希望朋友为国事慷慨而去，也盼望他为友情早日归来。“八声甘州”：词牌名。“伯愚”：即志锐。“都护”：汉唐官名，这里代指“都统”。“之任”：到任，赴任。“乌里雅苏台”，在今蒙古国。

是男儿万里惯长征①，临歧漫凄然②。只榆关东去③，虫沙猿鹤④，莽莽烽烟⑤。试问今谁健者，慷慨着先鞭⑥？且袖平戎策，乘传行边⑦。　　老去惊心鼙鼓⑧，叹无多哀乐⑨，换了华颠⑩。尽雄虺琐琐⑪，呵壁问青天⑫。认参差神京乔木⑬，愿锋车归及中兴年⑭。休回首，算中宵月，犹照居延⑮。

【注】

①“惯”：习惯于。“长征”：到远方服役从军。

②“临歧”：面对歧路，指即将分别。“漫”：徒然。“凄然”：悲伤的样子。

③“榆关”：山海关。也泛指长城关隘。

④“虫沙猿鹤”：比喻战死的将士。典故出自《抱朴子》。

⑤“莽莽”：形容无边无际。“烽烟”：战乱。

⑥ “着先鞭”：比喻抢先一步抓到机会。典故出自《晋书·刘琨传》。

⑦ “袖”：袖中储备着。“平戎策”：平定敌人的办法。“传（音馔）”：驿站所备的车马。“行边”：巡视边境。以上四句赞扬伯愚慷慨赴边。

⑧ “鼙鼓”：战鼓。

⑨ “无多”：没有多少。“哀乐”：喜怒哀乐。这句说，自己年老而麻木迟顿。

⑩ “华颠”：白头。

⑪ “雄虺（音毁）”：毒蛇。比喻朝中权奸。“琐琐”：啰嗦，无事生非。

⑫ “呵壁”：对着画壁发问。典故出自屈原《天问》序。这里以屈原自比。

⑬ “参差”：形容高低不齐。“神京”：都城。“乔木”：比喻故国的代表性标志。典故出自《孟子·梁惠王下》。

⑭ “锋车”：走在队伍前面的战车，想象中伯愚返回时乘坐的车。“中兴”：由衰落而复振兴。这句盼望国家能够中兴，伯愚才能返回京城供职。

⑮ “居延”：居延塞，在今内蒙古额济纳旗。这里泛指边塞，即伯愚前去的地方。

文廷式

（1856—1904），字道希，号芸阁、纯常子。江西萍乡人。光绪庚寅（1890）进士。授编修。任翰林院侍读学士。参与变法，戊戌政变后，流亡日本。著有《云起轩诗钞》《文道希先生遗诗》等。

永遇乐·秋草

这首词借咏秋草，抒发了自己壮志难遂的感慨。“永遇乐”，词牌名。

落日幽州，凭高望处，秋思何限①？候雁哀鸣，惊麕昼窜，一片飞蓬卷②。西风万里，逾沙越漠，先到斡难河畔③。但苍然，平皋接轸，玉关消息断④。　千秋只有，明妃冢上，长是青青未染⑤。闻道胡儿，祁连每过，泪落笳声怨⑥。风霜未改，关河犹昔，汗马功名今贱⑦。惊心是，南山射虎，岁华易晚⑧。

【注】

① “幽州”：古幽州相当于今之河北省北部和辽宁省一部分。“秋思”，因秋季来临而引起的感想。

② “候雁”：候鸟大雁。“惊麕（音君）”，被猎人追击的野鹿。“飞蓬”：滚动的蓬草。

③ “斡（音卧）难河”：发源于蒙古国，流入黑龙江，蒙古民族的发祥地，成吉思汗于1206年即位于此。

④ “但”，只。“苍然”：形容青绿色。“平皋”：水边平地。

“接轸”：靠近。“玉关”：玉门关，这里泛指边关。“消息断”：远征的人们没有信息传回。

⑤ 以上三句说，只有昭君墓上的青草千年未变，长青不衰。赞赏昭君的和亲。

⑥ “胡儿”：指匈奴人。“祁连”：祁连山，在今甘肃。“怨”，曲调哀怨。史载，匈奴人在祁连山的优良牧场被汉朝占领后，匈奴人经过那里，都要伤心落泪。以上三句谴责战争。

⑦ “汗马功名”：指靠打仗博取功名。“贱”：不再被人看重。

⑧ “南山射虎”：用汉名将李广的典故。李广曾赋闲家居，在南山射虎为消遣。这里以李广自比。“岁华”，年岁。

博迪苏

（生卒年不详）蒙古辅国公，科尔沁人。官御前大臣、蒙古正蓝旗都统。著有《朔漠纪程》。

布隆第十二台

这首诗用北方夏季变化无常的天气来比喻反覆难测的世态人情。“布隆”，地名，在今内蒙古固阳北面。

前山雷雨后山晴，顷刻天工变化生①。
昨日披裘今袒裼②，要从冷暖验人情③。

【注】

① “天工”：天的职司，指自然界现象。
② “裘”：皮袍。“袒裼（音坦锡）”：脱去上衣。
③ “验”：考查。

三音诺颜即景

这首诗写瑰丽的草原风光。“三音诺颜”，在今蒙古国，是雍正乾隆之后的喀尔喀四部蒙古之一。

山如屏嶂草如茵①，极目青青绝点尘②。
自愧囊中佳句乏③，暂留妙景待骚人④。

【注】

① “屏嶂”：即屏障，原指房舍的隔离物，多用以比喻山峰。

"茵"，垫子，毯子。

② "极目"：尽力远望。"绝"：一点也没有。"点尘"：细微的尘土。

③ "囊中"：指装诗稿的袋子。"乏"，缺少。

④ "骚人"：诗人。

三音诺颜道中

这两首诗写塞外草原的动人景象。

(一)

卷幔忽闻十里香[1]，野花灿烂斗红黄[2]。
边风吹动如星点，直接山旁或水旁[3]。

【注】

① "幔（音慢）"：车上的帷幕。

② "斗"：比赛。

③ "接"：连。

(二)

积雨连朝可奈何？驱车日日走山阿[1]。
午风吹散云千片，涌出青峰如碧螺[2]。

【注】

① "山阿"：山的曲处。

② "碧螺"：青色的田螺，诗人常用以比喻妇女高耸的发髻。

三　多

（生卒年不详），钟木依氏，字六桥。蒙古正白旗。汉姓“张”。杭州驻防。任绥远城副都统、库伦办事大臣。民国后任山海关副都统、国务院诠叙局局长。著有《可园诗钞》。

再题青冢

这首诗赞赏历代的和亲政策。

一曲琵琶致太平①，绥边自此用倾城②。
夫人从俗称忠顺③，公主和亲尚义成④。
生入玉关偏不许⑤，独留青冢竟垂名。
后宫缄臂犹无数⑥，没有黄金仗圣明⑦。

【注】

① “致”：带来。

② “绥边”：安抚边疆。“倾城”：美女。

③ “从俗”：遵从习俗。“忠顺”：忠顺夫人，明朝时蒙古首领俺答汗的夫人三娘子，坚守与明朝和睦友好政策，被明廷封为“忠顺夫人”。她按当时蒙古习俗，先后嫁给三代顺义王，维护蒙明之间的和平几十年。

④ “公主”：指隋朝义成公主。隋文帝时将义成公主嫁给突厥启民可汗。“尚”：尊崇。

⑤ “玉关”：玉门关，泛指关塞。东汉班超在西域经营几十年，朝廷虽多次封赏，但为西域安定，不准班超回朝。班超晚年把儿子送回长安。这句用班超的典故说明，汉匈关系靠了王昭君献出毕生青春。

⑥ “缄臂”：古代指妇女坚守妇道，不嫁他人。

⑦ “圣明”：指皇帝。末二句说，汉朝后宫许多守身如玉的宫女，只能把命运寄托皇帝了。

人　日

这首诗写蒙古高原上的绮丽风光。“人日”：旧称阴历正月初七为“人日”。

万里龙沙一掌平①，不知已傍九霄行②。
漠南移节绥藩部③，斗北回头望帝京④。
腊雪渐随人迹化⑤，春风先与马蹄争。
金桃枝傥扶疏发⑥，从此长听好鸟声⑦。

【注】

① “龙沙”：泛指塞外大沙漠。“一掌平”，像手掌一样平坦。

② “九霄”：指天的极高处。这句形容蒙古高原地势很高。

③ “漠南”：蒙古高原的戈壁沙漠以南部分，又称“幕南”，多指内蒙古地区。“移节”，官员奉命调动。“绥”，安抚。“藩部”，指漠北的外蒙古。这句指自己从绥远副都统任上奉调驻库伦办事大臣。

④ “斗北”：斗星之北，指极北之处。指外蒙古。“帝京”，京城，指北京。

⑤ “腊雪”：去年腊月下的雪。

⑥ “金桃”：蒙古高原上的一种常见树木。“傥（音倘）”，倘或。“扶疏”：形容树木的枝叶茂盛。

⑦ “好鸟”：指百灵鸟。作者原注：“戈壁产金丝雀并白翎鸟。”

图拉河上作

这首诗写在塞外垂钓的怡然自乐。“图拉河”，在今蒙古国，汉语称“兔儿河”。

食鱼岂必定河鲂①，毡笠羔蓑塞水傍②。
莫向故人嗟咄咄③，由来异域有严光④。

【注】

①“河鲂（音仿）”：鲂鱼，味道鲜美。《诗经·陈风·衡门》：“岂其食鱼，必河之鲂。”

②“毡笠”：毡帽。“羔蓑（音梭）”：毛朝外的羊皮袄。“塞水”：塞外的河流，指图拉河。

③“嗟”：感叹。“咄咄（音掇）”：表示惊诧的声音。这句说，不要向老朋友们发牢骚：为什么把自己派到塞外来？

④“异域”：偏远的地方。“严光”：东汉光武帝的旧友，字子陵，不愿入朝为官，隐于富春江垂钓自娱。这句以严光自比。

汗山登高

这首诗写作者在国势颓败之际从政还是归隐的矛盾心态。“汗山”，也叫憨山，在图拉河南岸。成吉思汗曾避难于此，后决定历代子孙都要祭祀此山。

天下焉得皆龙山①？耸身且自登层峦②。
落帽一啸岩谷应③，霹雳飞下青云端④。
我欲从斯便拔宅⑤，遍携鸡犬追刘安⑥。
其奈方今时事艰⑦，事艰讵得先偷闲⑧？
跨白鹤，乘青鸾⑨，大风起兮飘然还⑩。

【注】

①“龙山”：在湖北。东晋孟嘉曾于重九登龙山，风吹落帽，竟不察觉。

②“层峦”：极高的山。

③“啸”：呼喊。“岩谷”，山谷。

④“霹雳”：雷声。

⑤“拔宅”：使全家升天。

⑥“刘安”，传说汉代淮南王刘安修炼成仙，把仙药留在院里，鸡犬吃药后也跟着升了天。

⑦“其奈”：没办法。

⑧“讵得”：岂能。

⑨“青鸾”：凤凰。

⑩“还”：回到人间。

和士可车盟巴勒和屯成吉思汗庙，即敬题所摹图像后

原诗有二，兹选其一。诗中赞颂了成吉思汗的雄才大略和赫赫武功，并希望蒙古民族能发扬光大成吉思汗的事业和精神。“士可”：陈士可，时任理藩部参事。“车盟”，即蒙古之车臣汗部。“巴勒和屯”，在克鲁河北，是车臣汗部的会盟地。

人间无敌始英雄，黄祸于今警不穷①。
并亚吞欧骄大彼②，拔山盖世胜重瞳③。
起家草泽仍沙漠④，遗恨蓬瀛只飓风⑤。
默祝九旒常助顺⑥，武扬八十六旗同⑦。

【注】

①“黄祸”：欧洲对蒙古军队非常惧怕，称为“黄祸”。“警”：戒备。“不穷”：没完没了。这句说，到现在白种人对黄种人仍然怀有戒备仇视心理。

②“并亚”：兼并亚洲。“吞欧”：吞并欧洲。“骄”：超过。“大彼”，俄国彼得大帝。

③“重瞳”：指秦末项羽。项羽曾自诩“力拔山兮气盖世”。

④“草泽”：民间。这句说成吉思汗出身并不高贵，却统一了蒙古各部；元朝退出北京，仍在北方大漠中保持势力。作者原注：“自古帝王子孙，惟元后仍守故土，世受藩封。”

⑤“蓬瀛”：蓬莱山和瀛洲，传说中东方海中的仙山。这里借指日本。这句说，最大的遗憾是因飓风未能占领日本。作者原注：“太祖灭国四十，厥后世祖征日本，飓风败舟，能无憾邪！”

⑥“九旒（音流）”：古代帝王帽子前后下垂的玉串。代指帝王，这里指成吉思汗。“助顺”，帮助后代万事顺利。

⑦“武扬”：武功发扬光大。“八十六旗”：外蒙古四部共辖八十六个旗。

天 山

汗山亦名天山也。林矿富饶，禁止采伐，山北喇嘛木城圈，译称库伦也。这首诗写库伦（今乌兰巴托）和天山的美好景色，并提醒防范北方沙俄入侵。

天山北十里，一里一松林。
浅绛描秋色①，浓青裹午阴②。
安禅城栅木③，诲盗地铺金④。
何日传飞将⑤，跳梁丑并擒⑥。

【注】

① “浅绛”：浅红色。

② “裹”：包，绕。“午阴”：中午的树荫。

③ “安禅”：佛教用语，指消除杂念，精神集中。“栅木”：树木作栅栏。库伦城早期用树木围成城圈，建寺敬佛。

④ “诲盗”：教导人来抢劫，指炫耀财富。意大利马可波罗写的游记中说元朝“满地黄金”：结果西方许多冒险家纷纷来中国掠夺。

⑤ “飞将”：汉将名将李广，号称飞将军。

⑥ “跳梁丑”：跳梁小丑，指西方侵略者。

拍案歌

这首诗在中华民族生死存亡之际，直斥清廷的腐败无能和丧权辱国，表达自己立志报国的信念。

拍案闷欲死，奇叫跳而起。
丈夫贵有为，食粟吾所耻①。
人生百年过隙驹②，束发便合游山水③。
结识犬屠牛贩流④，缔交凤翥龙蟠士⑤。
储材广蓄药笼物⑥，求访何必宰相始⑦！
一朝抵掌黄金台⑧，贡之庙堂量器使⑨。
如指应手手应身⑩，中外合并事求是⑪。
电激雷砰号令新⑫，炮利船坚何足恃⑬！
兵固凶器不可用⑭，用乃不得已而已⑮。
和歌猛士守四方⑯，决胜强邻动千里⑰。
天下大事犹可为，其奈诸公妇人耳⑱。
默者明哲以保身⑲，弱者优柔而臧否⑳。
主和主盟为老谋㉑，割地弃城如敝屣㉒。
事后纷然策富强㉓，一言九梗无定止㉔。
灭此朝食尚嫌迟㉕，更不奋发将何俟㉖？
一战直须霸地球，判人兽替有巢氏㉗。
止戈永逸乐升平㉘，儒将填词同奉旨㉙。
吁嗟乎！我今所生真不辰㉚，路鬼揄揶道虎兕㉛。
低头折腰以事之，辱等穿人胯于市㉜。
天地生必有用才，何为嶙峋骨亦尔㉝！
素餐俸钱三十万㉞，蹉跎忽长仲华齿㉟。
那得尚方斩马剑㊱，庶几天下听挥指㊲。

行矣当垂万世名[38]，藏则去寻赤松子[39]。
不然靴匕首报知己[40]，安能石破天惊尚坐此[41]！

【注】

① “食粟”：白吃饭，白拿俸禄。

② “百年”：一辈子。“过隙驹”：比喻光阴急速逝去。“白驹过隙”的典故出自《庄子·知北游》和《史记·魏豹列传》。

③ “束发”：成年。“合”：应当。

④ “犬屠牛贩流”：宰狗卖牛的一类人，指低层社会的人才。

⑤ “缔交”：结交。“凤翥（音住）龙蟠士”：比喻才能杰出之士。

⑥ “储材”：储备人才。“广蓄”：广泛储备。“药笼物”：比喻留备使用的人才，典故出自《新唐书·元行冲传》。

⑦ 这句说，不一定开始就寻求具备宰相才能的人。

⑧ “抵（音纸）掌”：表示谋士向帝王畅谈。“黄金台”：战国时燕昭王为重金延请天下士人而建的高台。

⑨ “贡”：举荐，进献。“庙堂”：指朝廷。“量器使”：根据才能的不同而委以不同的职务。

⑩ 这句说，就像手指头听手指挥，手听人指挥一样，上下密切配合。

⑪ “中外合并”：内外团结。内指朝廷，外指地方。“事求是”，即实事求是，根据实际情况，了解真相，制定合适的方略。

⑫ “电激雷砰（音烹）”：形容声势浩大。“号令新”：革新政治。

⑬ “炮利船坚”：指列强的精良武器。“何足恃”：靠不住，算不了什么。

⑭ “固”：本来。《老子》第三十一章：“兵者不祥之器，非君子之器，不得已而用之。”意思是，战争不是好事情，不是君子必备之物，只在不得已的时候才会使用。

⑮“用”：采取战争手段。

⑯“和歌”：跟着演唱。汉高祖刘邦功成回故乡时作歌曰：“大风起兮云飞扬，威加海内兮归故乡，安得猛士兮守四方。”并令小孩子跟着演唱。

⑰“决胜”：最后战胜。“强邻”，指日本。“动”：震动，影响。“千里”：千里之外。以上两句说，只要能任用良将，就可以保卫国家，挫败强敌。

⑱“其奈”：没有办法。“诸公”，朝廷掌权者。“妇人”：比喻鼠目寸光、优柔寡断的人。

⑲“默者”：不表态的人。“明哲”、“保身”：为保护自己而耍滑头。

⑳“优柔”：拿不定主意，下不了决心。“臧否（音赃匹）”，随声附和。

㉑这句说，主张与列强求和订立条约的人，自认为是老谋深算。

㉒“敝屣（音喜）”：破鞋子。

㉓“策”：出谋画策。

㉔“一言九梗”，提出一种意见，就会受到多方阻碍。“定止”，结果。

㉕“灭此朝食”：消灭了敌人再回来吃早饭，表示急迫地去战胜敌人。典故出自《左传·成公二年》。

㉖“俟（音四）”：等待。

㉗“判人”：扭转，改变。“兽”：比喻野蛮人，指列强。“有巢氏”，传说中带领人们建造住处的部落首领，比喻文明人，指中国。

㉘“止戈”：制止战争。“永逸”：永远安乐。“升平”：太平。

㉙“儒将”：作者自指。“填词”：作诗。“奉旨”，遵照皇帝的命令。以上两句说，一旦消灭战争，自己将奉旨写诗祝贺。

㉚ “不辰”：时辰不好，命运不佳。

㉛ “路鬼”：比喻奸邪之人。“揄揶（音于爷）”：戏弄。“道”，路上到处都是。“虎兕（音四）”，比喻凶残之人。

㉜ “辱”：所受的耻辱。“等”：等于。“穿”：钻过。“胯”，双腿之间。“市”：街上。这句用了韩信“受辱胯下”的典故。

㉝ “嶙峋（音林旬）骨”：比喻刚直的人。“尔”：如此。这句说，自己为什么要如此刚直呢。

㉞ “素餐”：白吃饭。“俸钱”：官薪。“三十万”，高官的年薪。唐朝白居易有“月惭谏纸二百张，岁愧俸钱三十万”的诗句。

㉟ “蹉跎（音搓驮）”：把时光白白耽误过去。“仲华”：东汉邓禹，字仲华。“齿”：年龄。“仲华齿”，指年老。

㊱ “尚方斩马剑”：皇帝用的剑。

㊲ “庶几”：差不多。

㊳ “行”：用世，得志为官。“垂”，留。

㊴ “藏”：隐居。“赤松子”：传说中的仙人。《论语·述而》：“子谓颜渊曰：‘用之则行，舍之则藏，惟我与尔有是夫！’”

㊵ “鞘”：在鞘里插着。

㊶ “石破天惊”，形容巨大变动。

感　鹭

这首诗借咏白鹭，感慨清白之人易受世人攻击。

烟水苍茫际[1]，悠然可一生[2]。
自招攻击处，白质太分明[3]。

【注】

① “烟水”：雾霭笼罩的水面。“苍茫”，旷远迷茫的样子。
② “悠然”：自由自在地。
③ “白质”：洁白的本性。作者原注：“时同舟有以火器击之者。”

重阳忆菊

这首诗通过咏菊花来表达自己孤高傲世的品格。

西风吹放几多枝[1]，细种由来见赏迟[2]。
我忆菊花花忆我，一般傲骨不逢时[3]。

【注】

① “几多”：多少。
② “细种”：好品种。“见赏”，被人欣赏，被人赏识。
③ “傲骨”：高傲不群的性格。

抵任书寄杭州戚友

这首诗写自己到绥远上任后的愉快心情。“抵任”，到达任上。“戚友”，亲戚朋友。

手持边锁下尧廷①，巡遍云中马不停②。
拔地雄关迎我翠③，黏天芳草送人情④。
五千里路山河海，十二时辰日月星⑤。
为问西湖苏学士⑥，买貂乘传可曾经⑦？

【注】

① “边锁”：比喻镇守边疆的重任。“尧廷”：指我国北方地区。

② “云中”：古郡名，正是作者任职的这一带地方。

③ “翠”：绿色。

④ “黏天”：连天。“送人情”：向人们表达欢迎之情。

⑤ “十二时辰”：指一年的时间。“日月星”，指白天和黑夜。

⑥ “苏学士”：苏轼曾任杭州太守和翰林学士。

⑦ “貂”：貂皮袍。“乘传（音撰）”：乘坐驿车。“曾”：曾经。“经”：经过，到过。作者原注：“苏诗：近买貂裘堪出塞，忽思乘传向西琛。”以上两句说，请问居住西湖的苏轼，你虽吟过“买貂乘传出塞”的诗句，可是到过塞外吗？

次和厚卿归化秋感

本诗共八首，这里选了其中的三首。写当时归化城的景色、历史、生产生活和重要地位。“次”：次韵。“和”：和韵。“厚卿”：方荣东，字厚卿。“归化”：明代建城，蒙古语称“呼和浩特”（青色的城），明王朝赐称“归化”，即今内蒙古呼和浩特市旧城。

（一）

大树长春不怕摧①，高歌斫地莫衔哀②。
关中紫气频频出③，天上黄河正正来④。
诗草军书双管下⑤，鞠华樽酒一时开⑥。
从今更有羊羔美，恪素西风早翦裁⑦。

【注】

① “长春”：四季长青。“摧”，毁坏。

② “斫（音浊）地”：用刀剑砍地，表示慷慨激奋。杜甫诗有“王郎酒酣拔剑斫地歌莫哀”句。“衔哀”：心怀哀怨。

③ “关中”：古地区名，指今陕西中部、北部。“紫气”：祥瑞的光气，多附会为帝王、圣贤或宝物出现的先兆。“频频”：多次。

④ “正正”：整整齐齐的样子。以上两句写归化城可以南望关中，西控黄河。

⑤ “诗草”：诗歌的草稿。“军书”：军中文件。“双管下”：双手各握一支笔同时书写。形容文彩出众。

⑥ “鞠华”：即菊花。“樽酒”：用酒杯盛酒。“开”：开始。这句说赏菊和酒宴同时进行，雅兴正浓。

⑦ “恪素”：蒙古语，雪。“翦裁”：剪成。这句说，西风早早地吹来了雪花。

(二)

青冢秋深草亦黄，不须愁鬓叹三湘①。
无量寺拜英明主②，隆庆年怀顺义王③。
盛世同文沾化雨④，边风尚武富清霜⑤。
渐移游牧为耕稼⑥，会看家家足稻粱⑦。

【注】

① “愁鬓”：因愁闷而鬓毛变白。“三湘”：指今湖南。湖南是方荣东的家乡。

② “无量寺”：在归化城南门外，俗称“大召”。1579 年建。1640 年清太宗皇太极敕令扩建，并亲自赐满、蒙古、汉三种文字的寺额，同时令工部造“皇帝万寿无疆”金牌，交给无量寺供奉。“英明主”，指皇太极。

③ “隆庆”：明穆宗的年号。“顺义王”：即蒙古右翼土默特万户首领俺答汗，隆庆五年（1571）受明廷册封为顺义王。他是归化城的创建人。

④ “盛世”：指清王朝。“同文”：共同的文化，指各民族生活在一个统一的国家内。“沾”：享受到。“化雨”：比喻对人的教育感化如同及时雨灌溉农田。

⑤ “尚武”：崇尚武事。“富”，多。“清霜”：白霜，象征凛严。

⑥ “移”：改变。“耕稼”：农业。

⑦ “会看”：能够看到。“足”：充足。“稻粱”：粮食。

（三）

夺人真个要先声①，策垦宽严似用兵②。
席卷八荒空绝塞③，笔摇五岳况长城④。
增辉库克和屯色⑤，占牧乌兰察布盟⑥。
怪底将军能决胜⑦，运筹帷幄尽良平⑧。

【注】

① “夺人”：摧垮对方的斗志。“真个”：真的。“先声”：先要制造声势。这句说，领导“屯田”应该先声夺人。

② “策垦”：计划安排屯田事宜。

③ “席卷八荒”：比喻气魄宏伟。“空绝塞”：在边疆地区从未有过。这句赞赏方厚卿领导的屯田事业。

④ “五岳”：我国著名的五座大山。“况”：比。“长城”：比喻保卫国家的重臣。这句赞赏方厚卿的诗文创作。

⑤ “增辉”：增加了光辉。“库克和屯”：即“呼和浩特”的旧译。这句说，屯田事业为呼和浩特增辉。

⑥ “占牧”：据有牧地，即发展牧业。“乌兰察布盟”：在归化城四周的蒙古各部会盟地，汉名叫“红山口”。这句说，方厚卿同时也发展了乌兰察布地区的牧业。

⑦ “怪底”：怪不得。

⑧ “运筹帷幄”：在军帐内对战略作全面策划。汉高祖刘邦说过：“夫运筹帷幄之中，决胜千里之外，吾不如子房。”“良平”，张良和陈平，都是刘邦的谋士和功臣。诗的最后两句是恭维方厚卿及其幕僚的话。

出　猎

这首诗表面上是遗憾打猎而找不到猎物，实际上是赞扬归化城周围农业的发展。

大漠先霜昨夜风①，手挥小队出云中②。
拂云堆下无雕射③，一笑重韬霹雳弓④。

【注】

①“先霜”：提前降霜。

②“挥”：指挥。“云中”：古代郡名，这里代指归化城。

③“拂云堆”，突厥人的神祠，地在今内蒙古五原县黄河北岸。“雕”，一种猛禽，匈奴人把神射手称为“射雕手”，这里代指猎物。

④“韬（音滔）”：把弓箭收藏起来。“霹雳弓”：一种威力很大的弓。

蒋智由

（生卒年不详），字观云，清末人。

《可园诗钞》题词

这首词是为三多《可园诗钞》的题词，描绘了神奇的蒙古高原风光，怀有深深的向往之情。

登汗山，望秋云，想君壮思横无群①。万里驰戈壁，月黑人烟绝。膻为粮②，幕为室③。闻道四月犹重裘④，五月柳花杂飞雪。　归来为我语，赠我阙特之高碑⑤，视我出塞之新诗⑥。碑文既雄诗亦奇，西湖云树何足思⑦！不如听君话北海⑧，想见苏武嚼雪时。

【注】

① “君”：指三多。“壮思”：杰出的文思。“横无群”：才气横溢，无人可比。

② “膻”：指牛羊肉。“粮”：干粮。

③ “幕”：毡幕，即蒙古包。

④ “重裘”：穿几层皮袍。

⑤ “阙特”：指阙特勤碑。阙特勤为突厥可汗之弟，于唐开元十九年（731）卒。唐玄宗诏张去逸等去突厥吊祭，并为立碑，事见《旧唐书·突厥传》。清光绪十六年（1890）在外蒙古鄂尔坤河畔发现此碑，文字可读者405字，碑阴和左右侧刊有突厥文。这里指的是碑文拓片。

⑥ “视”，给看。

⑦ “云树”：云雾和树木，代指西湖美景。“何足思”：有什么可思念的。作者原注：“君有‘时思西湖’之语。”

⑧ “话”：谈论。“北海”：今俄罗斯之贝加尔湖，汉朝苏武曾被流放北海牧羊。这里代指蒙古地区。

宋小濂

（生卒年不详），字铁梅，吉林人。清末为黑龙江都督。

呼伦贝尔纪事

这首诗写清末我国东北和内蒙古地区受沙俄蚕食侵吞的情况，并表达了整饬边防、振奋民气的决心。“呼伦贝尔”，地区名，在今内蒙古东北部，清朝时属黑龙江管辖。

兴安岭西北斗北，胪朐河外邈无极①。
黄沙满地雪满天，胡儿三万服威德②。
忆昔国家全盛时，约束异类随鞭箠③。
河上誓碑界已定④，山头鄂博石难移⑤。
此疆彼界各严守，谁敢试越鸿沟走⑥？
一草一木戴兵威⑦，碧眼赤髯皆缩手⑧。
牛羊遍野驼马鸣，千庐万落腾欢声⑨。
沐日浴月二百载⑩，四境从无烽燧惊⑪。
世界风云变倏忽⑫，约书一纸来罗刹⑬。
毁垣入户建飞轺⑭，穴山跨江通修辙⑮，
藩篱自撤隳国防⑯，黄巾兆祸虏骑猖⑰。
凭陵蹴踏等蝼蚁⑱，八年俯首饱豺狼⑲。
即今乱定脱刀匕⑳，电蛇笑看飙轮驶㉑。
部落星居自晓昏㉒，山川瓯脱谁疆理㉓？
我武生愧李将军㉔，我才远逊赵翁孙㉕。
岩疆权镇作都护㉖。筹防拮据营边屯㉗。
千五百里渺人迹㉘，山高溪深岩如壁。

陆无道路水无舟，到此仰天长太息。
仰天太息空疑犹[29]，何如且为尺寸谋[30]。
裹粮分道探天险[31]，开榛辟莽勤绸缪[32]。
营巢渐见初基植[33]，河干遍树黄龙帜[34]。
邻族惊呼“吉代”来[35]，官民相诫无妄肆[36]。
回头切切语我蒙[37]，尚武无忘先代风[38]。
有马可骑羊可食，同仇共愤图边功[39]。
鲁阳挥戈日为返[40]，补牢莫恨亡羊晚[41]。
吁嗟乎！亡羊补牢虽已晚，余羊尚在庶几免[42]。

【注】

① “胪朐（音驴渠）河”：即今克鲁伦河，发源于蒙古，流入呼伦池，再北流为额尔古纳河，再东去即黑龙江。“邈（音秒）”：远。

② “胡儿三万”：呼伦贝尔居住着三万少数民族。“威德”：指清朝的统治。

③ “异类”：外族，指俄罗斯。“随鞭箠”：听凭指挥调遣。

④ “誓碑”：双方订立条约后立的界碑。作者原注：“康熙二十八年（1689）平定罗刹，与俄罗斯订约，在额尔古纳河立界碑。”

⑤ “鄂博”：蒙古民族在高处垒起石堆，作为标志。作者原注：“陆路分界封堆，以石为之，蒙古语谓之鄂博，至今尚存。”

⑥ “鸿沟”：古运河名，在今河南，楚汉相争时曾以此为界。比喻不可逾越的界限。

⑦ “戴”：经受。

⑧ “碧眼”：蓝眼睛。“赤髯”：红胡子。指西方人。“缩手”，不敢动手。

⑨ “千庐万落”：广大的蒙汉百姓。

⑩ “沐日浴月”：比喻接受皇帝的恩惠。

⑪“烽燧（音隧）”：烽火，战争。

⑫“倏（音束）忽”：转眼之间。

⑬“约书”：外交文件。“罗刹”：我国古代对俄罗斯的称谓。作者原注：“光绪丙申（1896）：与俄罗斯订中东铁路之约。”

⑭“毁垣（音原）”：拆毁房屋。“入户”：闯入住户。“飞轺（音尧）”：指火车。这句说，沙俄为了修铁路，强行拆毁了很多民居。

⑮“穴山”：掏山洞。“跨江”：造桥。“修辙”，指铁路。

⑯“藩篱”：篱笆，比喻边防。“隳（音徽）”：毁坏。

⑰“黄巾”：东汉末年农民起义，这里代指义和团。“兆祸”，预示祸患。“虏骑”：指列强的军队。

⑱“凭陵”：进逼，侵犯。“蹴（音促）踏”，践踏，蹂躏。“等”：等同。这句说列强侵入后把百姓当成蝼蚁一样肆意蹂躏。

⑲“饱豺狼”：喂饱豺狼。豺狼喻沙俄侵略者。作者原注：“自庚子（1900）之变俄国入据，至丁未（1907）始撤。”

⑳“脱”：脱离。“刀匕”：兵刃，比喻战争残害。

㉑“电蛇”：火车。“飙（音标）轮”：轮船。

㉒“部落”：指各少数民族。“星居”：散居各处。“自晓昏”：从早到晚地过日子。

㉓“瓯脱”：原为匈奴语，指边境屯戍或守望之处。“疆理”：划分疆界，进行治理。以上两句说，各少数民族分散居住，没有人负责边境的安全问题。

㉔“武”：军事才能。“李将军”，指西汉名将李广。

㉕“才”：才能。“赵翁孙”，西汉大将赵充国，他熟悉边情，多次与匈奴、西羌作战。

㉖“岩疆”：险峻的边疆。“权”，权且。“镇”：驻守。“都护”，汉唐管理边防、行政和各族事务的地方官，这里代指都督。

㉗“筹防”：谋划国防经费。“拮据”：经费困难。“营”，经营。“边屯”：边疆屯田（组织军队开垦种地）。

㉘“渺”：很难见到。

㉙“疑犹”：即犹豫。

㉚“尺寸谋”：微不足道的主意。以上两句说，感慨叹息于事无补。不如想些积极的措施。

㉛“裹粮”：带上干粮。“分道”，分头去。

㉜“开”、“辟”：从中开辟道路。“榛”、“莽”：两种野生灌木。“绸缪（音仇谋）”，收拾，安顿。

㉝“营巢”：建设居住地。“初基”：基础工作。“植”，见到成效。

㉞“河干”：河边。“黄龙帜”：清朝的国旗。

㉟“邻族”：指俄罗斯人。“吉代”：俄语称中国。作者原注：“俄人呼华人为吉代斯，按即契丹之转音。”

㊱“诫”：告诫。“妄肆”：随便乱来。

㊲“切切”：形容恳挚或迫切。“蒙”：百姓。

㊳“尚武”：崇尚武功，重视军事。“先代”：祖先，前辈。

㊴“同仇共愤”：团结对敌。“图”：谋取。“边功”，守边之功。

㊵“鲁阳挥戈”：鲁阳在战场上挥戈能使太阳后退，以争取时间，取得胜利。典故见《淮南子　览冥训》。比喻只要振奋士气，无不可为之事。

㊶这句应该是“亡羊补牢莫恨晚”。“亡羊补牢”：比喻事后补救。典故见《战国策·楚策四》。

㊷“庶几”：差不多。“免”：免于不幸。最后两句说，现在加强国防虽然有些晚了，但是可以使人民今后免于灾祸。

额尔古纳河野宿

这首诗反映带领将士巡边的艰苦，表达自己以身报国的决心。“额尔古纳河”，流经蒙古、内蒙古和黑龙江，是中俄两国的分界河。

山苍苍，河洋洋①，连天沙草落日黄。
牛鸣马啸人在野，毡庐布帐纷开张②。
凿坎架甑爨晚食③，折蒿爇火烧羔羊④。
抽刀割肉恣饱啖⑤，笑谈惊断归鸿翔⑥。
饭罢吏士藉草卧⑦，鼾声齐入黑甜乡⑧。
嗟余平生惯行役，冰霜雨雪靡弗尝⑨。
即今筋骨渐衰老，若论意气犹飞扬⑩。
今日巡边按斥堠⑪，草肥马健争腾骧⑫。
正好酣眠趁秋暖，五更梦落黑水旁⑬。
危途巉崖不能阻⑭，精神直欲周遐荒⑮。
岂知局促不称意⑯，簿书法令徒周章⑰。
二三豪杰善谋国⑱，揖让谓可格虎狼⑲。
人生纵意在八表⑳，安能缩首偃息耽帷房㉑，
坐销壮志负昂藏㉒！

【注】

① “苍苍”：青色。“洋洋”：水流浩瀚。
② “布帐”：支架帐篷。“纷”：纷纷。“开张”，开始使用。
③ “凿坎（音砍）”，在土坡上挖坑。“甑（音赠）”：锅。“爨（音窜）”：烧火作饭。
④ “爇（音弱）”：烧。
⑤ “恣（音自）”：任意。“啖（音诞）”：吃。
⑥ “惊断”：吓跑。“归鸿”：飞往南方的大雁。

⑦ “藉”：垫。

⑧ “黑甜乡”：梦乡。

⑨ “靡弗尝”：没有没经过的。

⑩ “意气”：意志，精神。“飞扬”：奔放，焕发。

⑪ “按”：察看。“斥堠（音侯）”：边防站所或边防战士。

⑫ “腾骧（音香）”：飞跃，奔腾。

⑬ “黑水”：额尔古纳河是黑龙江的上游。

⑭ “巉（音馋）崖”：险峻的山峰。

⑮ “周”：走遍。“遐（音暇）荒”：遥远的边地。

⑯ “局促”：处境受限制，放不开手脚。“称意”：如意。

⑰ “簿书”：文件。“徒”：空。“周章”：周折，不顺利。这句说，落实法令很困难。

⑱ “谋国”：为国家出谋划策。这句是反语，讽刺朝廷的决策者。

⑲ “揖让”：古代宾主相见的礼节，这里指对列强卑躬屈节，委曲求全的政策。“谓”，认为。“格”：打动。“虎狼”：指列强。

⑳ “纵意”：施展抱负。“八表”：八方极远的地方。

㉑ “偃（音淹）息”：仰卧休息。“耽”：沉湎于。“帏房”：妇女住的房子。这句说，不能贪图安逸，眷恋小家庭。

㉒ “坐销”：自我销磨掉。“负”：辜负，对不起。“昂藏”：男子汉堂堂正正的身躯。

陈元甫

（生卒年不详），清末人。光绪三十二年（1906）曾周历内蒙古东盟五十余县。著有《东蒙古纪程》。

步　扎

这首词写蒙古民族的宗教活动。“步扎”：汉语叫“打鬼”、“跳鬼”。萨满教和喇嘛教都有类似的活动。作者写过八首“蒙古新乐府”。这里选了其中的两首。

呜呜哀角初吹罢①，牛鬼蛇神一齐下②。金刚目怒佛低眉③，面具狰狞衣彩画。　黑寺驱鬼魔④，相传为佳话。京华陋俗未能除⑤，安论愚蒙无进化⑥？吁嗟乎步扎。

【注】

①“哀角”：一种吹奏乐器。

②“牛鬼蛇神”：指打扮成各种怪异的神鬼形象。“下”：下场。

③“金刚目怒”：扮成金刚的瞪着眼睛。“佛低眉”：打扮成菩萨的慈眉顺眼。

④“黑寺”：在北京德胜门外，前寺名慈度寺，后寺名察空喇嘛庙。

⑤“京华”：指都城北京。“陋俗”，陈旧落后的风俗。

⑥“愚蒙”：未开化的百姓。

掼 跤

这首诗描写并赞赏蒙古民族的摔脚活动。“掼跤”，即摔脚。

朔方健儿身手好，英名自昔传荒徼[1]。今日犹存尚武风，袒胸怒搏相腾踔[2]。　纠纠复桓桓[3]，我心为倾倒。奈何斥之为野蛮[4]，坐使英雄埋头老[5]。吁嗟乎掼跤。

【注】

① “荒徼（音叫）”：极远的边疆。

② “袒（音坦）”：脱去上衣。“搏”：对揪。“腾踔（音戳）”，跳跃。

③ “纠纠”：即“赳赳”：形容健壮武勇。“桓桓”，形容威武。

④ “奈何”：为什么。

⑤ “坐使”：遂使。“英雄”：指蒙古族的摔脚能手。

周树谟

（生卒年不详），字少林，清末天门（今属湖北）人。官至黑龙江巡抚。

行部至满洲里

这首诗表现了维护国家统一和领土完整的信念。“行部”：上级官员到下边视察。“满洲里”，在今内蒙古呼伦贝尔市，为中俄边界城市。

驱车径越黄龙塞①，大漠风飙自古多②。
万马喧腾谁部曲③？百年瓯脱旧山河④。
边人解作鲜卑语⑤，戍客愁闻敕勒歌⑥。
新向北庭增郡邑⑦，小忠自效苦蹉跎⑧。

【注】

① “径越”：一直越过。“黄龙”：辽金时代的城名，在今吉林农安。这里泛指东北地区的边塞。

② “飙（音标）”：暴风。

③ “喧腾”：喧嚣奔驰。“部曲”：队伍。这里说，万马奔腾的队伍是属于哪个民族的？

④ “瓯（音欧）脱”：匈奴语，指边境屯戍或守望之处。

⑤ “鲜卑”：我国古代北方少数民族之一，它的发祥地即在呼伦贝尔地区，后在南北朝时期开始建立政权，统一北方后定国号为“魏”。这里代指呼伦贝尔地区的蒙古等少数民族。

⑥“戍客”：驻守边疆的军士。“敕勒歌”：最早用鲜卑语演唱的北方民歌。这里指呼伦贝尔地区的少数民族歌曲。

⑦“北庭”：北方边境。“郡邑”：城市。满洲里是中东铁路修成后的新建城市。作者原注：“新设胪滨府，接近俄界。”

⑧“小忠”：自谦之词，对国家的忠心。“自效”：自己贡献出来。“蹉跎（音搓驮）”：光阴虚度。这句说，欲为国效忠，却光阴虚度，不知不觉已经年岁大了。

袁金铠

（生卒年不详），字洁珊，辽阳（今属辽宁）人。清末人。

过成吉思汗驿

这首诗赞颂成吉思汗的业迹并表达景仰之情。“成吉思汗驿”，在今内蒙古呼伦贝尔市扎兰屯区。

成吉思汗地，独留怪杰踪①。
一龙极夭矫②，万马昔横冲。
余亦能过此，斯人不可逢③。
山川剩陈迹，瞻眺扩诗胸④。

【注】

① “怪杰”：不同一般的奇才。“踪”：踪迹。

② “一龙”：比喻成吉思汗。“极”：尽力。“夭矫”：形容龙的飞腾之势。

③ “斯人”：这个人，指成吉思汗。

④ “瞻眺”：远望。“诗胸”：诗人的胸襟。

过扎兰屯驿

这首诗写扎兰屯的美丽风景和宜人气候。“扎兰屯”，即今内蒙古呼伦贝尔市之扎兰屯区。

侵晨行抵处①，风景扎兰屯。
岚重山容近②，尘清树荫繁③。
游踪夸避暑④，僻地数名村⑤。
瞥睹修髯叟⑥，人丛气象新⑦。

【注】

① “侵晨”：即清晨。“行抵”：到达。

② “岚（音蓝）”：山林中的雾气。“山容”，山的面貌。

③ “尘清”：空气清新。“繁”：多。

④ “游踪”：旅行所到之处。这句说，扎兰屯适于避暑。

⑤ “僻地”：偏僻地区。“名村”：有名的村庄。“屯”和“村”意思相同。

⑥ “瞥睹”：一眼看见。“修髯”，长长的胡须。

⑦ “人丛”：众人之中。意思是“修髯叟”与众不同，气宇不凡。